BASTEI
LÜBBE
TASCHENBUCH

Weitere Titel der Autorin:

Das Lächeln der Fortuna
Das zweite Königreich
Der König der purpurnen Stadt
Die Siedler von Catan
Das Spiel der Könige
Hiobs Brüder

Von Ratlosen und Löwenherzen

Titel in der Regel auch als LÜBBE AUDIO und als E-BOOK erhältlich

Über die Autorin:

Rebecca Gablé, geb. 1964, studierte Literaturwissenschaft, Sprachgeschichte und Mediävistik in Düsseldorf, wo sie anschließend als Dozentin für mittelalterliche englische Literatur tätig war. Heute ist sie freie Autorin und Literaturübersetzerin. Sie lebt mit ihrem Mann am Niederrhein, verbringt aber zur Recherche viel Zeit in England. Nach den Bestsellern DAS LÄCHELN DER FORTUNA, DAS ZWEITE KÖNIGREICH, DER KÖNIG DER PURPURNEN STADT und DIE SIEDLER VON CATAN ist dies ihr fünfter historischer Roman.

Homepage: www.gable.de

Rebecca Gablé

DIE HÜTER DER ROSE

Historischer Roman

BASTEI LÜBBE TASCHENBUCH
Band 15 683

1.+2. Auflage: Juni 2007
3. Auflage: August 2008
4. Auflage: Dezember 2008
5. Auflage: Januar 2010
6. Auflage: Mai 2010
7. Auflage: Juni 2011

Vollständige Taschenbuchausgabe

Bastei Lübbe Taschenbücher und Ehrenwirth
in der Bastei Lübbe GmbH & Co. KG

Deutsche Erstausgabe 2005
in der Bastei Lübbe GmbH & Co. KG, Köln
Lektorat: Karin Schmidt
Illustrationen: Jan Balaz
Umschlaggestaltung: Johannes Wiebel, punchdesign, München
Umschlagmotiv: © The Bridgeman Art Library
Satz: Kremerdruck GmbH, Lindlar
Druck und Verarbeitung: CPI – Ebner & Spiegel, Ulm
Printed in Germany
ISBN 978-3-404-15683-2

Sie finden uns im Internet unter
www.luebbe.de
Bitte beachten Sie auch: www.lesejury.de

Der Preis dieses Bandes versteht sich einschließlich
der gesetzlichen Mehrwertsteuer.

Für MJM
wie immer in Liebe und Dankbarkeit

»Liebe ist ein alsô saelic dinc,
ein alsô saeleclîch gerinc,
daz nieman âne ir lêre
noch tugende hât noch êre.
Sô manec wert leben, sô liebe vrumet,
sô vil sô tugende von ir kumet,
owê daz allez, daz der lebet,
nâch herzeliebe niene strebet.«

Gottfried von Straßburg, *Tristan*

Ernste Vorbemerkung

Während einer Rechercheреise für diesen Roman wollte ich mit dem Zug von Warwick nach Coventry fahren. Nicht mehr weit vom Ziel entfernt, musste ich in einem gottverlassenen Nest umsteigen und stellte zu meinem Schrecken fest, dass der Anschlusszug erst eineinhalb Stunden später fuhr. Drei nadelbestreifte Gentlemen auf dem Bahnsteig hatten das gleiche Problem. Wir beschlossen, ein Taxi zu teilen. Wie sich unterwegs herausstellte, war einer der Herren der Stadtdirektor von Coventry. Dort angekommen, widmete er mir großzügig seine kostbare Zeit, verschaffte mir Zugang zu historischen Gebäuden, die normalerweise kein Besucher zu sehen bekommt, und machte diese Stippvisite allein durch seine Freundlichkeit zu einem unvergesslichen Erlebnis.

Am 14. November 1940 wurde Coventry von deutschen Bombern dem Erdboden gleich gemacht. Der historische Stadtkern und die mittelalterliche Kathedrale wurden zerstört, zahllose Menschen verloren ihr Leben. Am 13. und 14. Februar 1945 erlitt Dresden im englischen und amerikanischen Bombenhagel das gleiche Schicksal.

Heute sind Dresden und Coventry Partnerstädte. Obwohl die Ruine der Kathedrale von Coventry als Mahnmahl stehen geblieben ist und die Spuren der Zerstörung in der Stadt noch überall zu sehen sind, bin ich als deutsche Autorin in England nirgendwo je mit größerer Herzlichkeit aufgenommen worden.

Dieser Roman handelt weit mehr vom Krieg und dem mühevollen Ringen um Versöhnung, als mir zum Zeitpunkt meiner Rechercherereise damals klar war. Darum stelle ich ihm ein Bibelzitat voran, das ich in Coventry an der Ruine der Kathedrale und an vielen Häuserwänden gefunden habe:

Sie werden ihre Schwerter zu Pflugscharen
und ihre Spieße zu Sicheln machen.
Es wird kein Volk wider das andere das Schwert erheben,
und sie werden hinfort nicht mehr lernen, Krieg zu führen.

Micha, 4:3

Praktische Vorbemerkung

Immer wieder werde ich nach der korrekten Aussprache englischer Namen gefragt. Da in diesem Roman leider einige Orte und Personen ganz anders ausgesprochen werden, als man meint, scheinen mir ein paar Erläuterungen angezeigt: Aus dem schönen französischen »Beaufort« machten die Engländer – vermutlich aus Rache – »Biefet«. Ähnlich verhält es sich mit dem Familiennamen der Earls of Warwick: »Beauchamp« wird »Bietschem« ausgesprochen, »Warwick« übrigens »Warrick«. »Gloucester« heißt natürlich »Gloster« und »Leicester« »Lester«. Den Namen »Scrope« schließlich spricht man »Skruhp«. Dann gibt es noch dieses seltsame Phänomen von dem »er«, das als langes »a« gesprochen wird, wie in »Berkley«, »Berkshire« und »Derby« (Das gilt übrigens auch für das Pferderennen).

»Lancaster« darf man jedoch bedenkenlos unter Einbeziehung aller Buchstaben »Lenkester« aussprechen.

Den walisischen Namen können wir uns ohne Zuhilfenahme einer wissenschaftlichen Lautschrift nur vorsichtig annähern: »Davydd ap Llewelyn« spricht man ungefähr »Davith (englisches th) ap Luellenn« und »Owain ap Meredydd« etwa »Owein ap Meredith«.

Es folgt eine Aufstellung der wichtigsten Figuren, wobei die historischen Personen mit einem * gekennzeichnet sind.

Ein Stammbaum des Hauses Lancaster findet sich im Anhang.

Waringham

John of Waringham
Raymond of Waringham, sein Bruder
Joanna of Waringham, ihre Schwester
Robin of Waringham, ihr Vater
Edward Fitzroy, Steward von Waringham, Joannas Gemahl
Liz Wheeler, Hebamme und Kräuterfrau von Waringham
Daniel, ihr Bastard
Conrad, der Stallmeister

Könige, Adel und Ritterschaft

Henry V.* , genannt Harry, König von England und beinah auch von Frankreich
Thomas, Duke of Clarence*, sein ehrgeizigster Bruder
John, Duke of Bedford*, sein klügster Bruder
Humphrey, Duke of Gloucester*, Lord Protector, sein gefährlichster Bruder
Eleanor Cobham*, Gloucesters Gemahlin, eine Dame von zweifelhaftem Ruf
Henry Beaufort*, König Harrys Onkel, Kardinal, Bischof von

Winchester, Lord Chancellor, der reichste Mann Englands und auch in jeder anderen Hinsicht seines Vaters Sohn
Thomas Beaufort*, sein Bruder und somit ebenfalls Harrys Onkel, Duke of Exeter, womöglich ein Ketzer
Joan Beaufort*, ihre Schwester, eine lebenskluge Frau mit einer enormen Kinderschar
John Beaufort*, genannt Somerset, erst Earl und dann Duke of Somerset, Harrys Cousin
Edmund Beaufort*, sein Bruder
Richard Plantagenet*, Earl of Cambridge, ebenfalls Harrys Cousin
Richard*, Duke of York, sein Sohn
Edmund Mortimer*, Earl of March, noch ein Cousin, Cambridges Schwager
Henry Scrope of Masham*, ein Verräter
Arthur Scrope, sein Bruder, kein Verräter, aber dennoch ein Finsterling
Katherine de Valois*, Harrys Königin
Henry VI.*, ihr Sohn, König von England und Frankreich
Charles VI.*, Katherines Vater, noch ein König von Frankreich
Charles VII.*, erst Dauphin und dann – man ahnt es schon – König von Frankreich
Sir John Oldcastle*, ein trinkfreudiger Ritter und ein Ketzer
Richard Beauchamp*, Earl of Warwick
Margaret Beauchamp*, seine Nichte
Adela Beauchamp, seine Schwester
Juliana of Wolvesey, ihre Tochter
Davydd ap Llewelyn*, genannt Davy Gam, der walisische Held von Agincourt
Owain ap Meredydd*, genannt Owen Tudor, ebenfalls Waliser

Märtyrer

Edmund Tanner, ein armer Londoner Gerber
Jeanne von Domrémy*, genannt die Jungfrau von Orléans

1. TEIL

1413 – 1415

Waringham, April 1413

»Was für ein gottloses Wetter, um einen König zu krönen.« Es donnerte, und das Prasseln wurde lauter. John erhob sich aus dem Stroh, trat an die geschlossene untere Hälfte der Stalltür und spähte in die Dunkelheit hinaus.

»Jetzt hagelt es auch noch«, berichtete er über die Schulter. »Die Bauern werden nicht glücklich sein ...«

Er kehrte dem Unwetter den Rücken und kniete sich wieder ins Stroh, nahm den Kopf der schwitzenden Stute auf den Schoß und strich ihr über die Stirnlocke. »Schsch. Hab keine Angst, Circe.«

Sie schnaubte, und ein Beben durchlief ihren großen Leib. Wie die meisten Pferde fürchtete sie sich vor Blitz und Donner, doch war es heute nicht das Wetter, das ihr zu schaffen machte. Circe fohlte. Und wie jedes Jahr war es auch dieses Mal langwierig und beschwerlich. Der Stallmeister hatte ihn bei Einbruch der Dämmerung hergeschickt, um bei ihr zu wachen, und John kam es vor, als müsse es bald auf Mitternacht gehen. Er war müde. Seine Augen brannten, und er musste immerzu gähnen. Aber so wie es im Moment aussah, würde er vor dem Morgen nicht ins Bett kommen ...

Wieder zuckte draußen ein Blitz, und in der plötzlichen Helligkeit erahnte John eine Gestalt an der Tür. »Conrad? Bist du's?«, fragte er.

»Wer sonst?«, erwiderte der junge Stallmeister mit leisem Spott. »Der kopflose Reiter?«

John grinste beschämt. Er hatte selbst den bangen Tonfall seiner Stimme gehört und ärgerte sich darüber. Aber es war nicht so einfach, gänzlich unerschrocken zu bleiben, wenn man dreizehn Jahre alt war und in einer Gewitternacht mutterseelenallein bei einer fohlenden Stute wachte.

Conrad trat ein und betrachtete die Stute mit zur Seite geneigtem Kopf. Er war eher klein von Statur, schmal, und er hatte pechschwarzes Haar, genau wie John. Doch damit endete alle Ähnlichkeit, wenngleich sie Vettern waren. Conrad hatte das keltische Äußere seines Vaters geerbt, John das Haar und die Züge seiner aquitanischen Mutter. Nur die strahlend blauen Augen verrieten, dass er ein Waringham war.

Conrad kniete sich vor Circe und untersuchte ihren gewölbten Leib im Licht der kleinen Öllampe, die John auf den Boden gestellt hatte, nachdem er das Stroh darunter sorgsam beiseite gefegt hatte.

»Was denkst du?«, fragte der Junge.

Der Stallmeister hob die schmalen Schultern. »Wie es ihr geht, weißt du besser als ich, nicht wahr?«

Conrad dachte manchmal, dass es ein feiner Zug von Gott gewesen wäre, auch ihn mit diesem besonderen Gespür für Pferde zu segnen, das einigen der Waringhams zu Eigen war – schließlich war er zur Hälfte selber einer und trug hier die Verantwortung für das Gestüt. Doch Gott hatte in seiner unendlichen Weisheit anders entschieden, und Conrad hatte gelernt, sich mit Erfahrung und herkömmlichem Pferdeverstand zu begnügen. »Ich schätze, es dauert noch. Wie üblich. Hat dein alter Herr nicht gesagt, dass er dich ablösen kommt?«

John schüttelte beklommen den Kopf. »Er wird die Nacht in der Kapelle verbringen, denke ich. Er … trauert sehr um den König.«

Conrad nickte und unterdrückte ein Seufzen. Er wusste, es war mehr als nur Trauer um den toten Henry, die seinen Onkel quälte.

Wieder flammte gleißend ein Blitz auf, und fast im selben Moment krachte ein wahrhaft ohrenbetäubender Donner.

»Jesus …«, murmelte Conrad. »Der hat gewiss irgendwo im Dorf eingeschlagen.«

John zog die Schultern hoch. Langsam wurde dieses Gewitter ihm unheimlich. Er war äußerst dankbar für Conrads Gesellschaft, selbst wenn er das nie zugegeben hätte.

Der Stallmeister kam ihm trotzdem auf die Schliche. »Geh, leg dich schlafen, Junge. Spar dir den weiten Weg über den Mönchskopf zur Burg rauf. Geh rüber zu meinem Haus. Ich bleibe bei Circe.«

Doch der Jüngere schüttelte entschieden den Kopf. »Ich habe gesagt, ich bleibe, bis das Fohlen kommt. Bei dem Getöse dort draußen könnte ich sowieso nicht schlafen.«

Conrad nickte und schaute versonnen durch das Viereck der oberen Türöffnung hinaus in die Nacht. Den ganzen Tag hatte es gestürmt, am Vormittag gar geschneit. Auch er fragte sich, was ein solch ungewöhnliches, bedrohliches Wetter an einem so schicksalhaften Tag zu bedeuten haben mochte. »Was für ein König mag er werden, dass bei seiner Krönung die Elemente so toben?«, fragte er halblaut.

»Hm. Und als er geboren wurde, fielen die Sterne vom Himmel.«

Conrad sah überrascht auf. »Wie bitte?«

»Mein Vater hat es erzählt. In der Nacht, als Prinz Harry … ich meine, als der König zur Welt kam, war Vater mit dessen Vater zusammen in London. Sie saßen im Garten und sahen zahllose Sternschnuppen.«

»Das wundert mich nicht«, bemerkte Conrad. Dann schaute er John an. »Für dich muss es besonders eigentümlich sein, dass der König gestorben ist. Bist du nicht an dem Tag geboren, als er gekrönt wurde?«

Der Junge nickte. »Und deswegen kam es mir so vor, als wäre er in ganz spezieller Weise *mein* König. Ich habe immer davon geträumt, eines Tages in seinen Dienst zu treten, als sein Ritter oder gar ein wenig mehr als das. So wie mein Vater oder wie mein Bruder Edward. Ich habe mir ausgemalt, wie es wohl sein würde. Und nun hab ich ihn nie kennen gelernt.«

»Doch du wirst seinem Sohn dienen, wenn es dein Wunsch ist.«

»Oh ja. Das ist es. Lieber heute als morgen, glaub mir. Aber mein Vater …« Er unterbrach sich plötzlich und hob den Kopf. Seine Augen waren mit einem Mal groß und starr. Er schien vollkommen vergessen zu haben, wovon sie gerade gesprochen hatten.

Conrad kannte diesen Ausdruck. Er packte den Jungen am Arm und rüttelte ihn leicht. »Was?«

John blinzelte, aber er rührte sich immer noch nicht. »Troilus … die Zweijährigen.«

»Was ist mit den Zweijährigen?«

John stand langsam aus dem Stroh auf. »Ich weiß nicht … sie fürchten sich.«

Conrad sprang auf die Füße, zog seinen Cousin mit in die unwirtliche Nacht hinaus und raunte über die Schulter: »Tut mir Leid, altes Mädchen, du musst ein Weilchen ohne uns auskommen.«

Mit langen Schritten durchquerte er den Stutenhof. John war aus seinem seltsamen Traumzustand erwacht und hastete neben ihm her.

Sie sahen es, noch ehe sie das Ende der Gasse zwischen den beiden Stallreihen erreicht hatten: Vor ihnen war die Nacht viel zu hell.

Sie tauschten einen entsetzten Blick und rannten los. Als sie die Koppel erreichten, blieben sie so abrupt stehen, als wären sie gegen eine Mauer gerannt.

»Oh, heiliger Georg, steh uns bei«, flüsterte John.

Der Blitz, der sie vorhin so erschreckt hatte, war keineswegs im Dorf eingeschlagen, sondern hier auf dem Gestüt. Die Futterscheune brannte lichterloh. Und die kräftigen Böen hatten die Flammen auf das neue Stallgebäude der Zweijährigen überspringen lassen. Trotz des prasselnden Regens breitete sich das Feuer schnell auf dem strohgedeckten Dach aus.

Conrad hatte sich sogleich wieder gefasst. »Lauf, John. Weck die Stallburschen. Einer soll ins Dorf und die Männer zum Löschen holen. Die anderen sollen herkommen. Na los, beeil dich!«

Aber John schüttelte den Kopf und setzte sich Richtung Stall in Bewegung. »Geh selbst«, sagte er über die Schulter. »Ich hol sie raus.«

Der Stallmeister holte ihn ein, packte ihn an der Schulter und schleuderte ihn herum. »Tu, was ich sage! Du wirst nicht da reingehen, hast du verstanden?«

John schüttelte die Hand von seiner Schulter. »Wir verschwenden kostbare Zeit. Ich kann sie schneller herausholen als du, denn mir werden sie folgen, trotz des Feuers.«

Conrad wusste, der Junge hatte Recht. Wenn es etwas gab, das Pferde noch mehr fürchteten als Blitz und Donner, dann war es Feuer. Es versetzte sie in so heillose Panik, dass sie vollkommen erstarrten und sich schlichtweg weigerten, in Sicherheit gebracht zu werden. Warum, *warum* nur mussten die wunderbarsten Kreaturen in Gottes Schöpfung solche Hasenfüße sein?, fragte er sich wohl zum tausendsten Mal. Zögernd gab er nach. »Na schön. Ich komme zurück, so schnell ich kann. Lass ausnahmsweise einmal Vernunft walten, John. Geh nicht mehr hinein, wenn es zu gefährlich wird.«

»Ja, ja«, knurrte der Junge ungeduldig und wandte sich ab.

Conrad hastete zur Sattelkammer hinüber, in deren Obergeschoss die Stallburschen schliefen. Er brauchte sie nicht zu wecken. Das Unwetter oder die ungewohnte Helligkeit von der nahen Futterscheune hatte sie bereits aufwachen lassen, und als er das Gebäude erreichte, kamen die ersten ihm bereits entgegen, mancher hüpfte auf einem Bein, weil er sich im Laufen die Stiefel anzuziehen versuchte.

»Die Zweijährigen«, erklärte der Stallmeister sparsam. »Jim, du bist der schnellste Läufer. Ab ins Dorf mit dir. Die anderen kommen mit.«

Die alten Stallgebäude bestanden aus einer Aneinanderreihung großer Einzelboxen, von denen jede eine zweigeteilte Tür ins Freie hatte. Doch das Gestüt war immer größer und größer geworden, sodass der Earl of Waringham und der Stallmeister, die beiden Eigentümer der Pferdezucht, beschlossen hatten, beim Neubau der Stallungen Platz sparend vorzugehen: Die jüngeren Ställe glichen daher von außen lang gezogenen Scheunen, und drinnen befanden sich links und rechts einer Mittelgasse die Boxen. Auf diese Art waren auch das Füttern und Misten einfacher, die Wege kürzer. Nur eines durfte bei einem so gebauten Stall niemals passieren: Wenn ein Feuer ausbrach, wurde er für seine Bewohner zur tödlichen Falle.

John betrat den Stall durch das Tor in der östlichen Stirnwand. Angstvolles Wiehern, das sich wie Schreie anhörte, schlug ihm entgegen. Er sah sofort, dass der Brand an der Westseite ausgebrochen war. Dort regneten bereits glühende Strohhalme herab und drohten, das Bodenstroh anzustecken. Auf seinem Weg ans andere Ende trat er mehrere kleine Brandherde aus und holte die ersten beiden jungen Hengste aus ihren Boxen. Er streifte erst Arcitas, dann Achilles ein Halfter über. Das war nicht so einfach, denn in ihrer Furcht scheuten sie vor der vertrauten Hand zurück, doch wie der Junge gesagt hatte, gelang es ihm, sie mit seiner leise murmelnden Stimme zu beruhigen. »Kommt. Kommt schon, ihr zwei Helden. Noch sieht es schlimmer aus, als es ist.«

Das hoffte er jedenfalls. In Wahrheit hatte er keine Ahnung, wann die ersten Balken herunterstürzen würden. Unter dem Dach hatte sich dicker Qualm gesammelt, denn das nasse Stroh entwickelte viel Rauch.

John führte die beiden jungen Pferde durch den Mittelgang zum Tor. Sie folgten ihm ohne Widerstand, schlitterten in ihrer Angst jedoch auf dem strohbedeckten Lehmboden, und ihr Fortkommen war quälend langsam. Als sie ins Freie kamen, ließ John sie los, und sie preschten davon.

Wir werden ewig brauchen, sie wiederzufinden, dachte er, aber das war jetzt völlig gleich. Zwei. Zwei hatte er draußen. Vierunddreißig standen noch drinnen …

Als er wieder in das brennende Gebäude rannte, war es heißer und verqualmter als noch vor wenigen Augenblicken. Conrad und die Stallburschen folgten ihm dicht auf den Fersen. Die Jungen stießen heisere Schreckensschreie aus, liefen aber wie

John ans andere Ende, um die Tiere zu befreien. Greg, einer der Älteren, der schon viel Erfahrung im Umgang mit Pferden hatte, riss sich den Kittel herunter und verdeckte dem Hengst damit die Augen. Nur so ließ der sich dazu bewegen, die Todesfalle zu verlassen.

Als John zum dritten Mal mit zwei der jungen Pferde nach draußen kam, entdeckte er seinen Vater, der den eigentümlich kahlen Hügel – Mönchskopf genannt – heruntergehastet kam. John war nicht überrascht, ihn hier zu sehen. Genau wie er selbst spürte auch sein Vater, wenn im Gestüt etwas nicht mit rechten Dingen zuging.

Auf der Koppel zwischen den brennenden Gebäuden blieb der Earl stehen: ein großer, breitschultriger Mann, der trotz seiner weißen Haare noch völlig ungebeugt war.

Inzwischen waren es fast zwei Dutzend Menschen, die sich auf der Koppel tummelten und die Pferde aus dem Stall brachten, ebenso viele Tiere rannten teilweise in Panik umher, verteilten sich auf die umliegenden Wiesen oder galoppierten kopflos Richtung Fluss. Eine Eimerkette war gebildet worden, Helfer aus dem Dorf kamen in Scharen und machten sich daran, beim Löschen zu helfen. Eine Gruppe begann sofort, die Dächer der umliegenden Gebäude zu durchtränken, damit nicht auch diese noch von dem gierigen Feuer verzehrt wurden. Trotz des großen Durcheinanders brauchte Robin of Waringham nur einen Moment, ehe er seinen Jüngsten im flackernden Flammenschein entdeckte.

»John!« Er eilte zu ihm. »Wie viele habt ihr draußen?«

Der Junge war außer Atem, sein Gesicht rußverschmiert. »An die dreißig, schätze ich.«

»Gut gemacht. Geh zurück zu Circe. Ich will nicht, dass du den Stall noch einmal betrittst.«

»Aber Vater …«

»Keine Widerrede. Ich werde Conrad helfen. Jetzt lauf.« Er trat auf das Gebäude zu, dessen Bretterwände inzwischen ebenfalls lichterloh brannten.

Conrad kam ihm mit einem tänzelnden Fuchs entgegen, der

vor Entsetzen mit den Augen rollte. Der Stallmeister hustete erstickt, brachte aber dennoch ein paar röchelnde Worte heraus: »Es hat keinen Sinn mehr, Onkel. Das Dach … kommt jeden Moment runter.«

»Ich sehe es. Wer ist noch drin?«

»Alexander, Ulysses und Troilus.«

Als John, der immer noch in der Nähe stand, den letzten Namen hörte, stieß er einen verzweifelten Protestlaut aus und rannte blindlings zurück in den brennenden Stall. Sein Vater streckte blitzschnell einen Arm aus, um ihn aufzuhalten, aber der Junge schlug einen kleinen Haken und entwischte ihm.

»John, du wirst sofort zurückkommen!«, rief Robin, und John hörte sehr wohl, dass sein Vater um ihn fürchtete und dass es ihn deshalb teuer zu stehen kommen würde, wenn er nicht gehorchte. Aber er konnte nicht.

Robin wusste das genau, denn er hätte ebenso wenig gehört, darum folgte er seinem Sohn.

»Mylord!« protestierte Conrad, doch er wurde genauso ignoriert wie Robin vor ihm.

Dieser sah sich im Innern des Stalls von Wänden aus Feuer umgeben, und auf einen Schlag war das Atmen unmöglich. »John!«, wollte er rufen, aber nur ein ersticktes Husten kam heraus. Über sich hörte er ein unheilvolles Knistern, wandte den Blick nach oben und sah einen brennenden Dachbalken herunterkommen, der sich im Fall langsam um die eigene Achse drehte.

Robin blieb Zeit, ihm auszuweichen, und er folgte John tiefer ins Innere des Gebäudes. Dort war der Qualm dichter, die Flammen schon beinah erstickt. Er konnte fast nichts mehr sehen. In zunehmender Verzweiflung tastete Robin sich vorwärts, und das Tosen der Flammen war so laut, dass er den zweiten Dachbalken nicht kommen hörte. Kaum eine Elle vor ihm krachte er zu Boden und zerbarst zu einer länglichen Insel aus Flammen. Mit einem Mal war es wieder ein wenig heller, und Robin erahnte unter dem brennenden Balken einen dunklen Schopf und einen leblosen Arm.

Nur noch ein schwacher Laut des Jammers kam aus Robins Kehle. Er packte den Arm und zog sein Kind aus dem Feuer. Johns Haar stand in Flammen. Mit bloßen Händen schlug Robin darauf, bis sie erstickt waren, und trug den besinnungslosen Knaben dann Richtung Tor. Doch er konnte nicht mehr atmen und spürte seine Knie einknicken. Verzweiflung wollte ihn übermannen, und er war später nicht sicher, ob er es geschafft hätte, seinen Sohn aus dieser Flammenhölle zu retten, wäre Conrad nicht plötzlich an seiner Seite gewesen, der ihm seine Last abnahm, sie ins Freie schaffte und irgendwie noch eine Hand frei hatte, um seinen Onkel mit sich zu zerren.

In sicherer Entfernung von der Feuersbrunst legten sie John ins Gras. Sie brauchten nicht nach seinem Herzschlag zu tasten. Der Junge regte sich und hustete erstickt.

Irgendein guter Geist brachte dem Earl einen hölzernen Becher mit Wasser. Robin trank dankbar einen Schluck, stützte dann den Kopf seines Sohnes und versuchte, ihm das belebende Nass einzuflößen. Aber John konnte nichts anderes als husten.

Robin schaute hoch und fand einen der älteren Stallburschen neben sich. »Lauf zur Burg hinauf, Greg. Die Wache soll den Steward wecken. Ihm sagst du, was passiert ist.«

»Ja, Mylord.« Greg stob davon.

Robin strich John über die Stirn. »Atme, mein Junge. Versuch, ruhig zu atmen. Du wirst sehen, gleich geht es besser.« Er redete beruhigend auf ihn ein, und tatsächlich ließ das krampfartige Husten allmählich nach, sodass Robin ihm zu trinken geben konnte. Dann bettete er den Kopf des Jungen in seinen Schoß und untersuchte behutsam seine Glieder. Der linke Arm wies einen eigentümlichen Winkel auf, und als er ihn berührte, schrie John auf.

»Gott verflucht …«, murmelte Robin. »Wo bleibst du, Fitzroy?«

»Hier bin ich schon, Mylord.« Der Steward kniete sich neben dem Earl ins Gras und nahm ihm den Jungen ab. »Wie schlimm ist es? Können wir ihn auf die Burg bringen?«

Fitzroy war bereits der zweite Steward dieses Namens in

Waringham, und ebenso wie an seinem Vater schätzte Robin auch an ihm vor allem seine Besonnenheit in Krisensituationen. »Ich denke, das sollten wir. Der Arm ist gebrochen. Ich kann nicht sagen, wie schlimm es ihn am Kopf erwischt hat. Aber hier können wir nichts für ihn tun.«

Mit dem Knaben in den Armen stand Fitzroy auf, und John jammerte schwach. »Tut mir Leid, John«, murmelte der Steward mitfühlend. »Aber ich möchte wetten, du bist wieder mal selbst schuld.«

Robin lächelte traurig und nickte. Unentschlossen sah er sich um, während Fitzroy schon Richtung Mönchskopf eilte.

Conrad trat zu seinem Onkel. »Geh nur«, drängte er. »Hier gibt es nicht mehr viel zu tun. Die Futterscheune und der Stall sind dahin, da ist nichts zu machen. Aber die übrigen Gebäude sind sicher, denke ich. Ich schicke die Jungs, die Gäule zusammenzutreiben, soweit sie sie in der Dunkelheit finden können, und dann gehe ich zu Circe zurück.«

Robin nickte. »In Ordnung.«

Er versuchte erst gar nicht, Fitzroy einzuholen. Obwohl er in Sorge um seinen Jungen war, legte er den Weg zur Burg gemessenen Schrittes zurück, denn er konnte nicht schneller. Der Kummer der vergangenen Tage und Wochen, die Schrecken der heutigen Nacht, der viele Rauch, den er eingeatmet hatte – all das forderte seinen Tribut. Du bist fünfundsechzig Jahre alt, Robin of Waringham, rief er sich ins Gedächtnis. Und wer so steinalt wurde wie er, musste so manchen begraben, der ihm teuer gewesen war. Das hatte er getan: zwei Ehefrauen, eine Schwester, viele Freunde, ein paar Feinde, nicht zuletzt drei Könige. Aber er bat Gott, er möge ihm ersparen, einen seiner Söhne zu Grabe tragen zu müssen.

Als Robin auf seine Burg zurückkam, erwiderte er den beklommenen Gruß der Wachen mit einem zerstreuten Nicken. Langsam stieg er die Treppe des Wohnturms hinauf, und an der Tür zu Johns Kammer kam ihm Joanna entgegen.

»Oh, Vater …«

Wortlos schloss er sie in die Arme, und sie drückte das Gesicht an seine Schulter, genau wie ihre Mutter es immer getan hatte.

»Wie steht es?«, fragte Robin ruhiger, als ihm zumute war.

»Er ist auf dem Weg ohnmächtig geworden und noch nicht wieder aufgewacht. Ed sagt, es sei besser so, weil die Schmerzen ihm sonst die Kraft rauben.«

Robin nickte, trat mit ihr über die Schwelle und sah besorgt auf den bewusstlosen Jungen hinab, der im Licht der einzelnen Kerze neben dem Bett furchtbar bleich wirkte. Irgendwer hatte ihm das versengte Obergewand ausgezogen und ein paar hässliche Brandwunden enthüllt, die sich quer über seine Brust und den gebrochenen Arm zogen, wo der brennende Balken auf ihm gelegen hatte. Die Schultern waren glatt und milchweiß, aber schon kräftig. Genau wie seine Brüder vor ihm verbrachte John jede freie Minute im Gestüt, und die harte Arbeit dort hatte seine Hände schwielig und seinen Körper muskulös gemacht. Kaum mehr ein Knabe, dachte Robin nicht ohne Wehmut und strich dem Jungen liebevoll über die Wange.

»Was ist mit deinen Händen passiert?«, fragte Joanna ihren Vater erschrocken.

»Nichts.« Robin winkte ab. »Johns Haar stand in Flammen. Es ist nicht schlimm.«

»Ed hat einen der Männer zu Liz Wheeler geschickt. Sie hat gewiss auch eine Salbe für dich.«

»Bestimmt. Trotzdem will ich, dass sofort jemand nach Canterbury reitet und einen Arzt herholt. Ein Fachmann soll den Arm richten und schienen, damit er nicht steif wird.«

Fitzroy erschien mit einer weiteren Kerze in der Hand an der Tür. »Tristan Fitzalan ist schon losgeritten, Mylord.«

Robin lächelte ihm matt zu. »Gott segne dich, mein Junge. Du denkst wieder einmal an alles.«

Der Steward trat zu ihnen an das Bett und legte Joanna den Arm um die Schultern. Vor gut einem Jahr hatten die beiden geheiratet, und obwohl es eine Verbindung unter Joannas Stand darstellte, war Robin mehr als zufrieden. Stand hatte für ihn immer noch nicht die Bedeutung, die viele andere ihm zumaßen. Außerdem war ihm seine Tochter auf diese Weise erhalten geblieben, und das wusste er zu schätzen.

Nach einer Weile schlug John die Augen auf. Sie waren gerötet, die Pupillen unnatürlich geweitet. »Vater …« Es klang immer noch rau und entstellt vom Rauch.

»Hier bin ich, mein Junge.«

John schaute mit gerunzelter Stirn zu ihm auf. »Was ist mit … Troilus?«

Sein Vater schüttelte wortlos den Kopf.

John wandte das Gesicht ab und starrte in die Dunkelheit jenseits des Betts. »Ich wollte ihn zuerst rausholen. Aber dann habe ich gedacht, wie ungerecht das wäre. Nur … nur weil er mir der Liebste von allen war. Die anderen hatten genau so große Angst und waren doch viel weiter weg vom Tor …«

»Schsch. Sprich nicht so viel, John. Es tut mir Leid. Glaub mir, ich weiß, wie bitter es für dich ist. Aber dein Gerechtigkeitssinn macht dir Ehre. Er ist ritterlich.«

John kämpfte verbissen um Haltung. Das tat er immer. Er hatte drei Brüder, von denen der jüngste zwanzig Jahre älter war als er, und alle drei waren gefeierte Ritter des Königs. Obendrein hatte er eine unüberschaubare Zahl großer Cousins und sogar ein halbes Dutzend Neffen, die alle schon erwachsen waren. Seit er denken konnte, lebte John in dem Widerstreit zwischen Bewunderung für seine Brüder und Groll gegen sie, weil sie alle so viel älter und größer und besser waren als er. Jedes Mal, wenn er die Fassung verlor, wenn er in einem Übungskampf unterlag, wenn er sich etwas vornahm, das er nicht meistern konnte, und scheiterte, wurde ihm aufs Neue klar, wie unerreichbar ihr Beispiel war. Jedes Mal war eine Niederlage.

Aber sein Arm, sein Kopf und die verbrannte Haut schmerzten so sehr, und der Verlust seines vierbeinigen Freundes war ein Kummer, den er nicht zu handhaben wusste. »Geht weg«, bat er erstickt.

Robin wusste ganz genau, was in seinem Sohn vorging, und

er hatte ein schlechtes Gewissen, weil er ihm das zugemutet hatte: eine Existenz als hoffnungsloser Nachzügler, mit einem Vater, der sein Großvater hätte sein können. Er nickte Joanna und Ed Fitzroy auffordernd zu, und das junge Paar ging zur Tür.

Robin verharrte nur noch einen Augenblick und fühlte John mit dem unverletzten Handrücken die Stirn. Sie glühte, wie er befürchtet hatte.

»Er bekommt Fieber«, raunte er seiner Tochter auf dem Weg hinaus zu.

London, April 1413

»Bei allen Knochen Christi, was für ein pompöses Fest, so eine Krönung«, brummte John Oldcastle und nahm einen tiefen Zug aus seinem Becher. »Aber ich sag euch ehrlich, ich bin froh, wenn hier wieder der Alltag einzieht, damit der Junge mal zu Verstand kommen kann.« Er rülpste ungeniert, als wolle er seinen Worten damit Gewicht verleihen.

Thomas Hoccleve sah stirnrunzelnd von dem Blatt Papier auf, das er studiert hatte, und bemerkte: »Ihr solltet nicht vergessen, dass ›der Junge‹ jetzt König von England ist, Sir. Glaubt lieber nicht, dass es je wieder so wird, wie es einmal war.«

»Das ist es doch schon lange nicht mehr«, warf Raymond of Waringham ein und machte keinen Hehl aus seiner Wehmut. So beschwerlich und bitter die vergangenen dreizehn Jahre während der unruhigen Regentschaft von König Henry auch oft gewesen waren, hatten sie mit dem jungen Prinzen doch viel Spaß gehabt. »Manchmal frage ich mich, wie wir es überhaupt geschafft haben, uns die Hörner abzustoßen. Zwischen all den Feldzügen gegen das walisische Gesindel …«

»Oder Hotspur Percy, Gott verdamme seine Verräterseele«, warf Mortimer untypisch heftig ein.

»Jedenfalls hat Hoccleve Recht«, fuhr Raymond fort. »Es ist

lange her, dass Harry zuletzt einen Zug durch die Hurenhäuser von East Cheap gemacht hat, und jetzt wird es vermutlich nie mehr passieren.«

»Hm«, machte Hoccleve, ohne aufzusehen. »Manche Leute werden erwachsen und erkennen die Torheit ihrer jugendlichen Ausschweifungen. Andere nicht.«

Raymond und John Oldcastle johlten vergnügt und klatschten in die Hände. *»La Male Règle«*, riefen sie im Chor aus und lachten über Hoccleves beleidigte Grimasse. Sie wurden es nie müde, ihn mit seinem Gedicht wider die Ausschweifungen seiner Jugend aufzuziehen, wenngleich sie sehr wohl wussten, dass er es mit einem Augenzwinkern verfasst hatte.

Mortimer nahm Hoccleve das Blatt aus der Hand. »Was ist nun mit dem Versmaß, Tom?«, fragte er ihn, ehe er Raymond und den anderen Zechern einen missfälligen Blick zuwarf. Es war ihm unbegreiflich, wie sie zwei Wochen nach dem Tod des Königs schon wieder so fröhlich sein konnten. Manchmal fragte er sich, was geschehen musste, um Raymonds unverwüstliche Lebenslust einmal zu dämpfen.

Sie saßen in der Halle von Coldharbour, einem Haus in der Londoner Innenstadt, das dem jungen, frisch gekrönten König gehörte und das früher manches Mal Schauplatz ihrer wilden Gelage gewesen war. Es war ein großer, um einen Innenhof gebauter Komplex direkt an der Themse, unweit des Tower und der besagten Hurenhäuser.

Raymond sah aus dem Fenster. Das Wetter war unverändert: nasskalt und ungemütlich. »Wo ist der König eigentlich?«, fragte er.

»Im Tower«, wusste Oldcastle zu berichten. »Er berät sich mit seinem Onkel, dem Bischof.«

»Der jetzt Morgenluft wittert, da bin ich sicher«, warf Hoccleve bissig ein. »Erzbischof Arundels Tage im Zentrum der Macht sind gezählt.«

»Amen«, murmelte Oldcastle. Und er wollte noch mehr sagen, doch auf einen warnenden Blick von Mortimer überlegte er es sich anders.

»Auf ein Wort, Sir«, sagte plötzlich eine schneidende Stimme hinter Raymonds linker Schulter.

Der schaute sich um. »Ja? Ah, sieh an. Lord Scrope of Masham. Welche Freude, Euch zu sehen, Sir.« Raymond gab sich keine große Mühe, seiner Heuchelei Glaubwürdigkeit zu verleihen. Genau wie er selbst zählte Scrope zu den engsten Vertrauten des Königs, aber Raymond konnte ihn auf den Tod nicht ausstehen. Er hatte es schon vor Jahren aufgegeben, sich zu fragen, ob Eifersucht oder begründetes Misstrauen daran schuld waren. Raymond hatte noch nie viel Sinn darin gesehen, seine Gefühle zu erforschen. »Was kann ich für Euch tun?«

»Ihr könntet damit anfangen, dass Ihr aufsteht, Waringham«, versetzte Scrope schneidend.

»Tatsächlich? Und was habt Ihr mir zu sagen, das ich nicht auf meinem Hintern sitzend hören kann?«

Mit einer plötzlichen Bewegung aus dem Handgelenk schleuderte Scrope ihm den Handschuh vor die Füße. »Das!«

Die leisen Gespräche an der Tafel waren verstummt. Alle starrten Scrope verblüfft an.

Raymond schwang die Beine über die Bank, stand aber nicht auf, sondern stützte die Ellbogen hinter sich auf den Tisch und sah mit einem entwaffnenden Lächeln zu Scrope auf. »Ich glaube, Ihr habt Euren Handschuh verloren, Söhnchen.«

Dem Ritter, der nur wenig jünger war als Raymond, schoss die Zornesröte ins Gesicht. »Muss ich Euch erst einen Feigling nennen, ehe Ihr Euch stellt?«, zischte er.

Raymond richtete sich auf und verschränkte die Arme vor der Brust. »Das würde ich mir an Eurer Stelle doch zweimal überlegen.«

Hoccleve, der trotz seiner spitzen Feder im Grunde ein friedfertiges Wesen hatte, warf beschwichtigend ein: »Macht Euch nicht unglücklich, Scrope …«

Raymond brachte ihn mit einem Blick zum Schweigen, ehe er sich wieder an den Heißsporn aus dem Norden wandte. »Und was hat Euch so gegen mich aufgebracht, he?«

Scrope biss sichtlich die Zähne zusammen. »Das wisst Ihr verdammt gut.«

»Nein, ich habe keine Ahnung, wofür Ihr ausgerechnet heute sterben wollt.«

Mortimer stöhnte vernehmlich. Seine Geduld mit den Aufschneidereien seines Stiefbruders war äußerst begrenzt. »Meine Güte, Raymond, halt die Luft an.«

Scrope schien ihn nicht gehört zu haben. Er fixierte Raymond, und sein Blick funkelte vor Hass. »Rosalind. Meine Schwester. Ihr habt nicht einen Funken Anstand im Leib, Waringham.«

»Hhm.« Raymond tat, als müsse er überlegen. »Rosalind ... ach ja! Ein hübsches Kind.«

Scrope nahm den verbliebenen Handschuh und schlug ihn Raymond ins Gesicht.

Wie gestochen sprang Raymond auf. »Also schön, Söhnchen. Ganz, wie Ihr wollt.«

»Wann und wo?«

»Auf der Stelle. Hier im Hof. Ein Schwert, ein Dolch, keine Rüstung.«

Scrope nickte knapp und wandte sich ab.

Raymond stürmte hinaus, ohne die Freunde noch einmal anzusehen, und rief an der Tür nach seinem Knappen.

Die am Tisch Versammelten wechselten beunruhigte Blicke, erhoben sich dann und gingen trotz der unwirtlichen Witterung geschlossen in den Hof hinaus.

»Wer immer übrig bleibt, der König wird ihm das Leben zur Hölle machen«, prophezeite Oldcastle. »Denn er liebt sie beide gleichermaßen.«

Der Hof von Coldharbour bestand aus einer ewig zertrampelten Wiese, die hier und da von hohen Linden überschattet war. Die Bäume leuchteten trotz des grauen Himmels in prächtigem Frühlingsgrün, und es tröpfelte aus den jungen Blättern. Vielleicht zwei Dutzend Zuschauer hatten sich versammelt, als Raymond in Begleitung seines Knappen ins Freie trat. Diejenigen, die ihn weniger gut kannten, staunten über seine Erscheinung und seine Miene. Für gewöhnlich war Raymond of Waringham ein gutmütiger Mann, der gern und oft lachte und manchmal ein bisschen schäbig wirkte, weil er uneitel war und nicht sonderlich auf Kleidung und Mode achtete. Doch jetzt trug er ein dunkelblaues, langärmeliges Surkot – aus feinstem Tuch und von konservativem Schnitt, denn es reichte ihm fast bis zu den Knien –, einen Siegelring am Zeigefinger der Linken und ein prächtiges Schwert in einer silberbeschlagenen, polierten Scheide an der Seite. Vor allem sein Schritt und seine Miene waren es jedoch, die ihm Würde verliehen und die Scrope, der ihm entgegensah, leicht erschauern ließen. Raymonds Gang hatte die mühelose, geschmeidige Grazie einer Katze, und sein Gesicht strahlte vollkommene Ruhe aus, wirkte beinah eine Spur gelangweilt.

Er zog die Waffe, ehe er in der Hofmitte angekommen war – das schleifende Geräusch verblüffend laut in der Stille.

Scrope hielt das Schwert bereits in der Hand. Er war Linkshänder – immer gefährliche Gegner, weil es eine ungewohnte Kampfrichtung bedeutete.

Sie taten dem Gebot der Ritterlichkeit mit einem so knappen Nicken Genüge, dass es kaum wahrnehmbar war.

Scrope machte einen Schritt auf seinen Gegner zu.

Raymonds Schwert schien nur locker in seiner Hand zu liegen, man sah ihn auch nicht ausholen. Aber der Streich, den er seitlich auf die Klinge seines Gegners führte, kam viel schneller, als irgendwer erwartet hatte, und war von solcher Kraft, dass Scropes verkrampftes Handgelenk mit einem hörbaren Knacken brach. Der Ritter stieß einen gedämpften Schrei aus, und die schwere Waffe glitt ihm aus der kraftlosen Linken.

Die Zuschauer raunten. Es klang enttäuscht. Mit einem so schnellen Ende hatte nun doch niemand gerechnet.

Raymond bedachte seinen Herausforderer mit einem Kopfschütteln, steckte das Schwert ein und wandte sich ohne ein Wort ab.

»Wir sind noch nicht fertig, Sir«, sagte Scrope in seinem Rücken.

»Henry …«, warnte einer seiner Freunde nervös.

Raymond drehte sich langsam wieder um. »Das kann nicht Euer Ernst sein, Mann. Ihr seid verletzt und könnt Eure Schwerthand nicht gebrauchen. Ich stehe Euch gern wieder zur Verfügung, wenn die Hand geheilt ist. Nicht vorher.«

Scrope zückte den Dolch mit der Rechten und griff ohne ein weiteres Wort an.

Raymond glitt einen Schritt zurück. Immer noch zeigte seine Miene diese unheimliche Mischung aus Langeweile und verhaltener Belustigung, die jeden Gegner zur Weißglut reizte, aber er beschränkte sich darauf, den etwas ungeschickten Dolchstößen auszuweichen. Als auch Scropes fünfter Stoß ins Leere ging, der Schwung seiner eigenen Bewegung ihn aber fast aus dem Gleichgewicht brachte, trat Raymond ihm den Dolch aus der Hand – beinah behutsam, um ihm nicht auch noch die Rechte zu brechen.

Scrope taumelte und landete auf den Knien. So verharrte er mit gesenktem Kopf, das gebrochene Gelenk von der gesunden Hand gestützt.

Raymond sah einen Moment auf ihn hinab. Dann warf er einen Blick in die Runde. »Verschwindet. Na los, hier gibt es nichts mehr zu sehen.«

Er wartete, bis die Zuschauer – die Gaffer ebenso wie die Parteigänger – sich zerstreut hatten, dann hockte er sich neben seinen geschlagenen Herausforderer. »So. Und jetzt reden wir über Eure Schwester.«

Scrope wandte mit einem erstickten Laut den Kopf ab. Es klang verdächtig nach einem Schluchzen. »Ich … hätte nicht gedacht, dass Ihr zu der Sorte gehört, die gern nachtritt. Der König hält so große Stücke auf Euch.«

»Wie wär's, wenn Ihr zur Abwechslung mal das Maul haltet und zuhört?«, fuhr Raymond ihn an.

Scrope schwieg verdattert.

Raymond atmete hörbar tief durch. Dann sagte er leise: »Eure Schwester Rosalind, Sir, hält es mit den Ketzern.«

Scropes Kopf ruckte hoch. »*Was?*«

Raymond nickte nachdrücklich. »Jetzt staunt Ihr, he. Vor drei Wochen fand nachts ein heimliches Treffen der Lollarden in einer Kirche in Cheapside statt. Ich wusste davon, weil … nun, es ist gleich, wieso. Aber auch die Spione des Erzbischofs hatten von dieser Zusammenkunft Wind bekommen. Sie wollten die Kirche stürmen und bei der Gelegenheit das ganze Lollardennest ausheben. Nun, die Ketzer wurden rechtzeitig gewarnt. Aber es gab ein Gerücht bezüglich Eurer Schwester, Sir. Darum setzte ich ein anderes Gerücht in die Welt, versteht Ihr? Ich bedaure, dass mir kein ehrenhafterer Weg eingefallen ist, um sie zu schützen, aber ich bin nun einmal, wie ich bin. Jetzt munkelt der Hof, Rosalind Scrope habe in der bewussten Nacht Raymond Waringhams Bett geteilt. Das ist bitter für Euch, ich weiß. Aber besser, als sie brennen zu sehen, oder?«

Scrope hatte ihm blinzelnd gelauscht. Seine Miene wurde immer fassungsloser. »Meine Schwester … gehört zu den Lollarden?«

»Ich denke schon.«

»Und Ihr … Ihr habt sie nicht angerührt?«

Raymond grinste. »Leider nicht. Ein süßes Ding, wirklich …« Er hob beschwichtigend die Hände. »Schon gut, schon gut. Nein. Ich habe sie nicht angerührt.«

Scrope verdrehte die Augen und kniff einen Moment die Lippen zusammen. »Verflucht … warum konntet Ihr mir das nicht sagen, ehe ich solch einen Narren aus mir gemacht habe und Ihr mir die Hand gebrochen habt?«

»Hm. Das hätte ich, wenn Ihr mir die Gelegenheit gegeben und keine solche Szene gemacht hättet.«

Scrope nickte ergeben und stöhnte leise. »Es tut verflucht weh, wisst Ihr.«

Raymond lächelte schadenfroh. »Vielleicht lernt Ihr etwas daraus.« Er stand vom Boden auf. »Geht zu Bruder Gregory, der wird Eure Hand versorgen«, riet er zum Abschied. Und dann, weil es immer irgendeinen kleinen Teufel gab, der Raymond of Waringham ritt, fügte er hinzu: »Und grüßt Eure Schwester von mir.«

Als er auf dem Rückweg in die Halle war, fing sein Knappe ihn mit besorgter Miene ab. »Sir …«

»Ja? Was gibt's denn, Howard?«

»Euer Bruder, der Earl of Burton, ist hier und sucht nach Euch.«

Raymond war auf einen Schlag beunruhigt. Sein Bruder kam *nie* nach Coldharbour. Er nannte es den »schlimmsten Sündenpfuhl in dieser gottlosen Stadt«.

»Hat er gesagt, was ihn herführt?«, fragte Raymond seinen Knappen.

»Nein, Sir.«

»Wo ist er?«

»In der Halle.«

Raymond lief die Treppe zur Halle hinauf. Er wurde mit Applaus empfangen, lächelte unbestimmt in die Runde und steuerte auf die linke Seite des großen Saales zu, wo sein Bruder und sein Stiefbruder im Schatten der Säulen zusammenstanden und leise redeten.

»Edward? Ist was passiert?«

Sie umarmten sich.

Mit siebenunddreißig Jahren sah Edward of Burton immer noch aus wie der jugendliche Drachentöter: edel, furchtlos, unberührt von Alter oder Sünde. Was natürlich daran lag, dachte Raymond nicht ohne Hohn, dass er all diese Dinge *war*. Edward, seit frühester Jugend ernst, pflichterfüllt und tugendsam, war das vollkommene Gegenteil von Raymond, aber trotzdem oder auch gerade deswegen liebten die Brüder sich innig.

Der ältere nickte bekümmert. »Es ist John, Raymond. Tristan Fitzalan ist aus Waringham gekommen, Vater schickt ihn.« Er berichtete in kurzen Worten von dem Feuer und dem Unfall. »Was sie auch versuchen, das Fieber lässt sich nicht senken. Die Verbrennungen haben sich böse entzündet. Er phantasiert, und er nimmt nichts zu sich.«

»Stirbt er?« Raymond biss die Zähne zusammen.

Edward antwortete nicht.

Mortimer war sehr bleich. Mit Edward, vor allem mit Raymond war er aufgewachsen, nachdem seine Mutter deren Vater geheiratet hatte, aber John war sein leiblicher Bruder. Halbbruder zumindest. »Lasst uns aufbrechen«, drängte er leise.

Edward nickte und trat kurz an den Tisch, wo Raymonds und Mortimers Freunde versammelt saßen.

»Nanu, Burton!«, rief John Oldcastle aus. »Was verschlägt Euch hierher?«

Edward gab vor, ihn nicht gehört zu haben, und würdigte ihn keines Blickes. Oldcastle machte aus seiner ketzerischen Gesinnung keinen Hehl, darum gehörte er auf den Scheiterhaufen, nicht an den Hof des Königs, fand Edward. Er suchte vergeblich nach einem vertrauenswürdigen Gesicht, bis er Lord Scrope allein am entlegenen Ende der Halle entdeckte. Edward trat zu ihm, erklärte ihm kurz, was geschehen war, und bat ihn, ihn selbst, Raymond und Mortimer beim König zu entschuldigen.

Scrope schämte sich, weil er Raymond of Waringham noch vor wenigen Minuten jedes nur erdenkliche Unglück an den Hals gewünscht hatte. Jetzt, da es eingetreten war, hätte er allerhand darum gegeben, seine Flüche zurücknehmen zu können. »Natürlich, Mylord. Und ich werde für Euren jungen Bruder beten.«

»Ich danke Euch, Sir.« Edward verneigte sich förmlich und eilte zu Raymond und Mortimer zurück.

Zusammen mit Tristan Fitzalan, der zu den verlässlichsten Rittern ihres Vaters gehörte, ritten sie nach Waringham, als seien alle Teufel der Hölle hinter ihnen her.

Sie verließen die Stadt über die London Bridge, preschten durch die engen Gassen von Southwark am südlichen Themseufer, dass die Passanten vor ihnen auseinander spritzten wie Wassertropfen, und schlugen schließlich die Watling Street Richtung Canterbury ein. Eine Stunde hinter Rochester zweigte der Pfad nach Waringham ab. Kurz vor Einbruch der Dunkelheit kamen sie dort an.

Während sie den eiligen Tain auf seiner alten Holzbrücke

überquerten und dann den Mönchskopf hinaufritten, betrachteten die drei Ritter Waringham mit höchst unterschiedlichen Blicken: Für Edward, der seine ganze Kindheit im Norden verbracht hatte, war es lediglich der Ort, wo seine Familie lebte. Für Raymond war es sein Zuhause, das er liebte und wo all seine Wurzeln steckten, doch gleichzeitig der Mühlstein um seinen Hals. Und für Mortimer war es all das, was er endgültig verloren hatte, als sein Vater den König verraten hatte.

Sie ritten über die Zugbrücke und durch das mächtige Torhaus der Burg, wandten sich nach rechts, wo ein Pferdestall lag, der im Vergleich zum Gestüt klein und geradezu schäbig wirkte, überließen ihre kostbaren Rösser den Stallknechten und eilten durch den grasbewachsenen Innenhof zum Burgturm hinüber.

Als sie die erste Treppe erklommen hatten, warf Raymond einen kurzen Blick in die Halle. Ein paar Mägde waren dabei, die lange Tafel für die Ritter, deren Familien und auch für das Gesinde zum Nachtmahl zu decken, aber sonst war niemand dort. Sein Vater unterhielt nur noch einen kleinen Haushalt. Keine Kampftruppe mehr. Für Robin of Waringham waren die Tage des Kampfes vorüber.

»Komm schon, Raymond«, drängte Mortimer von der Treppe. Raymond wandte sich ab und folgte ihm hinauf zu den Wohngemächern der Familie.

Sie fanden ihre Schwester an Johns Bett.

»Joanna?«, murmelte Edward. »Wie steht es?«

Ihr Kopf fuhr herum. Als sie ihre Brüder in der Tür stehen sah, erhob sie sich und schloss sie nacheinander in die Arme. Auch für die neunzehnjährige Joanna waren diese Brüder keine Gefährten ihrer Kindheit gewesen, doch im Gegensatz zu John hatten sie für die Schwester nie Konkurrenz, sondern immer nur Beschützer dargestellt.

»Ich weiß es nicht«, antwortete sie leise. »Das Fieber zehrt an ihm. Mir scheint, er schwindet. Für Stunden ist er besinnungslos, und er wird … immer schwächer.« Sie fuhr sich mit dem Ärmel über die Augen.

»Was sagt Liz?«, fragte Raymond, ohne den Blick von dem bleichen Gesicht des Jungen abzuwenden.

»Tristan Fitzalan hat einen gelehrten Doktor aus Canterbury geholt«, erklärte sie. »Einen Benediktiner. Er sah mir so aus, als wisse er, was er tut. Er hat den Arm geschient und gesagt, es sei ein glatter Bruch, der wahrscheinlich gut verheilen werde. Und er hat John zur Ader gelassen, aber gegen das Fieber konnte er nichts ausrichten. John macht sich Vorwürfe, weil drei Pferde im Feuer verendet sind. Ich glaube, das quält ihn mehr als die Verbrennungen. Aber er ist sehr tapfer.«

»Ja, das will ich hoffen«, brummte Raymond. »Du redest von ihm, als wär er ein Dreikäsehoch, Jo.«

Es klang schroffer, als es sonst seine Art war. Er wollte nicht, dass sie merkte, wie bestürzt er über Johns Anblick war, dieses vom Fieber gezeichnete Gesicht, das mager, beinah greisenhaft aussah. Raymond trat an das breite, komfortable Bett. Die schweren Vorhänge waren zurückgeschoben. John lag auf dem Rücken; er hatte die leichte Decke weggestrampelt. Der linke Unterarm war geschient und verbunden. Auch um die Stirn trug der Junge einen Verband, doch die Brust war nackt, von einem Film bräunlicher Salbe bedeckt.

»John«, sagte Raymond und nahm die gesunde Rechte des Jungen. Die Hand war so heiß, dass er sie um ein Haar hätte fallen lassen. »Das kommt wieder in Ordnung, Junge. Ehrlich, ich bin sicher. Bestimmt geht es dir dreckig, aber du wirst wieder, glaub mir.«

John regte sich und drehte den Kopf in seine Richtung, schlug die Augen jedoch nicht auf.

Mortimer und Edward waren ebenfalls hinzugetreten und sahen besorgt auf den Jungen hinab.

»Ja, ich glaube, Raymond hat ausnahmsweise Recht, John«, stimmte Edward zu, wenngleich er sich keineswegs sicher war.

»Hm. Sieht schlimmer aus, als es ist«, meinte auch Mortimer.

Edward fuhr John behutsam über den angesengten Schopf, dann wandte er sich an ihre Schwester. »Wo ist Vater?«

»Im Gestüt, denke ich. Aber er wollte zum Essen zurück sein.«

Robin of Waringham aß für gewöhnlich nicht mit seinem Haushalt in der großen Halle. Er bewohnte einen behaglichen Raum, der auf der Südseite des Bergfrieds über dem Rosengarten lag und wo er mit John, Joanna und deren Mann auch die Mahlzeiten einnahm.

Dort fand Edward ihn. »Vater.« Er verneigte sich höflich. »Ich hoffe, du bist wohl?«

Robin lächelte matt. Edwards Förmlichkeit hörte nie auf, ihn zu amüsieren. »Komm rein, mein Junge. Und sag nur, was du in Wirklichkeit meinst: Ich sehe mitgenommen aus. Das ist kein Wunder, weißt du. Ich *bin* mitgenommen.«

»Ja. Welch eine Serie von Schicksalsschlägen.«

Edward, so wusste Robin, war derjenige seiner Söhne, der am ehesten dazu neigte, sich in andere Menschen hineinzuversetzen und ihren Kummer zu teilen.

»Raymond glaubt, John kommt durch«, fuhr Edward fort.

Robin wiegte den Kopf hin und her. »Ich hoffe, er hat Recht. Jedenfalls bin ich froh, dass ihr gekommen seid. Und jetzt erzähl mir, wie es war.«

Edward wusste, sein Vater meinte nicht die feierliche Krönungszeremonie in Westminster vor fünf Tagen, sondern er sprach vom Tod des Königs: Henry of Lancaster, der für Robin mehr als ein Sohn und für Edward mehr als ein Bruder gewesen war.

Edward brauchte eine Weile, ehe er antworten konnte. Der Verlust war noch zu frisch. Abwesend nahm er von einem Pagen einen gut gefüllten Becher entgegen und wartete, bis er mit seinem Vater allein war, trank aber nicht.

»Ich … ich dachte, er sei auf dem Wege der Besserung«, begann er schließlich. »Er wolle in die Abtei von Westminster, um am Schrein des heiligen König Edward zu beten, sagte er, und ich war froh. Wenn er nach Westminster reiten wollte, glaubte ich, müsse es ihm besser gehen. Aber kaum waren wir dort, brach er bewusstlos zusammen. Wir haben ihn ins Haus des Abtes getragen, es war das nächste. Er ist nur noch einmal kurz aufgewacht, erflehte Gottes Segen für Harry und seine übrigen Kinder und für England, dann … starb er.« Edwards Stimme drohte zu kippen. »Ein todkranker Greis von siebenundvierzig Jahren. Ausgebrannt, gänzlich am Ende seiner Kräfte. Aber jetzt hat er endlich Frieden.«

Robin nickte. »Den hat er verdient. Dreizehn Jahre lang hat er sich vergeblich um Frieden bemüht. Armer Henry. Unrast und Hader waren nur die Früchte dessen, was Richard gesät hatte. Aber Henry musste sie ernten. Ich sage dir ehrlich, Edward, ich habe mir oft gewünscht, ich hätte ihn damals nicht so bedrängt, die Krone zu nehmen.«

Sein Sohn sah ihn verblüfft an. »Aber du hattest völlig Recht, Vater! Er *musste* sie nehmen. Es gab keine andere Lösung. Hast du nicht damals zu ihm gesagt, er dürfe sich nicht drücken, nur damit die Chronisten schreiben, ›Henry of Lancaster war ein guter Junge‹?«

»Das hat er dir erzählt?«, fragte Robin.

Edward nickte mit einem wehmütigen Lächeln. »Oft. Immer, wenn die Last erdrückend wurde. Es hat ihn jedes Mal aufs Neue überzeugt, also solltest du jetzt nicht zweifeln.«

»Nein, das tue ich nicht«, entgegnete Robin versonnen. »Ich wünschte nur, es wären nicht so schwere, bittere Jahre gewesen. Er hatte ein besseres Leben verdient. Es ist seltsam, weißt du. Ein alter Seher hat einmal geweissagt, dass Henry in Jerusalem sterben werde. Ich bin wohl doch abergläubischer, als ich dachte, denn ich habe mir nie wirkliche Sorgen gemacht, obwohl ich natürlich wusste, wie krank er ist. Ich dachte immer: Er wird sich erholen und Gelegenheit haben, in Frieden alt zu werden zum Lohn für all seine Mühen. Solange er nur nicht wieder ins Heilige Land pilgert …«

Edward starrte ihn einen Moment fassungslos an. Schließlich sagte er: »Das Gemach in der Abtei, wo er starb, heißt ›Jerusalem-Zimmer‹.«

Robin lachte leise. Es klang nicht fröhlich. »So ist das mit

Prophezeiungen. Immer tückisch.« Er schüttelte kurz den Kopf und nahm einen Schluck aus seinem Silberpokal. Es war ein hervorragender Burgunder, den er trank. Angesichts seines biblischen Alters hatte Robin sich daran gemacht, die besten Fässer in seinem Keller selbst zu leeren. Das war weitaus klüger, als sie Raymond zu hinterlassen, fand er, der keinen Sinn für guten Wein hatte. »Nun, ganz gleich, was die Chronisten schreiben werden, Henrys Mühen waren nicht vergeblich, Edward. Er hinterlässt seinem Sohn ein gefestigtes Reich mit sicheren Grenzen. Und ich sage dir, erst jetzt wird die Welt wirklich erleben, was geschieht, wenn ein Lancaster König ist.«

Edward plagten Zweifel. »Ich wünschte nur, der Sohn hätte mehr Ähnlichkeit mit dem Vater. Versteh mich nicht falsch«, fügte er hastig hinzu, als er den unwilligen Blick seines Vaters auffing. »Der junge Harry hat das Herz auf dem rechten Fleck und ist ein hervorragender Soldat, ganz gewiss. Aber ist er ein Staatsmann?«

Robin lächelte still vor sich hin. »Ich glaube, dir steht die eine oder andere Überraschung bevor …«

Sie wurden unterbrochen, weil Joanna, Ed Fitzroy und Mortimer eintraten.

»Ich habe Maud gesagt, sie kann auftragen«, verkündete Joanna. »Raymond will noch ein Weilchen bei John bleiben. Wir sollen ihm etwas übrig lassen, aber nicht auf ihn warten.«

Robin nickte seinem Stiefsohn zu. »Mortimer.«

»Sir.«

Sie hatten es nie zu mehr als kühler Höflichkeit gebracht. Mortimer war der Sohn von Robins zweiter Frau Blanche und seinem Erzrivalen. Zu viel stand zwischen ihnen, und seit Blanches Tod gab es niemanden mehr, der genügend Einfluss auf sie beide hatte, um eine Versöhnung mit der geringsten Aussicht auf Erfolg zu betreiben. Da Mortimer jedoch für gewöhnlich mit seiner Frau – Robins Nichte – auf seinem Rittergut in Sussex lebte, sahen sie sich nicht oft genug, um die alte Fehde lebendig zu halten.

»Ich wollte eigentlich selbst vor dem Essen noch einmal nach John sehen«, antwortete Robin seiner Tochter.

Sie legte ihm im Vorbeigehen die Hand auf den Arm. »Bleib nur. Er schläft immer noch, sein Zustand ist unverändert. Aber Raymond wird ihn gewiss aufheitern. Ich glaube … es ist Johns Gemütsverfassung, die seiner Genesung im Wege steht. Und dagegen kann Raymond wohl am ehesten etwas tun.«

»Hm«, machte Robin trocken. »Eine unerschütterliche Frohnatur, das ist er, unser Raymond.«

Maud, eine junge Magd aus dem Dorf, trug ein wenig verlockendes Gericht aus Kohl und Hering auf, und alle begannen lustlos zu essen. Alle außer Joanna, deren Kehle sich bei dem salzigen Fischgeruch gefährlich zuzog. Angewidert rührte sie mit ihrem Löffel in der Schale. »Herrje … wenn Ostern so spät ist, kommt es einem immer vor, als ginge die Fastenzeit nie zu Ende«, klagte sie seufzend. Dann kam ihr ein Gedanke, und sie wandte sich an Mortimer. »Was ist, wenn ein König mitten in der Fastenzeit gekrönt wird? Gibt es beim Festschmaus dann auch Hering mit Kohl?«

Ihr Bruder schüttelte mit einem schwachen Grinsen den Kopf. »Da ein König sich im Stande der göttlichen Gnade befindet, kann er es sich erlauben, ein bisschen über die Stränge zu schlagen. Es war … ein gewaltiges Festmahl. Die Tafeln in Westminster Hall konnten die Speisen kaum tragen.«

»Du hättest vor allem an dem Naschwerk deine Freude gehabt, Jo«, warf Edward ein, der seine Schwester gern mit ihrer Schwäche für Süßigkeiten aufzog. »Zuckerpasteten gab es, in Form von Antilopen und Adlern, und aus ihren Mäulern und Schnäbeln hingen illuminierte Pergamentstreifen mit Segenssprüchen für die Regentschaft des Königs. Und all das wurde aufgetragen von Dienern zu Pferd.«

»Zu Pferd?«, wiederholte Fitzroy fassungslos.

Edward nickte. »Nicht so große Rösser wie unsere hier, aber immerhin.«

»Der König selbst war ungewöhnlich missmutig während des ganzen Festmahls. Und er hat keinen Bissen gegessen«, setzte Mortimer den Bericht fort. »Vermutlich hat ihm die Last der Verantwortung den Appetit verschlagen.«

Abwechselnd erzählten er und Edward auch von der feierlichen Inthronisierung am vergangenen Sonntag. Alle englischen Lords der Welt und der Kirche waren praktischerweise ohnehin in Westminster versammelt gewesen, da kurz vor dem Tod des alten Königs ein Parlament einberufen worden war, sodass sie alle zur Stelle waren, um dessen Nachfolger ihren Lehnseid zu schwören. Raymond hatte dies stellvertretend für den Earl of Waringham getan, so wie er Robin auch im Parlament und bei allen anderen offiziellen Anlässen vertrat. Robin verließ Waringham kaum noch. Er genoss das beschauliche Landleben und war vollauf damit zufrieden, sich um seine Pferde und seinen kleinen Haushalt zu kümmern.

»Was hört ihr von Isabella?«, fragte er Edward und Mortimer. Seine zweitjüngste Tochter war zu Robins Bedauern in die Benediktinerinnenabtei in Havering eingetreten, und seither hatte er sie nicht mehr gesehen. Ihre Briefe wurden immer seltener und waren meist recht kühl. Isabella verübelte ihrem Vater seine antiklerikale Gesinnung.

Mortimer antwortete nach einem fast unmerklichen Zögern: »Es geht ihr gut, Sir. Sie hat begonnen, Gedichte zu schreiben. Ich habe sie kürzlich besucht, und sie hat mir eins gezeigt. Sie ist so begabt wie Mutter. Und sie ist die rechte Hand der Äbtissin. Sie … wird es weit bringen.«

Robin seufzte. »Nun, wenn sie dort glücklich ist, will ich zufrieden sein.«

»Du solltest stolz auf sie sein«, schalt der fromme Edward.

»Ah ja?« Robin zog die Brauen hoch. »Und ich dachte immer, Stolz sei Sünde … Joanna, was ist mit dir?«

Sie war plötzlich aufgesprungen, presste die Hand vor den Mund und stürmte hinaus.

Raymond, der gerade zu ihnen stoßen wollte, sprang behände zur Seite, um nicht mit ihr zu kollidieren. »Ich wette, sie schafft es nicht bis zum Abtritt«, murmelte er, schloss die Tür, beugte sich zu seinem Vater hinab und schloss ihn in die

Arme. »Gott zum Gruße, Mylord. Ich hoffe, du fühlst dich besser, als du aussiehst.«

Robin winkte mit einem Lächeln ab, das ihn für einen Moment um Jahre jünger wirken ließ. Raymond, hatte er festgestellt, hatte immer eine verjüngende Wirkung auf ihn. »Danke, mein Junge. Ich kann mir nicht vorstellen, dass du sonderlich an meinen Klagen über schmerzende Gelenke, steife Knochen, verstorbene Könige oder verendete Pferde interessiert bist. Und du weißt selbst, wie es um John steht. Davon abgesehen geht es mir prächtig.«

Raymond nickte ein wenig betreten, drosch Ed Fitzroy zum Gruß auf die Schulter, setzte sich neben ihn auf Joannas Platz und nahm sich ihrer verwaisten Schale an. Nach dem ersten Löffel gab er einen undeutlichen Protestlaut von sich. »Jetzt kann ich sie verstehen«, brummte er, aß aber hungrig weiter. An seinen Schwager gewandt, fuhr er kauend fort: »Sag nicht, sie brütet.«

Fitzroy hob die Hände. »Du weißt so viel wie ich.« Dennoch strahlte er. Seit Wochen hatte Joanna vermutet, sie könne endlich schwanger sein, und dieser Verdacht schien sich nun zu erhärten. »Aber ich hoffe es.«

»Ja, ich auch«, stimmte Robin zu. »Es ist doch ein tröstlicher Gedanke, dass mir wenigstens eins meiner Kinder Enkel schenkt.« Er warf Raymond einen vielsagenden Blick zu.

Der erwiderte ungerührt: »Du hast mehr als ein halbes Dutzend Enkel oben in Fernbrook, oder irre ich mich?«

»Du irrst dich nicht«, räumte sein Vater ein. »Aber das wird dich nicht davor retten, irgendwann heiraten zu müssen. Du bist fast fünfunddreißig, Raymond, andere Männer in deinem Alter haben ein Dutzend Kinder.«

Das hab ich vermutlich auch, dachte Raymond und schob sich hastig einen weiteren Löffel Eintopf in den Mund, um nicht antworten zu müssen.

Noch ehe er geschluckt hatte, wechselte sein Vater das Thema. »Ist John aufgewacht?«

Raymond nickte, seine Miene mit einem Mal ernst. »Nur

kurz. Das Fieber brennt unverändert, aber er hat mich erkannt. Ich hab ihm zu trinken gegeben, und er wollte, dass ich ihm von der Krönung erzähle. Das habe ich getan, und kurz darauf schlief er wieder. Ein bisschen ruhiger als vorher, schien mir. Aber diese Entzündungen sehen nicht gut aus.«

»Nein, ich weiß.«

Alle schwiegen einen Moment. Wenn die Brandwunden nicht bald abheilten oder sie gar zu eitern begannen, würde ihnen nichts anderes übrig bleiben, als sie auszubrennen. Daran wollten sie lieber nicht denken. Plötzlich hatte niemand mehr rechten Appetit.

»Ich werde später ins Dorf zu Liz Wheeler gehen«, sagte Raymond. »Die Salbe ist von dem Arzt aus Canterbury, nehme ich an?«

Robin nickte.

»Da sie nicht zu helfen scheint, sollte Liz es mit einer von ihren probieren.«

Der Earl hatte großen Respekt vor den Künsten der heilkundigen Bauersfrauen. Er war einverstanden. Auch wenn er wusste, dass Raymond die Heilerin nicht nur wegen ihrer Tinkturen aufsuchen wollte.

Es war längst finster, als Raymond den Burghügel hinab und über den Mönchskopf schlenderte. Aber das Wetter hatte sich gebessert. Die Wolkendecke war aufgerissen, und ein fahler, halber Mond beleuchtete den nackten Kalkstein auf der Hügelkuppe, ließ den Tain, der sich am Fuß des Mönchskopfs durch die Wiesen schlängelte, wie ein Band aus nachtblauer Seide schimmern.

Raymond überquerte den kleinen Holzsteg, kam auf den von Bäumen umstandenen Dorfplatz und ging hinter der Kirche die Gasse hinab, die zum Haus der Hebamme und Heilerin von Waringham führte. Es stand ein wenig abseits inmitten eines Kräutergartens, der von einer hohen Buchenhecke umfriedet war. Liz gab sich gern geheimnisvoll. Die Hecke vermittelte den Eindruck, als gingen in ihrem Häuschen und im Garten Dinge vor, die nicht für aller Augen bestimmt waren. Das war natürlich Unfug, wusste Raymond. Aber eine Kräuterfrau musste eben etwas für ihren Ruf tun, so wie die Ärzte in den Städten oft mit blut- und eiterbesudelten Gewändern daherkamen, um der Welt kundzutun, wie gefragt ihre Dienste waren. Ein jeder förderte sein Geschäft eben auf seine Weise …

Raymond zwängte sich durch den schmalen Durchlass der Hecke in den Garten, trat lautlos an die Tür und spähte durch einen Spalt zwischen zwei Brettern. Der vordere Raum war vom Herdfeuer und einem Talglicht auf dem Tisch erhellt. Liz war allein, wie er inständig gehofft hatte. Sie stand über einen Kessel gebeugt und zählte Beeren aus einem Lederbeutel ins kochende Wasser. Schon der Anblick ihres wohlgeformten Hinterteils, das sich unter dem Rock abzeichnete, reichte völlig. Raymond stieß mit der flachen Linken die Tür auf, während die Rechte an seinem Gürtel nestelte.

Liz sah über die Schulter, und als sie ihn erkannte, wollte sie sich aufrichten, doch er schüttelte den Kopf. »Bleib so«, bat er, seine Stimme ein wenig belegt.

Mit einem amüsierten Blick wandte sie sich wieder um und stützte die Hände auf das Sims des niedrigen Rauchabzuges. Raymond schob ihre Röcke hoch und drang mit einem Seufzer der Erleichterung in sie ein, ehe er sie mit dem linken Arm kurz an sich presste und mit der rechten Hand an ihrem Halsausschnitt zerrte, bis der klein beigab und riss, sodass ihre schweren Brüste herauspurzelten und pendelnd in seine wartenden Hände fielen.

»Oh, Lizzy …«, murmelte er mit zugekniffenen Augen.

»Mylord?«

»Ich weiß ehrlich nicht, wie ich es immer so lange ohne dich aushalte.«

»Soll ich es dir erklären?«, erbot sie sich höflich.

Er lachte leise. »Vielleicht später.« Dann konzentrierte er sich auf sein Unterfangen: Mit sachten Bewegungen reizte er sie, bis sie ungeduldig wurde und sich ihm unter leisem Stöhnen rhythmisch entgegendrängte, dann plötzlich ließ er ihre

Brüste los, umfasste ihre Taille und stieß hart und schnell in sie hinein. Ihr Stöhnen wurde lauter, aber noch übte sie Zurückhaltung, denn mochte sie auch schamlos sein, wollte sie doch nicht, dass das ganze Dorf es wusste, wenn Raymond sie besuchte. Aber nicht lange, und er hatte sie da, wo er sie wollte. Sie warf den Kopf zurück und hielt mit einem Mal still. Raymond pflügte noch ein wenig schneller, und schließlich tat sie bedenkenlos der ganzen Welt ihre Lust kund. Er lauschte ihr hingerissen, dieser rauen, volltönenden Stimme, und dann kam er selbst.

Reglos und keuchend verharrten sie ein paar Atemzüge lang am Herd, ehe er sich von ihr löste, sie zu sich umdrehte und zu einem etwas verspäteten Begrüßungskuss in die Arme schloss.

Dann schaute er in ihr Gesicht und lächelte unwillkürlich. Liz hatte das üppige blonde Haar und die rosige Haut so vieler Frauen vom Lande; ihre Züge waren jedoch feiner als die der meisten. Ihre blauen Augen erwiderten seinen Blick wissend, aber ohne Arglist. Liz war fünfundzwanzig – jung genug, um noch anziehend zu sein, alt genug, um zu wissen, was sie vom Leben zu erwarten hatte. Als Raymonds Tante Agnes, die trotz ihrer hohen Geburt die Aufgaben einer Hebamme und Kräuterfrau in Waringham versehen hatte, vor zehn Jahren gestorben war, hatte Liz deren Pflichten übernommen. Schon ihr Beruf machte sie zur Außenseiterin. Die Leute von Waringham waren freundlich zu ihr, nahmen ihre Dienste in Anspruch und vertrauten ihr ihre Kümmernisse an, aber allein die Tatsache, dass sie Dinge wusste, die andere nicht kannten, machte sie sonderbar. Und seit sie Raymond vor sieben Jahren einen Bastard geboren hatte, war die Kluft zu ihren Nachbarn spürbarer geworden. Ihr Sohn besuchte inzwischen auf Raymonds Kosten die Klosterschule von St. Thomas. Gewiss war Liz manchmal einsam. Aber sie beklagte sich niemals, und sie stellte keine Forderungen.

Jetzt allerdings sagte sie mit leisem Vorwurf: »Du hast mir schon wieder ein Kleid zerrissen.«

Er zuckte unbekümmert die Schultern. »Ich kauf dir ein neues.«

»Ich bin keine Hure, Mylord«, erklärte sie ohne Schärfe und nahm ihren kleinen Kessel vom Feuer.

»Nein, ich weiß«, erwiderte er ernst. »Ich will ja nur den Schaden wieder gutmachen, den ich angerichtet habe.«

Sie seufzte in komischer Verzweiflung. »Das dürfte unmöglich sein.«

Er lachte, löste ihren Haarknoten und breitete die blonde Pracht um ihre Schultern aus. Dann zeigte er mit dem Finger auf das ramponierte Kleid. »Zieh es aus, he? Damit es nicht noch mehr leidet.«

»Du meine Güte, was hast du vor? Was ist mit dir? Gibt es am Hof mit einem Mal nur noch tugendhafte Jungfrauen?«

»Hm.« Er brummte. »Mehr, als mir lieb sind.« Rosalind Scrope, zum Beispiel. Er hatte sich redlich bemüht, aus der Lüge Wahrheit zu machen, aber Rosalind hatte ihm eisern widerstanden. Das hatte er immer noch nicht so ganz verkraftet. Tugendhafte Mädchen – egal ob Jungfrau oder nicht und ganz gleich von welchem Stand – waren für Raymond of Waringham mehr eine Herausforderung als ein Heiligtum. »Da fällt mir ein: Wer ist die Unschuld, die meinem Vater das Essen aufträgt?«

»Maud. Sie ist eine Base der Frau eures Försters, und ihr Vater war einmal Heuwart in dem Jahr …«

»Das wollte ich eigentlich nicht wissen«, warf er trocken ein.

»Ihre Eltern sind letzten Winter beide am Lungenfieber gestorben. Da hat deine Schwester sie auf der Burg untergebracht.« Sie zögerte einen Moment, dann fügte sie hinzu: »Lass die Finger von ihr, Raymond. Ich bitte dich. Sie hat niemanden mehr auf der Welt, aber ich weiß, dass deine Schwester ihr einen guten Mann suchen wird. Verdirb ihr nicht alles, hm?«

Er verdrehte ungeduldig die Augen. »Was war nun mit deinem Kleid?«

Liz tat ihm den Gefallen. Gänzlich ungeniert zog sie das schlichte Gewand aus dem blaugrauen Tuch, das die Bauern selbst herstellten, über den Kopf, faltete es sorgsam und legte es auf einen Schemel am Tisch. Raymond bewunderte andächtig ihre schimmernde Haut und die üppigen Rundungen. Dann nahm er den langen Mantel ab, breitete ihn vor dem Feuer im Stroh am Boden aus und zog Liz darauf hinab. Sie legte sich auf die Seite, stützte den Kopf in die Hand und sah zu, wie er sich das feine Surkot auszog.

»Sehr elegant«, bemerkte sie.

»Hm. Ich habe mich heute früh geschlagen, und ich meine, sowohl zum Sterben als auch zum Töten sollte man angemessen gekleidet sein. Wie sich herausstellte, war der Aufwand allerdings unnötig. Kein Tropfen Blut ist geflossen.«

Liz schüttelte verwundert den Kopf. Sie versuchte so oft, sich sein Leben bei Hofe vorzustellen, aber sie scheiterte jedes Mal. Das war eine Welt, die ihr so fremd war, dass sie sie sich einfach nicht ausmalen konnte. »Wie lange bleibst du in Waringham?«, fragte sie.

Er hob die Schultern, während er die Stiefel abstreifte. »Das kommt darauf an, was mit John wird. Aber spätestens zu Ostern muss ich zurück. Der Ostersonntag fällt dieses Jahr auf St. Georg, und es wird ein rauschendes Fest geben in Windsor.«

»Wie geht es John?«

»Schlecht.« Er raufte sich die Haare. »Fürchterlich, wenn du's genau wissen willst. Er ist der zweite Grund, warum ich zu dir gekommen bin. Kannst du mir eine Salbe für seine Brandwunden mitgeben? Und ihn dir morgen vielleicht einmal anschauen?«

»Natürlich. Wenn dein Vater nichts dagegen hat.«

»Ach was. Du kennst ihn doch. Ich meine, Agnes war *seine* Schwester.«

»Nein, ich meinte nicht, dass er mich für eine Hexe hält. Aber er missbilligt unsere …« Ihr fiel kein Wort dafür ein. »Er denkt, ich bin schuld, dass du noch nicht geheiratet hast.«

Raymond gluckste unwillkürlich. »Das denkt er nicht, glaub mir.« Sein Vater kannte ihn besser. »Es besteht kein Grund, dass du dich vor ihm fürchtest. Es ist der weiße Bart, der ihn so weise und würdevoll wirken lässt …« Er dachte einen Moment nach. »Vermutlich ist er das sogar. Weise und würdevoll. Aber er ist ein gutmütiger alter Knabe, sei versichert.«

Sie schien beruhigt. »Natürlich werde ich mir deinen Bruder ansehen und ihm helfen, wenn ich kann. Und ich habe auch eine Salbe, die du ihm mitnehmen kannst. Falls du vor morgen früh nach Hause gehst.«

Er seufzte. »Das sollte ich wohl. Diese Brandwunden sehen übel aus. Je eher ich ihm deine Salbe bringe, desto besser. Aber nicht jetzt gleich«, fügte er mit einem Lächeln hinzu. Es war ein unbekümmertes, geradezu verwegenes Lächeln. Es machte Liz immer schwach, und sie wusste, es gab ungezählte andere, denen es ebenso erging. Das konnte nur daran liegen, dass dieses Lächeln ihr vorgaukelte, sie sei das Einzige, was für ihn zählte. Und in diesem Moment war es auch so. Raymond of Waringham gehörte zu den wenigen Glücklichen, die nur für den Augenblick leben konnten.

Er lag in dem brennenden Stall unter dem herabgestürzten Dachbalken eingezwängt und konnte sich nicht rühren. Und weil er sich nicht rühren konnte, war er dazu verurteilt, Troilus brennen zu sehen. Erst stand die schwarze Mähne in Flammen, dann der Schweif, sodass Troilus wie ein feuriges Ross aus dem Märchen aussah, dann plötzlich war er ganz in Feuer gehüllt. Und während es Troilus verzehrte, nagte es auch an John. An seiner Brust. Es fraß ihn auf. Das ist nur gerecht, dachte er ohne Mitleid für sich selbst. Ich habe ihn im Stich gelassen, also warum soll es mir besser ergehen als ihm? Aber das Brennen wurde schlimmer, das Feuer rückte immer näher, drohte auch ihn einzuhüllen, und er schrie.

Sein eigener Schrei weckte ihn, und er riss entsetzt die Augen auf. Er war sicher, sich mitten im Feuer zu finden, doch stattdessen saß er halb aufgerichtet in seinem Bett, die helle Morgensonne flutete zum Fenster herein, und sein großer Bruder Raymond hielt ihn von hinten an den Oberarmen gepackt, sodass er sich nicht rühren konnte, während Liz Wheeler ihm die Brust bandagierte.

»Es tut mir Leid, Sir John«, sagte sie, und es klang ehrlich zerknirscht.

John keuchte, aus irgendeinem Grund war er außer Atem. Er warf einen gehetzten Blick über die Schulter. »Lass mich los.«

Raymond gab seine Arme frei und stand von der Bettkante auf. »Du hast gebrüllt wie ein Stier, John. Und bist auch stark wie ein Stier. Ich konnte dich kaum halten.«

»Das muss daran liegen, dass du nie etwas anderes als Bierkrüge stemmst und deine Ringkämpfe nur im Bett stattfinden«, murmelte John und ließ sich erschöpft zurücksinken. Der Schmerz auf der Brust war immer noch scharf, und ihn schwindelte.

Raymond lächelte mit einem Kopfschütteln auf ihn hinab. »Sei froh, dass du krank bist, Bruderherz.«

»Ja. Überglücklich.« Der Junge schloss die Augen und drehte den Kopf weg.

»Lass ihn zufrieden«, hörte er Liz sagen. Leise, aber sehr streng. Im nächsten Moment lag ihre kühle Hand auf seiner Stirn. Er rührte sich nicht. Es war ein himmlisches Gefühl.

»Süßer Jesus …«, stieß Liz gedämpft hervor. Es klang erschrocken. »Dagegen müssen wir sofort etwas tun. Er braucht Wasserhanftee. Und warum hat er keine Wadenwickel?«

»Wadenwickel?«, wiederholte Raymond verständnislos.

»Was habt ihr dem Quacksalber aus Canterbury bezahlt, he?«, fragte sie bitter. »Schick nach Wasser und Tüchern. Mit kalten Wickeln senkt man Fieber. Das weiß jede Mutter! Verflucht, was lernen diese Doktoren eigentlich auf ihren Universitäten?«

»Ich geh ja schon«, murmelte Raymond kleinlaut.

John wartete, bis die Tür sich geschlossen hatte. Dann öffnete er die Augen und betrachtete Liz. »Wie zahm er bei dir ist.«

Sie lächelte ihm verschwörerisch zu. »Versucht, noch ein wenig zu schlafen. Und wenn Ihr das nächste Mal aufwacht, fühlt Ihr Euch vielleicht schon besser. Meine Salbe und mein Tee werden Euch helfen, Ihr werdet sehen.«

»Danke.« Schon von ihrer Stimme fühlte er sich besser. »Liz …«

»Ja?«

»Würdest du mir einen Gefallen tun?«

»Natürlich. Was?«

Er zögerte. Er kannte sie nicht gut, und es war etwas sehr Persönliches, worum er sie bitten wollte. Aber ihre Hand auf seiner Stirn hatte ihm so ein wundervolles, tröstliches Gefühl gegeben, darum fasste er Vertrauen und gab sich einen Ruck. »Wenn du das nächste Mal Salbe auf meine Brust streichst oder sonst irgendetwas tun musst, das … du weißt schon. Weck mich vorher. Und sorg dafür, dass keiner meiner Brüder dabei ist.«

Sie sah ihn erstaunt an, und mit einem Mal verstand sie viele Dinge über John. »Ihr habt mein Wort«, versprach sie ernst.

Er nickte erschöpft, und die vom Fieber glasigen Augen fielen langsam wieder zu. Seine Stirn war gefurcht, vermutlich hatte er Kopfschmerzen. Wieder legte sie die Hand darauf. Um die Fieberglut zu lindern und ihm ein bisschen Trost zu spenden, aber auch, gestand sie sich, weil sie die Finger nicht von ihm lassen konnte. John of Waringham war mit seinen schwarzen Locken, den feinen Zügen und blauen Augen wohl der schönste Knabe, der ihr je unter die Augen gekommen war, und gerade war ihr aufgegangen, dass er eben doch schon ein wenig mehr war als nur ein Knabe.

»Verdammt, Raymond«, flüsterte sie. »Wo bleibst du mit den Tüchern?«

Raymond war schwer beschäftigt. In der Küche unter der großen Halle, wohin es ihn auf der Suche nach Wasser und Tüchern verschlagen hatte, war er auf Maud gestoßen. Nun lehnte er an der großen Anrichte, die eine ganze Wand des langen Raumes einnahm, hatte die Arme verschränkt und sah der kleinen Magd tief in die Augen.

»Arbeitest du schon lange hier auf der Burg, Maud?«

»Seit einem Vierteljahr, Mylord.«

»Und bist du glücklich hier? Alle sind gut zu dir, hoffe ich.«

Sie lächelte scheu und nickte.

»Was ist mit deiner Familie?«

Sie senkte den Blick für einen Moment, ehe sie Raymond wieder anschaute. Tränen standen in ihren Rehaugen. »Meine Eltern sind gestorben. Meine Geschwister schon vor Jahren. Es gibt niemanden mehr.«

Er schnalzte mitfühlend. »Armes Kind. Hat dir eigentlich schon mal jemand gesagt, dass du wunderschöne Augen hast?«

Das wirkte immer. Vor allem, wenn es unvermittelt kam. Maud war keine Ausnahme. Errötend schlug sie den Blick wieder nieder, aber sie lächelte. »Nein, ich glaube nicht, Mylord.«

»Das ist eine Schande, denn es ist die Wahrheit. Du solltest es wenigstens einmal täglich hören. Hast du denn keinen Liebsten, der dir solche Dinge sagt?«

Sie schüttelte den Kopf.

»Jesus, ich merke, du bist wahrhaftig ganz allein auf der Welt und …«

»Maud?« Die Köchin steckte den Kopf durch die Tür. »Was trödelst du hier herum, Mädchen? Warum steht das Frühstück für die Herrschaft noch hier?«

Maud war zusammengeschreckt. »Ich gehe sofort, Alice.«

Die Köchin brummte und wollte wieder verschwinden. Dann fiel ihr Blick auf Raymond, und ihr ging ein Licht auf. Sie trat in ihrer ganzen, imposanten Leibesfülle in die Küche. »Wünscht Ihr irgendetwas, Sir Raymond?«, fragte sie honigsüß.

Er hatte seine Ausrede parat. »Wasser und Tücher, Alice, wenn du so gut sein willst«, bat er artig. »Liz will John Wadenwickel machen.«

»Wollt Ihr mir im Ernst weismachen, dass Ihr das nicht längst getan habt?«

Er hob zerknirscht die Schultern.

Maud nutzte die Gelegenheit, schlüpfte an ihm vorbei und trug das Tablett aus der Küche.

Die Runde geht an Alice, dachte Raymond gleichmütig. Aber das Turnier ist noch nicht vorbei …

Liz' Behandlung erwies sich tatsächlich als die wirksamere. Die Verbrennungen begannen zu heilen, und Johns Fieber ließ allmählich nach. Schließlich kehrte auch sein Appetit zurück.

Als offensichtlich wurde, dass er außer Gefahr war, verabschiedeten sich Edward und Mortimer. Ersterer, weil er die Spanne bis zum Parlament, dessen Beginn auf Mitte Mai verschoben worden war, nutzen wollte, um auf seinen Gütern in Lancashire nach dem Rechten zu sehen, Letzterer, weil er es nie lange in Waringham aushielt und weil er Sehnsucht nach seiner Frau und den Kindern hatte.

Was Edward in Burton tun wollte, tat Raymond hier: Er schaute nach dem Rechten. Vor allem auf dem Gestüt, denn das lag ihm ebenso am Herzen wie seinem Vater und seinem Bruder, und er verstand sich weit besser darauf als auf Landwirtschaft.

Am Sonnabend vor Palmsonntag verließ John zum ersten Mal das Bett. Er konnte den gebrochenen Arm in keiner Schlinge tragen, weil die auf seine Brust gedrückt hätte, aber er stützte ihn mit der unverletzten Rechten und ging langsam zum Fenster hinüber. Seine Knie waren furchtbar wackelig, und augenblicklich fühlte er Schweiß auf der Stirn. Trotzdem blieb er, wo er war, und schaute in den Burghof hinab. Ein halbes Dutzend junger Burschen in seinem Alter, die Söhne und Knappen der Ritter seines Vaters, waren auf dem Sandplatz versammelt und maßen sich unter Francis Aimhursts Anleitung im Kampf mit stumpfen Übungsschwertern. John setzte sich auf die breite Fensterbank und schaute ihnen zu, analysierte ihre Fehler, bewunderte die eine oder andere geschickte Finte. Seit es ihm besser ging, litt er unter grässlicher Langeweile. Aber vermutlich war es klüger, das niemandem zu verraten, sonst würde Vater David, der Johns Lehrer und seines Vaters Hauskaplan war, herkommen und ihn mit einem dicken, frommen Buch beglücken. Darauf konnte John gut verzichten. Lieber sah er seinen Freunden unten im Hof bei ihren Übungskämpfen in der warmen Frühlingssonne zu und beneidete sie ein bisschen.

Damit hatte er vielleicht eine Viertelstunde verbracht, als die Tür sich öffnete. Er wandte den Kopf und seufzte. »Liz. Ich hoffe, du vergibst mir, wenn ich nicht sage, es sei eine Freude, dich zu sehen.«

Sie lächelte, schalt ihn aber gleich darauf: »Ihr solltet noch nicht aufstehen, Sir John. Ihr habt immer noch Fieber.«

Er ließ den linken Arm los, um mit der Rechten abzuwinken. Plötzlich mit seinem Eigengewicht belastet, sandte der gebrochene Knochen ein warnendes, schmerzhaftes Zucken bis in die Schulter hinauf. Unwillkürlich zog John scharf die Luft durch die Zähne ein, sagte aber: »Es ist unerträglich, hier herumzuliegen. Ich wette, im Gestüt ist furchtbar viel zu tun. Und sie …« Er wies aus dem Fenster. »Sie alle werden besser als ich, während ich hier auf der faulen Haut liege.«

»Ja, ja«, entgegnete sie ungeduldig. »Ihr solltet trotzdem auf mich hören. Ihr nehmt es ein bisschen zu leicht, dass Ihr dem Tod so gerade noch mal von der Schippe gesprungen seid. Wollen wir?«

Er ging zum Bett zurück und setzte sich auf die Kante. »Von Wollen kann kaum die Rede sein …«

Jeden Morgen kam Liz zur Burg herauf, entfernte den Verband von seiner Brust und erneuerte die Salbe. Obwohl es jetzt von Tag zu Tag erkennbar besser wurde, war es immer noch eine Tortur, ganz gleich, wie behutsam sie die Leinenbinde von dem kaum verheilten Fleisch löste, wie sacht sie die Salbe auftrug. Beim ersten Mal hatte ihr davor gegraut, aber sie hatte ihr Versprechen gehalten und war allein zu ihm gegangen. Und John hatte sie überrascht. Er hielt vollkommen still und gab keinen Laut von sich. Wenn es wirklich schlimm wurde, kniff er die Augen zu und legte den Kopf in den Nacken. Dann und wann stahl sich dennoch eine Träne unter den Lidern hervor. Aber das war alles.

»So. Schon fertig.«

Er nickte. »Besser als gestern«, bemerkte er erleichtert.

»Bis Ostern seid Ihr so gut wie neu«, prophezeite sie.

»Was ich allein dir zu verdanken habe, nicht wahr?«

»Oh, ich konnte ja kaum etwas tun«, wehrte sie ab, mit einem Mal verlegen.

»Das stimmt nicht. Und obendrein riecht deine Salbe viel besser als die von dem Bruder aus Canterbury.« Tatsächlich war es dieser angenehme, würzige und gleichzeitig blumige Duft, der ihm bei ihren täglichen Heimsuchungen immer half, stoisch zu bleiben. »Woraus ist sie gemacht?«

»Kamille, Ringelblume, Johanniskraut, Schafgarbe und Kleehonig«, zählte sie getreulich auf.

»Honig?«, wiederholte er ungläubig.

Sie hob lächelnd die Schultern. »Schadet nie«, erklärte sie.

Er erwiderte das Lächeln. »Man kann wohl sagen, der Erfolg gibt dir Recht.«

»Also dann.«

»Liz …«

»Hm?«

»Wenn … wenn ich mich irgendwann einmal erkenntlich zeigen kann, wirst du's mir sagen?«

Sie schaute ihn verwundert an. Wie anders dieser Junge ist als sein Bruder, ging ihr auf. »Ja. Es könnte wirklich sein, dass ich das irgendwann tue«, antwortete sie.

Er wusste die Ehre zu schätzen und nickte zufrieden.

Liz sammelte ihre Siebensachen ein. »Ich muss gehen. Eure Schwester erwartet mich. Auf morgen, Sir John.«

Er verdrehte die Augen, lachte aber. »Auf morgen.«

Nachdem Liz Joannas Verdacht bestätigt hatte, verfielen die werdenden Eltern in einen Freudentaumel, und auch wenn Robin ihre Euphorie für reichlich verfrüht hielt, kündigte er dennoch an, zu Ostern ein Festmahl zu geben, um die gute Neuigkeit gebührend zu feiern.

»Ich bin froh für Ed und Jo«, bekundete Raymond, der am Nachmittag des Gründonnerstag mit seinem Vater zusammensaß. Sie waren die Frühjahrsabrechnungen durchgegangen und hatten überlegt, was der preiswerteste Weg war, um das verbrannte Pferdefutter zu ersetzen, und in welchem Teil der weitläufigen Wälder von Waringham sie das Holz zum Neubau von Futterscheune und Stallungen schlagen sollten. Jetzt hatten sie die Bücher jedoch zugeklappt.

»Aber?«, hakte Robin nach.

Raymond hob kurz die Schultern. »Kein Aber. Nur kann ich nicht zu Ostern bleiben. Der König fragt sich bestimmt schon, wo ich stecke.«

Sein Vater nickte. »Dann lass dich nicht aufhalten. Reite nach Windsor. Sicher braucht er dich jetzt – so vieles gilt es neu zu regeln.«

»Tja.« Raymond hatte die langen Beine ausgestreckt und stierte auf seine Stiefel hinab.

Robin seufzte leise. »Was ist es, Raymond?«

Sein Sohn hob den Kopf, ergriff seinen Becher und nahm einen kräftigen Zug. Als er wieder abgesetzt hatte, antwortete er endlich: »Es geht um John, Vater. Ich würde ihn gern mitnehmen. Es wird Zeit.«

»Ich glaube, das zu entscheiden solltest du lieber mir überlassen«, antwortete Robin eine Spur kühl.

»Aber es würde ihm gut tun.«

»Er ist noch nicht wiederhergestellt. Kein Zeitpunkt könnte unglücklicher sein als gerade jetzt.«

»Ach, das waren doch nur ein paar Kratzer! Nächste Woche ist es vergessen.«

»Du irrst dich. Wenn man dem Tod so nahe war, braucht es ein wenig länger, bis es vergessen ist. Wie du sehr wohl weißt.«

»Ist das wirklich der Grund? Oder kannst du dich einfach nicht von ihm trennen?«

Sein Vater wurde nicht ärgerlich. Höchstens ein wenig verwundert fragte er: »Hältst du mich wirklich für so selbstsüchtig? Oder glaubst du, mein Greisenalter habe mein Urteilsvermögen getrübt?«

»Nein.« Beschämt senkte Raymond den Blick. Das glaubte er nun wirklich nicht. »Aber es wäre nur natürlich. Er ist dein Jüngster. Und außerdem ist er …« *der Beste von uns allen,* hatte er sagen wollen, doch dann entdeckte er John in der offenen Tür und beendete seinen Satz daher mit: »ein ungezogener Bengel, der Gespräche belauscht, die nicht für seine Ohren bestimmt sind.«

Robin wandte den Kopf. »Ich kann mich nicht entsinnen, dir erlaubt zu haben, das Bett zu verlassen, John.«

Der Junge trat ein, schloss die Tür und kam dann an den Tisch. Ohne auf die väterliche Rüge einzugehen, fragte er: »Und hattet ihr irgendwann auch vor, mich nach meiner Meinung zu fragen?«

»Nein«, antwortete Raymond schroff. »Wozu? Mach dich rar, Brüderchen …«

John wandte sich an seinen Vater. »Es ist keine erhebende Vorstellung, alle Tage der großspurigen Herablassung meiner Brüder ausgesetzt zu sein, Sir, aber ich würde sehr gerne an den Hof des Königs gehen.«

Robin hatte Mühe, sich ein Lächeln über Johns so beiläufig angebrachte Spitze und Raymonds empörte Miene zu verbeißen. Er winkte seinen Jüngsten näher, und als der vor ihn trat, legte er ihm die Hand auf die Schulter. »Ich weiß. Und ich verstehe deine Ungeduld. Aber ich möchte, dass du den Sommer noch hier verbringst. Im Herbst kannst du gehen, so wie abgemacht. Wenn du vierzehn wirst. Nicht eher.«

»Warum nicht?«

Sein Vater schüttelte langsam den Kopf. »Ich habe gute Gründe. Ich fürchte, das muss dir genügen.«

John senkte den Blick. Robin gab seine Schulter frei, und ohne Vater oder Bruder noch einmal anzusehen, verließ der Junge den Raum. Die Tür schloss sich ein wenig lauter, als strikt notwendig gewesen wäre.

»Da.« Robin seufzte. »Gut gemacht, Raymond. Jetzt ist er gekränkt.«

»Siehst du?«, entgegnete Raymond aufgebracht. »Das ist es, was ich meinte. Er ist also gekränkt, ja? Na und? Jo und du und alle anderen hier, ihr behandelt ihn wie ein rohes Ei! Er verweichlicht!«

Robin schüttelte den Kopf. »Er wächst nicht anders auf als du. Behütet. Aber nicht verhätschelt. Dafür arbeitet er zu hart. Ich will lediglich, dass er dieses halbe Jahr noch hat, um ein bisschen robuster zu werden. Er ... lässt es niemanden merken, aber er hat den Tod seiner Mutter noch nicht wirklich überwunden.«

»So wenig wie du«, murmelte Raymond betrübt.

»So wenig wie ich«, stimmte Robin zu. Aber nicht ich habe sie mit zerschlagenen Gliedern und gebrochenem Genick am Fuß der Treppe gefunden, sondern er, fügte er in Gedanken hinzu.

Die Burg von Waringham war beinah dreihundert Jahre alt, die steinernen Treppenstufen daher ausgetreten und glatt. Blanche war an einem warmen Sommerabend vor knapp zwei Jahren mit einem dicken Buch unter dem Arm auf dem Weg in den Rosengarten hinunter gewesen und offenbar auf einer der oberen Stufen ausgeglitten. Sie musste ja auch immer diese unvernünftigen, modischen Seidenschuhe tragen – Robin hatte sie tausend Mal gewarnt, es sei gefährlich. Und immer lief sie so schnell, war immer in Eile, als fürchte sie, etwas vom Leben zu versäumen. John hatte im Garten auf seine Mutter gewartet, und als sie nicht kam, wollte er nachschauen, wo sie blieb. Robin meinte heute noch manchmal, den gellenden Schrei durch das alte Gemäuer hallen zu hören.

Er schüttelte die düstere Erinnerung ab. »Wie dem auch sei. Du wirst kaum bestreiten, dass es in Harrys Gefolge oft sehr rau zugeht. Und es ist nicht nur die beste Gesellschaft ...«

»Vielleicht nicht«, unterbrach Raymond ungeduldig. »Aber sie würde ihm gut tun. Und ich pass schon auf ihn auf.«

Robin nickte überzeugt. »Das erwarte ich auch. Im Herbst. Nicht jetzt.«

»Vater ...«

»Das ist mein letztes Wort.«

Raymond kannte diesen Tonfall und wusste, dass er auf verlorenem Posten kämpfte. Er stieß ärgerlich die Luft aus, rang um einen gemäßigten Tonfall und fragte schließlich: »Und wirst du mir deine Gründe erklären, oder muss auch ich mich damit begnügen, dass du sagst, es seien gute?«

»Hm, das solltest du eigentlich, nicht wahr«, erwiderte Robin. »Darüber hinaus war ich der Auffassung, ich hätte dir die Gründe bereits genannt. Aber du hast Recht, es gibt noch einen weiteren: Der neue Lord Chancellor hat mir für Anfang Mai seinen Besuch angekündigt.«

»Wer ist der neue Chancellor?«, fragte Raymond verwirrt.

Robin schnalzte missbilligend. »Meine Güte, Raymond. Im Kronrat findet vor deiner Nase eine Revolution statt, und du weißt nichts davon? Vielleicht solltest du wenigstens einmal in der Woche versuchen, nüchtern zu bleiben, damit dir die entscheidenden politischen Entwicklungen nicht immer so gänzlich entgehen.«

»Revolution?«, echote Raymond, zu verwundert, um auf den kleinen Seitenhieb einzugehen.

»Hm. Der König hat am Morgen nach seiner Krönung Erzbischof Arundel als Chancellor entlassen und stattdessen seinen Onkel Henry Beaufort, den Bischof von Winchester, eingesetzt.«

Raymond erinnerte sich vage an das, was Oldcastle und Hoccleve neulich morgens gesagt hatten. »Bischof Beaufort ...«, wiederholte er und pfiff leise vor sich hin. Dann lächelte er. »Ich wusste doch, es brechen neue Zeiten an. Gott, werd ich froh sein, wenn ich Arundels sauertöpfische Miene nicht mehr ständig sehen muss.« Dann kam ihm ein anderer Gedanke. »Wie kommt es, dass *du* davon weißt?«

Robin hob mit einem geheimnisvollen Lächeln die Schultern. »Ich habe immer noch meine Quellen.«

»Und Bischof Beaufort kommt hierher? Nach Waringham? Was in aller Welt will er hier?«

»Bischof Beaufort und ich sind sehr alte Freunde.«

»Natürlich«, ging Raymond auf. »Er ist der jüngere Sohn deines alten Dienstherrn, nicht wahr? Des Duke of Lancaster.«

»So ist es. Und wenn er herkommt, möchte ich, dass John ihn kennen lernt. Möglicherweise finden sie Gefallen aneinander. Das würde mich nicht wundern. Und ich bin überzeugt, dass John als Knappe in Beauforts Haushalt glücklicher wäre und mehr lernen könnte als am Hof des Königs.«

»Oh nein. Du willst John an einen bischöflichen Hof schicken? Er wird eingehen …«

»Da du den Duke of Lancaster gekannt hast, wird es dich sicher nicht verwundern, wenn ich dir sage, dass der bischöfliche Hof seines Sohnes recht weltlich ist.«

»Trotzdem. Was könnte aufregender und vor allem lehrreicher sein für einen Jungen in Johns Alter als der Hof eines Königs?«

Robin lächelte wehmütig. »Es würde Jahre dauern, deine Frage zu beantworten. Ich jedenfalls habe es nie bereut, aus dem scheinbaren Zentrum der Macht dorthin zu wechseln, wo sie wirklich lag.« *Nie* war nicht ganz richtig, erinnerte er sich. Selten.

»Aber John ist nicht wie du«, gab Raymond zu bedenken.

»Und ebenso wenig ist er wie du«, konterte Robin.

Ohne jedes Bedauern versäumte Raymond den feierlichen Bußgottesdienst, der am Gründonnerstag immer im Gedenken an das Letzte Abendmahl gehalten wurde. Büßen war ohnehin nicht seine Stärke, und er hatte Dringlicheres zu tun. Morgen früh musste er aufbrechen, darum war heute auf lange Sicht die letzte Gelegenheit.

Er fing sie auf dem Weg zur Kapelle ab, packte sie wortlos beim Handgelenk und zog sie in den Schatten neben dem kleinen Gotteshaus. »Geh nicht, Maud.«

Sie hatte erschrocken die Augen aufgerissen, als er sie so plötzlich ins Halbdunkel zerrte, aber sie protestierte nicht, wandte lediglich ein wenig besorgt ein: »Aber Mylord … es ist Gründonnerstag. Da muss man in die Kirche.«

Raymond kratzte sich am Kinn. »Ich habe sehr weise Männer in London gehört, die sagen, die ganze Büßerei sei Unsinn. Ein Christenmensch könne auch ohne die Vermittlung eines Priesters Gottes Vergebung erbitten und erlangen.«

Sie schüttelte streng den Kopf. »Es sind aber Ketzer, die so was sagen.«

Sieh an, dachte er amüsiert, das weiß sogar die kleine Maud. »Vielleicht. Ich bin nicht ganz sicher«, gestand er offen. Dann nahm er die Unterlippe zwischen die Zähne und schaute sie an. Anschauen traf es vielleicht nicht ganz. Er verschlang sie förmlich mit seinem Blick. »Oh, Maud«, flüsterte er. »Tu's für mich, he? Morgen muss ich fort, und ich werde mich jede wache Minute nach dir verzehren. So grausam kannst du nicht sein, oder? Komm mit mir. Ich schwöre dir, du wirst es nicht bereuen.«

Maud war vierzehn Jahre alt und wusste so gut wie nichts über Männer. Doch sie hatte so eine Ahnung, dass sie es in der Tat bitter bereuen würde, wenn sie nachgab. Das Problem war nur, dass sie seinem Blick und seinen honigsüßen Schmeicheleien nichts entgegenzusetzen hatte. Sie war so rettungslos verliebt.

Er merkte genau, dass sie schwach wurde, zog sie behutsam an sich und küsste sie. Es war ein sanfter, verspielter Kuss, den er im taktisch klügsten Moment beendete, als sie gerade anfing, ihn mit Gier zu erwidern.

Es war nicht der erste. Da Raymond von vornherein gewusst hatte, dass ihm nicht viel Zeit blieb, hatte er sein bewährtes Programm ein wenig raffen müssen, aber er war seinem Erfolgsrezept treu geblieben: Schmeicheleien wechselten mit Unverfrorenheiten, feurige Beteuerungen mit gespielter Gleichgültigkeit. Dann ein heimliches Stelldichein mit dem ersten, scheuen Kuss. Und nichts weiter. Mit brennenden Lippen und hungrigem Blick hatte er sie stehen lassen. Schließlich eine zweite, scheinbar zufällige Begegnung an einem entlegenen Plätzchen hinter dem Backhaus. Das war gestern gewesen. Und als der richtige Moment gekommen war, hatte er die Hand unter ihren Rock geschoben und sie … aufgeweckt. Es funktionierte immer, hatte er gelernt. Es war ein natürliches Verlangen, das in jedem schlummerte, egal ob Mann oder Frau. Man musste es nur wachrufen. Das hatte er getan, und dann hatte er sie wieder stehen lassen, hatte vorgegeben, sich plötzlich auf seine Ritterehre zu besinnen, und war mit tragischer Miene und zerknirschtem Blick davongeeilt.

Jetzt war sie reif.

»Lass uns verschwinden, Maud. Ich weiß ein wunderbares stilles Plätzchen.«

Sie wollte. Er sah in ihren Augen, dass sie wollte. Und gleichzeitig stand ein Flehen in ihrem Blick, sie zu verschonen.

Mit einem beinah bedauernden Kopfschütteln nahm er sie bei der Hand und führte sie zurück ins Nachmittagslicht auf dem Burghof. Niemand war zu sehen – alle waren entweder in der Kapelle oder in der Kirche im Dorf. Raymond zog Maud zum Pferdestall, sattelte einen hübschen grauen Zelter, den seine Schwester vorzugsweise ritt, hob Maud vor sich aufs Pferd und ritt mit ihr über die Zugbrücke.

Er brachte sie in den Wald auf die Lichtung am Tain, die so mancher Waringham für seine heimlichen Rendezvous ausgewählt hatte, weil ein jeder glaubte, er allein wisse von der Existenz dieses verwunschenen Ortes.

Er band das Pferd an eine Weide am Fluss und hob Maud aus dem Sattel. Doch statt sie auf die Füße zu stellen, bettete er sie ins federnde, hellgrüne Frühlingsgras.

John war ins Gestüt gegangen. Der Weg kam ihm sehr weit vor, und er erkannte, dass sein Vater Recht gehabt hatte: Er war noch nicht wieder richtig auf der Höhe. Er kehrte trotzdem nicht um. Das Gestüt war seit jeher der Ort, wohin er sich begab, wenn ihn etwas bekümmerte oder beschäftigte. So wie für andere Menschen die Kirche, dachte er ein wenig schuldbewusst, denn er versäumte die Abendmesse.

Doch er war nicht der Einzige. Conrad stand an Circes Stalltür und spähte hinein.

John trat neben ihn, und als er das Fohlen sah, das dicht an seine Mutter gedrängt im Stroh lag und döste, lächelte er unwillkürlich. »Eine Stute?«, fragte er ohne Gruß.

Der Stallmeister nickte.

»Wie lange hat es noch gedauert, bis sie kam?«

»Zwei Stunden vielleicht.«

»Sie ist wunderbar.«

»Ja.« Endlich wandte Conrad den Kopf und schaute ihn an. In den ersten Tagen, als sie so um John gebangt hatten, war er täglich auf die Burg hinaufgegangen und hatte nach seinem Cousin gesehen »Liz hat mir erzählt, dass du auf dem Wege der Besserung bist. Aber denkst du wirklich, du solltest schon hier sein?«

»Oh, jetzt fang du nicht auch noch an. Ich musste raus aus diesem furchtbaren alten Kasten. Frische Luft schnappen.«

»Sag nicht, du bist nicht entzückt über Raymonds Gesellschaft …«

John erwiderte sein Grinsen kurz, schüttelte dann aber den Kopf. »Es ist mein Vater, auf den ich wütend bin.«

»Tatsächlich? Das hingegen verwundert mich. Was hat er denn verbrochen?«

John winkte ab. »Sag mir lieber, wie es hier steht.«

Conrad drängte ihn nicht. Er wusste, John würde ihm erzählen, was ihn bekümmerte, wenn er so weit war. »Tja, alles geht ein bisschen drunter und drüber«, berichtete er. »Wir müssen so schnell wie möglich neu bauen. Vor allem eine Futterscheune.«

»Und woher kriegen wir neuen Hafer?«

»Dein Vater will ihn im Norden kaufen. Dort sind die Preise immer niedriger als hier im Süden, sagt er. Er will einen Boten nach Burton schicken und Edward bitten, einen Agenten für uns zu beauftragen.« Eine Sorgenfalte hatte sich über seiner Nasenwurzel gebildet. »Teuer wird es allemal. Vom Verlust der drei Pferde ganz zu schweigen.«

Die Pferde, die auf dem Gestüt von Waringham gezüchtet wurden, waren Schlachtrösser. Sie waren ungeheuer kostbar, die besten brachten bei der Auktion oft mehr als zweihundert Pfund. Ein einfacher, landloser Ritter hätte sie sich niemals leisten können, denn der Preis entsprach seinem Sold für etwa zehn Jahre. Es waren Rösser für Könige, Adlige und die reichen, belehnten Ritter. Die wertvollen Hengste verfügten selbst über adlige Stammbäume, wurden mit größter Sorgfalt gezüchtet, drei Jahre lang gehegt, gepflegt und zur Perfektion geschult. Einen zu verlieren war ein herber Schlag. Drei, eine Katastrophe.

John wusste, sein Cousin war ein wohlhabender Mann. Der Stallmeister wohnte in einem vornehmen Haus am westlichen Rand der Anlage; der Grund und Boden, auf dem sich Stallungen und Weiden befanden, war sein Eigentum. Das Gestüt glich einem kleinen Rittergut mitten im Herzen von Waringham, und hätte Conrad gewollt, hätte er sich auch den dazugehörigen Ritterschlag erkaufen können, so wie sein älterer Bruder Robin es getan hatte, der Soldat geworden war und seit Jahren eine Schar handverlesener Bogenschützen im Dienste des Königs befehligte. Aber die Pferde gehörten Conrad nur zur Hälfte – die andere war Eigentum des Earl of Waringham – und ganz abgesehen von seiner persönlichen Trauer um die so elend verendeten Tiere war der finanzielle Verlust für ihn sicher schwer zu verkraften.

»Ich glaube nicht, dass mein Vater darauf besteht, dass du die Hälfte des neuen Futters jetzt gleich bezahlst …«, begann John unsicher.

Conrad lächelte flüchtig. »Vielleicht nicht. Aber ich bestehe darauf.«

»Conrad …«

»Lass uns das Thema wechseln.«

Der Junge senkte den Blick. »Entschuldige. Es geht mich nichts an, du hast Recht. Und ich wollte dich nicht beleidigen.«

»Nein. Das hast du nicht.« Conrad klopfte ihm die Schulter. »Mach dir keine Sorgen, Junge. Wir schaffen das schon.« Jedenfalls hoffte er das. »Zum Füttern bist du zu spät, die Jungs haben heute früher angefangen. Aber du kannst mit zu den Jährlingen kommen und dir Calkas einmal anschauen, wenn du magst. Er gefällt mir nicht so recht.«

Langsam gingen sie zum Jährlingshof hinüber, und auf dem Weg erklärte Conrad, dass sie die obdachlosen Zweijährigen vorerst draußen stehen ließen. Aber was passieren sollte, wenn es Anfang Mai noch einmal kalt wurde, was ja so oft geschah, wisse er beim besten Willen nicht.

Obwohl die verkohlten Ruinen der Futterscheune und des Stallgebäudes die Schrecken der Brandnacht wieder gegenwärtig machten, obwohl John erst jetzt wirklich klar wurde, dass Troilus nicht im nächsten Moment ans Gatter kommen würde, um ihn zu begrüßen, lebte der Junge auf. Conrad beobachtete mit Befriedigung, wie ein bisschen Farbe auf die fahlen Wangen zurückkehrte und Leben in die blauen Augen, während sie bei den Jährlingen von Tür zu Tür gingen und die Fortschritte ihrer Schützlinge erörterten.

Eingehend untersuchte John den Grauschimmel Calkas, der klein und aufgrund seines noch ungleichmäßigen Wuchses hässlich war, auf den sie aber dennoch große Hoffnungen setzten. Er tastete die dürren Beine ab, sah in das weiche Maul, das prompt nach ihm schnappte, legte schließlich von unten den Arm um Calkas' zu langen Hals und die Stirn an seine. So verharrte er ein paar Atemzüge lang mit geschlossenen Augen, völlig versunken, so schien es.

Conrad beobachtete ihn gebannt. Er hatte es schon ungezählte Male gesehen, aber es hörte nie auf, ihn zu faszinieren.

Schließlich ließ John den kleinen Hengst los und trat kopfschüttelnd zu seinem Cousin ins Freie. »Es ist nichts«, versicherte er, während er die untere Türhälfte schloss. »Er hat keine Schmerzen, nichts fehlt ihm. Höchstens Bewegung. Er ist rastlos.«

»Sind es Worte, die du hörst, wenn du so in sie hineinhorchst?«, fragte Conrad neugierig.

Der Junge schüttelte den Kopf. »Ich höre gar nichts bis auf ein schwaches Summen in meinem Kopf.«

»Woher weißt du dann so genau, was in ihnen vorgeht?«

John hob ratlos die Hände. »Ich weiß es eben.«

»Kein Grund, verlegen zu sein. Es ist eine große Gabe. Du solltest stolz darauf sein.«

»Warum? Es ist kein Verdienst. Es ist angeboren. Liegt einfach in meiner Familie, so wie blaue Augen.«

»Hm. Komm. Ich geb dir ein Bier aus.«

Es dämmerte schon, als Conrad John zu seinem Haus hinüberführte. Aus den Fenstern der Halle schien warmes Licht. Conrads Frau Lilian war wie alle anderen inzwischen aus der Kirche zurück. Sie begrüßte ihren Mann mit einem sittsamen Kuss auf die Wange, seinen Vetter mit einem Lächeln. »Sir John! Wie schön, Euch wohlauf zu sehen.«

»Danke, *Lady* Lilian.«

Sie war die Tochter eines sehr betuchten Londoner Ritters, der sie vor zwei Jahren mit zum Pferdemarkt nach Waringham gebracht hatte, wo sie und Conrad sich Hals über Kopf ineinander verliebt hatten. Und obwohl sie das Landleben nicht gewohnt war, schienen Conrad und Lilian glücklich, hatten schon einen kleinen Stammhalter vorzuweisen, und das nächste Kind war unterwegs. Aber Lilian konnte ihre Förmlichkeit einfach nicht ablegen, und alle in Waringham zogen sie ständig damit auf.

Sie verabschiedete sich bald, um die Köchin heimzusuchen, über deren Faulheit sie sich ewig beklagte, und versprach, ihnen einen Krug Bier zu schicken. Kaum hatten Conrad und John an dem langen Tisch in der Halle Platz genommen, kam auch tatsächlich eine Magd herein und stellte einen Krug und Becher vor sie.

Conrad schenkte ein. Sie saßen nahe am Feuer, denn die Abende waren noch kühl, und die Flammen beleuchteten sein schmales Gesicht mit ihrem unruhigen Flackern. John musste wieder an die Brandnacht denken und fröstelte plötzlich.

»Du gehörst ins Bett, Junge«, bemerkte der Stallmeister kritisch. Aber es war kein Befehl. John dachte oft, dass Conrad wohl der einzige Erwachsene in Waringham war, der ihm nie Vorschriften machte. Vielleicht lag es daran, dass der Stallmeister selbst der Jüngste einer großen Geschwisterschar war und deswegen nachempfinden konnte, wie es in John aussah.

Der winkte ungeduldig ab. »Ich halt's nicht mehr aus, immerzu allein in meiner Kammer. Heute Nachmittag bin ich zu Vater gegangen, um ihn um Erlaubnis zu bitten, meine Waffenübungen wieder aufnehmen zu dürfen. Hier, guck dir meinen Arm an – dürr wie ein Mädchenarm …«

»Das würde ich nun nicht gerade sagen«, murmelte Conrad schmunzelnd. »Darüber hinaus ist dein Schildarm gebrochen.«

»Er tut aber gar nicht mehr weh.«

»Das heißt nichts. Wenn du klug bist, wartest du noch ein paar Wochen. Mit so was ist nicht zu spaßen. Aber ich sehe schon an deiner finsteren Miene, dass dein Vater es sowieso verboten hat, nicht wahr?«

John schüttelte den Kopf. »Ich bin gar nicht dazu gekommen, ihn zu fragen. Raymond war bei ihm.« Und er berichtete, welchen Verlauf die Unterhaltung genommen hatte. Sein Zorn erwachte aufs Neue, und die Enttäuschung in seiner Miene ließ ihn mit einem Mal sehr jung wirken. »Ich will kein halbes Jahr mehr warten«, schloss er entschieden. »Warum? Und worauf? Ich bin längst alt genug. Vater will das nur nicht einsehen.«

»Doch ein halbes Jahr ist im Handumdrehen vorüber«, gab Conrad zu bedenken. »Du weißt selbst, wie viel hier im Sommer zu tun ist. Du wirst gar nicht merken, wie die Zeit verfliegt.«

»Trotzdem, Conrad! Ein halbes Jahr *ist* lang. Aber er bestimmt es einfach, und er hält es nicht einmal für nötig, mir seine Gründe zu erklären.«

»Daran solltest du dich lieber gewöhnen, weißt du. Es wird immer jemanden geben, der über dich bestimmt, ohne dir etwas erklären zu müssen. So ist die Ordnung der Welt.«

»Niemand bestimmt über dich«, widersprach John hitzig.

»O doch. Vater Egmund zum Beispiel, der im Zorn über mich kommt, weil ich nicht häufig genug zur Beichte gehe. Oder der Steuereintreiber der Krone. Gelegentlich auch dein alter Herr, denn er hat Vaterstelle an mir vertreten, seit ich zehn war, und kann die Rolle nicht so einfach abstreifen. Außerdem hat er ein Leben an Erfahrungen in Pferdezucht. Aber er hat meistens Recht, darum ist es nicht schlimm.«

»Jetzt willst du sagen, ich solle darüber nachdenken, ob er in meinem Fall nicht auch Recht haben könnte?«

»Es wäre einen Versuch wert.«

John schüttelte niedergeschlagen den Kopf. »Es würde nichts ändern. Manchmal hab ich das Gefühl, ich ersticke, Conrad.«

Du weißt nicht zu schätzen, wie gut du es hast, lag dem Stallmeister auf der Zunge, aber er schluckte es hinunter. »John …«, begann er, aber weiter kam er nicht, weil seine Frau mit ihrem Sohn auf dem Arm in die Halle zurückkehrte. »Bleibt Ihr zum Essen, Sir John?«

John wusste, die Einladung kam von Herzen, aber er lehnte ab. »Nein, danke, Lilian. Ich werde auch so schon allerhand zu hören kriegen, weil ich zu lange ausgeblieben bin. Vermutlich ist es klüger, ich mache mich auf den Heimweg.«

Er hatte sich nicht getäuscht. Ausgerechnet Raymond, der nicht gerade dafür bekannt war, in seiner Jugend ein Ausbund an Folgsamkeit gewesen zu sein, empfing ihn mit den Worten: »Was fällt dir eigentlich ein, dich so lange rumzutreiben? Vater hat sich Sorgen gemacht.«

»Wo ist er?«, fragte John und schloss die Tür.

»Bei Jo und Ed. Er hatte irgendwas mit ihnen zu besprechen, wobei meine Anwesenheit offenbar unerwünscht war.«

Er ist betrunken, erkannte John. Und düsterer Stimmung.

Schweigend setzte der Jüngere sich an den Tisch. Ein Becher verdünnter Wein stand an seinem Platz, auf seinem Zinnteller lag ein Stück Brot. Er hatte das Essen versäumt, aber irgendwer hatte dafür gesorgt, dass er nicht hungrig schlafen gehen musste. Dankbar begann er zu kauen, und es störte ihn nicht, dass das Brot nicht mehr ganz frisch war.

Raymond nahm einen tiefen Zug aus seinem Becher. Die Stille im Raum ging ihm auf die Nerven. »Wo hast du gesteckt?«

»Gestüt.«

»Und warst nicht in der Kirche, was?«

John senkte den Blick und schüttelte den Kopf.

»Äußerst bedenklich«, befand Raymond und hob mahnend einen Zeigefinger. »Wenn du nicht aufpasst, wird kein Tugendbold wie Edward oder Mortimer aus dir, sondern ein Sünder wie ich.«

»Vielleicht werde ich etwas ganz anderes als ihr alle«, fuhr John auf, obwohl er wusste, dass es unklug war.

»Pass auf, wie du mit mir redest, Bruderherz«, drohte Raymond ohne viel Nachdruck.

John sagte lieber nichts mehr. Aus dem Augenwinkel beobachtete er diesen viel gerühmten Ritter, von dessen Taten im Krieg gegen Waliser, Schotten und englische Aufrührer die unglaublichsten Geschichten erzählt wurden und der sein Bruder war. Für gewöhnlich ein gut aussehender Mann, die blauen Augen von einem Kranz aus Lachfältchen umgeben, die verrieten, was seine bevorzugte Gemütslage war. Aber heute Abend waren die Augen klein und gerötet, die großen Hände, die den Becher hielten, wirkten verkrampft.

»Was sind denn deine hoch fliegenden Pläne für die Zukunft?«, fragte Raymond schließlich.

Der Jüngere fürchtete eine Falle. Er kaute langsam, spülte den Bissen mit einem Schluck Wein hinunter und antwortete schulterzuckend: »Ich bin noch nicht sicher. Erst einmal will ich an den Hof des Königs, wie du weißt.«

Raymond nickte. »Ich fürchte nur, daraus wird nichts.«

John riss entsetzt die Augen auf. »Was soll das heißen?«

Raymond ging auf, dass er es wieder einmal an Diskretion mangeln ließ. »Das erfährst du noch früh genug«, murmelte er ausweichend.

John stand langsam von seinem Sessel auf und trat vor seinen Bruder. »Was hat Vater zu dir gesagt?«

Raymond hob abwehrend die Linke. »Er meint es nur gut mit dir, glaub mir. Und vielleicht hat er Recht, vielleicht ist der Hof gar nicht das Richtige für dich. Du … bist eher von der empfindsamen Sorte, he?«

John spürte Panik aufsteigen. »Raymond …«

Der Ältere leerte seinen Becher in einem langen Zug und stellte ihn polternd auf dem Tisch ab. »Wer weiß. In der richtigen Umgebung … mit der entsprechenden Förderung könnte womöglich ein Dichter aus dir werden. So wie Mortimer. Ihr habt das eben von eurer Mutter. Du erinnerst mich oft an ihn, weißt du. Nur bist du nicht so ein Finsterling.« Sein zu lautes Lachen war das einzige Anzeichen seiner Trunkenheit. »Ich erwäge übrigens selbst, ein Buch zu schreiben«, vertraute er John im Verschwörerton an. »Über die Kunst der Verführung. Was hältst du davon, he? Ich könnte es mit einem schönen, gelehrten Titel versehen. *De Arte Deflorationem*, etwa. Klingt das nicht hübsch? Und ehrlich, John, das ist so ungefähr das Einzige, worauf ich mich wirklich verstehe.«

John wandte sich angewidert ab. »Jedenfalls besser als auf Grammatik«, versetzte er und ging hinaus.

Waringham, Mai 1413

Am Sonnabend nach Ostern hatte der traditionelle Pferdemarkt stattgefunden, und alle Dreijährigen waren zu höchst erfreulichen Preisen versteigert worden. Conrad und Robin waren überaus zufrieden, und anlässlich des großen Jahrmarkts im Dorf hatte Robin John zum ersten Mal seit seiner Verwundung gestattet, sich den ganzen Tag und auch den Abend herumzutreiben, zu tun, was ihm beliebte, und so lange auszubleiben, wie er wollte. Erlöst war John mit seinen Freunden von der Burg und dem Gestüt über den bunten Markt geschlendert, hatte Honigkuchen gegessen und süßes Bier getrunken, beim Hahnenkampf einen Schilling verspielt und mit einer Mischung aus Neugierde und Verlegenheit die billigen Huren bestaunt, die mit dem übrigen fahrenden Volk immer in Scharen zum Jahrmarkt kamen.

Eine Woche später hielt das warme, trockene Wetter zu Conrads Erleichterung immer noch an, sodass die Zweijährigen auch weiterhin nachts auf der Weide bleiben konnten, und jeden Tag wurden große Mengen Bauholz ins Gestüt gebracht. Die Bauarbeiten machten schnelle Fortschritte.

John übte sich so wie früher nach dem Schulunterricht bei Vater David mit den anderen jungen Burschen auf der Burg im Umgang mit Schwert und Lanze, und bald war auch sein Schildarm wieder so kräftig und zuverlässig wie vor der Brandnacht. Nichts war geblieben bis auf die gelegentlichen Albträume. Sie waren qualvoll, und sie verhinderten, dass er das Geschehene hinter sich ließ. Aber er kannte solche Träume, und er wusste, sie wurden mit der Zeit seltener. Es geschah zum Beispiel nicht mehr sehr oft, dass er den zerbrochenen Leib seiner Mutter am Fuß der Treppe liegen sah. Wenn dieser Traum kam, erschütterte er ihn wie eh und je. Vor allem der Blutfaden in ihrem Mundwinkel. Träume verblassten nicht, wusste John, verloren nichts von ihrer Macht. Sie wurden nur seltener. Wenn man Glück hatte …

»John, was ist? Schläfst du?«

Er fuhr aus seiner Versunkenheit auf. »Tut mir Leid, Sir Francis.«

»Na, dann komm, komm, komm! Wir wollen nicht bis zum Abendessen auf dich warten!«

Francis Aimhurst war ein hervorragender, aber kein geduldiger Lehrer. Schleunigst erhob sich John aus dem Gras am Rand des Sandplatzes, wo er mit den anderen Jungen gesessen und eigentlich den Übungskampf hatte verfolgen sollen, statt seinen Gedanken nachzuhängen.

Der fünfzehnjährige Michael Fitzhugh wartete mit blanker Klinge und leicht erhobenem Schild auf ihn.

John zog sein Schwert und nahm den schmucklosen Schild auf, der im Sand lag.

»Ich will, dass ihr versucht, euren Gegner zu entwaffnen«, erklärte Aimhurst. »Stellt euch vor, er sei ein walisischer Prinz, den ihr gefangen nehmen, aber unversehrt lassen wollt, damit seine walisische Sippschaft ihn zurückkaufen und euch reich machen kann. Also los.«

John und Michael gingen in Position und kreuzten die Klingen. Sie waren ebenbürtige Gegner, John einen halben Kopf größer, Michael ein wenig kräftiger.

John arbeitete immer noch an seiner Technik, dem Gegner in die Augen zu sehen, um seine nächsten Schritte zu erahnen, gleichzeitig seine Waffe aber nie aus dem Blick zu verlieren. Er wusste, das Schwierigste bei Michael war, seine Deckung zu durchbrechen, darum ließ er das Schwert bei jeder noch so kleinen Gelegenheit auf dessen Schild niedersausen, um den Schildarm zu ermüden oder den Haltegurt zu brechen.

Doch bei einer dieser Attacken machte sein Gegner einen unerwarteten Schritt auf ihn zu, statt zu weichen. John geriet für einen Moment aus dem Gleichgewicht, und Michael hebelte ihm ohne große Mühe mit seiner Waffe das Schwert aus der Rechten.

Seufzend ließ John seinen Schild sinken und verneigte sich vor seinem Bezwinger. »Wie es scheint, habe ich die zweifelhafte Ehre, der walisische Prinz zu sein …«

Die anderen Jungen lachten.

Aimhurst grunzte angewidert und schüttelte den Kopf. »Miserable Vorstellung, John.«

»Ich weiß, Sir. Es tut mir Leid.«

»Ja, das hast du eben schon mal gesagt. Aber das nützt nichts. Du bist unaufmerksam!«

John nickte schuldbewusst.

»Im Krieg wärst du jetzt tot, Söhnchen!«

»Und ich dachte, nur gefangen genommen …«

Das bescherte ihm eine Ohrfeige. »Dein Mundwerk ist wieder einmal reger als deine Hände und Füße«, knurrte der Ritter seines Vaters. »Manchmal glaube ich, du nimmst all das hier ein bisschen zu leicht.«

John sagte nichts mehr, sah ihm aber unverwandt in die Augen.

Francis Aimhurst war ein Hitzkopf, den selbst die Herausforderung eines dreizehnjährigen Knaben in Rage bringen konnte. Er machte einen drohenden Schritt auf ihn zu. »Was!«

John schüttelte langsam den Kopf. »Gar nichts, Sir.«

»Dann ist es ja gut. Dann kannst du jetzt zum Lohn für

deine Glanzleistung in die Waffenkammer gehen und ein Dutzend Helme polieren. Ich will, dass sich morgen früh die Sonne darin spiegelt, hast du verstanden?«

Ehe John noch entschieden hatte, was die unverfänglichste Erwiderung darauf wäre, trat der Steward hinzu und erlöste ihn. »Ich fürchte, du musst ihn bis morgen vom Haken lassen, Francis«, bemerkte er mit einem kleinen Lächeln. »Glück gehabt, John. Dein Vater will dich sehen. Jetzt gleich. Er ist in der Halle. Ab mit dir.«

John verneigte sich höflich vor seinem Lehrer – vielleicht eine Spur zu tief – und stob davon.

»Na warte, Bürschchen …«, knurrte Aimhurst ihm nach, aber alle, die ihn hörten, wussten, dass sein Zorn bis zum nächsten Tag längst verraucht sein würde.

Im Gehen steckte John sein Schwert ein. Als er zum Burgturm hinübereilte, sah er fremde Pferde vor dem Stall stehen. Mindestens ein Dutzend, schätzte er. Besuch. Und nach den kostbaren Rössern und silberbeschlagenen Zaumzeugen zu urteilen, musste es hoher Besuch sein.

Neugierig lief er die Treppe ins Hauptgeschoss des hässlichen, vierstöckigen Bergfrieds hinauf, wo die große Halle lag: ein hoher Raum mit Kaminen in der Nord- und Südwand, der sich fast über die gesamte Fläche des Gebäudes erstreckte. Durch die schmalen Fenster an der Westseite fiel warmes Nachmittagslicht.

Sein Vater stand vor der hohen Tafel zusammen mit einem großen, dunkelhaarigen Mann in sehr eleganten Kleidern. Der knöchellange Reisemantel war staubig, aber dennoch konnte man die Goldstickereien am Kragen erkennen. Der Fremde hatte ein Gefolge von wenigstens zehn Rittern mitgebracht, die höflich ein Stück abseits in kleinen Gruppen standen und Wein aus den feinsten gläsernen Pokalen tranken, die sein Vater besaß.

Unsicher trat der Junge über die Schwelle, und als sein Vater ihn entdeckte, winkte er ihn näher.

»Ah, da bist du. Komm her, John. Ich möchte dich jemandem vorstellen.«

Der Glanz in den Augen seines Vaters entging John nicht; offenbar war dies ein überaus willkommener Gast.

Der Junge durchquerte den langen Saal und verneigte sich höflich vor dem vornehmen Fremden.

»Henry, das ist mein Jüngster, John«, sagte Robin. »John, dies ist der Bischof von Winchester.«

Mit allem hatte John gerechnet, aber niemals damit, dass dieser elegante Adlige ein Bischof sein könnte. Doch als der Mann sich ihm zuwandte, erkannte John eine schwarze Soutane unter dem feinen langen Reisemantel.

Seine Verblüffung hinderte John nicht, auf ein Knie zu sinken und den kostbaren Ring mit dem Saphir an der ausgestreckten Rechten zu küssen. »Es ist mir eine Ehre, Exzellenz.«

Nach einem Moment stand er auf, hob den Kopf und sah in ein Paar fesselnder, dunkler Augen, ein bartloses Gesicht mit einem kantigen Kinn. Er rechnete damit, dass der Bischof sich abwenden und ihn auf der Stelle vergessen würde, doch stattdessen schaute dieser weiterhin auf ihn hinab. Ein plötzliches Lächeln ließ die Augen funkeln und verlieh dem ehrwürdigen Kirchenfürsten etwas unerwartet Spitzbübisches. »Ich muss gestehen, ich war neugierig auf dich, John. Und ich sehe, du bist ganz anders als deine drei Brüder.«

John erwiderte das Lächeln. Der Bischof hätte ihm kaum eine größere Freude machen können.

»Wie ich höre, bist du schon ein großartiger Reiter und Pferdekenner«, fuhr Bischof Beaufort fort.

Der Junge hob leicht die Schultern. »Dafür leider noch ein höchst mäßiger Schwertkämpfer, Mylord.«

»Ah! Und bescheiden.« Ein Hauch von Spott stand in den Augen, aber er war sanft, nicht kränkend. Und gleich fügte Beaufort hinzu: »Sei unbesorgt. Ich bin überzeugt, das kommt noch. Du hast die richtige Statur und die richtige Veranlagung.«

Verlegen schlug John die Augen nieder.

»Wie kommt es, dass du noch hier bist?«, fragte Beaufort.

»Ein junger Mann wie du sollte an einem großen Hof sein, um sich seine Sporen zu verdienen.«

»Es … ist der Wunsch meines Vaters.«

»Du rührst an ein heikles Thema, Henry«, warf Robin mit einem kleinen Lächeln ein.

»Verstehe.« Bischof Beaufort legte John für einen Moment segnend die Hand auf den Kopf. »Ich werde sehen, was ich für dich tun kann, mein Sohn«, murmelte er verschwörerisch. Dann ließ er die Hand sinken.

John fühlte sich seltsam berührt. Er hatte für gewöhnlich einen Knoten in der Zunge, wenn er vor einem Fremden stand, doch jetzt fand er den Mut zu sagen: »Ich danke Euch für Eure Freundlichkeit, Mylord. Und … ich bedaure Euren Verlust.«

Beaufort schien einen Moment überrascht, aber dann nickte er. »Ja, es ist bitter. Er fehlt mir sehr, mein Bruder, der König. Auch wenn niemand außer dir das glaubt, mein Junge«, schloss er mit diesem kleinen, spöttischen Lächeln, das John eben schon aufgefallen war.

John sah fragend zu seinem Vater, und als dieser nickte, verneigte er sich vor dem Gast, wandte sich ab und verließ die Halle.

Er verspürte kein besonderes Bedürfnis, zu Francis Aimhursts Unterricht zurückzukehren. Stattdessen stieg er die Treppe hinauf, ging in seine Kammer, setzte sich auf die gepolsterte Fensterbank und dachte über diese seltsame Begegnung nach.

Er wusste weit mehr über das Haus Lancaster, als sein Vater und seine Brüder vermutlich ahnten. Da das Geschick seiner eigenen Familie so eng mit dem der Lancaster verknüpft war, hatte John sorgsam alles gesammelt, was er je über die Familie des Königs gehört hatte. So wusste er auch, dass Henry Beaufort, der Bischof von Winchester, Ende dreißig sein musste und – wenngleich er von dem sagenhaften Lancaster-Vermögen nichts geerbt hatte – als der reichste Mann Englands galt. In den vergangenen schweren Jahren hatte er oft gegen den alten König und dessen mächtigsten Berater, den Erzbischof von

Canterbury, opponiert, nicht selten gemeinsam mit dem Prinzen. Jetzt war dieser Prinz König. Und Bischof Beaufort sein Chancellor. Kein Wunder, dass die Spötter bei Hofe argwöhnten, der Bischof weine seinem königlichen Bruder keine Träne nach. Dennoch war John die Trauer in den Augen des Bischofs aufrichtig erschienen. Und mit Trauer kannte er sich aus.

Er zog die Knie an, schaute in den weiten Innenhof der Burg hinab und verschränkte die Arme. Seine Kameraden und ihr Lehrer waren vom Sandplatz verschwunden. Die Schatten im Hof wurden länger und verdichteten sich allmählich. Es wurde Abend; bald Zeit zum Essen.

John verspürte ein Ziehen in der Magengegend, aber es war kein Hunger. Eine eigentümliche Unruhe hatte ihn erfasst. Er hatte plötzlich den Verdacht, dass dies ein sehr wichtiger Tag in seinem Leben war, und es machte ihn verrückt, dass er nicht begriff, warum. Auf jeden Fall hatte es etwas mit diesem Bischof zu tun. Welches Interesse konnte ein so mächtiger Mann am jüngsten, unbedeutendsten Sohn eines alten Landedelmannes haben? Und was hatte Raymond mit diesen seltsamen Andeutungen gemeint, zu denen er sich durch seine Trunkenheit hatte verleiten lassen?

Die Erkenntnis, was es war, das sein Vater im Schilde führte, durchzuckte ihn schließlich wie eine gleißende Flamme. Auf einmal fügte sich alles zusammen und ergab einen Sinn. Zuerst war John wie gelähmt vor Schreck. Dann packte ihn der Zorn.

Und er wusste genau, was er zu tun hatte.

»Ich war in jedem Haus im Dorf«, berichtete Fitzroy. »Aber dort ist er nicht. Conrad hat jeden Winkel auf dem Gestüt durchsucht. Keine Spur von dem verdammten Bengel … Ich bitte um Verzeihung, Exzellenz.«

Bischof Beaufort, der mit Joanna in Robins Wohngemach am Tisch saß und kaum weniger besorgt wirkte als sie, erteilte seinen Dispens mit einer nachlässigen Geste.

»Ihr müsst in den Wald reiten«, sagte Joanna nicht zum ersten Mal. »Dort verkriecht er sich manchmal, wenn ihm etwas zu schaffen macht. Und da sein Pferd fehlt, ist es nahe liegend, oder? Gott, wenn er gestürzt ist und sich schon wieder etwas gebrochen hat ...«

»Ihr könnt aufhören, ihn zu suchen«, sagte Robins Stimme von der Tür. Sie klang seltsam. Erschüttert und erleichtert zugleich. Er hob den Papierbogen, den er in der Linken hielt.

»Was ist das?«, fragte Joanna angstvoll.

Robin trat näher und ließ sich in seinen Sessel sinken. »Ein Brief von John. Er ... ist uns davongelaufen.« Er schloss die Lider und drückte für einen Moment Daumen und Zeigefinger der Linken darauf. »Oh, mein armer Junge. Wie konnten wir uns nur so vollkommen missverstehen?«

»Davongelaufen?«, wiederholte Fitzroy verständnislos. »Wohin?«

»Nach Westminster. Er war das Warten satt und hat offenbar beschlossen, sich auf eigene Faust und ohne meine Einwilligung auf den Weg zum König zu machen.«

»Oh, dieser kleine Satansbraten ...«, knurrte Fitzroy. »Aber sei unbesorgt. Ich hol ihn dir zurück. Er kann noch nicht weit sein ...«

»Das wirst du nicht tun«, befahl Robin ungewöhnlich scharf. In die verwunderte Stille hinein fuhr er fort: »Du würdest ihn auch nicht mehr einholen. Er ist gestern Abend nach dem Essen aufgebrochen, schätze ich. Das heißt, er ist längst in London.«

»Aber wie kann es dann sein, dass die Wache ihn nicht gesehen hat?«

»Wie schon, Fitzroy«, entgegnete Robin ungeduldig. »Weil Hugo Fisher vergangene Nacht Torwache hatte, und du weißt genau, dass er gern ein Schläfchen einlegt. Wie es aussieht, wusste auch John das. Offenbar haben wir ihn alle gründlich unterschätzt«, schloss er. Er schüttelte ein wenig fassungslos den Kopf, dann wandte er sich an seinen Gast. »Es tut mir Leid, dass du in dieses kleine Familiendrama geraten bist, Henry.«

Bischof Beaufort hob gleichmütig die beringte Rechte. »Wenn ich an eines gewöhnt bin, sind es Familiendramen. Bin ich es, vor dem dein Junge davongelaufen ist?«

Robin sah ihn verblüfft an. »Wie kommst du darauf?«

»Er wäre nicht der Erste, weißt du«, antwortete Beaufort mit seinem ironischen kleinen Lächeln. »Also? Ist es so?«

»In gewisser Weise.« Robin reichte Beaufort den Brief.

»*Mylord*«, las der Bischof murmelnd, »*ich bedaure zutiefst, dass ich dies tun muss. Aber Du lässt mir keine andere Wahl. Ich weiß, Du wünschst, dass ich zu Bischof Beaufort gehe, damit er mich nach Oxford schickt und ich Priester werde. Und ich verstehe, dass Du es gut meinst, denn Du kannst mir kein Land vererben und willst, dass ich dennoch versorgt bin. Aber ich kann diesen Weg nicht einschlagen. Ich will ein Ritter des Königs werden, genau wie Du es wolltest, und genau wie Du laufe ich davon, damit mein Wunsch sich erfüllen kann. Ich hoffe, Du kannst mir vergeben. Dein ungehorsamer, aber ergebener Sohn John of Waringham.*« Nachdem er geendet hatte, herrschte einen Moment Schweigen. Dann fügte der Bischof hinzu: »Ein guter Rhetoriker, Robin. Für die Kirche ist seine Entscheidung ein schwerer Verlust, will mir scheinen.«

Robins Mund zuckte amüsiert.

»Wie … wie könnt ihr darüber lachen?«, fragte Joanna aufgebracht. »John ist noch nie aus Waringham fort gewesen, er hat keine Ahnung von der Welt! In London können ihm die furchtbarsten Dinge passieren! Was tun wir denn jetzt, Vater?«

Robin dachte einen Moment nach. »Wir schicken Raymond einen Boten. Er soll nach ihm Ausschau halten, und wenn John bis übermorgen nicht in Westminster eingetroffen ist, sollen sie ihn suchen.«

»Und das ist alles?«, fragte Joanna ungläubig.

»Das ist alles«, bestätigte Robin.

»Wusstet Ihr etwa noch nicht, dass Euer Vater eine Schwäche für freiheitsdurstige Rebellen hat, Lady Joanna?«, fragte der Bischof.

Robin nickte. »Wir lassen John ziehen. Gott beschütze dich, mein Sohn.«

John war beinah die ganze Nacht hindurch geritten. Er hatte Glück: Der Himmel war klar, und ein beinah voller Mond beleuchtete die menschenleere Straße.

Er hatte nur eine ungefähre Vorstellung, welchen Weg er einschlagen musste, aber er wusste, er musste dem Pfad folgen, der von Waringham zur Straße führte, und sich dann nach Westen wenden. Sobald er die Straße erreicht hatte, galoppierte er an, und er schaute keinmal zurück. Er argwöhnte, der Mut könne ihn verlassen, wenn er es täte, denn er fürchtete sich ein wenig vor der großen, fremden Welt. Doch Mickey, sein stämmiger Brauner, war nicht so ausdauernd wie die teuren Schlachtrösser aus Waringham und begann schließlich ausgepumpt zu keuchen. Sobald John aufhörte zu treiben, fiel er in einen lustlosen Trab, ging dann im Schritt.

Der Junge seufzte. »Wie du willst, du Klepper.« Das war eine unverdiente Beleidigung, denn Mickey war ein kräftig gebauter fünfjähriger Wallach mit leuchtendem Fell und klaren Augen – ein gutes Pferd. Wie um John zu zeigen, dass er sich nicht alles bieten ließ, blieb er stehen, senkte den Kopf und begann in aller Seelenruhe, das Gras am Straßenrand zu zupfen.

John klopfte ihm lachend den Hals. »Ja, das könnte dir so passen, was? Aber noch sind wir nicht am Ziel.« Er nahm die Zügel kürzer und drehte Mickeys Kopf sanft, aber bestimmt nach Westen. Dann stieß er ihm leicht die Fersen in die Seiten und schnalzte. »Komm schon, mein Guter. Sei mir nicht gram. Lauf.«

Mickey trabte an.

Sie brachten die Nacht damit zu, in aller Freundschaft darüber zu streiten, wer das Sagen über die Gangart hatte, und ein oder zwei Stunden nach Mitternacht kamen sie an den Stadtrand von Southwark.

John hoffte zumindest, dass es Southwark war und nur der Fluss ihn noch von London trennte. Aber er war klug genug, nicht bei Dunkelheit in die kleine Stadt am südlichen Themseufer zu reiten, denn sie war berüchtigt. Hier trieb sich allerhand finsteres Gesindel herum, wusste der Junge, und in den

Hafenschänken verschwand so mancher Zecher auf Nimmerwiedersehen.

In Sichtweite der ersten Häuser stieg John vom Pferd, nahm ihm den Sattel ab und band es an einen Holunder. Dann rollte er sich neben ihm in seinen Mantel. Schuldbewusst dachte er an seinen Vater und an Joanna. Wie erschrocken und besorgt sie sein würden, wenn sie sein Verschwinden bemerkten. Er dachte auch an Bischof Beaufort, und ein Teil von ihm bedauerte, dass er den Weg nicht einschlagen konnte, den – so glaubte er – sein Vater für ihn vorgesehen hatte. Doch seine Müdigkeit war größer als alle Zweifel und Gewissensbisse. Bald schlief er, und in dieser Nacht blieb er von allen Träumen verschont.

Die Kälte weckte ihn am nächsten Morgen kurz vor Sonnenaufgang, und sein erster Gedanke, noch ehe er sich wirklich erinnerte, wo er war, galt den bedauernswerten Zweijährigen in Waringham, die ebenso wie er die Nacht im Freien verbracht hatten und sicher genauso froren.

Man kann eben merken, dass wir erst Anfang Mai haben, dachte er und setzte sich auf. Seine Kleidung war klamm vom Tau im langen Gras am Straßenrand. Er strich mit den Händen über die Halme, bis sie nass waren, und wusch sich so notdürftig das Gesicht. Dann öffnete er den bestickten Beutel, den er am Gürtel trug, und holte ein kleines Leinenbündel heraus. Ein Stück Brot war darin eingewickelt – der einzige Reiseproviant, den er bei seinen hastigen Vorbereitungen am gestrigen Abend hatte finden können. Er brach es in zwei Hälften, steckte eine zwischen die Zähne und packte die andere wieder weg. Er wollte lieber genügsam sein. Wer konnte wissen, wie lange er brauchen würde, den Weg quer durch die große Stadt nach Westminster zu finden. Außer dem Brot trug er etwa zehn Schilling – ein halbes Pfund – in kleinen Silbermünzen in dem Beutel. Seine gesamten Ersparnisse. Er hatte nie viel Geld besessen, aber hin und wieder hatten Conrad oder sein Vater ihm für seine unermüdliche Arbeit im Gestüt ein paar Pennys zugesteckt, aus einer Laune heraus. Außerdem trug er seine besten Kleider – feste, knöchelhohe Stiefel, eng anliegende, dunkelblaue Hosen, ein feines Wams der gleichen Farbe und darüber eine weinrote, ärmellose Schecke, die ihm bis auf die Oberschenkel reichte. Sein Sommermantel war ihm ein wenig zu kurz geworden, reichte ihm nur noch bis an die Waden. Aber er war aus guter, leichter Wolle, und am Kragen war das schwarze Einhorn auf grünem Grund – das Wappen des Hauses Waringham – eingestickt. Außerdem hatte er das Schwert und den Dolch mitgenommen, die sein Vater ihm letztes Jahr zu Neujahr geschenkt hatte, gute, wenn auch schmucklose Waffen. Und das war alles. Er hatte erwogen, das kleine Büchlein mit Gedichten einzustecken, in dem er eine Haarlocke seiner Mutter verwahrte, aber dann hatte er den Gedanken verworfen. Er konnte es verlieren, oder irgendwer konnte ihn damit erwischen. Beide Vorstellungen waren unerträglich.

Als es hell wurde, sattelte er Mickey und ritt nach Southwark. Die ungepflasterten Gassen und windschiefen Holzhäuser des kleinen Ortes wirkten schäbig, aber nicht bedrohlich. Kaum ein Mensch war zu dieser frühen Stunde auf der Straße. Die wenigen, die John sah, schienen nicht schon, sondern noch auf den Beinen zu sein: ausdauernde Nachtschwärmer, die sich torkelnd an den Häuserwänden entlangtasteten, die Köpfe gesenkt, als schämten sie sich im frühen Morgenlicht ihrer nächtlichen Ausschweifungen.

John stieß auf einen breiteren Schlammpfad, den man mit viel gutem Willen eine Straße nennen konnte. Hier war schon merklich mehr Betrieb: Hoch beladene Ochsenkarren brachten Eier, Käse, Mehl oder Wolle in die Stadt. Soldaten zogen zu Fuß oder zu Pferd, allein oder in kleinen Gruppen nach London. John schloss sich dem Strom an und ließ sich in nördlicher Richtung treiben. So gelangte er auf die Brücke.

»Oh, süßer Jesus …«

Fassungslos starrte der Junge auf das Bild, das sich ihm bot. Der Griff der Linken, mit der er die Zügel hielt, erschlaffte mit einem Mal, und erwartungsgemäß blieb Mickey stehen. Der

Kutscher des Fuhrwerks gleich hinter John begann zu fluchen und brüllte: »Mach, dass du weiterkommst, Bengel! Hast du noch nie eine Brücke gesehen?«

Doch, hätte John antworten können, aber noch nie eine Stadt auf einem Fluss. Abwesend stieß er Mickey die Fersen in die Seiten und ritt langsam weiter, wobei er sich immer noch verstört umblickte. Die steinerne London Bridge überspannte den mächtigen Fluss mit achtzehn Bögen. An jedem Ende stand ein bewachtes Tor, am Southwark-Ufer gab es zusätzlich eine Zugbrücke. Und auf beiden Seiten dieses gewaltigen Bauwerks erhoben sich Häuser, kleine und große, aus Holz oder aus Stein gebaut. John sah Schänken, Bäckereien und Wohnhäuser. Etwa auf der Mitte der Brücke entdeckte er gar eine Kirche, die, wie er später lernte, dem heiligen Thomas von Canterbury geweiht war. Alles in allem hatte London Bridge mehr Häuser vorzuweisen als Waringham, schätzte John, und das Menschengewühl aus Brückenbewohnern und Reisenden, der rege Verkehr, der in beiden Richtungen über die Brücke zog, ängstigten ihn so sehr, dass er für einen Augenblick erwog, kehrtzumachen und auf dem schnellsten Weg zurück nach Hause zu reiten. Aber er kämpfte diese beschämende Anwandlung sofort nieder. Er nahm die Zügel in die Rechte und legte die Linke leicht auf das Heft seines Schwertes. Der vertraute, kühle Stahl hatte etwas Beruhigendes. Mit klopfendem Herzen passierte der Junge das höhlengleiche Torhaus am anderen Ufer und die Männer der Stadtwache, die dort standen und das wilde Durcheinander mit gelangweilten Blicken verfolgten.

Am nördlichen Ufer begann eine breite Straße, die noch ein wenig verstopfter war als die Brücke. Die dicht gedrängten Häuser zu beiden Seiten machten aus der Straße fast einen Hohlweg, und sobald John von der Morgenbrise am Fluss abgeschnitten war, roch er den Gestank von zu vielen Menschen und ihrem Vieh auf viel zu wenig Raum. Er war nicht wirklich überrascht, denn sein Bruder Raymond mokierte sich gern über den »Duft der Stadtluft«, doch er hatte nicht damit gerechnet, wie schlimm es war. London, erkannte John, war nicht nur verwirrend für das Auge und geradezu schmerzhaft lärmend für das Ohr, es war vor allem eine Beleidigung für die Nase.

»Kann ich Euch vielleicht behilflich sein, Sir?«, fragte eine Stimme zu seiner Linken.

John wandte den Kopf. Einen Schritt neben ihm ging ein blond gelockter Novize in einer schwarzen Kutte. Er war etwa so alt wie John selbst und schaute mit einem gewinnenden Lächeln zu ihm hoch.

»Wie kommst du darauf, dass ich Hilfe brauche?«, entgegnete John. Es klang hochmütiger, als er beabsichtigt hatte.

Aber der angehende Benediktiner ließ sich nicht so leicht verschrecken. Er deutete ein Schulterzucken an. »Es gibt ein ganz bestimmtes Gesicht, das Fremde machen, die zum ersten Mal in der Stadt sind. So eine Mischung aus Staunen und Ekel. Bei Euch war es unverkennbar.«

John erwiderte das Lächeln. »Du hast Recht. Aber ich glaube nicht, dass ich schon in Nöten bin. Ich muss nach Westminster. Wenn du mir vielleicht sagen könntest, welchen Weg ich einschlagen soll ...« Er öffnete seine Börse, um einen Farthing herauszuholen, aber der Novize machte eine abwehrende Geste. »Nicht nötig. Wir haben den gleichen Weg. Der Bruder Prior hat mich mit einer Nachricht für den Abt nach Westminster ausgeschickt. Wenn Ihr wünscht, führe ich Euch.«

John machte aus seiner Erleichterung keinen Hehl. »Das wäre großartig. Wie ist dein Name?«

»Aloysius.«

John saß ab und streckte Aloysius die Hand entgegen. »John.« Dann nahm er Mickey am Zügel und ging Seite an Seite mit seinem Führer die Straße entlang.

Den Fluss zu ihrer Rechten, kamen sie an großen Kais und Lagerhäusern vorbei, und Aloysius erklärte John, wem sie gehörten, was sie enthielten und welche Waren die Schiffe brachten oder auf den Kontinent schafften. John lauschte ihm interessiert. Nachdem er seinen Schrecken über das Straßengewirr und die vielen Menschen einmal überwunden hatte, erwachte seine Neugierde, und er wollte alles über diese wundersame Stadt erfahren. Längst hatte die Sonne den Dunst des frühen Morgens verzehrt, ließ die Häuser und Schiffe in hellem Frühlingslicht erstrahlen, verlieh dem Fluss einen bläulichen Schimmer und schien den beiden Jungen geradewegs ins Gesicht.

Als dieser letzte Umstand John schließlich bewusst wurde, blieb er stehen. »Laufen wir nicht in die falsche Richtung? Liegt Westminster nicht westlich der Stadt?«, fragte er.

Der Novize nickte. »Wir schlagen einen kleinen Haken, um die verstopften Hauptstraßen zu umgehen. Da vorne biegen wir nach Norden ab, gehen ein paar Straßen weiter und wenden uns dann nach Westen. Glaubt mir, es ist zwar ein Umweg, aber so kommen wir schneller ans Ziel.«

John war beruhigt und setzte sich wieder in Bewegung.

»Woher kommt Ihr, Sir John?«, fragte Aloysius.

»Aus Waringham.«

»Grundgütiger, ist der alte Earl etwa Euer Großvater?«

John schaute verwundert auf. »Wie kommst du darauf?«

Aloysius wies auf das Wappen an Johns Mantel. »Ich sehe es jetzt erst. *Jeder* in London kennt dieses Wappen.«

»Wirklich? Selbst hinter Klostermauern?«

Der Novize hob lächelnd die Hände. »Da hab ich nicht immer gelebt, Sir. Also? Ist es so?«

»Er ist mein Vater.«

»Und Euer alter Herr lässt Euch einfach so ganz allein nach Westminster reiten?«

John verspürte kein Bedürfnis, sich diesem Fremden anzuvertrauen, und sagte das Erstbeste, was ihm in den Sinn kam: »Ich habe eine Nachricht zu überbringen, genau wie du. An meinen Bruder.«

»Verstehe.«

Sie bogen nach links in eine kleine Gasse ein. Die Sonne war noch nicht über die Giebel der schäbigen Häuser geklettert, und so lag die Gasse im Schatten. John fröstelte in der plötzlichen Kühle. An diesem Sträßchen schien es weder Werkstätten noch Läden zu geben, fiel ihm auf, die Holzhäuser sahen wie Armeleutehütten aus. Schmuddelige Kinder spielten auf der Straße, hier und da kam ihnen eine Frau mit einem Bündel oder Korb entgegen. Aber im Vergleich zur Thames Street war es still. Gerade begann John sich zu fragen, wann endlich die Straße abzweigen würde, die sie in die richtige Richtung führte, als sie durch eine schmale Häuserlücke wiederum nach links bogen.

»Ich hoffe, deine Nachricht war nicht so furchtbar wichtig, John of Waringham«, hörte er Aloysius sagen. Die Stimme klang gänzlich verändert: hämisch, ein wenig triumphierend gar. Noch ehe John wirklich bewusst geworden war, dass sie nicht in eine Straße, sondern in einen Hof eingebogen waren, lag seine Rechte auf dem Schwert, denn mit jedem Schritt, den sie tiefer in die finstere Gasse vorgedrungen waren, hatte seine Nervosität zugenommen. Er überraschte sich selbst mit seiner Schnelligkeit, doch sie rettete ihn nicht. Ehe er seine Klinge auch nur zur Hälfte gezogen hatte, traf ihn etwas Weiches, Schweres am Kopf, dann stolperte er über irgendetwas und ging zu Boden. Als er wieder aufspringen wollte, verfingen Hände und Füße sich in unzähligen Maschen. Ein so stechender Fischgestank hüllte ihn ein, dass seine Kehle sich schloss. Er konnte nicht begreifen, wie es geschehen war, aber offenbar war ein Fischernetz vom Himmel gefallen und hatte ihn gefangen.

John kämpfte und fluchte, versuchte sich zu befreien und verstrickte sich nur immer hoffnungsloser.

Aloysius stemmte die Hände in die Seiten, betrachtete seine Bemühungen amüsiert und brüllte schließlich zu einem kleinen Giebelfenster hoch: »Guter Wurf, Jacky! Kommt runter!« Dann trat er John in die Seite. »Lieg still.«

John dachte nicht daran. Er richtete sich auf die Knie auf, bemühte sich, tief durchzuatmen und die Panik niederzuringen, denn nur dann hatte er eine Chance, den Rand des Netzes zu finden und zu entkommen. Doch lange bevor er das Wirrwarr aus Hanf und Schnüren durchschaut hatte, hörte er das Scharren vieler Füße, und als er den Blick hob, sah er durch die Maschen des Netzes drei Paar Beine in fleckigen, löchrigen Hosen.

»Was bringst du da, Al?«, fragte jemand, der hinter John stand, sodass der Junge ihn nicht sehen konnte. Ein junger Mann, hörte er an der Stimme.

»Einen dicken Fisch«, verkündete Aloysius mit unverhohlenem Stolz. »Er behauptet, er ist ein Sohn vom alten Waringham. Auf jeden Fall hat er Geld. Und sieh dir die Kleider an.«

»Waringham«, brummte der Ältere, der offenbar der Anführer war. »Dann blast ihm das Licht aus, eh ihr ihn aus dem Netz holt, sonst schlachtet er uns noch alle ab.«

John biss sich im letzten Moment auf die Zunge, bevor ihm ein angstvolles Wimmern entschlüpfen konnte. Gedanken schossen ihm wie Sternschnuppen durch den Kopf. Er wollte nicht als der einfältigste aller Waringhams in der Familienbibel verewigt werden, der es in beispiellos kurzer Zeit geschafft hatte, sich von einer Bande halbstarker Londoner Banditen ermorden zu lassen. Er wollte seinem Vater diesen Kummer ersparen. Er wollte den König sehen. Er wollte ein Ritter werden. Vor allem wollte er nicht sterben.

Instinktiv warf er sich zur Seite, noch ehe er den pfeifenden Schlag kommen hörte, und etwas, vermutlich ein Holzknüppel, traf ihn in den Rücken. Aber noch konnte er sich rühren. Mit dem linken Fuß trat er das Paar Beine weg, welches ihm am nächsten war, und einer der jungen Halunken stieß ein überraschtes Jaulen aus, während er zu Boden ging.

»Was hab ich euch gesagt, passt doch auf!«, grollte der Anführer. Die Stimme kam näher.

Ein weiterer Keulenschlag traf Johns Knie, und er schrie vor Schmerz. Trotzdem kämpfte er weiter, in zunehmender Verzweiflung. Es war unglaublich, wie vollkommen das schwere Netz seine Bewegungen hemmte. Vergeblich tastete seine Rechte nach dem Dolch. Ein schwaches Summen war in seinem Kopf, und plötzlich wieherte Mickey schrill. Aus dem Augenwinkel sah John seinen treuen Braunen hinten und vorn ausschlagen, als sei er von Sinnen. Einer der Straßenräuber bekam einen Huftritt vor die Brust und landete im Morast. Die anderen wichen fluchend zurück. Endlich hatte John den Dolch in der Linken und schlitzte vier oder fünf der großen Maschen auf. Sofort vergrößerte sich das Loch im Netz, aber John versuchte nicht sogleich, ihm zu entkommen. Mit der scharfen Klinge durchschnitt er die Lederschnur, die seine Börse gleichzeitig verschloss und am Gürtel hielt, und schleuderte den kleinen Beutel so weit von sich, wie er es vermochte. Ein klimpernder Münzregen ergoss sich auf die schlammige Erde.

Johlend stürzten die jungen Banditen sich darauf und begannen, um die Beute zu raufen. Mit einem zittrigen Stoßseufzer begab John sich an die schwierige Aufgabe, sich systematisch aus dem verfluchten Netz zu schneiden, als ihn wiederum ein Keulenschlag ins Kreuz traf. Dieses Mal lag so viel Wucht in dem Hieb, dass John die Luft aus den Lungen gepresst wurde, und er fiel auf die Seite. Halb befreit, halb im Netz verfangen lag er im Morast, sah den Anführer gemächlich auf sich zu kommen und war unfähig, sich zu bewegen. Der Bandit war ein vielleicht zwanzigjähriger, magerer Rotschopf. Er hielt eine unfachmännisch geglättete Holzkeule in der Linken und ließ sie rhythmisch in die Rechte klatschen. Einen halben Schritt vor John hielt er an und schaute auf ihn hinab. Er schien zu erwägen, noch etwas zu sagen. Dann überlegte er es sich anders und hob die Keule mit beiden Händen über den Kopf, um seinem Opfer endlich den Schädel zu zertrümmern.

Unter größter Anstrengung bewegte John den linken Arm und rammte seinen Dolch in den nackten Fuß des Rotschopfs. Der schrie entsetzt auf, die Keule fiel ihm aus plötzlich erschlafften Händen, und er taumelte rückwärts.

Mit einem Schluchzen krabbelte John aus dem Netz, hob es dann auf und schwang es aus der Hocke heraus wie ein Seil, sodass es sich um die Knie seines Peinigers wickelte. Der Junge wartete nur lange genug, um zu sehen, dass es den Banditen zu Fall brachte. Dann hangelte er sich ohne jede Eleganz auf Mickeys Rücken, ritt zurück in die Gasse, und dieses Mal brauchte sein Pferd keine Ermunterung, um ihn im gestreckten Galopp davonzutragen.

Aufgeregtes Geschrei verfolgte sie bis zur Einmündung der Gasse. Halb saß John im Sattel, halb lag er auf Mickeys Hals, die Linke in die Mähne gekrallt. Mit den Knien lenkte er ihn nach rechts, zurück auf die belebte Thames Street mit ihren Kais und Lagerschuppen, und nach zwei-, dreihundert Yards fühlte John sich sicher genug, um anzuhalten und zu verschnaufen.

Sein Herz raste, und erst jetzt wurde ihm bewusst, wie stoßweise er atmete. Langsam richtete er sich im Sattel auf und verzog das Gesicht. Sein Kreuz tat so weh, als habe er ein eisernes Joch getragen. Er lachte ein wenig zittrig und klopfte seinem Pferd den Hals. »Danke, mein alter Freund. Ich muss schon sagen … wir waren gar nicht übel, oder?«

Er schlug den Weg nach Westen ein und redete mit niemandem mehr. Wenn ihn gelegentlich jemand ansprach, gab John vor, ihn nicht zu hören, und voller Misstrauen beäugte er jeden Fußgänger oder Reiter, der sich ihm näherte.

Obwohl er versuchte, möglichst geradeaus zu reiten, wurde er doch unweigerlich nach Norden geleitet, denn alle Straßen, so wollte es scheinen, führten nach Cheapside. So sah er die bunten Straßenmärkte, das unbeschreibliche Schlachterviertel und die große Kathedrale, aber er schenkte keinem all dieser Wunder große Beachtung. Er war hungrig und durstig, doch er besaß kein Geld mehr, um Abhilfe zu schaffen. Er hatte seinen guten Dolch verloren. Seine feinen Kleider waren schlammbesudelt und zerrissen. John hatte genug von London.

Das Tor, durch welches er diesem Sündenbabel schließlich entkam, war ein schwarzer, riesiger Kasten mit viel zu kleinen Fenstern. Aus einer dieser Luken drangen erbarmungswürdige Schreie. Schaudernd zog John die Schultern hoch und wandte den Kopf ab.

»Spar dir dein Mitgefühl, Söhnchen«, bemerkte der Wachsoldat, der an der sonnenbeschienenen Tormauer lehnte und ein Stück Brot mit dicken Zwiebelringen verspeiste. »Was wir hier einsperren, ist der schlimmste Abschaum der Stadt.«

»Das Tor ist ein Gefängnis?«, fragte John.

Der Soldat nickte. »Newgate.«

»Oh, verflucht … Ich hab mich schon wieder verirrt. Ich hätte das Ludgate nehmen müssen.«

»Wo soll's denn hingehen? Westminster?«, tippte der Mann.

John nickte.

Der Soldat ruckte das Kinn zum Tor. »Immer der Straße nach, bis du über den Fleet kommst. Hinter der Brücke biegst du links ab und folgst dem Fluss nach Süden, bis du wieder auf eine Straße stößt. Die führt dich nach Westminster.«

John ritt an. »Habt vielen Dank, Sir.«

»Keine Ursache, Söhnchen. Aber wasch dir das Blut aus der Visage, eh du dem König deine Aufwartung machst …«, riet der Torwächter.

Verlegen fuhr John sich mit der flachen Hand über Wange und Kinn und kehrte London erleichtert den Rücken.

Auch außerhalb der Stadtmauern war viel Betrieb auf der Straße. Hier waren größtenteils Fußgänger unterwegs, so kam es dem Jungen vor, die aus der Stadt und nach Westen streben. John konnte nur noch im Schritt reiten. Vergeblich hielt er nach dem kleinen Fluss Fleet und seiner Brücke Ausschau, und als er stattdessen Häuser vor sich aufragen sah, kam er zu dem Schluss, dass er schon wieder auf dem falschen Weg war. »Grundgütiger …«, murmelte er ungläubig. »Was ist so schwierig daran, geradewegs nach Westen zu reiten? Ich hätte mich heute früh in Southwark in die Themse stürzen und nach Westminster schwimmen sollen. Dann wär ich längst da.«

»Gegen die Strömung? Das glaube ich kaum«, bemerkte ein Reiter, der wie ein Kaufmann aussah und der ein Stück weiter links die Straße entlang ritt.

John schaute erschreckt auf und senkte den Blick gleich wieder. »Ihr habt Recht, Sir. Wäret Ihr so freundlich, mir zu sagen, wie dieses Dorf da vorn heißt?«

»Das ist das schöne Smithfield, wo ich daheim bin«, gab der Reiter Auskunft.

Von Smithfield hatte der Junge schon gehört. »Und all diese

Menschen wollen dort zum Pferdemarkt? Ich dachte, der sei freitags.«

»So ist es auch«, erwiderte der Kaufmann. »Aber heute kommen die Londoner, weil eine Hinrichtung stattfindet. Wenn ich dir einen Rat geben darf, mein Junge: Mach kehrt und reite nach Westminster, wie es deine Absicht war. Eine viertel Meile zurück zweigt der Weg zum Fleet ab, du kannst ihn kaum verfehlen. Tu, wozu du aufgebrochen bist, und reite heute nicht nach Smithfield.«

»Ihr habt gewiss Recht, Sir. Vielen Dank.«

Aber er schlug den gut gemeinten Rat in den Wind. Obwohl es erst wenige Stunden her war, dass er selbst dem Tod ins Auge geblickt hatte, musste John feststellen, dass eine Hinrichtung einen unwiderstehlichen Reiz ausübte. Noch nie hatte er einen Mann baumeln sehen. Es gab so furchtbar viele Dinge, die er noch nie gesehen hatte; sein Vater hatte ihn in Waringham gar zu sicher verwahrt. Aber jetzt war er frei und konnte tun, was ihm beliebte. Obendrein war er nach seinem gefährlichen, glücklich überstandenen Abenteuer verwegener Stimmung, und er wollte es sehen.

Er ließ sich unauffällig zurückfallen, damit der Kaufmann ihn aus den Augen verlor, tauchte in der Menge unter und gelangte so auf die weitläufige, zertrampelte Wiese von Smithfield, die als Richtstätte ebenso wie als Marktplatz diente. An einer Pferdetränke am Rande des Platzes hielt er an, ließ Mickey saufen, so viel er wollte, und wusch sich Gesicht und Hände. Dann nahm er sein Pferd am Zügel und führte es zur Mitte der Wiese.

»He, was fällt dir ein, Bürschchen, bind deinen Gaul irgendwo weiter hinten an!«, rief eine erboste Bäuerin, der Mickeys breites Hinterteil den Blick versperrte.

»Oh, gewiss doch«, gab John zurück. »Damit dein Sohn ihn wegführen und nächsten Freitag hier verhökern kann, nicht wahr?« Er hatte schnell gelernt.

Die Frau bedachte ihn mit einem finsteren Blick, sagte aber nichts mehr. Ihr Mangel an Empörung ob seiner Verdächtigung brachte John zu der Erkenntnis, dass er mitten ins Schwarze getroffen hatte.

Je weiter er zur Platzmitte kam, umso dichter drängten sich die Menschen, aber John arbeitete sich beharrlich vor. So gelangte er schließlich in die vorderste Reihe der Schaulustigen, die wie auf eine geheime Verabredung hin einen Ring gebildet hatten, der etwa zwanzig Schritte Abstand zur Richtstätte hielt. Doch was John im Zentrum dieses Kreises entdeckte, war kein Galgen.

»Oh, Jesus Christus ... ein Scheiterhaufen.«

»Ja, was hast du denn gedacht?«, fragte ein grauhaariger Gnom zu seiner Linken, der Kleidung nach ein Handwerker. »Was tut ihr mit den Ketzern, da wo du her bist? Schaff den Gaul weg, er wird scheuen, wenn sie das Feuer anzünden.«

»Nein, wird er nicht«, entgegnete John abwesend. Trotzdem erwog er, mitsamt Mickey von hier zu verschwinden. Ein Gefühl warnte ihn, dass er dieses grausige Schauspiel lieber versäumen sollte, und sei es nur, weil es seinem jüngsten Albtraum so gefährlich nahe kam. Er wollte keinen Menschen brennen sehen. Doch als er Mickeys Zügel nahm, um kehrtzumachen, musste er feststellen, dass es zu spät war. Eine Gasse hatte sich in der Menge gebildet, wodurch das Gedränge noch ein wenig dichter wurde. John fand sich zwischen zu vielen ungewaschenen Leibern eingezwängt. An Umkehr war nicht zu denken.

Angeführt von einer Schar betender Mönche kam eine kleine Prozession durch die Gasse. Es waren zwölf Brüder, die große, brennende Wachskerzen trugen, und der dreizehnte, der vorausging, war der Prior von St. Bartholomew, wie John dem ehrfürchtigen Raunen entnahm. Den Mönchen folgten zwei Männer des Sheriffs, von denen einer das Gespann führte, welches den Henkerskarren zog. Ein vielleicht dreißigjähriger Mann im knielangen Büßerhemd stand darauf, die Hände mit Eisenschellen auf den Rücken gefesselt. Seine Füße waren nackt, sein Kopf unbedeckt. Er war so bleich, dass sein Gesicht grau wirkte, und er zitterte. Hinter dem Karren marschierten vier weitere Wachen, dann kamen einer der Sheriffs und der Lord Coroner von London hoch zu Ross und mit respektvollem Abstand hinter ihnen der maskierte Scharfrichter.

Ein gedämpftes Gemurmel hatte sich in der Menge erhoben, und eine tiefe Männerstimme rief: »Warmer Tag heute, wie, Tanner?« Doch das Gelächter der Umstehenden klang dünn und unsicher. Die Festtagsstimmung, die sonst so typisch für Hinrichtungen war, wollte sich nicht einstellen.

»Was … was hat er getan?«, fragte John seinen Nachbarn.

»Eigentlich gar nichts«, erwiderte der Gnom. »Er ist ein Ketzer. Er verbreitet Irrlehren, verstehst du.«

»Nein«, gestand John. »Was für Irrlehren?«

»Verfluchtes Lollardengewäsch«, bekam er zur Antwort. Das machte ihn nicht klüger, aber das angewiderte Ausspucken des Mannes legte den Schluss nahe, dass es sich bei den Irrlehren dieses Ketzers um irgendetwas Abscheuliches handeln musste.

»Was tun der Sheriff und seine Männer dann hier?«, fragte der Junge weiter. »Ist Ketzerei nicht eine Angelegenheit der Kirche?«

»Doch. Der Bischof verurteilt sie und übergibt sie dann zur Hinrichtung der weltlichen Gerichtsbarkeit.«

Der Zug hatte die Mitte der Wiese erreicht. Zwei der Wachen kletterten auf den Karren und holten den Ketzer herunter. Sie führten ihn die wenigen Schritte zum Scheiterhaufen hinüber: einem stabilen Holzpfosten, vor dem ein halbes Holzfass stand, um welches man Feuerholz und Reisigbündel aufgeschichtet hatte. Der eine Soldat wollte den Gefangenen am Ellbogen packen, sprang aber hastig zurück, als der Verurteilte sich plötzlich erbrach. Er krümmte sich und fiel auf die Knie. Die Wachen fluchten, warteten aber nicht, bis der erbarmungswürdige Tropf aufhörte zu würgen, sondern zerrten ihn hoch und zwangen ihn, in das Fass zu steigen. An dem Pfahl baumelte eine kurze Kette, die sie in seine Handfesseln einhakten. Der Verurteilte spuckte nicht mehr. Erschöpft lehnte er den Kopf zurück gegen den Pfosten und schloss die Augen.

Derweil machte der Henker sich an einem kleinen Reisighäuflein neben dem Scheiterhaufen zu schaffen und zündete es an, während der Sheriff das Urteil verlas: »Im Namen Gottes, Amen! Wir, Henry, Bischof von St. David, klagen dich, Edmund Tanner, Gerber aus Mile End, der Verbreitung gefährlicher Irrlehren an. Da du dein Vergehen gestanden und keine Reue gezeigt hast, befinden Wir dich der Ketzerei für schuldig. So verkündet und niedergelegt zu St. Paul am Namensfest des heiligen Pankratius, *Anno Domini* eintausendvierhundertunddreizehn.« Er ließ den Pergamentbogen sinken und nickte dem Henker zu. »Also, lass ihn brennen.«

Die Wachen mussten zu dritt anfassen, um die schwere obere Fasshälfte anzuheben und über den Ketzer zu stülpen. Der Scharfrichter entzündete eine vorbereitete Fackel an seinem kleinen Feuerchen, trug sie zum Scheiterhaufen und stieß sie an mehreren Stellen in die Reisigbündel. Diese waren ölgetränkt und begannen deshalb sogleich unter großer Rauchentwicklung zu brennen. Irgendwo hinter John schrie eine junge Frau.

»Warum ein Fass?«, fragte John. Er hörte selbst, wie seltsam seine Stimme krächzte.

»Damit das Feuer ihn von unten und oben und von allen Seiten anlecken kann«, erklärte der Gnom grimmig. Aber selbst seine Miene verriet Unbehagen.

Plötzlich ertönte Hufschlag, und die Gasse in der Menge klaffte wieder auf. Fünf Reiter preschten auf die kleine, kreisrunde Freifläche vor dem Scheiterhaufen, kamen schlitternd zum Stehen und sprangen aus den Sätteln.

Der Vordere warf die Kapuze zurück und enthüllte einen kinnlangen Schopf dunkler Locken. »Löscht das Feuer!«, befahl er. Er hatte die Stimme kaum erhoben, aber sie war tragend.

John schaute den Ankömmling unverwandt an. Dieser trug einen kostbaren, kurzen Mantel aus blauem Tuch, der jedoch das große Wappen auf seiner Brust nicht verhüllte. Es war geviertelt, zeigte oben links und unten rechts drei gelbe Lilien auf blauem Grund, in den anderen beiden Vierteln je drei goldene Löwen auf Rot. Doch John hätte den jungen König auch ohne sein Wappen auf den ersten Blick erkannt, denn es bestand eine unverkennbare Ähnlichkeit zwischen Harry und seinem Onkel, Bischof Beaufort.

Der Sheriff war verdattert auf ein Knie gesunken. »Sire …«

»Löscht das Feuer, Sir Ranulph, ich bitte Euch um der Liebe Christi willen.«

Der Sheriff machte seinen Männern ein Zeichen. Sie hatten ihre liebe Müh, denn die Holzscheite hatten inzwischen zu brennen begonnen, und aus dem Fass waren die ersten dumpfen Jammerlaute zu vernehmen. Doch mit Hilfe ihrer Stiefel und einiger alter Säcke, die auf der Wiese verstreut lagen, gelang es den Männern schließlich, die Flammen zu ersticken.

»Holt ihn heraus«, befahl der König.

Ohne eine Bestätigung durch den Sheriff abzuwarten, öffneten die Wachen das Fass wieder und ketteten Tanner los. Der sackte hustend gegen einen der Soldaten, welcher sich mit einem unwilligen Knurren von ihm befreite und ihn aus dem Fass zerrte. Zusammengekrümmt und keuchend blieb der Verurteilte im Gras liegen.

Der König reichte die Zügel einem seiner Begleiter, den John ohne echte Überraschung als seinen Bruder Raymond erkannte. Diese ganze Situation war so eigentümlich, hatte etwas so Unwirkliches, dass nichts John mehr in Erstaunen versetzen konnte.

König Harry kniete sich vor dem Ketzer ins Gras und legte ihm die Hand auf die Schulter. »Weißt du, wer ich bin, Edmund Tanner?«, fragte er leise. Aber John hörte ihn ohne Mühe; der König war keine zehn Schritte von ihm entfernt.

Tanner nickte und hustete, starrte mit glasigen Augen zu ihm auf. »Ihr seid … der König.«

»So ist es. Ich hörte heute Mittag von deiner Verurteilung und bin umgehend hergekommen, um dir eine allerletzte Gelegenheit einzuräumen.«

Tanner wandte mit einem erstickten Laut den Kopf ab.

»Schwöre deinen Irrlehren ab, Edmund«, drängte der König. »Rette deine Seele.«

Tanner hob die Hand. »Mylord …«

»Nein, warte. Wenn du es tust, jetzt gleich vor all diesen Zeugen hier, dann verspreche ich dir, dass du freigesprochen wirst. Der ehrwürdige Bischof würde mir diese Bitte nicht abschlagen in der Hoffnung, dass andere Verstockte deinem Beispiel folgen. Ich hörte, du seiest ein armer Mann, Edmund. Nun, wenn du dich besinnst, bekommst du eine feste Arbeit an meinem Hof. Weder du noch die deinen müssten je wieder hungern. Also? Was sagst du?«

Edmund Tanner sammelte seine Kräfte, stützte sich auf einen Ellbogen und sah in das junge, ebenmäßige Gesicht über ihm. »Ich danke Euch für Eure Großmut, mein König«, sagte er mit beinah fester Stimme. »Aber ich kann meinem Glauben nicht abschwören.«

Harry sah betrübt auf ihn hinab. »Willst du mir nicht wenigstens sagen, dass Brot und Wein durch die Wandlung zu Leib und Blut Jesu Christi werden?«

Tanner schwieg. John sah sein Gesicht arbeiten. Es war unschwer zu erkennen, dass der Mann mit sich rang. Doch schließlich erwiderte er: »Ich würde es gern sagen, um Euch Eure Güte zu vergelten, mein König. Aber ich kann nicht ändern, was ich glaube: Brot und Wein sind nach der Wandlung geheiligtes Brot und geheiligter Wein. Nichts sonst.«

Für einen Moment verriet die Miene des Königs seine Enttäuschung. Dann wurde sie verschlossen. Harry ließ die Schulter des Verurteilten los, stand auf und nickte den wartenden Männern zu. »Nehmt ihn und vollstreckt das Urteil.«

Die Gesichter der Soldaten waren ausdruckslos, aber die verstohlenen Blicke, die sie einander zuwarfen, die gen Himmel verdrehten Augen verrieten, was sie von diesem königlichen Zwischenspiel hielten. Mit vorgetäuschter Geduld lasen sie den leise weinenden Tanner aus dem Gras auf, verfrachteten ihn wieder in sein Fass, ketteten ihn an und verschlossen die Tonne, ehe sie dem Scharfrichter halfen, das Feuer erneut in Gang zu bringen.

Der König blieb mit dem Sheriff, dem Coroner, Raymond

und seinen übrigen Begleitern zusammen stehen und wartete. Als die Flammen mannshoch züngelten und Tanner erst um Gnade flehte und dann zu kreischen begann, verschränkte er die Arme und hob fast unmerklich das Kinn.

John konnte den König nicht länger anschauen. Auch das brennende Fass, das nach und nach auseinander fiel und den zuckenden, brennenden Ketzer enthüllte, sah er nicht mehr an. Die Schreie füllten seinen Kopf, sodass ihn zu schwindeln begann, und als der Gestank von verbranntem Fleisch sich auf dem Platz ausbreitete, sank der Junge auf die Knie, faltete die Hände, kniff die Augen zu und betete stumm.

Raymond sah die Bewegung aus dem Augenwinkel, wandte den Kopf und entdeckte seinen jungen Bruder. »Oh, bei St. Georgs Eiern …«, flüsterte er. »Wie kommt der Bengel hierher?«

Aber er rührte sich nicht. Gleich allen anderen fühlte auch er sich wie erstarrt von diesem entsetzlichen Schauspiel, und der Gestank schnürte ihm die Kehle zu. Wenigstens das Geschrei hatte aufgehört. Tanner war bewusstlos oder schon tot. Ganz gleich, was es war, Hauptsache, er hielt endlich das Maul, fand Raymond. Hatte er dem König nicht gleich gesagt, es sei eine miserable Idee? Aber Harry hörte heute weniger auf ihn als vor der Krönung …

Das Feuer brannte allmählich herunter, und weder von dem Fass noch vom Verurteilten war irgendetwas übrig. Der Pfahl war umgefallen, gänzlich geschwärzt, und er glomm noch.

Die Gaffer begannen sich zu zerstreuen. Die Anwesenheit ihres neuen jungen Königs erfüllte sie ebenso mit Unbehagen wie die schaurige Hinrichtung. Sie waren hergekommen, um einen verfluchten Ketzer brennen zu sehen, in der sicheren Gewissheit der eigenen Rechtschaffenheit zu erleben, wie ein Abtrünniger seine gerechte Strafe bekam. Aber sie waren nicht auf ihre Kosten gekommen. Mit gesenkten Köpfen huschten sie davon, sahen einander nicht in die Augen.

»Sie schämen sich«, sagte Raymonds Stimme ungewöhnlich leise neben John.

Der Junge rührte sich nicht. »Das tu ich auch.«

»Dann geht's dir wie mir.« Er legte ihm die Pranke auf die Schulter. »Du kannst die Augen wieder öffnen, Bruder. Es ist vorüber.«

John bekreuzigte sich, schüttelte die Hand unauffällig ab und stand auf.

Wortlos schauten die Brüder sich einen Moment an. Die Verstörtheit in Johns Blick half Raymond, die Fassung wiederzufinden. »Du bist ausgerissen, hab ich gehört?«

»Vater hat dir einen Boten gesandt?«

»Hm. Damit ich dich sicher in Empfang nehme. Nicht um dich zurückzuholen. Er hat dir einen Brief mitgeschickt.«

Mit einem Mal schossen John die Tränen in die Augen. Hastig wandte er den Kopf ab und blinzelte sie weg. »Ich hab mich verirrt. Ich wollte nach Westminster, nicht zu dieser verdammten Hinrichtung ...«

»Nein, ich wollte auch nicht.« Raymond seufzte und nahm ihn wieder bei der Schulter. »Komm, ich stelle dich dem König vor.«

Ohne eine Antwort abzuwarten, schob er John vor sich her zu der Stelle, wo Harry mit seinem übrigen Gefolge zusammenstand. Mickey trottete hinterher. Der Coroner, der Sheriff und ihre Leute rüsteten sich zum Abmarsch. Wer schafft die ganze Asche fort?, fragte sich John. Und was geschieht damit?

»Sire«, sagte Raymond.

Der König wandte sich zu ihnen um. Erst jetzt erkannte John, dass Harry auf der Brust seines Mantels eine eingestickte rote Rose trug – die Wappenblume der Lancaster.

»Dies ist mein jüngster Bruder, John«, erklärte Raymond. »Er ist bei Nacht und Nebel aus Waringham davongelaufen, um in Euren Dienst zu treten.«

Der König lächelte. »Ein Mann nach meinem Geschmack.«

John sank vor ihm auf die Knie.

Harry nahm ihn bei den Schultern und hob ihn auf. »Sei mir willkommen, John of Waringham.«

Der Junge sammelte seinen Mut und hob den Blick. »Warum habt Ihr das getan, Sire?«

»Was?«

»Versucht, ihn zu retten.«

»Oh …« Harry schien einen Moment nachzudenken, die glatte Stirn gefurcht. »Um die Kirche zu schützen und den Glauben zu bewahren.«

»Nicht für ihn? Für Edmund Tanner?«

Der König hob kurz die breiten Soldatenschultern. »Nun, er war Untertan der Krone und hatte daher ein Anrecht darauf, dass ich tat, was in meiner Macht stand, um ihn vor sich selbst und den Irrlehren, deren Opfer er wurde, zu beschützen. So betrachtet, auch für ihn. Aber ich denke, wäre es allein um Edmund Tanners Leben und nicht um die Sicherheit des Reiches gegangen, hätte ich mich vermutlich nicht herbemüht.«

John fand sich eigentümlich berührt von dieser Offenheit.

»Kein sehr glücklicher Tag für den Beginn unserer Bekanntschaft, nicht wahr?«, fuhr der König fort. »Aber sie wird dennoch unter einem guten Stern stehen, du wirst sehen. Das Haus von Lancaster und das Haus von Waringham gehören zusammen wie Flint und Stahl.«

John nickte. Vermutlich hätte er irgendetwas sagen sollen wie ›Was ich dazu tun kann, soll geschehen‹ oder eine ähnliche Floskel dieser Art. Aber er brachte nichts dergleichen heraus. Er war zu scheu und zu überwältigt von der Persönlichkeit des Königs. Er argwöhnte, es werde nicht lange dauern, bis er diesem Mann so verfallen war, dass er bedenkenlos sein Leben für ihn geben würde. Und der Gedanke ängstigte ihn.

Harry lächelte nachsichtig über die Schüchternheit seines neuen Knappen. »Kommt«, sagte er zu seinen Begleitern und saß auf. »Reiten wir nach Hause.«

Während des ganzen Ritts am Fleet entlang kämpfte John gegen Übelkeit, die in Wellen über ihn hereinbrach. Sie wurde so heftig, dass er fürchtete, er werde sich übergeben und vor seinem neuen Dienstherrn bis auf die Knochen blamieren, ebbte aber dann wieder ab. Doch einen der Ritter im Gefolge des Königs schien die Ketzerverbrennung noch mehr mitgenommen zu haben als ihn. Er war ein großer, breitschultriger Mann mit einem fassrunden Bauch und rotem Bart. Viel mehr war allerdings nicht zu erkennen, denn er hatte die Kapuze tief ins Gesicht gezogen und wischte sich gelegentlich verstohlen mit dem Ärmel über die Augen.

»Das ist Sir John Oldcastle«, erklärte Raymond seinem Bruder. Er hatte sich zurückfallen lassen, bis er neben John ritt, der die Nachhut bildete, und er sprach gedämpft. »Heute hat er das heulende Elend, aber an anderen Tagen ist er ein sehr standhafter, tapferer Ritter, der mit dem König gegen die Schotten und die Waliser gekämpft hat, genau wie ich. Der Grünschnabel an seiner Seite ist de Vere, der Earl of Oxford. Und der gewaltige Recke da vorn ist der ruhmreiche Earl of Warwick.«

»Was erschüttert ihn so?«, fragte John flüsternd. »Lord Oldcastle, meine ich.«

Raymond verzog das Gesicht. »Er hat eine Schwäche für die verdammten Lollarden. Darum nimmt es ihn mit, wenn einer von ihnen brennen muss.«

»Wieso ist er dann hingegangen?«

»Weil der König es wünschte.« Und Raymond konnte nur hoffen, dass Oldcastle die Warnung verstanden hatte und nicht in den Wind schlagen würde. Denn Oldcastle machte aus seinen rebellischen Ansichten keinen Hehl, und je betrunkener er war, desto ketzerischer wurden sie. Wie Raymond selbst gehörte Oldcastle zu den Freunden, die den König schon durch seine stürmische Jugend begleitet hatten. Aber Harry hätte ihm wohl kaum deutlicher zeigen können, dass selbst die älteste Freundschaft Grenzen hatte und dass er ein genauso treuer Sohn und unerbittlicher Verteidiger der Heiligen Mutter Kirche war wie sein Vater vor ihm.

Der Palast von Westminster war auf seine Art ebenso riesig, verworren und einschüchternd wie London, stellte John fest, allerdings weitaus prachtvoller und nicht so dreckig. Die Anlage lag gleich an der Themse und bestand aus einem Wirrwarr unterschiedlichster Gebäude: Hallen, Quartierhäuser und

Kapellen aus hellem Sandstein, Ställe, Waffenkammern, eine Schmiede und verschiedene weitere Wirtschaftsgebäude standen wild durcheinander und dicht gedrängt, und man konnte nicht ausmachen, wo die Palastanlage endete und das benachbarte Kloster begann.

»Es ist ein bisschen wie mit unserem Gestüt daheim, weißt du«, erklärte Raymond, als sie durch das Haupttor in den ersten der Innenhöfe ritten. »Der Palast ist einfach immer größer und größer geworden, ohne dass sich je irgendwer die Mühe gemacht hätte, eine Erweiterung vorausschauend zu planen. Seit dem heiligen Angelsachsenkönig Edward haben Herrscher und Äbte nach ihren Vorstellungen etwas dazu gebaut. Viele dieser Könige und Kirchenfürsten waren große Männer, aber glaub mir, kein einziger von ihnen hätte es als Baumeister weit gebracht. Alles ist furchtbar unpraktisch. Die Abteilung des Lord Treasurer, die die Einnahmen der Krone verwaltet, ist am Ostende der Anlage, aber die Verwaltung der Ausgaben auf der Westseite. Ständig müssen die armen Schreiber daher bei Wind und Wetter mit ihren Büchern von einer Seite zur anderen rennen und …«

Er brach ab, weil sein Bruder plötzlich aus dem Sattel glitt und ihn einfach stehen ließ. Der König hatte vor der St.-Stephens-Kapelle angehalten. Ein Page und ein junger Ritter eilten aus unterschiedlichen Richtungen herbei, aber John schlug sie beide. Er erreichte das Pferd des Königs als Erster und hielt Harry den Steigbügel, um ihm gleichzeitig das Absitzen zu erleichtern und seine Ehrerbietung zu bekunden.

Harry stieg vom Pferd und nickte dem Jungen zu. »Ich merke, dass du schon viele Dinge weißt, die andere hier erst lernen müssen, John. Gewiss wirst du unter den anderen Knappen schnell Freunde finden. Wollt Ihr Euren Bruder zu ihnen führen, Raymond?«

»Sie sind nicht hier, Sire«, warf der junge Oxford ein. »Sie sind heute früh mit Eurem Falkner und ein paar Vögeln fortgeritten, um sich irgendwo in der Beizjagd zu üben.«

»Aber dort drüben ist Somerset«, bemerkte Raymond, wies

auf einen etwas schmächtigen Knaben, der auf der gegenüberliegenden Seite des Hofes aus einem niedrigen, hölzernen Gebäude kam, und pfiff unfein durch die Zähne. Der Junge wandte den Kopf.

»Sei so gut und komm her!«, rief Raymond.

Der Knabe trabte herbei, verneigte sich tief vor dem König und wandte sich dann höflich an Raymond. »Ja, Sir?«

»Hier, das ist mein Bruder. Führ ihn ein wenig herum, sei so gut. Such ihm ein Quartier und so weiter.«

»Natürlich, Mylord.«

Raymond saß ebenso ab wie die übrigen Begleiter des Königs und drückte seinem Bruder die Zügel in die Hand. »Bring die Gäule in den Stall.«

»Was ist mit Vaters Brief?«

»Ich geb ihn dir heute Abend. Jetzt troll dich.« Mit diesem typisch brüsken Abschiedsgruß folgte Raymond dem König in die Kapelle und überließ John seinem Schicksal.

Der rang seine Scheu nieder und streckte dem fremden Knaben die Hand entgegen. »John of Waringham.«

»Tatsächlich?« Der andere grinste breit und schlug ein. »John Beaufort. Aber alle nennen mich Somerset, weil es hier schon so viele Johns gibt. Nun haben wir noch einen mehr. Sei willkommen in Westminster, John of Waringham.«

John sah den jungen Somerset erstaunt an. »Du bist ... der Neffe des Königs.«

Somerset schüttelte den Kopf. »Er ist mein Cousin. Unsere Väter waren Brüder.«

»Und dein Vater war mein Pate.«

Dieses Mal war Somerset derjenige, der staunte. »Ist das wahr?« Impulsiv schloss er John in die Arme. »Dann sind auch wir beinah so etwas wie Brüder!« Seine dunklen Augen leuchteten, und er klopfte ihm freundschaftlich die Schulter.

John zuckte zusammen.

Somerset zog die Hand zurück. »Vom Pferd gefallen?«

John winkte verlegen ab. »Kleines Missgeschick in der Stadt heute früh.«

»Du warst in London? Erzähl mir davon.«

Und ehe John sich versah, legte er ein komplettes Geständnis ab: Die Flucht aus Waringham, die Nacht allein unter freiem Himmel, das Abenteuer mit den Banditen, die grauenvolle Hinrichtung in Smithfield und die Begegnung mit dem König.

Somerset lauschte mit großen Augen. »Hm«, machte er schließlich und nickte. »Was für ein Tag. Bist du nicht hungrig?«

»Doch«, gestand John. Er fand eigentlich, dass die Ketzerverbrennung ihm für Tage den Appetit hätte verderben sollen. Aber schon auf dem Ritt von Smithfield nach Westminster hatte sein Magen geknurrt.

»Ich weiß, wie wir Abhilfe schaffen können. Komm. Lass uns die Pferde wegbringen, und dann mache ich dich mit Bess bekannt. Sie arbeitet in der Küche, und sie hat ein großes Herz für hungrige Knappen.«

Jeder drei Pferde am Zügel, führte Somerset John um die prächtige Kapelle herum in einen weiteren Hof. Sie mussten die sechs Rösser nicht selbst absatteln und trockenreiben, stellte John erleichtert fest, das übernahmen die Stallburschen. So hatten sie sich ihrer Pflicht schnell entledigt, und wie versprochen organisierte Somerset aus der Küche einen halben Laib dunkles Brot, ein Stück Käse und einen Krug Ale. Damit setzten sie sich auf einen Mauervorsprung an der Westwand des Küchenhauses, ließen sich von der goldenen Nachmittagssonne wärmen und redeten.

Somerset, erfuhr John zu seiner Verwunderung, war erst zehn Jahre alt. Dabei war er höchstens einen halben Kopf kleiner als der junge Waringham, von dem doch alle behaupteten, er sei groß für sein Alter.

»Es liegt in der Familie«, erklärte Somerset achselzuckend. »Alle Plantagenets waren Hünen. Und auch wenn sich keiner mehr so nennt, sind wir das ja trotzdem, nicht wahr. Plantagenets, meine ich. Ich lebe am Hof, seit mein Vater vor vier Jahren gestorben ist. Mein großer Bruder, der den Titel geerbt hat, lebt zu Hause. Na ja, du weißt ja selbst, wie das ist, wenn man der

Jüngere ist und keiner so genau weiß, was mal aus einem werden soll. Jedenfalls bin ich froh, dass der König mich hier zum Ritter ausbilden lässt und ich nicht ins Kloster musste.«

»Du lebst hier als ganz gewöhnlicher Page, obwohl du der Cousin des Königs bist?«, fragte John.

»Knappe.« Er sagte es mit unüberhörbarem Stolz.

»Entschuldige.«

»Seit ein paar Wochen zumindest, vorher war ich Page, aber weil ich so gewachsen bin, durfte ich schon in die Waffenausbildung. Alle Pagen und Knappen hier stammen aus den mächtigsten Adelsgeschlechtern des Landes. Nur leider macht hohe Geburt allein aus einem Mann noch keinen Ritter, nicht wahr? Alles will gelernt sein. Da muss jeder durch. Aber es ist nicht schlimm, weißt du, im Gegenteil. Seit April ist Jerome of Ellesmere unser *Nutricius* und …«

»Euer was?«

»Unser Lehrer. Für Waffenhandwerk, Reiten, Jagen und all diese Sachen. Guter Mann. Er prügelt nicht immer gleich jeden grün und blau, der mal einen Fehler macht. Im Gegensatz zu seinem Vorgänger.«

John kaute nachdenklich und spülte den Bissen mit einem Schluck Ale hinunter. »Aber sag mir, Somerset, wenn die übrigen Knappen heute zur Falkenjagd geritten sind, wieso dann du nicht?«

»Nicht zur Jagd«, entgegnete der andere mit einem nachsichtigen Lächeln. »Das wäre ja wohl noch schöner. Die Jagd ist das Vorrecht des Königs und seiner Lords. Nein, die übrigen Jungs sollen sich heute nur in der richtigen Handhabung und Pflege von Beizvögeln üben. Und ich durfte nicht mit, weil ich krank war. Ich hatte mal wieder das Fieber.« Er hob kurz die Schultern und seufzte tief. »Ich habe alle naselang das Fieber, weißt du. Und dann sind alle voller Sorge und verbieten mir alles und behandeln mich wie ein Mädchen.« Seine angewiderte Miene bekundete, was er davon hielt.

»Oh, das kenne ich«, vertraute John ihm an. »Ich hab mir kurz vor Ostern den Arm gebrochen und hatte auch sonst ein paar Kratzer, und mein Vater hat mich praktisch wochenlang ans Bett gefesselt.«

Sie tauschten ein Verschwörerlächeln. Dann zeigte Somerset auf das restliche Brot und das kleine Stück Käse, die noch übrig waren. »Was dagegen, wenn ich das aufesse? Ich bin heute Abend an der Reihe, dem König an der Tafel aufzuwarten.«

»Eine hohe Ehre«, bemerkte John.

»Eigentlich nicht. Es geht immer der Reihe nach, jeder ist mal dran. Und das Dumme an Ehre ist, dass sie einen nicht satt macht. Man steht sich die Beine in den Bauch und darf nur zuschauen, welch köstliche Speisen an der hohen Tafel aufgetragen werden.«

John wies mit einer einladenden Geste auf die Reste, und Somerset vertilgte sie mit wenigen raschen Bissen. Dann schaute er zur tief stehenden, rotgoldenen Sonne. »Ich schätze, noch eine Stunde bis zum Essen. Soll ich dir vorher unser Quartier zeigen?«

»Sei so gut.« John stand auf und folgte Somerset zu einem dreigeschossigen Steinhaus gleich am Fluss, wo sie die Treppen bis zur Dachkammer hinaufstiegen.

Somerset nahm einen kleinen Anlauf und rammte mit der Schulter die Tür auf. »Sie klemmt«, erklärte er unnötigerweise. »Außer im Sommer, wenn es mal ein paar Wochen lang warm und trocken ist. Aber dann wird's hier oben brütend heiß. Also besser, die Tür klemmt.«

Sie betraten einen niedrigen Raum mit einem hölzernen Stützpfeiler in der Mitte. Spinnweben und ein paar alte Schwalbennester schmückten die Dachbalken. Der hölzerne Fußboden war mit Stroh ausgelegt, das ein wenig staubig wirkte. Entlang der Wände waren ebenfalls mit Stroh gefüllte Säcke aufgereiht, auf jedem lag eine gefaltete Wolldecke. Durch die beiden gegenüberliegenden Fenster fiel Licht, doch sie hatten keine Pergamentbespannung, sodass jedes Wetter hereinkommen konnte.

Ein wenig schockiert erkannte John, dass die Knappen am Hof des Königs etwa genauso viel Komfort hatten wie seines Vaters Stallknechte daheim in Waringham. Von der vergangenen Nacht einmal abgesehen, würde es das erste Mal in seinem Leben sein, dass er nicht in einem breiten Bett mit Baldachin und Federkissen schlief.

Doch er ließ sich seinen Schrecken nicht anmerken. »Schlicht«, bemerkte er lediglich.

»Hm.« Somerset verstand es, eine gute Portion Sarkasmus in diesen Laut zu legen. »Sie wollen uns abhärten. Für den Krieg.«

»Das ist vermutlich nicht dumm.«

»Ich fürchte auch.«

Sie wechselten einen Blick und lachten. John konnte sein Glück kaum fassen, dass er hier in so kurzer Zeit einen Freund gefunden hatte. Weil er schüchtern war und immer fürchtete, sich vor Fremden eine Blöße zu geben, war er normalerweise so zurückhaltend, dass er verschlossen wirkte, vielleicht sogar hochmütig. Und das schreckte so manchen ab. Aber Somersets natürliche Freundlichkeit hatte es ihm leicht gemacht, seine Scheu zu überwinden.

Der junge Cousin des Königs wies auf eins der Strohlager unweit der Tür. »Da, das ist zur Zeit frei. Leg deinen Mantel oder irgendetwas anderes darauf, dann ist es dir einigermaßen sicher. Sonst kann es einem hier auch schon mal passieren, dass man eine Nacht auf dem Boden verbringen muss. Es herrscht ein ewiges Kommen und Gehen.«

»Wie kann das sein?«, fragte John verblüfft. »Bleiben die Knappen denn nicht im Haushalt des Königs, bis sie Ritter werden?«

»Doch, doch. Aber die Mitglieder des Kronrats oder sonstige Lords, die längere Zeit bei Hofe sind, leihen sich gern schon mal einen Knappen aus und nehmen ihn mit in ihre Quartiere, damit sie ihn nach Herzenslust herumscheuchen können.«

»Ah.«

Sie lachten wieder. Dann wies Somerset auf Johns Kleider. »Man sieht ihnen deine ereignisreiche Reise an. Hast du was anderes mitgebracht?«

»Nein.«

»Dann lass uns versuchen, den Dreck rauszubürsten. Wenn du so in der Halle erscheinst, macht das keinen sehr guten Eindruck.«

»Du hast Recht.«

Aus einer kleinen Kiste am Fußende seiner eigenen Schlafstatt brachte Somerset ihm eine Bürste mit steifen Borsten, und John machte sich an seinen Hosenbeinen, der Schecke und dem Mantel zu schaffen. Letzterer wies einen langen Riss auf. Dagegen war im Moment nichts zu tun, aber er hatte ohnehin nicht die Absicht gehabt, mit dem Mantel in die Halle zu gehen. Er folgte Somersets Rat, legte den leichten Sommerumhang auf seinen Strohsack und nahm sich vor, morgen Bess die Küchenmagd um Hilfe in dieser Angelegenheit zu bitten.

Als der letzte Schatten des Londoner Straßendrecks beinah verschwunden war, flog die Tür krachend auf, und ein gutes Dutzend halbwüchsiger Jungen drängelte herein.

»Oh, Somerset, du hast was verpasst!«, rief der längste und schlaksigste von allen. »Beauchamp, dieser Hornochse, hat sich so dämlich angestellt, dass der Vogel ihm beinah ein Auge ausgehackt hätte.« Er wies auf einen stämmigen, pausbackigen Jungen, der verschämt den Blick gesenkt hielt. Tatsächlich hatte er eine kleine Wunde gefährlich nah am Auge. »Er hat ihm einfach die Haube abgenommen und dann … Nanu? Wer bist du denn?« Er stemmte die Hände in die Seiten und schaute John mit unverhohlener Neugier an. Seine hellblauen Augen funkelten übermütig.

»Lasst mich euch bekannt machen, Sirs.« Somerset trat hinzu. »Dies ist John of Waringham, der Bruder von Sir Raymond, von Sir Mortimer Dermond und des Earl of Burton. John, dies ist Hugh Fitzalan, der nicht nur der Längste, sondern auch der Lauteste von uns ist. Sein Vater ist der Earl of Arundel, sein Onkel der Erzbischof von Canterbury …«

»Großonkel«, verbesserte der junge Fitzalan.

»Von mir aus auch das. Der Unglücksrabe hier ist Simon Beauchamp, der Neffe des ruhmreichen Earl of Warwick. Und der Kerl mit dem großen Zinken dort ist James Neville …«

Bald schwirrte John der Kopf von all den großen Namen. Er schüttelte Hände und murmelte Floskeln und rang mit der Erkenntnis, dass all diese Jungen mächtigeren und bedeutenderen Familien entstammten als er. Er war sein Leben lang stolz darauf gewesen, ein Waringham zu sein, und er wusste, dass sein Vater eine Position unter den Beratern des verstorbenen Königs bekleidet hatte, die nichts mit Macht, Reichtum oder Verbindungen zu tun gehabt hatte, sondern allein mit Vertrauen. Doch hier, merkte er, würden ihm weder der Name noch der Ruhm seines Vaters oder die Stellung seiner Brüder etwas nützen. Hier musste er ganz allein bestehen. Im ersten Moment erfüllte die Erkenntnis ihn mit Furcht. Doch dann erkannte er, welche Chance sich ihm hier bot. Er holte tief Luft, und es kam ihm vor, als hätte er noch nie so frei geatmet.

Die große Halle des Palastes von Westminster kam John auf den ersten Blick etwa zehnmal so groß vor wie die von Waringham. Das stimmte nicht ganz, aber sie war in der Tat die größte in ganz England, erklärte ihm Hugh Fitzalan, der ihn unter seine Fittiche genommen hatte, nachdem Somerset sich verabschiedet hatte, um Dienst an der hohen Tafel zu tun.

»Zweihundertvierzig Fuß lang, fast siebzig Fuß breit und vierzig hoch«, verkündete Fitzalan voller Stolz. »Normalerweise ist sie mit hölzernen Trennwänden unterteilt, weil die königlichen Gerichte hier in der Halle ihren Sitz haben, aber da übermorgen das Parlament beginnt, ist sie ausgeräumt worden.«

»Also die langen Tafeln sind für die Lords des Parlaments?«

Hugh nickte. »Und die Commons. Die Eröffnungszeremonie findet immer hier in der Halle statt. Komm, unsere Plätze sind dort hinten.«

Sie gingen ans untere Ende der Halle und nahmen dort an einem Seitentisch Platz. Die hohe Tafel auf der Estrade an der Stirnseite war noch leer. Livrierte Diener stellten kostbare Pokale und Salzfässer auf das weiße Tischtuch. Erst vereinzelt, dann in kleinen Gruppen kamen fein gekleidete Damen, Ritter und kirchliche Herrn in die Halle und begaben sich plaudernd an ihre Plätze.

»Du meine Güte …«, murmelte John. »Wie groß ist dieser Hof?«

»So ungefähr zweihundert Menschen leben ständig hier«, antwortete Fitzalan. »Heute sind es natürlich mehr, weil die meisten Lords schon angereist sind und ihre Damen mitgebracht haben.« Er zeigte diskret mit dem Finger. »Da ist der Earl of Cambridge, ein Cousin des Königs.«

»Mit Cousins scheint er reich gesegnet«, bemerkte John.

Fitzalan grinste anzüglich. »Das liegt daran, dass genau wie sein Vater auch sein Großvater und sein Urgroßvater im Bett viele große Heldentaten vollbracht haben. Im ehelichen wie auch in zahllosen anderen. Und da kommen zwei der Brüder des Königs. Wie aufs Stichwort. Bedford und Gloucester.«

Die beiden jungen Herzöge blieben an der Tür zur Halle einen Moment stehen, steckten die dunklen Köpfe zusammen und tuschelten. Dann lachten sie und gingen zur hohen Tafel hinüber. Sie waren die Ersten, die dort Platz nahmen.

John betrachtete sie einen Moment voller Neugier, legte dann den Kopf in den Nacken und bewunderte die riesigen, kostbar geschnitzten Balken, die das Dach trugen.

»Da kommt zur Abwechslung mal ein Lord, der nicht mit dem König verwandt ist. Oder jedenfalls nicht, dass ich wüsste«, schränkte Fitzalan ein. »Henry Scrope. Er steht dem König vielleicht noch näher als dein Bruder.«

John fragte sich, ob er einen Hauch von Schadenfreude in Fitzalans Stimme vernommen hatte oder ob das Einbildung war. Er schaute wieder unauffällig zur Tür und sah einen gut gekleideten, blonden Mann. Raymond folgte kurz darauf, und die beiden nickten sich zu. Eher kühl, schien es John. »Denkst du, mein Bruder ist eifersüchtig auf Lord Scrope?«, fragte er interessiert.

Der junge Fitzalan grinste schon wieder – es schien sein bevorzugter Gesichtsausdruck zu sein. »Todsicher. Sie sind immer eifersüchtig aufeinander. Und vor ein paar Wochen haben sie sich geschlagen, und dein Bruder hat Scrope bis auf die Knochen gedemütigt.«

John wollte lieber nicht wissen, worum es gegangen war. Er beobachtete, wie Raymond einen Pagen herbeiwinkte und ihm etwas in die Hand drückte. An den zu weit ausholenden Gesten seines Bruders erkannte er, dass Raymond wieder einmal betrunken war. Der Page kam auf sie zu, schaute sich suchend um und sah dann unsicher zu John.

Der nickte. »Ich nehme an, du suchst mich.«

»John of Waringham?«, fragte der Junge.

»Ja.«

»Dann ist dies hier für dich.« Der Page überreichte ihm keinen versiegelten Papierbogen, wie John erwartet hatte, sondern einen verheißungsvoll klimpernden Beutel.

»Ah«, machte Fitzalan und betrachtete das Säckchen mit unfeiner Neugier. »Das klingt nicht übel.«

John öffnete die Börse und spähte hinein. Der Brief lag obenauf und bedeckte eine gute Hand voll Münzen. John beschloss, seinen neuen Schatz später zu zählen, wenn er allein war, aber er konnte keinen Moment länger darauf warten, zu erfahren, was sein Vater ihm zu sagen hatte. »Entschuldige mich einen Moment, Hugh«, bat er, stand auf, ging näher zu einer der Wandfackeln und erbrach das Waringham-Siegel.

Robert, Earl of Waringham, grüßt John, seinen geliebten Sohn. Wenn du dies liest, hat Gott mein Gebet erhört, weil du dein Ziel sicher erreicht hast. Ich bedaure sehr, mein Junge, dass ich es nicht verstanden habe, mehr Vertrauen in dir zu wecken. Es war niemals meine Absicht, dir eine Laufbahn aufzuzwingen, für die du nicht geschaffen bist. Ich hätte mir gewünscht, du wärest als Knappe in den Dienst des Bischofs von Winchester getreten, weil ich ihn für einen der besten Männer des Landes halte und weil es dir gut getan hätte, an einem Ort zu sein, wo du nicht allenthalben auf die Fußstapfen deiner Brüder stößt. Doch du hast eine andere Wahl getroffen, und so bleibt mir nichts anderes übrig, als zu beten, dass du sie nicht bereuen wirst oder gar zu früh mit dem Leben bezahlst, denn dieser König, sei versichert, wird mit Feuer und Schwert große Taten vollbringen. Zu seinem Ruhm und zum Ruhme Englands. Ob auch zu Englands Wohl, bleibt abzuwarten.

Dein unerhörter Mangel an Gehorsam ist dir verziehen, mein Sohn. Mögen Gott und alle Heiligen dich beschützen.

Robert of Waringham

P.S. Du wirst feststellen, dass der Inhalt dieses Beutels dir dein neues Leben in mancher Hinsicht erleichtert. Wenn du neue Kleider oder Waffen brauchst, wende dich an Raymond. Geh nicht in Lumpen, weil du zu stolz bist. Es ist nichts weiter als seine Pflicht, für dich zu sorgen.

P.P.S. Hab Vertrauen zu dir selbst. Ich zweifle nicht, dass du deinem Haus Ehre machen wirst.

»Schlechte Neuigkeiten?«, fragte Hugh Fitzalan stirnrunzelnd, als John an seinen Platz zurückkehrte.

Der schüttelte den Kopf. »Gute. Und … eigenartige.« Er steckte den Brief ein und war dankbar, dass Fitzalan keine weiteren Fragen stellte. Am liebsten wäre er irgendwohin gegangen, wo er allein war, um über den Brief seines Vaters nachzudenken. Aber in diesem Moment betrat der König die Halle, und alle Anwesenden erhoben und verneigten sich, um ihn zu begrüßen. Gleich darauf wurden die Speisen aufgetragen, und es war zu spät, sich unbemerkt aus der Halle zu schleichen. Und in den nächsten Tagen sollte John lernen, dass Alleinsein ein Luxus war, auf den man in Westminster meistens verzichten musste.

Raymond war kein großer Freund von Parlamenten. Die feierliche Eröffnungszeremonie und die steifen Bankette, die stundenlangen Debatten der Lords und das Feilschen mit den Commons um neue Steuern und deren Verwendung langweilten ihn halb zu Tode. Sein einziger Trost waren die vielen schönen Frauen, die mit den Lords an den Hof gekommen waren, und die Anwesenheit seines älteren Bruders Edward, über dessen Sittenstrenge und Ernsthaftigkeit er sich zwar gern lustig machte, der ihm aber dennoch sehr nahe stand.

Gegen Ende der ersten Woche aber begann er, die allabendlichen Treffen mit Edward zu versäumen, um der Zofe von Warwicks Frau nachzustellen. Sie erhörte ihn nach nur zwei Tagen, was selbst für Raymonds Verhältnisse rekordverdächtig war, und fortan schmuggelte er sie jeden Abend, sobald sie ihre Herrin bettfein gemacht hatte, in sein Quartier. Sie war ein süßes, dralles, schwarzhaariges Mädchen, alles andere als eine Unschuld, und sie entzückte ihn so sehr, dass er Mühe hatte, während der langweiligen Beratungen nicht fortwährend an ihre Lippen und ihre Brüste oder sonstige Details ihrer Physiognomie zu denken. Tat er es doch, malte das Ergebnis sich immer sehr schnell in den engen Hosen ab, die die Mode vorschrieb, und das amüsierte seine Sitznachbarn ungemein.

Wie üblich saß er zu später Stunde beim Licht einer einzelnen Kerze in seinem luxuriösen Quartier und trommelte ungeduldig mit den Fingern der Rechten auf den Bettpfosten, während er auf sie wartete. Als es endlich klopfte, sprang er auf.

»Nur herein, Herzblatt. Woher diese plötzliche Zurückhaltung?« Schwungvoll öffnete er die Tür und fand sich Auge in Auge mit Bischof Beaufort – des Königs Onkel und neuer Lord Chancellor.

»Welch überschwängliche Begrüßung. Ich bin entzückt, Raymond.«

»Ich hoffe, Ihr erwartet nicht, dass ich erröte, Mylord.«

»Nein. Bemüht Euch nicht für mich. Würdet Ihr mich begleiten? Falls ich nicht ungelegen komme.«

Raymond seufzte vernehmlich, warf sich aber sogleich den Mantel über die Schultern. »Ich nehme an, es ist wichtig, nicht wahr?«

Beaufort zeigte sein schönes Lächeln, das so gar nichts preisgab. »Ich hoffe, Euer Herzblatt wird nicht gar zu bitter enttäuscht sein …«

Raymond ließ ihm mit einer kleinen Geste den Vortritt, folgte ihm dann hinaus auf den Korridor und schloss die Tür. »Nun, ich hingegen hoffe das sehr.«

»Seid guten Mutes, mein Sohn. Wenn Ihr die Dame Eures Herzens heute versetzen müsst, wird sie an der Beständigkeit Eurer Gunst zweifeln und morgen alles tun, um sie zurückzugewinnen.«

Raymond deutete eine Verbeugung an. »Ich verneige mich in Demut vor dem Rat des unangefochtenen Experten.«

Beaufort nickte, als finde er das vollkommen angemessen. »Gehen wir.«

Raymond fragte nicht, wohin.

Es gab das Parlament, welches Gesetze verabschiedete, Steuergelder verteilte und Recht sprach. Es gab den Kronrat, der den König bei der Regierung des Landes unterstützte und seine Ziele und Entschlüsse in die Tat umsetzte. Es gab jedoch noch ein drittes, höchst inoffizielles Gremium: die Männer, denen der König sein Herz öffnete und seine Sehnsüchte anvertraute, denen er blind vertraute. Es war nur eine Hand voll: seine drei Brüder, von denen einer allerdings derzeit in Aquitanien weilte, Bischof Beaufort und der Duke of Exeter, die beide Brüder seines Vaters waren, Raymond of Waringham und Henry Scrope.

Die beiden letzteren nickten sich frostig zu wie üblich, als sie in Harrys Privatgemach zusammentrafen.

Der Raum war nur schwach erleuchtet. Auf dem langen, schweren Eichentisch brannten zwei Öllampen, und der Schimmer einer Kerze fiel aus der kleinen Kapelle in der hinteren linken Ecke, ließ hier und da einen der dünnen, brüchig gewordenen Goldfäden in den schweren Bettvorhängen funkeln. Wegen der warmen Jahreszeit war kein Feuer im Kamin. Die dicken, schwarzen Deckenbalken und die Nacht vor den Butzenfenstern schienen die Dunkelheit im Raum noch zu verdichten, wenngleich es eigentlich ein freundliches, großzügiges Gemach war.

Der König saß barhäuptig und in einem schlichten Gewand am Kopf des Tisches und lud die Lords mit einer Geste ein, Platz zu nehmen. »Danke, dass ihr gekommen seid, Gentlemen.«

Die sechs Männer setzten sich, und wer wollte, schenkte sich einen Becher Wein aus dem Zinnkrug ein, der auf dem Tisch stand. Bei diesen Zusammenkünften gab es keine Dienerschaft.

Der Bischof stellte einen gut gefüllten Becher vor den König. »Mit Verlaub, du siehst so aus, als solltest du dir lieber ein paar Stunden Schlaf gönnen, Harry.« Auch das gab es nur in dieser Runde: Hier verzichteten sie auf jedwede Förmlichkeiten.

Der junge König winkte ab. »Unsinn. Mir ergeht es wie Raymond, dieses Parlament langweilt mich so fürchterlich, dass es mich schläfrig macht. Aber wer müde vom Nichtstun ist, verdient keinen Schlaf.«

»Trotzdem ist dieses Parlament wichtig«, sagte sein Onkel Exeter, der jüngere Bruder des Bischofs. Er war ein vierschrötiger Mann mit einem etwas zu langen Bart. Er erinnerte Raymond immer an einen wilden Einsiedler, aber Exeter war ein kluger Kopf und ein hervorragender Kommandeur. »Ich hatte Bedenken, wie die Commons sich verhalten würden, doch du hast sie mit deiner aufmerksamen, ernsten Miene und deinem diplomatischen Entgegenkommen gänzlich für dich eingenommen. Sie fressen dir aus der Hand.«

»Ja, ja.« Harry vollführte eine missgelaunte, wedelnde Geste.

Sein jüngster Bruder Gloucester lehnte sich ein wenig vor und verschränkte die großen Hände auf der Tischplatte. Die Fingernägel waren abgekaut. Trotz seiner zweiundzwanzig Jahre wirkte Humphrey of Gloucester immer noch schlaksig und hoch aufgeschossen wie ein Jüngling. Das verlieh ihm eine gänzlich irreführende Tollpatschigkeit, die er geschickt ausnutzte, um die Herzen der Damen zu erweichen. Wenn er ihrer überdrüssig wurde, warf er sie weg, die Damen und deren Herzen gleichermaßen. Raymond, der auf diesem Gebiet selber kein Engel war, fand den Bruder des Königs oft unnötig grausam. Gloucester, wusste er, war eine ruhelose, vielleicht gar gehetzte Seele. Raymond kannte ihn von Geburt an und hatte ihn aufwachsen sehen, doch er konnte nie so recht begreifen, was es war, das den jungen Prinzen quälte.

»Gentlemen«, begann dieser mit einem breiten, flegelhaften Grinsen, »mir scheint, meinen königlichen Bruder verlangt es nach Zerstreuung. Und jetzt wird er uns gleich damit schockieren, was er sich ausgedacht hat, um seine Langeweile zu vertreiben.«

Leises Gelächter plätscherte, doch die Miene des Königs wurde gleich wieder ernst. »Du irrst dich, Humphrey. Ich weiß ja selbst, wie wichtig es ist, die Lords und auch die Commons bei diesem Parlament zu gewinnen, viele unserer Pläne für die Zukunft hängen davon ab. Und ihr wisst, was mein eigentliches Ziel ist.«

»Frankreich«, antworteten drei oder vier wie aus einem Munde.

Harry nickte. »Frankreich. Es wird Zeit, dass dieser Krieg zu einem Ende gebracht wird. Und zwar zu einem glücklichen Ende für England. Herrgott noch mal, der König von Frankreich ist dem Wahnsinn verfallen, der französische Adel bis aufs Messer verfeindet. Viel günstiger können die Umstände kaum noch werden.«

»Es ist nicht ganz richtig, zu sagen, Charles von Frankreich sei dem Wahnsinn verfallen«, schränkte Lord Scrope ein. »Er ist oft wochenlang bei klarem Verstand. Während meiner jüngsten Gesandtschaft an seinem Hof war er so normal wie ihr und ich, und in solchen Zeiten ist er immer noch ein verdammt gerissener Fuchs. Womit ich nicht sagen will, du hättest Unrecht, Harry.«

»Trotzdem können wir nicht einfach das Schwert aus der Scheide reißen und nach Paris marschieren«, warnte der Bischof. »Wir müssen uns an die diplomatischen Spielregeln halten. Das braucht Zeit. Und wir sollten bedenken, dass …«

»Wenn es nach Euch ginge, würden wir bis zum Tag des Jüngsten Gerichts mit den Franzosen verhandeln, Onkel«, warf Gloucester ungeduldig ein.

Der Bischof zog eine Braue in die Höhe und sah ihm einen Moment in die Augen. »Ich wäre dir dennoch dankbar, wenn du mich ausreden ließest, Humphrey, mein Junge.«

Der hob scheinbar zerknirscht die Hände. »Tut mir Leid. Aber ein jeder hier weiß, was Ihr sagen werdet.«

»Tatsächlich? Ich bedaure, dass ich so vorhersagbar bin …«

»Wollt Ihr Harry vielleicht nicht raten, die Verhandlungen in die Länge zu ziehen, bis die französischen Adelsparteien sich gegenseitig aufgerieben haben und Frankreich uns in den Schoß fällt?«

»Nein. Nur so lange, bis wir klar genug sehen, um zu entscheiden, auf welche Seite wir uns in diesem Adelskrieg stellen sollten. Denn wenn wir uns mit den Armagnac oder mit Burgund verbünden, stehen unsere Siegeschancen weitaus besser.«

»Und ehe wir uns Frankreich zuwenden, müssen wir Harrys Position hier zu Hause sichern«, fügte der Duke of Bedford hinzu.

Von den drei Brüdern des Königs war Bedford Raymond der liebste. Er war ein ewiger Zweifler wie sein Vater, und genau wie dieser litt er an einem Übermaß Bescheidenheit. Weil er selten den Mund aufmachte und, wenn doch, meist zu seinen Stiefelspitzen sprach, hielten manche ihn für einen Zauderer, aber Raymond wusste es besser. John of Bedford war ein mutiger Mann und womöglich der klügste der Brüder. Nur eben ein stilles Wasser.

In diesem Punkt widersprach Raymond ihm trotzdem. »Harrys Position *ist* sicher, John. Die Männer, die gegen euren Vater rebelliert haben, sind tot. Ein paar ins Ausland geflohen, aber die sind bedeutungslos. Ihre Söhne haben Harry mit leuchtenden Augen Gefolgschaft geschworen, du hast es doch gesehen. Der junge Salisbury etwa oder Oxford. Sie wanken nicht. Sie würden dir bis ans Tor zur Hölle folgen«, schloss er an den König gewandt.

»Ich würde nicht so weit gehen, Paris so zu nennen«, erwiderte der trocken. »Trotzdem gebe ich dir Recht, Raymond, aber nicht *alle* Söhne der Männer, die gegen meinen Vater rebelliert haben, sind hier, nicht wahr.«

Raymond überlegte einen Moment und schüttelte dann den Kopf. »An wen denkst du?«

»An den jungen Earl of March. Er hat beinah sein ganzes Leben in Gefangenschaft verbracht.«

»Eine bedauerliche Notwendigkeit«, warf der Bischof mit seiner schönen, samtweichen Stimme ein. »March ist gefährlich, weil er einen Anspruch auf die Krone geltend machen kann.«

»Ein Anspruch auf die Krone ist kein Verbrechen, für das ein Mann eingesperrt sein sollte, Onkel.«

»Oh Jesus Christus …«, murmelte Bedford. »Er will ihn freilassen.«

Der König nickte. »Ich hole ihn her. Er ist unser Cousin, und wir behandeln ihn wie einen Aussätzigen.«

»Harry«, begann sein Onkel Exeter bedächtig. »Wie üblich ehrt dich deine Großmut. Aber der Junge kann sehr gefährlich werden, weil er eben ist, wer er ist. Ich meine, es ist ja nicht so, als liege er in Ketten in einem lichtlosen Verlies. Er hat es gut dort, wo er ist. Lass es dabei, wenigstens vorläufig.«

»Kein Mann in Unfreiheit hat es gut«, widersprach Raymond. »In Trim schon mal gar nicht.« Er wechselte einen kurzen Blick mit dem König. Sie hatten zusammen ein paar schwere Wochen auf der abgelegenen irischen Burg verbracht. »Harry hat Recht«, fuhr Raymond an die Lords gewandt fort. »Es wird Zeit, dem jungen March die Chance zu geben, dem König seine Treue zu beweisen, denn …«

»Es wäre Irrsinn!«, fiel Lord Scrope ihm mit unterdrückter Heftigkeit ins Wort. »Wir würden allen potenziellen Rebellen eine Leitfigur präsentieren. Auf einem Silbertablett!«

»Aber anders als mein Vater fürchte ich keine Rebellion«, entgegnete der König betont leise. »Denn anders als mein Vater bin ich von der Rechtmäßigkeit meines Thronanspruchs überzeugt. Ich bin kein Usurpator, Gentlemen. Ich bin der gesalbte König von Gottes Gnaden. Auch wenn ich das immer noch nicht so recht glauben kann.« Er zeigte sein charmantes Jungenlächeln. »So lange wir March eingesperrt lassen, wird die Welt glauben, ich fürchte mich vor ihm. Aber das ist nicht der Fall.«

Bischof Beaufort fuhr versonnen mit einem beringten Finger über den Rand seines Bechers, schaute mit halb geschlossenen Lidern von Raymond zu Scrope und wieder zurück. Dann nickte er dem König zu. »Lass ihn frei und hol ihn her.«

Harry brummte zufrieden.

»Und wir könnten noch etwas tun«, sagte Raymond.

Alle sahen ihn an.

Er hob unbehaglich die Schultern. Im Gegensatz zu seinem jüngeren Bruder war Schüchternheit keine Eigenschaft, unter der er sonderlich zu leiden hatte. Aber er fühlte sich nie wohl in seiner Haut, wenn man von ihm verlangte, in großen politischen Zusammenhängen zu denken, wie etwa in dieser Runde. »Du könntest darüber nachdenken, Richards Leichnam umzubetten, Harry. Nach Westminster an die Seite seiner Gemahlin, wohin er gehört.«

Einen Moment herrschte schockierte Stille, und Raymond wappnete sich für den Sturm der Entrüstung, der auch prompt losbrach.

»Was für eine kranke Idee, Raymond«, rief Exeter empört aus.

»Das ist ja geradezu verräterisch …«, knurrte Scrope.

Auch die Brüder des Königs schüttelten befremdet die Köpfe.

Harry hob die Hand. Es war eine gebieterische Geste, die er perfekt beherrschte. Sofort kehrte Stille ein. »Sprich weiter, Raymond.«

Der nahm einen tiefen Zug aus seinem Becher, um sich zu

stärken. »Na ja. Ihr alle wisst, dass Richard mir nicht der liebste König war, der je auf Englands Thron gesessen hat.«

Hier und da zeigte sich ein unbehagliches Lächeln. Tatsächlich hatte Raymond ebenso wie sein Vater das Seine dazu beigetragen, diesen tyrannischen König zu stürzen – eine Tatsache, die heute niemand mehr besonders gern erwähnte.

Beinah trotzig fuhr Raymond fort: »Was wir damals getan haben, würde jeder von uns wieder tun. Aber er war König von England, und jetzt liegt er irgendwo unbeachtet in einem schmucklosen Grab. Wo war's gleich wieder? King's Langley?«

Hier und da wurde genickt.

Raymond breitete kurz die Hände aus. »Aber er gehört *hierher.* Wenn wir ihn herholen und feierlich beisetzen, tun wir das, was recht ist, und beweisen der Welt gleichzeitig, dass wir uns nicht vor dem Schatten fürchten, den er noch werfen mag.«

»Nein, es wäre viel zu riskant«, widersprach Gloucester. »Der tote Richard könnte Harrys Stellung weit mehr bedrohen als der lebendige Earl of March. Richards Name war von Anfang an das Argument all derer, die keinen Lancaster auf dem Thron wollten, ganz gleich aus welchem Grund. Die Lollarden haben gar das Gerücht in die Welt gesetzt, er sei gar nicht tot, sondern nach Schottland geflohen, und sie werden ihn zurückholen und wieder einsetzen.«

Das entlockte dem König nur ein müdes Lächeln. »Ein Grund mehr, ihn in Westminster Abbey beizusetzen, wie es einem König gebührt. Das würde dieser wilden Geschichte wohl jeglichen Boden entziehen.«

»Da wär ich nicht so sicher …«

Der Bischof rollte einen Schluck Rotwein über die Zunge, ließ ihn genüsslich die Kehle hinabrinnen und nickte Raymond dann zu. »Eine typische Waringham-Idee, will mir scheinen. Ein bisschen verrückt, aber irgendwie auf ihre Art genial. Ich stimme dafür. Richard hat sich Harry gegenüber immer als treu sorgender Onkel aufgespielt, nachdem mein Vater gestorben war und mein Bruder im Exil. Ich weiß noch genau, dass es mir immer eisig den Rücken hinablief, wenn ich es gesehen habe. Nun, ich sage, drehen wir den Spieß um: Der neue König erweist dem toten Scheusal Richard die Ehre, die ein treuer Neffe seinem liebenden Onkel schuldet, und bettet ihn um in seine königliche Gruft. Das wird der Welt beweisen, dass das Haus Lancaster endlich aufgehört hat, um die Sicherheit seines Throns zu bangen.«

»Was der Fall ist«, betonte der König.

Bischof Beaufort breitete kurz die Arme aus. »Bei mir bestimmt. Ich habe schon am Thronanspruch meines Bruders nicht gezweifelt, denn er war der bessere Mann und er hatte die Zustimmung des Parlaments. Ebenso wenig zweifle ich an der Rechtmäßigkeit deiner Stellung als sein Erbe. Aber wenn wir March freilassen und Richard umbetten, werden auch den letzten Skeptikern endlich die Augen geöffnet. Oder zumindest wird dein Schneid sie mundtot machen.« Er hob Raymond seinen Becher entgegen. »Hervorragend, Waringham.«

Exeter wirkte nach wie vor beunruhigt, und auch Scrope schien noch einmal widersprechen zu wollen. Doch der König kam beiden zuvor. »Also ist es abgemacht. Die Zerrissenheit, die England während der vergangenen vierzehn Jahre gelähmt hat, *muss* ein Ende nehmen, Sirs. Damit wir uns endlich Frankreich zuwenden können.« Er wies mit dem Becher auf den Bischof. »Um den diplomatischen Firlefanz werdet Ihr Euch kümmern, nicht wahr, Onkel?«

Beaufort zögerte einen Moment, schien zu erwägen, Harry noch einmal vor einem vorschnellen Wiederanfachen des Krieges zu warnen. Doch er beschränkte sich schließlich auf: »Wie du wünschst, Harry. Es ist im Grunde keine große Kunst. Wir müssen nur ein paar Forderungen stellen, die auf den ersten Blick vernünftig erscheinen, aber für Charles unerfüllbar sind. Aquitanien, das Anjou, die Normandie – alles, was England einmal an französischen Territorien besessen hat. Oder das immer noch fehlende Lösegeld des vor über fünfzig Jahren in englischer Gefangenschaft verstorbenen französischen Königs Jean. Unsinniges Zeug solcher Art. Oh, und natürlich die Hand der französischen Prinzessin mitsamt einer königlichen Mitgift für unseren jungen, heiratswütigen König, nicht wahr.«

Die Männer am Tisch lachten wieder leise, nur der fünfundzwanzigjährige König, vor dem früher kein Londoner Hurenhaus sicher gewesen war, wirkte plötzlich verlegen. Er strich sich mit der Linken über das glattrasierte Kinn. »Eine französische Prinzessin?«, fragte er mit einem unsicheren Lächeln. »Wie heißt sie?«

Der Bischof legte ihm für einen Moment die Hand auf den Arm. »Katherine. Die Franzosen behaupten, sie sei die größte Schönheit, die ihr wunderbares Land voll wunderbarer Frauen je hervorgebracht habe. Ausnahmsweise ist es keine Lüge, mein König. Ich habe sie gesehen.«

»Tatsächlich?«

Beaufort nickte ernst, aber seine dunklen Augen funkelten verräterisch. »Jeder König muss für sein Land Opfer bringen, Harry. Das hast du gar zu früh lernen müssen. Aber glaub mir, Katherine de Valois zu heiraten wird keine hohen Ansprüche an deine Opferbereitschaft stellen.«

Ohne große Mühe hatte John sich am Hof eingelebt. Das Parlament tagte, was mit allerlei Zeremonien und Banketten einherging, doch es berührte das Leben der Knappen kaum, das sich hauptsächlich in Pferdeställen und Waffenkammern abspielte und auf den Wiesen außerhalb des Palastes, wo sie ihre Waffenübungen abhielten. Selbst an das schlichte Quartier hatte er sich schnell gewöhnt. In den ersten Nächten schlief er schlecht, weil sein Strohsack verwanzt war und er außerdem fürchtete, die schauderhafte Ketzerverbrennung könne seine Albträume von Tod und Feuersbrunst wieder wachrufen, er werde schreiend aus dem Schlaf auffahren und sich vor seinen neuen Kameraden lächerlich machen. Doch die Träume verschonten ihn, und am zweiten Tag füllte er den Sack mit frischem Stroh, sodass seine Nachtruhe fortan ungestört blieb.

Die Knappen seiner Altersgruppe, mit denen er das Quartier teilte und unterrichtet wurde, begegneten ihm mit einer

Art raubeiniger Freundlichkeit, und er überwand seine Scheu vor all den großen Namen. Sie hänselten ihn mit seiner übermäßigen Zurückhaltung, die sie für übertriebene Vornehmheit hielten, doch wie jeder Waringham vor ihm erwarb John sich den Respekt seiner Altersgenossen mit seiner hervorragenden Reitkunst. Im Sattel konnte sich keiner mit ihm messen. Das galt auch für ihren Lehrer Jerome of Ellesmere, der dem Jungen seine Überlegenheit jedoch nicht verübelte. Jerome war selbst noch ein junger Mann. Er entstammte einem armen Rittergeschlecht aus Shropshire, hatte dem König auf dessen Feldzügen in Wales gedient und sich durch große Tapferkeit hervorgetan. Er war für die Aufgabe des Nutricius ausgewählt worden, weil er sich so hervorragend dafür eignete. Er stellte höchste Ansprüche an seine Zöglinge, und oft fanden sie ihn hart, aber er verstand es, ihre Achtung zu gewinnen, darum hatte er es nicht nötig, sie durch Androhung von Strafe zu beherrschen.

»Großartig, Somerset«, bekundete er an einem warmen Nachmittag im Juni, den sie auf einer provisorischen Turnierwiese verbrachten. »Du machst Fortschritte. Ich könnte schwören, du hast dich einen Herzschlag länger im Sattel gehalten als beim letzten Durchgang.«

Mit roten Ohren rappelte der Verspottete sich aus dem Gras auf. »Tut mir Leid, Sir. Aber es hat sich angefühlt wie ein Hammerschlag.«

Jerome schnalzte in vorgetäuschtem Mitgefühl mit der Zunge. »Ein Hammerschlag? Was wirst du erst sagen, wenn du zum ersten Mal eine echte Lanze zu spüren bekommst?«

»Keine Ahnung, Sir. Kanonenschlag, wahrscheinlich.«

Alle lachten.

Die »Lanzen«, mit denen sie sich in der Kunst des Turnierkampfes übten, waren nur dünne Holzlatten, deren Spitzen mit mehreren Lagen aus weichem Leder gepolstert waren und die sofort entzweibrachen, wenn sie ein Ziel fanden. Echte Lanzen wären zu gefährlich für die ungerüsteten Knappen gewesen und außerdem zu schwer. Jerome wollte lediglich, dass seine

Schüler sich an die Länge ihrer zukünftigen Turnierwaffen gewöhnten und die Technik erlernten.

John, der seinen Freund aus dem Sattel befördert hatte, war davongaloppiert, um dessen Pferd wieder einzufangen. Als er mit dem Ausreißer im Schlepptau zurückkam, nickte der Lehrer ihm zu. »Gar nicht übel, Waringham. Aber du hältst die Lanze immer noch zu niedrig. Du sollst die Brust deines Gegners anvisieren. Nicht seine Eier. Obwohl das vermutlich der wirksamere Treffer wäre, ist es doch ein bisschen unfein, nicht wahr?«

John nickte. »Ja, Sir.«

»Da wir uns also einig sind, hoffe ich, du vergisst es nicht wieder. Sonst wird mir nichts anderes übrig bleiben, als mir wieder einmal eine lehrreiche, aber ungeliebte Aufgabe für dich auszudenken. Und das wollen wir doch beide nicht, oder?«

John unterdrückte ein Grinsen. »Nicht zwingend, Sir, nein.«

»Gut. Also reite zurück in die Bahn. Fitzalan, du darfst dein Glück gegen ihn versuchen.«

Obwohl auch Hugh Fitzalan nicht so gut ritt wie John, hatte er doch viel mehr Erfahrung in der Kunst des Lanzenstoßens, hob seine harmlose Waffe im letztmöglichen Moment und traf John an der linken Schulter. Der Stoß war ein Volltreffer, und die dünne Lanze brach wie ein Kienspan. Johns eigener Stoß ging ins Leere, weil Hugh ihm geschickt auswich, und John rutschte aus dem Sattel. Reflexartig ließ er die zerbrochene Lanze los und packte mit einer Hand den Sattelknauf, sodass er sich wieder hochhangeln konnte. Aber er war sicher, dass er keine besonders gute Figur dabei machte.

Jerome lobte die Geschicklichkeit, mit der John seinen Sturz verhindert hatte, und attestierte Hugh eine schlaue Waffenführung. »Aber das machst du erst wieder, wenn wir mit Helm und Rüstung trainieren, denn sonst ist es zu gefährlich. Ist das klar?«

»Ja, Sir.«

»Absitzen. Beauchamp, Talbot, ihr seid an der Reihe …«

Durstig, hungrig und mit ein paar kleinen Blessuren kamen sie eine Stunde später zurück. Sie brachten die Pferde in den Stall und die Ausrüstungsgegenstände an ihre Plätze, ehe sie sich draußen auf dem Platz wieder um ihren Lehrer scharten, der ihnen, ehe er sie entließ, immer sagte, was sie am folgenden Tag erwartete. Doch kaum hatte er begonnen, trat der Earl of Cambridge, einer der vielen Cousins des Königs, zu ihnen und bat: »Jerome, borgt mir einen der Jungen, seid so gut.«

Der Nutricius machte eine einladende Geste. »Natürlich, Mylord. Bedient Euch.«

Cambridge ließ einen desinteressierten Blick über die Knappen schweifen und traf seine Wahl willkürlich. »Du. Wie ist dein Name?«

»John of Waringham, Mylord.«

»Hm.« Es war ein seltsamer Laut. John war nicht sicher, ob er Missfallen oder nur Ungeduld ausdrückte. »Komm mit mir«, befahl Cambridge.

John verneigte sich hastig vor seinem Lehrer und wandte sich dann ab, um Cambridge zu folgen, stieß aber hart mit Somerset zusammen, der plötzlich ohne jeden erkennbaren Grund hinter ihm stand.

»Oh, bitte entschuldige, John«, sagte der Jüngere lachend, stützte sich einen Augenblick auf Johns Arm, als ringe er um Gleichgewicht, und zischte ihm ins Ohr: »Sei vorsichtig.«

Ohne sich nach ihm umzuschauen, führte Cambridge John zu einem der vielen Nebengebäude des Palastes unweit der großen Halle, in welchem, wie John inzwischen gelernt hatte, die luxuriösesten Quartiere lagen. Sie stiegen eine steinerne Treppe hinauf ins erste Obergeschoss, folgten einem von Fackeln erhellten Korridor, und der Earl öffnete die dritte Tür, ohne anzuklopfen, und trat ein.

John folgte ihm in einen großen, hellen Raum. Zwei Fenster zeigten auf den Fluss und die baumbestandenen Wiesen am südlichen Ufer. Das Gemach verfügte über ein breites, mit Brokatvorhängen versehenes Bett, kunstvoll gearbeitete Teppiche zierten die Wände.

An einem Tisch, der etwa in der Raummitte stand, saß ein Mann von vielleicht Anfang zwanzig. Er trug das rötlich blonde Haar länger, als der Mode entsprach, es reichte ihm bis auf die Schultern. Der Blick der hellblauen Augen war unruhig und das Gesicht sehr blass. Neben dem breitschultrigen, groß gewachsenen Cambridge mit dem grau melierten Bart und dem festen Schritt wirkte er beinah feenhaft.

»Hier, Edmund«, sagte der Earl. »Ich habe dir einen Jungen besorgt. Waringham, dies ist der Earl of March. Du wirst ihm zu Diensten sein, bis sein eigenes Gefolge eintrifft.«

John verneigte sich vor dem jungen March. »Es ist mir eine Ehre, Mylord.«

Ein mattes Lächeln huschte über das bleiche Gesicht. »Danke, mein Junge.«

»Du kannst damit anfangen, dass du uns einen Schluck anständigen Wein besorgst«, beschied Cambridge und bedeutete ihm mit einem Wink, sich auf den Weg zu machen.

John verneigte sich nochmals und ging hinaus. Während er die Tür zuzog, hörte er March sagen: »Erzähl mir von Anne, Richard. Wie geht es meiner Schwester? Ihr habt einen kleinen Sohn, hörte ich …«

Auf dem Weg zur Treppe rätselte John, was es mit diesem verschreckten jungen Earl wohl auf sich haben mochte, von dem er noch nie im Leben gehört hatte, der aber offenbar Cambridges Schwager war …

»Nanu, John!«

Der Junge sah erschrocken auf, als er die tiefe, samtweiche Stimme vernahm. Sein Gehör hatte ihn nicht getrogen. Der Mann, der ihm auf dem Korridor entgegenkam – gewiss auf dem Weg zu seinem eigenen Quartier –, war Bischof Beaufort.

John verneigte sich schon wieder und dachte: Wenn das so weitergeht, habe ich morgen Muskelkater von all den Artigkeiten.

Der Bischof legte ihm die Hand auf die Schulter. »Ich hörte, dass du sicher hier angekommen bist, aber in all den Wochen habe ich dich noch nicht gesehen.«

Das war kein Zufall, denn John hatte ihn gemieden.

»Geht es dir gut, mein Junge?«

»Danke, Mylord.«

»Hast du hier das gefunden, was du dir erhofft hast?«

»Ich glaube schon, Mylord.«

»Und woran liegt es, dass du mir nicht in die Augen schauen kannst?«

Mühsam hob John den Blick. »Ich … Ihr … Weil …« Er ballte unbewusst die Fäuste. Gott, was für ein unwürdiges Gestammel, dachte er angewidert und verfluchte seine Ungeschicklichkeit im Umgang mit anderen Menschen.

»Versuch es noch einmal«, schlug der Bischof vor. »Ich weiß, du kannst reden wie ein Gentleman, denn dein Vater hat mir den Brief gezeigt, den du hinterlassen hast. Nimm dir Zeit. Also?«

Wie bei ihrer ersten Begegnung gelang es Beaufort auch dieses Mal, den Knoten in Johns Zunge zu lösen. Der Junge räusperte sich entschlossen. »Ich war beschämt, Mylord. Ihr wart so freundlich zu mir, und ich bin einfach davongelaufen. Es war ungehörig. Vollkommen unentschuldbar.«

»Ah. Du fürchtetest, ich sei gekränkt?«

»Ich glaube nicht, dass es in meiner Macht steht, Euch zu kränken.«

Beaufort zog amüsiert eine Braue in die Höhe. »Siehst du? Es geht doch. Das war eine hervorragende Antwort. Vielleicht eine Spur zu bescheiden, aber entwaffnend. Weiter.«

»Seit ich hier bin, graut mir davor, dass Ihr zu mir kommt und mich zur Rede stellt. Denn ich kann es nicht erklären. Es war einfach etwas, das ich tun musste. Aber es hatte überhaupt nichts mit Euch zu tun.«

»Sondern mit deinem Vater?«

»Und meinen Brüdern.«

Der Bischof sah ihm unverwandt in die Augen. »Glaub mir, John, es gibt vermutlich in ganz England keinen Mann, der das so gut verstehen kann wie ich.«

John dachte daran, wer der Vater und der Bruder des Bischofs gewesen war, und nickte überzeugt.

Noch einmal legte Beaufort ihm kurz die beringte Hand auf die Schulter. »Ich sehe, du bist in Eile. Lass dich nicht länger aufhalten. Und wenn du einmal einen Freund brauchen solltest, der erwachsen, aber nicht dein Bruder ist, weißt du, wo du mich findest.«

John fand sich eigentümlich bewegt von diesem Angebot, und um seine unmännliche Rührung zu überspielen, entgegnete er mit einem Achselzucken: »Gerade jetzt könnte ich einen Freund gebrauchen, der mir verrät, woher ich einen Krug guten Wein bekomme.«

»Des Königs Kellermeister ist zu dieser Stunde immer in der Küche, um mit dem Koch die Speisenfolge des Abends zu besprechen.«

»Danke, Mylord.«

Beaufort entließ ihn mit einem eleganten Wink. »Geh mit Gott, John.«

»Was hat so lange gedauert?«, herrschte Cambridge ihn an, als John mit dem Krug und zwei Silberpokalen auf einem Tablett schließlich zurückkam.

Der Junge stellte seine Last auf dem Tisch ab, dankbar, dass er es bis hierher geschafft hatte, ohne allzu viel zu verschütten. »Es tut mir Leid, Mylord ...«

Cambridge schlug ihn mit solcher Wucht ins Gesicht, dass John krachend gegen die Tür geschleudert wurde und zu Boden ging.

»Richard, bitte«, protestierte der Earl of March. Es klang erschrocken.

John stand wieder auf und wusste nicht, wo er hinschauen oder seine Hände lassen sollte. Mit gesenktem Kopf trat er einen Schritt näher an den Tisch. »Habt Ihr noch einen Wunsch, Sir?« Er richtete die Frage an March, nicht an dessen Schwager.

Trotzdem war es Cambridge, der knurrte: »Warte vor der Tür.«

John machte seinen Diener und trat den Rückzug an. Auf dem zugigen Korridor setzte er sich auf den Fußboden neben der Tür und fuhr sich über den Mundwinkel. Dann schaute er auf die dünne Blutspur auf seinem Handrücken und murmelte: »Na, das kann ja heiter werden …«

Etwa eine halbe Stunde, ehe es Zeit zum Essen wurde, kam Cambridge aus der Tür gestürmt und hieß John: »Geh rein und mach dich nützlich. Besser, ich höre keine Klagen über dich.«

»Ja, Mylord«, murmelte John dem entschwindenden Rücken hinterher. »Gewiss doch, Mylord. Was immer Ihr sagt, Mylord.« Und als er absolut sicher war, dass der Earl ihn nicht mehr hören konnte: »Möge Euch der Blitz beim Scheißen treffen, Mylord …« Er musste über diese kindische Flegelei grinsen, sprang auf die Füße und betrat den komfortablen Raum. Zwei Kerzen in Silberleuchtern auf dem Tisch waren entzündet worden und hellten das Dämmerlicht des frühen Abends auf. March saß immer noch auf seinem Platz und starrte versonnen in eine der Flammen. Als er John bemerkte, richtete er den Blick der hellblauen Augen auf ihn. »Tut mir Leid, Junge«, murmelte er zerstreut. »Ich wollte nicht, dass du Ärger bekommst.«

»Das war nicht der Rede wert, Mylord. Aber ich fürchte, der Earl of Cambridge hätte Euch keinen miserableren Kammerdiener aussuchen können. Ich habe keine Ahnung, was ich tun muss.«

March hob kurz die Schultern. »Unter normalen Umständen müsstest du mir jetzt behilflich sein, mich für das Bankett in der Halle umzukleiden. Aber meine Umstände sind nicht gerade das, was man normal nennt, und ich bin mit nichts als den Kleidern, die ich am Leibe trage, hergekommen. Darum kannst du nichts für mich tun, es sei denn, du wüsstest einen Weg, mir zu ersparen, in die Halle hinunter zu müssen und mich den Wölfen zum Fraß vorzuwerfen …«

John sah ihn unsicher an und wusste nichts zu sagen.

March lächelte ein wenig geisterhaft. »Wie war doch gleich dein Name, Junge?«

»Waringham, Sir. John.«

»Waringham … treue Lancastrianer.«

»Ja. Allesamt, bis auf den letzten Blutstropfen.«

Die unterdrückte Heftigkeit ließ March aufhorchen. »Weißt du, wer ich bin, John?«

»Der Earl of March.«

»Und weißt du, was das bedeutet?«

»Ich bin nicht sicher, dass ich die Frage verstehe.«

Der junge Earl betrachtete ihn einen Moment und lud ihn dann mit einer Geste ein, Platz zu nehmen. »Es ist im Grunde gar nicht wichtig, weißt du«, vertraute March ihm an, nachdem John sich auf den gepolsterten Hocker ihm gegenüber gesetzt hatte. »Aber du wirst Gerede hören, darum sage ich es dir lieber selbst. Lionel of Clarence war mein Großvater.«

John bedeutete mit einem Kopfschütteln, dass ihm der Name nichts sagte.

»Er war König Edwards zweitältester Sohn, verstehst du.«

John zog erschrocken die Luft ein. »Das heißt, Ihr seid ... Ich meine, eigentlich wäret Ihr ...« Er brachte es nicht heraus.

March nickte bedächtig, ohne ihn aus den Augen zu lassen. »Der Großvater des jetzigen Königs war der jüngere Bruder meines Großvaters. Darum hätte *ich* Richards Erbe sein müssen. Ich stand dem Thron näher. Aber als Richard gestürzt wurde und England plötzlich einen neuen König brauchte, war ich erst acht Jahre alt. Außerdem hatte Henry of Lancaster England gerade erobert. Man könnte auch sagen, es ist ihm wie eine reife Pflaume in den Schoß gefallen.«

John erhob sich abrupt. »Ich bitte um Vergebung, Mylord, aber ich glaube nicht, dass ich den Rest hören will.«

»Warum nicht? Die Wahrheit verschwindet nicht, nur weil man sie nicht ausspricht.«

»Was damals geschehen ist, war eine politische Notwendigkeit. Henry of Lancaster musste die Krone nehmen, obwohl er gar nicht wollte.«

»Ich merke, du glaubst fest an die Märchen, die in eurer Familienbibel stehen.«

»Es ist die Wahrheit! Und nun sitzt Henry of Lancasters Sohn auf Englands Thron ...«

»Und ich bin der Letzte, der daran etwas ändern will, John«, fiel March ihm beschwichtigend ins Wort. »Nur um dir das zu sagen, habe ich dieses Thema zur Sprache gebracht. Nichts könnte mir ferner liegen, als König von England werden zu wollen. Aber um ganz sicher zu gehen, dass der unliebsame Thronanwärter nicht plötzlich eine Armee um sich schart und auf sein Recht pocht, haben die Lancaster mich seit meinem achten Lebensjahr auf einer verdammten irischen Festung eingesperrt.«

»Oh mein Gott …« John sank wieder auf seinen Schemel. »Ist das wahr?«

March musste über den aufrichtigen Schrecken lächeln. »Oh ja. Ich bedaure, wenn ich dein Heldenbild erschüttere, aber es stimmt. Nun hat Harry mich freigelassen, und allein dafür bin ich ihm so dankbar, dass ich fortan der Treueste seiner Vasallen sein werde. Aber vierzehn Jahre Gefangenschaft machen einen Mann menschenscheu. Wenn ich mir vorstelle, dass ich in diese Halle gehen muss und vor den Augen der versammelten Lords …« Seine Stimme versagte. Er griff nach seinem Becher wie ein Ertrinkender nach der rettenden Holzplanke und nahm einen tiefen Zug. »Ich weiß nicht, ob ich das kann.«

John hatte den Kopf gesenkt. Ihm war unbehaglich. Er wünschte sich, er hätte das niemals erfahren müssen. Denn sein Gewissen sagte ihm, dass das Haus Lancaster diesem Mann ein furchtbares Unrecht angetan hatte, und das war ein abscheuliches Gefühl. Wieder einmal suchte er nach den richtigen Worten. Dann fielen sie ihm ein. Er sah auf. »Eins ist gewiss, Mylord: Er wird es Euch so leicht machen, wie er kann.«

John hatte sich nicht getäuscht.

Als er hinter dem jungen March die große Halle betrat, waren die Bänke schon voll besetzt, doch als die Versammelten den Neuankömmling sahen, wurde es still.

Marchs ohnehin langsame Schritte wurden noch zögerlicher. John war fast versucht, ihm eine Hand auf den Rücken zu legen und ihn ein wenig zu schieben. Er sah einen Wangenmuskel in dem bleichen Gesicht zucken.

In der ohrenbetäubenden Stille erhob sich der König von der hohen Tafel und trat dem Earl of March entgegen. Sie trafen sich in der Mitte der Halle. Einen Augenblick standen sie sich reglos gegenüber und starrten einander an, dann sank March auf die Knie und legte die Hände zusammen. »Gestattet mir, Euch Lehnstreue und Gefolgschaft zu schwören, Sire.« Die Stimme bebte nur ein wenig.

Harry umschloss die Hände des Earl mit seinen und nahm ihn dann bei den Schultern. »Das sollt Ihr. Erhebt Euch, Lehnsmann.« Und als March wieder vor ihm stand, schloss er ihn in die Arme. »Seid Uns von Herzen willkommen, Cousin. Kommt.« Er wies mit einer einladenden Geste zur hohen Tafel. »Der Platz, der Euch gebührt, war gar zu lange verwaist.«

Er führte ihn auf die Estrade, wo gleich neben seinem Thronsessel ein Ehrenplatz für March freigelassen worden war. Die Brüder des Königs hatten sich erhoben und begrüßten den so lange verschwundenen Cousin ein wenig unbeholfen, aber mit aufrichtiger Freundlichkeit.

Das Gemurmel in der Halle setzte wieder ein. Erleichtert ging John ans untere Ende der Seitentafel zu seinem Platz zwischen Somerset und Hugh Fitzalan.

Seine beiden Freunde schauten ihn gespannt an.

»Du hast eine aufgeplatzte Lippe«, eröffnete Fitzalan ihm.

»Was du nicht sagst.«

»Cambridge?«, fragte Somerset.

»Cambridge«, bestätigte John.

»Und? Wie ist er?«, fragte Fitzalan neugierig.

»Schau dir meine Lippe an, dann weißt du's.«

»Unsinn, Cambridge doch nicht. Den kenn ich zur Genüge, vielen Dank. Ich meine March. Was hat er gesagt? Wie … ist er?«

John zögerte. ›Was er gesagt hat, war verräterisches Zeug, und er ist verängstigt wie ein verlassenes Kitz‹, hätte die ehrliche Antwort wohl lauten müssen. Aber plötzlich hatte er das Gefühl, es sei an der Zeit, dass ein Lancastrianer dem Earl of March gegenüber einmal ein wenig Anstand zeigte. Darum antwortete er lediglich: »Er hat gesagt, er werde der Treueste aller Kronvasallen sein.«

»Und glaubst du ihm?«, wollte Somerset wissen.

John schaute ihn an. Nicht Neugier, sondern tiefe Sorge um die Sicherheit des Königs las er in der Miene seines Freundes. »Ja. Du kannst beruhigt sein, Somerset. Ich denke, ihm war sehr ernst, was er gesagt hat.«

Wie Somerset ihm gleich am ersten Tag prophezeit hatte, musste John seinen Strohsack im Knappenquartier vorläufig aufgeben. Damals hätte er nicht geglaubt, dass er das sonderlich bedauern würde. Und dennoch war es so. Die zugige Dachkammer mit ihren Schwalbennestern war ihm vertraut geworden, und vor allem vermisste er die Gesellschaft seiner Freunde. Er fühlte sich ein wenig verlassen in den Nächten, die er in eine Decke gerollt auf dem Fußboden im Gemach des Earl of March verbrachte. Er fand nicht viel Schlaf, denn der Cousin des Königs litt offenbar an viel schlimmeren Träumen, als sie John je heimgesucht hatten, wälzte sich in seinem breiten Bett hin und her und stöhnte wie eine verdammte Seele. Jedes Mal überlief John ein eisiger Schauer, wenn er es hörte. Es klang so hoffnungslos.

Das Parlament endete, ohne dass das eigene Gefolge des Earl of March sich in Westminster einfand, um John wie angekündigt abzulösen. March fand die Gesellschaft des unaufdringlichen, höflichen Jungen angenehm und schien keine Eile zu haben, ihn gegen besser geschulte Diener einzutauschen.

An einem warmen Morgen gegen Ende des Monats wies er ihn wie meistens an, ihn zur Frühmesse in die St.-Stephens-Kapelle zu begleiten und ihm anschließend aus der Küche ein wenig Brot und Ale zu holen. Danach durfte John sich seinen Kameraden zum Unterricht anschließen. »Aber komm gegen Mittag wieder, wenn du so gut sein willst«, bat March mit einem beinah scheuen Lächeln.

John nickte. »Natürlich, Mylord.« Es würde bedeuten, dass er den Unterricht im Bogenschießen am Nachmittag versäumte, aber darauf verzichtete er gern, weil er in dieser Disziplin immer noch so ungeschickt war, dass er sich dabei regelmäßig zum Narren machte.

Als er jedoch zur verabredeten Stunde zu March zurückkam, fuhr ihm durch den Kopf, dass Bogenschießen womöglich doch das geringere Übel gewesen wäre. Denn der Earl of Cambridge war dort, und John war kaum eingetreten, als der ihn anfuhr: »Geh in die Stallungen und lass satteln. Für mich, zwei meiner Leute und euch beide.«

»Ja, Mylord.«

Auf kürzestem Wege begab John sich zu dem Stallgebäude, wo die Rösser des Königs und der feineren Lords standen. Nicht wenige der Tiere waren alte Freunde, weil sie aus der Zucht seines Vaters stammten, zwei von ihnen hatte John zur Welt kommen sehen. Aber ihm blieb keine Zeit, sie alle gebührend zu begrüßen und sich von ihrem Wohlergehen zu überzeugen. Er hatte so eine Ahnung, dass der Earl of Cambridge nicht gern auf sein Pferd wartete.

Einer der Stallburschen kam aus einer Box, als er Johns Schritt hörte. »Was gibt es?«

»Ich brauche das Pferd des Earl of Cambridge, zwei für seine Begleiter, eins für den Earl of March und eins für mich.«

Der Stallknecht nickte desinteressiert. »Der Fuchs hier ist Cambridges. Nimm den Braunen da vorn für den anderen Lord.«

»Nein. Ich denke nicht.«

»Was?«, fragte der Bursche verdutzt.

John trat zu dem Pferd, legte ihm scheinbar abwesend die Hand auf die Nüstern und zog sie doch blitzschnell weg, als der Braune danach schnappte.

John lachte leise und zupfte ihn sanft am Ohr. »Philemon. Als ob ich einen boshaften Klepper wie dich vergessen könnte …«

Der Stallknecht verschränkte die Arme. »Lass mich raten. Dein Name ist Waringham.«

John sah auf und nickte lächelnd. »John.« Er streckte die Hand aus.

Die gleichgültige Herablassung des Knechtes verwandelte sich in Hochachtung. Strahlend schlug er ein. »Jason. Wenn du mal Zeit hast, musst du mir unbedingt von eurer Zucht erzählen.«

»Das mach ich gern. Aber jetzt muss ich mich beeilen.«

Rasch wählte er für den Earl of March einen temperamentvollen, aber gutartigen Hengst, zwei weitere Pferde für Cambridges Begleiter und zu Jasons Überraschung Philemon für sich selbst.

»Bist du sicher?«, fragte der Knecht skeptisch.

»Oh ja.« John kitzelte den Braunen am Knie, weil er wusste, dass Philemon das nicht ausstehen konnte. »Du hast mir richtig gefehlt, du störrische Missgeburt«, murmelte er liebevoll. Philemon stampfte wie zufällig mit dem Vorderhuf. Aber der Junge hatte keine seiner Tücken vergessen und zog seinen Fuß rechzeitig weg. Der Huf landete eine Haaresbreite neben dem knöchelhohen Lederstiefel.

John legte beim Satteln selbst mit Hand an, und so standen alle fünf Tiere bereit, als die beiden Earls ins Freie traten. Cambridge wurde von zwei älteren Knappen begleitet, beide schon an die zwanzig, die die Zügel ihrer Pferde mit einem ziemlich hochnäsigen Nicken aus Johns Hand entgegennahmen.

»Diese Schindmähre soll ich reiten?«, fragte der eine. »Und du willst den Prachtkerl da drüben nehmen? Träum weiter, Söhnchen.«

John bemühte sich um eine ausdruckslose Miene. »Wir können gern tauschen, aber er ist ziemlich bockig.«

Ohne die Warnung einer Antwort zu würdigen ging der junge Mann auf Philemon zu. Er hatte diesen Gang, den John schon an vielen Heißspornen beobachtet hatte und den er so abstoßend fand: wiegend, ein wenig breitbeinig, als sei sein Gemächt so schwer, dass es ihn ständig zu Boden zu ziehen drohte.

Kaum sah Philemon seinen Reiter kommen, legte er die Ohren nach hinten und verdrehte obendrein die Augen, bis nur noch das Weiße zu sehen war, um unmissverständlich klar zu machen, was er von Ausritten an heißen Sommertagen hielt. Cambridges Knappe ignorierte die Warnung und saß auf. Nichts geschah. Erst als er John einen verächtlichen Blick zugeworfen hatte und sich nach links beugte, um den Sattelgurt nachzuziehen, schüttelte Philemon entschieden den Kopf und stieg. Mühelos kegelte er seinen unachtsamen Reiter so aus dem Sattel.

Cambridge, March und der andere Knappe lachten schallend. Nur John verzog keine Miene und vertiefte sich in die Betrachtung seiner Fingernägel.

Mit hochrotem Kopf kam der Heißsporn auf die Füße und stellte den linken in den Steigbügel. Obwohl Philemon sogleich begann, sich zu krümmen und um die eigene Achse zu drehen, als habe er sich plötzlich in den Kopf gesetzt, sich selbst ins Hinterteil zu beißen, schaffte der Knappe es in den Sattel. Doch als er dem Pferd mit dem losen Ende der Zügel eins zwischen die empfindlichen Ohren gab, besiegelte er seine Niederlage. Philemon wieherte schrill, stieg und bockte, bis sein Reiter wieder ins Gras segelte, dieses Mal in hohem Bogen. Das weckte erneut große Heiterkeit, doch dann knurrte Cambridge: »Jetzt reicht es, Scrope. Der Bengel ist ein Waringham, also überlass ihm diese Höllenbrut. Wir wollen hier nicht den halben Tag vertun.«

Scrope?, dachte John und spürte einen nervösen Stich im Magen, den er nicht so recht verstand. Er wusste genau, dass er den Namen schon einmal gehört hatte, aber ihm fiel nicht ein, in welchem Zusammenhang.

Scrope trat zu John und riss ihm die Zügel des Schimmels, den er gehalten hatte, aus den Fingern. »Waringham?«, flüsterte er und lächelte. »So, so.«

John drängte die plötzliche Furcht aus seinen Gedanken, trat zu Philemon und blieb einen Moment mit geschlossenen Augen neben ihm stehen, bis er das schwache Summen in seinem Kopf vernahm. Dann ergriff er die Zügel und saß in einer fließenden Bewegung auf. Philemon hatte die Ohren aufgerichtet und schnaubte einmal kurz. John hätte geschworen, dass es wie ein verschmitztes Lachen klang. Als die anderen Reiter sich in Bewegung setzten, folgte der unberechenbare junge Hengst ihnen lammfromm.

John war nicht verwundert, dass sie nach London ritten, denn von Westminster aus gab es kaum ein anderes lohnendes Ziel, es sei denn, man suchte ländliche Idylle und die Schönheiten der Natur. Er fragte sich mit mäßiger Neugierde, was die beiden Earls wohl in der Stadt wollten. Vielleicht den Bischof aufsuchen oder einen der mächtigen Kaufleute. Und als sie vom Ludgate aus immer weiter nach Osten ritten, kam er irgendwann zu dem Schluss, dass der Tower das Ziel sein müsse. Ihm war es gleich. Er hatte alle Hände voll mit seinem Pferd zu tun. Philemon scheute vor jedem Schatten, wollte sich weigern, in den Lärm und das Gedränge der Londoner Straßen einzutauchen und kämpfte jeden Schritt des Weges gegen seinen Reiter an, sodass John schließlich so erledigt war, als hätte er das Pferd nach London getragen, nicht umgekehrt.

Ehe sie den Tower erreichten, bogen sie in ein Gewirr aus Gassen ab, die John seine Begegnung mit den jungen Banditen lebhaft ins Gedächtnis riefen. Gleich gegenüber einer unscheinbaren Kirche hielten sie schließlich vor einem Haus, das größer, vornehmer und gepflegter wirkte als alle anderen in dieser Gegend.

Cambridge und March saßen ab. »Die beste Adresse in der Stadt, Edmund«, sagte Ersterer. Und an seine Knappen gewandt fuhr er fort: »Bis eine Stunde vor Schließen der Stadttore könnt ihr euch rumtreiben. Wenn ihr meinen Rat wollt: Geht ein paar Straßen weiter Richtung Fluss. Das hier ist zu teuer für euch junge Burschen. Und du bleibst bei den Gäulen, Waringham.«

»Ja, Mylord«, murmelte John beklommen. Er mochte ein unerfahrener, einfältiger Junge vom Lande sein, aber inzwischen dämmerte ihm, wo sie hier waren. Und es schockierte ihn ein wenig, dass der Earl of March mit dem Gemahl seiner *Schwester* in ein Hurenhaus ging. Er war enttäuscht. Aber er nahm an, dass er einfach noch zu jung war, um solcherlei Dinge richtig zu verstehen, und so oder so war es gewiss klüger, sich sein Befremden nicht anmerken zu lassen.

Die beiden älteren Knappen drückten John die Zügel in die Hand. Scrope tätschelte ihm hart die Wange. »Viel Vergnügen, Bürschchen. Falls du überhaupt schon kannst, he?«

John bog wütend den Kopf weg. Er spürte sein Gesicht heiß werden und wusste, dass er feuerrot angelaufen war. Das ärgerte ihn.

Cambridge und March lachten über sein Unbehagen, traten an die reich geschnitzte Eichentür und klopften. John nahm auch ihre Pferde am Zügel und überlegte, wie lange er wohl mit den fünf Gäulen hier auf der Straße stehen musste, ob irgendwer auf die Idee kommen würde, ihnen wenigstens ein bisschen Wasser zu geben. Es war ein heißer Tag.

Ein livrierter Diener öffnete die Tür und ließ die beiden Gentlemen mit einer ehrerbietigen Verbeugung eintreten. Über seine Schulter erhaschte John einen Blick in eine dämmrige Vorhalle mit einem kostbaren Treppengeländer, dann schloss sich die Pforte schon wieder. Aber wenige Augenblicke später kam ein Junge in seinem Alter aus einem benachbarten Tor. Er trug die gleiche Livree wie der Diener. »Komm.« Er winkte John gelangweilt näher. »Ich zeig dir den Stall.«

Erleichtert folgte John ihm mit den Tieren in einen Innenhof und zu einem Schuppen, der die Bezeichnung Stall kaum verdiente. Noch ehe er sich dem Tor auf fünf Schritte genähert hatte, schlug ihm der beißende Gestank von dreckigem Stroh und Pferdepisse entgegen. »Du musst verrückt sein, wenn du glaubst, ich würde die Pferde der Lords da reinstellen.«

Der Junge zuckte die Schultern. »Mach, was du willst.« Er wandte sich ab und schlenderte zum Haus zurück.

»He!«, rief John ihm nach. »Ich brauche Wasser.«

Ohne sich noch einmal umzuwenden, zeigte der Page mit dem Daumen zum Hoftor. »Die Straße runter, kleiner Marktplatz, Brunnen. Ein Eimer ist im Stall.«

»Oh, wärmsten Dank auch …« Seufzend holte John den Eimer aus dem heruntergekommenen Schuppen. Drei Pferde standen darin, traten unruhig von einem Huf auf den anderen und wirkten niedergeschlagen. John war nicht verwundert. »Wenn ich wiederkomme, werd ich sehen, was ich für euch tun kann«, versprach er und machte sich auf die Suche nach dem öffentlichen Brunnen.

Kleine Werkstätten und Garküchen säumten die Gasse, die der Page ihm gewiesen hatte. Auf waagerecht ausgeklappten Fensterläden wurden Schuhe, Beinschnitzereien, Gürtelschnallen und Holzlöffel feilgeboten, aber John sah nichts, was ihn in Versuchung führte. Und er trug seine Börse dieses Mal unter der Kleidung an einer Kordel um den Hals. Er wollte in London nicht schon wieder bis auf den letzten Penny ausgeraubt werden.

Der Platz mit dem Brunnen war in der Tat klein, ungepflastert und von finster wirkenden Spelunken umgeben. Der Brunnen selbst stand im Schatten einer Birke. John stellte seinen Eimer ab, um zu schöpfen, als ihn mit einem Mal zwei kräftige Arme von hinten packten und zurückrissen.

»He ...«, rief er erschrocken, aber weiter kam er nicht. Eine große Hand lag plötzlich an seinem Schritt und packte zu.

»Was haben wir denn hier? Ist das etwa der junge Waringham, der bei den Gäulen bleiben sollte?«

John hatte die Augen zugekniffen. »Lass mich los, Scrope«, brachte er mit Mühe hervor.

Scrope quetschte seine Hoden noch ein wenig fester zusammen, und John wimmerte. Es war nur ein kleiner Laut des Jammers, und augenblicklich biss der Junge die Zähne zusammen, damit ihm ja kein weiterer entschlüpfte. Er warf sich zur Seite, um sich von Scropes Kumpan zu befreien, der ihn immer noch an den Armen gepackt hielt, aber natürlich hatte er den Kräften des jungen Rabauken nichts entgegenzusetzen.

»Lass mich los«, wiederholte er wütend. »Ich wollte nur Wasser für die Pferde ...«

Scrope drückte noch einmal zu, und John stöhnte. Dann ließen sie ihn plötzlich beide los, und der Junge fiel auf die Knie und krümmte sich. »Bastarde«, flüsterte er tonlos. »Verfluchte Bastarde ...«

Er hatte auf den ersten Blick erkannt, dass diese beiden genau die Sorte Knappen waren, vor denen Somerset ihn gewarnt hatte. »Geh ihnen aus dem Weg, soweit du kannst«, hatte sein Freund geraten, der ja schon jahrelange Erfahrung im Leben bei Hofe hatte. »Sie wissen nicht, wohin mit ihren Kräften und all den Waffenkünsten, die man sie gelehrt hat. Und sie sind voller Zorn, weil sie schon groß sind und glauben, sie können alles, aber Ritter sind sie eben noch nicht, und jeder Erwachsene darf sie herumscheuchen. Sie sind gefährlich, John. Wie gespannte Bogensehnen. Hüte dich vor ihnen.«

John wusste, es war ein guter Rat. Nur, wie sollte man sich vor ihnen hüten, wenn sie einen heimsuchten? Und was sollte man tun außer fluchen, um nicht zu heulen?

»Wie nennst du uns?«, erkundigte Scrope sich in gespielter Entrüstung.

John sammelte seinen Mut und richtete sich auf. »Was willst du von mir? Was … hab ich dir getan?«

»Nichts.« Übermütige blaue Augen funkelten unter buschigen, blonden Brauen. »Aber ihr Waringhams seid so ein hochmütiges Pack, dass man euch hin und wieder mal zurechtstutzen muss.«

»Wieso sagst du das?«

»Weil zum Beispiel dein Bruder meinen Bruder im Zweikampf fertig gemacht hat. Nicht nur besiegt. Er hat ihn gedemütigt. Und du vorhin mit dem Gaul? Genau die gleiche Geschichte, oder?«

John sagte nichts. Scrope hatte sich die Blamage selbst eingebrockt, aber es konnte die Dinge nur schlimmer machen, darauf hinzuweisen. Reglos kniete John zu seinen Füßen im Straßendreck und betete, dass sie ihn jetzt gehen lassen würden.

»Der Bengel ist ganz blass, Arthur«, bemerkte Scropes Freund. »Wir sollten ihm was zu trinken holen.«

»Du hast Recht. Das sollten wir.«

Das diebische Vergnügen in Scropes Stimme warnte John. Er hatte keine Ahnung, was sie ausheckten, aber offenbar waren sie noch nicht mit ihm fertig. Die Furcht verlieh ihm Kraft. Er sprang auf, rammte Scrope den Kopf in den Magen und floh. Doch natürlich kam er nicht weit. Nach kaum fünf Schritten hatten sie ihn eingeholt, und der zweite Knappe packte ihn wieder von hinten, drückte ihm mit einem Arm die Luft ab.

»Na warte, Waringham«, knurrte Scrope. »Jetzt bist du fällig.«

Sie zerrten ihn in die Schänke, wo sie zuvor schon eingekehrt waren und ihn durch die offene Tür am Brunnen entdeckt hatten. John sah einen dämmrigen, schmuddeligen Schankraum mit schmutzigen Tischen. Eine verwahrloste junge Frau brachte den Becher Branntwein, den Scrope verlangte, und schaute teilnahmslos zu, als sie den Inhalt Johns Kehle hinabzwangen. Der Junge leistete kaum noch Widerstand. Er hatte aufgegeben. Sie waren einfach viel zu stark für ihn.

Das Gebräu brannte so fürchterlich, dass er zuerst glaubte, es werde wieder hochkommen. Scrope schien den gleichen Verdacht zu hegen, denn er presste ihm eine große Hand auf den Mund und sagte: »Wehe, Bürschchen.«

Also blieb der Branntwein unten, und John staunte, wie schnell er ihn betrunken machte. Ihm wurde schwindelig, und die Welt begann zu wanken. Er merkte kaum, dass sie ihn fesselten und in einer dunklen Ecke des Raums ins Stroh legten. Mit verschwimmendem Blick sah er Scrope hinterher, der das Schankmädchen zu einer Tür führte und ihr den Kittel über die Schulter streifte, ehe er mit ihr in der Hinterkammer verschwand. Lange bevor er wieder auftauchte, war John eingeschlummert.

Als er aufwachte, wusste er im ersten Moment überhaupt nicht, wo er sich befand, so wenig wie er wusste, warum er so fürchterliche Kopfschmerzen hatte. Dann packte ihn eine große Hand roh im Nacken und riss ihn hoch. »So, Waringham«, hörte er Scropes Stimme sagen. »Du wirst jetzt schön auslöffeln, was du dir eingebrockt hast. Besser, du jammerst den Lords nichts vor. Sie würden dir ohnehin kein Wort glauben. Hast du verstanden?«

John nickte, obwohl er keine Ahnung hatte, wovon Scrope redete. Blinzelnd stolperte er vor ihm her ins Freie und stieß gegen eine Brunneneinfassung. Einen Moment starrte er darauf. Er wusste, es hatte irgendetwas auf sich mit diesem Brunnen. Aber was nur?

Ein Stoß zwischen die Schultern brachte ihn wieder in Bewegung. »Vorwärts.«

»Warum ist es so dunkel?«

»Weil die Stadttore gleich schließen.«

»Es ist Abend?«, fragte er ungläubig.

»Schlaues Bürschchen.«

Scrope packte ihn am Arm und zerrte ihn die Gasse entlang. Allmählich verschwand der seltsame Schleier in Johns Kopf, und er erinnerte sich wieder, was geschehen war. Plötzlich zog er scharf die Luft ein und blieb stehen. »Ihr seid ohne mich zurückgegangen. Ihr habt ihnen gesagt, ihr hättet mich nicht gesehen. Sie haben dich geschickt, um mich zu suchen. Du wirst sagen, du hättest mich in der Schänke gefunden. Und ich rieche wie ein Schnapsfass.«

Scrope grinste auf ihn hinab. »Das kannst du laut sagen.«

Die beiden Earls und Scropes Kumpan standen vor dem feinen Hurenhaus auf der Straße und warteten voller Ungeduld. March quittierte die Neuigkeit von Johns angeblichen Ausschweifungen mit einem betrübten Kopfschütteln, Cambridge mit einer seiner berüchtigten Ohrfeigen. John war ohnehin wacklig auf den Beinen. Er fiel wie ein gefällter Ochse.

»Komm auf die Füße, du Lump. Und glaub ja nicht, das war schon alles.«

Nein, dachte John mit sinkendem Mut, darauf wäre ich im Traum nicht gekommen, Mylord.

Da es zu spät geworden war, um die westlichen Stadttore zu erreichen, ehe sie für die Nacht geschlossen wurden, blieb ihnen nichts anderes übrig, als eine Barke zu mieten, groß genug für fünf Männer und Pferde. Cambridge war nicht nur ein übellauniger Geselle, stellte John bei der Gelegenheit fest, sondern obendrein ein Geizhals. Als der Fährmann seinen Preis nannte, warf der Earl dem Jungen einen Blick zu, der besagte, dass John auch dafür bezahlen werde.

Dennoch war er dankbar, dass es ihm erspart blieb, den ganzen Weg zurück nach Westminster auf Philemon reiten zu müssen. Er war im Augenblick wirklich nicht in der Verfassung für solch ein Kräftemessen. Er hatte genug damit zu tun, seinen dröhnenden Kopf festzuhalten, die Übelkeit niederzuringen, die ihn auf dem schwankenden Boot plagte, und nicht zu zeigen, dass er sich vor ihrer Ankunft fürchtete.

Cambridge nannte der Wache am Kai des Palastes die Losung und entlohnte den Fährmann. John, Scrope und dessen Kumpan führten die Pferde zum Stall hinüber. March sprach noch ein paar gemurmelte Worte mit Cambridge, ehe er sich abwandte und zu seinem Quartier ging. Sein Schwager folgte den jungen Männern.

Die Stallburschen waren längst schlafen gegangen. Cambridge stand an den Torpfosten gelehnt und tippte sich ungeduldig mit der Reitgerte ans Knie, während die drei Knappen die Pferde absattelten. Als John mit dem letzten Sattel über dem Arm an ihm vorbeikam, packte er ihn und schleuderte ihn gegen die Stallwand. Der Sattel fiel ins Stroh, und der erste pfeifende Hieb traf John irgendwo unterhalb der linken Schulter. Mit den flachen Händen stützte der Junge sich an der Wand ab und presste den Mund auf den Oberarm. Er sah Scrope und seinen Freund breit lächelnd und mit verschränkten Armen an einer nahen Boxenwand lehnen und drehte den Kopf lieber zur anderen Seite. Genau in dem Moment fiel der nächste Schlag, und John musste sich hart auf die Zunge beißen, um still zu bleiben. Bedächtig und unbarmherzig prügelte Cambridge auf ihn ein, und es dauerte nicht lange, bis John zu Boden fiel und schützend die Arme um den Kopf legte. Zufall oder Absicht, der nächste Hieb traf seine Finger. Die Hand zuckte zurück, und der Schrei war heraus, ehe der Junge es verhindern konnte. Scrope und sein Kumpan johlten beifällig.

Es war kein geheimnisvoller sechster Sinn, der Raymond zu dieser ungewöhnlichen Stunde in den Pferdestall lockte. Ihn zog es zu jeder Tages- und Nachtzeit hierher, und heute hatte er früher einfach keine Gelegenheit gefunden, einmal nach seinen Lieblingen zu schauen, zwei Dreijährigen, die er im Auftrag des Königs in Waringham ersteigert hatte. Doch als er das niedrige Holzgebäude betrat und sah, was sich dort zutrug, waren die Pferde mit einem Mal vergessen.

»Denkt Ihr nicht, das reicht, Cambridge?« Der ruhige Tonfall kostete ihn Mühe. Raymond war stolz auf sich.

Des Königs Cousin ließ die erhobene Gerte sinken und wandte sich um. »Ihr solltet Euch nicht einmischen, Sir. Auch wenn er Euer Bruder ist, er hat es verdient.«

»Daran zweifle ich nicht. Aber er blutet, und er rührt sich nicht mehr. Darum kam mir der Gedanke, er könnte vielleicht genug gebüßt haben, ganz gleich, was er verbrochen hat.«

»Er hat fünf wertvolle Pferde unbewacht und unversorgt in der prallen Sonne stehen lassen und sich in der nächstbesten Spelunke voll laufen lassen!«, ereiferte sich der Earl.

»John?«, fragte Raymond ungläubig. »Nie und nimmer, Mylord. Ich hätte geglaubt, dass er fünf Könige in der Sonne dürsten lässt, um Dummheiten zu begehen. Aber fünf Pferde? Nein.«

Er warf den beiden Knappen des Earl einen kurzen, forschenden Blick zu, und auf einen Schlag war ihm alles sonnenklar. Raymond wusste schließlich, wie große Knappen kleine Knappen quälten. Er hatte es selbst erlitten, und er hatte es gelegentlich selbst getan. Das zufriedene Grinsen dieser beiden Flegel verriet ihm alles, was er wissen musste.

Cambridge wandte sich mit einem desinteressierten Achselzucken ab. »Nun, ich weiß, was ich weiß. An diesem Hof herrscht keinerlei Zucht, Sir. Der König legt zu wenig Wert auf solche Tugenden.«

»Das ist nicht wahr«, widersprach Raymond liebenswürdig. »Aber vielleicht sagt Ihr es ihm bei Gelegenheit einmal.«

»Das würde nichts nützen. Doch das wird mich nicht hindern, diesem Mangel abzuhelfen, wo und wie ich es für angemessen halte.«

»Oh, natürlich, Mylord.«

Cambridge nickte, offenbar zufrieden, seinen Standpunkt klar gemacht zu haben, und stolzierte hinaus. Als seine beiden Knappen noch einen Moment verharrten, knurrte Raymond: »Schert euch zum Teufel. Und ich an eurer Stelle wäre vorsichtig in nächster Zeit. Ich hab euch im Auge.«

Sie trollten sich, aber es hätte wohl einer Faust in einem Plattenhandschuh bedurft, um das blöde Grinsen aus ihren Visagen zu tilgen, dachte Raymond angewidert.

Er kniete sich neben John ins Stroh und legte ihm zaghaft die Hand auf den Arm. »Bist du noch bei uns, Bruderherz?«

John, den Kopf immer noch in den Armen vergraben, regte sich matt. Womöglich war es ein Nicken. »Ich ...« Die Stimme klang brüchig. John versuchte es noch einmal. »Ich könnte vielleicht sogar aufstehen, wenn ich nicht so sternhagelvoll wäre.«

Erleichtert lachte Raymond in sich hinein und zog seinen Bruder ebenso behutsam wie ungeschickt auf die Füße.

Sofort wurde John schwarz vor Augen, und er sackte gegen Raymonds breite Brust, fiel aber nicht wieder zu Boden. Tränen rannen unter den geschlossenen Lidern hervor, doch er schämte sich nicht. Er war zu betrunken und zu zermürbt, um sich zu schämen.

»Oh, verflucht, Raymond ... Das war fürchterlich.«

»Ich glaub's. Cambridge ist dafür berüchtigt. Als Arthur Scrope noch ein Bengel in deinem Alter war, konnte man ihn immer auf Meilen im Umkreis heulen und winseln hören, wenn Cambridge ihn sich vornahm.«

John lächelte. »Davon darfst du mir ruhig noch ein bisschen mehr erzählen.«

Raymond nahm seinen Arm. »Komm. Ich bring dich ins Bettchen.«

Mit erstaunlicher Kraft riss John sich los. »Lass mich. Ich kann allein gehen.« Aber schon nach zwei Schritten geriet er ins Straucheln und wäre gestürzt, hätte sein Bruder ihn nicht aufgefangen. Stumm versuchte John, sich dessen Armen zu entwinden, ebenso stumm hielt Raymond ihn gepackt. Als John endlich stillhielt, sagte er: »Weißt du, ich würde dir den Gefallen ja gern tun und verschwinden, aber du bist wirklich sturzbetrunken, John.«

»Gott sei Dank dafür. Ich weiß nicht … wie ich das sonst durchgestanden hätte. Es macht einen verwegen. So seltsam gleichgültig.«

»Hm.« Raymond legte ihm vorsichtig den Arm um die Schultern. »Aber es hat auch seine Schattenseiten.«

John nickte. »Eine Predigt. Das ist genau das, was ich jetzt brauche …« Mit einem Mal klang er völlig erschöpft. »Raymond, ich hab die Gäule nicht da stehen und Durst leiden lassen …«

»Nein. Ich weiß.«

»Soll ich dir erzählen, wie es war?«

»Morgen.«

John hob die Rechte und fegte die Hand von seiner Schulter. »Lass mich los. Lass mich doch endlich mal zufrieden …«

»Gleich. Du hast mein Wort, Bruder. Aber du brauchst ein klein wenig Hilfe, sonst landest du im Fluss oder im Misthaufen oder sonst wo, wohin du nicht gehörst. Glaub einem Mann mit einem reichhaltigen Erfahrungsschatz auf diesem Gebiet.«

»Also meinetwegen.« Langsam wie ein greises Paar schlurften sie zur Tür, dann blieb John wie angewurzelt stehen. »Die Pferde, Raymond. Sie haben immer noch kein Wasser bekommen.«

»Oh, großartig«, schimpfte Raymond leise. »Welche?«

John nannte ihm die Namen, die er kannte, und beschrieb ihm die anderen.

Raymond setzte seinen Bruder auf einen Strohballen. »Philemon?«, fragte er ungläubig. »Hast du heute früh beim Aufstehen beschlossen, alles daran zu setzen, einen wirklich abscheulichen Tag zu erleben?«

John kicherte. Er hörte selbst, wie besoffen es klang.

Raymond suchte sich einen Eimer und tränkte die bedauernswerten, vernachlässigten Tiere. Als er wenig später zu John zurückkam, war der zur Seite gesunken und fest eingeschlafen.

»Gut. Das macht die Dinge leichter, du kleiner Dickschädel.«

Er brachte John nicht zum Earl of March zurück, denn er war der Ansicht, wer seinen Knappen so unachtsam hütete, hatte keinen verdient. Stattdessen trug er ihn zum Quartier der Jungen, weckte Somerset und überließ John beruhigt dessen Obhut.

Kennington, August 1413

Der abscheuliche Zwischenfall hatte neben einem lausigen Kater und ein paar schmerzenden Striemen auch die Folge nach sich gezogen, dass John aus den Diensten des Earl of March entlassen worden war. In Schimpf und Schande, nahm er an. Der junge March hatte ihm nie Gelegenheit gegeben, sich zu rechtfertigen, sondern ihm lediglich durch Somerset ausrichten lassen, dass er seiner nicht mehr bedürfe. Und auch wenn John dieser Aufgabe weiß Gott keine Träne nachweinte, war er doch enttäuscht und wütend über die Ungerechtigkeit, so wie über den ganzen, unerhörten Vorfall. Er wurde so missmutig, dass Jerome of Ellesmere ihn mehrfach wegen seiner unhöfischen Übellaunigkeit tadeln musste. John verstand sich selbst kaum. Und zum ersten Mal, seit er von zu Hause ausgerissen war, bekam er Heimweh.

Er erwog, Bischof Beaufort beim Wort zu nehmen und um Rat zu bitten, aber er schämte sich zu sehr. Also blieb ihm nichts anderes übrig, als allein weiter zu grübeln, und das tat er mit der ihm eigenen Beharrlichkeit. Vielleicht waren es das Heimweh und die häufigen Gedanken an seinen Vater, die damit einhergingen, die ihn schließlich zu der Erkenntnis brachten, dass es die schiere, sinnlose Gemeinheit war, die ihn so aus der Fassung gebracht hatte. Weil sie ihm nie zuvor begegnet war. Dass das Leben bitter sein konnte, hatte er ja schon gewusst, hatte er spätestens in dem Moment gelernt, als er seine Mutter am Fuß der Treppe gefunden hatte. Dass es Menschen gab, die ihm Übles wollten, hatte er auf den Straßen von London in den Händen der jungen Banditen erfahren, doch das war eigentümlich unpersönlich gewesen. Sie hatten ihn töten wollen, weil er Geld besaß und sie arm waren. Es hatte eigentlich nichts mit ihm zu tun gehabt. Aber Arthur Scrope und sein Freund und letztlich auch der ehrwürdige Earl of Cambridge waren Männer seiner eigenen Klasse, die ihm ohne Grund, ohne jedes Recht wehgetan hatten, nur weil sie es konnten. Dass es dergleichen unter Rittern – oder solchen, die es werden wollten – geben konnte, war der eigentliche Grund für seinen Zorn.

Die Schlüsse, die er aus diesen Erkenntnissen zog, versetzten seine Kameraden ebenso wie den Nutricius in Erstaunen. John stürzte sich mit Feuereifer auf seine Waffenübungen. Man hörte ihn im Unterricht seltener lachen als früher, dafür war er konzentrierter und gab sich mehr Mühe. Als er nach dem Bogenschießen jedoch bat, noch eine Stunde länger bleiben und üben zu dürfen, wurde Jerome of Ellesmere die Sache unheimlich. »Du wirst mir doch nicht krank, Waringham? Hast du vielleicht Kopfweh?«

Grinsend winkte John ab, streifte den Handschuh wieder über, legte den Pfeil ein und versuchte die Sehne des Bogens zu spannen, der ihn fast um einen Fuß Länge überragte. Der Pfeil wies eine Farbmarkierung auf, die den Schülern anzeigen sollte, bis wohin sie spannen mussten. Fast erreichte die Markierung den Schaft. Es fehlte nicht einmal mehr die Breite eines kleinen Fingers. John holte das Letzte aus sich heraus, biss die Zähne zusammen und zerrte mit aller Macht, aber vergeblich. Er konnte den Bogen nicht weiter spannen. Als seine Arme zu zittern begannen, ließ er den Pfeil losschnellen, der die Zielscheibe in fünfzig Schritt Entfernung jedoch knapp verfehlte. »Oh, verflucht!«

»Atme, Junge«, mahnte sein Lehrer. »Wenn unsere Bogenschützen im Feld bei jedem Schuss die Luft anhielten so wie du, würden sie reihenweise tot umfallen. Und wo stünden wir dann?«

»Aber ich kann den Bogen nur ruhig halten, wenn ich die Luft anhalte.«

»Ich kann nicht feststellen, dass der Erfolg dir Recht gibt«, entgegnete Ellesmere trocken und warf einen vielsagenden Blick auf die leere Zielscheibe. »Das Entscheidende ist, *richtig* zu atmen. Du bist viel zu verkrampft. Und du lässt dir keine Zeit zum Zielen.«

»Ich weiß. Ich weiß! Bitte, Sir, lasst es mich eine Stunde allein versuchen. Ich bin sicher, ich kann es schaffen.«

Jerome schaute kurz über die Schulter, um sich zu vergewissern, dass die anderen Jungen entschwunden waren, um wie angewiesen die Ausrüstung zu verstauen. Als er sicher sein konnte, dass er allein mit John war, fragte er: »Warum hast du es plötzlich so eilig, hm?«

John hatte schon den nächsten Pfeil eingelegt, ließ die Hände aber noch einmal sinken. »Ich will so gut werden, wie ich kann. Und so schnell ich kann.«

»Wozu?«

»Um nicht wehrlos zu sein. Oder falls ich es doch bin, um zu wissen, dass nicht mein eigenes Versäumnis daran schuld ist.«

Ellesmere nickte. »Ein guter Grund. Aber du solltest über diejenigen der Rittertugenden, nach denen du auf einmal so strebst, die anderen nicht vergessen.«

»Welche meint Ihr, Sir?«

»Die Mäßigung, zum Beispiel. Vielleicht ist sie die schwierigste, aber bei allem, was du tust, darfst du das rechte Maß niemals aus den Augen verlieren, Waringham. Darum wirst du den Bogen jetzt wegbringen und mit Somerset schwimmen gehen, wie ihr geplant hattet. Deine Arme sind müde. Du wirst hier heute nichts mehr vollbringen.«

»Aber Sir …«

»Auch Gehorsam und die Fähigkeit, die Weisheit eines Ratschlags zu erkennen, gehören zu den ritterlichen Tugenden.«

»Tatsächlich? Von denen hab ich noch nie gehört, Sir. Ihr habt sie doch nicht etwa gerade erfunden?«

Ellesmere lachte und schlug ihm unsanft mit der Faust an die Schulter. »Na siehst du. Dein Sinn für Humor ist dir doch noch nicht gänzlich abhanden gekommen in deinem neuen Eifer. So wenig wie dein freches Mundwerk.«

John grinste flüchtig und fing an, die Pfeile einzusammeln, aber Ellesmere merkte sehr wohl, dass der Junge immer noch niedergeschlagen war. Für gewöhnlich schenkte er der Gemütslage seiner Zöglinge keine große Beachtung – er wusste selbst, dass es nicht immer einfach war, als halbwüchsiger Knabe an einem großen Hof voll gefeierter Ritter zurechtzukommen. Das musste jeder durchleiden, denn es war die einzige Schule, in der man lernen konnte, ein solcher Ritter zu werden. So war er selbst überrascht, als er sich sagen hörte: »Der König geht für eine Weile nach Kennington. Wusstest du das schon?«

John schüttelte den Kopf. »Wo ist das?«

»Nicht weit. Südlich der Themse. Er verbringt die heißesten Wochen des Jahres nicht gern hier, weil er von den Dämpfen der Sümpfe um Westminster manchmal Fieber bekommt.«

»So wie Somerset«, bemerkte John.

Ellesmere nickte. »Den nimmt er aus dem Grunde mit. Und eine Hand voll vertrauter Freunde und Lords des Kronrats. Er hat mich gebeten, ihm den besten meiner Jungs zu nennen, der ein paar unbeschwerte Tage zur Belohnung verdient habe. Und stell dir vor, Waringham: Dein Name fiel mir ein.«

So kam es, dass John und Somerset ihrem Knappenalltag für ein Weilchen entkommen waren. Im Vergleich zu Westminster war Kennington bescheiden: kein Palast, sondern eher ein ländliches Gutshaus. Dementsprechend ging es dort recht ungezwungen zu. Der König, seine Brüder, Raymond und Lord Scrope ritten zur Jagd und nahmen die Jungen manchmal mit. Weil es nur wenig Dienerschaft gab, mussten sie abends in der kleinen Halle aufwarten, des Königs Waffen in Ordnung halten oder auch einmal bei den Pferden mit zur Hand gehen. Doch meistens stand ihnen frei zu tun, was ihnen gefiel. Sie badeten und angelten in den kleinen Bächen, die durch die Wiesen plätscherten, sie ritten um die Wette, erkundeten das Haus vom Keller bis zum Dach und fanden in der Kapelle eine kostbar illuminierte Bibel, ein Buch mit französischen Rittergeschichten und eines mit Geoffrey Chaucers *Canterbury-Erzählungen*. Ein wenig verschämt gestanden sie einander ihre Neigung, hin und wieder einmal in ein Buch zu schauen, und fortan verging kaum ein Tag, ohne dass sie sich ein Weilchen in den Schatten eines Baumes zurückzogen und schmökerten. Somerset konnte kein Französisch, stellte John verblüfft fest. Also übersetzte John ihm die Rittergeschichten und lehrte ihn jeden Tag ein Dutzend Wörter dieser wundervollen Sprache, und im Gegenzug brachte Somerset ihm das Schachspiel bei.

Als der König von dieser Abmachung erfuhr, erklärte er, er wolle an Johns Sprachunterricht teilnehmen. »Zwölf Wörter pro Tag?«, vergewisserte er sich. »Das sollte zu meistern sein.«

»Sire, Ihr … könnt kein Französisch?«, fragte John fassungslos.

Harry schüttelte seufzend den Kopf. »Kein Wort. Im Gegensatz zu fast allen anderen englischen Königen der letzten dreihundert Jahre hatte ich keine französische Mutter, weißt du.«

»Aber …« John besann sich und hielt den Mund.

»Was?« Der König lächelte. Halb verschämt, halb jungenhaft. Er saß mit ihnen im Gras neben dem Pferdestall, den dunklen Schopf unbedeckt, die Stiefel staubig – er schaute so gar nicht wie ein König aus. »Sprich offen, John. Das ist die einzige unumstößliche Regel, die es in Kennington gibt.«

»Na ja … Ich dachte, die Erziehung eines Prinzen beinhaltet, dass man viele Bücher lesen muss und Latein und Französisch lernt.«

»Hm. So sollte es auch sein. Mein Onkel, Bischof Beaufort, hat mich sogar mit nach Oxford genommen, wo er gelehrt hat, damit ich endlich etwas lerne. Aber um die Wahrheit zu sagen, John: Ich habe mich nie genug für solcherlei Dinge interessiert. Und das rächt sich nun. Ich soll eine französische Prinzessin heiraten. Kannst du dir vorstellen, in welcher Klemme ich stecken werde?«

Seine Verzweiflung wirkte komisch, aber John merkte, dass dieses Thema dem König wirklich Sorgen bereitete. »Nun, Sire«, sagte der Junge zögernd, »ich werde Euch gern französische Wörter lehren, aber ich weiß nicht einmal, wie man eine Dame in *unserer* Sprache umgarnt.«

»Oh, darin hingegen kenn ich mich aus«, entfuhr es Harry.

»Dann sagt mir, was Ihr ihr sagen wollt. Ich übersetze es Euch, und Ihr könnt es auswendig lernen.«

Lachend zog Harry ihn an den schwarzen Locken. »Du willst mich nur aushorchen, du Lump.«

Erst jetzt lernte John seinen König kennen. In Westminster war Harry meist nur eine fein gewandete, manchmal gar gekrönte Figur an der hohen Tafel der Halle gewesen. Man sah ihn dort nie anders als von einem Schwarm Ritter und Lords umgeben, meist war er in Eile, seine Miene ernst. Auch hier ging das Regieren weiter, aber gemächlicher. Und er nahm sich Zeit für all die Dinge, die er so liebte: Jagen, Fischen, Harfe spielen und Schwertkämpfe. John hätte nie gedacht, dass es in England einen Mann gäbe, der seinen Bruder Raymond entwaffnen und zur Kapitulation zwingen konnte, doch der König tat es beinah jeden Tag. Und wenn es gelang, lachte er wie ein Lausebengel, dem ein pfiffiger Streich geglückt war. Er nahm sich gar die Zeit, mit den Jungen zu fechten, und im Austausch für die französischen Vokabeln brachte er John ein paar Griffe auf der Harfe bei. Es stellte sich schnell heraus, dass John dafür nicht die geringste Begabung hatte, aber allein es zu versuchen machte ihm Freude.

Eine andere Leidenschaft des Königs hingegen, der John hier ebenfalls zum ersten Mal begegnete, hatte auch ihn bald gepackt: das Tennisspiel. Keiner beherrschte Ball und Schläger so virtuos wie Harry, doch nach wenigen Tagen hatte John schon solche Fortschritte gemacht, dass der König regelmäßig ihn als Gegner forderte. Sie gaben beide ihr Äußerstes, und

Grasflecken an Knien und Ellbogen bezeugten ihre Einsatzbereitschaft bei der Jagd nach der Filzkugel.

Verschwitzt und zerzaust, jeder ein Leinenhandtuch um den Hals, kamen sie von einer ihrer heldenhaften Schlachten im ummauerten Tennishof zurück zum Haus, als sie vor dem Stall drei kostbare Pferde stehen sahen.

John erkannte das schönste der Tiere auf einen Blick. »Euer Onkel, der Bischof, ist gekommen, Sire.«

Harry legte ihm die Hand auf die Schulter, und sie blieben noch einen Moment im baumbestandenen Hof stehen, um zu verschnaufen.

»Nun ja«, murmelte der König schließlich achselzuckend. »Diese unbeschwerte Freude konnte nicht ewig währen, nicht wahr?«

»Ihr glaubt, der Bischof bringt schlechte Neuigkeiten?«

Harry zwinkerte ihm zu. »Wir sollten zumindest damit rechnen. Der Ärmste trägt die ganze Last, während wir uns hier vergnügen. Darum sollte ich ihn nicht länger warten lassen, schätze ich.«

John verneigte sich und wollte sich entfernen, doch der König sagte unerwartet: »Nein, nein, komm nur mit. Er wird sich freuen, dich zu sehen.«

Das schien tatsächlich der Fall zu sein. Nachdem Bischof Beaufort den König begrüßt hatte, wandte er sich an John, behauptete, der Junge sei mindestens einen Spann gewachsen seit dem Parlament und richtete ihm Grüße seines Vaters aus.

»Vater? Ihr habt ihn gesehen? Geht es ihm gut?«, fragte John eifrig.

»Prächtig«, versicherte Beaufort. »Ich war gestern bei ihm, um seinen Rat in der Angelegenheit einzuholen, die mich herführt. Er ist bei bester Gesundheit.«

John hätte ihn gern tausend Dinge gefragt: wie es seiner Schwester ging, die doch ein Kind erwartete, seinem Schwager Fitzroy, seinem Cousin Conrad und allen anderen Leuten von der Burg, dem Gestüt und aus dem Dorf und nicht zuletzt den Pferden. Stattdessen erkundigte er sich, ob der König und sein Onkel eine Erfrischung wünschten, und machte sich auf den Weg, um Wein, Brot und kaltes Fleisch zu holen, als sie bejahten.

»… ist klar, dass es bitter für dich ist, Harry«, hörte er den Bischof sagen, als er mit einem Tablett in die Halle zurückkam. »Aber ich sehe keinen anderen Weg. Es kann nicht angehen, dass mit zweierlei Maß gemessen wird und wir einfach die Augen vor dem verschließen, was er tut, nur weil er dein Freund ist.«

Der König war auf die Bank am Tisch gesunken. Sein Gesicht, das eben noch so sonnengebräunt und rotwangig vom Sport geleuchtet hatte, wirkte mit einem Mal fahl. »Oh Gott …«, murmelte er. »Nicht John Oldcastle. Das … das könnt ihr nicht von mir verlangen.« Er fuhr sich mit beiden Händen über Augen und Wangen.

John stellte sein Tablett auf dem Tisch ab und wollte sich auf leisen Sohlen davonschleichen, aber der König hob die Hand und hielt ihn mit einer Geste zurück. »Nein, warte. Du hast es gesehen, nicht wahr? Du hast es gesehen.«

John sah ratlos vom König zu dessen Onkel und wieder zurück. »Was, Sire?«

»Wie es ist, wenn sie einen Ketzer verbrennen.«

Bei der Erinnerung wurde John schlagartig flau. »Ja, Mylord.« Und obwohl er wusste, dass es ungehörig war, wandte er sich an den Bischof und fragte zaghaft: »Oldcastle?«

Beaufort breitete hilflos die Hände aus, und es war unklar, wem er antwortete, dem König oder dessen Knappen. »Er ist ein unbelehrbarer Ketzer. Ich meine, wir wollen doch nicht vorgeben, als wüssten wir nicht seit Jahren, dass er es mit den Lollarden hält, nicht wahr? Und seit der Krönung ist es so schlimm mit ihm geworden, dass man ihn unmöglich ignorieren kann.«

»Was hat das mit meiner Krönung zu tun?«, fragte der König in matter Entrüstung.

»Das weißt du ganz genau. Als du dir die Hörner abgestoßen hast, war John Oldcastle immer an deiner Seite, nicht wahr? Er hat dir deine Huren beschafft und dafür gesorgt, dass dein

Becher nie leer wurde und … Ähm, John, ich glaube, es wäre besser, du ließest uns allein.«

»Er bleibt!«, widersprach der König trotzig. »Nur weiter, Onkel. Oldcastle hat mir meine Huren besorgt und meinen Becher gefüllt und verhindert, dass ich dem Londoner Gesindel in die Hände falle oder in einem Londoner Gefängnis aufwache … und?«

»Und seit du deinen Lebenswandel geändert hast, hat er seine Rolle ausgespielt. Er ist überflüssig geworden. Du ignorierst ihn, lädst ihn nur noch ein, wenn es unvermeidlich ist, du meidest seine Gesellschaft. Das kränkt ihn und macht ihn bitter. Und deshalb …«

»Er begreift einfach nicht, dass die Zeiten sich geändert haben«, unterbrach Harry aufgebracht. »Ständig fängt er mit den alten Geschichten an. Er geht mir auf die Nerven! Vor zwei Wochen hat er ein halbes Dutzend Mädchen nach Westminster gebracht, einfach so, ohne mich zu fragen. Und ich konnte dann zusehen, wie ich sie wieder loswurde, ohne wie ein Narr dazustehen oder sie zu beleidigen …«

»Ja, ich bin überzeugt, das ist dir schwer gefallen«, murmelte der Bischof mit einem kleinen, mokanten Lächeln. »Und ich weise dich noch einmal darauf hin, dass der Junge all das nicht hören muss, Harry.«

»Der Junge weiß genau, wie ich früher war, denn das weiß jeder Mann in England. Er wird nicht gleich in Ohnmacht fallen. Er bleibt, denn ich will, dass er Euch erzählt, wie es ist, wenn ein Ketzer verbrannt wird.«

»Das ist nicht nötig«, entgegnete der Bischof. »Ich habe es selbst gesehen. Mehr als einmal, so wie du selbst. Ich lege keinen Wert darauf, John Oldcastle auf den Scheiterhaufen zu bringen. Und selbst der Erzbischof, der viele Schwächen hat, legt keinen Wert darauf, denn er ist ein barmherziger Trottel. Wir wollen Oldcastle nicht anklagen, um ihn zu verurteilen, sondern um ihm goldene Brücken zu bauen. Aber er *muss* den Ketzerlehren abschwören. Öffentlich. Denn was er tut, ist gefährlich. Seine Anhänger werben bei Webern und anderen Hungerleidern für ihre Irrlehren und verknüpfen sie mit aberwitzigen politischen Forderungen. Ich muss dich wohl kaum daran erinnern, was passiert ist, als aufrührerische Priester das letzte Mal die Bauern und das arbeitsscheue Gesindel aufgewiegelt haben, nicht wahr? Es hätte deinen Vater um ein Haar das Leben gekostet.«

»Ihr … Ihr sagt, Oldcastle wiegelt das Volk auf? Zu einem neuen Bauernaufstand? Gegen *mich*?«

»Wenn wir ihn nicht hindern, ja. Nicht gegen dich persönlich. Aber gegen die Kirche und die Obrigkeit, die diese Kirche schützt. Das bist du.«

Harry stützte den Ellbogen auf den Tisch, das Kinn in die Hand und starrte ins Leere. Mit einer Geste bedeutete er John, ihm einen Becher voll zu schenken.

John brachte erst ihm und dann dem Bischof Wein und hätte Letzteren gerne gefragt, wie sein Vater zu dieser Sache stand. Aber er wusste, es wäre unziemlich gewesen, sich in diese Debatte einzumischen, die doch eigentlich gar nicht für seine Ohren bestimmt war. Also zog er sich wieder ein paar Schritte zurück und beobachtete den König beklommen. Der dachte eine ganze Weile nach, und Beaufort schwieg, trank dann und wann einen Schluck und wartete in aller Seelenruhe. John hatte den Verdacht, dass er Zeuge einer Szene wurde, wie sie sich in der Vergangenheit schon des Öfteren abgespielt hatte: Der Bischof brachte dem König die Fakten und sagte ihm unumwunden, wie er sie deutete, ließ Harry aber selbst seine Schlüsse daraus ziehen, ohne den Versuch zu unternehmen, ihn zu beeinflussen. Das sei nicht nötig, erklärte Beaufort John bei einer späteren Gelegenheit einmal, denn in Zweifelsfällen war es immer der Staatsmann in Harry, der die Oberhand gewann und die Entscheidungen traf.

Der König ließ die Hand schließlich sinken und schaute seinen Onkel ernst an. »Seid so gut und unterrichtet den Erzbischof, dass ich einem kirchengerichtlichen Verfahren gegen John Oldcastle nicht widerspreche.«

Der Bischof atmete erleichtert auf. »Gut.«

»Und du reitest nach London«, fuhr Harry an John gewandt

fort. »Oldcastle besitzt ein Haus an der Old Jewry. Wenn er dort nicht ist, kann man dir gewiss sagen, wo er steckt. Richte ihm aus, es sei mein Wunsch, ihn hier zu sprechen. Und zwar umgehend.«

»Ja, Sire.« John verneigte sich und ging hinaus.

Er war so stolz darauf, dass der König ihn als Boten in einer so wichtigen Angelegenheit aussandte, dass ihm bei der Vorstellung, allein nach London zu müssen, fast gar nicht mulmig wurde. Und zur Abwechslung verlief sein Besuch in der großen Stadt tatsächlich einmal reibungslos: Er fand die Old Jewry, ohne sich wirklich hoffnungslos zu verirren, und traf Oldcastle zu Hause an. Der schien beglückt, dass der König nach ihm schickte, und machte sich auf der Stelle mit John zusammen auf den Rückweg nach Kennington. Keineswegs mehr beglückt wirkte er indessen, als er feststellte, dass der König ihn einbestellt hatte, um ihm die Leviten zu lesen.

Doch John verließ die Halle, nachdem er Oldcastle auf Geheiß des Königs bewirtet hatte, und hörte deswegen nicht, wie die Unterredung verlief.

»Es war vollkommen zwecklos«, berichtete Raymond seinem Bruder und Somerset am frühen Abend. Er war ins Freie gekommen, kurz nachdem Oldcastle grußlos aus dem Hof geprescht war.

»Aber wie … wie kann er dem König schaden wollen, Sir?«, fragte Somerset verständnislos. »Das wäre ungefähr so, als würdet Ihr Euch plötzlich gegen ihn stellen.«

»Hm.« Raymond brummte, setzte sich zu ihnen auf eine Reihe Strohballen neben dem Stall und zückte seinen Dolch, um sich die Fingernägel zu reinigen. »Ich glaube nicht, dass er das will. Der Unterschied zwischen Oldcastle und mir ist, Somerset, dass es für ihn auf der Welt noch ein paar andere Dinge außer dem König, dem Krieg und Frauen gibt, die ihm wichtig sind. Er glaubt *wirklich* an diesen Lollarden-Unfug. Immer schon.«

»Herrgott, Raymond, könntest du bitte damit aufhören?«,

warf John ein und zeigte angewidert auf den Dolch seines Bruders. »Jeder Bauer in Waringham hat bessere Manieren als du!«

Raymond packte ihn im Nacken und schüttelte ihn ein bisschen. »Ich glaub, dir ist zu Kopf gestiegen, welch große Stücke der König neuerdings auf dich hält, was?« Aber er steckte sein Messer bereitwillig ein. »Ich bitte um Vergebung, Sir John, mir war wieder einmal entfallen, welch großen Wert Ihr auf feines Benehmen legt. Weist er dich auch ständig zurecht, Somerset?«

Somerset grinste flüchtig. »Dazu hat er keine Veranlassung, Sir.« Er lachte über Raymonds Grimasse, wurde aber gleich darauf wieder ernst. »Was ist es denn, das diese Lollarden wollen?«, fragte er.

»Das solltest du lieber nicht mich fragen. Ich verstehe davon nichts. Aber da kommt der Mann, der dir gewiss Auskunft geben kann.«

Alle drei erhoben sich, als Bischof Beaufort sich ihnen näherte. Er hielt bei ihnen an und legte Somerset segnend die Hand auf den Kopf. »Du bist wohlauf, mein Junge, hoffe ich?«

»Danke, Onkel. Noch viel besser ginge es mir, wenn mich im Hochsommer nicht immer alle so anschauen wollten, als rechneten sie damit, dass ich im nächsten Moment tot umfalle.«

Beaufort zog ihn lachend am Ohr. »Ich werde mir Mühe geben. John, sei so gut, hol mir mein Pferd.«

»Wir hätten noch eine Frage an Euch, Onkel, wenn Eure Zeit es erlaubt«, sagte Somerset.

»Für die Wissbegier junger Männer habe ich immer Zeit.« Mit einem Blick auf Raymond fügte der Bischof hinzu: »Auch für jene, die ihren Wissensdurst erst in fortgeschrittenem Alter entdecken. Darüber hinaus bin ich für jeden Grund dankbar, mein Treffen mit Erzbischof Arundel noch ein wenig hinauszuschieben. Also?«

»Die Lollarden. Wer sind sie eigentlich? Was wollen sie? Und wieso sagt Ihr, sie seien gefährlich?«

Beaufort musste über die Naivität dieser Fragen lächeln. Es

hätte wohl Tage gebraucht, sie erschöpfend zu beantworten. Er versuchte es trotzdem: »Die Bewegung kommt aus Oxford. Als ich dort Kanzler der Universität war, habe ich mit manchen der Ideen selbst geliebäugelt, denn das Schlimme an den Lollarden ist, dass sie nicht mit allem, was sie sagen, vollkommen Unrecht haben: Sie wollen die Kirche reformieren. Aber sie sind maßlos und wollen zu viele Dinge zu schnell ändern. Sie verlangen, dass die Kirche und ihre Priester allen weltlichen Besitz aufgeben und zur tugendhaften Armut zurückkehren. Sie beschimpfen den Papst und seine Bischöfe, behaupten, ein Christenmensch bedürfe keiner Vermittlung durch einen Priester, um Gottes Vergebung zu erlangen. Das heißt, sie zweifeln am Sakrament der Buße. Schlimmer noch, sie zweifeln am Sakrament der heiligen Eucharistie. Sie behaupten, Brot und Wein verwandelten sich nicht in Leib und Blut Christi. Sie … rütteln an den Grundfesten des Glaubens. Und das ausgerechnet jetzt, da die Kirche vom Schisma gelähmt und mit sage und schreibe *drei* Päpsten geschlagen ist.«

Die Jungen dachten einen Moment darüber nach. Dann fragte John: »Und *darüber* habt Ihr Euch mit meinem Vater beraten?«

Beaufort hörte sein Unverständnis und zog amüsiert eine Braue in die Höhe. »Du meinst, wie kommt der Bischof von Winchester dazu, den Rat eines antiklerikalen Kirchenkritikers einzuholen?«

John spürte sein Gesicht heiß werden, nickte aber, ohne den Blick zu senken. »So etwas in der Art, ja, Mylord.«

Beaufort deutete ein Schulterzucken an. »Nun, vermutlich kommt selbst der Bischof von Winchester auf törichte Gedanken, wenn er am Ende seiner Weisheit ist.«

»Und ich nehme an, Vater hat Euch einen endlosen Vortrag über Glaubensfreiheit gehalten und Euch aufgefordert, die Lollarden zufrieden zu lassen«, mutmaßte Raymond.

Beaufort schüttelte langsam den Kopf. »Er hat mir einen sehr kurzen Vortrag über Glaubensfreiheit gehalten. Und er hat nachdrücklich betont, dass er es für barbarisch hält, Menschen für das, was sie glauben, zu verbrennen. Aber er hat auch gesagt, dass das laute Getöse der Lollarden ihn misstrauisch stimme und er an Oldcastles selbstlosen Absichten zweifle. Und er hat mir berichtet, dass Oldcastles Agenten systematisch die Tuchmacherzentren in Kent und anderswo aufsuchen und dort Dinge predigen, die weit über eine Reform der Kirche hinausgehen. ›Mein Mitgefühl und meine Hochachtung gehören denen, die für ihren Glauben sterben, Henry‹, waren seine Worte, ›aber meine Loyalität gehört dem Haus Lancaster‹.«

Nach einem kurzen Schweigen schlug Raymond John auf die Schulter. »Unser alter Herr, he? Immer gut für ein bewegendes Schlusswort. Und was heißt all das nun, Mylord? Was wird aus Oldcastle?«

Die Miene des Bischofs wurde verschlossen. »Ich würde sagen, das hängt allein von ihm ab.«

Waringham, Oktober 1413

Joannas Tochter kam ein paar Wochen zu früh zur Welt, doch der Bote, der die Nachricht spätabends nach Westminster brachte, versicherte, Mutter und Kind ginge es so gut, wie man unter diesen Umständen erwarten könne. Liz Wheeler habe gesagt, es bestehe durchaus Hoffnung, dass das Kind am Leben bleibe.

Trotzdem bat Raymond den König, ihn und seinen Bruder für ein paar Tage zu beurlauben. Die Erlaubnis wurde huldvoll gewährt, und begleitet von den besten Wünschen des Königs brachen Raymond, dessen Knappe und John in aller Herrgottsfrühe auf. Es war ein sonniger, klarer Herbstmorgen. Die kühle Luft und ihr würziger Duft zeigten an, dass der lange, heiße Sommer nun unweigerlich vorüber war. Die Straße war staubig, aber in gutem Zustand, und so kamen die Brüder am frühen Nachmittag zu Hause an.

Ihr Vater begrüßte sie im Innenhof seiner Burg, schloss erst

Raymond, dann John in die Arme, legte jedem eine Hand auf die Schulter und schob sie vor sich her zum Burgturm. »Gut, dass ihr gekommen seid. Derzeit besteht kein Anlass zur Sorge um Joanna, aber wir müssen abwarten, was mit der kleinen Blanche wird.«

»Sie haben sie nach Mutter benannt?«, fragte John.

Robin nickte. »Vater David hat sie gestern Abend noch getauft. Sicher ist sicher.«

»Können wir zu ihnen?«

»Ja, aber seid leise. Vermutlich schläft Joanna.«

»Geh schon vor, John«, bat Raymond. »Ich … sehe später nach ihr.«

Robin und John tauschten einen Blick und schüttelten die Köpfe. Es war kein Geheimnis, dass Raymond sich vor allem fürchtete, was mit dem Vorgang des Gebärens zu tun hatte. Vom Akt der Zeugung einmal abgesehen.

John lief die ausgetretenen Stufen der alten Burg mit dem gleichen Mangel an Vorsicht hinauf, der seine Mutter das Leben gekostet hatte, und im obersten Stockwerk den kurzen, dämmrigen Korridor entlang. Die schwere Eichentür zu Joannas und Fitzroys Gemach war nur angelehnt. Der Junge klopfte und schob sie zaghaft ein Stück auf.

Ed Fitzroy saß auf der Bettkante. Als er das Klopfen hörte, schaute er kurz hoch, und John erschrak über den Kummer in den Augen seines Schwagers. »John. Gut von dir, dass du gekommen bist.«

Auf leisen Sohlen trat John näher. »Wie geht es ihr?«, flüsterte er. »Schläft sie?«

Der Steward nickte und fuhr sich mit der Hand über das unrasierte Kinn. »Sie schlafen beide.«

Joanna hatte dunkle Schatten unter den Augen. Sie lag auf dem Rücken, den Kopf ein wenig zur Seite gedreht. Sie wirkte blass und zerbrechlich, aber das war nichts Ungewöhnliches; so sah sie immer aus. Nur konnte John sich nicht erinnern, dass ihm seine große Schwester je so kindlich und verletzlich vorgekommen war. Der Säugling lag an ihrer Seite in eine weiche

Wolldecke gehüllt, denn Liz hatte Ed eingeschärft, das Wichtigste sei, die kleine Blanche so warm zu halten, als sei sie noch im Mutterleib. Als John sah, wie winzig das Baby war, spürte er seine Kehle eng werden. Er verstand nichts von Neugeborenen – jedenfalls nichts von neugeborenen Menschenkindern – aber er konnte sich einfach nicht vorstellen, dass etwas so Kleines eine Überlebenschance haben sollte.

»Ich weiß nicht, was wird, wenn …« Fitzroy brachte es nicht fertig, seine schlimmste Befürchtung in Worte zu kleiden. »Sie hatte eine schwere Schwangerschaft. Die ganze Zeit hindurch. Und es hat so lange gedauert, bis sie überhaupt schwanger wurde. All die bange Hoffnung, all die Enttäuschungen, dann all die Mühsal. Was, wenn alles umsonst war?«

»Sei nicht so mutlos, Ed«, sagte John leise. »Wie wär's, wenn du dich ein paar Stunden hinlegst? Ich bleibe bei ihnen und bete ein bisschen. Und wenn sie aufwacht, hole ich dich.«

Fitzroy hob den Kopf und sah ihn zum ersten Mal richtig an. »Du bist gewachsen, John.«

»Was soll das heißen, Oldcastle ist geflohen?«, fragte Robin ungehalten. »Kein Mann kann einfach so aus dem Tower fliehen.«

Raymond lachte. »Das sagst ausgerechnet du?«

»Das war etwas anderes …«

»Nun, es hat wenig Sinn, darüber zu debattieren, oder? Er ist entwischt. Es war weiß Gott nicht sein erstes unglaubliches Heldenstück. Ich habe mit eigenen Augen gesehen, wie er es bei Shrewsbury mit vier von Hotspurs besten Männern gleichzeitig aufgenommen und sie *alle* erschlagen hat …«

»So, ein Heldenstück nennst du seine Flucht, ja? Und du bist erleichtert?«

Raymond nickte mit der ihm eigenen entwaffnenden Aufrichtigkeit. »Das kannst du laut sagen. Und obwohl er es nicht zugeben kann, ist auch der König erleichtert.«

»Ja, da bin ich sicher. Ihr beide seht in Oldcastle immer noch das, was er einmal war: den großen Recken, den Schrecken aller Waliser, die Nemesis der aufständischen Percys und nicht zuletzt den Zeremonienmeister eurer wildesten Ausschweifungen.«

»Treffender hätte ich es selbst kaum formulieren können.«

Robin setzte sich auf die gepolsterte Fensterbank und schaute einen Moment auf die letzten Rosenblüten unten im Garten hinab. »Erzähl mir von dem Prozess.«

»Tja.« Raymond zog sich einen der schweren Polstersessel heran, setzte sich jedoch nicht, sondern stellte den staubigen Stiefel achtlos auf den kostbaren Brokatbezug und verschränkte die Arme auf dem Oberschenkel. »Sie haben ihm tatsächlich goldene Brücken gebaut, der Erzbischof von Canterbury, der Bischof von London und unser Bischof Beaufort. Sie haben ihn exkommuniziert, nachdem er jede ihrer Vorladungen ignoriert hat, aber als man ihn dann in seiner Burg in Cooling gefangen nahm und den bischöflichen Lords vorführte, haben sie ihm immer noch jede Gelegenheit eingeräumt, seinem ketzerischen Unsinn abzuschwören und sich zur wahren Kirche zu bekennen. Doch es war vergebliche Müh, weil er nicht wollte. Er ist ein verfluchter Dickschädel, weißt du. Er hat sie herausgefordert, bei jeder Anhörung schärfere Worte gewählt, die Sakramente verleugnet, die Heilswirkung von Wallfahrten angezweifelt und so weiter und so weiter, und zu guter Letzt nannte er die Heilige Kirche den Antichrist, dessen Kopf der Papst, dessen Glieder die Bischöfe und Priester und dessen Schwanz die Mönche seien.«

»Ich nehme an, danach war es mit dem bischöflichen Wohlwollen vorbei.«

»Gründlich.« Raymond nickte ernst. »Sie verurteilten ihn als unbelehrbaren Häretiker und übergaben ihn dem Keeper des Tower, der ihn bis zu seiner Hinrichtung verwahren sollte. Als der König die Nachricht hörte, hat er sich hinter seine Bettvorhänge verkrochen und geheult wie ein Bengel.«

»Aber ganz gleich, was du sagst, ich werde niemals glauben, dass Harry hinter dieser Flucht steckt.«

»Nein. Und eh du fragst: Ich stecke auch nicht dahinter. Ich habe damit geliebäugelt, das gebe ich zu, aber dann hab ich gedacht, wenn Bischof Beaufort glaubt, Oldcastle könne dem König gefährlich werden, dann ist es gewiss so, und der Bischof versteht von solcherlei Dingen wahrhaftig mehr als ich.«

»Welch ungewohnte Vernunft und Einsichtigkeit, Raymond.«

»Ich schätze, Oldcastles Lollarden-Freunde haben ihn irgendwie da rausgeholt. Jetzt versteckt er sich jedenfalls in den walisischen Bergen, und da können ihn nicht einmal Bischof Beauforts Spione finden.« Nach einem kurzen Schweigen fügte er hinzu. »Vielleicht ist es so die beste Lösung, Vater.«

»Vielleicht.« Aber Robins Zweifel waren unüberhörbar.

Am Nachmittag stieß John zu ihnen. »Sie sind beide aufgewacht, als die Amme kam. Eine dicke junge Frau aus dem Dorf, ich erinnere mich nicht an ihren Namen. Sie versteht ihr Handwerk. Erst wollte Blanche nicht, dann hat sie doch getrunken.«

Robin lächelte erleichtert. »Gute Neuigkeiten, mein Junge.«

»Du könntest wenigstens gehen und sie begrüßen, Raymond«, knurrte John. »Du hast mein Wort: Es liegen keine blutigen Tücher mehr herum oder sonst irgendwas, wovon dir schwach werden könnte …«

Im Vorbeigehen wollte Raymond ihm eine Maulschelle verpassen, aber John wich geschickt aus.

»Pass bloß auf«, drohte der ältere Bruder und verließ den Raum.

John setzte sich im Schneidersitz vor seinem Vater auf den Boden und nahm eine der alten, gefleckten Hände in seine. »Wie geht es dir? Sicher hast du dich wieder mal vor Sorge um den Schlaf gebracht.«

Robin hob leicht die Schultern. »Wer so oft Vater und Großvater geworden ist wie ich, kennt alle Freuden und Nöte, die damit einhergehen. Aber davon wird es eigentlich nicht leichter. Insofern hast du Recht. Was auch passiert, ich hoffe, deine Schwester bekommt kein Fieber.«

John nickte. Er glaubte, dass sein Vater Joanna von all seinen

Kindern am meisten liebte, weil sie ihrer Mutter so ähnlich sah. Tatsächlich war er selbst derjenige, der im Herzen seines Vaters den größten Platz einnahm, aber darauf wäre er nie gekommen, weil Robin dieses Geheimnis sorgsam hütete.

»Erzähl mir von deinem Leben bei Hof, John. Ich bin neugierig. Schließlich bist du der erste meiner Söhne, der im Haushalt eines Königs ausgebildet wird.«

Also berichtete John ausführlich: vom König und dessen Vertrauten, von Somerset, der doch fast drei Jahre jünger war als er und sich dennoch in allen Disziplinen mit ihm messen konnte und obendrein alle Geheimnisse und Ränke bei Hofe zu kennen schien, von Jerome of Ellesmere, dem jungen Earl of March und von den herrlichen Tagen in Kennington. Nur den Earl of Cambridge und dessen Knappen erwähnte er mit keinem Wort.

»Es ist beinah genau so, wie ich es mir erträumt habe«, schloss er. »Nichts gegen Francis Aimhurst, aber Jerome of Ellesmere bringt uns ganz andere Dinge bei. Es ist ... ein anderes Niveau. Das Gerät, mit dem wir trainieren, sind nur Übungswaffen, aber trotzdem die besten, die ich je in Händen hatte. Und wir üben ohne Schild. Jerome sagt das gleiche, was du schon vor Jahren prophezeit hast: Die modernen Plattenpanzer der Rüstungen machen den Schild überflüssig, und bald wird er aus der Waffentechnik ganz verschwunden sein.« Seine blauen Augen leuchteten vor Enthusiasmus, doch dann unterbrach er sich kurz, ehe er fortfuhr: »Aber vorhin, als ich bei Jo saß, ist mir etwas Merkwürdiges aufgefallen, Vater.«

»Und zwar?«

»Dieser Hof ... besteht nur aus Männern. Ich meine, natürlich gibt es Mägde. Hin und wieder kommt auch ein Lord an den Hof und bringt seine Gemahlin mit. Aber es gibt keine Königin. Raymond, die Brüder des Königs und natürlich der Bischof – kein Einziger ist verheiratet. Es war mir nie bewusst, aber jetzt, wenn ich darüber nachdenke, kommt es mir seltsam vor. In den Rittergeschichten von König Artus und so weiter ist ständig von Frauen die Rede. Immerzu. Ich weiß, das sind nur Geschichten, aber ich hätte gedacht, dass die Wirklichkeit doch wenigstens so ähnlich wäre.«

»Nun, normalerweise ist sie das ja auch. Zumindest in der Hinsicht. Diese Dinge werden sich ändern, sobald der König eine Frau nimmt, du wirst sehen. Jetzt lassen selbst die verheirateten Lords ihre Frauen und Töchter sicher oft daheim, weil es keine Königin gibt, die Hofdamen braucht. Was du zurzeit erlebst, ist im Grunde nur ein halber Hof.«

»Ein Kriegerhof, sagt Somerset. Und wie die meisten Dinge, sagt er es spöttisch.«

»Dann kommt er auf seinen Vater und seinen Großvater …« Robin lächelte nostalgisch. »Mir scheint, du hast in dem Jungen einen guten Freund gefunden.«

»Der beste, den ich je hatte.«

»Ich gestehe, das war meine größte Sorge.«

John senkte beschämt den Blick. »Ja. Meine auch.«

»Nicht, weil du etwa nicht liebenswert wärest. Sondern wegen deiner gar zu ausgeprägten, vornehmen Zurückhaltung.«

John hob mit einem verlegenen kleinen Lächeln die Schultern.

»Jedenfalls hat Somerset Recht«, fuhr sein Vater fort. »Auch die Brüder des Königs sind noch so jung, dass sie sich mit dem heiklen Thema Ehe gewiss noch ein bisschen Zeit lassen wollen. Zumal man im Moment einfach noch nicht sagen kann, ob sie burgundische Prinzessinnen heiraten sollten oder die der Armagnac …«

»Wer sind die Armagnac?«

»So nennen sich die Anhänger des Herzog von Orléans.« Robin hielt kurz inne und schaute seinen Sohn scharf an. »Soll ich es dir erklären, oder findest du Politik so langweilig wie ich in deinem Alter?«

John schüttelte den Kopf. »Bitte.«

»Du weißt, dass der König von Frankreich oft wochen- oder gar monatelang in Wahnsinn verfällt, nicht wahr?«

John nickte grinsend. »König Harry nennt ihn ›unseren geliebten, schwachsinnigen Onkel Charles‹.«

»Nun, das ist sehr flegelhaft von ihm, aber zweifellos richtig. Seine Krankheit macht König Charles zu einem schwachen Herrscher, wie du dir vorstellen kannst. Das nutzen seine Cousins, die Herzöge von Orléans und Burgund, um untereinander um die Macht im Land zu raufen. Seit zwanzig Jahren geht das nun so, und England hat immer mal die eine, mal die andere Partei unterstützt, um sie gegeneinander auszuspielen. Aber nun, da Harry König ist, wird England sich nicht mehr lange darauf beschränken, im Hintergrund die Fäden zu ziehen.«

»Du glaubst auch, Harry wird den alten Krieg gegen Frankreich wieder anfachen? Viele bei Hof sagen das.«

»Sei versichert, während du und ich hier sitzen und plaudern, werden Rüstungen geschmiedet, Pfeile geschnitzt und Schiffe gebaut, um Harrys Feldzug vorzubereiten.« Robin seufzte verstohlen.

»Du denkst, es ist falsch?«, fragte John besorgt.

»Ich bin ein alter Mann, John, und ich habe in meinem Leben zu viele Schlachtfelder gesehen, um ihnen noch irgendetwas abgewinnen zu können. Aber ich sehe die Notwendigkeit ein. Harry muss handeln, um wenigstens die Gascogne für England zu retten – das Einzige, was uns von Aquitanien geblieben ist –, denn er kann nicht darauf verzichten. Und um seinen Krieg zu gewinnen, muss er mit einer der verfeindeten französischen Fraktionen paktieren. Dabei spielen Heiraten eine wichtige Rolle.«

John nickte. Sein Vater hatte es seit jeher verstanden, ihm komplizierte Sachverhalte so zu erklären, dass er sie begreifen konnte. Im Gegensatz zu seinen großen Brüdern hatte sein Vater ihn nie mit einem »Dafür bist du zu klein, das verstehst du nicht« abgespeist. Weil John von Natur aus ein nachdenklicher Junge war, hatte er immer viele Fragen gehabt, aber sein Vater war ihrer nie überdrüssig geworden. Oder zumindest hatte er es sich nie anmerken lassen. Erst seit John bei Hofe lebte, hatte er gelernt, für diese Geduld dankbar zu sein, die ihm früher so selbstverständlich erschienen war. Denn er hatte inzwischen gehört oder auch gelegentlich gesehen, wie manche Väter waren, und war so zu der Erkenntnis gelangt, dass es durchaus auch Vorteile hatte, einen Vater mit Großvaterqualitäten zu haben.

»Wieso kann der König nicht auf Aquitanien verzichten?«, wollte er wissen.

»Weil es ein reiches Land ist. Vor allem durch den hervorragenden Wein. Die Krone braucht diese Einkünfte, denn sie ist – wie üblich – hoch verschuldet. Aber das ist nicht der wichtigste Grund. Aquitanien steht unserem König aufgrund des Erbrechts zu, genau wie England. Wenn er es nicht verteidigt, wird die Welt ihn für schwächlich halten und vielleicht auf den Gedanken kommen, dass er auch England nicht verteidigen könnte, wenn man es angriffe. Verstehst du? Es ist eine Frage der Ehre ebenso wie der politischen Notwendigkeit. Und was für Aquitanien gilt, gilt streng genommen auch für die Normandie. Aber das ist ein *sehr* ehrgeiziges Ziel.«

»Der König ist ein ehrgeiziger Mann«, bemerkte John.

»Glaubst du?«, fragte Robin interessiert.

»Oh ja.« John nickte lächelnd. »Und wenn er so Krieg führt, wie er Tennis spielt, dann bin ich froh, kein Franzose zu sein.«

Robin lachte in sich hinein und fuhr seinem Jüngsten kurz über den schwarzen Schopf. »Und wie geht es mit dem Bogenschießen, hm?«

»Oh, schon besser. Ich habe …«

John brach ab, weil die Tür krachend aufflog. Raymond trat mit einem langen Schritt über die Schwelle. »Was soll das heißen, du hast ihr erlaubt zu heiraten?«, polterte er.

»Raymond, ich frage mich, wie alt du werden musst, um endlich zu lernen, dich zu beherrschen«, erwiderte Robin stirnrunzelnd. »Was mag es sein, das dich so erzürnt?«

»Das weißt du verdammt gut!«

Robin erhob sich ohne Eile und trat auf seinen Zweitältesten zu, bis er direkt vor ihm stand. Wortlos sah er ihm in die Augen. Schließlich senkte Raymond den Blick.

»Also? Was quält dich, mein Sohn?«

»Ich war bei ihr. Aber sie war nicht daheim. Und als ich bei den Nachbarn fragte, sagte man mir, sie habe vor zwei Monaten Matthew den Schmied geheiratet und wohne daher nun in der Schmiede.«

Robin tat, als ginge ihm ein Licht auf. »Ah. Es ist Liz Wheeler, von der wir sprechen.«

Raymond schaute auf, und für einen Moment sah er so aus, als wolle er in Tränen ausbrechen. »Wie konntest du das tun?«

»Raymond. Es wurde höchste Zeit für das Mädchen, sie ist doch gewiss schon Mitte zwanzig. Kurz vor Weihnachten ist dem Schmied die Frau gestorben. Vor ein paar Wochen kam er zu mir und bat um meine Erlaubnis, Liz zu heiraten. Ich habe sie gefragt, und sie wollte. Sie hat sich verliebt, und das ist kein Wunder, denn Matthew ist ein ebenso prächtiger, anständiger Kerl wie sein Vater und sein Großvater. Herrgott noch mal, schau mich nicht an wie ein vernachlässigtes Fohlen! Du solltest froh für sie sein. Und eins sag ich dir: Du wirst sie fortan zufrieden lassen. Ist das klar? Du wirst sie nicht mit irgendwelchen üblen Machenschaften erpressen, in dein Bett zurückzukehren. Ich möchte, dass du mir dein Wort darauf gibst, und zwar jetzt gleich.«

»Aber … aber … ich liebe sie!«

»Das Schlimme mit dir ist, dass du alle Frauen liebst, Raymond.«

»Sie ist anders.«

»Dann hättest du sie heiraten sollen.«

»*Heiraten*?« Raymond schnaubte. »Der König hätte mir den Kopf abgerissen. Ich wäre ein für alle Mal erledigt gewesen.«

»Vielleicht. Vielleicht hätte er dir auch irgendwann verziehen. Ich hätte es jedenfalls nicht verboten, und das weißt du. Aber du hast es vorgezogen, sie zu benutzen und mit einem Bastard zu beglücken. Damit ist jetzt Schluss. Und wo wir gerade davon sprechen: Du wirst auch die Finger von der kleinen Maud lassen. Ich möchte lieber nicht wissen, wieso sie zwei Wochen lang ohne Unterlass geheult hat, nachdem du das letzte

Mal hier warst, aber ich rate dir, sorge dafür, dass es nicht wieder passiert.«

Raymond sank matt auf einen der Brokatsessel. »Du meine Güte … bist du jetzt bald fertig?«

»Gleich. Du glaubst offenbar, dass du ein ungeheurer Glücksfall für alle Frauen bist, für den sie es gern in Kauf nehmen müssten, ihre Ehre und jede Chance auf ein normales Leben zu verlieren. Aber du irrst dich. Du meinst darüber hinaus, dass die Regeln von Moral und Anstand für dich nicht gelten, weil du der nächste Earl of Waringham sein wirst. Aber sei gewarnt, Raymond: Dein Bruder Edward ist mein ältester Sohn, und keine Macht der Welt kann mich daran hindern, *ihm* alles zu hinterlassen, was ich besitze.«

Betroffen starrten Raymond und John ihren Vater an. Der ältere der Brüder ließ sich zurücksinken und verschränkte die Finger unter dem Kinn. »Puh. Ich glaube, so hab ich dich noch nie erlebt, Mylord.«

»Tatsächlich nicht? Dabei hat es keins meiner Kinder je so wie du verstanden, mich in Rage zu bringen. Ich hoffe, du machst nicht den Fehler, auf die leichte Schulter zu nehmen, was ich gesagt habe.«

»Todsicher nicht.« Raymond stand auf und schlenderte zur Tür. »Es wird wohl besser sein, ich betrinke mich nicht ausgerechnet vor deinen Augen. Nicht einmal dein Wein ist es wert, dafür enterbt zu werden.« Er ging hinaus, und Robin schaute ihm kopfschüttelnd nach, wie immer unfreiwillig amüsiert über sein *Enfant terrible*.

Nur John hatte bemerkt, dass Raymond sich aus dieser Situation gewunden hatte, ohne seinem Vater das geforderte Versprechen zu geben.

Liz' Heirat hatte Raymond weit mehr erschüttert, als er für möglich gehalten hätte. Er kam sich verlassen vor. Verraten. Keiner anderen Frau war er über so viele Jahre zugetan, zu keiner je so ehrlich gewesen. Sie hatte in seinem Leben eine besondere Rolle gespielt, und das war ihr gewiss nicht verborgen geblieben. Trotzdem hatte sie ihn vor dieses *Fait accompli* gestellt, ohne ihm Gelegenheit zu geben, sich dazu zu äußern. Hinter seinem Rücken hatte sie den erstbesten Kerl geheiratet, der trotz ihres Bastards gewillt war, sie zu nehmen. Dabei war sie eine Unfreie, war praktisch Raymonds Eigentum oder würde es zumindest eines Tages werden. Ein solcher Akt des Widerstandes kam einer Hörigen nicht zu, fand er.

Auf dem Weg zu seiner Kammer wies er Howard, seinen Knappen, an, den größten Krug der ganzen Burg ausfindig zu machen, bis zum Rand mit Wein zu füllen und ihm zu bringen. Howard stand schon vier Jahre in seinem Dienst und kannte seinen Herrn ganz genau. Darum beeilte er sich mit seinem Auftrag, denn er spürte, dass Raymond gefährlicher Stimmung war.

Nachdem Raymond den Wein bekommen hatte, schickte er den Jungen mit einem Blick hinaus, verriegelte seine Tür, betrank und bedauerte sich. Er vertrieb sich die Zeit damit, Rachepläne zu schmieden. Es gab Dutzende von Wegen, wie er Liz und dem verfluchten Schmied das Leben zur Hölle machen konnte. Eine Idee war abscheulicher als die andere, und je länger Raymond darüber brütete, desto widerwärtiger fand er sich selbst. Als der große Zinnkrug leer war, schleuderte er ihn gegen die Tür und brüllte: »Howard, du verdammter Hurenbengel! Mehr Wein!«

Aber der Knappe hatte sich längst verdrückt, in der festen Absicht, seinem Herrn nicht mehr unter die Augen zu kommen, bis der wieder halbwegs bei Verstand war.

John wartete am Torhaus der Burgmauer. Es dämmerte schon, und ein kalter, böiger Ostwind wehte Regenwolken von der nahen See heran. Gerade als der Junge Liz über den Mönchskopf kommen sah, fielen die ersten Tropfen. Die junge Frau blieb einen Moment stehen, um sich ihr Schultertuch über den Kopf zu legen. Sie warf einen Blick zur Burg hinüber und schien leicht zu frösteln, setzte ihren Weg den Burghügel hinauf dann aber entschlossenen Schrittes fort.

John schlenderte ihr entgegen. »Gott zum Gruße, Mistress Smith.«

Sie schreckte zusammen. »Sir John? Du meine Güte, man erkennt Euch ja kaum wieder. Wollt Ihr der längste aller Waringhams werden?«

»Lieber noch der größte«, erwiderte er mit einem spitzbübischen Lächeln, das sie nicht an ihm kannte. Tatsächlich erinnerte dieses Lächeln sie so sehr an Raymond, dass ihre Brust sich einen Moment zusammenzog.

»Ich bin gekommen, um nach Eurer Schwester und der Kleinen zu sehen.« Doch sie stellte ihren Korb ins Gras, als habe sie jeglicher Antrieb verlassen.

John nahm den Korb in die Linke. »Und ich bin gekommen, um mein Versprechen zu erfüllen und mich für das erkenntlich zu zeigen, was du im Frühling für mich getan hast.«

»Ich verstehe nicht …«

»O doch, Liz. Du verstehst ganz genau. Komm. Wir wollen hier nicht herumtrödeln, bis wir nassgeregnet sind.«

Seite an Seite überquerten sie die Zugbrücke, aber trotz ihrer Eskorte warf Liz den einen oder anderen bangen Blick zu den Fenstern der Burg hinauf. Sie gelangten jedoch unbehelligt bis zu Joannas Tür. John wartete draußen, bis Liz Mutter und Tochter untersucht und versorgt hatte, und anschließend brachte er die Hebamme durch die Finsternis und den inzwischen strömenden Regen nach Hause.

Vor der Schmiede verneigte er sich mit der Hand auf der Brust. »Gute Nacht, Mistress Smith.«

»Warum nennt Ihr mich so?«, fragte sie.

»Weil du das bist. Ich dachte, es macht dir vielleicht Freude, es ab und an zu hören. Darüber hinaus ist es nur höflich.«

Er sah ihre herrlichen Zähne schwach aufleuchten, als sie lächelte. Doch er hörte auch die Anspannung in ihrer Stimme. »Ja, das bin ich, der Jungfrau und allen Heiligen sei Dank.«

Alles Weitere blieb ungesagt. John konnte nur raten, was sie so bekümmerte: Mitleid für Raymond, ein schlechtes Gewissen, die Gefühle, die sie immer noch für ihn hegen mochte, Angst vor ihm oder eine Mischung aus alldem.

»Gute Nacht, Sir John. Und habt vielen Dank.«

»Kommst du morgen um die gleiche Zeit?«

»Ein wenig früher, hoffe ich. Wenn ich so spät heimkehre, ist der arme Matthew halb verhungert, eh er sein Nachtmahl bekommt.«

»Ich werde da sein«, versprach John und wandte sich ab, ehe sie etwas erwidern konnte.

Die kleine Blanche nahm rasch an Gewicht zu, und Joanna erholte sich von der schweren Geburt und dem hohen Blutverlust, der damit einhergegangen war. Ed Fitzroy fand seine Zuversicht wieder, lobte von früh bis spät die Schönheit, Anmut und Klugheit seiner Tochter, die man angeblich bereits jetzt unzweifelhaft erkennen konnte, und überschüttete seine Frau mit Zärtlichkeiten und Gunstbeweisen, sodass er bei allen Burgbewohnern Kopfschütteln und gutmütigen Spott erregte. Auch Robin verbrachte an diesen stürmischen, regnerischen Herbsttagen viel Zeit bei seiner Tochter und Enkeltochter und erfreute sich an ihnen. Nur Raymond blieb untypisch niedergeschlagen und ließ sich außerhalb der Mahlzeiten kaum blicken. Er schien seit dem Tag ihrer Ankunft nur noch mäßig zu trinken und stellte den Mägden nicht nach, hatte offenbar nicht einmal versucht, Maud ausfindig zu machen, die auf Robins Befehl bis zur Abreise der Söhne nur Küchendienst machen durfte und unter strenger Aufsicht der alten Alice stand.

John hatte jedoch die größten Zweifel, dass Raymonds scheinbare Läuterung irgendetwas mit den Ermahnungen ihres Vaters zu tun hatte oder von langer Dauer sein würde. Und so war er auch nicht überrascht, als sein Bruder ihn eines Abends nach seiner Rückkehr von der Schmiede im Burghof abfing, ihn wortlos hinter die Kapelle zerrte und dort so hart gegen die Mauer schleuderte, dass John glaubte, er habe sich sämtliche Rippen gebrochen.

»Was hat das zu bedeuten, Bruderherz?«, erkundigte Raymond sich. »Übst du dich in der Kunst des ritterlichen Begleitschutzes?«

»Wenn du so willst.« John befreite sich mit einem Ruck von der Hand auf seiner Schulter. »Jerome of Ellesmere sagt, wir sollen keine Gelegenheit auslassen, uns in allen ritterlichen Künsten zu üben.«

Raymond ohrfeigte ihn. »Was bildest du dir eigentlich ein, du unverschämter Bengel? Wieso glaubst du, du kannst dich hier einfach einmischen? Das sind Dinge, von denen du nichts verstehst. Und es geht dich nichts an!«

»Du irrst dich«, entgegnete John. »Liz Wheeler hat mir das Leben gerettet, und ich stand in ihrer Schuld. Ich habe diese Schuld auf die einzige Weise beglichen, die mir einfiel: Ich habe verhindert, dass sie Gefahr läuft, dir allein zu begegnen.«

»Und was genau, denkst du, wäre passiert, wenn sie mir allein begegnet wäre, he? Wofür hältst du mich eigentlich?«

»Frag mich lieber nicht, Raymond …«

Das brachte ihm erwartungsgemäß noch eine Ohrfeige ein, doch sie beeindruckte John so wenig wie die erste.

»Ich frage dich aber!«, grollte Raymond. »Und ich frage dich, was aus deinem Respekt geworden ist!«

»Na schön. Dann sag ich es dir: Ich halte dich für einen versoffenen Wüstling, der niemals an irgendjemanden als an sich selbst denkt. Aber du besitzt dennoch so etwas wie Anstand, darum glaube ich nicht, dass du Liz die Kleider vom Leib gerissen und dich auf sie geworfen hättest, denn das ist einfach nicht dein Stil, richtig? Trotzdem fürchtet sie sich vor dir, und sie will dich nicht sehen. Das Mindeste, was du ihr schuldest, ist, das zu respektieren. Und weil du es nicht tust, musst wiederum du auf meinen Respekt verzichten, *Bruderherz.*«

Er wollte sich abwenden, aber Raymonds knochige Pranke lag plötzlich um seinen Arm wie eine Schraubzwinge. »Du …«

»Nur zu, Raymond. Worauf wartest du? Ich bin erst vierzehn Jahre alt und immer noch fast einen Kopf kleiner als du, das Risiko ist also überschaubar, würde ich sagen.«

Raymond ließ ihn los und schaute ihn wortlos an.

Bis zu diesem Moment war es John gelungen, seinem Bruder furchtlos die Stirn zu bieten. Seit dem Earl of Cambridge machte ihm so leicht niemand mehr Angst – ein Umstand, für den er dem übellaunigen Cousin des Königs fast dankbar war –, doch Raymonds unverwandter Blick, die ausdruckslose Miene konnten einem doch den einen oder anderen Schauer über den Rücken jagen.

»Du bist ein selbstgerechter, aufgeblasener kleiner Wichtigtuer, John«, stellte Raymond untypisch leidenschaftslos fest. »Du hast kein Recht, an meiner Ehre zu zweifeln, und ich verlange, dass du dich entschuldigst. Sei klug und tu es.«

John schüttelte langsam den Kopf. »Ich wüsste nicht, wofür.«

Raymond ließ ihn stehen und ging mit langen Schritten davon. Über die Schulter sagte er noch: »Morgen bei Sonnenaufgang reiten wir zurück nach Westminster.«

Und danach sprach er kein Wort mehr mit John.

Eltham, Januar 1414

Morgen noch. Dann haben wir die Feiertage hinter uns.« Raymond machte keinen Hehl aus seiner Erleichterung.

Mortimer warf ihm einen Seitenblick zu. »Und ich dachte immer, du hättest eine Schwäche für Weihnachtsfeiern. Schließlich isst und trinkst du doch gern.«

Nebeneinander ritten sie den schmalen Pfad entlang, der sich durch den Wald um den königlichen Palast von Eltham schlängelte. Ihr Atem bildete weiße Nebelwolken in der klaren Winterluft, und die Flanken ihrer Pferde dampften nach dem scharfen Galopp.

Raymond zuckte ungeduldig mit den Schultern. »Die Weihnachtsfeiern sind mir ein wenig zu zahm geworden. Im Vergleich zu früher, meine ich. Ich glaube, wenn Humphrey of

Gloucester das nächste Mal ein frommes Gedicht vorträgt, wächst mir ein Heiligenschein.«

Mortimer lächelte nachsichtig. Im Gegensatz zu Raymond wusste er schon lange, dass der jüngste Bruder des Königs eine Schwäche für gelehrte Bücher und schöne Verse hatte, war Mortimer doch einer der wenigen in Harrys Umgebung, mit dem der junge Gloucester über diese Leidenschaft sprechen konnte, ohne zu riskieren, ausgelacht zu werden. »Du kannst nicht ernsthaft behaupten, die Feierlichkeiten seien weniger ausgelassen als früher. Es gibt jeden Abend Musik und Tanz, Raymond.«

»Hm.« Raymond brummte. Dann seufzte er tief und stieß eine besonders beachtliche Dampfwolke aus. »Du hast Recht. Hör nicht auf mich. Ich bin unleidlich.«

»Das ist mir nicht entgangen«, erwiderte sein Stiefbruder. »Warum?«

»Keine Ahnung. Lange Friedenszeiten bekommen mir nicht, scheint es. Sie machen mich rastlos.«

Mortimer nickte überzeugt. »Nun, sei guten Mutes. Ich glaube nicht, dass du noch lange darben musst.«

Raymond grinste flüchtig. »Nein, da magst du Recht haben. Die Vorbereitungen werden jedenfalls mit aller Entschlossenheit vorangetrieben. Und Bischof Beaufort ist wahrlich ein Meister des diplomatischen Verwirrspiels. Den ganzen Herbst über sind die Verhandlungen mit den Franzosen nicht weiter gediehen, als darüber zu streiten, in welcher Sprache sie geführt werden sollen.«

»In welcher Sprache?«, wiederholte Mortimer erstaunt.

»Die Franzosen wollen Französisch«, erklärte Raymond. »Unsere Unterhändler bestehen auf Latein. Und unterdessen hat der König seinen Bruder Bedford zu Vater geschickt, um ihn zu überreden, ihm im Frühjahr alle Pferde zu verkaufen und keine Auktion abzuhalten.«

»Was dein Vater nicht tun wird.«

»Nein, da sehe ich auch schwarz. Es sei denn, Bedford gelingt es, an Vaters Patriotismus zu appellieren. Jedenfalls spricht einiges dafür, dass wir dieses Jahr in den Krieg ziehen, Mortimer.«

»Nun, dagegen habe ich auch nichts. Margery ist schon wieder guter Hoffnung. So geht es wirklich nicht weiter, weißt du. Wenn ich so viel zu Hause bin, kriegt sie jedes Jahr ein Kind.«

Raymond lachte in sich hinein und schaute sich mit leuchtenden Augen um. Er war froh, dass er Mortimers Vorschlag gefolgt war und sich mit ihm zusammen für ein paar Stunden vom Weihnachtshof in Eltham absentiert hatte. Nirgendwo in England waren die Wälder so schön wie in Kent, dachte er nicht zum ersten Mal. Vor allem an einem sonnigen Wintertag, wenn die Eisschollen auf den Bächen in allen Farben des Regenbogens funkelten. Obschon es in der vergangenen Nacht noch geschneit hatte, zogen sich bereits wieder zahllose Fährten durch die weiche Schneedecke und kündeten von der Vielfalt an Wild, die man hier selbst in der kalten Jahreszeit antraf. Des Königs Förster hatten gewiss alle Hände voll zu tun, die Krippen gefüllt zu halten, um die Rehe und Hirsche für die königliche Jagd über den Winter zu bringen.

»Warst du in Waringham in letzter Zeit?«, fragte Raymond schließlich beiläufig.

Mortimer schüttelte den Kopf, ohne eine Erklärung oder Rechtfertigung. Raymond wusste ganz genau, warum sein Stiefbruder Waringham mied.

»Ich dachte nur, du hättest Jo und die kleine Blanche besucht. Immerhin ist sie auch deine Nichte. Und trägt den Namen deiner Mutter.«

»Ja. Wärmsten Dank für deine Belehrungen, Raymond, aber das weiß ich selbst.« Mortimers Stimme klang eher duldsam als scharf. »Es geht ihnen gut. Joanna und ich stehen in regelmäßigem Briefkontakt, wie du dich vielleicht erinnerst. Die kleine Blanche hatte Ende November eine Erkältung, und alle waren in Sorge. Aber nun ist sie wieder gesundet und ...« Er brach ab, weil auf dem Pfad vor ihnen ein seltsames Geklimper erklang.

Ohne dass eine Absprache nötig gewesen wäre, hielten sie an und lauschten. Raymond legte kurz die Linke an das Heft seines Schwertes und vergewisserte sich, dass die Klinge trotz der eisigen Kälte locker in der Scheide saß.

Das Geräusch kam unzweifelhaft auf sie zu, und als Mortimer es schließlich erkannte, sagte er erleichtert: »Schellen. Oder Glöckchen.«

Durch die kahlen Zweige am Wegrand erhaschten sie hinter der nächsten Biegung einen Blick auf eine eigenartige Schar. Raymond lachte. »Es sind Mummen!«

Sie ritten den maskierten Gauklern entgegen. Es waren acht an der Zahl: Zwei waren ganz in Sackleinen gehüllt und mit Wollfäden geschmückt und stellten gemeinsam ein Pferd dar. Der Vordermann, der aufrecht gehen durfte und eine Pferdemaske trug, wieherte so überzeugend, dass Raymonds Ross grüßend schnaubte. Auch die übrigen Mummen trugen fantasievolle, bunte Gewänder, die mit den hell klingenden Schellen besetzt waren, welche die beiden Ritter zuerst gehört hatten. Die Masken waren kunstvoll gearbeitet, teils aus Holz, teils aus Stoff, manche stellten Tiergesichter dar, andere menschliche Fratzen mit grotesken Zügen.

Der vordere, ein offenbar recht beleibter, großer Mann in einem Frauenkostüm mit einem unglaublichen Kopfputz, knickste ohne alle Anmut und grüßte mit einer verstellten Fistelstimme: »Gott zum Gruße, Mylords! Ein frohes Weihnachtsfest mögt Ihr haben und Euch ordentlich die Bäuche voll schlagen!«

Mortimer verneigte sich gut gelaunt vor der »Matrone«. »Was verschlägt Euch in diese unwirtlichen Wälder, Mistress?«, erkundigte er sich.

Der Gaukler zog plötzlich einen riesigen Fächer aus den Falten seines Kleides und verbarg in gespielter Scheu das vermummte Gesicht dahinter. »Ihr werdet es nicht glauben, Mylord: Wir sollen vor dem König und seinem ganzen Hof spielen! Für heute Abend sind wir hinbestellt. Ich hoffe nur, wir finden den Weg nach Eltham bis dahin und bekommen einen Becher heißen Wein, wenn wir ankommen.«

»Nun, es wird uns eine Ehre sein, Euch den Weg zu zeigen, Madam. Welcher Ritter könnte eine Dame von solcher Anmut …«

»Heute Abend?«, unterbrach Raymond. Mortimer verstummte abrupt, weil die Stimme seines Stiefbruders mit einem Mal so argwöhnisch klang. »Ich bedaure, Freunde, aber das muss ein Irrtum sein.«

»Kein Irrtum!«, rief das »Pferd« in einem eigentümlichen Singsang aus und begann, die beiden Reiter mit wilden Bocksprüngen zu umkreisen. »Kein Irrtum! Vor dem König soll'n wir tanzen und singen und singen und tanzen.« Ein irres Kichern, gefolgt von einem besonders halsbrecherischen Sprung, unterstrich diese Behauptung.

»Und wer hat euch geschickt?«, fragte Raymond.

»Der Stellvertreter des Lord Chamberlain«, antwortete ein Gaukler in einer Löwenmaske mit unverhohlenem Stolz und ließ triumphierend seine Schellen erklingen. Der Matrone entfuhr ein kleiner Schreckenslaut, der auf einmal gar nicht mehr nach einer Fistelstimme klang, und sie hob eine große Hand, als wolle sie die Worte ihres Kameraden fortwischen.

»Tatsächlich?«, erkundigte Raymond sich liebenswürdig. »Dann ist es verflucht seltsam, dass ich davon nichts weiß.« Er zog sein Schwert und ritt eine halbe Länge vor. »*Ich* bin der Stellvertreter des Lord Chamberlain, du Lump!«

Doch es war nicht die Löwenmaske, die er angriff, sondern die Matrone. Er war nicht überrascht, als hinter dem Fächer plötzlich ein Dolch hervorgeschnellt kam und genau auf seine Brust zuflog. Raymond bog den Oberkörper rechtzeitig beiseite, preschte auf den vermeintlichen Gaukler zu und fegte ihm mit einem Streich den lächerlichen Hut samt Maske vom Kopf. Ein roter Bart kam zum Vorschein.

»Oldcastle, du verräterischer *Bastard* …«, brachte Raymond hervor. Seine Stimme war seltsam heiser vor Zorn. »Als ob ich's geahnt hätte!«

Mortimer hatte sein mächtiges Ross herumgerissen und nahm es mit dem »Pferd« auf, welches sich inzwischen in zwei gut bewaffnete und offenbar erfahrene Keulenschwinger verwandelt hatte. Einer riss Mortimers Fuß aus dem Steigbügel und versuchte, ihn mit einem Ruck vom Pferd zu stoßen, doch so leicht ließ Mortimer sich nicht aus dem Sattel befördern. Vom Rücken eines Pferdes zu kämpfen gab ihm und Raymond einen Vorteil, der bei dieser Übermacht von vier zu eins ihre einzige Hoffnung war. Mortimer trat seinem Angreifer mit Macht ins Gesicht und streckte den zweiten mit seinem geschwärzten Schwert nieder. Dann ritt er in einem kleinen Bogen um die übrigen Gaukler herum, die Raymond umringt hatten, und fiel ihnen in den Rücken. Keinen Lidschlag zu früh. Er sah eine breite Klinge hochfahren und in Raymonds Oberschenkel dringen, sah es, war aber zu weit weg, um es zu verhindern. Mit einem mächtigen, beidhändigen Streich trennte er den Kopf samt Löwenmaske vom Rumpf, unmittelbar bevor er einen scharfen Schmerz im Rücken verspürte.

»Mortimer, um der Liebe Christi willen, nicht fallen ...«, befahl Raymond eindringlich.

Mortimer krallte sich mit beiden Händen an der üppigen Mähne seines Schimmels fest. Dann traf irgendetwas seinen Kopf, und das lustige Klimpern der Silberglöckchen war das Letzte, was er hörte.

»John«, raunte Bischof Beaufort. »Falls du bei Gelegenheit wieder in diese Welt zurückkehrst, solltest du dich dringend um den Becher des Königs kümmern.«

John fuhr leicht zusammen und befolgte den guten Rat auf der Stelle. »Ich bitte um Vergebung, Sire«, wisperte er, während er den leeren Silberpokal auffüllte.

Harry nickte abwesend und trank einen Schluck, schien aber ebenso entrückt, wie John es gerade noch gewesen war. Andächtig lauschte er seinem jüngsten Bruder Gloucester, der ein Gedicht über die Mutter Gottes vortrug. Die Schönheit der Verse hatte ihn gänzlich gefangen genommen.

Als Gloucester geendet hatte, applaudierte der König begeistert. »Wundervoll, Humphrey!«

Gloucester verneigte sich mit einem zufriedenen Lächeln. »Danke, Sire.«

»Woher hast du das?«

»Es ist von Thomas Hoccleve. Er war so gut, mir eine Abschrift zu überlassen.« Für einen Moment führte er die rechte Faust an den Mund und knabberte verstohlen an seinem Daumennagel, ehe er sie wieder sinken ließ.

»Hoccleve?« fragte Beaufort verwundert. »Und ich glaubte, er schreibe nur Verse an seine leere Börse ...«

Gutmütiges Gelächter erhob sich an der hohen Tafel. Thomas Hoccleve war nur ein kleines Licht in der königlichen Kanzlei. Da er der Krone jedoch jahrelange treue Dienste geleistet und in seinen wilderen Tagen zu den Gefährten des zügellosen Prinzen Harry gezählt hatte, genoss er das Wohlwollen der königlichen Familie. Dieses Wohlwollen kam allerdings nur höchst unregelmäßig in barer Münze zum Ausdruck. Darum war Hoccleve ständig abgebrannt, worüber er gern und häufig klagte.

John holte einen neuen Weinkrug von der Fensterbank der Halle und füllte auch die übrigen Becher an der hohen Tafel. Er fühlte sich sehr geehrt, dass er hier heute Abend den Dienst des Mundschenks versehen durfte, und er hatte nicht die Absicht, irgendwen dürsten zu lassen. So kam er schließlich auch zu dem Bruder des Königs, den er erst vor wenigen Tagen kennen gelernt hatte.

»Noch Wein, Mylord of Clarence?«

Der Herzog legte für einen Moment die flache Hand auf seinen Pokal und schüttelte den Kopf. »Im Moment nicht.« Er schenkte ihm nur ein flüchtiges Lächeln, aber es reichte aus, um John aufs Neue in Erstaunen darüber zu versetzen, wie ähnlich dieser Bruder dem König sah. Thomas of Clarence war nur ein Jahr jünger als Harry, und wäre der kurze, dunkle Bart nicht gewesen, hätte er ihm geglichen wie ein Zwilling. Er hatte bis vor wenigen Wochen in Aquitanien geweilt, um es für die englische Krone gegen eine Vielzahl französischer Feinde zu verteidigen. Jetzt war er zurückgekehrt, um, so munkelten die Knappen untereinander, mit dem König und dessen übrigen Ratgebern einen neuen Feldzug in Frankreich zu planen.

John trat einen Schritt zurück und blieb an der Wand hinter der Tafel stehen. Verwundert beobachtete er, wie der Duke of Clarence Somerset zu sich winkte, der heute Abend das zweifelhafte Vergnügen hatte, dem Earl of Cambridge und einigen anderen Verwandten des Königs an der oberen rechten Seitentafel aufzuwarten. Doch so gefährlich es auch war, Cambridges Becher auch nur für einen winzigen Moment aus den Augen zu lassen und so womöglich den Unmut des Earl auf sich zu ziehen, stellte Somerset seinen Krug umgehend ab und trat an die hohe Tafel. Vor Clarence verneigte er sich. »Welch eine Freude, Euch wohlbehalten in England zu sehen, Mylord«, sagte der Junge höflich. Aber John hatte das Gefühl, dass die Begeisterung seines Freundes sich in Grenzen hielt.

Sein Verdacht schien sich zu bestätigen, als er Clarence antworten hörte: »Und was mag es dann sein, das dich in den vergangenen Tagen gehindert hat, mir deine Wiedersehensfreude kundzutun?«

Somerset senkte den Kopf ebenso wie die Stimme, als er antwortete. Auch der Herzog sprach jetzt so leise, dass John ihn nicht mehr verstehen konnte. Erst als er merkte, wie angestrengt er die Ohren spitzte, ging ihm auf, dass er lauschte, und er schämte sich ein wenig. Aber er hätte gar zu gern gewusst, was es mit dem offenkundigen Groll zwischen Somerset und dem Herzog auf sich hatte.

»Clarence«, unterbrach Bischof Beaufort schließlich die gemurmelte Unterhaltung. Er saß nur zwei Plätze entfernt, und John fand seine Stimme lauter, vor allem schärfer, als er es gewöhnt war. Doch als der Herzog den Kopf hob, schenkte sein bischöflicher Onkel ihm ein mildes Lächeln. »Ich unterbreche Eure Unterredung nur ungern, aber seid so gut und überlasst mir Euren Stiefsohn einen Augenblick …«

Stiefsohn?, dachte John verwundert. Natürlich wusste er, dass Somersets Vater, der ja sein eigener Pate gewesen war, schon vor Jahren gestorben war. Nicht gewusst hatte er indessen, dass der Duke of Clarence offenbar die Witwe geheiratet hatte. Somit war Somersets Stiefvater gleichzeitig sein Cousin. John wurde ganz schwindelig von diesem verwandtschaftlichen Verwirrspiel.

Auf ein säuerliches Nicken von Clarence verneigte Somerset sich steif und trat vor seinen Onkel, den Bischof. »Mylord?«

Beaufort legte ihm lächelnd die Hand auf den Unterarm. »Mir kam gerade in den Sinn, du könntest vielleicht die Harfe für uns spielen, mein Junge«, raunte er verschwörerisch. »Da der König heute Abend nicht geneigt scheint, es zu tun. Aber du spielst mindestens so gut wie er, und ich dachte, das sei vielleicht erbaulicher für dich, als mit deinem Stiefvater zu plaudern, so teuer er dir auch sei.«

Somerset senkte den Kopf, damit niemand das freche Grinsen sah, das er nicht unterdrücken konnte. »Wenn Ihr darauf besteht, Onkel …«

Beaufort lachte leise und ließ ihn los. »Ich bin sicher, Waringham wird derweil gern deinen Dienst mit übernehmen.«

»Gewiss, Mylord«, murmelte John seufzend.

Doch ehe Somerset nach seinem Instrument schicken konnte, erhob sich ein kleiner Tumult am Eingang der Halle. Die Wachen stießen gedämpfte Schreckenslaute aus, stoben gleich darauf auseinander und gaben den Blick auf Raymond of Waringham frei.

John zog scharf die Luft ein und schlug beide Hände vor den Mund. Raymonds Gesicht war blutüberströmt, was offenbar von einer Platzwunde an der Stirn rührte. Auch am Bein blutete er, so schlimm, dass er blutige Fußabdrücke in den Binsen am Boden hinterließ. Er trug Mortimer über den Schultern wie ein Joch. Dessen freier linker Arm pendelte leblos.

John spürte seine Knie gefährlich weich werden, als er seine Brüder so sah. »Mortimer …«, brachte er tonlos hervor.

Auf nicht ganz geradem Kurs trat Raymond vor die hohe Tafel. Der König und der Bischof waren aufgesprungen und eilten ihm entgegen, nahmen ihm behutsam seine Last ab und legten Mortimer ins Stroh.

»Er lebt«, sagte Raymond bedächtig. »Zumindest lebte er noch, als ich zuletzt gefühlt habe.«

Rasch legte der Bischof die schmale Hand auf die Brust des Bewusstlosen. Dann wechselte er einen Blick mit dem König und nickte.

Harry richtete sich auf, drehte sich zu seinen Brüdern um und sagte: »Schafft meinen Leibarzt her. Schnell.« Aus dem Augenwinkel sah er Raymond schwanken, fuhr zu ihm herum und stützte ihn. Er wartete, bis der Verwundete wieder sicher stehen konnte, ehe er fragte: »Was ist passiert?«

Raymond schaute ihn blinzelnd an. »Harry …« Er schnalzte mit der Zunge, ungeduldig mit sich selbst. »Tut mir Leid. Tut mir Leid. Sire. Das wollte ich sagen. Sire.«

Der König führte ihn zu Beauforts Platz und wollte ihn darauf niederdrücken, aber Raymond schüttelte den Kopf, befreite sich von der stützenden Hand und wartete, bis der König selbst wieder Platz genommen hatte. Erst dann ließ er sich langsam in den Sessel sinken. Sein Mund zuckte, als er das verletzte Bein anwinkelte. »Es war Oldcastle, Sire«, begann er. Aber danach schienen ihm die Worte zu fehlen. Man sah seinen Adamsapfel hüpfen, als er mühsam schluckte. John brachte ihm einen Becher Wein.

Raymond nickte, ohne ihn anzuschauen. »Sag meinem Bruder meinen Dank, Somerset«, murmelte er.

Somerset sparte sich die Mühe. Wie jeder in der Halle hing er an Raymonds Lippen.

»Oldcastle …«, wiederholte der König. Seine Miene war wie versteinert. Er wirkte wie ein Mann, der sich gegen einen unvermeidlichen Schmerz wappnet.

Raymond schaute ihm kurz ins Gesicht und erkannte, dass er ihn nicht darauf warten lassen durfte. Er gab sich einen sichtlichen Ruck. »Sie kamen als Mummen verkleidet und wollten sich hier einschleichen. Oldcastle mit sieben seiner Lollarden-Freunde. Erfahrene Kämpfer, allesamt. Oldcastle ist uns mit drei weiteren entkommen, Sire. Vier haben wir erwischt. Einer hat geredet, eh er verblutet ist: Sie … sie wollten die Gesellschaft mit ihrem Mummenschanz verzaubern. Und dann, wenn die Stimmung ausgelassen und das Licht gedämpft gewesen wäre, wollten sie Euch, Eure Brüder und den Bischof gefangen nehmen und die anderen zwingen, sie mit Euch abziehen zu lassen.«

»Und dann wollten sie uns töten.« Es war keine Frage. Der König war kein Dummkopf und selbst ein listiger Stratege. Dennoch war seine Erschütterung unübersehbar. »John Oldcastle wollte mich töten ...«

Raymond griff nach dem Becher, nahm einen ordentlichen Zug und nickte. Als er wieder abgesetzt hatte, sagte er: »Das ist noch nicht alles.«

Doch er wurde unterbrochen, als Gloucester mit Bruder Gregory, des Königs Leibarzt, zurückkehrte. Der heilkundige Mönch widmete sich zuerst dem Bewusstlosen, betastete dessen Kopf und Glieder, erklärte schließlich, sein Zustand sei nicht lebensbedrohlich, und wies ein paar Diener an, Mortimer in sein Quartier zu tragen. Dann untersuchte er Raymonds Bein und schüttelte missbilligend das weise Haupt. »Wann wollt Ihr endlich lernen, einmal in einem Stück zurückzukommen, Waringham?«

Raymond lächelte matt. »Ich glaube, in diesem Leben nicht mehr, Bruder«, antwortete er. Dann fuhr er an Harry gewandt fort: »Oldcastle hat seine Getreuen aufgerufen, sich zu bewaffnen und zu versammeln. Es sind hauptsächlich Handwerker und kleine Kaufleute. Wie mein Vater gesagt hat, haben die Lollarden vor allem in den Tuchmacherstädten geworben und den armen Webern das Blaue vom Himmel versprochen. Ein besseres Leben und höhere Löhne, freie Ausübung ihrer Ketzerreligion, eine neue Regierung – natürlich unter Oldcastles Führung ...«

»Ich unterbreche Euch nur ungern, Sir, aber wenn Ihr mich nicht bald meine Arbeit tun lasst, werdet Ihr verbluten«, erklärte Gregory streng.

Raymond warf einen gleichgültigen Blick auf sein Bein. »Unsinn.«

»Wann und wo und wie viele sind es?«, fragte der König.

»In drei Tagen in St. Giles Fields. Wie viele sich dort einfinden werden, ist unmöglich einzuschätzen. Tausende, hat der Kerl gesagt, den ich befragt habe.«

»Und hat er die Wahrheit gesagt?«

»Todsicher, Sire.« Raymonds Miene war sehr grimmig, und John schauderte. Er hatte immer angenommen, Raymond habe sich den Ruf, einer der besten, gefürchtetsten Ritter des Königs zu sein, allein mit edelmütigen Taten auf den Schlachtfeldern gegen Schotten, Waliser und englische Verräter erworben. Jetzt erkannte der Jüngere, wie einfältig diese Vorstellung gewesen war. Wenn Leib und Leben des Königs in Gefahr waren, mussten seine Ritter natürlich gewillt sein, einen Sterbenden zu quälen, um ihm seine Geheimnisse zu entlocken, wenn eben das notwendig war, um die Gefahr zu bannen. Aber John stellte fest, dass er lieber nicht wissen wollte, was genau Raymond getan hatte. Und voller Beklommenheit fragte er sich, wann er selbst im Dienste des Königs zum ersten Mal eine solche Tat würde begehen müssen. Ob er es könnte und wie es sich anfühlen würde …

»Was sonst habt Ihr aus ihm herausbekommen?«, fragte der König Raymond.

»Ein Dutzend Namen. Allesamt Anführer der Revolte.« Raymond zählte sie auf. Ein gewisser Sir Roger Acton war der einzige von ritterlichem Rang.

Als er geendet hatte, saß der König einen Moment schweigend an seinem Platz. Niemand wagte, etwas zu sagen. In der Halle, wo vorhin noch so frohe Weihnachtsstimmung geherrscht hatte, war es unangenehm still geworden.

Schließlich erhob Harry sich, trat zu Raymond und legte ihm einen Moment die Hand auf die Schulter. »Und wieder einmal stehe ich tief in Eurer Schuld, Sir.«

»Was immer geschieht, Ihr werdet niemals in meiner Schuld stehen, Mylord«, widersprach Raymond kopfschüttelnd. Es klang ein wenig schleppend, sodass es sich wie eine lahme Floskel anhörte, aber alle, die ihn kannten, wussten, dass es ihm durchaus ernst damit war. Denn Raymond sah einen nicht geringen Teil seines Daseinszwecks darin, all seine Kräfte und notfalls auch sein Leben in den Dienst des Hauses Lancaster zu stellen. Wenn er gelegentlich darüber nachdachte, kam er sogar zu dem Schluss, dass dies in Wahrheit sein einziger Daseinszweck war, das einzig Sinnvolle, was er mit seinem Leben anfing.

Der König nickte den Männern an der hohen Tafel zu. »Wir reiten nach Westminster. In einer halben Stunde brechen wir auf.«

»Was, jetzt?«, fragte der Earl of Cambridge verwundert. »Mitten in der Nacht und bei Schneetreiben?«

Stirnrunzelnd schaute der König in seine Richtung. »Wir stehen vor einer Revolte, Sir. Ich glaube kaum, dass wir es uns leisten können, auf Tageslicht oder angenehmes Reisewetter zu warten.«

Die Brüder des Königs standen von ihren Sesseln auf, und Raymond wollte ihrem Beispiel folgen.

»Oh nein, das werdet Ihr nicht tun, Sir!«, protestierte der Leibarzt.

»Er hat Recht«, stimmte der König zu und hob gebieterisch die Hand, um Raymonds Widerworte zu verbieten. »Bleibt hier und folgt uns nach Westminster, wenn Eure Wunden kuriert sind, mein Freund. Ihr habt wahrlich genug in dieser Sache getan. Und seid beruhigt. Jetzt, da Oldcastles Pläne uns bekannt sind, wird es ein Kinderspiel sein, seine Revolte niederzuschlagen und seiner habhaft zu werden. Das werde ich ausnahmsweise auch ohne Euch schaffen, Raymond.«

In einer Hinsicht hatte der König Recht: Die Revolte wurde niedergeschlagen, noch ehe sie wirklich begonnen hatte. Die aufständischen Lollarden, die sich am Abend des neunten Januar am vereinbarten Treffpunkt zwischen London und Westminster einstellten, fanden die verschneiten Wiesen um das Hospital von St. Giles bereits von königlichen Soldaten besetzt. Harry verfügte über kein stehendes Heer, aber drei Tage hatten ausgereicht, um eine Truppe aufzustellen, die es mit ein paar Tausend schlecht bewaffneter Wirrköpfe und Unruhestifter mühelos aufnehmen konnte. Es kam nicht einmal zu ernstlichen Kampfhandlungen. Die Rädelsführer wurden gefangen genommen und in Gruppen von vier da und dort in St. Giles Fields aufgeknüpft. Doch John Oldcastle war nicht darunter. Er hatte, sobald er erfuhr, dass sein Plan durchkreuzt war, das Weite gesucht und war wieder einmal entwischt. Der König ließ ihn suchen und setzte eine hohe Belohnung auf seine Ergreifung aus, aber vergebens. Nicht nur in London und der näheren Umgebung, sondern in ganz England gab es Sympathisanten der Lollardenbewegung. Vermutlich fand Oldcastle bei ihnen Unterschlupf. Jedenfalls blieb er verschwunden.

Das war der einzige Wermutstropfen in einem ansonsten vollkommenen Triumph. Viele Londoner erinnerten sich noch an die Schrecken des Bauernaufstandes vor rund dreißig Jahren und waren ihrem König für sein rasches, entschlossenes Handeln dankbar. Es festigte die Freundschaft zwischen ihm und den selbstbewussten Bewohnern der großen Stadt, die dem Haus Lancaster in der Vergangenheit nicht immer nur wohlgesinnt gewesen waren. Die Stadtväter ließen gar durchblicken, dass sie bereit wären, die Krone finanziell zu unterstützen, sollte der König erwägen, seine Ansprüche in Frankreich militärisch durchzusetzen.

Das erwog der König in der Tat, wie alle bei Hof wussten, und jetzt, da die Gefahr im Innern, die die Lollarden dargestellt hatten, gebannt war, drängte es ihn mehr denn je, seine Pläne auf dem Kontinent endlich in die Tat umzusetzen. Die französischen Gesandten, die Anfang des Jahres an den Hof kamen, behandelte er höflich, aber unmissverständlich kühl, und er forderte neben der Hand der französischen Prinzessin Katherine eine atemberaubende Mitgift von mehr als dreihunderttausend Pfund, die Normandie und die halbe Provence. Die Gesandten erklärten steif, sie seien nicht befugt, über Forderungen solcher Art zu verhandeln. So endeten die langwierigen Unterredungen lediglich mit der Vereinbarung eines neuen Waffenstillstandes bis zum nächsten Frühjahr, denn Harry wusste, dass er diese Zeit brauchte, um seinen Feldzug vorzubereiten. Höchst verstimmt reisten die französischen Diplomaten ab. Umso größer war das Erstaunen bei Hofe, als nur wenige Tage später der *Dauphin* dem König ein Geschenk schickte.

»Was ist ein Dauphin?«, fragte John Somerset flüsternd, nachdem der französische Bote vor der hohen Tafel erklärt hatte, wer ihn schickte.

»Ein Kronprinz«, antwortete Somerset ebenso gedämpft.

»Was denn, der Sohn des französischen Königs? Deines ›geliebten, schwachsinnigen Onkel Charles‹?«

»Genau. Der Verstand des Prinzen ist in Ordnung, heißt es, aber er ist eine fette Kröte und ein Feigling. Man sagt gar …«

»Halt den Mund, Somerset«, zischte Hugh Fitzalan. »Ich will hören, was der Bote sagt.«

Auch Somerset und John spähten neugierig zur hohen Tafel hinüber.

»Wir sind überaus beglückt, dass Unser geliebter Cousin, der Dauphin, Uns mit einem Geschenk ehrt«, erklärte Harry dem Boten liebenswürdig. Seine Miene und Stimme drückten nichts als Höflichkeit aus. Nur diejenigen, die in seiner Nähe saßen und ihn gut kannten, sahen das spöttische Funkeln in seinen Augen. »Kaum sind wir in der Lage, Unsere Neugier zu zügeln. Was mag es sein, womit Unser Cousin Uns bedacht hat?«

Dem französischen Boten war sichtlich unbehaglich zumute. Auf seinen fahrigen Wink trugen zwei Diener eine kleine Truhe in die Halle und stellten sie vor der hohen Tafel ab. Der Bote trat hinzu. So still war es in dem hohen Saal geworden, dass seine Schritte auf den Bodenfliesen hallten. Mit einer etwas steifen Verbeugung in Harrys Richtung öffnete er den Deckel der Truhe.

Ein kleines, schneeweißes Federkissen purzelte heraus, gefolgt von einem halben Dutzend Filzkugeln, die unter Tische und Bänke rollten. Des Königs Jagdhunde, die sich wie so oft auch an diesem Abend in der Halle herumtreiben durften, setzten ihnen nach und rangelten knurrend darum.

»Tennisbälle«, murmelte Raymond entgeistert. »Wie … nett.«

Schweigend sah der König den französischen Boten an. Der schlug für einen Moment den Blick nieder, als habe ihn mit einem Mal der Mut verlassen, schaute jedoch sogleich wieder auf und erklärte in fehlerfreiem Englisch, wenn auch mit schwerem Akzent: »Mein Herr, der Dauphin, sendet Euch diese Bälle, Sire, denn, so sagt er, Ihr seiet ein noch so junger König, dass Ihr Eure Zeit lieber mit dem Spiel verbringen solltet, welches Ihr so liebt, statt in knabenhaftem Übermut einen Krieg heraufzubeschwören, den Ihr niemals gewinnen könnt. Und er sendet Euch seidene Kissen, auf dass Ihr Euer Haupt darauf betten möget, bis Ihr zu Manneskraft herangewachsen seid.«

Einen Moment herrschte betretenes Schweigen. Dann brach die Gesellschaft in empörtes Zischen aus, doch als der König die Hand hob, kehrte die Stille sofort zurück.

Harry schenkte dem Boten ein frostiges Lächeln, das keiner seiner gelehrten Diplomaten hätte überbieten können. »Sagt Unserem geliebten Cousin, dem Dauphin, Unseren Dank für seine großzügigen Gaben. Sagt ihm, Wir erkennen darin die Weisheit seiner reifen neunzehn Lebensjahre.«

Hier und da war verhaltenes Hohngelächter zu vernehmen.

Der Bote verneigte sich steif. »War das alles, Sire?«

»Noch nicht ganz.« Harrys große Hände, die flach auf dem Tisch gelegen hatten, ballten sich zu Fäusten, und so gewaltig war sein Zorn, dass er vergaß, von sich selbst im *Pluralis Majestatis* zu sprechen. »Seid so gut und sagt ihm dies, Sir: Wenn Gott mir gnädig ist und mich bei Gesundheit hält, werde ich in nur wenigen Monaten mit diesen Bällen eine Partie in den Höfen der Franzosen spielen, bei welcher sie nichts als Trauer zu gewinnen haben. Und wenn sie zu lange auf ihren Seidenkissen ruhen, dann werde ich sie aus dem Schlaf reißen, wenn ich mit dem Schwert an ihre Tür klopfe.« Er unterbrach sich kurz, öffnete die Fäuste und nickte dem verschreckten Boten huldvoll zu. »Gehabt Euch wohl, Sir. Dies war gewiss kein leichter Auftrag für Euch. Möget Ihr eine gesegnete Heimreise haben. Bis zur Küste steht Ihr unter meinem persönlichen Schutz.«

Verwundert schaute der Bote dem König einen Moment in die Augen, was gegen jede Etikette verstieß. Dann besann er sich der Regeln des Anstandes, verneigte sich tiefer als zuvor und antwortete: »Ich werde Eure Antwort überbringen, Sire, und dem Dauphin berichten.«

Berichten, was ich hier vorgefunden habe, und dass er sich getäuscht hat, schien sein bedeutungsvoller Tonfall zu sagen.

»Das wird den Dauphin kaum bewegen, auf seinen Erbanspruch zu verzichten«, raunte Bischof Beaufort seinem Bruder, dem Duke of Exeter zu.

Exeter fuhr sich versonnen mit der Hand über den üppigen Bart. »Das wollen wir zumindest nicht hoffen. Was denkst du, wie enttäuscht unser Harry wäre, wenn er um seinen Feldzug gebracht würde …«

Westminster, April 1415

Den ganzen Frühling über strömten die Lords und Ritter an den Hof, um dem König ihre Dienste, berittene Soldaten und Bogenschützen anzubieten. Die königlichen Schreiber hielten genauestens fest, wer wie viele Männer mitsamt Ausrüstung und Pferden, Proviant und Futter aufbieten wollte, und welche Summen die Krone ihm dafür zu zahlen haben würde. Noch brachten die Lords ihre Truppen nicht mit, und dennoch wurde es merklich voller in Westminster.

John, Somerset und Hugh Fitzalan saßen am frühen Abend im Knappenquartier auf ihren Betten, weil man bei dem unablässigen Regen kaum irgendwo anders hingehen konnte, aber auch, um ihre Schlafstätten gegen mögliche Eindringlinge zu verteidigen. Heute Nachmittag war ein Schwung Ritter aus Shropshire eingetroffen, und sie hatten jede Menge Knappen mitgebracht.

»Mein Onkel Exeter erzählt, der König hat Schiffe in Holland geliehen und jedes englische Schiff von zwanzig Tonnen und mehr vorübergehend beschlagnahmt, um uns alle nach Frankreich zu schaffen«, berichtete Somerset mit leuchtenden Augen. Mit seinen zwölf Jahren war er immer noch ein wenig schmächtig und eigentlich zu jung, um in den Krieg zu ziehen, aber er war klug genug gewesen, nicht seinen Stiefvater Clarence, sondern gleich seinen Cousin, den König, um Erlaubnis zu fragen. Harry hatte ihn lachend zu seinem Heldenmut beglückwünscht und die Erlaubnis erteilt. Man hörte den König überhaupt häufig lachen in den letzten Monaten. Er war von der gleichen Kriegslust gepackt wie die jungen Ritter und Knappen, und er war voller Zuversicht: Was er in Frankreich erkämpfen wollte, war nur sein Recht. Darum war er sicher, dass Gott mit ihm sein würde.

»Und er hat die Sheriffs in allen Grafschaften angewiesen, Zugtiere und Karren zu requirieren, um Ausrüstung und Proviant aus allen Teilen Englands zur Küste zu schaffen«, hatte Fitzalan gehört.

John nickte. »Tja. Ich glaube wahrhaftig, er und die Lords des Kronrats haben an alles gedacht.«

Schon seit dem vergangenen September war der Export von englischem Schießpulver verboten, und die Waffenmeister der Krone hatten sämtliche Bestände aufgekauft. Zimmerleute, Eisengießer, Waffen- und Hufschmiede, Maurer, Wundärzte und alle möglichen sonstigen Handwerker wurden angeheuert. Das Parlament im letzten Herbst hatte eine gewaltige Steuer zur Finanzierung des Feldzugs beschlossen, Bischof Beaufort hatte seinem königlichen Neffen ein Schwindel erregendes Darlehen gewährt, und die Kronjuwelen waren wieder einmal verpfändet.

Alles war bereit.

Fitzalan verschränkte die langen Finger ineinander und ließ die Gelenke knacken. »Die Franzosen und ihr alter König können einem beinah Leid tun.«

»Hm. Unser geliebter, schwachsinniger Onkel Charles hat nichts unversucht gelassen, um diesen Feldzug noch abzuwenden«, stimmte Somerset zu. Aber jedes Mal, wenn die französischen Gesandtschaften auf eine von Harrys Forderungen eingegangen waren, hatte dieser eine neue, noch unerfüllbarere erhoben.

»Der Dauphin hätte sich diesen Spaß mit den Tennisbällen besser verkniffen«, sagte John. »Vorher, so kommt es mir vor, hat der König den Krieg gegen Frankreich eher als sportlichen Wettstreit zwischen Ehrenmännern angesehen. Aber seither ist er den Franzosen wirklich gram.«

»Ich glaube, du hast Recht«, antwortete Somerset. »Und wenn man bedenkt, dass der Dauphin …« Er brach ab, weil jemand die Tür zu öffnen versuchte, und rief aufmunternd: »Mit ein bisschen mehr Schwung! Nur Mut, Freund, wer immer Ihr sein mögt!«

Vor der Tür wurde es still. Dann vernahmen sie rennende Schritte, und im nächsten Moment wurde die Tür aus den Angeln gerissen, landete polternd am Boden, ein hoch aufgeschossener Jüngling mit feuerroten Locken kam hinterher geflogen, rang mit ausgestreckten Armen um Gleichgewicht und fiel mit einem unverständlichen Fluch und unter kaum weniger lautem Gepolter bäuchlings auf die Tür.

Die drei Freunde wechselten verwunderte Blicke. Dann räusperte Somerset sich. »Mir scheint, das war ein wenig zu viel des Guten. Aber seid dennoch gegrüßt, Sir.«

Fitzalan brach in Gelächter aus und ließ sich auf sein Bett zurücksinken.

Der Rotschopf sprang auf die Füße. Sein Gesicht hatte einen bedenklichen Purpurton angenommen, der so gar nicht zu seinem Haar passen wollte. »Mein Name ist Owain ap Meredydd!« Obwohl er einen wirklich drolligen Akzent hatte, klang es wie eine Drohung.

Fitzalan verstummte abrupt und richtete sich wieder auf. »Allmächtiger! Ein Waliser.«

John verzog angewidert den Mund, sagte aber nichts.

Somerset bewies von den drei Freunden wieder einmal den höchsten Adel, denn er ließ sich sein Befremden nicht anmerken, sondern sagte mit unerschütterlicher Höflichkeit: »Dann tretet ein, Owain ap Mere… Meredydd. Aber das seid Ihr ja bereits, nicht wahr? Ich sollte also lieber sagen: Seid uns willkommen. Mein Name ist John Beaufort, aber nennt mich Somerset, um Verwechslungen zu vermeiden. Dies sind John of Waringham und Hugh Fitzalan.«

Der junge Waliser runzelte kurz die Stirn. Die Namen Waringham und Fitzalan waren in Wales nicht unbekannt. Er verschränkte die Arme, nickte knapp und verkündete: »Man hat mich angewiesen, mir hier ein Bett zu suchen.«

»Herrje, uns bleibt aber auch nichts erspart …«, brummte Fitzalan. »Demnächst quartieren sie hier noch die Schweine bei uns ein.«

Das brachte ihm einen zornigen Blick aus glimmend schwarzen Augen ein, aber nichts sonst. Darum unternahm Fitzalan einen neuen Versuch: »Ist dein Vater Davydd ap Llewelyn, den sie Davy Gam nennen?«

Owain schüttelte den Kopf. »Mein Stiefvater.«

»Wieso bist du ihm dann wie aus dem Gesicht geschnitten?«, fragte Fitzalan verblüfft.

»Weil er auch mein Onkel ist.«

Fitzalan lächelte treuherzig, was, wie seine Freunde wussten, meist einer Gehässigkeit vorausging. Auch dieses Mal war keine Ausnahme: »Du meine Güte, welch ein inzestuöses Durcheinander. Also, Freunde: Dies ist der Neffe und Stiefsohn des Mannes, der erst die walisischen Rebellen unter Owen Glendower unterstützt hat, sich dann von der englischen Krone anheuern ließ, diesen Glendower zu ermorden, sich bei dem Versuch aber so dämlich anstellte, dass er erwischt wurde und etliche Jahre in walisischen Kerkern verbracht hat, ehe König Harry ihn freikaufte. Hab ich das Heldenepos so in etwa richtig zusammengefasst?«, fragte er an Owain gewandt.

Der Waliser machte ein Gesicht, als hätte er Fitzalan am liebsten die Kehle durchgeschnitten, doch er legte lediglich die Hand um ein silbernes Kreuz, das er an einer Lederschnur um den Hals trug, und rührte sich ansonsten überhaupt nicht.

Je länger sich das Schweigen hinzog, umso abscheulicher

war der Nachhall von Fitzalans Worten, bis es dem Übeltäter schließlich selbst zu viel wurde. Hugh Fitzalan war kein boshafter Junge. Wie die meisten Engländer hatte er für die Waliser nichts übrig, die der Krone seit Jahrhunderten immer nur Scherereien gemacht hatten, aber er wusste selbst, dass er zu weit gegangen war. Er erhob sich langsam von seinem Bett. »Ähm … Owain, oder wie immer du heißen magst, hättest du wohl die Güte, irgendetwas zu sagen? Mich zu fordern, mir aufs Maul zu hauen, ganz gleich. Nur irgendwas. Sonst fühl ich mich furchtbar.«

Owain wandte den Blick der dunklen Augen kurz zur Decke, murmelte etwas in seiner Sprache, das nicht besonders freundlich klang, und sagte dann zu Fitzalan: »Was bist du für ein englischer Jämmerling, der nicht zu seinen Worten stehen kann? Dabei stimmt es, was du über meinen Stiefvater gesagt hast. Auch wenn es nur die halbe Wahrheit war. Aber mehr als Halbwahrheiten habt ihr Engländer uns ja nie zu bieten gehabt, nicht wahr? Von Lügen und gebrochenen Versprechen einmal abgesehen.« Er verneigte sich sparsam vor Somerset und wandte sich ab.

»Halt.« Mit einem Schritt glitt John vor die nunmehr türlose Öffnung und versperrte ihm den Weg. »Wen nennst du hier Lügner?«

Owain sah ihm einen Moment in die Augen und schien zu erwägen, ihm die Antwort zu verweigern. Dann schüttelte er den Kopf. »Beinah jeder englische König seit William dem Bastard hat das walisische Volk betrogen und hintergangen. Lies es in euren Annalen nach, John of Waringham. Die einzige Ausnahme ist König Harry, weil er selbst Waliser ist.«

»Was soll das heißen?« John stieß ihn mit beiden Händen hart vor die Brust. »Das nimmst du zurück. Du fällst hier buchstäblich mit der Tür ins Haus und äußerst Beleidigungen gegen alle und jeden und jetzt auch noch gegen den König.«

Owain lächelte – wider Willen, so schien es. »Es sollte keine Beleidigung sein, sondern ein Kompliment.«

John legte die Linke an den Griff seines Dolches. »Du …«

»Warte, John.« Plötzlich stand Somerset neben seinem Freund und umfasste dessen Handgelenk. »Er hat Recht. In gewisser Weise zumindest. König Harry wurde in Monmouth geboren, und Monmouth liegt in Wales.«

»Gott, ist das wahr?«, fragte Fitzalan fassungslos. Er schien den König ob dieses Schicksalsschlages aufrichtig zu bedauern.

Somerset nickte. »Kommt, Gentlemen. Lasst uns noch einmal von vorn anfangen, ich bitte euch. Owain ap Meredydd und sein Stiefvater, Davydd ap Llewelyn sind an den Hof gekommen, um mit dem König nach Frankreich zu ziehen. *Dort* warten unsere Feinde auf uns, und ihr könnt sicher sein, dass ihre Schwerter nicht schartig sind. Wir können es uns nicht leisten, miteinander zu hadern.«

»Na ja«, brummte Fitzalan, »da hast du nicht Unrecht. Dort drüben, Feuerkopf, das vorletzte Bett ist frei.«

Der junge Waliser trat zu der Schlafstatt, ohne Fitzalan zu antworten oder ihn auch nur anzuschauen, und ließ sein dünnes Bündel achtlos auf die Decke fallen. Dann wandte er sich zum Ausgang, nickte Somerset zu und sagte: »Ich besorge mir ein bisschen Werkzeug und bringe die Tür in Ordnung.«

»Sie hat immer schon fürchterlich geklemmt«, bekannte Somerset.

»Ah. Echte, englische Maßarbeit also.«

Somerset lachte leise. Dann bemerkte er: »Owain ap Meredydd ... Das ist ein wenig sperrig für englische Zungen.«

Der Waliser zuckte ungeduldig mit den Schultern. »Das macht nichts. Je seltener ihr mit mir redet, desto glücklicher werde ich sein.«

Somerset ließ sich nicht so leicht abwimmeln. »Wenn es aber unumgänglich ist?«

»Dann nenn mich Owen Tudor.«

Waringham, Mai 1415

Raymond war schon vor Ostern nach Hause zurückgekehrt, um die Truppe zusammenzustellen, die er dem König zugesagt hatte: zwölf voll gerüstete Reitersoldaten – die Hälfte von ritterlichem Stand – und dreißig berittene Bogenschützen. Es war nicht schwierig, die Freiwilligen dafür zu finden. Unter den Rittern, die mit ihren Familien im Haushalt des Earl of Waringham lebten, waren mehr als ein halbes Dutzend jung und abenteuerlustig genug, um dem König auf seinen Feldzug zu folgen, die anderen sechs fand Raymond unter den älteren Söhnen dieser Ritter oder der Vasallen seines Vaters im Umland von Waringham. Und unter den Bogenschützen hatte er die größte Auswahl. Die jungen Burschen bäuerlicher Herkunft aus Waringham und den übrigen Dörfern der Baronie rissen sich förmlich darum, zu den auserwählten dreißig zu zählen, und Raymond hielt an drei aufeinander folgenden Sonntagen Wettkämpfe ab, um die besten Schützen zu ermitteln.

»Selbst danach habe ich noch über fünfzig in der engeren Wahl«, berichtete er seinem Vater am Ende des letzten Wettkampftages. »Fünfzig wackere Burschen, die noch auf hundert Schritt jedes Ziel treffen und in der Zeit, die ich brauche, ein Ave Maria zu beten, drei Pfeile abschießen.«

Robin hob mit einem Lächeln die Schultern. »So lange ich zurückdenken kann, hat jeder König regelmäßig Gesetze erlassen, die jeden anderen sonntäglichen Zeitvertreib außer Bogenschießen untersagten. Seit ich Earl of Waringham bin, sind diese Gesetze hier vielleicht nicht mit der größten Strenge eingehalten worden, aber ich habe schon darauf geachtet. Denn es waren in diesem endlosen Krieg bislang immer die Bogenschützen, die die Schlachten für uns gewonnen haben.«

Das war Raymond keineswegs neu, der sich weit mehr für Kriegshandwerk und Taktik interessierte als sein Vater und alle großen Schlachten dieses Krieges genauestens studiert hatte. »John ist übrigens ein hervorragender Bogenschütze geworden. Eigentlich schon fast zu gut für einen Edelmann, meint Jerome of Ellesmere. Er hat sich überhaupt gut gemacht, unser John. Der König zieht ihn allen anderen Knappen vor, das ist nicht zu übersehen, aber trotzdem sind die anderen Jungen John nicht gram. Weiß der Teufel, wie er das anstellt.«

»Aber ihr sprecht immer noch kein Wort miteinander«, bemerkte sein Vater.

Raymond seufzte. »Ich nehme an, ich kann mir sparen, dich zu fragen, woher zur Hölle du das weißt?«

Robin deutete ein Schulterzucken an. »Das ist kein Geheimnis: Mortimer hat es Joanna geschrieben, und sie hat es mir erzählt. Außerdem hat Henry Beaufort eine diesbezügliche Andeutung gemacht, als er kürzlich hier war.«

»Der weise Bischof Beaufort«, spöttelte Raymond. »Der Meister aller Puppenspieler. Übrigens auch einer von denen, die Johns Loblied singen.«

»Das überrascht mich nicht, ich habe dir schon vor zwei Jahren gesagt, dass die beiden gut zusammenpassen. Und lenk nicht vom Thema ab.«

Raymond stand auf und trat ohne Hast ans Fenster. Die ersten Rosenknospen hatten sich geöffnet, denn es war ein warmes Frühjahr gewesen. Er wandte sich wieder zu seinem Vater um. »Es gibt nichts, was ich dazu zu sagen hätte.«

»Und du bist der Ansicht, ich solle mich nicht einmischen?«

»Da du es zur Sprache bringst: ja.«

»Na schön. Aber wenn der Junge mit in den Krieg zieht, Raymond …«

»Ich pass schon auf ihn auf.«

»Ich bin überzeugt, dass du ein wachsames Auge auf ihn haben wirst, aber dir muss ich nicht erzählen, wie der Krieg ist. John könnte fallen, er könnte verstümmelt oder krank werden, und mit Sicherheit wird er Dinge erleben, auf die er nicht vorbereitet ist. Das ist eine denkbar ungünstige Zeit für einen Bruderzwist.«

Raymond winkte scheinbar gleichmütig ab. »Ich könnte ohnehin schwerlich seine Hand halten, wenn er zum ersten Mal die hässliche Seite des Krieges sieht, da muss jeder allein durch. Darüber hinaus braucht er sich nur bei mir zu entschuldigen, wenn er den Wunsch verspürt, diesen Zwist zu beenden. Es liegt allein bei ihm.«

Robin nickte wortlos. Er wusste nicht, was zu dem Zerwürfnis zwischen seinen Söhnen geführt hatte. Er ahnte, dass John im Recht und Raymond im Unrecht war, aber natürlich konnte er das nicht sagen, ohne Raymond seinerseits zu kränken.

Es klopfte, und auf Robins Aufforderung trat Bruder David ein. »Ihr habt nach mir geschickt, Mylord?«

»Wirklich?«, fragte der Earl zerstreut. »Ach, natürlich. Wir gewähren der Krone ein Darlehen, David. Zweitausend Pfund. Seid so gut und setzt die Urkunde auf, sodass mein Sohn sie mitnehmen kann, wenn er nächste Woche an den Hof zurückkehrt.«

»Ich bin nicht sicher, ob wir einen solchen Betrag derzeit in unseren Schatullen haben, Mylord«, wandte der Kaplan stirnrunzelnd ein. Robin wusste, die Besorgnis galt nicht den Geldnöten der Krone. Bruder David war ausgesprochen knauserig mit dem Waringham-Vermögen und versuchte stets, unter irgendeinem fadenscheinigen Vorwand zu verhindern, dass der Earl etwas davon verlieh. Robin war immer ein wenig amüsiert über die Befürchtungen des Geistlichen, das Haus von Waringham könne an den Bettelstab geraten, aber er wusste Davids Loyalität zu schätzen. »Nein, ich weiß. Aber auf der Bank. Schreibt eine Anweisung an meinen Londoner Bankier. Er wird alles Weitere unmittelbar mit dem Lord Treasurer regeln.«

David verneigte sich knapp, war aber offenbar noch nicht bereit, klein beizugeben. »Mit den unbezahlten Pferden wird die Krone uns somit insgesamt etwa fünftausend Pfund schulden, Mylord.«

Robin nickte. Er wusste selbst, es war eine gewaltige Summe. Als Beitrag an die gerechte, nationale Sache hatte er seine Hälfte der Dreijährigen dieses Mal nicht versteigert, sondern der Krone wie gewünscht zu einem Festpreis verkauft, vorläufig auf Pump. »Dann bleibt uns nur, dem König für seinen Feldzug Erfolg zu wünschen«, erwiderte er. »Andernfalls sehen wir von diesen fünftausend Pfund keinen Penny wieder.«

»Wenn der König in Frankreich keinen Erfolg hat, haben wir ganz andere Sorgen als Geld«, bemerkte Raymond abfällig und driftete Richtung Tür. Finanzielle Angelegenheiten interessierten ihn nicht. »Entschuldige mich, Vater, ich habe Conrad versprochen, noch vor dem Essen im Gestüt vorbeizuschauen.«

»Lass dich nicht aufhalten, mein Junge.«

Im Hinausgehen nickte Raymond dem Kaplan zu. »Seid guten Mutes, Bruder. Bischof Beaufort hat dem König auch Geld geliehen, und der Bischof setzt nie aufs falsche Pferd.«

Der Mönch verzog das Gesicht zu einer säuerlichen Miene – es war allgemein bekannt, dass er Raymond nicht ausstehen konnte. »Denkt Ihr wirklich, es ist angemessen, den König mit einem Pferd zu vergleichen, Sir?«

»Hm. Ich hätte vielleicht Hengst sagen sollen.« Er lachte über Bruder Davids schockierten Protestlaut und schlenderte hinaus, ehe der junge Mönch ihn mit einer Predigt langweilen konnte.

Bruder David schaute ihm mit einem betrübten Kopfschütteln nach. »Wenn er Earl of Waringham wird, dauert es kein Jahr, bis er die Baronie auf den Hund gebracht hat«, prophezeite er.

Mag sein, dachte Robin, aber für alle, die es erleben, wird das ein unvergessliches Jahr sein. »Ich glaube, Ihr vergesst Euch, Bruder«, sagte er streng. »Und wenn Ihr Eure Position hier langfristig behalten wollt, solltet Ihr anfangen, zu überlegen, ob Ihr meinem Sohn immer mit dem gebotenen Respekt begegnet.«

»Ich habe größte Zweifel, dass unter seiner Herrschaft für einen gottesfürchtigen Mann hier ein Platz sein wird, Mylord«, entgegnete der Mönch gallig.

Robin lachte in sich hinein. Jedenfalls nicht für einen gottesfürchtigen Hasenfuß wie dich, dachte er.

Raymond hatte zusammen mit Conrad eine gute Stunde bei einer fohlenden Stute gewacht, aber im Gegensatz zu seinem Bruder John fehlte ihm die Geduld für diese Prozedur, die doch meist nur aus endlos langem Warten bestand, ohne dass sich irgendetwas Dramatisches ereignete. Also verabschiedete er sich bald wieder, holte einen der Zweijährigen aus dem Stall und machte sich auf den Weg nach Hetfield – ein Dorf unweit von Waringham, das sein Vater einem seiner treuesten Ritter als Lehen gegeben hatte und wo seine neuste Eroberung daheim war. Es handelte sich um die blutjunge Frau des besagten Ritters, und Raymond wusste, Vorsicht war geboten. Wenn sein Vater von dieser Sache Wind bekam, konnte er wahrscheinlich dankbar sein, wenn er nur enterbt wurde. Aber die schöne Lady Ermingard sei jedes Risiko wert, hatte er ihr beteuert, und es war beinah die Wahrheit.

Er ritt durch den Wald am Fluss entlang. Sattes Frühlingsgrün schmückte die Bäume, und die Nachmittagssonne tauchte alles in einen rotgoldenen Glanz. Irgendwo im Dickicht klopfte ein Specht. Raymond stieß dem jungen Hengst sacht die Fersen in die Seiten und lachte ihn aus, als er durchgehen wollte. »Sachte, Freundchen. *Ich* habe hier das Sagen …« Sanft, aber bestimmt zügelte er das Pferd, das aber nicht aufhörte, gegen die beherrschende Hand zu rebellieren. Raymond war so damit beschäftigt, im Sattel zu bleiben, dass er die Frau am Ufer erst bemerkte, als er fast schon an ihr vorbei war. Doch sobald er sie erkannte, brachte er den Zweijährigen zum Stehen. »Liz …«

Sie wandte sich um, aber sie war nicht erschrocken. »Mylord.«

Raymond glitt aus dem Sattel, nahm sein bockiges Pferd am Zügel und trat zu ihr. Erst als er neben ihr stand, entdeckte er einen vielleicht zehnjährigen Knaben, der nackt im Wasser herumtollte und offenbar versuchte, mit bloßen Händen einen Fisch zu fangen – natürlich ohne Erfolg.

»Lieber Gott im Himmel«, murmelte Raymond. »Ist das … Ich meine, ist er …«

Liz warf ihm einen rätselhaften, halb spöttischen Seitenblick zu, ehe sie wieder aufs Wasser schaute. »Daniel. Mein Sohn.«

Raymond nickte und schaute sie unverwandt an. Er hatte sie während der vergangenen achtzehn Monate höchstens einmal aus der Ferne gesehen. Er wusste, sie hatte dem Schmied eine Tochter geboren. Aber sie sah vollkommen unverändert aus. »Seit über drei Wochen bin ich hier«, bemerkte er. »Doch heute ist das erste Mal, dass ich dich treffe.«

»Ich bin es müde, mich ewig vor dir zu verstecken«, gab sie zurück.

»Liz.« Beinah instinktiv streckte er die Hand aus, um ihre zu ergreifen, besann sich dann und ließ sie wieder sinken. »Wir wollen uns setzen, ja?« Er band sein Pferd an den erstbesten Baum und ließ sich neben ihr im langen Gras nieder.

Nach einem kleinen Zögern folgte sie seinem Beispiel, setzte sich aber eine Armeslänge von ihm entfernt. »Das ist kein Leben, Raymond. Wann immer du in Waringham bist, komme ich mir vor wie eine Diebin auf der Flucht. Und Matthew ergeht es kaum besser. Es gibt weiß Gott nicht viele Dinge, die ihm Angst machen, aber er fürchtet immer, dir im Gestüt zu begegnen, wenn er die Pferde dort beschlägt, sodass Conrad ihn praktisch beim Bart packen und hinschleifen muss.«

»Was für ein Mordskerl …«, entfuhr es ihm, aber auf ihren wütenden Blick hin hob er zerknirscht beide Hände. »Na schön, na schön. Du hast Recht. Ich war wütend, und ich hätte ihm mit Genugtuung die Kehle durchgeschnitten, wenn ich Gelegenheit gehabt hätte. Ich war enttäuscht, dass du … dich nicht verabschiedet hast. Verbittert, wenn du so willst.«

Sie nickte und richtete den Blick wieder auf den Jungen im Wasser. »Keins dieser Gefühle ist mir fremd, glaub mir.«

Raymond seufzte vernehmlich. Er verlor die Lust an diesem Gespräch. »Lizzy … du bist so schön wie eh und je, wenn du wütend auf mich bist. Du könntest …«

»Spar dir den Rest«, unterbrach sie. »Ich hab es oft genug gehört.«

Er ließ sich auf die Ellbogen zurücksinken und gönnte sich

einen ausgiebigen Blick auf ihre Rundungen. Seine Fingerspitzen kribbelten, so sehr verlangte es ihn danach, sie zu berühren. »Oh, komm schon, Lizzy. Wir haben so viel Spaß zusammen gehabt. Du kannst nicht so tun, als hättest du das alles vergessen.«

»Nein. Aber ich verrate dir etwas, das du offenbar immer noch nicht weißt, Raymond: Spaß ist nicht das Wichtigste.« Sie sah ihn wieder an, und für einen Moment wurde der Ausdruck ihrer Augen sanft. »Es tut mir Leid, dass ich es dir nicht selbst sagen konnte. Aber du weißt ganz genau, wozu das geführt hätte. Und das wollte ich nicht.«

Er lächelte schelmisch. »Ehrlich nicht?«

Seufzend schüttelte sie den Kopf, wider Willen belustigt. »Geh. Sei ein Gentleman und verschwinde, ehe uns irgendwer zusammen sieht. Du kannst doch in Wahrheit gut auf mich verzichten.«

»Schlechter, als ich für möglich gehalten hätte«, gestand er aufrichtig. Und machte keinerlei Anstalten, ihrer Aufforderung zu folgen. Stattdessen nahm er ihre Linke in seine Pranke und steckte ihren kleinen Finger in den Mund.

»Mutter!«, rief eine helle Stimme vom Ufer.

Hastig befreite Liz ihre Hand

»Beinah hätt ich einen erwischt. Ich …« Der Junge war aus dem Wasser gekommen und hielt erschrocken inne, als er den Fremden entdeckte. Er klaubte seine Kleider vom Boden auf und hielt sie sich vor die Blöße, ehe er seine Mutter fragend anschaute. Das blonde Haar klebte ihm feucht an den geröteten Wangen, die Augen waren so blau und klar wie der Maihimmel über ihnen. Er war mager und sein Körper schneeweiß. Klosterschüler hatten gewiss nicht oft die Möglichkeit, in einem Flüsschen zu baden und in der Sonne herumzutoben, nahm Raymond an.

Er setzte sich auf und lächelte dem Jungen zu. »Kein Grund, verlegen zu sein. Ich drehe mich um, bis du dich angekleidet hast, und dann kann deine Mutter uns miteinander bekannt machen.«

Er kehrte dem Knaben ein paar Atemzüge lang den Rücken, und als er sich wieder umwandte, warf Liz ihm einen ratlosen Blick zu und schüttelte den Kopf wie über einen unverbesserlichen Toren. »Daniel, dies ist Sir Raymond. Mylord, mein Sohn Daniel.«

Der Junge trug jetzt eine grau verwaschene Novizenkutte, die ihn wenn möglich noch dürrer, gleichzeitig aber auch älter wirken ließ, und schaute Raymond unverwandt an. Daniel hatte selten Gelegenheit, sich in einem Spiegel zu betrachten, aber die Ähnlichkeit war so überwältigend, dass er genau wusste, wen er vor sich hatte. »Ich nehme an, Ihr seid mein Vater, Mylord?«, fragte er höflich.

»Daniel!«, fuhr Liz erschrocken auf.

Raymond grinste. »Das nehme ich auch an. Ich merke, du bist weder auf den Kopf noch auf den Mund gefallen.«

Daniel erwiderte das Lächeln nicht. Er betrachtete den Fremden vor sich mit großen Augen, doch seine Miene war eigentümlich verschlossen. »Werdet Ihr mit dem König in den Krieg ziehen, Mylord?«

»Ja.«

»Könnt Ihr mich mitnehmen?«

Raymond schüttelte den Kopf. »Du bist zu jung. Und jetzt sei so gut und lass mich einen Moment mit deiner Mutter allein sprechen.«

Daniel senkte den Blick und verneigte sich höflich. Dann wandte er sich ab und ging zu dem Baum hinüber, wo Raymond sein Pferd angebunden hatte.

Verstohlen schauten seine Eltern ihm nach. »Es gefällt ihm nicht sonderlich auf der Klosterschule, he?«, fragte Raymond beinah im Flüsterton.

»Nein. Er ist zu wild. Er kann sich nicht einfügen. Wenn es möglich ist, hole ich ihn ab und zu für ein paar Tage heim. Aber er versteht sich auch nicht mit seinen Stiefbrüdern. Matthew versucht, ihm ein guter Vater zu sein, aber sie sind zu verschieden. Mein armer Daniel. Er … scheint nirgendwohin zu gehören.«

Raymond hörte den Kummer in ihrer Stimme und schaute sie an. »Warum hast du mir das nicht früher gesagt?«

Sie hob ungeduldig die Schultern. »Du hast dich nie nach ihm erkundigt. Ich hätte nicht gedacht, dass es dich interessiert.«

Raymond sah wieder zu dem Baum hinüber und beobachtete erstaunt, wie der Junge den Zweijährigen losband und sich auf seinen Rücken schwang – vollkommen furchtlos. Er nahm die Zügel auf und ritt im Schritt zu dem schmalen Waldpfad. Der junge Hengst ging lammfromm.

Raymond schüttelte fassungslos den Kopf und verspürte eine eigentümliche Freude, eine Art Stolz vielleicht – etwas, das so fremd und neu war, dass er es nicht richtig benennen konnte. Er stand auf, zog Liz auf die Füße und küsste sie auf die Lippen, ehe sie den Kopf wegdrehen konnte. Aber es war nur ein flüchtiger, beinah unschuldiger Kuss.

»Es war schön, dich zu sehen, Lizzy. Du hast mir zwar das Herz gebrochen, aber ich fürchte, ich muss dir verzeihen, ich kann einfach nicht anders.«

Sie machte sich von ihm los, aber sie lächelte. »Leb wohl, Raymond. Pass auf dich auf. Wirst du meinen Bruder Cal zu deinen Bogenschützen nehmen?«

»Das war meine Absicht. Er ist einer der besten. Es sei denn, du sagst, dass du mir das nie verzeihen würdest, dann lass ich ihn dir hier.«

Sie schüttelte den Kopf. »Es ist sein großer Traum. Und du sorgst dafür, dass er genug Proviant bekommt und so weiter, nicht wahr?«

»Verlass dich drauf. Der König wird dafür sorgen. Kriege werden nicht mit leeren Bäuchen gewonnen, sagt er gern.« Er sah zum Wald hinüber, als Daniel mit dem Zweijährigen wieder zum Vorschein kam – immer noch im Sattel. »Wenn ich zurückkomme, hole ich den Jungen aus dem Kloster«, versprach er.

»*Wenn* du zurückkommst.«

Raymond zuckte unbekümmert die Achseln. »Die Chancen

stehen nicht schlecht, glaub mir. Die Franzosen haben sich in ihrem Krieg untereinander völlig aufgerieben. Sie zittern vor uns. Das wird ein Kinderspiel.«

Southampton, Juli 1415

Heiliger Georg! Es sieht aus wie ein Ameisenhaufen«, sagte Somerset kopfschüttelnd.

John nickte. »Nur bunter.«

Die Wiesen oberhalb des Hafens waren von Zelten übersät, die wild durcheinander gewürfelt zu stehen schienen, wenngleich John überzeugt war, dass es einen Plan hinter diesem Chaos gab. Denn nichts an diesem Feldzug war dem Zufall überlassen worden.

Manche der Zelte waren in der Tat farbenfroh, einige gar prächtig, wie etwa das des Königs, welches in der Mitte stand und den englischen Löwen ebenso wie die französische Lilie zeigte. Die Freiflächen zwischen den Zelten waren mit Karren, Menschen und Tieren verstopft. Die letzte Musterung war im Gange: Die Kommandeure inspizierten die Truppe und vergewisserten sich, dass jeder seinen Vertrag mit der Krone erfüllte und tatsächlich die versprochene Anzahl an Soldaten, Pferden und die dazugehörige Ausrüstung nach Southampton gebracht hatte.

John und Somerset hatten das allgemeine Durcheinander genutzt, um sich für ein Stündchen davonzumachen und die Stadt zu erkunden, doch sie hatten kehrt gemacht, ehe ihr Verschwinden irgendwem auffallen konnte. Somerset sah zum diesigen Sommerhimmel auf. »Ich muss los, John. Mein Stiefvater hat mich angewiesen, mich zur Mittagsstunde bei seiner Truppe einzufinden.«

»Er stellt an die tausend Mann, hab ich gehört«, bemerkte John, während sie Seite an Seite zum Lager zurückschlenderten.

Somerset nickte. »Allein siebenhundertzwanzig Bogenschützen. Alle beritten. Er wünscht, dass ich die Verteilung ihres Reiseproviants überwache. Ist das zu fassen? Warum lässt er das nicht einen der Offiziere machen? Als ob diese kriegswütigen Raubeine sich von mir irgendetwas sagen ließen.«

John schaute lächelnd auf seinen Freund hinab und klopfte ihm aufmunternd die Schulter. »Du machst das schon. Du bist zwar noch ein Bengel, aber doch irgendwie eine richtige Respektsperson.«

Mit knapp sechzehn war John bereits größer als mancher Mann, und er musste sich zweimal in der Woche rasieren. Er machte kein großes Gewese um die erstaunliche Verwandlung seines Körpers – ganz im Gegensatz zu Hugh Fitzalan, der seinen Kameraden voller Stolz jedes neue Haar zeigte, egal in welch intimen Körperregionen es spross –, doch nie war der Altersunterschied zwischen John und Somerset augenfälliger gewesen als heute. Was ihrer Freundschaft freilich keinen Abbruch tat.

Somerset stieß ihm einen Ellbogen zwischen die Rippen. »Ja, du hast gut lachen. Du hast nichts weiter zu tun, als ein paar Gäule zu versorgen.«

Das war nicht ganz zutreffend, denn auf der Koppel, die man John zugewiesen hatte, standen an die hundert Pferde, doch im Grunde musste er Somerset zustimmen. »Tja. Es hat auch seine Vorzüge, dass Raymond nicht mehr mit mir redet. Es ist ihm zu lästig, mir ständig irgendetwas ausrichten zu lassen, darum verschont er mich meist mit unliebsamen Aufträgen.«

Somerset verzog missfällig das Gesicht. Der Hader zwischen den Waringham-Brüdern, der nun schon eineinhalb Jahre währte, flößte ihm immer Unbehagen ein. »Du solltest es tun, weißt du. Dich bei ihm entschuldigen. Gerade jetzt …«

»Ich kann nicht. Das hab ich dir schon ein Dutzend Mal erklärt. Fang nicht ständig wieder davon an.«

Somerset seufzte. »Na schön. Du hast mein Wort, heute ist das allerletzte Mal. Aber das muss ich noch loswerden: Wir ziehen in den Krieg. Keiner von uns kann sicher sein, dass er wieder nach Hause kommt.« An einer viel zu engen Kreuzung zwischen zwei Zeltreihen, wo ihre Wege sich trennten, blieb er stehen. »Denk mal drüber nach.«

John hob einen herrenlosen Kettenhandschuh auf, der im zertrampelten Gras lag, hängte ihn über den nächstbesten Schemel und wandte sich ab. »Das tu ich, glaub mir. Also dann. Bis heute Abend, weiser Somerset.«

Aber er war nicht ärgerlich. Er wusste ja, dass Somerset Recht hatte, und das anhaltende Zerwürfnis mit seinem Bruder war wie ein Splitter in seinem Fleisch: Jedes Mal, wenn er daran rührte, tat es weh. Doch John war nach wie vor der Auffassung, dass er Raymond nichts als ein paar unangenehme Wahrheiten gesagt hatte, und wenn der glaubte, seinen jüngeren Bruder dafür mit Verachtung strafen zu müssen, bis einer von ihnen diese Welt verließ, dann gab es nichts, was John dagegen tun konnte. Denn es war an Raymond, den ersten Schritt zu machen.

Die Pferde, die John zu betreuen hatte, waren die Schlachtrösser des Königs und der höchsten Lords – kostbare, edle Tiere. Mit der Hilfe von nur zehn Knechten musste John sie tränken und auch füttern, denn das Gras auf der Koppel war längst abgefressen, und er musste dafür sorgen, dass Fell, Mähne, Schweif und Hufe in tadellosem Zustand blieben. Es war eine Aufgabe, die große Verantwortung barg, denn die Pferde hatten ihre Eigner nicht nur sehr viel Geld gekostet, sondern ihr Zustand konnte auf einem Feldzug von entscheidender Bedeutung sein. John widmete sich ihnen mit entsprechender Hingabe und schuftete wie ein Knecht. Er hätte mindestens doppelt so viele Hilfskräfte gebraucht, wie man ihm zugeteilt hatte.

Doch als er bei seiner Ankunft an der Koppel feststellte, dass sich offenbar ein Freiwilliger gefunden hatte, war es ihm auch nicht recht. »Was hast du hier verloren?«, fragte er scharf. »Lass die Finger von den Gäulen.«

Owen Tudor, der ja eigentlich Owain ap Meredydd hieß, hielt das Ross des Earl of Cambridge am Halfter und wandte ohne besondere Eile den Kopf. »Mein Stiefvater hat mir aufgetragen, nach seinem Pferd zu sehen. Und wenn ich mich hier so umschaue, hab ich den Eindruck, du könntest noch ein Paar Hände gebrauchen.«

»Willst du damit sagen, hier sei irgendetwas nicht in Ordnung?«

Der junge Waliser hob gleichmütig die freie Linke. »Ich will sagen, es ist ein Haufen Arbeit.«

John nickte. »Aber auf deine Hilfe kann ich verzichten. Verschwinde. Diese Tiere sind mir anvertraut und …«

»Dann solltest du dich dringend um dieses hier kümmern, statt da rumzustehen und zu zetern«, fiel Tudor ihm ins Wort. »Der Gaul ist krank.«

John trat näher. »Was redest du da? Er sieht tadellos aus.« Trotzdem nahm er Tudor das Halfter ab, legte dem Fuchs von unten den rechten Arm um den Hals und zog den edlen Kopf näher zu sich. Er spürte es sofort. Noch war das Fell trocken, die Augen klar, aber es würde keine Stunde dauern, bis das Tier Fieber bekam. »Verflucht …«, murmelte er erschrocken. Argwöhnisch betrachtete er den Rotschopf, mit dem er seit über einem Vierteljahr das Quartier teilte, der aber immer noch ein Fremder war. »Du hast Recht. Woher wusstest du's?«

»Woher weißt du es denn?«, konterte Tudor.

»Ich …« John brach ab und sah den Waliser mit weit aufgerissenen Augen an. »Aber … aber …« Dann schüttelte er entschieden den Kopf. Es war unmöglich.

Plötzlich zeigte Tudor ein flüchtiges Lächeln – ein äußerst seltener Anblick. »Du hast dir wohl eingebildet, du seiest der Einzige, he?«

Nein, dachte John benommen. Mein Vater, meine Schwester, mein Bruder und ich. Wir alle haben die Gabe. Aber nur Waringhams. Niemand sonst. *Und sie ist gefährlich, weil jeder Außenstehende sie für eine Gabe des Teufels halten könnte. Darum musst du sie geheim halten, John. Sprich mit keinem Menschen darüber und lass niemanden sehen, was du tust.* Hunderte Male hatte sein Vater ihm das vorgebetet. John hatte den weisen Rat immer befolgt. Und er hatte todsicher nicht die Absicht, bei diesem walisischen Wilden eine Ausnahme zu machen.

»Ich habe keine Ahnung, wovon du redest.«

Tudors Miene wurde wieder verächtlich. »Na schön. Du hast keine Ahnung. Sagen wir also einfach, ein Engelchen hat uns ins Ohr geflüstert, dass Cambridges Pferd vor morgen früh vermutlich verreckt sein wird. Und was nun?«

John strich dem Pferd mitfühlend über die Nüstern. Der Fuchs war ein beherzter, temperamentvoller und gutartiger Kerl – ganz im Gegensatz zu seinem Herrn –, und John graute davor, ihn leiden zu sehen. Ihm vielleicht nicht helfen zu können. »Ich schätze, ich sollte gehen und es Cambridge sagen.« Es war keine sehr erhebende Aussicht.

»Hm«, brummte Tudor. »Du bist mutiger, als ich dachte.«

John rang seine Abneigung, sein tiefes Misstrauen gegen alle Waliser nieder. »Führ ihn herum, ja? Wenn es Koliken sind …«

»Das befürchte ich auch. Verschwinde schon. Ich weiß, was ich zu tun habe.« Der Tonfall war nicht so arrogant wie sonst. Die Sorge um das Pferd machte sie wenigstens für den Moment zu Verbündeten.

John verlor keine Zeit mehr. Er setzte über das Gatter und lief zu der kleinen Zeltgruppe, wo der Earl of Cambridge, dessen Bruder York und ihr Schwager, der junge Earl of March, ihr Quartier aufgeschlagen hatten.

»… und du musst über die Grenze gehen und dort ein paar Wochen abwarten, Edmund, das ist alles«, hörte John den Earl of Cambridge in dem so typisch grollenden Tonfall sagen, als er zu dem prunkvollen, gelben Zelt kam. Nur flüchtig fragte er sich, welche französische Grenze der Earl of March nach Meinung seines Schwagers überschreiten sollte, aber das interessierte ihn im Augenblick nicht. Er hatte andere Sorgen als den Krieg. Seine Hand lag schon an dem schweren Tuch, das den unbewachten Eingang des Zeltes verdeckte, als er Cambridge fortfahren hörte: »Mit Oldcastles Hilfe bringen wir das Land im Handumdrehen unter unsere Kontrolle – er hat immer noch eine Armee von Ketzern hinter sich.«

Der dicke Stoff entglitt Johns Hand, die dem Jungen plötzlich bleischwer vorkam und schlaff an seiner Seite baumelte.

»Harry will uns glauben machen, der Adel stünde geschlossen hinter ihm, aber wir wissen alle, dass das nicht wahr ist. Der junge Percy wartet in Schottland, und er scharrt vor Ungeduld mit den Hufen. Wenn er zurückkommt, wird ganz Northumberland hinter ihm stehen. Nicht alle haben sich mit der Tatsache abgefunden, dass es nicht der rechtmäßige Thronerbe ist, der die Krone trägt …«

John hatte genug gehört. Auf einen Schlag waren seine Hände feucht, und als er auf dem Absatz kehrtmachte, wurde ihm vage bewusst, dass seine Knie schlotterten. Trotzdem rannte er los, blindlings, in lichterloher Panik. Aber er war noch keine zwanzig Schritte weit gekommen, als er hart mit irgendwem zusammenprallte. Er taumelte zurück und landete unsanft im Gras.

»Herrgott, Waringham, pass doch auf, wo du hinläufst«, knurrte eine Stimme voller Ungeduld.

John sprang auf die Füße. Blinzelnd erkannte er den Mann, und er verspürte Erleichterung. »Lord Scrope …« Er wusste, Henry Scrope war kein Freund des Hauses Waringham, aber ein verlässlicher Mann und einer der engsten Freunde des Königs. »Ich bitte um Verzeihung, Mylord«, brachte er hervor und verneigte sich hastig. Er verstand kaum, warum er so kurzatmig war. »Könnt Ihr mir sagen, wo ich den König finde?«

Scrope betrachtete ihn kopfschüttelnd, halb amüsiert, halb verdrossen. »Was magst du ihm Wichtiges zu berichten haben, dass du in deiner Hast Leute über den Haufen rennst?«

Unwillkürlich glitt Johns Blick zu Cambridges Zelt hinüber. Doch der Junge musste feststellen, dass er es nicht herausbrachte. Es klang einfach zu irrsinnig. Er wusste, Scrope würde ihm niemals glauben. »Ich bitte Euch inständig, Sir. Sagt mir, wo er ist.«

Henry Scrope war Johns verstohlener Blick nicht entgangen.

Versonnen schaute er in die gleiche Richtung. Dann legte er dem Jungen die Hand auf die Schulter, trat näher zu ihm, als wolle er ihm ein Geheimnis anvertrauen, und schlug ihm die behandschuhte Faust gegen die Schläfe.

John wachte mit hämmernden Kopfschmerzen auf, und ihm war schwindelig. Als er sich aufzurichten versuchte, stellte er fest, dass seine Hände gefesselt waren. »Was zum Henker ...«

Ein ungehemmter Fußtritt traf ihn in den Magen, und er fiel wieder zur Seite, krümmte sich und hustete.

»Um Himmels willen, lass den Jungen zufrieden, Richard.«

Das war der Earl of March, erkannte John. Er hatte die Augen zugekniffen und musste immer noch husten.

»Er hat uns belauscht!« stieß Cambridge wütend hervor, im Brustton der Entrüstung.

»Aber nun kann er ja keinen Schaden mehr anrichten«, bemerkte Scrope beschwichtigend. »Welch glückliche Fügung, dass er mir in die Hände gefallen ist.«

»Ja«, stimmte Cambridge zu. »Ich habe euch doch gleich gesagt: Unser Unterfangen steht unter einem guten Stern. Denn wir tun nichts anderes, als das Recht wiederherzustellen.«

»*Recht?*«, wiederholte John fassungslos. Er stützte sich auf die gefesselten Hände und brachte sich in eine sitzende Haltung. *Ihr seid ein Verräter, Cambridge,* dachte er. *Und Gott hasst Verräter.* Aber sein Lebenswille überwog seine Entrüstung, und er sprach es nicht aus.

Dennoch zerrte der Earl of Cambridge ihn auf die Füße und setzte ihm seinen Dolch an die Kehle. »Du hast mehr als genug gehört, Waringham ...«

»Halt.« Plötzlich lag ein deutlicher Unterton von Autorität in der Stimme des jungen, schüchternen Earl of March, eine Strenge, die John ihm niemals zugetraut hätte. »Das wirst du nicht tun, Richard.«

Cambridge sah über die Schulter, ohne John loszulassen. »Aber der Bengel muss so oder so sterben, Edmund«, entgegnete er.

»Das muss er nicht«, widersprach March. »Ich könnte ihn nach Wales mitnehmen, bis alles vorüber ist, und danach kann er keinen Schaden mehr anrichten.«

»Wozu willst du so viel Mühe auf ihn verschwenden?«, fragte sein Schwager verständnislos.

John spürte warmes Blut an seinem Hals hinablaufen, aber es war nur ein Tropfen. Die scharfe Klinge hatte lediglich seine Haut eingeritzt. Unverwandt sah er zu March, der seinen Blick schließlich erwiderte. Kühl und gelassen, aber nicht feindselig.

Dann schaute der junge Earl wieder zu seinem Schwager. »Weil ich meine Herrschaft nicht auf mehr Blut als unbedingt nötig gründen will.«

»Mylord«, wandte Lord Scrope respektvoll ein, »Eure Barmherzigkeit ist wahrhaft königlich. Aber es ist zu gefährlich, den Jungen leben zu lassen. Wir können ihn hier nirgendwo verstecken, ohne zu riskieren, dass ihn jemand findet. Er muss spurlos verschwinden. Grey kann das heute Nacht erledigen.«

Fragend schaute er zu einem jungen Ritter, der unbewegt in einer Ecke des engen Zeltraums stand und bislang noch kein Wort gesagt hatte. Jetzt nickte er knapp. »Was immer Ihr wünscht, Mylord.«

March erhob sich aus seinem Sessel. »Wenn ihr mich auf den Thron setzen wollt, um eurer Rebellion Legitimation zu verleihen, dann wäre es gut, wenn ihr euch bereits jetzt daran gewöhnt, zu tun, was ich befehle«, sagte er schneidend. »Und ich will, dass der Junge am Leben bleibt. Richard?« Er wandte sich an seinen Schwager, stand hoch aufgerichtet und reglos da. Auf einmal wirkte er erhaben.

Cambridge nickte zögernd. »Na schön. Wie du wünschst«, brummte er.

Der Earl of March wandte sich zum Ausgang. »Alsdann, Gentlemen. Gute Nacht.«

John starrte ihm hinterher. Aber du hast es versprochen, dachte er. *Harry hat mich freigelassen, und allein dafür bin ich ihm so dankbar, dass ich fortan der Treueste seiner Vasal-*

len sein werde. Das waren deine Worte. Also, wie kannst du ihm das antun? *Wie kannst du nur?*

Die übrigen drei Verschwörer warteten, bis March verschwunden war. Dann murmelte Scrope: »Ich sage noch einmal: Es ist unklug.«

Grey, der junge Ritter, kam aus seiner Ecke und sagte: »Noch ist er nicht König. Und wir tragen hier alle unsere Haut zu Markte.«

Cambridge und Scrope verständigten sich mit einem Blick.

»Noch ist er nicht König …«, wiederholte der Earl versonnen. »Und ich fange an, mich zu fragen, ob er das wirklich werden sollte.«

Alle drei blickten wieder zu John.

Den ganzen Nachmittag über hatte Somerset sich unwohl gefühlt. Das war durchaus nicht ungewöhnlich, wenn er sich längere Zeit in der Nähe seines Stiefvaters aufhalten musste, doch als die stechenden Kopfschmerzen einsetzten, schwante ihm nichts Gutes. Nun stand er hinter dem Sessel des Königs in dessen Zelt, wartete ihm und seinen Kommandanten beim Abendessen auf und spürte das Fieber kommen. Es war ein grässliches Gefühl: wie eine Armee dünner Würmer, die seine Glieder und seinen Kopf hinaufkroch und sie mit ihrem bleiernen Gewicht und mit Hitze füllte. Eine fremde Präsenz in seinem Leib.

Zum Glück schienen Harry und die Lords heute Abend nicht besonders durstig, sodass der Junge sich tiefer in den Schatten zurückziehen konnte. Er hegte die schwache Hoffnung, auf diese Art würde niemand merken, dass er nicht ganz auf der Höhe war. Er wollte um jeden Preis vermeiden, dass irgendwer auf die Idee verfiel, man solle ihn lieber in England zurücklassen, er sei einfach zu jung und zu anfällig – all die Dinge, die er schon gar zu oft gehört hatte. Vielleicht war morgen ja schon alles wieder vorbei. Doch sein Zustand verschlimmerte sich zusehends, und als der Earl of March schließlich ungebeten hereinstürmte und vor dem König auf die Knie sank, fragte sich Somerset, ob er schon fantasierte.

»Nanu, Cousin«, sagte der König. Er schien ein wenig verwirrt über Marchs untypische Missachtung aller Etikette, vor allem über den Kniefall, aber er lächelte. Das war eine der Eigenschaften, die Somerset an seinem königlichen Vetter am meisten liebte: Wenn Harry unsicher war, was er von einer Situation zu halten hatte, lächelte er erst einmal. Ein unverbesserlicher Optimist.

»Ich bitte um Vergebung für mein ungebührliches Eindringen, Sire«, antwortete der Earl of March steif.

»Nun, ich bin sicher, Ihr habt einen Grund. Und erhebt Euch.«

Statt der Aufforderung Folge zu leisten, sah March sich in dem etwas beengten Zeltraum um. Nur die drei Brüder des Königs, seine Onkel Bischof Beaufort und der Duke of Exeter und der junge Somerset waren anwesend. Dennoch sagte er: »Es ist eine Angelegenheit größter Dringlichkeit, die mich zu Euch führt. Aber ich bitte Euch … erlaubt mir, Euch unter vier Augen davon zu unterrichten.«

Harry wirkte verwundert, und nach einem kurzen Zögern schüttelte er den Kopf. »Das wird gewiss nicht nötig sein. Hier ist niemand, dem ich nicht blind vertrauen würde.«

March schnaubte unwillkürlich. »Und wäre Lord Scrope hier anwesend, hättet Ihr das Gleiche gesagt, nicht wahr?«

»Natürlich.« Harrys Miene verfinsterte sich. Er verabscheute Eifersüchteleien unter seinen Adligen.

»Dann lasst Euch sagen, dass Ihr Euch täuscht«, erklärte March brüsk. Seine Verzweiflung machte ihn mutig, auch wenn er den Kopf wieder demütig senkte, ehe er fortfuhr: »Ihr schwebt in größter Gefahr, Sire. Eine Rebellion ist im Gange, und die Verräter sind Männer Eures Vertrauens.«

Die Brüder des Königs und der vierschrötige Exeter sprangen auf und redeten durcheinander.

»Scrope?«, fragte der König ungläubig und lachte. Aber das Lachen klang ein wenig gezwungen. »Das ist eine ungeheuerliche Anschuldigung gegen einen Mann, dem ich jederzeit mein Leben anvertrauen würde.«

»Nun, wenn Ihr mich nicht anhört, werdet Ihr es verlieren, Cousin.«

»Sir, ich fordere Euch mit allem Nachdruck auf …«

»Augenblick«, unterbrach Bischof Beaufort. Er als Einziger war ruhig auf seinem Platz sitzen geblieben und hatte den Earl of March nicht aus den Augen gelassen. »Vergib meine Einmischung, Harry, aber ich denke, wir sollten ihn ausreden lassen.« Und als niemand widersprach, bat er March: »Berichtet der Reihe nach, wenn Ihr so gut sein wollt.«

»Und steht endlich auf«, knurrte der König. »Lasst uns Euer Gesicht sehen, während Ihr meine Freunde bezichtigt.«

March kam auf die Füße und schaute in die dunklen Augen, deren Blick mit einem Mal so kalt und feindselig war. Entnervend. Hilfesuchend sah der junge Earl zu Bischof Beaufort, dessen Augen denen des Königs in Form und Farbe beinah vollkommen glichen. Doch ihr Ausdruck war besorgt und kummervoll. Beaufort würde ihm glauben, erkannte er erleichtert. Er glaubte es jetzt schon.

March sprach zu ihm. »Morgen Abend, Mylord. Morgen sollen der König und seine Brüder ermordet werden. Es ist ein wohl durchdachter Plan, und alle Feinde des Königs sind daran beteiligt. Ich kann nicht sagen, wer den Anstoß gegeben hat. Jedenfalls brachte Lord Scrope von einer seiner diplomatischen Missionen nach Frankreich irgendwann ein Angebot der französischen Krone mit: Die Männer, die König Harry töten, sollen wahrhaft königlichen Lohn aus französischen Schatullen erhalten. Der junge Percy, der in Schottland auf bessere Zeiten wartet, stand ebenfalls mit Frankreich in Kontakt. Einer seiner Männer, ein Ritter namens Grey, ist hier und in alle Pläne der Verräter eingeweiht. Sobald das Heer sich nach der Ermordung des Königs aufgelöst hat oder aber den Kanal überquert, sollen schottische Truppen in Northumberland einfallen. Und mein Schwager Cambridge, der sich nie damit hat abfinden können, wie das Haus Lancaster das Haus York überstrahlt, hat Verbindung zu Oldcastle aufgenommen. Er will mit Hilfe der Lollarden England unter seine Kontrolle bringen. Und wenn all das getan ist, will er mich auf den Thron setzen.«

Es war totenstill im Zelt des Königs geworden. Somerset sank lautlos zu Boden, weil seine Beine vor Schreck und vom Fieber weich wie Butter waren. Aber niemand bemerkte es. Alle starrten den Earl of March an – fassungslos.

Auch Beaufort war merklich blasser geworden, schien jedoch weniger erschüttert als alle anderen. »Was ist mit Cambridges Bruder? Dem Duke of York?«, fragte er schließlich, und man konnte sehen, wie er die Zähne zusammenbiss, um sich für die Antwort zu wappnen.

Doch March schüttelte nachdrücklich den Kopf. »Er ist nicht eingeweiht. Er hätte sich niemals auf diese Intrige eingelassen, denn er ist wie sein Vater, Mylord: zufrieden damit, seine Kräfte in den Dienst des Königs zu stellen, weil er seine eigenen Grenzen kennt. Cambridge ist ganz anders. Und vermutlich hofft er, dass ich niemals heiraten und Nachkommen haben werde, denn dann wäre sein Sohn mein Erbe. Wer weiß«, fügte er nach einem Moment achselzuckend hinzu. »Wahrscheinlich plant er, mich in einigen Monaten ebenfalls aus dem Wege zu räumen. Er kennt keine Skrupel und sein Ehrgeiz keine Grenzen.«

»Und wie lange wisst Ihr schon von diesem … diesem monströsen Komplott?«, fragte Bedford. Rote Flecken brannten auf seinen bartlosen Wangen, und er wirkte jünger als seine sechsundzwanzig Jahre. Seine Stimme bebte, und man konnte sehen, dass ausgerechnet der besonnenste Bruder des Königs im Begriff war, seinen Zorn gegen den Boten mit der schlechten Kunde zu richten.

March erwiderte seinen Blick und antwortete: »Seit ungefähr einer Stunde.«

»Was habt Ihr Cambridge geantwortet?«, wollte Beaufort wissen.

»Ich habe zugestimmt, Mylord. Cambridge, Scrope und Grey, sie alle waren dort, und hätte ich widersprochen, hätten sie mich auf der Stelle umgebracht.« Er hob kurz die schmalen

Schultern. »Ich bin kein Märtyrer. Oder genauer gesagt: Ich bin die Rolle gründlich satt. Außerdem haben sie den jungen Waringham in ihrer Gewalt, der sie belauscht hatte, und Cambridge hielt ihm schon den Dolch an die Kehle. Ich musste meine zukünftige königliche Autorität aufbieten, damit sie ihm nicht da und dort die Kehle durchschnitten.«

Somerset kam mit einem heiseren Laut auf die Füße, machte einen wankenden Schritt Richtung Ausgang und brach dann ohnmächtig zusammen. Sein Stiefvater Clarence beugte sich über ihn und murmelte angewidert: »Auch das noch. Verdammter Bengel …«

Da niemand sonst Anstalten machte, etwas zu unternehmen, stand der Bischof von seinem Sessel auf, trug den leblosen Jungen zum Bett des Königs, tauchte ein Handtuch in eine nahe Wasserschale, faltete es zusammen und legte es Somerset auf die Stirn. Noch während er ihm den Puls fühlte, sagte er zu Harry: »Du solltest sie verhaften lassen. Auf der Stelle.«

Der König hatte den Kopf gesenkt und die Stirn auf die Faust gestützt. Er hatte noch kein Wort gesprochen, seit March die Pläne der Verräter enthüllt hatte. Jetzt hörten sie ihn murmeln: »Mein Gott. Erst Oldcastle. Jetzt Scrope. Warum? Was hab ich nur falsch gemacht? Oh, Jesus Christus …«

»Warten wir lieber bis morgen früh«, schlug Gloucester beklommen vor. Es machte ihm offenbar zu schaffen, seinen Bruder so von Schmerz überwältigt zu sehen.

Doch ihr Onkel Exeter schüttelte den Kopf und legte dem König die Hand auf die Schulter. »Jetzt ist nicht der Moment, um zu verzweifeln. Wir müssen sofort handeln, sonst wird der Junge sterben.«

Langsam ließ Harry die Faust sinken und sah verwirrt zu Somerset.

»Ich sprach von Waringham. Oder glaubst du im Ernst, dass Cambridge das Risiko eingeht, ihn leben zu lassen?«

Der König nickte und stand auf. Ohne Scham wischte er sich die Tränen von den Wangen. Die Geste hatte etwas Ungeduldiges. Als sei ihm plötzlich klar geworden, dass keine Zeit für seine Trauer war. Seine Brüder wollten sich zum Ausgang wenden, aber er hielt sie zurück. »Nein. Schickt nach Raymond of Waringham. Er soll den Jungen befreien, die Verräter festnehmen und herbringen. Ihr bleibt hier, wenn ihr so gut sein wollt.« Dann wandte er sich an den Earl of March. »Habt Dank, Cousin.«

Der nickte unglücklich. »Erlaubt Ihr, dass ich mich zurückziehe, Sire?«

Jeder verstand, dass er nicht hier sein wollte, wenn sein Schwager gebunden vor den König gebracht wurde.

Harry nickte. Nachdem der Earl das Zelt verlassen hatte, trat der König an sein Lager und beugte sich über den fiebernden Somerset. Behutsam legte er ihm den Handrücken an die Wange. Fast erschrocken zog er die Hand zurück und schnalzte leise mit der Zunge. »Du bist ja das reinste Kohlebecken, Junge«, murmelte er.

Somerset hörte nur seine Stimme, er konnte die Worte nicht unterscheiden. Aber selbst in seinem Fieberwahn wusste er, dass dies die Stimme des Mannes war, der alles, einfach alles in Ordnung bringen konnte. »John …«, murmelte er.

Beaufort nahm seine glühende Hand in die Linke und kühlte ihm mit der Rechten weiter die Stirn. »Schsch. Schlaf, Somerset. Der König holt ihn dir zurück, du wirst sehen.«

Doch genau wie der König fürchtete er, dass es schon zu spät war.

Den ganzen Nachmittag hatte Owen Tudor sich um den kranken Fuchs bemüht, dessen Zustand sich von Stunde zu Stunde verschlechterte. Als die Knechte zur Abendfütterung erschienen, hatte er sie geschickt, nach John zu suchen, aber sie waren unverrichteter Dinge zurückgekehrt. John war wie vom Erdboden verschluckt, so schien es. Schließlich war der junge Hengst unter grauenvollen Schmerzen verendet. Tudor hatte es allein einfach nicht geschafft, ihn auf den Beinen zu halten.

Er verfluchte John of Waringham bis in den hintersten Winkel der Hölle und machte sich auf den Weg zum Earl of Cambridge, um ihm zu berichten, wessen Nachlässigkeit der Verlust des Tieres zu verdanken war. In seinem Zorn kam er nicht auf den Gedanken, dass es möglicherweise schon ein wenig spät am Abend war, um dem sauertöpfischen Cousin des Königs die traurige Nachricht zu bringen. Er hoffte nur, dass Cambridge diesen verfluchten Waringham teuer bezahlen lassen würde …

Als er mit seinem typischen Übermaß an Schwung in das Zelt des Earl of Cambridge stürmte, stellte er fest, dass sein unfrommer Wunsch offenbar bereits in Erfüllung gegangen war: John lag gefesselt und geknebelt am Boden, und ein Grauen stand in seinen blauen Augen, das nur von Todesangst rühren konnte. Drei Männer hatten sich um ihn herum gruppiert, und Cambridge nickte dem jüngsten, der einen Dolch gezückt hielt, auffordernd zu. »Es wird Zeit, Grey. Alles schläft. Tut es jetzt und lasst ihn verschwinden. Stoßt ihm den Dolch ins Herz, wir wollen hier keine Blutlachen, die wir erklären müssten. Nun macht schon.«

In seiner Verwirrung fragte sich Tudor, wie Cambridge vom Tod des Pferdes so schnell hatte erfahren können und welcher Dämon den Earl besessen hatte, dass er John für sein Versäumnis mit dem Leben zahlen lassen wollte. »Ich muss schon sagen, solche Barbarei hätte ich nicht einmal Engländern zugetraut«, erklärte er lauter als nötig.

Wie gestochen fuhren die drei Männer zu ihm herum, und John stieß einen erstickten Schreckenslaut aus, sah Tudor flehentlich in die Augen und schüttelte den Kopf. Flieh!, sagte die Geste.

Mit dem Mangel an Respekt vor dem englischen Adel, der Tudor zu Eigen war und mit dem er sich bislang keine Freunde bei Hofe gemacht hatte, trat der junge Waliser einen Schritt näher. »Ich glaube nicht, dass König Harry erbaut wäre, wenn er hiervon wüsste, Mylord of Cambridge.«

»Verflucht, das ist ja die reinste Seuche …«, knurrte Lord Scrope, zückte seinerseits den Dolch und machte einen Satz auf Tudor zu. Der riss sein Jagdmesser aus der Hülle am Gürtel, beinah schneller, als das Auge zu folgen vermochte, und setzte zum Sprung an. Aber er erkannte zu spät, dass sein Gegner Linkshänder war. Als Scrope die Klinge von der Rechten in die Linke wechselte, war Tudor für einen Angriff weit offen. Er riss den Oberkörper zur Seite und wich zurück. So entging er dem tückischen Stoß, doch sein Fuß verfing sich in einer Zeltschnur, und er fiel zu Boden. Ehe er sich wieder aufrichten konnte, stand Scropes Fuß auf seiner Messerhand.

Unbewegt sah Tudor zu ihm auf. »Ihr seid ein niederträchtiges Wiesel wie Euer Bruder, Scrope«, sagte er verächtlich.

»Und du bist ein Hornochse wie dein Stiefvater«, konterte Scrope. »Immer zur falschen Zeit am falschen Ort.«

John fragte sich fassungslos, was sie bewog, in einem Moment wie diesem kindische Beleidigungen auszutauschen, als Scrope sein gesamtes Gewicht auf den linken Absatz verlagerte und ihn hin und her drehte. Tudor öffnete die Finger und stöhnte hinter zusammengebissenen Zähnen. Dann rollte er sich plötzlich auf die Seite – zu Scrope hin – packte sein gefallenes Messer mit der freien Linken und stieß es Scrope in die Wade.

Mit einem halb unterdrückten Schrei wich Scrope zurück und ging seinerseits zu Boden. Als er sich auf die Seite wälzte, fand er sein ganzes Blickfeld von einer Schwertklinge ausgefüllt.

Turmhoch stand Raymond of Waringham über ihm und schaute mit einem Kopfschütteln auf ihn hinab. »Nicht einmal einen walisischen Knaben kannst du im Zweikampf besiegen, Scrope? Vielleicht solltest du deinen nächsten Gegner bitten, sich die Augen verbinden zu lassen, he? Aber ich glaube kaum, dass es dazu noch kommt.«

Lächelnd sah er zu Cambridge und Grey, die wie versteinert neben John standen, aber Raymonds Lächeln verschwand plötzlich wie fortgewischt. »Packt die Verräter«, spie er über die Schulter, und ein halbes Dutzend seiner Ritter drängte herein.

Raymond blieb noch einen Moment in Cambridges Zelt, nachdem seine Männer die Gefangenen hinausgebracht hatten. Er durchschnitt Johns Handfesseln und nahm ihm den Knebel ab. Eindringlich studierte er das bleiche Gesicht, doch es war Tudor, zu dem er sprach: »Sei so gut und frag meinen Bruder, ob er wohlauf ist.«

Der Waliser hatte sich aufgesetzt und befingerte mit gerunzelter Stirn seine rechte Hand, die schon anzuschwellen begann. Verblüfft hob er den Kopf und gab zurück: »Fragt ihn doch selbst.«

»Es ist alles in Ordnung«, berichtete John den Grashalmen zwischen seinen Füßen. »Sie wollten mich töten, damit ich sie nicht verraten kann, aber sie haben mir keine Knochen gebrochen. Im Gegensatz zu Tudor, nehm ich an.«

Doch der winkte mit der unverletzten Hand ab. »Nein, nein, ich denke nicht.« Versuchsweise bewegte er die Finger. Es tat weh, aber es ging. »In ein paar Tagen ist es vergessen.«

Raymond nickte und stand auf. Er gab vor, sich dabei auf Johns Schulter zu stützen, ließ die Hand aber länger dort, als notwendig gewesen wäre. »Gut.« Im Hinausgehen riet er Tudor: »Wenn du klug bist, lässt du einen Arzt nach der Hand sehen.«

»Owen, würdest du meinen Bruder fragen, was ihn herbringt? Was eigentlich geschehen ist?«

Ungläubig sah Tudor von einem Bruder zum anderen. »Aber …«

»Sag ihm, der Earl of March ist nach dem Verschwörertreffen umgehend zum König gegangen und hat sich ihm offenbart«, antwortete Raymond ihm. »Sag ihm, dass ich ehrlich nicht sicher bin, ob March seinen Schwager an den Henker geliefert hätte, wäre es nicht auch um Johns Leben gegangen. Sag ihm, dass er vielleicht das Leben des Königs und das Schicksal der ganzen Nation gerettet hat. Sag ihm, er ist und bleibt ein bigotter, überheblicher Hurensohn, aber dass Gott ihn trotzdem segnen möge.« Und damit eilte er hinaus.

Tudor starrte ihm ungläubig hinterher. »Was … hat das zu bedeuten?«

John seufzte. »Er zürnt mir.«

»Ja. Das war nicht zu übersehen. Warum?«

»Das geht dich nichts an.«

»Nein, das ist wahr.«

Gleichzeitig standen sie vom Boden auf, kaum einen Schritt voneinander entfernt, und sahen sich an, ratlos und immer noch misstrauisch.

»Was ist mit dem Fuchs?«, fragte John.

Tudor senkte kurz den Blick und schüttelte den Kopf.

John verzog den Mund, sagte aber nichts. Er war müde. Er wusste nicht, wie viel Zeit vergangen war, seit er gefesselt zu sich gekommen war. Viele Stunden, so kam es ihm vor. Stunden, die er in der Gewissheit verbracht hatte, dass er den Sonnenaufgang nicht mehr erleben würde. Die Furcht und das Ringen um Haltung hatten ihn erschöpft, und jetzt, da er weiterleben sollte, kam ihm alles ein wenig hölzern und unwirklich vor. »Gott verflucht, Owen Tudor. Du hast mir das Leben gerettet.«

Tudor hob mit einem geisterhaften Grinsen die Schultern. »Das Leben steckt voll seltsamer Schicksalsschläge.« Er entdeckte einen gefüllten Krug auf einer niedrigen Reisetruhe nahe der Zeltwand, ergriff ihn mit der unverletzten Linken und trank. Dann reichte er ihn John. John nahm ihn in beide Hände und setzte ihn ebenfalls an die Lippen. Es war ein kräftiger Rotwein, wie Knappen ihn nur selten zu kosten bekamen. »Hm. Belebend«, murmelte er.

»Komm, wir nehmen ihn mit«, schlug Tudor vor, und als er John zögern sah, fügte er hinzu: »Ich glaube nicht, dass der Earl of Cambridge ihn noch braucht.«

»Nein«, stimmte John finster zu. »Ich hoffe, sie reißen ihm die Eingeweide aus dem Leib. Und Scrope ebenso. Und ich hoffe, Scropes verfluchter Bruder Arthur muss zusehen.«

Tudor, der um ein paar bittere Erfahrungen reicher war als John, hörte den hilflosen Zorn in dessen Stimme und verstand, dass sein englischer Gefährte nicht wirklich meinte, was er sagte. Dass er sich Luft machen musste, um die Angst loszuwerden und die Scham, die ihn quälte, weil er gefesselt zu Füßen seiner Feinde gelegen hatte. »Wusstest du, dass diese spezielle

Art der Hinrichtung eigens von einem englischen König für einen Waliser ersonnen wurde?«, fragte er im Plauderton.

»Ist das wirklich wahr? Wer war es?«

»Ein Erzschurke.« Tudor grinste flüchtig. »Und nun komm, Waringham. Lass uns ein ruhiges Plätzchen suchen und diesen Krug leeren. Das wird dich über deinen verletzten Stolz hinwegtrösten und das Pochen in meiner Hand lindern. Und während wir uns betrinken, kannst du mir erzählen, was eigentlich geschehen ist. Ich bin nur zu Cambridge gegangen, um ihm brühwarm zu erzählen, dass du seinen Gaul auf dem Gewissen hast …«

Das Schwert königlicher Gerichtsbarkeit fuhr dieses Mal besonders schnell und scharf nieder, denn eigentlich waren sie alle doch im Begriff, in den Krieg zu ziehen. Die Flotte lag bereit, und der Sommer verging.

Thomas Grey wurde in Southampton vor ein Gericht gestellt und noch am ersten August, dem Tag der geplanten Ermordung des Königs, enthauptet. Scrope und Cambridge gehörten zum Adel und genossen deswegen das Vorrecht, sich vor einem Gericht, das sich nur aus ihresgleichen zusammensetzte, zu verantworten. Doch in diesem Falle war es ein zweifelhaftes Privileg. Des Königs Bruder Clarence, der ja ebenfalls hatte sterben sollen, führte den Vorsitz, und auch unter den übrigen Lords regte sich kein Funken Mitgefühl. Beide Angeklagte wurden zu dem schrecklichen Verrätertod verurteilt.

Einzig der König zeigte Barmherzigkeit. Nachdem sein Cousin Cambridge ein umfassendes schriftliches Geständnis abgelegt und sich der königlichen Gnade anempfohlen hatte, verfügte Harry, dass er lediglich enthauptet werden sollte. Scrope hingegen zeigte keine Reue und flehte auch nicht um Gnade, denn er wusste, dass seine Bitte auf taube Ohren fallen würde. Sein Verrat wog am schwersten, denn er hatte zum Kreis der engsten Vertrauten des Königs gezählt. Also wurde er auf der Richtstätte von Southampton an ein hohes Gerüst gekettet, damit die zahlreichen Schaulustigen auch einen ungehinderten

Blick auf das Spektakel hatten, und ausgeweidet. Und bevor er verbluten konnte, schlug man ihm den Kopf ab.

John sah nichts von alldem, denn er war in eine Kirche geflüchtet, hatte die Messe gehört, und lange nachdem die Gemeinde und auch der Priester das Gotteshaus verlassen hatten, kniete er noch in einem dunklen Winkel auf der Erde und bat Gott um Vergebung dafür, dass er kein Mitgefühl für Lord Scrope empfinden konnte. Ein ersticktes, aber jammervolles Schluchzen riss ihn schließlich aus seiner Versunkenheit. Verstohlen wandte John den Kopf und war nicht überrascht, Arthur Scrope zu entdecken, der zusammengekauert vor dem Altar kniete und die Schande und den Tod seines Bruders bitterlich beweinte.

Lautlos stahl John sich aus der Kirche. Obwohl er für Arthur Scrope heute nicht mehr übrig hatte als vor zwei Jahren, kam er nicht umhin, ihn zu bedauern. Kein Mann war verantwortlich für die Taten seines Bruders, und doch verfolgten sie einen wie ein Fluch. Er wollte Scrope in seiner Trauer nicht stören. Vor allem wollte er nicht, dass der junge Ritter ihn bemerkte. Er glaubte nicht, dass Scrope ihm freundlicher gesinnt sein würde, wenn er wüsste, dass John ihn hier wie eine Milchmagd hatte flennen sehen.

»Aber der König hegt keinen Groll gegen Arthur Scrope«, berichtete Hugh Fitzalan. »Oder zumindest zeigt er keinen Groll. Er hat Arthur das Kommando über die Truppen übertragen, die eigentlich Lord Scrope befehligen sollte. Und als der Duke of York den König auf Knien um Vergebung für die Schande bat, die sein Bruder Cambridge über sein ganzes Haus gebracht habe, hat Harry ihn aufgehoben und in die Arme geschlossen.«

»Keine geringe Leistung, bedenkt man, was für ein Fettkloß der Duke of York ist«, murmelte Somerset matt.

John, Fitzalan und Tudor saßen in ihrem Zelt um das Lager des kranken Freundes. Wie immer war Somersets Fieber nach einigen Tagen gefallen, aber er war so schwach, dass er ohne

Hilfe keine zehn Schritte laufen konnte. Er schlief die meiste Zeit und wurde bleich und mager, denn er konnte nichts essen. Obendrein litt er an Schwermut, seit der König ihm gesagt hatte, er müsse in England zurückbleiben. Trotz seines eigenen Kummers und der großen Unruhe vor ihrem Aufbruch, die seine Anwesenheit überall gleichzeitig erforderte, hatte Harry sich hin und wieder ein paar Minuten gestohlen, um nach seinem jungen Cousin zu sehen. Er selbst hatte als Junge auch an diesen rätselhaften Fieberanfällen gelitten – gelegentlich überkamen sie ihn gar heute noch –, und keiner wusste besser als er, wie nutzlos man sich fühlte, wenn man so saft- und kraftlos dalag.

»Bischof Beaufort ist gemeinsam mit Bedford nach Westminster zurückgekehrt«, erzählte John.

Somerset nickte. »Ich weiß. Beaufort ist schließlich der Chancellor, und Bedford ist in Harrys Abwesenheit Regent.« Nach einem Moment fügte er hinzu. »Er ist wahrscheinlich genauso unglücklich wie ich, dass er hier bleiben muss.«

»Aber irgendwer muss England regieren, solange der König fort ist«, erwiderte Fitzalan achselzuckend. »Und falls die Schotten und Percy wirklich im Norden einfallen …«

»Das glaube ich nicht«, unterbrach John kopfschüttelnd. »Wenn sie hören, dass die Rebellion gescheitert ist, wird Percy klug genug sein, sich nicht nach England hineinzuwagen.«

»Jedenfalls hat Beaufort gesagt, Gott habe gewiss seine Hand im Spiel gehabt, als das Mordkomplott rechtzeitig aufgedeckt wurde, und wolle dem König damit zeigen, dass er mit ihm ist auf diesem Feldzug«, sagte Somerset. »Er sollte es wissen. Ich erwarte also, euch hier alle unversehrt wiederzusehen, wenn ihr in Frankreich fertig seid.«

John fühlte einen eisigen Schauer seinen Rücken hinabrieseln. Er hätte es nie eingestanden, doch seit er wusste, dass Somerset nicht mitkommen würde, fürchtete er sich ein wenig vor dem, was sie in Frankreich erwarten mochte.

Tudor, der bislang schweigend am Boden gesessen und mit der nach wie vor bläulich verfärbten Rechten sein Silberkreuz befingert hatte, brummte verdrossen: »Ich hoffe, dass wir dieses Jahr überhaupt noch irgendetwas ausrichten können. Es ist schon Mitte August, und in der Normandie kommt der Herbstregen früh.«

John stand unwillig auf. »Dann komm, Feuerkopf. Eine Stunde vor Sonnenuntergang sollen wir die Gäule an Bord bringen, hat Gloucester gesagt. Es wird Zeit.« Doch er blieb noch zurück, nachdem Tudor und Fitzalan sich von Somerset verabschiedet hatten, kniete sich neben das Krankenlager und schloss seinen Freund kurz in die Arme.

Somerset wirkte knabenhafter denn je, geradezu zerbrechlich. Aber er lächelte. »Leb wohl, John.«

»Leb wohl, Somerset. Und ich erwarte, dass du bis zu meiner Rückkehr wenigstens einen Kopf gewachsen bist, hörst du.«

Der Jüngere deutete ein Schulterzucken an. »Oh, körperliche Größe allein macht aus einem Mann noch keinen Helden, wie man an deinem Beispiel unschwer erkennen kann.«

Sie lachten – scheinbar unbeschwert, wurden aber gleich wieder ernst. Beide mussten feststellen, dass sie keine Worte für das fanden, was sie sich eigentlich sagen wollten. Unbeholfen murmelte Somerset schließlich: »Gott schütze dich. Komm heil zurück.«

John senkte den Blick. »Erst einmal muss ich heil hinkommen. Alle Waringhams leiden an Seekrankheit.«

»Dann spuck nicht gegen den Wind.«

Harfleur, September 1415

Waringham, was in drei Teufels Namen tust du da?«

John hob den Kopf und klappte sein Büchlein zu. »Bei euch Wilden in Wales gibt es so etwas wie Bücher nicht, nein?«

Tudor breitete die Arme aus und sah zum wolkenlosen Himmel auf. »Die Erde zittert vom Kanonendonner, die verdammten Franzosen übergießen uns mit brennendem Schwefel, unsere halbe Armee krepiert an der Ruhr, die ganze Welt geht zum Teufel, und er sitzt da und *liest*!«

»Beruhige dich. Noch ist nicht die halbe Armee krepiert. Ungefähr tausend Mann, hörte ich meinen Bruder gestern zum Duke of Gloucester sagen, und noch einmal so viele seien so krank, dass sie sie heimschicken müssen. Und dann hat er gesagt, er sei sicher, dass die Stadt vor dem Monatsende fällt. Er hat Gloucester sogar eine Wette darauf angeboten, aber der Bruder des Königs glaubt selbst, dass die Garnison nicht mehr lange durchhält. Du siehst also, unsere Lage ist alles andere als hoffnungslos.«

Johns Gelassenheit war nur papierdünn.

Einen Monat währte seine Bekanntschaft mit dem Krieg jetzt. Jeden Morgen zogen König Harry, seine Ritter und die einfachen Soldaten vor die Mauern von Harfleur, um es zu belagern, und man wusste nie, ob sie abends wiederkehren würden. Die ständige Sorge um den König und um Raymond begann John allmählich zu zermürben. Es war viel zu heiß für die Jahreszeit, die Vorräte waren teilweise verdorben und die Latrinen ein Albtraum. Die Ritter und Soldaten waren ungewaschen und übellaunig, ihr Ton rau. John hatte gewusst, dass der Krieg schmutzig und abscheulich sein konnte, doch er hatte geglaubt, dass die Schönheit der Heldentaten das aufwiege. Nur hatte er bislang noch keine gesehen, und so war die einzige Schönheit, die er finden konnte, die der Verse in seinem Büchlein. Alles an diesem Feldzug war abstoßend, und John litt an Schwermut. Er wünschte sich insgeheim, er bekäme auch die Ruhr und dürfte mit den Kranken nach Hause.

Dabei hatte alles so gut angefangen. Am siebzehnten August waren sie mit fünfzehnhundert Schiffen von Southampton aufgebrochen, an Bord neuntausend Mann, fünftausend Pferde, Kanonen, Belagerungsmaschinen, Ausrüstung und Proviant, und die *Trinity*, das stolze Schiff des Königs, segelte vorneweg. Die Flotte war ein erhebender Anblick gewesen, und zu seiner unbändigen Freude hatte John festgestellt, dass er offenbar der erste Waringham seit Menschengedenken war, der nicht seekrank wurde.

Ohne auch nur einen französischen Soldaten zu sichten, waren sie in der Seine-Mündung gelandet und unbehelligt nach Harfleur gezogen, jener Stadt, die die Kommandanten »den Schlüssel zu Frankreich« nannten. Doch obwohl der *Konnetabel* – der Oberbefehlshaber der französischen Armee – am Südufer der Seine hockte und der Dauphin in Rouen und keiner von beiden sich bislang gerührt hatte, belagerte die englische Armee Harfleur nun schon seit über drei Wochen erfolglos. Die ganze Stadt war von einer dicken Ringmauer umgeben. Der bewässerte Graben war zu breit, um einen Rammbock gegen die Tore einzusetzen. Die englischen Truppen versuchten, die Mauer zu unterminieren, doch die Franzosen schütteten die Tunnel von innen wieder zu oder untergruben sie, sodass sie einstürzten und die Engländer verschütteten. Jeden Schaden, den die Kanonen den Mauern zufügten, hatten die Verteidiger bis zum nächsten Morgen ausgebessert. Selbst Harrys größtes Geschütz, »des Königs Tochter« genannt, hatte bislang nichts ausrichten können.

Derweil lagerte die englische Armee im sumpfigen Umland der Stadt. Heiß und stickig war es dort – ein idealer Nährboden für Fliegen, Mücken und Krankheiten. Schon nach einer Woche waren die ersten Fälle der schrecklichen Durchfallerkrankung aufgetreten, und inzwischen war die Ruhr eine Epidemie.

»Der Earl of Suffolk ist tot«, berichtete Tudor.

John nickte wortlos. Es verging kaum ein Tag mehr, ohne dass irgendjemand starb, der einen berühmten Namen trug.

»Heute Abend wird der König Suffolks Sohn zum neuen Earl erheben.«

»Michael de la Pole?«, fragte John verwundert. »Aber er ist noch keine einundzwanzig.«

Tudor hob kurz die Schultern. »Aber bald. Und so was spielt im Krieg keine große Rolle. Irgendwer muss her, um Suffolks Truppen zu befehligen.«

»Hm«, machte John. »Hast du irgendwas vom Earl of Arundel gehört?«

»Krank. Immer noch keine Besserung, heißt es.«

Der Earl of Arundel war Hugh Fitzalans Vater, und seit er erkrankt war, hatten sie ihren Kameraden nicht mehr zu Gesicht bekommen. Vielen Knappen fiel die Aufgabe zu, kranke Ritter und Adlige zu pflegen. John war dankbar, dass ihm das bislang erspart blieb, weil er bei der Sorge um die vielen Pferde unabkömmlich war. Ihm reichte schon der fürchterliche Gestank, der sich über dem ganzen Zeltlager ausgebreitet hatte. Wenn es nicht gerade wie aus Kübeln schüttete, legten er und Tudor sich abends lieber hier auf der Pferdekoppel schlafen, unter den Sternen, in eine Decke gerollt.

Der junge Waliser setzte sich neben John ins Gras und stahl ihm mit einer blitzschnellen Bewegung das Büchlein aus der Hand. »Also, woll'n mal sehen. Was liest du denn da …«

»Gib es zurück!« John packte Tudor am Arm und versuchte, ihm das Büchlein zu entwinden. Sie rangelten einen Moment darum, bis es im hohen Bogen ins Gras flog und aufgeschlagen liegen blieb. Beide Jungen hatten gesehen, dass etwas herausgefallen war, aber wiederum war Tudor der Schnellere: Er war aufgesprungen und hatte den kleinen Gegenstand aufgehoben, ehe John ihn aufhalten konnte.

»Bei St. Davids heiligen Eiern … eine Haarlocke. Waringham hat eine Liebste daheim in England! Wer ist sie?«

John war bleich geworden. »Gib her. Na los, gib sie mir.«

Verwundert über den drohenden Tonfall zog Tudor die roten Brauen in die Höhe, machte jedoch keine Anstalten, dem Befehl Folge zu leisten. Er hob das Buch mit der Linken auf, kam zu John zurück, hielt aber beide Schätze außerhalb seiner Reichweite. »Erst, wenn du mir sagst, wer sie ist.«

»Wenn auch nur ein einziges Haar rausfällt, schlag ich dir die Zähne ein«, stieß John hervor. »Und jetzt gib sie her.«

Tudor lachte und verstummte abrupt, als ihm ein Licht aufging. »Ah. Verstehe. Deine Mutter?«

John wandte den Kopf ab und streckte wortlos die Rechte aus.

Behutsam bettete Tudor die dunkle Haarlocke, die von einem schmalen, grünen Seidenband zusammengehalten wurde, wieder zwischen die Seiten des kleinen Buches, klappte es zu und legte es in die wartende Hand. »Ist sie tot?«

John steckte das Buch in den Ausschnitt seiner Schecke, legte die Arme um die angewinkelten Knie und sagte immer noch nichts.

Tudor faltete die Hände im Schoß, lehnte den Kopf zurück an den Stamm des Baumes, in dessen Schatten sie saßen, schloss die Augen und bemerkte im Plauderton: »Meine Mutter hat sich von einer Klippe gestürzt.«

Johns Kopf fuhr so schnell herum, dass seine Wirbel knackten. »Was?«

»Hm. Wir lebten nicht weit von Harlech an der Küste, darum war es irgendwie nahe liegend. Sie ging mit mir auf diese Klippe, hat sich verabschiedet und ist gesprungen.«

»Großer Gott … warum?«

Tudor seufzte leise, ohne die Augen zu öffnen. Erst nach einem längeren Schweigen schaute er John wieder an und hob ratlos die Schultern. »Wir Waliser sind in mancher Hinsicht ein etwas merkwürdiges Volk, weißt du. Ein bisschen stur. Und hitzköpfig.«

»Was du nicht sagst …«, murmelte John.

»Mein Stiefvater und Owen Glendower waren Waffenbrüder, aber dann haben sie sich zerstritten. Fürchterlich. Hoffnungslos. Es stimmt, mein Stiefvater hat versucht, Glendower zu erschlagen, aber nicht für dreißig Silberlinge aus englischer Schatulle, sondern aus Hass. Der Anschlag missglückte. Glendower sperrte meinen Stiefvater ein und schickte ein paar seiner Vettern zu meiner Mutter.«

»Oh, Jesus …«

Tudor sah zwischen seinen Knien ins Gras. »Tja. Es passiert, weißt du. So ist der Krieg, du wirst es bald erleben. Weil unser Haus auf einem Hügel lag, sah meine Mutter sie rechtzeitig kommen. Und da sind wir auf die Klippe gestiegen. Es war nicht so, dass sie Glendowers Vettern nicht ins Auge sehen konnte, sagte sie, aber sie wusste, es hätte meinen Stiefvater um den Verstand gebracht. Und sie wollte nicht, dass Glendower sich vor ihm damit brüstet. Also blieb ihr nichts anderes übrig.«

John kreuzte die Arme und legte die Hände auf die Schultern. »Eine tapfere Frau.«

»Oh ja.«

»Wie alt warst du?«

»Weiß nicht genau. Vier oder fünf.«

»Du weißt nicht mehr, wann es passiert ist?«

»Doch, doch. Aber ich weiß nicht, ob ich sechzehn oder siebzehn bin.«

Wie eigenartig, dachte John. In England trug ein Edelmann das Geburtsdatum seiner Söhne und manchmal auch seiner Töchter mitsamt den Namen der Paten in seiner Familienbibel ein. Die Waliser waren tatsächlich seltsam. Sehr. »Was ist eigentlich mit deinem richtigen Vater?«, fragte er.

»Kurz vor meiner Geburt verführte er die Frau eines anderen und erschlug ihn im Streit. Er musste in die Berge fliehen und wurde nie mehr gesehen.«

John nickte und verbarg seine Missbilligung. »Hast du Geschwister?«

»Nein. Meine Mutter war guter Hoffnung, als sie auf die Klippe stieg.«

John schnalzte mit der Zunge. Nach einem kurzen Schweigen fragte er: »Und von ihr hast du das Kreuz? Sie hat es dir gegeben, bevor sie sprang, und dich schwören lassen, dich von deinem Hitzkopf nicht zu unbedachten Fehden verleiten zu lassen wie dein Vater?«

Zum ersten Mal verlor Tudor diese unheimliche Ruhe, mit der er all das erzählt hatte. »Woher weißt du das?«, fragte er scharf.

John hob begütigend die Hände. »Geraten. Immer, wenn du jemandem am liebsten die Kehle durchschneiden möchtest – also etwa ein Dutzend Mal im Laufe eines Tages –, legst du die Hand auf das Kreuz und besinnst dich.«

Tudor lächelte flüchtig und nickte. »Dir entgeht nicht viel, he?«

»Und was wurde danach aus dir?«

»Nein, nein. Du bist an der Reihe. Erzähl mir von deiner Mutter.«

Im Vergleich zu Tudors Geschichte klang die seine geradezu belanglos. »Sie ist auch gestürzt. Nur auf der Treppe, aber unten war sie ebenso tot wie deine.«

Tudor betrachtete ihn kopfschüttelnd. »Du brauchst nicht so zu tun, als ob es dir nichts ausmacht. Das passt nicht zu dir.«

John verzog den Mund und wandte den Kopf ab. »Nur raus damit. Weichlicher, englischer Jämmerling. Das ist es doch, was du denkst, oder?«

»Ich glaube eher, das ist es, was *du* denkst«, entgegnete Tudor. Vielleicht, weil dein Bruder es denkt, fuhr es ihm durch den Kopf. Oder zumindest meinst du das. Aber das sprach er nicht aus. Er wusste, dass John nicht gern über das Zerwürfnis mit Raymond redete, weil es ihn beschämte. Wie so vieles an John und den Engländern überhaupt konnte Tudor das nicht verstehen, aber das war ja auch nicht nötig, hatte er erkannt. John of Waringham war ihm ein Rätsel, aber trotzdem ein anständiger Kerl.

Gänzlich gegen ihren Willen waren sie Freunde geworden, hatten sich anfangs beide geweigert, einzugestehen, dass es passiert war. Doch ihre Liebe zu Pferden und die geheimnisvolle Gabe im Umgang mit ihnen, die ihnen beiden angeboren war, hatten sich als zu starkes Band erwiesen.

Wie an jedem Tag seit dem Beginn der Belagerung machten sie sich auch jetzt in schweigender Eintracht an die Arbeit. Die Tiere waren nervös und rastlos. Sie bekamen nicht genug Bewegung, hatten nicht ausreichend Platz, und jedes Mal, wenn eine Kanone donnerte, zuckten sie zusammen. Doch dank Johns und Tudors Pflege war noch keines eingegangen, und die Tiere wussten genau, was sie an ihnen hatten. Sie stupsten die Jungen vertrauensvoll mit den Nüstern an, blickten ihnen aus klaren, undurchschaubaren Augen entgegen, sobald sie ihren Schritt oder ihre Stimmen hörten.

Als die beiden Knappen bei Einbruch der Dämmerung ins

Lager zurückgingen, um zu sehen, welche Abscheulichkeiten die Lagerköche ihnen heute Abend zuzumuten gedachten, trafen sie auf Tudors Stiefvater, den alle Welt Davy Gam nannte.

Die beiden Waliser schlossen sich kurz in die Arme, denn Davy Gam hatte unter dem Duke of Clarence bei den Belagerern auf der Ostseite der Stadt gekämpft, und sie hatten sich tagelang nicht gesehen. Sie wechselten ein paar hastige Worte – offenbar war Davy in Eile. John war diskret zurückgeblieben, lauschte aber ungeniert dieser fremdartigen Sprache, die wirklich nicht die allergeringste Ähnlichkeit mit Englisch hatte.

Während Tudor und Davy noch beisammen standen, kam der König in Begleitung einiger Lords und Ritter ins Lager geritten.

John trat zu ihm und hielt ihm den Steigbügel.

Bemerkenswert behände für einen Mann in voller Rüstung glitt Harry vom Pferd und nahm den Helm ab. Feucht klebte ihm das Haar an Stirn und Wangen. »Diese verfluchte Hitze …«, murmelte er, zog die Handschuhe aus und fuhr sich mit der Linken über den verschwitzten Schopf. Helm und Handschuhe drückte er John in die Finger, ehe er sich an den Waliser wandte. »Nun, Davy? Was gibt es Neues auf der Ostseite?«

»Gutes und Schlechtes, Mylord.« Davy Gam sprach langsam und mit sehr starkem Akzent. Offenbar tat er sich mit der englischen Sprache schwerer als sein Stiefsohn. »Die Mauer hat mehr … wie sagt man … Flicken? Mehr Flicken als Steine. Sie wird nicht mehr lange halten, und die Verteidiger sind erschöpft und krank, genau wie wir.«

»Wie schlimm ist es drüben bei euch mit der Ruhr?«

»Schlimm, Mylord. Euer Bruder ist auch krank.« Davy senkte den Blick.

»Oh, Clarence, tu mir das nicht an«, murmelte Harry. »Nicht jetzt. Wir *müssen* hier zu einem Ende kommen.« Er schwieg einen Moment und schaute konzentriert zu der schwer bedrängten Stadt hinüber. Auch auf dieser Seite waren die Schäden an der Mauer nicht mehr zu übersehen. Und auch hier hatten sie erfahren, wie es in der Stadt stand, denn die englischen Bogenschützen hatten ein paar Verteidiger von der Mauer geschossen, und einer hatte noch lange genug gelebt, dass sie ihn hatten befragen können. Hunger und Krankheit setzten sowohl den Einwohnern als auch der Garnison schwer zu. Aber immer noch hielten sie aus.

Während sie alle hinüberschauten, ertönte wieder einer dieser ohrenbetäubenden Kanonenschläge, und »des Königs Tochter« schleuderte eine riesige Steinkugel gegen das Torhaus, dessen Dach daraufhin in sich zusammenfiel wie die Sandburg eines Kindes.

»Da, Cousin Louis«, knurrte Harry. »Englische Tennisbälle.«

Der Duke of Exeter nickte grimmig. »Null fünfzehn, würde ich sagen …«

Die Ritter lachten leise. Sie alle waren erschöpft, verschwitzt, hungrig und durstig, manche hatten trotz der Rüstungen ein paar Blessuren davongetragen, denn die eingeschlossenen Menschen innerhalb der Stadtmauern waren nicht gänzlich wehrlos: Pfeile, Steine, siedendes Öl oder brennender Schwefel regneten auf jene herab, die der Mauer zu nahe kamen. Raymond hatte eine tiefe Delle im Helm, bemerkte John, seine ganze Rüstung war staubig und verschrammt, und der Earl of Warwick hatte sich den linken Arm entweder ausgekugelt oder gebrochen – beides geschah leicht, wenn ein gerüsteter Ritter vom Pferd stürzte. Mit zusammengebissenen Zähnen und sehr bleich saß Warwick im Sattel und stützte den linken Arm mit der rechten Hand. Sein Knappe kam herbeigeeilt und half seinem Herrn geschickt vom Pferd.

John war im Begriff, dem König die engen Brust- und Rückenpanzer abzunehmen, als er Hugh Fitzalan aus einem nahen Zelt treten sah. »Oh, Jesus Christus, bitte nicht«, entfuhr es John, und Harry wandte den Kopf.

Hugh blieb vor ihm stehen und sagte, was alle längst seinem Gesicht abgelesen hatten. »Mein Vater ist tot, Sire.«

Harry bekreuzigte sich. Alle in Hörweite folgten seinem Beispiel.

»Er … er trug mir auf, Euch um Vergebung zu bitten, dass er nun doch nicht mit Euch im Louvre feiern kann, wenn Ihr zum König von Frankreich gekrönt werdet.« Hugh sprach ein wenig stockend. Er war kein besonders beherrschter Junge, und es war nicht zu übersehen, welche Mühe es ihn kostete, Haltung zu bewahren.

Harry war über den Verlust offenbar kaum weniger bekümmert. Er legte dem Knappen die Hände auf die Schultern. »Mit ihm verliert England einen seiner Besten, Hugh.«

»Ja, Sire.«

Der König ließ ihn los, und Hugh wandte sich blinzelnd ab. John trat wieder zu Harry, um ihn von seinem stählernen Gewand zu befreien, aber der König hob die Hand. »Nein.«

Es hatte so scharf geklungen, dass alle ihn verwundert anschauten.

»Der Earl of Suffolk, der Bischof von Norwich, nun der Earl of Arundel. Und mein eigener Bruder erkrankt. Jetzt ist Schluss, sage ich euch! Wenn diese verfluchte Belagerung nicht bald ein Ende nimmt, wird niemand mehr übrig sein, um in die Stadt einzuziehen.«

»Also? Was wollt Ihr tun, Sire?«, fragte Raymond.

Harry schaute ihn einen Moment versonnen an. »Seid Ihr müde, mein Freund?«

Raymond verschränkte unter leisem Scheppern die Arme. Seit über drei Wochen hatte er von Sonnenaufgang bis Einbruch der Dunkelheit im Sattel gesessen, hatte die Sturmangriffe auf Befestigungen, Mauern und Tore geführt, hatte manches Mal selbst mit an den Tunneln gegraben, den Einsatz der Geschütze befehligt und überall, wo es nötig war, mit Hand angelegt. Ja, er war müde. Seine Augen brannten, als habe der heiße Wind ihm Staub hineingeweht, und seine Glieder waren von der Hitze, der Rüstung und dem Mangel an Schlaf schwer wie Blei. Er lächelte. »So wenig wie Ihr, Sire.«

Harry nickte dankbar. Er sah sich kurz um und las in allen Gesichtern die gleiche Botschaft: Sag uns nur, was wir tun sollen, und es ist so gut wie getan. Was immer es kostet, wir sind mit dir. »Dann hört mich an, Gentlemen: Die Schonfrist für Harfleur ist vorüber. Richtet die Kanonen aus, solange noch genug Licht ist, und dann feuert. Wir werden den Beschuss die ganze Nacht hindurch fortsetzen. Und morgen früh stürmen wir die Stadt.«

Wie sich herausstellte, war ein Sturm gar nicht mehr nötig. Die unablässige nächtliche Kanonade richtete an den Befestigungen und sogar innerhalb der Stadt große Verwüstung an und zermürbte die hungrigen, verzweifelten Einwohner von Harfleur endgültig. Gegen Mitternacht erschien irgendein mutiger Mensch auf der zerschossenen Mauer und schwenkte eine Fackel: Harfleur war endlich bereit zu verhandeln.

Augenblicklich gab der König den Befehl, das Feuer einzustellen. Der Duke of Exeter ritt fast bis auf Bogenschussweite an die Mauer heran, um zu hören, was der Kommandeur der Garnison zu sagen hatte.

»Sie wollen sich ergeben und uns die Tore öffnen, Sire …«, berichtete Exeter, als er zu Harrys Zelt zurückkehrte.

»Gut.« Immer noch in voller Rüstung saß der König dort vor einem unberührten Becher Wein.

»… wenn der Konnetabel oder der Dauphin ihnen nicht bis kommenden Sonntag zu Hilfe kommen«, beendete Exeter seine Botschaft.

»*Was?*« Harrys Faust fuhr auf den Tisch nieder, dass der Weinbecher einen Satz machte und umkippte. »Kommenden Sonntag?« Er stand von seinem Schemel auf. »Sagt ihm, bis dahin wird nichts, *gar nichts* von Harfleur übrig sein, das der Dauphin befreien könnte. Sagt ihm …«

»Sire, gestattet mir einen Einwand«, unterbrach Exeter behutsam.

Harry hatte sichtlich Mühe, sich zu mäßigen, sagte aber schließlich ruhiger: »Also?«

»Es ist so üblich. Wenn die Stadt sich jetzt bedingungslos ergibt, könnten der Konnetabel oder der Dauphin den Kommandanten später Verrat vorwerfen. Gestattet ihnen, einen

Boten nach Rouen zu schicken und den Dauphin um Hilfe zu bitten. Wir alle wissen, dass er nicht kommen wird. Hätte er die Absicht gehabt, wäre er längst hier. Es ist eine reine Formsache. Die Stadtväter wollen auf diese Weise nur sicher gehen, dass sie nicht zum Opfer französischer Vergeltung werden, sollte ihre Stadt je an die Franzosen zurückfallen. Ich an ihrer Stelle täte das Gleiche.«

Wie meistens war Harry auch dieses Mal in der Lage, sein ungestümes Temperament zu zügeln und auf einen guten Rat zu hören. »Also meinetwegen«, brummte er. Er dachte noch einen Moment nach und fuhr dann entschlossener fort: »Sagt ihnen, sie sollen ihren Boten ausschicken. Seid so gut und sorgt dafür, dass er sicheres Geleit bekommt, Onkel.«

Exeter verneigte sich. »So soll es geschehen, Sire.«

Er wollte hinausgehen, aber Harry hielt ihn zurück: »Sagt ihnen auch Folgendes: Wenn sie Wort halten und uns Sonntag früh die Tore öffnen, werde ich die Stadt nicht zur Plünderung freigeben.«

Die anwesenden Lords tauschten verwunderte Blicke.

»Das wird die Truppen schwer enttäuschen, Sire«, gab Warwick zu bedenken.

Harry tat es mit einem Wink ab. »Harfleur wird nicht geplündert, sage ich. Wer von den Einwohnern mir Treue schwören will, kann unbehelligt bleiben und soll nicht um sein Hab und Gut fürchten müssen. Wer es nicht tut, muss die Stadt verlassen. Die leeren Häuser füllen wir mit englischen Kaufleuten und Handwerkern, Sirs.«

Raymond ging ein Licht auf. »Wir machen aus Harfleur ein zweites Calais. Eine englische Stadt auf französischem Boden.«

Der König wiegte den Kopf hin und her. »Wir werden sehen. Vielleicht auch eine französische Stadt, die Harry von England treu ergeben ist.«

Am zweiundzwanzigsten September zogen also englische Truppen in die Stadt ein, und wenngleich es unter den Soldaten vernehmliches Murren über das Plünderungsverbot gab, wurde es doch befolgt. Die Kommandanten der französischen Garnison und die reichsten Bürger der Stadt wurden in aller Höflichkeit gefangen genommen und nach England verschifft, bis ihre Familien sie wieder freikaufen konnten. Auf diese Weise wurde der Fall von Harfleur für Harry und seine Lords, die ja die finanzielle Last des Feldzuges trugen, doch noch einträglich.

Am Montag betrat der König selbst Harfleur – barfüßig begab er sich zur St. Martinus-Kirche, um Gott für den glücklichen Ausgang der Belagerung zu danken. Doch anschließend setzte er den Earl of Dorset als Kommandanten der Stadt ein und kehrte ins Lager zurück, um mit den Lords zu überlegen, wie es nun weitergehen sollte.

»Diese verdammte Ruhr macht uns wieder einmal einen Strich durch die Rechnung«, erklärte sein junger Bruder Gloucester und kaute nervös am Nagel des linken Zeigefingers. »Sie war seit jeher unser Fluch auf jedem Frankreichfeldzug.«

Raymond fragte sich flüchtig, woran das nur liegen mochte. Fände man die Ursache, könnte man es vielleicht abstellen, dachte er. Doch er musste Gloucester Recht geben. »Wir können den armen Dorset ja auch nicht mutterseelenallein hier in Harfleur lassen. Ein paar hundert Männer wird er brauchen. Ich schätze, was uns bleibt, sind gerade einmal fünftausend Mann. Zu wenige.«

Was er meinte, war: zu wenige für einen Marsch auf Paris. Ein solches Wagnis durften sie nur eingehen, wenn ihre zahlenmäßige Überlegenheit ihnen gewiss war.

»Und es wird Herbst«, warf Exeter ein. »Auf diesen seltsam sommerlichen September mag sehr wohl ein nasser Oktober folgen. Ich fürchte, Waringham hat Recht, Sire: Für dieses Jahr ist es vorbei.«

Harry rieb sich unwillig die Stirn. »Nein. Das kann ich nicht tun, Onkel. Wenn wir jetzt nach Hause segeln, wird uns das Hohngelächter des Dauphin über den Kanal folgen, und Harfleur wird sehr bald eine belagerte Insel sein.«

»Aber was sonst bleibt uns übrig?«, fragte Clarence. »Wir können unmöglich vor den Toren Harfleurs überwintern.« Er war immer noch bleich, aß und trank nichts, und seinen Augen konnte man ansehen, dass er unverändert fieberte. Doch das Schlimmste hatte er überstanden. Ihm ging es besser als dem Großteil der Truppe.

»Du hast Recht«, stimmte der König zu. »Aber das heißt nicht, dass wir wie ein Haufen Feiglinge nach Hause kriechen müssen, Sirs. Vielmehr werden wir quer durch die Normandie marschieren und sie somit in Besitz nehmen, da sie mir ja von Rechts wegen zusteht, nicht wahr?«

»Durch die Normandie ziehen?«, wiederholte Gloucester verständnislos. »Wohin?«

»Nach Calais.«

Die Lords tauschten entsetzte Blicke.

»Das sind mindestens hundert Meilen, Sire«, warnte Gloucester.

Raymond schüttelte den Kopf. »Hundertfünfzig. Und unsere Männer sind krank. Ein solcher Marsch, womöglich bei schlechtem Wetter … wir wären leichte Beute.«

Harry grinste verwegen. »Für wen, Raymond? Etwa für den Dauphin, der sich hinter den Mauern von Rouen versteckt? Oder den ruhmreichen Konnetabel, der sich nicht einmal über die Seine wagt?«

»Wir sollten sie nicht unterschätzen«, riet der erfahrene Exeter und strich sich beunruhigt über den Rauschebart. »Wenn sie erkennen, wie geschwächt wir sind, werden sie sich wie Aasvögel auf uns stürzen.«

Harry schlug mit den flachen Händen auf den Tisch. »Noch sind wir aber kein Aas! Sollen sie doch kommen! Ich sage euch: Die Normandie ist *mein* Herzogtum. Wehe dem, der sie mir streitig machen will!«

Es blieb dabei. Harry schlug alle Warnungen in den Wind, und am Morgen des achten Oktober brachen sie in nordöstlicher Richtung auf. Der Himmel war grau; immer mehr schwarze

Wolken trieben vom Meer heran. Nach gut zwei Stunden begann es zu regnen, und während der nächsten vierzehn Tage sollte es kaum je wieder aufhören.

Der König hatte seiner Armee befohlen, nur mit leichtem Gepäck zu marschieren, damit sie schneller vorankamen und die kranken, geschwächten Männer nicht mit unnötigem Gewicht belastet wurden. Der Großteil des Trosses war in Harfleur zurückgeblieben, auch die Proviantwagen. Gleichzeitig hatte Harry aber auch verboten, die normannischen Dörfer zu plündern, denn er wollte die Bevölkerung auf seine Seite bringen, den Menschen klar machen, dass sie unter englischer Herrschaft nicht die Willkür zu erdulden hatten, die sie von den Franzosen kannten. Das mochte im Prinzip ja eine kluge Idee sein, räumten die Männer ein, aber es bedeutete, dass sie sich mit mageren Rationen begnügen mussten.

»Und der König ist unerbittlich«, berichtete John seinen Freunden mit gesenkter Stimme. »Er hat gesagt, wer gegen das Plünderungsverbot verstößt, wird bestraft, wer eine Kirche oder ein Kloster bestiehlt, wird aufgehängt.«

»Ich würde nicht riskieren, ihn auf die Probe zu stellen«, erwiderte Tudor ebenso gedämpft. »Die Männer sollten lieber die Gürtel enger schnallen. König Harry macht keine leeren Drohungen – das wissen wir Waliser besonders gut«, schloss er spöttisch.

Hugh Fitzalan, der untypisch teilnahmslos war und mit grimmiger Miene und meist schweigend durch den Regen ritt, warf ihm einen kurzen Seitenblick zu. »Ich kann nicht begreifen, dass du ihn so verehrst. Mein Vater war eine Zeit lang mit ihm in Wales, als König Harry Glendowers Rebellion niedergeschlagen hat. Und Vater sagte, Harry kannte keine Gnade. Er hat nicht einmal Gefangene gemacht.«

Tudor nickte und antwortete nicht gleich. Nach einer Weile sagte er: »Es war … ein sehr erbitterter Krieg. Nicht wie der Kampf um Harfleur, wo Sieger und Besiegte alles wie wahre Gentlemen geregelt haben: ›Ich nehme dich gefangen, deine Familie zahlt mir ein Lösegeld, dann lass ich dich wieder laufen, und nichts für ungut.‹ Dieser Krieg hier kommt mir vor, als nähme niemand ihn so richtig ernst. In Wales war es anders. Viele Waliser hassen die Engländer und umgekehrt. Owen Glendower war … die letzte Hoffnung für ein freies Wales und darum eine Bedrohung für die Macht des Hauses Lancaster. Und der König, der ja damals noch Prinz war, hat getan, was er tun musste, um diese Bedrohung zu beseitigen. Aber er hat die Waliser nie belogen und nie sein Wort gebrochen. Mehr verlangen wir gar nicht. Und wer sich für seine Seite entschied, wie etwa mein Stiefvater, dem begegnet er mit echter Freundschaft, nicht mit dieser dummen Überheblichkeit, die ihr Engländer sonst so gern an den Tag legt, wenn ihr es mit uns zu tun habt, weil ihr so davon überzeugt seid, etwas Besseres zu sein. Das glaubt König Harry nicht.«

»Nein«, räumte John ein. »Das stimmt.« Die Erkenntnis verblüffte ihn ein wenig. Denn auch wenn er Owen Tudor schätzen gelernt hatte, war er von der Überlegenheit der Engländer doch unverändert überzeugt. Er schämte sich ein wenig, als ihm das bewusst wurde.

Tudor durchschaute ihn wieder einmal mühelos. »Im Gegensatz zu dir betrachtet König Harry den Mann, den er vor sich hat, und nicht dessen Herkunft. Er kann völlig unvoreingenommen urteilen. Das ist eine seiner großen Gaben.«

»Ja, sing nur weiter sein Loblied, wenn es dich glücklich macht«, grollte Fitzalan leise. »Aber ich sage euch dies: Er benutzt diejenigen, die ihm ergeben sind. Eure Väter ebenso wie meinen. Nur leben eure noch.«

Weder John noch Tudor antwortete. Sie hatten Verständnis für Hughs Verbitterung, aber seine Zweifel an ihrem König befremdeten sie. Während John noch mit sich rang, ob er Hugh zurechtweisen oder die Sache auf sich beruhen lassen sollte, krümmte der junge Fitzalan sich plötzlich zusammen, drückte stöhnend eine Hand auf den Unterleib, glitt aus dem Sattel und verschwand in großer Eile im Gebüsch.

»Schon das zweite Mal binnen einer Stunde«, bemerkte John.

»Hm«, machte Tudor.

»Ihn hat's erwischt.«

Tudor nickte. Dann wandte er den Kopf, und sie sahen sich einen Moment an. »Die Franzosen haben schon ganz Recht, uns keine Armee entgegenzustellen. Wozu die Mühe, wenn doch die Ruhr uns alle erledigt.«

Doch die Franzosen waren nicht gänzlich untätig. Die englischen Kundschafter, die vorausritten und die Flanken des Heeres sicherten, sichteten ständig kleinere Gruppen französischer Reiter, die die Bewegungen der Engländer genauestens verfolgten. Von Tag zu Tag schienen es mehr zu werden, und als die Engländer die Somme erreichten, entdeckten sie am gegenüberliegenden Nordufer ein französisches Heer, dessen Stärke in etwa der ihren entsprach. Und die Brücke über den Fluss war zerstört.

Es blieb ihnen nichts anderes übrig, als sich landeinwärts zu wenden und auf der Suche nach einer Furt oder einer intakten Brücke den Fluss hinauf zu ziehen. Das bedeutete eine unvorhergesehene Verzögerung, und sie waren gezwungen, die Rationen noch weiter zu verkleinern. Zum ersten Mal in seinem Leben erfuhr John, was Hunger und echte Entbehrungen bedeuteten. Es regnete fast ohne Unterlass. Nachts lagen sie im kalten Schlamm und froren erbärmlich. Tagsüber quälten sie sich durchs unwegsame Gelände entlang des Flusses, und der Feind folgte ihnen am anderen Ufer wie ein Schatten. Hugh Fitzalan war inzwischen so schwer krank, dass er nicht mehr reiten konnte. Er tat, was auch die kranken Soldaten auf diesem langen, furchtbaren Marsch machten: Er zog seine verdreckten Hosen aus und warf sie weg, ließ den dünnen, blutigen Kot einfach seine Beine hinabrinnen – zu elend, um sich zu schämen. John und Tudor gingen ebenfalls zu Fuß und stützten ihn, manchmal trugen sie ihn auch. John sorgte sich um seinen kranken Freund und ekelte sich. Hunger, Kälte und Müdigkeit machten ihm zu schaffen, und manches Mal war er überzeugt, er sei am Ende, könne sich nur noch am Wegrand auf die nasse Erde legen und sterben. Aber das Beispiel, das der König gab, verlieh ihm Kraft. Harry fror und hungerte wie alle anderen und schlief genau wie sie im Morast, immer bis auf die Haut durchnässt. Doch er war seit seinem dreizehnten Lebensjahr Soldat – keiner dieser Schrecken war ihm neu. Er erduldete alles mit eiserner Gelassenheit und marschierte mit unveränderter Entschlossenheit weiter. Wenn ihm Zweifel an der Weisheit dieses Unterfangens gekommen waren, ließ er sie sich zumindest nicht anmerken. Er war geduldig mit den Kranken, fand aufmunternde Worte für die Verzagten – er hielt das traurige Häuflein, das seine Armee geworden war, zusammen.

So erreichten sie am neunzehnten Oktober die Furt von Béthancourt. Die Kundschafter hatten gemeldet, sie sei unbewacht, und tatsächlich kamen sie unbehelligt ans nördliche Ufer der Somme. Doch die Flussüberquerung kostete sie den ganzen Tag, und kaum hatten sie ihr kümmerliches Nachtlager aufgeschlagen, erschien eine französische Abordnung.

»Ach wirklich?«, fragte Harry spöttisch, als John ihm die Herolde meldete. »Und ich dachte schon, es hätte den Franzosen endgültig die Sprache verschlagen. Führ sie her.« John verneigte sich wortlos und wollte sich abwenden, doch der König hielt ihn noch einen Moment zurück. »Was macht der junge Fitzalan?«

John senkte den Kopf. »Er stirbt, Sire.«

Der König legte ihm für einen Augenblick die Hand auf die Schulter. »Ich schicke euch einen Priester.«

John nickte dankbar.

»Jetzt bring mir die Herolde.«

Die französische Abordnung zählte ein Dutzend fein gekleideter Ritter. Ihr Anführer war ein großer, hagerer Mann mit grauen Schläfen und vornehmen Manieren. Er ließ den Blick über das Lager und das Gefolge des Königs schweifen. Sowohl den einfachen Männern als auch den Rittern war anzusehen, was sie hinter sich hatten und wie viele von ihnen krank waren.

Allesamt waren sie unrasiert und dreckig, die Kleider waren zerrissen und hatten die Farbe des allgegenwärtigen Schlamms angenommen. Womöglich sah er aber auch, dass Waffen und Rüstungen in tadellosem Zustand gehalten wurden und selbst in den erschöpftesten Gesichtern keine Anzeichen von Meuterei zu lesen waren.

Welche Schlüsse er auch immer ziehen mochte, seine Miene gab nicht preis, was er dachte.

Er verneigte sich höflich. »Ich entbiete Euch Grüße, Sire«, verkündete er in beinah akzentfreiem Englisch.

Harry verschränkte die Arme. »Von wem?«

»Charles d'Albret, dem Konnetabel von Frankreich.«

Der König nickte. Der Konnetabel war von ausreichend hohem Rang, dass Harry seinen Herold anhören konnte, ohne sich eine Blöße zu geben. »Fahrt fort.«

»Der Konnetabel fordert Euch mit allem Nachdruck auf, Euren Marsch über französisches Territorium umgehend zu beenden, den er ebenso wie den Überfall auf Harfleur als kriegerischen Akt versteht.«

»Ja, das versteht er ganz recht. Sagt ihm, die Normandie, das Ponthieu und das Vexin gehören von Rechts wegen mir, und darum kann ich hier gehen, wohin es mir beliebt, auch ohne die Einwilligung des Konnetabel.«

»Weiter bin ich beauftragt, Euch zu sagen, dass der Konnetabel, der im Übrigen für seinen obersten Herrn, den König von Frankreich, spricht, gewillt ist, Euch ungehindert abziehen und auf Eure Insel heimkehren zu lassen, wenn Ihr gewisse Bedingungen erfüllt.«

»Jetzt bin ich wirklich neugierig«, bekannte Harry mit einem Lächeln, das so flegelhaft und unbekümmert wirkte, dass es den Herold für einen Augenblick aus dem Konzept zu bringen schien.

Er räusperte sich kurz, ehe er mit tragender Stimme fortfuhr: »Die Bedingungen sind die sofortige Rückgabe von Harfleur, der endgültige und rechtsverbindliche Verzicht auf französische Gebiete und natürlich auf die Krone, die Ihr Euch anmaßen wolltet, und ein Lösegeld für Eure Person, dessen Höhe Euren königlichen Rang ebenso berücksichtigen muss wie den von Euch angerichteten Schaden.«

Die umstehenden Lords und Ritter tuschelten wütend.

Der König brachte sie mit einem kurzen Blick zum Schweigen. »Richtet dem Konnetabel aus, er unterliegt einem Irrtum. Frankreich steht mir zu, ebenso wie seine Krone.«

»Der Konnetabel hingegen sagt dies: Euch steht nicht einmal die englische Krone zu, geschweige denn die französische, denn Euer Vater war ein Usurpator.«

Das war schlimmer als ein hingeworfener Fehdehandschuh, hatte mehr Ähnlichkeit mit einem Schlag ins Gesicht. Harrys große Hände ballten sich zu Fäusten, und seine Miene wurde grimmig. Sein Tonfall blieb jedoch unverändert höflich. »Und dennoch verlangt er eines Königs Lösegeld?« Er zog spöttisch eine Braue hoch. »Ein treffliches Beispiel für den französischen Umgang mit der Wahrheit.« Der Herold wollte etwas einwenden, doch Harry hob gebieterisch die Hand. »Ich habe die Botschaft des Konnetabel sehr wohl verstanden, Sir. Und meine Antwort ist dies: Wenn er mich hindern will, nach Calais zu marschieren, dann muss er mich aufhalten. Wenn er ein Lösegeld für Harry von England will, muss er mich auf dem Feld erschlagen und meinen Leichnam plündern, wie ihr es ja so gerne tut. Doch wenn er klug ist, lässt er mich weiterziehen, denn wer immer sich mir in den Weg stellt, den werde ich vernichten.«

Der Herold betrachtete ihn einen Moment schweigend. Seine Miene drückte Hochachtung, Unverständnis und Mitgefühl aus. »Mit diesem traurigen Häuflein?«, fragte er leise.

Harry nickte, ein kleines Lächeln auf den Lippen. »Wenn es sein muss, mit diesem traurigen Häuflein, ja. Und nun geht mit Gott, Sir.«

Der einst so unbekümmerte, großmäulige und ungestüme Hugh Fitzalan starb kurz vor Tagesanbruch in Johns Armen. Bis zum Ende weinte er vor Angst und Wut über das sinnlose

Verlöschen seines jungen Lebens, gänzlich ungetröstet von der Letzten Ölung, die der Kaplan des Königs ihm erteilt hatte.

Doch wenn John geglaubt hatte, dass es nun eigentlich nicht mehr schlimmer werden könne, hatte er sich gründlich geirrt. Der König war in Eile, und darum legten sie in den folgenden drei Tagen eine weitere Strecke zurück als in den fünfen zuvor. Harry rechnete damit, dass sich ihm das französische Heer früher oder später in den Weg stellen würde, und ehe das geschah, wollte er ein Gelände erreichen, in welchem die Bogenschützen am wirksamsten zum Einsatz kommen konnten. Denn auf den Bogenschützen ruhten wieder einmal alle englischen Hoffnungen. Also marschierten sie beinah doppelt so schnell wie in den Tagen zuvor, sodass zu Hunger und Kälte noch völlige Erschöpfung kam. Doch die Gesunden stützten oder trugen die Kranken, und es ging besser, als John für möglich gehalten hätte. Bis sie am vierundzwanzigsten Oktober, keine fünfundzwanzig Meilen mehr von Calais entfernt, den kleinen Fluss Ternoise überquerten und vom hohen Ufer hinab in die Ebene blickten.

»Oh, heiliger Georg, steh uns bei …«, brachte der junge Gloucester hervor.

Der König, die übrigen Lords und sein Gefolge, die wie immer an der Spitze geritten waren, starrten sprachlos auf das Bild des Schreckens, das sich ihnen bot: In dem lang gezogenen Tal dort unten hatte sich ein französisches Heer versammelt – eine so ungeheuerliche Zahl von Soldaten, wie keiner von ihnen sie je zuvor gesehen hatte. Und noch während sie hinschauten, kamen immer neue Reihen Berittener oder Fußsoldaten zwischen den Bäumen hervor, immer dichter wurde das Gewühl. Das ganze Tal war schwarz von Menschen.

Wie ein Heuschreckenschwarm, dachte John benommen.

»Tja«, machte Raymond abschätzig. »Das sind ein paar mehr als die fünftausend, die unsere Kundschafter am Nordufer der Somme gezählt haben. Das steht mal fest.«

Der König warf ihm einen raschen Blick zu, womöglich erleichtert, auf jeden Fall aber erstaunt über den unbekümmerten Tonfall. »Wie viele, Raymond? Was schätzt Ihr?«

»Schwer zu sagen, Sire. Ich habe eine solche Masse an Menschen nie zuvor gesehen.« Er zählte die ersten hundert Mann der vordersten französischen Linie ab und versuchte, sie ins Verhältnis zu dem gesamten Heer zu setzen. Das Ergebnis seiner Bemühungen erschütterte sogar Raymond. »Vierzigtausend.« Oder fünfzig, fügte er in Gedanken hinzu.

Der König nickte. »Unser geliebter, schwachsinniger Onkel Charles muss wahrhaftig große Furcht vor uns haben, dass er uns so etwas hier entgegenstellt …«

Niemand brachte auch nur ein mattes Lächeln zustande. Alle wussten, dass das, was sie dort unten sahen, ihr Todesurteil war.

Der junge Sir Walter Hungerford verlor die Nerven. Er schlug die Hände vors Gesicht und murmelte erstickt: »Das ist hoffnungslos. Hätten wir doch nur zehntausend Bogenschützen mehr …«

»Ihr redet wie ein Narr«, fiel Harry ihm schneidend ins Wort. »Es ist *nicht* hoffnungslos. Sagt mir, Hungerford, seid Ihr ein frommer Mann?«

Der junge Ritter ließ die Hände sinken, schaute den König kläglich an und nickte. »Das bin ich, Mylord.«

»Dann seid getröstet, denn dann müsst Ihr wissen, dass Gott selbst mit diesem müden, kranken Häuflein die französischen Heerscharen dort unten vernichten kann, wenn es sein Wille ist. Und ich bin sicher, das ist es. Darum sage ich Euch: Ich wollte nicht einen Mann mehr hier haben, selbst wenn ich könnte, denn das war nicht Gottes Plan. Setzt Eure Hoffnung auf ihn und fasst Mut, Sir Walter. Hat er uns nicht vom ersten Tag dieses Feldzuges an immer wieder gezeigt, dass er mit uns ist?«

Nein, dachte John, das hat er nicht. Doch ein seltsames Licht funkelte in den dunklen Augen des Königs, sodass man meinen konnte, hier erfülle sich Harrys lang gehegter Heldentraum. Weder Hungerford noch sonst irgendwer konnte es mit seinem Hunger nach großen Taten oder mit seinem Gottvertrauen aufnehmen, keiner war angesichts dieser erdrückenden feindlichen Übermacht frei von Angst. Aber alle, die ihn sahen, waren gewillt, sich ihm anzuvertrauen. Keiner zweifelte, dass er wahrhaftig Gottes Gnade besaß.

»Vergebt mir, Sire«, bat der junge Hungerford zerknirscht, wandte den Blick mit Mühe vom Tal ab und verneigte sich vor dem König.

»Sie haben uns gesehen«, murmelte der Duke of Exeter im selben Moment.

»Und jetzt rücken sie ab«, fügte Clarence hinzu.

Das riesenhafte, schwarze Ungeheuer, das die französische Armee war, setzte sich tatsächlich in Bewegung und zog linkerhand in einen Wald, durch welchen die Straße nach Calais verlief.

»Wir folgen ihnen«, beschied der König.

»Wir tun *was?*«, entfuhr es seinem Bruder Gloucester.

Harry nickte. »Ein Stück südlich von ihnen, aber wir folgen ihnen wie Schatten, damit sie uns nicht unbemerkt einkreisen können. Und zwar in Schlachtformation, Gentlemen. Bringt Eure Leute in Stellung. Wir müssen zu jeder Zeit auf alles vorbereitet sein.«

Doch vor dem Abendessen wollten die Franzosen das armselige englische Häuflein offenbar nicht mehr zerquetschen. Das Vergnügen sparten sie sich bis nach dem Frühstück auf. So kam es, dass beide Armeen sich bei Einbruch der Dunkelheit am Rand eines großen, frisch eingesäten Weizenfeldes fanden, die eine im Norden, die andere im Süden. Etwa in einem Dreieck um das Feld herum befanden sich drei Weiler, dazwischen lagen Gehölze. So nah beieinander lagerten die Franzosen und die Engländer, dass sie die Wachfeuer der Feinde sehen konnten und die Befehle und Rufe hörten, die abends in einem jeden Militärlager erschollen.

»Ich will absolute Ruhe«, erklärte Harry seinen Kommandanten. »Die Männer sollen sich sammeln und beten. Wer kann, soll schlafen. Ein jeder muss sich auf den morgigen Tag vorbereiten, und wir werden dabei kein so schändliches Getöse anstimmen wie unsere Feinde. Ist das klar?«

Die Lords nickten.

»Gut. Wer die Stimme erhebt, verliert Pferd und Zaumzeug, wenn es sich um einen Edelmann oder Ritter handelt, jeder andere Mann, der meinen Befehl missachtet, verliert ein Ohr.«

»Ähm, Sire …«, begann Exeter unbehaglich.

Doch der König fuhr zu ihm herum und hob den Zeigefinger. »Es ist mein Ernst, Onkel. Keine Ausnahmen, kein Pardon.«

Exeter nickte. »Wie Ihr wünscht, mein König.«

So wurde es also eine sehr stille Nacht im englischen Lager. Und eine dunkle noch dazu. Sie brauchten keine Kochfeuer, weil sie nichts mehr zu essen hatten, und der Regen, der die ganze Nacht hindurch wieder unablässig fiel, machte es fast unmöglich, eine Flamme am Leben zu erhalten, sodass alle bis auf die Wachen sich die Mühe sparten. In kleinen Gruppen saßen die erschöpfen Männer zusammen und redeten leise. Viele hatten sich auch in eine Decke gerollt und verschliefen die letzte Nacht ihres Lebens lieber, als wachen Verstandes auf den Tod zu warten. Vor den Priestern, die auf niedrigen Schemeln kauerten, hatten sich lange Warteschlangen gebildet, wie man sie sonst eher vor den Zelten der Huren fand. Aber auf diesen verhängnisvollen Marsch waren keine Huren mitgekommen, und ein jeder wollte heute Nacht seinen Frieden mit Gott machen.

Auch John und Tudor hatten sich in eine der Schlangen gestellt und warteten geduldig im strömenden Regen, bis sie endlich an der Reihe waren. John war der Erste. Seine Beichte fiel kurz aus, denn in seiner Todesangst wollten ihm seine Sünden einfach nicht einfallen.

»Sicher vergesse ich das Wichtigste, Vater«, bekannte er. »Aber ich kann hier nicht stundenlang im Dreck knien und überlegen, während noch so viele Männer warten.«

Segnend legte der Priester, ein grauhaariger Dominikaner, ihm die Hand auf den Kopf. »Es ist gut, mein Sohn. Ich kann kaum glauben, dass du in deinem kurzen Leben schon so viele schwere Sünden auf dein Haupt geladen haben sollst. «

Gerade einem Dominikaner sah es nicht ähnlich, in dieser Frage Nachsicht zu üben, aber vermutlich war der arme Pater auch froh, wenn er seine Warteschlange abgearbeitet hatte. Er sprach die Absolution jedoch ohne Hast und mit so gütiger Stimme, dass John sich tatsächlich ein wenig getröstet fühlte.

Er bedankte sich, stand auf und wartete unter einem Nussbaum auf Tudor. Das Laubdach war schon dünn und bot nicht den geringsten Schutz vor dem Regen.

Tudors Beichte dauerte wesentlich länger, doch John stand der Sinn nicht nach Frotzeleien über lange Sündenkataloge, als sein Freund sich ihm wieder anschloss. Schweigend machten sie sich auf den Rückweg zu den Wagen, die Waffen, Zelte und sonstige Ausrüstung hierher transportiert hatten und die in einem schützenden Halbkreis aufgestellt worden waren. Dort sollten die Knappen den morgigen Tag zusammen mit den Geistlichen, die ja auch nicht ins Feld zogen, verbringen.

»Hör sie dir an«, murmelte Tudor, blieb stehen und wies mit dem Daumen auf die französischen Wachfeuer hinüber.

John lauschte einen Moment. Er hörte Lachen und Johlen, wie von Betrunkenen. »Sie feiern unseren Untergang, noch ehe die Schlacht geschlagen ist.« Plötzlich fröstelte ihn.

»Ja. Und würfeln um den König und die Lords, die hohe Lösegelder einbringen.«

»Woher weißt du das?«, fragte John verblüfft.

»Mein Stiefvater war drüben und hat sie ausgekundschaftet. Er hat es mir vorhin erzählt.«

»Oh, Jesus. Wenn sie ihn erwischt hätten …«

In der Dunkelheit blitzten Tudors Zähne auf. »Das Risiko war gering. Er spricht sehr gut Französisch. Und selbst wenn sie gehört hätten, woher er kommt, wäre er vermutlich auch nicht der einzige Waliser in ihren Reihen. Ihr Hass auf die Engländer macht Franzosen und Waliser seit jeher zu Verbündeten, verstehst du.«

John nickte abwesend und lauschte dem französischen Gelage noch einen Augenblick. »Vierzigtausend, Owen. Wo haben sie die auf einmal her? Es hat immer geheißen, die Franzosen verfügen über keine große Armee, weil der Krieg ihrer Adligen untereinander sie aufgerieben hat.«

»Vermutlich war es das, was wir glauben sollten. Sie haben uns eine Falle gestellt, und wir sind hineingetappt.« Es klang bitter. Tudor fürchtete sich genauso wie John.

Der strich sich das triefend nasse Haar aus der Stirn. »Gott, ich bin froh, dass Somerset nicht mit hergekommen ist.«

»Ja«, räumte der junge Waliser vorbehaltlos ein. »Ich auch.«

Und wie hatten sie es bedauert, den kranken Somerset in Southampton zurücklassen zu müssen. Aber inzwischen waren sie beide zu dem Schluss gelangt, dass Gott eine Absicht verfolgt haben musste, als er ihrem Freund den fürchterlichen Fieberanfall schickte. Denn Somerset war aus feinerem Holz. Zu schade dafür, im Dreck zu stecken und seine Gefährten elend verrecken zu sehen. Und zu jung für das Gemetzel, das ihnen morgen bevorstand. Somerset hatte noch eine Rolle zu spielen, glaubten sie, eine Rolle, die nichts mit diesem unglückseligen Feldzug zu tun hatte.

Aber das Gefühl war zu unbestimmt, als dass einer von ihnen es in Worte hätte fassen können. Mit einem matten Wink wandte John sich ab. »Ich hab noch was zu erledigen.«

Tudor klopfte ihm die Schulter – eine höchst untypische Geste für den sonst so raubeinigen Waliser. Sie trennten sich wortlos. Sprachlos, dachte John. Das ist es, was wir sind.

Vorsichtig suchte er sich einen Weg durch die Dunkelheit ins Zentrum des Lagers, bemühte sich, nicht über die Schlafenden zu stolpern. Im Schein eines Wachfeuers erahnte er eine große Gestalt in einem langen Mantel, und er erkannte seinen König auch, ohne das Gesicht im Schatten der Kapuze zu sehen. Harry stand mit verschränkten Armen und geneigtem Kopf, lauschte den Worten der Wachsoldaten, legte einem schließlich kurz die Hand auf den Arm und ging weiter zur nächsten Gruppe. Als er sich bewegte, sah John im Feuerschein etwas unter seinem Mantel aufblitzen. Harry trug bereits volle Rüstung. Er wollte in dieser Nacht nicht schlafen …

John ging weiter zum königlichen Zelt und trat zögernd ein. Hier war es ebenso kalt wie draußen, aber es war eine Wohltat, dem Regen für ein paar Augenblicke zu entkommen. Auf dem kleinen Tisch in der Zeltmitte stand ein Öllicht. Im schwachen Schimmer erkannte John die Lords, die um den Tisch herum saßen: des Königs Brüder, sein Onkel Exeter und sein Cousin, der Duke of York.

»Ich bitte um Verzeihung, Mylords«, murmelte John verlegen. »Ich suche meinen Bruder. Könnt Ihr mir vielleicht sagen …«

»Er ist mit dem König gegangen«, antwortete Exeter. Dann lächelte er hinter seinem buschigen Bart. »Warte nur hier auf ihn, Junge. Wir haben keine geheimen Taktiken zu beraten, sondern warten nur, dass es Tag wird.«

»Alle Taktik ist wohl hinfällig. In Anbetracht der Umstände«, murmelte Gloucester düster.

Das trug ihm einen finsteren Blick seines Bruders Clarence ein, aber ehe der etwas erwidern konnte, sagte Exeter beschwichtigend: »Nun fangt nicht schon wieder an zu streiten. Lasst uns abwarten, was der Morgen bringt.«

Gloucester schien sagen zu wollen, dass sie wohl alle verdammt gut wüssten, was der Morgen bringen würde, aber er beherrschte sich und kaute stattdessen an den Nägeln. Die Geräusche, die er dabei verursachte, wirkten unglaublich laut in der drückenden Stille.

John setzte sich in der Ecke neben dem Zelteingang auf den Boden, die Arme auf den angezogenen Knien verschränkt und den Kopf darauf gebettet. So schlummerte er ein. Er hatte auf dem Marsch von Harfleur hierher gelernt, in jeder möglichen und unmöglichen Position zu schlafen, nass oder trocken, satt oder hungrig, warm oder durchfroren und notfalls auch im Stehen. Und er hatte gelernt, schnell aufzuwachen. Als er die Stimme seines Bruders sagen hörte: »Wenn es weiter so schüttet, werden wir alle im Schlamm ersoffen sein, ehe ein einziger Streich gefallen ist«, hob er rasch den Kopf und kam auf die Füße.

Niemand bemerkte ihn in seiner dunklen Ecke.

»Die Stimmung der Männer ist besser, als ich zu hoffen gewagt hatte«, berichtete der König, der offenbar zusammen mit Raymond eingetreten war. »Sie sind zu allem entschlossen. Welche Tapferkeit …«

»Und welche Verschwendung von Tapferkeit«, warf Gloucester ein.

Der König betrachtete ihn mit einem nachsichtigen Kopfschütteln. »Ist es möglich, dass mein eigener Bruder wankt, während der niedrigste meiner Soldaten steht?«

Gloucester fuhr von seinem Schemel hoch. »Ich wanke nicht. Aber es ist *Irrsinn*, Harry! Du musst verhandeln, sonst hat England morgen Abend keinen König mehr. Und was dann? Wir haben einfach keine Chance gegen so viele. Kein englischer König hat je eine Schlacht gegen eine solche Übermacht gewonnen! Es ist … vollkommen aussichtslos!«

»Das wäre es nur dann, wenn mehr Männer so denken würden wie du«, entgegnete der König kühl.

Gloucester warf verzweifelt die Arme in die Höhe. »Was ist nur in euch alle gefahren? Gottes Gnade ist ein hohes Gut, gewiss, aber verflucht, wir reden hier von zehn satten, trockenen, ausgeruhten Franzosen gegen einen hungrigen, kranken, entkräfteten Engländer! Seid ihr denn blind? Begreift ihr denn nicht, dass Harry morgen Abend in Ketten und blutend zu Füßen des Dauphin liegen wird? Dass Gottes Gnade sich womöglich darauf beschränkt, dass er dieses zweifelhafte Vergnügen noch *erleben* darf?«

Das Bild war grauenhaft genug, um allen für einige Augenblicke die Sprache zu verschlagen.

Schließlich sagte der König ruhig. »Diese Debatte ist sinnlos. Ich weiß deine Sorge zu schätzen, Humphrey, auch deine Sorge um meine Männer.« Er sagte es ohne Hohn, wäre nie darauf gekommen, seinem Bruder zu unterstellen, dieser wolle nur die eigene Haut retten. »Aber mein Weg steht fest, und ich weiß, dass Gott mit mir sein wird.«

»Harry, du …«, begann Gloucester beschwörend.

Doch John unterbrach ihn. Mit zwei Schritten hatte er den König erreicht und sank vor ihm auf die Knie. Das war nie seine Absicht gewesen, er war aus einem völlig anderen Grund hergekommen. Aber er hatte mit einem Mal erkannt, welch große Zweifel am Ausgang des morgigen Tages den König selbst quälten, ungeachtet all der schönen Worte. Er wollte ihm zeigen, dass er an ihn glaubte, wollte sich für die Güte und Freundlichkeit erkenntlich zeigen, die Harry ihm entgegengebracht hatte, und so tat er das Einzige, was ihm einfiel, um seinem König in dieser wahrhaft finsteren Stunde beizustehen. »Sire, erweist mir die Ehre und erlaubt mir, Eure Truppen am morgigen Tag zu verstärken, statt wie ein Gepäckstück beim Tross zurückzubleiben. Jedes Schwert zählt.«

»Nein!«, rief Raymond impulsiv. »Sire, seid so gut und erklärt diesem dummen Bengel, dass er sich das aus dem Kopf schlagen kann.«

Der König zog sein Schwert. »Und warum, Raymond?«, fragte er.

»Weil …« Raymond brach sogleich wieder ab. *Weil wenigstens einer von uns beiden nach Hause zurückkehren muss*, hatte ihm auf der Zunge gelegen. Aber er hätte sie eher abgebissen, als das zu sagen. Denn auch Raymond hatte längst erkannt, dass Harry Unterstützung brauchte. Er betrachtete seinen Bruder eingehend, sah ihn zum ersten Mal seit vielen Monaten länger als nur einen flüchtigen Augenblick an. Dann winkte er ab. »Ihr habt Recht, Mylord. Ich dachte, er sei vielleicht noch zu jung. Aber womöglich habe ich mich getäuscht.«

Harry nickte, hob das Schwert und berührte John damit auf der linken Schulter. Dann steckte er die scharfe Klinge zurück in die Scheide und nahm den jungen Mann bei den Schultern. »Erhebt Euch, Sir John.«

Langsam kam John auf die Füße und stand reglos wie ein Findling, als der König ihn in die Arme schloss. Wie anders er sich diesen Moment immer vorgestellt hatte. Nie hätte er gedacht, bei seinem Ritterschlag so zerlumpt und nass und hungrig zu sein. Doch es tat der Feierlichkeit merkwürdigerweise keinen Abbruch. Ein wenig benommen verneigte er sich vor dem König, und als er sich wieder aufrichtete, lächelte er. Er verspürte ein berauschendes Glücksgefühl, obwohl er nicht vergessen hatte, was morgen geschehen würde.

Der König betrachtete ihn seinerseits mit einem Lächeln, das ebenso zufrieden wie verschwörerisch wirkte. »Habt Ihr ein gutes Schwert?«

»Oh ja, Sire. Ein Geschenk meines Vaters.«

»Dann geht zu meinem Waffenmeister und seht, was sich in der Kürze der Zeit an Rüstung für Euch finden lässt.«

John verbeugte sich nochmals und ging hinaus. Sein Schritt erschien ihm leichter als zuvor.

»Gebt nur Acht, dass Ihr nicht davonschwebt, *Sir* John«, spöttelte eine vertraute Stimme hinter ihm.

John blieb stehen und wandte sich langsam um. »Ist es etwa mein Bruder, der das Wort an mich richtet?«

Nur ein schwacher Schimmer drang durch die Zeltwand, doch genug, um Raymonds Schulterzucken sichtbar zu machen. »Fast zwei Jahre lang habe ich auf deine Entschuldigung gewartet, habe nichts unversucht gelassen, um dir die Hölle heiß zu machen und dich zu zwingen, klein beizugeben. Aber du bist ein außergewöhnlich sturer Bastard, selbst für einen Waringham. Und jetzt, da du ein Ritter bist, habe ich keinerlei Hoffnung mehr, sie je zu hören.«

John konnte sich ein Grinsen nicht verkneifen. »Dabei wollte ich es tun. Ich war nur hergekommen, um dich zu suchen.«

»Warum?«, fragte Raymond verdutzt.

»Weil ich dachte … heute sei vielleicht der richtige Tag, unseren Zwist zu beenden. Deswegen wollte ich dich um Verzeihung bitten für das, was ich zu dir gesagt habe. Und das tue ich hiermit.«

Raymond winkte ab. »Spar dir die Mühe. Ich könnte doch nicht glauben, dass es dir ernst damit ist.«

»Oh, großartig, Raymond. Ich lehne mich aus dem Fenster, und du schlägst mir den Kopf ab. Aber vermutlich wirst du mich wieder zwei Jahre lang mit Verachtung strafen, wenn ich jetzt deine Manieren als Gentleman in Zweifel ziehe, nicht wahr?«

Raymond lachte, schüttelte aber gleichzeitig den Kopf. »Hör dir doch nur mal an, wie du redest. Du hast dich nicht geändert, John.«

Der jüngere Bruder seufzte verstohlen. »Ich bin nicht sicher, ob das stimmt. Ich komme mir jedenfalls verändert vor.«

»Na ja, wer täte das nicht am Abend seines Ritterschlags.«

»Nein, das meine ich nicht.« Was er meinte, war, dass er sich seines Urteils heute nicht mehr so sicher war wie früher. Aber das wollte er nicht eingestehen. »Wie dem auch sei. Ich hätte jetzt allmählich gern eine Antwort.«

»Worauf?«

Dieses Mal seufzte John unüberhörbar. »Ich habe dich um Verzeihung gebeten, Raymond.«

»Oh, natürlich. Ich verzeihe dir. Vorläufig.«

John verneigte sich übertrieben förmlich. Und dann standen sie da und betrachteten einander ratlos. Das eisige Schweigen war endlich gebrochen, und nun fanden sie nichts zu sagen.

Schließlich zog Raymond unbehaglich die Schultern hoch und bemerkte: »Auf jeden Fall hast du ziemlichen Schneid bewiesen. Wieder mal. Ich könnte mir vorstellen, der Duke of Gloucester würde allerhand um ein einigermaßen sicheres Plätzchen bei den Knappen und Pfaffen geben. Du hast es einfach verschenkt. Respekt.«

»Danke. Also dann. Gute Nacht.«

»Soll ich nicht vielleicht mitkommen zum Waffenmeister? Er kann so ein Holzkopf sein und …«

»Raymond!«

Der Ältere hob begütigend beide Hände. »Entschuldige. Ich will versuchen, mir abzugewöhnen, dich zu bemuttern, du hast mein Wort.«

»Dann tu es lieber bald.«

»Du willst sagen, dass wir vermutlich nur noch bis morgen Gelegenheit haben, unsere guten Vorsätze in die Tat umzusetzen, ja?«

John nickte. Er konnte es nicht aussprechen. Er war noch nicht bereit zu sterben, und er wusste nicht, wie er dem morgigen Tag ins Auge sehen sollte.

»Nun, das genau ist mein Problem«, bekannte Raymond. »Ich habe Vater versprochen, auf dich Acht zu geben. Das habe ich ziemlich vermasselt, wie so vieles in meinem Leben …«

»Er würde gutheißen, was ich heute Abend getan habe.«

»Ja, wahrscheinlich. Aber es wird ihn umbringen, wenn du nicht heimkommst.«

John verzog schmerzlich das Gesicht. Das war nun wirklich das Letzte, was er hatte hören wollen.

»Darum würde es mich erleichtern, wenn ich wenigstens dafür sorgen könnte, dass du eine vernünftige Rüstung bekommst.«

John schüttelte den Kopf. »Das mach ich selbst. Gute Nacht, Raymond.«

»Gute Nacht, John.« Und als sein Bruder in der Finsternis verschwunden war, raunte er ihm nach: »Gott beschütze dich, Bruderherz.«

Kurz nachdem die Sonne aufgegangen war, hörte es auf zu regnen.

»Das ist ein feiner Zug von Gott«, sagte Raymond seinen dreißig Bogenschützen, die sich wie alle Engländer bereitmachten, in Stellung zu gehen. »Denn nun habt ihr freie Sicht. Und an Zielen sollte es euch nicht mangeln.«

Ein paar der abgerissenen Männer lachten grimmig, die übrigen sahen ihn an, stumm und starr vor Schreck.

Raymond rang den heftigen Drang nieder, sie anzubrüllen und zu befehlen, sie sollten sich gefälligst zusammennehmen. Diese jungen Burschen waren Bauern, rief er sich ins Gedächtnis, die meisten hatten nie zuvor auf einem Schlachtfeld gestanden. »Ihr dürft nicht denken, die Lage sei hoffnungslos«, schärfte er ihnen geduldig ein. »Denn das ist sie nicht.«

»Aber es sind so schrecklich viele, Mylord«, widersprach Liz' Bruder Cal, einer der besten, aber auch der jüngsten seiner Bogenschützen.

»Das wird ihnen in diesem Gelände nur nicht so furchtbar viel nützen.« Mit dem ausgestreckten linken Arm wies Raymond auf das Weizenfeld, wo die englische Armee bereits Aufstellung nahm. »Wie breit ist dieser Acker, Cal, was würdest du sagen?«

Der Bauernsohn schätzte die Größe des Feldes mühelos auf einen Blick. »Zehn mal hundert Yards, Sir.«

Raymond nickte. »Das bedeutet, höchstens zehn mal hundert Männer können nebeneinander marschieren, nicht mehr als fünf mal hundert Reiter. Versteht ihr? Nie mehr als tausend können uns gleichzeitig angreifen. Und dank der Wälder links und rechts können sie uns auch nicht von der Seite anfallen.«

Die verhärmten Gesichter schienen sich ein wenig aufzuhellen. So betrachtet war es vielleicht wirklich nicht völlig hoffnungslos.

»Aber sie haben Kanonen mitgebracht«, wandte der scharfäugige Cal ein.

Raymond hatte gehofft, sie würden die Geschütze nicht bemerken. Er hob die Schultern. »Auch für Kanonen ist vorne kein Platz, und ich kann mir nicht vorstellen, dass sie das Risiko eingehen, über die Köpfe ihrer eigenen Leute hinwegzufeuern. Schließlich weiß man nie, wie weit eine Kugel fliegt. Und was sie nicht haben, sind Bogenschützen. Man soll es nicht glauben, aber selbst nach achtzig Jahren Krieg haben sie das noch nicht gelernt.« Er grinste seine Männer verschwörerisch an, und dieses Mal lachten schon deutlich mehr.

Er klopfte dem nächststehenden die Schulter. »Habt ihr eure angespitzten Pfähle, wie der König es befohlen hat?«

Zur Antwort hielten sie die langen Äste und jungen Stämme hoch, allesamt über sechs Fuß lang und an beiden Enden angespitzt.

Raymond nickte zufrieden. »Dann geht in Stellung. Da vorn in der Mitte ist euer Platz. Gott sei mit euch.«

Sie murmelten ihre Segenswünsche und trotteten davon, dreißig hungrige Männer, mehrheitlich barfuß, die prall gefüllten Köcher auf dem Rücken, Äxte oder Schwerter am Gürtel, Bögen und die Furcht einflößenden Pfähle in Händen.

Harry teilte die Ansicht seines Bruders Gloucester bezüglich Sinn und Unsinn einer Taktik nicht und hatte seine Strategie und die Schlachtaufstellung bis ins letzte Detail geplant. Jetzt erteilte er seine Befehle klar und besonnen, strahlte eine enorme Selbstsicherheit aus. So als sähe er die erdrückende feindliche Übermacht auf der anderen Seite gar nicht.

John konnte den Blick nicht von ihm abwenden. Über der spiegelblanken Rüstung trug Harry das königliche Surkot mit den drei englischen Löwen und den drei französischen Lilien. Auf seinem geschlossenen Helm – *Bassinet* genannt – prangte eine prachtvolle Krone. Er sah aus wie Artus selbst: ein königlicher Ritter in der Tat.

Plötzlich sprach eine Stimme neben John aus, was er selbst dachte: »Vielleicht ist es doch nicht so furchtbar schwierig, einem solchen Anführer in den Tod zu folgen, he?«

John wandte den Kopf. »Owen! Was tust du hier?«

»Das Gleiche könnte ich dich fragen. Hast du im Ernst geglaubt, ich würde mir das hier entgehen lassen? Interessante Rüstung übrigens.«

John erwiderte das matte Hohnlächeln. »Das Beste, was sich auf die Schnelle finden ließ.« Über einem dicken, gesteppten Wams, das die Haut vor dem Stahl schützen sollte, trug er einen etwas altmodischen Plattenrock, dazu einen Rundhelm mit hochgeklapptem Visier, Armschienen, zwei verschiedene Plattenhandschuhe mit Lederstulpen, und nur rechts hatte er Beinschienen.

»Warum ist dir dein rechtes Bein kostbarer als das linke?«, fragte Tudor.

John hob unbehaglich die Schultern. »Es kam mir irgendwie wichtiger vor.«

»Das musst du mir bei Gelegenheit unbedingt genauer erklären.«

»Selbst diese Rüstung ist besser als gar keine«, entgegnete

John mit einem vielsagenden Blick auf seinen Freund, der nur ein eisenbeschlagenes Lederwams trug, das so antiquiert wirkte, als stamme es aus den Kriegen der Briten gegen die Angelsachsen.

»Das werden wir ja sehen«, konterte Tudor ungerührt. »*Ich* werde jedenfalls nicht ersticken.«

Ehe sie ihre Debatte fortsetzen konnten, rief Davy Gam seinen Stiefsohn zu sich, und die beiden Freunde konnten sich nur noch hastig Glück wünschen, ehe sie sich trennten.

Harry stellte seine Truppen in einer dreigeteilten Schlachtordnung auf, und er selbst befehligte die Hauptstreitmacht in der Mitte, wo der Ansturm der Gegner am heftigsten sein würde. Am Rand der Wälder links und rechts postierte er große Gruppen von Bogenschützen, kleinere Verbände sicherten in Keilformation die Flanken. Alles ging ruhig und diszipliniert vonstatten, ein jeder wusste genau, wo sein Platz war und was er zu tun hatte.

Und dann warteten sie.

Auf französischer Seite war viel Bewegung, auch wenn man keine Schlachtaufstellung erkennen konnte. »Die Franzosen stehen in drei riesigen Schlachtreihen, Sire«, hörte John einen Späher berichten, der sich im Schutz des Waldes auf die andere Seite des Feldes geschlichen hatte. »Die hintere ist beritten. Aber man kann nicht erkennen, wer die einzelnen Flügel befehligt. Es sieht so aus, als stünden all ihre Lords in der ersten Reihe.«

»Hm.« Harry brummte verächtlich. »Sie sind alle auf fette Beute aus.«

Vor allem auf dich, dachte John unbehaglich.

Der Kundschafter wies auf die Reiterscharen, die die linke und rechte Flanke der französischen Armee zu bilden schienen. »Ich nehme an, sie sollen unsere Bogenschützen niederreiten. Mehr von ihrer Strategie ließ sich leider nicht ausmachen, Sire.«

Der König nickte und schaute zur Sonne. Die dritte Stunde seit Sonnenaufgang war angebrochen. »Hätten wir das gewusst, hätten wir alle noch ein Stündchen länger schlafen können«, knurrte er verdrossen.

»Sie lassen uns zappeln«, sagte Gloucester angewidert. »So wie die Katze mit der Maus spielt.«

Aber Harry von England war keine Maus und Geduld nicht seine größte Tugend.

»Das reicht«, erklärte er schließlich und schloss das Visier seines Helms. »Wir rücken vor.«

Er kniete sich auf die nasse Erde, um zu beten. Alle Engländer folgten seinem Beispiel. Nachdem er das Kreuzzeichen gemacht hatte, stand Harry auf, zog das Schwert und reckte es in die Höhe. »Für Gott, für England und St. Georg!«, rief er mit tragender Stimme. Sein armseliges Häuflein jubelte mit erstaunlicher Stimmgewalt, Trommeln schlugen, Trompeten schmetterten, und so zogen sie in die Schlacht.

In Schussweite der vorderen französischen Linien kam der Vormarsch zum Stillstand, und die englischen Bogenschützen ließen den ersten Pfeilhagel auf die Gegner niedergehen. Ihre in der ganzen Christenheit gefürchtete Treffsicherheit bewies sich auch dieses Mal, fast jeder Pfeil fand ein Ziel. Die französische Reiterei an den Flanken des riesigen Heeres setzte sich in Bewegung, um dieser Gefahr ein Ende zu bereiten. Als sie zu schnell und zu nah war, um noch anhalten zu können, trieben die englischen Schützen ihre Holzpfähle schräg ausgerichtet in die feuchte Erde, die tödlichen Spitzen den Feinden zugewandt, und durch den eigenen Schwung spießte die vordere Reihe der Reiter sich regelrecht daran auf. Die Rösser, die behände genug waren, retteten sich, indem sie schlitternd anhielten und stiegen, sodass ihre Reiter herunterfielen und so mancher unter die Hufe geriet. Derweil schossen die Bogenschützen unaufhörlich weiter, beständig und schnell, aber ohne erkennbare Hast, zwölf Pfeile in jeder Minute, holten die Franzosen aus den Sätteln und dünnten die heranmarschierenden Fußsoldaten aus. Doch für jeden, der fiel, schienen zwei nachzurücken. Die behelmten Köpfe gegen den Pfeilhagel gesenkt, brandeten die Franzosen heran und stießen auf die vordere dünne Linie der Engländer, die unter dem Druck der schieren Masse unweigerlich zurückwich.

»Jetzt!«, brüllte König Harry und wies mit dem Schwert voraus. »Das ist der Moment. Wir dürfen sie nicht durchbrechen lassen!«

Gleichzeitig mit seinem Cousin Edward of York auf der rechten und Lord Camoys auf der linken Seite führte er seine Ritter und seine magere Reserve an Soldaten nach vorn, um das Zurückweichen seiner Front aufzuhalten. Die Bogenschützen hatten ihre Pfeile verschossen, zückten Schwerter und Äxte und lösten ihre Keilformation auf, um sich ihm anzuschließen. Einen Lanzenwurf weit waren sie zurückgedrängt worden, aber dann kam der Rückzug zum Stillstand.

John stand fast Schulter an Schulter mit seinem Bruder und einem unbekannten Soldaten und sah den herandrängenden Franzosen mit weit aufgerissenen Augen entgegen. Als der erste ihm nahe genug kam, hob er das Schwert und streckte ihn mit einem geraden, mühelosen Stoß nieder, noch ehe die Klingen sich gekreuzt hatten. Er stellte den linken Fuß auf die Schulter des Sterbenden, befreite sein Schwert mit einem Ruck und visierte den nächsten Franzosen an, als sein Bruder ihm zuvorkam. Aber das machte nichts. Es waren noch genügend Feinde übrig. Mit einem Empfinden zunehmender Unwirklichkeit stieß er seine Klinge in Kehlen und Leiber, hieb auf Arme und Hände ein, die alle nur denkbaren Waffen gegen ihn erhoben, und immer war er schneller als sie, ohne dass er je begriff, wieso.

Ihre große Zahl war es, die die Franzosen in Bedrängnis brachte. Die Leiber ihrer Gefallenen lagen auf der schlammigen Erde verstreut, türmten sich hier und da schon, und die Ritter in ihren schweren Rüstungen hatten Mühe, über sie hinwegzusteigen, glitten aus und stürzten. Die Nachfolgenden kletterten in ihrem Eifer über sie, statt ihnen aufzuhelfen, und die zweite Schlachtreihe war der ersten so dicht auf den Fersen, dass den Männern kein Platz blieb, um mit der Lanze auszuholen, manchmal nicht einmal genug Raum, um das Schwert zu heben. Und es schien niemanden zu geben, der den Oberfehl hatte, für Disziplin sorgen und diesem kopflosen Ansturm ein Ende machen konnte. Die französischen Heerscharen glichen einer entfesselten Flut.

Derweil standen die Engländer, als sei jeder Mann in der schlammigen Erde verwurzelt, und ehe der Wall gefallener Franzosen vor ihnen Augenhöhe erreichte, gab der König den Befehl, in geschlossener Reihe vorzurücken. Und so begann das Gemetzel.

Die einfachen, ungerüsteten Engländer sprangen leichtfüßig über die Gefallenen hinweg, mancher bezog gar Stellung auf einem dieser grausigen Hügel, um aus erhöhter Position alles niederzumachen, was in Reichweite kam. Die Verzweiflung der letzten Tage, vor allem die Furcht der vergangenen Nacht machte die Engländer gnadenlos. Das galt auch für John. Die Franzosen kamen ihm vor wie johlende Wilde. Er hörte nicht, dass viele von ihnen inzwischen vor Angst schrien. Stattdessen hatte er ihr siegessicheres Gegröle vom gestrigen Abend im Ohr, und bei jedem, den er niedermachte, verspürte er Genugtuung. Er nahm Rache für die ausgestandene Furcht. Bis sein Bruder ihn schließlich von hinten packte, ihn zurückriss und brüllte: »John, John, um der Liebe Christi willen, komm zu dir! Der Mann hat seine Waffe weggeworfen und sich dir ergeben! Du darfst ihn nicht töten!«

Blinzelnd erwachte John aus seinem Blutrausch. Erst jetzt bemerkte er, dass er heulte wie ein Bengel, und er fragte sich, wie lange er wohl »Ihr Schweine, ihr verfluchten französischen Schweine« gebrüllt hatte. Lange genug jedenfalls, dass seine Kehle sich wund anfühlte.

Er schüttelte den Kopf und klopfte zweimal kurz mit dem Handschuh auf Raymonds Armschiene, um seinem Bruder zu bedeuten, dass er wieder bei Verstand war. Augenblicklich ließ Raymond ihn los, wandte sich um und wurde Zeuge, wie Davy Gam sich vor den König warf und mit seiner ungeschützten Brust einen Schwerthieb abfing, den Harry nicht hatte kommen sehen.

Derweil schob John das Visier seines Helms hoch, packte

den unbewaffneten französischen Ritter, den er um ein Haar erschlagen hätte, beim Arm und zerrte ihn aus dem Getümmel hinter die englischen Linien.

Der Franzose nahm den Helm ab und verneigte sich mit versteinerter Miene. »Guillaume de Miraumont. Ich begebe mich in Eure Gefangenschaft.« Er war ein blond gelockter Jüngling, nicht älter als John.

Der nickte. »John of Waringham.« Er zog seinem Gefangenen den rechten Handschuh aus und steckte ihn an den Schwertgürtel, ehe er kurz die Faust um die nackte Hand des Franzosen schloss. So schnell wie möglich ließ er sie wieder los. Wortlos stieß er seinen Gefangenen zwischen die Schultern und trieb ihn vor sich her zu der Stelle, wo schon eine große Schar ähnlich trauriger Gestalten mit gebundenen Händen und bewacht von einem runden Dutzend Soldaten auf das Ende der Schlacht wartete.

Nach kaum einer Stunde war die Entscheidung gefallen. Eine Stunde harter, blutiger Schinderei. Die Kämpfe um Harry herum waren am heftigsten, denn die französischen Ritter, die doch noch am Abend zuvor um den englischen König gewürfelt und die immer noch nicht gemerkt hatten, was die Stunde geschlagen hatte, waren erpicht darauf, ihn gefangen zu nehmen. Aber Harry kämpfte, als sei er der Kriegsgott Mars selbst, wie der Earl of Warwick später sagte. Ohne jede Rücksicht auf seine persönliche Sicherheit fuhr er durch den französischen Ansturm wie die Sense durchs Korn, so als sei er unverwundbar, und sein Bruder Gloucester, der so große Zweifel am Ausgang dieses Tages gehabt hatte, war nicht der Einzige, dem der König in der Schlacht das Leben rettete.

Nicht lange nachdem John ins Getümmel zurückgekehrt war, wurde der Strom der Franzosen merklich dünner, und immer mehr von ihnen ergaben sich nun. Die hintere, berittene Schlachtreihe der französischen Armee sah, dass das Unfassbare geschehen und die Schlacht verloren war. Sie wendeten die Pferde und ergriffen entsetzt die Flucht.

Unterdessen machten die englischen Bogenschützen sich an das grausige Werk, die inzwischen mehr als mannshohen Hügelketten gefallener Franzosen zu durchsuchen, die Ritter aus ihren Rüstungen zu schälen und festzustellen, wer noch lebte. Es waren weit mehr als erwartet, und bald war die Schar der Gefangenen selbst schon fast so groß wie eine Armee. Die Schlacht war geschlagen.

Doch dann erklang Hufschlag im Süden.

»Diese verfluchten Bastarde«, knurrte der Duke of Clarence. Er war außer Atem, und als er das Visier hochklappte, konnte man sehen, dass sein Gesicht schweißüberströmt war. »Es ist die französische Reiterei, Harry. Sie haben den Wald umrundet und greifen uns von hinten an. Womöglich wollen sie den Tross überfallen.«

Der König wandte sich um und ließ den Blick über das wimmelnde Durcheinander aus beutegierigen Engländern und gefangenen Franzosen schweifen. Am Waldrand tauchten die ersten Reiter auf. Harry erfasste die Lage und traf eine blitzschnelle Entscheidung. »Tötet die Gefangenen.«

Die umstehenden Ritter starrten ihn ungläubig an.

»Wie war das?«, fragte Clarence. Er war sicher, er habe sich verhört.

Der König schaute ihm ins Gesicht, das dem seinen so verblüffend ähnlich war, und nickte grimmig. »Ein jeder soll seine Gefangenen töten. Jetzt gleich.«

Der Duke of Exeter machte einen Schritt auf ihn zu und schüttelte entschieden den Kopf. »Sire, Ihr könnt nicht …«

»Oh doch, ich kann!« Die Stimme überschlug sich, klang mit einem Mal sehr jung. »Ich habe diese verdammte Schlacht gewonnen, aber wenn die Reiterei uns angreift, werden die Gefangenen uns in den Rücken fallen, und das Blatt wird sich gegen uns wenden. Das lasse ich nicht zu! Nicht nach diesem Wunder, das Gott für uns gewirkt hat! Tötet eure Gefangenen, sage ich!«

Keiner seiner Ritter rührte sich. Sie alle sahen, dass die französischen Reiter sich am Waldrand formierten, aber sie brachten es einfach nicht fertig. Es war ein so ungeheuerliches Verbrechen, einen Mann zu töten, den man gefangen genommen hatte, dass allein die Vorstellung ihre Glieder zu lähmen schien.

Harry schaute in ein paar Gesichter und nickte. »Ich weiß. Ich weiß, es ist furchtbar, Gentlemen. Aber wir haben keine Wahl.« Er wandte den Kopf. »Sergeant!«

Der Anführer seiner eigenen Bogenschützen eilte herbei und verneigte sich tief. »Mein König?«

»Nehmt zweihundert Männer und tut es. Auf der Stelle.«

Der Sergeant zögerte einen Moment. Wie jeder seiner Kameraden hatte er auf einen Anteil am Lösegeld gehofft, und wie jeder aufrechte Mann scheute er sich davor, einen gebundenen Gefangenen zu töten.

»Ihr solltet Euch lieber beeilen«, drängte Harry. Er sprach leise, doch es war eine unmissverständliche Drohung.

Der Sergeant schluckte sichtlich. »Ja, Mylord. Was immer Ihr wünscht.« Mit einem Wink rief er seine Männer herbei, und sie machten sich an die Arbeit.

Sie war im Handumdrehen erledigt. Die Gefangenen stimmten ein großes Geschrei an, Protest wurde laut, manche flehten um Gnade und ließen sich auf die Knie fallen, doch es dauerte nur ein paar Herzschläge lang, bis die zweihundert Mann sie zum Schweigen gebracht hatten.

Als die französischen Reiter erkannten, wie ihre Feinde mit den Gefangenen verfuhren, packte sie Grauen. Sie machten kehrt und flohen zurück in den Wald.

König Harry sah ihnen nach, das mächtige Schwert in seiner rechten Faust war bis zum Heft blutverschmiert. Er rammte es in den schlammigen Boden, nahm den Helm ab und wandte das Gesicht einen Moment mit geschlossenen Augen dem kühlen Wind entgegen. Dann wies er auf das nächstliegende der drei Dörfer. »Wie heißt dieser Ort?«

Einer der jungen Ritter seines Gefolges räusperte sich und antwortete: »Agincourt, Mylord.«

Harry nickte. »Und so schlugen König Harry und seine

kleine Schar englischer Löwen mit Gottes Hilfe das stolze französische Heer am Tage der Heiligen Crispin und Crispianus bei der Schlacht von Agincourt.« Er sprach bedächtig, ohne besondere Feierlichkeit. Dann schwankte er plötzlich, als sei alle Kraft aus seinen Beinen gewichen, doch er fing sich sogleich wieder und ignorierte die Hände, die seine Brüder ihm hilfreich entgegenstreckten. »Würde sich wohl irgendwer um mein Schwert kümmern?«

John trat zu ihm und wollte die blutverschmierte Waffe aus der zertrampelten Erde ziehen, doch der König legte ihm die Hand auf den stahlummantelten Arm und hielt ihn zurück. »Nein, Ihr nicht. Die Zeiten sind vorbei. Und Ihr habt für heute genug getan.«

John verneigte sich.

»Werdet Ihr mit mir nach Agincourt ziehen, John?«, fragte der König.

»Ja, Sire.« Dorthin oder an den Schlund der Hölle, dachte John und unterdrückte ein Schaudern. Und er sah in den Gesichtern der umstehenden Männer, dass sie alle das Gleiche empfanden. Alle, die diesen Tag überlebt hatten, würden diesem König folgen, wohin er sie auch führte. Denn mochte er auch glauben, dass allein Gott ihr Sieg zu verdanken sei, wussten sie es doch besser. Es war Harrys Sieg. Er hatte dieses Wunder bewirkt, mit seinem unerschütterlichen Glauben, seiner Gabe, Ergebenheit zu wecken, mit seiner Tapferkeit und seinem wahrhaft ritterlichen Mut, nicht zuletzt mit der Fähigkeit, etwas Schreckliches zu tun, weil es notwendig war. Also zogen sie mit ihm in das nahe Dorf und sangen das *Tedeum* – priesen Gott für Harrys Sieg.

»Und wir haben wahrhaftig Grund, Gott zu preisen«, bemerkte der junge Sir Walter Hungerford mit leuchtenden Augen. Ungläubig schüttelte er den Kopf. »Wir haben so gut wie keine Verluste. Es ist nicht zu fassen.«

Sie saßen in einem geräumigen Zelt, das gestern noch dem Grafen von Nevers gehört hatte, um ein prasselndes Feuer herum: Walter Hungerford, Arthur Scrope, der junge de Vere, welcher der Cousin des Earl of Oxford war, und eine Hand voll weiterer junger Ritter. John kannte sie kaum und fühlte sich ausgesprochen unwohl in ihrer Gesellschaft. Als er dem König am gestrigen Abend sein Schwert angeboten hatte, hatte er nicht darüber nachgedacht, dass das sein Leben vollständig verändern würde, denn er war ja davon ausgegangen, es am heutigen Tage zu verlieren. Nun war alles ganz anders gekommen. Sehr lebendig saß er hier am Feuer, zum ersten Mal seit drei Wochen warm und trocken.

»Und die französischen Verluste?«, fragte einer.

Hungerford schüttelte immer noch den Kopf. »Gewaltig. Die Blüte des französischen Adels ist ausgelöscht, Gentlemen. Nur ein paar hochrangige Gefangene, wie die Herzöge von Orléans und Bourbon etwa, die von den andern getrennt von des Königs Leibgarde bewacht wurden, haben überlebt. Die Übrigen sind alle gefallen. Die Herzöge von Brabant, Alençon und Bar, der Konnetabel d'Albret, ein rundes Dutzend Grafen, fünfzehnhundert Ritter und ein paar tausend einfache Soldaten. Vier oder fünf, meint Exeter. Wir wissen es noch nicht genau.«

Für einen Moment schwiegen alle. Keiner von ihnen hatte je von solchen Verlusten gehört.

»Na ja«, sagte de Vere schließlich und schien sein Unbehagen mit einem Schulterzucken abstreifen zu wollen. »Das kommt wohl davon, wenn man Harry von England ein so riesiges Heer entgegenstellt.«

Allein tausend Gefangene waren ermordet worden, schätzte John. Aber schon jetzt wollte sie keiner mehr erwähnen, wollten alle diesen dunklen Schatten auf dem so glorreichen Sieg schnellstmöglich vergessen. John fand das richtig. Aber er wusste, es würde viel Zeit vergehen, ehe er selbst den blond gelockten Guillaume de Miraumont vergessen konnte.

»Und wie viele hat es nun bei uns erwischt?«, fragte de Vere und reichte Hungerford einen Becher dampfend heißen, erbeuteten Wein.

Walter Hungerford nickte dankbar und trank. Dann sagte er: »Den Duke of York.«

Alle schwiegen betroffen. Der Duke of York war zwar der Bruder des Verräters Richard of Cambridge gewesen, aber er selbst hatte mit der Verschwörung ja nichts zu tun gehabt, und er war ein Cousin des Königs gewesen. Ein herber Verlust für England.

»Wie es aussieht, ist er gestürzt und konnte nicht wieder aufstehen.«

Die Gefahr lauerte jedem Ritter, der zu Fuß in schwerer Rüstung kämpfte. War man erst einmal gefallen, war es so gut wie unmöglich, ohne Hilfe wieder auf die Füße zu kommen. Für einen beleibten Mann wie York erst recht. Und irgendwann erstickte man einfach unter dem Gewicht der Panzerung.

»Den Earl of Suffolk«, fuhr Hungerford in seiner Aufzählung fort.

»Michael de la Pole?«, fragte jemand erschrocken. »Lieber Gott, erst sein Vater in Harfleur, jetzt er. Das ist furchtbar. Er war nicht älter als wir.«

»Tja, was soll man erwarten«, warf Arthur Scrope verächtlich ein. »Vor fünfzig Jahren waren die de la Pole noch raffgierige Pfeffersäcke. Sie sind eben doch nicht aus dem Holz, aus dem der echte Adel geschnitzt ist.«

Wie dein Bruder etwa, dachte John angewidert. Aber das sagte er nicht. Die Schlacht war noch keine drei Stunden vorüber, und er war zu müde, um sich jetzt mit Arthur Scrope zu schlagen. Eines Tages würde er es tun, da war er sicher. Aber nicht heute.

»Wer sonst?«, fragte de Vere.

»Insgesamt weniger als dreihundert. Sechs von ritterlichem Stand, sieben, wenn man den mitzählt, den der König eben noch zum Ritter geschlagen hat, ehe er starb. Der Mann hat ihm das Leben gerettet, sagt Exeter.«

»Wer war es?«, wollte Scrope wissen.

»Irgendein Waliser. Davy Gam, glaube ich.«

Scrope winkte ab. »Ach, Himmel, der Feuerkopf. Um den ist es nicht schade, weil … Ja, Waringham, wohin denn so eilig?«

John antwortete nicht.

Er fand Owen Tudor in einem kleinen Zelt am westlichen Rand des Lagers. Dort lag Davy Gam auf einer hölzernen Bahre, und sein Stiefsohn und Neffe war dabei, ihn für die Beerdigung herzurichten: Das leuchtend rote Haar des Toten war so ordentlich gekämmt, wie die eigenwilligen Locken es zuließen, das Gesicht gewaschen, die Augen geschlossen. Tudor tat seine Arbeit mit ruhigen Händen und sang leise in seiner Muttersprache vor sich hin.

Unsicher war John am Zelteingang stehen geblieben. Er wartete, bis der Gesang verstummt war, ehe er sagte: »Ich habe es gerade erst erfahren, Owen. Ich wollte … ihm Respekt erweisen und dir mein Mitgefühl ausdrücken.«

Tudor schaute auf. »Gut von dir, John.« Es sollte brüsk klingen, aber in den schwarzen Augen schimmerten Tränen. »Du hast nicht zufällig zwei Pennys für mich?«

»Wie bitte?«

»Hast du was mit den Ohren, Waringham?«

John öffnete den kleinen Lederbeutel am Gürtel, schüttete den Inhalt in die hohle Hand und fischte zwei silbern glänzende Pennys heraus, die er seinem Freund reichte.

»Danke.«

Zu Johns grenzenloser Verwunderung legte Tudor die kleinen Münzen auf die geschlossenen Lider des Toten. Dann hob er mit einem verlegenen Lächeln die Schultern. »*Sehr* heidnischer Brauch. Der Lohn für den Fährmann.«

»Verstehe.«

»Das bezweifle ich.« Er schlug die Decke zurück und enthüllte das blutbesudelte Gewand seines Stiefvaters, die grässliche, klaffende Wunde an Hals und Brust. »Sieh ihn dir an. Der Streich war für König Harry bestimmt.«

»Gott segne deinen Stiefvater.«

»Ja. Das will ich doch schwer hoffen.« Behutsam verhüllte

Tudor den fürchterlichen Anblick wieder, setzte sich dann auf einen nahen Schemel und legte die Linke auf die gefalteten Hände des Toten. »Sie hatten ihn in Aberystwyth eingesperrt. Das war Glendowers größte Burg. Nach der Geschichte mit meiner Mutter und der Klippe brachten Glendowers Vettern mich auch dorthin. Keiner wusste, was man mit mir anfangen sollte. Und wenn ich nicht artig war oder Ähnliches, sperrten sie mich für ein paar Stunden zu ihm. Manchmal war er krank von der feuchten Kälte da unten, manchmal hatten sie ihn auch heimgesucht und geprügelt. Sie waren wirklich schlecht auf ihn zu sprechen, verstehst du. Aber immer, wenn sie mich zu ihm brachten, hat er so getan, als sei alles in bester Ordnung, und er hat mir Geschichten erzählt und Lieder vorgesungen und mich zum Lachen gebracht.«

John lächelte. »Und darum, nehme ich an, warst du weit öfter unartig, als nötig gewesen wäre. Damit sie dich zu ihm brachten.«

Tudor nickte und wiegte den Kopf hin und her. »Das fiel mir nicht schwer.«

»Ich glaub's.«

Tudor drückte die kalten Hände noch einmal, ehe er sich entschlossen erhob. »Vielleicht war er ein Schurke und ein Schlitzohr, mag wohl sein. Aber er war mir ein so guter Stiefvater, wie er konnte. Und darum bring ich ihn jetzt ordentlich unter die Erde.«

»Und dann?«, fragte John. »Ich meine, was wird jetzt aus dir? Hast du Land in Wales? Was ich eigentlich sagen will, Owen: Wenn du ein Dach über dem Kopf brauchst, komm mit mir nach Waringham. Es … wäre mir eine Ehre.«

Tudor starrte ihn ungläubig an, und es gelang ihm nicht ganz, seine Freude über diese Einladung und das, was sie aussagte, zu verhehlen. Aber dann schüttelte er den Kopf. »Danke, John. Ich weiß das zu schätzen. Aber der König hat mich in seinen Haushalt genommen. Sodass er ein Auge auf mich haben kann und ich die Finger von den Frauen anderer Männer lasse, damit ich nicht so ende wie mein Vater, hat er gesagt.«

Waringham, November 1415

Der Tag nach Allerheiligen war sonnig, aber ein scharfer Wind fegte über die sachten Hügel wie eine Vorahnung auf den kommenden Frost. Am Morgen hatte Raureif auf den Wiesen geglitzert, und die Schafe standen frierend und missmutig zusammengedrängt.

Auch im Gestüt herrschte eine schon winterlich anmutende Stille, was in Wahrheit jedoch mehr mit der Tages- als mit der Jahrezeit zusammenhing. Am frühen Nachmittag war es hier meistens ruhig. Nichts rührte sich, und nur im Stutenhof stand eine der Stalltüren offen.

Conrad hatte den linken Vorderhuf der trächtigen Stute angehoben und wies mit besorgter Miene auf die Fesselgelenkbeuge. »Und? Was denkst du, Onkel? Mauke oder Pferdepocken?«

Eingehend betrachtete Robin den pustelartigen Ausschlag. »Das wissen wir heute Abend«, sagte er schließlich. »Fieber hat sie nicht.«

»Nein«, stimmte Conrad zu. »Das macht mir Hoffnung.«

»Hm. Trotzdem sollten wir sie isolieren. Wenn es die Pferdepocken sind, ist es vermutlich schon zu spät, aber wir müssen wenigstens versuchen, eine Ausbreitung zu verhindern.«

Conrad ließ den Huf los und richtete sich auf. »Du hast Recht. Ich bringe sie ins Liebesnest.«

Das ›Liebesnest‹ war ein unansehnlicher Schuppen, der diskret am Rand der Anlage stand und wo im Frühjahr und Sommer die Paarungen der Zuchtstuten und -hengste stattfanden. Im Moment stand er leer.

Robin nickte. »Und die Jungs sollen das Stroh hier zusammenkehren und verbrennen.«

»Das mach ich lieber selbst.«

Robin lächelte flüchtig. »Du willst immer alles selbst machen, Conrad. Darum schuftest du von Sonnenaufgang bis Sonnenuntergang wie ein Knecht, und die Stallburschen machen es sich derweil bequem.«

Conrad hob kurz die Hände. »Was erwartest du? Ich habe eben alles von dir gelernt …«

Der Earl setzte zu einer spitzen Bemerkung an, doch in diesem Moment erschien ein Schatten an der Stalltür. »Ihr habt nach mir geschickt, Mylord?«

Er wandte sich um. »Liz«, grüßte er lächelnd. »Sei so gut und schau dir das hier einmal an.«

Dieses Mal hob er selbst den Huf an, und die Stute drehte den Kopf und sah ihn an, als wolle sie sagen: ›Schon wieder? Wann wollt ihr mich endlich zufrieden lassen?‹

Liz beugte sich vor, stützte die Hände auf die Oberschenkel unter dem schlichten, graublauen Rock und schaute sich die Haut genauestens an. Schließlich neigte sie den Kopf und murmelte: »Dreifaltigkeit und Stinkteufel …«

»Ist das eine Beschwörungsformel?«, erkundigte sich der Earl entgeistert.

Liz warf ihm unter halb gesenkten Lidern hervor einen schelmischen Blick zu. »Also gehört auch Ihr zu jenen in Waringham, die mich für eine Hexe halten, Mylord? Seid beruhigt. Es sind die Namen zweier Kräuter.«

»Sie klingen nicht, als passten sie gut zusammen«, bemerkte Conrad amüsiert.

»Doch, doch«, erklärte sie in schulmeisterlichem Ton. »Sie helfen gegen Ausschläge wie diesen. Jedenfalls bei Menschen.«

»Nach meiner Erfahrung hilft auch Pferden, was Menschen kuriert, man muss es nur höher dosieren«, warf Robin ein. »Müssen wir einen Umschlag machen?«

»Ja, Mylord. Am besten noch mit einer Hand voll Eichenborke. Soll ich einen Sud kochen?«

Er nickte. »Das wäre großartig, mein Kind.«

Während Conrad die Patientin in ihr neues Quartier brachte und Liz sich nach Hause begab, um ihre Vorräte an getrockneten Blüten, Wurzeln und Kräutern nach so unglaublichen Dingen wie »Dreifaltigkeit« und »Stinkteufel« zu durchforsten, machte Robin einen Rundgang durch den Stutenhof und genoss die wohltuende Ruhe dieses Ortes. Nur das misstönende

Gezänk einer Elster, die in den nackten Ästen der Kastanie am Brunnen hockte, störte die Stille. Erstaunlich behände für einen alten Mann bückte sich Robin, hob einen Stein auf und warf ihn nach ihr. »Fort mit dir«, murmelte er. »Unglücksboten können wir hier im Moment nicht gebrauchen.«

Unter empörtem Geschrei flog sie über den Mönchskopf davon, und kaum war sie entschwunden, erschien auf der Kuppe des Hügels eine hohe Gestalt in einem dunklen, wallenden Mantel.

Robin erkannte den Besucher schon von weitem. Wie ähnlich er seinem Vater sieht, fuhr es ihm wieder einmal durch den Kopf. Er blieb, wo er war, sah ihm entgegen und spürte die Angst wie eine eiskalte Hand, die sich auf seine Brust legte.

Bischof Beaufort eilte mit langen, übermütig federnden Schritten auf ihn zu. »Robin!« Er schloss ihn ungestüm in die Arme. »Es besteht kein Grund für diese Trauermiene, mein Freund. Sie sind unversehrt. Deine Söhne, der König, seine Brüder und meiner ebenso. Und sie haben den wohl größten Sieg dieses Krieges errungen.«

Robin atmete hörbar aus. Erst jetzt merkte er, wie hart er die Zähne zusammengebissen hatte, wie sicher er gewesen war, der Bischof bringe eine Hiobsbotschaft. Und das nur wegen einer verdammten Elster. Du bist und bleibst ein abergläubischer Narr, Robin of Waringham …

»Oh, Henry. Gott sei gepriesen.«

Der Bischof lachte. »Gott hat ein Wunder für uns vollbracht, Robin. Oder womöglich war es auch Harry, ich bin ehrlich nicht sicher.«

Robin wies zum Mönchskopf hinüber. »Wo ist dein Gefolge? Ich kann nicht glauben, dass Henry Beaufort mit weniger als zwei Dutzend Rittern unterwegs ist, um einen inoffiziellen kleinen Besuch zu machen.«

»Und du hast Recht. Das Gefolge sitzt in deiner Halle, und deine Tochter lässt es mit Wein und Erfrischungen verwöhnen. Schönes Kind übrigens, deine Joanna.«

Robin runzelte die Stirn. »Finger weg.«

Beaufort schaute ihn entrüstet an. »Also wirklich, Robin, ich bitte dich. Darf ich nicht die Schönheit deiner Tochter loben, ohne dass du mir unterstellst …«

»Nein.« Robin grinste ihn wissend an. »Und jetzt komm. Ich will, dass du mir alles ganz genau erzählst, aber nicht hier in der Kälte.«

Und so berichtete der Bischof ausführlich. Als Lord Chancellor von England war er natürlich der Erste gewesen, dem der König einen Boten geschickt hatte, um von seinem Sieg bei Agincourt zu berichten. Aber Henry Beaufort war seines Vaters Sohn und nicht auf Boten angewiesen. Er verfügte über ein hervorragendes Spionagenetz, das auch vor dem Hof seines Neffen nicht Halt machte, und kannte vermutlich Geheimnisse, von denen nicht einmal der König etwas ahnte. Zu seinen wertvollsten Informanten während des Frankreichfeldzuges gehörte sein eigener Bruder, der Duke of Exeter, welcher ein wortkarger Mann, aber ein begabter Briefschreiber war, der über viel Erfahrung im Leben und im Krieg und eine gute Beobachtungsgabe verfügte.

»Und er schrieb, er habe noch nie einen Mann das Schwert führen sehen wie Harry bei Agincourt. Und was das angeht, ist mein Bruder nicht sonderlich leicht zu beeindrucken«, versicherte Beaufort.

»Nein, ich weiß.«

Sie saßen allein in Robins Gemach, jeder einen dampfenden Becher Ipogras vor sich, der die kühle Luft im Raum mit seinem angenehmen Aroma nach erhitztem Wein, Zimt und Nelken erfüllte.

Der Bischof berichtete Robin auch von den Taten seiner Söhne, und als Robin hörte, dass der gerade einmal sechzehnjährige John am Abend vor der Schlacht den Ritterschlag empfangen hatte und mit ins Feld gezogen war, empfand er Stolz im gleichen Maße wie Schrecken. Nur gut, dass er das nicht vorher gewusst hatte – er hätte kein Auge mehr zugetan.

»Und nun liegt Frankreich am Boden, Robin«, schloss Beaufort ohne erkennbare Häme. »Der französische Adel, jeder Mann mit Macht und Einfluss ist entweder tot oder Harrys Gefangener, wie der Herzog von Orléans.«

»Was ist mit dem Dauphin?«, fragte Robin.

Beaufort schüttelte langsam den Kopf. »Er glänzte bei der Schlacht durch Abwesenheit.« Dann hob er die Hand zu einer unbestimmten Geste. »Ich will dem Jungen nicht unterstellen, er sei ein Feigling, denn das ist er vermutlich nicht. Ich schätze eher, sein Vater hatte einen seiner lichten Momente und hat dem Prinzen verboten, in die Schlacht zu ziehen. Aber der Dauphin ist ein schwacher Charakter und seinem kranken Vater ein wertloser Ratgeber, das wissen wir alle, Robin. Orléans, Bourbon, Brabant und der Konnetabel d'Albret – das waren die Männer, auf die König Charles vertraute. Jetzt sind sie fort, und Charles ist ein alter, kranker Mann.«

Robin nickte versonnen. »Du willst sagen, es könnte bald Frieden geben?«

»Wenn wir unsere Trümpfe richtig ausspielen, ja.«

»Mein Vater hat einmal prophezeit, dieser Krieg werde hundert Jahre dauern«, erinnerte Robin sich.

»Es fehlt nicht mehr viel, bis sie voll sind. Ich sage auch nicht, es könnte morgen Frieden geben. Frankreich ist im Augenblick wie ein leckgeschlagenes Schiff, das steuerlos auf dem Meer treibt, aber es ist noch nicht gesunken. Harry muss sich des Steuers bemächtigen. Er muss Katherine heiraten, und zwar so schnell wie möglich. Und dann muss Druck auf König Charles ausgeübt werden, Harry zu seinem Erben zu erklären. Da der französische König seinen Sohn, den Dauphin, bekanntlich nicht ausstehen kann, sollte das so schwierig nicht sein.«

Robin trank einen Schluck und dachte einen Moment nach. Schließlich sagte er versonnen: »Frieden … Das ist mein lang gehegter Traum und deiner auch, ich weiß. Ich hoffe nur, dass der kriegerische Harry sich mit der Vorstellung wird anfreunden können.«

Beaufort lehnte sich in seinem Sessel zurück und verschränkte mit einem zuversichtlichen Lächeln die Arme. »Warte, bis er Katherine de Valois sieht. Dann wird er anderes als den Krieg im Sinn haben, glaub mir.«

Bei Einbruch der frühen Dämmerung überließ Robin seinen hohen Gast der Gesellschaft seiner Tochter und seines Stewards, um noch einmal kurz nach der kranken Stute zu sehen. Ohne Eile ging er den Burghügel hinab und überquerte den Mönchskopf, bewunderte beinah andächtig den halben Mond, der im Osten am klaren Abendhimmel schien. Und weil er sich Gott hier draußen auf den Hügeln immer näher fühlte als in einer Kirche, ergriff er die Gelegenheit, ihm für das Leben seiner Söhne zu danken. Welch gute Neuigkeiten Henry Beaufort gebracht hatte. Ein Frieden mit Frankreich schien tatsächlich in greifbarer Nähe. Robin hatte nie Friedenszeiten erlebt, denn dieser Krieg war runde zehn Jahre älter als er, und wann immer ein längerer Waffenstillstand geherrscht hatte, waren die Schotten oder Waliser zur Stelle gewesen, um dafür zu sorgen, dass die englischen Schwerter keinen Rost ansetzten. Doch wenn Harry König von Frankreich wurde, würde ihn das zum mächtigsten Herrscher in der ganzen Christenheit machen und die Schotten und Waliser gleichzeitig ihres verlässlichsten Verbündeten berauben. Und dann mochte tatsächlich eine Friedenszeit anbrechen, wie England sie nie zuvor gekannt hatte.

Während er sich diesen schönen Träumen hingab, erreichte er das ›Liebesnest‹, schob den Riegel zurück und öffnete die Tür. Sie quietschte misstönend.

»Wie wär's mit einem Tröpfchen Öl, Conrad, mein Junge«, murmelte der Earl vor sich hin.

Anais, die flämische Stute, wandte den Kopf, als sie seine Stimme vernahm.

Robin trat zu ihr. Hier im Innern des fensterlosen Holzgebäudes war es zu dunkel, um ihre Fessel zu untersuchen, und er wollte den Umschlag jetzt auch nicht lösen. Doch als er den Arm von unten um ihren muskulösen Hals legte, wusste er, dass sie nicht krank werden würde.

»Noch eine Sorge, die sich als unbegründet erwiesen hat«, bemerkte er zufrieden, und dann traf ihn etwas, das sich wie ein gleißender Blitz in seinem Kopf anfühlte. Mit einem Laut der Verblüffung brach er in die Knie und starb als glücklicher Mann.

2. TEIL

1419 – 1423

Leeds Castle, Januar 1419

John dachte, dass Leeds wohl die schönste Burg in Kent, womöglich in ganz England sein müsse. Trutzig erhob sie sich auf zwei eng beieinander liegenden Inseln in einem stillen See, welcher von dem kleinen Fluss Len gespeist wurde. Der gelblich-graue Stein war dem Auge gefällig, und Mauern wie Türme fügten sich harmonisch in die liebliche, jetzt tief verschneite Landschaft.

John ritt an der befestigten Mühle vorbei und über die Brücke zum Torhaus. Die Wache erkannte ihn und grüßte höflich. »Der Bischof ist in Winchester, Sir, aber wir erwarten ihn noch heute zurück.«

John nickte. »Gut.«

Über eine zweite Brücke und durch ein weiteres Tor gelangte er in den eigentlichen Burghof. Auch hier empfing ihn ein junger Wachsoldat, pfiff durch die Zähne und brüllte dann: »Jamie, lass dich blicken!«

In Windeseile kam ein Knecht aus dem nahen Stall.

John saß ab und klopfte seinem Pferd den Hals. »Ab mit dir, Achilles. Zur Abwechslung werden wir beide heute Abend mal satt und müssen nicht frieren …«

Der Stallbursche nahm den großen Rappen am Zügel und betrachtete ihn mit leuchtenden Augen. Achilles schüttelte hochmütig die dichte, wellige Mähne. Er war bewundernde Blicke gewohnt. Rabenschwarz und ohne jede Blesse, was schon ungewöhnlich war, hatte die Natur ihn obendrein mit einer weißen Strähne in der Stirnlocke bedacht, die ihm etwas Verwegenes verlieh. John liebte ihn sehr, nicht zuletzt weil Achilles eines der Pferde war, die er damals aus dem brennenden Stall gerettet hatte.

»Reib ihn trocken, sei so gut«, bat er den Burschen. »Und ich meine *trocken*, wenn ich trocken sage. Er hat sich erkältet und hustet. Am besten besorgst du ihm eine Decke.«

»Natürlich, Sir.«

John schnipste ihm einen Farthing zu. Der Stallknecht fing die Münze auf und führte Achilles davon.

»Wenn Ihr in die Halle gehen wollt, Sir, wird man Euch sicher vortrefflich bewirten«, riet der Wachsoldat.

John schüttelte den Kopf. Die Ritter des Bischofs und ihre Damen, die die Halle in Leeds bevölkerten, würden ihn mit Fragen bestürmen, doch der Anstand gebot, dass er seine Neuigkeiten zuerst Bischof Beaufort überbrachte. »Ich warte in der Kapelle. Sei so gut und richte dem Bischof aus, er möge nach mir schicken, sobald er die Zeit findet.«

»Wie Ihr wollt, Sir.«

John stapfte über den verschneiten Innenhof. Voller Bewunderung betrachtete er die makellos instand gehaltenen Mauern, die frisch geölten Holztüren und verglasten Fenster. Hier waren sogar die Fallgitter auf Hochglanz poliert. Von solchen Zuständen können wir in Waringham nur träumen, dachte John seufzend.

Es war nicht sein erster Besuch in Leeds. Die Burg war Eigentum der Krone und wurde traditionell der Königin für ihre Zwecke zur Verfügung gestellt. Die amtierende Königinwitwe, Johanna von Navarra, residierte hier allerdings nicht, sondern wurde gefangen gehalten, weil sie einen Anschlag auf das Leben des Königs geplant hatte. Zumindest wurde ihr das vorgeworfen. Und weil Bischof Beaufort den Vorwurf bezweifelte und außerdem fand, dass es zu schade sei, eine so gute Burg ungenutzt liegen zu lassen und womöglich Vernachlässigung und Verfall preiszugeben, hatte er Leeds von König Harry geborgt, um hier gelegentlich zu weilen und seiner unglücklichen, verfemten Schwägerin Gesellschaft zu leisten.

John betrat das Hauptgebäude durch einen Seiteneingang

und gelangte über eine Hintertreppe zur Kapelle, die wie ein Schatzkästchen in einem Winkel der Burg versteckt lag. Und ein Schatzkästchen ist sie in der Tat, dachte John nicht zum ersten Mal, als er sie betrat. Die Kapelle war nicht groß, doch im Licht der Altarkerzen funkelten Edelsteine, schimmerten Gold und Silber der Reliquiare, Monstranzen und Kerzenleuchter. Diebstähle brauchte der Bischof nicht zu fürchten, denn genau wie sein Vater vor ihm und sein Neffe, der König, verstand er es, Ergebenheit zu wecken, und obendrein hielt sich wenigstens einer der vielen Priester und Mönche seines Haushalts ständig hier auf. So auch jetzt. Ein Benediktiner und ein junger Priester standen seitlich des Altars über ein aufgeschlagenes Buch auf einem Lesepult gebeugt und stritten ebenso hitzig wie gedämpft über die Frage, wie es möglich war, dass Tausende und Abertausende Menschen Tag für Tag den Leib Christi aßen, ohne dass dieser Leib je zur Gänze vertilgt wurde. Die Ketzerlehren der Lollarden, erkannte John, hatten ihren Weg ins Herz der Kirche gefunden. Das verwunderte ihn nicht. War ein Gedanke einmal gedacht, ließ er sich nicht so einfach wieder aus der Welt schaffen. Daran konnte nicht einmal der neue mächtige Papst Martin etwas ändern, der mit englischer Unterstützung auf den Stuhl Petri gehievt worden war und dem unseligen Schisma ein Ende bereitet hatte.

Die beiden Geistlichen schauten auf, als sie die Tür hörten, und nickten John zu. Er erwiderte den stummen Gruß, kniete sich auf der anderen Seite des Altars auf eine kleine, gepolsterte Gebetsbank und fragte sich, was wohl geworden wäre, wenn Bischof Beaufort und nicht der Römer Colonna Papst geworden wäre, wonach es eine Weile ausgesehen hatte. Und er dachte darüber nach, wie eigenartig es sich anfühlte, wieder in England zu sein.

Als er zum zweiten Mal eingenickt war und um ein Haar von der Bank gekippt wäre, musste er einsehen, dass er zu müde zum Beten war, und verließ die Kapelle, ehe er das Missfallen oder auch die Heiterkeit der beiden gelehrten Disputanten auf sich ziehen konnte. Er ging zurück in den Burghof, denn er hoffte, die kalte Schneeluft werde seine Schläfrigkeit vertreiben.

Der kurze Winternachmittag war fortgeschritten. John schaute zum grauen Himmel auf, um festzustellen, ob es bald wieder anfangen würde zu schneien, und so erhaschte er einen Blick auf eine grau gewandete Gestalt in den Ästen der einsamen Eiche, die hier wuchs. Es war schon zu dämmrig, um die Gestalt richtig zu erkennen, aber er erahnte eine schlanke, knabenhafte Form. Ein Novize, nahm er an, der irgendeinen Unfug ausheckte, gefährlich auf einem Ast in luftiger Höhe balancierte und sich aus unerfindlichen Gründen nach oben zu recken schien.

John war als Junge auf genügend Bäume geklettert, um auf einen Blick zu sehen, dass das niemals gut gehen konnte. Mit zwei Schritten hatte er den Baum erreicht, und ehe er den leichtsinnigen Knaben warnen konnte, geriet der erst ins Rutschen, dann ins Trudeln, stieß einen leisen Fluch aus und landete unter vernehmlichem Zweigeknacken in Johns Armen.

»Sachte, Bübchen. Was treibst du denn nur da oben?«

»Ich wollte diese unbelehrbare Kreatur vor ihrer eigenen Dummheit erretten«, bekam er zur Antwort. »Seid so gut und lasst mich los, Sir, und untersteht Euch, mich ›Bübchen‹ zu nennen.«

Erschrocken stellte John den »Novizen« auf die Füße. Der befreite sich mit einem graziösen Kopfschütteln von der Kapuze seines schlichten, grauen Wollmantels und enthüllte ein zierliches Mädchengesicht, das ein paar blasse Sommersprossen über der Nasenwurzel aufwies und dessen Wangen von der Winterkälte gerötet waren. Weiche, weizenblonde Locken rahmten es ein, waren aber im Nacken zusammengebunden, vermutlich, damit sie beim Klettern nicht hinderlich waren. Große, braune Augen sahen John direkt an. Einen Moment zu lange für eine Dame, die sich allein mit einem jungen Ritter und obendrein noch in einer so unmöglichen Situation fand.

»Nun steht nicht da und glotzt. Haltet es lieber einen Moment.«

Erst als sie ihm die Hände entgegenstreckte, sah John, dass sie ein Kätzchen hielt, ein flauschiges, schwarzes Fellknäuel.

Er nahm es ihr ab. Der winzige Körper lag zitternd in seiner schwieligen Linken. John steckte die Hand unter den warmen Mantel. »Und *dafür* setzt Ihr Euer Leben aufs Spiel?«, fragte er ungläubig.

»Unsinn«, gab sie brüsk zurück. »Ich bin nur auf einen Baum geklettert.«

»Ja. Und heruntergepurzelt.« Er verneigte sich knapp. »John of Waringham, Madam. Zu Euren Diensten.«

Sie lächelte plötzlich. »Das wart Ihr schon, nicht wahr? Obwohl ich im Schnee vermutlich weicher gelandet wäre als auf Eurem Brustpanzer.« Es war ein hinreißendes Lächeln, das zwei Reihen kleiner, weißer Zähne enthüllte und ein Grübchen in ihren linken Mundwinkel zauberte.

John blieb gar nichts anderes übrig, als es zu erwidern. Und er fragte sich, warum sie sich nicht vorstellte. Er hätte gerne gewusst, wer sie war.

Sie lehnte sich mit der Schulter an den Baumstamm und zog den linken Stiefel hoch, den sie bei ihrem Sturz um ein Haar verloren hätte. Es blieb nicht aus, dass sie John bei diesem Unterfangen einen kurzen Blick auf ein winziges Stück ihrer Wade gewährte, und er senkte hastig den Kopf und spähte in den Spalt seines Mantels, um zu sehen, was das Kätzchen machte. Es hatte sich auf seiner Hand zurechtgekuschelt, erwiderte seinen Blick starr und ohne zu blinzeln und zitterte nicht mehr.

»So, jetzt könnt Ihr es mir zurückgeben.«

Langsam, um seinen kleinen Gast nicht zu erschrecken, zog John die Hand hervor und streckte sie ihr hin. Behutsam nahm sie das Tier und schmiegte es an ihre Wange.

»Sobald Ihr es loslasst, wird es wieder hinaufklettern«, prophezeite John.

»Woher wollt Ihr das wissen?«, fragte sie angriffslustig.

Er hob kurz die Schultern. »Weil Katzen nun einmal so sind. Aber ihr braucht ihm nicht wieder zu folgen. Wenn sie hungrig genug werden, kommen sie auch von allein wieder herunter.

Notfalls springen sie. Aber sie brechen sich nie die Knochen. Im Gegensatz zu jungen Damen.«

Sie lächelte wieder, und John war entzückt von dem warmen Schimmer dieser Augen und den langen, goldenen Wimpern. »John of Waringham«, wiederholte sie versonnen. »Ich dachte, Ihr seid mit dem König in der Normandie.«

Wieso weiß sie, wer ich bin?, wunderte er sich. »Ich bin gestern Morgen von Rouen aufgebrochen, Madam.«

»Bringt Ihr dem Bischof Neuigkeiten?«, fragte sie, die Augen plötzlich groß und ängstlich.

»Ich muss Euch bitten, mir die Antwort zu erlassen.«

»Aber der König ist wohlauf?«

Er nickte. »Das ist er.« Gesund und siegreich, wie üblich.

»Und könnt Ihr mir nicht wenigstens sagen, ob …«

»Juliana!«, rief plötzlich eine vertraute Stimme. Sie klang tief und warm, aber streng.

Das Mädchen schnitt eine kleine Grimasse, biss sich schuldbewusst auf die Unterlippe und sank in eine anmutige Reverence.

John hatte sich umgewandt und verneigte sich tief.

Wie aus einem Munde sagten sie: »Mylord.«

Bischof Beaufort legte John einen Moment die beringte Rechte auf den Arm. »Willkommen in England, Waringham.«

»Danke, Mylord.«

Mit einem Seufzer, der besagte, dass seine Geduld ungebührlich strapaziert wurde, wandte Beaufort sich an das junge Mädchen. »Ich glaube nicht, dass du hier draußen sein solltest, nicht wahr?«

»Nein, Mylord.«

John hätte nie gedacht, dass dieser Wildfang so kleinlaut klingen könnte.

»Vielmehr solltest du um diese Zeit mit den anderen jungen Damen bei der Bibelstunde sein, richtig?«

»Ja, Mylord.«

»Dann darfst du dich jetzt entfernen. Und zwar schleunigst.«

Das Mädchen knickste hastig, warf John ein verstohlenes Lächeln zu, raffte die Röcke mit der freien Linken zu hoch und lief viel zu schnell für eine Dame zu einem Gebäude an der Ostseite der Mauer.

John schaute ihr nach. »Wer … ist das?«

»Niemand von Bedeutung«, entgegnete Beaufort knapp. »Kommt.«

Er wandte sich ab, ehe John noch etwas sagen konnte, führte ihn zum Hauptgebäude, zwei Treppen hinauf und einen von Fackeln erhellten Korridor entlang.

John fiel auf, dass der Bischof ein wenig hinkte. »Habt Ihr Euch verletzt, Mylord?«, fragte er.

Beaufort knurrte missfällig und winkte ab. »Ischias. Er plagt mich immer wieder einmal. Der König hat mir deswegen schon zweimal seinen Leibarzt auf den Hals gehetzt, aber der kann nichts tun. Ich habe dem heiligen Laurentius schon ein Vermögen gezahlt, damit er mich von diesem Übel erlöst, aber auch das nützt nichts.« Er grinste flüchtig. »Es ist eine der vielen Plagen, die ich erdulden muss, John. Und derzeit ist der Ischias schlimmer als der Erzbischof von Canterbury.«

Er hielt einen Pagen an, der ihnen entgegenkam, und schickte ihn nach heißem Wein und Brot und Fleisch für seinen Gast. Als sie sein Gemach betreten und er die Tür geschlossen hatte, schaute er John erwartungsvoll an. »Also?«

»Rouen ist vor drei Tagen gefallen, Mylord.«

Beaufort atmete hörbar auf. »Der Herr sei gepriesen. Jetzt gehört die Normandie uns.«

John nickte, griff in seinen Mantel und förderte ein schmales Päckchen mit Briefen hervor. »Von Eurem Bruder Exeter, dem Duke of Clarence und dem Earl of Warwick.«

Beaufort nahm die Schreiben und ließ sie achtlos auf den Tisch fallen. Dann lud er John mit einer Geste ein, Platz zu nehmen. »Und was nun?«, fragte er. »Paris?«

John ließ sich in einen der gepolsterten Sessel sinken. Die Rüstung hinderte ihn daran, wirklich bequem zu sitzen, und er sehnte sich nach einer Schüssel warmem Wasser und einer

Rasur, aber alle Annehmlichkeiten mussten warten, bis er dem Bischof vollständig Bericht erstattet hatte. In den zwei Jahren, die sie gebraucht hatten, um die Normandie Stück um Stück zu erobern, hatte er das oft getan, denn der Bischof schätzte sein Urteilsvermögen und seinen klaren Blick, und der König schätzte, mit welcher Schnelligkeit John reiste und nach erledigten Botengängen ins Feld zurückkehrte.

»Das würde mich nicht wundern«, antwortete der junge Bote. »Der Herzog von Burgund hat sich sehr kurzfristig entschlossen, Paris den Rücken zu kehren, und nun herrscht Anarchie in der Stadt. Obendrein leiden die Menschen Hunger, weil wir den Nachschub aus der Normandie abschneiden. Ich denke, Paris ist reif.«

Der Bischof nickte versonnen. »Erzählt mir von Rouen.«

»Es war schauderhaft, Mylord. Der König verfuhr nach seiner bewährten Methode: Er zog einen Ring um Rouen und schnitt es von jeglicher Versorgung und möglicher Unterstützung durch Burgund oder den Dauphin ab. Aber die Garnison und die Leute von Rouen waren gut vorbereitet. Sie hatten alle Stadtviertel außerhalb der Befestigungen dem Erdboden gleichgemacht und die Scheunen der Bauern niedergebrannt, damit wir weder Obdach noch Proviant finden sollten. Und sie haben alle Bettler und armen Leute, die keine Vorräte anlegen konnten, aus der Stadt gejagt. Als unser Belagerungsring sich schloss, gerieten diese Vertriebenen zwischen die Fronten.«

Der König hatte den verzweifelten Menschen freien Abzug angeboten, aber sie wussten nicht wohin, denn nach zwei Jahren Krieg war die ganze Normandie verwüstet, und überall war die Not groß. So lagerten sie vor den Toren und flehten die Stadtväter an, sie wieder hineinzulassen und ihnen etwas zu essen zu geben. Doch die Kommandanten der Stadt blieben hart. Nur die Kinder, die vor der Stadtmauer zur Welt kamen, wurden in Körben über die Mauer gezogen und getauft, ehe sie zum Sterben wieder hinabgelassen wurden. John hatte die Priester von Rouen auf der Mauer stehen sehen und die Bettler ermahnen hören, demütig und gottesfürchtig dahinzugehen und auf den Lohn im Jenseits zu hoffen …

Beaufort verzog das Gesicht, als er das hörte, und seine Miene war eine Mischung aus Hohn und Mitgefühl. »Wie pragmatisch«, murmelte er.

»Als sie bei uns betteln kamen, haben die Männer ihnen etwas gegeben, aber der König hat es verboten und die Hungernden davonjagen lassen.« John unterbrach sich, als der Page eintrat, wartete, bis der Junge sein Tablett mit den dampfenden Bechern und einem Silberteller voller Köstlichkeiten abgestellt hatte und wieder verschwunden war, ehe er fortfuhr. »Und natürlich hatte er Recht. Wir hatten selbst kaum genug Proviant.«

»Und ich nehme an, er wollte den Stadtvätern von Rouen nicht aus ihrem Gewissenskonflikt helfen«, warf Beaufort ein. »Ein schlechtes Gewissen ist ebenso zermürbend wie Hunger und Dauerbeschuss.«

John nickte, schien etwas sagen zu wollen und überlegte es sich dann anders.

Aber Beaufort entging nicht viel. »Was?«

Ertappt schaute John auf und schüttelte dann den Kopf.

Der Bischof lud ihn mit einer Geste ein zuzugreifen. »Esst und trinkt, John. Die Toten von Rouen werden nicht auferstehen, wenn Ihr fastet. Und Ihr müsst zusehen, dass Ihr bei Kräften bleibt.« Tatsächlich war er ein wenig erschrocken darüber, wie bleich und mager der junge Waringham aussah. Das unrasierte Gesicht schien wettergegerbt, und um die Augen zeichneten sich die ersten Krähenfüße ab. John wirkte älter als seine knapp zwanzig Jahre. Das machte der Krieg mit den Menschen, wusste der Bischof.

Er wartete, bis John einen kleinen Schluck des heißen Ipogras getrunken und einen Hühnchenschenkel verschlungen hatte, ehe er weiterbohrte. »Ihr wolltet etwas sagen, John. Oder vielmehr, Ihr wolltet es *nicht* sagen. Aber ich will es hören.«

»Ich mag mich irren, Mylord, aber ich glaube, vor zwei Jahren hätte der König diese Menschen nicht verhungern lassen.

Obwohl ich nicht weiß, wie er es hätte verhindern sollen. Aber er ist härter geworden. Das sagt sogar Owen Tudor, der den König aus den Tagen der walisischen Rebellion kennt.«

Beaufort hob ergeben die Hände. »Es entspricht nicht seiner Natur, aber die Umstände lassen ihm keine Wahl. Nach Agincourt haben wir alle gedacht, der Krieg sei gewonnen. Es war wieder ein Irrtum, genau wie damals nach Crécy. Langsam geht uns das Geld aus. Wenn Harry nicht bald zu einem Ende kommt, war alles umsonst.«

John rieb sich die brennenden Augen. »Ich weiß. Und er weiß es auch, und das macht ihn wütend. Seine Wut wiederum macht ihn unbarmherzig. Nach der Einnahme der Stadt wurden fünf unserer Männer mit gestohlenem Kircheneigentum erwischt. Silberkelche, Monstranzen und so weiter. Harry hat sie alle fünf auf der Stelle hinrichten lassen. Einer war sein eigener Knappe, ein Neffe des Baron of Aimhurst. Natürlich war das sein Recht, und sie waren gewarnt und hätten es besser wissen müssen. Aber … die Winterbelagerung war hart für die Männer, das Plünderungsverbot eine große Enttäuschung. Der Sold kommt nicht gerade pünktlich und …« Er unterbrach sich seufzend. »Es war wirklich nicht nötig, sie alle gleich aufzuhängen.«

»Oh doch, John, ich fürchte, das war es«, widersprach der Bischof. »Seit Beginn dieses Feldzuges bemüht Harry sich, die Menschen in der Normandie davon zu überzeugen, dass er und seine Truppen Ordnung und Frieden zurückbringen. Dass es ihnen unter seiner Herrschaft besser ergeht als unter französischer Willkür. Langsam fangen sie an, das zu glauben, aber ein einziger Diebstahl reicht, um dieses Vertrauen zu erschüttern.« Er hob die Hand, um Johns Einwand abzuwehren. »Ich weiß, was Euch Sorgen macht. Aber seid beruhigt. Es wird keine Meuterei unter den Truppen geben, denn die Männer sind Harry ergeben, ganz gleich, wie hart er manchmal auch sein mag. Und er wird niemals ein verbitterter Despot werden wie Richard. Es mag vorkommen, dass die Ungeduld seine Vernunft trübt, aber ich kenne wahrlich keinen anderen Mann, der so ein fanatisches Gerechtigkeitsempfinden hat, keinen König, der von so tiefer Frömmigkeit durchdrungen ist. Seine Seele ist nicht in Gefahr. «

John nickte. »Und Gott war wieder einmal mit ihm. Es hat sechs Monate gedauert, aber nachdem die Festung im Südosten von Rouen gefallen war, ging es schnell. Salisbury hat sie genommen. Unter großen Verlusten, denn er musste bergan gegen feindlichen Beschuss kämpfen. Aber die Festung fiel, und wenige Tage später kapitulierte die Garnison. Rouen war einfach zu hungrig, um länger auf Burgund zu warten.«

»Gut gemacht, Harry«, murmelte Beaufort voller Stolz und verspeiste ein Stück kalten Braten.

Eine Weile aßen sie schweigend. Als Brot und Fleisch bis auf den letzten Krümel vertilgt waren, erkundigte sich der Bischof: »Seid ihr allein herübergekommen?«

»Nein. Tudor und Somerset haben mich begleitet, und wir werden uns in zehn Tagen in Dover treffen, um zurückzukehren. Sie wollten für ein paar Tage nach Hause, und das will ich auch. Raymond ist seit zwei Wochen in Waringham, und wenn er länger unbeaufsichtigt bleibt, wird er irgendeine Katastrophe anrichten.«

Beaufort lächelte flüchtig, wurde aber gleich wieder ernst. »Auf Somerset warten daheim keine guten Neuigkeiten.«

John sah besorgt auf.

»Sein Bruder Henry ist schwer erkrankt«, fuhr der Bischof bekümmert fort. Seit dem frühen Tod seines Bruders hatte er Vaterstelle an dessen Söhnen vertreten, so gut es ihm möglich war, und er war Henrys Pate. »Ich fürchte das Schlimmste.«

John wusste, Somersets ältester Bruder war immer schon kränklich gewesen. In gewisser Weise galt das für Somerset und den jüngeren Bruder Edmund ebenso, doch diese beiden schienen mit zunehmendem Alter immer robuster zu werden, während die Gesundheit des jungen Earl sich seit Jahren verschlechterte.

»Somerset wird alles andere als glücklich sein, wenn er den

Titel erbt«, bemerkte John. »Er hat nicht genug Vertrauen zu sich selbst.«

Beaufort nickte. »Das hat er von seinem Vater. Aber genau wie der wird er an seinen Aufgaben wachsen, denn er ist ein Lancaster.«

»Das ist wahr.« John trank versonnen einen Schluck. Der heiße Rotwein machte ihn schläfrig, und er rieb sich wieder die Augen. Die zwei Tage im Sattel und die schlaflose Nacht auf dem Kanal hatten ihre Spuren hinterlassen.

»… seine Trümpfe jetzt richtig ausspielt, wird dies vielleicht der letzte Winterfeldzug sein, den Harry führen muss«, hörte er den Bischof sagen, und dann: »Wieso habe ich das Gefühl, dass Ihr mir überhaupt nicht zuhört, John?«

Der junge Waringham hob entschuldigend die Linke. »Ich gelobe Besserung.«

»Legt Euch schlafen. Ihr müsst erschöpft sein.«

John schüttelte den Kopf. Müdigkeit war nicht der Grund für seinen Mangel an Aufmerksamkeit. »Kann ich … Euch eine Frage stellen, Mylord?«

»Natürlich.«

»Dieses Mädchen vorhin im Hof …«

Beaufort machte eine abwehrende Geste. »Ja, ich weiß, sie ist hinreißend. Trotzdem wünsche ich, dass Ihr sie auf der Stelle wieder vergesst.«

»Aber wer ist sie?«

»Niemand.«

Die Antwort ärgerte John. »›Kein Mensch ist ein Niemand‹, pflegte mein Vater zu sagen.«

»Tja, das sieht ihm ähnlich. Weiser Robin. Möge er in Frieden ruhen.« Beaufort lächelte wehmütig. »Mein Vater nannte ihn ›Lancasters wandelndes Gewissen‹, wusstet Ihr das?«

John nickte. »Das habe ich schon unzählige Male gehört. Und Ihr weicht mir aus.«

Der Bischof nickte ungerührt. »Das ist mein Privileg.«

»Was ist so schlimm daran, dass ich wissen will, wer ihr Vater ist?«

Beaufort verdrehte die Augen. »Du meine Güte, John, manchmal seid Ihr wirklich schwerfällig wie ein Ochse. Wozu wollt Ihr das wissen?«

»Keine Ahnung.« Der junge Ritter hob mit einem verlegenen Lächeln die Schultern. »Vielleicht, um ihn um ihre Hand zu bitten.«

»Die Antwort ist nein.«

»Bei allem gebotenen Respekt, Mylord, aber ich glaube nicht, dass ich dies mit irgendjemandem als dem Vater des Mädchens erörtern muss!«

Beaufort verzog einen Mundwinkel und nickte seufzend. »Das tut Ihr.«

»Was soll das heißen? Ich meine, woher nehmt Ihr das Recht …« John verstummte jäh. Er legte die Hände auf die Kniekacheln und blickte einen Moment darauf hinab. »Verstehe.«

Beaufort nahm einen kräftigen Zug aus seinem Becher. »Ich hoffe, Ihr langweilt mich nicht mit einer Predigt.«

John sah verblüfft auf. Er hätte nie geglaubt, den Bischof einmal verlegen zu sehen. Mit einem kleinen, boshaften Grinsen entgegnete er: »Woher denn, Mylord. Schließlich seid *Ihr* der Bischof, nicht ich.«

Beaufort nahm die Unterlippe zwischen die Zähne und gluckste vergnügt. »Sehr treffsicher platziert, Eure Spitze. Wie üblich.« Die schwarzen Augen funkelten. »Wenn Ihr ihre Mutter kennen würdet, wäret Ihr nicht so streng. Sie ist jede Sünde wert.«

Und wer ist ihre Mutter?, hätte John gerne gefragt. Aber er wusste, dass Beaufort diese Frage übel genommen und niemals beantwortet hätte.

Nach einem längeren Schweigen bekannte der Bischof schließlich unwillig: »Juliana … ist die Freude meines Herzens. Eine Freude, die einem Gottesmann nicht zusteht, werdet Ihr denken, aber ich kann nicht ändern, was ich empfinde. Doch oft bin ich in Sorge um sie. Sie ist zu eigenwillig für ein Mädchen. Viel zu wild. So ganz anders als ihre Schwester …«

John biss die Zähne zusammen, damit sein Gesicht ausdruckslos blieb und keine Überraschung verriet, aber Beaufort durchschaute ihn mühelos.

»Ah. Nun seid Ihr wahrlich schockiert. Ich vergesse manchmal, was für ein Grünschnabel Ihr noch seid, John. Wie ahnungslos.«

John nickte. Es stimmte. Er hatte nie Gelegenheit gehabt, etwas über die Welt, über Männer und Frauen zu lernen. Dafür wusste er alles über den Krieg.

»Wie sagt man so schön?«, fuhr Beaufort fort. »Ich bin mehr als einmal gestrauchelt.« Das Lächeln wurde süffisant. »Ich kann nichts dafür, wisst Ihr. Ich bin eben letztlich auch nur meines Vaters Sohn …«

»Hm«, brummte John abwesend. Dann lehnte er sich zurück und sah dem Bischof ins Gesicht. »Wie alt ist sie?«

»Das braucht Euch nicht zu kümmern.«

»Nein. Ich bin nur neugierig.«

»Dreizehn.«

Also heiratsfähig, fuhr es John durch den Kopf, aber er sprach es nicht aus. Er hatte kein Interesse, den Bischof weiter zu verstimmen. Es war ja nicht so, als hätte er irgendwelche ernsthaften Absichten auf dieses Mädchen …

Beaufort vollführte eine unbestimmte Geste. »Juliana sollte in ein Kloster eintreten. Es wäre die beste Lösung. Aber es ging nicht. Ich habe es versucht. Es war eine Katastrophe.«

»Das glaube ich unbesehen.«

Beaufort schaute kurz auf und nickte. »Also wird sie irgendeinen unbedeutenden, armen Ritter heiraten, der nicht wählerisch sein kann und auf die Mitgift angewiesen ist.«

John konnte doch nicht widerstehen. »Also mich, zum Beispiel.«

Beaufort bedachte ihn mit einem Kopfschütteln. »Ich werde dafür sorgen, dass Ihr sie nicht wiederseht.«

Der Gedanke war John eigentümlich schmerzlich.

Der Bischof erhob sich, um ihm anzuzeigen, dass ihre Unterredung beendet war.

John stand ebenfalls auf und tippte im Vorbeigehen auf einen der ungelesenen Briefe auf dem Tisch. »Warwick sagt, wir brauchen vor dem Frühling weitere hundert Sack Gänsefedern für die Befiederung der Pfeile.«

»Richtet ihm aus, ich schicke ihm die ersten zwanzig vor Mariä Lichtmess«, antwortete Beaufort betont geschäftsmäßig.

John nickte und legte die Hand auf den Türriegel. »Gute Nacht, Mylord.«

»Ihr wollt nicht in die Halle hinunterkommen?«

»Ich wäre dankbar, wenn Ihr mich entschuldigt. Ich bin seit Sonnenaufgang gestern auf den Beinen.«

Der Bischof zeigte sein huldvollstes Lächeln. »Ich muss dennoch darauf bestehen, Sir. Ich fühle mich verantwortlich dafür, dass Ihr nach einem langen Winter magerer Rationen vernünftig esst, ehe Ihr Euch zur Ruhe begebt. Ihr wisst vermutlich gar nicht, wie dürr Ihr seid. Außerdem wünsche ich, dass Ihr meinen neuen Steward kennen lernt, er ist Huntingdons Cousin. Ein Mann, den zu kennen Euch einmal nützlich sein könnte.«

Sieh an, aber eben wolltest du mich noch schlafen schicken, dachte John. Für einen Moment erwog er zu rebellieren. Aber er musste feststellen, dass er tatsächlich zu erledigt war, um heute Abend den berüchtigten Lancaster-Zorn auf sich zu ziehen. Stattdessen drückte er seinen Unwillen mit einer übertriebenen Verbeugung aus. »Ich bin zutiefst dankbar, Mylord«, beteuerte er.

Beaufort lachte in sich hinein. »Dann geht zu Eurem Quartier. Es ist dasselbe wie immer, und ich bin zuversichtlich, dass Ihr dort alles zu Eurer Bequemlichkeit vorfinden werdet.«

Das war in der Tat so. John fand ein prasselndes Feuer, warmes Wasser und einen livrierten Diener, der ihm aus der Rüstung half, ihn rasierte und die schlimmsten Flecken aus seinen zerschlissenen Kleidern bürstete.

Als John zwei Stunden später vom Essen in der Halle zurückkehrte, stand ein verschlossenes Weidenkörbchen auf seinem

Bett, wie die Bauersfrauen in Waringham es zur Aufbewahrung ihrer Näharbeiten benutzten. Neugierig hob John den Deckel an und fuhr zurück, als ein Fauchen erklang und eine kleine Samtpfote mit äußerst scharfen Krallen in sein Handgelenk geschlagen wurde.

»Was zum Henker …«, knurrte er.

Das schwarze Katzenjunge hockte in dem Korb und schaute ihn argwöhnisch an, die kleinen Ohren verwegen und gleichzeitig putzig nach außen gerichtet. John musste unwillkürlich lächeln. Neben dem kleinen Körper lag ein zusammengefalteter Papierbogen. Vorsichtig, mit spitzen Fingern, fischte John ihn heraus.

Der ehrwürdige Bischof schickt mich noch heute Abend zurück nach Havering, stand dort in einer rundlichen, energischen Handschrift. *Dort werde ich unglücklich sein, denn das bin ich dort immer, und nur Ihr seid schuld, dass ich wieder ins Kloster muss. Da Ihr aber gesagt habt, Ihr wollet mir zu Diensten sein, John of Waringham, bitte ich Euch, Euch meines kleinen Freundes anzunehmen. Ich habe ihn aus den Händen des Stallmeisters errettet, der ihn ersäufen wollte. Wenn ich ihn zurücklasse, wird genau das sein Schicksal sein. Also seid so gut und nehmt ihn mit. Sein Name ist Henry. Ich habe ihn nach dem ehrwürdigen Bischof benannt, weil sein Fell so schwarz ist wie dessen Haar und weil er genauso grantig ist. Lebt wohl, und Gott schütze Euch. Juliana of Wolvesey*

»Also, das hat mir so gerade noch gefehlt«, murmelte John seufzend, packte den kleinen Kater im Nacken und setzte ihn auf sein Knie. Die Krallen bohrten sich in seine Haut, bis der flauschige Tollpatsch sein Gleichgewicht gefunden hatte, sich niederlegte und zu schnurren begann. John strich ihm mit einem Finger über den Rücken. »Havering«, sagte er versonnen. »Vielleicht sollte ich bei nächster Gelegenheit einmal meine fromme Schwester Isabella besuchen …«

Waringham, Januar 1419

Raymond, wenn du anfängst, deine Jährlinge zu verkaufen, bestiehlst du dich selbst«, sagte Edward Fitzroy, der Steward, beschwörend, und es klang, als sage er es nicht zum ersten Mal.

»Ich weiß, Ed«, antwortete Raymond ratlos. »Ehrlich, du darfst nicht denken, dass mir das nicht klar ist. Das Problem ist nur, es gibt keine andere Möglichkeit. Das Geld *muss* her.«

»Ich lasse das nicht zu«, verkündete der Stallmeister mit unterdrückter Heftigkeit. »Wenn wir die Jährlinge verkaufen, leidet der Ruf der Zucht. Ohne mich, Raymond.«

John betrat den Raum über der Halle, wo die drei Männer am Fenster zusammenstanden und debattierten. »Ed, Conrad.« Und seinen Bruder begrüßte er mit den Worten: »Du hattest Recht. Rouen ist vor dem Zwanzigsten gefallen. Am Achtzehnten, um genau zu sein. Ich schulde dir einen Schilling.«

Raymond klopfte ihm lachend die Schulter. »Das trifft sich gut. Ich bin in Geldnöten. Willkommen daheim, John.«

»Danke, Mylord.«

Mit jedem Tag des Blutvergießens, den sie seit Agincourt erlebt hatten, hatte ihr Verhältnis sich gebessert. Sie führten das gleiche Leben, zogen von einer normannischen Burg oder Stadt zur nächsten, um sie einzunehmen, steckten im Dreck, erlitten Entbehrungen und persönliche Verluste und nahmen all das willig auf sich, weil sie ihren König liebten und weil das nun einmal die Opfer waren, die seine ehrgeizigen Ziele ihnen abverlangten. Es kam gelegentlich noch vor, dass Raymond seinen jüngeren Bruder bevormunden wollte. Vor allem dann, hatte John gelernt, wenn der Ältere etwas von ihm wollte, worauf er kein Anrecht hatte. Raymond fand es vermutlich bequemer, Gehorsam einzufordern, als um einen Gefallen zu bitten. Aber John fiel nicht mehr so leicht darauf herein. Er glaubte nicht, dass sie sich wirklich besser verstanden als früher. Es gab heute lediglich weniger Reibungspunkte.

Auch Fitzroy und Conrad begrüßten den Heimkehrer, aufrichtig erfreut, ihn unversehrt wiederzusehen. Sie fragten ihn nach seinem Befinden und nach dem Fall der normannischen Hauptstadt und brachten ihn auf den neuesten Stand über die Ereignisse in Waringham. John war länger als ein halbes Jahr nicht zu Hause gewesen und wusste deshalb noch nicht, dass seine Schwester Joanna wieder guter Hoffnung war, der Müller seinen Schwager erschlagen hatte und kurz vor Weihnachten in Canterbury gehenkt worden war, ein kleines Erdbeben Waringham an Martinus aufgeschreckt hatte und Verschiedenes mehr.

Er setzte sich hin, schenkte sich einen Becher Ale aus dem Krug auf dem Tisch ein und lauschte interessiert. Als alle Neuigkeiten ausgetauscht waren, sagte er mit einer auffordernden Geste: »Lasst euch nicht stören. Oder soll ich euch lieber allein lassen?«

»Im Gegenteil«, erwiderte Conrad. »Ein Schaden der Zucht geht dich schließlich ebenso an wie mich.«

John hatte nach dem Tod seines Vaters nicht nur seinen geliebten Rappen Achilles, sondern auch zwei der Zuchtstuten geerbt. Durch den Verkauf ihrer Nachkommen verfügte er über ein bescheidenes Jahreseinkommen, das je nachdem schwankte, ob es Hengst- oder Stutfohlen waren, die sie zur Welt brachten, das es ihm aber eines Tages, wenn der Krieg einmal vorbei war, ermöglichen würde, zu heiraten und seine Familie zu ernähren, wenn auch in bescheidenen Verhältnissen.

»Ich habe dem König dreißig weitere Bogenschützen versprochen«, erklärte Raymond an John gewandt. »Du weißt so gut wie ich, dass wir alle Reserven mobilisieren müssen, denn jetzt geht es ums Ganze. Aber ich kann das Geld für die Ausrüstung und den Sold der Männer ja nicht scheißen, verflucht!«

Nur ein kleines Stirnrunzeln verriet Johns Missfallen ob dieser derben Wortwahl. Er sagte nichts.

»Ich versuche Raymond klar zu machen, dass er sich ins eigene Fleisch schneidet, wenn er Jährlinge verkauft. Jetzt bringen sie vielleicht dreißig oder vierzig Pfund. In zwei Jahren mehr als das Fünffache. Das ist Irrsinn«, bekundete Fitzroy erregt.

»Und es verstößt gegen getroffene Abmachungen«, fügte Conrad hinzu.

Alle drei sahen John erwartungsvoll an.

Dem jungen Mann wurde unbehaglich. Er hob die Linke zu einer matten Geste. »Sind wir so abgebrannt?«

Fitzroy nickte seufzend. »Euer Vater hat der Krone viel Geld geliehen.«

»Und was übrig war, hat Raymond für seine Weibergeschichten verjubelt«, knurrte Conrad.

Raymond war nicht ärgerlich. Mit einem entwaffnenden Lächeln entgegnete er: »Meine Weibergeschichten sind preiswert, Vetter. Aber der Krieg ist teuer.«

»Ja, deine patriotische Opferbereitschaft rührt mich zu Tränen. Aber du kannst deine Jährlinge nicht ohne meine Einwilligung verkaufen, so regelt es der Vertrag, den unsere Väter geschlossen haben, und meine Einwilligung bekommst du nicht. Ist das klar?«

»Halt die Luft an«, konterte Raymond. »Ich mache mit meinen Gäulen, was ich will. Dein Vertrag interessiert mich nicht. In der Normandie verrecken englische Soldaten auf einem verdammten Winterfeldzug, und du jammerst mir die Ohren voll wegen *Geld.*«

»Es hilft nichts, wenn ihr streitet …«, sagte Fitzroy beschwichtigend, aber weiter kam er nicht.

Conrad trat einen Schritt näher auf Raymond zu. »Vor drei Monaten hast du den Rubin meiner Mutter verscherbelt – ohne auch nur die Höflichkeit zu zeigen, mich nach meiner Meinung zu fragen. Um dem König angeblich neue Waffen zu bringen. Aber eine Woche später hatte dein kleines Flittchen ein neues Seidenkleid. In Waringham lachen die Hühner über die Küchenmagd, die sich hier als Burgherrin aufspielt. Tu, was du willst, Raymond, mach dich zum Gespött, das kümmert mich nicht. Aber nicht auf meine Kosten.«

Die kleine Maud in einem Seidenkleid?, fragte John sich verwundert. Das war in der Tat eine etwas merkwürdige Vorstellung.

»Halt deine Nase aus meinen Privatangelegenheiten«, gab Raymond zurück. Es klang aufgebracht. »Alle Welt verkauft derzeit Edelsteine – dein kostbarer Rubin hat keine zehn Pfund eingebracht. Ich wette, es hat meinen Vater weit mehr gekostet, deine Mutter und dich hier jahrelang durchzufüttern!«

Conrad stand stockstill und sagte kein Wort.

Schließlich schnalzte Raymond mit der Zunge und hob begütigend eine Hand. »Entschuldige. Das wollte ich nicht sagen. Es war scheußlich.«

Conrad wandte sich ab. »Fahr zur Hölle …«, hörten sie ihn murmeln, dann schlug die Tür krachend zu.

»Großartig, Raymond«, lobte Fitzroy. »Wirklich ganze Arbeit.«

Seufzend ließ Raymond sich auf einen Sessel John gegenüber sinken und raufte sich die Haare. »So ein *Mist* …«

»Wie viel Geld brauchst du denn eigentlich?«, fragte John zaghaft.

Sein Bruder vollführte eine vage Geste. »Achtzig, hundert Pfund. Etwas in der Art.«

John dachte nach. Schließlich schlug er vor: »Leih es doch. Nach der Auktion im April kannst du's zurückzahlen.«

»Und von wem? Hast du so viel?«

John konnte sich ein verblüfftes Lachen nicht verbeißen. »Wenn ich achtzig Pfund hätte, Raymond, glaubst du, ich würde ein Bettelritterdasein ohne Knappen führen? Bei mir geht jeder Penny für Waffen und Ausrüstung drauf, und von meinem Beuteanteil habe ich bislang noch nichts gesehen. Nein, Bruder, tut mir Leid. Ich muss passen. Aber was ist mit unserem Bankier in London?«

Raymond schüttelte den Kopf. »Der gibt mir vor der Auktion nichts mehr.«

»Oh, bei allen Heiligen, Raymond, was hast du getrieben?«

Sein Bruder hob hilflos die Schultern. »Es ist, wie es ist.«

John dachte nach. Ihr ältester Bruder Edward, der Earl of Burton, war ein wohlhabender Mann. Aber er war in der Normandie. Bei Mortimer war nichts zu holen, denn er besaß nur ein winziges Lehen und hatte eine Schar Töchter, für deren Mitgift er eisern sparen musste. Obendrein war auch er in der Normandie. Ihre älteste Schwester Anne, die oben in Fernbrook unweit von Burton ebenfalls Pferde züchtete, war eine Fremde. John hatte sie nur einmal im Leben gesehen, als sein Vater ihn zur Beerdigung ihres Mannes mit nach Lancashire genommen hatte. John war sieben Jahre alt gewesen und entsann sich an nichts als nur die große Trauer seines Vaters, die ihn mit Schrecken erfüllt hatte. Selbst Raymond verband nicht viel mit Anne, und er schüttelte nur den Kopf, als John ihren Namen erwähnte.

Dann endlich kam John ein brauchbarer Einfall. »Bischof Beaufort!«

Raymond hob den Kopf. »Glaubst du, er würde … Oh, ich weiß nicht, John. Das ist mir unangenehm.«

John musste grinsen. »Auf einmal so schamhaft? Sei unbesorgt. Er verleiht gerne Geld.«

»Gegen horrende Zinsen vermutlich«, warf Fitzroy angewidert ein. »Ein Schande für einen Bischof, wenn ihr mich fragt.«

»Vor allem für einen Bischof, der beinah Papst geworden wäre«, stimmte Raymond mit feierlicher Miene zu, aber die blauen Augen funkelten. Er wusste, sie hatten den Ausweg gefunden. Er bat John: »Würdest du ihn in meinem Namen aufsuchen? Er hält so große Stücke auf dich und …«

»Oh nein, das machst du schön selbst. Es ist deine finanzielle Krise, nicht meine. Außerdem wäre es gar nicht gut, wenn ich plötzlich schon wieder bei ihm aufkreuze.«

»Ach, hör doch auf. Schlachtet er vielleicht nicht jedes Mal ein gemästetes Kalb, wenn du kommst?«

John grinste. »Ich bin doch nicht sein verlorener Sohn …«

»Aber so liebt er dich. Weit mehr als seine Töchter, das steht mal fest.«

John hob den Kopf. »Was weißt du über seine Töchter?«

Raymond winkte ab. »Nichts. Aber er hat mindestens zwei. Die erste hat ihm die schöne Lady Alice Fitzalan geschenkt, für die ich auch einmal entflammt war, leider ohne alle Aussicht auf Erfolg, denn sie hatte ja nur Augen für den schwarzäugigen Bischof mit der hübschen Lancaster-Visage. Sie war übrigens die Schwester des Earl of Arundel ebenso wie unseres Sir Tristan. Und die Tante deines Kumpels Fitzalan, der bei Agincourt gefallen ist.«

»Er ist vier Tage vorher an der Ruhr gestorben.«

»Von mir aus auch das. Beauforts zweite große Eroberung ist Adela Beauchamp. Sie ist die Schwester des Earl of Warwick, der dem Bischof diese Schande niemals verziehen hat. Er ist eben ein aufgeblasener, bigotter Langweiler. Warwick, meine ich, nicht der Bischof. Ich frage mich immer, was der König nur an ihm findet.«

John hatte inzwischen gelernt, dass Raymond jeden als bigott beschimpfte, der seinen lasterhaften Lebenswandel missbilligte, und dass er auf jeden Mann eifersüchtig war, der hoch in des Königs Gunst stand. »Was ist aus ihnen geworden?«, fragte er.

Raymond seufzte tief, den Blick in die Ferne gerichtet. »Die liebreizende Alice starb an einem Fieber. Ein paar Wochen habe ich geglaubt, es werde Beaufort umbringen. Er hat furchtbar getrauert. Die kaum weniger liebreizende Lady Adela wärmt immer noch sein Bett.«

»Ich meinte eigentlich: Was ist aus den Töchtern geworden?«

Raymond dachte einen Moment nach. Dann zuckte er die Schultern. »Seltsam. Ich hab keine Ahnung. Also, was ist nun? Wirst du mit ihm reden?«

John rang einen Moment mit sich. Dann nickte er unwillig. »Du schuldest mir einen Gefallen, Raymond.«

Der lächelte erleichtert. »Was immer du willst, Bruder.«

John fand seine Schwester in der Küche. Sie stand mit der fetten Köchin zusammen, ein Blatt Papier in der Hand. »Wir verbrauchen zu viel Fleisch, Alice«, hörte er sie sagen. »Wenn es so weitergeht, werden wir nächsten Monat die Kellerratten jagen müssen, um Fleisch auf die Teller zu bringen.«

John blieb an den Türrahmen gelehnt stehen, das Weidenkörbchen in der Hand vorübergehend vergessen, obwohl vernehmliche Fauchlaute herausdrangen. Kerzengerade stand Joanna vor der alten Köchin, das sandgelbe Leinenkleid trotz der Schwangerschaft eng tailliert. Ihr schwarzes Haar hing seitlich in geflochtenen Schaukeln unter der kecken, kleinen Haube hervor. Er konnte seine Schwester nie ansehen, ohne darüber zu staunen, wie ähnlich sie ihrer Mutter war. »Jo.«

Sie fuhr auf dem Absatz herum, und ihre Augen leuchteten, als sie ihn entdeckte. »John!« Sie trat ihm entgegen und nahm seine freie Hand in ihre beiden. »Gott sei gepriesen. Du bist zu Hause.« Sie stellte sich auf die Zehenspitzen, um ihn auf die Wange zu küssen. »Und schon wieder gewachsen, scheint mir.«

Er schüttelte lächelnd den Kopf und befreite seine Hand unauffällig. »Das bildest du dir ein. Sei gegrüßt, Alice.«

»Gut, Euch zu sehen, mein Junge«, brummte die Köchin. »Aber mir scheint, wir müssen Euch erst einmal ordentlich füttern.«

Er winkte ab und hielt seiner Schwester das Körbchen zur Begutachtung hin. »Das hier ist mir anvertraut worden. Vorsicht«, warnte er, als sie neugierig den Deckel anheben wollte. »Es ist voller Krallen und Zähne.« Seine Hände waren von blutigen Kratzern übersät.

Joanna öffnete den Deckel nur einen Spalt und spähte hinein. Dann lachte sie leise. »Das trifft sich gut. Alice und ich sprachen gerade darüber, dass wir Ratten im Keller haben.«

»Ach wirklich?«, fragte die Alte gallig. »Und ich dachte, wir sprachen darüber, dass gewisse Frauenzimmer hier die Pökelfässer plündern, um das Fleisch im Dorf zu verhökern, damit sie noch so ein feines Seidenkleidchen bekommen. Weil sie glauben, dass sie sich alles erlauben können …«

Joanna ging darauf nicht ein, sondern nahm Johns Arm. »Wie lange kannst du bleiben?«

»Eine Woche vielleicht.«

»Nur so kurz?« Ihr Gesicht verriet ihre Enttäuschung. Joanna hatte sich nie die Mühe gemacht, zu erlernen, ihre Gefühle zu verbergen. »Komm mit nach oben. Erzähl mir, wie es dir ergangen ist. Und ich habe etwas für dich.«

John überreichte seinen Schützling der Köchin. »Versprich mir, dass du ihn aufpäppelst und nicht ersäufst, Alice, ja?«

»Wieso?«, fragte sie ungehalten. »Wir haben Katzen genug.«

»Ich stehe im Wort. Tu mir den Gefallen, komm schon.«

»Meinetwegen.« Sie reichte ihm ein großzügiges Stück Schinkenspeck. »Hier, esst das.«

»Danke, im Moment will ich nichts.«

»Ich tue Euch einen Gefallen, wenn Ihr mir einen tut.«

Mit einer kleinen Verbeugung nahm John ihr den Speck aus der Hand. Den ersten Bissen nahm er lustlos. Den Rest verschlang er heißhungrig.

»Verstehe ich das recht?«, fragte er Joanna auf der Treppe. »Die kleine Maud bestiehlt uns? Und Raymond unternimmt nichts dagegen?«

Joanna schaute hastig über die Schulter, um sich zu vergewissern, dass niemand sie hörte. »Das ist es, was Alice denkt. Und ich fürchte, sie könnte Recht haben. Die ›kleine Maud‹ ist erwachsen geworden, John.«

»Und raffgierig?«

»Man kann es ihr nicht einmal wirklich verübeln, nicht wahr? Sie ist im Dorf schlecht gelitten. Die Leute schneiden sie oder beschimpfen sie offen als Raymonds Hure. Und Raymond ist nicht oft genug hier, um sie vor dieser Feindseligkeit zu beschützen. Wenn sie wirklich gelegentlich ein bisschen Fleisch oder Brot mitgehen lässt, um sie im Dorf billig feilzubieten, dann nur, um sich ein wenig Freundlichkeit zu erkaufen.«

»Also wirklich, Jo«, wandte er mit einem Kopfschütteln ein. »Gibt es auch irgendein Vergehen, für das du keine Entschuldigung findest? Wenn sie hier stiehlt, muss ihr Einhalt geboten werden. Und wenn Raymond das nicht tut, dann liegt es bei Fitzroy. Oder nicht?«

Seufzend führte sie ihn in ihre Kammer, und nachdem John auf einem der Schemel an dem kleinen Tisch Platz genommen hatte, antwortete sie: »Er ist ein großartiger Steward, weißt du. Er tut alles, damit es den Menschen von Burg, Gestüt und Dorf wohl ergeht. Er ist ein kühler Rechner. Aber zu nachsichtig. Solange Vater noch lebte, war es egal. Aber Raymond …«

»Ist ein schwacher Charakter?«

Joanna dachte einen Moment nach, ehe sie antwortete. »Nein. Ich glaube nicht. Nur leichtsinnig. Raymond … hat sich bis auf den heutigen Tag geweigert, erwachsen zu werden.« Sie lächelte traurig. »Oh, John. Wie ich wünschte, du wärest der Ältere.«

»Ja. Ich auch, glaub mir.« Es gab wohl keinen anderen Menschen, dem er diese schlichte Tatsache hätte gestehen können.

Joanna war nur fünf Jahre älter als er. Sie war die Einzige seiner zahlreichen Geschwister, mit der er wirklich gemeinsam aufgewachsen war. So war es nur natürlich, dass sie ihm näher stand als alle anderen.

»Wie geht es der kleinen Blanche und ihrem Bruder?«, erkundigte er sich.

Joannas Miene hellte sich auf. »Prächtig. Sie sind sehr lebhaft, alle beide. Ich beneide ihre Amme nicht.«

»Ich schätze, unsere hatte auch kein leichtes Los.«

Joanna lachte. »Bestimmt nicht. Mit Gottes Hilfe bekommen Blanche und Edward im Mai ein Geschwisterchen. Diese Schwangerschaft ist leichter als letztes Jahr. Ich bin zuversichtlich, dass alles gut geht.«

Er drückte wortlos ihre Hand. So wie Joanna um ihn bangte, wenn er im Feld stand, bangte er um sie, wenn sie ein Kind trug. Eines hatte sie während der ersten Schwangerschaftsmonate verloren. Eins war im vergangenen Jahr tot zur Welt gekommen.

Sie brachte ihm ein dünnes, in blaue Seide geschlagenes Büchlein, legte es vor ihm ab und setzte sich ihm gegenüber. »Da. Es sind ein paar Gedichte, die Mortimer nach dem Fall von Caen geschrieben hat. Er hat sie mir geschickt, und ich musste sofort an dich denken. Ich weiß, dass du gerne etwas zu lesen dabei hast, wenn du dort drüben im Krieg bist.«

John betrachtete das Büchlein mit verengten Augen, die Schultern ein wenig hochgezogen. Dieser Blick machte ihr zu schaffen. Er war verstört und gleichzeitig voller Zorn.

»Es sind keine Kriegsgedichte«, fügte sie hastig hinzu. »Im Gegenteil. Sie sprechen von schönen Dingen. Vom Erwachen der Natur im Frühling, von der Liebe eines Vaters, von einem Becher Wein an einem Sommerabend. Mortimer hat sie geschrieben, um nicht in Schwermut zu versinken, stand in seinem Brief.« Sie schob ihm den schmalen Band näher hin. »Ich bin sicher, sie werden dir gefallen.«

John nickte und steckte sie ein.

Joanna legte die schmale, schneeweiße Linke auf seine lose Faust. »Er schrieb, Caen sei das Schrecklichste gewesen, was er je erlebt habe.«

John wandte den Blick ab. »So geht es mir auch.«

Gleich zu Beginn dieses zweiten Feldzuges hatten König Harry und seine Armee Caen belagert, dann im Sturm genommen und so fürchterlich gewütet, dass keine normannische Stadt danach gewagt hatte, ihnen lange Widerstand zu leisten. Strategisch hatte es sich also als sinnvoller Schritt erwiesen. Aber John hatte in Caen Dinge getan, die ihn noch heute schaudern ließen. »Ich würde es vorziehen, nicht darüber zu sprechen.«

»Wie du willst.« Bekümmert betrachtete Joanna ihren Bruder, der noch so jung, dessen Gesicht aber schon von so vielen Schrecken gezeichnet war. Es wirkte hohlwangig, die Haut mit dem dunklen Bartschatten bleich und gespannt. Doch als er sie wieder anschaute, lag ein spitzbübischer Ausdruck in den blauen Augen, sodass er mit einem Mal wie der neunzehnjährige Flegel aussah, der er eigentlich sein sollte. Ungeduldig strich er die kinnlangen, schwarzen Locken zurück, die sich immer wie ein gekringelter Vorhang vor seine Augen schieben wollten.

»Jo, beantworte mir eine Frage, ja?«

»Sicher.«

»Aber du musst mir dein Wort geben, dass du die Sache für dich behältst.«

Sie legte die rechte Hand aufs Herz und hob sie dann hoch, leistete den Schwur, der in ihrer Kindheit jedes Geheimnis geheiligt hatte.

»Ich habe ein Mädchen kennen gelernt.«

Sie richtete sich auf und strahlte. »Ah ja? Wen?«

»Das spielt im Moment keine Rolle. Wir haben nur wenige Augenblicke miteinander gesprochen. Aber in der kurzen Zeit habe ich ein paar Dinge über sie gelernt: Sie hat fürchterliche Manieren. Vermutlich könnte man sagen, sie ist eine Kratzbürste. Mir erschien sie schön.« Und das war kein Wunder, denn sie vereinte in sich die Anlagen zweier Familien, die neben vielen anderen Dingen auch dafür gerühmt wurden, welch schöne Menschen sie hervorbrachten. »Sie hat herrliche Augen.« Die Augen ihres Vaters, hatte er inzwischen erkannt, nur eine Schattierung heller. »Sie hat ein mitfühlendes Herz, aber es mangelt ihr an Demut. Vielleicht gar an Frömmigkeit. Sie ist gescheit, aber zu hitzköpfig, um klug zu sein. Ich bin überzeugt, sie würde jedem Mann die Hölle auf Erden bereiten. Aber als ihr Vater mir angedroht hat, ich werde sie nie wiedersehen, wurde mir … sterbenselend. Andauernd muss ich an sie denken. Ich meine, ich komme nach Hause, und hier läuft alles aus dem Ruder, aber die ganze Zeit denke ich nur an dieses unmögliche Mädchen. Was … was hat das zu bedeuten, Jo?«

Joanna hatte mit konzentrierter Miene gelauscht. Nachdem er verstummt war, antwortete sie: »Ich glaube, das weißt du selber sehr gut.«

»Nein. Ich habe keine Ahnung von solchen Dingen. Deswegen frage ich dich ja.«

»Gib mir deine Hand, John.«

»Wozu?«

»Komm schon. Her mit der Pranke.«

Er streckte die Linke über dem Tisch aus, und sie legte die schmalen Finger auf seinen Puls. »Jetzt sag ihren Namen.«

»Nein.«

»Dann denk an sie.«

John dachte.

Joanna fühlte seinen Puls mit gerunzelter Stirn. Schließlich ließ sie ihn los und nickte. »Ich würde sagen, der Fall ist eindeutig.«

Sie lachten. Aber Johns Lachen war verlegen, und er wurde gleich wieder ernst. »Und was tu ich nun?«

»Wie jung ist denn deine geheimnisvolle Angebetete?«

»Alt genug.«

»Dann sprich mit ihrem Vater.«

»Aber ich will sie doch gar nicht.«

Joanna sah ihn an, und der nachsichtige Spott in ihren Augen sagte mehr als alle Worte.

John spürte sein Gesicht heiß werden. »Außerdem hat ihr Vater seine Meinung deutlich genug gesagt. Und er hat Recht.«

»Oh, komm schon, John. Der Mann, der den Franzosen unerschrocken die Stirn bietet, fürchtet sich vor einem eifersüchtigen Vater?«

Der Gedanke, dass Eifersucht Beauforts Motiv sein könnte, war ihm noch nicht gekommen. Er sann einen Moment darüber nach und schüttelte dann den Kopf. »Das ist nicht der Grund. Die ganze Sache ist einfach unmöglich. Hoffnungslos.« Er seufzte.

Joanna lehnte den Rücken an die Wand und studierte das Gesicht ihres Bruders. Nach einer Weile sagte sie: »Weißt du, John, es ist ein Glück, dass du die Gabe hast, dich mit dem zufrieden zu geben, was Fortuna dir zumisst, denn unter Vaters Söhnen hast du nun einmal das schlechteste Los gezogen.«

»Wer behauptet, ich sei zufrieden? Das bin ich nicht, und das war ich nie. Aber ich kann Raymond schlecht erschlagen, nur weil er zwischen mir und dem Titel steht, oder? So sehr er auch manchmal dazu einlädt …«

Sie schüttelte entschieden den Kopf. »Trotzdem. Du bist in vielerlei Hinsicht bescheiden. Das warst du als ganz kleiner Junge schon, und das war einer der Gründe, warum dich alle hier zu Hause mit Liebe förmlich überschüttet, dich gleichzeitig aber auch immer unterschätzt haben. Dann bist du ausgerissen und mit dem König in den Krieg gezogen, um es allen zu zeigen. Das ist dir auch gelungen. Und die Jahre haben dich hart gegen dich selbst gemacht. Nun neigst du dazu, erst gar nicht zu wollen, was du ohnehin nicht haben kannst. Aber wenn du meinen Rat willst: Überleg dir, ob es dir nicht gut täte, zur Abwechslung mal für dich selbst zu kämpfen statt immer nur für Harry. Um etwas, das *du* willst. Ihr Männer seid gelegentlich in der glücklichen Lage, die Frau eurer Wahl heiraten zu können …«

»Dich mussten sie auch nicht gerade zum Kirchentor schleifen«, warf er ein.

Sie schüttelte streng den Kopf. »Das ist hier ohne Belang. Entscheide dich, ob du dieses Mädchen willst – trotz all der Charaktermängel, die du nach eurer kurzen Begegnung schon festgestellt zu haben glaubst –, und wenn ja, dann sorge dafür, dass du sie bekommst. Streng dich mal ein bisschen an, sonst läufst du Gefahr, vor lauter Bequemlichkeit immer nur weiter Harrys Drecksarbeit zu machen und dein eigenes Leben zu versäumen. Gar zu große Bescheidenheit, Bruder, hat verdächtige Ähnlichkeit mit Trägheit. Und Trägheit, daran muss ich dich wohl kaum erinnern, ist eine Todsünde.«

Er richtete sich auf. »Oh, das ist himmelschreiend ungerecht, Jo!«

Sie lächelte unschuldig und zog ihn sacht an den Haaren. »Sag mir, wer sie ist.«

John verschränkte trotzig die Arme. »Niemals. Und wenn du vor Neugierde platzt, werde ich dir keine Träne nachweinen.«

»Was muss ich tun, Conrad? Wie wär's hiermit?« Raymond warf sich im Schnee auf die Knie und breitete die Arme aus. »Ist es so recht? Wirst du mir jetzt vergeben? Oder soll ich dir den Arsch küssen?«

Conrad, der ihm bislang eisig den Rücken zugewandt und das Gebiss einer Stute inspiziert hatte, drehte sich um. Während er die untere Hälfte der Stalltür schloss, ließ er den Blick kurz über den Stutenhof schweifen, um festzustellen, wer

Zeuge dieser Posse wurde. Aber die Stallburschen waren hier längst mit dem Füttern fertig – er war ganz allein mit seinem Vetter. Wortlos hob er sein Obergewand an und begann, seine Hosen aufzuschnüren.

Raymond riss entsetzt die Augen auf und schluckte sichtlich.

Mehr hatte Conrad gar nicht erreichen wollen. Er ließ die Hose zu und die Hände wieder sinken. Niemand hätte ahnen können, dass er Mühe hatte, sich ein Lachen zu verbeißen. Seine Miene war finster. »Steh auf«, befahl er.

Erleichtert kam Raymond auf die Füße. »Und jetzt?«

Unverwandt schaute Conrad ihn an, hob ohne jede Vorwarnung die Faust und schlug sie ihm ins Gesicht. Seine kleine, schmale Statur war irreführend. Eine solche Kraft lag in dem Fausthieb, dass Raymond krachend gegen die Stallwand geschleudert wurde.

»Jesus …«, keuchte er erschrocken und riss instinktiv den rechten Arm hoch. Aber es folgte kein zweiter Schlag.

Conrad stand immer noch an derselben Stelle vor der halb geöffneten Tür. Die Stute hatte sich sicherheitshalber ins Innere ihrer Box zurückgezogen. Der Stallmeister schüttelte die schmerzende Hand aus. »Junge, du glaubst ja nicht, wie gut das getan hat.«

»Fühlst du dich jetzt besser, ja?«, fragte Raymond sarkastisch.

»Viel.«

Ein roter Schleier legte sich vor Raymonds linkes Auge, und er tastete nach der Braue. Sie war aufgeplatzt. »Oh, das darf doch nicht wahr sein«, knurrte er. »Das gibt ein Mordsveilchen.«

Conrad schnalzte mitfühlend. »Ach herrje …«

Raymond hob eine Hand voll Schnee auf, pappte ihn zwischen beiden Händen zusammen und drückte ihn dann auf sein malträtiertes Auge. »Darf ich annehmen, dass mir nun, nachdem du dich erleichtert hast, verziehen ist?«, fragte er ein wenig quengelig.

Conrad nickte zögernd. »Unter Vorbehalt.«

»Was soll das heißen?«

Der Stallmeister betrachtete ihn kopfschüttelnd und seufzte dann tief. »Dieses Gestüt kettet uns aneinander, Raymond. Das Land gehört mir, die Ställe gehören dir, die Pferde gehören uns beiden. Du hast kein Geld, um mich auszubezahlen, ich habe kein Geld, um dich auszubezahlen. Das ist der Stand der Dinge. Aber es kann nur funktionieren, wenn wir hier die gleichen Ziele verfolgen. Ich will, dass diese Zucht gedeiht. Du willst sie melken und gleichzeitig schlachten. Du bist so unglaublich dämlich, dass du sehenden Auges an dem Ast sägst, auf dem du sitzt. Und das geht nicht.«

»Ich weiß, Conrad. Aber der König ...«

»Nein, ich will das nicht hören. Sein Krieg ist eitel und gottlos.«

»Was du da redest, ist Verrat.«

»Es ist die Wahrheit. Um ein fremdes Land, das uns gar nichts angeht, seiner Herrschaft zu unterwerfen, blutet er uns aus. Seit Generationen ziehen junge Männer aus Waringham in diesen Krieg und kehren als Krüppel oder überhaupt nicht heim. Dein König und du und deinesgleichen, ihr presst den letzten Penny aus den kleinen Leuten, um euer größenwahnsinniges Abenteuer zu bezahlen, und jetzt habt ihr euch auch noch einen Papst gekauft, der es absegnet. Aber ohne mich.«

Raymond starrte ihn fassungslos an. »Großer Gott ... du bist ein verdammter Lollarde.«

Conrad sagte weder ja noch nein. »Ich habe jahrelang wie ein Knecht geschuftet und gelebt, um meinen Brüdern ihren Anteil am Gestüt abzukaufen. Ich habe hart für das gekämpft, was ich heute besitze, und das lasse ich mir von dir und deinem König nicht nehmen.«

»Er ist auch dein König.«

»Und er ist mir genauso teuer wie ich ihm.«

Raymond schleuderte die blutverschmierte Schneekompresse zu Boden. »Ich glaube, damit wäre alles gesagt.« Er machte auf dem Absatz kehrt und stapfte Richtung Futterscheune davon. Er war außer sich vor Wut, wollte das Gestüt auf dem schnellsten Weg verlassen und gedachte nicht, vor seiner Rückkehr in die Normandie noch einmal herzukommen. Conrad sollte viel Zeit haben, um nachzudenken und sich zu fragen, ob Raymond ihn beim Erzbischof als Lollarden anschwärzen würde oder nicht. Er sollte schmoren.

Doch als er den Mönchskopf schon halb erklommen hatte, hielt Raymond plötzlich inne und machte noch einmal kehrt. Er hatte eine Kleinigkeit vergessen.

Die Stallburschen standen vor der Futterscheune, wo der Vormann ihnen die Eimer mit der richtigen Menge Hafer für jedes Pferd überreichte.

»Daniel, komm her«, befahl Raymond.

Der Knabe wandte sich verwundert um. Er war groß und breitschultrig für seine dreizehn Jahre, wirkte ein wenig verwildert und schmuddelig, wie Stallknechte es immer taten, aber kerngesund. »Mylord?«

»Ich sagte, komm her.«

Daniel stellte seine beiden Eimer neben dem Scheunentor ab und trat zu ihm.

»Deine Tage als Stallbursche sind vorüber«, eröffnete Raymond ihm. »Ich überlege mir etwas anderes für dich. Du kommst mit mir auf die Burg.«

Daniel riss erschrocken die Augen auf. »Was … hat das zu bedeuten, Sir? Ich will hier nicht weg.«

Raymond ohrfeigte ihn links und rechts und wandte sich ab. »Du wirst tun, was ich sage«, beschied er über die Schulter. »Los, beweg dich.«

Ohne ein weiteres Wort folgte sein Sohn ihm über den Mönchskopf und den Burghügel hinauf und hielt einen guten Schritt Abstand zu ihm. Raymond schaute sich keinmal nach ihm um.

John saß mit untergeschlagenen Beinen auf seinem Bett und las mit wachsender Faszination die Gedichte, die sein Bruder

Mortimer gleichsam als Heilmittel gegen böse Erinnerungen geschrieben hatte. Und sie waren in der Tat ein wirksames Gegengift. John war vollkommen darin versunken. Doch als krachend die Tür aufflog, zuckte er nicht zusammen. Wer im ständigen Kanonendonner lebte, verlor entweder den Verstand oder legte jedwede Schreckhaftigkeit ab. John hob lediglich den Kopf.

Raymond ließ ihm keine Zeit für eine spitze Bemerkung über die schöne, alte Sitte des Anklopfens, sondern trat mit einem langen Schritt über die Schwelle und zog einen blonden, abgerissenen Jüngling mit sich. »Du sagtest, ich schulde dir einen Gefallen, richtig?«, schnauzte er.

John klappte das Büchlein zu, schwang die langen Beine über die Bettkante und sah von Raymond zu dessen unfreiwilligem Begleiter. Seine Augen verengten sich ein klein wenig, als er den Jungen erkannte. »Wie kommt es nur, dass ich glaube, dein ›Gefallen‹ werde mich nicht besonders glücklich machen?«

»Du hast dich darüber beklagt, dass du keinen Knappen hast.«

»Falsch. Ich habe mich nicht beklagt, sondern eine Tatsache festgestellt.«

»Wie dem auch sei«, brummte Raymond ungeduldig. »Jetzt hast du einen. Sein Name ist Daniel.«

»Ja, ich kenne unsere Stallburschen, Raymond.«

»Er kann nicht bleiben, wo er war, also sei so gut und nimm ihn mit und sorg dafür, dass ein Kerl aus ihm wird.«

John betrachtete seinen Neffen einen Augenblick. Es war nicht zu übersehen, dass der Junge vollkommen verwirrt, geradezu verstört war. Und John erinnerte sich nur zu gut daran, wie es sich anfühlte, von Raymond herumgeschubst zu werden. Er stand auf, trat zu Daniel und legte ihm kurz die Hände auf die Schultern. »Ich würde dich gerne nehmen, Junge. Nur bin ich leider nicht in der Lage, einen Knappen zu unterhalten. Wir werden eine andere Lösung für dich finden müssen.«

»Das lass meine Sorge sein«, warf sein Bruder ein. »Ich zahle dir ein Pfund pro Jahr.«

Das möcht ich erleben, dachte John mit grimmiger Belustigung, aber ehe er seine Bedenken vorbringen konnte, bat der Junge seinen Vater zaghaft: »Bitte, Sir, sagt mir, was ich getan habe, und ich schwöre, ich mach es wieder gut. Nur, schickt mich nicht weg. Lasst mich auf dem Gestüt bleiben, bitte. Es ist das erste Mal, dass ich irgendwo bin, wohin ich gehöre und …«

Er verstummte, als Raymond ihn roh am Arm packte und ausholte, aber John fing die zuschlagende Hand ab. »Nimm dich zusammen, ja«, knurrte er und versetzte Raymond einen Stoß vor die Brust, der beiläufig und beinah sanft wirkte, den älteren Bruder aber in Windeseile auf die Bettkante beförderte. Zu verdattert, um zu reagieren, blieb Raymond dort sitzen.

John schob den Jungen zur Tür. »Geh in die Halle hinunter und iss, Daniel. Weißt du, wo die Halle ist?«

»Ja, Sir. Aber …«

»Gut«, unterbrach John. »Anschließend kommst du wieder her, und dann sehen wir weiter.«

Mit einem letzten vorwurfsvollen Blick auf seinen Vater ging Daniel hinaus.

John lehnte sich an die geschlossene Tür, verschränkte die Arme und kreuzte die Knöchel. »Klär mich auf, sei so gut.«

Der Ältere war zu rastlos, um sitzen zu bleiben. Er sprang auf und lief im Zimmer auf und ab. »Das Gestüt ist ein verdammtes Lollardennest!«, behauptete er.

John hatte mit allerhand gerechnet, aber niemals damit. »Was redest du da für einen Unsinn?«

»Ich will auf keinen Fall, dass der Junge dort bleibt und in Gott weiß was hineingerät!«

»Raymond, du bist hysterisch.«

»Soll ich dir eins verpassen?«

»Du kannst es ja mal versuchen. Aber du siehst so aus, als hättest du für heute schon genug eingesteckt. Hübsches Veilchen, Mylord.«

Raymond schnaubte wie ein wütender Bulle. »Conrad hat den König und den Papst beschimpft. Und als ich ihn einen Lollarden nannte, hat er es nicht geleugnet. Was sagst du jetzt?«

John sagte erst einmal gar nichts. Er dachte nach, und während er das tat, verteilte er den Inhalt des kleinen Weinkruges, den er mit in seine Kammer genommen hatte, auf zwei Becher und reichte Raymond einen davon. Der Wein war nicht mehr wirklich heiß, dampfte aber heftig. Es war eisig in dem unbeheizten Raum.

»Selbst wenn es wahr wäre, ich bin verwundert, dass ausgerechnet du dich so darüber aufregst«, antwortete John schließlich. »Früher hast du die Lollarden und ihre Ketzerei immer auf die leichte Schulter genommen. «

»Ja. Bis John Oldcastle den König verraten hat und Mortimer und mich um ein Haar erschlagen hätte. Seither mangelt es mir bei dem Thema an Gelassenheit.«

»Aber John Oldcastle ist tot.«

Vor zwei Jahren war der einstige Vertraute des Königs seinen Häschern endlich ins Netz gegangen. Des Königs Bruder Bedford, der in Harrys Abwesenheit nach wie vor die Regentschaft innehatte, hatte dafür gesorgt, dass das vor Jahren verhängte Urteil umgehend vollstreckt wurde, ehe Oldcastle noch einmal aus dem Tower entwischen konnte. Quer durch London war der Verurteilte nach St. Giles' Fields geschleift worden, wo man ihn an den neuen Lollardengalgen hängte und unter ihm einen Scheiterhaufen entzündete, sodass er verbrannte, während er erstickte. Weder der König noch die Waringham-Brüder waren zu dem Zeitpunkt in England gewesen, aber alle, die Zeugen geworden waren, berichteten, dass es die grausigste Hinrichtung gewesen sei, die sie je gesehen hätten, der Abscheulichkeit des Verrats und des lästerlichen Frevels angemessen.

»Und es hat den Anschein, dass dieser ganze Lollardenspuk mit ihm gestorben ist«, fuhr John fort. »Aber selbst wenn nicht. Conrad ist ein zu kühler Kopf, um sich auf solch einen aussichtslosen Unsinn und das ganze wirre Gefasel einzulassen. Sei ehrlich, Raymond: Du bist aus ganz anderen Gründen wütend auf ihn und nimmst diesen albernen Verdacht nur als Vorwand.«

»Oh, was täte ich nur ohne mein weises Brüderchen, das mir erklärt, was ich denke?«, höhnte Raymond und leerte seinen Becher in einem Zug.

John zog gereizt die Stirn in Falten. »Mir ist ehrlich gesagt völlig gleich, was du denkst. Aber du kannst den Jungen nicht ernsthaft in die Normandie schicken wollen.«

»Warum denn nicht? Dort kann mehr aus ihm werden als ein Stallknecht.«

Ein Leichnam, zum Beispiel. »Er will aber nicht, sollte dir das entgangen sein. Außerdem wird jeder auf einen Blick erkennen, wer er ist. Was er ist. Du weißt doch ganz genau, was er sich wird anhören müssen. Warum lässt du ihn nicht einfach da, wo er offenbar glücklich und zufrieden ist?«

»Das hab ich dir eben erklärt«, entgegnete Raymond gallig, behauchte seine Hände und ging zur Tür. »Hier frieren einem ja alle fünfe ein. Ich geh essen. Nimm den Bengel oder lass es bleiben. Ich bring ihn schon irgendwo unter.«

John traf eine blitzschnelle Entscheidung. »Ich werd ihn nehmen.« Und nachdem Raymond hinausgegangen war und die Tür sich geschlossen hatte, fügte er hinzu: »Du Drecksack.«

John gestattete seinem unfreiwilligen Knappen fürs Erste, auf das Gestüt zurückzukehren. »Aber fang an, dein Zeug zusammenzupacken.«

»Hab keins«, kam die mürrische Antwort.

John hob kurz die Schultern. »Umso besser«, erwiderte er kühl. »Dann fang an, dich zu verabschieden. In ungefähr einer Woche müssen wir aufbrechen.«

Daniel nickte unglücklich.

»Ich nehme an, du willst mit deiner Mutter reden. Wenn du hingehst, nimm meine Rüstung mit. Sie liegt da vorn zusammengeschnürt auf dem Boden, siehst du? Sag Matthew, er soll sie ein bisschen ausbeulen und polieren. Schau zu, wie er das macht, damit du in Zukunft weißt, wie es geht.«

»Ja, Sir John.«

John entließ ihn mit einem Nicken. Er hatte furchtbar viel

zu tun in der kurzen Zeit, die ihm noch blieb. Er brauchte einen neuen Sattel, neue Stiefel und neue Kleider. Die Fetzen, die er trug, fielen ihm fast vom Leib. Doch eine Bestandsaufnahme seines Vermögens bestätigte seine schlimmsten Befürchtungen: Seine Barschaft reichte nicht einmal für die notwendigsten Anschaffungen. Seufzend ließ er die Münzen zurück in seine Börse klimpern und dachte an den Brief, den sein Vater ihm hinterlassen hatte. Robins Testament hatte ein versiegeltes Schreiben an jedes seiner sechs Kinder und eines an Mortimer beigelegen.

Ich hätte dir gern mehr hinterlassen, mein Sohn, hatte er John geschrieben. *Wer weiß, vermutlich wäre es gar klüger gewesen, dir unsere Hälfte des Gestüts zu vererben, denn es wird nicht lange gut gehen mit Conrad und Raymond. Aber die Baronie ist auf die Einkünfte der Zucht angewiesen, und wenn ich sie deinem Bruder vorenthalte, wird er früher oder später Dummheiten begehen und Land verkaufen. Ich bin sicher, du verstehst, dass ich das nicht zulassen kann. Sei nachsichtig mit Raymond, das ist mein letzter Wunsch an dich. Er wird deine Hilfe brauchen. Um dich sorge ich mich nicht. Du wirst deinen Weg auch aus eigener Kraft machen. Gott behüte dich, John.*

Es waren schöne Worte, und sie hatten John, als er aus Agincourt heimgekehrt war und das Grab seines Vaters vorgefunden hatte, über manche kummervolle Stunde hinweggeholfen. Doch das änderte nichts an den Tatsachen: Nach Abzug der Kosten und Steuern und einer kleinen Rücklage, um seine Zuchtstuten eines Tages ersetzen zu können, blieb von seinem jährlichen Auktionserlös kaum genug übrig, um ihn mit dem Nötigsten zu versorgen. Er brachte den Sattel und die Stiefel ins Dorf zum Sattler.

»Sieh zu, was damit noch zu machen ist, Frederic.«

»*Noch mal* flicken, Sir John? Aber diese Stiefel fallen auseinander, und in spätestens zwei Wochen hat die linke Sohle ein Loch.«

Dann werde ich dazu herabsinken müssen, einem toten

Franzosen die Stiefel zu nehmen, dachte John flüchtig. »Ich vertraue auf deine Kunst.«

»Was es hier braucht, ist keine Kunst, sondern ein Wunder«, brummte der alte Handwerker, aber John wusste aus Erfahrung, dass er ein brauchbares, wenn auch kein besonders hübsches Paar Stiefel zurückbekommen würde.

Er ritt nach Canterbury, kaufte bei einem Tuchhändler sieben Yards eines schlichten, aber dicht gewalkten braunen Wollstoffs und überredete die Zofe seiner Schwester, die geschickt mit der Nadel war, ihm ein Paar neue Hosen und eine Schecke zu nähen.

»Was ist mit dem Wams?«, fragte sie und wies mit einem kritischen Stirnrunzeln auf die zerschlissenen Ärmel seines Untergewands, die unter der ärmellosen Schecke zum Vorschein kamen.

Er schüttelte lächelnd den Kopf. »Das muss noch ein Weilchen halten.«

Sie nickte, sprach ein Wort mit ihrer Herrin, und Joanna zweigte das Leinen für ein neues Wams aus den Tuchbeständen der Baronie ab, die eigentlich für die Bekleidung der Dienerschaft bestimmt waren. Eigenhändig färbte Johns Schwester das waidblaue Tuch mit Färberginster und Kreuzdorn, sodass es eine tiefgrüne Tönung annahm, denn Waid war die Farbe der Bauernkleidung und für einen Edelmann schmachvoll zu tragen. Nachdem sie einmal damit begonnen hatte, nähte sie ihrem Bruder das Wams auch persönlich und betete bei jedem Nadelstich, es möge ihn beschützen wie ein Panzer.

Wie sie befürchtet hatte, zierte er sich zuerst und wollte es nicht annehmen, denn Almosen beschämten ihn. »Es ist gut gemeint, Jo, aber nicht nötig, ehrlich. Das alte Wams erfüllt seinen Zweck doch noch.«

Sie war anderer Meinung, doch das sagte sie nicht. »Sieh es doch mal so, John: Das Leinen war für unser Gesinde bestimmt. Nun wird aber eine gewisse Magd hier neuerdings in Seide gehüllt und braucht daher unser bescheidenes Leinen nicht. Darum hatten wir es übrig.«

Er lachte, doch er nahm das Wams erst, als sie ihm androhte, sie werde ihm die Kränkung nie verzeihen, wenn er ihr Werk verschmähte.

Ehe John seine neuen Kleider anlegte, tat er das, worauf er sich bei jedem Besuch zu Hause fast am meisten freute: Er nahm ein Bad. Sauber und frisch gewandet machte er sich schließlich auf den Weg nach Leeds, um Bischof Beaufort in Raymonds Namen um ein Darlehen von einhundert Pfund zu bitten. Wie erwartet lieh der reichste Mann Englands ihnen das Geld bereitwillig, und auf dem Rückweg nach Waringham machte John einen kleinen Abstecher zum nahen Benediktinerinnenkloster in Havering.

Ein livrierter Pförtner öffnete ihm das Tor in der hohen Mauer und gewährte ihm Zutritt zu der großzügigen Anlage. Ein weiterer dienstbarer Geist eilte herbei, um Johns Pferd zu versorgen und unterzustellen. Havering gehörte zu den reichsten Klöstern Südenglands, und wie so oft in der Vergangenheit war auch die derzeitige Äbtissin eine Schwester des Erzbischofs von Canterbury.

Während John in Begleitung eines weiteren Dieners durch den viel gerühmten, jetzt aber verschneiten Garten zu den großzügigen Steingebäuden hinüberging, schaute er sich verstohlen um. Doch die Schwestern und sonstigen Bewohnerinnen des Klosters waren vor der Winterkälte geflüchtet, der Garten war wie ausgestorben.

Eine junge Subpriorin in einem makellosen schwarzen Habit empfing John in einem kahlen, unbeheizten Raum im Erdgeschoss des Gästehauses, und als er die Bitte äußerte, seine Schwester Isabella besuchen zu dürfen, schüttelte sie streng den Kopf. »Das ist derzeit leider nicht möglich, Sir. Eure Schwester befindet sich in Klausur.«

John stellte zu seiner Verwunderung fest, dass er enttäuscht war. Isabella war ins Kloster eingetreten, als er neun Jahre alt gewesen war, er erinnerte sich nur verschwommen an sie. Doch seit dem Tod seines Vaters dachte er öfter als früher an die Geschwister, die er kaum kannte. »Ich wollte mich nur von ihr verabschieden, ehe ich in die Normandie zurückkehre, Madam. Es würde nur ein paar Augenblicke in Anspruch nehmen.«

Sie schaute ihn an, als hätte er ihr einen unanständigen Antrag gemacht. »Sie kann ihre Zeit der Einkehr und des Schweigens nicht für Eure weltlichen Belange unterbrechen.«

»Nein.« Er hob seufzend die Schultern. »Natürlich nicht.«

Plötzlich verschwand der abweisende Ausdruck von ihrem Gesicht. Selbst eine Subpriorin war nicht gänzlich immun gegen die ebenmäßigen Züge dieses Gesichts, die verwegenen schwarzen Locken und die kummervollen blauen Augen. »Ich werde ihr ausrichten, dass Ihr hier wart, Sir John. Und die Schwestern und ich werden für Euch und Euren baldigen Sieg beten.«

Er verneigte sich mit der Hand auf der Brust. »Habt vielen Dank, Madam.«

Auf dem Weg zurück zum Stall schalt er sich einen Narren. Wie hatte er nur hoffen können, Juliana of Wolvesey bei diesem unüberlegten Besuch zufällig zu begegnen, wo die jungen Damen hier doch mit großer Sorgfalt von allen männlichen Besuchern abgeschirmt wurden? Gewiss hatte sein unangemeldetes Aufkreuzen einen schlechten Eindruck gemacht, und womöglich hatte er sich nun gar den Groll seiner beinah unbekannten Schwester zugezogen.

Im Innern des großen Stallgebäudes war es dämmrig, und von dem Heer an Dienern und Knechten, das er bei seiner Ankunft gesehen hatte, schien niemand mehr übrig. Wahrscheinlich waren alle zum Nachtmahl gegangen, vermutete er, denn es dämmerte bereits. So machte er sich an die nicht ganz einfache Aufgabe, unter den mehr als zwei Dutzend Pferden in einem fremden, unbeleuchteten Stall das seine zu finden.

»Achilles?«, murmelte er, während er die Boxenreihen entlangschritt. »Wo steckst du? Warum kannst du kein Schimmel sein, verflucht?«

Ein vertrautes Schnauben brachte ihn auf die richtige Spur. Achilles stand nicht in einer der Boxen, sondern an der Stirnwand des Gebäudes, wo man die Zügel nachlässig um einen hölzernen Balken geschlungen hatte. Niemand hatte es für nötig befunden, ihm die Trense abzunehmen oder ein bisschen Heu zu bringen, aber Achilles wusste sich zu helfen und rupfte zufrieden an den Strohballen, die entlang der Wand aufgereiht waren.

Erst als John den Zügel losband, entdeckte er Juliana.

Sie hockte auf einem Strohballen in der Ecke zwischen der Außenwand und der ersten Box, hatte die Arme auf den angezogenen Knien verschränkt und sah ihn an. »Wie geht es Henry?«, fragte sie zur Begrüßung.

John nickte. »Prächtig. Er hat das Herz unserer gefürchteten Köchin erobert und darf in ihrer Kammer schlafen, obwohl er ständig auf der Jagd nach ihren Haubenbändern ist.«

Juliana lächelte nicht. »Ist das wirklich wahr?«, fragte sie argwöhnisch. »Ihr habt ihn mitgenommen und ihm nicht an der erstbesten Mauer den Schädel zertrümmert?«

John ließ Achilles' Zügel los und trat einen Schritt näher auf sie zu. »Wofür haltet Ihr mich, Lady Juliana? Warum hätte ich das tun sollen, statt Euch die kleine Gefälligkeit zu erweisen, um die Ihr mich gebeten hattet?«

»Oh, ich weiß nicht …« Plötzlich rannen Tränen über ihre Wangen, und sie wandte hastig den Kopf ab.

John sah kurz über die Schulter. Weit und breit niemand zu sehen. Er setzte sich neben sie auf den Strohballen und ergriff ihre Rechte. Mit einem ersticken Laut riss sie die Hand zurück, und John war einen Augenblick gekränkt über ihre Zurückweisung, bis er die roten Striemen in ihrer Handfläche sah.

»Gott …«, murmelte er erschrocken.

Sie winkte ab, das Gesicht immer noch zur Wand gedreht. »Das ist nicht so schlimm.«

»Was habt Ihr denn verbrochen?«, fragte er bekümmert.

»Es wäre einfacher, Euch aufzuzählen, was ich *nicht* verbrochen habe. Alles außer herumsitzen und beten ist hier verboten. Jeden Morgen erwache ich mit dem Gefühl zu ersticken.«

»In vier oder fünf Tagen kehre ich auf den Kontinent zurück, Juliana. Dann holt er Euch nach Hause, Ihr werdet sehen.«

Sie lachte. »Wo soll das sein?«

Ihre Bitterkeit machte ihn ratlos. Sie schien so gar nicht zu dem Bild des unbeugsamen Wildfangs zu passen, das er sich gemacht hatte.

»Er war hier«, berichtete sie unvermittelt. »Gestern war er hier. Ich nehme an, er hatte etwas Geschäftliches mit der Äbtissin zu regeln, das tut er oft. Und er hat nicht nach mir geschickt, um mir guten Tag zu sagen.« Sie biss sich auf die Lippen, um ihr Schluchzen zu unterdrücken, aber es wollte nicht gelingen. »Ich sag Euch, es wäre besser, man würde Bastarde ersäufen so wie überzählige Katzenjunge.«

Ihm kam die Frage in den Sinn, ob sein neuer Knappe das vielleicht auch gelegentlich schon gedacht hatte.

Als könne sie seine Gedanken lesen, fuhr sie fort: »Wenn ich wenigstens ein Junge wäre, dann wär es nicht so schlimm. Ich könnte Soldat werden und dem König helfen, die verdammten Franzosen in die Knie zu zwingen. Niemand würde sich darum scheren, dass meine Mutter nur die Hure meines Vaters ist …«

John konnte es nicht länger aushalten, sie so reden zu hören. Er rückte ein klein wenig näher. »Schsch. Ihr irrt Euch, Lady Juliana. Ihr seid Eurem Vater teuer, das hat er mir gesagt.«

Ganz plötzlich schlang sie die Arme um seinen Hals und vergrub den Kopf an seiner Brust. »Ihr lügt mich an, um mich zu trösten. Das ist gut von Euch, aber eine Sünde.«

Starr vor Schreck über ihre plötzliche Nähe saß er da, sagte aber scheinbar ruhig: »Nein, es ist die Wahrheit.«

Sie schien ihn gar nicht zu hören. »Ich weiß ja, dass ich überhaupt kein Anrecht auf seine Zuneigung habe, denn ich bin nichts weiter als eine Peinlichkeit für ihn. Ein Missgeschick. Aber es ist so schwer, ganz ohne Liebe auszukommen.«

Ich liebe dich, dachte er, doch er war zu schüchtern, um es auszusprechen. Und er glaubte auch nicht, dass es seine Liebe war, die sie sich ersehnte, darum war er verblüfft, als sie fortfuhr: »Und nun heule ich Euer neues Gewand nass und jammre Euch etwas vor, statt geistreich zu plaudern oder wenigstens still und sittsam zu sein, und Ihr werdet davonreiten, sobald

Euer Gefühl für ritterlichen Anstand es erlaubt, und in Zukunft einen Bogen um mich machen.«

»Nein, Juliana.« Behutsam drückte er die Lippen auf ihre blonden Locken, wagte auch endlich, die Hand zu heben und ihr über den Rücken zu streichen. »Ich glaube nicht, dass ich das tun werde. Aber ich denke, es wäre weiser, wenn wir uns jetzt trennen, denn sollte man uns hier erwischen, wird Eure andere Hand auch noch fällig, und wenn der Bischof davon erfährt, reißt er mir das Herz heraus.«

Unwillig löste sie sich von ihm und nickte.

Er betrachtete sie noch einen Moment. Die Erkenntnis, wie unglücklich sie war, hatte ihn völlig unvorbereitet getroffen, und er ahnte, dass er jetzt wirklich rettungslos verloren war. Nach ihrer ersten Begegnung hatte ihn die Herausforderung gereizt, dieses wilde Geschöpf zu zähmen, aber seine besonnene Natur war ein wirksamer Schild gegen solche Anwandlungen. Jetzt hingegen verlangte es ihn, sie zu beschützen, und dagegen war er weitaus schlechter gewappnet. Wenngleich er wusste, dass er ihr im Augenblick weder Geborgenheit noch Trost zu bieten hatte; ihr vielleicht niemals irgendetwas zu bieten haben würde.

Er stand auf und zog sie mit sich hoch. Wortlos standen sie sich gegenüber und schauten sich an. In den braunen Augen schimmerten immer noch Tränen, aber Juliana hatte sich gefasst, rang sich gar ein kleines Lächeln ab. »Lebt wohl, Sir John. Gott schütze Euch.«

»Wäre es …« Er senkte für einen Moment den Blick und räusperte sich. »Wäre es zu kühn, wenn ich Euch um ein Zeichen Eurer Gunst bitten würde?«

»Was?«, fragte sie verblüfft.

Verlegen zeigte er auf das blaue Samtband in ihrem Haar.

Die Bitte bezauberte Juliana. Ein wenig ungläubig schaute sie John an, und was sie sah, war nicht der schüchterne, unsichere Junge, der abgesehen von den billigen Huren im englischen Tross über keinerlei Erfahrung mit Frauen verfügte und folglich das Gefühl hatte, als bewege er sich hier auf so dünnem

Eis, dass er bei jedem Schritt einzubrechen fürchtete. Was sie sah, war vielmehr ein ungewöhnlich gut aussehender Ritter, der die Welt und den Krieg kannte und zu den viel gerühmten, jungen Draufgängern im Gefolge des Königs zählte. Es war ihr unverständlich, dass ein solcher Mann jemanden wie sie auch nur zur Kenntnis nehmen sollte. Dass er gar eine so romantische Bitte an sie äußerte, kam ihr vor wie ein Wunder. Es stürzte sie in einen kleinen, glückseligen Taumel, und ein herrlicher Schauer rieselte ihren Rücken hinab.

Mit einem leisen Lachen löste sie das Band und schüttelte den Kopf, sodass die blonde Lockenpracht frei über ihre Schultern fiel. Es war eine beinah kecke Geste, und als sie John das Samtband entgegenstreckte, war der Kummer aus ihrem Blick verschwunden, der Schalk zurückgekehrt. »Hier. Hütet es gut.«

John drückte das Band kurz an die Lippen. Es duftete nach ihr. Dann steckte er es in die Schecke und verneigte sich. »Lebt wohl, Lady Juliana. So Gott will, komme ich im Frühling wieder.«

Er band Achilles los und führte ihn den langen Gang zwischen den Boxen hindurch zum Tor. Ehe er ins Freie trat, wandte er noch einmal kurz den Kopf. Es war zu dunkel im Stall, um Juliana richtig zu erkennen. Aber er sah ihre Zähne aufleuchten, als sie lächelte.

Dover, Februar 1419

Die Hafenspelunke war verräuchert, weil der Kamin nicht vernünftig zog, aber Owen Tudor entdeckte den Neuankömmling an der Tür sofort und winkte ihn mit weit ausholenden Bewegungen näher. »Ah! Seine Gnaden beehren uns in neuer Gewandung. Ob das der Grund ist, warum er uns hier einen halben Tag warten lässt? Hat sein Schneider ihn aufgehalten?«

Grinsend schlug John seinem Freund auf die Schulter. »Gaul hat ein Eisen verloren«, erklärte er sparsam. Dann wandte er sich an Somerset, der sich von der Bank erhoben hatte. »Gott zum Gruße, John.«

»Gott zum Gruße, John«, antwortete Somerset.

Das sagten sie immer.

John sah dem Jüngeren einen Moment in die Augen. »Wie geht es deinem Bruder?«

Somerset lächelte traurig und schüttelte den Kopf. »Schlecht. Unser Onkel, der Bischof, hat die besten Ärzte geschickt. Aber Henry hustet Blut.«

»Oh«, murmelte John beklommen. Das klang in der Tat nach einem Todesurteil.

»Nun macht keine solchen Trauermienen«, schalt Tudor. »Wenn König Harry wirklich auf Paris marschieren will, mag es passieren, dass Somersets Bruder uns alle überlebt.«

Niemand hielt ihm vor, er sei makaber. Sie waren oft makaber. Es erleichterte ihnen das Leben.

»Wie war's bei dir?«, fragte Somerset John.

Der setzte sich zu den Freunden an einen Tisch voller Fett- und Bierlachen. »Raymond und der Stallmeister haben sich fürchterlich zerstritten. Beide haben sich bitterlich über den anderen beklagt, und Conrad hat mir gesagt, er erwäge, das Land zu verkaufen, seine Pferde nach Burton zu bringen und zusammen mit meinem Bruder Edward zu züchten, der im Gegensatz zu Raymond ein vernünftiger Mann sei. Wenn er das wirklich tut, stehen wir schön dumm da.«

Tudor zuckte die Schultern. »Na und? Was regst du dich auf? Dir kann all das doch gleich sein.«

Somerset schnalzte missbilligend. »Dieses Gestüt ist das Lebenswerk seines Vaters, Owen. So etwas ist einem nicht egal.«

»Nein?«, fragte Tudor verwundert, winkte einen der Bierjungen heran, wies auf den leeren Krug auf dem Tisch und fragte: »Ist der Fraß hier so schlimm, wie er riecht?«

Der Junge nahm den Krug. »Schlimmer.«

Der Waliser schnitt eine Grimasse. »Gib der Wirtin Bescheid, wir wollen es trotzdem mal versuchen.«

Der Junge nickte gleichgültig und ging ohne Eile davon.

John lehnte sich zurück an die Wand und streckte die langen Beine unter dem Tisch aus. Die Schänke mochte verräuchert sein, aber nach dem langen, unfreiwilligen Fußmarsch durch die winterlichen Wälder von Kent war es ein äußerst angenehmes Gefühl, seine Zehen allmählich auftauen zu spüren. Er war froh, wieder bei seinen Freunden zu sein, die ihm näher standen als jeder seiner Brüder.

Vom Beginn dieses zweiten Normandie-Feldzugs an hatten sie zusammen im Gefolge des Königs gekämpft, waren im Krieg gemeinsam erwachsen geworden. Somerset war erst sechzehn und dennoch ein großer, breitschultriger Mann mit einem so üppigen Bartwuchs, dass er manchmal wie sein Onkel Exeter aussah, wenn er längere Zeit keine Gelegenheit fand, sich zu rasieren. Inzwischen hatte auch er seinen Ritterschlag längst empfangen, befehligte die Bogenschützen seines abwesenden, kranken Bruders, stritt häufig und bitter mit seinem Stiefvater Clarence, der einer der Oberbefehlshaber der Truppe war, lehrte seinen Knappen lateinische Verse und hatte es dank seiner Persönlichkeit bislang zu verhindern gewusst, dass er selbst und seine beiden Freunde völlig verrohten.

Owen Tudor hatte sich weniger verändert. Er war immer noch der rotgelockte Flegel, kein Ritter, und er hatte auch keinerlei Interesse an diesem albernen englischen Ritual. Er diente dem König, weil der ihn fütterte und weil er ihn schätzte – oder vielleicht auch, weil er nichts Besseres mit sich anzufangen wusste –, jedenfalls nicht aufgrund irgendeines wirren, veralterten Kodex. Er war findig, listenreich und scheinbar vollkommen furchtlos, und er war der Mann, der alles besorgen konnte. Er hatte bessere Beziehungen zu den Marketendern und Huren als irgendjemand sonst und betrieb schwunghaften Handel mit allem, was Mangelware war. Er war ein hervorragender Soldat, aber kein Anführer.

John dachte nicht frohen Herzens an das, was sie jenseits

des Kanals erwartete. Er verabscheute die Kälte und den Dreck, den miserablen Fraß und das Lagerleben überhaupt, das Blutvergießen und den Gestank des Krieges. Doch es war vor allem die Gesellschaft dieser beiden Männer, die ihm dieses Leben erträglich machte.

Die Tür zum Hof öffnete sich, und eine verschneite, vermummte und schwer beladene Gestalt trat ein. Nachdem sie sich den Schnee von den Schultern geklopft und die Kapuze zurückgeworfen hatte, erkannte John sie.

»Daniel! Komm hier rüber.«

»Ja, nun schau einer an«, raunte Tudor. »Waringham leistet sich neuerdings einen Knappen.«

Zaudernd trat der Junge näher. Unter dem Arm trug er Johns Rüstung. Die einzelnen Panzer und Schienen waren so ineinander gelegt und verschnürt, dass sie möglichst wenig Platz einnahmen und man sie tragen konnte, aber es war ein schweres Paket. Daniel sah sich misstrauisch in der verräucherten Schankstube und unter den teilweise etwas finster wirkenden Seeleuten um und blieb schließlich vor John stehen.

»Hast du Platz im Stall für die Pferde gefunden?«, fragte der.

Daniel nickte. »Und der Hufschmied kommt morgen früh, sobald es hell wird.«

»Gut gemacht. Daniel, dies ist Sir John Beaufort, genannt Somerset, ein Cousin des Königs. Und das hier ist Owain ap Meredydd, genannt Owen Tudor, über dessen walisische Sippschaft wir lieber den Mantel des Schweigens breiten wollen.«

Daniel verbeugte sich. Es sah ein wenig unbeholfen aus, denn er hatte in ritterlichen Artigkeiten noch nicht viel Übung.

Tudor nickte ihm grüßend zu. »Und du bist eins von Raymond of Waringhams Heldenstücken, nehm ich an?«

Daniel presste die Lippen zusammen und senkte den Blick.

»Er will dich nicht kränken«, erklärte John. »Bei den Walisern gibt es keinen Unterschied zwischen Bastarden und ehelich geborenen Kindern.«

Der Junge machte große Augen. »Ist das wirklich wahr?«

»So wahr ich hier sitze«, versicherte Tudor.

Wo ist dieses glückliche Land, hätte Daniel gern gefragt, aber das wagte er nicht. Er bewegte sich auf vollkommen unbekanntem Terrain und hatte keine Ahnung, was er sagen durfte und wie er sich zu verhalten hatte.

Somerset erkannte seine Nöte und lächelte ihm aufmunternd zu. »Sei uns willkommen, Daniel. Siehst du dahinten die Treppe? Wenn dein Herr keine Einwände hat, dann geh hinauf, und hinter der dritten Tür zur Linken findest du unser Quartier. Dort wartet mein Knappe Simon. Macht euch bekannt. Ihr müsst oben bleiben, um auf unser Zeug aufzupassen, aber wir schicken euch etwas zu essen hinauf.«

»Danke, Euer Lordschaft.« Daniel stockte vor Ehrfurcht beinah der Atem. An Cousins von Königen war er ebenso wenig gewöhnt wie an Artigkeiten. Prompt vergaß er, sich zu verneigen, als er davoneilte.

Am nächsten Morgen schifften sie sich auf einer genuesischen Karracke ein. Der schöne Zweimaster gehörte dem Earl of Huntingdon, der ihn vor knapp zwei Jahren bei einem Seegefecht in der Seine-Mündung erbeutet hatte und dem König seither zur Verfügung stellte, um Männer und Ausrüstung über den Kanal zu bringen. Mit der Morgenflut liefen sie aus und setzten Kurs auf Harfleur, nicht auf das viel näher gelegene Calais. Letzteres war zwar fest in englischer Hand, aber zwischen Calais und der eroberten Normandie lagen Gebiete, die der Herzog von Burgund kontrollierte. »Bis vor einigen Monaten waren wir mit Burgund verbündet«, erklärte John seinem Knappen, »doch das Abkommen zwischen dem König und ihm ist abgelaufen, und derzeit sieht es so aus, als wolle der Herzog es nicht erneuern.«

Daniel nickte interessiert, schlug dann plötzlich die Hand vor den Mund und stürzte zur Reling.

John seufzte. »Seines Vaters Sohn …«

Daniels Martyrium dauerte bis zum nächsten Vormittag.

Die Überfahrt war stürmisch, und Johns Knappe war nicht der einzige Passagier, der die Fische fütterte. Doch als sie in Harfleur festmachten, strahlte eine weißliche Februarsonne am wolkenlosen, verwaschen blauen Himmel.

Vom Kommandanten der Garnison in Harfleur erfuhren sie, dass der König unverändert in Rouen weilte, also machten sie sich auf den Weg dorthin. Die Straße war in keinem sehr guten Zustand, und es waren an die dreißig Meilen, doch dank der guten, ausgeruhten Pferde kamen sie vor Einbruch der Dunkelheit an. Die Soldaten der starken Wache am Tor erkannten sie und ließen sie nach einem höflichen Gruß passieren.

Sie ritten eine einigermaßen breite, gepflasterte Straße Richtung Stadtzentrum entlang. Durch die Ritzen der Fensterläden an den Häusern links und rechts schimmerte Licht, aber es war kaum noch ein Mensch auf der Straße. Die wenigen Gestalten, denen sie begegneten, wirkten verhärmt und ängstlich.

»Scheu wie die Rehe«, spöttelte Tudor. »Dabei hätten sie es inzwischen längst gemerkt, hätte der König die Absicht gehabt, Rouen zur Plünderung freizugeben.«

Somerset nickte. »Ja, sie können froh sein, dass sie ihre Häuser und ihre Habe noch besitzen. Von ihrem Leben und ihren jungfräulichen Töchtern ganz zu schweigen. Aber keine Bürgerschaft freut sich über eine fremde Armee in ihrer Stadt, ganz gleich, wie nachsichtig und milde die Besatzer sind.«

König Harry hatte eine der großen Kaufmannsvillen nahe der Kathedrale bezogen, und er empfing die drei jungen Männer in einer prachtvollen Halle, die ihm vorläufig als Hauptquartier diente. Die dunklen Deckenbalken waren aufwändig geschnitzt, die Fenster mit bleigefassten, rautenförmigen Scheiben verglast, die tagsüber gewiss ein sanftes, goldenes Licht spendeten. Kunstvolle, auf Holz gemalte Heiligenbilder zierten die Wände, und am Boden lagen Steinfliesen, jetzt allerdings von den vielen Soldatenstiefeln verdreckt, die den Schlamm und Schneematsch hereingetragen hatten. Am Kamin, der beinah mannshoch war und ein wunderbar gemeißeltes Sims hatte, standen zwei bequeme Polstersessel. Der Rest des sicher vornehmen Mobiliars war indessen hinausgeschafft worden, um Platz für die vielen Menschen zu schaffen.

In kleinen Gruppen standen Adlige und Ritter zusammen und redeten, Diener brachten Krüge mit Wein und neues Feuerholz, an einem kleinen Tisch in einem halbdunklen Winkel saß der Duke of Clarence und ging mit seinem Sergeanten die Soldabrechnung durch. Diskretes Münzenklimpern war dann und wann zu vernehmen. Man mochte über den ehrgeizigen Bruder des Königs denken, was man wollte, auf jeden Fall bezahlt er seine Männer pünktlicher als Harry, dachte John und unterdrückte ein Seufzen, während er, flankiert von Tudor und Somerset, vor dem König auf ein Knie niedersank.

Harry forderte die drei Ankömmlinge mit einem Wink auf, sich zu erheben. »Ah, endlich zurück. Das wurde auch Zeit, Gentlemen.« Sein strahlendes Lächeln nahm dem Vorwurf die Schärfe.

John dachte manchmal, dass Harry sie schindete wie ein gnadenloser Gutsherr seine Hörigen, aber im Grunde seines Herzens fühlte er sich geschmeichelt, dass der König offenbar so schlecht auf ihn verzichten konnte. Er zog seine Depeschen aus dem Handschuh. »Nachricht von Bischof Beaufort, Sire.«

Der König nahm den Brief, erbrach das Siegel und überflog den Inhalt des Schreibens. Er lächelte kurz, nickte zufrieden und ließ den Bogen dann sinken. »Es gibt viel zu tun, und wir müssen uns sputen«, berichtete er den Neuankömmlingen. »Wir wollen die Gunst der Stunde nutzen und bis Mantes vorstoßen, ehe der Herzog von Burgund und der Dauphin sich gegen uns verbünden.«

John und Somerset tauschten einen entsetzten Blick. »Ein Bündnis zwischen Burgund und dem Dauphin, Sire?«, fragte Somerset ungläubig. »Aber sie hassen sich.«

»Hm«, machte der König. Es klang ironisch. »Mich lieben sie auch nicht gerade. Die Frage ist, wer wen am meisten verabscheut. Tragisch, nicht wahr? Es gibt einfach keine Liebe mehr in der Welt.«

Die drei jungen Männer erwiderten sein flegelhaftes Grinsen.

»Nun, wenn wir Mantes in der Tasche haben, ist es gleich, was sie tun, denn dann brauchen wir nur noch die Hand nach Paris auszustrecken. Somerset, Ihr marschiert mit Euren Männern die Seine hinauf, umrundet Mantes und blockiert die Straßen, wie üblich.«

»Ja, Sire.«

»Waringham, Tudor, Ihr macht Euch morgen früh auf den Weg nach Pontoise. Da hat der Herzog von Burgund sein Hauptquartier. Wenn er nicht dort ist, sucht ihn. Ihr müsst ihm eine Nachricht überbringen. Wir haben keine Zeit, die verschlungenen Pfade der offiziellen Diplomatie mit all ihren langwierigen Ritualen zu beschreiten. Ihr seid in keinerlei offizieller Mission unterwegs, sondern bringt Burgund lediglich einen persönlichen Brief. Wartet die Antwort ab und bringt sie mir. Sie muss ›ja‹ oder ›nein‹, lauten, untersteht Euch, mit einem ›vielleicht‹ zurückzukommen, hört Ihr?«

Sie nickten, und der König nahm eine kleine, versiegelte Schriftrolle von einem schmalen Tisch zu seiner Linken auf, welcher mit Papieren und Pergamentbogen ebenso übersät war wie mit Zinntellern voll abgenagter Knochen und Brotkrumen. Harry legte die Botschaft in Tudors bereitwillig ausgestreckte Hand, der sie in seinem Handschuh verschwinden ließ.

»Speist mit mir, Gentlemen«, lud der König sie ein. »Und erzählt mir von zu Hause.« Er war seit zwei Jahren nicht in England gewesen und machte aus seiner Sehnsucht nach der Heimat keinen Hehl.

Bald erschienen Diener und legten schwere Eichenplatten auf Holzböcke, sodass eine lange Tafel entstand. Auf den Bänken, die zu beiden Längsseiten aufgestellt wurden, nahmen des Königs Brüder, Kommandanten und sonstige Vertraute Platz. Somerset setzte sich auf Geheiß des Königs auf den Ehrenplatz an dessen Seite und berichtete ihm mit gedämpfter Stimme von seiner Unterredung mit des Königs Bruder Bedford, der die Geldnöte der Regierung in England beklagt hatte, aber auch von seiner Sorge um seinen todkranken Bruder Henry. John und Tudor, die gegenüber saßen, lauschten schweigend, berichteten dann ihrerseits vom Stand der Dinge in Wales und in Kent, während sie heißhungrig aßen. Die Portionen waren klein, bestanden aus zähem Pökelfleisch und altbackenem Brot, und der Wein war verwässert. Aber sie hatten nichts anderes erwartet.

Trotzdem murmelte Somerset: »Wie ich diesen Fraß verabscheue«, als sie die Halle nach dem Essen verließen, um sich eine Schlafstatt zu suchen. »Man gewöhnt sich ja nach ein paar Tagen wieder daran, aber wenn man gerade in England war, ist es jedes Mal ein Schock.«

»Tja.« John hob die Schultern. »Gloucester würde jetzt sagen: ›Was gut genug für König Harry ist, ist gut genug für dich.‹«

Die anderen beiden lachten über die gelungene Imitation von Gloucesters schwülstigem Tonfall, mit dem er seinen Bruder, den König, gern in Schutz nahm, selbst wenn niemand sich beklagt hatte. Der junge Herzog hatte sich in den letzten Jahren mit seinem Übereifer, seinem vorauseilenden Gehorsam, der manches Mal verheerende Folgen gehabt hatte, nicht gerade Respekt unter der Ritterschaft erworben. Gloucester war ein miserabler Feldherr, der sich selbst kolossal überschätzte. Eine gefährliche Kombination.

»Gloucester hat gut reden«, brummte Tudor. »Wenn er nicht satt wird, hat er ja immer noch seine Fingernägel. Und außerdem …«

Er brach ab, weil John plötzlich stehen geblieben war und seine beiden Freunde mit ausgestreckten Armen hinderte, weiterzugehen. Als sie ihn fragend anschauten, wies er mit dem Kinn auf einen lang gezogenen Holzschuppen, der, nur wenige Schritte zur Rechten, den Innenhof des Kaufmannshauses in zwei Hälften zerschnitt. Aus der offenen Tür des Gebäudes fiel flackernder Fackelschein und beleuchtete einen großen, breitschultrigen Mann, der einen Knaben von hinten gepackt hielt und ihm mit dem Unterarm die Luft abdrückte.

»Arthur Scrope«, sagte John leise, und es klang wie ein

Fluch. Ihr Verhältnis hatte sich seit jenem folgenschweren Ausflug ins Londoner Hurenviertel nie gebessert. Entschlossen trat John näher, und seine Freunde folgten ihm.

Als sie sich den beiden Gestalten im Lichtschein näherten, erkannte John ohne alle Überraschung, dass es sich bei Scropes Opfer um seinen Knappen Daniel handelte. »Lasst ihn los, Scrope. Werdet Ihr es eigentlich nie müde, Euch an Schwächeren zu vergreifen?«

»Vergreifen, he?«, höhnte der vierschrötige Ritter, lockerte seinen Würgegriff und stieß Daniel das Knie in die Nieren, sodass der Junge im Schnee landete. Tudor packte ihn nicht gerade sanft am Oberarm und zog ihn auf die Füße. Daniel senkte beschämt den Blick und fuhr sich mit dem Ärmel über die blutige Nase.

»Der Bengel hat die Manieren eines Bauern, Waringham. Und ein großes Maul obendrein.« Mit einem verächtlichen Blick auf Daniel fügte er hinzu. »Ganz der Vater, könnte man wohl sagen.«

John rang seinen Zorn nieder. »Was hat er getan?«

»Ich habe ihn geschickt, uns einen Krug Wein zu holen, und da sagt dieser Flegel zu mir: ›Holt ihn Euch selbst.‹ Ich meine, ist das zu fassen?«

John warf einen kurzen Blick zu seinem Knappen, dessen Miene ihm verriet, dass dieser Unverschämtheit allerhand vorausgegangen war, und er hatte keine Mühe, sich vorzustellen, was Scrope alles zu dem Jungen gesagt hatte. Trotzdem verneigte er sich knapp, biss die Zähne zusammen und entschuldigte sich: »Ich bitte um Nachsicht mit meinem Knappen, Sir. Er steht noch nicht lange in meinen Diensten und hat noch allerhand zu lernen.«

Scrope schnaubte abfällig. »Was soll aus Englands Armee werden, wenn so der Nachwuchs aussieht? Es ist ja beklagenswert, dass Ihr ein Bettelritter seid und Euch keinen vernünftigen Knappen leisten könnt, aber konntet Ihr wirklich nichts Besseres finden als Eures Bruders Bastard?«

Tudor hielt Daniel immer noch am Oberarm gepackt und

spürte die plötzliche Anspannung in den Muskeln, als sei der Junge im Begriff, mit den Fäusten auf den Ritter loszugehen. »Nur ruhig Blut, Daniel«, murmelte der Waliser, laut genug, dass alle ihn hörten. »Lieber eines anständigen Mannes Bastard als der Bruder eines Verräters.«

»Owen, muss das wirklich sein?«, fragte Somerset seufzend, während Scrope erwartungsgemäß die Hand an das Heft seines Schwertes legte und angriffslustig einen Schritt vortrat.

Tudor belächelte ihn spöttisch, drehte ihm dann rüpelhaft den Rücken zu und führte Daniel aus dem Lichtkreis. »Es wird ja wohl noch gestattet sein, die Wahrheit zu sagen, oder?«, hörten sie ihn sagen.

John betrachtete seinen alten Widersacher mit verengten Augen, die Arme vielsagend vor der Brust verschränkt. »War's das für heute, Scrope? Ich muss morgen zeitig aus den Federn, aber wenn Ihr darauf besteht, können wir uns auch jetzt und hier bei Fackelschein schlagen. Mir ist es gleich. Nur wäre ich dankbar, wenn Ihr Euch bald entscheidet.«

Mit einem angewiderten Ruck steckte Scrope sein halb gezogenes Schwert zurück in die Scheide. »Ihr seid genau so ein Großmaul wie Euer Bruder, Waringham.« Und damit wandte er sich ab, ging zurück in den Holzschuppen und schlug die Tür zu.

»Ich nehme an, das heißt ›nein‹«, sagte Somerset. »Dann lass uns gehen, John. Meine Füße frieren ein. Ich hoffe, die Jungen haben uns ein erträgliches Quartier gesucht.«

Natürlich hätte man über die Frage, was »erträglich« war und was nicht, lange und fruchtlos debattieren können. Daniel und Somersets Knappe Simon Neville hatten ein freies Zelt in einem windgeschützten Winkel des Innenhofs ausfindig gemacht und ein Kohlebecken organisiert, in dessen unmittelbarer Umgebung der hartgefrorene Boden allmählich zu einer Schlammsuhle taute.

»Hm. Entzückend«, bekundete Somerset. »Nur gut, dass wir hier nicht in voller Rüstung schlafen müssen, sonst wären wir morgen früh am Boden festgerostet.«

John wandte sich an seinen Knappen. »Daniel.«

Der Junge biss sichtlich die Zähne zusammen und trat vor ihn, ohne einen Ton zu sagen.

»Geh zum Stall und hol uns einen Ballen Stroh.«

»Was?«, fragte Daniel entgeistert.

»Für den Boden, du Esel«, antwortete John ungeduldig. »Ich will nicht früher als zwingend notwendig wieder im Morast schlafen.«

»Oh … verstehe, Sir.« Immer noch schaute er John ein wenig misstrauisch an, er wirkte nervös.

»Ich glaube nicht, dass er dir wegen der Sache den Kopf abreißen wird, Daniel«, sagte Somerset beiläufig und rieb sich die Hände über dem Kohlebecken.

Daniel warf ihm einen raschen Blick zu, ehe er seinen Herrn wieder anschaute.

John ging ein Licht auf. »Ach, richtig. Scrope.«

Simon trat zum Ausgang. »Ich geh das Stroh holen«, erbot er sich und verschwand schleunigst, ehe irgendwer zugestimmt hatte.

»Es gibt ein paar einfache Regeln, Daniel«, erklärte John. »Wenn ein Ritter dir einen Befehl erteilt, dann hast du zu gehorchen. Auch wenn er ein Widerling wie Scrope ist, auch wenn er dir befiehlt, du sollst dich auf den Kopf stellen und mit den Zehen wackeln, du hast nur zu sagen ›Ja, Sir‹ und es zu tun. Sonst wird es nicht lange dauern, bis du hier in böse Schwierigkeiten gerätst.«

»Aber Sir …«

»Nein. Es gibt kein Aber. Dir steht es nicht an, einem Ritter zu widersprechen. Du bringst mich in Verlegenheit, wenn du es tust, und darum ist heute das erste und letzte Mal, dass du straffrei ausgehst. Ist das klar?«

Daniel nickte. Es war ein ziemlich rebellisches Nicken.

John hob die Brauen. »Wie bitte?«

»Ja, Sir.«

»Gut. Ich muss morgen früh aufbrechen und werde vermutlich ein, zwei Wochen unterwegs sein. Ich hoffe, ich höre keine Klagen über dich, wenn ich wiederkomme.«

Daniel riss entsetzt die Augen auf. »Ihr lasst mich hier zurück?«

John betrachtete ihn, ebenso kühl wie wortlos.

»Das war kein Aber und keine Widerrede. Nur eine Frage«, erklärte Daniel. »Sir«, fügte er mit ein wenig Verspätung hinzu, weil es ihm erst im letzten Moment eingefallen war.

Mit einem Mal ging John auf, dass es nicht die uneheliche Geburt war, die ihn gegen den Jungen einnahm, auch nicht das bäurische, ungehobelte Auftreten, sondern allein Daniels charakterliche Ähnlichkeit mit Raymond. »Ich habe einen Kurierdienst zu erledigen, und dabei kann ich dich nicht gebrauchen«, antwortete er schroffer, als es sonst seine Art war.

»Gebt mir ein besseres Pferd, und ich reite so schnell wie Ihr«, entgegnete Daniel.

Schön, dachte John, da du es unbedingt so haben willst.

Die Ohrfeige brachte Daniel aus dem Gleichgewicht. Er taumelte und wäre gestürzt, aber Somerset, der zufällig hinter ihm stand, streckte die Arme aus und fing ihn auf. »Ich schätze, ich werd dich mit nach Mantes nehmen, Daniel«, sagte er, während er den Jungen wieder auf die Füße stellte. »Damit wenigstens einer von uns ein Auge auf dich haben kann. Und Simon wird froh über die Gesellschaft sein.«

»In Ordnung, Sir«, murmelte der Junge kleinlaut.

John nickte seinem Freund dankbar zu und würdigte seinen Knappen keines weiteren Blickes. Wenig später kam Simon zurück. Ein jeder bereitete sich ein Strohlager – John, Somerset und Tudor näher am Kohlebecken als die Jungen –, und bald darauf kehrte Ruhe ein.

Als das erste, graue Licht des neuen Wintertages sich am wolkenlosen Himmel zeigte, brachen John und Tudor auf. John war immer noch kühl und kurz angebunden zu Daniel, während der ihm Schwert und Mantel brachte, und schickte ihn dann, die Pferde zu holen.

»Hast du den Brief?«, fragte er Tudor, während sie aus dem Zelt traten.

Der Waliser klopfte mit der Rechten auf die Stulpe des linken Handschuhs. Der frühe Morgen war nicht seine beste Zeit. Seine Freunde waren es gewöhnt, dass der Tag oft schon zwei, drei Stunden alt war, ehe Tudor zum ersten Mal den Mund aufmachte.

Als Daniel mit einem Pferd an jeder Hand vom Stall zurückkam, schloss Tudor Somerset wortlos in die Arme und schwang sich dann in den Sattel.

Auch John trat zu Somerset und umarmte ihn kurz. »Pass ja auf dich auf. Es wäre einfach lächerlich, jetzt noch zu fallen.«

»Ich werd mir Mühe geben. Und gib du auch auf dich Acht. Mir wäre wohler, du hättest die Rüstung angelegt.«

John winkte ab. »Ich schätze, Schnelligkeit wird uns ein besserer Schutz sein als Panzerung, denn sie macht uns so gut wie unsichtbar. Das ist in unsicherem Gelände immer noch die beste Strategie, stimmt's?« Damit saß er auf, hob die Hand zum Gruß, und schon ritt er Seite an Seite mit Tudor aus dem Hoftor.

»Gott behüte dich, Onkel«, flüsterte eine erstickte Stimme neben Somerset.

Der schaute zur Seite und zwinkerte Daniel zu. »Kopf hoch, Junge. Er wird im Handumdrehen wieder hier sein. Und sei ihm nicht gram. Nicht du bist es, dem er grollt, sondern dein Vater.«

»Oh ja, Sir. Dafür hab ich Verständnis«, kam die grimmige Antwort.

Somerset musste sich ein Grinsen verbeißen. »Wie ausgesprochen großmütig von dir.«

Daniel warf ihm einen raschen Blick zu. »Hab ich schon wieder was Falsches gesagt? Ich glaube, ich werd's nie lernen.«

»Doch, doch«, entgegnete der junge Edelmann zuversichtlich. »Aber es ist noch kein Ritter vom Himmel gefallen. Pass auf, Daniel, ich mache dir einen Vorschlag. Wir haben auch einen langen Ritt vor uns. Unterwegs werde ich dir alles beibringen, was ich über Manieren weiß. Und das ist nicht wenig, glaub mir, denn ich habe mehr als mein halbes Leben bei Hofe verbracht. Du musst mir im Gegenzug versprechen, dass du dir Mühe geben wirst. Und wenn John zurückkommt, wirst du ein solches Wunder an vornehmem Auftreten und Beherrschung sein, dass er von früh bis spät dein Loblied wird singen müssen. Wie wär's?«

Daniel schaute mit großen Augen zu ihm auf. »Warum solltet Ihr das für mich tun wollen, Sir?«

Somerset hob kurz die Schultern. »Nun, weil du die Mühe wert bist. Du bist ein anständiger Kerl, Daniel, wie dein Onkel und auch dein Vater, der ein viel besserer Mann ist, als John wahrhaben will. Kurz gesagt: Weil du ein Waringham bist.«

»Aber Sir …« Daniel schlug die Hand vor den Mund und murmelte dann undeutlich: »Gott, es ist verflucht schwierig, zu sagen, was man meint, wenn man nicht ›aber‹ sagen darf.«

»Regel Nummer eins: Fluche niemals in Gegenwart einer Person, die höher steht als du. Vor allem: Führe niemals den Namen des Herrn eitel. Mit Simon kannst du reden, wie dir der Schnabel gewachsen ist; ich weiß, er flucht lästerlich und mit großem Vergnügen, sobald ich außer Hörweite bin. Aber vor einem Ritter oder Edelmann solltest du es nie tun, vor einer Dame natürlich erst recht nicht. Doch du hast bis auf weiteres meine ausdrückliche Erlaubnis, das Wort ›aber‹ zu verwenden. Also? Wie sollte dein Einwand lauten?«

Daniel breitete die Arme aus, als liege das auf der Hand: »Ich bin nur ein Bastard.«

Somerset lächelte. »So wie mein Vater.«

John und Tudor mieden die relativ gut instand gehaltene Straße, die parallel zur Seine verlief, denn das gesamte Gebiet östlich des Flusses war unsicher. Sie schlugen sich also in die Wälder und nahmen lieber die Unannehmlichkeiten des hügeligen, teilweise unwegsamen Geländes auf sich, als auf der Straße zu riskieren, französischen Truppen zu begegnen. Ihr Ziel lag nur fünfzig Meilen südöstlich von Rouen – sie hofften, selbst in schlechtem Gelände am nächsten Tag dort anzukommen.

Der Februarmorgen war sonnig und klirrend kalt. Kein schlechtes Reisewetter. Meist war der Untergrund zu trügerisch und der Schnee zu hoch, um zu galoppieren, und so froren Pferde und Reiter, aber sowohl Tudor als auch John besaßen gute, gefütterte Wollmäntel, die der König ihnen im letzten Winter hatte anfertigen lassen.

Als der Wald ausdünnte, gelangten sie hügelabwärts an verschneiten Feldern vorbei zu einem Dorf, das vor der weißen Kulisse verdächtig schwarz wirkte.

»Reiten wir außen herum?«, fragte John.

Tudor sah blinzelnd nach vorn und schüttelte dann den Kopf. »Lass uns lieber dem Pfad folgen, im Feld brechen die Gäule sich die Knochen. Ich glaube nicht, dass irgendwer in dem Dorf uns an die Franzosen verraten wird.«

»Nein«, stimmte John zu. »Kaum.« Es klang grimmig.

Sie hatten sich nicht getäuscht: Als sie sich dem Weiler näherten, fanden sie das erste zertrampelte Federvieh und Blutschlieren im Schnee. Die Katen waren nur mehr geschwärzte Gerippe, und die Leiber erschlagener Männer, Frauen und Kinder lagen im steif gefrorenen Morast.

John und Tudor, beide sonst nicht zimperlich, bekreuzigten sich, schlugen die Kapuzen hoch und ritten Seite an Seite weiter, ohne unnötig häufig nach links und rechts zu blicken.

»Bauern abschlachten«, knurrte der Waliser angewidert. »Was denkst du, wer hat das getan?«

John zog die Schultern hoch. »Da wir uns nördlich von Paris befinden, sympathisieren diese Gebiete hier vermutlich mit Burgund. Also waren es die Armagnac, schätze ich, nicht wahr?«

»Aber die einen wie die anderen sind Franzosen«, entgegnete Tudor verständnislos. »Nicht einmal König Harry, der doch ein Fremder ist, würde so mit französischen Bauern umgehen.«

»Nein. Er grollt ja auch keinem Menschen in Frankreich so, wie die Burgunder und die Armagnac sich gegenseitig grollen.«

»Und obwohl sie einander so verabscheuen, wollen Burgund und die Armagnac nun ein Bündnis schließen?«

»So heißt es. Seit der Graf von Armagnac tot ist, nennen seine Anhänger sich übrigens die Dauphinisten, wusstest du das?«

»Nein, und es interessiert mich auch nicht sonderlich«, bekannte Tudor, fragte aber dennoch: »Das heißt, der Dauphin führt sie nun an? Dieser Prinz, der dem König damals die Tennisbälle geschickt hat?«

John schüttelte den Kopf. »Der ist im Winter nach Agincourt gestorben. Der nächste zwei Jahre später. Nun gibt es nur noch den jüngsten Prinzen, Charles, den sie jetzt den Dauphin nennen. Er ist erst siebzehn, und ich habe keine Ahnung, ob er als Soldat etwas taugt, aber so oder so ist er für Burgunds Feinde wertvoll, nicht wahr? Schließlich ist er der einzige Sohn des schwachsinnigen Königs Charles.«

»Hm«, machte Tudor. »Der Vater schwachsinnig, und die Söhne sterben wie die Fliegen. Kränkliche Familie, wie?«

»Das kannst du laut sagen.«

»Und woher weißt du all das?«

»Bischof Beaufort«, kam die knappe Antwort.

»Natürlich. Aber unser Bischof meint trotzdem, dass Harry eine Braut aus dieser Familie nehmen sollte, ja?«

John nickte. »Er sagt, die ganze Kraft der Valois liege in ihren Frauen.«

»Tja, er muss es wissen. Mit Frauen kennt er sich ja nun wirklich aus.«

Johns Kopf fuhr herum. »Was willst du damit sagen?«

Tudor hob die Linke zu einer unbekümmerten Geste. »Man munkelt, er habe eine Reihe spektakulärer Eroberungen gemacht. Eine ganze Schar feiner Damen umgelegt.«

»Ich bin überzeugt, das ist übertrieben«, gab John säuerlich zurück.

Sein Freund warf ihm einen verwunderten Blick zu. »Was kümmert es dich?«

John winkte ab. Er fand, es war an der Zeit, das Thema zu

wechseln. »Komm, lass uns zusehen, dass wir weiterkommen. Hier kriegt man ja das Grausen. Und in zwei Stunden wird es dunkel.«

Tudor ließ ihm mit einer Geste den Vortritt, und John stieß Achilles leicht die Fersen in die Seiten. Hinter dem schaurigen Geisterdorf zog sich der Pfad schnurgerade durch die Felder, die im kommenden Frühling wohl unbestellt bleiben würden, ehe er wieder in einen Wald eintauchte. John ritt im leichten Galopp, bis er sicher war, dass die Kälte aus den Gliedern seines Pferdes gewichen war, dann schlug er ein scharfes Tempo an. Tudor war ein ebenso guter Reiter wie er, hatte ein ebenbürtiges Pferd und keine Mühe, mitzuhalten. Trotzdem blieb er ein paar Längen hinter John, denn der Pfad war zu schmal, um nebeneinander zu reiten.

Als sie in den Schatten der Bäume gelangten, war es auf einen Schlag merklich dunkler. Die dicken Stämme der alten Bäume warfen lange Schatten im Nachmittagslicht; Eiszapfen funkelten hier und da an den nackten Zweigen.

John dachte darüber nach, dass die Wälder Frankreichs genauso schön waren wie die in England, und für einen Moment bedauerte er dieses vom langen Krieg so schwer geprüfte Land, als plötzlich mehrere Dinge gleichzeitig passierten.

Ohne jeden erkennbaren Grund brach Achilles die Vorderhand weg. Der mächtige Hengst ging kopfüber zu Boden. John spürte, wie er aus dem Sattel geschleudert wurde, als habe der sich mit einem Mal in ein Katapult verwandelt. Instinktiv rollte er sich zusammen, prallte jedoch hart gegen einen Baum und blieb benommen liegen. Er hörte Tudor einen unartikulierten Laut des Schreckens ausstoßen, dann verstummte der vom Schnee gedämpfte Hufschlag des zweiten Pferdes ebenfalls. John riss die Augen auf und sah Tudors gewaltiges Ross über Achilles hinwegschweben, als seien ihm Flügel gewachsen. Sicher landete es jenseits des gefällten Rappen, der orientierungslos und offenbar in Panik um sich trat, aber anders als John erwartet hatte, hielt Tudor nicht an, um kehrtzumachen, schaute nicht einmal zurück, sondern galoppierte davon, als seien alle Teufel der Hölle hinter ihm her, das Kinn fast auf der Mähne seines Pferdes.

»Tudor, komm zurück!«, brüllte John ihm entrüstet nach. »Was tust du, du verdammter walisischer Feuerkopf?«

Er bekam seine Antwort in Form eines schweren Panzerhandschuhs, der auf seine Schulter fiel. Erschrocken wandte John den Kopf und sah drei Ritter in voller französischer Rüstung vor sich aufragen. Sie wirkten beinah gespenstisch, so vollkommen reglos und die Gesichter hinter den geschlossenen Visieren verborgen.

Für einen Moment lehnte John den Kopf zurück an den dicken Baumstamm, an dem er sich beinah den Schädel eingeschlagen hätte, und schloss die Augen. »Gott verflucht …«, murmelte er. »Viel Glück, Owen.«

Die gepanzerte Hand glitt von seiner Schulter zu seinem Oberarm und zog ihn auf die Füße. John nahm es kaum zur Kenntnis. Er schaute in die Richtung, in welcher Tudor verschwunden war, stellte fest, dass offenbar niemand seinen Freund verfolgte, und dann fiel sein Blick auf Achilles, der immer noch im Schnee lag und erfolglos versuchte aufzustehen. Erst jetzt, seltsam verzögert, verspürte John das vertraute Gefühl plötzlicher Furcht, ein unvermitteltes Durchsacken in der Magengegend, als habe er eine Stufe übersehen und sei ins Leere getreten. »Achilles. Oh, Jesus, bitte nicht …« Blut lief ihm ins rechte Auge, und irgendwer nahm ihm Schwertgürtel und Dolch ab.

John wandte den Kopf, räusperte sich und sagte auf Französisch: »Ich bin als Kurier unterwegs zum Herzog von Burgund, *Monseigneurs*.«

Der vordere der französischen Ritter zog ihm mit einem unsanften Ruck den ledernen Stulpenhandschuh aus und schüttelte den Kopf. »Jetzt nicht mehr.«

»Schön. Wie Ihr wollt. Aber wenn Ihr zu seinen Männern gehört, wüsste er es vielleicht zu schätzen, wenn Ihr mich …«

Ohne Vorwarnung landete die stahlgepanzerte Faust in seiner Magengrube. »Ich warte, du englischer Hurensohn.«

John fiel auf die Knie, krümmte sich und hustete erstickt. Der plötzliche Angriff hatte ihn gänzlich unvorbereitet getroffen, denn so gingen Ritter nicht miteinander um. Es war unfein. »John of Waringham. Ich … begebe mich in Eure Gefangenschaft«, presste er schleunigst hervor. Es war schwierig, denn er bekam kaum genug Luft dafür.

Der Franzose steckte Johns Handschuh an den Schwertgürtel, streifte den seinen ab und schloss die Faust um Johns Rechte. »Wusst ich`s doch, dass ich Euer Wappen schon einmal gesehen habe«, erwiderte er und tippte an das gestickte Einhorn auf Johns Brust.

John hörte eine grimmige Befriedigung in der Stimme, die ihn ganz und gar nichts Gutes ahnen ließ.

Mit der freien Hand klappte der Franzose das Visier hoch. »Victor de Chinon.«

John schüttelte den Kopf. Er rang immer noch um Atem. »Ich erinnere mich nicht.«

»Nein, das will ich glauben. Ihr wart gar zu beschäftigt, die Blüte des französischen Adels niederzumetzeln, um Euch die einzelnen Gesichter zu merken, schätze ich. Ich spreche von Agincourt, Waringham. Ich geriet in Gefangenschaft, genau wie mein Cousin Guillaume de Miraumont. Entsinnt Ihr Euch womöglich an *dessen* Namen?«

John starrte in das junge Gesicht mit den blonden Bartstoppeln, zu entsetzt, um wahrzunehmen, wie unwürdig er hier zu Füßen seines Feindes auf den Knien lag. Eisiges Grauen hatte ihn gepackt; es machte ihn kopflos. »Aber … aber … dann müsst Ihr tot sein!«

Schließlich hatte er doch mit eigenen Augen gesehen, wie die Bogenschützen des Königs alle Gefangenen niedergemacht hatten. Das Bild hatte sich in so scharfer Klarheit in sein Gedächtnis eingebrannt, dass er es heute noch so deutlich vor sich sah wie am Tag der Schlacht vor beinah drei Jahren.

Die Franzosen lachten bitter über seinen schwachen Einwand.

Chinon schüttelte den Kopf. »Eure Schlächter hatten so

furchtbar viel zu tun, dass sie nicht bei allen gründlich waren. Sie haben mein Herz verfehlt. Ich wäre trotzdem um ein Haar verblutet, ehe meine Brüder mich fanden, aber die heilige Jungfrau und St. Denis haben mich beschützt. Im Gegensatz zu meinem Vetter. Ich war dabei, wisst Ihr, ich saß gleich neben ihm im Dreck. Als er an die Reihe kam, hat er um Gnade gefleht und Euren Namen gerufen. Er hat Euch beschworen, Eure ritterliche Pflicht zu tun und ihn zu schützen. Aber Ihr seid nicht gekommen, Waringham. Guillaume starb mit Eurem Namen auf den Lippen. Er war erst sechzehn Jahre alt und glaubte noch an so etwas wie Ehre.«

John nickte langsam und begann sich zu fragen, ob all das hier vielleicht ein böser Traum war. Er stützte sich an den Baumstamm und wollte auf die Füße kommen, aber Chinon schlug ihm mit der behandschuhten Linken hart an die Schläfe, während seine Rechte immer noch Johns Hand umklammerte. »Niemand hat gesagt, dass Ihr aufstehen sollt, *mon cher ami.*«

John sackte wieder gegen den Baum, und das Tosen in seinen Ohren war beinah lauter als Chinons Stimme, die er aber dennoch hörte: »Nun hat Fortunas Rad sich gedreht, und Ihr könnt Euch nicht vorstellen, wie dankbar ich ihr bin, dass ich Gelegenheit bekomme, Euch die anständige Behandlung meines jungen Cousins als Euer Gefangener mit gleicher Münze zu vergelten.« Mit einem knappen, fast beiläufigen Ruck brach er John das Handgelenk.

John zog scharf die Luft ein und kniff die Augen zu. Langsam verstärkte der Franzose den Druck auf das gebrochene Gelenk, bog die Hand weiter nach hinten, und John biss sich die Zunge blutig. Es war ein Schmerz, wie er ihn noch nicht kannte, und er hatte keine Ahnung, wie er ihn handhaben sollte. Er zwang die Lider, sich einen Spalt zu öffnen, starrte auf die konturlose braune Fläche vor sich, die die Baumrinde sein musste, und setzte alles daran, nicht zu schreien. Nicht bevor es unvermeidlich wurde. Er wusste genau, dass er das Spiel, welches Chinon hier eröffnete, nur verlieren konnte, aber er wollte es ihm nicht leichter machen als zwingend notwendig. Er spürte Schweiß auf Stirn und Schläfen, dann auf der Brust, und gerade, als er glaubte, dass es nun zu schlimm wurde, um es auch nur noch einen Moment länger zu ertragen, brummte einer der anderen Franzosen: »Lass gut sein, Victor.«

Er sagte es ohne jeden Nachdruck, aber augenblicklich ließ Chinon die Hand los. Sie fiel auf Johns Oberschenkel, und langsam, ganz allmählich verebbte der Schmerz auf ein erträgliches Maß. John fühlte sich erschöpft wie selten zuvor.

Er lehnte mit der linken Schulter an seinem Baum, hatte die verletzte Rechte schützend unter dem linken Unterarm versteckt, den Kopf tief gesenkt, und sein abgehacktes Keuchen schien das einzige Geräusch im Wald zu sein.

Ein unsanfter Stoß, vielleicht auch ein Tritt traf seine rechte Schulter, und der Schmerz flammte wieder auf. John stöhnte. Er hörte selbst, wie zermürbt es klang.

»Ihr wisst, dass Ihr das verdient, nicht wahr?«, fragte Chinon im Tonfall eines strengen, aber gerechten Vaters.

John antwortete nicht. Doch es stimmte. Er hatte es verdient, denn was sie bei Agincourt mit den Gefangenen getan hatten, war ein abscheuliches Verbrechen gewesen, und er hatte nicht einmal versucht, es zu verhindern. Schon damals hatte er gewusst, dass er irgendwann einen Preis dafür würde zahlen müssen.

»Und dann wisst Ihr bestimmt auch, dass das hier nur der Anfang ist, oder?«

Erst jetzt, da das Rauschen in seinen Ohren allmählich nachließ, hörte John, dass auch Chinon keuchte, offenbar Mühe hatte zu atmen. Vielleicht hatten die Schlächter von Agincourt seine Lunge verletzt, als sie sein Herz verfehlten, und diese Atemschwäche war eine Folge jener Verwundung, vermutete John. Unweigerlich folgte darauf die Frage, ob Chinon die Absicht hatte, auch ihn für den Rest seines Lebens zum Krüppel zu machen. John sagte immer noch nichts.

Einer von Chinons Begleitern zog ihn auf die Füße, und John machte eine gänzlich unerwartete Entdeckung, die ihn mit ebenso unerwarteter Freude erfüllte: Achilles war auf die Beine gekommen und stand mit gesenktem Kopf mitten auf dem Pfad. Er schwankte ein wenig und wirkte orientierungslos. Vermutlich war er mit dem Kopf aufgeschlagen, genau wie John, und ebenso benebelt. Aber unversehrt.

»Achilles!«, rief John, und ein Lächeln huschte über sein Gesicht.

Der größere von Chinons Gefährten rollte das dünne Seil zusammen, das sie über den Weg gespannt hatten, um das Pferd zu Fall zu bringen. »Gibt nicht viele Gäule, die danach noch mal aufstehen«, murmelte er anerkennend.

»Starke Knochen«, antwortete John und hielt jeden Anflug von Stolz aus seiner Stimme. »Gute Zucht.«

Chinon packte Achilles am Zügel und hievte sich in den Sattel. »Dann werdet Ihr ihn mir gewiss gern überlassen. Als kleinen Teil Eurer Wiedergutmachung.«

John war nicht sicher, ob er sich nicht lieber auch noch die andere Hand hätte brechen lassen. Aber er verneigte sich knapp und heuchelte Einverständnis. »Darf ich fragen, wo Ihr mich hinzubringen gedenkt?«, erkundigte er sich höflich.

Chinon lächelte grimmig. »Nein.«

Einer der anderen trat von hinten zu John und verband ihm rüde die Augen. »Nicht zu dem angeblich so furchtlosen Jean von Burgund«, raunte er ihm ins Ohr. »So viel steht fest. Wenn Ihr die Hände freiwillig zusammenlegt, schiene ich Euch die Rechte, ehe ich Euch fessele.«

»Zu gütig«, entfuhr es John. »Vorn oder hinten?«

»Das dürft Ihr halten, wie Ihr wollt.«

John legte die Hände vor dem Bauch zusammen und wappnete sich. Das Schienen des gebrochenen Gelenks ging nicht sanft, aber auch nicht unnötig grausam vonstatten, und er war erleichtert. Es kam ihm ein wenig irrsinnig vor, aber während der französische Ritter ihm die Hände fesselte, murmelte er: »Ich danke Euch, Monseigneur.«

Der Franzose brummte missgelaunt. »Baut nicht auf mich, Freundchen. Ihr seid ein verfluchter englischer Hurensohn, und wenn Chinon Euch Stück um Stück auseinander nimmt, wird mir das nicht den Schlaf rauben.«

John nickte wortlos. Im nächsten Moment wurde er auf den Rücken eines unbekannten Pferdes verfrachtet und trat seine lange Reise ins Dunkle an.

Drei Tage dauerte der Ritt zu ihrem unbekannten Ziel. Während der ganzen Zeit blieb John gefesselt, kein Mal nahmen sie ihm die Augenbinde ab, und so hatte er keine Möglichkeit festzustellen, wohin sie ihn brachten. Während dieser drei Tage gaben sie ihm weder zu essen noch zu trinken. Nur einmal reichte eine unbekannte Hand ihm am ersten Abend irgendein Trinkgefäß, aber seine Nase warnte John rechtzeitig, dass der Becher Urin enthielt, und er schüttete ihn unter dem Gelächter der drei Franzosen in den Schnee. Also hungerte und dürstete er, und als er einmal versuchte, eine Hand voll Schnee zu essen, um wenigstens den quälenden Durst zu löschen, schlugen sie ihn so unbarmherzig mit ihren stahlummantelten Fäusten, dass er es kein zweites Mal riskierte. Doch schlimmer als alles andere machte ihm die Kälte zu schaffen. Das Wetter war umgeschlagen, es schneite häufig, und ein eisiger Wind blies Tag und Nacht. Auch die Franzosen litten unter dem schauderhaften Wetter, wurden übellaunig und gemein.

»Gebt mir eine Decke, Chinon«, sagte John, als sie sich zum dritten Mal für eine unwirtliche Nacht rüsteten. Der Wind heulte jetzt in den nackten Bäumen, und allenthalben spürte John, dass ihm Schnee wie ein kaltes, nasses Tuch ins Gesicht geweht wurde.

»War das eine Bitte oder ein Befehl?«, erkundigte sich Chinon. Die Stimme klang amüsiert.

John würgte seinen Stolz hinunter. »Ich ... bitte Euch um eine Decke, Victor de Chinon.«

»Tut Ihr das wirklich? Schau an. Und was habt Ihr getan, als mein Cousin bei Agincourt Eure Hilfe erfleht hat?«

John war es gründlich satt, das zu hören. »Es gab verflucht noch mal *nichts*, das ich tun konnte. Und wenn Ihr nicht wollt, dass ich morgen früh erfroren bin, dann werdet Ihr mir jetzt eine Decke geben.«

»Euch ist kalt?«, fauchte der Franzose. »Dagegen weiß ich ein gutes Mittel. Hier!«

Er versetzte ihm einen tückischen Stoß. John taumelte zur Seite und fiel. Er landete bäuchlings im Feuer. Sein Gewicht ließ den Schmerz in dem gebrochenen Gelenk wieder erwachen, gleichzeitig spürte er das Brennen an beiden Händen. Er warf sich zur Seite und rollte zwei-, dreimal durch den Schnee, um seine schwelenden Kleider zu löschen. Dann blieb er mit dem Gesicht nach unten liegen, die Hände über dem Kopf ausgestreckt und im kühlenden Schnee vergraben. Tonlos verfluchte er Victor de Chinon und jeden Franzosen, der je das Licht der Welt erblickt hatte, während der beizende Geruch nach versengter Wolle ihn einhüllte.

Am Mittag des dritten Tages kamen sie anscheinend auf eine Straße, denn mit einem Mal ging es deutlich zügiger voran. Nach ein oder zwei weiteren Stunden überquerten sie einen Fluss, und wenig später hörte John am veränderten Hufschlag der Pferde, dass sie durch ein Torhaus ritten. Gleich darauf hielt die Kolonne an, Knechte oder Soldaten eilten herbei, um die Ankömmlinge zu begrüßen und die Pferde zu versorgen.

Wie John es schon gewöhnt war, packten zwei Hände ihn roh am Arm, um ihn aus dem Sattel zu zerren, und inzwischen hatte er gelernt, das rechte Bein schnell genug über den Widerrist zu schwingen, sodass er sicher auf beiden Füßen landete.

Chinon erteilte ein paar Befehle, dann wurde John vorwärts gezerrt. Schließlich betraten sie ein Gebäude, kamen an eine Treppe, und zwei der Ritter packten John links und rechts und zerrten ihn hinauf. Ein paar Mal strauchelte er, aber sie ließen ihn nicht los. Halb führten, halb schleiften sie ihn nach oben, dann ging es einen endlosen Korridor entlang und durch eine Tür.

Ein unvermittelter Stoß in die Nierengegend ließ John

schlitternd auf den Knien landen, und endlich, endlich verschwand die Binde von seinen Augen.

Blinzelnd hob er den Kopf. Nach drei Tagen Finsternis blendeten die vier Kerzen in seinem Blickfeld ihn, als sei jede einzelne hell wie die Sommersonne. Doch allmählich gewöhnten seine Augen sich an das Licht. Er erkannte einen schweren Tisch, auf welchem die Kerzen in silbernen Leuchtern standen. Hinter dem Tisch ragte ein prächtiger, brokatgepolsterter Sessel auf, aus dem sich nun ein sehr junger Mann erhob. Er umrundete den Tisch langsam, schien sich mit einer Hand auf die Platte zu stützen, und blieb vor ihnen stehen.

Victor de Chinon und seine beiden Gefährten beugten das Knie vor dem Jüngling. »Ich bringe Euch einen Engländer, *mon prince*«, erklärte Chinon. »Er war als Harrys Bote unterwegs zu Eurem Cousin Burgund. Er gehört zum Kreis der engsten Vertrauten des englischen Emporkömmlings, der sich König schimpft. Gewiss hat er Euch Wertvolles mitzuteilen, wenn man ihn ein bisschen ermuntert.«

John schauderte ob des diebischen Vergnügens in Chinons Stimme, sah aber weiterhin den jungen Mann an, den Chinon Prinz genannt hatte. Nie im Leben hatte John eine Kreatur gesehen, die weniger prinzlich wirkte: Der Jüngling war klein und dicklich, das kurze, dunkle Haar eigentümlich schütter für einen so jungen Menschen, die Haut teigig und schlaff. Violette Schatten lagen unter den Augen, die John klein und verschlagen vorkamen. Die Lippen wirkten weich und feucht, das Kinn schwach. Mit hängenden Schultern und auffallend x-beinig stand der Prinz da und schaute unbewegt auf John hinab. Er blinzelte mehrfach, was vermutlich daran lag, dass er kurzsichtig war, doch es wirkte dümmlich.

Das also ist Charles de Valois, der Dauphin, dachte John fassungslos. Wäre er ihm vor einer Woche begegnet, hätte John diesen Prinzen bedauert, dem die Natur so übel mitgespielt hatte. Welch eine Bürde musste es sein, wenn ein jeder auf den ersten Blick erkennen konnte, dass man der Rolle, in die man hineingeboren war, niemals gewachsen sein würde. Wenn man der wandelnde Beweis für den Niedergang seines Geschlechts war. Doch die vergangenen drei Tage hatten Johns Hass auf alle Franzosen aufs Neue geschürt, sodass der Dauphin nicht sein Mitgefühl weckte, sondern nur seine Verachtung.

»War er … allein?«, fragte der Prinz. Die Stimme war überraschend tief, doch er klang gehemmt. Es war nicht wirklich ein Stottern, aber auch nicht weit davon entfernt.

»Nur in Begleitung eines Dieners, *mon prince*. Den haben wir laufen lassen.«

Gut, dass Tudor das nicht hört, dachte John und musste sich ein bissiges Lächeln verkneifen.

Der Blick der kleinen Augen richtete sich auf ihn. »Wer seid Ihr?«

»John of Waringham, Euer Gnaden.«

»Ich kenne diesen Namen. Ein Graf, nicht wahr?«

John schüttelte den Kopf. »Das ist mein Bruder. *Er* ist der Vertraute des Königs, ich bin nur ein gewöhnlicher Soldat. Aber wenn Ihr meinem Bruder einen Boten schicken wollt, wird er ein Lösegeld für mich zahlen.« Ich weiß zwar nicht, wovon, fügte er in Gedanken hinzu, aber er wird es irgendwie beschaffen.

Der Dauphin winkte desinteressiert ab. »Und wenn Ihr nur ein gewöhnlicher Soldat seid, wie kam es, dass Harry ausgerechnet Euch für seine inoffizielle kleine Gesandtschaft auswählte?«

»Weil ich Französisch spreche. Das ist unter Engländern nicht mehr sehr üblich.«

Prinz Charles verzog die Mundwinkel zu einem geisterhaften Lächeln. »Ihr meint, Sie hassen unsere Sprache, weil wir Eure Feinde sind. Wie lautete Harrys Nachricht an Jean von Burgund?«

»Ich habe keine Ahnung, Euer Gnaden. Es war ein Schreiben, dessen Inhalt mir nicht bekannt war. Der Mann, den Chinon für meinen Diener hielt, ist ein walisischer Edelmann. Er trug den Brief.«

Der Dauphin betrachtete ihn ausdruckslos. Lange. John

fühlte einen eisigen Schauer auf dem Rücken, denn er ahnte plötzlich, dass dieser Prinz nicht so schwächlich war, wie man auf den ersten Blick meinte. Eine verborgene Kraft schien ihm innezuwohnen, und John brauchte nicht lange zu rätseln, wer oder was ihm diese Kraft verlieh. Sie war durch und durch diabolisch.

»Ihr seid ein Lügner wie alle Engländer und obendrein ein Einfaltspinsel«, bekundete der Dauphin. »Die Waliser sind der englischen Unterdrückung überdrüssig und halten es mit uns.«

John suchte nach einem höflichen Weg, dem Prinzen beizubringen, dass er nicht ganz auf dem Laufenden war. »Es gibt Ausnahmen, Euer Gnaden«, erklärte er.

Der Dauphin wandte sich ab, als habe er sich nun genug gelangweilt. »Schafft ihn fort, Chinon.«

Der Ritter zerrte John auf die Füße. »Soll ich herausfinden, ob er irgendetwas Brauchbares weiß?«, fragte er eifrig, und ein kaltes Funkeln lag in seinen Augen, als er John anschaute.

»Mir ist gleich, was Harry von England Burgund anbietet«, erwiderte die so eigentümlich schleppende Stimme. »Er wird so oder so keinen Erfolg haben. Macht mit dem Kerl, was Ihr wollt. Wenn Ihr ihn tötet, schafft ihn weg und seid diskret. Ich will davon nichts wissen.«

Als John zurück in den verschneiten Hof kam, sah er seine Vermutung bestätigt: Er befand sich in einer großen Burg. Die Mauer, die die Anlage umfriedete, bildete ein ungleichmäßiges Fünfeck und war gewiss dreißig Fuß hoch.

»Wo sind wir hier?«, fragte er.

Er bekam keine Antwort.

»War es die Loire, die wir überquert haben?«, bohrte er weiter.

Chinons langer Kumpan nickte grinsend. »So ist es, Freundchen. Hier wird dein teurer Harry sich nicht herwagen.«

»Halt's Maul, Roger«, schnauzte Chinon.

Zu zweit führten sie John quer über den Innenhof zu einem

gedrungenen, hässlichen Turm mit winzigen Fenstern, der dem Haupttor etwa gegenüberlag. John schaute kurz über die Schulter, ehe sie durch den Eingang traten, und erhaschte einen Blick auf eine nackte, verschneite Birke mitten im Hof und den bleigrauen Winterhimmel dahinter. Es war nicht viel, aber möglicherweise das letzte Mal, dass er einen Baum und den Himmel sah. Noch während er zurückschaute, schwebte eine Elster über die Mauer und landete in den Zweigen der Birke. Großartig, dachte John mutlos und schaute schnell wieder nach vorn. Genau das, was mir gefehlt hat …

Eine kurze Wendeltreppe führte zu den Verliesen hinab. Chinon nahm eine Fackel aus der Wandhalterung am oberen Ende der Treppe. Unten gingen drei niedrige Türen von einem engen Vorraum ab. Auf Chinons Zeichen öffnete der andere Ritter die linke, und sie stießen John über die Schwelle.

Wortlos schaute John sich um, und er achtete darauf, dass sein Gesicht vollkommen unbewegt blieb. Er entdeckte nichts, was ihn wirklich überraschte, denn er kannte die Verliese im Keller der Burg von Waringham. Dort wie hier bestanden die Wände aus großen, schwärzlichen Steinquadern. Der Lehmboden war mit einer dünnen, schmuddeligen Strohschicht bedeckt, auf welcher jetzt Eiskristalle glitzerten. Ein paar Ratten flohen vor dem flackernden Fackelschein in die dunklen Ecken des großen, länglichen Kerkers. Hier und da hingen rostige Ketten an den Wänden oder baumelten von der niedrigen, gewölbten Decke. Trotz der eisigen Kälte war der Gestank nach Fäulnis, Exkrementen und Verzweiflung durchdringend. Der große Unterschied zu den meist leerstehenden Verliesen von Waringham war, dass John und seine Freunde daheim sie gemeinsam erkundet hatten, um sich gegenseitig ihren Wagemut zu beweisen und dann anschließend in die Welt des Lichts zurückzukehren und über die Wiesen jenseits der Burgmauer zu rennen, bis das schaurige Gefühl, lebendig begraben zu sein, sich verflüchtigt hatte. Hier hingegen würde er ausharren müssen. Er war nicht sehr zuversichtlich, dass er das konnte.

Chinon verpasste ihm einen Stoß zwischen die Schultern.

»Los, rüber an die Rückwand.« Er packte John am Arm, zerrte ihn die fünf Schritte zur gegenüberliegenden Wand und schlug ihm die Faust ins Gesicht. Johns Kopf flog krachend gegen die Mauer, und er sank benommen auf die Knie. Der Franzose packte ihn im Nacken und schleifte ihn ein Stück nach rechts. Ehe John wusste, wie ihm geschah, spürte er eine rostige Eisenschelle um den Hals. Das kleine Scharnier quietschte, dann rastete das Schloss ein.

»Seht zu, dass Ihr nicht zusammensackt, wenn Ihr einschlummert, sonst erhängt Ihr Euch selbst«, riet Chinon, er tat besorgt. »Ich komme morgen wieder. Oder übermorgen. Oder vielleicht doch erst nächste Woche?« Lachend wandte er sich ab.

»Löst mir die Handfesseln!«, verlangte John.

»Nein.« Chinon bedeutete seinem Begleiter, vor ihm hinauszugehen, dann verschwand er selbst mitsamt der Fackel, und die Tür fiel mit einem dumpfen Laut zu. Irgendetwas rieselte ins Stroh, als der Riegel vorgeschoben wurde, und dann herrschten Stille und Dunkelheit.

John hob die Hände und betastete die Halszwinge. Sie war eng genug, um ihm ein Gefühl der Beklemmung zu verursachen, aber sie würgte ihn nicht. Blinzelnd spähte er in die Finsternis, aber sie war so vollkommen, dass er nichts, nicht die geringste Kontur erkennen konnte.

Er zog die Beine an, legte die gefesselten Hände in den Schoß und wollte den Kopf auf die Knie betten, aber es ging nicht. Die Kette war zu kurz. Von neuem Schrecken erfüllt, probierte er, wie viel Spiel sie ihm überhaupt ließ. Die Antwort lautete: keines. Er konnte Kopf und Oberkörper etwa einen halben Fuß nach links oder rechts bewegen, ehe die Halszwinge ihn zu würgen begann. Behutsam stand er auf, aber kaum hatte er sich zur Hälfte aufgerichtet, spannte die Kette wiederum. Das bedeutete, er konnte nur mit dem Rücken an die eisige Wand gelehnt dasitzen. Das war die einzige Körperhaltung, die der Halsring und die Kette möglich machten. Er konnte sich weder bewegen, um der Kälte etwas entgegenzusetzen, noch um seine Notdurft zu verrichten. Jetzt begriff er auch, was Chinon zu ihm gesagt hatte: *Ich komme morgen wieder. Oder übermorgen. Oder vielleicht doch erst nächste Woche.* Was er gemeint hatte, war wohl: Ich brauche meine Zeit nicht hier unten zu vergeuden, um dir Höllenqualen zu bereiten. Und während deine Glieder immer steifer werden und die ersten Krämpfe sich einstellen, darfst du rätseln, wann ich wohl wiederkomme, um dich vielleicht für ein Weilchen zu erlösen. Vielleicht …

»Du verfluchter französischer Bastard.«

Obwohl es kaum mehr als ein heiseres Flüstern war, hallte Johns Stimme unheimlich in dem niedrigen Gewölbe. Er sprach trotzdem weiter. Er murmelte jedes Schimpfwort, jede Beleidigung, die er je gelernt hatte, und er war sich nicht ganz sicher, ob er Victor de Chinon, den Dauphin oder Owen Tudor damit meinte, der einfach weitergeritten war und ihn all dem hier allein ausgeliefert hatte. Er fluchte, um seiner Furcht Herr zu werden, um sich von Hunger, Durst und Kälte abzulenken und vor allem, damit er nicht anfing zu heulen. Denn er wusste, das durfte er nicht. Er musste hart gegen sich selbst bleiben, wenn er hier nicht innerhalb kürzester Zeit zerbrechen wollte.

Das klang vernünftig, und er klammerte sich an den Vorsatz, denn Vernunft war seit jeher etwas gewesen, das ihm Trost und Sicherheit verleihen konnte.

Der Soldat, der am nächsten Morgen kam, um ihm ein Stück Brot und einen Becher Wasser zu bringen, fand einen von Muskelkrämpfen geschüttelten, aber gefassten Gefangenen vor.

Fasziniert starrte John auf die mageren Gaben. Langsam streckte er die gefesselten Hände nach dem Becher aus. Nur die Linke konnte er gebrauchen, und ihm graute davor, das Gefäß könne seinen gefühllosen Fingern entgleiten und seinen Inhalt ins Stroh ergießen. Doch die Finger gehorchten. Er nahm einen tiefen Zug. Es war ein paradiesisches Gefühl, das Wasser seine ausgedörrte Kehle hinabrinnen zu fühlen, und er hatte den Becher zur Hälfte geleert, ehe er sich zusammennehmen konnte. Dann stellte er ihn zwischen seine Füße und sah zu dem jungen Wachsoldaten auf, der ihn ausdruckslos betrachtete.

»Wäret … wäret Ihr wohl so gütig, mich für einen Moment

loszuketten? Nur ganz kurz. Nur dass ich einmal aufstehen und die Glieder strecken kann?« Und in eine Ecke pinkeln, fügte er in Gedanken hinzu.

Der Wachsoldat schien nicht grundsätzlich abgeneigt. »Was kriege ich dafür?«

John schüttelte bedauernd den Kopf. Als er nach Frankreich zurückgekehrt war, hatte er noch sage und schreibe acht Pennys besessen, und selbst diese magere Beute hatte Chinon sich nicht entgehen lassen. »Ich appelliere an Eure christliche Barmherzigkeit.«

Zur Antwort bekam er einen Tritt ins Gesicht, der ihm die Nase brach.

»Barmherzigkeit«, hörte er den Wächter zischen, während er mühsam sein Blut hinunterwürgte. »Wann hättet ihr englischen Schweine je Barmherzigkeit für das französische Volk gezeigt?«

Zufall oder Absicht, als er sich abwandte, stieß er mit dem rechten Fuß den Becher um.

Leeds Castle, März 1419

Das ist sehr hübsch, Juliana.« Bischof Beaufort lächelte seiner Tochter mit einer auffordernden Geste zu. »Spiel weiter.« Sie sah ihn noch einen Augenblick an, um sich so lange wie möglich an seinem Lächeln zu wärmen. Sie kannte ihren Vater nicht gut, aber dennoch spürte sie, dass er niedergeschlagen oder besorgt war, und sie fragte sich, ob es diese ungewohnte Gemütsverfassung war, die ihn ihr gegenüber so untypisch milde stimmte. Dann legte sie die Hände wieder auf die Saiten der Harfe, um seinem Wunsch zu entsprechen. Sie wollte nicht riskieren, ihn zu verstimmen. Es waren so seltene, kostbare Momente, die sie mit ihren Eltern verbringen konnte, kurze Augenblicke, da sie sich vorstellen durfte, sie wären eine ganz normale Familie.

Adela Beauchamp, Julianas Mutter, hatte ihren Stickrahmen nahe ans Fenster gerückt, um das letzte Licht des klaren Frühlingsnachmittages für ihre Arbeit zu nutzen. Mit gebeugtem Kopf und einer schier unerschöpflichen Geduld, die Juliana niemals hätte aufbringen können, stickte sie mit einem Goldfaden die Krone des Königs auf ihrem Wandteppich.

Der Bischof hatte auf der gepolsterten Fensterbank Platz genommen und die Hand unauffällig auf ihr Knie gelegt. Er saß ihr im Licht, aber Adela beschwerte sich nicht. Auch sie genoss die wenigen vertrauten Stunden, die sie sich stahlen.

Juliana hatte eine Ballade von Eric und Enide angestimmt, und nach einer Einleitung von mehreren komplizierten Läufen begann sie zu singen. Sie hatte eine schöne, klare Stimme. Beaufort lauschte ihr mit sorgsam verborgenem Vaterstolz. Wie alle Lancaster besaß Juliana musikalisches Talent, und im Gegensatz zu so vielen anderen Dingen, die sie begonnen und nach kurzer Zeit wieder aufgegeben hatte, widmete sie sich dem Harfespiel und dem Gesang mit Hingabe.

»Sie wird wirklich gut«, raunte der Bischof seiner Mätresse zu.

Adela nickte. Ihre Augen funkelten spitzbübisch, und sie setzte zu einer – zweifellos spitzen – Erwiderung an. Doch ehe sie einen Ton gesagt hatte, wurde einer ihrer schlimmsten Albträume wahr: Krachend flog die Tür auf, und ein fremder Ritter stürzte herein. Offenbar hatte er die Tür mit einem Tritt geöffnet, denn er hielt mit jeder seiner Pranken eine der Wachen, die genau zu dem Zweck, ein Debakel wie dieses zu verhindern, auf dem Korridor standen. Er hatte die jungen Soldaten bei der Gurgel gepackt, und beide gaben entrüstete Röchellaute von sich.

Der Bischof hatte blitzschnell reagiert. Noch ehe die Tür sich ganz geöffnet hatte, war er aufgesprungen, zwischen sie und die beiden Damen geglitten und hatte den Dolch gezückt, den er unauffällig unter der Kleidung verborgen trug, Tag und Nacht.

Als er den Eindringling erkannte, ließ er die Waffe jedoch sinken. »Seid so gut und lasst meine Wachen los, eh Ihr sie erwürgt. Was allerdings kein großer Verlust wäre«, fügte er mit einem düsteren Blick auf die beiden jungen Unglücksraben hinzu, die jetzt, dem Klammergriff entronnen, selbst beide Hände an ihre Kehlen legten und feuerrot anliefen. Ob vor Atemnot oder vor Scham über ihr klägliches Versagen, war nicht auszumachen.

Beaufort ruckte den Kopf zur Tür. »Hinaus mit euch.« Er wartete, bis die Wachen sich aus dem Staub gemacht hatten, ehe er seinen Besucher fragte: »Nun, Sir? Ich nehme an, Ihr bringt Neuigkeiten?«

Raymond nickte. »Die verdammten Dauphinisten haben ihn. Eure Spione …«

»Kennt Ihr Lady Adela Beauchamp und ihre Tochter, Waringham?«, fiel der Bischof ihm schneidend ins Wort.

Raymond sah blinzelnd auf und schien plötzlich wieder zu Verstand zu kommen. Er verneigte sich mit der Hand auf der Brust. »Eine Ehre, Ladys. Ich bitte um Vergebung für mein rüdes Eindringen und bedaure, wenn ich Euch erschreckt habe. Es ist eine Angelegenheit größter Dringlichkeit, die mich herführt.«

Adela Beauchamp erhob sich mit einem strahlenden Lächeln. Sie war eine vollendete Dame – niemand hätte ahnen können, wie groß ihr Schreck gewesen war, wie bitter ihre Enttäuschung über das plötzliche Ende ihres trauten Beisammenseins. »Dann überlasse ich Euch der Politik, Gentlemen.« Sie streckte die Hand Richtung Harfe aus. »Komm, mein Kind.«

Juliana war keine vollendete Dame. Sie stand von ihrem gepolsterten Schemel auf und trat langsam auf Raymond zu. Sie hatte seinen Namen genau verstanden, und es schienen Johns Augen zu sein, die ihren unverwandten Blick ernst erwiderten. »Wen haben die Dauphinisten, Mylord?«, fragte sie.

Raymond fing über ihre Schulter Beauforts warnendes Kopfschütteln auf und versuchte, sie mit seinem strahlenden Lächeln zu blenden. »Niemanden, den Ihr kennt«, versicherte er und verneigte sich nochmals vor ihr.

Ihre Augen verengten sich ein wenig. »Ist es John?« Sie sah aus, als bereite es ihr körperlichen Schmerz, die Frage zu stellen.

Hilfesuchend sah Raymond zu Beaufort, doch im gleichen Moment sagte Lady Adela: »Juliana, muss ich dich wirklich noch einmal bitten, mich hinauszubegleiten?« Sie sprach in diesem Tonfall überstrapazierter Geduld, den Juliana bei so vielen Erwachsenen hervorrief.

Zögernd wandte das Mädchen sich von Raymond ab, warf ihrem Vater einen halb ängstlichen, halb vorwurfsvollen Blick zu, dann ergriff sie die ausgestreckte Hand ihrer Mutter und ging mit ihr zusammen hinaus.

Ehe der Bischof ihn mit bitteren Vorwürfen überschütten konnte, hob Raymond beide Hände. »Tut mir Leid, Mylord. Tut mir Leid, ehrlich. Ich hab den Kopf verloren, als Eure beiden Helden mir die Tür versperren wollten. Ich bin nicht auf den Gedanken gekommen, dass …«

»Ja, erspart mir die Aufzählung Eurer intellektuellen Unzulänglichkeiten, darüber bin ich hinreichend im Bilde«, unterbrach der Bischof unwirsch. »Sagt mir lieber, was Ihr in Erfahrung gebracht habt.«

So hatte des Bischofs Bruder, König Henry, früher auch gelegentlich mit Raymond gesprochen, der so an den Tonfall gewöhnt war, dass er ihn kaum wahrnahm. Stattdessen schaute er auf die geschlossene Tür. »Woher kennt sie John?«

»Durch einen dummen Zufall.«

Raymond seufzte. »Ich wünschte, nur ein einziges Mal würde eine Frau so um mich bangen.«

»Sie ist dreizehn Jahre alt, Waringham. In dem Alter neigen wir alle zu großen Gefühlen und tragischen Gesten.«

»Ist das wahr? Nein, ich glaube, ich nicht, Mylord.«

»Hm. Ihr seid eine Ausnahme von so mancher Regel. Also?« Mit einer Geste bot Beaufort Raymond einen der gepolsterten Stühle am Tisch an und nahm ihm gegenüber Platz. Da der Bischof von höherer Geburt und höherem Stand war als sein Gast, übernahm Raymond das Einschenken. Er trank einen ordentlichen Schluck des hervorragenden umbrischen Rotweins, ehe er endlich berichtete: »Einer Eurer Spione hat ihn gefunden, ein Sergeant im Dienste eines bretonischen Adligen, du Château oder so ähnlich.«

Beaufort stellte seinen Becher unberührt beiseite. »Du Châtel. Er ist der fähigste Kopf der Dauphinisten. Seit d'Armagnacs Tod hat er dort alle Fäden in der Hand, und er kontrolliert den Dauphin. Weiter.«

»John ist auf einer Burg unweit von Jargeau gefangen, die der Dauphin hält. Als ich das erfahren habe, habe ich umgehend einen Vermittler hingeschickt, um ein Lösegeld auszuhandeln. Aber er kam ohne Angebot zurück. Sie ... behaupten, sie wüssten nichts von John. Sie haben offensichtlich kein Interesse daran, ihn zu verkaufen.« Raymond unterbrach sich und ballte die Fäuste, ohne es zu merken.

»Glaubt Ihr, Euer Bruder ist tot?«, fragte der Bischof leise.

Raymond schüttelte den Kopf. »Aber so gut wie. Einer der drei Kerle, die ihm und Tudor aufgelauert haben, war bei Agincourt. Er nimmt seine Rache an John für den Ausgang der Schlacht, sagt Euer Spion.«

»Wer ist es?«

»Ein gewisser Victor de ... de Chinon.«

Beaufort stand auf, trat an eine Truhe neben dem mit golddurchwirkten Vorhängen versehenen Bett, klappte den Deckel auf und förderte ohne langes Suchen eine Pergamentrolle zu Tage. Diese trug er zum Tisch, entrollte sie und beschwerte die Enden mit seinem unberührten Becher und dem silbernen Weinkrug. Dann fuhr er mit einem langen, schmalen Zeigefinger die Zeilen entlang. »Ich wusste doch, dass ich den Namen kenne«, murmelte er. Er schaute wieder auf. »Mein Bruder Exeter hat diesen Victor de Chinon bei Agincourt gefangen genommen. Dass der Mann noch lebt, ist ein Wunder. Dass er auf Engländer schlecht zu sprechen ist, ist keines.«

Raymond vergrub das Gesicht in den Händen. Grauenvolle Bilder überfielen ihn, wann immer er an John dachte. Von Dunkelheit und Ratten, die für ihn selbst die schlimmsten Schrecken darstellten. Von Ketten, zuschlagenden Fäusten und Folterwerkzeugen. Ihm wurde hundeelend von diesen Bildern, und er wusste einfach nicht, was er tun sollte, um sie zu vertreiben. Er fürchtete um seinen Bruder, merkte erst jetzt, da es vermutlich zu spät war, wie schlecht er auf ihn verzichten konnte.

»Raymond, Ihr müsst Euch zusammennehmen«, mahnte Beaufort. Es klang nachsichtig und ungeduldig zugleich.

Raymond richtete sich auf und fuhr sich mit der Linken über Hals und Nacken. »Ja. Ihr habt Recht. Ich bin ein Jammerlappen. Wie ... wie ist es möglich, dass Ihr eine Liste mit den Namen unserer Gefangenen von Agincourt habt?«

Der Bischof hob die Schultern. »Sie ist unvollständig. Ich habe jeden Edelmann und jeden Ritter nach den Namen ihrer ermordeten Gefangenen gefragt und die aufgeschrieben, an die sie sich erinnerten. Euch habe ich auch gefragt.«

»Wirklich? Ich hab's vergessen. Wozu wolltet Ihr das wissen?«

»Um zu ermessen, welches Unheil Harry mit diesem Befehl angerichtet hat.«

Raymond schaute peinlich berührt auf seine Hände hinab. Er war es nicht gewöhnt, von Beaufort Kritik an dessen königlichem Neffen zu hören, und das Thema der Gefangenen von Agincourt erfüllte ihn immer mit Unbehagen. »Wieso erinnert Ihr Euch ausgerechnet an diesen Kerl? Diesen Chinon?«

»Weil Chinon ein Ort im Anjou ist, der in der Geschichte meiner Familie von einiger Bedeutung war. Aber das alles spielt jetzt keine Rolle. Wir müssen schnell handeln. Falls John noch lebt, zählt jeder Tag.«

Raymond breitete die Hände aus. »Was können wir tun, wenn sie ihn uns nicht verkaufen wollen? Eine Armee aufstellen und die Loire überqueren?«

»Nein.« Beaufort war nachdenklich.

»Denkt Ihr, es würde etwas nützen, wenn Ihr dem Dauphin schreibt?«

Der Bischof schnaubte angewidert. »Prinz Charles ist eine Viper. Auf ihn brauchen wir nicht zu hoffen. Aber es gibt einen

Menschen, vor dem der Dauphin sich mehr fürchtet als vor dem Jüngsten Gericht.«

»Ihr meint den alten, schwachsinnigen König?«, fragte Raymond skeptisch.

»Unsinn. Ich rede von der sagenhaften Isabeau …« Wieder brach er ab und schien tief in Gedanken versunken.

»Wer … ist das?«, fragte Raymond zaghaft.

Beaufort bedachte ihn mit einem Kopfschütteln. »Raymond, Raymond. Wisst Ihr denn wirklich gar nichts von Politik?«

»Nein, Mylord. Krieg und Frauen und Pferdezucht sind die einzigen Dinge, mit denen ich mich auskenne. Also, wer ist diese Isabeau?«

»Isabeau von Bayern. Der Wunschtraum und der Fluch ungezählter Männer. Patronin der Dichter, Gelehrten, Musiker und Scharlatane. Mutter vieler Söhne und Töchter. Ewig untreue Gemahlin des bedauernswerten schwachsinnigen Charles. Königin von Frankreich.«

Raymond war gebührend beeindruckt. Nicht allein die Aufzählung, sondern vor allem Beauforts unverkennbar bewundernder Tonfall flößten ihm Respekt ein. »Und *sie* soll John helfen?«

»Ich könnte mir vorstellen, dass sie es tut. Es gibt nicht gerade viele Menschen, die sie leidenschaftlicher verabscheut als ihren Sohn, den Dauphin.«

Raymond breitete hilflos die Hände aus. »Aber … was in aller Welt soll ich ihr sagen?«

Beaufort nahm seinen Becher in die Linke, schaute zu, wie das Pergament sich wieder einrollte und ergriff es versonnen mit der freien Hand. Ein paar Atemzüge herrschte Stille, nur unterbrochen vom leisen Rascheln der Pergamentrolle, auf die er rhythmisch mit dem Finger klopfte. Dann hob der Bischof abrupt den Kopf, und Raymond sah die dunklen Augen funkeln.

»*Ich* werde mit Isabeau sprechen. Nächste Woche wäre ich ohnehin an den französischen Hof gereist. Ich ziehe meinen Besuch einfach ein paar Tage vor.«

Raymond spürte, wie eine enorme Last von seinen Schultern wich. Er stieß hörbar die Luft aus. »Oh, ich kann Euch nicht sagen, wie dankbar ich Euch bin, Mylord. Ich weiß, dass Ihr dem Hause Waringham immer freundschaftlich verbunden wart, aber dass Ihr das für uns tut …«

»Ihr solltet mich nicht überschätzen«, warnte der Bischof mit dem kleinen, spöttischen Lächeln, das so typisch für ihn war. »Ich will ihn genauso zurückhaben wie Ihr. Vielleicht tu ich es für England. Aber vor allem tu ich es für mich.«

Jargeau, März 1419

Wie Ameisen schwärmten Harrys Soldaten durch die Straßen von Caen, drängten die geschlagenen Verteidiger Streich um Streich weiter ins Zentrum. Immer mehr Engländer strömten durch das gefallene Tor, trieben Männer, Frauen und Kinder vor sich her wie Vieh. Glasfenster klirrten, Dächer gingen in Flammen auf, Menschen schrien. Seite an Seite mit Somerset und Tudor kämpfte John sich von der Neustadt über den Fluss und zum Markplatz im Herzen der Altstadt vor, nie weiter als zehn Schritte hinter König Harry. Hier versuchten die Franzosen, sich zu einer letzten Verteidigung zu formieren, hier aber waren auch Frauen und Kinder hin geflüchtet, um Schutz in der Kirche zu suchen. Allesamt fielen sie den englischen Schwertern zum Opfer, wurden niedergemäht wie dünne Halme. Und Caen schien nur noch eine einzige, gellende Stimme zu haben, die in Panik schrie.

Dann plötzlich ließ Somerset sein kostbares Schwert fallen, drängte sich rüde zum König vor und packte ihn unsanft am Arm. »Sire …«

Harry fuhr zu ihm herum, die Waffe erhoben. Somerset zuckte vor dem Leuchten seiner Augen, in welchen sich der Feuerschein spiegelte, nicht zurück. Stumm wies er auf einen schmalen Hauseingang zur Linken. Auf der Stufe saß eine

Frau, einen Säugling an der prallen, entblößten Brust. Kind und Brust waren nass von Blut. Die Frau war enthauptet.

Harry betrachtete sie einen Moment, senkte schließlich das Schwert und nickte. Dann hob er den Kopf und rief mit seiner tragenden Stimme: »Halt! Das ist genug!«

Nein, dachte John wütend, es ist nicht genug. Es kann niemals genug sein. Das Schwert immer noch in der blutverschmierten Faust wollte er weiterstürmen, weiter morden, doch Tudor packte seinen Arm und hielt ihn zurück. »Du hast den König gehört.«

Wütend fuhr John zu ihm herum. »Du hast mir gar nichts zu befehlen. Du hast mich im Stich gelassen, du treuloser walisischer Bastard.«

Tudor ging nicht darauf ein. Stattdessen wies er mit dem Finger auf die Erde, ein kleines Stück zur Linken der Toten. Dort lag ihr Kopf. Als habe ihm jemand einen Tritt versetzt, rollte der Kopf plötzlich zu John herüber und blieb mit dem Gesicht nach oben zu seinen Füßen liegen. Es war Julianas Gesicht.

»Und was hast du getan?«, fragte Tudor angewidert.

John wollte mit den Fäusten auf ihn losgehen, aus ihm herausprügeln, was zum Teufel er damit meinte, doch als er die Hände nach ihm ausstreckte, musste er feststellen, dass er angekettet war, ein Vorhang aus Dunkelheit senkte sich zwischen ihnen herab, und John war allein. Nichts, kein Laut war zu hören bis auf sein eigenes, abgehacktes Atemgeräusch, und so sehr er auch starrte, sah er doch nichts als Dunkelheit.

Die Dunkelheit war das Schlimmste.

Diese Erkenntnis hatte ihn überrascht, denn hier gab es viele schlimme Dinge. Hunger, zum Beispiel. Die unbarmherzige Kälte und das Ungeziefer. Sein Kopf wimmelte von Läusen. Flöhe und andere kleine Plagegeister hatten sich in seinen Kleidern eingenistet. Erniedrigungen. Die unerträglichste von allen war, dass die Ketten ihn zwangen, seine Hosen zu beschmutzen und in seinem eigenen Unrat zu sitzen. Er stank, und der Ekel ließ ihn schaudern, machte es so unvorstellbar schwer, noch

Achtung vor sich selbst zu haben. Dann gab es Furcht, Einsamkeit und Schmerz.

Victor de Chinon brüstete sich gern damit, wie sehr der Dauphin auf ihn vertraute, wie häufig er ihn zu wichtigen Aufträgen fortschickte, aber gelegentlich fand der viel beschäftigte Ritter des Prinzen dennoch Zeit für John. Ohne die geringsten Hemmungen schlug er den wehrlos Gefesselten. Einmal hatte er seinen Kopf in einen Bottich mit Wasser gesteckt, bis John um ein Haar ertrunken wäre. Bei seinem letzten Besuch hatte Chinon ihm Daumenschrauben angelegt, die er, wie er voller Stolz berichtete, von einem Stadtrichter in Orléans geborgt hatte. Und niemals stellte er John eine einzige Frage. Da den Dauphin nicht interessierte, welche Offerten Harry von England dem Herzog von Burgund unterbreitete, gab es nichts, was Chinon John hätte abpressen können. Er wollte ihn auch nicht brechen, um ihn in irgendeiner Weise gefügig zu machen. Er wollte ihn einfach nur quälen. Weil John Engländer war. Wegen Agincourt. Aus Rachgier für nahezu ein Jahrhundert Krieg.

Das verwunderte John auch nicht. Wäre plötzlich ein Wunder geschehen und die Situation hätte sich umgekehrt, hätte er mit Chinon genau das Gleiche getan. Er war sicher. Mit ihm oder mit jedem anderen Franzosen, der ihm in die Hände fiele. John dachte manchmal, dass es sein Hass war, der ihn am Leben erhielt, doch er war ein unangenehmer Kerkergenosse, dieser Hass. Er wärmte einen nicht, wie schöne Erinnerungen es zum Beispiel konnten. Er gab einem keinen Mut. Doch schöne Erinnerungen waren schwieriger heraufzubeschwören, je länger diese Gefangenschaft währte. John versuchte, sich Gedichte und Verserzählungen aufzusagen, die er als Junge von seiner Mutter gelernt hatte, doch auch in dieser Hinsicht ließ sein Gedächtnis ihn zunehmend im Stich. Der Hass hingegen gedieh mit jedem Tag. Vor allem in der Dunkelheit.

Sie war schlimmer als alles andere, weil sie John um den Verstand zu bringen drohte. Er spürte das ganz genau. Er hatte jegliches Zeitgefühl verloren. Da er keinen Unterschied zwischen Tag und Nacht erkennen konnte, wusste er nicht, ob er seit einem Monat oder seit einem Jahr hier unten war. Es gab Stunden, da er nicht einmal sicher war, ob er überhaupt noch lebte, ob er nicht vielleicht längst gestorben und in der Hölle war. Und einmal war er aufgewacht und wusste nicht mehr, wer er war. Es hatte eine geraume Zeit gedauert, bis es ihm wieder eingefallen war. Jedenfalls war es ihm so vorgekommen. Und seither fürchtete er, seinen Verstand, sich selbst – alles, was John of Waringham einmal ausgemacht hatte – hier in der Dunkelheit zu verlieren.

Mit einem heiseren Schrei fuhr er aus seinem jüngsten Albtraum, der ihn jetzt fast jedes Mal heimsuchte, wenn er einschlief. Bei der ruckartigen Bewegung schoss Schmerz wie flüssiges Feuer durch Nacken, Schultern, die Arme und seinen ganzen Oberkörper. John erstarrte. Keuchend versuchte er, sich zu orientieren. Sie hatten ihn wieder angekettet, das erkannte er sofort. Nicht an das Halseisen dieses Mal, sondern mit den Händen auf dem Rücken an eine Kette, die so hoch über dem Boden baumelte, dass sie seine verdrehten Arme nach oben und seinen Oberkörper nach vorn zwang. Wann hatten sie das getan? War er wirklich in dieser unmöglichen Haltung eingeschlafen?

Er konnte sich nicht erinnern.

Er konnte sich an so vieles nicht erinnern. Nur an den Traum vom Fall Caens. Er kannte ihn schon von früher, aber dass die kopflose Frau mit dem Säugling an der Brust, diese schaurige Madonna, die damals tatsächlich das Herz des Königs erweicht hatte, Juliana of Wolvesey war, das war eine neue Variante, die sein verwirrter, gequälter Geist erst hier unten hervorgebracht hatte.

Im selben Moment, als ihm klar wurde, dass er seine Füße und das verdreckte Bodenstroh sehen konnte, hörte er Victor de Chinons Stimme über sich: »Ich dachte schon, du wärst endlich krepiert.«

Langsam und mit großer Mühe richtete John den Oberkörper ein wenig auf und hob den Kopf, bis er Chinon ins Gesicht sehen konnte. Er wollte ihn verfluchen, doch ehe er den Mund öffnen konnte, fühlte er etwas Winziges mit zu vielen Beinen aus seinem Bart und über die Unterlippe krabbeln, bevor es wieder im verfilzten Gestrüpp verschwand.

»Du bist einfach zu langsam, Waringham.« Chinon schüttelte seufzend den Kopf. »Das war dein Frühstück.« Er lachte glucksend über seinen kleinen Scherz.

Aus fiebrigen Augen starrte John zu ihm hoch und machte sich daran, seine letzten Reserven zu mobilisieren, um Chinon um einen Schluck Wasser zu bitten. Doch er war schon wieder zu langsam.

Der Franzose packte die kurze Kette, die Johns Handgelenke mit der Wand verband, und riss sie mit einem Ruck nach oben.

John stieß hart mit der Stirn gegen sein eigenes Knie. Ein rasselndes Stöhnen drang aus seiner Kehle. Der Schmerz in den Schultern war mörderisch, löschte jede andere Wahrnehmung aus, sogar den Durst. John hatte die Augen zugekniffen. Grelle, rötliche Lichter pochten rhythmisch vor seinen Lidern. Er biss die Zähne zusammen, um nicht gar zu laut zu schreien. Von seinem Stolz war nicht viel übrig; es ging schon lange nicht mehr darum, nicht zu schreien. John war bescheiden geworden. Wenn es ihm gelang, sich so weit zu beherrschen, dass seine eigene Stimme ihm nicht in den Ohren gellte, war er mit sich zufrieden.

Chinon ließ die Kette los, und die gefesselten Hände sackten ein Stück herunter, der Schmerz in den Schultern ebbte ab. John rührte sich nicht. Die Stirn auf den Knien, lauschte er seinem abgehackten Keuchen und wartete. Er wusste, das Chinon sich so leicht nicht zufrieden gab.

Schließlich beugte der französische Ritter sich über ihn und legte erneut die Hand um die Kette. »In Orléans hängen sie die Übeltäter, die nicht gestehen wollen und selbst den Daumenschrauben standhalten, so an den auf dem Rücken gefesselten Händen auf. Kannst du dir vorstellen, was dann passiert?«

Er ruckte wieder an der Kette. John fing an zu würgen und spuckte ein bisschen Galle zwischen seine Füße, aber davon ließ Chinon sich nicht beirren. »Ich hab's mal gesehen. Hast du eine Ahnung, wie sich das anhört, wenn die Schultern aus den Gelenken springen, he?«, raunte er verschwörerisch. »Soll ich's dir mal vorführen?« Er stemmte einen Fuß in Johns Kreuz und riss die Kette ein Stück höher.

John drehte den Kopf zur Seite und erhaschte einen Blick auf sein eigenes Konterfei in Chinons blank polierter Beinschiene. Was er sah, war kaum mehr ein menschliches Gesicht. Eher eine Tierfratze. Die Lippen im zottigen Bart verschwunden, die Zähne gefletscht, die Augen blutunterlaufen und leer. Es ist wahr, erkannte er. Ich bin tot. Er hörte ein Geräusch, das ihn an das Reißen einer Bogensehne erinnerte, im selben Moment schienen seine Schultern zu zerbersten, seine Schreie verhallten zu einer kraftlosen Geisterstimme, und er stürzte kopfüber zurück in die Finsternis.

Als er das nächste Mal aufwachte, konnte er sich überhaupt nicht vorstellen, wo er sich befand. Nicht mehr im Verlies, so viel stand fest. Helles, bläuliches Sonnenlicht durchflutete den Raum. Blinzelnd schaute John sich um, ohne irgendetwas anderes als den Kopf zu bewegen. Das Licht fiel durch ein großzügiges Fenster auf weiß getünchte Wände, die mit einem vielfarbigen Fries verziert waren. Und damit nicht genug, John stellte verblüfft fest, dass er in einem breiten, himmlisch weichen Bett mit Vorhängen und Baldachin lag. »Was zum Henker ...« Er verstummte erschrocken, denn seine Stimme klang rau und heiser, gänzlich fremd.

Versuchsweise hob er die Hände. Kein grauenvoller Schmerz durchzuckte ihn. Er spürte lediglich ein dumpfes Pochen in den Schultern und bleierne Schwere in allen Gliedern, und er hatte einen Brummschädel, auf den er sich keinen Reim machen konnte. Sein rechtes Handgelenk war geschient und bandagiert, seine Hände, sogar die Nägel waren sauber. Er legte die Linke auf sein Gesicht. Der Bart war verschwunden.

Kopfschüttelnd und immer noch ein wenig argwöhnisch, weil er der plötzlichen Freiheit von Schmerz einfach nicht trauen konnte, richtete er sich auf. Nichts Fürchterliches geschah. Die Decke rutschte auf seine Hüften hinab, und er stellte fest, dass er, abgesehen von einer Vielzahl blauer Flecken und Abschürfungen, nur ein Paar Beinlinge trug, aber sie waren frisch und sauber. Langsam stand er auf. Ein leises Rauschen erhob sich in seinen Ohren, und ihm wurde schwarz vor Augen. Er stützte sich einen Moment an den Bettpfosten, und es verging. Das Holz unter seiner Hand war fein gedrechselt, auf Hochglanz poliert, und es duftete schwach. John fragte sich flüchtig, wann er zum letzten Mal einen angenehmen Geruch wahrgenommen hatte.

Auf einer geschnitzten Eichentruhe am Fenster lagen Hosen und Wams aus dunkelgrünem Tuch und eine seidenbestickte, dunkelrote Schecke; ein Paar nagelneuer Stiefel stand daneben. Es waren feinere Kleider, als John sie je besessen hatte, aber sie waren zweifelsohne für ihn bestimmt, denn auf der Schecke entdeckte er sein Büchlein mit Mortimers Gedichten und seine chronisch leere Börse. Ein hellblaues Samtband war darüber drapiert. Mit einem schwachen Lächeln nahm er es in die Linke und drückte es an die Lippen. Es war nicht mehr so makellos sauber wie an dem Tag, als er es bekommen hatte, und es duftete auch nicht mehr nach Juliana of Wolvesey. Es roch nach gar nichts. Aber es erinnerte ihn an sie, und er war dankbar, dass er es nicht verloren hatte.

Mit steifen Bewegungen legte er die feinen Sachen an. Sie passten, als seien sie für ihn geschneidert.

Auf einem Tisch an der Wand links des Fensters entdeckte er eine Schüssel mit Wasser, reines Leinen, einen Teller mit Brot, welches in irgendeiner Brühe eingeweicht worden war und wunderbar nach Fleisch und Kräutern duftete, einen Krug Wein. Während er das Brot heißhungrig verschlang, betrachtete er sich in der stillen Wasseroberfläche der Waschschüssel.

Sein Spiegelbild hatte sich ganz enorm zum Vorteil verändert, stellte er fest. Nicht nur der Bart war verschwunden, sondern auch die schwarzen Locken waren gestutzt, und irgendwer hatte das Wunder vollbracht, sie von den elenden Läusen zu befreien. John erahnte noch dunkle Schatten unter seinen Augen, aber er sah nicht mehr aus wie ein verendetes Tier.

»Ah, diesen Kerl kenne ich«, sagte er kauend. »Das ist John of Waringham. Gut, dich zu sehen, Mann.«

Er wusch sich die fettige Brühe von den Fingern und trocknete sich gerade die Hände ab, als die Tür sich öffnete. Er schaute auf.

Bischof Beaufort trat ein, verschränkte die Arme vor der Brust und betrachtete John von Kopf bis Fuß. Dann lächelte er.

John wandte den Kopf ab. Die offenkundige Erleichterung in Beauforts Blick war ihm peinlich. »Ich wusste, dass Ihr ein frommer Mann und ein hoher Kirchenfürst seid, Mylord. Was ich hingegen nicht wusste, war, dass Ihr Wunder vollbringen könnt.«

Der Bischof schloss die Tür und schüttelte den Kopf. »Daran arbeite ich noch.«

»Ich bin überzeugt, ich verdanke es Euch, dass ich hier bin, wo immer das sein mag.«

»Nur indirekt.«

»Welcher Tag ist heute?«

»Der sechsundzwanzigste März im Jahre des Herrn eintausendvierhundertundneunzehn.«

»Nicht einmal zwei Monate …«, murmelte John.

»Ich nehme an, Euch kommt es vor wie zwei Jahre, nicht wahr? So ist es immer, versicherten mir verschiedene Männer, die es wissen müssen.« Beaufort trat näher, setzte sich in den bequemen Sessel am Tisch, schlug die langen Beine übereinander und fuhr im Plauderton fort: »Ich verfüge diesbezüglich über keine einschlägigen Erfahrungen. Nicht wirklich jedenfalls. Mein Vater hat mich einmal zwei Wochen lang eingesperrt. Im Weinkeller im Haus meiner Mutter in Leicester. Aber er hat vorher alle Ratten hinausjagen lassen und mir eine Decke, eine Kerze und eine Bibel zugestanden.«

John starrte ihn ungläubig an. Dieses Kapitel aus der bewegten Lancaster-Familiengeschichte kannte er noch nicht. »Warum hat er Euch eingesperrt?«

»Weil ich mich geweigert hatte, die kirchliche Laufbahn einzuschlagen. Ich muss ungefähr … acht oder neun gewesen sein. Es war jedenfalls kurz nach der großen Bauernrevolte, und meine Eltern waren noch nicht verheiratet.«

»Das war ziemlich grausam von ihm.«

Der Bischof wiegte den Kopf hin und her und dachte einen Moment nach. »Nein. Eigentlich nicht. Er war vielleicht manchmal hart, aber niemals grausam. Jeden Morgen kam er herunter in den Weinkeller, trank einen Becher Burgunder – den er mir natürlich strikt verboten hatte –, legte mir seine Gründe dar, warum er wollte, dass ich Priester werde, und fragte, ob ich meine Meinung geändert habe.«

»Und Ihr habt ihn vierzehn Mal gehen lassen?« Tapfer für einen kleinen Bengel, fand John.

Beaufort grinste flüchtig. »Am vierzehnten Morgen eröffnete er mir, dass er Leicester am folgenden Tag verlassen müsse, um an die schottische Grenze zurückzukehren. Auf unbestimmte Zeit. Er hat nicht ausdrücklich gesagt, dass ich bis zu seiner Wiederkehr im Weinkeller bleiben müsse, aber die Drohung stand im Raum. Da bin ich mürbe geworden.«

»Und zürnt Ihr ihm heute noch manchmal, dass er Euch gezwungen hat?«, fragte John neugierig.

Der Bischof schüttelte den Kopf. »Als er mich kurz darauf nach Aachen zum Studium schickte, wusste ich, dass ich dort war, wohin ich gehörte. Natürlich gibt es Dinge, auf die zu verzichten mir schwer fällt.« Er gab sich keinerlei Mühe, ein mokantes Lächeln zu unterdrücken. »Aber mein Vater hatte Recht.«

John setzte sich ihm gegenüber auf den Schemel und sann über diese Geschichte nach. Wie zweifellos beabsichtigt, hatte der Bischof alle Befangenheit zwischen ihnen vertrieben, indem er ihm etwas so Persönliches anvertraute. John war ihm dankbar und kam zum ersten Mal auf den Gedanken, dass Beaufort nicht aufgrund seiner Stellung – seines Lancaster-Blutes – der wichtigste Diplomat Englands war, sondern wegen seiner großen Begabung und seiner Klugheit. Vermutlich hatte der alte Duke of Lancaster tatsächlich Recht gehabt, überlegte er.

Er schenkte Wein aus dem Krug in einen Becher und reichte ihn Beaufort.

Der schüttelte den Kopf. »Niemals während der Fastenzeit«, erklärte er. »Aber Euch erteile ich Dispens. Trinkt. Ihr seid blass und mager. Ihr müsst alles tun, um möglichst schnell wieder zu Kräften zu kommen.«

»Oh, keine Bange.« John nahm einen tiefen Zug. Es war ein würziger, blumiger Rotwein, der wie Honig die Kehle hinabrann. Er seufzte zufrieden und stellte den Becher auf den Tisch. »Ich *bin* bei Kräften.«

»Wenn Ihr glaubt, dass Euch das Brot bekommen ist, schicke ich nach Fleisch und so weiter.«

John hob abwehrend die bandagierte Rechte. »Vielleicht später. Wo ist der König?«

»In Mantes.«

»Es ist also gefallen.«

»Natürlich«, antwortete Beaufort achselzuckend, als sei das eine Selbstverständlichkeit.

»Wisst Ihr, ob Tudor heil zurückgekehrt ist?«

»Ja. Unverrichteter Dinge allerdings, Burgund ist derzeit nicht gewillt, ein neues Bündnis mit Harry einzugehen, ganz gleich unter welchen Vorzeichen. Er behauptet, er wolle Neutralität wahren, aber wir wissen, dass er mit dem Dauphin verhandelt. Owen Tudor hat im Übrigen Blut und Wasser geschwitzt, bis feststand, dass wir Euch zurückholen konnten. Er hat sich schwere Vorwürfe gemacht, dass er einfach weitergeritten ist.«

»Unsinn«, entgegnete John ungehalten. »Er trug den Brief. Er durfte nicht riskieren, in Gefangenschaft zu geraten.« Nicht nur die Vehemenz, mit der er das aussprach, überraschte John, sondern vor allem die Erkenntnis, dass er es selbst glaubte. Manches Mal hatte er Owen Tudor verflucht. Jetzt, da er dem Schrecken entronnen war, wurde ihm klar, dass sein Freund das Einzige getan hatte, was ihm übrig blieb. Und dass Tudor in den vergangenen zwei Monaten vielleicht durch seine ganz eigene Hölle gegangen war …

»Wo sind wir hier, Mylord?«, fragte er nach einem längeren Schweigen.

»In Troyes. Am französischen Hof, der vorübergehend von Paris hierher …«

»*Was?*« John sprang auf die Füße. Das bekam ihm nicht gut, auf der Stelle wurde ihm wieder schwindelig. Doch er ignorierte das Schwächegefühl und taumelte zum Fenster, als wolle er hinausklettern und fliehen. Er musste allerdings feststellen, dass es ein verdammt weiter Weg war bis zu dem herrlichen Frühlingsgarten hinab, wo die Narzissen friedvoll in der Sonne nickten.

»John, nehmt wieder Platz, seid so gut. Ich muss Euch ein paar Dinge erklären.«

John kam zu ihm zurück, setzte sich aber nicht, sondern verschränkte die Arme vor der Brust. »Bin ich ein freier Mann, ja oder nein? Wenn ja, dann möchte ich auf der Stelle von hier verschwinden. Jetzt, in dieser Minute.«

»Die Antwortet lautet nein. Aber Ihr seid hier zu Gast.«

»Ich verzichte!«

»Ich sagte, Ihr sollt Euch setzen.« Beaufort hatte die Stimme nicht erhoben. Das hatte er nicht nötig.

Als folgten sie einem äußeren Befehl, trugen Johns Füße ihn zu seinem Schemel zurück, er setzte sich mit kerzengeradem Rücken darauf und legte die Hände auf die Knie. »Ich bin ganz Ohr, Mylord.«

Der Bischof seufzte verstohlen. »Es war nicht einfach, wisst Ihr. Die Königin …« Er brach ab, als sein Blick auf Johns Daumen fiel. Beide waren immer noch grotesk geschwollen, die Nägel schwarz und blutunterlaufen.

Zu spät versteckte John die Daumen in losen Fäusten.

Beaufort sah ihm blitzschnell in die Augen, dann wandte er den Kopf ab. »Großer Gott … Was ist dort in Jargeau passiert, John?«

»Nichts. Nichts ist passiert.« Rastlos stand er wieder auf,

wandte dem Bischof den Rücken zu und lehnte sich mit verschränkten Armen an den Tisch.

Plötzlich spürte er eine Hand auf der Schulter. »Ich merke, die Dinge sind schwieriger, als ich glaubte. Aber ich brauche Eure Hilfe. England braucht Eure Hilfe.« Samtweich war diese Stimme. Allein ihr Klang trug Überzeugungskraft. Es war beinah unmöglich, ihr zu widerstehen.

John schloss einen Moment die Augen, und es war alles andere als schwierig, die Schreckensbilder heraufzubeschwören. Sie waren gar zu gegenwärtig. Brüsk schüttelte er die Hand ab und drehte sich wieder zu Beaufort um. »England kann sich meiner Hilfe gewiss sein«, antwortete er. »Auf dem Schlachtfeld. Ich bin Soldat, und ich werde bereitwillig jeden Franzosen töten, der in die Reichweite meiner Klinge kommt. Mit Freuden, Mylord. Aber das ist alles. Zu welchem Zweck Ihr mich auch immer an diesen Hof gebracht haben mögt, wenn es sich nicht um ein Mordkomplott gegen den schwachsinnigen Charles handelt, dann bin ich nicht Euer Mann.«

Beaufort ließ ein paar Atemzüge verstreichen, ehe er wieder sprach. »Ich zweifle nicht daran, dass Eure Verbitterung gerechtfertigt ist. Ich kenne den Dauphin.«

»Also bitte. Dann bedarf es wohl keiner weiteren Worte.«

»John.« Beaufort hatte wieder Platz genommen. Er stützte die Ellbogen auf die Oberschenkel und legte die Fingerspitzen aneinander. »Es wäre mir lieber gewesen, ich hätte Euch einige Tage Zeit lassen können, Euch zu erholen …«

»Und was bitte soll das nun wieder heißen?«, fiel John ihm aufgebracht ins Wort. »›John of Waringham, dieses zarte Pflänzchen, hat ein paar unschöne Wochen in einem französischen Verlies gelegen, und jetzt ist er ein Invalide und im Feld nicht mehr zu gebrauchen‹? Ihr täuscht Euch, Mylord. Ich *bin* erholt. Auch wenn der Teufel wissen mag, wie. Mir ging es selten besser …«

»Das verdankt Ihr allein Isabeau.«

»Wer ist das?«

»Die Königin von Frankreich, John.«

»Tatsächlich? Nun, dann wäre es mir lieber, ich wäre verreckt.«

Die Behauptung hing einen Moment im Raum, harsch und unversöhnlich.

»Es hat weiß Gott nicht viel gefehlt«, sagte der Bischof schließlich betont sachlich. »Ihr habt kaum geatmet, als man Euch herausbrachte, und beide Schultern waren ausgekugelt, wurde mir berichtet.«

»Ja, Mylord, ich weiß. Und ich will das nicht hören.«

»Doch. Das werdet Ihr. Ich muss noch heute nach Mantes zurück. Ich habe wichtige Neuigkeiten für den König, ganz abgesehen davon, dass er ebenso wie Eure Brüder und Somerset und Tudor sehnsüchtig auf Nachricht über Euer Befinden wartet. Ich habe also nicht viel Zeit, Euch umzustimmen.«

»Ich fürchte, wenn Ihr das versucht, verschwendet Ihr Eure kostbare Zeit nur.«

Beaufort schüttelte den Kopf. »Der Dauphin ist eine schwache, widerwärtige Kreatur. Victor de Chinon ist ein Wurm, der keinen ritterlichen Anstand kennt. All das ist höchst bedauerlich. Aber die Tatsache, dass beide Franzosen sind, gibt Euch kein Recht, über das ganze Volk zu urteilen. Das dürft Ihr einfach nicht.«

»Nein? Dann schlage ich vor, Ihr lasst mich in Ketten legen und schickt mich zurück nach Jargeau. Denn genau das tue ich. Und mir ist gleich, ob Ihr es billigt!«

Beaufort tat, als habe er ihn nicht gehört. »Auch Isabeau kennt ihren Sohn, und sie ist eine Frau von klarem Urteilsvermögen. Sie macht sich nie etwas vor. Wie genau sie ihn dazu bewogen hat, Euch herauszugeben, weiß ich nicht. Vermutlich kennt sie ein paar unschöne Details seines Liebeslebens oder Ähnliches, das der Dauphin gern vor der Welt verborgen wissen will. Wie dem auch sei. Isabeau hat nicht nur ein halbes Dutzend verlässlicher Männer nach Jargeau geschickt, um Euch zu holen, sondern auch ihren Leibarzt. Er ist ein berühmter Medicus, der an der Universität von Montpellier gelehrt hat. Nie habe ich einen besseren Arzt gesehen. Er hat Euch mit Opium in einen tiefen Schlaf versetzt, Eure Schultern eingerenkt und Eure Knochenbrüche gerichtet. Allein zwei Stunden hat er auf Euer rechtes Handgelenk verwandt, das er neu gebrochen hat, bevor es geschient wurde, sodass es mit ein wenig Glück nicht steif wird. Und von alldem habt Ihr nicht das Geringste gespürt, ist es nicht so? Dieser Mann ist ein Künstler. Ein Genie. Und er stellt sein Wissen in Isabeaus Dienst, weil er an ihrem Hof auf verwandte Seelen trifft. Auf Gelehrte aller möglichen Fakultäten, auf Dichter, Alchimisten – was Ihr Euch nur vorstellen könnt. An Isabeaus Hof herrschen lose Sitten, das mag wohl sein. Aber ebenso Esprit. Furchtlosigkeit vor neuen Ideen. Toleranz gegenüber Andersdenkenden. Das sind Tugenden, die wir in England verloren haben, John.«

John schnaubte angewidert. Dann sagte er: »Da Ihr so hingerissen von Isabeau und ihrem verlotterten Hof seid, mache ich Euch einen Vorschlag: Bleibt Ihr hier und lasst mich an Eurer Stelle nach Mantes zurückkehren. Wenn der berühmte Medicus so ein Genie ist, wie Ihr sagt, könnte er womöglich gar Euer Rückenleiden kurieren. Wie wär's?«

Beaufort bedachte ihn mit einem bekümmerten Kopfschütteln. »Was ist nur aus Euren schönen Manieren geworden …« Er seufzte.

»Oh, jetzt kommt mir nur nicht so! Ihr habt mich aus diesem Drecksloch geholt, damit ich irgendetwas für Euch tue, das ich nicht tun will. Und ich ahne, dass Ihr mich zwingen werdet, weil Ihr glaubt, es sei zum Wohle Englands. Bitte, Ihr dürft es gern versuchen. Aber auf meine schönen Manieren werdet Ihr verzichten müssen, Mylord.«

Beaufort zeigte ein anerkennendes Lächeln, entgegnete aber: »Es gab einmal eine Zeit, da der Zorn Euch immer völlig sprachlos machte. In gewisser Weise ist es bedauerlich, dass Ihr erwachsen werden musstet. Früher hatte man es leichter mit Euch.« Er hob die Hand, um Johns hitzigen Einwand abzuwehren. Dann beugte er sich leicht vor, sah seinem Gegenüber unverwandt in die Augen und sprach mit dieser verfluchten Samtstimme, mit der er wohl den Teufel selbst hätte umgarnen können: »Ihr kennt Frankreich nur als Feind, John. Es war schon bei Eurer wie bei meiner Geburt unser Kriegsgegner. Alle Begegnungen, die Ihr je mit Franzosen hattet, gingen einher mit Blutvergießen und Gewalt. Das erscheint Euch natürlich und richtig, weil Ihr es nie anders erlebt habt. Aber Ihr kennt nur eine Seite Frankreichs. Es gibt auch eine andere. Frankreich ist ein wundervolles Land mit vielen guten, gottesfürchtigen, wohlmeinenden Menschen, die unter dem Krieg weit mehr gelitten haben als wir Engländer, weil er in *ihrem* Land ausgetragen wird, nicht in unserem. Höfe liegen verwaist, ganze Dörfer sind entvölkert, es herrschen Hunger und Not. Frankreich sehnt sich nach Frieden und hat ihn verdient, genau wie England. Aber spätestens seit Agincourt wissen wir, dass wir diesen Frieden nicht auf dem Schlachtfeld erringen können, nicht wahr?«

John schüttelte entschieden den Kopf. »Ich weiß nichts dergleichen. Harry hat die Normandie erobert. Warum nicht den Rest Frankreichs? Wir stehen doch praktisch vor Paris.«

»Aber wir werden niemals südlich der Loire Fuß fassen, glaubt mir. Dazu ist dieses Land zu groß, der Widerstand zu heftig, unsere Kraft zu gering. Es geht einfach nicht. Mein Vater wusste das und Eurer auch. Beide haben darum gerungen, eine friedliche Lösung herbeizuführen. Das Ergebnis war König Richards Ehe mit der französischen Prinzessin Isabella. Und ich bin überzeugt, es hätte funktionieren können. Aber alles kam anders. Richard hat auf ganzer Linie versagt, die Krone fiel an meinen Bruder, die Chance verstrich ungenutzt.

Jetzt bietet sich wieder eine solche Chance. Und Harrys Ausgangslage ist viel besser als einst Richards, denn Harry ist ein starker König, der, wie Ihr völlig richtig sagtet, Frankreich schon halb erobert hat. Aber nur ein durch eine Ehe verbrieftes Abkommen kann zum Frieden führen. Nichts sonst.«

John erwiderte seinen Blick argwöhnisch und strich sich nervös mit der Linken die Haare aus der Stirn. »Ich bin keineswegs sicher, ob Ihr Recht habt.«

Beaufort hob leicht die Schultern. »Damit steht Ihr nicht allein. Harrys Bruder Gloucester zum Beispiel glaubt, dass dieser Krieg bis zum bitteren Ende ausgefochten werden muss.«

»Aber Gloucester ist ein …« John verstummte im letzten Moment.

»Was? Ein Narr? Ein Risiko für jeden Soldaten, der das Unglück hat, seinem Befehl zu unterstehen? Ein Gernegroß?«

Irgendetwas in der Art hatte John auf der Zunge gelegen, doch Beauforts Unverblümtheit schockierte ihn. »Was immer er sonst sein mag, er ist auf jeden Fall des Königs Bruder«, entgegnete er missfällig.

Beaufort lächelte liebenswürdig. »Bedauerlicherweise schließt das eine das andere nicht aus. Wenn Ihr gelegentlich wieder zur Vernunft kommt und die Augen öffnet, wird es Euch jedenfalls zu denken geben, dass Ihr in dieser Frage ausgerechnet Gloucesters Meinung seid.«

»Bei allem gebotenen Respekt, Mylord, ich mache mir meine Meinung immer noch ganz gern selbst …«

»Bravo.«

»… und ich verstehe nicht, was all das mit mir und meinem Verbleib bei diesen verfluchten Franzosen hier zu tun hat.«

»Tja, seht Ihr, Gloucester ist nicht der Einzige, der denkt, dass dieser Krieg um jeden Preis auf dem Schlachtfeld entschieden werden muss, selbst wenn es noch einmal achtzig Jahre dauert. Es gibt auch unter den Franzosen solche, die das glauben. Prinzessin Katherine, zum Beispiel. Harrys Braut.«

»Wie bitte?« John war empört.

»Hm. Und da kommt Ihr ins Spiel. Ihr werdet hier bleiben und sie umstimmen. Und bringt ihr ein paar Brocken Englisch bei, seid so gut. Sonst werden Harry und Katherine einander nichts zu sagen haben, wenn sie sich Ende Mai zum ersten Mal begegnen.«

»Was? Aber … aber … Das kann ich nicht, Mylord.«

»Warum nicht?« Beaufort erhob sich und strich sein makelloses schwarzes Bischofsgewand glatt. »Ich wüsste niemanden, der besser geeignet wäre als Ihr. Ihr könnt Französisch, Ihr seid für einen jungen englischen Edelmann ungewöhnlich kultiviert und gebildet, habt ein angenehmes Wesen …«

»Wärmsten Dank, Mylord, aber …«

»Darüber hinaus seid Ihr nur zwei Jahre älter als die Prinzessin und solltet Ihr ein interessanterer Gesprächspartner sein als der vertrocknete englische Mönch, der sich seit Monaten erfolglos bemüht, sie unsere Sprache zu lehren. Und abgesehen von alldem seid Ihr zufällig ein französischer Kriegsgefangener und hier gestrandet. Ich denke, Ihr werdet bald feststellen, dass Troyes Jargeau in jedem Falle vorzuziehen ist.« Er warf einen kurzen Blick aus dem Fenster. »Es wird spät. Ich muss wirklich aufbrechen. Lebt wohl, John.«

»Aber … aber … Mylord, ich bitte Euch inständig, tut das nicht. Ich … ich wäre doch nur übellaunig und maulfaul, ich könnte die Prinzessin gewiss nicht umstimmen. Lasst mich nicht hier zurück. Ich glaube, das könnte ich Euch niemals verzeihen.«

»Doch, doch«, erwiderte Beaufort und öffnete die Tür. »Das werdet Ihr, da bin ich zuversichtlich. Ich kenne Euch, Ihr werdet Euch mannhaft Eurem Schicksal stellen.« Die schwarzen Augen funkelten. »Und wenn es Euch unerträglich erscheint, denkt daran, dass Ihr es für England tut.« Im Hinausgehen fügte er noch an: »Und vergesst nicht, Ihr habt zwei Monate Zeit. *Au revoir, mon ami.*«

Dann war er verschwunden.

Wütend schleuderte John den Weinbecher gegen die geschlossene Tür. Er war nicht ganz sicher, aber er glaubte, ein vergnügtes Lachen zu hören, das sich langsam entfernte.

Es war vielleicht eine Stunde vergangen, als John ein verhaltenes Klopfen vernahm. Trotz seines bockigen Schweigens öffnete sich die Tür, ein schmächtiger, vielleicht zwölfjähriger Page trat ein und verbeugte sich. »Seid so gut und folgt mir, Monseigneur.«

Wortlos trat John hinter ihm aus seinem luxuriösen Quartier auf den Korridor hinaus. Keine Fackeln, sondern Öllichter brannten in kunstvoll gearbeiteten, steinernen Wandhaltern. Hier schien man keine größeren Probleme mit Zugluft zu haben.

Sie wandten sich nach links und kamen nach wenigen Schritten zu einer breiten Holztreppe. Der Junge führte John zwei Stockwerke hinab in eine freundliche, weiß getünchte Vorhalle. Die breite, prächtige Eingangstür aus reich geschnitzten Eichenbohlen stand offen und gewährte John einen Blick in den Garten, den er schon vom Fenster aus bewundert hatte. Dieser war von einer Mauer umgeben, die aber kaum höher als fünf Fuß war. Er befand sich auf keiner Burg, schloss er, eher in einem herrschaftlichen Landhaus.

»Hier entlang, Monseigneur«, sagte der Page zaghaft, dem es vermutlich eigenartig vorkam, dass John so lange zur Tür hinausstarrte. Er konnte ja auch nicht ahnen, dass der englische Ritter den Drang niederkämpfen musste, aus der Tür zu laufen, über die Mauer zu klettern und sein Heil in der Flucht zu suchen. Aber John ahnte, dass Bischof Beaufort sich für ihn verbürgt hatte. Das war eine wirksamere Fessel als jede Kette, und das hatte Beaufort, dieser kühle Rechner, natürlich genau gewusst.

Seufzend wandte John sich ab und folgte dem Knaben zu einer breiten Doppeltür, vor der zwei Wachen standen. Sie gaben den Weg frei, ohne Fragen zu stellen, der Page öffnete den linken Flügel, trat ein und verkündete mit vernehmlicher Stimme: »Jean de Waring'am, Madame.«

Oh, wunderbar, dachte John und folgte ihm.

Auf einem thronartigen Sessel zur Linken saß eine ziemlich füllige Frau mittleren Alters in den elegantesten Kleidern, die John je gesehen hatte. Die Hörnerhaube ebenso wie die Seidenkotte glitzerten von Edelsteinen, Gürtel und Schuhe waren golddurchwirkt. Aber weder die edle Garderobe noch die dick aufgetragene und – wie John fand – grelle Schminke konnten darüber hinwegtäuschen, dass selbst die Jugend einer Königin nicht ewig währte, so sehr diese sich auch bemühte, daran festzuhalten. Auf dem Schoß hielt sie ein Geschöpf, das John im ersten Moment für ein krankes, ausgemergeltes Kleinkind hielt. Dann erkannte er mit zunehmendem Abscheu, dass es ein Tier war, wie er es noch nie gesehen hatte, doch er kannte solche Kreaturen aus Büchern: Es war ein Affe. Dieser trug ein Gewand aus silbriggrauem Tuch mit Pelzbesatz und einem roten Kragen.

Die Dame hielt ihn an einer seiner kleinen Pfoten, und er hockte brav auf ihrem Knie, während sie John mit undurchschaubarer Miene entgegensah.

Seine Stiefel auf den schwarz-weißen Marmorfliesen kamen ihm unglaublich laut vor, und jeder der rund zwanzig Ritter und Damen in der Halle schien ihn anzustarren, als er sich dem Thronsessel näherte. Vor Königin Isabeau kniete er nieder. »Es ist mir … eine große Ehre, *Majesté*.« So unwillig war er, dieser aufgetakelten, lächerlichen Figur zu huldigen, dass er die Worte kaum herausbrachte. Seine Wangenmuskeln kamen ihm wie versteinert vor.

»Ihr dürft Euch erheben, Monseigneur. Es ist mir eine Freude, Euch an meinem kleinen Hof im Exil zu begrüßen«, erwiderte sie mit dem gleichen Mangel an Wärme und Aufrichtigkeit.

John wollte aufstehen, aber ehe er ganz auf die Füße gekommen war, fielen ihn zwei graubezottelte Unholde von links an und warfen ihn um. Instinktiv griff John nach dem Dolch, den er nicht trug, als er einen sehr nassen Kuss auf die Wange bekam, gefolgt von einer ebenso nassen Zunge, die sein Gesicht abschleckte. Hunde, sagte ihm sein Verstand, friedfertige Hunde obendrein. Mit einem unwilligen Knurren schob er ihre Schnauzen aus seinem Gesicht und sprang auf.

Die Höflinge lachten, machten aus ihrer Schadenfreude über sein Missgeschick vor den Augen der Königin keinen Hehl. John gab vor, ihre Heiterkeit gar nicht wahrzunehmen, sondern strich den beiden Hunden einen Moment über die Köpfe. Ihre gewaltigen Ruten wedelten so heftig, dass er den Luftzug spürte.

»Aus, ihr beiden«, schalt die Königin liebevoll. »Was ist denn in euch gefahren?«

John hob den Kopf. »Mit einem so stürmischen Empfang hatte ich kaum gerechnet, Madame.« Er lächelte wider Willen und hörte schleunigst wieder damit auf.

Isabeau hob die beringte Linke zu einer unbestimmten Geste. Ihre Finger waren fett wie Schweinswürstchen. »Ich hoffe, Ihr seht es ihnen nach. Es sind freundliche Kreaturen, die nichts von Krieg, Diplomatie und Etikette wissen.«

»Wie glücklich sie doch sind, Madame. Da sie von Krieg, Diplomatie und Etikette nichts wissen, können sie immer offen zeigen, was sie empfinden. Ohne je heucheln zu müssen.«

Ein entrüstetes Raunen erhob sich hier und da unter den umstehenden Höflingen, die alle verstohlen gelauscht hatten.

Doch Königin Isabeau schien eher amüsiert. »Ah ja. Henri hat mir schon angedeutet, dass Ihr eine spitze Zunge habt.«

Es dauerte einen Moment, ehe er begriff, dass es Bischof Beaufort war, den sie »Henri« zu nennen beliebte. Es erschien ihm fast anstößig, dass sie den ehrwürdigen Bischof und Onkel des Königs so vertraut beim Vornamen nannte. Für einen Augenblick beschlich John ein grässlicher, ungeheuerlicher Verdacht, den er sogleich wieder verwarf. Niemals. Die Königin von Frankreich mochte eine Frau ohne alle Moral sein, aber Bischof Beaufort war alles andere als ein Mann ohne Geschmack. John hatte allerdings gehört, Isabeau von Bayern sei in ihrer Jugend eine große Schönheit gewesen. Er schob den Gedanken hastig beiseite.

»Ich würde mir nie die Respektlosigkeit einer spitzen Bemerkung in Eurer Gegenwart erlauben, Madame«, antwortete er lahm.

Isabeau lächelte flüchtig. »Natürlich nicht. Und Ihr habt ja völlig Recht. Das ist der Grund, warum ich mich mit Tieren umgebe, Monseigneur: Sie sind treu, ergeben und arglos. Ah, und da ist meine Tochter. Dies ist Waringham, mein Kind, den mein guter Freund, Bischof Beaufort, dir geschickt hat.«

John fuhr auf dem Absatz herum, und im ersten Moment war ihm, als wäre er mit der Stirn vor einen soliden Holzbalken gelaufen.

Katherine de Valois war ohne Zweifel die schönste Frau, die er je im Leben gesehen hatte. Sie war groß, reichte ihm mindestens bis ans Kinn. Honigfarbene, glänzende Locken fielen ihr bis auf die schmalen Hüften. Ihr Gesicht war perfekt, die Augen groß und blau, die Nase schmal, der Mund wohl geformt und rot. Selbst für eine Dame von solch edler Geburt war ihre Haut bemerkenswert rein und milchweiß. Im Gegensatz zu ihrer Mutter schien sie schlichte Kleider zu bevorzugen, trug eines aus taubenblauem, seidig schimmerndem Tuch, das nur am Ausschnitt mit einer dezenten Reihe kleiner Lapislazuli bestickt war und ihre perfekte Figur in unauffälliger Weise umschmeichelte. Ein schmaler goldener Stirnreif hielt ihr das Haar aus dem Gesicht. Auf jeden weiteren Schmuck hatte sie verzichtet.

John fragte sich, wie lange er wohl schon hier stand und sie begaffte, und er spürte sein Gesicht heiß werden. Hastig verneigte er sich, die Hand auf der Brust. »*Enchanté, Madame.*«

Sie betrachtete ihn unbewegt. Ihr Ausdruck war abweisend, der Blick kühl. »Das ist mehr, als ich von mir behaupten könnte«, entgegnete sie schließlich.

Er nahm an, dass sie eine angenehme, warme Stimme hatte, wenn diese nicht gerade so von Hass und Geringschätzung troff wie jetzt.

»Katherine, Katherine«, mahnte die Königin mit einem Seufzen. »Du hast mir ein Versprechen gegeben, mein geliebtes Kind.«

»Mag sein«, gab die Prinzessin frostig zurück. »Aber ich habe nicht die Absicht, morgen eine Stunde lang höfliche Lügen beichten zu müssen, nur wegen dieses … *Engländers.*«

John hatte instinktiv die Muskeln angespannt, während sie nach einer ausreichend abscheulichen Beschimpfung für ihn suchte. Und so, wie sie das Wort ›Engländer‹ ausspie, war es wohl die schlimmste, die sie im Repertoire hatte.

»Sprecht nur ganz offen, Madame«, forderte er sie auf. »Ich habe mehr als zwei Jahre im Feld gegen Eure Ritterschaft überlebt. Ich bin zuversichtlich, dass ich auch Eure Beleidigungen überstehen werde. Auf keinen Fall will ich der Anlass zu einer unnötig langen Beichte sein und Euer Seelenheil in Gefahr bringen.«

Sie rümpfte die Nase. Es sah hinreißend aus. »Tatsächlich nicht? Nach meiner Erfahrung gibt es kein Gut, das französische Frauen besitzen, welches vor euch Engländern sicher wäre. Weder Seelenheil noch Leib und Leben, nicht Ehemann, Bruder, Vater oder Sohn.«

Die enthauptete Frau aus Caen mit dem Säugling an der Brust kam John in den Sinn. Es gab wohl keinen ungünstigeren Moment, um an sie zu denken, und er wollte nicht, aber das Bild suchte ihn oft unaufgefordert heim und ließ sich nie so leicht abschütteln. Er gedachte indessen nicht, sich in die Defensive drängen zu lassen. »Jeder Krieg fordert einen hohen Blutzoll, Madame«, entgegnete er ernst, ruhiger, als ihm zumute war. »Aber England führt diesen Krieg, um sein Recht zu verteidigen, nicht gegen Frankreichs Frauen. Es hat ihn im Übrigen auch nicht begonnen.«

Die Prinzessin stemmte die Hände in die Hüften. »Nein? Ist nicht Euer König Edward damals von Brabant aus in Frankreich eingefallen?«

»Und hatte nicht Euer König Philip zuvor Aquitanien besetzt?«

»Aquitanien gehört zu Frankreich!«

»Es ist Eigentum der englischen Krone«, entgegnete er, und er war sehr zufrieden mit seinem gelassenen Tonfall, der verglichen mit ihrer erregt erhobenen Stimme überlegen klang. »Die Arroganz, Habgier und Doppelzüngigkeit französischer Könige hat Not und Elend über Euer Land gebracht. Nicht wir.«

Katherine schnappte nach Luft, zu wütend für weitere Worte. Sie rang sichtlich um Fassung, und John fand diesen Sieg über ihre Contenance honigsüß.

»Geht mir aus den Augen«, brachte sie schließlich tonlos hervor.

Er verneigte sich mit einem liebenswürdigen Lächeln. Erst vor Katherine, dann vor der Königin. Ohne deren zustimmendes Nicken abzuwarten, verließ er die Halle, wandte sich nach links und floh hinaus in den Garten.

Im Schatten des Hauses war die Frühlingsluft frisch, die Brise kühlte John die feuchte Stirn. Er schlenderte eine niedrige Spalierhecke entlang, bis er in die Sonne kam. Jedes Jahr im Frühling überraschte sie ihn aufs Neue mit ihrer Kraft. Als er sicher war, dass er von den Fenstern der Halle aus nicht mehr gesehen werden konnte, hob er ihr das Gesicht entgegen, schloss die Augen und genoss ihre wohltuende Wärme auf seinen geschundenen Gliedern, in denen es hier und da immer noch dumpf pochte. Es war das erste Mal seit zwei Monaten, dass er sich bewusst unter freiem Himmel befand, und nie zuvor waren ihm die Frühlingsdüfte so betörend vorgekommen wie heute. Er sog sie tief in sich ein, stand einfach nur da und atmete – genoss die schlichte Tatsache, dass er noch lebte. Dass sein kältester und dunkelster Winter vorüber war.

Schließlich setzte er seinen Spaziergang fort, schritt über gepflegte Rasenflächen mit leuchtend gelben Büscheln aus Narzissen und Rosenbüschen, die gerade die ersten jungen Triebe hervorbrachten, bis er in einen blühenden Obstgarten kam. Knorrige Apfel- und schlanke Pflaumenbäume säumten einen Pfad, der John zu einer Bank im Windschatten der Mauer führte. Auf der Bank hockte ein Greis in einem fleckigen, weinroten Gewand, das lose um seine mageren, abfallenden Schultern hing. Sein Haar war spärlich und stand in wirren, weißen Büscheln vom Schädel ab. Als er John aus dem Schatten der Obstbäume auf sich zukommen sah, erstarrte er. Die trüben Augen wurden groß und rund wie Kinderaugen.

»Hat sie Euch geschickt?«, fragte der alte Mann. Seine Stimme war unerwartet tief und volltönend, aber sie bebte. »Hat sie endlich einen Schurken gefunden, um mich aus dem Weg räumen zu lassen? Diese durchtriebene, bayrische *Dirne*?«

Oh, süßer Jesus, wo bin ich hier hingeraten?, dachte John fassungslos. Was ist das nur für eine Familie?

Auch ohne den unverkennbar irren Blick des Greises hätte er

gewusst, über wen er hier gestolpert war, denn dieses schwache Kinn und die beinah wulstigen Lippen hatte er schon einmal vor ungefähr zwei Monaten in Jargeau gesehen. Fortgeschrittenes Alter und Schwachsinn machten die Valois nicht stattlicher, stellte er gehässig fest.

Trotz seiner Häme sank er vor dem alten König auf ein Knie nieder, ohne entscheiden zu können, ob es Mitgefühl oder einfach nur gute Manieren waren, die ihn dazu bewogen. »Niemand hat mich geschickt, Sire«, versicherte er. »Mein Name ist John of Waringham, und ich …«

Ein gellender Schrei, der durch Mark und Bein fuhr, unterbrach ihn. Nie hätte er für möglich gehalten, dass ein solcher Laut aus dieser dürren Kehle kommen könnte. »Ein Engländer!«, schrie König Charles. »Wache! Wache! Edward der Löwe hat mir einen gedungenen Mordbuben geschickt!«

Edward der Löwe? Wer zum Henker soll das sein?, fragte sich John. Er verharrte auf einem Knie im Gras, aber wie er erwartet hatte, stürzte niemand herbei, um ihn zu überwältigen. »Ich versichere Euch, ich will Euch nichts Böses«, sagte er beschwichtigend. »Ich bin unbewaffnet, seht ihr?«

Er wandte Charles die linke Seite zu, um ihm zu zeigen, dass dort kein Schwert hing.

Charles warf die Hände in die Luft. »Wo hast du dein Schwert, Tölpel? Wie willst du mich beschützen, wenn du nicht einmal ein Schwert hast?«

Süßer Jesus, dachte John wieder.

Seufzend erhob er sich und trat einen Schritt näher, aber sogleich packte die Furcht den alten König wieder. Er kauerte sich zusammen und gab ein erbarmungswürdiges Wimmern von sich.

»Wieso seid Ihr so ganz allein hier draußen?«, fragte John.

Charles runzelte die Stirn und dachte offenbar angestrengt nach. Dann fiel es ihm wieder ein. »Ich wollte ausreiten. Odette hat es mir verboten. Aber ein König kann sich von seiner Mätresse keine Vorschriften machen lassen, oder?«

»Auf keinen Fall«, pflichtete John ihm bei.

»Ich konnte den Pferdestall nicht finden«, fuhr der König betrübt fort. »Alles hier hat sich so verändert. Ich finde mich im Louvre einfach nicht mehr zurecht.«

Was zweifellos daran liegt, dass dies hier nicht der Louvre ist, fuhr es John durch den Kopf. Aber alles in allem war es gewiss gesünder für den alten König, dass er den Pferdestall nicht gefunden hatte.

»Ehe Ihr kamt, ist mir der heilige Denis erschienen«, fuhr Charles im Plauderton fort. Alle Betrübnis war verflogen.

»Tatsächlich?«

»Hm. Das tut er oft. Und er hat mir versprochen, er werde ein Wunder wirken. Bald. Ein Hirtenmädchen wird Edward von England aus Frankreich jagen, hat er gesagt.«

»Harry ist König von England«, verbesserte John behutsam.

»Edward!« widersprach Charles. Es klang halb quengelig, halb entrüstet. »Ich werde wohl noch den Namen meines Todfeindes kennen, Ihr Flegel!«

»Vergebt mir, Sire …«

»Er lechzt nach meinem Blut«, vertraute Charles ihm flüsternd an, die Augen wieder furchtsam aufgerissen. »Meine ganze Ritterschaft hat er niedergemetzelt. Meinen Adel gefangen genommen. Er schändet meine Städte. Er wird keine Ruhe geben, ehe er mich vernichtet hat. Er will meine Krone.« Er fing an zu weinen, schluchzte hemmungslos wie ein Kind. »Meine Krone …«

John fühlte sich hoffnungslos überfordert. Dieser flennende, schwachsinnige König widerte ihn an. Er wollte sich abwenden, aber Charles streckte erstaunlich schnell die Hand aus und packte den Saum seiner Schecke.

»Lasst mich nicht allein«, bettelte er. »Ich fürcht mich so. Sie alle trachten mir nach dem Leben. Wollt Ihr mich nicht beschützen?«

»Ich versichere Euch nochmals, Sire, Ihr seid vollkommen in Sicherheit«, entgegnete John mit einem Hauch von Ungeduld.

Charles heulte lauter als zuvor. »Das war ich nie! Seit meiner Jugend war ich nie in Sicherheit. Mein eigener Bruder hat mir nach dem Leben getrachtet, Burgund paktiert mit der Dirne von Bayern, und England … immer wieder England, Gott verdamme seinen blutgierigen König …«

John presste die Lippen zusammen und befreite sein Gewand mit einem Ruck aus der Faust des Königs. Sein erster Impuls war, sich abzuwenden und diesen jämmerlichen Narren, der Englands König verfluchte, seinem Selbstmitleid zu überlassen. Aber der alte Mann war vollkommen außer sich, sodass John befürchtete, er könne jeden Moment irgendeinen Anfall oder Ähnliches erleiden. Schweren Herzens musste er sich eingestehen, dass es verantwortungslos gewesen wäre, den König jetzt allein zu lassen.

Er setzte sich neben ihn auf die Bank. »Ich bitte Euch, Sire, beruhigt Euch«, murmelte er unbeholfen. »Edward von England ist tot. Glaubt mir, es ist so. Er kann Euch nichts mehr tun.«

Charles hob den Kopf und schaute ihn aus tränenfeuchten Augen hoffnungsvoll an. »Ist das wirklich wahr?«

»Ich schwöre es Euch, wenn Ihr wollt.«

Noch während der König das Angebot erwog, kam Prinzessin Katherine in Begleitung einer weiteren Frau zwischen den Obstbäumen hervor.

Als Katherine John an der Seite ihres Vaters entdeckte, blieb sie wie angewurzelt stehen. »Was fällt Euch ein! Wagt es nicht, dem König zu nahe zu kommen!«, befahl sie scharf. John wollte nicht, aber er musste ihr bewundernd zugestehen, dass sie ihre plötzliche Angst gut unter Kontrolle hatte.

»Oh, was redest du da, Isabeau!«, rief der König mit einem dröhnenden Lachen aus. All sein Kummer schien vergessen. »Dieser junge Edelmann und ich haben auf das Angenehmste geplaudert.«

John war geneigt, seinen Ohren zu misstrauen.

Die Prinzessin trat näher, kniete sich vor dem König ins Gras und nahm seine Linke in beide Hände. »Ich bin Katherine, Sire.«

»Wirklich?«, fragte er verblüfft. »Aber Ihr seht genau aus wie Isabeau.«

Wie Isabeau vor zwanzig Jahren vielleicht, ging John auf. Offenbar hatte der König nicht nur diese Zeitspanne vergessen, sondern auch seinen Groll gegen die untreue Gemahlin, die er eben noch so hasserfüllt eine Dirne genannt hatte. Ein Wort, das einem bei Katherines Anblick wohl einfach nicht in den Sinn kam. Sie wirkte wie die personifizierte Reinheit.

Liebevoll küsste die Prinzessin die Hand ihres Vaters. »Es spielt keine Rolle, Sire. Nennt mich nur so, wie es Euch beliebt.«

Der König lächelte milde. »Gutes Kind. Und Ihr seid …?«, fragte er die zweite Dame.

Diese gab sich keine große Mühe, ein ungeduldiges Seufzen zu unterdrücken. »Odette, mein König.«

Ah, die königliche Mätresse, schloss John. Vielleicht würde der alte Charles sie eher erkennen, wenn sie sich auszieht. Bedachte man allerdings seinen Zustand, war aus der Rolle der Mätresse wohl eher die einer Amme geworden. Diesen Verdacht bestätigte Odette umgehend, als sie dem König vorwurfsvoll erklärte: »Wir haben über eine halbe Stunde nach Euch gesucht, Sire. Ich hab mir Sorgen gemacht. Wieso lauft Ihr mir ständig davon?«

Charles de Valois wiegte den Oberkörper vor und zurück, strich rhythmisch über Katherines Hand und brabbelte unverständlich vor sich hin. Seine Art, von seinem königlichen Privileg Gebrauch zu machen, eine unangenehme Frage nicht zu beantworten. Ein dünner Speichelfaden tropfte von seiner Unterlippe.

John hatte genug. Er verneigte sich vor dem König. »Da ich Euch nun in so vortrefflicher Gesellschaft weiß, würde ich mich gern zurückziehen, Sire. Wenn Ihr erlaubt.«

Charles nickte mit einer huldvollen Geste, die er immer noch perfekt beherrschte.

John spürte Katherines argwöhnischen Blick. Vermutlich versuchte sie zu entscheiden, ob er sich über ihren verrückten Vater lustig machte oder nicht. Da er das selbst nicht so genau wusste, konnte er ihr bei der Beantwortung der Frage nicht behilflich sein. Er nickte ihr so knapp zu, dass es beinah ein Affront war, dann wandte er sich ab.

Das Abendessen fand bei Einbruch der Dämmerung in Isabeaus Halle statt, wo Diener eine lange Tafel errichtet hatten. Weder der König noch die Prinzessin nahmen an der Mahlzeit teil, dafür sah John einige der Gelehrten, von denen Beaufort gesprochen hatte. Er erkannte sie an ihren dunklen Talaren. Die grell gekleideten Höflinge wirkten neben ihnen wie Papageien. Auch Justin de Grimaud, Isabeaus Leibarzt, fand sich ein. Als einer der besonders bunten Ritter nach dem Essen zur Laute griff und der Gesellschaft eine schlüpfrige Ballade von einer untreuen Müllersfrau vorsang, gesellte der Arzt sich zu John und befragte ihn leise nach seinem Befinden.

John merkte wohl, dass der berühmte Medicus ihn eher als interessantes Studienobjekt denn als Patienten betrachtete, aber er war dem Mann dankbar und gab ihm bereitwillig Auskunft. Als dessen Neugier schließlich gestillt war, erwähnte John seine Begegnung mit dem König am Nachmittag.

Justin de Grimaud seufzte tief und schüttelte den Kopf. »Jenseits meiner Kunst oder der irgendeines anderen Arztes, fürchte ich. Es hat schon vor über zwanzig Jahren begonnen. Und es wird immer schlimmer. So wie Ihr ihn schildert, habt Ihr einen der guten Momente erwischt.«

»Grundgütiger«, entfuhr es John. »Wie sind die schlechten?«

»Manchmal weint er von früh bis spät, ohne ein Wort zu sprechen. Er ist todunglücklich, und niemand kann ergründen, warum genau. Früher war er gewalttätig und tobsüchtig, wenn die Anfälle über ihn kamen. Jetzt im Alter hat die Schwermut ihn erfasst.«

»Wie … kommt es zu so etwas?«

Grimaud hob vielsagend die Schultern. »Im Grunde wissen wir auch das nicht. Wir können nur Vermutungen anstellen. Als junger Prinz lebte er in ständiger Angst vor seinem Bruder und Eurem damaligen König. Vielleicht war dieser anhaltende Druck zu groß. Sein Geist ist einfach daran zerbrochen.«

»Ihr wollt sagen, er hat aus Angst den Verstand verloren?«

»Ich sage, dass ich das glaube, Monseigneur. Ich weiß nicht, ob es so ist.«

John zog unbehaglich die Schultern hoch. Er wünschte, er hätte den Arzt nicht gefragt. Er wollte kein Mitgefühl für Charles von Frankreich empfinden. Er wollte für keinen Franzosen Mitgefühl empfinden. Er hatte gelernt, dass es sich nicht lohnte.

Grimaud betrachtete ihn mit einem schwachen Lächeln. »Ich glaube kaum, dass Euch ein solches Schicksal ereilen könnte. Ihr habt die Konstitution eines Pferdes.«

»Pferde sind ausgesprochen empfindliche Geschöpfe, Monseigneur«, entgegnete John. »Alles andere als robust.«

»Ist das wahr?«, fragte der Medicus verwundert. »Nun, dann habt Ihr ihnen etwas voraus. Als ich Euch sah, hatte ich wenig Hoffnung, Euch retten zu können, wisst Ihr.«

John lächelte verlegen. »Ihr habt Eure Künste unterschätzt, scheint mir.«

»Wie dem auch sei. Wenn Ihr meinen Rat beherzigen wollt: Legt Euch schlafen. Ihr seid noch nicht genesen. Noch nicht in der Verfassung, es mit unserer Katherine aufzunehmen, wie Bischof Beaufort es wünscht.«

»Ich bin keineswegs sicher, dass ich das je sein werde«, gestand John düster, ein wenig verblüfft über seine Offenheit. »Es ist ein Glück, dass unser König Harry so ein furchtloser Recke ist. Einen geringeren Mann würde sie gewiss in die Flucht schlagen.«

Eher zufällig traf er Katherine am nächsten Vormittag wieder.

Er hatte tief und traumlos geschlafen und war erfrischt aufgewacht. Der Tag war so strahlend schön wie der vorherige, und John hatte sich ein wenig Brot und verdünnten Wein kommen lassen und war dann wieder hinausgegangen, um den weitläufigen Garten weiter zu erkunden.

Auf der Nordseite entdeckte er ein Sammelsurium kleiner Nebengebäude, darunter einen Pferdestall. Gleich daneben lag eine Koppel, und John blieb fassungslos stehen, als er zwischen den hübschen Rössern der Königin sein eigenes entdeckte.

Langsam trat er an den Zaun. Er sagte kein Wort, aber Achilles hob den Kopf, schaute zu ihm herüber und schnaubte leise.

John öffnete das Gatter, trat hindurch und schloss es sorgsam wieder. Dann ging er auf sein Pferd zu, und auch Achilles setzte sich in Bewegung, kam ihm entgegen. Als sie sich trafen, legte John ihm den rechten Arm von unten um den Hals und fuhr ihm mit der Linken über die auffällige Stirnlocke.

»Oh Gott, bin ich froh, dass du Chinon auch entronnen bist«, murmelte John. Er schloss einen Moment die Augen und hüllte sich in den vertrauten Pferdegeruch, der für ihn der tröstlichste auf der Welt war. Er verschlimmerte sein Heimweh, aber das spielte keine Rolle.

Zu gern hätte er sich auf Achilles' bloßen Rücken geschwungen und wäre ein paar Runden über die taufeuchte Weide geritten, nur zum Spaß. Aber seine Rechte taugte noch nicht wieder, um sich damit hochzustemmen. Also versuchte er einen alten Trick, den sein Vater ihn gelehrt hatte. Und siehe da – es funktionierte. Wie ein Reitkamel legte Achilles sich nieder, sodass John bequem auf seinen Rücken steigen konnte.

Der junge Ritter schnalzte seinem treuen Gefährten leise zu, und Achilles erhob sich elegant.

Vom Gatter erklang ein warmes, helles Lachen.

Erschrocken wandte John den Kopf.

Die Prinzessin hatte die Unterarme auf dem Zaun verschränkt und schaute zu ihm herüber. »So etwas habe ich noch nie erlebt. Fast wie das Wiedersehen eines lange getrennten Liebespaares.« Einige Schritte hinter ihr standen eine ältere und eine junge Dame, die offenbar ihre Begleitung waren.

John lächelte verlegen und ritt zu ihnen hinüber. »Beinah so ist es auch.«

Katherine betrachtete ihn einen Moment mit zur Seite geneigtem Kopf. »Man könnte beinah glauben, Ihr hättet menschliche Züge, Monseigneur.«

John deutete ein Schulterzucken an. »Man ist gut beraten, sie zu verbergen, wenn man von Feinden umgeben ist.«

Die Prinzessin senkte den Blick. Sie hatte herrlich lange, geschwungene Wimpern. »Dann sollte ich das schnellstmöglich lernen, nicht wahr? Denn wenn es dazu kommt, dass ich den König von England heiraten muss, werde ich bis an mein Lebensende nur noch unter Feinden sein.« Sie sagte es leichthin, so als sei es ihr gleich. Aber John hatte in den letzten Jahren so viel Furcht gesehen, dass er sie hinter jeder Maske erkennen konnte. Furcht gehörte zu den wenigen Dingen, mit denen er sich auskannte – nicht zuletzt aufgrund reichhaltiger persönlicher Erfahrung.

Er glitt von Achilles' Rücken. »Ich glaube, Ihr irrt, Madame.«

»Ich weiß, was ich weiß«, entgegnete sie ungehalten.

»Aber womöglich gibt es auch ein paar Dinge, die Ihr nicht wisst. Über England und seinen König.«

»Der jede Hure Londons beglückt hat, wie man hört.«

John war nicht wenig schockiert, sie etwas so Anstößiges sagen zu hören, doch er schüttelte nachdrücklich den Kopf. »Der seinen Lebenswandel vollkommen geändert hat, seit er den Thron bestiegen hat, und sich für die französische Prinzessin aufspart, auf die er seit sechs Jahren wartet.«

Katherine starrte ihn ungläubig an, die wundervollen Lippen ein wenig geöffnet. »Ihr … macht Euch über mich lustig.« Eine feine Röte überzog ihre Wangen.

»Nein. Ich will Euch nicht weismachen, ich sei glücklich über die Rolle, in die Bischof Beaufort mich hier gedrängt hat, Madame. Das bin ich nicht. Denn was Ihr für England empfindet, empfinde ich für Frankreich. Ich glaube, nichts wird diese Kluft je überbrücken können. Aber ich werde Euch weder anlügen, noch will ich mich über Euch lustig machen, denn mir ist daran gelegen, dass die Braut meines Königs versöhnt zu ihm kommt. Ohne Ressentiments.«

Katherine hob eine der schmalen, lilienweißen Hände und strich sich die Locken von der Wange. »Warum?«

»Um seinetwillen. Weil ich weiß, dass die Vorstellung, Ihr könntet ihn hassen, ihm Unbehagen bereitet.«

Sie schnaubte. »Ich bin sicher, ihm ist völlig egal, was ich denke.«

»Das sollte es eigentlich sein. Aber so ist er nun einmal nicht. Er ist … ein wirklich guter Mann, wisst Ihr.«

»Ein *guter Mann*? Der die Normandie geknechtet hat, ihre Städte überrennt, ihre Einwohner abschlachtet, ihre Bauern verhungern lässt?«

John schüttelte den Kopf. »Er erkämpft sich das, was ihm zusteht …«

»Tut es nicht!«

»… und mit Verlaub, Madame, es sind Euer Bruder und dessen Männer, die wehrlose Bauern in der Normandie abschlachten, nicht wir. Ich habe es mit eigenen Augen gesehen.«

»Oh Gott, mein Bruder«, murmelte sie angewidert. Einen Moment schwieg sie, dann schüttelte sie den Kopf. »Er ist das schlimmste Übel, welches Frankreich je heimgesucht hat. Wann immer ich an ihn denke, wird mir ganz elend vor Scham.«

Dieses unerwartet offene Eingeständnis machte John für einen Moment sprachlos.

Achilles stupste ihn an die Schulter, und der junge Ritter legte ihm die Hand auf die Nüstern, ohne die Prinzessin aus den Augen zu lassen.

Als hätte er seiner Verwunderung Ausdruck verliehen, sagte sie unvermittelt: »Ihr wart sehr freundlich zu meinem Vater, Monseigneur. Das … hätte ich niemals gedacht. Und es gibt nicht vieles, womit man mich leichter einnehmen kann.« Sie lächelte traurig, und John spürte seine Knie wieder schwach werden von ihrer Schönheit. Es war eine Reaktion, die nichts mit dem Verstand zu tun hatte. Er biss sich auf die Lippen, weil alles, was ihm in den Sinn kam, unverzeihlich tölpelhaft geklungen hätte.

Schließlich fragte er matt: »Ihr reitet nicht zufällig gern?«

»Doch.«

»Wollt Ihr … würdet Ihr mir gestatten, Euch und Eure Damen auf einen Ausritt zu begleiten?«

Katherine hob die sorgfältig gezupften Brauen. »Ihr scheint zu vergessen, dass Ihr ein Gefangener seid, Monseigneur. Innerhalb dieser Anlage dürft Ihr Euch frei bewegen, aber Ihr dürft sie nicht verlassen.«

Ganz plötzlich war der Hochmut zurückgekehrt, und John spürte seinen Zorn wieder aufwallen. Er wünschte, er hätte sich von ihrer Furcht nicht rühren lassen und ihr nicht gesagt, Harry sei ein guter Mann. Es geschah ihr nur recht, wenn ihr die Angst vor der Hochzeitsnacht mit dem Feind den kalten Schweiß auf die makellose Stirn trieb. Für einen Moment hatte John ein äußerst lebhaftes Bild vor Augen: Er sah sie nackt auf einem breiten Bett mit kostbaren Seidenlaken liegen, im Schein einer Kerze, und sie wand und sträubte sich gegen die riesige, schattenhafte Gestalt, die sich über sie beugte, ihre Handgelenke umklammerte, mit einem Knie ihre Beine spreizte, während ihre Augen sich weiteten und ihr wundervoller Mund sich zu einem Schrei öffnete.

Nichts rührte sich in seinem Gesicht, während er sie anschaute und sich diese Dinge vorstellte. Niemand hätte ahnen können, dass er mit einem Mal erschüttert war. Über die Macht dieser Bilder, die Häme und die Erregung, die er dabei empfand. Über die Erkenntnis, wie tief er gesunken war. Was sein eigener Hass aus ihm gemacht hatte.

Zögernd wandte er den Blick von ihr ab und betrachtete stattdessen Achilles' muskulösen Hals. »Madame, ich versichere Euch, selbst ohne Sattel und Zaumzeug könnte ich mit diesem Pferd Euer lächerliches Mäuerchen dort drüben überspringen und heute Nachmittag in Mantes sein. Bei meinen Freunden, meinen Brüdern und meinem König.« Und wie sehnte er sich nach ihnen allen. Nach der Welt, die ihm vertraut war, und nach englischen Stimmen.

»Ah ja?«, fragte sie spöttisch. »Worauf wartet Ihr also?«

Er schüttelte langsam den Kopf. »Das Wort des Bischofs bindet mich.«

»Steht Ihr in seinem Dienst?«, fragte sie neugierig.

»Nein. Es ist weitaus schlimmer als das. Aber ich glaube

kaum, dass ich Euch erklären könnte, was mich mit ihm verbindet, mein Haus mit dem seinen. Weil es so etwas in Frankreich nicht gibt.«

»Was wisst Ihr schon über Frankreich«, gab sie abfällig zurück.

Er hob ungeduldig die Schultern. »Nun, ich weiß dies: In England gibt es etwa einhundert Männer, die der König persönlich zum Parlament lädt. Also hundert, die, wie Ihr sagen würdet, den Hochadel ausmachen. Wie viele sind es in Frankreich? Weit über tausend, nicht wahr?«

Sie nickte, wider Willen beeindruckt von seinen Kenntnissen. »Wenn Ihr sie nicht gerade wieder einmal alle abgeschlachtet habt, ja, ungefähr dreizehnhundert.«

»Seht Ihr? Bei uns ist der Kreis viel überschaubarer, darum sind die Bindungen enger. Das ist nur natürlich. Während Euer Adel sich gegenseitig bekriegt und sich nicht darum schert, was der König wünscht.«

Katherine betrachtete ihn eine Weile versonnen. Dann wandte sie sich an die jüngere ihrer Begleiterinnen. »Schickt einen Diener in den Stall, Comtesse, seid so gut. Man soll für uns und eine Eskorte und Waring'am satteln lassen.«

Es war eine regelrechte kleine Kolonne, die das vornehme Gutshaus durch das breite Tor in der Mauer verließ: John, Katherine, ihre beiden Damen und ein halbes Dutzend Ritter, die bis an die Zähne bewaffnet waren. John war bereits aufgefallen, dass die Anlage schwer bewacht wurde.

»Fürchtet der Herzog von Burgund, Euer Bruder könne Euch und Euren Vater entführen?«, fragte John die Prinzessin, als sie sage und schreibe acht Torwachen passiert hatten.

Katherine hob die schmalen Schultern. »Derzeit gibt es leider ständig Anlass, um die Sicherheit des Königs zu fürchten. Doch er ist gar nicht mehr hier. Heute früh haben Burgunds Männer ihn zurück nach Paris begleitet. Der Kronrat kann nicht länger auf ihn verzichten.«

Das muss ein verdammt verzweifelter Kronrat sein, dachte

John, aber er biss die Zähne zusammen, ehe es heraus war. Seine Aufgabe – Gott helfe ihm – bestand darin, diese Prinzessin England und Harry gegenüber milde zu stimmen. Und er hatte so eine Ahnung, dass der Weg über ihren Vater am ehesten zum Ziel führen würde.

Sie ritt einen hübschen, temperamentvollen Grauschimmel, und sie hatte einen tadellosen Sitz. John wusste, es würde Harry gefallen, eine Königin zu haben, die so hervorragend ritt. Ihre beiden Damen folgten ihnen auf braven Zeltern, die Wachen bildeten die Nachhut. Sie ritten durch kleine Wälder und über weitläufige, hügelige Wiesen.

»Ich muss gestehen, dass Euer Frankreich ein wirklich schönes Land ist, Madame«, bemerkte John schließlich.

»Jedenfalls dort, wo ihr es noch nicht gänzlich verwüstet habt«, gab sie zurück, besann sich aber sogleich. »Wie ist England?«, fragte sie, als habe sie beschlossen, seinen guten Willen ihrerseits mit ein bisschen Entgegenkommen zu belohnen.

»Oh, natürlich noch viel schöner.« John lächelte flüchtig. »Nein, nicht so anders. Tatsächlich erinnern diese Hügel mit ihren vielen schmalen Bächen mich an meine Heimat. Bei uns gibt es nur mehr Schafe. Und weniger Wein.« Er wies auf die hügeligen Felder im Westen, wo Rebstöcke in Reih und Glied standen wie Harrys Bogenschützen, bloß zahlreicher. »Für englischen Wein kann nicht einmal ich lobende Worte finden, Madame.«

»Dies hier ist die Champagne, Monseigneur«, erklärte die Prinzessin mit unverhohlenem Stolz. »Ihre Weine sind schwer, doch sie zählen zu den besten in Frankreich. Troyes war einmal die Hauptstadt einer blühenden, reichen Grafschaft.«

»Und ich nehme an, wir sind schuld, dass sein Glanz verblasst ist?«, kam John ihren Vorwürfen zuvor.

Doch Katherine schüttelte unerwartet den Kopf. »Sein Niedergang hat schon vorher begonnen. Doch der berühmteste Sohn dieser Stadt ist ein Dichter, dessen Werk unvergänglich ist. Ihr werdet ihn natürlich kaum kennen«, schloss sie abfällig.

John hatte die wundervollen Rittergeschichten von Chrétien de Troyes quasi mit der Muttermilch aufgesogen, aber er gedachte nicht, Katherines Köder zu schlucken. Er fand ihre Hochnäsigkeit kindisch. Sie ging ihm auf die Nerven.

Wie er beabsichtigt hatte, bereitete sein Schweigen ihr Unbehagen. Sie unternahm einen neuen Versuch, ihren guten Willen zu beweisen. »Und ... wo residiert der König von England?«

»Das ist unterschiedlich«, antwortete John. »Er reist viel und hat im ganzen Land Burgen. Aber meistens ist er in Westminster, unweit von London. Westminster ist ein großer, sehr komfortabler Palast mit einer riesigen, wundervollen Halle. Und es hat eine Kathedrale, die es mit den Euren durchaus aufnehmen kann.«

Katherine rümpfte wieder so hinreißend die Nase. »Ihr habt sie von unseren abgekupfert, nehme ich an.«

John runzelte unwillig die Stirn, ging aber wieder nicht darauf ein. Denn die Prinzessin hatte dieses Mal leider Recht.

»Woher könnt Ihr so gut französisch?«, fragte sie.

»Meine Mutter hat es mir beigebracht.«

»Eure Mutter ist Französin?«

John beherrschte sich im letzten Moment, ehe er ›Gott bewahre‹ ausrufen konnte. »Nein, sie war Engländerin. Aber ihre Mutter stammte aus der Gascogne. Ob Ihr es glaubt oder nicht, Madame: Einer meiner Vorfahren war ein Troubadour.«

»Ah.« Sie kräuselte die Lippen. »Rebellisches, lasterhaftes, ketzerisches Gesindel, diese Troubadoure.«

»Und grandiose Dichter.« Er verriet ihr nicht, dass seine Mutter, sein Bruder Mortimer und offenbar auch seine fromme Schwester Isabella dieses Talent geerbt hatten, denn er fürchtete, die Prinzessin könne ihn auffordern, Verse vorzutragen.

Katherine lachte. Es war ein verblüffend unbeschwertes Lachen, das gewiss nur der Frühlingssonne und der lieblichen Landschaft zu verdanken war, die sie umgab. »Welch ein seelenvoller Blick in die Ferne«, neckte sie. »Ich muss gestehen, Ihr überrascht mich, Jean de Waring'am. Ich hätte gedacht, dass Ihr raubeinigen, unkultivierten Engländer aus einem Dichter in der Familie ein wohl gehütetes Geheimnis machen würdet. Ist es nicht allein die Kriegskunst und die Zahl der getöteten Feinde, die bei Euch etwas gilt?«

»Wie kommt Ihr denn darauf?«, fragte er, ebenso verdutzt wie eingeschnappt. »Wir haben Dichter, die die Euren weit überstrahlen, Madame, und die besten stehen im Dienste des Königs, manche gehören gar zu seinem Haushalt, denn er ist ein Förderer der Künste wie sein Vater und sein Großvater vor ihm. Er spielt auch die Harfe. Harry von England mag der meistgefürchtete Feldherr dieses Zeitalters sein, aber er ist kein geistloser Schlächter. Rittertum, wie wir es in England verstehen, kann es ohne Bildung des Geistes und auch des Herzens nicht geben.« Er wusste selbst, dass er ein wenig übertrieb. Sein Bruder Raymond fiel ihm ein, der als einer der größten Ritter Englands galt und doch nicht mehr Kultur besaß als die Gäule, die er mit so glücklicher Hand züchtete.

Katherine hatte mit einem Ausdruck höflicher Skepsis gelauscht. »Nun, ich will gar nicht bezweifeln, dass Euer König ein wahrer *Chevalier* ist. Aber warum in aller Welt glaubt er nur, er könne König von Frankreich werden? Mit welchem Recht? Er ist Engländer!«

»Das ist völlig ohne Belang«, gab John entschieden zurück. »Sein Anspruch auf die Krone Frankreichs ist besser und älter als der Eures Vaters. Und was war mit William von der Normandie, den wir den Eroberer nennen? Er war Franzose und wurde dennoch König von England. Und was geschah, als seine Söhne ohne männliche Nachkommen starben? Kehrte etwa das angelsächsische Herrscherhaus auf den Thron zurück? Nein, Madame. Williams Urenkel Henry von Anjou wurde König. Schon wieder ein Franzose. Weil er den besten Anspruch hatte und der beste Mann für das hohe Amt war. Das Gleiche gilt heute für Harry und Frankreich. Ich weiß, dass Ihr Euren Vater verehrt, aber Ihr werdet zugeben müssen, dass ein starker König wie Harry besser für Frankreich wäre als er. Ganz gewiss besser als Euer Bruder.« Er sah sie eindringlich von der Seite an. »Nicht wahr?«

Katherine hob das Kinn. »Ich muss und werde nichts dergleichen zugeben, Monseigneur«, entgegnete sie steif, offenbar ärgerlich, dass er auf jede Frage eine überzeugende Antwort fand. Da er sich in der Geschichte ihrer beider Nationen gar zu gut auskannte, kam sie lieber auf ihr ursprüngliches Thema zurück. »Ihr wollt mir also weismachen, Euer König 'arry sei ein Schöngeist. Aber Französisch – die einzig wahre Sprache der Dichtkunst – beherrscht er nicht, nein?«

»Wie könnt Ihr behaupten, Eure Sprache sei der unseren überlegen, die Ihr doch nicht einmal kennt? Harry hatte nicht viel Zeit in seiner Jugend, um Bücher zu studieren.« Und nicht viel Lust, gestand John sich selbst. »Es waren unruhige Jahre. Trotzdem bemüht er sich, wenigstens ein wenig Französisch zu erlernen. Aus Höflichkeit Euch gegenüber. Vielleicht überlegt Ihr einmal, ob Ihr ihm nicht die gleiche Höflichkeit erweisen solltet.«

»Ihr seid ein Flegel, Monseigneur, und mir scheint, Ihr vergesst, mit wem Ihr sprecht!«

»Und vielleicht überlegt Ihr auch, ob Ihr nicht wenigstens versuchen wollt, seinen Namen richtig auszusprechen. Anders als bei Euch, hat der Buchstabe ›H‹ in unserem Alphabet nämlich einen Sinn, wisst Ihr. Der König heißt Harry, nicht Arry.«

»Ich höre keinen Unterschied«, behauptete sie.

»Dann versuchen wir's hiermit: Mein Name ist Waring-Ham.«

»Das weiß ich«, gab sie trotzig zurück. »Waring'am.«

Süßer Jesus … »Schön. Vielleicht sollten wir mit etwas anfangen, das leichter zu meistern ist.«

»Ich habe nicht das geringste Interesse daran, Eure abscheuliche Krächzsprache zu erlernen. Und auch nicht die Absicht.«

John stieß hörbar die Luft aus. Du bist eine verzogene, launische Göre, dachte er angewidert. Aber er beherrschte seinen Ärger und fragte ausgesucht höflich: »War es aber nicht der Wunsch Eurer Mutter, dass ich an ihren Hof komme, um

Euch England, seine Sprache und seinen König ein wenig näher zu bringen? Wie soll das gehen, wenn Ihr Euch so unwillig zeigt?«

Die Prinzessin hob die schmale Linke zu einer abwehrenden Geste. »Die Wünsche meiner Mutter sind für mich nicht von Belang. Und ich gedenke nicht, mit Euch über diese Dame zu sprechen.«

Schau an, dachte John überrascht. Offenbar war es auch der wohl behüteten Prinzessin nicht verborgen geblieben, was Isabeau hinter dem Rücken des schwachsinnigen Charles so alles trieb. »Und was ist mit Eurem Vater, Madame?«, fragte er und tat behutsam. »Denkt Ihr nicht, dass eine Vermählung zwischen Euch und König Harry, die womöglich zum Frieden führen könnte, die Qualen seiner Seele lindern würde?«

Sie wandte den Blick nach vorn und antwortete nicht. John beobachtete sie aus dem Augenwinkel und sah einen Muskel über ihrem vollkommen geschwungenen Jochbein rhythmisch pochen. Zufrieden stellte er fest, dass er ins Schwarze getroffen hatte. Und er sah auch, wie ihre Gedanken sie quälten. Vermutlich erschien ihr das Opfer monströs, welches man ihr zum Wohle des alten Königs und der französischen Nation abverlangte. Doch John wollte nicht noch einmal riskieren, Mitgefühl für sie zu empfinden. Das war ihm zu heikel. Außerdem war sie eine Prinzessin; es war ihre Pflicht – ihr Schicksal –, zum Wohle ihres Landes zu heiraten. Dafür war ihr ein Leben in Luxus und Überfluss garantiert; im Gegensatz zu den meisten anderen Menschen musste sie weder Hunger noch Kälte fürchten, und alle Welt begegnete ihr ehrerbietig. Sie hatte wahrhaftig kein Recht, sich zu beklagen, fand er. Und abgesehen davon bekam sie mit Harry einen viel besseren Mann, als sie verdiente, selbst wenn sie sich so störrisch weigerte, das zu glauben.

Obwohl er nur ihr Profil sah, konnte er beobachten, wie sie sich zusammennahm, womöglich zu den gleichen Schlüssen kam wie er. Als sie ihn wieder anschaute, zeigte ihre Miene Gleichmut. »Alsdann, Monseigneur. Lehrt mich das *Pater Nos-*

ter in Eurer Sprache. Ich werde es mir leichter merken können, wenn ich weiß, was die Worte bedeuten.«

Sie machte ihre Sache hervorragend. Ihre Aussprache war hoffnungslos, aber äußerst charmant, und sie hatte eine gute Merkfähigkeit, stellte John erleichtert fest. Sie waren schon bei ›wie im Himmel, also auch auf Erden‹ angekommen, als ein balzender Fasan flatternd aus dem Dickicht zu ihrer Rechten hervorbrach und Katherines Pferd um ein Haar unter die Hufe geriet. Der Schimmel erschreckte sich und tat, was Pferde in solchen Lagen meistens taten: Er suchte sein Heil in der Flucht. Mit angelegten Ohren, nur noch das Weiße seiner Augen sichtbar, ging er durch.

John stieß Achilles die Fersen in die Seiten, um die Verfolgung aufzunehmen, aber sogleich stürzten zwei Soldaten der Eskorte sich auf ihn und wollten ihn zurückhalten. John beförderte den Rechten mit einem Fausthieb der unverletzten Hand aus dem Sattel und bewog das Pferd des anderen mit einem Blick, zu steigen und seinen Reiter abzuwerfen. Ehe die übrigen Soldaten ihn erreicht hatten, galoppierte er davon.

Katherines Pferd hatte einen beachtlichen Vorsprung gewonnen. Sein Galopp hatte etwas Rasendes – es schien schneller zu laufen, als es eigentlich konnte. Und John wusste, genauso war es. Es konnte durchaus vorkommen, dass ein durchgegangenes Pferd in seiner Panik die Kontrolle über die eigenen Beine verlor und mit vollem Schwung stürzte. Nicht selten brachen Ross und Reiter sich dabei den Hals.

Die Prinzessin hatte im Gegensatz zu ihrem Pferd nicht den Kopf verloren. John konnte sehen, dass sie versuchte, es zu zügeln, aber ohne Erfolg. Mit der linken Hand klammerte sie sich an der Mähne fest und wurde dennoch im Sattel auf und ab geschleudert. Der Damensitz bot einfach keine ideale Balance, wusste John, und sie würde sich nicht mehr lange halten können.

Achilles hatte keine Mühe, den Flüchtling einzuholen. Der Schimmel schien noch einmal an Tempo zuzulegen, als er den Verfolger hörte, und glitt wankend an den rechten Rand des Pfades, wo der Boden noch unebener wurde.

John fluchte leise. Das war die falsche Seite. Er wusste, dass er mit der rechten Hand nichts ausrichten konnte. Er konnte nicht einmal ein Speisemesser damit führen, geschweige denn einen wild gewordenen Gaul zügeln. Sacht bedeutete er Achilles, noch ein wenig zu beschleunigen, bis er Kopf an Kopf mit dem Ausreißer lief. Katherine starrte John mit angstvoll aufgerissenen Augen an.

»Was soll ich tun?«, rief sie verzweifelt.

»Gar nichts.«

John wickelte die Zügel um den Sattelknauf. Er wusste, dass es einigermaßen selbstmörderisch war, was er hier tat – bei einem solchen Tempo war es einfach keine gute Idee, die Zügel loszulassen, ganz gleich wie perfekt das Pferd geschult war. Aber er musste eben mit der einen Hand zurechtkommen, die er im Augenblick hatte.

»Gebrauch ausnahmsweise mal deinen eigenen Kopf, Achilles«, murmelte er. »Lauf weiter. Möglichst geradeaus, sei so gut.«

Dann nahm er die Füße aus den Steigbügeln und kniete sich in den Sattel. Für einen kurzen Moment schaute er nach unten. Das war keine gute Idee, musste er feststellen. Er sah den Waldboden unter sich dahinrasen und acht eisenbeschlagene Hufe, die die lockere Erde aufspritzen ließen. Hastig blickte er wieder hoch, wartete einen Moment, bis der Rhythmus der beiden galoppierenden Pferde der gleiche war, dann sandte er ein Stoßgebet gen Himmel, stellte den linken Fuß in den Sattel und sprang. Er landete genau, wo er gewollt hatte, hinter dem Sattel der Prinzessin. Und natürlich stieß er sich dabei schmerzhaft die Hoden. Wie jeder andere Knabe, der auf dem Gestüt von Waringham heranwuchs, hatte er dieses akrobatische Manöver dort einmal und dann nie wieder erprobt. So hatte er also gewusst, worauf er sich einließ, nur hatte er vergessen, wie schlimm es war. Er stöhnte vor Schmerz, schlang gleichzeitig den rechten Arm um die Prinzessin und ergriff die Zügel mit der Linken. Mit zugekniffenen Augen rang er darum, seinen Schmerz zu überwinden und einen Kontakt zu dem verängstigten Tier herzustellen. Und die Gabe ließ ihn auch dieses Mal nicht im Stich. Nach zehn Schritten verlangsamte das Pferd sein halsbrecherisches Rasen zu einem leichten Galopp, fiel dann in Trab und blieb schließlich stehen.

Für ein paar Augenblicke war nichts zu hören als das ausgepumpte Keuchen des Pferdes. John ließ die Prinzessin schleunigst los und glitt ohne viel Eleganz zu Boden. Sein Atem klang beinah so abgehackt wie der des Schimmels.

»Was ist Euch, Monseigneur?«, fragte Katherine stirnrunzelnd.

»Nichts, Madame. Gar nichts.«

Er nahm ihr Pferd am Zügel und wendete es, damit er eine Entschuldigung hatte, sie sein Gesicht nicht sehen zu lassen, und unbeobachtet ein paar Grimassen schneiden konnte. Ganz allmählich wurde es besser.

Sportsmann der er war, war Achilles auch nach Johns fliegendem Wechsel weiter neben dem Schimmel hergaloppiert und noch hundert Yards weitergelaufen als der, um eindeutig klarzustellen, wer als Sieger aus diesem Rennen hervorging. Nun kam er lammfromm zu John zurück und trottete neben ihm her, der Eskorte entgegen. Er war nicht einmal ins Schwitzen geraten. Das wunderbar silbrige Fell des Schimmels hingegen war nass.

Die sechs Soldaten der Eskorte warfen John finstere Blicke zu.

»Ist dieser Engländer Euch zu nahe getreten, Madame?«, fragte ihr Sergeant mit einer Verbeugung.

Hoch aufgerichtet saß sie im Sattel und schaute auf ihn hinab. »Zu nahe getreten?«, wiederholte sie ungläubig. »Er hat mir das Leben gerettet, ihr Tölpel! Und wo wart ihr?«

Er senkte den Kopf und murmelte eine Entschuldigung.

Angewidert wandte sie sich ab und ritt an.

Die junge Comtesse und die andere Begleiterin erkundigten sich besorgt nach dem Befinden der Prinzessin, flankierten sie links und rechts und ritten mit ihr den Weg zurück.

Der Sergeant vergewisserte sich mit einem raschen Blick,

dass alle drei Damen ihnen den Rücken kehrten, ehe er John die behandschuhte Faust in den Magen rammte. »Du hast sie begrapscht, du englisches Schwein«, knurrte er hasserfüllt.

Und da liegst du wieder vor deinen Feinden auf den Knien, Waringham, dachte John wütend. Sieh dich nur vor, dass keine Gewohnheit daraus wird.

Er packte Achilles' Steigbügel, zog sich daran hoch, stellte den linken Fuß hinein und saß auf. Aus sicherer Höhe lächelte er auf den Sergeanten hinab. »Das würde ich mir nie anmaßen. Ich wildere nicht im Garten meines Königs. Bei *uns* ist das nämlich unüblich, weißt du.«

Er ritt an, um den Damen zu folgen.

»Irgendwann erwisch ich dich allein«, zischte der Sergeant ihm nach.

»Du und wie viele weitere von Isabeaus Lustknaben?«, gab John über die Schulter zurück. Dann trabte er an und schloss zu Katherine auf, die ihr Pferd angehalten hatte, um auf ihn zu warten.

Meulan, Mai 1419

Raymond, wie seh ich aus?«

»Prächtig, Sire.« Raymond hob grinsend die Schultern. »Wie immer, um genau zu sein.«

Der König befingerte nervös die kurze, goldene Kette, die seinen hellblauen Mantel unter dem Kinn zusammenhielt. »Gott … Ich werde einen Narren aus mir machen.«

Raymond betrachtete ihn mit einem mitfühlenden Kopfschütteln. »Harry, setz dich hin, ja?« Er war allein mit dem König in dessen Zelt nahe am Ufer der Seine, und Raymond hatte so eine Ahnung, dass sie in dieser Lage eher weiterkamen, wenn er auf Förmlichkeiten verzichtete. »Es ist schon eigenartig mit dir. Als dein Vater im Exil war und Richard dich als Geisel an seinen Hof nahm, warst du vollkommen kaltblütig.

Dabei hast du genau gewusst, dass dein Leben am seidenen Faden hing, auch wenn du gerade mal zehn Jahre alt warst.«

»Ich war elf«, gab der König verdrossen zurück.

Raymond winkte ab. »Wie auch immer. Du warst jung und allein und in Lebensgefahr, und du hast nicht mit der Wimper gezuckt. Heute bist du erwachsen und siegreich und machst dir fast ins Hemd, weil du deine Braut treffen sollst, die dich so oder so heiraten muss, ganz gleich, welchen Eindruck sie von dir gewinnt. Wirst du mir vergeben, wenn ich sage, dass es mir an Verständnis mangelt?« Er drückte ihm einen randvollen Becher in die Hand. »Da, trink das.«

Harry trank folgsam einen ordentlichen Schluck, stellte den Becher dann aber wieder ab und nahm seinen ruhelosen Marsch durch das Zelt wieder auf. »Ich kann nicht einmal mit ihr reden«, sagte er kläglich.

»Mit Frauen zu reden führt nur zu unnötigen Komplikationen, wie du sehr wohl weißt.«

»Verflucht noch mal, Raymond, sie ist kein Londoner Hafenmädchen, sondern eine französische Prinzessin!«

»Ich wette, der Unterschied ist nicht so gravierend, wie du glaubst. Und ich fange an zu wünschen, du wärest in Bezug auf die schönen Londoner Hafenmädchen nicht so zurückhaltend gewesen in letzter Zeit. Du bist einfach aus der Übung, mein König. Aber das ist wie mit dem Reiten, weißt du: Einmal gelernt, vergisst man es nie.«

»Raymond …« Harry sah ihn finster an, die dunklen Augen funkelten.

Raymond erkannte die warnenden Anzeichen – hatte er doch schon so viele Lancaster-Zornesausbrüche kommen sehen. Begütigend hob er die Linke. »Schön, das war kein sehr glücklicher Vergleich. Was ich sagen wollte, war eigentlich nur dies: Es gibt nicht einen einzigen vernünftigen Grund, warum du nervös sein solltest.«

»Ja, aber wenn sie nun …« Harry brach ab, als seine Brüder Gloucester und Clarence eintraten.

»Es ist so weit, Sire«, verkündete Gloucester. Er bemühte

sich um eine feierliche Miene, aber auch er konnte ein anzügliches Grinsen nicht ganz unterdrücken.

Harry stieß einen kurzen Laut der Ungeduld aus, wandte den Blick gen Himmel und stürmte dann mit langen Schritten hinaus, so wie er es tat, ehe er in die Schlacht ritt.

Die Wiese am Flussufer gegenüber der Isle Belle war dank ihrer Größe und Schönheit einem königlichen Rendezvous durchaus angemessen. An beiden Enden waren wahre Zeltstädte errichtet worden, wo die Könige von England und Frankreich mit ihrem jeweils eintausendfünfhundert Mann starken Gefolge lagerten. Die Mitte war frei geblieben bis auf ein großes, prachtvolles Zelt, in welchem sich die Unterhändler, angeführt vom Herzog von Burgund auf französischer und Bischof Beaufort auf englischer Seite, in den vergangenen zwei Tagen mehrfach getroffen hatten.

Dorthin wandte sich nun auch Harry, eskortiert von seinen Brüdern, seinen Onkeln Exeter und Beaufort, dem Erzbischof von Canterbury, den Earls of Warwick und Waringham. Als sie das Zelt durch den ihnen zugewandten Eingang betraten, fanden sie es leer.

Hilfesuchend schaute Harry zu seinem bischöflichen Onkel, aber noch ehe der ein paar erklärende Worte sagen konnte, wurde der Eingang gegenüber zurückgeschlagen, und die französische Partei trat ein: Eine fettleibige, aufgetakelte Matrone Arm in Arm mit einem x-beinigen Greis, der bange Blicke in alle Richtungen warf und vor sich hin brabbelte. Harry hatte keine Mühe, zu erraten, wer sie waren. Ihnen folgten Burgund und ein paar Adlige, die er nicht kannte.

Und dann kam Katherine.

Sie brachte ihren eigenen Kometenschweif von Damen und Rittern mit, aber Harry nahm keinen von ihnen wahr. Unverwandt schaute er seine Braut an, die seinen Blick ebenso unverwandt, mit hoch erhobenem Haupt und ernster Miene erwiderte.

Bischof Beaufort seinerseits ließ König Harry nicht aus den

Augen. Und was er sah, erfüllte ihn mit Zufriedenheit. Die Verhandlungen standen nicht zum Besten. Das Gefeilsche um Katherines Mitgift wollte zu keinem Ergebnis kommen, und immer noch berichteten seine Spione, dass Burgund in aller Heimlichkeit mit dem Dauphin verhandelte, immer noch stand zu befürchten, dass der mächtige Herzog ein doppeltes Spiel trieb. Aber all das war auf einmal ohne Belang. Denn Harry würde nicht rasten, würde alles tun, was erforderlich war, um diese Frau zu bekommen.

Als John Katherine zum ersten Mal gesehen hatte, war es ihm vorgekommen, als sei er vor einen Holzpfosten gelaufen. Harry hingegen kam es eher so vor, als sei ihm das ganze Deckengebälk von Westminster Hall auf den Kopf gefallen. Dennoch gelang es ihm, sich auf seine Königswürde und die Regeln der Höflichkeit zu besinnen.

Er trat zu Isabeau und Charles. Behutsam legte er dem alten König die Hände auf die Schultern und küsste ihn auf den Mund. Die gleiche Prozedur wiederholte er mit der Königin. »Geliebter Onkel Charles, geliebte Tante Isabeau. Wie ich mich freue, Euch endlich kennen zu lernen«, sagte er mit einem strahlenden Lächeln und in beinah akzentfreiem Französisch. Nur diejenigen, die ihn wirklich gut kannten, sahen, dass jeder Muskel in seinem Körper angespannt war und es ihn Mühe kostete, ein Schaudern zu unterdrücken.

Charles' ängstlichen Schrei ob der plötzlichen Berührung und die bange Frage: »Wer ist dieser Goliath?«, ignorierte er ebenso geflissentlich wie Isabeaus eisiges Schweigen. Er ging die vier oder fünf Schritte, die ihn von der Prinzessin trennten, und wiederholte das Begrüßungsritual, wobei man meinen konnte, dass der höfliche Kuss dieses Mal einen Lidschlag länger währte.

»Katherine, liebste aller Cousinen.« Er sah ihr lächelnd in die Augen. Den Rest seines französischen Vokabulars hatte er vergessen. Aber das machte nichts. Raymond hatte Recht gehabt, erkannte der König. Es gab Dinge, die man nicht verlernte, und alles, was nötig war, konnte er der Prinzessin auch ohne Worte sagen.

Sie verstand die Botschaft ohne Mühe, erwiderte sein Lächeln für einen kurzen Moment und senkte dann sittsam den Blick. »Cousin Arry, ich bin geehrt«, sagte sie auf Englisch. »Ich bin erfreut. Und: Ich bin beglückt.«

Diese drei Varianten hatte sie sich von John vorbeten lassen, bis sie sie beherrschte, und hatte vorgehabt, eine davon zu wählen, wenn sie ihrem Bräutigam vorgestellt wurde, je nachdem, welche ihr angemessen schien. Doch nun, da es so weit war, hatte sie das Bedürfnis, ihm so viel wie möglich zu sagen, diesen Moment in die Länge zu ziehen, und so gab sie ihr gesamtes Repertoire an Begrüßungsformeln zum Besten.

Er ergriff ihre eiskalte Linke und führte sie kurz an die Lippen, während er ihr wieder tief in die Augen schaute. »Das trifft sich gut, Kate …«

Somerset und Tudor warteten derweil nahe des Flussufers unter einer Weide, die ebenfalls etwa auf der Mitte der Wiese stand und wo ein unauffälliger, kleiner Gefangenenaustausch stattfinden sollte. Mit unbewegten Mienen und bis an die Zähne bewaffnet schauten sie zu, während ein burgundischer Ritter und John of Waringham in entgegengesetzten Richtungen die unsichtbare Grenzlinie überquerten und auf die andere Seite der Wiese wechselten wie Schachfiguren auf einem Spielfeld. Erst als sie sicher waren, dass ihr Freund sich auf englischem Territorium befand und seine Eskorte sich abgewandt hatte, erwachten sie aus ihrer Starre, rannten ihm entgegen und schlossen ihn nacheinander in die Arme.

»Gott zum Gruße, John«, sagte Somerset.

John lachte leise. »Gott zum Gruße, John.«

Tudor brach ihm beinah die Rippen. »Ich hab seit Januar kein Auge zugetan, Mann.«

»Ich glaub's, ich glaub's.«

Der walisische Rotschopf wirkte untypisch verlegen. Mit Mühe hob er den Kopf. »Ich hoffe, du kannst mir vergeben, Waringham.«

John nickte, und weil er erkannte, dass dies eine qualvolle

Situation für Tudor war, drosch er ihm kräftig auf die Schulter. »Du konntest nichts anderes tun.«

»Darf ich davon ausgehen, dass sie dich wenigstens anständig behandelt haben da unten jenseits der Loire?«

John war erleichtert, dass seine Freunde offenbar nicht gehört hatten, was in Jargeau vorgefallen war. Bischof Beaufort hatte dichtgehalten. John war ihm dankbar, aber nicht überrascht.

Er nickte. »Selbst südlich der Loire haben sie schon von den Regeln ritterlichen Anstands gehört.«

»Na ja, es kursieren die unglaublichsten Gerüchte über den Dauphin«, erklärte Somerset ein wenig unbehaglich. »Da fürchteten wir, du ...«

»Ah ja. Der Dauphin.« John grinste gehässig. »Eine unvergessliche Begegnung. Er würde als Jahrmarktsattraktion eine bessere Figur machen denn als Prinz. Aber er ist nichts, *gar nichts* im Vergleich zu seinen Eltern. Weißt du eigentlich, dass du ein gutes Stück gewachsen bist, Somerset?«

Der Jüngste im Bunde nickte unglücklich. »Ich brauche schon wieder eine neue Rüstung. Und wie ist die Prinzessin, he?«

John schaute versonnen nach Süden, blinzelte in die helle Maisonne und erwog seine Antwort. Prinzessin Katherine war nicht so leicht mit Worten zu beschreiben, fand er. Aber das musste er auch gar nicht. »Da, seht selbst«, sagte er plötzlich und wies auf das allein stehende Zelt in der Mitte der umzäunten frühlingsgrünen Wiese. Tudor und Somerset fuhren auf dem Absatz herum.

Die französische Abordnung hatte das Zelt verlassen und war hier vom Ufer aus gut zu sehen. Während das Königspaar und die Adligen und Bischöfe vorausgingen, blieb Katherine ein wenig zurück, legte der jungen Comtesse de Blamont, die ihr getreuer Schatten war, eine Hand auf den Arm, und sie steckten die Köpfe zusammen. Katherines wundervolles, warmes Lachen scholl zum Fluss herunter.

»Oh, heiliger David«, stieß Owen Tudor hervor. Es klang erschüttert.

John nickte, ohne ihn anzusehen. »Ja, ja«, bemerkte er. »Sehr hübsches Kind, unsere Katherine.«

»Und wie ist sie sonst?«, wollte Somerset wissen. »Ich meine, abgesehen davon, dass sie die schönste Frau der Welt ist?«

John zuckte die Schultern. »Schwierig«, bekundete er. »Aber auf der anderen Seite …«

»Hübsches Kind?«, fiel Tudor ihm ins Wort. Seine Stimme drohte sich zu überschlagen. »Ja, seid ihr denn blind? Sie ist eine *Göttin*!«

Die anderen beiden schauten ihn verwundert an. Owen Tudor war für gewöhnlich ein nüchterner, geradezu zynischer Mann, und solche Gefühlsausbrüche sahen ihm nicht ähnlich. Mit weit aufgerissenen Augen starrte er zu der französischen Prinzessin hinüber, die Lippen leicht geöffnet.

»Owen, nimm dich zusammen«, brummte John ungehalten.

»Was?«, kam die zerstreute Antwort.

John und Somerset tauschten einen Blick. »Ich glaube, er braucht dringend eine Abkühlung«, meinte der Jüngere, und dann stürzten sie sich auf den Waliser, packten ihn an Armen und Beinen, ließen ihn dreimal hin und her schaukeln und warfen ihn dann trotz seiner fürchterlichen Drohungen und wütenden Proteste in die Seine.

Unter schallendem Gelächter, die Hände in die Seiten gestemmt, schauten sie zu, wie er prustend wieder auftauchte.

»Kann er schwimmen?«, fragte John immer noch lachend.

»Keine Ahnung«, antwortete Somerset unbekümmert.

Tudor konnte in der Tat schwimmen, ziemlich gut sogar. In Windeseile hatte er das Ufer erreicht und kletterte aus dem Wasser.

»Na wartet, ihr englischen Bastarde …« Aber er lachte selbst. Während er sich den langen Rotschopf auswrang, sah er unauffällig zu der Stelle hinüber, wo eben noch die Prinzessin mit ihrer Hofdame gestanden hatte. Doch sie waren verschwunden.

Er seufzte. Dann schlug er John unsanft auf den Rücken. »Los, komm, Waringham. Wir haben ein Festessen für dich.

Und es gibt ein paar Leute, die sehnsüchtig darauf warten, dich zu sehen.«

Der Erste, der John freudestrahlend begrüßte, als sie zu ihrem Zelt kamen, war sein Knappe Daniel. Formvollendet verneigte er sich. »Gut, Euch in einem Stück wiederzusehen, Sir«, sagte er lächelnd. Seine linkische Unbeholfenheit war verschwunden. Er wirkte kerngesund und sorglos und erinnerte John mehr denn je an Raymond.

»Danke, Daniel. Simon.«

»Willkommen zurück, Sir«, grüßte Somersets Knappe und rückte John einen Sessel zurecht.

Es war ein äußerst komfortables, geradezu luxuriöses Zelt, stellte John fest, als er sich flüchtig umschaute. »Ist einer von uns plötzlich zu Reichtum gekommen?«, fragte er scherzhaft und griff nach dem Brotlaib, der auf dem Tischtuch lag. Die plötzliche Stille ließ ihn aufschauen, und von bösen Ahnungen erfüllt wandte er sich an Somerset. »Verdammt ... entschuldige. Dein Bruder ist gestorben?«

Der Jüngere nickte und hob mit einem traurigen kleinen Lächeln die Schultern.

»Das tut mir Leid, Somerset. Wie gedankenlos von mir, nicht eher nach ihm zu fragen.«

Tudor zog sein triefendes Surkot aus und griff nach einem etwas schmuddeligen Handtuch. »Nun brich nicht gleich in Tränen aus. Wie du siehst, haben wir die Trauerzeit hinter uns. Es ist ewig her. Die Nachricht kam, kurz nachdem sie dich geschnappt hatten.«

Somerset nahm es ihm nicht übel. »Henry ist in der Nacht gestorben, nachdem ich von zu Hause aufgebrochen war, um euch in Dover zu treffen.« Mit einem dankbaren Nicken ergriff er den Weinbecher, den Simon ihm brachte, und trank einen Schluck. »Ich habe meinen Bruder kaum gekannt. Es ist kein Verlust, der mir sehr nahe geht. Ich wünschte nur, wir wären einen Tag später verabredet gewesen, das ist alles. Ich habe das Gefühl, ich hätte dort sein müssen.«

Tudor winkte ungeduldig ab. »Was für einen Unterschied hätte das gemacht?«

»Oh, Jesus … Du bist Earl of Somerset«, ging John plötzlich auf. »Ein sehr reicher, mächtiger Mann.«

Somerset nickte unbehaglich. »Mein Stiefvater ist allerdings der Ansicht, ich dürfe mein Vermögen erst verwalten und mein Stimmrecht im Parlament erst ausüben, wenn ich einundzwanzig bin.«

»Wie bitte?«, fragte John entrüstet. »Du bist ein Ritter und somit mündig.«

»Hm. Wir streiten noch darüber. Aber nun berichte uns, John. Wir wollen alles hören. Daniel, Simon, ihr dürft auftragen.«

»Ja, John, erzähl uns von der Prinzessin«, bat Tudor ohne jede Verlegenheit.

Während die beiden Knappen sie mit kühlem Wein, gebratenem Kleinwild und herrlich frischem Fisch bewirteten, erzählte John. Nicht alles. Fast nichts von Jargeau. Das waren Erinnerungen, über die er weder sprechen konnte noch wollte. Dafür berichtete er ihnen alles, was er an Isabeaus Hof erlebt und gehört hatte.

»Diese Franzosen verstehen zu leben, das muss man ihnen wirklich lassen. Ich habe Speisen gekostet, wie ich sie mir nie hätte vorstellen können; das Allerbeste waren die Marzipanpasteten. Isabeaus Koch ist einer der höchst bezahlten Amtsträger ihres Haushalts. Sie legen auch mehr Wert auf Mode als wir, sogar die Ritter verstehen sich darauf und putzen sich heraus wie Pfauen. Zuerst kamen sie mir weibisch vor, aber das stimmt nicht unbedingt. Für sie gehört es zur höfischen Lebensart, wie Musik oder Dichtkunst. Isabeaus Hof ist genau, wie Bischof Beaufort ihn mir angepriesen hat: eine Insel der Künste und der Schönheit inmitten dieses vom Krieg verwüsteten Landes. Neben ihren dekorativen Damen und Rittern hält die Königin sich dort alles nur denkbare Getier: einen Affen zum Beispiel, der kaum je von ihrer Seite weicht, und Leoparden, ob ihr's glaubt oder nicht. Es ist … alles ein bisschen unwirklich.« Er strich sich versonnen die schwarzen Locken hinters Ohr. »Möglicherweise haben sie Recht, wenn sie behaupten, sie besäßen mehr Kultur als wir. Aber die französischen Adligen sind nicht besser als Straßenköter, ehrlich. Immerzu streiten sie, bekriegen sich bis aufs Blut und wechseln ständig die Seiten.«

»Das hat der englische Adel in der Vergangenheit auch oft getan«, warf Tudor abschätzig ein.

»Ja, aber die Waliser sind in dieser Kunst unübertroffen«, meinte Somerset.

Tudor widersprach ihm nicht, denn er fand, Somerset hatte Recht.

»Isabeau ist eine Meisterin dieses Spiels«, fuhr John fort. »Sie muss früher einmal eine große Schönheit gewesen sein, so wie Katherine heute, und das hat sie schamlos eingesetzt, um ihren politischen Ehrgeiz zu befriedigen. Ihr erster Geliebter war der Herzog von Orléans, der Bruder ihres Mannes.«

Somerset und Tudor machten große Augen und lehnten sich leicht vor. Wie die meisten jungen Ritter hatten sie eine Schwäche für saftige Skandalgeschichten.

»Der arme König lebte damals schon in Furcht vor seinem fähigeren, klügeren Bruder und litt bereits an den ersten Wahnsinnsanfällen. Aber Isabeau hat ihm eiskalt den Rücken gekehrt und sich mit Orléans eingelassen. Doch der wurde schließlich ermordet. Und Ihr werdet nicht erraten, wer dahinter steckte.«

»Der König?«, tippte Tudor.

Aber Somerset schüttelte den Kopf. Er kannte die Antwort. »Der Herzog von Burgund.«

John nickte.

»Wie kann es dann sein, dass die Königin heute mit Burgund gemeinsame Sache macht und nicht mit den Dauphinisten?«, fragte Tudor verblüfft.

»Weil sie gierig war«, antwortete John. »Isabeau wollte die politische Macht über Orléans' Partei – die sich heute die Dauphinisten nennt –, und das gefiel dem Konnetabel d'Armagnac nicht. Er brachte den Namen ihres neuen Liebhabers in Erfahrung, wartete, bis der König einen lichten Moment hatte, und gab ihm einen kleinen Hinweis. Isabeau und ihr Liebhaber, der zwanzig Jahre jünger war als sie, wurden in einer unmissverständlichen Situation überrascht. Der alte Charles ließ den Liebhaber foltern, in einen Sack einnähen und in die Seine werfen. Isabeau wurde nach Tours verbannt und dort eingesperrt. Der Dauphin rührte keinen Finger, um das zu verhindern, sondern riss sich ihr Vermögen unter den Nagel. Darum hasst sie ihn wie die Pest.« John trank einen tiefen Zug und lehnte sich genüsslich in seinem Sessel zurück. »Inzwischen waren zehn Jahre seit dem Mord an Orléans vergangen, und Isabeau brauchte dringend neue Freunde. Sie beschloss kurzerhand, Jean von Burgund zu verzeihen, schickte ihm einen Boten und lud ihn ein, sie aus Tours zu befreien. Burgund ist ein kluger Mann. Natürlich wusste er, welche Macht Isabeau in Frankreich immer noch darstellte. Also holte er sie aus ihrer tristen Festung, und seither ist sie eine treue Verfechterin der burgundischen Sache. Zumindest vorläufig. Sie ist schon ein Früchtchen, das sag ich euch. Auf Burgunds Kosten hält sie sich nun wieder diesen großen Hof mit Gelehrten und Künstlern, exotischen Tieren und Knäblein, die ihr zu Willen sind …«

»Nicht du, wollen wir hoffen«, warf Somerset ein.

John lachte und schüttelte sich gleichzeitig. »Wenigstens das ist mir erspart geblieben, denn sie kann mich nicht ausstehen. Sie kann die Engländer ganz allgemein nicht ausstehen.«

»Und … Katherine?«, fragte Tudor träumerisch.

»Ja«, stimmte Somerset zu. »Nun hast du uns erzählt, welch eine illustre Schwiegermutter Harry bekommt, aber was ist mit seiner Braut?«

John aß eine Weile schweigend und dachte nach. Schließlich antwortete er zögernd: »Sie ist nicht leicht zu beschreiben. Ihre Schönheit droht einen immer zu blenden, und ihr Hass auf die Engländer macht es auch nicht gerade einfacher, sie unvoreingenommen zu beurteilen. Sie ist fromm, und sie wird das reinste Lämmchen, wenn es beispielsweise um ihren alten Herrn geht. Die Prinzessin ist der einzige Mensch, dem ich dort begegnet bin, der den schwachsinnigen Charles liebt. Das ... hat mich gerührt, muss ich zugeben. Im nächsten Moment ist sie hochnäsig und scharfzüngig. Sie durchschaut ihre Mutter und den Dauphin und verabscheut sie beide. Ich nehme an, daraus darf man schließen, dass Katherine so etwas wie Anstand besitzt. Aber ob sie Harry – und uns allen – eine gute Königin sein wird, kann ich euch ehrlich nicht sagen. Das hängt wohl davon ab, ob sie ihr Pflichtgefühl über ihre persönlichen Gefühle stellt oder umgekehrt. Und was von beidem sie tun wird, weiß ich nicht. Ich war zwei Monate fast täglich mit ihr zusammen ...«

»Oh, du Glückspilz«, murmelte Tudor.

»... aber sie hat mir kaum je einen Blick auf die wahre Katherine gewährt.«

»Was habt ihr getan?«, fragte der Waliser neidisch.

John hob kurz die Schultern. »Ich habe ihr von England erzählt.«

Tudor nickte. »Ich bin sicher, das hat sie entzückt. Könnte es ein faszinierenderes Gesprächsthema als England geben?«

John stieß ihn unsanft mit der Faust an die Schulter. »Rück mir nicht so auf die Pelle, du tröpfelst in meinen Becher, Owen. Es war ihr Wunsch, dass ich ihr England und seine Bräuche beschreibe. Sie wollte ein paar englische Wörter lernen, die habe ich ihr beigebracht. Und wir sind ausgeritten. Beaufort hatte dafür gesorgt, dass der Dauphin nicht nur mich, sondern auch meinen Achilles herausgibt.«

»Und nicht nur das, Sir«, meldete sein Knappe sich zu Wort. »Der ehrwürdige Bischof hat Eure Waffen mit nach Mantes gebracht.« Er wies in eine Ecke des Zeltes. »Sie liegen dort hinten bei Eurer Rüstung.«

»Ist das wahr?« John sprang auf. »Dann her damit!«

Daniel brachte ihm Dolch und Schwert und legte ihm den Gürtel mit geübten Handgriffen um.

John strich mit der Linken über das vertraute Heft und lächelte erleichtert. Er hatte den Verlust der Waffen wirklich bedauert, denn sie waren Geschenke seines Vaters.

Der Knappe trat einen Schritt zurück und betrachtete seinen Herrn mit einem zufriedenen Nicken. »So seht ihr vollständiger aus, Sir.«

»Ja, ich fühl mich auch vollständiger«, gestand John grinsend. An Isabeaus Hof war man ihm – abgesehen von ein paar kleineren Reibereien mit dem Sergeanten der Wache – mit Höflichkeit begegnet, aber allein die Tatsache, dass er unbewaffnet war, hatte ihn gedemütigt. »Und wie ist es dir ergangen, Daniel? Nicht übel, scheint mir.«

Der Junge schüttelte den Kopf und schaute unwillkürlich zu Somerset hinüber. »Alles andere als übel, Sir.«

»Arthur Scrope schikaniert ihn, wann immer sich die Gelegenheit bietet, und Daniel war außer sich vor Sorge, als du uns abhanden gekommen warst, John«, berichtete der junge Earl. »Aber er hat sich wacker gehalten, und inzwischen ist er Simon bei dessen Waffenübungen ein ebenbürtiger Gegner. Du kannst stolz auf ihn sein.«

Mit roten Ohren starrte Daniel auf seine Stiefel hinab, aber seine Augen leuchteten.

John legte ihm für einen Moment die Hand auf die Schulter und setzte sich wieder auf seinen Platz. Daniel und Simon räumten die leer gekratzten Teller zusammen und trugen sie hinaus, um sie im Fluss zu spülen.

»Er ist ein Rabauke wie sein Vater«, fuhr Somerset fort, nachdem die Jungen außer Hörweite waren. »Und genau wie der wird er ein hervorragender Soldat werden.«

»Falls wir dergleichen in Zukunft überhaupt noch brauchen«, entgegnete John und sah versonnen in seinen Becher. »Bischof Beaufort meint, wenn Harry und Katherine heiraten, könnte es bald Frieden geben.«

Weder Tudor noch Somerset erwiderten etwas darauf. Die drei Freunde wechselten ratlose Blicke. Keiner von ihnen konnte sich ein Leben im Frieden so recht vorstellen, und sie blickten ihm mit gemischten Gefühlen entgegen. Es gab viele Dinge, die sie am Krieg verabscheuten, aber wo immer das Zelt auch aufgeschlagen wurde, welches sie beherbergte, dort war John zu Hause, und er wusste, dass es Somerset und Tudor ebenso erging. »Die drei Waisenknäblein«, so hatte Raymond das unzertrennliche Trio einmal spöttelnd genannt, und John dachte manchmal, dass es vielleicht auch wirklich etwas damit zu tun hatte. Obwohl er starke Wurzeln in Waringham hatte, wurde er heutzutage immer rastlos und wollte bald wieder fort, wenn er dort war. Das war so, seit sein Vater gestorben war. Jetzt gehörte Waringham Raymond, und John verspürte kein Bedürfnis, dort im Schatten seines Bruders zu leben. Owen Tudor hatte in Wales weder Landbesitz noch Familie, die ihm nahe stand. Es gab nichts, wozu er zurückkehren konnte. Und Somerset kannte sein Zuhause in Corfe kaum, denn er war praktisch am Hof aufgewachsen. Obendrein verabscheute er den zweiten Gemahl seiner Mutter, des Königs Bruder Clarence, und mied traute Familienzusammenkünfte daher wie ein Pesthaus.

»Nun, darüber können wir uns den Kopf zerbrechen, wenn es so weit ist«, befand Somerset, doch seine Miene verriet sein Unbehagen. »Noch spricht alles dafür, dass Burgund uns hintergeht und in Wahrheit mit dem Dauphin paktiert.«

Tudor strich sich mit dem Daumen übers Kinn und murmelte: »Wenn der König Katherine heiratet und es Frieden gibt, weiß ich, wo mein Platz ist. Sie wird nicht nur französische Ritter in ihrem Haushalt wollen, oder?«

»Owen, langsam machst du mich nervös«, gestand Somerset.

»Tatsächlich?« Er ließ die Hand sinken und grinste den Jüngeren frech an. »Dann trinkt noch einen Schluck, Mylord.«

Natürlich hatte Tudor Recht, überlegte John, selbst wenn seine Absichten fragwürdig waren. Frieden würde nicht bedeuten, dass sie sich in alle Winde zerstreuen und daheim vor Langeweile eingehen mussten. Auch in England brauchte Harry zuverlässige Ritter. John malte sich aus, wie es wohl wäre, wenn er Juliana of Wolvesey heiraten und sie eine von Katherines Hofdamen werden würde. Er könnte in die Leibwache des Königs eintreten. Sie würden ein hübsches, kleines Quartier im Palast von Westminster bewohnen, und er wäre weiterhin mit seinen Freunden zusammen und könnte zuschauen, wie Tudor sich der Königin zu Füßen warf und Somerset und dessen Stiefvater sich im Kronrat an die Kehle gingen …

»Nun sieh dir Waringham an«, sagte Tudor zu Somerset. »Er verzehrt sich genauso wie ich!«

John schüttelte den Kopf. »Aber nicht nach Katherine.«

»Nach wem dann?«, fragten die beiden anderen wie aus einem Munde.

»Das wüsstet ihr wohl gern, was?«

Somerset und Tudor tauschten einen verwunderten Blick. »Ja, das wüssten wir gern«, räumte der Jüngere dann ein. »Also, raus damit.«

John seufzte verstohlen und winkte ab. »Es ist hoffnungslos. Ich kann sie nicht haben, ihr Vater will es nicht. Das … macht mir zu schaffen, und ich lege keinen Wert darauf, dass ihr mich auch noch ständig damit aufzieht.«

Somerset fiel aus allen Wolken. »Du … du hast eine Frau kennen gelernt, die du gern *heiraten* würdest, und hast uns kein Wort davon gesagt?«

»Wozu denn?«, entgegnete John hitzig.

»In England?«

»Ja, natürlich in England, wofür hältst du mich …«

»Hm, woll'n mal sehen, ob wir das nicht rauskriegen«, murmelte Tudor nachdenklich. »Wo warst du überall, als wir im Januar zu Hause waren? In Leeds, in Waringham … Ist es eine Tochter oder Schwester eines Vasallen deines Bruders?«

»Blödsinn.«

»Warum will ihr Vater dich denn nicht?«, fragte Somerset. »Bist du zu arm?«

»Nein, daran liegt es nicht. Oder vielleicht doch.« John hob beschwörend die Hände. »Hör auf damit, Somerset.«

»Aber vielleicht könnte ich dir helfen! Ich kann es zwar selber noch nicht so recht glauben, aber ich bin jetzt ein Mann mit Einfluss, weißt du.«

John schüttelte langsam den Kopf. »Nicht auf diese Sache, glaub mir.«

»Schön, wie du willst. Dann lässt du mir keine Wahl, als weiter zu raten.«

»Rate, bis dir der Kopf raucht. Du kannst nicht darauf kommen, weil du nicht einmal weißt, dass es sie gibt.« Er stand rastlos auf und wandte sich zum Zeltausgang, ärgerlich, weil er zu viel gesagt hatte. »Süßer Jesus, warum habe ich mich auf diese blödsinnige Debatte eingelassen? Ich glaube, ich gehe lieber ein Stück am Fluss entlang. Meine wiedergewonnene Freiheit genießen.«

»Und?«, fragte Tudor neugierig, nachdem Johns raschelnde Schritte im Gras verklungen waren. »Du hast eine Ahnung, wer sie sein könnte, oder?«

Somerset nickte langsam. »Eine Ahnung, ja. Ich nehme an, es handelt sich um eine der hübschen Töchter meines bischöflichen Onkels.«

Es war Johns Behauptung, Somerset wisse gar nichts von der Existenz der geheimnisvollen Dame, die den jungen Earl auf die richtige Fährte gebracht hatte.

Tudors Erstaunen drückte sich lediglich in seinen leicht gehobenen, roten Brauen aus. Er war nicht schockiert. Es war nicht so einfach, Owen Tudor zu schockieren. Er streckte die langen Beine aus und pfiff leise vor sich hin.

»John muss ihr in Leeds zufällig begegnet sein.«

»Und was denkst du, wie seine Chancen stehen?«

Somerset schüttelte den Kopf. »Aussichtslos. Schlechter als deine.«

»Aber warum, in aller Welt? Beaufort hält so große Stücke auf John.«

»Eben. Und John wäre erledigt, wenn er sie heiratet. Es wäre ein furchtbarer Skandal, Owen. Das Mädchen ist ja nicht einfach nur ein Bastard. Sie ist jemand, den es eigentlich nicht geben dürfte.«

Tudor schnalzte ungeduldig mit der Zunge. »Der Hof wird sich furchtbar aufregen, und nach zwei Wochen gibt es einen neuen Skandal, und alle werden es vergessen.«

»Harry würde es nicht vergessen«, widersprach Somerset. »Er ist nicht bigott, aber du weißt selbst, dass er großen Wert auf Anstand und Sitte legt.«

»Neuerdings«, fügte Tudor trocken hinzu.

»Das spielt keine Rolle. Was früher einmal war, ist heute völlig belanglos. Er würde sich von John distanzieren, sei versichert. Und John würde eingehen.«

»John ist zäher, als du glaubst, und Gott sei Dank dafür«, gab Tudor grimmig zurück. »Hast du seine Daumen nicht gesehen?«

»Doch, die Nägel sind ganz schwarz unterlaufen.«

Tudor nickte.

»Und?«, fragte Somerset. »Was hat das zu bedeuten? Ist es eine Krankheit?«

Owen Tudor gab ein Schnauben von sich, halb ungläubig, halb amüsiert. »Das weißt du nicht? Du bist doch wahrhaftig privilegiert aufgewachsen, Bübchen ...«

Der König lud John und seine beiden Freunde für den Abend zum Essen. In Harrys geräumigem Zelt war eine lange Tafel aufgebaut worden, die kaum weniger prunkvoll gedeckt war als daheim in Westminster.

Noch war der König nicht erschienen, und die Adligen und Ritter standen oder saßen in kleinen Gruppen beisammen und redeten. Die ersten, denen John in die Arme lief, waren seine drei Brüder, die ihn nacheinander in die Arme schlossen.

»Willkommen in der Freiheit, John«, sagte Edward mit einem Lächeln, das eigentümlich ernst war. »Wir waren sehr erleichtert, als wir hörten, dass du hier ausgetauscht wirst.«

Wie ein Sack Wolle gegen ein Mastschwein, dachte John unwillkürlich und rieb sich mit einem verlegenen Grinsen die Stirn. »Das war ich auch, glaub mir.«

Raymonds Augen strahlten seltsam, und er schien in einem fort blinzeln zu müssen. »Gott verflucht, John ...«, war offenbar das Einzige, was zu sagen ihm einfiel, »Gott verflucht ...«

John sah stirnrunzelnd zu Mortimer. »Hat seine jüngste

Angebetete ihm einen Korb gegeben, oder was erschüttert ihn so?«

Mortimer warf einen kurzen Blick auf Raymond. Dann antwortete er John: »Du kannst dir die Mühe sparen, uns etwas vorzumachen. Es war Raymond, der den Kontakt zwischen Beaufort und dessen Spion bei den Dauphinisten gehalten hat. Wir wissen ganz genau, was sich in Jargeau abgespielt hat.«

John atmete hörbar aus. ›Ganz genau‹ wussten das wohl nur Victor de Chinon und er selbst. Trotzdem war er wütend auf Raymond. »Und du wärst nie im Leben auf die Idee gekommen, es für dich zu behalten, oder?«

Der Gescholtene hob vielsagend die Schultern und schniefte.

»Wir sind deine Brüder, John, du hast keinen Grund, beschämt zu sein«, sagte Mortimer beschwichtigend.

Ihr seid meine Brüder, dachte John, aber ihr seid Fremde.

Raymond fand die Sprache wieder. »Ich bin fast krepiert vor Sorge, Junge, ich musste es irgendwem erzählen. Wir haben niemandem sonst etwas davon gesagt, Ehrenwort. Aber jeder, der dich kennt, kann sehen, dass dein Riecher gebrochen war. Der Rest ist nicht so furchtbar schwer zu erraten.«

John fasste sich an die Nase. »Ist das wahr? Man kann es sehen?«

»Du bist trotzdem immer noch der Hübscheste von uns, keine Bange«, gab Raymond bissig zurück, der Johns Schrecken missverstand.

»Und du siehst Vater mit einem Mal viel ähnlicher als vorher«, fügte Edward lächelnd hinzu.

John winkte seufzend ab. »Nun, es ist lange her und vergessen«, log er. »Nichts ist geblieben.« Zum Beweis hob er die Rechte und bewegte die Finger, versteckte allerdings den Daumennagel dabei.

»Erzähl uns von der Prinzessin, John«, forderte Mortimer ihn auf. »Alle platzen vor Neugierde.«

»Ich fürchte, Ihr werdet Euch noch ein wenig gedulden müssen, Gentlemen«, sagte Bischof Beaufort, der unbemerkt hinzugetreten war. Lächelnd legte er John die beringte Hand auf die

Schulter, und sein Lächeln war eine Mischung aus Schalk, Zerknirschung und beinah väterlichem Stolz. »Der König möchte John heute an der Tafel an seiner Seite haben, um ihm all die Fragen zu stellen, die Euch auch quälen. Seid so gut und folgt mir, John.«

Sie wandten sich um und stellten fest, dass Harry den großzügigen Hauptraum seines Zeltes betreten und sich an seinen Platz begeben hatte. Hastig nickte John seinen Brüdern zu und folgte dem Bischof zur Mitte der langen Tafel.

Vor dem König verneigte er sich. »Sire.«

»John!« Harry schloss ihn lachend in die Arme. »Ihr habt mir gefehlt, mein Freund.«

John spürte, wie eine wohlige Wärme sich in seinem Innern ausbreitete. Du mir auch, mein König, dachte er. Er senkte den Blick und lächelte scheu. »Danke, Sire.«

»Setzt Euch, setzt Euch!«, forderte Harry ihn mit einer wedelnden Geste auf. Er lachte schon wieder, und seine Augen sprühten förmlich. Er wirkte noch lebendiger, noch präsenter als sonst. »Erzählt mir alles, was Ihr über sie wisst. Und die Wahrheit, wenn ich bitten darf, Sir.« Er hielt sich nicht mit Floskeln auf und sah auch keine Notwendigkeit, einen Hehl aus der Tatsache zu machen, dass er sich Hals über Kopf in die Prinzessin verliebt hatte. Harry war ungekünstelt, war sich seiner selbst sicher genug, um sich nicht verstellen zu müssen.

John schilderte ihm seine Eindrücke ebenso offen wie zuvor Tudor und Somerset, nur ein wenig ausführlicher. Er sprach mit gesenkter Stimme, und auch wenn die Brüder des Königs, die in unmittelbarer Nähe saßen, ungeniert zu horchen versuchten, hörten sie doch nichts als ein paar Wortfetzen. Harry lauschte John andächtig, den Kopf leicht zur Seite geneigt, um die leisen Worte besser hören zu können. Er schien kaum wahrzunehmen, was er aß.

Schließlich legte er das silberne Speisemesser neben dem Teller ab und lehnte sich mit einem tiefen Seufzer zurück. »Ich sag Euch ehrlich, John, ich würde sie lieber heute als morgen heiraten. Sie ist nicht die Eisprinzessin, für die Ihr sie haltet.«

»Das habe ich mit keinem Wort gesagt«, protestierte John erschrocken.

»Aber gedacht.«

Der junge Ritter hob unbehaglich die Schultern. »Wenn es so ist, verwundert es mich jedenfalls nicht, dass sie in Eurer Gegenwart auftaut.«

Harry lachte. »Ihr seid auf dem besten Wege, ein so skrupelloser Schmeichler zu werden wie der gewiefteste meiner Höflinge, scheint mir.«

John schüttelte den Kopf, ohne sich zu verteidigen. Zu dir kann ich nie etwas anderes als vollkommen aufrichtig sein, dachte er, und das weißt du ganz genau. Darum war es auch nicht nötig, es zu sagen.

Harry wurde wieder ernst, stützte einen Ellbogen auf den Tisch und das Kinn in die Hand. »Tja, John. Jetzt müssen wir nur noch den verfluchten Dauphin dazu bewegen, an einer Fischgräte zu ersticken oder sonst irgendeine unverzeihliche Dummheit zu begehen, mit der er sich selbst erledigt. Andernfalls fürchte ich, die Eisprinzessin wird eine alte Jungfer, ehe ich sie heiraten kann.«

Waringham, August 1419

Auf dem Dorfanger, unweit der hölzernen Brücke über den Tain, prasselte ein Feuer, um welches die Bauern und kleinen Handwerker von Waringham in Gruppen beisammenstanden und lachten und plauderten. Das frisch gebraute Bier schäumte in den Krügen, und die Stimmung war ausgelassen. Es war eine gute Ernte gewesen, die Scheunen waren prall gefüllt.

»Der Winter kann uns dieses Jahr nichts anhaben, Conrad«, behauptete Jack Wheeler, Liz' ältester Bruder, der die drei Acre große Scholle ihres Vater geerbt hatte. »Und niemand ist dieses Jahr gekommen, um unseren Cal und die anderen jungen

Burschen in den Krieg zu schicken. Wir können uns glücklich schätzen.« Er biss von dem Früchtebrot ab, das er in der Linken hielt, ehe er mit der Rechten den Bierkrug an die Lippen führte.

Der wortkarge Stallmeister nickte nur. Die bange Frage ›Aber wie lange noch?‹ behielt er für sich. Niemand außer ihm und Ed Fitzroy wusste, wie Raymond seine Baronie ausbeutete, wie schlecht es um sie stand. Und wenn es nach Conrad ging, sollte das möglichst lange so bleiben. Ihm stand nicht der Sinn danach, den Bauern von Waringham die Freude an ihrem Erntefest zu verderben. Hatten sie doch selten genug Anlass zu Freude und Zuversicht.

Stattdessen mahnte er seinen Sohn: »Stevie, nicht so nah ans Feuer.«

Der Sechsjährige rief über die Schulter: »Ich pass schon auf, Vater!«, während er weiter mit seinen Freunden rund um das Feuer Haschen spielte, ohne den Abstand zu den Flammen merklich zu vergrößern.

Conrad tauschte ein Lächeln mit Lilian und legte ihr einen Arm um die Schultern.

»Bei euch war's auch ein fruchtbares Jahr, wie?«, scherzte Jack und wies auf Lilians runden Bauch.

Conrad spürte, wie seine Frau sich versteifte – nach all den Jahren hatte sie sich immer noch nicht an den Umgang mit den einfachen Leuten von Waringham gewöhnt, empfand ihre ungezwungene Art zu reden als ungehobelt und derb.

Ehe sie seinem Freund über den Mund fahren konnte, antwortete Conrad trocken: »Wieder einmal.« Lilian bekam beinah jedes Jahr ein Kind.

Jack lachte vergnügt. »Tja, Junge, warum auch nicht. Warum auch nicht. Wo Gott es so gut mit uns meint und uns so reichlich segnet, dass jeder Mann in Waringham ein Dutzend Kinder füttern könnte.«

»Wenn du nicht mehr weißt, wohin mit deinen Reichtümern, Jack Wheeler, dann erinnere dich gelegentlich daran, dass die Kirche ein neues Dach braucht«, schlug Vater Egmund, der Dorfpfarrer, vor. »Der halbe Schilling, den du mir letztes Jahr versprochen hast, ist irgendwie immer noch nicht bei mir angekommen.«

Jack wurde unbehaglich. »Nun, Vater Egmund, du weißt ja, wie es geht …«

»Hm«, brummte der Priester missfällig.

Jack änderte die Taktik. »Ich schätze, wenn du seine Lordschaft um eine Spende für das Dach bätest, würde er sie dir nicht verweigern.«

»Ich hingegen schätze, ich hätte bessere Chancen, wenn ich Gott bäte, die neuen Schindeln für das Dach vom Himmel regnen zu lassen«, entgegnete der Priester bissig.

Er ist gar zu pfiffig, erkannte Conrad beunruhigt.

»Warum widmen wir nicht einfach einen der nächsten Sonntage dem Dach unserer Kirche?«, schlug Lilian vor. »Wenn alle mit Hand anlegen, ist das Dach in einem halben Tag gedeckt, und niemand muss Geld dafür aufbringen. Nur ein bisschen Stroh. Und daran besteht kein Mangel, nicht wahr?«

Jack Wheeler nickte versonnen. »Das ist eine hervorragende Idee«, bekundete er. »Während wir Männer uns um das Dach kümmern, könnt ihr Frauen uns etwas Gutes kochen und backen. Und brauen, natürlich …«

Der Dorfpfarrer hob ungläubig die Brauen. »Jack, denkst du, es gibt irgendeinen Anlass, aus dem du kein Volksfest machen würdest?«

Jacks gutmütiges Bauerngesicht verzog sich zu einem schelmischen Lächeln. »Ich will nur sicherstellen, dass auch alle kommen, Vater Egmund.«

»Oder du könntest den Erzbischof um einen Ablassbrief bitten«, schlug Conrad dem Priester vor. »Für jede angebrachte Strohschindel bekommen wir ein Jahr im Fegefeuer geschenkt. Wie wär's?«

Sein höhnischer Tonfall entging dem Geistlichen nicht. »Ein Tropfen auf den heißen Stein in deinem Fall, das ist gewiss«, gab der schlagfertig zurück.

Alle lachten, aber Egmund warf Conrad einen warnenden

Blick zu. Der Priester hielt selbst nicht viel auf Ablassbriefe. Er war vor gut zehn Jahren von der Universität in Oxford verjagt worden, weil er die ketzerischen Lehren der Lollarden dort nicht mit genügend Nachdruck verdammt hatte. Er war nie einer der ihren gewesen, aber wie viele fortschrittlich denkende Männer der Kirche war er der Ansicht, dass einige wohl überlegte Reformen ein Segen wären. Conrad hingegen, wusste Vater Egmund, war der Sohn einer äußerst rebellischen Mutter, und manchmal war der Geistliche in Sorge um ihn.

Matthew der Schmied trat zu ihnen, ebenfalls einen beachtlichen Bierkrug in Händen.

Jack stieß mit dem seinen dagegen und fragte: »Wo hast du deine Frau gelassen, Schwager?«

Matthew presste kurz die Lippen zusammen. »Sie ist bei Maud. Das kleine Luder heult sich die Augen aus, und Liz fürchtet, sie wird sich in den Tain stürzen, wenn keiner auf sie aufpasst.«

Alle nickten. Natürlich wusste das ganze Dorf, dass der Earl sich eine neue Liebschaft zugelegt hatte. Es war eine Schäferstochter aus Hetfield, und die Leute von Waringham waren erleichtert, dass der Kelch dieses Mal an ihrem Dorf vorübergegangen war.

»Erst macht er ihnen zwei, drei Bälger, und wenn ihre Titten ihm nicht mehr straff genug sind, dann wirft er sie weg«, grollte der Schmied. »Ich hoffe, ihr vergebt mir meine Unverblümtheit«, fügte er an Lilian und Vater Egmund gewandt hinzu.

Beide nickten wortlos, aber Lilian behagte das Thema nicht. Sie löste sich von ihrem Mann. »Ich denke, es wird Zeit, Conrad. Ich bringe die Kinder ins Bett.«

Er küsste sie auf die Schläfe. »Viel Erfolg …«

»Hat sie Angst vor einem offenen Wort?«, fragte Matthew streitlustig, als sie in der Dunkelheit verschwunden war.

Conrad hob kurz die Schultern. »Sie denkt, dass es einem kleinen Mann nicht ansteht, die Taten eines Adligen zu verurteilen. So ist sie nun mal erzogen. Nimm's ihr nicht übel, Matt.«

»Nein. Sie ist schon richtig, deine feine Lady Lilian«, räumte der Schmied versöhnlicher ein. »Dir hingegen scheint es keinen Kummer zu machen, was die Leute über seine Lordschaft reden, obwohl er dein Vetter ist.«

»Er ist mein Vetter, und er ist mir teuer«, stellte Conrad klar. »Aber das macht mich nicht blind für seine Fehler.«

»Er wird immer schamloser«, schimpfte der Schmied gedämpft. Sie hörten seine Stimme vor unterdrückter Heftigkeit beben. »Keine Frau in Waringham ist mehr vor ihm sicher.«

»Jedenfalls kein junges Mädchen«, stimmte sein Schwager grimmig zu.

»Nicht nur die jungen Mädchen«, entgegnete Matthew. »Habt ihr euch nie gefragt, wie es zum Beispiel kommt, dass Martha Reeve zwischen einem halben Dutzend Rotschöpfen eine blonde, blauäugige Tochter hat?«

»Ich verstehe deinen Groll, Matthew, aber jetzt verleumdest du eine anständige Frau«, protestierte Vater Egmund.

»Ich weiß, was ich weiß«, erwiderte Matthew düster.

Einen Moment herrschte beklommenes Schweigen.

»Wie dem auch sei«, sagte Jack Wheeler schließlich seufzend. »Wir können so oder so nichts tun.«

»Doch, ihr könnt etwas tun«, widersprach der Priester. »Ihr könntet Maud mit ein wenig mehr christlicher Nächstenliebe begegnen. Ihr behandelt sie wie eine Aussätzige, dabei wisst ihr alle, dass es nicht ihre Schuld war.«

Er bekam keine Antwort. Die drei Männer hätten ihm erklären können, dass es nicht Mauds Bastarde waren, die sie zu einer Ausgestoßenen machten, sondern die Tatsache, dass sie sich wie eine Lady aufgespielt hatte, solange sie die Geliebte des Earl gewesen war. Sie hatte sich von ihm in feine Seidenkleider hüllen lassen wie eine waschechte Hure und hochnäsig auf ihre einstigen Nachbarn und Freunde herabgeblickt. Das nahmen sie ihr übel. Doch da Jack der Bruder und Matthew der Mann von Mauds Vorgängerin war, waren sie alle zu verlegen, um diese Dinge auszusprechen.

Vater Egmund verstand auch das. »Ich bitte euch lediglich zu bedenken, dass sie verzweifelt und gedemütigt ist. Das ist nicht der richtige Zeitpunkt, um es ihr heimzuzahlen und …« Er brach plötzlich ab, als er Schritte im Gras näher kommen hörte. »Gott zum Gruße, Sir Tristan«, sagte er dann lächelnd. »Euch sehen wir selten bei einem Dorffest.«

Tristan Fitzalan, der seit über dreißig Jahren im Dienste des Hauses Waringham stand, war bei den einfachen Leuten ausgesprochen beliebt, nicht trotz, sondern wegen seiner großen Vornehmheit. Er war das, was sie sich unter einem wahren Ritter vorstellten: stattlich anzusehen, immer bewaffnet, zu jedermann freundlich und vollkommen unnahbar. Und heute Abend, so schien es Conrad, tief bekümmert.

»Guten Abend, Vater Egmund. Conrad, Jack, Matthew. Ihr wisst nicht zufällig, wo Lord Waringham steckt?«

Priester, Bauer und Schmied schüttelten die Köpfe.

Mit einem knappen Nicken wandte Fitzalan sich ab, und Conrad folgte ihm aus dem Feuerschein in den dunklen Schatten der Bäume. »Tristan …«

Der Ritter blieb stehen.

»Was ist passiert?«

»Weißt du, wo Raymond ist?«, fragte Fitzalan, ohne die Frage zu beantworten.

»Ich denke schon.«

»Wo?«

»Vielleicht ist es besser, wenn ich ihn hole.«

»Sag ihm, er soll auf die Burg kommen, sei so gut.« Und ehe Conrad ihn noch einmal fragen konnte, was geschehen war, ging er davon.

Als Conrad in sein Gestüt kam, stellte er fest, dass er sich nicht getäuscht hatte: Das Tor der Futterscheune stand einen Spalt offen. Er schlüpfte leise hindurch und sah flackerndes Licht vom Heuboden herunterscheinen. Wütend kniff der Stallmeister einen Moment die Augen zu. Keiner seiner Stallburschen wäre im Traum darauf gekommen, mit einer offenen Flamme in die Futterscheune zu gehen. Nicht nur, weil sie wussten, dass ein solch sträflicher Leichtsinn einer der wenigen Anlässe wäre, für die man von Conrad Prügel kassierte, sondern weil sie dafür einfach zu vernünftig waren. Halbwüchsige Knaben mochten sie sein, den Kopf voller Unsinn und zu viel überschüssige Kraft in den Gliedern, aber an Übermut und Unvernunft konnte es keiner von ihnen mit dem Earl of Waringham aufnehmen …

Lautlos erklomm Conrad die Leiter zum Heuboden, bis er einen kurzen Blick durch die Luke werfen konnte. Judith, die blutjunge Schäferstochter, kniete im Stroh. Sie hatte den Kopf an Raymonds Schulter gelehnt, und er fütterte sie mit irgendwelchem Naschwerk. Beide lachten leise, verschwörerisch. Er hatte die Träger ihres Hemdes über die Schultern gestreift, und es war bis zum Bauchnabel herabgerutscht. Die wundervollen, üppigen Brüste schimmerten im Licht der kleinen Öllampe zur Linken, und das Mädchen schaute Raymond treuherzig an, mit großen, unschuldigen Augen. Doch ganz so unschuldig war sie offenbar nicht mehr. Als Raymond eine Hand zwischen ihre Knie schob, ließ sie sich zurück ins Heu sinken und öffnete einladend die Schenkel.

Conrad biss sich auf die Unterlippe und wandte den Kopf ab. Es war ein zu erregender Anblick. Er missbilligte, was Raymond mit den jungen Mädchen tat, verabscheute ihn manchmal dafür. Aber zumindest sich selbst gegenüber war er ehrlich genug, um einzugestehen, dass er ihn auch beneidete. *Wie zum Henker bringt er sie nur immer dazu, sich in ihn zu verlieben? Wie macht er das?*

»Raymond …«

Judith stieß einen kleinen Schreckensschrei aus.

»Schsch«, hörte Conrad Raymond beruhigend murmeln. Dann lauter: »Du kommst reichlich ungelegen, Cousin.«

»Darauf wette ich. Fitzalan sucht nach dir. Irgendetwas ist passiert, er wollte mir nicht sagen, was.«

Raymond fluchte leise. «Na schön. Ich komme gleich.« Und weil er keine Antwort bekam, fügte er hinzu: »Es ist nicht nötig, dass du auf mich wartest. Ich schätze, ich finde auch allein nach Hause.«

Conrad stieg die Leiter hinab, ließ die Sprossen absichtlich knarren, um zu beweisen, dass er auch wirklich ging und ihnen nicht weiter nachspionierte. »Wenn du die Futterscheune abfackelst, Raymond …«

»Ja, ja«, kam es atemlos von oben. »Jetzt hab ein Herz und verschwinde.«

Kopfschüttelnd ging Conrad hinaus.

Eine gute halbe Stunde später kam Raymond auf seine Burg. Er erwiderte den Gruß der Torwachen aufgeräumt und ging ohne Eile zum Bergfried hinüber. Tristan Fitzalan, so wusste er, regte sich gern über Nichtigkeiten auf – meist lohnte es sich nicht, sich um seiner Neuigkeiten willen zu beeilen.

Die große Halle lag verlassen und dunkel da. Es war spät geworden, die Ritter, ihre Familien und die Knappen des Haushalts waren entweder schlafen gegangen oder beim Erntefest.

Raymond stieg pfeifend die nächste Treppe hinauf und betrat sein Wohngemach. John, Joanna und Ed Fitzroy saßen mit ernsten Mienen am Tisch mit einem fremden Edelmann, und irgendetwas an ihren Gesichtern und der Stimmung im Raum riet Raymond, sich auf eine wirklich schlechte Nachricht gefasst zu machen.

Einen Moment sah er noch in die Runde, dann schloss er die Tür und trat näher. »Also? Was gibt es?«

Der fremde Ritter erhob sich eilig und verneigte sich formvollendet. »Mylord of Waringham?«

Raymond nickte. »Der bin ich.«

»Mein Name ist Thomas Finley, Mylord.«

Raymond lächelte unsicher. »Dann sind wir Vettern oder so etwas.«

»Ganz recht, Sir. Ich bin Steward in Burton. Es tut mir sehr Leid, Mylord. Euer Bruder, Edward of Burton, ist tot.«

Raymond starrte ihn einen Augenblick blinzelnd an. Dann

wandte er sich ab und taumelte ans Fenster. Er spürte seine Füße nicht, und stolpernd sank er auf den gepolsterten Fenstersitz nieder. Dort vergrub er das Gesicht in den großen Händen und weinte.

Niemand sagte oder tat irgendetwas. Es war sehr still im Raum. Raymond vergoss seine Tränen stumm, nur gelegentlich quälte sich ein matter Laut des Jammers aus seiner Kehle. Es klang fürchterlich.

Schließlich konnte Joanna es nicht länger aushalten. Sie stand vom Tisch auf, trat zu ihrem Bruder und legte ihm die Hände auf die Schultern.

Er fuhr zu ihr herum, schlang die Arme um ihre Taille und schluchzte. John fragte sich, ob Raymond überhaupt wusste, wer sie war. Vermutlich nicht. Vermutlich war ihm jeder verdammte Frauenbauch recht, um Trost in dessen Weichheit zu suchen. Plötzlich kam John die Frage in den Sinn, ob sein Bruder so süchtig nach Frauen war, weil er mutterlos aufgewachsen war. Er fand die Vorstellung gleichermaßen unsinnig und einleuchtend.

Joanna strich Raymond über den Kopf. »Schsch«, machte sie dann und wann, während ihre Tränen auf seinen blonden Schopf fielen. Ebenso wie John trauerte sie um den gut aussehenden, sanftmütigen Ritter, der ihr beinah unbekannter Bruder gewesen war.

John saß reglos mit verschränkten Armen am Tisch, das Kinn auf die Brust gedrückt. Raymonds Jammer machte ihm zu schaffen, ging ihm näher als der eigentliche Verlust. Er wünschte, sein Bruder würde sich zusammenreißen.

Das tat Raymond zu guter Letzt auch. Er ließ Joanna los und wischte sich mit dem Ärmel über die Augen. »Was ist passiert?«, fragte er, das Gesicht dem offenen Fenster zugewandt.

Thomas Finley antwortete: »Ein Wundfieber. Er ist letzten Monat auf der Jagd gestürzt und hat sich am Bein verletzt. Die Wunde wollte nicht richtig heilen, und dann kam das Fieber. Es ging schnell. Er … er hat sich überhaupt nicht gewehrt.«

Raymond nickte und zog die Nase hoch. »Er wollte schon

lange nicht mehr. Seit König Henry tot ist. Ich hab's die ganze Zeit gemerkt.«

»Ihr habt Recht, Mylord. Er hat den Tod des Königs nie verwunden«, stimmte Finley zu. Auch er schluckte mühsam.

»Wann ist er gestorben?«

»Vor drei Tagen kurz vor Sonnenaufgang.«

»Dann müsst Ihr geritten sein wie der Teufel.«

Finley nickte. »Das bin ich, Mylord. Er hat mir aufgetragen, zu warten, bis er diese Welt verlassen hat, und dann schnellstmöglich seinen Erben nach Burton zu holen.«

»Seinen Erben?«, wiederholte Raymond abwesend. Er war noch nicht so weit, an so profane Dinge wie eine Nachfolge denken zu können.

Doch Finley nickte feierlich, zog eine versiegelte Pergamentrolle aus dem Handschuh, trat wieder näher an den Tisch und kniete nieder.

John starrte ihn mit großen Augen an und wollte sich erheben. Im letzten Moment erkannte er, dass nicht er es war, den Finley anschaute.

»Thomas Finley, Mylord of Burton, zu Euren Diensten«, sagte der zu Ed Fitzroy. »Als Vasall, als Soldat, und solltet Ihr es wünschen, auch als Steward.«

Wie gestochen sprang Joannas Mann von seinem Stuhl auf. »*Was?*«

Der Ritter aus Burton verharrte reglos auf den Knien, den Blick respektvoll gesenkt. Nur ein kleines Lächeln stahl sich auf seine Lippen, als er erklärte: »Neben dem Earl of Waringham seid Ihr der letzte männliche Nachkomme des alten Giles of Burton, Mylord. Es ist nur naheliegend.«

»Aber … aber …« Zögernd nahm Ed das Pergament, das Finley ihm so beharrlich hinhielt, und sobald der die Hände frei hatte, legte er sie zusammen und streckte sie Fitzroy in der uralten Geste der Vasallentreue entgegen.

Kopfschüttelnd sah Ed auf ihn hinab, warf die Rolle auf den Tisch und legte seine Hände um Finleys. Dann hob er ihn auf und schloss ihn in die Arme. »Seid mir willkommen, Thomas

Finley. Als Vasall, als Soldat und als Steward.« Er sagte die richtigen Worte, aber seine Stimme klang brüchig. Er war fassungslos.

Raymond kämpfte ob dieser bewegenden Szene schon wieder mit den Tränen, und Joanna ließ den ihren freien Lauf. So sehr graute ihr davor, Waringham verlassen zu müssen, dass sie schon jetzt das Gefühl hatte, krank vor Heimweh zu sein.

Doch sie lächelte, als sie zu ihrem Mann trat, der seinen Steward inzwischen losgelassen hatte und nun benommen dastand, als hätte ihm jemand mit einer Eisenstange vor die Stirn geschlagen. Joanna schlang die Arme um seinen Hals.

»Glückwunsch, Mylord of Burton.«

»Gleichfalls, Mylady of Burton«, erwiderte er, und sie tauschten ein verstohlenes, sehr bekümmertes Lächeln.

John hatte die Zähne so hart zusammengebissen, dass seine Wangenmuskeln zu schmerzen begannen. Als er sah, dass seine Hände zu Fäusten geballt waren, öffnete er sie schleunigst, ergriff seinen Becher und trank. Er war nicht durstig. Aber irgendetwas musste er schließlich tun. Auf keinen Fall wollte er sie merken lassen, was in ihm vorging. Neid war eine abscheuliche Anwandlung, fand er. Er war angewidert von sich selbst.

Doch niemand kam ihm auf die Schliche, als er Ed und Joanna gratulierte.

»Was ist das für ein Schreiben?«, fragte Raymond und wies auf die vergessene Pergamentrolle auf dem Tisch.

Fitzroy nahm sie, erbrach das Siegel, und während er las, musste er sich mehrfach über die Augen wischen.

Das ist ja die reinste Sintflut hier heute Abend, dachte John verächtlich.

»Er schreibt, wir sollen nicht trauern, denn diese Welt sei eine Ödnis für ihn geworden und er kehre nun zu dem zurück, von dessen Seite er niemals habe weichen wollen«, berichtete Fitzroy, den Blick auf die Zeilen gerichtet. »Und er schreibt, König Henry habe vor Jahren sein Einverständnis gegeben, dass Edward mich als Erben einsetzt; eine entsprechende Urkunde liege in Westminster in der Kanzlei. Thomas Hoccleve wisse, wo.« Er ließ den Bogen sinken. »Das heißt wohl, ich kann einfach so nach Burton reiten und … es in Besitz nehmen.« Er schüttelte den Kopf. Als Sohn eines walisischen Ritters geboren, war es ein Schock für ihn, dass er so mir nichts, dir nichts in den englischen Hochadel aufgestiegen war. Und noch dazu ein schwerreicher Mann geworden war.

»Das solltet Ihr tun, Mylord«, meldete Thomas Finley sich zu Wort. »Er hat diesen Brief am Abend vor seinem Tod seinem Kaplan diktiert und mir aufgetragen, Euch möglichst schnell nach Burton zu bringen.«

»Gibt es Schwierigkeiten dort?«, fragte Raymond verwundert. Er konnte nicht glauben, dass sein großer Bruder, zu dem er immer aufgeschaut hatte, seine Ländereien nicht mit der ihm eigenen Perfektion verwaltet haben sollte.

»Nein, Mylord«, antwortete Finley. »Aber die schottische Grenze ist unruhig. Es kann jeden Tag passieren, dass die Lords der Grenzmarken uns um Hilfe bitten.«

»Ich kann hier nicht einfach alles stehen und liegen lassen«, protestierte Fitzroy schwach. »Ein neuer Steward muss für Waringham gefunden werden, und ich muss ihn einweisen. Die Dinge hier sind ein wenig …« *Desolat* wäre wohl der passende Ausdruck gewesen, aber er wollte Raymond vor dem Ritter aus Burton nicht bloßstellen. »Kompliziert.«

»Oh, keine Bange, Ed«, entgegnete Raymond. »Waringham bekommt einen Steward, der sich mit den Verhältnissen hier bestens auskennt.« Er richtete den Blick auf seinen jüngsten Bruder. »Nicht wahr, John?«

John fuhr fast unmerklich zusammen. »Was soll das heißen?«

Raymond lächelte schwach. Er war ungewöhnlich blass. Man konnte ihm ansehen, dass Edwards Tod ihn wirklich hart traf. »Es heißt, dass ich dich zu meinem Steward ernenne. Was läge näher?«

John erhob sich ohne Eile. »So ziemlich alles andere läge näher. Du scheinst zu vergessen, dass ich Soldat bin, Raymond, und der Krieg ist noch nicht vorüber.« Zum Glück.

»Na und? Das muss dich doch nicht hindern.«

»Das sehe ich anders. Und ich lasse mich von dir nicht in Waringham an die Kette legen, um hier die Arbeit für dich zu machen, während du frei wie der Wind bist und an der Seite des Königs große Taten vollbringen kannst. So hattest du dir das doch vorgestellt, oder?«

»John ...« Raymond klang ebenso ungläubig wie gekränkt. »Es ... es ist eine ziemlich hohe Ehre, die ich dir erweise, Bruder. Eigentlich bist du viel zu jung für ein so verantwortungsvolles Amt ...«

»Na bitte.«

»... aber trotzdem vertraue ich es dir an. Du kannst nicht ablehnen.«

»Nein? Dann pass jetzt genau auf.« John legte die Linke auf die Brust und verneigte sich tief vor seinem Bruder. »Ich danke Euch für die hohe Ehre, Mylord. Aber ich will nicht. Such dir einen anderen Schwachkopf, der deine Schulden verwaltet. Ich werde es nicht tun. Gute Nacht.« Und damit ging er hinaus.

John nahm Daniel mit ins Gestüt, und beide stürzten sich dort hingebungsvoll auf die Arbeit.

Die Stallburschen neckten Daniel mit seinen feinen Kleidern und der komischen Art zu reden, die er sich angewöhnt hatte, doch sie gewährten ihm willig Einlass in ihre verschworene Gemeinschaft, zu der er einmal gehört hatte, und bestürmten ihn, von Frankreich und dem König zu erzählen.

John machte es sich zur Gewohnheit, schon vor dem Frühstück im Gestüt zu erscheinen und das Training der Zweijährigen mitzureiten. Sie waren in dem Jahr zur Welt gekommen, als er zum zweiten Mal in den Krieg gezogen war, und genau wie die Jährlinge waren sie ihm beinah völlig fremd. Das bedauerte er, und er widmete ihnen einen Großteil seiner Tage, um sie kennen zu lernen. Er half auch beim Anreiten der Jährlinge, und wenn er vom vielen Herunterpurzeln gar zu kreuzlahm und zerschunden war, ging er auf die Südweide, wo die Stuten mit ihrem diesjährigen Nachwuchs standen. Er ergötzte sich an den Fohlen. Sie schienen die einzigen Geschöpfe unter der Sonne zu sein, die ihm derzeit ein Lächeln entlocken konnten, und dafür war er ihnen dankbar.

Conrad fand ihn dort kurz vor Einbruch der Dämmerung unter einem der knorrigen Apfelbäume, die hier und da auf der Weide wuchsen. Es war ein warmer, goldener Septembertag gewesen, aber jetzt, da die Sonne schon tief stand, konnte man den ersten Hauch von Herbstkühle in der klaren Abendluft spüren.

John kniete im Gras, und ein zierliches Fuchsfohlen mit struppiger, heller Mähne lag neben ihm und hatte den Kopf vertrauensvoll in seinen Schoß gelegt. Die Stute stand dabei und schaute gleichmütig zu.

»Welch ein Bild des Friedens«, bemerkte Conrad mit einem Lächeln und setzte sich auf einen der niedrigen Äste des Apfelbaums.

John tastete mit konzentriert gerunzelter Stirn den Hals des Fohlens ab. Er schaute nicht auf. »Und wie es mit Bildern des Friedens so oft ist, trügt der Schein auch dieses Mal«, sagte er. »Er hat eine Zecke, der arme kleine Kerl. Aber gleich hab ich sie.«

»Pass bloß auf, dass der Kopf nicht stecken bleibt«, warnte Conrad.

John warf ihm einen kurzen Blick zu, der zu sagen schien: Hältst du mich für einen Anfänger?

Conrad grinste flüchtig auf ihn hinab. »Wie du wieder ausschaust, John of Waringham. Staubige Kleider, Stroh im Haar, Trauerränder unter den Nägeln. Wie der wildeste Geselle unter unseren Stallburschen.«

John nickte. Mit sicheren Fingern drehte er die Zecke heraus, betrachtete einen Moment ihren von Fohlenblut geschwollenen Leib und schnipste sie angewidert von sich. »Ich wünsche mir manchmal, das wäre ich. Es ist kein schlechtes Leben, das sie führen.«

»Nein«, stimmte Conrad zu. »Sie arbeiten hart, aber sie tun

das, was sie am besten können. Das macht einen Mann zufrieden.«

»Wenn es ihm nicht den Schlaf raubt«, entfuhr es John. Dann wandte er hastig den Kopf ab und strich dem Fohlen sacht über die kleinen Ohren. Es schien keine Eile zu haben, aufzustehen und wie seine Brüder und Schwestern auf der Weide umherzutollen. Unter leisem Schnauben ließ es sich Johns Liebkosungen gefallen und klimperte kokett mit den langen Wimpern.

Conrad sah nachdenklich auf seinen Cousin hinab. »Ich hatte bislang nie den Eindruck, dass der Krieg dir den Schlaf raubt. Im Gegenteil. Er schien dir ausgesprochen gut zu bekommen.«

John zuckte die Achseln. »Meine Freunde tun mir gut. Und fort von Waringham zu sein tut mir gut.«

»Ich habe Mühe, das zu glauben.«

»Hast du dich der Verschwörergemeinschaft angeschlossen, die mich überreden will, Steward zu werden?«, fragte John wütend.

Conrad hob verwundert die Brauen, pflückte einen Apfel, der so hoch gehangen hatte, dass die Stuten ihn nicht erreichen konnten, und biss hinein.

»Entschuldige, Conrad«, murmelte John, rieb den Hals des Fohlens gegen den Strich und schaute zu, wie die kurzen roten Haare sich aufstellten.

»Schon gut«, antwortete der Stallmeister. »Aber mir fällt auf, dass du voller Misstrauen bist. Und voller Zorn. Das sieht dir nicht ähnlich. Die Jungs fangen an, einen Bogen um dich zu machen. Gestern hörte ich Greg sagen, du habest eine Zunge wie eine Bullenpeitsche. Das stimmt, weißt du. Und auch das sieht dir nicht ähnlich.«

»In ein paar Tagen verschwinde ich wieder. Dann habt ihr Ruhe vor mir.«

»John.« Conrad gab seinen Apfel der Stute, die ihm gierig schnuppernd auf die Pelle gerückt war, und schob ihren Kopf weg, damit er seinen Cousin richtig ansehen konnte. »Was ist in dich gefahren?«

Der junge Mann hob den Kopf, und so viel Schmerz stand

in den großen blauen Augen, dass Conrad himmelangst davon wurde.

»Die Dunkelheit ist in mich gefahren, Conrad«, antwortete John nüchtern. »Seit ich in Gefangenschaft war, ist sie meine ständige Begleiterin. Ich werde sie einfach nicht wieder los. Ich bin nur noch schlechter Gedanken und Gefühle fähig. Hass. Und Missgunst. Ich konnte Ed und Jo nicht einmal Burton gönnen. Dabei hat Ed es wirklich verdient. Er wird Edwards Platz viel besser ausfüllen, als ich es könnte. Aber ich bin so neidisch auf ihn und so wütend auf Edward, dass er es ihm und nicht mir hinterlassen hat, dass ich nicht um meinen Bruder trauern kann. Nie … nie bleibt irgendetwas für mich übrig. Immer bin ich derjenige, der mit leeren Händen dasteht.«

Conrad nickte. »Oh ja. Ich weiß, wie sich das anfühlt. Ich bin schließlich auch der jüngste Sohn meines Vaters.«

»Und sieh dich an. Du hast mehr erreicht als jeder deiner Brüder. Du kannst wirklich stolz auf dich sein.« John unterbrach sich kurz, schlug die Augen nieder und fügte hinzu: »Und darum beneide ich auch dich. Gott … Ich weiß ehrlich nicht, wie ich mich noch länger ertragen soll.«

»Vielleicht könntest du mal versuchen, nicht so hart zu dir zu sein«, schlug Conrad vor. »Die Pfaffen wollen uns weismachen, Neid sei eine Todsünde. Dabei ist er eine ganz menschliche Regung. Es ist nur natürlich, dass du deine Brüder und jetzt auch deine Schwester um das beneidest, was sie besitzen und du nicht, nicht etwa weil sie besser, sondern nur weil sie älter sind als du. Und falls es tatsächlich so ist, dass du auch mich beneidest, so habe ich trotzdem noch nie das Gefühl gehabt, deine Freundschaft sei nicht aufrichtig. Darum würde ich sagen, dein Neid ist von der eher unbedenklichen Sorte. Und leicht zu verzeihen.« Er lächelte.

John schluckte den dicken Kloß in seiner Kehle herunter und spöttelte: »Das war eine lange Rede für einen maulfaulen Kerl wie dich.«

»Und ich bin noch nicht fertig. Du sagst, du stehst mit leeren Händen da. Aber das stimmt nicht, John. Du hast deinen guten Namen und genießt hohes Ansehen bei der königlichen Familie. Beides ist von großem Wert, und ich weiß, dass beides dir teuer ist. Obendrein hat Gott dich mit einer Gabe gesegnet, die nur wenige Menschen besitzen. Wenn du … wenn du dich entschließen könntest, dem Krieg den Rücken zu kehren und deine Kräfte stattdessen hier im Gestüt einzusetzen, dann würdest du nicht nur Zufriedenheit finden, sondern du könntest ein Vermögen machen.«

John hob abwehrend die Linke. »Womit wir wieder bei der Frage wären, ob ich nicht Steward von Waringham werden will. Die Antwort lautet immer noch nein.«

Das Fohlen hob entrüstet den Kopf, weil er es nicht mehr streichelte, kam dann ungeschickt auf die Hufe und stakste zu seiner Mutter hinüber. Keine fünf Schritte von Conrad und John entfernt, fing es an zu trinken.

Sie sahen ihm beide zu, und Conrad bemerkte: »Joanna sagte, euer Abschied war bitter, weil sie dich überreden wollte, es zu tun.«

»Unser Abschied war bitter«, bestätigte John. Er sagte es mit aller Gelassenheit, die er aufbieten konnte, aber die Tatsache, dass er seine so innig geliebte Schwester auf Jahre nicht – vielleicht auch nie wieder – sehen würde und dennoch zugelassen hatte, dass sie sich im Streit trennten, lastete schwer auf ihm.

»Wie ist es dazu gekommen?«, wollte Conrad wissen. »Ich meine, ihr wart auch in der Vergangenheit oft unterschiedlicher Meinung, und Jo hat das Temperament eurer Mutter geerbt. Aber ihr wart nie bitter.«

John dachte über die Frage nach. Dann antwortete er: »Ich war schuld. Jo hat mir vorgehalten, ich müsse es für Raymond tun, weil er sonst untergeht, und da habe ich grässliche Dinge über Raymond gesagt.«

»Ich wette, die meisten sind wahr«, warf Conrad trocken ein. »Und Joanna hat Recht: Raymond wird untergehen. Vermutlich täte ihm das gut. Vielleicht würde ihn das endlich erwachsen machen.«

John atmete erleichtert auf. »Du bist also nicht der Meinung, ich solle es für ihn tun.«

»Richtig. Du schuldest Raymond gar nichts. Ich wünschte nur, du würdest es für *dich* tun. Du gehörst hierher, John, viel mehr, als dir bewusst ist. Und es gibt andere Dinge, die mehr wert und wichtiger sind als der Krieg und Heldentaten. Irgendwann wirst du die Frau treffen, die du heiraten willst, und ...«

»Stell dir vor, Conrad, das hab ich schon«, unterbrach John schneidend. »Aber ich kann sie nicht bekommen. Siehst du?« Er streckte ihm beide Hände entgegen, um zu zeigen, wie leer sie waren. »Darüber hinaus kann ich mein Schwert nicht einfach so an den Nagel hängen, selbst wenn ich wollte. Es geht ein Gerücht, dass der Herzog von Burgund und der Dauphin sich in diesen Tagen treffen wollen, um ein Bündnis zu schließen. Wenn das passiert, wird der Krieg wieder offen ausbrechen, und dann wird Harry mich brauchen. Dort, an seiner Seite, ist mein Platz. Nicht hier.«

Conrad nickte wortlos und betrachtete ihn noch einen Moment nachdenklich. Dann stand er auf. »Höchste Zeit für die Abendrunde. Würdest du mitkommen? Eine der Jährlingsstuten frisst nicht richtig. Ausgerechnet Daphne, die ich dem Bischof von Winchester verkauft habe.«

John erhob sich aus dem Gras und ging neben Conrad zum Gatter. »Bischof Beaufort hat eine unserer Jährlingsstuten gekauft?«, fragte er erstaunt.

»Letzten Monat kreuzte ein sehr feiner Ritter hier auf und stellte sich als Beauforts Stallmeister vor.«

»Geoffrey of Rochester?«

»Du kennst ihn?«

John hob kurz die Schultern. »Ich kenne all seine Leute. Ich war oft bei ihm, weißt du. Rochester ist ein guter Mann. Viel Pferdeverstand.«

»Allerdings. Er sei beauftragt, eine wertvolle Stute zu kaufen, sagte er. Und nicht nur das: Der Bischof besteht darauf, dass sie hier ausgebildet wird. Für den Damensattel, ob du's glaubst oder nicht.«

John blieb stehen. »Und hat er dir auch erzählt, wer die Dame ist, für die sie ausgebildet werden soll?«

Conrad nickte. »Im Vertrauen. Von Stallmeister zu Stallmeister, sozusagen. Für die Tochter der bischöflichen Mätresse.«

»Für den bischöflichen Bastard, mit anderen Worten.«

»So ist es. Aber Daphne ist eine Höllenbrut, das sag ich dir. Eine Schwester deines wackeren Achilles übrigens, dem sie aufs Haar gleicht.«

John nickte. Er kümmerte sich für gewöhnlich nicht um die Stutfohlen, aber wegen der ungewöhnlichen Stirnlocke war Daphne ihm natürlich aufgefallen.

»Ich weiß noch nicht so recht, wie wir sie in ein lammfrommes Rösslein für die junge Dame verwandeln sollen. Der bischöfliche Bastard soll sich ja nicht den Hals brechen.«

»Ich werd sie zureiten.«

»Was? Eben hast du noch gesagt, du musst zurück nach Frankreich.«

»Bis es so weit ist, kümmere ich mich um Daphne.«

Conrad schüttelte ungläubig den Kopf. »Aber du hast dich noch nie für die Stuten interessiert.«

»Dann wird es höchste Zeit. Ich schulde Bischof Beaufort ein paar Gefälligkeiten.«

»Ach, tatsächlich? Es ist noch keine Woche her, da hast du ihn wüst beschimpft und verkündet, er schulde dir ein Dutzend sehr großer Gefallen dafür, dass er dich am französischen Hof ausgesetzt und den Klauen der schönen Katherine überlassen habe.«

John biss sich auf die Zunge und verfluchte sein loses Mundwerk. Das hatte er wirklich gesagt, erinnerte er sich. »Es ist eben immer eine Frage der Sichtweise«, entgegnete er lahm.

»Ah ja? Oder sollte es zufällig etwas mit dem bischöflichen Bastard persönlich zu tun haben?«

John schaute ihn erschrocken an. »Wie kommst du darauf?«

Conrad lächelte achselzuckend. »Das war jetzt nicht so furchtbar schwer zu erraten. Und dieser Geoffrey of Rochester deutete an, sie sei ebenso hübsch und ebensolch ein Wildfang wie Daphne.«

»Könnte hinkommen«, räumte John ein, und sein Lächeln, der plötzliche Glanz in seinen Augen verrieten Conrad, wie schwer es ihn erwischt hatte. »Was hat Rochester sonst gesagt?«

»Das wird dir nicht gefallen«, warnte Conrad. »Der Bischof wolle die Stute nächstes Jahr im Juni haben, um sie der jungen Dame zur Hochzeit zu schenken.«

»Zur Hochzeit …«, wiederholte John. Für einen Augenblick glaubte er, nicht mehr atmen zu können. »Und … und weißt du auch, wer der glückliche Bräutigam sein wird?«

Conrad legte ihm besorgt die Hand auf die Schulter. »Entschuldige, John, ich wollte dir keinen Schock versetzen. Ich dachte nur, besser, du weißt, wie es steht.«

John fegte die Hand von seiner Schulter wie ein lästiges Insekt. »Wer? Weißt du's? Dann sag es mir.«

»Irgendein Kerl aus dem Norden«, antwortete Conrad. »Ich glaube, Rochester nannte den Namen Scrope. Ja, das war's. Sir Arthur Scrope.«

»Mylord, das könnt Ihr nicht tun. Nicht Arthur Scrope.«

Beaufort blickte betont langsam von dem dicken Buch auf, in welches er vertieft gewesen war, und schaute den ungebetenen Gast an, der hier so plötzlich, ohne Voranmeldung und außer Atem vor ihm erschienen war.

»John. Eine gänzlich unerwartete Freude.« Das Lächeln war äußerst frostig. »Aber meint Ihr nicht, es ist ein wenig spät für einen Besuch? Ich wollte mich gerade zur Ruhe begeben. Darüber hinaus sind wir meines Wissens erst in einer Woche verabredet. Oder irre ich mich?« Er sah John direkt in die Augen, und sein Blick war eine deutliche Warnung an den jungen Ritter, seine nächsten Worte mit Bedacht zu wählen.

John schlug sie in den Wind. Ohne Schwert und Mantel, vor allem ohne Plan war er von Waringham nach Leeds geritten, um den Bischof mit dieser ungeheuerlichen Sache zu konfrontieren. Und er gedachte nicht, sich jetzt einschüchtern zu lassen und nach Hause zu kriechen. »Ich bitte um Vergebung für die späte Stunde. Und für meine Erscheinung«, fügte er hinzu, nachdem sein Blick zufällig auf seine strohverzierten Hosenbeine gefallen war. »Aber die Sache duldet keinen Aufschub. Ihr dürft das nicht tun, Mylord. Wenn Ihr Juliana mir nicht geben wollt, schön. Sie hat gewiss einen besseren Mann verdient. Aber nicht Scrope. Er ist ein Schuft. Ein elender ...«

Beaufort schoss aus seinem Sessel hoch und donnerte die Faust auf den Tisch. »Das ist genug! Was fällt Euch ein, Ihr Flegel, mich hier nachts zu überfallen und einen unbescholtenen Mann zu verleumden? Schert Euch hinaus!«

»Ich gehe nicht, ehe Ihr mich angehört habt.«

»Dann werde ich die Wache rufen.«

»Bitte.«

Beaufort starrte ihn noch einen Moment an. Als er feststellen musste, dass John ernsthaft riskieren wollte, sich wie ein unwillkommener Bettler von der Wache vor die Tür setzen zu lassen, sank er mit einem tiefen Seufzer zurück in seinen Sessel. »Wie kommt Ihr überhaupt dazu, das in Erfahrung zu bringen?«, verlangte er zu wissen. »Allein das ist eine Unverfrorenheit.«

»Durch einen Zufall. Hin und wieder muss auch John of Waringham einmal Glück haben.«

»Nun, das wird sich noch zeigen«, knurrte Beaufort. Dann beherrschte er sich, dachte einen Moment nach und zog ein paar Schlüsse. »Rochester, dieses Waschweib, hat wieder einmal geschwafelt. Es war ein Fehler, ihn nach Waringham zu schicken, das hätte ich wissen müssen. Na warte, ich reiß dir die Zunge heraus, du Verräter ...«

Obwohl er vor Eifersucht und Sorge um Julianas Zukunft ganz außer sich war, musste John sich auf die Lippen beißen, um bei der fürchterlichen Drohung des Bischofs ernst zu bleiben. »Es ist doch ganz gleich, wie ich es erfahren habe, Mylord. Was zählt, ist nur, dass ich es weiß und Euch warnen kann, bevor es zu spät ist. Ihr kennt Arthur Scrope nicht, wie ich ihn kenne. Es wäre ein schrecklicher Fehler, wenn Ihr ihm Eure Tochter gäbt, und sie würde unglücklich. Ich weiß, dass Ihr das nicht wollt. Dass sie Euch teuer ist, Ihr habt es selbst gesagt.«

»John, was Ihr Euch hier leistet, ist eine Unverschämtheit, die selbst die größten Missetaten Eures Vaters in den Schatten stellt.«

John grinste stolz. »Vielen Dank, Mylord …«

»Ich habe keineswegs die Absicht, diese Angelegenheit mit Euch zu erörtern, denn sie geht Euch nichts an. Täte ich es aber, würde ich Euch mit allem Nachdruck versichern, dass Arthur Scrope ein Gentleman ist, dem der Verrat seines Bruders anhängt wie ein Fluch. Aber er war unschuldig.«

»Er ist ein Gentleman, solange Ihr oder der König hinschaut. Sobald Ihr den Rücken kehrt, fällt die Maske so schnell, dass einem vom Zuschauen ganz schwindelig wird. Und er war unschuldig am Verrat seines Bruders, nur weil der ihn nicht eingeweiht hatte. Arthur Scrope lebte in Todesangst vor dem Earl of Cambridge. Er hätte alles getan, was der ihm befahl. Doch die Verräter kannten ihn besser als Ihr und haben ihn nicht eingeweiht, weil ihm nicht zu trauen ist.«

Beaufort lehnte sich zurück, verschränkte die Arme vor der Brust und sah kopfschüttelnd zu ihm hoch. »Ihr macht mich so zornig, dass ich Mühe habe, mich zu beherrschen. Wollt Ihr mich um jeden Preis dazu bringen, Euch für den Rest der Nacht in ein Verlies sperren zu lassen, damit Ihr wieder zu Verstand kommt?«

»Oh, das ist mir wirklich ganz egal, Mylord …«

»Ich begreife nicht, was in Euch gefahren ist. Es ist so … niederträchtig, hierher zu kommen und die Freundschaft, die ich für Euch hege, schamlos auszunutzen, um zu versuchen, einen Mann, der es schwer genug hat, in Misskredit zu bringen. So etwas hätte ich Euch ehrlich nicht zugetraut.«

John senkte den Blick und nickte. »Danke. Das tröstet mich.«

»Also?« Der Bischof machte eine ungeduldige, auffordernde Geste. »Erklärt Euch.«

John kam zwei Schritte näher. »Ich … liebe Eure Tochter, Mylord.«

»Ihr kennt sie überhaupt nicht.«

»Das ist nicht wahr.«

»Sie ist ein eigenwilliger Dickkopf – Ihr würdet gar nicht mit ihr fertig.«

»Oh doch. Aber wie dem auch sei. Ihr wollt sie mir nicht geben, also muss ich lernen, mit dem Gedanken zu leben, dass ich sie nicht haben kann. Das … fällt mir viel schwerer, als ich je für möglich gehalten hätte, aber …«

»Weil Ihr ein Träumer seid. Und ein romantischer Schwärmer. Das war ich in Eurem Alter auch, weiß Gott. Aber das Leben ist keine französische Ritterromanze. Ihr werdet einfach zur Kenntnis nehmen müssen, dass ich bei meiner Entscheidung Eure Interessen im Sinn habe.«

»Daran zweifle ich nicht. Ich wünschte lediglich, Ihr würdet mir die Entscheidung, wo meine Interessen liegen, selbst überlassen.«

»Dafür seid Ihr zu jung.«

»Ich bin schon lange nicht mehr jung, Mylord.«

Beaufort betrachtete ihn aufmerksam. Er wusste, das war die Wahrheit. In vieler Hinsicht zumindest. »Warum nehmt Ihr nicht Platz, John, statt dazustehen wie ein Bittsteller?«

»Aber genau das bin ich. Außerdem bin ich dreckig und würde Eure guten Brokatpolster verderben.«

Beaufort lächelte flüchtig. »Ich bin zuversichtlich, man wird sie ausbürsten können. Und nun seid so gut und setzt Euch.« Er wies einladend auf den Krug mit seinem bevorzugten umbrischen Wein.

John ließ sich vorsichtig auf der Sesselkante nieder und schenkte zwei Becher voll.

Der Bischof hob den seinen mit einem nostalgischen Lächeln. »Auf die Liebe …«

John stieß hörbar die Luft aus und trank nicht. »Ihr habt wirklich gut lachen, nicht wahr?«, sagte er leise. »Ihr habt sie bekommen, die Ihr wolltet. Alle beide.«

Beaufort verzog einen Mundwinkel. »Wie ich sehe, seid Ihr doch nicht unbewaffnet gekommen.«

»Wie bitte?«

»Ich meine, Ihr habt Euch Informationen beschafft, mit denen Ihr mich konfrontieren und treffen könnt. Ihr wollt mir vorhalten, dass ich zur Befriedigung meiner unerlaubten amourösen Wünsche das Leben zweier adliger Frauen ruiniert habe. Ihr habt Recht.«

John stellte den unberührten Becher ab und verknotete unbehaglich die Finger. »Nein, Ihr habt mich missverstanden, Mylord. Es war nicht meine Absicht, Euch moralische Vorhaltungen zu machen. Alles, was ich sagen wollte, war, dass Ihr in einer glücklicheren Lage seid als ich.«

»Der Unterschied zwischen uns beiden ist, dass ich es tun konnte, ohne mir zu schaden. Wenn wir einmal von meiner unsterblichen Seele absehen«, fügte er hinzu. Er lächelte wieder, aber John erkannte, dass Beaufort dieses Mal ausnahmsweise nicht spottete. »Doch wenn ich zuließe, dass Ihr Juliana heiratet, würde ich Eure Zukunft ruinieren.«

»Meine Zukunft …«, schnaubte John.

Beaufort runzelte überrascht die Stirn. »Mir scheint, Ihr unterschätzt, wie es um Euch steht, mein Sohn. Ihr seid ein Waringham. Darüber hinaus seid Ihr dem König teuer, dem Earl of Somerset und dem Bischof von Winchester ebenfalls, der, bei aller Bescheidenheit, auch über ein bisschen Einfluss verfügt. Wenn die Krone das nächste Mal ein Lehen zu vergeben hat, werdet Ihr es bekommen. Das ist eine Tatsache, und Ihr könnt mir nicht weismachen, dass Ihr das nicht wisst.«

John starrte den Bischof fassungslos an.

Der hob kurz beide Hände. »Denkt Ihr denn, Harry würde je vergessen, wie Ihr ihm in der Nacht vor der Schlacht von Agincourt Euer Schwert angeboten habt? Oder dass Ihr in den Jahren seither Eure ganze Kraft in seinen Dienst gestellt habt? Ihr seid an der Reihe für eine Belohnung, sie ist längst überfällig. Es sei denn, Ihr begeht einen so unverzeihlichen Fehler, wie etwa Juliana zur Frau zu nehmen. Arthur Scrope hingegen hat keine so aussichtsreiche Zukunft. Also kann er sie durch solch eine Ehe auch nicht verbauen. Darüber hinaus ist er in Geldnöten. Weil sein Bruder als Verräter verurteilt wurde, sind das Lehen und das Vermögen der Familie an die Krone gefallen. Scrope braucht die Mitgift, die ich zahle, dringend. Er hat einen Haufen Schulden. Bei unangenehmen Gläubigern.«

»Und mich nennt er einen Bettelritter«, knurrte John.

»Sir, ich glaube, ich hatte mich deutlich ausgedrückt: Ich will kein Wort mehr gegen ihn hören.«

John schüttelte wütend den Kopf. »Aber Mylord, er ist …« Er verstummte, weil die Tür krachend aufflog und ein Mann in einem staubigen Mantel hereinstürzte.

Bischof Beaufort wandte den Blick zur Decke. »Wo bin ich hier eigentlich? In Leeds Castle oder in einem Taubenschlag?«

Der Eindringling warf die Kapuze zurück und enthüllte einen Schopf wirrer feuerroter Locken.

John sprang auf. »Owen!«

Tudor nickte ihm zu, ehe er vor dem Bischof niederkniete und den Ring küsste. »Der König bittet Euch umgehend nach Mantes, Exzellenz.« Er war außer Atem. »Die Dauphinisten haben den Herzog von Burgund ermordet.«

Stille folgte dieser ungeheuerlichen Neuigkeit. Der Bischof bekreuzigte sich und senkte einen Moment den Kopf im Gebet.

John rührte sich als Erster. Er nahm seinen Becher vom Tisch und drückte ihn Tudor in die Linke, der ihm einen dankbaren Blick zuwarf und den nicht gerade kleinen Pokal in einem Zug leerte. John wusste aus eigener Erfahrung, dass kaum etwas einen Mann so durstig machte wie ein langer, scharfer Ritt und dass kaum jemand je auf die Idee kam, einem Boten auch nur einen Schluck Wasser zu reichen, ganz gleich, wie ausgepumpt er keuchte. Vor allem dann nicht, wenn die Botschaft von so erschütternder Tragweite war.

»Berichtet mir, was Ihr wisst, Tudor«, bat der Bischof schließlich.

»Es kam alles, wie wir befürchtet hatten, Mylord: Nachdem unser Abkommen mit Burgund abgelaufen war und wir Pontoise genommen hatten, vereinbarten Burgund und der Dauphin ein Treffen in der Absicht, eine Allianz zu schließen, um uns aus dem Land zu jagen.«

Beaufort nickte. »Das hat Gloucester mir geschrieben. Der natürlich entzückt war, dass er mit seinen Unkenrufen Recht behalten hatte. Zumindest schien es so.«

Die Einnahme von Pontoise war in Harrys Hauptquartier äußerst umstritten gewesen, denn sie war ein offener Affront gegen Burgund. Andererseits bedeutete sie, dass Harry nicht nur das gesamte Vexin kontrollierte, sondern nun tatsächlich vor den Toren von Paris stand. Das hatte er das ganze Jahr schon gewollt, um die mächtige Stadt und den französischen Kronrat endlich zum Handeln zu zwingen. Der Herzog von Burgund hatte sich nach Troyes zurückgezogen – das schwer geprüfte Paris im Stich gelassen, sagten die Pariser – und zähneknirschend eingesehen, dass es nur einen Weg gab, Harry von England aufzuhalten: Er musste den generationenalten Hass auf die Armagnac begraben und sich mit dem Dauphin verbünden.

»Sie vereinbarten ein Treffen auf der Brücke von Montereau, wo die Flüsse Seine und Yonne zusammentreffen«, setzte Tudor seinen Bericht fort. »Natürlich war das gegenseitige Misstrauen groß, und es wurde festgelegt, dass beide nur mit einer kleinen Leibgarde kommen sollten. Doch als Burgund auf die Brücke ritt, spaltete einer der Dauphinisten ihm mit der Streitaxt den Schädel, einfach so, ehe ein Wort gefallen war. Als Burgund vom Pferd stürzte, bildeten sie einen Kreis um ihn und …« Er winkte seufzend ab. »Ihr wisst ja, wie die Dauphinisten sind, Mylord. Alles geschah blitzschnell, ehe Burgunds Männer irgendetwas tun konnten. Es … es war eine abscheuliche, feige Tat.« Der sonst so unerschütterliche Owen Tudor rang sichtlich um Fassung.

Beaufort nickte. »Welch ein Mut, auf diese Brücke zu reiten«, murmelte er traurig. »Jean der Furchtlose. So nannten sie ihn, und das zu Recht.« Burgund war ein schwieriger, undurchschaubarer Verhandlungspartner gewesen, aber der Bischof hatte auch gute Erinnerungen an diesen großen Edelmann, welcher der mächtigste Adlige Frankreichs gewesen war und den prächtigsten Hof der Christenheit sein Eigen genannt hatte.

»Und der Dauphin?«, fragte er.

»Hat sich auf der Brücke nicht blicken lassen, soweit wir wissen. Als er von der Tat hörte, ist er angeblich in Wehklagen ausgebrochen und hat befohlen, auf der Stelle zehn Messen für Burgund lesen zu lassen. Aber es kann wohl keinen Zweifel geben, dass er die Verantwortung für diesen Mord trägt, auch wenn er zu feige war, selbst die Axt zu führen.«

»Ich nehme an, das hat du Châtel getan? Er ist sein Mann fürs Grobe.«

»Das ist es, was wir vermuten, Mylord«, bestätigte Tudor.

»Oh, Charles de Valois, du widerliche kleine Kröte«, grollte Beaufort. »Gott steh dir bei. Was hast du nur getan?«

»Er hat sich an einer Fischgräte verschluckt, Mylord«, antwortete John.

Beaufort und Tudor schauten ihn entgeistert an.

»Der König sagte in Meulan zu mir, er hoffe, dass der Dauphin sich an einer Fischgräte verschlucke oder sonst eine unverzeihliche Dummheit begehe, um sich selbst zu erledigen«, erklärte John. »Ich nehme an, das hat er nun getan, nicht wahr? Gründlich.«

»Ihr habt zweifellos Recht, John. Und ich muss Euren Pragmatismus bewundern.« Der Bischof gab sich keine Mühe, sein Befremden zu verbergen.

John zuckte mit den Schultern. »Wäre es Euch lieber, ich würde Trauer um Burgund heucheln? Ich empfinde keine. Was ihm geschehen ist, war abscheulich, und das hat er sicher nicht verdient. Aber er war ein Feind Englands, und sein Tod berührt mich nicht.«

Beaufort sah den bitteren Zug um seinen Mund und erwiderte kühl: »Das verwundert mich nicht, da nicht einmal der Tod Eures Bruders Euch berührt hat, der einer der besten, anständigsten Männer war, die ich je gekannt habe.«

John war leicht zusammengezuckt. »Das … das könnt Ihr überhaupt nicht wissen.«

»Ich weiß es«, brauste Beaufort auf. »Ich muss Euch nur ansehen, um zu wissen, was aus Euch geworden ist!«

»Dein Bruder ist gestorben?«, fragte Tudor erschrocken. »Welcher?«

Er bekam keine Antwort. »Ich verstehe, dass Ihr heute Abend nicht gut auf mich zu sprechen seid, Mylord, aber das gibt Euch kein Recht, mich zu beleidigen«, gab John zurück.

»Wenn die Wahrheit Euch beleidigt, ist es wohl höchste Zeit, dass Ihr einmal gründlich über Euch nachdenkt.«

»Ich warte lieber draußen«, murmelte Tudor und wandte sich zur Tür.

»Nein, Ihr bleibt«, herrschte der Bischof ihn an. »Es gibt viel zu tun, und da Waringham derzeit vollauf damit beschäftigt ist, vor Selbstmitleid zu zerfließen, brauche ich Euch.«

Tudor warf seinem Freund einen unbehaglichen Blick zu, der mit verschränkten Armen zwischen Tür und Fenster stand und den Bischof mit wahrlich finsterer Miene anstarrte.

»Würdet Ihr für mich nach London reiten?«, bat Beaufort den Waliser. »Jetzt gleich, fürchte ich.«

Tudor nickte bereitwillig, sagte jedoch: »Der König hat seinem Bruder Bedford bereits einen Boten geschickt.«

»Hm. Aber den gefangenen französischen Herzögen im Tower nicht, nehme ich an, nicht wahr?«

»Nein, nicht, dass ich wüsste.«

»Dann reitet hin und sagt es ihnen, seid so gut. Bringt es ihnen schonend bei. Denn mögen Orléans und Burgund auch erbitterte Feinde gewesen sein, waren sie dennoch Cousins.«

John musste feststellen, dass er die beiden Herzöge völlig vergessen hatte, die seit der Schlacht von Agincourt im Tower auf ihr horrendes Lösegeld warteten. Ihre Gefangenschaft sah allerdings ein wenig anders aus als die seine in Jargeau. Den französischen Herzögen mangelte es an nichts. Sie bewohnten bequeme Quartiere, hatten eigene Dienerschaft und Mätressen, kostbare Rösser und Falken. Orléans, hatte John gehört, hatte Gedichte zu schreiben begonnen, um sich die unfreiwillige Kriegspause zu vertreiben …

»Ja, sei bloß behutsam, Owen«, höhnte er. »Nicht dass du ihnen die Freude an ihrem Bankett verdirbst.«

Beaufort warf ihm einen wirklich bedrohlichen Blick zu, wandte sich dann an Tudor und breitete hilflos die Hände aus. »Seht Ihr? Was soll ich in dieser Krise mit einem Mann anfangen, der blind vor Hass geworden ist?«

»Was immer aus ihm geworden ist, habt Ihr aus ihm gemacht, Mylord«, antwortete Owen Tudor. »Ihr und König Harry.«

Es war tiefste Nacht, als John heimkam. Die Torwachen fragten ihn verwundert, wo er denn um diese Stunde herkomme, und handelten sich eine schneidende Abfuhr ein.

John betrat den stillen Wohnturm, schlich an der Kammer der alten Alice vorbei in einen der Vorratsräume und holte sich einen Krug Wein. Den nahm er mit nach oben und setzte sich damit auf den Fenstersitz über dem Rosengarten in der Absicht, sich zu betrinken. Eine leichte Brise wehte die betörenden Spätsommerdüfte vom Garten herauf, und John sog sie tief ein. Sie waren wie Balsam. Der Rosengarten war für John das Vermächtnis seiner Mutter, wenngleich nicht sie es war, die ihn angelegt hatte. Er war weit älter. Doch mit seiner Schönheit und seinen Dornen schien er ein eigentümlich treffliches Symbol für alles zu sein, was seine Mutter gewesen war.

Als er merkte, wie es eng in seiner Kehle wurde, kam er angewidert zu der Erkenntnis, dass Bischof Beaufort zumindest in einem Punkt Recht gehabt hatte: John of Waringham war ein selbstmitleidiger Jämmerling geworden. Hastig stürzte er einen Becher des schweren Weins hinunter und sann lieber über das Vermächtnis seines Vaters nach, denn es erschien ihm unverfänglicher. Aber das war ein Irrtum. Denn was Robin of Waringham hinterlassen hatte, war neben zwei bitter erkauften Grafentiteln und der besten Pferdezucht Englands eine Bindung an das Haus derer von Lancaster, die so tief reichte, dass sie unverbrüchlich war. Und sollte Beaufort nie wieder ein Wort mit ihm sprechen – was John für durchaus wahrscheinlich hielt, wenn er erst einmal mit dem Bischof fertig war –, änderte das doch nichts an dieser Bindung. So betrachtet, war sie eine Fessel, erkannte er, weil er unfähig war, sie abzustreifen. Diese beunruhigende Erkenntnis bewog ihn, sich einen zweiten Becher einzuschenken. Er hatte ihn etwa zur Hälfte geleert, als sein Bruder den Raum betrat, einen Messingleuchter mit einer Kerze in der Linken.

»Mylord«, grüßte John.

Raymond schrie auf und ließ die Kerze fallen. »Jesus! Du hast mich zu Tode erschrocken, John.«

»Erschreckt«, verbesserte der Jüngere unwillkürlich und hob dann schnell die Linke. »Schon gut. Sag es nicht. Sei so gut.«

Raymond hob den gefallenen Leuchter auf, doch die Kerze war erloschen. Nur ein wenig Mondlicht fiel durchs Fenster, und in seinem schwachen Schimmer beäugten die Brüder einander argwöhnisch.

»Bist du betrunken?«, fragte Raymond.

John grinste über den nörgelnden Tonfall. Als wäre Raymond ein Muster an Enthaltsamkeit. »Noch nicht. Ich arbeite daran.«

»Dann leiste ich dir Gesellschaft. Es ist eine grässliche Nacht. Ich habe irgendwas Furchtbares geträumt und kann nicht mehr schlafen.« Er nahm einen Becher vom Wandbord und schenkte sich ein, ehe er sich neben John auf die Fensterbank setzte.

»Vielleicht hast du hellsichtige Träume wie unsere gruselige Schwester Anne«, sagte der Jüngere. »Der Herzog von Burgund ist ermordet worden, Raymond.«

»Jesus!«, rief Raymond wieder aus, und er machte eine so ruckartige Bewegung, dass ein wenig Wein auf sein Knie schwappte. »Woher weißt du das?«

»Ich war zufällig in Leeds, als Tudor mit der Nachricht kam. Die Dauphinisten haben Burgund in einen Hinterhalt gelockt und ihm ein Loch in den Schädel geschlagen.«

Raymond bekreuzigte sich mit der Rechten, während er mit der Linken den Becher an die Lippen führte. »Wir sollten morgen aufbrechen, weißt du«, sagte er schließlich. »Das ändert die Lage dramatisch, und Harry wird uns jetzt brauchen. Gut möglich, dass dieses Loch in Burgunds Schädel das Tor ist, durch welches Harry auf Frankreichs Thron gelangt.«

»Ja. Aber lass das nicht den Bischof hören. Er wird dich einen gefühllosen Rohling nennen. Oder Schlimmeres.«

Raymond runzelte verwundert die Stirn. »Ihr habt gestritten?«

»Das kannst du laut sagen.«

»John, ist dir schon mal aufgefallen, dass du in letzter Zeit mit sehr vielen Leuten Streit bekommst?«, fragte der Ältere leise.

»Ja. Und das legt den Schluss nahe, dass es an mir liegt, nicht an der bösen Welt. Ich weiß. Tu mir den Gefallen und spar dir deine Vorhaltungen für ein andermal auf, ja? Ich habe heute mehr davon gehört, als ich so ohne weiteres verkraften kann.«

Raymond of Waringham war nicht gerade der einfühlsamste Mensch unter der Sonne, aber sogar er merkte, dass das stimmte. Er leerte seinen Becher schweigend und schenkte sich nach. »Fast nichts mehr drin.«

»Ich hole neuen.«

»Aber brich dir nicht den Hals auf der dunklen Treppe. Denk an deine Mutter.«

»Oh, um Himmels willen, Raymond …«, knurrte John, schnappte sich den Krug, schlich wieder nach unten, und als er zurück in das silbrig erhellte Wohngemach kam, stand sein Plan fest.

»Wenn du einverstanden bist, kehre ich morgen nicht mit nach Mantes zurück«, eröffnete er seinem Bruder. »Ich hab's mir überlegt. Ich werde dein Steward. Falls du mich noch willst.«

Der Earl richtete sich auf. »Ist das wahr?«, fragte er erfreut. »Woher der plötzliche Sinneswandel?«

John schenkte ihnen ein. »Das kann dir doch gleich sein.«

»Stimmt. Ich habe nur das unangenehme Gefühl, die Sache hat einen Haken.«

John schüttelte den Kopf. »Keinen Haken. Ich bitte dich im Gegenzug lediglich um einen kleinen Gefallen.«

»Wusst ich's doch«, brummte Raymond. »Was ist es?«

»Lady Adela Beauchamp. Kennst du sie?«

»Ich bin ihr im Winter einmal kurz begegnet. Warum?«

»Weißt du, wo sie zu finden ist?«

»Was willst du von ihr, John?«, fragte Raymond irritiert.

»Das ist der zweite Teil des Gefallens. Du musst es mir sagen, ohne Fragen zu stellen.«

Raymond wog Für und Wider ab und sagte eine Weile nichts. Schließlich murmelte er unbehaglich: »Kann es sein, dass mein neuer Steward im Begriff ist, sich in Schwierigkeiten zu bringen?«

»Je weniger du darüber weißt, desto besser für dich. Also? Was ist nun?«

Raymond schüttelte den Kopf. »Nein, tut mir Leid. Normalerweise bin ich für jede Dummheit zu haben, das weißt du ja, aber nicht, wenn es irgendetwas mit der Geliebten des Bischofs zu tun hat. In den Dingen versteht er nämlich keinen Spaß und ...«

»Es liegt nicht in meiner Absicht, ihm und der Dame in irgendeiner Weise Schaden zuzufügen oder sie in Verlegenheit zu bringen, sei beruhigt.«

»Was liegt dann in deiner Absicht?«

»Das kann ich dir nicht sagen. Aber es ist wichtig.«

Der Ältere rang noch ein Weilchen mit sich. »Er hat ein kleines Gut unweit von Winchester«, verriet er seinem Bruder endlich. »Mayfield Manor. Das ist sein Liebesnest. Wenn ich sie finden wollte, würde ich dort suchen.«

John atmete tief durch. »Danke, Mylord.«

»Hm«, brummte Raymond. »Ich hoffe, deine Amtszeit als Steward wird nicht als die kürzeste in der Geschichte von Waringham in die Annalen eingehen, weil du irgendeine Dummheit begehst und wieder auf unabsehbare Zeit in irgendeinem finsteren Kerker landest.«

Das hoffe ich auch, dachte John nervös.

John gab Raymond einen Brief für Somerset mit.

Sicher hat Tudor dir berichtet, was zwischen deinem bischöflichen Onkel und mir vorgefallen ist. Im Moment ist es wohl klüger, wenn ich ihm nicht unter die Augen komme. Obendrein hat mein Bruder mich zum Steward von Waringham ernannt, und ich muss wenigstens hier bleiben, bis die Pachtabrechnung abgeschlossen ist. Wenn ich aber höre, dass es bei euch unruhig wird, komme ich sofort. Gott beschütze euch alle, John.

Raymond versprach, John für ein Weilchen beim König zu entschuldigen, küsste seine weinende Schäferstochter zum Abschied, wählte Tristan Fitzalans jüngsten Sohn zum neuen Knappen und verließ Waringham im fliegenden Galopp.

Zuerst kam es John höchst seltsam vor, zurückzubleiben. Doch nach wenigen Tagen nahm seine neue Aufgabe ihn so in Anspruch, dass ihm kaum Zeit blieb, an etwas anderes zu denken. Er wusste nicht viel über das Haushalten und das Führen von Büchern, aber nachdem er sich einmal in die Zahlen vertieft hatte, wurde ihm bald klar, dass es weit schlechter als erwartet um Waringham stand. Seit der sparsame Vater David sie verlassen hatte, war Raymond von Jahr zu Jahr tiefer in die Schuldenfalle gerutscht. Ed Fitzroy hatte ihm offenbar keinen Einhalt gebieten können. Voller Schrecken verordnete John dem Haushalt einen strikten Sparkurs.

»Weniger Weißbrot, weniger dunkles Fleisch und weniger Käse«, trug er der Köchin auf. »Mehr Geflügel, denn Hühner sind billig. Wir werden im Herbst kein Schlachtvieh kaufen. Wenn wir über den Winter nicht genug Pökelfleisch haben, müssen wir eben von Brot und Kleinwild leben.«

»Ach, du lieber Heiland …« Alice rang die Hände. »Sind wir neuerdings etwa arme Leute, Sir John?«

Bei den Rittern des Haushalts stieß er auf weniger Widerstand.

»Es ist beruhigend, dass hier wieder ein bisschen Vernunft einkehrt«, sagte Francis Aimhurst und drückte damit aus, was die meisten dachten. »Ich sag dir ehrlich, John, ich war drauf und dran, mit Ed und deiner Schwester nach Burton zu gehen.

Hier hatte man das Gefühl, dass einem morgen das Dach über dem Kopf einstürzen könnte. Ich hab's nicht getan, weil das deinem alten Herrn nicht recht gewesen wäre. Aber ich bin froh, dass du hier jetzt für Ordnung sorgst.«

John war verblüfft. Es war höchst sonderbar, solche Worte von dem Mann zu hören, der ihn zum ersten Mal auf ein Pferd gesetzt und ihm die ersten Handgriffe mit dem Schwert beigebracht hatte. Ein wenig verlegen hob er die Schultern. »Das größte Loch haben die Darlehen an die Krone in unsere Schatulle gerissen, und dagegen können wir derzeit nichts machen. Aber wenn alle bereit sind, den Gürtel ein wenig enger zu schnallen, und wir die Pferde im Frühling gut verkauft kriegen, wird uns das Wasser nicht viel höher als bis zum Hals steigen ...«

Aimhurst gluckste vergnügt. »Gut.«

»Was denkt Ihr, Sir Francis, was hätte mein Vater in dieser Lage getan?«

Der Ritter klopfte ihm die Schulter. »Das Gleiche wie du: geschuftet, gespart und Gäule gezüchtet. Das hat immer funktioniert. Und sag nicht ›Sir‹ zu mir. Du bist jetzt der Steward.«

Ich bin jetzt der Steward, betete er sich vor, wenn er vor Tau und Tag aufstand, um sich an die Arbeit zu machen, und es dauerte nicht lange, bis er sich an die Rolle gewöhnt hatte. Er zog aus seiner Kammer in das großzügige Gemach, welches Ed und Joanna beherbergt hatte. Dort gab es einen Kamin, gar einen Tisch mit zwei Stühlen, und John brachte an der Wand zwei Borde an und füllte sie mit den Büchern seiner Mutter. Das kleine Fenster zeigte auf den Rosengarten, und er bat die Mägde, ihm ein paar Polster für die Fensterbank zu nähen. Der Raum wurde ihm ein Refugium, wie er es nie zuvor gekannt hatte. Zum ersten Mal seit seiner Kindheit fühlte er sich in Waringham wieder heimisch.

Die Leute aus dem Dorf und den übrigen Ortschaften der Baronie akzeptierten ihn in seinem neuen Amt schneller als er selbst, denn mit dem unfehlbaren Gespür der kleinen Leute, die in Abhängigkeit von einem Gutsherrn lebten, wussten sie ganz genau, was sie an ihm hatten. Er war milde beim Eintreiben der ausstehenden Pacht, wie sein Vater es ihn gelehrt hatte, aber übers Ohr hauen ließ er sich nicht. Er machte den Menschen klar, dass er jeden Penny brauchte, um zu verhindern, dass Raymond einen Teil seiner Ländereien verkaufen musste, und sie waren so fair zu ihm wie er zu ihnen.

»Gott sei gepriesen für die gute Ernte«, sagte er zu Conrad, bei dem er am Ende eines langen Arbeitstages Ende Oktober auf ein Bier eingekehrt war. »Die Pachteinnahmen liegen beinah um ein Drittel höher als letztes Jahr.«

»Dann lass uns hoffen, dass dein Bruder dir nicht plötzlich Nachricht schickt und wieder Geld und Männer für den Krieg verlangt. Das würde dir sicher einen Strich durch deine schöne Rechnung machen«, antwortete sein Cousin.

John hatte das Gefühl, er müsse Raymond in Schutz nehmen. »Wenn er es tut, dann nicht für sich, sondern für Harry.«

»Ja, ich weiß.« Aber das macht es nicht besser, dachte Conrad bei sich. »Hast du Neuigkeiten aus Frankreich gehört?«

John nickte. »Somerset hat mir geschrieben. Im Augenblick sieht es nicht so aus, als stünden neue Kampfhandlungen unmittelbar bevor. Der Sohn des ermordeten Herzogs von Burgund, Philipp, hat sich an König Harry gewandt. Er braucht ihn, um den Tod seines Vaters zu rächen. Der Dauphin hat sich mit seiner Schandtat endgültig isoliert. Jetzt kann Harry von Burgund und dem alten König praktisch fordern, was er will.«

»Das ist gut«, sagte Conrad mit Nachdruck. »Dann ist der Krieg bald vorüber.«

»Tja, wer weiß«, antwortete John, aber er hatte seine Zweifel.

Somersets Brief war eine lange Epistel gewesen: *Noch sind die Dauphinisten nicht besiegt, und jenseits der Loire ist die Unterstützung für Prinz Charles ungebrochen. Aber Beaufort und Warwick verhandeln Tag und Nacht mit den Parisern und Burgundern, um unser Eisen zu schmieden, solange es heiß ist. In Kürze soll ein Abkommen geschlossen werden, das uns die Normandie und alle Gebiete aus dem Vertrag von Brétigny zuspricht. Und dann wird Harry seine Katherine endlich heiraten. Alle hier sagen genau das, wofür mein bischöflicher Onkel dich so gescholten hat: Der Dauphin hat uns mit dem Mord an Burgund einen vortrefflichen Gefallen erwiesen. Er ist übrigens nicht so zornig auf dich, wie er vorgibt. Mein Onkel, meine ich natürlich, nicht der Dauphin. Vor ein paar Tagen wurde ich Zeuge, wie Arthur Scrope dich in seiner Gegenwart in der ihm eigenen, unübertrefflich charmanten Art als Verräter beschimpfte und behauptete, du seiest in Wahrheit nie ein Gefangener der Dauphinisten gewesen, sondern insgeheim zu ihnen übergelaufen und ihr Spion. Mein Onkel sah plötzlich aus, als habe er eine Wespe verschluckt, der Ärmste. Und dann hat er Scrope zusammengestaucht, wie ich es wahrlich noch nie erlebt habe, sodass der bedauernswerte Arthur praktisch auf allen vieren und mit eingeklemmtem Schwanz davonkroch. Oh, es war ein erhebender Anblick, John. Du siehst also, es besteht im Grunde kein Anlass, dich länger vor dem Bischof zu verstecken. Er hat dir längst verziehen. Also komm zurück, sobald dein neues Amt es zulässt. Nicht, dass es hier im Augenblick für englische Schwerter viel zu tun gäbe. Aber du fehlst uns. Gott und St. Georg seien mit dir. Dein getreuer Freund John Beaufort, Earl of Somerset (Diese Unterschrift geht mir immer noch nicht leicht von der Hand).*

John las den Brief so oft, bis er ihn fast auswendig kannte, denn es war beinah, als höre er Somerset reden, und er vermisste seine Freunde schmerzlich. Doch er hatte noch etwas zu tun, solange er Bischof Beaufort sicher auf der anderen Seite des Kanals wusste, und er glaubte nicht, dass es ihrem angeschlagenen Verhältnis besonders förderlich sein würde.

Zweimal war er in den vergangenen Wochen nach Hampshire geritten und hatte das kleine Anwesen Mayfield Manor ausgekundschaftet. Dabei war es ihm zugute gekommen, dass er in der Vergangenheit so oft für den König zu den noch nicht eingenommenen normannischen Städten und Burgen geritten war – manchmal als Kaufmann oder Pferdeknecht verkleidet –, um sie auszuspionieren und die Schwächen ihrer Verteidigung zu erkunden. Er hatte gelernt, worauf man achten musste und unentdeckt zu bleiben.

Trotzdem ging alles schief, als er an einem regnerischen, stürmischen Abend kurz nach Allerheiligen nach Mayfield kam. In dem winzigen Weiler, welchen die zum Gut gehörigen Bauern bewohnten, schien es auf einmal doppelt so viele Hunde zu geben wie noch vor drei Wochen, und sie alle schlugen an, als John auf dem Dorfanger von Baum zu Baum huschte. Ein besonders neugieriger Bauer kam sogar aus seinem Haus, um festzustellen, was die Hunde so aufregte, und John blieb nichts anderes übrig, als ihn niederzuschlagen. Das war kein guter Anfang. All seine Instinkte sprachen dagegen, einen unbewaffneten Mann zu schlagen, einen Bauern noch dazu.

Er vergewisserte sich, dass das Herz des Bewusstlosen kräftig und gleichmäßig schlug, dann schlich er weiter. Er führte seinen wackeren Achilles am Zügel, aber selbst im prasselnden Regen empfand er den Hufschlag als viel zu laut. Also brachte er Achilles in ein Haseldickicht unweit des Tores, welches das etwas abgelegene Gutshaus vom Dorf trennte. »Ich hoffe, hier findet dich keiner«, wisperte er und klopfte den muskulösen Pferdehals. »Du wirst ein Weilchen ausharren müssen, tut mir Leid.«

Dann erklomm er das Tor und glitt hinüber – ein Schatten in der finsteren Nacht.

Bei seinen früheren Erkundungsgängen hatte er herausgefunden, dass Bischof Beaufort seine Geliebte von einer zwölfköpfigen Wachmannschaft beschützen ließ. Wenigstens vier davon waren immer auf Posten, zwei an der Tür, zwei hinter dem Haus. Selbst an diesem unwirtlichen Abend erahnte er einen Lichtschimmer am Eingang. Leise fluchend umrundete er das hübsche, aber ländlich schlichte Gebäude. Nur das Erdgeschoss war gemauert. Das Obergeschoss bestand aus verbrettertem Fachwerk, das Dach war mit Ried gedeckt, wie man es in dieser Gegend Südenglands so oft fand.

John schlich auf die Rückseite des Hauses. Trotz seiner Schlichtheit war es mit Glasfenstern versehen. Er huschte an das Fenster, welches zum Hauptraum im Erdgeschoss gehörte. Ein schwacher Lichtschimmer fiel durch die bernsteinfarbenen Butzenscheiben, und John wagte sich ganz nah heran, um ins Innere zu spähen. Schemenhaft und ein wenig verschwommen erkannte er eine feine Dame, die beim Licht dreier Kerzen an einem Stickrahmen saß. Sie hielt den Blick auf ihre geschäftigen Hände gerichtet, obgleich sie einen Besucher hatte, der offenbar angeregt plauderte. John stieß zischend die Luft aus, als er ihn erkannte. »Scrope, du Hurensohn … Wieso bist du hier und nicht in Frankreich?«

»Wer ist da?«, fragte eine tiefe Stimme aus der Dunkelheit, gar nicht weit von Johns linker Schulter entfernt.

Er glitt hastig vom Fenster weg und drückte sich in den Schatten der Hauswand. Die verdammten Wachen schienen kein Wetter zu scheuen, um ihrer Pflicht Genüge zu tun. Schritte kamen näher. Einer Panik nahe, sah John sich nach einem Fluchtweg um.

»Ich hab doch was gehört«, brummte die Stimme, die einen breiten Bauernakzent hatte. »Oswin? Hast du was gehört?«

»Nein«, antwortete eine zweite Stimme. »Aber meine Ohren sind auch nicht mehr so scharf, wie sie mal waren …«

Über sich erahnte John einen Balkon. Zumindest wusste er, dass er dort war; wirklich sehen konnte er ihn nicht. Die Schritte näherten sich noch ein Stückchen.

»Ich könnte schwören, irgendwer schleicht hier rum«, brummte die erste Stimme. Sie klang so nah, als müsse John nur die Hand ausstrecken, um den Sprecher zu berühren.

Mit halb zugekniffenen Augen starrte er nach oben, ging ein wenig in die Hocke, spannte die Muskeln an und sprang. Er vertraute auf nichts als sein Gedächtnis. Doch es trog ihn nicht. Seine ausgestreckten Hände bekamen die hölzerne Unterkante des Balkons zu fassen, und hastig winkelte er die Knie an, damit der Wachsoldat nicht gegen seine Beine stieß.

So lautlos wie möglich zog er sich hoch.

»Da, hörst du das Rascheln?«, fragte der Wächter erregt.

»Ich hör gar nichts, Jeff. Nur den Regen.«

John verharrte reglos. So lange, bis seine Muskeln zu zittern begannen. Ehe die Kraft aus seinen Armen weichen und er herunterpurzeln konnte, wagte er schließlich einen Klimmzug, stellte den linken Fuß auf das Sims des Balkons und griff mit der rechten Hand nach oben. Er packte genau in einen dicken, dornenbewehrten Kletterrosenzweig. Der Schmerz kam so unerwartet und plötzlich, dass John um ein Haar einen Laut von sich gegeben hätte, aber er schaffte es gerade noch, sich auf die Zunge zu beißen.

»Da ist keiner, Jeff«, brummte die zweite Stimme. »Nun lass uns um Himmels willen reingehen. Hier holt man sich ja den Tod.«

John tastete mit der Linken fahrig nach einem weniger schmerzhaften Halt, wartete mit geschlossenen Augen, zählte langsam bis zehn. Als er glaubte, ihre sich entfernenden Schritte zu hören, schwang er sich über die Brüstung auf den Balkon. Die hölzerne Tür war nur angelehnt. Behutsam drückte John dagegen, schob sie auf und betrat den dahinter liegenden Raum.

Eine Stundenkerze brannte in der Ecke zwischen Fenster- und Seitenwand, und in ihrem Licht erkannte er ein breites Bett mit Baldachin und geöffneten Vorhängen. Juliana lag darin und schlief. Oder zumindest hatte er das geglaubt. Doch kaum hatte er sie erkannt, als sie sich mit einem unterdrückten Laut des Schreckens aufsetzte. »Wer ist da?«

»Schsch«, machte er eindringlich. »Habt keine Angst, Juliana. Ich bin es.«

»John?« Es klang ungläubig und dünn.

»Ja.« Zögernd trat er näher.

Sie saß kerzengerade im Bett, die Hände hinter sich aufs Kissen gestützt, und sah ihm mit weit aufgerissenen Augen entgegen. Vor der Bettkante blieb John stehen und betrachtete sie.

Juliana hatte sich verändert. Es lag nicht allein daran, dass sie jetzt nur ein Hemd trug und er ihre Arme, Schultern, gar den Ansatz ihrer Brüste sehen konnte. Fast ein Jahr war vergangen, seit sie sich zuletzt begegnet waren. Aus dem schlaksigen Backfisch, den er für einen Novizen gehalten hatte, war eine junge Frau geworden. Ihre Wangen waren vom Schlaf gerötet, die blonde Lockenflut zerzaust – John hatte nie im Leben etwas so Bezauberndes gesehen.

Unwillkürlich streckte er die Hand aus. »Juliana …«

Sie nahm seine schwielige Pranke und drückte sie kurz an ihre Wange. »Ich bin fast gestorben vor Angst, als die Franzosen Euch gefangen hatten«, wisperte sie.

Er zwinkerte ihr zu. »Oh, das war nichts.«

»Eure Hand!«, rief sie plötzlich aus. »John, Ihr blutet!«

»Leise«, warnte er. »Auch das ist kein Anlass zur Sorge. Ich bin beim Klettern in die Rosen geraten.«

Sie klopfte energisch auf die Bettkante. »Setzt Euch und lasst mich sehen.«

»Aber ich bin ganz nassgeregnet und werde die Laken schmutzig machen«, warnte er.

»Und wenn schon.« Sie wiederholte die auffordernde Geste.

Folgsam ließ er sich nieder, äußerst zufrieden, ihr auf diese Weise so nahe zu kommen, und streckte die zerkratzte Hand aus.

Juliana kniete sich hin, strich sich die Haare hinters Ohr und beugte sich über die Hand. »Es ist zu dunkel, um es richtig zu erkennen, aber ich glaube, ein Splitter steckt noch drin.«

»Darum kann ich mich später kümmern.«

»Nein. Das ist gefährlich. Wenn man sie zu lange drin lässt, entzündet sich die Wunde. Wartet.« Sie stand auf, ging in die Zimmerecke und holte den hohen Ständer mit der Stundenkerze. John bewunderte ihre Anmut und die ungezierte Selbstvergessenheit, mit der sie sich hier halb nackt vor ihm zeigte. War sie so ahnungslos, oder hatte sie so großes Vertrauen zu ihm?

Im Licht der Kerze untersuchte sie seine Handfläche erneut

und zog einen wirklich fetten, dunkelbraunen Rosendorn heraus.

John verzerrte das Gesicht, hielt aber still und betrachtete verzückt den Glanz ihrer Haare im Kerzenlicht.

Ohne die geringsten Bedenken riss Juliana einen Streifen von ihrem Bettlaken und verband ihm damit die Hand. »Ist es so besser?«

John nickte. »Wenn du nur nicht wieder Ärger bekommst ...« Er wies auf das jetzt zerfranste, gute Leinenlaken.

»Ach, Unsinn.« Dann schien ihr plötzlich aufzugehen, wie vertraulich er sie angesprochen hatte, und ihr Kopf ruckte hoch.

John verstand nicht so recht, was es war, das ihn mit einem Mal so selbstsicher machte, aber er wusste genau, was er zu tun hatte. Er beugte sich ein wenig vor und küsste sie. Julianas Lippen waren warm und samtig und öffneten sich zögernd, als er sacht mit der Zunge darüber fuhr. Das ermutigte ihn. Er legte die Arme um sie, zog sie näher und küsste sie richtig.

Sie gab einen schwachen Laut der Überraschung von sich, aber es klang wie ein Lachen, und sie verschränkte die Arme in seinem Nacken.

Als er schließlich von ihr abließ, war sie außer Atem. Mit großen Augen schaute sie ihn an und führte langsam die Finger der Linken an ihre Lippen.

John ergriff ihre Rechte. »Wir haben leider nicht viel Zeit, Juliana. Ich hätte gern eine angemessene Weile um dich geworben und dir den Hof gemacht, wie du es verdienst, aber es geht nicht.«

»Nein, ich weiß.« Sie schlug die Augen nieder.

John spürte sein Herz bis in die Kehle, und seine Hände waren feucht. Aber jetzt konnte er nicht mehr zurück. »Willst du mich heiraten?«

Sie nickte. Dann schlang sie die Arme wieder um seinen Hals und presste das Gesicht an seine Brust. »Aber ich kann nicht. Der Bischof hat mir einen anderen Bräutigam ausgesucht.«

»Ja. Wir werden dem Bischof die Stirn bieten müssen. Das wird gewiss nicht leicht. Er wird furchtbar wütend sein. Überleg es dir. Ich … könnte verstehen, wenn du das nicht auf dich nehmen willst. Aber ich fürchte, du musst dich schnell entscheiden. Ich weiß nicht, ob ich noch einmal unbemerkt hier hereingelangen kann. Es heißt: Jetzt oder nie.«

Sie legte den Kopf an seine Schulter und antwortete nicht sofort. Sie dachte nach.

John strich mit den Lippen über ihren Scheitel. Er betete, sie möge ja sagen, so viel hing für ihn davon ab. Er hatte sie schon letztes Jahr gewollt. Und nun wollte er sie, um sie vor Arthur Scrope zu bewahren. Aber vor allem wollte er sie, weil er ahnte, dass er ohne sie nie mehr aus der Dunkelheit finden würde.

»John, ich weiß nicht«, flüsterte sie verzagt. »Ich bin so eine schlechte Partie …«

»Schsch.« Er legte einen Finger an ihre Lippen. »Du bist die Frau, die ich will. Ich bin im Übrigen auch nicht gerade ein großer Fang.«

»Aber ich habe einen furchtbaren Charakter«, erklärte sie voller Kummer. »Ich tue immer das Gegenteil von dem, was man mir sagt, und treibe alle zur Weißglut. Im Moment könnte ich schwören, dass ich immer tun werde, was du willst, weil ich dich so liebe, aber ich fürchte, der gute Vorsatz wird nicht anhalten.«

»Nein?« Er lachte und fuhr mit dem Zeigefinger über ihre Nasenspitze. »Nun, damit werde ich mich herumärgern, wenn es so weit ist.«

»Und der Bischof wird dir die Mitgift verweigern, wenn wir hinter seinem Rücken heiraten.«

»Das macht nichts. Ich habe nicht viel, aber wir werden nicht verhungern. All das ist ohne Belang, Juliana, glaub mir. Das Leben ist so flüchtig, so leicht verloren, so schnell verspielt. Das habe ich im Krieg und in der Gefangenschaft gelernt. Ansehen und Reichtümer und Macht sind völlig egal. Heirate mich, und ich werde dich so glücklich machen, wie ich kann, du hast mein Wort. Und zum Teufel mit der Welt.«

Julianas ohnehin halbherziger Widerstand brach zusammen. Sie hatte gelernt, dass Aufrichtigkeit ein hohes Gut war, und sich verpflichtet gefühlt, ihn vor ihrer Gefährlichkeit zu warnen. Aber die Vorstellung, dass er ihrem Furcht einflößenden Vater um ihretwillen trotzen wollte, machte sie im Handumdrehen schwach. Das Rot ihrer Wangen vertiefte sich noch ein wenig, und sie legte beide Hände auf seine Brust. »Dann ... dann wirst du mich wohl entführen müssen, John of Waringham.« Ihre dunklen Augen leuchteten.

Er nickte. »Lass uns bis zwei Stunden vor Sonnenaufgang warten. Dann schlafen eure Wachen. Wir schleichen die Treppe hinab und aus dem Haus. In Winchester wartet ein Priester, der uns trauen wird.«

Sie riss die Augen weit auf. »In *Winchester*? Dem Bischofssitz meines Vaters?«

John grinste. »Er hat seinen Prälaten nichts von seinen Töchtern erzählt, weißt du.«

Bis zur Halle ging alles gut. Juliana wusste, welche der Stufen knarrten, und führte John behutsam an der Hand. In der anderen hielt sie ein kleines Öllicht, das ihnen den Weg erhellte. Gespenstische Schatten huschten über den Tisch der kleinen Halle, an dem Arthur Scrope früher am Abend gesessen hatte, die reich geschnitzte Truhe an der Wand, den Stickrahmen am Fenster. Als Juliana diesen sah, blieb sie abrupt stehen.

»Meine Mutter, John«, wisperte sie tonlos. In ihrer Aufregung über dieses romantische Abenteuer hatte sie dessen Folgen nicht wirklich durchdacht. »Sie wird sich schreckliche Sorgen machen, wenn ich auf einmal spurlos verschwinde. Und ... sie wird furchtbar enttäuscht von mir sein ...« Mit einem Mal geriet sie ins Wanken.

John zog einen zusammengefalteten, versiegelten Papierbogen hervor und zeigte ihn ihr. Er war an Lady Adela Beauchamp adressiert. »Ich habe es ihr erklärt. Sie wird es verstehen, glaub mir. Jetzt komm.«

Er legte den Brief auf den Tisch, nahm Juliana wieder bei

der Hand und wollte sie in die Vorhalle führen, als ihn plötzlich zwei schattenhafte Gestalten ansprangen. Julianas Finger entglitten ihm. John wich einen Schritt nach hinten und legte die Rechte an das Heft seines Schwertes, aber die Schatten waren zu schnell. Sie packten ihn an den Armen, ehe er seine Waffe gezogen hatte.

»Und was haben wir hier?«, fragte eine leise Stimme, die trotz des gemütlichen Hampshire-Akzents gefährlich klang. »Eine Entführung?«

»Oh, bitte, Sir Oswin, Sir Jeff, lasst ihn los«, flehte Juliana leise. »Ihr versteht nicht …«

»Wir verstehen schon ganz recht, junge Lady«, unterbrach der Wachsoldat, der John unter dem Balkon um ein Haar erwischt hätte. »Es ist wohl besser, Ihr geht zurück in Eure Kammer. Wir kümmern uns um Euren … Kavalier.«

Ah ja?, dachte John wütend und rührte sich nicht. Sie hatten ihm die Arme auf den Rücken gedreht und drückten seine Hände roh nach oben. John hasste dieses Gefühl. Vielleicht war es nur Einbildung, aber er glaubte, seine Schultern seien nicht mehr so fest in ihren Gelenken verankert wie vor Victor de Chinons Bemühungen, und die Vorstellung, sie könnten wieder herausspringen, erfüllte ihn mit Grauen. Es kostete ihn Mühe, nicht in Panik zu geraten. Als einer der Wachsoldaten ihn beim Schopf packte, trat John ihm auf den Fuß, bohrte seinen Absatz in den Spann, so hart er konnte. Der Mann stöhnte auf, und sein Griff um Johns Arm lockerte sich ein wenig. Mehr war nicht nötig. John befreite seinen Arm mit einem Ruck und stieß dem Soldaten, dessen Fuß er immer noch unter dem Absatz gefangen hielt, mit aller Macht den Ellbogen in die Brust. Er hatte Glück und traf gut. Mit einem kehligen Laut brach der Mann bewusstlos zusammen. Noch ehe er am Boden lag, hatte John dem zweiten die freie Hand an die Gurgel gelegt und ein Knie in die Weichteile gestoßen. Nicht die ganz feine Art, aber wirksam. Der Soldat jaulte erstickt, ließ John los, und der würgte ihn nun mit beiden Händen, bis der wackere Wächter die Augen verdrehte und ebenfalls besinnungslos wurde. Eilig ließ John von ihm ab.

Alles war erstaunlich leise vonstatten gegangen, aber John spürte ein warnendes Kribbeln im Nacken. Er nahm Juliana beim Ellbogen. »Komm. Wir sollten uns beeilen.«

Sie nickte und stieg vorsichtig über den reglosen Oswin hinweg. »Das hast du großartig gemacht, John«, wisperte sie stolz.

Er grinste verlegen, doch ehe er etwas erwidern konnte, sagte eine Stimme von der Treppe: »Ich muss meiner Tochter Recht geben, Sir. Eine wirklich beeindruckende Vorstellung.«

John und Juliana tauschten einen entsetzten Blick und wandten sich um.

Adela Beauchamp stand auf der Mitte der Treppe. Sie war vollständig und tadellos gekleidet, das schimmernd blonde Haar, welches sie Juliana vererbt hatte, lugte in säuberlichen Flechten unter ihrer modischen kleinen Haube hervor. Und ihr Blick, der so schwer zu deuten war wie ihre Miene, ruhte auf John.

»Mutter …«, begann Juliana und brach gleich wieder ab. John sah sie kurz an und erkannte ihre Nöte. Ein schlechtes Gewissen, widerstreitende Loyalitäten – John kannte sie alle.

Er trat einen Schritt vor, als wolle er Juliana Schutz hinter seinem Rücken bieten, und verneigte sich vor Lady Adela. »Madam, mein Name ist …«

»John of Waringham. Ich weiß. Ich bin Euch zwar noch nie begegnet, aber ich habe ja schon so viel von Euch gehört, Sir John. Von Eurem Anstand und all den anderen schönen Rittertugenden, die Ihr in Euch vereint.« Es klang so schneidend, dass John einen Augenblick brauchte, um sich davon zu erholen.

»Und nun schleiche ich wie ein Dieb in Euer Haus, um die Arglosigkeit eines jungen Mädchens auszunutzen und es zu verführen, gegen die Wünsche seiner Eltern zu verstoßen, nicht wahr?«, erwiderte er schließlich. »Es kann nicht so weit her sein mit den besagten Rittertugenden.«

Lady Adela deutete ein Nicken an. »Ihr habt ja so Recht, Sir.«

»Oh, bitte, Mutter, du tust John unrecht«, versuchte Juliana zu erklären. »Er hat den ehrwürdigen Bischof um meine Hand gebeten, aber der hat ihn abgewiesen. Was blieb ihm denn da übrig?«

»Das, was dir so unmöglich zu erlernen scheint, Juliana: Gehorsam. Verzicht. Und Demut. Jetzt geh hinauf in deine Kammer. Und Ihr verlasst auf der Stelle dieses Haus, Sir John. Um Julianas willen würde ich ihrem Vater gerne verschweigen, was hier heute Nacht vorgefallen ist, aber da die Wachen Euch gesehen haben, wird das nicht möglich sein. Und ich möchte wahrhaftig nicht in Eurer Haut stecken, wenn er Euch zur Rede stellt.«

Die unverhohlene Schadenfreude, die sie bei der Vorstellung offensichtlich empfand, war der erste Zug von Menschlichkeit, den John an ihr entdecken konnte, und das machte ihm Hoffnung. Er hatte geahnt, dass sie eher eine warmherzige, leidenschaftliche Frau war, weil sie sonst einfach nicht zu Beaufort gepasst hätte. Gehorsam, Verzicht und Demut sind wohl auch nicht deine größten Stärken, wenn man bedenkt, wie du deine Familie brüskiert hast, um den Mann zu bekommen, den du wolltest, dachte er. Aber er sagte es lieber nicht. Er wollte sie nicht provozieren, die übrigen Wachen zu rufen und ihn hinauswerfen zu lassen. Jedenfalls noch nicht jetzt gleich.

»Nein, Madam, ich glaube auch nicht, dass meine Lage dann besonders rosig sein wird«, bekannte er mit einer kleinen Grimasse, die Lady Adela um ein Haar zum Lachen gebracht hätte. »Vielleicht lässt er Euch zuschauen, wenn Ihr ihn bittet.«

Sie presste die Lippen zusammen. »Jetzt ist es genug. Ich wünsche Euch eine gute Nacht, Sir.« Sie sah ihn abwartend an.

Juliana begann leise zu weinen. Sie sagte nichts mehr, denn sie wusste, es würde nichts nützen, stand einfach mit mutlos gesenktem Kopf hinter John und ergab sich ihrem Kummer.

John fand es unmöglich, das einfach tatenlos mit anzusehen. Er ergriff ihre kalte Hand mit seinen beiden und führte sie an die Lippen.

Adela Beauchamp kam die restlichen Stufen herab. »Ihr solltet meine Geduld nicht überstrapazieren«, warnte sie.

John ließ Julianas Hand los. »Da habt Ihr gewiss Recht, Madam. Ich werde gehen, Ihr habt mein Wort. Ich bitte Euch nur um eine winzig kleine Gunst.«

Julianas Mutter runzelte die Stirn. »Ich wüsste wahrlich nicht, warum ich Anlass hätte, Euch eine Gunst zu gewähren. Wir wollen doch nicht vergessen, dass Ihr in mein Haus eingebrochen seid und die Ehre meiner Tochter zunichte machen wolltet.«

»Ich will Eure Tochter heiraten«, stellte John klar. »Und wenn Ihr mir die besagte Gunst gewährt, werdet Ihr verstehen, warum ich es auch unter diesen schmählichen Umständen versuchen musste.«

»Was wollt Ihr?«, fragte sie brüsk.

»Ich möchte Euch eine Geschichte erzählen. Es dauert nicht lange«, fügte er hastig hinzu, als er ihr Stirnrunzeln sah.

Sie schien einen Moment mit sich zu ringen. Dann nickte sie seufzend. »Nun, die Nacht ist ohnehin fast zu Ende, und wir werden gewiss keinen Schlaf mehr finden. Was habt Ihr eigentlich mit den armen Wachen gemacht, Sir?«

Er winkte ab. »Denen fehlt nichts. Tatsächlich rechne ich jeden Moment damit, dass sie aufwachen. Darum liegt es auch in meinem Interesse, dass ich mich kurz fasse.«

»Das macht mir Hoffnung. Also?«

Mutter und Tochter schauten ihn an, Erstere eher unwillig als neugierig, Letztere verständnislos.

»Ein großer Knappe und ein kleiner Knappe ritten mit ihren Herren nach London«, begann John zu erzählen. »Der ältere Knappe hatte sich zuvor vor den Lords zum Narren gemacht und war übler Laune. Am Ziel angekommen, wurde dem jüngeren befohlen, die Pferde zu hüten, während die Gentlemen ihren … Geschäften nachgingen. Der große Knappe bemächtigte sich des kleineren Gefährten, schaffte ihn in eine Spelunke, fesselte ihn und zwang einen Becher Branntwein seine Kehle hinab. Dann ließ er ihn dort liegen, bis die Stadttore schlossen. Als er den kleinen Knappen schließlich zu den Rittern zurückbrachte, behauptete er, der Junge habe die Pferde unbewacht und unversorgt zurückgelassen, um sich zu betrinken. Ihr … könnt Euch sicher vorstellen, wie es dem Jungen daraufhin erging.«

»Das ist eine wirklich abscheuliche Geschichte, Sir«, bekundete Julianas Mutter. »Ich hatte mit irgendeiner erbaulichen Allegorie gerechnet. Und ich fürchte, ich verstehe nicht, was Ihr uns damit sagen wollt.«

»Aber ich weiß es«, flüsterte Juliana. »Mein Bräutigam war der größere der Knappen. Ist es nicht so, John?«

Er sah sie überrascht an. »So ist es«, bestätigte er. »Woher wusstest du's?«

»Ich war ein paar Augenblicke allein mit ihm, als er uns gestern besuchte. Auf einmal war er ganz anders als in Mutters Gegenwart. Ich …« Sie hob die Hand und fuhr sich in einer ungeduldigen Geste über die Augen. »Ich habe nicht so richtig verstanden, warum er mir plötzlich Angst machte. Aber er hat etwas Verschlagenes, glaube ich. Deine Geschichte … passt zu ihm.«

»Und der jüngere Knappe, dem so übel mitgespielt wurde, wart Ihr, Sir John?«, erkundigte sich Lady Adela.

John nickte mit gesenktem Blick. Er hatte diese Geschichte noch niemals irgendwem erzählt, und sie beschämte ihn heute noch.

»Und seither wartet Ihr auf eine Gelegenheit, es ihm heimzuzahlen?«

Er sah sie an und schüttelte langsam den Kopf. »Es ist lange her. Ich … Ziemlich verworrene Umstände führten dazu, dass ich derjenige war, der seinen Bruder an den Henker lieferte …«

»Großer Gott!«, entfuhr es Lady Adela. »Das wusste ich nicht.« Das schien darauf hinzudeuten, dass sie sonst immer alles wusste. John fragte sich neugierig, ob Beaufort sich in politischen Fragen mit ihr beriet und ihr seine Geheimnisse anvertraute.

»Seither betrachte ich meine Rechnung mit Arthur Scrope als beglichen«, fuhr er fort. »Wir sind keine Freunde. Aber ich will Juliana nicht heiraten, um ihm eins auszuwischen, falls Ihr das denkt.«

»Sondern warum?«

»Liegt das nicht auf der Hand?«

»Dann sagt es mir.«

»Ich liebe sie.« Er spürte sein Gesicht heiß werden und war dankbar für das dämmrige Licht des Öllämpchens.

»Ah«, machte Lady Adela. »Wisst Ihr überhaupt, was das Wort bedeutet?«

»Wisst Ihr es, Madam?«, konterte er.

Sie lächelte und wiegte den Kopf hin und her. »Nun, ich denke schon. Aber die Frage ...« Sie brach ab, weil einer der gefällten Wächter sich stöhnend zu regen begann. Lady Adela atmete tief durch. »Ich glaube, wir sind noch nicht ganz fertig, Sir John. Also besser, Ihr tut irgendetwas.«

Er nickte, wandte sich um und schickte den bedauernswerten Oswin mit einem gezielten Fausthieb zurück ins Land der Träume. Dann nahm er beiden Männern die Börsen ab, zog die Lederschnüre heraus und fesselte ihnen damit die Hände, stopfte ihnen die kleinen Lederbeutel in die Münder und zurrte sie mit ihren Gürteln dort fest. All das tat er mit größter Selbstverständlichkeit und einigem Geschick. In kürzester Zeit war er fertig.

Juliana und ihre Mutter tauschten einen fassungslosen Blick.

John schleifte die verschnürten Wachmänner hinaus in die dunkle Vorhalle, woher sie gekommen waren, und legte sie ordentlich links und rechts der Tür ab. Als er zurück in die Halle kam, strich er die Hände gegeneinander, als seien sie staubig. »Noch etwa eine Stunde bis Sonnenaufgang«, bemerkte er.

»Spätestens dann werden die Mägde sich rühren«, warnte Lady Adela. »Wir haben nicht viel Zeit.«

»Es wäre das Beste, Ihr ließet uns sofort gehen.«

»Wie kommt Ihr auf die Idee, ich könnte Euch gehen lassen, Sir?«

»Weil ich glaube, dass Ihr Juliana nicht vorenthalten werdet, was Ihr Euch selbst genommen habt. Ich meine das Recht auf eine eigene Entscheidung. Ohne große Rücksicht auf Konventionen und die Erwartungen Eures Vaters.«

»Herrgott, was für ein unverschämter Flegel Ihr doch seid«, zischte sie. »Ich fange an zu begreifen, warum der Bischof Euch so liebt. Ihr seid verwandte Seelen.«

John zwinkerte Juliana verstohlen zu und ergriff wieder ihre Hand, sagte dann aber zu ihrer Mutter: »Ich muss Euch der Ehrlichkeit halber darauf hinweisen, dass er mich im Augenblick nicht besonders innig liebt. Wir haben uns nicht im Frieden getrennt.«

»War es Juliana, über die Ihr gestritten habt?«

Er nickte. »Juliana, Scrope, ein paar andere Dinge.«

»Oh Gott«, murmelte Juliana furchtsam. »Er würde dir nie verzeihen, John. Und mir erst recht nicht.«

Er legte einen Arm um ihre Schultern und tauschte einen Blick mit ihrer Mutter. Sie wussten beide, dass Julianas Befürchtung durchaus berechtigt sein konnte.

»Habt Ihr Euch das wirklich reiflich überlegt, Sir?«, fragte Lady Adela skeptisch. »Wisst Ihr denn eigentlich, was Ihr tut?«

»Ja und ja.«

»Und wovon wollt Ihr sie ernähren? Habt Ihr einmal einen Gedanken daran verschwendet? Ich hoffe, nicht von dem Sold, den Harry niemals zahlt.«

»Ich bin meines Bruders Steward und habe eine kleine Beteiligung am Gestüt, Madam.« Das klang besser, als es war, aber er fand, diese Schummelei musste ihm zustehen. Seine Lage war verzweifelt genug, um fragwürdige Maßnahmen zu rechtfertigen.

Adela Beauchamp betrachtete den jungen Ritter mit unfreiwilligem Wohlwollen. Er sah so unverschämt gut aus, wirkte verwegen und selbstsicherer, als er vermutlich war, und diese unglaublich blauen Augen schienen alles zu verheißen, was ein junges Mädchen sich erträumen konnte. Sie verstand sehr wohl, was Juliana in ihm sah, warum sie bereit war, ein solches Opfer zu bringen, um ihn zu bekommen. Doch im Gegensatz zu ihrer jungen, gänzlich unerfahrenen Tochter wusste Adela, was dieses Opfer tatsächlich kostete. Wie der Kummer, das schlechte Gewissen und die Zurückweisung sich anfühlten.

»Mein armes Kind«, sagte sie, und es klang ein wenig belegt. »Es ist, wie ich immer befürchtet habe: Du kommst auf deine Mutter …«

Sie streckte die Arme aus, und Juliana löste sich von John. Innig umarmte sie ihre Mutter, ließ sich von ihr wiegen und hüllte sich in ihren vertrauten, tröstlichen Duft. Aber sie weinte nicht. John konnte sehen, wie sie sich auf die Lippen biss, um es zu verhindern, und er war stolz auf sie.

Adela Beauchamp gelang es im Gegensatz zu ihrer Tochter nicht ganz, die Tränen zurückzuhalten. Zwei stahlen sich unter ihren geschlossenen Lidern hervor, als sie Juliana auf die Stirn küsste. »Geh mit Gott, mein Kind.«

Mit dem weiten Ärmel ihres Kleides tupfte sie sich die Augen, ehe sie Juliana losließ. Als das Mädchen aufschaute, sah sie ein Lächeln auf dem Gesicht ihrer Mutter, das sie voller Erleichterung erwiderte.

Lady Adela legte ihr die Hand auf den Arm und schob sie zu John hinüber. »Wo bringt Ihr sie hin?«, fragte sie ihn.

»In Winchester wartet ein Priester auf uns.« Winchester war voller Priester und Mönche. Es war nicht schwierig gewesen, einen zu finden, der für eine kleine Spende gewillt war, eine heimliche Trauung zu vollziehen und keine neugierigen Fragen zu stellen. John hatte noch genügend Geld vom Verkaufserlös seiner beiden Dreijährigen übrig, um die dreizehn Pence, die eine Trauung kostete, und das Schweigegeld in gleicher Höhe aufzubringen. »Anschließend reiten wir nach Waringham.«

Adela reichte ihm die Hand. »Und was wollt Ihr tun, wenn der Bischof nach England zurückkehrt, Sir John?«

Er nahm ihre zierliche Rechte und führte sie kurz an die Lippen. »Die Brücke einziehen und das Fallgitter schließen?«, schlug er vor. »Ich weiß noch nicht, Madam. Gott segne Euch für Eure Großzügigkeit und Weisheit. Das werde ich Euch nie vergessen.«

Sie nickte ernst. »Ich hoffe, die Zukunft wird zeigen, dass es tatsächlich ein weiser Entschluss war. Jetzt beeilt Euch. Ehe ich ihn bereue und es mir anders überlege.«

Waringham, November 1419

Du meine Güte, wo wart Ihr denn nur, Sir John?«, begrüßte ihn einer der beiden Torwächter. »Wir haben uns Sorgen gemacht.«

»Heiraten«, antwortete John sparsam und wies überflüssigerweise auf seine Braut, die vor ihm auf Achilles' breitem Rücken saß – natürlich im Damensitz. »Jasper, Mick, dies ist Lady Juliana of Wolvesey.«

Obwohl es schon dunkel war und sie sein Gesicht kaum erkennen konnten, hörten sie doch mühelos, dass er vor Stolz beinah platzte. Die beiden Wachsoldaten tauschten ein Grinsen, verneigten sich dann artig und sagten im Chor: »Willkommen in Waringham, Lady Juliana.«

Sie strahlte. »Danke.«

John ritt durchs Torhaus, saß im Innenhof ab und half Juliana herunter. »Kann vielleicht einer von euch den Gaul …?«, rief er über die Schulter, und Mick trat bereitwillig hinzu, um Achilles in den kleinen Stall hier oben auf der Burg zu bringen.

John nahm Julianas Hand und führte sie zum Bergfried hinüber.

Sie sah sich neugierig um. »Schade, dass es schon so dunkel ist.«

»Morgen zeige ich dir alles«, versprach er. Seine Stimme klang eigentümlich gepresst. Unnötigerweise legte er ihr eine Hand auf den Rücken und schob sie die wenigen Stufen zum Eingang des Hauptgebäudes hoch. Er wusste kaum, wie er die Begrüßung des Haushalts und das Abendessen, das sicher gerade im Gange war, überstehen sollte. Seit dem frühen Morgen hatte er Juliana vor sich im Sattel gehalten und ihren schlanken Mädchenkörper an seiner Brust gespürt. Inzwischen hatte er das Gefühl, wenn er auch nur noch einen Moment länger auf sie warten müsse, werde er in tausend Stücke zerspringen.

Aber auch Geduld gehörte zu den Dingen, die der Krieg John gelehrt hatte. Er führte Juliana zur Treppe und sagte: »Versprich mir etwas, ja?«

»Natürlich. Was immer du willst.« Mit leuchtenden Augen schaute sie zu ihm hoch.

»Sei immer vorsichtig auf den Stufen hier. Sie sind ausgetreten und glatt.«

»Versprochen.« Sie sagte es mit einem Lachen, nahm seine Bitte zu leicht, aber irgendwann würde er es ihr erklären, nahm er sich vor. Einen Moment schaute er noch auf sie hinab, ihr strahlendes Gesicht mit dem kleinen Grübchen im Mundwinkel und den wunderbaren braunen Augen, und er ergötzte sich an dem Gefühl, dass sie ihm nun angehörte. Weder der König noch der Bischof konnten daran mehr etwas ändern: Sie hatten ihren Bund vor Gott besiegelt.

Er nahm ihren Arm. »Wir machen es so kurz wie möglich. Hab keine Angst. Sie werden dir alle zu Füßen liegen, so wie ich«, flüsterte er, und als sie durch die Tür der Halle traten, sagte er laut: »Ladys und Gentlemen, ich will nicht stören, aber ich habe eine Braut mit nach Hause gebracht.«

Auf einen Schlag war es totenstill in der Halle. Die Ritter, Damen, Knappen, Kinder und die dienstfreien Wachen, die an der langen Tafel saßen und aßen, hoben die Köpfe und starrten ihnen entgegen.

Er führte Juliana zu den Plätzen an der Mitte der Tafel, die immer für den Herrn der Halle und seinen Steward freigehalten wurden, obwohl diese nur in Ausnahmefällen oder an hohen Festtagen mit dem Haushalt in der Halle speisten. Hinter den beiden freien Sesseln blieben sie stehen, und John sagte. »Seid so gut und begrüßt Lady Juliana of Wolvesey.«

Die Menschen erwachten aus ihrer Starre, applaudierten oder trommelten mit ihren Bechern auf den Tisch. Dann erhob sich Tristan Fitzalan, welcher der angesehenste und beinah auch der dienstälteste Ritter des Haushalts war, und verneigte sich vor dem Brautpaar. »Gott segne Euch beide, John, und schenke euch ein langes, erfülltes Leben und eine Schar gesunder, kleiner Waringhams.« Er hob seinen bevorzugten Bronzebecher. »Trinken wir auf das Wohl und die Gesundheit der jungen Lady Juliana.«

Alle an der Tafel folgten seinem Beispiel, standen auf, erhoben ihre Becher und donnerten: »Auf die junge Lady Juliana!«

Die Braut war errötet und hatte scheu den Kopf gesenkt, aber John lächelte und nickte Tristan Fitzalan dankbar zu.

Auch die Magd, die ihnen Teller, Becher und Speisemesser brachte und ihnen auffüllte, beglückwünschte sie und hieß Juliana herzlich willkommen. Erleichtert stellte die Braut fest, dass es in der Halle von Waringham nicht besonders förmlich zuging und jedermann gewillt schien, ihr mit offenen Armen zu begegnen. Zumindest bis sie den ersten unverzeihlichen Fehler machte …

Als John sie endlich in sein neues Gemach führte – Stunden später, so kam es ihm vor –, glühten ihre Wangen vom heißen Würzwein, und die großen braunen Augen leuchteten ob all der Freundlichkeit, die man ihr gezollt hatte.

»Oh, Bücher!«, rief sie aus und lief zu den beiden Regalen an der Wand hinüber. »Wie herrlich, John.«

Er lehnte mit verschränkten Armen an der Tür und betrachtete sie lächelnd. »Komm her«, sagte er leise. »Zum Lesen ist jetzt nicht der geeignete Moment.«

»Hm?« Sie schaute zerstreut von dem dicken Folianten hoch, der aufgeschlagen auf dem Tisch lag. »Oh, natürlich«, sagte sie dann, trat zu ihm und blieb mit ineinander verknoteten Fingern vor ihm stehen. »Entschuldige.« Sie lächelte nervös. »Da bin ich. Was nun?«

Er streckte die Linke aus, ergriff eine Strähne der offenen, blonden Pracht zwischen Zeige- und Mittelfinger und befühlte sie. »Hat irgendwer dir erklärt, was in einer Hochzeitsnacht vor sich geht?«

Sie nickte. »So ungefähr. Meine Mutter. Ich muss gestehen, ich habe es nicht ganz verstanden. Und nicht gewagt, genauer nachzufragen. Es klang so … absonderlich. Weißt du, wie es geht?«

Er musste lachen. Dabei war er in Wahrheit selbst nervös.

Er wollte nicht, aber er musste an die letzte Hure denken, bei der er gewesen war. Weil er sich bestenfalls die ganz billigen leisten konnte, hatte er eine ganze Reihe schauderhafter Erfahrungen gemacht. Doch diese letzte stellte alles in den Schatten. Die Frau war nicht einmal so alt oder so hässlich gewesen wie manch andere zuvor. Aber während er sich auf ihr abmühte, hatte er einmal die Augen geöffnet und sie dabei ertappt, wie sie mit ihren schmutzigen Fingernägeln Speisereste aus den Zwischenräumen ihrer faulen Zähne pulte. Wütend hatte er die Hand weggeschlagen, und sie hatte gezetert und ihn beschimpft wie ein Fischweib. Aber so sehr er sich auch ekelte, hatte er dennoch weitergemacht, bis es ihm endlich gelungen war, sich Erleichterung zu verschaffen. Sie hatte ihm mit ihren widerlichen Nägeln die Wange aufgekratzt und ihm gesagt, er solle nicht wiederkommen …

Nein, er hatte wirklich nicht die geringste Ahnung, wie man mit einem anständigen Mädchen umging. Geschweige denn mit einer Braut. Aber das sollte Juliana nicht merken, denn er wollte nicht, dass sie sich fürchtete.

»Ja, ich denke, ich weiß, wie es geht. Ist es dir lieber, wenn wir das Licht löschen?«

»Auf keinen Fall«, protestierte sie entrüstet. »Ich will sehen, was du machst.«

Wieder musste John gegen Heiterkeit ankämpfen, aber er rang sie nieder und schaute seiner Braut einen Moment tief in die Augen, um die grässliche Erinnerung abzuschütteln, die er hier jetzt wirklich nicht gebrauchen konnte.

Er nahm Juliana bei der Hand und führte sie zum Bett. Seine Schwester Joanna hatte in diesem Bett ihre Unschuld verloren, ging ihm auf. Und wie glücklich war sie mit ihrem Ed seither gewesen. Der Gedanke machte ihm Mut. Er hob die Hände und begann, Julianas Kleid aufzuschnüren. Sie schaute ihm aufmerksam zu, lächelte über seine großen, ungeschickten Hände, die mit den Haken und Schleifen kämpften, und half ihm. Als sie schließlich nackt vor ihm stand, bestaunte er sein Werk, legte zögernd die Hände auf ihre Schultern, ließ sie zu ihren Brüsten hinabgleiten. Nicht so kleine Mädchenbrüste, wie er gedacht hatte. Rund und fest, und als er mit den Daumen über die Spitzen rieb, richteten sie sich auf. Was für ein Wunder der Natur, dachte er fasziniert.

Juliana bestaunte ihrerseits diese völlig neuen Empfindungen, mit denen sie hier Bekanntschaft machte. Seine rauen, zögernden Hände auf ihrer Haut verursachten ihr ein herrliches, beinah schmerzhaftes Ziehen im Bauch, so seltsam, dass sie verwundert blinzelte.

Dann legte John plötzlich einen Arm um ihre Taille und presste sie an sich. Sie wusste, was die Härte zu bedeuten hatte, die sie an seinem Schritt spürte, und ohne jeden bewussten Entschluss rieb sie sich daran.

John gab ein leises Stöhnen von sich, und sie fuhr erschrocken zurück. »Hab ich dir wehgetan?«

Er war zu atemlos, um sie darauf hinzuweisen, dass diese Frage eigentlich seinem Part vorbehalten war. Er schüttelte lediglich den Kopf, drängte sie rückwärts zum Bett und bedeutete ihr mit einer Geste, sich hinzulegen. Er ließ sie nicht aus den Augen, während er sich die Kleider vom Leibe riss, wollte nicht einmal für einen Lidschlag auf diesen Anblick verzichten.

Als er sich neben ihr aufs Bett kniete, öffnete sie die Schenkel. »Komm«, sagte sie. »Komm nur, Liebster. Hab keine Angst ...«

Sie hätte nicht sagen können, woher sie so genau wusste, dass er keinen Augenblick länger mehr warten konnte. Sie mied den Blick auf sein pralles Geschlecht, das ihr riesig erschien und sie gewiss in Stücke reißen musste.

John legte sich auf sie und stützte sich auf einen Ellbogen, um sie mit seinem Gewicht nicht zu erdrücken. Sie kam ihm so zerbrechlich vor, so klein. Mit der anderen Hand führte er sein Glied zwischen ihre Schamlippen. Sie war feucht, stellte er erleichtert fest, und als er die Öffnung fand, stieß er hinein.

Juliana gab keinen Laut von sich, aber er spürte, wie sie einen Moment erstarrte. Schuldbewusst wollte er sich zurückziehen, doch sie verschränkte die Arme in seinem Nacken und wölbte sich ihm entgegen. Das hatte noch keine getan, und die Erkenntnis, wie sehr sie ihn wollte, erfüllte ihn mit einer Erregung, die er noch nicht kannte. Diese Art von Lust war berauschender als alles, was er bislang erlebt hatte, aber sie machte ihn nicht selbstsüchtig. Auf einmal hatte er Zeit. Mit behutsamen Bewegungen steigerte er sein eigenes Verlangen und das seiner Frau, bis sie kleine Laute der Ungeduld von sich gab. Lachend drückte er sie in die Kissen, schloss die Hände um ihre wundervollen Brüste und wurde wagemutiger und schneller. Als sie schließlich zu keuchen begann, schlug sie erschrocken eine Hand vor den Mund, offenbar beschämt über die Laute, die sie von sich gab. Aber John schüttelte den Kopf, nahm die Hand und steckte zwei ihrer Finger in den Mund. Dann legte er sich richtig ins Zeug. Juliana befreite ihre Finger, krallte die Hände in seine Schultern, warf den Kopf zurück und stöhnte.

Gott steh mir bei, ich habe einen *Vulkan* geheiratet, dachte John selig, und dann kam er selbst.

Er merkte bald, dass er sich mit dieser Einschätzung nicht getäuscht hatte.

Am nächsten Morgen war das Laken voller Blut. Die Menge erschreckte John ein wenig, und er beschloss schweren Herzens, seine Braut lieber ein paar Tage zufrieden zu lassen, damit sie nicht die Freude am Liebesspiel verlor. Doch schon in der dritten Nacht nach ihrer Heimkehr wachte er davon auf, dass sie ihr niedliches, rundes Hinterteil an seinem Becken rieb, und als er den Arm um sie schlang und sie näher an sich zog, fragte sie: »Wie oft darf man es tun, John?«

»So oft man will«, antwortete er und gönnte sich in der Dunkelheit ein lüsternes Grinsen. »Oder kann.«

»Können wir … jetzt?«

»Euer Wunsch sei mir Befehl, Madam …«

Sie war unverklemmt und kannte keine Befangenheit. Voller Neugier probierte sie alles aus, was er vorschlug, und wurde selber erfindungsreich. John wähnte sich im siebten Himmel, und er genoss diese ersten, unbeschwerten Wochen ihrer Ehe, gerade weil er wusste, dass er irgendwann die Rechnung für dieses unerlaubte Glück präsentiert bekommen würde.

Juliana eroberte die Herzen der Bewohner von Waringham Castle im Sturm – die Menschen hier waren temperamentvolle Frauen schließlich gewöhnt. Sie verstanden, dass Johns Braut noch sehr jung war und vielleicht nicht in jeder Situation immer genau das Richtige sagte oder tat, doch sie ließen sich bereitwillig von ihrem Liebreiz und ihrer mitfühlenden, großzügigen Natur verzaubern. Niemand fragte John je nach ihrer Herkunft oder den etwas merkwürdigen Umständen ihrer Hochzeit. Er nahm an, Tristan Fitzalan ahnte, wer Juliana war. Immerhin war seine Schwester die erste große Eroberung des Bischofs gewesen, und so wusste er, dass es mit Beauforts Enthaltsamkeit nicht weit her war. Obendrein war »Wolvesey«, welches Juliana als Name diente, Beauforts Bischofspalast in Winchester. Aber ganz gleich, was Fitzalan wusste und den anderen gesagt hatte, niemand begegnete Juliana mit Ablehnung.

Auch das Gesinde akzeptierte sie trotz ihrer Jugend als neue Herrin der Halle, was für ein friedliches Zusammenleben beinah ebenso wichtig war. Die alte Alice, die großen Einfluss auf die übrigen Mägde hatte, war schon gewonnen, als Juliana sich nach dem Wohlergehen ihres schwarzen Katers Henry erkundigte. Nachdem die Köchin dann auch noch feststellte, wie viel die junge Lady vom Wirtschaften und der Verwaltung von Vorräten verstand, stand ihr Urteil fest:

»Bei der Wahl Eurer Braut habt Ihr mehr Klugheit bewiesen, als ich Euch zugetraut hätte, Sir John.«

»Oh, heißen Dank auch, Alice.«

»Es wurde Zeit, dass dieser Haushalt wieder eine Lady bekommt, die sich in solchen Dingen auskennt. Vor allem, wenn wir so eisern sparen müssen, wie Ihr sagt.«

Er nahm ihren Kater auf den Arm, der in unschwer durchschaubarer Absicht um die Anrichte mit den gerupften Hühnern herumschlich, und kraulte ihm den Hals. »Du bist der Ansicht, ich halte uns zu knapp? Du wünschst, Raymond käme zurück und ließe dir wieder freie Hand?«

»Ihr täuscht Euch, mein Junge.« Sie steckte ihm ein Stückchen gebratene Hühnerleber in den Mund, so als wäre er fünf Jahre alt, und weil er den Kater im Arm hielt, konnte er sich nicht wehren. »Ich weiß, wie schlecht es um uns steht. Und ich bin froh, dass hier wieder ein Waringham mit ein bisschen Vernunft das Heft in der Hand hält. Die Lady Juliana wird Euch eine größere Stütze sein, als Ihr ahnt, glaubt mir. Es ist ein Glück, dass unser Raymond kein Mann fürs Heiraten ist. Der brächte uns gewiss einen Schmetterling ins Haus.«

John gab dazu keinen Kommentar ab, denn er gedachte nicht, mit der Köchin über das heikle Thema ›Raymond und die Frauen‹ zu debattieren. Dennoch fragte er: »Was ist eigentlich aus der kleinen Maud geworden?«

Alice warf ihm einen beredten Blick zu. »Die ›kleine‹ Maud hat es faustdick hinter den Ohren. Ich … konnte sie in meiner Küche nicht mehr gebrauchen.«

John erinnerte sich an etwas, das er früher einmal gehört hatte. »Sie hat uns bestohlen?«

Alice nickte. »Nachdem sie nicht mehr unter dem … besonderen Schutz seiner Lordschaft stand, hab ich sie rausgeworfen. Sie arbeitet jetzt als Wäscherin für Euch.«

»Aber das kann vorne und hinten nicht reichen für sie und ihre drei Kinder.«

»Euer Bruder gibt ihr Geld für die Kinder. Man kann über ihn sagen, was man will, aber er lässt seine Bälger nicht verhungern. Außerdem … weiß Maud sich zu helfen. In Waringham wimmelt es ja von Stallknechten und anderen bedürftigen jungen Burschen.«

Der Kater fing an, sich zu sträuben, und John ließ ihn auf den Boden springen. »Ich bin verwundert, dass Vater Egmund das zulässt.«

Die Köchin hob die rot gearbeiteten Hände. »Er weiß eben, wie die Menschen sind.«

Trotzdem beschloss John, das Thema bei nächster Gelegenheit mit dem Dorfpfarrer zu erörtern.

Seine Pflichten als Steward von Waringham waren vielfältig. So war er nicht nur für die fachgerechte Bewirtschaftung des Gutsbetriebs und die Einnahme und Verwaltung der Pacht und anderen Abgaben zuständig, sondern er musste in Abwesenheit seines Bruders auch den monatlichen Gerichtstag abhalten. Unzucht und Hurerei fielen zwar nicht in seine Zuständigkeit, weil sie Sache der kirchlichen Gerichte waren, doch streng genommen wäre es seine Pflicht gewesen, solche Vorkommnisse dem Diakon des Erzbischofs zu melden. Nur wusste er nicht, ob er das tun sollte. Raymond täte es gewiss nicht, so viel stand fest. Und Alice hätte ihm wohl auch nicht so unverblümt die Wahrheit gesagt, wenn sie angenommen hätte, dass er Maud anzeigen würde. Er war einfach unsicher, was richtig war, und deshalb wollte er sich mit Vater Egmund beraten, der seit der Flucht des wackeren Vater David auch die Seelsorge der Burgbewohner übernommen und den John sehr schätzen gelernt hatte.

»Euer ganzer Haushalt hat nicht einen einzigen Geistlichen?«, fragte Juliana ungläubig.

In den Häusern und Palästen des Bischofs, wo sie gelebt hatte, wimmelte es natürlich von Kirchenmännern, und selbst in das abgelegene Haus ihrer Mutter in Mayfield kam täglich ein Dominikanerpater, um in der kleinen Kapelle die Messe zu lesen und die Beichte zu hören. »Keinen Kaplan oder Mönch, gar nichts?«

»Nein.« John grinste ein wenig beschämt. »Es … hat sich

einfach so ergeben. Ich fürchte, die Wahrheit ist, mein Bruder Raymond fühlt sich wohler, wenn er nicht unter ständiger kirchlicher Aufsicht steht.«

Sie zog erschrocken die Luft ein. »Ist dein Bruder etwa ein Ketzer?«

John schüttelte den Kopf. »Nur ein Sünder. Aber ich könnte mir vorstellen, dass Vater Egmund dir gefällt. Lass uns am kommenden Sonntag zusammen in die Kirche im Dorf gehen. Dann kannst du ein paar Leute dort kennen lernen und ihn ebenfalls.«

Juliana nickte zögernd. »Alles hier ist so ganz anders, als ich es bislang kannte, John. Der Bischof würde *niemals* in eine Dorfkirche gehen. Ich wette, die einfachen Leute von Mayfield haben ihn noch nie gesehen, obschon er oft dort ist.«

»Der Bischof ist ein Lancaster, Juliana«, erklärte John geduldig. »Bruder des letzten und Onkel des jetzigen Königs. Wir sind nur Waringhams, und wir leben hier weit ab vom Hof und seiner Etikette. Es mag dir seltsam vorkommen, aber du wirst dich bestimmt daran gewöhnen.«

»Oh, das bereitet mir keine Mühe, glaub mir. Alle hier sind freundlich und ungezwungen. Die Leute haben keine Furcht voreinander und versuchen nicht, sich gegenseitig an Vornehmheit zu übertreffen. In Leeds oder in Wolvesey hatten die feinen Ladys und Gentlemen immer einen Knoten in der Zunge, wenn sie mich nur sahen, so verlegen waren sie über meine schiere Existenz.« Sie sagte es spöttisch, aber er sah den Kummer und die Einsamkeit ihrer Kindheit in ihren Augen.

Seine Brust zog sich zusammen bei diesem Anblick, und er legte beide Arme um seine Frau, obwohl sie mitten im Burghof standen. »Das ist nun vorbei«, flüsterte er. »Hier bist du sicher. Und willkommen.«

»Ich weiß.« Sie schmiegte sich an ihn und drückte die kalte Nase an seinen Hals.

John küsste sie auf die Schläfe. »Komm, lass uns ins Gestüt gehen.«

Die weitläufigen Stallungen waren Juliana der liebste Ort in Waringham. Sie war hingerissen von den herrlichen Pferden, vor allem natürlich von den Fohlen, und als John ihr die hübsche Stute Daphne zeigte, die für Juliana bestimmt war – selbst wenn deren Vater sie nun vermutlich nicht mehr bezahlen würde –, war ihre Seligkeit vollkommen.

Juliana begegnete allen Dingen und Menschen, die sie in Waringham kennen lernte, mit Eifer, geradezu mit Euphorie. Alles interessierte sie, und sie war eine hervorragende Reiterin. Das sicherte ihr auch im Gestüt einen gelungenen Einstand. Die Stallburschen wurden rot und neigten plötzlich zu stammelnder Sprechweise, sobald sie sich dort blicken ließ, und auch Conrad hatte John beiseite genommen, ihm die Schulter geklopft und gesagt, nun verstehe er, warum sein junger Cousin Himmel und Hölle bewegt habe, um ausgerechnet diese Frau zu bekommen.

John beobachtete seine Kindfrau mit wachsender Faszination. Das Leben mit Juliana war wie ein Tag im April, bot so viel Abwechslung, dass es ihn manchmal ganz atemlos machte. Sie vergoss Tränen wie ein kleines Mädchen, als sie Jack Wheeler mit einem hübschen Kalb an der linken und dem Schlachterbeil in der rechten Hand aus seinem Stall kommen sah, doch im nächsten Moment rechnete sie John vor, wie viel Pökelfleisch, Mehl und Kerzenwachs sie über den Winter für den Haushalt der Burg brauchen würden, und jonglierte so schnell mit so vielen Zahlen, dass ihm der Kopf rauchte. Sie erregte nachsichtiges Kopfschütteln bei den Rittern, weil sie manches Mal mit deren Töchtern zusammenstand und kicherte wie ein Backfisch, doch an der Tafel beeindruckte sie alle mit ihrer Belesenheit und den wunderbaren Gedichten und Balladen, die sie vortragen konnte. In kindlicher Frömmigkeit kniete sie abends auf dem Fußboden in ihrer Kammer nieder, um ihre Gebete zu sprechen, und kam dann voll schamloser Lüsternheit in sein Bett.

John wusste, es konnte nicht ewig währen, aber an diesen kalten, sonnigen Novembertagen hielt er sich für den glücklichsten Mann der Welt. Bis ihn am ersten Advent die Nachricht erreichte, Bischof Beaufort sei wohlbehalten aus Frankreich zurückgekehrt und wünsche John in Leeds Castle zu sprechen.

»An einem so hohen Feiertag?«, fragte Tristan Fitzalan missbilligend, der den Boten zu John geführt hatte.

»Und zwar umgehend«, erwiderte Andrew Talbot, der aus einem der vornehmsten Adelsgeschlechter des Nordens stammte und schon lange im Dienst des Bischofs stand. »Ich sag's nicht gern, Waringham, aber ich fürchte, Ihr seid in Schwierigkeiten.«

John nickte – scheinbar ungerührt. »Sir Tristan, würdet Ihr Daniel Bescheid geben? Er soll für mich und für sich satteln und sich im Hof bereithalten«, bat er Fitzalan. Und an den Boten gewandt fuhr er fort: »Seid so gut und geduldet Euch ein wenig, Talbot. Ich verspreche Euch, es dauert nicht lange.«

»Aber …«

Fitzalan nahm den jungen Mann entschlossen beim Arm und führte ihn zur Tür. »Kommt mit in die Halle, mein Junge, und trinkt einen Schluck. Sagt, wie geht es Eurer Mutter? Sie ist meine Cousine, wusstet Ihr das? Ihre Mutter war die Schwester meines …«

Mehr hörte John nicht. Dankbar lächelte er dem treuen Fitzalan nach, aber dann verschwendete er keine Zeit mehr. Er holte einen Bogen Papier, Feder und Tinte aus seiner Truhe und setzte sich damit an den Tisch.

»Was tust du da?«, fragte Juliana beklommen.

Ich regele meine Angelegenheiten, dachte er ohne viel Humor. »Ich muss eine Kleinigkeit erledigen.«

Er tauchte die Feder ein und schrieb schnell und mühelos.

Liebste Jo, ich habe zwei Dinge getan, die du wolltest: Ich bin erstens Raymonds Steward geworden und habe zweitens das Mädchen geheiratet, von dem ich dir erzählt habe. Du hattest vollkommen Recht. Es wurde Zeit, dass ich mir einmal erkämpfte, was ich wirklich will – es hat mein Leben unendlich bereichert und mich mit vielen Dingen, die in der Vergangenheit geschehen sind, versöhnt. Leider hat es auch zur Folge, dass ich den Vater meiner Braut, der kein anderer ist als der Bischof von Winchester, ziemlich verstimmt habe. Sobald ich diesen Brief beendet habe, reite ich zu ihm. Sollte meine Rückkehr sich auf unabsehbare Zeit verzögern, ersuche ich dich darum, dich meiner Frau anzunehmen. Ich weiß, ich habe eigentlich kein Recht, dich um einen Gefallen zu bitten, nach all den scheußlichen Dingen, die ich bei unserem Abschied zu dir gesagt habe. Aber es gibt einfach niemanden, den ich sonst bitten könnte.

Was immer jetzt auch geschehen mag, dein Rat war gut. In Liebe und Dankbarkeit, dein reumütiger Bruder, John of Waringham.

Er faltete den Bogen, hielt einen Riegel Wachs in die Kerzenflamme und ließ einen Tropfen davon auf den Brief fallen, ehe er seinen Siegelring hineindrückte, den er mitsamt dem Amt von Ed Fitzroy geerbt hatte. Der Abdruck sollte das Waringham-Einhorn darstellen, doch er sah eher aus wie eine tänzelnde, einhörnige Ziege. Der Ring war ein billiges, schlampig gearbeitetes Duplikat des alten Waringham-Ringes, brachte nie einen sauberen Abdruck zustande, und obendrein blieb immer ein wenig Siegelwachs in der Prägung hängen. Aber trotz der Unzulänglichkeiten trug John ihn mit Stolz.

»Was machst du da?«, fragte Juliana wieder, stand von der Bettkante auf und trat zu ihm.

John tippte kurz auf den Brief. »Falls es Schwierigkeiten gibt, wird Fitzalan dich zu meiner Schwester nach Burton bringen, bis die Wogen sich geglättet haben.«

Ihre Augen waren groß und voller Furcht. »Du glaubst, der ehrwürdige Bischof wird dich einsperren?«

Ihre Sorge wollte ihn verleiten, sie anzulügen, aber das hatte er bisher nie getan, und er wollte nicht ausgerechnet jetzt damit anfangen. »Es könnte sein, Juliana. Aber hab keine Angst. Er wird mir schon nicht den Kopf abreißen. Du kennst ihn doch.«

Sie schlang die Arme um seinen Nacken und presste sich an ihn. »Nein. Ich kenne ihn überhaupt nicht, glaube ich.«

»Dann vertrau einfach auf das, was ich sage.«

»Oh, John. Geh nicht. Bitte. Lass mich nicht allein.« Sie weinte und klammerte sich an ihn.

»Schsch.« Behutsam löste er sich von ihr. »Ich muss gehen. Das weißt du doch.«

»Dann komme ich mit«, verkündete sie.

Er schüttelte lächelnd den Kopf. »Nein.«

»Nein? Na, das wirst du ja sehen …« Ganz plötzlich war ihr Kummer in Zorn umgeschlagen. »Du kannst mich nicht hindern! Er ist mein Vater, auch wenn ich ihn niemals so nennen durfte, und ich gehe zu ihm, wann immer es mir passt!«

»Sei doch vernünftig …«

»Ich *bin* vernünftig. Ich lasse dich nicht allein gehen. Willst du vielleicht nur die schönen Dinge mit mir teilen? Ist es das, was du dir unter einer Ehe vorstellst?«

»Wir sind erst seit drei Wochen verheiratet, Juliana, du ziehst voreilige Schlüsse.«

Sie stieß ihn hart mit beiden Händen vor die Brust. »Untersteh dich, dich über mich lustig zu machen! Und du wirst mich nicht umstimmen. Ich komme mit nach Leeds. Meine Harfe ist dort.«

»Ich bringe sie dir, sobald ich kann.«

»Ich hole sie selbst!«

Zum ersten Mal erlebte er das trotzige, ungebärdige Kind, vor dem Beaufort ihn gewarnt hatte.

»Ich darf dich daran erinnern, Juliana, dass du mir versprechen wolltest, immer zu tun, was ich will.«

»Ich muss verrückt gewesen sein. Und zum Glück habe ich es ja nicht getan, richtig?«

Ihre braunen Augen funkelten wütend, die Wangen hatten sich ein wenig gerötet. Die blonden Locken hatten sich unter der Haube hervorgestohlen und befanden sich in Auflösung.

John war vollkommen hingerissen. Und er war versucht, die Hände um ihre winzige Taille zu legen, sie auf den Tisch zu setzen, ihre Röcke hochzuschieben und sie zu unterwerfen. Ihr klar zu machen, wer hier das Sagen hatte. Die Vorstellung erregte ihn, und er wusste, es wäre nicht einmal schwierig gewesen. Ein Teil von Juliana sehnte sich danach, unterworfen zu werden, um endlich sicher zu sein. Aber sein Instinkt warnte ihn, dass das nicht der richtige Weg war. Es hätte ihr Verhältnis verändert. Und er wollte seine Frau so behalten, wie sie war.

Also nahm er ihre Hände, um zu verhindern, dass sie ihm die Augen auskratzte, und küsste sie nacheinander. »Ich muss jetzt aufbrechen. Und ich gehe allein, sei versichert.«

»Warum? Wieso willst du mir das antun? Ich halte das nicht aus, hier zu sitzen und zu warten und nicht zu wissen, was geschieht.«

Weil er mir mehr als alles andere verübeln würde, dich seinem Zorn auszusetzen, dachte John. Er ließ ihre Hände los und nahm sie stattdessen bei den Schultern. »Doch, du musst es aushalten. Wir haben beide gewusst, dass dieser Tag kommen würde. Du darfst jetzt nicht kneifen, Juliana.«

Sie dachte einen Moment darüber nach und nickte schließlich. Ihr Zorn hatte sich so schnell gelegt, wie er gekommen war, aber die Furcht in ihren Augen war geblieben. Sie wirkte sehr jung und verletzlich. Gott, es ist kein Wunder, dass sie sich wie ein Kind benimmt, dachte John. Denn das ist sie. Er zog sie kurz an sich und küsste sie, ließ sie aber los, ehe sie sich wieder an ihn klammern konnte. Dann nahm er seinen Brief vom Tisch und ging hinaus.

Unten in der Halle sprach er ein paar leise Worte mit Tristan Fitzalan und steckte ihm den Brief zu. Der Ritter klopfte ihm wortlos die Schulter.

»Können wir jetzt?«, fragte der junge Talbot nervös.

John warf ihm einen kurzen Seitenblick zu. »Hat er gesagt, es werde Euch teuer zu stehen kommen, wenn Ihr mich nicht bis Einbruch der Dunkelheit herbeischafft?«

»Woher wisst Ihr das?«, fragte Talbot erstaunt.

John schnaubte und antwortete nicht.

Die Nacht vor dem ersten Advent hatte den ersten Schnee dieses Winters gebracht, und der Innenhof von Waringham Castle lag unter einer weißen Decke, die kreuz und quer von vielen Fußspuren durchzogen war.

Als John mit dem Boten des Bischofs ins Freie trat, wies er einen Wachsoldaten an: »Al, fegt die Treppe zum Turm und die Zugbrücke. Sonst bricht sich noch jemand den Hals.«

»Ja, Sir.«

»Muss ich mich denn hier um alles selber kümmern?«

»Tut mir Leid, Sir.«

Kopfschüttelnd wandte John sich nach links zum Stall, wo Daniel mit den Pferden wartete. Der Junge grüßte höflich und hielt ihm den Steigbügel. John nickte ihm zu, saß auf und ritt zum Tor. Daniel und Talbot folgten ihm, Letzterer so dicht, dass Achilles nervös wurde und Anstalten machte, auszuschlagen. John grinste humorlos. Sicher hätte der bedauernswerte Talbot allerhand zu erklären, wenn ihm der arme Sünder auf dem Weg nach Leeds abhanden käme …

Doch John unternahm keinen Fluchtversuch, und mit dem letzten trüben Licht des kurzen Wintertages kamen sie auf die schöne Burg, die sich aus den Wassern des Len erhob.

Talbot bemühte sich ohne großen Erfolg, seine Erleichterung zu verbergen.

John saß ab und reichte Daniel die Zügel. »Warte hier zwei Stunden. Wenn ich nicht zurückkomme, bittest du die Torwache um ein Quartier für die Nacht. Und wenn ich morgen früh nicht wieder auftauche, reitest du nach Hause. Vergiss Achilles nicht.«

»Ja, Sir.« Daniels Miene verriet seine Beunruhigung, aber er stellte keine Fragen.

Vor der Tür zu Beauforts privaten Räumen blieb John stehen und schaute Talbot kurz an. »Ich glaube, von hier an finde ich den Weg allein, Sir.«

Der junge Ritter nickte. »Verstehe. Nehmt's mir nicht übel, Waringham, ich hab nur getan, was er befohlen hat.«

»Was man von mir leider nicht behaupten kann«, erwiderte John. Er hätte es gern mit einem unbekümmerten Grinsen gesagt, aber er brachte keines zustande. Das Herz schlug ihm bis in die Kehle.

»Dann möge Gott Euch beistehen«, murmelte Talbot unbehaglich.

John hob die Rechte, die ihm schwer wie Blei erschien, und klopfte.

»Ja?«, rief die vertraute Stimme barsch.

John tauschte einen letzten Blick mit Talbot. »Wünscht mir Glück.« Dann trat er ein und zog die Tür hastig hinter sich zu.

Bischof Beaufort saß in einem bequemen Sessel am Feuer, ein aufgeschlagenes Buch auf den Knien. Als John vier oder fünf Schritte von ihm entfernt stehen blieb und sich verneigte, klappte er es zu und legte es auf der Kaminbank ab. Der Einband bestand aus kostbarem weißen Leder und war mit geschliffenen Edelsteinen besetzt. John hatte dieses Buch schon viele Male gesehen. Es war Beauforts Bibel.

Der Bischof erhob sich ohne Eile. Er trug seine vollkommen undurchschaubare Diplomatenmiene zur Schau, selbst die sonst so lebhaften Augen waren ohne jeden Ausdruck und unverwandt auf John gerichtet, während er langsam auf ihn zuging. Er hinkte wieder ein wenig. In der kalten Jahreszeit machte sein Ischiasleiden ihm immer besonders zu schaffen, und das stimmte ihn nicht gerade milder, wusste John.

»Ihr seid ein mutiger Mann, Waringham«, sagte der Bischof schließlich und blieb vor ihm stehen.

John schluckte. Er fühlte sich in diesem Moment alles andere als mutig. Unauffällig behielt er die großen Hände seines Gegenübers im Auge und biss vorsorglich die Zähne zusammen.

»Denkt Ihr, es war klug, Euch hierher zu wagen?«, fragte Beaufort mit distanziertem Interesse.

John räusperte sich nervös. »Was sonst hätte ich tun sollen, Mylord? Nach Schottland fliehen?«

»Oder zu den Dauphinisten?«, schlug der Bischof vor.

John stieß hörbar die Luft aus und wandte angewidert den Kopf ab.

»Ach, das beleidigt Euch, ja?«, erkundigte Beaufort sich schneidend.

»Und wenn schon. Nur keine Hemmungen, Mylord. Was immer Ihr sagt, was immer Ihr tut, muss ich hinnehmen, nicht wahr?«

»Was für eine erbärmliche Antwort!«

John schaute ihn wieder an. »Na schön. Ja, es beleidigt mich. Ich mag gegen Eure Wünsche verstoßen haben, aber das macht mich nicht zum Verräter.«

»Nein? Nun, da Ihr wusstet, dass meine Wünsche auch die des Königs waren, könnte man über diese Frage durchaus disputieren. Mir ist indessen natürlich bewusst, dass es kaum einen Engländer gibt, der die Dauphinisten leidenschaftlicher hasst als Ihr. Ihr hättet in der Zeit, die nun kommt, ausgesprochen nützlich für Harry sein können. Es ist wirklich ein Jammer.«

»Nützlich …«, wiederholte John, als sei das Wort ihm nicht geläufig.

Der Bischof hob eine Braue. »War es nicht das, was Ihr immer sein wolltet, John? Harrys Werkzeug?«

»Wieso habe ich das Gefühl, dass es irgendein Spiel ist, das Ihr hier mit mir treibt?«

»Habt die Güte und beantwortet meine Frage, Sir!«

»Ja. Ich war und bin des Königs Werkzeug, denn ich stehe in seinem Dienst. Also bin ich sein Soldat, sein Bote, auch sein Stiefelknecht, wenn gerade kein anderer zur Stelle ist. Und es ist weiß Gott nicht schwierig, ihm ergeben zu sein. Aber abgesehen davon bin ich immer noch John of Waringham. Oder genauer gesagt, das bin ich wieder. Dank meiner Frau. Meine Ehe mit Juliana mag des Königs Missfallen erregen, aber sie schadet ihm nicht. Und ich bin kein Kronvasall. Darum …« Der Mut drohte ihn zu verlassen, und er geriet ins Stocken.

»Darum?«, hakte Beaufort nach.

»Darum geht es ihn nichts an, wen ich heirate. Solange sein Krieg es nicht fordert, gehört mein Leben *mir.*«

Es war eine Weile still. Nur das anheimelnde Knistern der Scheite im Kamin war zu hören. Reglos standen die beiden

Männer sich gegenüber, und John wartete. Er wusste nicht genau, worauf, aber er fürchtete sich nicht mehr.

Plötzlich lächelte Beaufort. Es war ein Lächeln von solcher Wärme, wie John es selten gesehen hatte, vermischt mit einem Hauch von Melancholie. »Gott segne Euch, mein Junge.« Er schloss ihn kurz in die Arme.

John war so erschrocken, dass er um ein Haar zurückgezuckt wäre.

»Mylord?« Es klang erschüttert.

Beaufort ließ ihn los. Seine Miene war wieder ernst, aber nicht feindselig. »Und wie steht es mit meiner Meinung zu dieser unerhörten Geschichte? Seid Ihr der Ansicht, auch mich ginge sie nichts an?«

»Nein«, räumte John kleinlaut ein.

»Und wie gedenkt Ihr, Euch zu rechtfertigen?«

»Ich habe das komische Gefühl, dass ich das gar nicht muss. Ihr seid nicht mehr zornig.«

Der bischöfliche Brautvater wirkte ein wenig ratlos, was John ausgesprochen untypisch, geradezu verdächtig vorkam.

Beaufort legte ihm die Hand auf die Schulter und führte ihn zum Tisch. »Nein, ich bin nicht mehr zornig«, gestand er. »Natürlich hat es mich aufgebracht, dass Ihr gegen meinen ausdrücklichen Befehl gehandelt habt. Aber dergleichen habe ich auch gelegentlich getan. Und moralische Entrüstung ist etwas, das ich mir nur bedingt leisten kann.«

John schenkte den Wein ein, während der Bischof Platz nahm, und setzte sich ihm dann gegenüber. Er sagte nichts. Die Erleichterung darüber, dass ihm ein bitteres, womöglich endgültiges Zerwürfnis mit Beaufort erspart bleiben sollte, hatte ihn getroffen wie ein Hammerschlag. Er fühlte sich mit einem Mal erschöpft.

»Darüber hinaus«, fuhr der Bischof fort, »besänftigt mich natürlich die Tatsache, dass Juliana bekommen hat, was sie wollte. Ihr … könnt Euch nicht vorstellen, wie das ist, John, wenn man eine Tochter hat, die man liebt. Das macht einen Mann wirklich schwach. Es hat mich immer Mühe gekostet, ihr etwas abzuschlagen. So streng mit ihr zu sein, wie nötig war, um sie auf die Abscheulichkeiten vorzubereiten, die die Welt für jeden Bastard bereithält.« Er trank einen langen Zug. »Wer wüsste das besser als ich.«

John schaute auf. So offen hatte er den Bischof noch nie reden hören.

»Ich darf doch wohl annehmen, dass sie glücklich ist, jetzt, da sie hat, was sie wollte?«, fragte Beaufort.

John lächelte unwillkürlich. »Ich denke schon, Mylord. Sie war allerdings nicht besonders glücklich, als Talbot mich in aller Höflichkeit ... verhaftete. Sie wollte um jeden Preis mit herkommen und hat mir die Hölle heiß gemacht ...« Er brach ab, als ihm bewusst wurde, was er sagte.

Beaufort betrachtete ihn unverwandt. Das Leuchten in Johns Augen verriet ihm alles, was er wissen wollte. Doch er verbarg seine Zufriedenheit und stichelte stattdessen: »Ihr könnt nicht behaupten, ich hätte Euch nicht gewarnt.«

John schüttelte den Kopf. »Das habe ich nicht vergessen. Aber ich habe weiß Gott keinen Grund, mich zu beklagen.«

Beaufort schlug die Beine übereinander und wurde wieder ernst. »Warum habt Ihr mir nichts von der Geschichte mit Arthur Scrope erzählt, John? Ich meine, wie übel er Euch bei diesem Ritt nach London mitgespielt hat?«

John wandte hastig den Blick ab. »Ihr wart bei unserer letzten Begegnung nicht in der Stimmung, Euch traurige alte Geschichten anzuhören.«

»Nein, ich meine damals. Warum seid Ihr nicht zu mir gekommen, als es passiert ist? Ich hätte Euch schützen können. Und Ihr hättet mich vor dem schweren Irrtum bewahrt, dieser widerwärtigen Kreatur mein Wohlwollen und um ein Haar die Hand meiner Tochter zu gewähren.«

John regte sich unbehaglich. »Nun, das habe ich ja auch so zu verhindern gewusst, nicht wahr.«

»Ich will eine Antwort, John. Warum habt Ihr Euch mir nicht anvertraut? Ihr wart noch sehr jung. Ihr hättet ein wenig Hilfe sicher gut gebrauchen können.«

»Weil es mich beschämt hat, Mylord. Das tut es noch.«

»Seid Ihr sicher, dass das der wahre Grund ist? Es lag nicht vielleicht daran, dass Ihr mir misstraut? Weil Ihr mich für einen machtgierigen, intriganten Heuchler haltet?«

»*Was?*« John war entrüstet.

Beaufort hob lächelnd die Schultern. »Ihr wäret nicht der Einzige, wisst Ihr.«

John verstand nicht, warum Beaufort diese alte Geschichte mit einem Mal so wichtig fand, doch er antwortete wahrheitsgemäß: »Ich habe erwogen, mich Euch anzuvertrauen. Nicht meinem Bruder, sondern Euch. Weil Ihr gesagt hattet, Ihr seiet mein Freund. Aber es ging nicht. Es … war etwas, womit ich allein fertig werden musste.«

Der Bischof nickte versonnen. »Das ist Euch weiß Gott gelungen. Mich schaudert bei dem Gedanken, wie furchtbar Eure Rache war.«

John verschränkte seufzend die Arme. »Ich sehe, alles, was ich Lady Adela gesagt habe, ist Euch zu Ohren gekommen.«

»Nun, sie hatte allerhand zu erklären, als ich gestern nach Mayfield kam.«

John machte sich keine Sorgen um Adela Beauchamp. Er hatte so eine Ahnung, dass diese Dame ihren Bischof ohne Mühe zu handhaben wusste. Und er war sicher, er verdankte es allein ihr, dass er hier so glimpflich davongekommen war.

»Ihr hattet vor Eurer Heimkehr nichts von unserer Heirat gehört?«, fragte er.

»Oh doch. Arthur Scrope erschien in Harrys Hauptquartier in Pontoise und schrie Zeter und Mordio. Ihr solltet Euch vor ihm hüten, wisst Ihr.«

»Ich hüte mich immer vor ihm.«

»Das beruhigt mich.«

John nickte. »Wenn das für heute alles war, Mylord, ersuche ich um Eure Erlaubnis, nach Hause reiten zu dürfen. Juliana …«

»Nein, das war bei weitem noch nicht alles, Sir. Schickt Euren wackeren Daniel nach Waringham, um sie zu beruhigen. Wir haben viel zu bereden und viel zu tun.«

John verließ den behaglichen Raum, nickte den Wachen auf dem Korridor mit einem breiten, befreiten Grinsen zu und fand seinen Knappen am Feuer in der Wachkammer des Torhauses. »Reite nach Hause, Daniel. Sag Fitzalan, er kann den Brief verbrennen. Und sag meiner Frau …«

»Ja. Sir?«

»Richte Ihr aus, es bestehe kein Anlass zur Sorge. Voraussichtlich komme ich morgen zurück.«

Daniel nickte und erhob sich bereitwillig. »Dann sei Gott gepriesen. Und sein Bischof.«

»Hier.« John zückte seinen Dolch und reichte ihn dem Jungen mit dem Heft zuerst. »Man weiß nie, was einem nachts auf der Straße begegnet.«

Doch der Knappe schüttelte den Kopf und zog seinen eigenen Dolch unter dem Mantel hervor.

»Woher hast du den?«, fragte John verwundert. Es war eine schlichte, aber solide gearbeitete Waffe.

»Vom Schmied, meinem Stiefvater«, antwortete Daniel stolz.

John hatte gehofft, Raymond hätte sie dem Jungen geschenkt. »Also dann. Mach dich auf den Weg. Gott behüte dich.«

»Und Euch ebenfalls, Sir.« Mit einem Nicken und einem Lausejungengrinsen eilte Daniel aus der Wachstube – gänzlich furchtlos vor seinem einsamen Ritt durch das nächtliche Kent.

»Ich hatte vor, Euch viel länger schmoren zu lassen«, bekannte Beaufort unvermittelt, als John zurückkam. »Ich wollte Euch schwitzen sehen. Als Rache dafür, dass Ihr meine Tochter gestohlen habt.«

»Ich hoffe, Ihr seid auf Eure Kosten gekommen, Mylord.«

»Nicht annähernd. Eure Stirn ist völlig trocken geblieben.«

Aber auch nur die, dachte John mit einer verstohlenen Grimasse.

»Es war Euer Plädoyer für ein Recht auf Selbstbestimmung, das mich gezwungen hat, vorzeitig einzulenken.«

»Ich hätte nie geglaubt, dass gerade Ihr einen solchen Gedanken billigen könntet.«

»Ihr habt Recht. Das sollte ich eigentlich auch nicht. Es ist ein gefährlicher, unerhörter Anspruch.« Unter halb geschlossenen Lidern hervor betrachtete er John. »Aber ein Gedanke, der mich seit einiger Zeit zunehmend beschäftigt.«

»Tatsächlich?«

»Die Welt ändert sich, John.« Beaufort lehnte sich vor und stützte die Ellbogen auf den Tisch. »Überall an den Universitäten in Italien, Böhmen und Frankreich werden Werke vergessener Dichter und Denker aus alter Zeit übersetzt und diskutiert. Vergessene Ideen werden wieder entdeckt, vergessene, gefährliche Gedanken wieder gedacht. Und sie rütteln an den Grundfesten all dessen, was wir lange Zeit für unumstößlich gehalten haben. Selbst hier im abgelegenen England bleiben wir von neuen Gedanken nicht verschont, die die Ordnung der Welt in Frage stellen, nicht wahr?«

»Ihr meint die Lollarden?«

Der Bischof nickte. »Wir können sie und ihre Schriften verbrennen. Wir können das Kreuz gegen die Hussiten in Böhmen nehmen, wozu der Papst mich seit Monaten drängt. Aber gegen so viele neue Gedanken, von denen nicht wenige gut und richtig sind, werden wir letztlich nichts ausrichten.«

»Gut und richtig?«, fragte John verwundert. »Aber Ihr verabscheut die Lollarden!«

»Wie könnte ich?«, Beaufort lächelte geisterhaft und trank einen Schluck. »Mein eigener Bruder ist einer der ihren.«

»Euer Bruder?«, stammelte John verständnislos. »*Exeter*?«

Der wackere Herzog mit dem Rauschebart und der unerschütterlichen Frömmigkeit und Königstreue war so weit von dem entfernt, was John sich unter einem Ketzer vorstellte, dass er es kaum glauben konnte. Und noch während er diese Enthüllung und die Tatsache, dass der Bischof ihm plötzlich Familiengeheimnisse anvertraute, zu verkraften versuchte, fuhr sein Gegenüber in aller Seelenruhe fort:

»Er hätte natürlich niemals gemeinsame Sache mit Oldcastle

gemacht, aber er glaubt, was Oldcastle glaubte. Gott vergib mir, ich habe selbst lange Jahre mit diesen Lehren geliebäugelt. Aber die Lollarden kennen keine Vernunft und kein Maß, darum muss ihnen Einhalt geboten werden.« Beaufort schüttelte den Kopf. »Was ich fürchte, John, ist ein Machtverlust der Kirche. Ich fürchte, dass sie eines Tages an diesen Gedanken zerbricht, wenn sie sich ihnen nicht beugt. Was die Christenheit nun vor allem braucht, sind starke Herrscher und stabile Verhältnisse. Krieg und Not sind ein hervorragender Nährboden für aufrührerisches Gedankengut. Wir müssen tun, was wir können, um ihnen ein Ende zu bereiten. Damit die Menschen wieder zu Gott finden können und die Kirche sich von innen heraus erneuern kann.«

John ging ein Licht auf. »Womit wir bei Harry und Katherine wären.«

Der Bischof lächelte flüchtig. »Ich habe etwas für Euch.« Er stand auf, trat an einen zweiten Tisch gleich unter dem Fenster, der voller Papiere und Pergamentbogen war, und brachte John ein unversiegeltes Schreiben. »Harry hat es mir für Euch mitgegeben.« John streckte die Hand aus, aber Beaufort zog den Bogen noch einmal zurück. »Ich muss Euch warnen. Es wird … ein Schock für Euch sein.«

John hielt seine Hand weiterhin ausgestreckt, und als der Bischof das Schreiben hineinlegte, faltete er es ohne Hast auseinander und überflog die wenigen Zeilen. »Ein Schuldschein der Krone?«, fragte er ungläubig. »Über meinen ausstehenden Sold?«

Beaufort nickte.

John schaute ihn verständnislos an, und dann begriff er. Für einen Moment fühlte es sich an, als habe ihm jemand den Boden unter den Füßen weggezogen. »Er … er entlässt mich aus seinen Diensten?«

»John …«

»Ohne ein Wort? Mit einem verdammten *Schuldschein*?«

»John, hört mir zu.«

John erhob sich abrupt. Mit einem Mal waren seine Knie

butterweich, und er wankte beinah, als er ans Fenster trat. Er stützte die Hände auf die eiskalte Steinbank und starrte blicklos auf die schneeverkrusteten Butzenscheiben. Er wusste nicht, wie er all der Bilder und Erinnerungen Herr werden sollte, die plötzlich auf ihn einstürzten: Die Ketzerverbrennung in Smithfield. Kennington und heldenhafte Tennispartien. Hugh Fitzalan, der in seinen Armen gestorben war, und Agincourt. Der Sturm auf Caen, die Belagerung von Rouen, Somerset und Tudor. Fast sieben Jahre seines Lebens. Drei davon im Krieg.

»Aus und vorbei, einfach so …«

»Ich weiß, es ist bitter«, sagte die samtweiche Stimme hinter ihm. »Aber es ist alles andere als aus und vorbei.«

»Mylord, bitte … lasst mich gehen.«

»Wozu? Wollt Ihr Euch im Len ertränken? Er führt nicht genug Wasser dafür. Nein, mein Sohn, Ihr werdet Euch jetzt hinsetzen und mir zuhören.«

John fuhr sich mit dem Ärmel über die Augen und kehrte an seinen Platz zurück. Er merkte kaum, was er tat. Er war außer sich.

»Vor allem müsst Ihr verstehen, dass es hier nur um Politik geht«, erklärte Beaufort. »Ihr seid tief gekränkt, und das kann ich verstehen, aber Harrys Entscheidung, Euch aus seinen Diensten zu entlassen, ist eine politische. Der König ist durch und durch ein Staatsmann, weit mehr als diejenigen ahnen, die immer nur den Feldherrn in ihm sehen. Er ist der stärkste und klügste König, den England seit hundert Jahren hatte. Und der skrupelloseste.«

»Mylord, ich glaube nicht …«, begann John entrüstet und machte Anstalten, wieder aufzustehen, aber der Bischof nahm seine Hand und schob ihn zurück auf seinen Platz.

»Kein Grund, die Flucht zu ergreifen. Seid beruhigt. Es liegt mir fern, etwas Schlechtes gegen Euer Idol zu sagen. Wie könnte ich auch, vergöttere ich ihn doch ebenso, wie Ihr es tut. Aber es wird Zeit, dass Ihr und ich offen miteinander sind, John. Ich bin, wenn man so will, Euer Schwiegervater. Ihr habt, wenn man so will, eine Lancaster geheiratet. Das ändert viele Dinge.«

John schaute verwundert auf. Er hatte sich in den letzten Monaten weiß Gott oft den Kopf über Juliana of Wolvesey zerbrochen, aber er hatte tatsächlich keinen Gedanken daran verschwendet, dass sie ebenso nah mit dem König verwandt war wie Somerset. Seine Cousine, obendrein ersten Grades. König Harrys Vater war schließlich ein Bruder des Bischofs gewesen. »Ist es das, was er mir so übel nimmt?«

»Nein. Was er übel nimmt, ist die Tatsache, dass es Juliana überhaupt gibt. Harry zürnt mir viel mehr als Euch. Nicht aus moralischer Überheblichkeit. Aber er fürchtet, der Papst oder die anderen Herrscher der Christenheit könnten von Juliana und ihrer Schwester erfahren, und das würde seinem Ansehen und somit seiner Position schaden. Mein Verhältnis zum König ist außerordentlich kompliziert, John. Wir stehen einander nahe. Wenn Vertrauen bedeutet, dass man dem anderen glaubt, was er sagt, vertrauen wir einander absolut. Aber er schuldet mir mehr Geld, als er je zurückzahlen kann. Das missfällt ihm. Ihm missfällt, dass der Papst mich zum Kardinal ernennen will und ich die Macht Roms in England verkörpern könnte. Er braucht mich. Er traut mir. Ich nehme an, er liebt mich sogar. Weiß Gott, Harry hat ein großes Herz. Aber ich bin ihm unbequem.«

John lauschte fasziniert. Er hatte sich nie gefragt, wie der König, dessen Brüder, Onkel und Cousins wirklich zueinander standen. Sie hatten in seiner Vorstellung immer eine unverbrüchliche Einheit gebildet. Und vermutlich waren sie das auch. Aber nichts war je so einfach, wie es oberflächlich betrachtet schien. »Warum … erzählt Ihr mir all das, Mylord?«

»Weil ich Euch haben will.«

Die unverblümte Eröffnung erschreckte John. Er riss die Augen auf und wusste nichts zu sagen.

»Das wollte ich immer schon«, fuhr Beaufort seelenruhig fort. »Land kann ich Euch keines bieten. Ihr könntet Waringham jetzt ja auch kaum den Rücken kehren, da Ihr dort das Amt des Stewards übernommen habt, nicht wahr?«

John schüttelte den Kopf. »Juliana ist glücklich in Waringham. Sie fängt schon an, sich heimisch zu fühlen und Freundschaften zu schließen. Ich will sie dort nicht herausreißen, ehe mein Bruder unerträglich wird und mir keine andere Wahl lässt.«

»Gut so«, stimmte Beaufort zu. »Aber ich habe zweihundert berittene Soldaten im Feld stehen. Oder genauer gesagt, sitzen sie derzeit untätig in Rouen und fressen mir die Haare vom Kopf. Doch das wird gewiss nicht lange so bleiben. Ich biete Euch den Befehl über meine Truppen. Ihr könnt Harry weiter dienen, obwohl er Euch vorübergehend und pro forma verstoßen hat, und Ihr könnt unverändert Euer lustiges Soldatenleben mit Euren Freunden teilen, wenn es Euch denn tatsächlich immer noch amüsiert. Nur in weitaus besserer Position. Und ich zahle Euch ...«

»Nein, das will ich nicht wissen«, fiel John ihm ins Wort. »Wenn ich es tue, dann nicht für Geld.«

Beaufort schnitt eine ironische Grimasse. »Euer unbestechliches Gewissen in allen Ehren, aber Ihr werdet einsehen, dass ich meine Tochter und meine Enkel gut versorgt wissen will.«

»Eurer Tochter mangelt es an nichts, und über Eure Enkel können wir streiten, wenn es so weit ist. Erklärt mir, in welchen Krieg ich Eure Männer führen würde. Sagt mir, wie es mit Harry und Katherine steht. Und mit Frankreich.«

»Gut«, antwortete der Bischof vorbehaltlos. »Besser, als ich es vor einem Jahr zu hoffen gewagt hätte. Der neue Herzog von Burgund, Philipp, ist zutiefst beeindruckt von Harry, den er dringend braucht, um den Mord an seinem Vater zu rächen. Die schändliche Tat des Dauphin hat auch die einflussreiche Königin Isabeau ihrem Sohn endgültig entfremdet. Die Verhandlungen nähern sich dem Abschluss. Ich werde Euch sagen, worauf es hinausläuft, aber noch unter dem Siegel der Verschwiegenheit, hört Ihr?«

John nickte.

»Im kommenden Frühjahr wird Harry Prinzessin Katherine heiraten. Der bedauernswerte, geisteskranke Charles wird seinen Sohn, den Dauphin, enterben und Harry zum Regenten und Erben einsetzen. Wenn Charles stirbt, wird Harry zum König von Frankreich gekrönt. Der Thron geht auf seine und Katherines Nachkommen über.«

John ließ sich in seinen Sessel zurückfallen. »Das ... ist es.«

Beaufort nickte, und er konnte sich ein zufriedenes Lächeln nicht versagen.

»Das heißt, wir haben erreicht, wofür dieser Krieg begonnen wurde!« Johns Augen strahlten. »Harry und seine Erben bekommen die französische Krone.«

»So wird es vertraglich festgelegt. Aber der junge Prinz Charles wird nicht demütig das Haupt senken und geschlagen davonkriechen. Ihn müssen wir immer noch besiegen. Und ich warne Euch, wie ich Harry gewarnt habe: Bildet Euch nicht ein, das werde leicht. Denn das wird es nicht.«

»Nein«, stimmte John zu. »Aber in diesen Krieg werde ich mit Freuden ziehen. Ich nehme Eure Truppen, Mylord. Ich ... danke Euch für das Vertrauen, das Ihr in mich setzt. Und Ihr habt mein Wort, dass ich mein Bestes tun werde.«

»Daran zweifle ich nicht. Obwohl ich gestehen muss, dass Euer Hass auf die Dauphinisten mich beunruhigt. Aber ich bin zuversichtlich, dass Ihr einen kühlen Kopf bewahren werdet.«

John gab lieber keine Versprechungen ab.

»Übrigens hatte der König eine Braut für Euch ausgesucht, ehe er erfahren musste, dass Ihr so eigenmächtig Eure Wahl getroffen habt.«

»Ah ja?« John lächelte verlegen. »Und wen?«

»Die Comtesse de Blamont. Sie ist ...«

»Katherines treue Hofdame, ja. Ich erinnere mich an die junge Comtesse.«

»Ihr Gemahl fiel bei Agincourt«, bemerkte der Bischof.

»Ah. Ich bin überzeugt, sie ist ganz versessen darauf, einen Engländer zu heiraten.«

»Hm«, machte Beaufort. »Jedenfalls hat Harry schon einen neuen Bräutigam für sie gefunden.«

»Wirklich? Und zwar?«

»Euren Bruder Raymond. Eugénie de Blamont wird die neue Countess of Waringham.«

»Oh, arme Comtesse …«, entfuhr es John.

Troyes, Mai 1420

Und wer seid Ihr, mein junger Freund?«, fragte der König von Frankreich leutselig.

Harry tauschte einen Blick mit seinem Bruder Clarence, ehe er höflich antwortete: »Harry of Lancaster, Sire. Der … König von England.« Er räusperte sich unbehaglich, weil er damit rechnete, dass Charles ob dieser Eröffnung in Angst und Wehklagen ausbrechen werde.

Doch der alte König lächelte huldvoll. »Ach wirklich? Nun, in dem Falle seid Uns willkommen. Begrüßt die Damen!«

Mit einem unterdrückten Seufzer wandte Harry sich an Isabeau, verfehlte ihre geschürzten, dick bemalten Lippen absichtlich und küsste sie auf die Wange. Bei seiner Braut bewies er mehr Treffsicherheit. Er gestattete sich sogar, besitzergreifend die Arme um sie zu legen. »Ich hoffe, Ihr seid wohl, Katherine?«

Sie senkte den Blick, sträubte sich aber nicht gegen seine Umarmung. »*Très bien, Monseigneur.*«

»Lasst uns gehen, Sire«, unterbrach Bischof Beaufort diesen geflüsterten Austausch von Artigkeiten. Er bemühte sich, keine Nervosität zu zeigen. Aber es war nicht leicht, an diesem Tag, der vielleicht der entscheidendste dieses langen Krieges war, die Ruhe zu bewahren.

Trotz seiner frohen Laune ließ man König Charles sicherheitshalber im Gewahrsam seiner Mätresse im Bischofspalais zurück. Harry, Isabeau, Katherine und der junge Herzog von Burgund begaben sich mit ihrem großen Gefolge in feierlicher Prozession in die Kathedrale St. Peter und St. Paul zu

Troyes, wo der Vertrag, welcher in monatelangen, mühevollen Verhandlungen ausgearbeitet worden war, verlesen wurde. Alles war so gekommen, wie der Bischof vorausgesehen hatte: Harry bekam Katherine, eine atemberaubende Mitgift und die Regentschaft über Frankreich, dessen Krone nach Charles' Tod an ihn und seine Erben übergehen sollte. Im Gegenzug verpflichtete er sich, den Krieg gegen die Dauphinisten fortzusetzen und die von ihnen enteigneten französischen Adligen zu entschädigen.

»Und was machen wir mit diesem widerlichen Dauphin, wenn wir ihn haben?«, wisperte Raymond of Waringham dem Earl of Warwick ins Ohr.

»Wir liefern ihn seiner Mutter aus«, flüsterte der Duke of Clarence. »Die hackt ihn in handliche kleine Stückchen.«

»Ich schlage vor, wir fangen ihn erst einmal«, murmelte Warwick trocken.

»Und ich schlage vor, Ihr setzt diese Unterhaltung fort, wenn der feierliche Akt vorüber ist, Gentlemen«, raunte der Duke of Gloucester tadelnd.

Die gescholtenen Lords wechselten amüsierte Blicke hinter seinem Rücken.

Nachdem das lange Vertragswerk endlich verlesen und besiegelt war und der Bischof das Hochamt gehalten hatte, begannen die zwölftägigen Verlobungsfeierlichkeiten.

Ein endloses Bankett jagte das nächste, Wein plätscherte aus den Springbrunnen, die Gäste wurden mit Geschenken regelrecht überschüttet, und die burgundischen Köche entzückten uns jeden Tag mit neuen Wunderwerken, schrieb Somerset an John. *Schwäne und Pfauen im Federkleid waren noch die weniger spektakulären Speisen. Du hattest vollkommen Recht – das Größte sind die Pasteten. Eine hatte die Form einer Burg und war beinah so groß wie ich, und ihre Turmspitzen und Zinnen bestanden aus Marzipan. Wenn ich mich nicht vorsehe, werde ich so feist wie mein toter Cousin Edward of York. Apropos, dessen Erbe Richard, der zehnjährige Duke of*

York, nahm als königlicher Page an den Feierlichkeiten teil. Er ist ein hübscher, ernster Junge mit höfischen Manieren, aber da nur du es liest, gestehe ich dir die Wahrheit: Ich kann ihn nicht ausstehen. Du fragst, warum? Das kann ich nicht beantworten. Möglicherweise liegt es nur daran, dass der arme Knabe der Sohn des Verräters Cambridge ist.

Dann endlich kam der Tag der Hochzeit, die in großer Feierlichkeit in der St.-Johannes-Kirche in Troyes begangen wurde. Der Erzbischof von Sens hielt die Trauung, und Harry gab ihm dreizehn Goldnobel anstelle von dreizehn Pence. Anschließend gab es schon wieder ein Bankett, aber es war merklich kürzer als die der vergangenen Tage. Dem Erzbischof blieb kaum Zeit, das Brautbett einzusegnen, so groß war die Eile meines königlichen Cousins.

Das war gestern. Nun sitze ich hier weit nach Mitternacht in unserem Quartier im Bischofspalais und schreibe dir, während ich auf Tudor warte, dessen Schwermut der letzten Tage kaum zu ertragen war und der die Nacht vermutlich in einem Hurenhaus verbringt, um sich von der Vorstellung abzulenken, was sich im königlichen Brautgemach abspielen mag. Er macht mir Sorgen, John. Ich wünschte, du wärest hier. Nicht nur, um ein Auge auf ihn zu haben. Du fehlst uns. Ich habe versucht, mit Harry wegen dir zu streiten, aber er war schlüpfrig wie ein Aal und ist mir so lange ausgewichen, bis mein geliebter Stiefvater hinzukam und mir, wie zu erwarten war, in den Rücken fiel.

Aber nun ist das endlose Feiern ja glücklicherweise vorüber, und in wenigen Tagen ziehen wir aus, um dem Dauphin die Burgen südöstlich von Paris abzuknöpfen. Du wirst also bald kommen müssen, um dein neues Kommando zu übernehmen. Der König war übrigens ausgesprochen brummig, als mein bischöflicher Onkel ihm in aller Unschuld eröffnete, welch hervorragenden Kommandanten er für seine Truppen gefunden habe. Tudor und ich haben uns famos amüsiert.

Gott schütze dich und gewähre dir eine sichere Überfahrt.

Dein Freund John Beaufort, Earl of Somerset, dem es eine

große Freude ist, nun dein angeheirateter Cousin zu sein, auch wenn es vermutlich schon ein Skandal ist, das zu schreiben.

Raymond brachte nicht nur diesen Brief, sondern auch seine Braut mit nach Waringham, hatte Harry ihn doch nur für ein paar Tage beurlaubt, damit er die junge Comtesse in ihr neues Heim einführen konnte.

Eugénie de Blamont mochte an Katherines Seite immer nur wie ein blasser Schatten gewirkt haben, war für sich betrachtet jedoch eine durchaus hübsche, dunkelhaarige Frau. Sie zählte in etwa zwanzig Jahre und hatte rundliche Formen und sanfte, braune Augen, die jetzt allerdings rot geweint waren.

John gab vor, das nicht zu bemerken, als er sie am Eingang der Halle begrüßte. »Ich freue mich sehr, Euch wiederzusehen, Comtesse«, sagte er förmlich auf Französisch. Er hörte selbst, dass es zu kühl klang, und gab sich mehr Mühe: »Willkommen in Waringham.«

»Danke.« Es war kaum mehr als ein Flüstern, und es klang so hoffnungslos, als habe John sie im Vorhof der Hölle willkommen geheißen.

Juliana neigte höflich das Haupt vor der neuen Herrin der Halle, sah dann wieder auf und lächelte ihr zu, halb schüchtern, halb aufmunternd. Es war ein unwiderstehliches Lächeln. »Willkommen, Mylady«, sagte sie auf Englisch, fuhr dann aber in fließendem Französisch fort: »Mein Name ist Juliana of Wolvesey, Madame. Ich lebe auch erst seit einem halben Jahr in Waringham. Ihr werdet gewiss wie ich feststellen, dass Ihr mit großer Herzlichkeit hier aufgenommen werdet.« Sie traf exakt den richtigen Ton – respektvoll und doch warmherzig.

Raymond lehnte kreidebleich im Türrahmen. Die lange Überfahrt hatte ihm fürchterlich zugesetzt, ihm war immer noch sterbenselend. Und beim Anblick seiner jungen Schwägerin überkam ihn eine solche Bitterkeit, dass er ohne alle Mühe wieder Galle hätte spucken können. Aber er rang sich ein Lächeln ab und verneigte sich knapp. »Raymond of Waringham, Madam. Euer ergebener Schwager.«

Juliana knickste graziös. »Willkommen daheim, Mylord.« Dieser Mann war eine Legende und obendrein beinah so alt wie ihr Vater – er schüchterte sie ein. Und sie hatte etwas in seinen Augen aufleuchten sehen, das sie für Häme hielt.

John, der seinen Bruder besser kannte, wusste, dass es nicht Häme, sondern Lüsternheit war, die Raymond für einen kurzen Augenblick preisgegeben hatte, und schlagartig überkam ihn rasende Eifersucht.

»Würdest du Lady Eugénie ihr Gemach zeigen und sie ein wenig herumführen, Juliana?«, bat er.

»Natürlich.«

»Dann lass uns nach oben gehen, Raymond. Wir haben viel zu bereden.«

»Das kannst du laut sagen«, knurrte der Ältere und befahl Daniel, der in der Nähe stand, barsch: »Bring mir Wein.«

Gekränkt über die wenig freundliche väterliche Begrüßung nickte der Junge und verließ wortlos die Halle.

John bedachte seinen Bruder mit einem finsteren Blick, gab aber keinen Kommentar ab, sondern führte ihn die Treppe hinauf in das sonnendurchflutete Wohngemach. Kaum hatte die Tür sich geschlossen, packte Raymond den Jüngeren am Arm und schleuderte ihn dagegen. »Das hast du fein hingekriegt, du verfluchter Hurensohn! Weißt du eigentlich, wie schwer du den König enttäuscht hast? Du undankbarer, schamloser …«

»Beruhige dich, Raymond. Und lass mich los.«

»Du …« Drohend hob der Ältere die Faust.

John schloss die seine darum, stieß Raymonds Hand weg und befreite seinen Ärmel mit einem Ruck. »Nimm dich zusammen! Du hast weiß Gott kein Recht, mir Vorwürfe zu machen. Und du bist doch in Wahrheit nur wütend, dass ich im Gegensatz zu dir gewagt habe, die Frau zu heiraten, die ich wollte.«

Raymond wandte sich angewidert ab und ließ sich in einen der Sessel am Tisch fallen. »Ich nehme im Gegensatz zu dir Rücksicht auf die Wünsche meines Königs.«

»Du bist ja auch sein Vasall.«

»Du bist sein Ritter!«

»Das war ich. Und ich habe nicht die Absicht, mich vor dir zu rechtfertigen. Es geht dich nichts an.«

In tiefster Entrüstung wollte Raymond seine Gegenargumente vorbringen, als Daniel mit einem großen Zinnkrug hereinkam. Er stellte ihn auf den Tisch, verneigte sich vor seinem Vater und machte kehrt.

»Danke, mein Junge«, sagte John.

Sein Knappe ging mit einem Nicken hinaus.

»Er hat sich gut gemacht«, murmelte Raymond abwesend.

»Warum sagst du ihm das dann nicht? Warum hast du nicht ein einziges Wort des Grußes für ihn, nachdem ihr euch monatelang nicht gesehen habt?«

Raymond winkte ab. »Besser, man schenkt seinen Bastarden nicht zu viel Beachtung, glaub mir. Das steigt ihnen nur zu Kopf. Frag deinen Schwiegervater«, fügte er gehässig hinzu. »Ich bin sicher, er wird mir Recht geben.«

John brachte so viel Distanz wie möglich zwischen sie und ließ sich auf dem Fenstersitz nieder.

Sein Schweigen machte Raymond nervös. »Entschuldige«, knurrte er unwirsch. »Das ging wohl unter die Gürtellinie.«

Wo du dich bekanntlich am besten auskennst, dachte John, aber anders als sein Bruder sprach er nicht immer alles aus, was ihm in den Sinn kam.

Er versuchte, diese gefährliche Unterhaltung in ruhigere Gewässer zu lenken. »Wann habt ihr geheiratet?«

»Am zweiten Juni, wie Harry und Katherine. Schon am vierten hab ich Troyes mit dem König und Burgund und ein paar Männern verlassen, um die Belagerung von Sens und Montereau zu planen, aber die zwei Nächte mit meiner Braut waren ein Albtraum, John.« So kläglich war der Blick, den er seinem Bruder zuwarf, dass der es nicht fertig brachte, Raymond wegen seiner mangelnden Diskretion zu rügen.

»Lass ihr ein bisschen Zeit«, riet John stattdessen.

Raymond schnaubte und schenkte sich den größten Becher voll, der auf dem Wandbord stand. »Du auch?«

John nickte.

»Ich habe mir immer geschmeichelt, dass es keine Frau gibt, die ich nicht in Wallung bringen kann«, bekannte Raymond, während er John einen zweiten Becher reichte. »Ich weiß, was du sagen wirst. Aber die Erfahrung gab mir Recht.« Er hob mit entwaffnender Arglosigkeit die Schultern. »Es war einfach so. Aber sie … liegt einfach nur da. Mit geschlossenen Augen und Märtyrermiene. Reglos. Im Ernst, dass sie nicht gestorben ist, merke ich nur daran, dass sie in einem fort heult.«

John seufzte. Schuldbewusst gestand er sich seine Erleichterung, dass Eugénie de Blamont nicht seine Frau geworden war. »Ah. Jetzt dämmert mir, warum du in Wahrheit so voller Entrüstung bist. Dir wäre es viel lieber, *ich* hätte die heulende Eugénie am Hals, nicht wahr?«

»Du kannst wenigstens Französisch«, entgegnete Raymond, offenbar nicht im Mindesten beschämt, dass er ertappt worden war. »Der König hatte dich deswegen ausgewählt, und weil sie dich schon kannte. Dann verlierst du plötzlich den Verstand und heiratest diesen wandelnden Affront … einen wirklich niedlichen Affront, muss ich allerdings gestehen. Und da kommt Harry auf einmal der Gedanke, wie wunderbar es wäre, wenn ein englischer Earl eine französische Gräfin zur Frau nimmt. Harry ist im Versöhnungsfieber, verstehst du.« Er breitete die Arme aus. »Was sollte ich tun? Ich hab ihm gesagt, ich sei noch nicht bereit zu heiraten, aber …«

»Er hat erwidert, dass das für einen Mann von zweiundvierzig kein sehr überzeugendes Argument sei.«

»So ist es«, bekannte Raymond. Offenbar fand er diesen Einwand völlig unbegreiflich.

»Ich verstehe trotzdem nicht, warum du es getan hast, wenn du nicht wolltest. Harry ist kein Despot. Er hätte dich doch nicht gezwungen. Und selbst wenn er ein Weilchen verstimmt gewesen wäre, hätte er dich niemals so einfach … verstoßen wie mich. Auf mich kann er verzichten. Aber nicht auf dich.«

»Und das macht dir überhaupt nichts aus, oder?«, konterte Raymond verständnislos. »Mein einziger Trost in den letzten

Wochen war die Vorstellung, dass du in Waringham sitzt und vor Kummer krepierst. Und was finde ich bei meiner Heimkehr vor? Du strahlst vor Glück. Ehrlich, John, das ist nicht gerecht. Das hast du nicht verdient!«

John hatte bittere Tränen vergossen, als er vergeblich auf die Aufforderung wartete, zu den Hochzeitsfeierlichkeiten nach Troyes zu kommen. Er fühlte sich zu Unrecht zurückgewiesen und viel zu hart bestraft. Aber eher hätte er sich in sein Schwert gestürzt, als Raymond das wissen zu lassen. »Du hast mir nicht geantwortet. Warum hast du's getan?«

»Wegen der Mitgift«, bekannte Raymond unwillig. »Sie hat Burgund für dreitausend Pfund ihre Ansprüche auf Blamont verkauft, und die hat sie mir eingebracht.«

»Oh, das ist gut«, entfuhr es John. »Vor der Auktion im Frühjahr haben deine Gläubiger praktisch hier an der Zugbrücke kampiert.«

»Aber von dem Geld kriegst du keinen Penny zu sehen«, eröffnete Raymond ihm brüsk. »Ich behalte es für meinen Unterhalt und den meiner Truppen, bis der Krieg aus ist. Dann muss ich nicht jedes Mal auf den Knien zu Conrad rutschen, wenn ich neue Wintermäntel für meine Bogenschützen brauche.«

»Nun, auch das wird mein Leben als dein Steward erleichtern. Falls ich das noch bin.«

Raymond nickte mit einem flüchtigen Grinsen. »Oh ja. Ich bin ja nicht verrückt und schmeiß dich raus, nur weil ich wütend auf dich bin. Tristan Fitzalan hat mir geschrieben, welche Wunder du hier vollbringst.«

Er streckte die langen Beine vor sich aus und sah sich kurz um, sog den Rosenduft ein, der durchs Fenster strömte. Der Wein hatte die Nachwirkungen der Seekrankheit vertrieben, und man konnte zusehen, wie Raymond auflebte. »Tut gut, wieder hier zu sein«, bemerkte er schließlich.

John nickte.

»Sag mal, ist deine kleine Frau eigentlich noch nicht schwanger?«

»Nein.« Das war ein Umstand, der John allmählich zu sorgen begann.

»Brauchst du vielleicht Hilfe?«

Wie gestochen fuhr John von der Bank hoch. »Wenn du ihr zu nahe kommst, Raymond, dann schwöre ich dir …«

»Schon gut, schon gut!« Der Ältere hob lachend beide Hände, stand auf und streckte sich. »War nur ein Scherz. Ich halte mich an meine süße Judith, um mich über meine spröde Braut hinwegzutrösten.«

Natürlich, dachte John verdrossen. Die Schäferstochter aus Hetfield. »*Sie* ist übrigens schwanger, wie man hört«, knurrte er.

»Allmächtiger. Bastard Nummer zwölf, und das allein in Waringham.« Raymond sagte dies mit unverhohlenem Stolz.

Das waren sieben mehr, als John bislang gezählt hatte. »Und du nennst mich schamlos …«, murmelte er angewidert.

Raymond zwinkerte ihm zu und warf ihm einen versiegelten Brief in den Schoß. »Da. Von deinem Busenfreund Somerset. Ich reite nach Hetfield, John. Sei so gut und kümmere dich ein wenig um meine Frau.«

Das war gar nicht so einfach. Eugénie machte sich mit ihrer anhaltenden Trauermiene nicht gerade Freunde auf der Burg und im Dorf. Es kränkte die Leute, dass die Ausländerin England und Waringham offensichtlich so unerträglich fand, dass sie alles beweinen musste, was ihr unter die Augen kam, und es dauerte nicht lange, bis die Mägde anfingen, hinter ihrem Rücken zu kichern und sie Lady Tropfauge zu nennen.

»Die größte Last trägt Juliana«, berichtete John Conrad und Liz, während sie gemeinsam die hässliche Bisswunde anschauten, die eine rossige Stute einer anderen zugefügt hatte. »Sie ist eine der wenigen, die Französisch spricht, und als Eugénies Schwägerin fühlt sie sich natürlich verpflichtet, ihr den Einstand zu erleichtern. Aber Juliana ist noch keine fünfzehn Jahre alt. Sie ist …« Er brach ratlos ab.

»Überfordert?«, schlug Conrad vor.

John nickte, obwohl das Wort nicht wirklich den Kern der

Sache traf. Juliana war eigentlich vollauf damit beschäftigt, sich in ihre eigene neue Rolle zu finden. Vermutlich hatte sie gehofft, dass Eugénie ihr nicht nur die Verantwortung für den großen Haushalt abnehmen, sondern ihr auch eine ältere, erfahrenere Freundin sein würde. John wusste, es gab Tage, da Juliana ihre Mutter schmerzlich vermisste. Doch beide Hoffnungen hatten sich nicht erfüllt. Eugénie machte Julianas Leben weder einfacher noch reicher, sondern war im Gegenteil nur eine zusätzliche Bürde. »Gestern … gestern hat Juliana zum wiederholten Male versucht, ihr die Schlüssel zu übergeben. Sie stehen ihr zu – eigentlich wäre es Eugénies Pflicht, sie zu nehmen. Aber was hat sie getan?«

»Geheult«, rieten Conrad und Liz wie aus einem Munde.

John schüttelte den Kopf. »Sie hat Juliana gefragt, ob einer der Schlüssel auf die Tür ihrer Schlafkammer passe, damit sie Raymond aussperren könne, und als Juliana daraufhin errötete und nichts zu sagen wusste, hat sie ihr den Ring vor die Füße geschmettert.«

»Du meine Güte«, brummte Conrad missbilligend. Wenn er eins auf der Welt verabscheute, waren es Szenen. »Da Raymond seine Frau offenbar nicht dazu anhält, sich zusammenzunehmen, wirst du es tun müssen, John.«

Liz hatte begonnen, eine Salbe auf die verwundete Flanke zu streichen. Erwartungsgemäß wandte die Stute den Kopf und schnappte nach ihr. »Könnte einer von euch sie vielleicht mal halten?«, fragte sie unwirsch.

Conrad und John tauschten einen verwunderten Blick, und Conrad ergriff das Halfter. »Warum so kratzbürstig, Mistress Smith?«

»Ihr könntet ein wenig mehr Mitgefühl für die arme französische Lady zeigen. Sie ist allein unter Fremden, und ihr Gemahl kümmert sich überhaupt nicht um sie, sondern ist seit Tagen …« Sie unterbrach sich und winkte seufzend ab. »Ihr wisst ja selbst, wo er steckt.«

»Aber wenn er sich um sie kümmert, ist sie auch nicht glücklich, Liz«, wandte John ein.

»Völlig unbegreiflich …«, knurrte die junge Hebamme und wich geschickt zurück, als die Stute ausschlug.

Die beiden Männer schauten sich wieder ratlos an, und schließlich mutmaßte Conrad: »Es wird sicher leichter für sie, wenn Raymond weg ist.«

»Für sie wie für jede andere Frau in Waringham«, versetzte Liz. »Und darüber hinaus. Er erweitert sein Revier, falls euch das noch nicht aufgefallen ist.«

»Liz …« John war verlegen. Er fand es peinlich, dass sie dieses heikle Thema so unverblümt zur Sprache brachte. Auch wenn sie zu Raymonds Opfern zählte, war und blieb dieser der Earl of Waringham, und darum stand es ihr nicht an, sich missfällig über ihn zu äußern. Jedenfalls nicht vor John.

»Wisst Ihr eigentlich, dass es Väter in Waringham gibt, die ihren Töchtern verbieten, das Haus zu verlassen, wenn Euer Bruder daheim ist? Habt Ihr überhaupt eine Ahnung, wie schlimm es geworden ist? Dass die freien Bauern davon reden, fortzugehen?«

»Johns Einfluss auf Raymond ist sehr begrenzt, Liz«, sagte Conrad. »Er kann nichts tun. Und du bringst ihn in Verlegenheit.«

»Oh, wie unverzeihlich von mir …«, murmelte sie bitter, verschloss ihren Salbentopf und wollte sich abwenden. »Ich denke, wir sind hier fertig.«

»Warte, Liz«, bat John. Und als sie ihn mit verschlossener Miene anschaute, hob er die Hände. »Ich … es tut mir Leid. Ich billige nicht, was er tut. Aber ich kann ihn nicht kontrollieren, wie mein Vater es konnte. Was erwartest du, das ich tue?«

Liz steckte den kleinen Salbentiegel in ihren Beutel am Gürtel und seufzte. »Ihr tut ja genug, Sir John. Vor allem für meinen Daniel. Glaubt nicht, ich wüsste das nicht zu schätzen. Aber manchmal macht es mich so wütend, wie … ausgeliefert die Mädchen ihm sind. Wenn Ihr Maud gesehen hättet letztes Jahr zur Erntezeit, als Raymond sie mit einem Beutel Pennys abgespeist und aus seinem Bett geworfen hat …«

John schnaubte. »Aber inzwischen tröstet sie sich in den Armen unserer Stallburschen, wie ich höre.«

»Es war sicher nicht das, was sie sich einmal für ihr Leben erträumt hat«, gab sie hitzig zurück.

John nickte, obgleich er fand, dass nicht Raymond dafür verantwortlich war, wenn Maud sich an jeden Kerl in Waringham verkaufte. Aber er wollte Liz nicht weiter verstimmen. »Würdest du mir einen Gefallen tun?«, fragte er sie stattdessen.

»Natürlich.«

Es war schon wieder ein peinliches Thema. Wie ein verlegener Bengel senkte John den Kopf, schaute aber gleich wieder auf. »Könntest du dir meine Frau einmal ansehen und mit ihr reden? Sie ist ein bisschen beunruhigt. Wir sind jetzt schon über ein halbes Jahr verheiratet und …«

»Oh, verstehe. Natürlich, Sir John. Wenn Ihr wünscht, komme ich gleich heute Nachmittag.«

Er lächelte ihr dankbar zu. »Großartig.«

Die beiden Männer schauten ihr nach, als sie den Stutenhof überquerte und schließlich hinter einem der langgezogenen Stallgebäude verschwand.

»Ich fürchte, Juliana wird sich ziemlich verlassen vorkommen, wenn ich fort bin«, gestand John seinem Cousin. »Wenn sie schwanger wäre, hätte sie etwas, das ihre Gedanken beschäftigt.«

»Nach allem, was ich höre und sehe, ist sie mehr als genug mit eurem Haushalt beschäftigt, den Eugénie ihr ja wohl nicht abnehmen wird, nicht wahr? Und mach dir keine Sorgen, John. Es wird schon noch klappen. Ein halbes Jahr ist nicht wirklich eine lange Zeit. Menschen sind eben anders als Gäule.«

»Hm.« Es klang nicht sehr überzeugt.

»Darüber hinaus denke ich, dass deine Juliana die Zeit ohne dich gut übersteht. Es ist wahr, sie ist noch furchtbar jung, aber nicht so leicht einzuschüchtern, oder? Sie hat sich gut eingelebt oben auf der Burg.«

John nickte. »Ich glaube, alle haben sie ins Herz geschlossen. Sie macht es den Menschen ja auch nicht so schwer wie die bedauernswerte Eugénie. Aber Juliana ist ihrer selbst nicht so sicher, wie sie vorgibt. In Wahrheit fürchtet sie, dass die Ritter und vor allem die Damen sie ablehnen, weil sie ist, wer sie ist. Und natürlich ist ihr nicht verborgen geblieben, dass der König mir mit einem Mal die kalte Schulter zeigt. Sie weiß, warum. Sie ist alles andere als ein Schaf. Und jetzt macht sie sich Vorwürfe.«

»Sag ihr, falls ihr die Decke dort oben in dem hässlichen alten Kasten auf den Kopf fällt, wenn du fort bist, ist sie hier im Gestüt immer willkommen.«

John wurde gleich leichter ums Herz. »Danke, Conrad.«

Es dunkelte bereits, als John auf die Burg zurückkehrte und seine Kammer betrat.

Juliana saß auf einem Schemel am weit geöffneten Fenster und spielte die Harfe. Sie hatte die Haube und ihr Obergewand mit dem hohen Stehkragen abgelegt, trug nur noch das hellgrüne, großzügig dekolletierte Unterkleid und das blonde Haar zu einem langen Zopf geflochten. Als sie die Tür hörte, nahm sie die Hände von den Saiten und schaute auf. »Du kommst spät, John. Du hast das Essen versäumt.«

»Macht nichts.« Er trat zu ihr, beugte sich hinab und küsste ihr entblößtes Schlüsselbein. »Ich habe bei Lilian erfolgreich um eine Schale Eintopf gebettelt. Tut mir Leid, dass es so spät geworden ist.«

»Ich nehme an, du hast viel zu regeln, ehe du aufbrichst.«

Er nickte, ließ sich auf dem Fenstersitz nieder und zog Juliana auf seinen Schoß. »Aber ich hab nicht vergessen, was ich dir versprochen habe. Heute Nachmittag habe ich Daphnes Sattel abgeholt, er hängt im Gestüt in der Sattelkammer. Morgen kannst du sie reiten. Ich denke, sie ist so weit.«

»Wirklich?« Ihre Augen leuchteten auf, und sie schlang die Arme um seinen Hals. »Oh, das ist wunderbar, John. Danke!«

Er lachte leise. Ihre ungekünstelte Freude entschädigte ihn für jeden blauen Fleck, den Daphne ihm beschert hatte. »Streng genommen müsstest du dem ehrwürdigen Bischof danken. Er hat sie nämlich wider Erwarten doch bezahlt.«

Sie schnitt eine freche kleine Grimasse. »Deinem Bruder füllt er die Schatullen, aber dir enthält er meine Mitgift vor.«

»Von der Mitgift dürftest du eigentlich gar nichts wissen«, schalt John.

Obwohl Beaufort John ja verziehen hatte, sah er keine Veranlassung, die Unverschämtheit dieser unerlaubten Heirat zu honorieren, hatte er erklärt. Sich selbst gestand John ein, dass er ein wenig enttäuscht war. Ein paar hundert Pfund hätten dem Bischof nicht wehgetan, für John und Juliana aber einen großen Unterschied bedeutet. Sie hätten zusätzliche Zuchtstuten davon kaufen können. Vielleicht sogar ein Stückchen Land.

»Er ist knauserig«, bekundete Juliana und hob trotzig das Kinn, als wolle sie John herausfordern, ihr zu widersprechen.

Der zuckte jedoch nur mit den Schultern. »Das behaupten jedenfalls seine Feinde. Wer weiß. Vielleicht muss man ein wenig knauserig sein, um der reichste Mann Englands zu werden. Der Krone hat er jedenfalls noch nie ein Darlehen abgeschlagen, und auch meinem Bruder hat er schon einmal aus der Klemme geholfen.«

»Pah«, machte sie abfällig, und er musste schon wieder lachen.

»Und wie ist es dir heute ergangen, hm?«

Juliana kuschelte sich wie ein Kätzchen auf seinem Schoß zurecht. »Ich habe mir eine Pause von meinen Pflichten und von Eugénie gegönnt, damit sie mich mit ihrer Schwermut nicht ansteckt, und im Rosengarten den *Rosenroman* gelesen. Das erschien mir passend. Dann kam Daniel, und wir haben uns lange unterhalten.« John wusste, Daniel war Julianas besonderer Freund. Etwa gleich alt und in gleicher Weise vom Schicksal gebeutelt, fanden die beiden einander offenbar viel zu sagen. »Schließlich erschien seine Mutter, ist mit mir nach oben gegangen und hat mir stundenlang anstößige Fragen gestellt. Ich habe geantwortet, weil ich wusste, dass es dein Wunsch ist. Und sie sagt, sie könne keinen Grund feststellen, warum ich keine Kinder kriegen sollte.« Plötzlich schob sie die

Hand unter den Saum seiner kurzen Schecke. »Lass es uns jetzt gleich noch einmal versuchen, was meinst du?«

Grinsend nahm er ihr Handgelenk. »Es kann uns wahrhaftig niemand vorwerfen, dass wir uns nicht genug Mühe geben.« Er war erleichtert über Liz' Urteil. Sie hatte ihm das Leben gerettet, seine Schwester nach schwierigen Schwangerschaften von drei gesunden Kindern entbunden, sie konnte sogar Gäule kurieren. John hatte mehr Vertrauen zu Liz als zu dem viel gerühmten Justin de Grimaud.

Er stand auf, zog seine Frau mit sich hoch, und noch ehe sie das Bett erreichten, hatte er ihr Kleid aufgeschnürt. John war ausgesprochen geschickt in dieser Fertigkeit geworden. Lachend sanken sie in die Kissen, ineinander verschlungen, und Juliana wackelte mehr als nötig mit den Hüften, als sie das Kleid abstreifte, weil sie wusste, wie John dieser Anblick entzückte. Tatsächlich sah er ihr gebannt zu, beugte sich dann über sie und nahm behutsam eine ihrer Brustwarzen zwischen die Zähne. Er wollte sich Zeit lassen, es in die Länge ziehen, damit er umso mehr hatte, woran er sich erinnern konnte, wenn er fort war.

Draußen auf dem Korridor schlug krachend eine Tür. Eine hysterische Frauenstimme schrie etwas auf Französisch, was er nicht verstand, und dann grollte Raymond: »Das werden wir ja sehen, du verfluchtes französisches Miststück …« Die Tür krachte ein zweites Mal.

John spürte, wie Juliana unter ihm erstarrte, und ließ sich auf den Rücken fallen. »Süßer Jesus … mein Bruder kann einem wirklich Leid tun.«

»Ich würde sagen, Eugénie ist auch nicht gerade zu beneiden«, entgegnete Juliana. Es klang ungewohnt scharf, und sie bedeckte sich hastig mit einem Laken, zog es bis zum Kinn.

Oh, wunderbar, dachte John wütend. »Juliana … es geht uns nichts an. Und du ziehst die falschen Schlüsse. Raymond ist ein Filou und hinter jedem Rock her, weiß Gott. Aber er … na ja, man kann wohl sagen, auf seine eigentümliche Weise liebt er Frauen. Generell, meine ich. Auch wenn er bei Eugénie auf seine Rechte pocht, würde er sie nie mit Gewalt durchsetzen.«

»Eugénie erzählt eine ganz andere Geschichte«, gab Juliana zurück.

»Das ist ausgesprochen indiskret und hässlich von ihr. Glaub ihr nicht. Sie ist Französin. Und die Franzosen sind Lügner.«

»Oh, natürlich. Ein ganzes Volk von Lügnern, das ist wirklich überzeugend, John.«

Er wurde ärgerlich. »Willst du das wirklich tun? Raymonds und Eugénies Hader in unsere Kammer einziehen lassen?«

Sie drehte den Kopf auf dem Kissen und sah ihn an. »Nein. Natürlich nicht.« Es klang verunsichert.

John stützte sich auf einen Ellbogen und lächelte auf sie hinab. »Na siehst du.«

Bereitwillig nahm sie ihn in sich auf, schlang die Arme um seinen Hals und die Beine um seine Hüften, als wolle sie ihn nie wieder hergeben. Aber es war nicht so wie sonst.

Schon früh am nächsten Morgen fing Raymond seinen Bruder am oberen Ende der Treppe ab. Er war sehr blass, seine Miene wirkte grimmig. »Ich breche heute auf, John. Jetzt, um genau zu sein.«

John nickte und klopfte ihm die Schulter. Er konnte sich nicht erinnern, das je zuvor getan zu haben. »Was immer du sagst, Mylord. Dann folge ich dir in drei Tagen.«

»Abgemacht.« Aber entgegen seiner Ankündigung konnte Raymond sich offenbar noch nicht entschließen zu gehen. Er fuhr sich nervös mit der Linken über das stoppelige Kinn. »Vermutlich … wird es Gerede geben beim Gesinde. Mein Bett sieht aus wie eine Richtstätte. Aber es ist mein Blut, nicht ihres. Sie ist mit meinem eigenen Dolch auf mich los, das verdammte Luder.«

John hob ungläubig die Brauen.

»Ich wollte nur, dass wenigstens du die Wahrheit weißt«, fuhr Raymond mit gedämpfter Stimme fort, obwohl niemand in der Nähe war. »Wer weiß, was sie für Schauermärchen über mich erzählt.«

»Die Frau ist nicht bei Trost«, schloss John unbehaglich. »Was sollen wir mit ihr anfangen?«

»Sieh zu, ob sie sich beruhigt, wenn ich weg bin. Falls nicht, schließ sie irgendwo ein. Bevor es Tote gibt.«

John dachte einen Moment nach, dann nickte er seinem Bruder zu. »Geh mit Gott, Raymond. Ich kümmere mich um alles, und in meiner Abwesenheit wird Fitzalan sich der Dinge annehmen. Wir sehen uns vor Melun wieder. In spätestens fünf Tagen.«

Melun, Juli 1420

Ich kann ja verstehen, dass die Franzosen seit Agincourt nicht mehr wagen, sich uns in einer offenen Schlacht zu stellen, aber langsam habe ich diese Belagerungen ehrlich satt.« Somerset gähnte herzhaft. »Eine ist wie die andere: Wir beschießen die Mauern mit unseren Geschützen und graben Tunnel unter den Fundamenten, während die Leute drinnen auf den Dauphin warten, der niemals kommt. Und wenn sie hungrig genug sind, geben sie auf. Nein, ehrlich, das macht keinen Spaß mehr.«

Owen Tudor wiegte den Kopf hin und her. »Nun, einen Unterschied gibt es dieses Mal. Ich jedenfalls habe noch nie eine Belagerung mit einer Königin erlebt.« Er schaute zu dem Haus hinüber, das Harry für seine Gemahlin hier vor den Toren Meluns hatte errichten lassen – weit genug entfernt, dass der Kanonendonner sie nicht belästigte, nah genug, dass der König sie bei Einbruch der Dunkelheit schnell erreichen konnte. Und in der Dämmerung spielten jeden Abend mindestens acht Trompeter und andere Musiker vor ihrer Tür …

»Zwei Königinnen«, verbesserte Somerset. »Vergiss die liebreizende Isabeau nicht.«

Tudor gab flegelhafte Würgelaute von sich, und Somerset lachte. Dann schlug der Waliser dem jungen Earl plötzlich scheppernd mit dem Stulpenhandschuh vor den Brustpanzer. »Sieh nur, wer da kommt.«

Somerset schaute in die Richtung, die er ihm wies. »John!«

Sie ritten ihm entgegen, doch ehe sie einander begrüßen konnten, mussten sie sich vor einem Pfeilhagel ducken, der plötzlich über die Mauer kam.

»Willkommen in Melun, Waringham«, sagte Tudor ironisch. »Du siehst, alles ist, wie es immer war.«

John zog einen Pfeil aus dem kleinen Spalt zwischen Kinn- und Halsschutz seines Helms und warf ihn achtlos beiseite. »Die Garnison scheint noch ganz munter.«

»Leider«, stimmte Somerset zu. »Stell dir vor, der junge Burgund hat Montereau schon genommen. Und wir kommen hier nicht vorwärts. Das ist vielleicht peinlich.«

John sah blinzelnd zu der gewaltigen Mauer auf, die in der hellen Junisonne gleißend hell wirkte. »Bislang sind sie noch alle gefallen«, sagte er zuversichtlich. »Ich bringe zweihundert ausgeruhte, hervorragend ausgebildete Männer.«

»Das ist gut. Hier zeigen sich langsam Verschleißerscheinungen.«

»Und?«, fragte Tudor, während sie nebeneinander zum Kommandantenzelt hinüberritten. »Hat es dir das Herz gebrochen, deine Frau verlassen zu müssen? Oder bist du schon erleichtert, ihr entronnen zu sein?«

»Das trifft wohl eher auf meinen Bruder zu«, entgegnete John grinsend und wich der Frage damit aus.

Tatsächlich fühlte es sich höchst seltsam an, wieder in Frankreich zu sein. Er war fast ein Jahr in Waringham gewesen, und es war achtzehn Monate her, seit er zuletzt an Kampfhandlungen teilgenommen hatte.

Juliana zu verlassen war ihm nicht leicht gefallen. Doch Tudor hatte nicht völlig Unrecht mit seinem Verdacht; in gewisser Weise *war* John erleichtert. Die letzten Tage vor seiner Abreise waren von einer merkwürdigen Anspannung überschattet gewesen. Sie hatte auch sein Verhältnis zu Juliana getrübt. Auf einmal schwiegen sie sich an, wenn sie beisammen saßen, statt wie früher über Gott und die Welt zu reden. Es lag nicht nur daran, dass Juliana sich plötzlich wie aus heiterem Himmel entschlossen hatte, Eugénie gegen alle abfälligen Blicke und gehässigen Bemerkungen in Schutz zu nehmen. Es hatte auch etwas damit zu tun, dass John dieses Mal voller Blutdurst in den Krieg zog. Natürlich hatte er seiner Frau das nicht verraten. Aber irgendwie war Juliana ihm wohl dennoch auf die Schliche gekommen, und das hatte sie still und kleinlaut gemacht.

Er brauchte nicht lange auf seine erste Begegnung mit den Dauphinisten zu warten. Kaum hatte er den Brüdern des Königs seine Rückkehr gemeldet und seine Männer in Stellung gebracht, als die Garnison von Melun einen Ausfall unternahm. Gut dreihundert schwer bewaffnete Männer strömten plötzlich aus einer Seitenpforte in einem Winkel der Mauer und fielen über die englischen Soldaten her, die die Fundamente untertunneln sollten und so mit ihren Bauarbeiten beschäftigt waren, dass sie die Gefahr nicht kommen sahen. Eilig zog John den Angreifern mit Beauforts Männern entgegen, und als sein Schwert zum ersten Mal knirschend durch einen altmodischen Kettenpanzer in den Leib eines Franzosen fuhr, verspürte er einen kleinen Rausch der Genugtuung. Doch er verlor nicht den Kopf. Er brachte sein aufgespießtes Opfer zu Fall, befreite seine Klinge mit einem Ruck, und noch während er achtlos über den Schreienden hinwegstieg, erteilte er ein paar Befehle, hieß seine Männer, sich in zwei Gruppen aufzuteilen und die Franzosen in die Zange zu nehmen.

Es dauerte gar nicht lange, bis sie sie aufgerieben hatten. John ließ keinen am Leben, der sich ihm in den Weg stellte. Mit sparsamen, fließenden Bewegungen führte er seine Streiche, hatte die Augen überall, wehrte tückische Seitenangriffe ab, das gewaltige Schwert in der Rechten, den Dolch in der Linken. Er war einfach zu schnell für die französischen Angreifer, mähte einen nach dem anderen nieder, während er sich allmählich vorwärts bewegte wie ein Schnitter auf einem Kornfeld. Bald färbte die trockene, kreidige Erde um ihn herum sich rot, und die französischen Soldaten begannen, furchtsam vor ihm zurückzuweichen. Zwei streckte er noch nieder, ehe der klägliche Rest kehrtmachte und floh. John klappte das Visier seines Helmes hoch und verengte die Augen, um besser zielen zu können. Dann schleuderte er seinen Dolch und traf einen ungerüsteten, braungelockten Bauernjungen von hinten ins Herz. Und danach war es auf einmal still am Fuß der Stadtmauer.

Schließlich steckte einer von Beauforts Rittern das Schwert in die Scheide, stemmte die Hände in die Seiten und nickte. »Alle Achtung, Captain.«

Er war ein graubärtiger Veteran, der dem Haus Lancaster schon bei der walisischen Revolte gedient und allerhand erlebt hatte. Als er gesehen hatte, welch einen jungen Captain der Bischof ihm vor die Nase setzte, war er alles andere als glücklich gewesen. Doch jetzt hatte er seine Meinung geändert. »Alle Achtung.«

Johns Kiefermuskeln schienen sich verkrampft zu haben, und ihm war, als sei sein Gesicht ganz kalt. Der Hass brodelte in seinem Innern, war noch lange nicht gestillt. Fast in Panik schaute John sich um, aber es war weit und breit kein Feind mehr zu entdecken. Mühsam und nur allmählich gelang es ihm, sich zusammenzunehmen. Schließlich antwortete er scheinbar gelassen: »Ihr wart selbst nicht übel, Sir William.«

Der winkte einen der einfachen Soldaten herbei. »Hol Sir Johns Dolch zurück, Bübchen«, befahl er ihm. »Ich glaube, er braucht ihn noch.«

»Junge, Junge. So hab ich dich seit Agincourt nicht mehr erlebt«, bemerkte Tudor, als John kurz vor Einbruch der Dämmerung das Zelt mit dem Somerset-Wappen betrat.

John nahm sein Schwert ab und hielt es Daniel hin. »Damit wirst du ein bisschen Arbeit haben.«

»Das macht nichts, Sir.« Der Knappe strahlte vor Stolz über seinen Herrn. Genau wie viele andere hatte er gesehen, wie John den Ausfall zurückgeschlagen hatte. Das ganze Lager sprach davon. Daniel legte das Schwert behutsam auf die Erde, damit er die Hände frei hatte, um John aus der Rüstung zu helfen. Brustpanzer, Handschuhe und Armschienen legte er zu dem Schwert, denn sie waren ebenso mit französischem Blut beschmiert. Ehe er sich jedoch an die Reinigung der Rüstung begab, brachte er seinem Herrn eine Schüssel mit Wasser, Leinentuch und Rasiermesser. John sah, dass der Knappe ihm auch schon an gewohnter Stelle eine Schlafstatt hergerichtet und ihr leichtes Gepäck ordentlich verstaut hatte.

»Gut gemacht, Daniel«, murmelte er. »Wenn du uns noch einen Bissen Brot und einen Krug Wein besorgen könntest …«

»Nur für einen, Daniel«, sagte Somerset vom Eingang. »Der König und die Königin bitten Tudor und mich zum Nachtmahl.« Er trat ein und legte John im Vorbeigehen kurz die Hand auf die Schulter. »Das tut er absichtlich. Ich weiß nicht, was in ihn gefahren ist. Normalerweise ist er nicht so nachtragend. Aber offenbar ist er noch nicht fertig damit, dich zu kränken.«

Tudor hatte den Kopf in den Nacken gelegt und schaute mit einem seligen Lächeln in das durchhängende Zeltdach. »Ich werde sie sehen. Es gibt doch einen gütigen Gott …«

Somerset schüttelte seufzend den Kopf. »Hör gar nicht hin, John. Er kann an nichts anderes mehr denken als an die Königin. Völlig besessen. Er bemüht sich gar, in ihren Haushalt versetzt zu werden.«

»Stimmt«, bekannte Tudor ohne alle Verlegenheit. »Lieber trage ich der schönen Katherine ein seidenes Taschentuch nach, als für Harry Franzosen zu schlachten, bis es mich erwischt. Mir reicht's, ehrlich.«

John sagte zu alldem nichts. Er hob eine Beinschiene vom Boden auf, lehnte sie gegen einen Kerzenhalter und benutzte sie als Spiegel, während er sich rasierte. Nichts war zu hören als das Schaben der Klinge. Der Kanonendonner war für heute verstummt – die Welt war mit der Abenddämmerung still und trügerisch friedlich geworden.

Als Daniel mit einem halben Laib Brot und einem Krug Wein zurückkam, waren Tudor und Somerset im Begriff aufzubrechen.

»Sei uns nicht gram, John«, bat Letzterer ein wenig unbeholfen. »Lass nicht zu, dass er einen Keil zwischen uns treibt.«

John rang sich ein Lächeln ab und schüttelte den Kopf. »Ich glaube nicht, dass er das will. Und natürlich bin ich euch nicht gram, vorausgesetzt, ihr lasst irgendwas Anständiges für mich mitgehen.« Mit einer angewiderten Grimasse wies er auf das steinharte Brot.

»Das lässt sich einrichten«, versprach Tudor, und sie gingen hinaus.

Vier Monate dauerte die Belagerung von Melun, und für John war es eine bittere Zeit. Der König ignorierte ihn nicht direkt, doch er behandelte ihn mit der gleichen kühlen Distanz wie diejenigen burgundischen Adligen, die keinen Hehl daraus machten, dass sie ihrem jungen Herzog nur widerwillig in das Bündnis mit England gefolgt waren. Des Königs Brüder, Clarence und Gloucester, zeigten John ebenso die kalte Schulter – Clarence wohl hauptsächlich, um seinen Stiefsohn Somerset zu treffen, Gloucester, weil er ein Opportunist war. Und ausgerechnet Harrys Onkel Exeter, der in seiner einmal gefassten Meinung über einen Mann nicht so leicht zu erschüttern war und von Harrys Zorn gegen John vermutlich unbeeindruckt geblieben wäre, war als Kommandant in Rouen zurückgeblieben.

Doch mehr noch als die geballte Missbilligung der königlichen Familie machte John die Belagerung selbst zu schaffen. Der Widerstand der Dauphinisten in Melun war entschlossen. In häufigen Ausfällen, vor allem jedoch mit erbitterten Kämpfen in den finsteren Tunneln unter der Mauer setzten sie sich gegen die englischen und burgundischen Truppen zur Wehr, und es war vornehmlich dort, wo John unermüdlich im Einsatz war. Eine Fackel in der Linken, Schwert oder Lanze in der rechten Faust steckte er manches Mal von Sonnenaufgang bis zum Einbruch der Dunkelheit in diesem inzwischen verzweigten Minensystem und tötete die Dauphinisten in mühevoller Kleinarbeit, einen nach dem anderen, denn in der Enge dort war kein Platz für irgendetwas anderes als Zweikämpfe. Es war gefährlich. Da sowohl Belagerer als auch Belagerte unermüdlich von beiden Seiten gruben und Barrikaden errichteten, veränderten die Tunnel sich ständig. Man lief immer Gefahr, in eine tödliche Sackgasse zu geraten. Gelegentlich erwies das Gewicht der Mauer sich auch als zu groß, und ganze Tunnelabschnitte stürzten ein. Zweimal wurde John verschüttet, zweimal gruben seine Männer ihn aus, kurz bevor er erstickte. Die ewige Dunkelheit in den Tunneln setzte ihm zu, und doch war sie es, die er suchte. Er wollte wieder allein mit der Dunkelheit und dem Feind sein, denn es war der beste Weg, um sich seine Gefangenschaft gegenwärtig zu machen, alles an guten Dingen auszusperren, was ihm seither gewährt worden war, und seine Rache zu nehmen. Bei jedem Franzosen, der plötzlich aus der Finsternis vor ihm auftauchte, betete er, es möge Victor de Chinon sein. Doch Gott war weit weg von diesem lichtlosen Ort, und Chinon kam niemals. Darum wurde Johns Rachedurst nicht gestillt, und das stumpfsinnige Töten wurde ihm allmählich zum Albtraum. Aber am nächsten Tag kehrte er zurück und begann das blutige Tagewerk von vorn, weil er nicht anders konnte.

Und um dem Ganzen die Krone aufzusetzen, erschien Anfang September Arthur Scrope.

John kam zusammen mit Owen Tudor im Mondschein von einer der Koppeln am Rande des Zeltlagers zurück, wo sie nach ihren Pferden und denen des Königs geschaut hatten. Schweigend lauschten sie dem Klang der hellen Trompeten, der vom Haus der Königin herübergeweht wurde, und schließlich sagte Tudor: »Wenn Melun fällt, wird König Harry nach Paris ziehen. Das hat er Somerset und seinen Brüdern gestern eröffnet. Dort wird er die Stände einberufen und auf sich einschwören. Und *er* wird mit Katherine im Louvre residieren – nicht Charles und Isabeau.«

John konnte ein triumphierendes Lächeln nicht unterdrücken. »Gut so.«

»Aber er will nicht lange dort bleiben, sondern seine Königin schnellstmöglich nach England bringen.«

»Das kann man ihm kaum verdenken. Er war über dreieinhalb Jahre nicht zu Hause.«

»Hm. Und wenn wir in England sind, nimmt sie mich in ihren Haushalt.«

John blieb stehen. »Katherine?«

»Ja.«

»Nun … dann wird der Krieg für dich vorüber sein.«

»Vermutlich, ja.« Tudor ließ nicht erkennen, was er bei dem Gedanken wirklich empfand.

»Owen, ich weiß, es geht mich nichts an, aber … hältst du das wirklich für klug? Du solltest lieber rennen. So viel Abstand zwischen sie und dich bringen, wie du nur kannst. Denn wenn es mehr als eine Laune ist …«

»Es ist *keine* Laune.«

»Dann wirst du entweder todunglücklich oder ein Verräter.«

»Oder beides«, entgegnete Tudor mit einem verlegenen Grinsen, kickte einen der vielen, losen Kreidesteine weg, die die Erde übersäten, und ging langsam weiter. »Im Übrigen hast du Recht: Es geht dich nichts an.«

Auch John setzte sich wieder in Bewegung. »Ich mein's nur gut mit dir, Mann.«

»Oh, natürlich. Aber du willst dir von mir nicht anhören, dass du dich allmählich zugrunde richtest mit dem, was du hier tust, nicht wahr?«

»Ich tue nur, was jeder Soldat des Königs tun muss.«

Tudor nickte. »Mit ein bisschen zu viel Elan. Ich mache dir keinen Vorwurf – ich wette, du hast gute Gründe. Aber irgendwann muss es genug sein, John. Irgendwann muss man damit aufhören.«

»Die Dauphinisten haben nichts Besseres verdient! Sie sind nicht nur unsere Feinde, sondern sie verraten ihren eigenen König. Sie sind … widerwärtig. Wo liegt schon der Unterschied, ob man sie mit einem kühlen Kopf erschlägt oder im Zorn? In beiden Fällen sind sie gleich tot.«

»Hm. Aber wenn du es im Zorn tust, so wie die Waliser über Jahrhunderte gegen die Engländer gekämpft haben, um erlittenes Unrecht zu rächen, dann läufst du Gefahr, Risiken zu unterschätzen. Für Leib und Leben und für deine Seele. So viele walisische Prinzen endeten in Verzweiflung, in aussichtslosen Niederlagen. Wir singen schöne Lieder darüber. Aber in Wahrheit haben sie weder für sich selbst noch für Wales irgendetwas gewonnen. Mach nicht den gleichen Fehler.«

Tudor predigte nicht, sprach ohne besonderen Nachdruck. Gerade deswegen sah John sich außerstande, die Worte seines Freundes einfach mit einem Schulterlzucken abzutun. Nach einem längeren Schweigen gestand er: »Ich weiß im Grunde, dass du Recht hast. Aber … es ist so furchtbar schwer, damit aufzuhören, jetzt da ich einmal angefangen habe. Ich denke, wenn ich nie nach Frankreich zurückgekehrt wäre, hätte ich es irgendwann einfach vergessen können. Aber hier ist das unmöglich.«

»Oh, das glaub ich gern. Darum solltest du dir gut überlegen, was du tun willst, wenn Harry nach England zurückkehrt. Du könntest mit dem Bischof sprechen. Er mag im Moment kein Chancellor mehr sein, aber er ist Bedfords wichtigste Stütze bei der Regierung Englands. Auch dort werden gute Männer gebraucht.«

John nickte. »Aber es würde bedeuten, dass ich mich drücke. Das will ich nicht. Und ich kann mir schwerlich vorstellen, dass mein Schw… dass der Bischof besonders großes Verständnis dafür hätte. Immerhin hat er mir das Kommando über seine Männer hier übertragen.«

»Ein lukrativer Posten, darauf möchte ich wetten«, zischte eine Stimme aus der Dunkelheit. »Es geht doch nichts über gute Beziehungen, nicht wahr, Waringham?«

John zog erschrocken die Luft ein. »Scrope!«

Sein alter Widersacher trat aus dem Schatten zwischen zwei Zelten und schlenderte auf sie zu. »Derselbe. Heute Abend mit fünfzig Mann und zehn Wagen Ausrüstung aus Rouen eingetroffen.«

John fiel nichts zu sagen ein. Er hatte immer gewusst, dass diese Konfrontation eines Tages auf ihn zukommen würde, aber hier und jetzt hatte er damit noch nicht gerechnet.

»Glückwunsch, Scrope«, murmelte Tudor. »Ich bin überzeugt, nun seid Ihr erschöpft nach dem weiten Weg und wollt Euch zur Ruhe begeben.«

Scrope sah ihn nicht an. »Hat hier gerade eine Mücke gehustet?« Er verabscheute alle Waliser.

Owen Tudor verzog verächtlich den Mund.

»Scrope, hört mir zu«, begann John leise. »Ich verstehe, dass Ihr empört und gekränkt seid, aber ich konnte nichts anderes tun. Ich ... wollte Juliana schon lange, bevor ich wusste, dass sie Euch versprochen war.«

Der junge Ritter verschränkte die Arme und sah ihn an. »Ach ja? Gekränkt, meint Ihr? Ihr täuscht Euch. Ich bin alles in allem sogar froh, dass es mir erspart geblieben ist, das dumme Gänschen heiraten zu müssen. Aber die fünftausend Pfund, Waringham. Die hätte ich doch gar zu gerne gehabt.«

John stockte der Atem. Das war in der Tat eine Mitgift, deren Verlust einen Mann verbittern konnte. Aber er ließ sich nicht anmerken, dass er beeindruckt war. »Nun, ich weiß nicht, was Ihr Euch vorstellt, aber ich kann sie Euch nicht geben, denn ich hab sie nicht bekommen.«

»Nein. Aber ein Kommando. Er hat Euch verdächtig schnell verziehen, dieser *Bastard* von einem Bischof!«

»Ihr solltet Acht geben, was Ihr redet, Scrope«, entgegnete John schneidend.

Doch Arthur Scrope war zu zornig, um auf einen guten Rat zu hören. »Er hat mich nicht einmal mehr empfangen!«, presste er hervor. »Irgendein hergelaufener Kaplan richtete mir aus, seine Exzellenz seien zu beschäftigt!« Und er sehe darüber hinaus keine Veranlassung, hatte der Bischof ihm bestellt, weiter mit ihm zu verkehren, da inzwischen Tatsachen über Scropes Vergangenheit ans Licht gekommen seien, die Zweifel an seiner – Scropes – Ritterehre nahe legten. Arthur Scrope war nicht nur zutiefst beleidigt, er fürchtete sich auch. Er war allein und mittellos – er konnte es sich nicht leisten, den mächtigen Bischof Beaufort zum Feind zu haben. Der Bischof war ein Lancaster. Und Lancaster regierte England. Seit Cambridges Untergang gab es niemanden mehr, der daran etwas ändern konnte.

»Ich weiß nicht, was Ihr ihm erzählt habt, Waringham, aber ich bin sicher, es war gelogen. Ihr seid ein ehrloser, durchtriebener …«

»Ich habe ihm gar nichts erzählt«, fiel John ihm hitzig ins Wort. »Aber man muss keine Lügengeschichten über Euch erfinden, um das schöne Bild, das Ihr der Welt präsentiert, anzukratzen, Arthur Scrope, denn Ihr seid ein hinterhältiger Feigling.«

Scrope schleuderte ihm den Handschuh mit solcher Wucht vor die Füße, dass der Aufprall auf dem steinigen Boden wie ein Peitschenknall klang.

John tauschte einen kurzen Blick mit Tudor, dann bückte er sich, um den Handschuh aufzuheben. Doch plötzlich lag eine große Hand auf seinem Arm und riss ihn zurück.

»Oh nein, das werdet Ihr nicht tun.«

»Sire!« John verneigte sich so tief, wie Harrys stählerner Griff um seinen Arm gestattete.

Der König ließ ihn los, schleuderte ihn fast von sich weg. »Ich erlaube es nicht«, bekundete er den beiden Streithähnen. »Wir befinden uns immer noch im Krieg, Gentlemen. Derartige Verschwendung können wir uns nicht leisten. Seid mir willkommen vor Melun, Scrope. Und nun hebt Euren Handschuh auf.«

Arthur Scrope gehorchte schleunigst.

Der König nickte kühl in die Runde. »Ich schlage vor, Ihr begebt Euch nun zur Ruhe. Und ich wäre ausgesprochen dankbar, wenn Ihr Eure nächtlichen Streitigkeiten in Zukunft nicht ausgerechnet vor meinem Zelt austragen wolltet!«

Sie senkten die Köpfe wie gescholtene Bengel. Mit einer ungeduldigen Geste schlug der König den Mantel fester um sich und verschwand wieder in seinem Zelt. Im fahlen Mondlicht hatte keiner der jungen Männer die Löwen und Lilien auf den Tuchbahnen erkannt.

»Vielleicht werft Ihr ihn beim nächsten Mal ein bisschen leiser«, schlug John Scrope im Flüsterton vor.

Doch der schüttelte den Kopf. »Ich habe nicht die Absicht, den König zu verärgern, indem ich Euch erschlage. Das könnte Euch so passen.« Nach einem kurzen Schweigen fügte er hinzu: »Im Grunde habt Ihr gar keinen offenen Zweikampf verdient, Waringham. Eure Niedertracht kann man wahrlich nur mit Niedertracht vergelten.«

»Na dann.« John nickte mit einem frostigen Lächeln. »An Niedertracht seid Ihr nun wirklich schwer zu übertreffen. *Bonne Chance.*«

Melun fiel am 18. November. Der Dauphin war wieder einmal nicht gekommen, um den von Hunger und Krankheit bedrängten Menschen der Stadt zu Hilfe zu eilen.

Die Kapitulationsbedingungen, die Harry der Stadt diktierte, waren weitaus härter als die der Vergangenheit: Jeder einzelne Einwohner von Melun – egal ob Bürger oder Soldat – wurde bis zur Zahlung eines Lösegeldes Gefangener der englischen Krone. Noch schlechter erging es den rund zwei Dutzend Schotten, die der Garnison von Melun angehört hatten. Harry hatte während der langwierigen Belagerung eigens den König von Schottland herbeischaffen lassen, der sich in englischer Gefangenschaft befand, um sie zur Vernunft zu bringen. Damit hatte sich die Zahl königlicher Hoheiten vor den Toren Meluns auf fünf erhöht. Doch ganz gleich, was König David den Schotten androhte oder versprach, sie hörten nicht auf ihn. Und da Ungehorsam gegen den König einen Akt des Verrats darstellte, nahm Harry diese Schotten nach dem Fall der Stadt nicht gefangen, sondern ließ sie aufhängen.

Ein wenig beklommen schauten die jungen Ritter zu den Leichen hoch, die nun seit drei Tagen ordentlich aufgereiht im unablässigen Nieselregen an der Stadtmauer baumelten und eine große Schar Krähen anlockten.

»Das wäre nicht nötig gewesen«, murmelte Somerset.

»Ich weiß nicht«, erwiderte John unschlüssig und betrat ihr Zelt. Es war kalt und unwirtlich, aber wenigstens einigermaßen trocken. »Es stimmt doch nun mal, oder? Sie haben ihrem

König den Gehorsam verweigert. Wohin soll das führen, wenn man so etwas durchgehen lässt?«

Die anderen beiden folgten ihm.

»Er hätte sie aber nicht gleich aufhängen lassen müssen«, widersprach Somerset untypisch heftig. »Im Übrigen hätte er die Entscheidung dem schottischen König überlassen sollen, der dagegen war.«

»Was regst du dich so auf, es waren doch nur Schotten«, warf Tudor ein. Es sollte ironisch klingen, aber seine Freunde wussten, es erfüllte ihn jedes Mal mit Bitterkeit, wenn sich wieder einmal zeigte, dass es den Engländern an Respekt vor ihren britischen Nachbarn mangelte. Er hob den Krug auf dem Tisch an, fand ihn aber leer.

»Schade, dass Harry den alten Charles nicht bewogen hat, den französischen Soldaten der Garnison ebenfalls zu befehlen, sich zu ergeben«, sagte John. »Dann könnten wir die jetzt auch alle aufknüpfen. *Das* wäre sinnvoll gewesen, denn sobald wir sie laufen lassen, kriechen sie zu ihrem Dauphin zurück und stellen sich uns bei nächster Gelegenheit wieder entgegen.«

Somerset war seiner Meinung. »Harry hat es versucht. Aber der gute, alte Charles war … nicht in der Verfassung. Er wusste nicht einmal, wen er vor sich hatte.«

John schnalzte ungeduldig. »Es wird nicht gerade besser mit ihm.«

»Nein«, bemerkte Tudor. »Katherine sagt, seine Verwirrung nimmt immer dann zu, wenn er nicht in Paris in seiner gewohnten Umgebung ist.«

Unwillkürlich tauschten John und Somerset einen Blick. Es machte sie nervös, dass Tudor die junge Königin so vertraulich beim Vornamen nannte und sie ihm offenbar persönliche Dinge anvertraute. Wie so viele walisische Edelleute sprach auch Owen Tudor fließend französisch. Damit war er einer der wenigen, mit denen Katherine sich überhaupt verständigen konnte.

»Wie … ist sie?«, fragte John neugierig.

»Du kennst sie doch«, antwortete Tudor achselzuckend.

»Nur als Prinzessin, nicht als Harrys Königin. Führt sie sich so unmöglich auf wie meine Schwägerin? Oder hat sie ihre Meinung geändert?«

»Sie hat ihre Meinung schon geändert, als sie Harry zum ersten Mal gesehen hat«, antwortete Tudor und konnte ein Seufzen nicht unterdrücken. »Vermutlich schon vorher. Sie behauptet, du habest Honig in ihr Ohr geträufelt.«

John zog eine Grimasse. »Zu dumm, dass sie dem König offenbar nichts davon gesagt hat.«

Somerset schlang den feuchten Mantel fester um sich und setzte sich auf einen der Schemel am Tisch. »Sie ist Harry sehr zugetan, das ist nicht zu übersehen. Das Gleiche gilt umgekehrt. Und sie ist sehr würdevoll. England wird seine neue Königin lieben, da bin ich sicher.«

»Ob Frankreich hingegen so schöne Gefühle für seinen neuen König entwickeln wird, wage ich zu bezweifeln«, sagte Tudor.

Die beiden anderen lachten.

»Das macht ja nichts«, fand Somerset. »Katherine hat ihren Liebreiz, Harry seine Armee. Mit beiden kann man ein Land erobern. Da fällt mir ein, mein innigst geliebter Stiefvater sagte heute früh, dass wir übermorgen abrücken, und ich frage mich …«

Er unterbrach sich, weil plötzlich und unangemeldet ein graubärtiger Ritter ihr Zelt erstürmte. »Ich bitte um Verzeihung für die Störung, Gentlemen«, sagte er außer Atem und verbeugte sich hastig. Dann fuhr er an John gewandt fort: »Captain, ich glaube, es wäre besser, Ihr kommt mit mir.«

»Sir William! Was gibt es denn?«

»Schnell, Sir.« Der sonst so unerschütterliche Veteran war offenbar äußerst beunruhigt. John stand auf und folgte ihm ins Freie. Somerset und Tudor schlossen sich ungebeten an. Sir William warf ihnen einen kurzen Blick zu, sagte aber nichts.

In größter Eile führte er sie zum Zelt der Kommandanten. Die Wache ließ sie passieren, und als sie durch den Eingang traten, hörten sie den Duke of Gloucester sagen: »Schafft einen

Priester herbei, der ihm die Beichte abnimmt, und dann hängt ihn auf.«

John spürte, wie seine Kopfhaut sich vor Entsetzen zusammenzog und seine Nackenhaare sich aufstellten. Daniel lag vor Gloucester auf den Knien. Und man hatte ihn in Ketten gelegt.

Gleich hinter ihm standen zwei Ritter, so als sei der Junge ein gefährlicher Verbrecher, den es zu bewachen galt, und als John erkannte, dass einer der Wächter Arthur Scrope war, verkrampften sich seine Eingeweide. Was immer hier vorgehen mochte, ein Missverständnis war es nicht, erkannte er.

Er trat einen Schritt vor. »Darf ich fragen, wieso Ihr meinen Knappen hängen lassen wollt, Mylord?«, erkundigte er sich ausgesucht höflich.

Gloucester warf ihm nur einen kurzen, äußerst kühlen Blick zu. »Ah, Waringham.« Es klang nicht besonders überschwänglich. »Nun, mir wäre ganz neu, dass ich mich vor Euch rechtfertigen müsste, denn ich führe heute das Kommando über dieses Lager.« Er wechselte sich in dieser Aufgabe mit seinem Bruder Clarence, dem Earl of Salisbury und den übrigen Kommandanten ab, wusste John. »Aber da er Euer Junge ist, will ich es Euch natürlich gern sagen: Er hat in der St.-Martinus-Kirche ein goldenes Fingerreliquiar gestohlen.«

John wandte sich sprachlos an seinen Knappen. Der Junge war so bleich, dass seine Haut wächsern wirkte, und er schwitzte. Es kostete ihn offenbar große Mühe, Haltung zu bewahren, aber noch gelang es. Weit aufgerissene, bestürzend blaue Augen sahen John an, starr vor Furcht. Raymonds Augen.

»Warst du in der Stadt, Daniel?«, fragte John. Er hatte es verboten, denn die Stadt war unruhig, und nicht gerade selten kam es zu Übergriffen der siegreichen englischen Soldaten gegen die Bevölkerung. Er hatte nicht gewollt, dass sein Knappe da hineingeriet.

Daniel nickte.

Nur mit Mühe unterdrückte John einen Fluch. »Und hast du etwas gestohlen?«, fragte er. »Sag die Wahrheit.«

Inbrünstig schüttelte der Junge den Kopf. »Nein, Sir. Ich

schwöre bei der Seele meiner Mutter.« Die Stimme bebte, aber John wusste, dass Daniel nicht log. Selbst unter harmloseren Umständen war er ein schlechter Lügner.

»Zuverlässige Ritter kontrollieren jeden Mann, der aus der Stadt ins Lager zurückkommt, Waringham.« Gloucester wies auf Arthur Scrope. »Das Reliquiar wurde im Beutel des Jungen gefunden.«

»Ich hab es nicht genommen«, beteuerte Daniel leise, aber eindringlich. »Gott steh mir bei, ich hab's nicht genommen ...« Er wusste, dass Arthur Scrope ihn wegen seiner unehelichen Geburt verachtete, doch er ahnte nicht, dass er zum Bauernopfer in einer Intrige gegen seinen Herrn geworden war, und deswegen konnte er sich einfach nicht erklären, wie das kostbare, mit Edelsteinen besetzte Röhrchen in seinen Beutel geraten war.

Gloucester steckte die linke Faust unter den rechten Ellbogen, den rechten Daumennagel in den Mund. Fast sofort ließ er ihn wieder sinken und erklärte John knapp: »Ich verstehe, dass das schmerzlich für Euch ist, aber Ihr kennt des Königs Befehle. Jetzt geht und holt den Priester, Scrope.«

John machte auf dem Absatz kehrt, lief Somerset um ein Haar über den Haufen und stürmte aus dem Zelt. Einer Panik nahe, rannte er so schnell zur Mitte des Lagers, dass er verwunderte Blicke auf sich zog, und vor dem Zelt des Königs fragte er die Wachen: »Ist mein Bruder dort drin?«

Einer der Ritter schüttelte den Kopf. »Er ist mit dem Earl of Warwick oben in der Stadt und kassiert das Lösegeld der reichen Pfeffersäcke, Sir.«

Oh Gott, hilf mir, betete John verzweifelt. »Lasst mich durch, Sir Gerald. Es ist furchtbar dringend, ehrlich.«

»Ich fürchte, das ist nicht möglich, Sir. Der König ist gerade ...«

John packte ihn plötzlich am Mantel und schleuderte ihn zur Seite. Damit hatte der junge Sir Gerald nicht gerechnet. Er verlor das Gleichgewicht und fiel auf die nass geregnete Erde. Ehe sein Gefährte John packen konnte, war der durch den Eingang geschlüpft.

Vor dem König fiel er auf die Knie. »Ich bitte um Vergebung, Sire. Ich weiß, Ihr zürnt mir, und mein Benehmen ist unentschuldbar. Aber Euer Bruder will meinen Knappen aufhängen. Jetzt. Ich flehe Euch an, helft mir.«

Harry erhob sich abrupt von seinem Sessel. »Ich fürchte, Ihr werdet mich einen Moment entschuldigen müssen, Cousin«, sagte er zu seinem Gast.

Der junge Philipp von Burgund saß in einem zweiten Sessel mit dem Rücken zum Eingang, sodass John ihn erst jetzt entdeckte. Er verneigte sich höflich in seine Richtung, während der englische Mönch, der in den Beratungen zwischen Harry und Burgund als Übersetzer fungierte, die Entschuldigung des Königs leise auf Französisch wiederholte.

John nahm Philipps verwirrtes Nicken nicht wahr, weil er den König unverwandt anschaute. Der griff nach seinem Mantel, welcher nahe dem Kohlebecken zum Trocknen über einem Schemel hing, warf ihn sich über die Schultern und trat zum Zelteingang. »Kommt«, war alles, was er sagte.

Hastig folgte John ihm hinaus. Sir Gerald stand wieder auf seinem Posten und sah so aus, wie man nach einem Schlammbad erwarten konnte. Er warf John einen verständnislosen und gleichzeitig wütenden Blick zu.

»Tut mir Leid«, raunte John ihm im Vorbeigehen zu. »Ich erklär's Euch später …«

»Warum?«, fragte Harry, als sie Seite an Seite zum Kommandozelt eilten.

»Sie sagen, er habe Kircheneigentum gestohlen.«

Der König wandte den Kopf und sah ihn kurz an, sagte aber nichts mehr, bis sie das Zelt betraten.

Die Szene dort hatte sich kaum verändert. Daniel kniete immer noch vor dem Duke of Gloucester und kauerte sich furchtsam zusammen, während der Herzog und Somerset einander mit finsteren Blicken maßen. John erfuhr später, dass Somerset Zweifel an Gloucesters Verstand geäußert hatte, unmittelbar bevor er mit dem König zurückgekommen war.

»Humphrey, was geht hier vor?«, fragte Harry brüsk.

Gloucester schüttelte seufzend den Kopf. »Ich bedaure, dass Ihr mit dieser Lappalie behelligt werdet, Sire.«

»Wieso?«, fragte sein Bruder, es klang ehrlich erstaunt. »Ist es nicht eine der obersten Pflichten eines Königs, Recht zu finden und zu sprechen?«

John atmete verstohlen auf. Er hatte gewusst, dass Harry dieser Aufgabe in der Tat große Bedeutung beimaß. Und er schämte sich, weil er für einen Moment gezweifelt hatte, dass der König sich der Sache annehmen würde, nur weil er derzeit nicht gut auf seinen einstigen Ritter zu sprechen war. Die Erfahrungen aus der Vergangenheit hätten ihn eigentlich lehren sollen, dass dieser König zu jeder Zeit ein offenes Ohr für die Rechtssuchenden hatte.

»Im Übrigen würde ich das Leben eines jungen Menschen nicht als Lappalie bezeichnen«, fügte Harry hinzu. Der Vorwurf in seiner Stimme war sanft, aber unüberhörbar.

In diesem Moment betrat Arthur Scrope mit einem hageren, lang aufgeschossenen Priester das Zelt.

Der König wandte sich mit einem höflichen Lächeln an den Geistlichen. »Es tut mir Leid, dass man Euch herbemüht hat, Vater. Aber Eure Dienste werden nicht benötigt. Hier wird heute niemand hingerichtet.«

Johns Erleichterung war so überwältigend, dass sein Herz einen Schlag aussetzte und ihm für einen Augenblick schwindelig wurde.

Weil der König gerade nicht hinschaute, verdrehte Gloucester mutig die Augen. »Sire«, begann er dann scheinbar geduldig. »Dieser Knappe ist ein Kirchendieb. Ich war der Auffassung, Eure Gesetze für diesen Fall seien eindeutig.«

Harry fuhr zu ihm herum. »Und ich war der Auffassung, es sei klar, dass wir keine Kinder aufhängen!«

Gloucester erkannte, dass sein königlicher Bruder unzufrieden mit ihm war, und wie aus eigenem Antrieb wanderte der Nagel seines linken Zeigefingers zwischen seine Zähne.

Harry umrundete John und seine Freunde, die beiden Ritter und den Beschuldigten, der ihn nicht anzuschauen wagte, und setzte sich in den Sessel, welcher der traurigen Gruppe genau gegenüber stand.

»Sieh mich an, Daniel.«

Wie bringt er es nur fertig, sich all die Namen zu merken?, fuhr es John durch den Kopf. Der König kannte Hunderte Männer mit Namen, nicht nur seine Lords und Ritter, sondern auch viele Knappen und einfache Soldaten.

Daniel hob den Kopf. Sein Atem hatte sich ein wenig beschleunigt, und er blinzelte einige Male.

»Hast du etwas gestohlen?«

Wieder schüttelte der Knappe heftig den Kopf. »Nein, Sire.« Die Stimme klang belegt und dünn – nicht sehr überzeugend, dachte John nervös.

Harry sah wortlos zu Gloucester.

»Sir Arthur hier und Sir Randolph kontrollierten jeden unserer Männer, die aus der Stadt herunterkamen, mein König, wie Ihr befohlen habt. Das hier wurde im Beutel des Jungen gefunden.« Gloucester nahm den kleinen Gegenstand vom Tisch, legte ihn auf die ausgestreckte Hand und hielt ihn Harry zur Begutachtung hin. Selbst im schummrigen Licht der einzelnen Öllampe auf dem Tisch sah man die Edelsteine funkeln. »Ein Fingerreliquiar des heiligen Laurentius«, erklärte er ehrfürchtig.

Der Schutzheilige aller Ischias-Geplagten, erinnerte sich John. Dieses Reliquiar hätte der Bischof sicher gern gehabt …

Harry betrachtete es eingehend, dann sah er auf den gefesselten Jungen hinab, der längst wieder zu Boden starrte. Schließlich schaute der König zu John. »Euer Knappe ist ein Dieb und ein Lügner, Sir, und für beides wird er gezüchtigt. Ich hoffe, Ihr seid zufrieden.« Es klang sehr kühl. Ehrloses Verhalten von Knappen warf kein gutes Licht auf deren Herrn.

John senkte scheinbar demütig den Kopf. Er wusste, er hätte Gott und dem König auf Knien danken sollen für dieses Urteil, aber er konnte es einfach nicht dabei bewenden lassen.

Die Prügelstrafe gehörte zum Armeealltag. Es verging kaum ein Tag, da nicht irgendeiner der einfachen Soldaten an den eigens zu dem Zweck errichteten Pfahl gebunden wurde und die Peitsche zu spüren bekam. Es war die einfachste und wirksamste Methode, um in diesem Haufen rauer Gesellen Disziplin zu halten, denn die Männer fürchteten sich davor. Die weniger hart gesottenen schrien, dass man es im ganzen Lager hörte, aber in der Regel mussten sie auf Johns Mitgefühl verzichten. Meist waren sie betrunken oder überhaupt nicht zur Wache erschienen, hatten einen Kameraden bestohlen, französische Frauen vergewaltigt, eine Scheune geplündert oder Befehle verweigert – sie waren Gesindel und hatten nichts Besseres verdient. Doch für einen unschuldigen Jungen war es ein zu hartes Los.

John sammelte seinen Mut. »Sire, ich weiß, die Umstände sprechen gegen ihn, aber ich bin von Daniels Unschuld überzeugt.«

»Wie erklärt Ihr Euch dann, dass das Reliquiar in seinem Beutel war?«

John konnte sich im letzten Moment davon abhalten, Scrope anzuschauen. Er wusste, es wäre ein Fehler gewesen. Stattdessen hob er hilflos die Schultern. »Das ist mir unmöglich. Vielleicht ... vielleicht hat der Dieb es ihm unbemerkt zugesteckt, um selbst dem Risiko der Entdeckung zu entgehen, in der Absicht, es ihm später wieder abzunehmen. Vielleicht hat einer der anderen Jungen ihm einen Streich spielen wollen, aber ...«

Der König erhob sich ungeduldig und winkte ab. »Das ist reine Spekulation.« Er wandte sich zum Gehen.

»Sire ... ich verbürge mich für meinen Knappen«, stieß John verzweifelt hervor.

Harry blieb noch einmal stehen und schaute ihn an. Einen Moment schien er zu schwanken. Dann schüttelte er den Kopf. »Es tut mir Leid, John. Vor einem Jahr hätte Euer Wort mir vielleicht genügt. Aber ... die Dinge haben sich geändert.«

John war nicht beleidigt. Erst jetzt verstand er wirklich, wie tief er den König persönlich gekränkt hatte. Harry hatte ihm von dem Moment ihrer ersten Begegnung an immer seine besondere Aufmerksamkeit und Freundschaft geschenkt. Johns Ehe mit Juliana musste ihm daher als ein gänzlich unbegründeter Akt der Rebellion erscheinen, den er umso weniger nachvollziehen konnte, als er seit dem Tag seiner Krönung persönliche Wünsche immer hinter die Interessen seines Landes gestellt hatte.

»Dann verbürge *ich* mich für Daniel«, sagte Somerset entschlossen und trat neben John.

Arthur Scrope konnte sich nicht länger beherrschen. »Das ist doch nicht zu fassen«, knurrte er wütend. »Was geht Euch diese Geschichte an, Mylord of Somerset?«

»Und was geht sie dich an, Scrope?«, konterte Owen Tudor abfällig.

»Was hast du überhaupt hier verloren, du hergelaufener walisischer Lauchfresser …«

»Mäßigt Euch, Sir Arthur!«, donnerte der König. Alle Anwesenden fuhren leicht zusammen, woraufhin er zufrieden nickte. Dann wandte er sich an seinen jungen Cousin: »Erklärt Euch, Somerset. Was könnte Euch veranlassen, für diesen Knappen einzutreten?«

»Ich habe ihn beinah ein halbes Jahr lang erzogen und ausgebildet, während John sich in Jargeau für König und Vaterland die Knochen brechen ließ …«

»Somerset!«, protestierte John entsetzt.

»… und anschließend in Troyes das Herz der Prinzessin gewonnen hat, dieses Mal nur für den König, weniger für das Vaterland. Wir wollen all diese Dinge über seinen kleinen Fehltritt, der wirklich nicht von solch großer Bedeutung ist, Sire, ja vielleicht doch nicht *völlig* vergessen, nicht wahr? In all der Zeit war Daniel mein zweiter Knappe, und ich habe ihn auf mehr Proben gestellt, als er je gemerkt hat. Ich kenne ihn. Er ist ein Draufgänger und tut längst nicht immer, was man ihm sagt. Aber er ist weder ein Lügner noch ein Dieb.«

Der König hob die Linke. »Moment. Einen Augenblick. Was ist damals in Jargeau geschehen, John?«

John stierte zu Boden und schwieg beharrlich.

»Er redet nicht darüber«, vertraute Somerset seinem Cousin an.

»Was Ihr nicht sagt. Aber zufällig bin ich der König, also werde ich Mittel und Wege finden, es ihm zu entlocken.« Für eine leere Drohung klang es erstaunlich unheilvoll.

John räusperte sich nervös. »Können wir das vielleicht vertagen, Sire?«

»Ja, ich meine auch, die Aufklärung dieses Diebstahls ist von größerer Dringlichkeit«, bekundete Gloucester steif, offensichtlich verschnupft, dass ihm das Heft hier so gänzlich aus der Hand genommen worden war.

»Es ist bedauerlich, dass du nicht erkennst, wie das eine mit dem anderen zusammenhängt, Humphrey«, sagte der König zerstreut. Dann sah er zu John und Somerset. »Bringt mir einen dritten Bürgen, und ich betrachte den Jungen als unschuldig.«

Owen Tudor trat einen Schritt vor. »Daniel würde niemals eine Kirche bestehlen, denn er kommt auf seinen Vater: Ihm liegt überhaupt nichts an Reichtümern. Darum verbürge ich mich für ihn, Sire, wenn Euch das gut genug ist.« Es klang ausnahmsweise eher schüchtern als angriffslustig.

Der König nickte. »Scrope, schafft die Schlüssel für die Ketten herbei und lasst den Jungen laufen.«

Arthur Scrope war so außer sich vor Zorn über den Verlauf der Ereignisse, dass er alle Vorsicht vergaß. »Vettern- und Günstlingswirtschaft, ein walisischer Schurke als Bürge, und ein Dieb kommt ungestraft davon! Ist das die königliche Gerechtigkeit?«

Mit erschreckender Plötzlichkeit packte der König ihn am Kragen. »Wenn Ihr diesen Mann noch einmal beleidigt, werdet Ihr es sein, der sich vor mir verantworten muss. Owen Tudor hat an meiner Seite bei Agincourt gekämpft und ist mir mindestens so teuer wie jeder englische Ritter, der sich dort in den hinteren Reihen herumgedrückt hat!«

Arthur Scrope wurde bleich. Völlig zu Recht fühlte er sich angesprochen und war zu Tode beleidigt. Er hatte bei Agincourt seine Haut zu Markte getragen wie jeder andere. Und hätte der

Duke of York ihn weiter nach vorne gestellt, hätte er es auch dort getan. Für den König, um den Makel auszumerzen, den sein Bruder auf dem Namen hinterlassen hatte. Aber in diesem Moment erkannte er, dass kein Scrope von einem Lancaster je Gerechtigkeit erfahren würde.

Der König ließ ihn mit einem Ruck los, stieß ihn geradezu von sich. »Tudors Wort hat Gewicht, weil er mir seine Treue und seine Integrität seither viele Male bewiesen hat. Er ist über jeden Zweifel erhaben, so wie Waringham und Somerset. Ihr hingegen, Sir, stimmt mich heute ausgesprochen misstrauisch. Also seid klug und tut, was ich befohlen habe, ehe ich Euch auf die Bibel schwören lasse, dass Ihr nicht wisst, wie das Diebesgut in den Beutel des Jungen geraten ist!«

Scrope starrte ihn einen Moment mit weit geöffneten Augen an. Dann verneigte er sich steif vor dem König und wandte sich ab. Im Hinausgehen warf er John einen so hasserfüllten Blick zu, dass der sich schwor, Arthur Scrope nie wieder so sträflich aus den Augen zu lassen wie in den vergangen Wochen und ihm niemals den Rücken zuzudrehen.

John nahm seinen Knappen beim Ellbogen. »Komm, Daniel. Es ist vorbei. Steh auf.«

»Augenblick, Sir.« Daniel befreite seinen Arm mit einem beiläufigen Ruck, wandte sich immer noch auf den Knien zu Harry um, ergriff den Saum seines Mantels und drückte ihn einen Augenblick an die Lippen. Weder wagte er, den König anzuschauen, noch brachte er ein Wort heraus.

Mit einem beinah verlegenen Lächeln legte Harry ihm die Hand auf den Kopf. Dann zeigte er mit erhobenem Finger auf John. »Wir sprechen uns noch.«

John lächelte matt. »Wann immer Ihr wünscht, Sire.«

»Hm. Ich muss zurück zu Burgund. Er ist kein sehr geduldiger Mann – das haben wir gemein.« Er überlegte einen Moment. »Kommt in einer Stunde zum Haus der Königin.«

»Wie es aussieht, bist du nicht länger in Ungnade«, bemerkte Tudor an John gewandt. »Der arme Scrope kann einem fast Leid tun. Er hatte sich das so schön ausgedacht, und nun hat er das erreicht, was er bestimmt am allerwenigsten wollte …«

John wagte noch nicht so recht zu hoffen. Ungeduldig trat er von einem Fuß auf den anderen. Der Duke of Gloucester hatte sie ziemlich rüde aus dem Zelt verbannt, und nun warteten sie im unablässigen Novemberregen auf Scrope.

»Er lässt sich Zeit«, brummte Somerset.

Zu guter Letzt erschien Sir Randolph Atwood, der mit Scrope zusammen den vermeintlichen Dieb gestellt hatte, grinste achselzuckend in die Runde und schloss Daniels Ketten auf. »Nichts für ungut, Waringham. Es sah völlig eindeutig aus.«

John nickte. Sir Randolph stand im Dienst des Earl of Salisbury und war nur zufällig zusammen mit Scrope für den Wachdienst eingeteilt gewesen. Von dessen bösem Spiel hatte er gewiss nichts gewusst.

Sir Randolph nahm die schwere Kette in die Linke und drosch Daniel mit der Rechten auf die Schulter. »Nimm dich in Acht, Söhnchen. Irgendwer will dir was am Zeug flicken.«

Der Junge senkte verlegen den Blick. »Danke, Sir.«

John nahm ihn unsanft am Arm, und kaum hatten sie Somersets Zelt betreten, ließ er ihn los und ohrfeigte ihn links und rechts. »Was fällt dir ein, du Halunke?« Zwei weitere Ohrfeigen folgten. »Ich hatte dir verboten, in die Stadt zu gehen, richtig?«

Daniel summte der Kopf. Er nickte.

»Hätte ich doch nur den Mund gehalten und zugelassen, dass sie dir das Fell gerben! Vielleicht hättest du dann *endlich* Gehorsam gelernt, du Lump!«

Er hob wieder die Hand, aber Tudor fing sie ab. »Komm schon, Waringham, das reicht. Der Bengel hat den Schreck seines Lebens gekriegt, das ist Strafe genug. Im Übrigen hat er vier Monate lang französisches Blut von deiner Rüstung gekratzt und deine miserable Laune ausgehalten, ohne sich je zu beklagen. Vermutlich war er der Ansicht, er habe mal ein bisschen Spaß verdient.«

»Misch dich nicht ein«, knurrte John unwirsch, bedachte

Daniel nochmals mit einem finsteren Blick, ließ ihn aber zufrieden.

Tudor zwinkerte dem Jungen verstohlen zu und ließ sich in einen von Somersets komfortablen Sesseln fallen. »Was für eine Natter Scrope ist«, murmelte er angewidert.

Somersets Knappe Simon, der damit beschäftigt war, die Habe seines Herrn zusammenzupacken, und die Szene wortlos beobachtet hatte, bemerkte nun: »Er hat Daniel in die Stadt hinaufgeschickt.«

»Wer?«, fragten die drei Männer wie aus einem Munde.

Simon stopfte ein zusammengerolltes Paar Hosen in Somersets Helm und legte ihn in die aufgeklappte Truhe. »Sir Arthur Scrope. Mit einer Nachricht für Lord Waringham.«

John wandte sich an seinen Knappen. »Was für eine Nachricht?«

Daniel hob kurz die Schultern, ohne seinen Blick zu erwidern. Er war immer noch kränklich blass. »Keine Ahnung, Sir. Es war ein gefalteter Pergamentbogen. Nicht versiegelt, aber ich dachte, es gehört sich nicht, nachzuschauen.«

»Warum hast du keinen Ton davon gesagt?«, fragte John.

Daniel schüttelte den Kopf, schlug plötzlich eine Hand vor den Mund und rannte hinaus.

»Armer Kerl«, murmelte Somerset. »Das ist kein Wunder, weiß Gott. So eine Geschichte würde wohl jedem auf den Magen schlagen.«

»Er hat sich hervorragend gehalten«, meinte Tudor.

»Was ist denn passiert?«, fragte Simon besorgt.

Somerset berichtete seinem Knappen in einiger Ausführlichkeit von dem ungeheuerlichen Vorfall, und kaum hatte er geendet, kam Daniel zurück. Leise schlüpfte er durch den Eingang, als wünsche er sich, er wäre unsichtbar, und begann, die Siebensachen seines Herrn einzusammeln.

John beobachtete ihn ein Weilchen, dann gab er sich einen Ruck. Er schenkte Wein in einen Becher und brachte ihn dem Jungen. »Hier. Trink das. Und setz dich hin. Das Packen hat bis morgen Zeit.«

Daniel warf ihm einen verwunderten Blick zu, kam aber beiden Aufforderungen dankbar nach. Seine Knie kamen ihm butterweich vor, und ihm war immer noch schlecht.

»Tut mir Leid, Junge«, murmelte John.

Der Knappe hob plötzlich den Kopf und grinste. Es wirkte ein wenig geisterhaft, und trotzdem sah er seinem Vater mit einem Mal ähnlicher denn je. »Schon gut, Sir. Master Tudor hatte ganz Recht. Ich *wollte* in die Stadt. Wer weiß, vielleicht wär ich auch ohne Scropes Befehl gegangen.«

»Oh, was bist du nur für ein Esel«, schalt Tudor. »Warum in aller Welt hast du das jetzt zugegeben? Du standest so gut da als zu Unrecht gemaßregeltes Unschuldslamm. Aber statt sein schlechtes Gewissen auszunutzen und ein paar Pennys oder einen freien Tag oder sonst irgendetwas herauszuschinden, wirfst du deine Chance einfach weg. Ich bin schwer enttäuscht, Daniel.«

Alle lachten, aber insgeheim war John stolz auf seinen Knappen. »Daran kannst du sehen, dass er ein Waringham ist. Nicht immer übermäßig klug, aber aufrichtig. Das ist eine der wenigen Tugenden, die Raymond zu vererben hat.« Er legte Daniel kurz die Hand auf die Schulter.

Hastig griff der Junge nach dem Becher und trank, damit niemand seinen Gesichtsausdruck sehen und erraten konnte, was dieser Augenblick ihm bedeutete. Es war das erste Mal, dass John ihn einen Waringham genannt hatte.

Das kleine Haus der Königin am Rande des Lagers war nicht viel mehr als eine Blockhütte, und seine ländliche Schlichtheit erinnerte John ein wenig an die unbeschwerten Tage von Kennington. So wie dort ging es auch hier beim Essen eher ungezwungen zu. König Charles und Königin Isabeau speisten heute Abend nicht an der Tafel ihrer Tochter, und so waren lediglich König Harry, seine Brüder und Vertrauten versammelt. Die Tafel wies indessen ein makellos weißes Tischtuch auf, und die Speisen waren erlesen. Ganz anders als die beinah ungenießbare Feldküche von einst.

John, der so lange von diesem inneren Kreis ausgeschlossen gewesen war, fielen auch noch einige andere Veränderungen auf: Harry und Katherine saßen auf Sesseln, die mit golddurchwirktem Brokat bezogen und so prunkvoll waren, dass sie geradezu thronartig wirkten. Und die augenfälligste Veränderung war natürlich die Königin selbst. Nach all der Zeit traf ihre Schönheit ihn wieder aufs Neue. Es war wie ein Schock. Seine Hände wurden kalt, seine Beine schwach, und er hatte Mühe, sie nicht anzugaffen.

Dem König schien es nicht viel besser zu ergehen, obwohl er an ihren Anblick inzwischen doch hätte gewöhnt sein müssen. Nur mit einem Ohr lauschte er den gemurmelten Ausführungen seines Bruders Clarence, den Blick unverwandt auf seine Gemahlin gerichtet, und seine Augen leuchteten. Er sprach allerdings nur selten mit ihr. John mutmaßte, dass weder sein Französisch noch ihr Englisch große Fortschritte gemacht hatten, und er fragte sich, wie sie zurechtkamen, wenn sie allein waren.

Zu seiner Überraschung war die Königin offensichtlich erfreut, ihn zu sehen. »Jean! Wo habt Ihr nur so lange gesteckt? Wieso wart Ihr nicht bei unserer Vermählung?«

Anscheinend hatte ihr niemand brühwarm erzählt, dass er in Ungnade gefallen war, erkannte John erleichtert. Die Sprachbarriere hatte unzweifelhaft ihre Vorteile. »Das bedauert niemand mehr als ich, Madame. Leider hatte ich daheim ein neues Amt angetreten und war unabkömmlich.«

Sie bestand darauf, dass er ihr gegenüber Platz nahm. Tudors eifersüchtiger Blick entging John nicht, aber auch der Waliser wurde aufgefordert, sich in ihre Nähe zu setzen, und mit einem erleichterten Lächeln glitt er neben John auf die Bank.

»Wie geht es meiner Comtesse, Jean?«, fragte Katherine ihn schließlich. »Ist sie glücklich in Eurem schönen Kent, von dem Ihr mir so vorgeschwärmt habt?«

»Das solltet Ihr lieber meinen Bruder fragen«, antwortete er ausweichend.

»Nun, das ist unmöglich, weil der nichts als Eure abscheuliche Krächzsprache spricht, genau wie Arry.«

Tudor musste so lachen, dass er um ein Haar seinen Wein ausgespuckt hätte.

Die junge Königin lächelte nachsichtig, beinah spitzbübisch über seinen komischen Hustenanfall, fuhr dann aber an John gewandt mit gestrenger Miene fort: »Also frage ich Euch, Jean.«

John legte die Hasenkeule aus der Hand. »Nein, Madame. Ich glaube nicht, dass die Comtesse in Waringham besonders glücklich ist. Alle dort geben sich Mühe, damit sie sich heimisch fühlt, aber bei meiner Abreise hatten diese Bemühungen noch keine Früchte getragen.«

Sie lauschte mit besorgt gerunzelter Stirn. »Denkt Ihr, ich sollte sie an den Hof holen, wenn ich nach England komme?«, fragte sie.

»Ich bin sicher, sie vermisst Euch schmerzlich«, antwortete er wahrheitsgemäß.

Katherine warf einen nachdenklichen Blick auf Raymond, der zwischen Gloucester und Salisbury saß und diese mit einer – wahrscheinlich schlüpfrigen – Geschichte erheiterte. »Im Grunde wäre es naheliegend, da ihr Gemahl ja ständig mit Arry im Krieg ist«, murmelte Katherine.

John trank aus dem Becher, den er mit Tudor teilte, sagte aber weiter nichts zu dem Thema. Er hatte seine Saat ausgebracht. Die Zeit würde zeigen, ob sie Früchte trug.

»Denkst du, dein Bruder wird dir besonders dankbar sein, wenn er erfährt, dass du seine Frau quasi an den Hof geschickt hast?«, raunte Tudor ihm zu.

»Ganz bestimmt«, antwortete John ebenso verstohlen. »Ihr letztes trautes Beisammensein hat beinah in einem Blutbad geendet.«

Tudor betrachtete ihn einen Augenblick von der Seite und bemerkte dann: »Er kann sich wahrlich glücklich schätzen, dass er dich hat. Du regelst mehr als seinen Gutsbetrieb, scheint mir.«

»Du solltest meine Selbstlosigkeit nicht überschätzen«, gab John trocken zurück. »Je weniger Raymond und die Comtesse voneinander sehen, desto größer die Chance, dass sie nie einen Sohn zeugen.«

Das zweisprachige Tischgespräch verlief heiter. Der Erfolg der langen Belagerung stimmte Harry und die Lords übermütig, und sie redeten über Paris und vor allem über England. Viele der Männer hier waren genauso lange nicht zu Hause gewesen wie der König, und ebenso wie er konnten sie es kaum erwarten.

»Und was habt Ihr für Pläne, John?«, fragte Harry ihn schließlich. »Wollt Ihr uns nach England begleiten oder mit Beauforts Truppen hier bleiben?«

Die Lords an der Tafel gaben vor, sich weiter zu unterhalten, aber der Geräuschpegel hatte sich merklich gesenkt. Alle waren neugierig und wollten ergründen, ob der König dem jungen Waringham wirklich verziehen hatte.

»Ich richte mich ganz nach Euren Wünschen, Sire.«

»Ihr seid Steward von Waringham geworden, sagt Raymond?«

»Ja.«

»Und habt eine junge Frau daheim. Sicher zieht es euch nach Hause.«

Was für ein Spiel ist das, Harry, fragte John sich. Er sah ihm in die Augen. »Zur Erntezeit hätte ich daheim sein sollen, Mylord, aber das Risiko hat Raymond in Kauf genommen, als er einen Soldaten zum Steward wählte. Wenn er Euch nach England begleitet, kann er zu Hause im Übrigen selbst nach dem Rechten sehen. Wie ich sagte: Ich richte mich nach Euren Wünschen.«

Der König erwiderte seinen Blick und sagte eine Weile nichts; ein kleines Lächeln umspielte seine Lippen. Wirklich, John?, schien seine Miene zu sagen. Und für wie lange dieses Mal? Doch schließlich senkte Harry die Lider ein wenig auf diese eigentümliche Lancaster-Art, die seinem Gegenüber bedeutete: Du glaubst nur, du weißt, was ich denke. »Dann bleibt mit Somerset hier. Ihr untersteht dem Befehl des Duke of Clarence.«

»Oh, Glückwunsch, Waringham«, flüsterte Tudor.

John nickte. »Natürlich, Sire.« Und er dachte: So stehen wir also zueinander, Harry. Du hast mir offiziell vergeben und willst mich in Wahrheit aber nicht mehr um dich haben. Er schalt sich einen Narren, weil er so enttäuscht war.

Doch er hatte sich geirrt. Als die Gesellschaft sich auflöste und die Lords sich nacheinander von der Königin verabschiedeten, stand Harry auf, nahm John unauffällig beim Arm und führte ihn in einen Winkel hinter Katherines breitem Bett mit den nachtblauen Vorhängen.

»Die Königin berichtete mir, Ihr wart sehr krank, als Ihr an den Hof Ihrer Mutter in Troyes gebracht wurdet, John.«

»Ich bin erstaunt, dass die Königin Euch dergleichen berichten konnte, da Ihr und sie nicht einmal in einer Sprache über das Wetter plaudern könnt.«

Harry grinste. »Ihr weicht mir aus, Ihr Flegel.«

»Sire …«

Harry hob die Hand. »Schon gut. Ihr sollt nur wissen, dass ich bedaure, was immer Euch in den Händen des Dauphin widerfahren ist. Und da es nun einmal so ist, dass Ihr ihn vermutlich besser kennt als jeder von uns, bitte ich Euch, hier zu bleiben. Meinen Bruder gegen den Dauphin zu unterstützen und ihm zu raten.«

»Natürlich, Sire. Nur würde Euer Bruder niemals einen Rat von mir annehmen, weil ich zehn Jahre jünger bin als er und obendrein der Freund seines Stiefsohns.«

Der König nickte besorgt. »Ich weiß, sie verstehen sich nicht. Das ist ein Jammer; sie könnten sich so gut ergänzen. Eigentlich müsste ich selbst hier bleiben, nur dann halten sie Frieden. Aber ich *muss* die Königin nach England bringen, versteht Ihr? Sie muss schnellstmöglich gekrönt werden, und dann muss ich sie durchs ganze Land schleifen, armes Mädchen, um sie den Städten und Grafschaften zu präsentieren.«

John schaute ihn verständnislos an. »Aber … warum?«

»Ich brauche Soldaten, John, und mindestens ebenso dringend brauche ich Geld«, vertraute Harry ihm mit gesenkter

Stimme an. »Ich bin hoffnungslos verschuldet, wie Ihr zweifellos wisst. Dieser Krieg bricht mir das Kreuz. Nur wenn die Städte und das Parlament mir neue Mittel gewähren, kann ich ihn weiterführen. Und das Geld wird ihnen locker sitzen, wenn sie sehen, welch eine Königin ich ihnen heimgebracht habe.«

John nickte. Er wusste, Harry hatte Recht. Er wusste zwar nicht warum, aber eine schöne Königin aus der Fremde hatte die Engländer immer schon großzügig gestimmt. »Wenn Ihr Geld braucht, Sire, vergesst Euren Onkel, den Bischof, nicht«, riet er.

»Bestimmt nicht. Er hat mich noch nie enttäuscht. Und ich hörte ein Gerücht, er habe kürzlich eine horrende Mitgift eingespart ...« Er lachte über Johns sichtliches Unbehagen und klopfte ihm die Schulter. »Habt ein Auge auf Clarence und Somerset für mich, John. Sorgt dafür, dass sie über ihren Hader untereinander nicht vergessen, wer unser eigentlicher Feind ist.«

Du verlangst ein Wunder von mir, dachte John und unterdrückte ein Seufzen. »Ich werde tun, was ich kann, Sire«, versprach er.

Harry umarmte ihn kurz und wünschte ihm eine gute Nacht.

Beverley, März 1421

John war noch nie so weit im Norden gewesen. Drei Tage war er auf der Suche nach dem König durch Yorkshire geirrt, drei Nächte hatte er mit einer Decke auf der dünnen, verharschten Schneekruste am Straßenrand gelegen, weil er in dieser gottverlassenen Gegend keine Gasthäuser finden konnte. Er erinnerte sich, dass sein Vater immer voller Begeisterung von den Schönheiten Yorkshires gesprochen hatte, seinen vielen Flüssen und schönen Tälern. John fand das Land indes schroff und abweisend, und ein bitterkalter Wind wehte übers Hochmoor.

Beverley war ein geschäftiges Tuchmacherstädtchen nördlich des Humber, umgeben von einem Graben und einem Palisadenzaun. John gelangte kurz vor Einbruch der Dunkelheit von Süden in die Stadt, und am Keldgate fragte er die Torwache: »Ist es wahr, dass der König hier ist?«

Der Wächter nickte wichtig. »Mit der Königin, dem Erzbischof von York, dem Bischof von Lincoln und wenigstens zwei Dutzend feiner Gentlemen und Ladys, Sir. Und Ihr könnt Euch nicht vorstellen ...«

»Wo?«, unterbrach John brüsk und ritt an.

»Bischofspalast, am Nordrand der Stadt. Aber Ihr könnt hier nicht einfach so einreiten. Ich habe besonders strikte Anweisung. Wer seid Ihr, und was ist Euer Begehr in Beverley?«

»John of Waringham«, antwortete er über die Schulter. »Ich bringe dem König eine Nachricht.« Er scherte sich nicht um die weiteren Fragen, die der diensteifrige Torhüter ihm nachrief.

Mit seinen fünftausend Seelen zählte Beverley zu den großen Städten des Nordens, und John erkannte seinen Reichtum, als er an der Kathedrale vorbeikam. Doch der Stadtkern war nicht so verwinkelt wie in York oder London. John trabte die einzige breitere Straße in nördlicher Richtung entlang und gelangte ohne weitere Irrwege zum Bischofspalast. Die Torwachen dort gehörten zur Leibgarde des Königs und ließen ihn passieren, ohne Fragen zu stellen. Im Innenhof saß John ab und klopfte Achilles den Hals. »Danke, mein Guter. Ich wette, du bist genauso erledigt wie ich.« Er überreichte die Zügel einem weiteren Soldaten, der herbeigeeilt war, und fragte: »Wo ist der König?«

»Er sitzt in der Halle zu Gericht, Sir John.«

John nahm den Helm ab, betrat mit eiligen Schritten das Hauptgebäude der großzügigen Anlage und fand seinen Bruder und einige andere Adlige in einer Vorhalle, wo sie sich mit Klatschgeschichten und Weinbechern in den Händen am Kamin die Zeit vertrieben.

»Raymond.«

»John! Großer Gott, wie siehst du denn aus?« Hastig streckte

Raymond seinem Bruder den Weinbecher entgegen. »Was ist passiert?«

John hob abwehrend die Linke. »Hol den König.« Dann ergriff er den Becher und leerte ihn. Der Wein war heiß und schmeckte nach Nelken und Zimt. Er war tröstlich.

»Der König verhandelt die ungeklärten Rechtsfälle der letzten drei Jahre«, wandte Raymond ein wenig zaghaft ein. »Er wünscht, nicht gestört zu werden.«

»Tu's trotzdem«, riet John.

Die Lords betrachteten ihn schweigend, ihre Mienen beunruhigt, aber niemand stellte ihm Fragen. Alle konnten sehen, dass er offenbar in großer Eile nach Beverley gekommen war und keine Freudenbotschaft brachte.

Raymond nickte und wandte sich ab. Des Königs Onkel, der Duke of Exeter, legte dem Boten kurz die Hand auf den gepanzerten Arm. »Kommt, mein Junge.«

Er führte John in das bischöfliche Schlafgemach, welches derzeit offenbar Harry und Katherine beherbergte, denn zu seiner Überraschung traf John seine Schwägerin dort an. Er verneigte sich sparsam. »Eugénie. Ich hoffe, Ihr seid wohl, Madame?«

Sie nickte mit einem Lächeln, das sogar halbwegs aufrichtig wirkte, aber ehe sie etwas erwidern konnte, sagte Exeter: »Lasst uns hinausgehen, mein Kind.« Er streckte ihr die Linke entgegen. »Wollen mal sehen, wo unsere schöne Königin steckt.«

Eugénie verstand zwar kaum ein Wort, aber seine Geste war eindeutig, und sie folgte ihm bereitwillig. Der bärtige Exeter mit seiner tiefen Stimme und den vielen Lachfalten um die Augen hatte etwas Vertrauenerweckendes, geradezu Gutmütiges. John schaute ihm nach. Er konnte immer noch nicht fassen, dass dieser Mann ein Ketzer sein sollte …

Nur wenige Augenblicke später öffnete sich schwungvoll die Tür. »Ich hoffe für Euch, es ist wichtig, John.« Der König trat über die Schwelle. Als er den Boten sah, verschwand sein Lächeln. »Was gibt es?«

John sank vor ihm auf ein Knie nieder und musste feststellen, dass die kleine Ansprache, die er sich auf dem langen Weg hierher so sorgsam zurechtgelegt hatte, nicht herauswollte. Er senkte den Kopf. »Wir gerieten bei Baugé in einen Hinterhalt, Sire. Euer Bruder, der Duke of Clarence, ist gefallen.«

Dem König entfuhr ein halb unterdrückter Laut des Entsetzens. John hielt den Kopf immer noch gesenkt und konnte deswegen nur Harrys Beine in den eleganten blauen Seidenhosen sehen. Sie entfernten sich langsam einige Schritte von ihm, verharrten, gingen weiter bis zum Bett.

»Steht auf, John«, sagte Harry erstickt und ließ sich auf die Bettkante sinken.

John erhob sich und trat ans Fenster. Er wandte dem König den Rücken zu, damit Harry unbeobachtet trauern konnte.

Es dauerte eine geraume Zeit, bis der König die Fassung wiederfand. Er war nicht blind für die Schwächen seiner Brüder, aber er liebte sie alle drei gleichermaßen. Er vertraute ihnen, und er brauchte sie. Er konnte auf keinen von ihnen verzichten …

Schließlich fuhr er sich mit dem Ärmel über die Augen. »Erzählt.«

John drehte sich wieder zu ihm um. »Unsere Taktik hatte endlich Früchte getragen: Wir hörten, der Dauphin wolle sich zur Schlacht stellen.« Den ganzen Winter über hatten sie Prinz Charles mit gezielten Überfällen jenseits der Loire provoziert, hatten nebenbei reiche Beute gemacht und waren zum Albtraum der unschuldigen, bedauernswerten Franzosen rund um Orléans geworden. Dem Dauphin blieb kaum etwas anderes übrig, wenn er nicht jegliche Unterstützung seines Adels verlieren wollte. »Wir zogen ihm also entgegen, mit allem, was wir hatten. Euer Bruder führte die Vorhut an, etwa tausend Mann. Salisbury die Hauptstreitmacht mit allen Bogenschützen. Der Duke of Clarence …« Es war nicht leicht, dies zu berichten, ohne zu sagen, wie verantwortungslos Clarence gehandelt hatte. »Ich nehme an, ihm war nicht bewusst, wie weit Salisbury hinter uns lag, Sire. Jedenfalls befahl er den Angriff, ehe die Hauptstreitmacht zu uns aufgeschlossen hatte, und die Dauphinisten fielen uns in den Rücken. Wir saßen in der Falle. Hoffnungslos unterlegen und ohne Bogenschützen. Sie ... sie haben unsere Männer einfach niedergemetzelt. ›Agincourt, Agincourt!‹, schrien sie. Man kann wohl sagen ... sie haben ihre Rache bekommen.«

Harry fuhr sich mit der Rechten nachdenklich über Mund und Kinn, während er lauschte, die Linke auf seinem Knie war zur Faust geballt. »Und die Verluste?«

»Praktisch die ganze Vorhut. An die tausend Mann. Somerset ist in Gefangenschaft.« Er sagte es ganz nüchtern. Dabei verkrampften sich seine Eingeweide jedes Mal, wenn er daran dachte, was seinem Freund in den Händen des Feindes geschehen mochte. »Der Earl of Huntingdon ebenfalls. Vielleicht hundert von uns waren noch übrig, als Salisbury schließlich kam. Ihm stellten die Dauphinisten sich natürlich nicht, sondern gaben Fersengeld. Sie ... hatten ja, was sie wollten.«

Harry schlug donnernd mit der Faust gegen den Bettpfosten. »Oh, Clarence, was hast du nur getan ...«, stieß er verzweifelt hervor. »Tausend Engländer tot, verschwendet, dein eigenes Leben dazu. Der Respekt, den wir uns bei Agincourt erworben haben, zunichte. Und wofür? *Wofür,* John?«

John fuhr leicht zusammen. »Ich ... kann Euch keine Antwort geben, Sire.«

»Warum nicht?«, fragte Harry. »*De mortuis nihil nisi bene,* ist es das? Ihr denkt, mein Bruder hat aus Ruhmsucht gehandelt, nicht wahr?«

»Ja.«

»Und Ihr habt Recht. Sein ganzes Leben hat er darunter gelitten, der Jüngere zu sein. Er wäre so gerne König geworden. Immer hat er versucht, mich zu übertrumpfen, schon als wir aufwuchsen. Bei jedem Wettstreit, beim Schwimmen, bei der Jagd, immer wollte er besser sein. Raymond hat schon damals gesagt, seine Geltungssucht sei gefährlich. Ich wollte das nie glauben. Und nun ist *das* passiert ...« Er konnte nicht weitersprechen. Die katastrophalen Folgen dieser Niederlage und der persönliche Verlust schienen ihm die Luft abzuschnüren.

»Es stimmt, dass er eine Fehlentscheidung getroffen hat, um der Welt zu beweisen, was für ein grandioser Feldherr er ist«, räumte John zögernd ein. »Aber bei allem, was er getan hat, hat er Euch immer treu gedient, Sire. Wenn es wirklich so war, dass er Euch beneidete, hat er nie zugelassen, dass sein Neid einen Schatten zwischen Euch warf. Und das ist nicht so einfach für einen jüngeren Bruder …«

Der König hob den Kopf, sah ihn einen Moment versonnen an und nickte dann. »Ihr tröstet mich, John. Ich … will nicht schlecht von meinem Bruder denken.«

Das konnte John gut verstehen. Unauffällig stützte er sich auf die Fensterbank. Er war so müde, dass er sich kaum noch auf den Beinen halten konnte.

»Gott steh mir bei, ich muss zu einem Bankett mit dem Erzbischof und den Stadtvätern«, murmelte Harry.

»Jeder wird doch gewiss Verständnis haben, wenn Ihr es absagt«, entgegnete John.

Aber der König schüttelte den Kopf. »Meine Mission hier erscheint mir im Licht Eurer Neuigkeiten wichtiger denn je.« Er atmete tief durch und stand dann auf. »Nein, wir werden die reichen Männer von Beverley bewirten, und wenn sie das strahlende Lächeln der Königin sehen, wird das Geld ihnen locker sitzen. Aber lächeln wird die Königin nur, wenn sie nicht erfährt, was passiert ist. Wir … wir werden es bis morgen geheim halten.« Er dachte kurz nach und wies dann auf eine angrenzende Tür. »Da schläft normalerweise mein Kammerdiener, aber für heute ist es Euer Quartier. Bleibt dort drin, seid so gut, und lasst Euch nicht blicken. Ich schicke Euch etwas zu essen und jemanden, der Euch aus der Rüstung hilft.«

John verneigte sich. »Natürlich, Sire. Wie Ihr wünscht.«

Harry legte ihm kurz die Hand auf die Schulter, seine Miene tief bekümmert. »Habt Dank, John. Das war gewiss eine schwere Aufgabe.«

John schüttelte den Kopf. »Ich wünschte, ich hätte Euch andere Nachrichten bringen können«, sagte er hilflos.

Der König nickte abwesend. »Geht, ehe die Königin mit ihren Damen kommt, um sich umzukleiden.«

Zu Johns Freude war es Owen Tudor, der mit einem Tablett in der Hand in der kleinen Kammer neben dem prächtigen Gemach erschien. Ein Blick in Johns Gesicht reichte, um ihm zu sagen, dass sich irgendeine Katastrophe ereignet hatte.

»Somerset?«, fragte er, während er seine Gaben auf dem wackeligen Tisch unter dem winzigen Fenster abstellte.

»Gefangen, aber unversehrt, soweit ich sehen konnte.«

Tudor trat zu ihm. »Der König tut unbeschwert, aber ich habe gemerkt, dass ein Schatten auf ihm lastet. Wirst du's mir erzählen?«

»Wenn du schwörst, es für dich zu behalten. Er will es den Lords und der Königin erst morgen sagen.«

Tudor legte die Rechte um sein Silberkreuz und hob die Linke zum Schwur. John berichtete, während sein Freund ihm die Rüstung abnahm. Als Tudor ihn aus dem gesteppten Wams befreite, enthüllte er einen großen Blutfleck auf Johns linker Brust. »Schlimm?«, fragte er und zeigte mit dem Finger darauf. Es war sein einziger Kommentar zu Johns Hiobsbotschaft.

Der junge Waringham hob die Schultern. »Eine Streitaxt. Die Rüstung hat gehalten, aber nur gerade so.«

»Ich habe die Delle gesehen.«

»Ich glaube, zwei Rippen sind gebrochen.« Trotz des gepolsterten Wamses war die Haut unter dem Aufprall und dem Druck des verbogenen Brustpanzers aufgeplatzt. Aber es war kaum der Rede wert. John war sicher gewesen, dass er sterben oder wieder in Gefangenschaft geraten würde, nachdem die Dauphinisten sie eingeschlossen hatten und in so großer Überzahl über sie herfielen. Als Salisbury endlich mit den Bogenschützen kam, hatte John kaum fassen können, dass er noch stand, bis auf die paar Kratzer unversehrt …

»Du bist mit zwei gebrochenen Rippen von der Loire bis nach Yorkshire geritten?«, fragte Tudor ungläubig.

»Nicht über den Kanal«, schränkte John mit einem matten

Grinsen ein. Dann winkte er ab. »Es ging. Ich hab sie bandagiert. Und du weißt doch, was für einen wunderbar ruhigen Schritt Achilles hat.«

»Hm. Lass sehen.«

»Mach kein solches Gewese, Tudor, mir fehlt nichts.«

»Was ist los? Ist es dir neuerdings peinlich, dich vor einem Kerl auszuziehen?«

John verdrehte die Augen, erhob aber keine Einwände mehr. Er konnte den linken Arm nicht aus eigener Kraft aus dem Ärmel befreien, und wieder half Tudor ihm mit erstaunlich geschickten Händen. Er enthüllte schließlich eine blutgetränkte Bandage und darunter einen schwarzen Bluterguss von der Größe eines Kinderkopfes mit einer hässlichen Wunde in der Mitte.

»Einen solchen Axthieb hätte ich einem Franzosen gar nicht zugetraut«, murmelte Tudor.

»Es war ein Schotte«, erklärte John. »Es waren erschreckend viele Schotten bei Baugé, und wenn ich mich nicht täusche, war es auch einer von ihnen, der Somerset gefangen nahm.«

»Und was denkst du? Ist das gut oder schlecht?«

John schüttelte besorgt den Kopf. »Ich weiß es nicht. Wenn der Dauphin erfährt, wer Somerset ist, wird er ihn den Schotten vermutlich ohnehin abkaufen.«

Tudor nickte wortlos, riss ein Stück aus Johns Wams und tauchte es in die Waschschüssel, um das Blut abzutupfen.

»Was fällt dir ein, Tudor? Was soll ich anziehen?«

»Du kannst nicht immer und ewig in Lumpen daherkommen.«

»Ich hab aber nichts anderes.«

»Ja, ja. Ich find schon was. Halt still.« Und mit einem Blick auf ein paar weitere Blessuren fügte er hinzu: »Du hast ganz schön was abgekriegt, he?«

John senkte den Kopf. »Es war grauenhaft. Sie waren … so viele. Und anders als bei Agincourt hatten wir keine Zeit für eine Schlachtaufstellung. Sie kamen von allen Seiten, trieben uns auseinander und schlachteten einen nach dem anderen ab.«

»Dann sollten wir Gott danken, dass du noch lebst und auch Somerset nur in Gefangenschaft geraten ist.«

John schnaubte. »Nur …«

»Oh, keine Bange. Nicht einmal der Dauphin ist so verrückt, dass er wagen würde, dem Cousin des Königs ein Haar zu krümmen. Somerset ist ein Vermögen an Lösegeld wert, und auch der Dauphin muss seinen Krieg irgendwie bezahlen.«

»Somerset kann kaum ein Wort Französisch, Owen«, wandte John ein. »Dabei sind Worte sein Element. Aber solange er ein Gefangener in Frankreich ist, kann er seinen Wächtern kaum die Tageszeit sagen. Er … er wird eingehen!«

»Das wird er nicht«, gab Tudor entschieden zurück. »Er ist viel zäher, als du glaubst. Ein Lancaster, vergiss das nicht.« Und nach einem kurzen Schweigen fragte er: »Hast du auf dem Schlachtfeld von Baugé wenigstens den gefunden, nach dem du schon bei Melun immerzu gesucht hast?«

John schüttelte den Kopf.

Er nahm an, dass er Baugé nur deswegen fast unbeschadet entkommen war, weil er bei seiner verzweifelten Suche nach Victor de Chinon wie ein Besessener alles niedergemacht hatte, was in seine Nähe kam. Er hatte nur verschwommene Erinnerungen daran, doch er wusste, er hatte wieder gewütet.

Die einfachen englischen Soldaten nannten ihn den »Schlächter von Melun«, auch das wusste John. Sie sagten es mit Anerkennung, beinah so etwas wie Ehrfrucht, doch er verabscheute diesen Titel. Er verabscheute das, was aus ihm wurde, wenn er das Schwert gegen die Männer des Dauphin zog. Sein Bruder Raymond hatte sich seinen legendären Ruf auch nicht durch Blümchenpflücken erworben, hatte vermutlich gar mehr Feinde erschlagen als John, weil er schon so viel länger Soldat war. Aber es war anders. Es schien seine Seele kaum berührt zu haben – Raymond hatte sich eine eigentümliche Unschuld bewahrt.

»Nein, ich habe ihn nicht gefunden. Er … er hat irgendein Lungenleiden und wird kurzatmig, sobald er nur die kleinste Anstrengung unternimmt. Vielleicht lassen sie ihn deswegen nicht ins Feld ziehen. Und das würde bedeuten, dass ich ihn nie finden werde, Owen.«

Tudor hatte die Bandagen ausgewaschen und wickelte sie nun wieder fest um Johns Brustkorb, während er seinem Freund schweigend zuhörte.

»Ich wünschte, ich könnte aufhören, ihn zu suchen. Ich glaube nicht, dass Gott mir je vergeben wird, was ich in Melun und bei Baugé getan habe. Aber ... ich kann einfach nicht. Es ist unmöglich. Sobald ich einen Franzosen mit erhobener Waffe vor mir habe ... kommt alles zurück.«

Tudor holte eine Decke vom Lager des Kammerdieners und hängte sie John über die Schultern, schob gleichzeitig mit dem Fuß die kleine Kohlenpfanne näher an den Tisch. »Nun, zumindest hat Gott beschlossen, dich wider alle Wahrscheinlichkeit leben zu lassen«, bemerkte er. »Ich muss gestehen, Gott habe ich noch nie verstanden. Du solltest mit Bischof Beaufort darüber reden, weißt du. Er ist ein wirklich kluger Kopf. Und ein Fachmann.«

»Ja, mach dich nur über mich lustig ...«

»Das tu ich nicht«, entgegnete Tudor unerwartet scharf. »Glaub mir, ich weiß ganz genau, wie es in dir aussieht. Dein Hass auf die Franzosen kann nicht bitterer sein als der, den ich früher für euch Engländer gehegt habe. Wie ein heißer Knoten unter dem Herzen, immer da. Meinen ersten Engländer hab ich mit ungefähr acht oder neun getötet. Glendowers Männer lockten eine Schar englischer Bogenschützen und ihren Captain in den Bergen in einen Hinterhalt, und sie hatten mich mitgenommen. Damit ich lerne, wie man so etwas macht, nehme ich an. Niemand passte sonderlich auf mich auf, also habe ich mich während des Kampfes von hinten an einen der Engländer herangeschlichen und ihm mit meinem Jagdmesser die Schlagader am Oberschenkel durchtrennt. Höher konnte ich nicht reichen. Dann hab ich mich auf einen Baumstumpf gesetzt und zugeschaut, wie er verblutet. Für zwei, drei Tage danach war es besser. Der heiße Knoten wurde ein angenehmes, warmes Glühen. Aber dann war alles wieder wie vorher.« Wie immer, wenn Owen Tudor eine scheußliche Geschichte erzählte, tat er es vollkommen nüchtern.

»Und was geschah dann?«, fragte John.

»Einer von Glendowers Vettern beschmierte mein Gesicht mit dem Blut meines Engländers. Davon wurde mir schlecht.«

John schnaubte belustigt, sagte aber: »Ich meine, wann hat es aufgehört? Wie hast du's geschafft, davon loszukommen?«

Tudor hob kurz die Schultern. »Mein Stiefvater nahm mich gegen meinen Willen mit nach Westminster. Ich begegnete Harry, Somerset, dir – ich musste feststellen, dass es anständige Kerle unter den Engländern gibt. Es war keine bewusste Entscheidung. Ich bin nicht eines Morgens aufgewacht und hatte mich verändert. Aber diese … Besessenheit, dieser Drang, englisches Blut zu vergießen, hat sich einfach verloren. Wobei du mich jetzt bitte nicht falsch verstehen darfst, John: Besonders viel hab ich für euch Engländer immer noch nicht übrig.«

»Hm. Man kann wohl sagen, das beruht auf Gegenseitigkeit.«

Sie lachten. Das war das Wunderbare an Owen Tudor: Katastrophen und menschliche Abgründe erschütterten ihn nicht so wie andere Menschen und verloren darum in seiner Gesellschaft viel von ihrem Schrecken.

Sie setzten sich an den kleinen Tisch und aßen Brot, Fleisch und einen herrlich deftigen Ziegenkäse, die Tudor mitgebracht hatte, teilten den Becher Wein, und nach einer Weile begann der Waliser zu erzählen, was er während der letzten Monate im Gefolge der Königin erlebt hatte.

»Die Londoner haben ihr einen jubelnden Empfang bereitet, weiß Gott. Ich glaube, nicht einmal in Paris säumten so viele Menschen die Straßen, als sie einzog. Es hat sie gerührt, auch wenn sie das nicht zugibt. Sie hatte wohl eher mit eisigem Schweigen und fliegenden Eiern gerechnet. Ihre Krönung in Westminster war sehr feierlich und hat Stunden gedauert. Wir standen uns in der eiskalten Kathedrale die Beine in den Bauch, und der Erzbischof fand kein Ende. Aber Katherine sah mit ihrer Krone natürlich hinreißend aus, allein dafür hat sich das Warten gelohnt. Tja, und seither ziehen wir durchs Land, besuchen Heiligenschreine und betteln um milde Gaben für die Kriegskasse. Harry und Katherine haben eine todsichere Methode entwickelt: Der König appelliert an den Patriotismus der Pfeffersäcke und lässt durchblicken, dass er sie per Gesetz zu Zwangsdarlehen verpflichtet, wenn sie nicht freiwillig genug herausrücken. Das macht sie grantig. Aber dann kommt Katherine ins Spiel – die in gerade mal zwei Monaten erstaunlich viel Englisch gelernt hat – und wickelt sie um den kleinen Finger. Selig lächelnd öffnen die Gentlemen ihre Schatullen. Es funktioniert immer.«

»Und was für ein Leben führst du nun?«, fragte John neugierig. »Was tust du so als Ritter im Haushalt der Königin?«

»Was gerade anfällt«, antwortete Tudor leichthin. »Ich hole ihr den Mantel, wenn sie friert – und das ist oft –, begleite sie und ihre Damen zu Ausritten, flüstere ihr zu, wie der Höfling heißt, der gerade auf sie zusteuert. Oh, und weil niemand sonst in ihrem Gefolge sich darauf versteht, versorge ich ihren Schimmel. Herrliches Pferd. Was für ein Temperament.«

John kniff bei der Erinnerung an Katherines Schimmel schmerzlich die Augen zusammen. »Ja. Ein Prachtkerl«, knurrte er. »Und langweilst du dich nicht zu Tode?«

Tudor runzelte verwundert die Stirn. »Langweilen? In Katherines Gegenwart? O nein.«

»Aber ist dir dieses Leben nicht zu zahm?«, fragte John verständnislos.

Tudor bohrte seine Messerspitze in ein Brotstückchen und lächelte darauf hinab. »Ich würde sagen, das kommt ganz darauf an, wie die Sache sich entwickelt.«

John hob erschrocken die Hände zu einer abwehrenden Geste. »Davon will ich kein Wort hören.«

»Ich weiß.«

»Du hast so oder so keine Chance«, bemerkte John, um sich selbst zu beruhigen. »Es ist kaum zu übersehen, dass Harry und Katherine einander sehr zugetan sind.«

Tudor hob gleichmütig die Schultern. »Er ist völlig verrückt nach ihr – welcher Mann ist das nicht. In seiner Hast stolpert er fast über die eigenen Füße, wenn er sie abends ins Schlafgemach führt. Abgesehen davon habe ich nicht das Gefühl, dass er sich sonderlich für sie interessiert. Unterwegs reitet er nie an ihrer Seite, sondern immer mit den Lords, außerhalb offizieller Anlässe isst er nicht mit ihr und …«

»Er war länger als drei Jahre nicht in England«, wandte John ein. »Er hat schrecklich viel zu tun und zu regeln.«

»Mag sein. Was ich sagen wollte, ehe ich so rüde unterbrochen wurde, war: Katherine schert es nicht, dass er sie vernachlässigt. Sie hat ihn gern, keine Frage. Ich schätze, sie ist erleichtert, dass er eben so ist, wie er ist. Er begegnet ihr nie anders als zuvorkommend, und er sieht ja auch so verflucht gut aus. Aber wenn er nicht an ihrer Seite ist, verzehrt sie sich nicht nach ihm.«

»Ich würde sagen, was du mir hier auftischst, ist das, was du gern hättest«, bemerkte John skeptisch.

Aber Tudor schüttelte den Kopf. »Ich habe es schon lange aufgegeben, mir etwas vorzumachen. Das führt zu nichts. Nein, ich denke eher, dass sie nie so ganz vergessen kann, dass Harry der Unterjocher ihres Volkes ist. Der Mann, der die Schwäche ihres geliebten Vaters ausgenutzt hat, um die Macht über Frankreich an sich zu reißen.«

»Die Macht über Frankreich …«, höhnte John bitter. »Spätestens seit Baugé wissen wir wohl, dass es damit nicht weit her ist. Bischof Beaufort und die übrigen Skeptiker hatten völlig Recht, Owen. Dieser Krieg ist noch lange nicht vorbei.«

»Und was wirst du jetzt tun?«, fragte Tudor neugierig.

»Weiß der Himmel. Von meinen zweihundert Mann sind nur ein gutes Dutzend übrig, drei davon schwer verwundet. Ich … muss abwarten, was der König und der Bischof für Pläne machen.« Ihm graute davor, ohne Tudor und Somerset in den Krieg zurückzukehren. »Ich hoffe, ich kann wenigstens für ein paar Wochen nach Hause. Ich habe meine Frau ein dreiviertel Jahr lang nicht gesehen.«

»Vielleicht bist du längst Vater geworden.«

»Tja, wer weiß.«

»Nun, wenn du vorläufig in Waringham bliebest, würden wir Nachbarn.« Und auf Johns verständnislosen Blick fuhr Tudor fort: »Ich bin sicher, jetzt, da Clarence gefallen ist, wird Harry so schnell wie möglich nach Frankreich zurückkehren, ehe ihm dort die Felle schwimmen gehen. Und in seiner Abwesenheit wird Katherine bestimmt nicht allein in Westminster bleiben …«

»… sondern nach Leeds übersiedeln«, ging John auf. Die schöne Burg in Kent gehörte traditionell ja immer der jeweiligen Königin. »Nun, vielleicht sollte ich dem König raten, mich hier zu lassen, damit ich ein Auge auf dich haben kann.«

Tudor lachte in sich hinein, und die schwarzen Augen funkelten spitzbübisch. »Keine Chance, Waringham.«

Die Frage, wie es nun mit dem Feldzug gegen den Dauphin weitergehen solle, beschäftigte am nächsten Morgen auch die Lords des Kronrates, die Harry auf seiner Rundreise durch England begleiteten. Natürlich waren alle bestürzt über das Desaster von Baugé, über Clarences Tod und die Gefangennahme der Earls of Somerset und Huntingdon. Sie kamen jedoch überein, dass Harry die Reise durch sein zu lange vernachlässigtes Reich unbedingt fortsetzen müsse und auch seine Anwesenheit beim Parlament, das Anfang Mai beginnen sollte, dringend erforderlich sei. Das Kommando über die Truppen in Frankreich liege beim Earl of Salisbury in guten Händen, war die einhellige Meinung.

Nachdem die Versammlung sich aufgelöst hatte, machte Raymond seinen Bruder ausfindig. »Du hättest mir wenigstens einen kleinen Hinweis geben können gestern Abend«, knurrte er verstimmt.

»Ah ja? Damit es noch vor dem Essen die Runde gemacht hätte?«, gab John zurück.

Raymond stand noch zu sehr unter Schock, um sich angemessen zu entrüsten. »Was ist mit Daniel?«, fragte er stattdessen.

»Unversehrt. Er war beim Tross, nicht bei der Vorhut. Er und Somersets Knappe haben mich bis Southampton begleitet, aber von dort hab ich sie nach Waringham geschickt.«

Sein Bruder nickte. »Der König wünscht, dass du den Bischof aufsuchst und ihm von Baugé berichtest.«

»Ich würde mein letztes Hemd darauf verwetten, dass Bischof Beaufort längst über die Ereignisse im Bilde ist«, wandte John ein.

»Du siehst so aus, als hättest du dein letztes Hemd schon verwettet. Was in aller Welt trägst du da unter der Schecke? Eine Mönchskutte?«

John streifte sein etwas seltsames Gewand mit einem gleichgültigen Blick. Tudor hatte ihm ein neues Wams »organisiert«, ohne sich über dessen genaue Herkunft zu äußern. Womöglich war es tatsächlich einmal eine Kutte gewesen. Immerhin war es in einem Bischofspalast gestohlen worden, da war der Gedanke gar nicht so abwegig …

»Du hast natürlich Recht«, fuhr Raymond fort. »Wenn der Dauphin niest, weiß Bischof Beaufort spätestens am nächsten Tag vom Schnupfen des Prinzen. Reite trotzdem hin. Du warst dabei, er wird hören wollen, was du gesehen hast.«

John nickte bereitwillig. Wenn irgendwer Somersets Freilassung beschleunigen konnte, dann dessen Onkel, der Bischof.

»Falls Beaufort keine Einwände hat, reite anschließend nach Hause, sei so gut. Wenn du dich beeilst, bist du rechtzeitig zur Auktion da. Sieh zu, dass du die Gäule gut verkauft kriegst, und dann stell mir eine Schar Bogenschützen zusammen. Wenigstens dreißig. Nach dem Parlament wird Harry nichts mehr hier halten.«

John hatte gutes Reisewetter, und von York bis Northampton konnte er der alten Römerstraße folgen, die immer noch eine der besten in ganz England war. So erreichte er Winchester in drei Tagen und stellte zu seinem Erstaunen fest, dass in Hampshire schon der Frühling eingezogen war, während in Yorkshire noch Winter herrschte.

Wolvesey Palace, seit Hunderten von Jahren der Sitz der reichsten und mächtigsten Diözese des Landes, lag eine gute halbe Meile von der Kathedrale zu Winchester entfernt und wirkte von außen kaum weniger abweisend und ehern als der Tower of London. Doch im Innern der alten Gemäuer sprach vieles von der Frömmigkeit und dem Reichtum der Kirchenfürsten, die hier seit so langer Zeit Hausherren waren, nicht zuletzt auch von ihrer Neigung zu Bequemlichkeit und Prunk. Die Bankette, die in der prachtvollen Halle gegeben wurden, waren Legende.

Der Sekretär des Bischofs, ein Priester namens Jonathan Kempe, führte John zu Beauforts privaten Gemächern im zweiten Stockwerk des Bergfrieds.

»Bemüht Euch nicht, Vater«, wollte John abwehren. »Ich finde den Weg auch allein.«

Kempe lächelte unverbindlich. »Die Wache hat Anweisungen, niemanden vorzulassen, der nicht in meiner Begleitung kommt.«

»Verstehe.« Das hieß wohl, Lady Adela war zu Besuch …

Tatsächlich waren zwei Damen und ein junger Mann in Gesellschaft des Bischofs, stellte John fest, als er den hellen Raum mit den kostbaren italienischen und flämischen Gemälden an den Wänden betrat.

»John! Gott sei gepriesen«, sagte der Bischof mit offenkundiger Erleichterung. »Niemand konnte mir mit Gewissheit sagen, was aus Euch geworden ist.«

John kniete vor ihm nieder und küsste seinen Ring. Er wusste, der Bischof legte keinen großen Wert auf diese Geste, doch John tat es immer dann, wenn ihre Begegnungen vor Fremden stattfanden. »Es tut mir Leid, dass ich erst jetzt komme, Mylord. Salisbury schickte mich mit den Neuigkeiten zum König.«

Beaufort nickte. »Und der ist in Yorkshire, ich weiß. Ich glaube, Ihr kennt Lady Adela Beauchamp, Waringham?« Er spottete mehr aus Gewohnheit, ohne das diebische Vergnügen, welches er sonst dabei an den Tag legte. Es war offensichtlich, dass der Bischof tief bekümmert war.

John verneigte sich mit der Hand auf der Brust. »Lady Adela.«

Sie nickte ihm mit ernster Miene zu.

»Und dies ist die Duchess of Clarence. Margaret: John of Waringham.«

Somersets Mutter, ging John auf. Und Clarences Witwe. Er wiederholte die höfliche Verbeugung.

Sie rang sich ein mattes Lächeln ab. »Mein erster Gemahl war Euer Pate, nicht wahr?«

»So ist es, Madam«, antwortete er.

Jetzt, da er wusste, wer sie war, erkannte er auch den jungen Mann an ihrer Seite. »Edmund!« Es war Somersets Bruder.

»John.«

Sie gaben sich die Hand. Edmund Beaufort war ein, zwei Jahre jünger als Somerset und wirkte noch wesentlich knabenhafter. Er war im Haushalt des Earl of Westmoreland ausgebildet worden, erinnerte sich John, aber bislang noch nie mit im Krieg gewesen. Das konnte man sehen. John war ihm erst einmal begegnet, vor vielen Jahren in Westminster, und er wusste so gut wie nichts über ihn.

»Berichtet uns, was Ihr gesehen habt, John«, forderte der Bischof ihn auf.

John zögerte und warf unwillkürlich einen Blick auf die Damen.

»Sprecht nur ganz offen, Sir John«, bat die Herzogin.

»Ich … ich fürchte, ich kann Euch nicht viel über den Tod Eures Gemahls sagen, Madam«, gestand er. »Es war ein großes Durcheinander, und viele Feinde standen zwischen uns. Plötzlich brach unter den Franzosen ein lauter Jubel aus, und ich sah das Pferd des Herzogs reiterlos davongaloppieren. Wir fanden ihn, als alles vorüber war. Aber wie genau es passiert ist …«

»Mir ist völlig gleich, was mit Clarence geschehen ist, Sir«, eröffnete die Witwe ihm unverblümt. »Mir wäre es auch gleich, wenn die Franzosen ihn in tausend kleine Stücke zerhackt hätten …«

»Margaret, muss das wirklich sein?«, fragte der Bischof leise.

»Wäre es dir lieber, ich würde heucheln?«, konterte sie. Sie war eine gut aussehende Frau von vielleicht vierzig Jahren mit großen blauen Augen und dunkelblondem Haar, und Schwarz stand ihr hervorragend. »Ja, ich nehme an, das wäre es«, fuhr sie voller Bitterkeit fort. »Schließlich warst du es, der mich in diese Ehe gedrängt hat, als dein Bruder kaum unter der Erde war, nicht wahr?«

Es kostete den Bischof sichtlich Mühe, eine hitzige Antwort herunterzuschlucken. Was immer ihm auf der Zunge lag, muss ein ziemlicher Brocken gewesen sein, fuhr es John durch den Kopf.

»Ich glaube, der Herzogin ist vor allem an Nachrichten über ihren Sohn gelegen, Sir John«, erklärte Adela Beauchamp, die sich plötzlich in der Rolle der Diplomatin fand.

Edmund, der angesichts der Indiskretion seiner Mutter beschämt den Kopf gesenkt hatte, schaute wieder auf. Er hing förmlich an Johns Lippen.

John atmete hörbar tief durch. »Wir … blieben dicht zusammen, wie immer. Aber eine Abteilung Schotten kreiste uns ein und drängte uns auseinander. Ich wurde von Somerset ebenso getrennt wie von meinen Männern, konnte ihn aber noch gelegentlich sehen. Zwei Schotten, offenbar Brüder, denn sie trugen das gleiche Wappen, keilten Somerset ein, und einer fällte sein Pferd mit der Streitaxt. Es dauerte einen Augenblick, ehe Somerset sich aus den Steigbügeln befreien und aufstehen konnte, und da war es schon zu spät. Ehe er sicher stand, hatten die Schotten sich auf ihn gestürzt. Das Letzte, was ich sah, war, wie sie ihm den Handschuh abnahmen. Aber sie verneigten sich dabei. Sie waren Gentlemen.« Er verstummte. Als er das nächste Mal zu der Stelle hinübergeschaut hatte, waren Somerset und die beiden Schotten schon verschwunden gewesen.

»War mein Bruder verwundet?«, fragte Edmund.

»Ich glaube nicht. Ich konnte sein Gesicht nicht sehen, er trug den Helm noch. Aber auf jeden Fall konnte er ohne Hilfe stehen.«

Der Bischof strich sich mit dem beringten Zeigefinger über

die Lippen. »Zwei schottische Brüder …«, murmelte er versonnen. »Wie sah das Wappen aus?«

»Geviertelt. Oben rechts ein schwarzer Greif auf Grün, unten links ein Keilerkopf, mehr konnte ich nicht ausmachen.«

»Edmund, sei so gut und schick nach Bruder Malcolm Lennox.«

Edmund verließ den Raum und sprach kurz mit der Wache auf dem Korridor. Wenig später trat ein junger Dominikaner ein. Er hielt den geschorenen Kopf gesenkt und hatte die Hände in den Ärmeln seiner Kutte versteckt, doch als er aufschaute, erkannte John, dass das demütige Gebaren irreführend war. Die stechend blauen Augen verrieten einen wachen Verstand und brennenden Ehrgeiz. Beaufort hatte John einmal anvertraut, er umgebe sich gern mit ehrgeizigen Männern, weil sie fleißig, leicht zu beeinflussen und nützlich seien.

»Ihr habt nach mir geschickt, Exzellenz?« Malcolm Lennox hatte einen unüberhörbaren schottischen Akzent.

Der Bischof nickte. »Ich suche einen Namen: Zwei Brüder. Geviertelte Wappen.« Er wiederholte Johns Beschreibung.

Bruder Malcolm zögerte nicht. »Sir Lawrence Vernon und sein Halbbruder Andrew, Mylord.«

Beaufort zog eine Braue in die Höhe.

Der junge Dominikaner verstand das völlig zu Recht als Aufmunterung, fortzufahren. »Sie sind Vettern des Schwagers meiner Mutter. Sir Lawrence hat ein bisschen Land in Strathclyde und steht im Dienst des Earl of Buchan.«

»Was ist er für ein Mann?«

Der Bruder dachte einen Moment nach, die Stirn gerunzelt. Dann antwortete er: »Ein schottischer Gentleman vom alten Schlag. Ein Ehrenmann und ein Patriot.«

»Hm«, machte Beaufort. »Und wie weit würde er gehen, um England zu schaden?«

»So weit er kann, Mylord.«

Beaufort nickte. »Danke, Bruder Malcolm.«

Der junge Schotte verneigte sich artig, streifte die Damen

mit einem unsicheren Blick, der John eine Spur überheblich erschien, und ging auf leisen Sohlen hinaus.

»Der Earl of Buchan ist einer der schottischen Lords, die den Dauphin in aller Offenheit mit Soldaten und mit Geld unterstützen«, erklärte Beaufort, nachdem die Tür sich geschlossen hatte.

»Also wird er seinen Gefolgsmann dazu bewegen, Somerset an den Dauphin auszuliefern«, schloss John. Er fand den Gedanken schwer zu ertragen. Natürlich wusste er, dass Tudor Recht gehabt hatte: Niemand würde es wagen, den Cousin des englischen Königs so zu behandeln, wie John es erlebt hatte.

Doch der junge Edmund Beaufort sprach genau das aus, was John empfand: »Dann möge Gott meinem Bruder beistehen. Was könnte demütigender für einen Engländer sein als französische Gefangenschaft.«

»Trotzdem hätte es seine Vorzüge, wenn dieser Lawrence Vernon deinen Bruder an den Dauphin verkauft«, sagte der Bischof nachdenklich. »Denn wir haben etwas, was wir dem Dauphin zum Tausch anbieten könnten …«

»Was?«, fragten Edmund und seine Mutter im Chor.

Beaufort breitete ungeduldig die Arme aus. »Clarence hat den Grafen von Angoulême gefangen genommen, nicht wahr? Und diesen wertvollen Gefangenen, Margaret, hast du von deinem ungeliebten, unbetrauerten Gemahl geerbt.«

Ihre Miene hellte sich auf. »Stimmt!«

John wurde leichter ums Herz. Aber nur ein wenig. Es gab noch eine schlechte Neuigkeit, die er dem Bischof mitteilen musste. Er hätte es vorgezogen, dies unter vier Augen zu tun, doch Beaufort hatte ein geradezu unheimliches Talent, seine Gedanken zu erraten.

»Was ist mit meinen Männern, Waringham?«

John sah ihm in die Augen und schüttelte den Kopf.

»Alle?«, fragte Beaufort.

»Hundertdreiundachtzig sind gefallen. Ich … habe eine Liste gemacht. Sechs sind leicht verwundet. Drei weitere …« Er brach ab. Er fand es unmöglich, vor den Damen von abgeschlagenen Armen und Beinen zu sprechen.

Der Bischof verstand ihn auch so. Er bekreuzigte sich.

»Es tut mir Leid, Mylord«, bekannte John leise. »Ich weiß, es sieht so aus, als wäre ich gar zu leichtsinnig mit ihnen umgegangen.«

Beaufort schüttelte entschieden den Kopf. »Es war nicht Eure Fehlentscheidung. Nicht Ihr habt das Leben englischer Soldaten achtlos verschwendet und dieses Fiasko angerichtet.«

John hatte schon wieder das Gefühl, er müsse den toten Bruder des Königs in Schutz nehmen. »Dieser Krieg ist so … undurchsichtig geworden. Da ist es leicht, eine Fehlentscheidung zu treffen.«

Lady Margaret schnaubte unfein. »Vor allem für jene, die sich selbst überschätzen.«

»Der Duke of Clarence war ein kluger Stratege und ein mutiger Soldat«, entgegnete John. »Fünf Jahre lang hat er immer alles richtig gemacht und jeden Tag sein Leben riskiert. Er hat das eine oder andere Wunder für Harry vollbracht. Vor Harfleur, vor Rouen, immer wieder. Und dann hat er ein einziges Mal einen schweren Fehler begangen, den er prompt mit dem Leben bezahlen musste. Ich habe ihn so wenig gemocht wie ihr, Madam, aber er hat Besseres verdient als Eure Geringschätzung.«

Lady Margaret starrte ihn entrüstet an, ihr Sohn entgeistert. Der Bischof und Lady Adela tauschten einen verstohlenen Blick und ein bekümmertes Lächeln.

»Bleibt zum Essen«, lud Beaufort ihn ein. »Weiß Gott, Ihr habt mir gefehlt, mein Sohn.«

Auch in Kent war der Schnee geschmolzen, und das erste zarte Grün schmückte Bäume und Sträucher. Bizarre graue Wolken türmten sich im Süden und Osten über der See, doch über dem hügeligen Land war der Himmel blau. So groß war der Zauber der Sonne, dass sie selbst der Burg von Waringham beinah so etwas wie Schönheit verlieh.

John schaute sich mit einem Lächeln im Innenhof um, während er absaß. »Willkommen in Waringham Castle«, sagte er zu seinen Gästen. »Ein wenig schäbig, wie ihr seht, aber mein Vater pflegte immer zu sagen, wir Waringhams hätten es nicht nötig, unsere Burg herauszuputzen, denn das Alter verleihe ihr Würde.«

Grinsend sprang Edmund Beaufort aus dem Sattel und half Lady Adela vom Pferd.

»Welch eine sparsame Anschauung, John«, bemerkte diese. »Euer Vater war ja so ein praktischer Mann. Das habe ich immer bewundert.«

»Ihr kanntet meinen Vater, Madam?«, fragte John verwundert.

Sie nickte nachdrücklich. »Oh ja.« Robin of Waringham hatte sie oft besucht und zu ihr gestanden, als ihr Verhältnis mit dem Bischof bekannt geworden war und sie plötzlich nur noch sehr wenige Freunde gehabt hatte.

Daniel und sein Freund Simon Neville, Somersets Knappe, hatten sie durchs Tor kommen sehen und standen bereit, um ihre Pferde zu versorgen.

»Willkommen daheim, Sir«, grüßte Daniel seinen Herrn mit einem breiten Lächeln.

John legte ihm die Hand auf die Schulter. »Alles in Ordnung hier?«

Der Junge nickte. »Nicht schlimmer als sonst«, antwortete er. »Burg, Gestüt, Dorf – alle stehen noch.«

»Gut.«

Simon und Edmund hatten sich unterdessen herzlich begrüßt. Sie kannten sich von früher, denn Simon war der Neffe des Earl of Westmoreland.

John führte seine Gäste zum Hauptgebäude und die Treppe zur Halle hinauf.

»Sir John!«, grüßte eine der jungen Mägde erfreut, die dabei war, die lange Tafel für das abendliche Essen zu decken.

»Rose. Weißt du, wo meine Frau ist?«

»Hier!«, ertönte eine helle Stimme auf der Treppe. Im nächsten Moment erstürmte Juliana die Halle – wieder einmal zu hastig für eine Dame – und fiel John mit einem unfeinen Jubelschrei um den Hals.

Lachend hob er sie hoch, stellte sie aber sogleich wieder ab, als seine Rippen protestierten. »Hab ich dir etwa gefehlt?«

»Oh, das ist überhaupt kein Ausdruck«, flüsterte sie, die Lippen ganz nah an seinem Ohr.

Er sah ihr in die Augen und erkannte sofort, dass sie verändert war. Die vergangenen neun Monate hatten sie schon wieder ein bisschen erwachsener gemacht. Insgeheim bedauerte er das. »Sieh nur, wen ich dir mitgebracht habe.«

Juliana ließ ihn nur zögernd los und wandte den Kopf. »Mutter!«

Auch ihr fiel sie mit zu großem Ungestüm um den Hals. Lady Adela verzichtete genau wie John darauf, sie zurechtzuweisen, sondern drückte sie an sich. »Wie schön, dich zu sehen, mein Engel. Auf einmal war Mayfield so still wie eine Gruft.«

Juliana besann sich auf ihre Pflichten als Herrin der Halle und wandte sich an den ihr unbekannten Gast. »Seid willkommen, Sir.«

Er verneigte sich formvollendet. »Edmund Beaufort, zu Euren Diensten, Lady Juliana. Ich bin Euer Cousin.« Auch wenn Edmund die blauen Augen seiner Mutter geerbt hatte und sein Schopf heller war als der seines Bruders, war das charmante Lächeln doch das gleiche.

»Oh, wie herrlich«, rief Juliana aus und nahm ihn bei den Händen. Da man sie bislang immer vor der Welt versteckt hatte, war es eine ganz neue Erfahrung für sie, Verwandte kennen zu lernen. »Kommt, lasst uns nach oben gehen«, lud sie die Ankömmlinge ein. »Dort brennt ein Feuer, und wir haben Ruhe. Hier wird es gleich voll und laut.«

Sie ist traurig, ging John auf.

Er nahm ihre Hand und ging mit ihr voraus in das Wohngemach über dem Rosengarten.

Lady Adela trat ans Fenster. »Das ist gewiss sehr hübsch im Sommer«, bemerkte sie.

»Oh, das kannst du dir nicht vorstellen, Mutter«, erwiderte Juliana. »Du musst unbedingt einmal herkommen, wenn die Rosen blühen.« Mit einer graziösen Geste lud sie ihre Gäste ein, am Tisch Platz zu nehmen. »Sind Lord Waringham und Lady Eugénie auch nach Hause gekommen?«, fragte sie John.

Der schüttelte grinsend den Kopf. »Sie bleiben vorläufig beim König und der Königin, sei unbesorgt.«

Sie nickte und machte aus ihrer Erleichterung keinen Hehl. Dann ging sie zur Tür, rief nach einer Magd und trug ihr auf, Wein und Essen für vier heraufzubringen. »Denk nur, John, die alte Alice ist kurz nach Weihnachten gestorben«, berichtete sie, als sie an den Tisch zurückkehrte. »Die Mägde fanden sie morgens einfach tot in ihrem Bett.«

John war sprachlos. Alice hatte hier schon gekocht, ehe er zur Welt gekommen war. Er konnte sich Waringham ohne sie kaum vorstellen. »Und haben wir schon eine neue Köchin?«, fragte er schließlich.

Juliana nickte seufzend. »Wie du gleich feststellen wirst, muss sie noch allerhand lernen.«

Nun, wer immer sie sein mag, ich hoffe, sie ist hässlich, fuhr es John durch den Kopf. Aber das leidige Thema ›Raymond und die Mägde‹ wollte er nicht jetzt erörtern.

»Und was verschafft uns die Ehre Eures Besuchs, Sir Edmund?«, fragte Juliana ihren Cousin.

»Mein Bruder hat mich gebeten, ihm hier ein Pferd zu ersteigern. Und das will ich tun, in der Hoffnung, dass er bald wieder eines braucht.« Das war die Wahrheit. Aber John hatte während seines Aufenthalts in Winchester deutlich gespürt, dass Edmund, der in großer Sorge um seinen Bruder war, seine Mutter kaum ertragen konnte, die abwechselnd Gift versprühte und in Schwermut verfiel. Darum hatte er ihn kurzerhand eingeladen, mit nach Waringham zu kommen.

»Somerset ist in Gefangenschaft geraten, Juliana«, erzählte er seiner Frau, und sie lauschte ihm mit beunruhigter Miene, während er ihr das Nötigste von Baugé erzählte.

»Gott sei gepriesen, dass du heil zurückgekehrt bist«,

murmelte sie dann und drückte unter dem Tisch kurz seine Hand.

Sie verbrachten einen harmonischen, anregenden Abend. Sie sprachen über den Krieg und die befürchteten Folgen der Niederlage von Baugé. Doch während des Essens – das in der Tat einiges zu wünschen übrig ließ – wurden die Themen leichter. Die Damen unterhielten sich über Mode, vor allem über die französischen Hörnerhauben, die, so prophezeite Lady Adela, sich jetzt nach der Ankunft der Königin auch hier in England durchsetzen würden, worauf Juliana erwiderte, da trage sie doch lieber einen Sack über dem Kopf.

John und Edmund sprachen über Gott und die Welt, über Pferde und die bevorstehende Auktion, und John stellte fest, dass Edmund Beaufort ein ebenso gescheiter und liebenswürdiger Mann war wie sein Bruder, die gleichen Prinzipien und hohen Ansprüche an sich selbst verfolgte und doch vollkommen anders war. John mochte ihn gern.

Schließlich allein in ihrer Kammer, wollte Juliana ihrem lange entbehrten Gemahl mit dem üblichen Ungestüm die Kleider vom Leib reißen. Als John ihr seine gebrochenen Rippen beichtete, wurde sie behutsamer, entkleidete ihn so vorsichtig, als sei er aus Glas, schob ihn in die Kissen, setzte sich rittlings auf ihn und liebte ihn so sanft, dass sie ihn fast um den Verstand brachte. Aber er überließ sich ihrem Rhythmus, fuhr mit den Händen über ihren schlanken Mädchenkörper und entdeckte sie wieder. Es war ein stiller, geradezu beschaulicher Akt, gänzlich ungewöhnlich für sie, aber nicht weniger genussreich als die kurzen gewitterartigen Entladungen, deren Schauplatz ihr Bett sonst meist war. Es hatte eine eigentümliche Intensität und Vertrautheit, die sie noch nicht kannten.

»Es ist so wunderbar, dass du wieder da bist«, murmelte Juliana, als sie schließlich still nebeneinander lagen, ihr Kopf auf seiner rechten Schulter.

Er zog sie noch ein bisschen näher und befingerte ihre üppigen Locken. »Warst du einsam?«, fragte er.

»Nein, das kann ich wirklich nicht behaupten. Lilian und Conrad waren mir so gute Freunde. Und nachdem Eugénie an den Hof verschwunden war, besserte sich die Stimmung auch hier auf der Burg wieder.«

»Aber?«

»Es gibt kein Aber.«

»Ich bin kaum zu Hause, und schon lügst du mich an?«

»Ich … ich habe keine Ahnung, wovon du redest.« Es klang kurzatmig.

John musste unwillkürlich lächeln. Sie war einfach zu niedlich, wenn sie versuchte, ihm Sand in die Augen zu streuen. »Komm schon. Raus damit.«

Sie antwortete nicht sofort. Dann flüsterte sie: »Ich hatte mir geschworen, es dir nicht gleich nach deiner Heimkehr zu sagen.«

»Jetzt spannst du mich auf die Folter. Na los. So schlimm wird es schon nicht sein.«

»Doch. Ich … ich habe ein Kind verloren, John.«

Er hörte schlagartig auf zu lächeln. »Ein Kind …« Es traf ihn härter, als er für möglich gehalten hätte. »Wann?« Als ob das eine Rolle spielte.

»Im September.«

Er fühlte ihre Tränen auf der Schulter, drehte den Kopf und küsste sie auf die Stirn. »Warst du sehr krank?«

»Nein. Ich habe nur viel Blut verloren. Die Mägde haben Liz sofort geholt, aber sie konnte nichts mehr tun.« Sie hatte geblutet und geblutet, begleitet von furchtbaren Krämpfen, und sie hatte Angst gehabt, sie werde sterben und John allein lassen. Irgendwann hatte der Strom jedoch nachgelassen und war versiegt. So als wäre nie etwas gewesen. Aber von alldem erzählte sie ihm nichts. Aus den gleichen Gründen, warum er ihr nie mehr als nötig vom Krieg erzählte: Weil sie nicht wollte, dass er sich beunruhigte, und weil sie sich schämte.

»Sei nicht unglücklich, Juliana«, sagte er ein wenig unbeholfen. »Beim nächsten Mal wird es klappen, du wirst sehen. Du bist schließlich jung und gesund.«

»Aber was ist, wenn ich nie ein Kind austragen kann? Was tun wir dann?«

»Dann lernen wir, damit zu leben. Aber du siehst gar zu schwarz. Meiner Schwester ist es auch passiert, meiner Mutter ebenfalls. Es kommt vor. Es ist normal.«

»Aber John …«, sie brach unsicher ab.

»Ja?«

»Was ist, wenn es daran liegt, dass ich selbst in Sünde gezeugt bin? Was, wenn Gott es einfach nicht zulässt?«

»Oh, sei kein Schaf. Wie kommst du nur auf so einen abscheulichen Gedanken?«

»Es ist nicht so abwegig«, gab sie zurück. »Lady Elizabeth hat es zu Sir Tristan gesagt. Sie wusste nicht, dass ich nur wenige Schritte hinter ihr stand, sie wollte mich nicht kränken. Aber es ist offenbar das, was sie glaubt.«

Also wusste Tristan Fitzalan, wer genau seine Frau war, und hatte mit seiner eigenen Gemahlin darüber geplaudert, erkannte John. Mit wem wohl sonst noch? »Wenn die Fitzalans hier plötzlich anfangen, mit Steinen zu werfen, dann ist in Waringham kein Platz mehr für sie«, drohte er wütend.

»John!«, entgegnete Juliana erschrocken. »Wie kannst du so etwas sagen? Sir Tristan ist einer der ältesten Ritter deines Bruders. Er hat schon deinem Vater gedient.«

»Aber weder mein Vater noch mein Bruder hätten je Bigotterie in ihrer Halle geduldet. Ich werd mir Tristan Fitzalan vornehmen, da kannst du sicher sein …«

»Nein«, sagte sie entschieden, tastete nach seiner Hand und schloss die ihre darum. »Nein, John, das solltest du nicht tun. Sie haben weder hässlich von mir gesprochen, noch waren sie je anders als höflich zu mir. Du kannst ihnen nicht böse sein, nur weil sie die Wahrheit gesagt haben. Ich bin, was ich bin. Und Lady Elizabeths Verdacht ist durchaus berechtigt.«

John schwieg einen Moment. Schließlich sagte er: »Nächstes Jahr um diese Zeit haben wir ein gesundes Kind und werden über das Gespräch lachen, das wir heute Nacht geführt haben.«

Juliana ging nicht darauf ein. »Versprich mir, dass du Sir Tristan keine Vorhaltungen machst. Ich muss hier mit den Menschen auf der Burg nämlich immer noch zusammenleben, wenn du wieder in den Krieg ziehst.«

Er gab nach. »Schön. Wie du willst. Aber dann versprich du mir, dass du dich nicht mehr grämst.«

Sie richtete sich auf einen Ellbogen auf, beugte sich über ihn und küsste ihn auf den Mund. Aber ein Versprechen gab sie ihm nicht.

Die Auktion Mitte April war noch besser besucht als in den vergangenen Jahren, denn wegen des baldigen Parlaments waren schon viele Lords aus entlegenen Gegenden nach London gekommen und nahmen die Gelegenheit gern wahr, einmal einen Blick auf die berühmten Rösser im nahen Waringham zu werfen. John und Conrad waren überaus zufrieden mit den erzielten Preisen. John hatte persönlich dieses Jahr nur ein Schlachtross zu verkaufen gehabt, weil sein zweites Fohlen des Jahrgangs eine Stute gewesen war, aber ausgerechnet dieses Pferd hatte es Edmund Beaufort angetan. Mit einer Gelassenheit, die wohl nur ein Mann an den Tag legen kann, der nicht sein eigenes Geld ausgibt, bot er gegen den Earl of Arundel und erhielt schließlich bei zweihundertfünfzig Pfund den Zuschlag.

Lachend beglückwünschte John den jungen Beaufort zu seinem Pferdeverstand, und als Edmund sich am nächsten Morgen verabschieden wollte, um die Gastfreundschaft in Waringham nicht über das gebührliche Maß zu strapazieren, lud John ihn ein, den Sommer über zu bleiben. Edmund hatte so großen Gefallen am Gestüt gefunden und war so angenehme Gesellschaft. John war froh, als er einwilligte.

Lady Adela hingegen war schon wenige Tage nach Ostern wieder abgereist. Juliana hatte die Gesellschaft ihrer Mutter genossen, doch sie verfiel nicht in Schwermut, nachdem sie fort war. Jetzt, da John wieder zu Hause war und die Natur zu neuem Leben erwachte, fand sie es gar nicht mehr so schwierig, ihre Trauer zu überwinden und neue Zuversicht zu fassen. Sie begleitete ihren Mann ins Gestüt und auch zu seinen Besuchen im Dorf und den umliegenden Weilern, hörte zu, beobachtete und lernte, die Bücher zu führen und was die Aufgaben eines Stewards waren, um ihn vertreten zu können, wenn er wieder fort musste. John war erleichtert, sie so lebendig und unternehmungslustig zu sehen, und sie verbrachten einen friedvollen, wenn auch sehr arbeitsreichen Frühling in Waringham.

Anfang Juni kam Lady Adela zu einem zweiten Besuch, dieses Mal in Begleitung des ehrwürdigen Bischofs von Winchester, was in der Halle hier und da für Kopfschütteln sorgte.

»Das Parlament ist vorüber, John«, berichtete der Bischof, als er mit ihm und seinem Neffen allein war. »Und ich bringe Neuigkeiten.«

»Dann lasse ich euch allein und leiste den Damen im Rosengarten Gesellschaft«, erbot Edmund sich und wollte aufstehen.

Doch Beaufort schüttelte den Kopf. »Es geht auch dich an. Ich habe in Erfahrung gebracht, dass der Dauphin sich darum bemüht, Somerset diesem Sir Lawrence Vernon abzukaufen. Noch zieren die Schotten sich, aber sie haben ihn nicht nach Schottland gebracht.«

»Wo ist er?«, fragte Edmund.

»In Jargeau.«

John, der dabei gewesen war, Wein einzuschenken, fuhr so heftig zusammen, dass er einen der Becher umstieß. »Oh Gott …«

Edmund sprang auf, nahm ihm den Krug ab und reichte seinem Onkel einen gefüllten gläsernen Pokal. »Was ist das für ein Ort?«

»Eine Burg südlich der Loire«, antwortete Beaufort. »John hat schlechte Erinnerungen daran, aber ich betone nochmals, es besteht kein Grund zur Sorge um Somersets Wohlbefinden. Wir haben ganz andere Probleme«, fuhr er grimmig fort. »Ich habe dem König von unserem Plan berichtet, Somerset gegen den Grafen von Angoulême auszutauschen. Aber Harry ist strikt dagegen.«

»*Was?*«, fragten die beiden jungen Männer entsetzt.

Der Bischof trank einen Schluck und nickte dann. »Ich habe mit Engelszungen auf ihn eingeredet, aber es nützt nichts. Er ist felsenfest entschlossen, Angoulême als Druckmittel gegen den Dauphin zu behalten. Nicht einmal für einen seiner Brüder würde er ihn hergeben, hat er gesagt.«

»Was fällt ihm ein?«, brauste Edmund auf. »Der Graf von Angoulême gehört *uns*!«

Der Bischof hob einen mahnenden Zeigefinger. »Genau so hat der Streit zwischen meinem Bruder und den Percys auch begonnen, und ich sage dir, Edmund, wir werden diesem Pfad nicht folgen. *Er* ist der König, also werden wir seine Entscheidung hinnehmen und nach einem anderen Weg suchen. Hast du mich verstanden?«

»Ja, Mylord«, antwortete der Neffe. Sein Erstaunen über den eindringlichen Tonfall des Bischofs machte ihn folgsam.

»Harry ist entschlossen, den Konflikt mit dem Dauphin endlich zu entscheiden. Schnell. Nächste Woche kehrt er mit viertausend Mann und im Zorn nach Frankreich zurück. Ich möchte wahrhaftig nicht mit dem Dauphin tauschen.«

Das haben wir schon so oft gesagt, dachte John. »Wann und wo soll ich mich einfinden?«, fragte er.

Doch Beaufort schüttelte den Kopf. »Ihr werdet den König nicht begleiten. Ich brauche Euch hier.«

»Aber … wieso?«

Der Bischof richtete sich auf und sah ihm in die Augen. »Ihr steht in meinem Dienst und werdet tun, was ich sage, ohne meine Anordnungen zu hinterfragen. Oder Ihr könnt Euch einen neuen Dienstherrn suchen. Dann solltet Ihr Euch jedoch nicht wundern, wenn Euer ohnehin beschädigter Ruf weiter leidet und es bald heißt, Ihr wechselt Eure Dienstherrn öfter als Euer Bruder seine Mätressen.«

John schaute ihn unverwandt an. »Ihr seid … ausgesprochen grantig, Mylord, wenn Ihr das offene Wort verzeihen wollt.«

Edmund führte hastig den Becher an die Lippen und gluckste verstohlen.

Für einen Moment sah der Bischof so als, als erwäge er, John zu ohrfeigen. Dann änderte er seine Pläne, fischte ein versiegeltes Schreiben aus den Tiefen seines Mantels und warf es John in den Schoß. »Lest!«

Es war ein königliches Siegel. Völlig ahnungslos, was ihn erwartete, erbrach John es, entrollte das Schreiben und begann zu lesen. Es war eine Gerichtsurkunde, merkte er bald.

»Das Parlament hat mich zu einer Geldbuße von einhundert Pfund verurteilt, weil ich ohne die erforderliche Genehmigung der Krone geheiratet habe?«, fragte er fassungslos. »Haben sie keine anderen Sorgen? Ich bin kein Kronvasall! Ich kann heiraten, wann und wen ich will!«

»Ihr seid ein Angehöriger des Hochadels – auch wenn Ihr Euch kaum je entsprechend benehmt – und habt Euch denselben Regeln zu unterwerfen wie jeder Earl oder Baron. Der Auffassung waren jedenfalls die Lords.«

»Das ist absurd!«

»Das sind die Fakten.«

»Aber … ich habe keine hundert Pfund. Ich meine, ich habe sie vielleicht schon, aber ich kann sie nicht für diesen Unsinn erübrigen.«

»Mit der Euch eigenen Treffsicherheit habt Ihr das eigentliche Problem wieder einmal klar verkannt«, gab Beaufort gallig zurück.

John hatte so langsam genug von dessen Laune. Er stierte auf die Weinlache, die sich zur Tischkante vorgearbeitet hatte und nun ins Bodenstroh tropfte. »Dann beugt Euch in Güte zu mir herab und klärt mich auf, Mylord.«

»Alle wissen es, John. Was bislang nur ein Gerücht im Hauptquartier in Rouen war, pfeifen jetzt die Spatzen in London von den Dächern: John of Waringham hat Beauforts Bastard geheiratet.«

»Ah. Langsam dämmert mir, was Euch quält. Es war Euch unangenehm, ja?«

»Oh, John …« Der Bischof ließ sich zurücksinken und rieb sich müde die Augen. »Mir sind im Laufe meines Lebens so viele unangenehme Dinge passiert, dass diese kleine Affäre mich kaum erschüttern kann. Abgesehen davon, sollte mir hier irgendetwas zu unangenehm werden, werde ich dieser umnachteten Insel den Rücken kehren und nach Rom gehen – wo es im Sommer nicht immerzu regnet und die Menschen Kultur besitzen – und Kardinal werden. Und denkt ja nicht, ich hätte noch nie damit geliebäugelt!« Er trank, ehe er ruhiger fortfuhr: »Nein, mein Sohn, hier geht es um Euch. Weder der König noch ich haben diese Attacke kommen sehen, darum waren wir unvorbereitet. Die Klage wegen Eurer unrechtmäßigen Eheschließung wurde von einem Lord Latimer aus Northumberland vorgebracht, und nun dürft Ihr dreimal raten, wer dahinter steckt.«

»Scrope ...«, grollte John.

Beaufort nickte. »Natürlich. Und was er und dieser Latimer sich auf die Fahne geschrieben haben, sind die Interessen des Duke of York.«

»Der Duke of York?«, fragte John verständnislos. »Der ist höchstens zehn Jahre alt.«

Beaufort förderte ein zweites, hochoffiziell wirkendes Pergament hervor. »Das ändert nichts daran, dass er ein Urenkel von König Edward ist und dem Thron streng genommen näher steht als alle Lancaster, ganz gewiss näher als jeder Beaufort.« Er tippte auf die zweite Pergamentrolle, die er John reichte. »Dies ist ein Beschluss des Parlaments, der Euch und Eure Nachkommen von der Thronfolge ausschließt, John. Nur damit Ihr Euch keine falschen Hoffnungen macht«, fügte er höhnisch hinzu.

John war geneigt, seinen Ohren zu misstrauen. »Wie bitte?«, fragte er matt.

Der Bischof nickte. »Tja. Nun wisst Ihr, wie es aussieht. Latimer unterstellt Euch, dass Ihr Juliana geheiratet habt, weil sie Harrys Cousine ist. ›Wir haben Krieg‹, hat er ausgeführt. ›Baugé hat uns bewiesen, dass auch die königliche Familie nicht unverwundbar ist. Was, wenn der König und seine verbliebenen Brüder fielen, was Gott verhüten möge? Was, wenn alle Beauforts fielen?‹ Und so weiter.«

»Aber ... aber das ist vollkommen lächerlich«, protestierte Edmund.

Beaufort hob kurz die Hände. »Wenn man es mit Vernunft betrachtet, ja. Aber Zweifel sind bei den Lords, vor allem bei den Commons, immer schnell gesät. Sie haben die Unterstellungen zumindest ernst genug genommen, um diesen Beschluss zu fassen. Wenn Ihr Euch heute in Westminster zeigen würdet, John, wäret Ihr erstaunt, welcher Wind Euch dort ins Gesicht bläst. Ihr seid *persona non grata*. Die eine Hälfte verurteilt Euch für Eure unmoralische Ehe, die andere Hälfte unterstellt Euch verräterische Absichten. Auch im Kronrat habt Ihr plötzlich Feinde, ganz gleich, was Raymond sagt und tut und beteuert.«

»Schlau ausgedacht, Scrope, das muss man dir lassen«, murmelte John unbehaglich.

Der Bischof gab ihm Recht. »Die Mägde bei Hofe munkeln, die Königin sei guter Hoffnung. Solche Gerüchte sind meistens wahr. Lasst uns beten, dass es ein Prinz wird, denn dann wird diese ganze Aufregung sich legen. Bis dahin macht Euch rar.«

»Ich hoffe nur, dass der König diesen Unsinn nicht glaubt«, sagte John.

»Das tut er nicht. Harry schätzt es überhaupt nicht, manipuliert zu werden, und er ist erfahren genug, um zu erkennen, was hier gespielt wird. Er hat Euch gezürnt, und dann hat er Euch vergeben, und damit ist die ganze Geschichte erledigt, soweit es ihn betrifft. Er lässt Euch ausrichten, er will Eure hundert Pfund, weil seine finanzielle Lage zu verzweifelt für großzügige Gesten sei, aber er biete Euch an, sie gelegentlich bei einer Partie Tennis zurückzugewinnen.«

John nickte. Er fühlte sich schon ein wenig besser. »Dann ist es mir gleich, was der Rest der Welt denkt.«

»Ja, das sieht Euch ähnlich. Aber es sollte Euch nicht gleich sein.«

»Wieso nicht?«, fragte John ungehalten. »Dieses ganze Konstrukt aus Verdächtigungen und Beschuldigungen ist so närrisch, dass man es schwerlich ernst nehmen kann!«

»Hm, Euch mag es so erscheinen. Aber Ihr wäret nicht der

erste Mann, der unter verdächtigen Umständen sein Leben verliert, weil irgendwer ihm unterstellt, er könne irgendwann zu einem unpassenden Zeitpunkt einen abstrusen Anspruch auf die Krone erheben. Natürlich sind die Verdächtigungen haltlos. Aber es gibt sie. Nur das ist entscheidend. Ihr habt Feinde in Westminster, und es wäre unklug, sie zu ignorieren.«

John schnaubte abschätzig. »Nun, ich habe nicht die Absicht, mich dorthin zu begeben. Ich würde viel lieber mit dem König nach Frankreich gehen.«

»Bedauerlicherweise sind einige Eurer erbittertsten Widersacher unter den Kommandanten, und das Letzte, was Harry fehlt, ist Unfrieden zwischen seinen Offizieren. Nein, Ihr werdet schön hier bleiben und Euch nicht von der Stelle rühren, bis Ihr anderweitige Anweisungen erhaltet.«

John nickte unwillig. »Und wer wird Eure Männer befehligen? Nicht, dass viele übrig wären, aber ich nehme doch an, Ihr habt eine neue Truppe aufgestellt?«

Beaufort wandte sich an seinen Neffen. »Das wirst du tun, Edmund. Auch der König ist der Ansicht, es sei höchste Zeit, dass du Gelegenheit bekommst, dich zu beweisen. Er erwartet dich in drei Tagen in Southampton, wo du deinen Ritterschlag empfängst.«

»Wie Ihr wünscht, Onkel.« Edmunds Augen leuchteten.

Wenn du wüsstest, dachte John. Aber im gleichen Maße, wie er den jungen Beaufort bedauerte, beneidete er ihn auch.

Einen Tag später kam Raymond überraschend nach Hause und brachte zum allgemeinen Schrecken seine Frau mit.

John fand seinen Bruder allein auf einer Bank im Rosengarten, als er bei Abenddämmerung auf der Suche nach Juliana dort hinkam. »Raymond! Was in aller Welt tust du hier? Sir James Stratton hat deine neuen Bogenschützen schon nach Southampton geführt.«

Raymond nickte. »Gut. Wie viele?«

»Dreißig, wie du gesagt hast. Die besten. Cal Wheeler ist wieder dabei. Liz war wütend auf mich, dass ich ihn ausgewählt habe, aber er wollte um jeden Preis mit dir gehen. Wenn du meinen Rat willst: Mach ihn zum Sergeant. Er hat das Zeug.«

»Ja, ich weiß.« Raymond streckte die Hand über den Kopf und pflückte eine der prallen gelben Blüten aus dem Busch, der die Bank beschattete. »Der Bischof war hier und hat dir vom Parlament berichtet?«, fragte er dann.

»Oh ja.«

»Pass bloß auf, John. Scrope hat das genial ausgeheckt, und mit einem Mal haben es einige Leute wirklich auf dich abgesehen.«

John hob unbekümmert die Schultern. »Mir ist gleich, was ein paar verrückte Lords aus dem Norden denken.«

»Es sind nicht nur ein paar verrückte Lords aus dem Norden. Der Duke of Gloucester hat beide Anträge gegen dich unterstützt.«

»Harrys Bruder?«, fragte John fassungslos. »Aber … warum?«

»Weil er eine Pestbeule ist«, antwortete Raymond unverblümt. »Das war er schon als Junge, und mit zunehmendem Alter wird es nicht besser. Du hast ihn schlecht dastehen lassen letzten Herbst bei dieser Geschichte in Melun, als sie Daniel beinah aufgeknüpft hätten. Das nimmt er dir übel. Er würde nicht so weit gehen, mit Scrope gegen dich zu paktieren, weil er weiß, dass er Harry damit verstimmen würde, aber da sich beim Parlament die Gelegenheit bot, dir zu schaden, hat er sie gerne beim Schopf ergriffen.«

John schnaubte. Er war gekränkt. »Nun, da Harry mich nicht mit nach Frankreich nimmt, wird Gloucester in nächster Zeit keine Gelegenheit haben, mir ein Bein zu stellen.«

»Nein. Und ich bin nicht nur aus dem Grund froh, dass du dieses Mal hier bleibst.«

»Raymond, was ist los mit dir?«, fragte John, es klang ein wenig ungehalten. »Du bist die ganze Zeit schon so seltsam niedergeschlagen. Man könnte meinen, es mangele dir an Zuversicht für diesen Feldzug.«

Raymond schaute auf seine Rosenblüte hinab und drehte sie

zwischen Daumen und Zeigefinger der Linken. »Schon möglich«, räumte er ein.

»Dann lass es den König nicht merken«, riet John leise. »Ich könnte mir vorstellen, dass ihn das beunruhigen würde.«

»Oh, Bübchen.« Raymond lachte unfroh. »Ich habe bei Harrys Bluttaufe an seiner Seite gestanden und seinen Rücken gedeckt. Du brauchst mir wirklich nicht zu erzählen, was ich zu tun und zu lassen habe.«

»Nein«, räumte sein Bruder ein, »da hast du eigentlich Recht. Wie kommt es dann nur, dass ich das Gefühl habe, du brauchst Zuspruch?«

Raymond erhob sich ohne Eile. »Ich wollte dich um einen Gefallen bitten.«

»Und zwar?«

»Würdest du mir Daniel leihen? Der junge Fitzalan ist ein brauchbarer Knappe, aber längst nicht so gut wie deiner. Ich könnte einen zweiten Jungen gut gebrauchen.«

John sah zu ihm hoch. »Langsam kriege ich ein ganz mieses Gefühl, Raymond.«

»Ja oder nein?«

»Natürlich kannst du den Jungen haben. Er wird glücklich sein, dass du ihn endlich einmal zur Kenntnis nimmst. Außerdem hat Edmund Beaufort Somersets Knappen mitgenommen, und Daniel vermisst ihn. Aber …«

Raymond wandte sich ab. »Danke.«

John stand auf, eilte ihm nach und legte ihm die Hand auf die Schulter. »Raymond, was hat das zu bedeuten? Ist es wirklich dein Sohn, den du mitnehmen willst, oder eine Erinnerung? Hat dich jemand verflucht? Oder hast du eine schlechte Weissagung bekommen? Was?«

Raymond schüttelte die Hand ab und ging davon, ehe John weiter in ihn dringen konnte.

Es war weder ein Fluch noch eine Weissagung, die auf ihm lastete, und er wusste auch, dass er nicht hellsichtig war wie seine Schwester Anne. Aber er hatte es oft genug erlebt, dass Männer von bösen Vorahnungen geplagt wurden und ihre

Angelegenheiten mit besonderer Sorgfalt regelten, ehe sie auf den Feldzug gingen, von dem sie dann tatsächlich nicht zurückkehrten.

Seit Raymond die Nachrichten von der Niederlage bei Baugé gehört hatte, war sein Herz schwer. Das Gefühl, dass in Frankreich eine Katastrophe auf ihn lauerte, wurde mit jedem Tag drängender. Wie eine warnende Stimme, die immer lauter wurde. Aber wie in aller Welt hätte er seinem Bruder sagen sollen, dass er überzeugt war, Waringham nie wiederzusehen?

Beim Abendessen, das er mit seinen Rittern und deren Familien in der Halle einnahm, tat er unbeschwert. Vor allem die jüngeren Männer seines Gefolges brannten darauf, ihn nach Frankreich zu begleiten, und er erzählte ihnen von Harrys großen Taten und von den wildesten Gerüchten, die über den Dauphin kursierten, um sie zum Lachen zu bringen und von den ernsten Mienen der Älteren und Erfahreneren an der Tafel abzulenken.

Und als es dunkel wurde, ging er zu seiner Frau.

»Ich bedaure, dass ich Euch noch einmal behelligen muss, Eugénie«, sagte er, während er die Tür schloss.

Ein wenig Mondlicht fiel durchs offene Fenster, genug, um sie zu erkennen.

Eugénie lag stockstill in seinem Bett, die Decke bis zum Kinn hochgezogen, und starrte ihm mit weit aufgerissenen Augen entgegen. Offenbar hatte sie ihn erwartet. Und das war verwunderlich, wenn man bedachte, dass er seit jener Nacht vor einem Jahr, als sie ein Messer gegen ihn erhoben hatte, kein Wort mit ihr geredet, geschweige denn sich ihr in irgendeiner Weise genähert hatte.

Er nahm den Schwertgürtel ab und legte ihn zusammen mit seinem Dolch auf die Truhe neben dem Fenster – außerhalb ihrer Reichweite. Dann trat er ans Bett und schaute auf sie hinab. »Ihr lebt nun schon so viele Monate in England, darum nehme ich an, dass Ihr mich besser versteht, als Ihr vorgebt.« Er sprach langsam und deutlich, um ihr sein Entgegenkommen zu beweisen.

Sie zeigte keinerlei Reaktion, sah ihn nur unverwandt an, ihre Züge starr.

»Die Sache ist die«, setzte er wieder an. »Morgen muss ich fort, und Gott allein weiß, wie lange es dieses Mal dauert. Ich ...« Er brach ab. Auf einmal war er sich gar nicht mehr sicher, ob er überhaupt wollte, dass sie ihn verstand. Es war etwas sehr Persönliches, das er ihr zu sagen versuchte. Er wollte einen Sohn. Obwohl er wusste, dass John ein viel besserer Earl wäre als er es je gewesen war und es deswegen verdient hätte, den Titel zu erben, verspürte Raymond mit einem Mal den Wunsch, etwas zu hinterlassen, das Bestand hatte. Nicht einfach so spurlos zu verlöschen. Seine Bastarde waren nicht genug. Er hatte ein Vermächtnis weiterzugeben, und er wollte diese letzte Chance nutzen.

Er räusperte sich. »Es wird Zeit, dass wir einen Waringham zeugen, versteht Ihr.«

Er war wild entschlossen, es zu tun. Nur war er keineswegs sicher, ob er auch konnte. Nichts, aber auch gar nichts regte sich bei ihm angesichts ihrer offenkundigen Ablehnung. In den ersten Tagen ihrer Ehe, als sie einfach nur teilnahmslos erduldet hatte, was er tat, hatte er sich noch einreden können, sie werde früher oder später schon Geschmack daran finden. Aber er wusste einfach nicht, was er machen sollte, wenn sie sich wehrte.

»Bitte, Eugénie«, drängte er leise und setzte sich auf die Bettkante. Er ergriff eine ihrer eiskalten Hände, die die Decke umklammerten, und führte sie an die Lippen. Dann mobilisierte er seinen gesamten französischen Wortschatz: »S'il vouz plaît?«

Plötzlich zuckte ihr Mund, und sie wandte hastig den Kopf ab. Aber es gelang ihr nicht, ihr Kichern zu unterdrücken. Seine Aussprache war einfach zu komisch.

Raymond grinste, unendlich erleichtert. Es war die erste menschliche Regung – abgesehen von ihrem Mordanschlag –, die sie ihm je gezeigt hatte. »War das falsch?«, fragte er.

Sie sah ihn wieder an und schüttelte den Kopf. »Ganz richtig.«

»Eugénie!« Er lachte leise. »Noch eine neue Errungenschaft. Du hast mit mir gesprochen.«

»*Comment?*«, fragte sie stirnrunzelnd.

Er schüttelte den Kopf. »Es spielt keine Rolle.« Verwegener geworden, legte er die Linke auf ihre Wange und betastete mit den Fingerspitzen ihr geflochtenes Haar. Im ersten Moment schien es, als wolle sie den Kopf aus alter Gewohnheit wegbiegen, aber sie besann sich und ließ ihn gewähren.

Es war nicht wirklich ein Durchbruch. Aber sie erhob keine Einwände, als Raymond die Decke zurückschlug, und sie fing auch nicht an zu heulen, als er ihr Hemd hochschob. Ihre Haut schimmerte silbrig im schwachen Mondlicht, und er strich sacht mit der Rechten über ihren Bauch. Er war weich und wunderbar gerundet, die Brüste vielleicht eine Spur zu voll, um der Mode zu entsprechen. Aber Raymond war es recht so; er hatte gern etwas in der Hand, wie er gelegentlich zu sagen pflegte.

Zum ersten Mal zog er sich aus, ehe er sich zu ihr legte. Eugénie schloss die Augen, um ihn nicht anschauen zu müssen. Raymond kam der Gedanke, dass es vielleicht gar nicht so sehr an ihm lag. Womöglich war sie ihrem französischen Grafen eine ebenso fade Bettgenossin gewesen, gehörte einfach zu den bedauernswerten Frauen, die keine Freude an der Liebe finden konnten. Aber es reichte ihm schon, dass sie ihn ohne Tränen erduldete – er war bescheiden geworden. Er musste sich auch nicht anstrengen, um seine Mission zu erfüllen. Er schloss einfach die Augen und dachte an Liz, deren Brüste sich ganz ähnlich angefühlt hatten.

Er verspürte beinah so etwas wie Trost, als er zum Ende gekommen war und sich neben sie legte, um höflichkeitshalber noch ein paar Minuten zu bleiben. Das bleischwere Gefühl des herannahenden Unheils war nicht gewichen, aber er hatte getan, was er konnte. Behutsam platzierte er die Hand auf dem Bauch seiner Frau. Zu seiner grenzenlosen Verwunderung wandte Eugénie sich ihm zu, legte den Kopf auf seine Schulter und schlief ein.

Waringham, Dezember 1421

Isabella of Waringham, Schwester der Abtei St. Catherine zu Havering, an John of Waringham, ohne Gruß. Ich kann nicht fassen, was du getan hast. Wie kannst du dich nur selbst ertragen, nachdem du solche Schande über dich und dein Haus gebracht hast? Mir ist bewusst, dass die Schuld teilweise bei unserem Vater liegt, der es versäumt hat, dich christlichen Anstand und Moral zu lehren. Aber die Entscheidung war die deine, und du bist ein erwachsener Mann. Mit Schaudern wende ich mich von dir ab. Ich werde für deine Seele und die des lasterhaften, in unaussprechlicher Sünde gezeugten Kindes, das du zur Frau genommen hast, beten, weil das meine Pflicht ist, aber ich weiß nicht, wie ich Gott aufrichtig um Vergebung für dich bitten soll, da ich dir selbst nicht vergeben kann. Somit bringst du mich obendrein auch noch in einen Gewissenskonflikt. Wenn ich meinen Zorn überwunden habe, werde ich um dich trauern, denn für mich bist du gestorben. Schreibe mir nie wieder …

»Juliana? Was liest du da?«

Sie schaute auf, drehte den Bogen dann wortlos um und hielt ihn John zur Begutachtung hin.

Er erkannte ihn auf einen Blick. »Wie kommst du dazu, meine Briefe zu lesen?«, fragte er.

Sie ging nicht darauf ein. »Wann hast du den bekommen?«

Er hob die Schultern und nahm ihr das Schreiben ab. »Anfang August. Und ich hätte jetzt gern eine Antwort. Was fällt dir ein, in meinen Sachen zu schnüffeln?«

Bei dem hässlichen Wort fuhr sie leicht zusammen. »Was erwartest du? Schließlich bin ich ›lasterhaft und in unaussprechlicher Sünde gezeugt‹. Darüber hinaus hatte der Wind einen ganzen Stapel Briefe vom Tisch geweht, und ich wollte sie nur aufheben. Dabei fiel mein Blick zufällig auf die seltsame, grußlose Anrede.«

John seufzte und nahm reumütig ihre Hand. »Entschuldige. Ich war nur erschrocken, dass du ihn gesehen hast. Ich hätte ihn verbrennen sollen.«

»Du hättest es mir sagen sollen«, gab sie zurück. »Wie viele solcher Briefe hast du noch bekommen?«

»Drei oder vier.« Einer der schneidendsten war von Richard Beauchamp, dem Earl of Warwick, gewesen, der ein Bruder von Julianas Mutter war und diese Affäre deswegen als persönlichen Affront betrachtete. »Aber sie haben nichts zu bedeuten, Juliana. Harry hat uns verziehen, und welcher Mann in England könnte es sich leisten oder könnte auch nur ein Interesse daran haben, den König gegen sich aufzubringen? Darüber hinaus war die Mehrzahl der Briefe eher so wie dieser hier.« Er suchte eine Weile in den unordentlichen Stapeln aus Abrechnungen, Inventaren und Briefen auf dem Tisch in ihrer Kammer. »Herrje, ich müsste hier wirklich dringend mal aufräumen … Ah, da ist er.«

Er reichte Juliana den Brief, der in einer schwungvollen Handschrift auf einen etwas fleckigen Papierbogen geschrieben war: *Joanna of Waringham, Countess of Burton, an ihren innigst geliebten Bruder John, Grüße. Ed brachte die Nachricht von der hässlichen Kampagne gegen dich vom Parlament mit. Welch eine niederträchtige Intrige. Aber sei guten Mutes, Harry würde niemals schlecht von dir denken, das weiß ich genau. Ich hoffe, deine junge Frau und du lasst euch von diesem absurden Treiben nicht bekümmern. Aber sollte es dort unten gar zu abscheulich werden, kommt für ein paar Monate nach Burton. Ihr wäret aus der Schusslinie und würdet obendrein ein gutes Werk tun, indem ihr unser Heimweh lindert. Ihr seid hier immer willkommen. Mögen Gott und alle Erzengel euch beschützen, Jo.*

Die Kummerfalten auf Julianas Stirn glätteten sich, und mit einem kleinen Lächeln legte sie den Brief beiseite. »Das klingt schon besser«, bemerkte sie.

John trat an den Kamin und legte ein paar Scheite Holz nach.

Aber für Juliana war das Thema noch nicht abgeschlossen. Sie setzte sich an den Tisch, schob vorsichtig Johns windschiefe Dokumentenstapel beiseite und verschränkte die Hände auf der

Platte. »Warum hast du mir von Isabellas Brief nichts gesagt, John? Es muss dich furchtbar gekränkt haben.«

Er kam an den Tisch zurück und setzte sich ihr gegenüber. »Zuerst war es ein Schock, das ist wahr. Aber ihre Entscheidung reißt nicht gerade eine schmerzliche Lücke in mein Leben. Im Grunde kenne ich Isabella gar nicht. Mein Bruder Mortimer schrieb mir, sie sei deswegen so giftig, weil sie im Sommer auf ihre Ernennung zur Subpriorin gehofft hatte, was offenbar durch unsere Skandalheirat nun in weite Ferne gerückt ist. Er meint, sie werde sich schon wieder beruhigen. Ehrlich gesagt, mir ist gleich, was sie tut. Und ich habe dir nichts davon erzählt, damit du dich nicht unnötig quälst.«

Juliana nickte. Sie hatte inzwischen längst erkannt, dass es viele Dinge in seinem Leben gab, an denen er sie keinen Anteil haben ließ. Doch zumindest sein Amt als Steward von Waringham gehörte nicht dazu. »Hast du mit Conrad gesprochen?«

»Ja. Er hält es für eine gute Idee, die Zucht zu vergrößern. Dank Eugénies Mitgift plündert Raymond das Gestüt nicht mehr so aus wie früher, und ich denke, ich könnte zwei zusätzliche Zuchtstuten für ihn anschaffen, ohne dass es Engpässe gibt. Conrad denkt für sich selbst auch an zwei.«

»Und was ist mit uns? Können wir auch eine Zuchtstute kaufen?«

John schüttelte den Kopf. »Nicht im Moment jedenfalls. Dank des Bußgeldes, das das Parlament mir auferlegt hat, sind wir derzeit noch ärmer als gewöhnlich. Aber ich dachte, wenn du einverstanden bist, lasse ich Daphne im kommenden Frühjahr decken. Dann haben wir im Jahr darauf drei Fohlen.«

»Das ist eine großartige Idee!«, rief sie mit dem Enthusiasmus aus, den sie immer noch so gern und leicht an den Tag legte. »Das hieße, wir könnten …« Sie brach ab, weil es an der Tür klopfte.

Auf Johns Aufforderung wurde die Tür mit solchem Schwung aufgerissen, dass er schon wusste, wer sein Besucher war, noch ehe der über die Schwelle trat. »Owen!«

Tudor verneigte sich lächelnd vor Juliana, ehe er seinen

Freund mit den Worten begrüßte: »Ein Prinz. Geboren am Nikolaustag in Windsor. Er wurde auf den Namen Henry getauft, und Euer Vater ist sein Pate, Madam«, schloss er an Juliana gewandt.

»Oh«, murmelte sie untypisch scheu. Es war das erste Mal in ihrem Leben, dass ein Fremder den Bischof in ihrem Beisein ihren Vater genannt hatte, und das machte sie eigentümlich verlegen. Sie flüchtete sich in ihre Gastgeberpflichten. »Ich schicke nach heißem Wein, Master Tudor. Ihr seid durch fürchterliches Wetter gekommen.«

Obwohl der Dezember schon fast zur Hälfte vorüber war, hatte es noch keine Flocke geschneit. Dafür war es bitterkalt und regnete ständig, sodass die Straßen vereist waren.

»Da sag ich nicht nein, Lady Juliana«, erwiderte Tudor. Juliana verließ das Gemach, und nachdem die Tür sich geschlossen hatte, bemerkte er an John gewandt: »Sie ist hinreißend.«

»Danke.«

»Und sehr unglücklich, wenn du meine Offenheit verzeihen willst.«

»Wenn ich deine Offenheit nicht verzeihen könnte, hätte ich dich längst erschlagen«, gab John seufzend zurück. »Sie hat immer noch kein Kind. Das ist es, was ihr zu schaffen macht.«

»Verstehe. Und nun platze ich hier auch noch mit der Freudenbotschaft über den Prinzen herein.«

»Nicht nur das. Meine Schwägerin, die spröde Eugénie, ist ebenfalls guter Hoffnung.« Er sagte es mit einem kleinen Lächeln, aber Tudor wusste, dass es Johns heimliche Hoffnungen zunichte machen würde, wenn Raymond einen Sohn bekäme.

»Sir Tristan bekommt in diesen Tagen sein zweites Enkelkind, drei der Mägde sind schwanger«, fuhr John in seiner Aufzählung fort. »Nicht zuletzt haben wir im Gestüt über fünfzig trächtige Stuten, deren Pflege und Zukunftsplanung einen guten Teil unserer Zeit und Aufmerksamkeit in Anspruch nehmen. Es ist kein Wunder, wenn Juliana das Gefühl hat, es klappe bei allen außer ihr.«

Er hielt inne, weil es wiederum klopfte. Die Magd, die eintrat und den heißen Würzwein servierte, war eine derer, die John gerade erwähnt hatte. Stolz schob sie ihren runden Bauch vor sich her, hielt das Tablett weiter von sich ab, als nötig gewesen wäre. »Habt Ihr sonst noch einen Wunsch, Sir John?«

»Bleibst du über Nacht, Owen?«

»Gern.«

»Dann richte eine Kammer her, Rose, und sag der Köchin, Essen für drei hier oben.«

»Ja, Sir.«

»Und sag ihr, es wäre schön, wenn es ausnahmsweise einmal nicht angebrannt wäre.«

Die Magd nickte grinsend und verschwand.

John und Tudor setzten sich an den Tisch und wärmten sich die Finger an den heißen Bechern. Die Wände der alten Burg strahlten eine feuchte Kälte ab, gegen die der Kamin nie wirklich etwas ausrichtete.

»Die Königin ist wohlauf?«, fragte John.

Tudor winkte beruhigend ab. »Es war eine leichte Geburt, sagten die Damen. Eigens zu dem Anlass war eine berühmte Reliquie aus einem französischen Kloster herbeigeschafft worden, das ›Silberjuwel‹, welches die Vorhaut Jesu enthält und Wöchnerinnen helfen soll. Es hat wahre Wunder gewirkt.«

»Und wird der König über Weihnachten nach Hause kommen, jetzt, da er einen Sohn hat?«

»Ich glaube nicht. Seit Baugé ist er unwillig, das Kommando seinen Brüdern oder Lords zu überlassen. Er meint offenbar, ohne ihn geht es nicht.«

»So ist es ja auch«, erwiderte John. Den Sommer und Herbst über hatte Harry seine Siegesserie fortgesetzt, die Dauphinisten aus der Picardie verjagt, vor den Toren Orléans' geplündert und eine dauphinistische Burg nach der anderen eingenommen.

»Jetzt belagert er Meaux, und Bischof Beaufort glaubt, dass es bis zum Frühjahr dauern wird«, berichtete Tudor.

»Ja, ich erinnere mich an Meaux. Gewaltige Festung.«

»Hm. Und der nasse Herbst hat wieder einmal eine Ruhrepidemie unter unseren Männern ausgelöst. Es heißt, der König sei selbst krank gewesen.«

John hob verwundert die Brauen. Er kannte keinen vitaleren Mann als Harry. So stark schien seine Lebensenergie, dass man immer meinte, man könne sie spüren, wenn man in seiner Nähe war. Das Wort »krank« schien überhaupt nicht zu ihm zu passen. »Und habt ihr irgendetwas von Somerset gehört?«

Tudor senkte den Blick. »Beauforts Spione berichten, er sei bei guter Gesundheit. Er wird anständig behandelt und hat ein ordentliches Quartier. Deine Schreckensvisionen haben sich also nicht erfüllt. Aber dieser Schotte, Lawrence Vernon, kann sich nicht entscheiden, ob er ihn Beaufort oder dem Dauphin verkaufen soll, und spielt sie gegeneinander aus, um den Preis in die Höhe zu treiben. Ich sage dir, das wird sich hinziehen.«

Es war einen Moment still. Dann wechselte Tudor das Thema: »Die Königin bittet deine Schwägerin an den Hof. Sie vermisst sie.«

John schüttelte den Kopf. »Eugénie ist sehr schwerfällig. Und Raymond hat mir aufgetragen, dafür zu sorgen, dass sein Kind hier zur Welt kommt. Ich denke, dass es noch vor Ostern so weit ist.«

Tudor hob seinen Becher. »Trinken wir darauf, dass es ein hübsches Töchterchen wird.«

Achselzuckend ergriff John seinen eigenen Pokal, stieß damit an Tudors und erwiderte grinsend: »Trinken wir lieber auf unseren Prinzen.«

Tudor nickte bereitwillig. »Lang lebe Henry of Windsor. Möge er kein reißender Löwe werden wie sein Vater, auf dass das walisische Volk seine Freiheit wiedererlange.«

John lachte leise. »Du bist der einzige Verräter, mit dem ich gern trinke, Owen. Aber mach dir keine allzu großen Hoffnungen. Ein Sohn dieser Eltern kann schwerlich ein Lämmchen werden.«

Die Schwangerschaft bekam Eugénie gut und schien sie endlich mit ihrem Schicksal versöhnt zu haben. Zum ersten Mal zeigte sie ernsthafte Bemühungen, besser Englisch zu lernen und am Zusammenleben der Menschen in Waringham Castle teilzunehmen. Die Mitglieder des Haushaltes verziehen ihr und nahmen sie bereitwillig in ihre Gemeinschaft auf. Auf diese Weise verbrachten sie ein frohes Weihnachtsfest und einen friedlichen, geradezu beschaulichen Winter. Und kurz nach der Schneeschmelze Anfang März brachte Eugénie einen gesunden Jungen zur Welt, als habe sie beschlossen, auch in dieser Hinsicht dem Beispiel ihrer geliebten Königin zu folgen.

John sorgte dafür, dass Raymonds Wünsche genauestens befolgt wurden: Am Tag nach der Geburt bat er Vater Egmund auf die Burg, der den neuen Erben des Hauses Waringham nach dessen Großvater auf den Namen Robert taufte. John selbst stand Pate. Stolz hielt er den brüllenden Täufling mit ausgestreckten Armen hoch, damit der in der Kapelle versammelte Haushalt ihn auch gebührend bewundern konnte, und beim anschließenden Festmahl in der Halle betrank er sich. Es war ein bisschen viel, was mit einem Mal auf ihn einstürzte. Seine Enttäuschung über die Ankunft dieses Neffen, der all seine Hoffnungen auf den Titel zunichte machte, lag im Widerstreit mit der eigentümlich starken Zuneigung, die er vom ersten Moment an für den kleinen Robert empfunden hatte. Gleichzeitig verspürte er einen dumpfen Groll auf Raymond und Eugénie, weil deren Sohn seinen Kummer über seine und Julianas Kinderlosigkeit mehrte.

Und er sah genau, dass es Juliana ebenso erging. Sie lachte und tat unbeschwert, trug gar eines von Mortimers Gedichten vor, welches er kurz nach der Geburt seiner ersten Tochter geschrieben hatte und das die Winzigkeit eines Neugeborenen, die Unschuld seiner Seele und die Freuden der Vaterschaft pries. Der Haushalt applaudierte gerührt. Doch John merkte, welche Mühe all dies Juliana kostete. Und voller Verwunderung stellte er fest, dass er zum ersten Mal erlebte, wie seine Frau sich beherrschte. Statt wie sonst ihren Launen und Gefühlen freien Lauf zu lassen, unterwarf sie sie an diesem Abend einem eisernen Willen. Und das machte ihm Angst.

Doch er sprach mit niemandem über seine Besorgnis, schon gar nicht mit Juliana, da es ja keinen Unterschied machte, was irgendwer sagte. Wenn Gott beschlossen hatte, sie mit Unfruchtbarkeit zu strafen, dann gab es nichts, was sie dagegen tun konnten.

In seiner Ratlosigkeit stürzte John sich in seine Arbeit. Das Frühjahr und der Sommer waren im Gestüt immer die betriebsamste Zeit. Dennoch machte er sich zwei Wochen vor Ostern für einige Tage frei, um Eugénie, den kleinen Robert und dessen Amme persönlich nach Windsor zu begleiten, wo die Königin sich immer noch aufhielt. Er bewunderte den kleinen Prinzen Henry in seiner mit französischen Lilien und englischen Löwen bemalten Wiege, und bei dem Gedanken, dass auf diesem winzigen Haupt dereinst zwei Kronen lasten sollten, wurde sein Herz schwer.

Er verbrachte einen unbeschwerten Abend in Gesellschaft der Königin, ihrer Ritter und Damen, doch am nächsten Morgen verabschiedete er sich, weil er in Waringham unabkömmlich war.

Die Königin erwies ihm die Ehre, ihn bis ans Tor der altehrwürdigen Burg zu begleiten. »Es war schön, Euch zu sehen, Jean. Aber wagt Euch nicht noch einmal her, ohne Eure Gemahlin mitzubringen.«

Er verstand sehr wohl, was sie ihm damit sagen wollte, auch wenn sie beide wussten, dass es zu diesem Zeitpunkt ausgesprochen unklug gewesen wäre, Juliana an den Hof zu bringen.

John verneigte sich mit einem dankbaren Lächeln. »Sie kann es kaum erwarten, Euch kennen zu lernen, Madame.«

»Wie ich höre, ist sie ein gutes Mittel gegen Langeweile.«

»Und von wem hört Ihr so etwas?«, fragte er verblüfft.

»Von meinem bischöflichen Onkel Henri Beaufort, mit dem ich mich nach der Taufe des Prinzen lange unterhalten habe.«

»Verstehe. Nun, Madame, wie üblich hat Euer bischöflicher Onkel Recht. Man kann meiner Frau allerhand nachsagen – wie Ihr zweifellos wisst, gibt es Lords, die sich in dieser Disziplin unermüdlich üben –, aber seit wir verheiratet sind, habe ich mich noch keinen Tag gelangweilt.«

Katherine lächelte schelmisch. »Welch ein Glückspilz Ihr seid, Jean …«

John hatte befürchtet, dass Lords und Ritter dieses Jahr der Pferdeauktion von Waringham fernbleiben könnten, um ihm ihre Geringschätzung zu zeigen. Doch er hatte den Ruf ihres Gestüts unterschätzt. Wie jedes Jahr strömten die Pferdenarren und Kaufwilligen auch an diesem Sonnabend nach Ostern von nah und fern zusammen, um die edlen Rösser zu bewundern, wortreich zu kommentieren und zu erwerben. Beim anschließenden Bankett, das für die glücklichen Käufer in der Halle gegeben wurde und eine ebenso lange Tradition hatte wie die Auktion selbst, ließen sich vier oder fünf der Geladenen unter fadenscheinigen Vorwänden entschuldigen, doch die meisten kamen. John stellte erleichtert fest, dass es nicht so schlimm um ihn stand, wie er befürchtet hatte.

»Ich hab's dir doch gesagt«, murmelte Conrad, der heute neben ihm an der hohen Tafel saß. »Sie fangen schon an, es zu vergessen. Nichts ist langweiliger als ein Skandal vom letzten Jahr.«

John stellte Juliana seinen Gästen vor, als sei sie niemals der Stein ihres Anstoßes gewesen, und nicht wenige erlagen augenblicklich ihrem immer noch kindlich anmutenden Charme. Und die Hartgesottenen, die gegen ihre Reize immun blieben, waren Soldaten, die mit John im Krieg gewesen waren und sich um irgendwelche Hofintrigen gegen ihn nicht scherten. Vielmehr wollten sie wissen, wann Meaux seiner Meinung nach endlich fallen werde.

Bald, antwortete er jedem, der ihn fragte, und er täuschte sich nicht.

Sechs Monate hatte Meaux, die mächtigste Stellung des Dauphin nordöstlich von Paris, ausgehalten, doch Anfang Mai fiel sie wie alle anderen vor ihr. Und eine Woche später kam Raymond nach Hause.

Es war ein sonniger, lauer Frühlingstag gewesen. Mit der Dämmerung wurde es indessen kühl. Juliana und Francis Aimhursts junge Frau Matilda, die im Rosengarten eine Partie *Tables* begonnen hatten, saßen nun an einem der langen Tische in der Halle und hatten das Spielfeld, das etwa doppelt so groß war wie ein Schachbrett, mit den runden Spielfiguren wieder aufgebaut. Julianas Wangen waren vom Kampfesfieber gerötet, und sie verfolgte den rollenden Würfel mit erwartungsvollen Blicken. Nur wenige Plätze entfernt hatte John mit dem Reeve und dem Heuwart – zwei Männern aus dem Dorf, die ihm bei der Beaufsichtigung des Gutsbetriebes zur Seite standen – die Organisation der diesjährigen Heuernte besprochen. Die beiden Männer hatten sich gerade nach einem letzten Krug Bier verabschiedet, als Raymond die Halle betrat.

»Mylord!«, rief Tristan Fitzalan aus und schloss ihn in die Arme. »Willkommen daheim.«

John erhob sich, trat seinem Bruder lächelnd entgegen und begrüßte ihn ebenfalls. »Wie war die Überfahrt?«, fragte er mit scheinheiliger Anteilnahme.

Wie nach jeder Kanalüberquerung sah Raymond so aus, als sei er bereits vor mehreren Tagen gestorben. Er antwortete mit einem matten Grinsen und winkte ab. »Spiegelglatte See, aber trotzdem fürchterlich.«

»Rose, bring seiner Lordschaft einen Becher Burgunder. Einen großen Becher«, bat John. Und dann fuhr er an Raymond gewandt fort: »Ich fürchte, dein Sohn ist nicht hier.«

»Nein, ich weiß. Die Königin ist in Leeds, hab ich gehört. Ich reite heute Abend noch hin.« Trotz der kränklichen Blässe wurde sein Gesicht mit einem Mal lebhafter. »Und?«, fragte er gespannt. »Wie ist er?«

John legte ihm lächelnd die Hand auf den Arm. »Ein Prachtkerl. Und ein echter Waringham.«

»Keine Schönheit wie du, meinst du, ja?«

»Ich meine, sein Haar ist blond und seine Augen blau, und er ist dir wie aus dem Gesicht geschnitten. Du hast allen Grund, stolz zu sein. Und Eugénie hat uns alle erstaunt. Sie ist … na ja, nicht wie ausgewechselt. Aber nicht mehr verbittert.«

Raymond nickte. In diesem Moment kam die Magd mit seinem Wein. Er führte den Becher mit der Linken an die Lippen und trank durstig, kniff ihr gleichzeitig mit der Rechten in die Wange. Rose gehörte zu den Mägden, denen es schmeichelte, dass Raymond die Finger nicht von ihr lassen konnte, und sie entfernte sich mit einem wissenden Lachen und wiegenden Hüften.

Raymond ließ sich nahe der Tür auf eine Bank sinken, denn seine Beine waren immer noch wackelig. John stellte einen Fuß auf die Bank, verschränkte die Unterarme auf dem Knie, und sie unterhielten sich leise.

»Wie war Meaux?«, fragte der Jüngere.

»Die schwierigste Belagerung, die ich je erlebt habe. Exeter und Salisbury glaubten, es werde nie fallen. Aber natürlich hatten sie Unrecht. Meaux war … Harrys Meisterstück, John.«

»Aber du siehst alles andere als glücklich aus.« Tatsächlich wirkte sein Bruder ausgemergelt und erschöpft, und das lag nicht nur an der Seekrankheit. John wusste, wie kräftezehrend der Krieg vor allem im Winter war.

»Ich mache mir Sorgen um den König«, bekannte Raymond mit gesenkter Stimme. »Hast du gehört, dass er die Ruhr hatte?«

John nickte. »Tudor hat's mir erzählt.«

»Er hat sich immer noch nicht richtig erholt. Furchtbar mager ist er geworden, und das ist kein Wunder, denn er isst nie etwas. Sobald er irgendwas zu sich nimmt, kriegt er …« Er unterbrach sich kurz und seufzte. »Du wirst mir vorwerfen, es sei respektlos, so etwas von einem König zu sagen, aber er ist auch nur ein sterblicher Mann und kriegt Dünnschiss wie jeder andere. Also hat er das Essen praktisch eingestellt und das Trinken ebenso.« Dieser letzte Umstand war es, der Raymond die größten Sorgen machte.

»Das ist auf Dauer keine Lösung«, bemerkte John. Er scherzte nicht. Raymonds Neuigkeiten bestürzten ihn.

»Nein. Was er braucht, sind vermutlich nur ein paar Wochen Pause. Damit er sich mal richtig auskuriert. Ich soll die Königin nach Paris holen, dort will er sie treffen. Ich hoffe, dass sie ihm ein wenig Vernunft beibringt. Auf uns hört er ja nicht.«

John dachte an die Dinge, die Owen Tudor ihm berichtet hatte, und er hegte Zweifel, dass Katherine großen Einfluss auf Harry nehmen konnte. Doch das sagte er nicht. »Wo steckt Daniel?«, fragte er stattdessen.

»Er bringt die Gäule in den Stall. Der Junge hat mich übrigens überrascht, John. Du hast ihn großartig zurechtgebogen. Ich konnt's kaum glauben.« Raymond setzte seinen Becher wieder an und leerte ihn.

»Das war Somerset«, erklärte John.

Raymond nickte. »Ich hab gehört, er ist …«, er brach plötzlich ab und hob den Kopf. Auf der steinernen Treppe vor der Halle waren schwere Schritte zu hören, jemand fluchte leise. »Verdammt, da sind sie schon.« Raymond erhob sich und stellte sich vor seinen Bruder. »John, hör mir zu. Ich hab dir was mitgebracht. Aber ich muss dich warnen. Es ist kein besonders nettes Geschenk.«

Ehe John sich argwöhnisch nach dem Sinn dieser Worte erkundigen konnte, traten Howard Little und Cedric of Harley, zwei von Raymonds jüngeren Rittern, in die Halle. In ihrer Mitte führten sie einen Mann, der offenbar die Hände auf den Rücken gebunden hatte.

Es war Victor de Chinon.

Ein so gewaltiger Schock und eine solche Vielzahl von Empfindungen stürzten auf John ein, dass es ihm im wahrsten Sinne des Wortes den Atem verschlug. Er versuchte Luft zu holen, aber es vergingen ein paar Augenblicke, ehe es gelang. Seine Hände wurden feucht, die Kopfhaut schien sich zusammenzuziehen, und seine Eingeweide verkrampften sich. Niemals hätte er für möglich gehalten, dass bloße Erinnerung eine so heftige körperliche Reaktion hervorrufen könnte.

Victor de Chinon stand mit leicht gespreizten Beinen nur zwei Schritte vor ihm. Seine Kleider waren fleckig und eingerissen, ein schmutziger Verband lag um seine Stirn. Es gelang ihm nur wenige Herzschläge lang, John ins Gesicht zu schauen. Dann senkte er den Kopf. Man sah, dass er die Unterlippe zwischen die Zähne nahm, aber er bewahrte Haltung.

Es kostete John große Mühe, den Kopf zu drehen. Und es schien furchtbar lange zu dauern, bis er seinen Bruder endlich im Blickfeld hatte.

Raymond war nicht überrascht, statt Triumph nur Grauen in Johns Augen zu lesen. »Ich weiß«, murmelte der Ältere unbehaglich. »Aber er ist mir in Meaux praktisch in die Arme gelaufen und hat seine Waffen weggeworfen, ehe ich seinen Namen wusste. Was blieb mir da übrig, John?«

Der nickte wortlos. Dann wandte er sich an einen der jungen Ritter. »Sperrt ihn ein. Und legt ihn in Ketten.«

»Ja, Sir John«, antwortete Howard Little unbehaglich.

Doch als er und sein Gefährte mit dem Gefangenen kehrtmachen wollten, sagte John: »Augenblick noch.«

Sie hielten inne. John trat einen halben Schritt näher, packte Victor de Chinon mit der Linken am Schopf, riss seinen Kopf näher und schmetterte ihm gleichzeitig die Faust ins Gesicht. Es war ein ungehemmter, grausamer Fausthieb, der dem Gefesselten die Nase zertrümmerte.

Julianas kläglicher Schrei konnte das Knirschen des berstenden Knochens nicht übertönen. Auch Chinon schrie, doch sein Blut erstickte seine Stimme sogleich.

Es war genau so, wie Tudor es beschrieben hatte, stellte John fest. Dieser schreckliche heiße Knoten in seinem Innern zerschmolz zu etwas Weicherem, breitete sich als angenehm warmes Glühen aus, das bis in die Brust strahlte. Es war ein solches Gefühl der Erleichterung für Körper und Geist, dass John einen Augenblick lang nicht sicher war, ob er jetzt aufhören konnte. Doch er beherrschte sich. Weil er wusste, dass seine Frau zusah.

»Jetzt schafft ihn fort«, befahl er leise. Er schaute die Ritter nicht an. Er legte keinen Wert darauf, ihr Befremden zu sehen. Auch zu Juliana wandte er sich nicht um. Er wartete, bis Little und Harley mit Victor de Chinon auf der Treppe verschwunden waren, dann verließ er die Halle und floh in seine Kammer, wo er sich bis zum nächsten Morgen einschloss.

Zum ersten Mal in ihrem Leben erfuhr Juliana, wie schmerzhaft es sein konnte, einen Menschen zu lieben. Welche Mühsal. Es war nicht einmal so sehr die Tatsache, dass John sich von ihr zurückzog, die sie so quälte. Sie war Zurückweisung gewöhnt. Aber eine so dunkle Seite an ihrem Mann zu entdecken, von deren Existenz sie auch nach zwei Jahren Ehe nichts geahnt hatte, machte ihr zu schaffen. Mit einem Mal fürchtete sie sich vor ihm, und am meisten fürchtete sie sich davor, dass sie eines Morgens aufwachen und feststellen könnte, dass sie einfach aufgehört hatte, ihn zu lieben.

Ihr Schwager, der Earl of Waringham, war am Abend seiner Ankunft eine Stunde länger als beabsichtigt geblieben, obwohl doch in Leeds sein kleiner Sohn wartete, den er noch nicht kannte. Er hatte sich diese Zeit genommen, um nach Liz zu schicken und sie zu bitten, nach dem Gefangenen, insbesondere nach dessen Nase zu schauen. Dann hatte er Juliana in sein Privatgemach geführt. Zuerst hatte sie Angst vor ihm gehabt, doch sie merkte bald, dass dieser Mann ganz anders war, als sie bislang angenommen hatte. Er hatte ihr erklärt, wer dieser Gefangene war und warum sie in nächster Zeit Nachsicht mit ihrem Gemahl üben müsse.

»Es ist vielleicht eine Sache, die eine Frau niemals verstehen kann, Juliana. Ich glaube, eure Art, zu hassen und Rache zu nehmen, ist von unserer grundverschieden. Aber was immer John mit diesem Mann tun wird, ist sein Recht, glaub mir. Und es wird abscheulich für ihn sein, weil er eben ist, wie er ist. Wenn er es tun muss, um seinen Frieden wiederzufinden, steht dir und mir kein Urteil zu. Verstehst du?«

»Ja, Mylord.«

»Oh, sag nicht ›ja, Mylord‹ wie ein verängstigtes Kind!«

»Warum nicht?«, brauste sie auf. »Ich *bin* verängstigt. Was wollt Ihr hören? Dass es mir nichts ausmacht, plötzlich festzustellen, dass ich mit einem Fremden verheiratet bin?«

Er schüttelte den Kopf. »Er ist immer noch derselbe. Das ist vielleicht das Wichtigste, was du begreifen musst. Es wäre viel besser gewesen, John wäre nie in den Krieg gezogen. Nicht weil er kein guter Soldat wäre, im Gegenteil, das ist er. Aber er ist einer von denen, die den Krieg zu persönlich nehmen. Manche Männer sind so, und sie zerbrechen leichter als andere. Wenn dir an ihm liegt, dann lass ihn zufrieden und mach ihm keine Vorhaltungen, bis diese Geschichte ausgestanden ist. Du musst ja nicht zuschauen.«

»Aber was ist mit Vergebung? Was ist mit ›Liebet eure Feinde‹?«

»Du meinst, John solle die andere Wange hinhalten? Herrje, man merkt, dass du in einem bischöflichen Haushalt aufgewachsen bist«, spöttelte er, aber es war nicht gehässig. »Manchmal geht es nicht, Juliana. Wirklich, manchmal ist das einfach zu viel verlangt.«

Sie nahm sich seine Worte zu Herzen. Kommentarlos sah sie mit an, wie John immer grimmiger und wortkarger wurde. Sie bedrängte ihn nicht, versuchte ihm ohne Worte zu vermitteln, dass sie hier war und auf seine Rückkehr wartete. Aber es war ein hoffnungsloses Unterfangen. Er sah sie gar nicht. Er rührte sie auch nicht mehr an. Er mied ihre Kammer und schlief in Raymonds Bett. Er schlief, weil er sich jeden Abend betrank.

Einige der älteren Ritter versuchten, ihn zur Vernunft zu bringen. Auch Vater Egmund, dem Juliana ihren Kummer anvertraut hatte, kam auf die Burg, um ihm ins Gewissen zu reden. John hörte sie alle schweigend und mit eisiger Höflichkeit an. Wenn sie zum Ende gekommen waren, ließ er sie stehen und ging an seine Arbeit. Und wenn er glaubte, dass niemand ihn beobachtete, schlich er in den Keller des Bergfrieds hinab zu dem Verlies, wo Victor de Chinon eingesperrt war.

Natürlich gab es immer irgendwen, der ihn sah. Etwa fünf Dutzend Menschen lebten und arbeiteten auf der Burg – man musste sich schon in einen sehr stillen Winkel verkriechen, um irgendetwas ungesehen tun zu können. Manchmal blieb er stundenlang verschwunden. Juliana merkte immer an der drückenden Stille in der Halle und den beklommenen Blicken, die die Menschen tauschten, dass John sich wieder hinabgestohlen hatte, und diese Stimmung war ihr unerträglich. So verbrachte sie mehr und mehr Zeit in ihrer Kammer, oder sie streifte mutterseelenallein über die hügeligen Schafweiden oder ritt ohne Begleitung in den Wald. John schien davon nichts zu bemerken, aber Tristan Fitzalan nahm sie beiseite und hielt ihr vor, dass sie auf ihren Ruf achten müsse und dass der Wald nicht ungefährlich sei. Doch Juliana hörte nicht auf ihn.

Und zwei Tage nach Fronleichnam verschwand John plötzlich aus Waringham, ohne irgendwem einen Ton zu sagen.

»John!« Bischof Beaufort schenkte seinem unerwarteten Besucher ein strahlendes Lächeln, aber seine Augen hatten sich beinah unmerklich verengt und verrieten seine Besorgnis. Offenbar hatte er wieder einmal auf einen Blick erkannt, dass irgendetwas nicht stimmte.

John ergriff die warme, trockene Hand, küsste den Ring und erhob sich.

Der Bischof nickte seinen Generalvikaren, Weihbischöfen, Diakonen und Sekretären und den übrigen Priestern und Mönchen zu, die gemeinsam mit ihm an der hohen Tafel in Wolvesey gesessen hatten. »Ich glaube, für heute wäre so weit alles erledigt, Gentlemen. *Dominus vobiscum.*«

Die Geistlichen erhoben sich, verneigten sich ehrerbietig vor dem Bischof und gingen tuschelnd in Gruppen und unter leisem Rascheln ihrer Kutten und Soutanen hinaus.

Beaufort sah ihnen für einen Augenblick mit undurchschaubarer Miene nach, dann stand er ebenfalls auf. »Juliana?«, fragte er.

»Sie ist wohlauf«, antwortete John. Es waren die ersten Worte, die er an diesem Tag sprach, und seine Stimme klang tief und heiser.

»Kommt«, sagte der Bischof und führte ihn aus der nun menschenleeren, sonnendurchfluteten Halle, die Treppe hinab und in den Innenhof seines Palastes. Auf der Südwestseite des Hauptgebäudes lag ein stiller Garten mit einem Springbrunnen. Anders als in Waringham waren hier alle Rosen rot. Lancaster-Rosen.

Beaufort setzte sich auf eine Steinbank nahe dem Brunnen, blinzelte einen Augenblick in die Nachmittagssonne und fragte dann: »Also?«

»Ich ...« John räusperte sich. »Ich brauche den Rat eines Freundes, Mylord.«

»Nun, ich würde sagen, dann seid Ihr hier richtig.« Mit einer Geste lud er ihn ein, Platz zu nehmen.

John setzte sich neben ihn, legte die Hände auf die Knie, starrte darauf hinab und sagte keinen Ton.

Beaufort drängte ihn nicht. Er genoss die warme Frühsommersonne auf dem Gesicht und lauschte dem Gezwitscher eines Zaunkönigs in den Rosen. »Welch eine gewaltige Stimme für einen so winzigen Gesellen«, murmelte er nach einer Weile. Es klang beinah schläfrig.

Doch es brachte John zurück in die Wirklichkeit. Ein wenig erschrocken schaute er auf und räusperte sich wieder. »Ihr ... Ihr habt mir einmal vorgeworfen, dass ich alle Franzosen hasse, Mylord. Wisst Ihr noch? In Troyes, als Ihr mich überreden wolltet, Katherine für Harry und für England zu gewinnen.«

»Ich erinnere mich.«

»Und Ihr sagtet in diesem Zusammenhang, Victor de Chinon sei ein Wurm, der keinen ritterlichen Anstand kennt.«

»Hm.« Beaufort nickte mit geschlossenen Augen, das Gesicht immer noch der Sonne zugewandt.

»Was wisst Ihr über ihn?«, fragte John.

»Er muss ungefähr zehn Jahre älter sein als Ihr. Mein Bruder Exeter nahm ihn bei Agincourt gefangen, aber irgendein Wunder verhinderte, dass Harrys Schlächter ihn töteten. Einer seiner Brüder und zwei seiner Cousins hatten weniger Glück. Er hält ein bisschen Land unweit von Chinon und hat es verstanden, sich dem Dauphin unentbehrlich zu machen. Er hat Euch ohne Grund und wider jedes Recht gefoltert, als Ihr in

Gefangenschaft wart, was nicht einmal bei den Dauphinisten üblich ist, und das gibt mir Anlass, an seinem Verstand zu zweifeln. Ich halte ihn für gefährlich. Werdet Ihr mir verraten, worauf Ihr hinauswollt?«

John lehnte sich zurück und verschränkte die Arme vor der Brust. Die steinerne Rückenlehne war hart, aber sonnenwarm. »Raymond hat ihn in Meaux gefangen genommen und mir mitgebracht. Als Geschenk, wie er sagte.«

Der Bischof richtete sich auf und wandte sich ihm zu, seine Miene sehr ernst. »Verstehe.«

John erwiderte seinen Blick und sagte nichts.

»Und was habt Ihr getan?«

»Ich habe ihm die Nase eingeschlagen und ihn einsperren lassen.«

Beaufort ließ ein paar Atemzüge verstreichen, ehe er fragte: »Und weiter?«

»Nichts weiter.« John fuhr sich nervös mit der Hand über die Stirn. »Ich … bin fast jeden Tag in den Keller hinuntergestiegen und hab die Wachen fortgeschickt. Und dann steh ich da vor der Tür zu seinem Verlies und geh nicht rein. Dabei will ich ihn sehen. Ich habe den Wachen befohlen, ihn in Ketten zu legen, und das will ich sehen. Und sein Gesicht, wenn ich reinkomme. Seine Angst. Aber meine eigene Furcht vor dem, was passiert, wenn ich die Tür öffne und hineingehe, ist so groß, dass ich es bislang nie getan habe.« Er stieß die Luft durch die Nase aus, es war beinah ein Lachen. »Stundenlang sitze ich da gegenüber der Tür auf dem kalten Boden und stelle mir vor, wie es wäre. Was ich alles tun könnte. Ich habe im Krieg genug gehört und gesehen, ich brauche keine Daumenschrauben, um einem Mann Höllenqualen zu bereiten. Und er hätte es verdient. Bei Gott, er hätte es verdient …« Er brach wieder ab.

Der Bischof schwieg eine Weile und betrachtete das Glitzern der Sonnenstrahlen auf den kleinen Kaskaden des Brunnens. Als er feststellte, dass John offenbar nicht weiter wusste, bemerkte er: »Ich bin sehr verwundert, dass Ihr ihn habt leben lassen. Und erfreut, gebe ich zu.«

»Ihr solltet nicht denken, ich hätte ihn aus Barmherzigkeit geschont, Mylord.«

»Nun, Eure Beweggründe sind zweitrangig. Tatsache ist, dass irgendetwas Euch daran hindert, Eure Rache zu nehmen, und was immer es ist, es erscheint mir gut.«

»Was immer es ist, hat mich vor Melun nicht zurückgehalten«, höhnte John bitter. »Ich glaube ... ich glaube, was mir so zu schaffen macht, ist, dass der Krieg nach Waringham gekommen ist.«

»Ich bin nicht sicher, dass ich das verstehe.«

»Nun, im Krieg riskiert man immer, seine Seele zu verlieren, Mylord. Das ist einfach so. Ganz gleich, wie gerecht Harrys Krieg sein mag, wir alle tun dort Dinge, die unsere Seele in Gefahr bringen. Das war einer der Gründe, warum ich Juliana um jeden Preis haben wollte. Ich dachte, sie könnte mich ... na ja, retten. Und das hat sie auch. Sie macht mich zu einem besseren Mann, als ich eigentlich bin. Sie hat mir Dinge über mich selbst beigebracht, von denen ich nichts wusste. Sie ... macht mir Hoffnung. Und bislang war es so, dass ich diese zwei Seiten meines Lebens fein säuberlich auseinander zu halten vermochte. Ich konnte den Krieg und die widerwärtigen Abgründe meiner Seele einfach jenseits des Kanals zurücklassen wie ein lästiges Gepäckstück. Oder zumindest konnte ich mir das vorgaukeln. Aber nun hat Raymond Victor de Chinon und mit ihm die ganze Abscheulichkeit des Krieges nach Waringham gebracht. Nun hat meine Frau gesehen, wie ich sein kann, und schon jetzt ist sie erschüttert und fürchtet sich vor mir. Ich glaube ... nein, ich weiß, wenn ich die Tür zu diesem Kerker öffne und zu Chinon gehe, dann überschreite ich eine Grenze. Dann werde ich keine Chance mehr haben, noch einmal umzukehren. Und nichts wird mehr so sein, wie es war, weder mein Leben, meine Ehe, noch ich selbst. Auf der anderen Seite ist mein Hass auf Victor de Chinon mächtiger, als ich Euch mit Worten beschreiben könnte. Ich will nicht, dass er weiterlebt. Das hat er nicht verdient. Ich werde keine Ruhe finden, ehe ich ihn getötet habe. Also, wie könnte ich ihn schonen? Es ist … eine Situation ohne Ausweg. Was immer ich tue, ich kann nur verlieren.«

Es war lange still. Selbst das Gezwitscher des Zaunkönigs war verstummt, und nichts war zu hören als das leise Plätschern des Brunnens und das schläfrige Gurren einer Taube irgendwo in der Nähe.

Schließlich atmete der Bischof tief durch. »Es ist nicht so einfach, Euch zu raten«, bekannte er. »Eure Lage scheint das zu sein, was die Gelehrten ein Dilemma nennen.«

»Was ist das?«, wollte John wissen.

»Die Wahl zwischen zwei Übeln, die gleich schwer wiegen. Ein Entweder – Oder.«

John nickte mutlos. »Das stimmt.«

»Aber ich frage mich, ist es wirklich so? Gibt es tatsächlich nur diese beiden Möglichkeiten? Entweder ihr nehmt Eure Rache und müsst die Folgen tragen, oder Ihr verzichtet auf diese Rache ohne jede Entschädigung?«

John zuckte ungeduldig mit den Schultern. »Welche andere Möglichkeit könnte es geben?«

»Nun, mein Sohn, Ihr werdet es vielleicht merkwürdig finden, dass gerade ich dies sage, aber Ihr könntet Gott ein Geschäft vorschlagen.«

»*Was?*«

»Hm. Ich habe es schon unzählige Male getan. Er lässt sich nicht immer darauf ein, aber oft.«

»Ich verstehe nicht, was Ihr meint.«

»Dann werde ich es Euch anhand eines Beispiels erklären. Dabei will ich nicht behaupten, die beiden Situationen seien vergleichbar. Nur, damit Ihr das Prinzip versteht.«

John nickte. Er war neugierig geworden.

Beaufort streckte ihm die Linke mit gespreizten Fingern entgegen. »Seht Ihr diesen Ring?«

Es war ein Goldreif mit einem herrlichen Saphir in einer aufwendigen Fassung, die so kunstvoll gearbeitet war, dass sie das winzige Scharnier und das Schloss auf beiden Seiten des Edelsteins beinah unsichtbar machte.

»Ich glaube, ich habe Euch noch nie ohne ihn gesehen, Mylord.«

»Nein, ich trage ihn immer. Von all meinen Schätzen ist er mir der kostbarste. Er enthält einen Splitter des Kreuzes, an dem unser Herr Jesus Christus für uns gestorben ist, John.« Mit einem kleinen, entzückten Lächeln sah er zu, wie der Saphir in der Sonne funkelte. Dann begann er zu erzählen. »Ich war ein junger Bischof und im Begriff, in Lincoln mein erstes Episkopat anzutreten, als mein Vater starb. Es war ein schwerer Schlag. Mein Bruder war im Exil, wir bangten um Harrys Leben und das seiner Brüder – sehr dunkle Tage für das Haus derer von Lancaster. Meine Mutter war eine starke Frau, aber ihre Trauer war bitter. Schwer mit anzusehen. Ich begleitete den Trauerzug nach Süden, denn mein Vater sollte in St. Paul beigesetzt werden, und jeden Abend hielten wir an einer Kirche oder einem Kloster, und ich las abends und morgens eine Messe für seine Seele. Als wir zur Abtei von St. Albans kamen, verweigerte der Abt uns Quartier und mir den Zugang zu seiner Kirche. Der Hintergrund war ein alter Streit zwischen dem Kloster und meinem Amtsvorgänger in Lincoln, die Details sind hier ohne Belang. Tatsache ist, der Abt wollte die Schwäche unserer Position ausnutzen, um mir Zugeständnisse abzupressen und meine Mutter und mich zu demütigen. Ich konnte nachgeben oder meine Mutter zwingen, Anfang März im unablässigen Regen unter freiem Himmel zu nächtigen und auf den Trost der Messe zu verzichten.

Der Abt von St. Albans trug diesen Ring am Finger. Und während wir feilschten wie die Fischweiber auf dem Markt, erwähnte er, was die Kammer unter dem Saphir enthält. Da war mein Herz voller Habgier, John. Möge Gott mir vergeben. Selten habe ich in meinem Leben etwas so begehrt wie diesen Ring. Und so schlug ich Gott einen Handel vor. Ich sagte zu ihm: Ich werde den Forderungen des Abtes nachgeben, damit meine Mutter nicht gedemütigt wird und ich für die Seele meines Vaters beten kann, die es nötig hat. Ich werde mein Bischofsamt also mit einer Blöße beginnen und zulassen, dass der Abt von St. Albans mich für einen Schwächling hält. Und für dieses Opfer sorgst du dafür, dass ich diesen Ring bekomme. Egal wie. Sagen wir, du hast ein Jahr Zeit, ein Wunder zu wirken. Verstreicht diese Spanne, ohne dass ich den Ring bekomme, werde ich all meine Kräfte, mein Vermögen und notfalls meinen letzten Atemzug darauf verwenden, den Abt von St. Albans zu vernichten.«

John sah ihn kopfschüttelnd an. »Ihr habt Gott erpresst?«, fragte er fassungslos.

Beaufort machte große Unschuldsaugen. »Ich habe ihm ein Geschäft vorgeschlagen, wie ich sagte. Tja, John, und was soll ich Euch erzählen? Ein gutes Vierteljahr später kehrte mein Bruder unerwartet aus dem Exil zurück, und noch ein Vierteljahr später war er plötzlich König von England. Als ich in meiner Eigenschaft als Bischof von Lincoln zu einer Visitation nach St. Albans kam, schlotterte der Abt. Er fürchtete natürlich, jetzt, da das Haus Lancaster die Macht in England besaß, werde ich ihn für die Kränkung büßen lassen. Er überschlug sich förmlich vor Herzlichkeit. Und er schenkte mir seinen Ring, John. Ich brauchte nicht einmal darum zu bitten.«

John schüttelte verwundert den Kopf. Er sann über diese seltsame Geschichte nach, stellte sich den Triumph des jungen, gekränkten Bischofs vor und musste unwillkürlich lächeln. »Man könnte fast meinen, das Haus Lancaster sei nur deswegen zur Königswürde gelangt, weil Gott beschlossen hatte, auf Euren Handel einzugehen.«

Beaufort lachte in sich hinein. »Mit dem Gedanken habe ich mich dann und wann amüsiert. Wobei natürlich niemand weiß, welchen Handel mein Bruder Henry wiederum mit Gott geschlossen hatte, nicht wahr?«

»Und Ihr wollt mich ernsthaft dazu anstiften, einen ähnlichen Kuhhandel mit Gott zu schließen?«, fragte John zweifelnd.

Der Bischof deutete ein Schulterzucken an. »Voraussetzung dafür ist natürlich, dass es etwas gibt, das Ihr haben wollt. Etwas, das nur Gott Euch geben kann und das Ihr so begehrt, dass es den Preis wert wäre, Victor de Chinon dafür am Leben zu lassen.«

Ein gesundes Kind, dachte John augenblicklich. Es müsste nicht einmal ein Junge sein, Gott. Ich hätte ihm ja doch nichts zu vererben. Eine Tochter wäre völlig in Ordnung. Was sagst du?

Beaufort beobachtete ihn aufmerksam. »Ich sehe, es gibt solch einen Wunsch.«

»Ja, Mylord. Ich kann nur nicht daran glauben, dass er sich noch erfüllen soll.«

»Das müsst Ihr ja auch nicht. Darum hat allein Gott sich zu kümmern.«

John ging zu seiner Frau, als er am nächsten Abend heimkam. Er klopfte an die Tür ihrer Kammer, was nie seine Gewohnheit gewesen war, und trat ein.

Juliana saß auf der Fensterbank und schaute in den Garten hinab, wo die Farben der Rosen in der Dämmerung allmählich zu einem gleichförmigen Grau verblassten. Als sie die Tür hörte, wandte sie den Kopf. »John!«

Sie sagte nicht, dass sie sich gesorgt hatte, fragte ihn auch nicht, wo er gewesen sei, denn sie fürchtete sich vor einer schroffen Antwort.

Mit langsamen, beinah zögernden Schritten kam er näher und betrachtete sie. Das hatte er seit längerem nicht getan. Wie jedes Jahr hatten sich mit der Frühlingssonne auch wieder ein paar neue Sommersprossen links und rechts der schmalen Nase eingefunden. Ihm erschienen sie niedlich. Aber das Gesicht hatte seine kindlichen Rundungen verloren.

Er setzte sich zu ihr und ergriff ihre Hand. »Ich war bei deinem Vater.«

»Wirklich?« Sie machte keine Anstalten, ihre Hand zu befreien, aber sie bog den Oberkörper ein wenig zurück, als versuche sie, Distanz zwischen sie zu bringen. »Ich hoffe, der ehrwürdige Bischof ist wohl?« Es klang angestrengt.

John nickte. »Es tut mir Leid, Juliana.«

Damit hatte sie offensichtlich nicht gerechnet. Sie sah ihn einen Augenblick forschend an und erkundigte sich dann: »Was genau?«

Er hob ratlos die Schultern. »Alles. Wie ich in den letzten Wochen war. Ich habe dich gekränkt, und vermutlich hab ich dich auch enttäuscht. Das tut mir Leid. Ich glaube nicht, dass ich es dir erklären könnte. So, dass du es verstehst. Ich kann dich nur bitten, mir zu vergeben.«

Einfach so?, schien ihr Blick zu fragen. Ohne jede Gegenleistung? Doch was sie sagte, war: »Natürlich vergebe ich dir, John.«

Es stellte ihn nicht zufrieden. »Das klingt … sehr förmlich«, bemerkte er mit einem kleinen, traurigen Lächeln.

Juliana regte sich unruhig, und er ließ ihre Hand los.

»Was bleibt mir übrig, als dir zu verzeihen, da du mich so aufrichtig darum bittest«, sagte sie. »Vermutlich hätten die wenigsten Männer das getan, und ich weiß es zu schätzen. Aber ich wünschte …« Sie brach unsicher ab.

»Ja?«

»Ich wünschte, du würdest diesen Gefangenen laufen lassen. Du bist wie vergiftet, seit er hier ist und …«

John spürte die altvertraute Wut aufsteigen, erhob sich abrupt und wandte sich ab, ehe Juliana sie sehen konnte. »Ich will nicht über ihn reden«, erklärte er kategorisch.

»Dann hat es keinen Zweck, diese Unterhaltung fortzusetzen«, entgegnete sie ebenso entschieden.

Er fuhr wieder zu ihr herum. »Er geht dich nichts an! Warum kannst du ihn nicht einfach vergessen? Er hat nichts mit dir und mir zu tun.«

»Doch, John. Das hat er. Und ich wüsste gern dies: Welchen Sinn hat es, dass du herkommst, um mich um Verzeihung zu bitten, wenn du nicht gedenkst, irgendetwas zu ändern? Ich bin nicht die Einzige hier auf der Burg, die du befremdest, weißt du. Nachdem du gestern einfach verschwunden bist, sind Vater Egmund und Tristan Fitzalan zu deinem Gefangenen hinuntergegangen und …«

»*Was*? Das hatte ich ausdrücklich verboten!«

»Sie dachten, du hättest ihn umgebracht.«

»Ich nehme an, sie haben sich vom Gegenteil überzeugt.«

»Ja. Aber der Mann war außer sich vor Furcht, als sie zu ihm kamen. Sie konnten nicht verstehen, was er sagte, aber er hat sich an Vater Egmunds Gewand geklammert und geweint.«

Ach wirklich, dachte John und hatte große Mühe, ein boshaftes Lächeln zu unterdrücken. »Nun, ich muss dir leider sagen, dass mich das nicht im Mindesten rührt.«

»Siehst du? Das ist es, was ich meine. Das ist es, was mir und allen anderen hier zu schaffen macht.«

»Vermutlich hat er Egmund angefleht, ihm die Beichte abzunehmen! Wahrscheinlich quält ihn sein Gewissen, jetzt da ich ihn vier Wochen lang zufrieden gelassen habe und er Muße hatte, über seine Taten nachzudenken!«

Juliana erhob sich. »Was soll das heißen, du hast ihn zufrieden gelassen?«

John ballte die Fäuste und bohrte die Nägel in die Handflächen, um sich unter Kontrolle zu halten. Er hätte sich ohrfeigen können, dass er das verraten hatte. »Juliana, ich sagte, ich will nicht über ihn reden. Würdest du das bitte zur Kenntnis nehmen?«

Sie warf aufgebracht die Arme hoch. »Dann schlag ein Thema vor, das dir genehm ist! Wie wär's mit dem Wetter?«

Er sah noch einen Moment in die wütend funkelnden Augen, dann wandte er sich wortlos zur Tür.

»Ja, lauf nur wieder davon, das ist ja immer das Einfachste!«

Er drehte sich wieder um. »Und welchen Sinn hätte es, wenn ich bliebe? Findest du so großen Gefallen daran, mit mir zu streiten?«

Sie nickte. »Es ist besser als nichts.«

Langsam kam er in den Raum zurück; es schien fast, als bewegten seine Füße sich gegen seinen Willen. »Der Ansicht bin ich nicht.«

»Nein, ich weiß«, erwiderte sie mutlos.

»Juliana, ich …« Er unterbrach sich und raufte sich mit der Linken die ohnehin schon zerzausten schwarzen Locken. »Gott, ich weiß nicht, wie ich dir das begreiflich machen soll. Ich habe das Gefühl, auf einen Abgrund zuzuschlittern. Ich suche nach einem Halt und finde keinen …«

»Weil du die Hände nicht siehst, die sich dir hilfreich entgegenstrecken.«

Er schüttelte langsam den Kopf. »Du kannst mir nicht helfen. Du willst es nicht einmal. Du willst nur, dass … dass die dunklen Wolken verschwinden und die Sonne wieder zum Vorschein kommt. Aber das geht nicht immer so ohne weiteres. So ist das Leben nun einmal nicht.«

»Ich weiß.« Sie trat einen Schritt näher auf ihn zu. »Denk ja nicht, das wüsste ich nicht. Und darum war ich geduldig und habe dich zufrieden gelassen. Wie dein Bruder mir geraten hat. Ich war geduldiger als je zuvor in meinem Leben, John.«

Das warst du wirklich, fuhr es ihm durch den Kopf. Er war zu sehr mit sich selbst beschäftigt gewesen, um es zu merken. »Aber jetzt hat deine Geduld sich erschöpft.« Er setzte sich auf die Bettkante und seufzte. »Und was nun?«

Sie wandte den Blick ab und hob die Schultern. Dass er sich über sie lustig machte, verschlug ihr die Sprache. Sie war noch nie in ihrem Leben so einsam gewesen wie während der letzten Wochen, und es war eine bittere Erfahrung, an der Seite eines geliebten Menschen einsam zu sein. Sie fand, ein bisschen Respekt hätte ihr zugestanden.

John klopfte einladend neben sich und nickte ihr zu. »Komm her.«

Sie schnaubte leise. Das kann nicht dein Ernst sein, sagte ihr Ausdruck. Doch es war sein Ernst, erkannte sie an seinem unverwandten Blick.

Zögernd trat sie näher.

John ergriff ihre Hand und zog sie zu sich herab, ehe sie es sich anders überlegen konnte. »Komm schon her. Es tut mir Leid, Lady Juliana. Lass es mich wieder gutmachen, hm?«

Sein zerknirschtes kleines Lächeln zerstreute Julianas Bedenken im Handumdrehen. Und als John sie an sich zog und die Lippen auf ihre legte, erwiderte sie seinen Kuss voller Gier, so als sei sie ausgehungert nach seiner Zuwendung.

Plötzlich schämte er sich. Er wollte sie einwickeln. Hatte seinen Charme mit Berechnung eingesetzt – so wie sein Bruder Raymond es tat –, um seine Frau willig zu stimmen. Nicht um ihretwillen, sondern weil er Gott jede Chance einräumen wollte, seinen Teil des Handels zu erfüllen. Weil er einen Ausweg wollte. Und Juliana raffte mit einer Hand schon ihre Röcke, während die andere an seinem Gürtel zerrte, fiebrig vor Hast, beinah verzweifelt, weil sie immer noch naiv genug war, diesen fleischlichen Akt für echte Nähe zu halten.

John ergriff ihre Hände. »Warte. Schsch. Warte, Juliana.«

»Worauf?«, fragte sie verwirrt.

Er führte die Hände nacheinander an die Lippen und küsste sie. Dann begann er, seine Frau auszuziehen, geruhsam, wie er es lange nicht getan hatte. Er entblätterte sie förmlich. Erst fiel das hochgeschlossene Überkleid, dann die Kotte mit den weiten Ärmeln, zuletzt das lange Hemd, und er widmete sich jedem Zoll Haut, den er freilegte, mit der gebotenen Gründlichkeit, bewunderte ihren matten Schimmer, das samtige Gefühl der winzigen, goldenen Härchen auf Armen und Oberschenkeln. Dann löste er ihre Flechten, drapierte die langen blonden Locken um ihre Schultern, bis der Anblick ihn zufrieden stellte, und drückte Juliana behutsam in die Kissen hinab.

»John, was tust du?« Aber jetzt lächelte sie.

Er stand auf und entledigte sich seiner Kleider in einem Bruchteil der Zeit, die er auf die ihren verwendet hatte.

»Wie ich sagte«, antwortete er, als er sich neben sie aufs Bett kniete. »Ich mach es wieder gut.«

Und dann liebte er seine Frau.

Sire, nehmt doch Vernunft an«, bat der Earl of Warwick beschwörend. »Ihr *könnt* nicht reiten.«

Harry lächelte ihn an. »Ich kann, weil ich muss, Richard.« Das Lächeln glich einem grausigen Totenschädelgrinsen. Der König schien nur noch aus Haut und Knochen zu bestehen.

Bedford legte ihm die Hand auf den Arm. »Warwick hat Recht, Bruder. Es geht einfach nicht. Ihr seid zu krank. Lasst mich das Kommando übernehmen, ich schwöre Euch, ich werde Euch nicht enttäuschen. Aber Ihr müsst ausruhen.«

»Ich zweifle nicht, dass du Cosne befreien und den Dauphin in die Flucht schlagen würdest, John«, erwiderte der König. »Aber Burgund erwartet, dass ich ihm persönlich zu Hilfe eile. Er hat ein Anrecht darauf, und wir dürfen ihn nicht verstimmen. Wenn er das Bündnis aufkündigt, ist unsere Sache hier in Frankreich verloren.«

»Wenn Ihr sterbt, dann ist unsere Sache hier verloren«, entgegnete sein Bruder heftig. Es war die schiere Verzweiflung, die ihn so untypisch brüsk machte.

Harry seufzte. »So bald noch nicht, Bruder«, antwortete er leise. »Mit Gottes Hilfe so bald noch nicht.«

Plötzlich schwankte er, und Raymond nahm seinen Arm, stützte ihn unauffällig und sagte: »Euer Pferd wartet da vorn hinter dem Stall, Sire.«

»Dann seid so gut und holt es her«, bat Harry.

Aber Raymond schüttelte unerwartet den Kopf. »Wenn Ihr wirklich entschlossen seid zu reiten, ist es besser, Ihr kommt mit mir. Glaubt mir.«

Harry schien verwundert, erhob aber keine Einwände. Unter den stummen Blicken der Lords und Ritter ging er langsam an Raymonds Seite zum Stall hinüber.

Seitlich des Gebäudes und allen Blicken entzogen stand der wundervolle Grauschimmel aus Raymonds Zucht, den der König seit seiner Rückkehr nach Frankreich vor gut einem Jahr ritt. Das Pferd richtete die Ohren auf und schnaubte leise, als es sie kommen sah. Es hatte zu lange gestanden und war rastlos.

Blinzelnd sah der König an dem großen Tier hoch, schien die Strecke bis zum Sattel mit den Augen zu messen. Er sagte nichts. Aber Raymond erkannte, dass Harry die Sinnlosigkeit seines Unterfangens endlich einsah. Er konnte nicht aufsitzen.

Wortlos schaute er Raymond an und vollführte eine sparsame Geste, die halb eine Aufforderung, halb ein Abwinken war.

Raymond senkte den Blick und nickte. Dann nahm er den Schimmel am Zügel, legte ihm die Linke auf die Nüstern und murmelte ein paar leise Worte. Das gewaltige Ross legte sich auf die grasbewachsene Erde.

Behutsam führte Raymond den König zu seinem Pferd und half ihm in den Sattel.

Während der Schimmel sich elegant erhob, schaute Harry lächelnd auf Raymond hinab. »So hast du mich in den Sattel gesetzt, als du mir meine allererste Reitstunde gegeben hast.«

Raymond musste mühsam schlucken, erwiderte aber scheinbar unbeschwert: »Sag bloß, das weißt du noch? Du kannst nicht älter als vier oder fünf gewesen sein.«

»Hm. Und der Gaul kam mir so hoch vor wie ein Berg. Aber ich hatte keine Angst. Du warst ja dabei.«

»Du hattest niemals Angst, Harry, egal ob ich dort war oder nicht. Sie liegt nicht in deiner Natur.«

Der König nahm die Zügel auf. »Du weißt ganz genau, dass das nicht wahr ist«, entgegnete er und ritt zu seinen Lords zurück.

Obwohl es noch früh am Morgen war, wurde es schon drückend heiß. Der König ritt mit seinen Kommandanten, Rittern und rund tausend Mann am Ufer der Seine entlang Richtung Cosne, welches die Dauphinisten belagerten. Sie kamen kaum voran, da Harry nur im Schritt reiten konnte. Je weiter die Sonne stieg, desto kränklicher wurde seine Blässe, und er saß leicht zusammengekrümmt im Sattel, so als leide er Schmerzen. König Harry war knapp fünfunddreißig Jahre alt. Noch vor einem halben Jahr hatte er zehn Jahre jünger gewirkt, schien auf ewig der jugendliche Heldenkönig bleiben zu wollen. Aber jetzt wirkte er alt und ausgebrannt.

»Ob es wahr ist, dass der Dauphin selbst die Belagerer anführt?«, fragte der Earl of Salisbury leise.

Des Königs Bruder Bedford hob die Schultern. »So heißt es.«

»Wenn es uns gelänge, ihn zu überraschen, könnten wir ihn vielleicht endlich zu einer offenen Schlacht zwingen, so wie er es mit uns bei Baugé getan hat.«

»Dann lasst uns die Yonne entlangreiten, einen weiten Bogen um Cosne machen und uns von Süden nähern«, schlug der König vor. »Von dort werden sie niemals mit uns rechnen.«

»Das ist ein ziemlicher Umweg, Sire«, gab Warwick zu bedenken. Selbst auf kürzestem Weg waren es hundert Meilen von Corbeil an der Seine nach Cosne am rechten Loireufer. Ein weiter Weg für einen kranken Mann.

»Und wenn schon«, gab Harry ungeduldig zurück. »Ein Überraschungseffekt wäre jeden Umweg wert. Und außerdem …« Er verstummte abrupt, riss wie vor Verwunderung die Augen weit auf und sackte dann plötzlich zur Seite.

All seine Begleiter hatten so etwas kommen sehen, nur nicht so bald. Und nicht so plötzlich. Ehe irgendwer etwas tun konnte, war der König vom Pferd gestürzt und blieb mit dem Gesicht nach unten auf der staubigen Straße liegen.

Raymond sprang aus dem Sattel und erreichte ihn als Erster. Er packte ihn bei den Schultern, drehte ihn um und bettete Harrys Kopf auf sein Bein. Der König hatte die Augen geschlossen, und weder sah noch hörte man ihn atmen.

Sein Bruder beugte sich über ihn und legte ihm die Hand auf die linke Brust. »Er lebt.« Es klang eher erstickt als erleichtert.

Raymond strich dem König die feuchten Haare aus der Stirn und blickte auf die jetzt entspannten Züge hinab. Was er seit Wochen geahnt hatte, wurde plötzlich Gewissheit: Das lähmende Gefühl des nahenden Verhängnisses, welches seit Monaten auf ihm lastete, hatte überhaupt nichts mit ihm selbst zu tun. Nicht er war derjenige, für den dies der letzte Feldzug war.

Der Earl of Salisbury winkte einen seiner Ritter herbei. »Reitet nach hinten zum Tross, mein Junge.«

Er hatte heimlich befohlen, im Tross eine Sänfte mitzuführen. Diese wurde nun eilig herbeigeschafft. Sie betteten den König hinein, ohne dass er das Bewusstsein wiedererlangte, und schlossen die Vorhänge gegen die unbarmherzige Sonne.

»Was nun?«, fragte Warwick ratlos.

Der umsichtige Salisbury schien der Einzige, den der Schreck nicht völlig handlungsunfähig gemacht hatte. »Bedford, Ihr solltet das Kommando übernehmen. Führt die Männer nach Cosne, damit der Herzog von Burgund bei Laune gehalten wird, aber wenn Ihr meinen Rat wollt: Sucht nicht ausgerechnet jetzt die offene Schlacht.«

Bedford verstand sehr wohl, was Salisbury ihm sagen wollte. Er nickte. »Wo bringt ihr ihn hin?«

Die Lords schwiegen unsicher.

»Nach Vincennes«, schlug Raymond schließlich vor. »Es ist nicht weit, und es war ihm immer die liebste Burg in Frankreich.«

Bischof Beaufort war der einzige Mann in England, dem sie einen Boten schickten, um ihn wissen zu lassen, wie es um den König stand. Und so schwer es dem Bischof auch fiel, befolgte er dennoch wortgetreu die Wünsche seines Neffen: Er sagte keiner Menschenseele etwas von dessen bedenklichem Zustand und blieb in England, um Gloucester, dem noch relativ unerfahrenen jüngsten Bruder des Königs, welcher derzeit das Amt des Regenten versah, zur Seite zu stehen. Und er schickte die besten Ärzte, die er kannte, nach Vincennes.

Doch weder die englischen Ärzte noch der legendäre Justin de Grimaud vermochten irgendetwas auszurichten. Harry litt an zehrenden Fieberanfällen wie in seiner Kindheit, und er konnte fast gar nichts mehr zu sich nehmen. Tat er es doch, wurde er von Krämpfen heimgesucht, die ihn immer noch mehr schwächten. Anfang August war er so schwach, dass er sich nicht mehr von seinem Krankenlager erheben konnte. Und als der Monat sich langsam dem Ende zuneigte, gestand er sich schließlich ein, was alle anderen längst wussten:

»Raymond, ich liege im Sterben.« Es klang verwundert.

»Ja, Harry.«

Ungeduldig schnalzte der König mit der Zunge. »Wie eigenartig. Ich war sicher, Gott habe mich ausersehen, Frankreich zu erobern und den Krieg zu beenden. Wozu hat er bei Agincourt ein Wunder gewirkt, wenn er mich jetzt abberuft, ehe ich hier fertig bin?«

»Das frag ich mich auch«, bekannte Raymond.

Er wechselte sich mit Exeter, Warwick und Bedford ab, am Sterbebett des Königs zu wachen, und nur in den Stunden, da er allein in seinem Quartier war, gestattete Raymond sich, seinem Entsetzen, Zorn und Kummer freien Lauf zu lassen. In Harrys Gegenwart war er immer der Alte: aufgeräumt, flegelhaft, meistens ehrlich und manchmal unverschämt.

»Soll ich nach der Königin schicken? Sie ist bei ihren alten Herrschaften in Seins und könnte in wenigen Stunden hier sein.«

»Auf keinen Fall«, antwortete der König matt, aber entschieden. »Ich will nicht, dass sie mich so sieht.«

»Sie ist deine Frau, Harry.«

»Ja. Aber du würdest die deine auch nicht an dein Totenbett holen.«

»Da hast du Recht«, musste Raymond einräumen.

Harrys Hände begannen zu zittern, und Raymond ergriff die Rechte mit seinen beiden. Es war eine langfingrige, immer noch kräftige Hand. Man konnte fühlen, dass sie öfter ein Schwert als ein Szepter gehalten hatte.

»Das ist nur das Fieber«, murmelte der Kranke. »Ich fürchte mich nicht.«

»Gut so, mein König …«

Harry wandte den Kopf und sah ihn an. »Warum sollte ich? Ich habe Gott immer vertraut, wieso nicht jetzt? Mir will scheinen, es wäre besser gewesen, ich hätte meinen bedauernswerten, schwachsinnigen Schwiegervater überlebt und wäre nach ihm König von Frankreich geworden, um unsere Position hier zu festigen. Aber wer weiß. Womöglich ist Gott der Ansicht, nicht der kriegerische Harry, sondern sein unschuldiger Sohn solle der erste englische König auf dem französischen Thron werden. Vielleicht kann das französische Volk sich ihm leichter unterwerfen. Nur hätte ich ihn gern ein einziges Mal gesehen und auf dem Arm gehalten, meinen Sohn …«

Raymond hatte große Mühe, an seinen guten Vorsätzen festzuhalten. Er biss sich auf die Zunge und schluckte energisch, um den dicken Kloß in seiner Kehle hinunterzuwürgen.

»Raymond …«

»Mylord?«

»Ich will, dass du meinem Bruder hier hilfst. Bedford ist ein mutiger Soldat und ein umsichtiger Kommandant, ihm würde nie ein solcher Fehler unterlaufen wie Clarence. Aber ich habe ihn zu oft in England gelassen. Es mangelt ihm an Erfahrung, und darum ist er unsicher. Er wird Rat brauchen. Ehrlichen, guten Rat.«

»Verlass dich auf mich.«

»Und ich habe lange überlegt, wem ich die Fürsorge für meinen Sohn anvertrauen soll. Ich denke … ich denke, das Beste wird sein, wenn Warwick und mein Onkel, Bischof Beaufort, sich die Vormundschaft teilen.«

»Zwei sehr gute Männer«, murmelte Raymond. Für Warwick hatte er nie viel übrig gehabt, doch das machte ihn nicht blind für die Tatsache, dass der Earl ein aufrechter, kluger Mann war.

»Aber sie sind viel zu alt, um für meinen Sohn das zu sein, was du für mich warst. Oder dein Vater für meinen Vater. Diese Aufgabe … übertrage ich deinem Bruder.«

»Ich sag's ihm. Aber jetzt sprich nicht weiter, Harry. Überanstreng dich nicht.«

»Richte ihm aus, das sei mein letzter Wunsch an ihn. Er soll … er soll Henrys Freund und Komplize sein. Sein Beschützer, sein Reit- und Fechtlehrer. Aber vor allem sein Freund.«

Raymond hatte Zweifel, dass man Freundschaft befehlen konnte. So wie er John kannte, würde der sich den Wunsch des Königs gewiss zu Herzen nehmen und sich dem kleinen Prinzen Henry widmen, doch welche Beziehung sich zwischen den beiden entwickelte, würde allein die Zeit zeigen. Er äußerte seine Zweifel indessen nicht. »Ich glaube, dein Sohn könnte schwerlich einen besseren Freund haben.«

Harry lächelte müde, seine Lider waren schon fast zugefallen. »Das glaube ich auch.«

Er schlief ein paar Stunden, und am Abend rief er seinen Kaplan zu sich, legte die Beichte ab, hörte die Messe und empfing die Letzte Ölung. Dann schickte er nach seinen Freunden und Weggefährten, um Abschied zu nehmen.

»Hier.« Er legte die abgemagerte Hand auf einen dicken Stapel Pergamentbogen, der neben ihm auf dem Bett lag. »Dies ist mein Testament, das meinen Nachlass regelt.« Er grinste geisterhaft. »Bedauerlicherweise sind es hauptsächlich Schulden, die ich zu vererben habe. Sorgt dafür, dass es nach England gebracht und wortgetreu umgesetzt wird. Wollt Ihr das für mich tun, Onkel?«, bat er Exeter.

Der bärtige Mann nickte und räusperte sich. »Natürlich, Sire.«

»Gut. Und nun hört mir zu, Gentlemen. Was ich Euch zu sagen habe, ist wichtig für die Zukunft meines Reiches dies- und jenseits des Kanals. Ich bestimme meinen Bruder John of Bedford zum Regenten von Frankreich und zum Oberbefehlshaber unserer Truppen. Hör nicht auf zu kämpfen, bis du den Dauphin besiegt und Frankreich vollständig erobert hast, John. Schwöre es mir.«

Ohne zu zögern, kniete sein Bruder neben dem Lager des Sterbenden nieder und schwor.

Harry nickte und schloss einen Moment die Augen. Sein

Gesicht war grau vor Erschöpfung. Aber er war noch nicht ganz fertig.

»Ich muss dir diese Aufgabe aufbürden bis zu dem fernen Tag, da mein Sohn mündig wird. Sie ist so schwierig, dass ich sie allein dir anvertrauen kann.«

Bedford nickte, küsste die Hand seines Bruders und stand wieder auf.

»Und da … da du nicht gleichzeitig hier und in England sein kannst, übertrage ich meinem Bruder Humphrey of Gloucester für die Dauer der Minderjährigkeit meines Erben die Regentschaft über England.«

Raymond und Exeter tauschten einen verstohlenen Blick und sahen ihre eigenen Bedenken in den Augen des anderen wiedergespiegelt.

»Sagt ihm, dass ich mein Vertrauen in ihn setze. Sagt ihm aber auch, dass ich ihn ermahne … Englands Wohl immer über sein eigenes zu stellen. Und von Euch anderen, Sirs, erwarte ich, dass Ihr mir Eure Treue und Freundschaft über den Tod hinaus erweist, indem … indem Ihr meine Brüder unterstützt und meinen Sohn behütet. Macht … einen guten König aus Henry. Seht zu, dass er ein Lancaster wird …«

Die Lider fielen zu.

Reglos und stumm blieben sie um das Bett herum stehen und blickten auf ihren König hinab. Jetzt, da er schlief, hielten sie die Tränen nicht länger zurück. Die Bischöfe und Mönche nickten einander zu und begannen leise murmelnd zu beten.

»Wie sollen wir das schaffen ohne dich, Harry?«, flüsterte Bedford heiser. »Welchen Sinn hat es denn überhaupt ohne dich …«

Sein Onkel Exeter legte ihm mahnend die Hand auf den Arm, aber er nickte. Bedford hatte ihnen allen aus der Seele gesprochen.

»Ich schätze, da er es uns aufgetragen hat, werden wir wohl ohne Sinn und Hoffnung weitermachen«, murmelte Raymond.

Friedlich und ohne noch einmal aufzuwachen glitt Harry davon, gab sich dieses eine Mal kampflos geschlagen. Zwei Stunden nach Mitternacht hörte er auf zu atmen.

Bedford faltete ihm die Hände auf der Brust, beugte sich vor und küsste ihn auf die Stirn. »Geh mit Gott, Bruder.« Als er sich wieder aufrichtete und in die Gesichter sah, erkannte er, dass niemand in der Lage schien zu sagen, was ausgesprochen werden musste, darum tat er es schließlich selbst:

»So starb Harry of Lancaster, welcher der fünfte König Henricus von England war, am Tage des heiligen Joseph von Arimathia, dem einunddreißigsten August im Jahre des Herrn eintausendvierhundertundzweiundzwanzig. Er war zu ruhmreich, um lange zu leben.«

Waringham, Oktober 1422

Nein, Lady, Euer Gemahl hat völlig Recht. Ihr dürft nicht mehr ausreiten«, erklärte Liz energisch. »Es ist viel zu riskant.«

»Aber du hast gesagt, wenn die ersten drei Monate um sind, ist die gefährlichste Zeit überstanden«, protestierte Juliana. »Und es wäre das Gesündeste für mich und das Kind, wenn ich so normal wie möglich weiterlebe.«

Liz unterdrückte ein Seufzen und schüttelte den Kopf. »Damit habe ich bestimmt nicht gemeint, dass Ihr reiten sollt. Wenn Ihr herunterfallt, kann es ohne weiteres passieren, dass Ihr Euer Kind verliert.«

»Warum in aller Welt sollte ich herunterfallen?«, entgegnete Juliana verdrossen.

»Weil es eben passiert«, gab Liz kurz angebunden zurück. »Glaubt mir, ich weiß, wovon ich rede. Selbst unsere Stallburschen auf dem Gestüt, die sich für die besten Reiter in England halten, muss ich fortwährend zusammenflicken. Euer Gemahl hat ganz recht getan, es zu verbieten.« Und sie konnte sich nicht verbeißen, hinzuzufügen: »Ihr solltet Gott wahrhaftig dankbarer und ein bisschen vernünftiger sein.«

Juliana wies sie nicht zurecht. Sie wusste ja selbst, dass Liz die Wahrheit sagte.

Schon bald nach Mittsommer hatte sie gewusst, dass sie schwanger war. Sie hatte versucht, sich keine allzu großen Hoffnungen zu machen, denn sie hatte schon zweimal zuvor empfangen und beide Kinder in den ersten Wochen verloren. Je mehr Zeit verging, desto schwieriger wurde es freilich, ihre Euphorie zu zügeln, zumal John beinah trunken vor Glückseligkeit gewesen war, als sie ihm sagte, sie trage ein Kind.

Doch jetzt war der Sommer vorüber. Der unablässige Oktoberregen war wie ein Vorgeschmack auf den langen, öden Winter, und die Todesnachricht aus Frankreich hatte sich wie ein Schatten auf ihr Herz gelegt.

»Aber ich werde ganz schwermütig, wenn ich hier immerzu eingesperrt bin«, bekannte sie niedergeschlagen.

»Nein, auch das dürft Ihr nicht«, erwiderte Liz ohne erkennbares Mitgefühl. »Denn auch das schadet Eurem Kind.«

»Aber was soll ich tun?«

»Nehmt Euch zusammen«, riet die Hebamme. »Wenn Ihr noch nicht wisst, dass Frauen ihre eigenen Wünsche für das Wohl ihrer Kinder zurückstellen müssen, dann wird es höchste Zeit, dass Ihr es lernt.«

Juliana war gekränkt. Abrupt wandte sie Liz den Rücken zu und beschied: »Du kannst gehen.«

Als John bei Einbruch der Dunkelheit bis auf die Haut durchnässt vom Gestüt zurückkam, fand er seine Frau schlafend in ihrem Bett vor.

Behutsam schloss er den Bettvorhang ein wenig, damit das Licht seiner Kerze sie nicht weckte, und stellte den Leuchter ein gutes Stück vom Bett entfernt auf den Tisch. Doch kaum hatte er trockene Sachen angelegt, wachte Juliana auf.

»Liz hat mir die Leviten gelesen«, murmelte sie schlaftrunken.

Er musste lächeln. »Ja, das hat sie mir erzählt.«

»Natürlich. Bevor ich mich über sie beklagen konnte. Ihr steckt ja immerzu unter einer Decke.«

Aber er hörte, dass sie nicht mehr ärgerlich war. »Du darfst es ihr nicht übel nehmen, Juliana. Liz trägt selber ein Kind. Und ihr Mann, der Schmied, ist schwer krank. Vermutlich wünscht sie sich deine Sorgen.«

»Matthew ist krank?« Sie setzte sich auf und rieb sich die Augen wie ein kleines Mädchen. »Was fehlt ihm denn?«

»Ich bin nicht sicher, aber ich fürchte, er hat die Schwindsucht.«

Sie stieß einen kleinen Schreckenslaut aus, und John erahnte, dass sie sich bekreuzigte.

Er setzte sich auf die Bettkante und zog sie behutsam an sich. »Also, wenn du kannst, dann sei nachsichtig mit ihr. Und vor allem: Hör auf sie.«

Juliana lehnte den Kopf an seine Schulter. »Natürlich höre ich auf sie. Ich weiß ja, dass sie Recht hat. Und ich will dieses Kind so sehr, John.«

Er küsste die weizenblonde Lockenpracht. »Ja, ich weiß.«

Als das erste Drittel der Schwangerschaft überstanden war und Liz ihm gesagt hatte, dieses Mal bestünde zumindest eine Chance, hatte er befohlen, Victor de Chinon von seinen Ketten zu erlösen. Und als die Wachen daraufhin Mut fassten und vorsichtig anfragten, ob sie diesem armen französischen Teufel jetzt vielleicht auch einmal etwas anderes bringen dürften als immer nur Wasser und hartes, dunkles Brot, eh er ihnen verhungerte, hatte John zähneknirschend zugestimmt. Gott sollte sehen, dass er guten Willens war.

»Hör zu, Juliana. Ich muss morgen fort.«

Sie ließ ihn los und hob den Kopf, damit sie ihn anschauen konnte. »Wohin?«

»Nach Westminster.«

»Aber …«

Es klopfte vernehmlich. »Ich bring Euch und der Lady Juliana etwas zu essen, Sir John!«, rief Rose. »Da Ihr nicht in die

Halle runtergekommen seid, trag ich es Euch eben nach. Ich mach das gern, wirklich. Ich hab ja sonst nichts zu tun.«

Grinsend ging John zur Tür, öffnete und nahm ihr das Tablett mit zwei gut gefüllten Eintopfschalen und Weinbechern ab. »Gott segne dich für deine Güte, Rose. Ich bin sicher, er hat dein gutes Werk gesehen, so wie er alles sieht.«

»Oh, hoffentlich nicht alles, Sir John …«, gab die kecke Rose lachend zurück und machte sich davon.

John trug das Tablett zum Tisch. »Komm essen, Juliana.«

Folgsam gab sie den warmen Platz unter der Daunendecke auf und kam, nur mit Hemd und Kotte bekleidet, an den Tisch.

Der Eintopf duftete verführerisch nach Pastinaken und Speck, und sie widmeten sich ihm eine Weile schweigend.

»Die Köchin ist viel besser geworden«, bemerkte John zwischen zwei Löffeln.

»Hm.« Es war genau der gleiche ironische Laut, den ihr Vater so gern von sich gab. »Das liegt daran, dass ich die Köchin zur Wäscherin und die Wäscherin zur Köchin ernannt habe.«

John starrte sie ungläubig an. »*Maud*?«

Juliana nickte. »Ich habe ihr gesagt, wenn ich auch nur Grund zu dem Verdacht hätte, dass sie uns ein einziges Grießkörnchen stiehlt, sorge ich dafür, dass sie beim nächsten Kirchengerichtstag der Unzucht angeklagt wird. Das hat sie beeindruckt. Anscheinend legt sie keinen Wert darauf, an einen Karren gebunden und durchs Dorf geprügelt zu werden.«

John nickte überzeugt. »Das ist besonders bitter für diejenigen, die bei ihren Nachbarn schlecht gelitten sind. Nicht nur schmerzhaft, sondern vor allem erniedrigend.«

»Darauf wette ich«, erwiderte Juliana trocken, die aufgrund ihrer Stellung niemals befürchten musste, dergleichen zu erleben. »Jedenfalls hat meine fürchterliche Drohung gewirkt. Ich kontrolliere die Vorratskammern jeden Tag, und bislang war immer alles in Ordnung.«

John war nicht besonders glücklich über diese Lösung, aber er mischte sich nicht in die Zuständigkeiten seiner Frau. Er gab lediglich zu bedenken: »Das bedeutet viel unnötige, zusätzliche Arbeit für dich.«

Sie hob kurz die Schultern. »Dafür schmeckt das Essen besser.«

Er lächelte. »Das ist wahr.«

»Also, wieso musst du nach Westminster?«, fragte Juliana.

»Der Bischof hat mir Nachricht geschickt und mich hinbeordert. Du wirst es nicht glauben, aber nun ist auch der alte König von Frankreich gestorben. Das heißt, sie werden Harry endlich heimbringen und beisetzen. In Westminster.«

»Was hat der Zeitpunkt seiner Beisetzung mit dem Tod des Königs von Frankreich zu tun?«

»Offenbar war abzusehen, dass der alte König im Sterben lag, und Bedford wollte warten, bis Charles tot ist, ehe er als neuer Regent von Frankreich den französischen und burgundischen Lords, die zu uns stehen, den Treueid abnimmt. Außerdem wollte Katherine ihren sterbenden Vater nicht verlassen.«

»Wieso sagst du das so missfällig?«, wollte Juliana wissen und tauchte ihr Stück Brot in seine Schale, weil ihre eigene Eintopfbrühe schon aufgetunkt war.

»Weil sie Harrys Frau ist. Ihr Platz vor, während und nach seinem Tod wäre an seiner Seite gewesen, nicht an der ihres Vaters, der ohnehin so umnachtet war, dass er nicht merken konnte, ob es seine Tochter oder ein Pariser Straßenmädchen war, das an seinem Bett wachte.«

Juliana hörte, dass John wirklich verbittert über dieses Versäumnis der Königin war. Sie wusste, wie schwer ihn Harrys Tod getroffen hatte. Welch ein Schmerz dieser Verlust für ihn war. Und sie ahnte, dass er die Königin als Sündenbock wollte, um seinen Schmerz zu lindern, aber sie sagte lediglich: »Nun, jetzt ist sie Harrys Witwe, und ich für meinen Teil bedaure sie.«

»Siehst du, das hab ich mir gedacht.« Es klang halb verstimmt, halb belustigt. »Darum dachte ich mir, ich nehme dich mit.«

Juliana fiel das Brot aus der Hand. »*Was*?«

John nickte. »Natürlich nur, wenn du willst. Aber wir können uns nicht ewig vor der Welt verstecken. Die Gäste bei der Auktion im Frühjahr hier haben mir Hoffnung gemacht, dass nicht alle uns die kalte Schulter zeigen werden. Außerdem haben die Lords jetzt ganz andere Sorgen als uns.«

»Das ist wahr«, erwiderte sie versonnen. »Aber denkst du nicht, dass mein Vater wütend auf dich sein wird, wenn du mich einfach so mitbringst?«

»Nein, das glaube ich nicht«, erwiderte er mit Nachdruck. Jedes Mal, wenn er feststellte, dass Juliana sich immer noch ein wenig vor ihrem Vater fürchtete, hätte er Beaufort am liebsten den Hals umgedreht. »Ich glaube vielmehr, es wird Zeit, dass du die Königin kennen lernst. Sie macht gewiss eine schwere Zeit durch und kann eine Frohnatur wie dich, die obendrein fließend Französisch spricht, gut gebrauchen.«

»Ich bin keine Frohnatur, John«, widersprach sie stirnrunzelnd.

Er lächelte sie an. »Doch, meistens schon. Wenn ich dir nicht gerade Kummer mache. Außerdem dachte ich mir, ich sollte den kleinen Robert mitnehmen. Eugénie hat ihn ein halbes Jahr lang nicht gesehen und Raymond erst ein einziges Mal. Sicher wäre sein Sohn ihm ein Trost. Und der kleine Kerl hängt doch so an dir.«

Seit Eugénie im Mai mit der Königin nach Frankreich gereist war, hatte Juliana sich bemüht, Mutterstelle an Robert zu vertreten, auch wenn es natürlich in Wahrheit nur die Amme war, die ein Säugling brauchte.

»Und wenn sich herausstellen sollte, dass wir länger am Hof bleiben, kann der Leibarzt der Königin dich entbinden.«

»Ah!« Juliana ging ein Licht auf. »Jetzt durchschaue ich deine Absichten.«

»Nichts gegen Liz«, beeilte John sich zu versichern. »Aber mir wäre wohler, wenn du die nächsten Monate unter ärztlicher Aufsicht stündest.«

Juliana ergriff seine Hand. »Was immer du sagst, Liebster«, murmelte sie ungewöhnlich fügsam.

Im Grunde war sie nicht besonders versessen auf ›ärztliche Aufsicht‹, was zweifellos bedeuten würde, dass ihr nur noch mehr Dinge verboten wurden. Aber ihr graute vor dem langen Winter in Waringham. Die Vorstellung, an den Hof zu kommen und die Königin kennen zu lernen, war unwiderstehlich aufregend, so traurig die Umstände auch sein mochten.

Die viel gerühmte Schönheit der Königin hatte eine beinah unirdische Note angenommen. Als habe der Todesengel, der innerhalb von nur sechs Wochen erst ihren Gemahl und dann ihren Vater abberufen hatte, auch sie mit seinem Flügel gestreift. Kerzengerade stand sie vor ihrem prunkvollen Sessel, von Kopf bis Fuß in Schwarz gehüllt, sehr ernst und würdevoll.

Juliana war vor ihr in einen tiefen Knicks gesunken und wagte nicht, den Blick zu heben.

John kniete an ihrer Seite. »Madame, meine Gemahlin, Juliana of Wolvesey.«

»Seid mir willkommen. Erhebt Euch, Jean. Und Ihr auch, Madame. Es ist gut von Euch, dass Ihr gekommen seid.«

John stand auf und reichte Juliana die Hand, um ihr auf die Füße zu helfen. Wenngleich sie erst im fünften Monat ihrer Schwangerschaft war, wirkte sie doch schon ein wenig schwerfällig.

Katherine kam die beiden kleinen Stufen von ihrem Sessel herab und nahm John und seine Frau kurz bei den Händen. »Wir wollen nicht gar zu förmlich sein, *mes amis*«, bat sie. »Für dergleichen habe ich im Moment keinen Sinn.«

John nickte, blieb aber untypisch steif, als er sagte: »Gestattet mir, Euch mein Beileid zu Eurem Verlust auszusprechen.«

Katherine betrachtete ihn einen Moment forschend.

Juliana lächelte ihr scheu zu. »Seid ihm nicht gram, Madame. Er ist tief bekümmert über den Tod des Königs, und das macht ihn verdrießlich. Am besten, man hört nicht so genau hin.«

John bedachte sie mit einem sehr finsteren Blick, aber Owen Tudor, der einen Schritt zur Rechten hinter der Königin gestanden hatte, kam mit einem breiten Lächeln näher und verneigte sich galant vor Juliana, was ihm nicht ähnlich sah. »Welch ein Gewinn Ihr für uns alle sein werdet, Lady Juliana.« Er nahm ihre Hand und führte sie kurz an die Lippen.

»Das reicht, das reicht«, knurrte John. Er legte besitzergreifend einen Arm um die Schultern seiner Frau. »Leg dich nur nicht zu sehr ins Zeug.«

»Er ist eifersüchtig?«, fragte Tudor Juliana. »Dann gebt nur Acht, dass er Euch nicht in einen Vogelkäfig sperrt. Ich habe beobachtet, dass englische Männer das häufig mit ihren Frauen tun, damit die Ärmsten ihnen nicht davonfliegen können, wenn ihnen klar wird, an welche Langweiler ihre Väter die Mitgift verschwendet haben.«

Juliana kicherte, schlug dann sogleich schuldbewusst die Hand vor den Mund und schaute die Königin zerknirscht an. Doch Katherine musste selber lächeln.

Während John und Tudor sich begrüßten, trat Eugénie hinzu, die neben dem Bett der Königin gestanden hatte. Sie hieß ihre Schwägerin herzlicher willkommen, als Juliana erwartet hätte, und als diese ihr sagte, dass sie den kleinen Robert mitgebracht habe, wurde umgehend nach den Ammen mit dem kleinen Prinzen und dem acht Monate alten Waringham-Erben geschickt.

So war die düstere Stimmung von Trauer und kühlen Beileidsbekundungen bald vertrieben. Die Damen beugten sich über die beiden kleinen Jungen und tauschten sich über die Geheimnisse von Schwangerschaft und Säuglingspflege aus.

Tudor brachte John derweil einen Becher Wein und setzte sich mit ihm an den Tisch unter dem Fenster, durch welches man einen Blick auf die Themse und die sumpfigen Wiesen am Südufer hatte.

»Sei nett zu ihr oder verschwinde wieder«, murmelte Tudor auf englisch. »Sie ist eine sehr unglückliche Frau. Deine selbstgerechte Missbilligung kann sie nicht gebrauchen und hat sie auch nicht verdient.«

John trank und hob dabei die Schultern. »Ich bin zu Bischof Beaufort gekommen, nicht zu Katherine. Also werde ich sie bald von meiner selbstgerechten Missbilligung erlösen.«

Tudor lehnte sich mit dem Rücken an die Wand und betrachtete die Königin mit verschränkten Armen. »Warum bist du wütend auf sie?«

»Das fragst du?«, gab John mit unterdrückter Heftigkeit zurück. »Sie war nicht bei ihm. Keine fünfundzwanzig Meilen trennten sie, während Harry einen ganzen verdammten Monat lang im Sterben lag, und sie hat es nicht für nötig befunden, vorbeizuschauen.«

Tudor nickte. »Er wollte sie nicht dahaben.«

John schnaubte und winkte ab.

»Frag deinen Bruder, wenn du mir nicht glaubst«, fuhr Tudor leise fort. »Katherine hat den König zu Pfingsten das letzte Mal gesehen. Da war er blass und dünn, weil er die Ruhr gehabt hatte, aber eindeutig auf dem Wege der Besserung. Dann zog er wieder aus, überquerte die Loire, lehrte den Dauphin wie üblich das Fürchten. Das waren die Nachrichten, die wir hörten. Bis am zweiten September der Bischof von London, der zu Harrys Gefolge gezählt hatte, in Seins erschien, um die Königin höflichkeitshalber von ihrem Witwenstand in Kenntnis zu setzen.« Er beugte sich leicht vor und zischte: »Kannst du dir vorstellen, wie sie sich gefühlt hat?«

John war sprachlos. Unsicher sah er von Tudor zu Katherine und wusste nicht, was er denken sollte.

Die Königin saß auf ihrer Bettkante, hielt den Prinzen auf den Knien und führte den Damen stolz vor, wie gut er schon sitzen konnte. Ihre Augen strahlten, und die Lippen hatten sich zu einem Lächeln verzogen, während sie ihn betrachtete.

»Vielleicht ist es ein Segen, dass sie den kleinen Henry hat«, murmelte der Waliser. »Er ist ja in gewisser Weise alles, was ihr geblieben ist. Aber gäbe es ihn nicht, hätte sie in ihrer Heimat bleiben und England vergessen können.«

»Sie ist Königin von England«, wandte John nachdrücklich ein. »Es steht ihr nicht an, ihm einfach den Rücken zu kehren, mit oder ohne Prinz.«

»Du bist mein Freund, und es gibt nicht viel, das ich nicht für dich täte, John. Aber wenn du mir mit dieser englischen

Überheblichkeit kommst, könnte ich dir jedes Mal die Zähne einschlagen.«

John verdrehte kurz die Augen und ging nicht darauf ein. Stattdessen sah er sich in Katherines Gemach um. Es war ein prachtvoll eingerichteter Raum. Die Bettvorhänge waren leuchtend purpurrot und zeigten in großen, kunstvoll gestickten Goldbuchstaben die Initialen H und K. Die flächendeckenden Wandbehänge bestanden aus langen Bahnen, die von der hohen Decke bis zum Boden reichten und abwechselnd die französische Lilie und den englischen Löwen zeigten. Das Fenster war verglast, und der schwarz-weiß geflieste Boden hatte das gleiche Rautenmuster wie die in Blei gefassten Scheiben. Zwischen dem Bett und den beiden Sesseln, in welchen jetzt Juliana und Eugénie saßen, lag ein bunt gemusterter Teppich. John hatte noch nie von Teppichen gehört, die man auf den Boden legte.

Vorsichtig setzte die Königin den Prinzen darauf ab, und Henry machte sich augenblicklich daran, die Welt auf allen vieren zu erkunden. Verblüffend schnell krabbelte er auf den Tisch zu, machte dort Halt und begann, an Johns Stiefelschnallen zu spielen.

Wie üblich waren Johns Stiefel hochbetagt, und vor allem das Verschlussleder war rissig. Ehe der Prinz ihnen den Rest geben konnte, hob John ihn hoch und setzte ihn auf sein Knie. »Armes England«, murmelte er und fuhr Henry über die weichen, dunkelblonden Locken. »Was soll nur aus dir werden mit so einem winzigen König?«

Plötzlich wandte der Junge den Kopf und schaute ihn an. John lächelte, aber in Wahrheit war es eher eine schmerzliche Grimasse. Henry hatte ein Gesicht wie ein Cherub; man konnte noch nicht sagen, ob er eher seinem Vater oder seiner Mutter nachschlug. Doch die Augen, die Johns Blick so voll arglosen Interesses erwiderten, glichen den Augen des toten Königs so sehr, dass es John für einen Moment vorkam, als spüle eine Welle von Erinnerungen über ihn hinweg.

»Ah, ich sehe, Ihr habt Euch bereits mit Henry bekannt gemacht«, sagte Beauforts Stimme von der Tür. »Das trifft sich gut.«

John erhob sich genau wie Tudor und verneigte sich mitsamt dem Prinzen auf seinem Arm. »Mylord.«

Der Bischof wandte sich an die Königin. »Darf ich eintreten?«

»Onkel!«, rief Katherine erfreut aus, erhob sich von der Bettkante und trat ihm entgegen.

Er küsste sie vertraulich auf die Stirn und legte ihr gar für einen winzigen Moment die Hand an die Wange. Dann begrüßte er die Countess of Waringham und schließlich seine Tochter.

John verfolgte dieses Wiedersehen mit Argusaugen.

Juliana stand mit gesenktem Blick vor dem Bischof, es fehlte nur noch, dass sie die Hände auf dem Rücken verschränkte.

Beaufort blickte kurz auf ihren gewölbten Bauch, hob ihr Kinn dann behutsam mit dem Zeigefinger und küsste auch Juliana die Stirn. »Ich hoffe, du bist wohl, mein Kind?«

Sie lächelte befreit. »Es könnte kaum besser sein, Mylord.«

Einen Moment sahen sie sich an. Ohne Verlegenheit, aber ebenso ohne Worte. Plötzlich bedauerte John sie beide. Vielleicht hätte Beaufort gern gesagt: »Du erinnerst mich an deine Mutter in diesem Zustand.« Und vielleicht hätte Juliana gern gefragt: »Was sagst du dazu, dass du Großvater wirst?« John erinnerte sich, dass sein Vater und seine Schwester Joanna immer lange, vertrauliche Gespräche geführt hatten, wenn sie ein Kind erwartete. Aber all diese Dinge blieben Juliana und ihrem Vater verwehrt.

John brachte den kleinen Prinzen der Amme zurück, trat zu seiner Frau und legte ihr den Arm um die Taille. »Ihr habt nach mir geschickt, und hier bin ich, Mylord.«

Der Bischof nickte. »Und ich bin gekommen, um Euch der Königin und Eurer Frau zu entreißen, wenn sie uns entschuldigen wollen.« Ohne das Einverständnis der Damen abzuwarten, nahm er John am Ärmel und führte ihn zur Tür.

Während sie draußen den Korridor entlangschritten, fragte Beaufort: »Geht es ihr wirklich gut?«

»Ja. Und die Hebamme in Waringham sagt, dieses Mal dürfen wir hoffen.«

Der Bischof gab keinen Kommentar ab. John warf ihm einen kurzen Seitenblick zu. Beaufort wirkte so tief besorgt, dass er grimmig aussah. Und er hinkte wieder, wie so oft in der kalten Jahreszeit.

»Juliana ist eine gesunde junge Frau, Mylord«, bemerkte John. »Aber es kann gewiss nicht schaden, wenn ihr bei Eurem obersten Lehnsherrn ein gutes Wort für sie einlegt.«

»Es vergeht kein Tag, da ich das versäume«, bekannte Beaufort. »Aber derzeit sind es andere Dinge, die mir Kummer machen.«

»Das überrascht mich nicht. Ein Land, das so plötzlich seines Königs beraubt wird und sich obendrein im Krieg befindet, gibt wohl Anlass zur Sorge.«

»Vor allem mit einem solchen Regenten«, knurrte Beaufort.

»Wie darf ich das verstehen?«, fragte John verwundert.

Doch der Bischof schüttelte den Kopf und schwieg, bis er John in sein Quartier geführt hatte, wo Raymond und der Duke of Exeter warteten.

Auch diesen beiden Männern war die Trauer um den König anzusehen. Der vierschrötige Exeter schien um Jahre gealtert, und Raymond wirkte eigentümlich geschrumpft. Seine Haut war fahl, sein Blick stumpf. Matt nickte er John zu, der ihm wortlos die Hand auf die Schulter legte.

Der jüngere Bruder trat an die hohe Truhe neben dem Fenster, auf welcher ein Weinkrug stand. Er füllte drei Becher, brachte sie den Lords und schaute den Bischof dann fragend an.

»Ich habe Euch nicht als Mundschenk hergebracht«, knurrte dieser ungeduldig. »Setzt Euch schon hin.«

John hob verwundert die Brauen, kam der barschen Aufforderung aber willig nach.

Der Bischof faltete die Hände vor sich auf dem Tisch und sah kurz in die Runde. »Das Wichtigste ist jetzt, dass der Kronrat schnellstmöglich zusammentritt. So vollzählig, wie es eben geht. Einige der Lords sind in Frankreich, aber wir werden schon ein handlungsfähiges Gremium zusammenbekommen.«

»Ohne den Erzbischof von York können wir keine rechtsgültigen Beschlüsse fassen«, warf sein Bruder Exeter skeptisch ein.

Der Bischof nickte. »Er ist ein alter Mann und reist langsam, aber ich weiß zufällig, dass er morgen hier eintrifft. Und wir sollten alles vorbereiten, um dann sofort handeln zu können. Ehe Gloucester es tut.«

»Gloucester?«, fragten Raymond und Exeter wie aus einem Munde.

Der Bischof seufzte leise. »Ich habe die letzten drei Tage damit zugebracht, Harrys Testament zu studieren, Gentlemen. Es ist leider in vielen wichtigen Punkten vage und lässt Spielraum für unterschiedliche Deutungen. So zum Beispiel in der Frage, ob der Kronrat Gloucester kontrollieren soll oder umgekehrt. Wollte Harry, dass Gloucester bis zur Mündigkeit des Prinzen allein herrscht? Oder wollte er, dass er der Arm ist, der die Beschlüsse des Kronrates ausführt?«

»Letzteres natürlich«, erwiderte Exeter, als sei die Frage unsinnig. »Harry war bis zum Ende Herr seines Verstandes. Und er kannte seine Brüder. Besser als wir. Er hätte Englands Schicksal nie allein in Gloucesters Hände gelegt.«

Der Bischof lächelte freudlos. »Aber es wird dich nicht überraschen zu hören, dass Gloucester völlig anderer Meinung ist, nicht wahr?«

Exeter und Raymond tauschten einen entsetzten Blick.

»Gloucester giert nach der Macht«, fuhr Beaufort fort. »Darum müssen wir jetzt sofort zwei Dinge tun: Der Kronrat muss morgen zusammentreten und Ladungen zum Parlament an die Lords versenden. An alle Lords. Auch an Gloucester. Natürlich muss er kommen. Schließlich ist er der Regent und vertritt den König im Parlament. Folgt er aber der Ladung, unterwirft er sich damit dem Kronrat, und ein Präzedenzfall ist geschaffen.«

Exeter betrachtete seinen Bruder mit einem Kopfschütteln. »Du bist so gerissen, dass du mir manchmal Angst machst, Henry.«

»Oh, vielen Dank«, kam die trockene Erwiderung. »Aber ehe du mich mit fragwürdigen Komplimenten überhäufst, lass uns abwarten, ob Gloucester nicht auf die gleiche Idee kommt. Er hat sich das große Siegel unter den Nagel gerissen, kaum dass er hier war. Also kann auch er die Ladungen zum Parlament ausstellen. Wir müssen beten, dass er nicht vor übermorgen auf diesen Gedanken kommt.«

Er hatte seinem Neffen Ablenkung verschafft, um das zu verhindern. Außergewöhnlich schöne, junge Ablenkung aus dem übel beleumundeten Haus der Freuden in East Cheap, die er hier als Dienstmagd eingeschleust hatte. Und seit diese Magd am frühen Morgen das Quartier des Herzogs betreten hatte, um dort aufzuräumen, hatte niemand Gloucester mehr gesehen.

Aber diesen unbischöflichen Winkelzug behielt Beaufort lieber für sich. Stattdessen sagte er: »Und die zweite Maßnahme, die wir sofort ergreifen müssen, ist, eine zuverlässige Leibgarde zusammenzustellen, die über das Leben unseres kleinen Königs wacht.«

»Henry!« Exeter donnerte die Faust auf den Tisch. »Jetzt gehst du zu weit! Gloucester ist kein Engel, da gebe ich dir Recht, aber das ist schändlich, was du ihm hier unterstellst. Der Prinz ist sein Neffe.«

Der Bischof ließ sich in seinem Sessel zurücksinken. Verstohlen drückte er die Linke in den schmerzenden Rücken und rieb sich mit Daumen und Zeigefinger der Rechten die müden Augen. »Du hast gewiss Recht, Thomas. Womöglich ist es ein Spiegelbild meiner eigenen verderbten Seele, das ich sehe, wenn ich glaube, in Gloucesters Augen die Gier nach der Krone zu lesen. Aber lass mich dies sagen: Es wäre nicht das erste Mal, dass in England ein Onkel seinen Neffen aus dem Wege räumen lässt, um König zu werden. Nicht jeder Mann ist von so hoher Gesinnung wie unser Vater, dass er einer solchen Versuchung widerstehen kann. Gelegenheit macht Diebe. Nur Bedford und Henry stehen zwischen Gloucester und dem Thron. Bedford kann morgen fallen. Darum rate ich, lasst uns das Leben unseres zukünftigen Königs schützen, als wäre es in Gefahr. So gut wir können.«

Man konnte an Raymonds Körperhaltung erkennen, dass er sich aus der Düsternis gerissen hatte, denn er saß nun aufgerichtet in seinem Sessel. »Er hat Recht, Tom«, sagte er zu Exeter. »Wir haben nichts zu verlieren und nur zu gewinnen, wenn wir es tun.«

John hatte gebannt gelauscht und konnte all die Überraschungen, die hier auf ihn einstürzten, kaum verkraften. So hätte er beispielsweise nie geglaubt, dass es in England einen Mann gab, der noch schlechter von Humphrey of Gloucester dachte als er selbst. Oft hatte er sich dessen geschämt. Es war ein kleiner Schock, dass der Bischof dem jungen Herzog Abscheulichkeiten zutraute, auf die John niemals gekommen wäre. Und außerdem hätte er sich nie im Leben träumen lassen, dass sein Bruder den Duke of Exeter beim Vornamen nannte, wenn sie unter sich waren. Auf einmal hatte er einen ganz neuen Respekt vor Raymond, erkannte vielleicht in diesem Moment zum ersten Mal, welche Rolle dieser tatsächlich im innersten Kreis der Macht einnahm.

»Hier kommt Ihr ins Spiel, John«, sagte der Bischof. »Hört Ihr mir zu?«

John richtete den Blick auf ihn. »Mylord?«

»Ich kann mir vorstellen, dass es nichts Langweiligeres und Würdeloseres in den Augen eines jungen Heißsporns wie Euch geben kann, als einen Säugling zu hüten, aber ich will, dass Ihr es tut.«

»Ich bin kein Heißsporn, wie Ihr sehr wohl wisst, und ich werde diese Aufgabe mit Freuden übernehmen, Mylord.«

Beaufort lächelte flüchtig. »Gut. Da Ihr aber gelegentlich schlafen müsst und obendrein Eures Bruders Steward seid, könnt Ihr das nicht allein. Ich will, dass Ihr mir fünf Namen von absolut zuverlässigen, dem Hause Lancaster treuen Rittern nennt, die sich diese Aufgabe mit Euch teilen werden.«

John nickte.

»Harry würde diese Abmachung gutheißen«, bemerkte Raymond. Und er berichtete, was der König ihm als letzten Wunsch an seinen Bruder aufgetragen hatte.

John erhob sich ohne Eile, wandte den drei Männern den Rücken zu, verschränkte die Arme vor der Brust und schaute aus dem Fenster. Ohne Vorwarnung war der Jammer wieder über ihn hereingebrochen. Er vermisste Harry so fürchterlich, dass es fast wie ein körperlicher Schmerz war. Und er haderte mit Gott. *Warum hast du das getan? Er hat sich so bemüht, hat jeden Tag gekämpft, um sich deiner Gnade würdig zu erweisen. Er hat es sich wirklich nicht leicht gemacht. Wie konntest du ihn einfach aus dem Leben reißen, ehe sein Werk getan war, lange bevor er bereit war?*

Doch als John sich wieder umwandte, war seine Miene gleichmütig. »Simon Neville, Jeremy Talbot, William Fitzwalter, Cedric of Harley und Owen Tudor.«

»Wer ist Cedric of Harley?«, wollte der Bischof wissen.

»Einer meiner Männer«, erklärte Raymond. »Sein Vater war der Leibwächter Eures Vaters, zusammen mit unserm alten Herrn.«

»Sir Leofric?«, fragten Exeter und der Bischof wie aus einem Munde.

Raymond nickte mit einem Lächeln. »Cedric ist so alt wie John. Guter Junge. Ich verlier ihn ungern, aber für den guten Zweck werd ich ihn wohl hergeben müssen …«

»Und Owen Tudor?«, fragte der Bischof skeptisch. »Würdet Ihr sagen, er ist lancastertreu, John?«

Der schüttelte wahrheitsgemäß den Kopf. »Aber Katherine bis auf den letzten Blutstropfen ergeben. Ihr zuliebe wird er Henry hüten, als wäre es sein eigener Sohn.«

Beaufort dachte einen Moment nach und nickte dann. »Schafft die Männer herbei und sprecht mit ihnen. Sagt ihnen, es sei ein offizielles Hofamt. Sie bekommen Kost, Logis, Kleidung und zwanzig Pfund im Jahr. Ihr bekommt das Doppelte, denn Ihr werdet der Kommandant dieser Leibgarde sein. Die ganze Angelegenheit liegt fortan in Eurer Verantwortung.«

John nickte und wollte sich abwenden, aber Beaufort hielt ihn mit einer Geste zurück. »Ich bin überzeugt, es ist nicht nötig, das zu betonen, John, aber es ist die Zukunft des Hauses Lancaster, die wir in Eure Hände legen.«

Ich weiß, dachte John ein bisschen nervös. Und er spürte förmlich, wie die Bürde sich gleich einem Bleigewicht auf seine Schultern herabsenkte. Er tauschte einen Blick mit Raymond.

Der nickte mit einem kleinen Lächeln, als wolle er sagen: *Tja, Bruder. Jetzt weißt du, wie es sich anfühlt, der Hüter der roten Rose zu sein.*

Lords, Ritter, Bischöfe und Äbte strömten aus ganz England herbei, und die Londoner kamen zu Tausenden nach Westminster, als Harry von England dort zur letzten Ruhe gebettet wurde. Vier wundervolle Rappen zogen den schwarz verhängten Karren, auf dem der Sarg mit einer überlebensgroßen, ruhenden Statue des toten Königs stand, und dem Wagen folgten die königliche Familie, die Lords und Ritter und ungezählte Mönche und Priester, die das Requiem sangen. Nie hatten die Menschen davon gehört, dass ein König je mit solchem Pomp zu Grabe getragen worden war.

Doch es war angemessen, fanden sie. Harry of Lancaster hatte Ruhm und Ehre erworben und Englands Feinde Respekt gelehrt. Ein großer König, raunten sie einander zu, während sie dicht gedrängt am Straßenrand standen und die Prozession Richtung Westminster Abbey ziehen sahen. Es war still am Flussufer und entlang der Straße, und viele weinten. Weil sie um den Helden von Agincourt trauerten. Und weil sie sich vor der Zukunft fürchteten.

John hatte es vorgezogen, dem Helden von Agincourt nicht das letzte Geleit zu geben, sondern stattdessen lieber über Englands Zukunft zu wachen. Er würde zu Harry gehen, wenn die große Klosterkirche wieder still und leer war, hatte er beschlossen, und sich in Ruhe verabschieden. Dem öffentlichen Trauerspektakel konnte er nichts abgewinnen.

»Ihr seid schon ein merkwürdiges Bürschlein, Sir John«, beschied Alison, eine von Henrys Ammen.

»Ein Bürschlein?«, wiederholte er ungläubig. »Sei nur froh, dass du so eine alte Gevatterin bist, sonst würde ich mir dergleichen kaum bieten lassen«, gab er brummig zurück.

Die Sechzehnjährige lachte verschmitzt. »Aber wenn's doch so ist«, beharrte sie. »Nie wollt Ihr dort sein, wo etwas Aufregendes geschieht. Statt zur Beerdigung des Königs zu gehen, sitzt Ihr hier herum und lest immerzu in Eurem komischen Buch. Statt mit dem Lord of Bedford in den Krieg zu ziehen, wollt Ihr hier bleiben und unser prinzliches Knäblein behüten. Und *Ihr* wollt ein Ritter sein?«

John musste grinsen. Er mochte Alison gern. Sie stammte aus Eton, einem Dorf unweit von Windsor, wo der kleine Henry vor knapp einem Jahr zur Welt gekommen war. Ein einfaches Bauernmädchen, dem erst der Mann und dann das einzige Kind gestorben war und welches der Kastellan von Windsor, der die Leute aus der Umgebung kannte, für diese verantwortungsvolle Aufgabe empfohlen hatte. Er hatte gut gewählt, fand John. Alison erinnerte ihn an Liz Wheeler: Sie war selbstbewusst, aber nicht laut, ungebildet, aber nicht dumm, und sie besaß einen schlichten, würdevollen Stolz, der ihm beinah instinkthaft vorkam, so als wäre er angeboren.

John klappte Chaucers *Troilus and Criseyde* zu, stand auf und warf einen Blick in die Wiege, wo Henry selig schlummerte. »Du hast Recht«, räumte er dann ein. »Es ist ein wenig zahm für einen Ritter. Aber irgendwer muss es schließlich tun, und es gibt genug Männer, die dem Lord of Bedford nach Frankreich folgen wollen, um große Taten zu vollbringen.«

Die Amme schüttelte verständnislos den Kopf.

Nicht ohne Ironie erinnerte John sich daran, wie er sich einmal ausgemalt hatte, welches Leben er und seine Freunde im Frieden bei Hofe führen würden. Er selbst in der Leibwache des Königs, Tudor als treuer Ritter der Königin und Somerset hinter verschlossenen Türen im Kronrat, ewig auf Konfrontationskurs zu seinem Stiefvater Clarence. John war nun tatsächlich der Leibwächter des Königs, doch der König war ein Würmchen in einer Wiege, und Johns Tage bestanden aus endlosen Stunden der Eintönigkeit und gelegentlich ein paar Augenblicken größter Anspannung, wenn plötzlich ein Fremder an der Tür erschien, der sich meist als verirrter Bote entpuppte. Tudor hatte erreicht, was er wollte, doch er verzehrte sich vergeblich nach der trauernden Königin, und es kam ihm vor, hatte er John neulich abends bei einem stillen Becher Cider gestanden, als krepiere jeden Tag ein kleines Stück von ihm. Somerset war ein Gefangener in Jargeau, und alle Bemühungen seiner Onkel, ihn freizukaufen, waren bislang erfolglos geblieben. Sein herrschsüchtiger Stiefvater, mit dem er so gern gestritten hatte, war tot. John war vor wenigen Wochen dreiundzwanzig Jahre alt geworden. Das war viel zu jung, um sich steinalt zu fühlen, hielt er sich vor.

Und dennoch war es so.

»Was ist nur aus uns allen geworden, Cedric«, sagte er seufzend zu dem Ritter seines Bruders, mit dem er sich im Laufe der letzten Wochen recht gut angefreundet hatte.

Der junge Harley hob mit einem verlegenen Grinsen die Schultern und sagte das Gleiche, was John Alison erklärt hatte: »Es ist wichtig, und irgendwer muss es tun. Und sieh es mal so, John: Hier kriegt man nicht die Ruhr, niemand will einem den Bauch aufschlitzen oder den Schwertarm abhacken, und es gibt keinen verdorbenen Fraß. Wie lange warst du in Frankreich?«

»Von Agincourt bis Baugé. Du?«

»Von Caen bis Meaux.«

Sie sahen sich einen Moment in die Augen und verzichteten darauf, Anekdoten auszutauschen.

John lehnte sich mit der Schulter an die Wand und zog den feinen Mantel fester um sich, den seine neue Würde ihm eingetragen hatte. Es war eisig kalt und zog fürchterlich hier draußen auf dem Korridor.

»Oh, hör dir das an«, murmelte er dann seufzend. »Unser König brüllt schon wieder.«

Cedric hauchte seine Hände an und steckte sie unter die Achseln. »Hm. Man kann hören, dass einmal ein Löwe aus ihm werden soll.«

Gloucester war in Beauforts Falle getappt, und als er im Parlament die alleinige Herrschaft über England bis zu dem Tag verlangte, da sein Neffe mündig wurde, schnappte diese Falle zu. Es kam zum offenen Streit zwischen Bischof und Herzog, aber wie abzusehen gewesen war, setzte Beaufort sich durch, zumal das Misstrauen gegen Harrys jüngsten Bruder bei Lords und Commons gleichermaßen verbreitet war. Gloucester erhielt als Regent von England den schönen Titel eines Lord Protector, musste sich aber der Weisungsbefugnis des Kronrats unterwerfen.

Ein hochzufriedener Bischof Beaufort verabschiedete sich von der Königin, um Weihnachten an seinem Amtssitz in Winchester zu verbringen – und in Gesellschaft seiner Geliebten, mutmaßte John. Raymond kehrte noch vor den Feiertagen nach Frankreich zurück, um sein Versprechen an Harry zu erfüllen und dem Duke of Bedford zur Seite zu stehen.

Der merklich geschrumpfte Hof verbrachte ein melancholisches, von Trauer geprägtes Christfest in Windsor Castle, aber John fand die Stille nach dem Trubel des Parlaments wohltuend. In Westminster hatte er ein verstaubtes Exemplar von John Lydgates *Troy Book* gefunden, welches der bekannte Dichter König Harry vor einigen Jahren gewidmet und geschenkt hatte, und John hatte den Folianten mit nach Windsor geschleppt, um ihn dort über die Feiertage in Ruhe zu studieren. Das tat er meist in der gut beheizten Kinderstube, und allmählich entwickelten er und der kleine Henry eine Beziehung zueinander. John war dankbar, dass es nicht seine Aufgabe war, den winzigen König stundenlang mit einer Rassel oder einem Holzpferdchen zu unterhalten und ihm die Windeln zu wechseln – er beneidete Alison nicht. Aber wenn er den kleinen Jungen gelegentlich auf dem Arm hielt und Henry ihn anlächelte, spürte er, wie sich etwas in ihm regte, das über Pflichtgefühl und Lancaster-Treue hinausging. Und er konnte es kaum noch erwarten, endlich selbst Vater zu werden.

Juliana hatte sich trotz der Etikette und des Zeremoniells bei Hofe besser eingelebt, als er je zu hoffen gewagt hätte. Das lag vor allem daran, dass Katherine großen Gefallen an ihr fand. Es dauerte nur wenige Wochen, bis die beiden jungen Frauen eine echte Freundschaft verband, sodass Eugénie sich manches Mal ausgeschlossen fühlte und eifersüchtig wurde.

Als der Februar ins Land ging und die Schneeglöckchen vom baldigen Ende dieses kalten, regnerischen Winters kündeten, überwand die Königin ihre Trauer allmählich, und gelegentlich hörte man auch wieder ihr schönes, warmes Lachen. So etwa als Alison ihnen voller Stolz vorführte, dass der kleine Henry es endlich wagte, ihre Hand loszulassen und allein zu laufen.

Katherine kniete im Innenhof der alten Burg im Gras, hatte die Arme ausgebreitet und rief: »Komm, mein Sohn. Komm her zu mir!«

Tollkühn torkelte Henry auf sie zu, eine Spur zu schnell, und ehe er seine Mutter erreichte, geriet er ins Straucheln. Doch Katherine war aufgesprungen, bevor er hinfallen konnte, und wirbelte ihn durch die Luft. »Mein kluger kleiner Henri«, rief sie ausgelassen. »Wie gut du das schon kannst!«

»Und man kann sehen, wie nah er mit Gloucester verwandt ist«, bemerkte Juliana. »Wenn der Herzog betrunken ist, torkelt er ganz genauso, die Füße immer eine Spur zu weit nach innen gestellt.«

Katherine lachte. »Wie boshaft Ihr sein könnt, Juliana«, raunte sie. »Und ich beglückwünsche Euch zu Eurer Beobachtungsgabe.« Dann brachte sie ihren Sohn der Amme zurück. »Bring ihn innen, Alison. Er hat sicher kalt«, bat sie in ihrem drolligen, gebrochenen Englisch.

Tudor und John, die in der Nähe auf einem Mauervorsprung hockten, tauschten ein Grinsen.

Tatsächlich hatte die fahle Sonne schon eine erstaunliche Kraft, doch jetzt wurden die Schatten länger, und ein unangenehm schneidender Wind fegte über die weiten Hügel von Berkshire.

»Du oder ich?«, fragte der Waliser seinen Freund, als die Amme sich zum Abmarsch rüstete.

John stand auf. »Ich habe ohnehin die Nachtwache.«

Juliana wartete, bis John, Alison und Henry in dem altehrwürdigen grauen Turm verschwunden waren. Dann bat sie: »Owen … würdet Ihr mir wohl Euren Arm reichen und mich zu meinem Gemach geleiten?«

Er fuhr zu ihr herum. Sie hatte die Unterlippe zwischen die Zähne genommen und stand eigentümlich gekrümmt. Auf ihrer Stirn hatte sich ein feiner Schweißfilm gebildet.

»Ach, du Schreck …«, murmelte Tudor unbehaglich und schaute John hinterher.

»Nein«, sagte Juliana scharf. »Ich bin ja froh, dass er weg ist. Und wehe, Ihr sagt ihm ein Wort. Wäret Ihr jetzt vielleicht so gütig?«

Eugénie war schon zu ihrer Schwägerin geeilt und legte ihr besorgt die Hand auf den Arm. »Wann hat es angefangen?«, fragte sie.

»Vor … ungefähr zwei Stunden.«

Eugénie winkte ab. »Ach, dann ist noch jede Menge Zeit.«

Juliana kniff die Augen zusammen. So fühlt es sich aber nicht an, dachte sie.

»Erlaubt Ihr?«, fragte Tudor untypisch schüchtern, legte einen Arm um ihre Taille, der so stark war, dass er ihr Trost spendete, und führte sie langsam zum Hauptgebäude. »Sagt mir, wenn Ihr eine kleine Rast braucht.«

Juliana lachte atemlos. »Ich glaube nicht, dass ich in den nächsten Stunden viel Gelegenheit zum Rasten finden werde …«

Katherine schickte Eugénie voraus und trug ihr auf, Dr. Edmundson, ihren Leibarzt, zu rufen und einen Diener ins Dorf zu schicken, der die Hebamme holen sollte.

Gut zwei Stunden nach Mitternacht erahnte John einen Schatten im dunklen Korridor vor der Kinderstube, zog sein Schwert und rief: »Halt! Im Namen des Königs, gebt Euch zu erkennen!«

»Owen Tudor, du Hornochse«, bekam er unwirsch zur Antwort.

Mit einem halb unterdrückten Stoßseufzer steckte John seine Waffe ein. »Was hast du hier verloren? Ich dachte schon, heute Nacht bekäme ich endlich mal was zu tun. Es hätte nicht viel gefehlt, und ich hätte dich erschlagen. Also wer ist hier der Hornochse?«

Tudor war inzwischen in den Lichtkreis der Fackel getreten, die neben der Tür in einem eisernen Ring steckte, und John sah ihn grinsen.

»Heute ist ein denkwürdiger Tag, Waringham.«

»Tatsächlich?«, brummte John. »Und wieso?«

»Weißt du, welches Datum heute ist?«

John überlegte kurz. »Der erste März?«

»Ganz recht.«

»Und was weiter?«

»Das ist der St.-Davids-Tag. Das Namensfest unseres Nationalheiligen. Heute gibt es in jedem Haus in Wales ein großes Fest.«

»Wie nett ...« John verschränkte die Arme und unterdrückte ein Gähnen.

»Hast du überhaupt eine Ahnung, wer St. David war?«

»Nein. Und ich kann nicht behaupten, dass diese Wissenslücke mich um den Schlaf bringt.«

»Er war ein Bischof, der uns Waliser in den Krieg gegen deine heidnischen angelsächsischen Vorfahren führte.«

»Lass meine Vorfahren aus dem Spiel; sie waren Normannen.«

»Und sein Heer verbarg sich in einem Lauchfeld. Der heilige David riet den Männern, sich einen Lauchstängel an den Hut zu stecken, und so getarnt krochen sie näher, überraschten den Feind und siegten. Und dann hat St. David ...«

»Oh, keine Heiligengeschichte, Tudor«, flehte John. »Komm schon, nicht mitten in der Nacht. Heute Nachmittag, wenn ich ein bisschen geschlafen habe, darfst du mir alles über euren großen Volkshelden erzählen, Ehrenwort.«

Tudor seufzte und schüttelte betrübt den Kopf. »Ich glaube kaum, dass du dazu viel Zeit finden wirst. Denn es gibt noch einen zweiten Grund, warum der erste März ein denkwürdiger Tag ist, weißt du.«

John verdrehte die Augen. »Ah ja? Und zwar?«

Tudor schaute ihn an und lächelte. Die schwarzen Augen funkelten vergnügt, und es war ein wissendes, überhebliches Lächeln. »Es ist der Geburtstag deiner Tochter.«

Innerhalb nur eines Atemzuges sah er Verwirrung in Johns Augen Verstehen weichen, Verstehen verwandelte sich in Glückseligkeit. Mit einem Jubellaut, der den Prinzen todsicher aus dem Schlaf reißen würde, fiel er seinem Freund um den Hals.

Tudor machte sich lachend los und klopfte ihm die Schulter. »Verschwinde schon. Ich bin hier, um dich abzulösen.«

John rannte.

Juliana hatte erst erlaubt, dass nach ihm geschickt wurde, nachdem sie selbst und ihre Kammer wieder präsentabel hergerichtet waren. Nun lag sie von vielen Kissen gestützt in einem sauberen Hemd zwischen frischen Laken, sah stolz auf dieses winzige Geschöpf in ihrem Arm und wunderte sich, wie schnell die Erinnerung an die Schrecken der letzten Stunden verblasste.

John stürmte nicht herein; er kam auf leisen Sohlen. Fast zaghaft steckte er den Kopf durch die Tür, und als er sie sah, lächelte er.

Sie winkte ihm. »Komm her. Leise. Sie schläft.«

Er trat näher, kniete sich auf die hohe Bettkante und starrte gebannt auf das hässliche, krebsrote, winzige Äffchen, das seine Tochter war. Er küsste erst sie und dann ihre Mutter auf die Stirn. »Ich hätte dich vorwarnen sollen«, murmelte er dann. »So sehen alle Waringhams zuerst aus.«

»Nicht nur Waringhams«, entgegnete sie und deutete ein Schulterzucken an. »Ich schätze, sie wird noch.«

»Bestimmt.« Er legte seiner Frau die Hand auf die Wange, nahm dann ihre freie Rechte, führte sie an die Lippen und küsste die Fingerspitzen. »Danke, Juliana.«

»Oh, papperlapapp«, murmelte sie schläfrig. »Ich wollte dir einen Sohn schenken.«

»Aber *ich* wollte eine Tochter.« So und nicht anders lautete der Handel.

Sie lächelte. »Was für ein Lügner du doch bist.«

»Heute ausnahmsweise nicht. Du hast meine Seele und das Leben eines Mannes gerettet.«

»Hm?«

»Nichts. Ich erklär's dir ein andermal. Schlaf.«

»Die Königin hat gesagt, sie will Patin stehen«, berichtete Juliana, während ihr die Augen schon zufielen. »Also sollten wir sie Katherine nennen, was meinst du?«

John war nicht übermäßig entzückt von dem Namen, aber er wusste, dass ihnen nichts anderes übrig blieb.

»Meine Großmutter hieß auch so«, fügte Juliana hinzu.

»Richtig«, erinnerte er sich. Plötzlich gefiel ihm der Name schon viel besser. »Dann ist es abgemacht.«

Er küsste Juliana noch einmal auf die Stirn. Als er sicher war, dass sie fest schlief, nahm er ihr das klitzekleine Neugeborene behutsam ab, um es in aller Ruhe zu betrachten.

Waringham, April 1423

Der Sonnabend der Pferdeauktion brach klar und wolkenlos an, doch wie für die Jahreszeit üblich, hielt der Tag nicht, was der Morgen versprochen hatte. Die Vorführungen auf den Übungsplätzen des Gestüts fanden teilweise bei heftigen Gewittern statt, sodass die jungen Schlachtrösser gleich beweisen konnten, wie gelassen sie angesichts von Donner, Blitz und Platzregen blieben. Während der Auktion selbst strahlte wieder die Sonne, doch später beim Bankett gingen Schneeschauer nieder. John fand sich an den Tag vor beinah genau zehn Jahren erinnert, da Harry zum König von England gekrönt worden war.

Als der Abend dämmerte und die letzten Gäste sich verabschiedet hatten, tat er, was er schon zu Ostern hatte tun wollen. Irgendwie hatte er eine Woche lang immer einen guten Grund gefunden, es noch ein wenig vor sich her zu schieben. Aber heute war der Tag.

Er stieg die Treppe zum Kellergewölbe des Bergfrieds hinab und sperrte die Tür zu Victor de Chinons Kerker auf, ehe er es sich noch einmal anders überlegen konnte.

Im Licht der Fackel, die er in der Linken trug, sah er seinen Gefangenen nahe der Wand am Boden knien, offenbar im Gebet. Eigentümlich langsam hob Chinon den Kopf, als interessiere ihn nur mäßig, wer ihn aufsuchte, und er blinzelte gegen das ungewohnte Licht.

Der Gestank war nicht so schlimm, wie John erwartet hatte. Er entdeckte einen abgedeckten Eimer in einer Ecke, und die Strohschicht auf dem festgestampften Boden war frisch und dick. Das reinste Luxusquartier, schloss er bitter.

Trotzdem war Chinon gezeichnet. Das ungepflegte Haar und der zottige Bart waren grau, Gesicht, Hals und Hände mager, der Blick gehetzt.

John trat über die Schwelle und ging langsam auf ihn zu. Chinon sah ihm entgegen, ohne sich zu rühren, machte keine Anstalten, sich zu erheben.

»Du kannst gehen.«

Der Gefangene zeigte keinerlei Reaktion.

»Na los doch.« John machte Anstalten, nach ihm zu treten, verfehlte ihn aber absichtlich. »Sieh zu, dass du wegkommst. Oder fühlst du dich inzwischen so heimisch, dass du noch ein Jährchen bleiben willst?«

Chinon senkte den Kopf, stützte sich mit der mageren Hand an der Wand ab und kam langsam auf die Füße. Ein schwaches Pfeifen hatte sich in sein Atemgeräusch gestohlen, und er schwankte ein wenig. »Ihr … lasst mich gehen?« Es klang verständnislos und angstvoll zugleich.

John nickte knapp und ruckte das Kinn zur Tür.

»Warum?«, fragte Chinon.

»Dein Bruder hat dich freigekauft.«

Es war nicht einmal eine Lüge. Da Geld in seiner Abmachung mit Gott keine Erwähnung gefunden hatte, sah er nichts Anstößiges darin, dass er Chinons Familie ein wenig geschröpft hatte. Das war üblich. Er konnte es gut gebrauchen. Und sie waren ihm etwas schuldig …

Victor de Chinon fragte nicht, wie viel seine Freiheit gekostet hatte. Mit unsicheren Schritten bewegte er sich zur Tür, ohne John aus den Augen zu lassen.

»Oben steht ein Gaul«, teilte John ihm mit. »Reite ins Dorf hinab, über die Brücke, den Weg entlang bis zur Straße. Dort wendest du dich nach Westen. Nach etwa einer Stunde erreichst du Rochester. Da wartet der Ritter deines Bruders, der das Lösegeld gebracht hat.«

Chinon blieb an der Tür stehen, stierte auf die dicken, eisenbewehrten Eichenbohlen, die ihn fast ein Jahr lang von der Welt getrennt hatten, und fragte: »Wieso habt Ihr mich nicht getötet?«

»Weil ich es nicht schnell und leicht hätte machen können. Und ich wollte nicht so tief sinken wie du.«

John schauderte bei der Erinnerung, wie nah er manchmal daran gewesen war, diese Tür zu öffnen und unaussprechliche Dinge mit seinem wehrlos gefesselten Feind zu tun. Bevor er die Treppe hinabgestiegen war, waren die Erinnerungen an diese Rachgier fern und unwirklich gewesen. Aber hier unten kam alles mit Macht zurück. »Geh endlich!«, stieß er hervor.

Chinon schien noch irgendetwas sagen zu wollen. Er sah John unverwandt an, und seine Lippen bewegten sich, aber was immer es war, das ihm auf der Seele lag, er brachte es nicht heraus. Schließlich verzog er schmerzlich das Gesicht, schlug mit der Faust gegen die Mauer, trat mit eingezogenem Kopf durch die niedrige Tür und verschwand.

John wartete, bis Chinons Schritte verklungen waren. Dann folgte er ihm, schloss mit einem energischen Ruck die Tür zu dem schaurigen Verlies und lief eilig hinauf. Er missachtete alle Regeln der Vorsicht auf der Treppe und nahm immer zwei Stufen auf einmal.

3. TEIL

1429 – 1432

Windsor, Mai 1429

John hatte die Hände auf die Oberschenkel gestützt und wollte einen Moment verschnaufen, als der harte Lederball ihn mit einem satten Klatschen in den Rücken traf.

»Na warte, mein König. Das wird dir noch Leid tun!« Er hob den Ball auf und lief los.

Lachend rannte der siebenjährige Henry vor ihm davon und brüllte über die Schulter: »Ich war's nicht! Ich war's nicht! Tudor hat geworfen!«

John blieb stehen, bedachte den Waliser mit einem erbosten Blick, täuschte und warf dann doch nach Henry. Aber der Junge reagierte schnell. Ehe der Ball vor seine magere Brust prallen konnte, fing er ihn auf, lief zum Flussufer hinab und warf ihn über die Schulter Tudor zu, der ihn ins Gras fallen ließ und zu John kickte. Doch der Schuss ging fehl, der Ball rollte zwischen John und dem kleinen König aufs Wasser zu, und alle drei setzten ihm nach. Sie erreichten ihn gleichzeitig und rangelten um ihr kostbares Spielzeug, benutzten Füße und Ellbogen, um die Mitstreiter abzudrängen. Henry steckte so wacker ein, wie er austeilte. Schließlich stellte er Tudor ein Bein, der der Länge nach hinschlug, den König mit sich riss und es irgendwie auch schaffte, John bei diesem Manöver zu Fall zu bringen.

Lachend und keuchend lagen sie schließlich alle drei im Gras.

»Oh nein!«, rief Henry aus. »Nun ist er doch ins Wasser gerollt!«

Betrübt sahen sie dem Ball hinterher, der rasch in die Flussmitte getrieben wurde und mit der eiligen Strömung Richtung London schwamm.

Tudor seufzte. »Ein Jammer, Sire. Das war mit Abstand der beste, den wir dieses Frühjahr hatten.«

»Und er hat erstaunlich lange gehalten«, stimmte John zu.

Henry setzte sich auf. »Nun, wenn ich meinen Treasurer artig bitte, bekommen wir bestimmt einen neuen.«

Angesichts der angespannten Lage im königlichen Haushalt war John da nicht so zuversichtlich. Der Krieg auf dem Kontinent verschlang immer noch Jahr für Jahr mehr Geld, als die Krone einnahm, und der sparsame Kronrat hatte beschlossen, dass der Haushalt eines so kleinen Königs mit sechshundert Pfund im Jahr wohl auskommen könne. Doch die reichten vorne und hinten nicht aus. Letzten Monat hatten die Diener und die königlichen Ammen geschlossen angedroht, den Hof zu verlassen, wenn sie nicht auf der Stelle den ausstehenden Lohn bekämen. Wie so oft war die Königin in die Bresche gesprungen. Aber ob sie auch gewillt war, den enormen Verschleiß an Bällen des königlichen Haushalts zu tragen …

John sah blinzelnd nach Westen, wo eine orangefarbene Nachmittagssonne am strahlend blauen Himmel stand. »Wir sollten bald aufbrechen.«

»Schon?«, fragte der Junge. »Aber ich wollte doch noch baden.«

»Dafür ist der Fluss noch zu kalt, Sire«, beschied sein Leibwächter.

»Och, John …«, bettelte der König. Die großen, braunen Kinderaugen schauten flehentlich zu ihm auf.

John fand es immer noch beinah unmöglich, sich davon nicht erweichen zu lassen, selbst nach sechs Jahren in diesem Amt. Doch das ließ er sich nicht anmerken und schüttelte entschieden den Kopf. »Wenn andere Jungen in England zu früh im Jahr baden gehen und sich erkälten, ist das allein ihre Angelegenheit. Aber du bist der König, Henry. Es ist deine Pflicht, auf deine Gesundheit zu achten.«

»Aber …«

»Es tut mir Leid, Sire«, unterbrach John bestimmt. »Das Wohl Englands ist wichtiger als dein persönliches Vergnügen.«

Noch ehe sie ihre Debatte fortsetzen konnten, tauchte ein Reiter aus dem Schatten des Wäldchens auf, das den Hügel zwischen Burg und Fluss bedeckte.

Die drei Spielgefährten kamen auf die Füße und sahen ihm entgegen.

»William Porter«, murmelte John, als er das Wappen erkannte, und ließ genau wie Tudor die Hand sinken, die er unauffällig an das Heft seines Schwertes gelegt hatte. Porter war ein Ritter im Dienste des Earl of Warwick und genau wie sie einer der Leibwächter des jungen Königs.

Vor der kleinen Gruppe hielt er an, saß ab und verneigte sich vor Henry. »Du hast Gäste, Sire, und die Königin hat mich geschickt, dich zu holen.«

Henry nickte. »Danke, Sir William. Wer ist es denn?«

»Euer Großonkel, Kardinal Beaufort, mein König.«

Henry strahlte.

Auch John war höchst erfreut über diese Nachricht, selbst wenn er sich an den neuen Titel seines Schwiegervaters einfach nicht gewöhnen konnte.

»Und der Earl of Warwick«, fuhr Porter fort.

Das Lächeln auf dem hübschen, zarten Knabengesicht verblasste merklich, aber Henry gab sich zumindest Mühe, Freude zu heucheln. »Dann wollen wir die Lords nicht warten lassen.«

Tudor bekundete, er werde noch ein Weilchen am Fluss bleiben, also ging John allein mit Henry zu ihren Pferden zurück, die im Schatten der ersten Bäume an einen Ast gebunden waren. William Porter saß wieder auf und folgte ihnen langsam.

John packte den König unter den Achseln und setzte ihn in den Sattel seines kleinen Pferdes. »Mach kein solches Gesicht, Sire«, murmelte er. »Es ist unwürdig für einen König, sich vor seinem Vormund zu fürchten.«

Henry seufzte verstohlen, straffte aber die Schultern und zwang ein Lächeln auf sein Gesicht.

John saß auf und zwinkerte dem Jungen zu. »Viel besser.«

Er dachte manchmal, dass dem Earl of Warwick eine ausgesprochen undankbare Aufgabe zugefallen war: Er war der einzige Mann in England, der die Hand gegen den König erheben durfte, ohne sich des Hochverrats schuldig zu machen. Eine Urkunde des Kronrats gestattete ihm ausdrücklich, den König zu züchtigen, wenn es nötig war, und versicherte, dass ihm daraus keine Nachteile entstehen würden, wenn Henry eines Tages erwachsen wurde. Warwick selbst hatte auf dieser letzten Klausel bestanden.

Tudor, der sich über diesen ganzen Firlefanz englischen Hofzeremoniells gern lustig machte, nannte den Earl den »offiziell bestallten königlichen Versohler«. John hingegen hielt die Verfügungen, die das Parlament und der Kronrat getroffen hatten, nicht für Firlefanz. Immerhin war es das erste Mal in der Geschichte, dass England einen Säugling zum König bekommen hatte. Nur zweimal war es überhaupt je geschehen, dass ein Kind auf dem Thron gesessen hatte. Es war eine missliche, gar gefährliche Situation für ein Land, und nicht für jedes Problem, vor welches die Lords sich gestellt sahen, gab es in der Vergangenheit einen Präzedenzfall. Doch ihre war die schwierige Aufgabe, Land und König sicher durch die Zeit seiner Minderjährigkeit zu führen und vor allem dafür zu sorgen, dass aus dem Knaben ein guter, starker Herrscher wurde. Die Maßnahmen, die sie zu diesem Zweck ergriffen, mochten teilweise ein wenig eigentümlich anmuten, aber John fand die übergroße Sorgfalt des Kronrats beruhigend.

Und es war auch nicht so, dass Warwick seines undankbaren Amtes oft walten musste, im Gegenteil. Der kleine König war ein so folgsamer Junge, dass er bei den Damen und seinen frommen Schulmeistern Entzücken, bei den Rittern manches Mal verständnisloses Kopfschütteln hervorrief. Vor allem die älteren, die seinen Vater hatten aufwachsen sehen, konnten nicht fassen, wie vernünftig, besonnen und vor allem wie artig dieses Kind war. Trotzdem – sobald der Name Warwick fiel, dachte der König zwangsläufig an seine Fehltritte, die er seit dem letzten Besuch seines Vormunds begangen haben mochte, und so war es nicht verwunderlich, dass Henry wohl jeden Lord in England lieber sah als Warwick.

»Sire.« Kardinal Beaufort und der Earl of Warwick verneigten sich, als der König in Johns und Porters Begleitung die kleine, behagliche Halle betrat.

»Onkel. Sir Richard. Seid uns willkommen«, begrüßte Henry sie förmlich. Er beherrschte diese Rituale schon ebenso virtuos wie das verhaltene, huldvolle Lächeln. »Wo wart Ihr nur zu St. Georg, Onkel?«, fragte er dann, während er mit Johns Hilfe auf seinem hohen Sessel an der Tafel Platz nahm. »Wir haben Euch vermisst bei der Hosenbandzeremonie.«

»Niemand bedauert mehr als ich, dass ich sie dieses Jahr versäumen musste, Sire«, antwortete Beaufort wahrheitsgemäß, während er sich ihm gegenübersetzte. »Aber es ging leider nicht.«

»Wart Ihr verhindert?«

Beaufort zeigte ein Lächeln, welches verdächtige Ähnlichkeit mit einer schmerzlichen Grimasse hatte. »So könnte man sagen.«

»Aber wieso …«

»Sire, ich glaube, es ist unverkennbar, dass seine Eminenz dieses Thema lieber beschließen würde«, warf Warwick mahnend ein. Er sagte es in aller Höflichkeit. Richard Beauchamp, der Earl of Warwick, sprach immer in gemäßigtem Tonfall und erhob niemals die Stimme. Von allen Rittern der legendären Tafelrunde des Hosenbandordens war er derjenige, der dem arturischen Ideal am nächsten kam. Er hatte es sich gänzlich zu Eigen gemacht und war stets bemüht, danach zu leben und ihm gerecht zu werden. Das war weiß Gott nicht einfach, und John bewunderte Warwick für seine Disziplin, seine Spiritualität und hohe Gesinnung. Doch Warwick war in solchem Maße die Verkörperung einer Idee geworden, dass man den eigentlichen Mann, die wahre Persönlichkeit hinter dieser Maske kaum noch erahnen konnte.

Und die Maske verunsicherte den kleinen König regelmäßig. Beschämt senkte er jetzt den Kopf. »Vergebt mir, Sirs. Das habe ich nicht gemerkt.«

»Nein, wie solltest du auch, mein König«, rief eine warme Stimme lachend von der Tür. »Was im Einzelnen unter diesem roten Kardinalshut vorgeht, das wissen wahrhaftig nur Gott und der zum Hut gehörige Kardinal.« Und mit diesen Worten kam Lady Joan Beaufort in die Halle gesegelt, die John gerne als die warmherzigste Frau Englands bezeichnete. Sie war die Schwester des Kardinals, aber John hatte sie erst kennen gelernt, als sie nach dem Tod ihres letzten Gemahls, des mächtigen Earl of Westmoreland, an den Hof gekommen war.

Früher hatte John sie nur wahrgenommen, wenn Beaufort gelegentlich den Namen einer seiner ungezählten Neffen und Nichten erwähnte, die aus den beiden Ehen seiner Schwester hervorgegangen waren. Wie viele Kinder sie denn eigentlich habe, hatte John sie einmal gefragt, und nach kurzem Überlegen hatte Lady Joan ihm augenzwinkernd geantwortet: »Fünfzehn, wenn mich nicht alles täuscht.«

Und damit nicht genug: Joan Beaufort schloss jeden in ihr großes Mutterherz, der sich nicht rechtzeitig auf einen Baum flüchtete, wie Tudor es ausdrückte. Das galt für die vielen adligen Waisenknaben, die sie neben ihrer eigenen Brut großgezogen hatte – zum Beispiel ihre Neffen Edmund Beaufort und Richard of York, der inzwischen mit ihrer Tochter Cecily verheiratet war –, und seit sie in den Haushalt des Königs gekommen war, auch für den gesamten kleinen Hof. Königin Katherine war eine verantwortungsvolle Mutter, doch sie war sehr streng mit Henry, weil sie glaubte, ihn nur so auf die schwierige Aufgabe seiner Königswürde vorbereiten zu können. Seine Großtante Joan hingegen liebte den kleinen König abgöttisch, unkritisch und überschwänglich, und ihre Umarmung war sein sicherster Hafen.

Lady Joan hätte ein halbes Dutzend von Henrys Sorte gleichzeitig umarmen können, dachte John jetzt mit einem verstohlenen Grinsen, als er die beiden beobachtete. Sie war eine elegante, gut aussehende Dame, die gerne auffällige Kleider, kostbaren Schmuck und ausladende Hörnerhauben trug, doch sie war füllig und ihr Busen enorm. »Und wie geht es meiner halben königlichen Portion heute, hm?«, fragte sie, als sie endlich von ihm abließ.

Der Earl of Warwick verzog ob dieses unorthodoxen Titels säuerlich den Mund.

»Prächtig«, antwortete Henry strahlend. »Nur der Ball ist uns in die Themse gefallen.«

»Ach, herrje«, rief sie aus. »Ich wette, Waringham war wieder einmal schuld, nicht wahr?« Sie richtete sich auf und betrachtete den Übeltäter kopfschüttelnd. »Das ist ein Skandal, Sir John. Wer weiß, ob es nicht sogar Hochverrat ist, in einem fort die königlichen Bälle zu ertränken.« Sie setzte sich neben den König. »Was denkst du, Sire, wollen wir das Parlament danach fragen?«

»Nein, lieber nicht«, gab Henry kichernd zurück. »Am Ende würden die Lords John noch in die Verbannung schicken, und was soll dann aus mir werden?«

»Und aus mir erst«, warf John lächelnd ein. »Ich denke eher, Madam, Henry hat Euch von unserem Missgeschick erzählt, weil er hofft, Euer Mitgefühl zu erwecken und Euch zu bewegen, den verlorenen Ball zu ersetzen.«

»Den Eindruck habe ich auch«, murmelte Warwick, und es klang missfällig.

Der König warf ihm einen nervösen Blick zu, aber seine Großtante legte ihm beruhigend die Hand auf den Arm. »Darüber reden wir später«, raunte sie verschwörerisch. »Und um deine ursprüngliche Frage zu beantworten, mein König: Es war dein Onkel Gloucester, der verhindert hat, dass der Kardinal die diesjährige Hosenbandzeremonie leitet.«

»Ach, Joan.« Der Kardinal seufzte. »Wann wirst du Diskretion lernen?«

Sie lächelte ihren Bruder warm an. »In diesem Leben wohl nicht mehr. Und warum soll der König es nicht wissen? Wenn ihr Gloucesters sämtliche Intrigen gegen dich vor ihm geheim halten wollt, bis er erwachsen ist, wird die Lawine ihn schlichtweg erschlagen.«

»Gloucester?«, fragte der Junge verständnislos. »Aber wie kann er Euch etwas verbieten, Onkel? Ihr seid der Bischof von Winchester, und es war seit jeher der Bischof von Winchester, der die Zeremonie leitet!« Er war entrüstet.

Beaufort nickte ihm anerkennend zu. »Wie gut du dich schon auskennst, Henry. Und nein, der Lord Protector, dein Onkel Gloucester, kann mir nichts verbieten. Aber es ist richtig, dass wir derzeit einige … Differenzen haben, und um die Zeremonie nicht mit unwürdigen Streitereien zu entweihen, hielt ich es für klüger, mich dieses Jahr zu absentieren.«

»Absentieren?«, wiederholte der König unsicher.

»Fernbleiben«, übersetzte John leise.

»Ah. Verstehe.« Aber Henrys Miene verriet, dass er rein gar nichts verstand. Da jedoch der Blick des Earl of Warwick unablässig auf ihm ruhte, wagte er nicht, weitere Fragen zu stellen.

Der Kardinal trank einen Schluck aus dem Pokal, den ein Page ihm gebracht hatte. »Wer weiß«, murmelte er mit einem Schulterzucken. »Vielleicht wäre es weiser gewesen, ich hätte diesen Kardinalshut nie angenommen.«

»Er steht dir aber so gut«, widersprach seine Schwester, und alle lachten.

Kurz darauf kam der junge Richard of York mit seiner Gemahlin herein, wenig später folgte Juliana mit der kleinen Katherine an der Hand.

»Kate!«, rief John, und seine Tochter riss sich von der Hand ihrer Mutter los und rannte zu ihm. Er hob sie auf sein Knie und vergrub die Nase in ihren weichen, weizenblonden Locken. »Wo hast du den ganzen Nachmittag gesteckt, Engel?«

»Auf der Pferdekoppel«, antwortete die Kleine und schlug die Augen nieder.

»Woraus du schließen darfst, dass deine Tochter alles andere als ein Engel ist«, fügte Juliana trocken hinzu, setzte sich neben John auf die Bank und drückte unauffällig seine Hand.

»Das arme Kind kommt auf seine Mutter«, warf der Kardinal ein. Die schwarzen Augen leuchteten, als er seine Enkelin betrachtete. Er vergötterte die kleine Kate und war Wachs in ihren Händen.

»Ich fürchte, Ihr habt Recht, Mylord«, gestand Juliana seufzend. »Ich habe sie ja nur gefunden, weil ich selbst nach den Fohlen schauen wollte.« Sie nahm die rundliche Hand ihrer Tochter kurz in die Linke und küsste die Fingerspitzen. »Und sind sie nicht hinreißend, Kate?«

Die Sechsjährige nickte heftig und berichtete ihrem Vater ausführlich von ihren Erlebnissen an diesem Nachmittag.

Ein weiterer Page kam mit einer Schüssel herein, ein reines Leintuch über dem Arm. Das Becken enthielt lauwarmes Wasser, in welchem ein paar Rosenblätter schwammen, und der Junge kniete vor dem König nieder und hielt es ihm ehrerbietig hin. Henry tauchte die Hände hinein – so kurz, dass das Auge kaum folgen konnte – und wollte sie abtrocknen, doch auf Julianas unüberhörbares Räuspern steckte er die Hände nochmals in das wohlriechende Wasser, machte emsige Waschbewegungen und spritzte den Pagen in seinem Eifer ein wenig nass. Erst nach dieser gründlichen Reinigung trocknete er sich die Hände ab und erntete ein anerkennendes Nicken von Juliana.

John sah verstohlen von seiner Frau zu seinem König und weiter zu seiner Tochter, und wie so oft dankte er Gott für das Geschenk dieser vergangenen sechs Jahre, die die glücklichsten seines Lebens gewesen waren.

Da Raymond während dieser Zeit fast ununterbrochen mit dem Duke of Bedford in Frankreich im Krieg gewesen war, hatte John seine Zeit zwischen dem Hof und Waringham aufteilen müssen. Doch der königliche Haushalt hielt sich immer in den Palästen entlang des Themsetals auf, oft in Kent und selten weiter westlich als Windsor, und dadurch war es nie schwierig gewesen, den Verpflichtungen als Steward von Waringham und als Leibwächter des Königs gleichermaßen gerecht zu werden. Und wo immer John war, waren auch Juliana und Kate. Seine Frau war nicht nur eine enge Freundin der Königin geworden, sondern auch eine der offiziellen Gouvernanten des Königs, was ihre Anwesenheit in dessen Haushalt ebenso erforderte wie Johns.

Wenngleich Gloucesters Protektorat und der Krieg auf dem Kontinent für manche Krise gesorgt hatten, waren es für John und Juliana und alle Angehörigen des kleinen Hofs beschauliche, meist friedvolle Jahre gewesen. Sie alle kamen in gewisser Weise in den Genuss der behüteten Abgeschiedenheit, in welcher der König aufwuchs. Und es war eine befriedigende, lohnende Aufgabe, diesen König zu beschützen und zu unterrichten. Henry besaß einen wachen Verstand, ein großes Herz, tiefe Frömmigkeit und für einen siebenjährigen Knaben ein erstaunlich ausgeprägtes Ehrgefühl. Gute Eigenschaften für einen König.

»Wo steckt die Königin, Juliana?«, fragte Lady Joan.

Ihre Nichte schüttelte den Kopf. »Sie hat vorhin über Kopfschmerzen geklagt und wollte sich hinlegen. Vielleicht sollten wir nicht auf sie warten; sie sagte, sie wisse noch nicht, ob sie zum Essen kommen könne.«

Lady Joan klatschte in die Hände und wies die herbeigeeilte Dienerschaft an: »Ihr dürft auftragen. Damit uns der König von England nicht vom Fleisch fällt.«

Owen Tudor war dankbar, dass nicht er in der Rolle des kleinen Königs steckte, sondern in der Themse baden konnte, wann immer er wollte. In der Dämmerung suchte er sich im Wald ein stilles Plätzchen am Ufer, legte die Kleider ab und sprang mit einem satten Platschen in die Fluten.

John hat nicht ganz Unrecht, fuhr es ihm durch den Kopf. Das Wasser war so eisig kalt, dass er einen Moment fürchtete, ihm werde das Herz stehen bleiben. Es war eben erst Anfang Mai, und auch wenn das Wetter schon sommerlich war, hatte der Fluss noch nicht viel Zeit gehabt, sich zu erwärmen. Aber dann begann Tudor zu schwimmen, und nach wenigen Augenblicken spürte er die Kälte nicht mehr. Mit kräftigen Zügen zerteilte er das Wasser, erfreute sich an der Kraft seiner Arme und Beine und dem klaren, sauberen Nass. Die Strömung der Themse war stark und besonders im Frühling an manchen Stellen tückisch. Doch Owen Tudor war ein hervorragender Schwimmer. Als er sich hinreichend verausgabt und gesäubert fühlte, kam er genau an der Stelle wieder ans Ufer, wo seine Kleider und Waffen im Gras lagen.

Behände schwang er sich aus dem Wasser aufs lange Ufergras, das in den letzten Strahlen der untergehenden Sonne leuchtete, als sei es mit Glut überzogen.

Tudor schüttelte die roten Locken wie ein Hund. Kleine Wasserfontänen sprühten in alle Richtungen. Dann bückte er sich, hob sein Wams auf und fuhr sich damit nachlässig übers Gesicht. Den Rest ließ er vom Wind und den letzten Sonnenstrahlen trocknen. Reglos wie ein Findling stand er im Gras, das Gesicht nach Westen gewandt, die Augen geschlossen. Er lauschte dem murmelnden Plätschern des Flusses und den Vögeln, die in den Bäumen jubilierten. Ganz allmählich verschwand die Gänsehaut auf Armen und Beinen, und mit geschlossenen Augen ergab er sich dem köstlichen Gegensatz von kalter Haut und warmen Muskeln.

Als er sich gerade nach seinen Hosen bückte, hörte er hinter sich ein verräterisches Knacken. Statt der Hosen ergriff er sein Furcht einflößendes Jagdmesser und fuhr herum. »Wer ist da?«

Nichts.

Angestrengt spähte er zwischen die Bäume, doch das Unterholz war dicht – er konnte niemanden entdecken. Schreckensvisionen von schottischen oder französischen Meuchelmördern begleiteten die Leibwächter des Königs auf Schritt und Tritt. Womöglich war es nur ein Fuchs, den er gehört hatte, aber es konnte ebenso gut ein Schütze mit gespanntem Bogen sein, der dort aus dem Dickicht auf ihn zielte.

»Besser, Ihr kommt heraus, Freundchen.« Wurfbereit hob er sein Messer und log: »Ich weiß genau, wo Ihr seid.«

Das Unterholz raschelte. Er sah helles Tuch schimmern, erkannte verwirrt, dass es sich eindeutig um einen Rock handelte, der dort zwischen den Haselzweigen zum Vorschein kam, und im nächsten Moment stand die Königin vor ihm.

Sie trug ein Kleid aus feiner, frühlingshimmelblauer Seide, der hohe Stehkragen, der ihr bis an die Wangen reichte, war goldbestickt. Das herrliche blonde Haar war wie üblich geflochten und aufgesteckt. In kompliziert wirkenden Schaukeln lugte es unter der schlichten Haube hervor. Katherine hatte die wundervollen Augen weit aufgerissen und den Blick starr auf den nackten Mann am Ufer gerichtet, ihre vollen, fein geschwungenen Lippen waren leicht geöffnet.

Owen Tudor genierte sich nicht – er hatte ein gänzlich unverklemmtes Verhältnis zum eigenen Körper. Weder störten ihn die Sommersprossen auf Armen und Rücken, noch bildete er sich ein, dass seine Größe oder die Kriegsnarben, von denen einige sich wahrhaftig sehen lassen konnten, ihn besonders unwiderstehlich machten. Ohne je viel darüber nachzudenken, hatte er sich immer so angenommen, wie er war. Dennoch brachte dieser unverkennbar bewundernde Blick, den Katherine unverwandt auf ihn geheftet hatte, ihn in Nöte. Das hier war die Frau, die er seit zehn Jahren anbetete. Er war allein mit ihr an einem Maiabend im Wald, er war unbekleidet, und sie verschlang ihn förmlich mit den Augen. Das blieb nicht ohne Folgen.

Er wandte sich abrupt ab. »Ich hoffe, Ihr werdet mir den unpassenden Aufzug vergeben, Madame.«

»Da ich Euch nachgestellt habe und nicht umgekehrt, wäre es wohl eher an mir, mich zu entschuldigen, nicht wahr?«

Über die Schulter warf er ihr einen verwunderten Blick zu. »Ihr habt mir nachgestellt?«

»In gewisser Weise.« Die Kopfschmerzen waren kein Vorwand gewesen, der abendlichen Tafel fernzubleiben – sie litt oft daran. Statt sich hinzulegen, hatte sie jedoch beschlossen, einen Spaziergang durch die laue Mailuft zu machen, um das Hämmern in den Schläfen zu vertreiben. Das war ihr auch gelungen. Doch als sie Tudors Fuchs allein an einen Baum gebunden vorgefunden hatte, war sie neugierig geworden und hatte sich auf die Suche nach ihrem treuesten Verehrer gemacht.

»Aber das braucht Ihr nicht, Madame«, antwortete er verständnislos. »Ein Wink mit dem kleinen Finger hätte genügt.«

Sie sagte nichts darauf, doch plötzlich lag ihre kühle, schmale Hand auf seiner Schulter, und er fuhr leicht zusammen.

»Seid Ihr so schockiert über meine Schamlosigkeit, dass Ihr mir den Rücken kehrt, Owen?«

»Im Gegenteil, Madame. Eure Schamlosigkeit hat nur eine … erhebende Wirkung auf meinen männlichen Stolz, falls Ihr mich versteht, und ich dachte, den Anblick wollte ich Euch lieber ersparen.«

Sie lachte. Es war ein kehliges, warmes, irgendwie undamenhaftes Lachen. Dann nahm sie seine Linke und drehte ihn zu sich um. Zögernd hob sie die freie Hand und fuhr mit den Fingerspitzen um das Silberkreuz auf seiner Brust. »Sieben Jahre habe ich wie eine Nonne gelebt, Owen. Aber jetzt …«

Er legte einen Finger an ihre Lippen. »Du brauchst mir nichts zu erklären.«

Sie schaute auf und nickte. Sie wusste, es war die reine Wahrheit. Diesem Mann brauchte sie tatsächlich nichts zu erklären. Ihr Gesicht erstrahlte in einem Lächeln purer Erleichterung, und nie zuvor hatte ihr Lächeln ihn so berührt wie in diesem Moment.

Er zog sie ins Gras hinab. »Caitlin.«

Sie ließ sich zurücksinken und strich mit den Händen über die sonnenwarmen Halme. »Sagt man so in deiner Sprache?«

Er nickte und fing an, ihr Kleid aufzuschnüren.

»Dann nenn mich so«, bat sie. »Mach mich vergessen, wer ich bin.«

Plötzlich grinste er. »Madame, bei aller Bescheidenheit, aber dafür brauch ich keine Worte.«

Sie lachte wieder so unfein und packte ihn beim Schopf. »Dann komm endlich her …«

Gleich nach dem Essen führte Juliana den König und ihre Tochter aus der Halle, denn es war Zeit zum Schlafengehen für die Kinder. An der Tür stießen sie beinah mit Somersets Bruder Edmund Beaufort zusammen.

Der junge Lord verneigte sich lächelnd vor dem König. »Ich bin untröstlich, dass ich zu spät komme, Sire.«

»Edmund!« Henry strahlte. Er hatte eine besondere Schwäche für diesen Cousin. »Du schuldest mir eine Partie Mühle.«

»Als ob ich das vergessen hätte. Und ich bin geritten wie der Teufel, um vor Einbruch der Dunkelheit hier zu sein, aber in Eton war in der Kirche ein Feuer ausgebrochen, und es wäre nicht anständig gewesen, einfach weiterzureiten.«

Henry nickte. »Vielleicht kann ich heute ausnahmsweise eine halbe Stunde länger aufbleiben, um meine Revanche zu bekommen?«

Juliana schüttelte entschieden den Kopf. »Ich fürchte, nein, Sire.«

Henry ließ niedergeschlagen den Kopf hängen.

»Oh, sei doch nicht so streng, Cousinchen«, schmeichelte Edmund.

Doch Juliana blieb hart. »Die Königin legt größten Wert darauf, dass Henry genügend Schlaf bekommt. Er muss oft genug die halbe Nacht durchhalten, wenn er an offiziellen Banketten teilnimmt. Das ist nicht gesund für ein Kind, da hat sie völlig Recht.«

Edmund sah den König an und hob die Hände zu einer Geste der Kapitulation. »Dann morgen, Sire. Ich schwör's.«

Unwillig, aber wie üblich fügsam ging der König mit seiner Gouvernante hinaus, und Edmund trat an die Tafel, wo Gäste und Höflinge jetzt in kleinen Gruppen beisammensaßen und redeten. Höflich begrüßte er den Earl of Warwick, der sein Schwiegervater war, ging dann aber weiter zu John, Kardinal Beaufort und dessen Schwester Joan.

Sie hieß ihn lautstark willkommen und schloss ihn in die Arme, als sei er jahrelang verschollen und nicht erst vergangene Woche noch hier gewesen.

Edmund ließ das grinsend über sich ergehen. Als sie endlich von ihm abließ, schlug er John zum Gruß auf die Schulter und sagte zu seinem Onkel: »Sehr elegant, dieses Purpur, Eminenz.«

»Aber offenbar kannst du nicht einmal einem Kardinal den gebotenen Respekt erweisen, du Flegel«, knurrte Beaufort, doch er musste selbst lächeln. Er teilte des Königs Schwäche für Edmund Beaufort.

Der glitt neben John auf die Bank, machte sich ungeniert über dessen Becher und die Reste vom Abendessen her und berichtete zwischen zwei Bissen gedämpft: »Es sieht gut aus. Der Graf von Eu ist gewillt, ein Bündnis mit Burgund einzugehen und Henry als König von Frankreich anzuerkennen.«

John stieß erleichtert die Luft aus. »O Gott, lass es dieses Mal klappen«, flehte er leise. »Acht Jahre Gefangenschaft müssen genug sein …«

So lange hatten sie sich vergeblich bemüht, Somerset nach Hause zu holen. Vor fünf Jahren hatte der Schotte, der ihn bei Baugé gefangen genommen hatte, ihn an den Dauphin verkauft, der ihn der Gräfin von Eu übergeben hatte. John war verzweifelt gewesen, doch Beaufort hatte gleich gesagt, die Gräfin sei ein Hoffnungsschimmer. Ihr Sohn, der Graf von Eu, befand sich seit Agincourt in englischer Gefangenschaft, aber die Gräfin war eine kluge, besonnene Frau, nicht verblendet vor Hass, und vor allem hielt sie keine großen Stücke auf den Dauphin. Seit Somerset sich in ihrem Gewahrsam befand, hatte John gar einen unregelmäßigen Briefwechsel mit ihm führen können, was ein großer Trost war. Somerset war immer schon ein begabter Briefschreiber gewesen, und seine langen Episteln vermittelten John jedes Mal das Gefühl, als höre er den lang entbehrten Freund reden. Was aber nicht hieß, dass er dessen regelmäßigen Beteuerungen, es gehe ihm fabelhaft und es mangele ihm an nichts, je Glauben schenkte.

Lange hatten der Kardinal und Edmund Beaufort mit der Gräfin von Eu und ihrem Sohn verhandelt, und nun schienen ihre Bemühungen endlich Früchte zu tragen.

»Wir müssen den Kronrat überreden, den Grafen von Eu nach Calais zu verlegen«, sagte Edmund eindringlich. »Die Gräfin wartet auf ein Signal. Wenn sie sieht, dass wir es ernst meinen, wird sie einem Austausch zustimmen, ich bin sicher.«

»Und wie stellst du dir das vor?«, fragte plötzlich eine schneidende Stimme hinter seiner linken Schulter. »Harrys Testament verbietet die Freilassung französischer Gefangener, ehe sein Sohn mündig wird.«

Edmund wandte den Kopf. »Wir erörtern hier eine Familienangelegenheit, Richard. Mach dich rar.«

Derartige Schroffheit lag eigentlich nicht in seiner Natur, aber Richard of York förderte nie Edmunds schönere Charakterzüge zu Tage.

»Eine Familienangelegenheit, ja?«, fragte York und zog die blonden Brauen in die Höhe. »Oder vielleicht doch eher ein Komplott gegen die Interessen des Königs?«

Wie gestochen schoss Edmund von der Bank hoch. »Und was genau möchtest du damit sagen?«

»Schluss!«, befahl ihre Tante Joan energisch, die sie beide großgezogen hatte. »Richard ist dein Cousin, obendrein mit deiner Cousine Cecily verheiratet und somit ebenfalls ein Mitglied dieser Familie, Edmund. Und du wirst es gefälligst unterlassen, uns verräterische Absichten zu unterstellen, Richard, was fällt dir nur ein? Jetzt setzt euch hin und benehmt euch wie Gentlemen!«

Die beiden Gescholtenen kamen der Aufforderung schweigend nach, nicht ohne noch einen feindseligen Blick zu wechseln.

Richard of York war erst achtzehn Jahre alt, doch wie so viele Plantagenet war er früh erwachsen geworden. Joan Beaufort hatte sich jede erdenkliche Mühe gegeben, ihm ein warmes Nest zu bieten, aber niemand, dessen Vater als Verräter hingerichtet worden war, hatte eine leichte Kindheit. Seine Mutter war schon gestorben, ehe der kleine Richard das Laufen gelernt hatte, und ihr Bruder, der unglückliche Earl of March, dem John vor so langer Zeit einmal für eine kleine Weile als

Knappe gedient hatte, war vor vier Jahren einem Lungenleiden erlegen. Da March ohne Nachkommen gestorben war, hatte Richard of York seinen gefährlichen Anspruch auf Englands Krone geerbt, und vielleicht war es das, was Edmund Beaufort seinem Vetter so verübelte. Denn eigentlich, dachte John oft, war Richard of York kein schlechter Kerl. Er trug nichts von der Gemeinheit und dem Hang zur Gewalttätigkeit in sich, die seinen Vater, den Earl of Cambridge, zu einem so unangenehmen Zeitgenossen gemacht hatten. Im Gegensatz zu den Beaufort-Brüdern sprühte Richard vielleicht nicht gerade vor Esprit, war eher ernst und still, aber das allein, fand John, war keine Sünde.

Er argwöhnte, dass Kardinal Beaufort Edmunds Antipathie gegen den jungen York teilte, sie lediglich besser zu verbergen wusste, denn sein Schwiegervater neigte sich Richard jetzt scheinbar verbindlich zu und sagte beschwichtigend: »Unter Umständen sollte der Kronrat beschließen, im Falle des Grafen von Eu eine Ausnahme zu machen. Nicht nur in Somersets Interesse, sondern um Englands willen.«

York winkte ab. »In spätestens zwei Monaten fällt Orléans. Dann ist der Dauphin endgültig erledigt, und ihr könnt Somerset auch ohne einen Austausch zurückholen.«

Beaufort deutete ein Kopfschütteln an. »Orléans wird nicht fallen.«

»Was?«, fragten die jungen Männer am Tisch wie aus einem Munde.

Seit März hatte der Duke of Bedford die mächtige Stadt an der Loire belagert. Er hatte Großes geleistet in den Jahren seit Harrys Tod, hatte den Krieg unermüdlich und beharrlich weitergeführt, wie sein Bruder es nicht besser gekonnt hätte. Und nun war endlich, endlich der entscheidende Wendepunkt erreicht. Nicht nur Richard of York wusste, dass es die Dauphinisten in die Knie zwingen würde, wenn sie Orléans – ihre größte Hochburg – verlören.

Der Kardinal seufzte verstohlen. »Ich bringe sonderbare und leider sehr schlechte Neuigkeiten: Die Dauphinisten haben sich hinter einem neuen Anführer gesammelt und den Belagerungsring um Orléans durchbrochen. Bedford musste sich Hals über Kopf zurückziehen. Unter hohen Verlusten, schrieb er.«

»Ein neuer Anführer?«, fragte Edmund verständnislos. »Wer soll das sein? Doch wohl kaum unser x-beiniger Cousin, der Dauphin?«

»Nein«, antwortete Beaufort. Dann atmete er tief durch. »Ich weiß nicht, wie ich es euch schonend beibringen soll, aber das neue militärische Genie, das der Dauphin aus dem Hut gezaubert hat, ist eine Frau.«

Sie saßen wie vom Donner gerührt. Hätte der Kardinal einem von ihnen plötzlich ein unsittliches Angebot gemacht, hätten sie kaum schockierter sein können.

»Eine … eine *Dame* in der französischen Armee?«, fragte Lady Joan schließlich. »Ja, gibt es denn keinen Anstand mehr in der Welt?«

Ihr Bruder schüttelte den Kopf. »Keine Dame. Sie ist ein Niemand, irgendein Hirtenmädchen …«

»Oh, mein Gott.« John rutschte der Becher aus der Hand. »Oh, Jesus Christus, steh uns bei …« Er stützte den Ellbogen auf den Tisch und die Stirn in die Hand.

»Ach, Waringham, du Trottel«, murmelte Edmund und wischte ebenso halbherzig wie erfolglos mit einem Zipfel des Tischtuchs über sein durchtränktes Hosenbein.

Der Kardinal legte ihm die Hand auf den Arm, um ihn zum Schweigen zu bringen, und ließ seinen Schwiegersohn nicht aus den Augen. »Was wisst Ihr über dieses Mädchen, John?«

»Gar nichts.« Er hob den Kopf wieder. »Aber der alte König Charles hat ihr Kommen geweissagt. Der heilige Denis sei ihm erschienen, hat er mir erzählt. In Troyes an einem warmen Tag im Frühling vor beinah genau zehn Jahren.«

»Was hat er gesagt?«, fragte Beaufort. »Wisst Ihr's noch?«

»Das könnte ich schwerlich vergessen. Er sagte, der heilige Denis habe ihm versprochen, ein Wunder zu wirken. Ein Hirtenmädchen werde Edward von England aus Frankreich jagen. Er … na ja.« John hob die Schultern. »Er war eben völlig verrückt und glaubte, Euer Großvater sei immer noch König von England, Mylord.«

Beaufort nickte versonnen. Niemand sagte etwas. Das war nicht nötig. Sie alle wussten, dass Gott manchmal aus dem Mund eines Narren sprach.

Edmund und der junge York starrten sich an, ihr Schrecken ließ sie ihre Abneigung für den Augenblick einmal vergessen.

»Nach dem, was ich in Erfahrung bringen konnte, ist ihr Vater ein Freibauer aus einem Dorf namens Domrémy«, nahm der Kardinal seinen Bericht schließlich wieder auf. »Es liegt in einer Gegend in Lothringen, die jahrelang durch burgundische Truppen verwüstet wurde und völlig verarmt ist. Sie behauptet von sich, sie höre die Stimmen der Heiligen Michael, Katharina und Margarete, die sie aufgefordert haben, gegen uns in den Krieg zu ziehen und den Dauphin nach Reims zur Krönung zu führen. Durch die Vermittlung eines Verwandten wurde sie von einem französischen Offizier empfangen. Den überzeugte sie von ihrer angeblichen heiligen Mission, und er brachte sie nach Chinon zum Dauphin. Das war im März. Auch der junge Charles schenkte ihr Glauben, gab ihr Männerkleider, eine Rüstung und eine Hand voll Soldaten.«

»Sie trägt *Männerkleider*?«, unterbrach seine Schwester fassungslos.

Der Kardinal nickte. »Französische Freiwillige laufen ihr in Scharen zu. Offenbar ist ihr gelungen, was der Dauphin schon lange nicht mehr vermochte: Sie hat den Franzosen Hoffnung gemacht, dass sie sich von uns befreien können, wenn sie sich nur entschlossen genug wehren. Gegen den Rat der Kommandanten zog diese Frau mit ihrer Truppe nach Orléans, ritt am 29. April in die Stadt ein und führte den Widerstand von innen mit solchem Geschick, dass Bedford die Belagerung aufheben musste.« Er verschränkte die beringten Finger auf der Tischplatte und sah in die Runde. »Das war vor drei Tagen, Gentlemen. Und nun ist guter Rat teuer.«

Nach einem längeren unbehaglichen Schweigen schaute Edmund auf und sagte kopfschüttelnd: »Es kann nicht mehr als ein Glückstreffer gewesen sein, Onkel, und es wäre niemals geschehen, wenn der Earl of Salisbury nicht gefallen wäre. Unsere Belagerungstruppen sind überrascht worden, schön. Aber Kriegsführung ist eine Kunst, die erlernt sein will. Das fällt einem Hirtenmädchen nicht einfach so in den Schoß.«

»Es sei denn, sie hat die Führung der Heiligen«, gab der Kardinal zu bedenken.

»Glaubt Ihr das wirklich?«

Beaufort schüttelte den Kopf. »Ich glaube, dass Gott Harry und Katherine einen Sohn geschenkt hat, um England und Frankreich unter seiner Herrschaft zur größten christlichen Nation zu einen. Das glaubt im Übrigen auch der Papst, deswegen der neue Hut.« Er klopfte kurz an seine rote Kopfbedeckung. »Als Vertreter dieser Nation hat er mir meine neue Würde verliehen und mir auferlegt, ein Heer gegen die Hussiten nach Böhmen zu führen. Er will ein starkes, anglo-französisches Reich als Bewahrer und Hüter des Glaubens. Und das, da bin ich seiner Meinung, will auch Gott. Aber die Franzosen glauben etwas anderes. Sie nennen dieses schamlose Bauernweib in der Rüstung eine Heilige. Und *das* macht mir Sorgen. Denn der Glaube kann bekanntlich Berge versetzen.«

»Dann müssen wir schnell handeln und Bedford Verstärkung schicken, damit er sie niederwirft, ehe aus dieser Hysterie ein handfestes Problem wird«, meinte Edmund.

»Und angesichts dieser Krise müssen wir unsere Verbündeten um uns scharen, nicht wahr?«, fragte York und schaute dem Kardinal herausfordernd in die Augen. »Darum denkt Ihr, Ihr könnt den Kronrat überreden, den Grafen von Eu gegen Somerset auszutauschen, da ein freier Graf auf burgundischer Seite ein wertvoller Verbündeter wäre?«

Beaufort nickte. »In Freiheit nützt er uns mehr als im Tower of London.«

Der junge York lachte leise und erhob sich. »Wie klug Ihr das wieder eingefädelt habt, Eminenz. Fast könnte man glauben, *Ihr* hättet Bedford diese kleine Bauernschlampe auf den Hals gehetzt.«

Edmund wollte empört aufspringen, aber sein Onkel legte ihm unauffällig die Hand auf den Arm und hielt ihn zurück. Schweigend sahen sie York nach, bis der die Halle verlassen hatte.

»Ständig legt er es darauf an, dass ich mich vergesse und ihm ein paar aufs Maul haue«, knurrte der junge Beaufort.

»Wenn du das tust, Edmund Beaufort, bekommst du es mit mir zu tun«, drohte seine Tante.

»Darüber hinaus haben wir Wichtigeres zu tun«, bemerkte der Kardinal.

Edmund warf ärgerlich die Arme hoch. »Er wird Gloucester erzählen, dass wir den Grafen gegen meinen Bruder austauschen wollen, und Gloucester wird einen Weg finden, es zu verhindern.«

»Diese Frage entscheidet der Kronrat, nicht Gloucester.«

»Ja, aber sein Einfluss dort ist derzeit größer als Eurer!«, gab Edmund hitzig zurück.

Der Kardinal verschränkte die Arme vor der Brust und betrachtete seinen ungestümen Neffen ein paar Atemzüge lang schweigend. Dann zog er die linke Braue hoch. »Wirklich?«

Edmund wurde unbehaglich. »Es ... lag mir fern, Euch zu kränken, Mylord.«

»Nein, nein, das hast du nicht. Aber ich glaube, du wirst feststellen, dass du dich täuschst.«

John war geneigt, Edmunds Skepsis zu teilen. »Viele Lords im Kronrat sind nicht glücklich über Eure Kardinalswürde, Mylord. Sie fürchten, dass der Papst über Euch zu viel Einfluss auf die englische Politik und die Wahl englischer Bischöfe gewinnt. Gloucester hat dafür gesorgt, dass viele Euch misstrauen.«

»Das ist mir keineswegs unbekannt, John. Doch es gibt auch noch vernünftige Männer im Kronrat. Darüber hinaus werden sie mein Geld brauchen, wenn sie Bedford Verstärkung schicken wollen, und das macht sie immer zahm.«

Das stimmt, wusste John. »Aber Ihr seid im Begriff, das Kreuz gegen die Hussiten zu nehmen. Welchen Einfluss könnt

Ihr auf den Kronrat und den Krieg in Frankreich nehmen, wenn Ihr gegen die Ketzer nach Böhmen zieht?«

Der Kardinal lächelte so spitzbübisch, dass man das Lächeln diabolisch hätte nennen müssen, wäre das bei einem so hohen Kirchenfürsten nicht ausgeschlossen gewesen.

»Lasst Euch überraschen, mein Sohn.«

Das Maiwetter blieb unverändert sommerlich, und das Hofleben verlagerte sich mehr und mehr ins Freie.

»John und Edmund Beaufort haben dem König versprochen, morgen mit ihm auszureiten«, berichtete Juliana ihrer Mutter. »Den ganzen Tag lang.«

Lady Adela lächelte. »Ich nehme an, der König platzt vor Ungeduld.«

Doch Juliana schüttelte langsam den Kopf. »Eigentlich nicht. Er hat eingewilligt, so wie er immer zu allem Ja und Amen sagt, was John ihm vorschlägt, aber er bliebe viel lieber hier und nähme noch ein paar zusätzliche Lateinstunden.«

Adela Beauchamp hob die Schultern. »Lerneifer und Wissbegier sind schöne Gaben für einen König. Das hat Henry seinem Vater voraus.«

»Ja. Aber auch Mut und ein gewisses ritterliches Ungestüm sind schöne Gaben für einen König«, erwiderte Juliana. »Und was diese Tugenden anbelangt, ist Harrys Beispiel schwer zu erreichen.«

Ihre Mutter schaute sie überrascht von der Seite an. Sie schlenderten gemächlich durch den kleinen Wald unterhalb der nördlichen Burgmauern. Maiglöckchen bedeckten den Boden des lichten Gehölzes wie ein weißer Teppich.

»Du fürchtest, dem König mangele es an Mut?«

»John fürchtet das«, antwortete Juliana. »Ständig belauert er den armen Jungen nach Anzeichen von Schwäche. Weil er insgeheim Angst hat, Henry könnte zu sehr seinem französischen Großvater nachschlagen.«

»Ich würde John raten, mit solch finsteren Mutmaßungen zu warten, bis der König ein paar Jahre älter ist.«

»Das sage ich ihm auch ständig. Aber hört er auf mich? Natürlich nicht.«

Lady Adela blieb stehen und schaute ihre Tochter forschend an. »Höre ich da etwa Missmut über deinen Gemahl? Und ich hätte geschworen, du vergötterst ihn bis auf den heutigen Tag wie das ahnungslose Gänschen, das du warst, als du dich von ihm hast entführen lassen.«

Juliana musste lächeln. »Das tu ich«, gestand sie. »Aber das macht mich nicht blind. John mangelt es an Gottvertrauen. Immerzu sorgt er sich um irgendetwas und befürchtet das Schlimmste. Das ist Sünde.«

»Mag sein. Doch kein Wunder. Ihm sind genug schlimme Dinge zugestoßen, um sein Vertrauen in Fortunas Großmut zu erschüttern.«

»Das ist wahr«, musste Juliana einräumen. »Aber all das ist so lange her. Uns ist so viel Gutes beschert worden in den letzten Jahren. Ich wünschte, er könnte mit ein wenig mehr Zuversicht in die Zukunft blicken.«

»Du kannst einen Menschen nicht ändern, Juliana«, erwiderte ihre Mutter. »Wenn du es versuchst, erntest du nichts als Verdruss. Du kannst ihn nur so lieben, wie er ist, oder gar nicht.«

Was für ein typisch mütterlicher Ratschlag, dachte Juliana und unterdrückte ein ungeduldiges Schnauben. Weise und nicht sonderlich hilfreich. Doch wie immer tat ihr die Gesellschaft ihrer Mutter gut, und sie hakte sich bei ihr ein. »Reden wir lieber über dich. Wie geht es dir?«

»So gut, wie man bei einer greisen Frau von vierzig Jahren erwarten kann. Mein Haar wird grau, meine Haut ist auch nicht mehr das, was sie einmal war, und meine Gesundheit ebenso wenig.« Es gab finstere Stunden, da sie befürchtete, ihr Kardinal werde sie verlassen und sich eine jüngere Geliebte nehmen. Obwohl er schon Mitte fünfzig war, sah er immer noch so unverschämt gut aus, dass es sie manchmal in die Verzweiflung zu treiben drohte. Er hatte noch alle Zähne, sein Haar war voll und bis auf ein paar Silberfäden so schwarz wie eh und je, und seine Augen funkelten der Welt nach wie vor scharf und erwartungsvoll entgegen – es war einfach nicht gerecht. Und auch wenn er ihr auf vielerlei Art zu verstehen gab, wie teuer sie ihm war, machte sie das nicht blind für die Blicke, mit denen er jüngere Frauen verfolgte. Doch sie verbarg diese Besorgnis hinter einem kleinen Lächeln. »Im Großen und Ganzen bin ich zufrieden.«

»Sicher wirst du einsam sein, wenn der Kardinal auf den Kontinent geht. Warum kommst du nicht an den Hof? Ich bin überzeugt, Katherine würde sich freuen.«

»Wir werden sehen«, erwiderte Lady Adela ausweichend. »Wo steckt sie eigentlich, unsere schöne französische Königin? Ich habe sie heute noch gar nicht gesehen. Ist es üblich, dass sie sich so rar macht?«

Juliana nickte. »Manchmal. Immer, wenn die Schwermut sie überkommt. Sie leidet an Heimweh, und sie ist einsam.«

»Das ist nicht verwunderlich. Letztes Jahr hörte ich ein Gerücht, Edmund Beaufort bemühe sich um sie. Aber dann hat er plötzlich Warwicks Tochter zur Frau genommen.«

»Der Kronrat hat verboten, dass Katherine wieder heiratet, ehe der König mündig wird.«

»Aber dann ist sie eine alte Frau«, protestierte Adela.

»Hm. Gloucester steckte dahinter.«

»Oh. Verstehe. Er macht sich immer noch Hoffnungen auf die Krone und will verhindern, dass die Königin einen Beaufort heiratet und Söhne bekommt, die seine Position schwächen könnten, ja?«

»Das ist jedenfalls das, was John glaubt. Aber Katherine hätte Edmund sowieso nicht genommen. Es ist ein anderer, den sie will.«

»Wen?«, fragte Adela neugierig.

»Ich weiß es nicht«, gestand ihre Tochter achselzuckend. »Sie lässt es sich nicht entlocken.«

»Schade. Ich wäre gerade in der Stimmung für eine romantische Geschichte.« Lady Adela seufzte tief. »Lass uns einen Schritt zulegen, Kind. Sonst kommen wir zu spät zur Vesper, und der Kardinal wird uns mit finsteren Blicken strafen. Davon kriege ich Hautausschlag.«

Juliana lachte. »Geh nur voraus. Ich habe dem König versprochen, Vergissmeinnicht für ihn zu pflücken.«

Ihre Mutter runzelte die Stirn. »Ein Junge, der sich für Blumen interessiert? Gott, ich fürchte, John könnte Recht haben …«

»Es war die Wappenblume seines Großvaters König Henry«, gab Juliana hitzig zurück, die schnell in Rage geriet, wenn jemand ihren kleinen König kritisierte. »Deswegen wollte er wissen, wie sie aussieht.«

»Verstehe«, beeilte Adela sich zu beschwichtigen. »Nur wirst du hier kaum Vergissmeinnicht finden.«

Doch Juliana kannte in diesem Wäldchen jeden Baum, Strauch und Halm. »Dort hinten ist eine kleine Lichtung, da wachsen sie.«

Sie trennten sich, und Juliana beschäftigte sich wieder einmal mit der Frage, wer wohl der Auserwählte der Königin sein mochte. Sie hatte einen Verdacht, den sie ausgesprochen beunruhigend fand. Denn wenn sie mit ihrer Vermutung richtig lag, mochte es passieren, dass John in einen bösen Zwiespalt geriet …

Sie verließ den schmalen, unebenen Pfad, streifte zwischen Gesträuch und Farn umher, ohne sich darum zu scheren, dass der Saum ihres Kleides nass und schmutzig wurde, und kam schließlich zu der Lichtung, wo die blaue Pracht der Vergissmeinnicht eine geschlossene Decke bildete, als wolle sie den strahlenden Sommerhimmel spiegeln.

Juliana begann zu pflücken und beschloss kurzerhand, genügend Blumen zu ernten, dass sie für Kate noch einen Kranz daraus flechten konnte.

»Und was haben wir hier?«, fragte plötzlich eine spöttische Stimme hinter ihr. »Eine Waldfee?«

Juliana wandte den Kopf. Als sie erkannte, wer sie aufgespürt hatte, erhob sie sich ohne Eile. »Sir Arthur. Welch … seltene Freude.«

Arthur Scrope verneigte sich mit der Hand auf der Brust, aber es war keine galante Geste. »Die Freude ist ganz auf meiner Seite, Madam. Und so unverhofft.«

Sie zog eine Braue in die Höhe. »Da ich bei Hofe lebe, kann es Euch kaum verwundern, mich hier anzutreffen.«

Er lächelte. »Mitten im Wald, den Rock voller Grasflecken und die Arme voll Blumen, hätte ich Euch hingegen nicht erwartet. Ihr seht hinreißend aus, Madam. Ausnahmsweise gestattet Ihr der Welt einmal einen Blick auf Euer wahres Naturell, will mir scheinen.« Sein Lächeln wurde anzüglich.

Juliana hatte im Laufe der Jahre manches Mal Herablassung erfahren. Es gab immer noch genug Männer in Adel und Ritterschaft, die sie wegen ihrer unehelichen Geburt verachteten und ihre Heirat mit John of Waringham unverzeihlich fanden. Aber Arthur Scropes Geringschätzung hatte eine Note, die sie noch nicht kannte.

Sie versuchte, das Gespräch in unverfängliche Bahnen zu lenken. Zu den vielen weisen Ratschlägen, die ihre Mutter ihr über die Jahre erteilt hatte, gehörte auch der, dass es keine Situation im Leben gebe, die man mit guten Manieren nicht meistern könne. »Was mag es sein, das Euch an den Hof verschlägt, Sir?«

»Der Lord Protector hat nach meinem Bruder geschickt. Ich begleite ihn.«

»Ihr habt noch einen Bruder?« Kaum war die Frage heraus, bereute Juliana ihre Taktlosigkeit schon.

Scropes Miene wurde finster. »Ganz recht. Er ist ein paar Jahre älter als ich und hat sich bemüht, unseren Titel und die Ländereien zurückzubekommen, die an die Krone fielen, als Euer werter Gemahl unseren ältesten Bruder an den Henker lieferte.«

»Ich wünsche Eurem Bruder Glück, Sir. Kein Mann sollte für die Taten eines anderen büßen müssen.«

Aber er schien nicht gewillt, sich von ihrer aufrichtigen Freundlichkeit besänftigen zu lassen. »Glücklicherweise können wir auf Eure guten Wünsche verzichten. Der Duke of Gloucester ist inzwischen geneigt zu glauben, was ich seit Jahren predige: Mein Bruder Henry war kein Verräter. Er hatte sich dem Komplott gegen den König nur zum Schein angeschlossen, um Beweise gegen die Verschwörer zu sammeln. Aber der König wollte ihn ja nicht anhören. Er glaubte lieber Eurem Gemahl, der sich einbildete, er habe eine Rechnung mit uns Scropes offen …«

Was für eine absurde Theorie, dachte Juliana angewidert. Sie sah seine Hände vor unterdrückter Wut zittern. »Sir, ich versichere Euch, mein Gemahl hätte niemals einen Mann des Verrats bezichtigt, um sich an ihm oder seiner Familie zu rächen«, gab sie steif zurück. Eine kleine Zornesfalte hatte sich zwischen ihren Augenbrauen gebildet. »Und nun müsst Ihr mich entschuldigen.«

Sie nahm die Blumen in die rechte Hand und hob mit der Linken den Rock ein wenig an. Dafür war es jetzt eigentlich zu spät, der Rock war so oder so ein Fall für die Wäscherinnen, aber sie hatte das Gefühl, die Geste verleihe ihr Würde. Scheinbar furchtlos ging sie an ihm vorbei, mit hoch erhobenem Kopf.

Aber Arthur Scrope packte ihren Arm und riss sie zu sich herum. »Daraus wird nichts, Herzblatt.« Er warf einen flüchtigen Blick über die Schultern zum Weg zurück. Weit und breit niemand zu entdecken. »Wo das Schicksal es doch so gefügt hat, dass wir hier ganz allein sind …« Er zog sie in den Schatten der Bäume und stieß sie hart gegen den Stamm einer Buche.

»Sir Arthur«, stammelte Juliana, die Augen weit aufgerissen. »O bitte … bitte tut das nicht, Sir.«

Er lachte. Ihre Furcht verschaffte ihm Genugtuung, und seine Augen leuchteten übermütig. »Warum denn nicht, mein Täubchen?« Mit der einen Pranke hielt er ihren Arm umklammert, mit der anderen zerrte er ihren Rock hoch. »Ich werde jetzt rausfinden, welche ehelichen Freuden mir entgangen sind, weil du mir mit diesem gottverfluchten Waringham davongelaufen bist, du kleines Luder.«

Juliana stieß einen gequälten Laut des Widerwillens aus, als sie seine Hand an der Innenseite ihres Oberschenkels spürte. »Er wird Euch töten.« Sie wusste, es war eine schwache, wirkungslose Drohung.

Scrope gluckste vergnügt. »Wenn er nicht vorher vor Schande krepiert. Du kannst sicher sein, dass es spätestens heute Abend der ganze Hof weiß, Täubchen. Dafür sorge ich.« Er stieß sie nochmals gegen den Baumstamm, um sie gefügig zu machen. Der Aufprall verschlug Juliana den Atem, und sie hörte auf, sich zu wehren. Kraftlos ließ sie die Arme herunterbaumeln und drehte lediglich den Kopf weg, um seinem rohen Kuss zu entkommen. Aber nicht einmal das gelang. Er rammte seine Zunge zwischen ihre Lippen, und Juliana hatte das Gefühl, als habe sie irgendeine schleimige Kreatur aus einem dunklen Schlammloch im Mund. Sie hatte Mühe, nicht zu würgen.

Scrope ließ ihren Arm los, um seine Hosen aufzuschnüren. Juliana sandte der heiligen Muttergottes ein Stoßgebet, verlagerte das Gewicht auf den linken Fuß und zog ruckartig das rechte Knie an.

Es schien, der Himmel hatte sie erhört. Arthur Scrope stieß einen schrillen Schrei aus, schlug beide Hände vor den Schritt und brach in die Knie. Sie hatte gut getroffen, erkannte Juliana.

Hastig wich sie zwei Schritte zurück, aber Scrope war im Augenblick nicht mehr in der Verfassung, ihr gefährlich zu werden. Er war auf die Seite gekippt, wimmerte leise, und unter den zugekniffenen Lidern quollen Tränen hervor.

Mitleidlos schaute Juliana auf ihn hinab, mit distanziertem Interesse. »Was hast du dir vorgestellt, du verfluchter Hurensohn?«, fragte sie leise.

Er wimmerte noch ein bisschen lauter, offenbar vor Schreck über ihre undamenhafte Wortwahl.

»Dachtest du, ich würde einfach tatenlos zulassen, dass du mich zum Werkzeug deiner Rache machst?« Das kränkte sie auf eigentümliche Weise noch mehr als der unerhörte Angriff an sich. Er hatte es nicht einmal getan, um *ihr* wehzutun, um sie für ihr zerbrochenes Verlöbnis zu bestrafen, sondern um

John zu treffen. Sie selbst war anscheinend von zu geringer Bedeutung, um seines Zorns würdig zu sein.

Arthur Scrope zeigte beunruhigende Anzeichen der einsetzenden Erholung. Mühsam richtete er sich auf einen Ellbogen auf. »Ich krieg dich, du Miststück …«, keuchte er.

Sie wandte sich ab. »Überleg dir lieber gut, ob du das ganze Haus Lancaster gegen dich haben willst.«

Er lachte atemlos. »Das ganze Haus Lancaster? Wer ist denn noch von euch übrig?«

Ohne erkennbare Hast ging Juliana davon, ihre zerdrückten Blumen immer noch in der Hand. Als sie den Pfad erreichte und sicher war, dass Scrope sie nicht mehr sehen konnte, begann sie zu rennen. Ihr Sieg verlieh ihrem Schritt Leichtigkeit, sie verspürte Euphorie. Aber die hämische Frage, die er ihr nachgerufen hatte, ging ihr nicht mehr aus dem Sinn.

John stand nach der Vesper mit Edmund Beaufort und Owen Tudor zusammen vor der Kapelle in der goldenen Nachmittagssonne und wartete auf den König, der im Anschluss an die Andacht zur Beichte gegangen war.

»Habt ihr gesehen, wen Gloucester mitgebracht hat?«, fragte Edmund stirnrunzelnd.

»Einen Kerl, der mich an Arthur Scrope erinnert«, antwortete Tudor. »Wer ist es?«

»John Scrope, Arthurs Bruder. Und wo er ist, ist Freund Arthur meist nicht fern.« Edmund warf einen kurzen Blick über die Schulter, um sich zu vergewissern, dass niemand sie belauschte. »Ist euch eigentlich schon mal aufgefallen, dass Gloucester die Feinde des Hauses Lancaster um sich schart? Er zieht sie an wie ein fauliger Apfel die Fliegen: die Scropes, den jungen Percy, Richard of York.«

»Gib Acht, was du redest, Edmund«, riet John. »Dein Cousin Richard of York ist kein Feind des Hauses Lancaster, und du hörst dich an, als plane Gloucester eine Verschwörung. Das ist nicht nur albern, sondern gefährlich.«

»Ich behaupte nicht, dass er eine Verschwörung plant, John«, gab der jüngere Mann hitzig zurück. »Aber er spielt mit den Begehrlichkeiten all derer, die sich von dieser und der vorherigen Regierung benachteiligt und ungerecht behandelt fühlen. *Das* ist gefährlich.«

»Gloucester würde mit dem Satan selbst ein Bündnis eingehen, wenn er euch Beauforts damit ein Schnippchen schlagen könnte«, behauptete Tudor. »Er ist ein Mistkäfer und war es immer schon. Und an Stelle des Kardinals würde ich verlassene Orte und dunkle Winkel meiden, solange Gloucester bei Hofe ist.«

Hinter ihnen erklang ein erstickter Schreckenslaut. »Du nennst den Lord Protector einen Mistkäfer, Owen?«

Die drei Männer zuckten zusammen und wandten sich um. König Henry stand auf der Schwelle des kleinen, aber prachtvollen Gotteshauses, hatte eine rundliche Kinderhand um den Türpfosten gelegt, die andere vor den Mund geschlagen. Seine Augen waren geweitet.

»Glückwunsch, Gentlemen«, zischte John seinen Freunden zu, ehe er Henry antwortete: »Ich verrate dir ein Geheimnis über deine rätselhaften walisischen Untertanen, Sire: Sie haben einen Sinn für Humor, den diesseits von Monmouth kein Mensch verstehen kann.«

Henry ließ die Hand sinken, lächelte unsicher und trat langsam auf sie zu. »Was ist Monmouth?«

»Ein Grenzstädtchen in Wales, mein König«, erklärte Tudor. »Euer Vater wurde dort geboren.«

»Wirklich?« Henry strahlte.

Ehe Tudor zu einem Vortrag über die traurige Geschichte der englischen Könige und des walisischen Volkes ansetzen konnte, fragte Edmund: »Wie war die Beichte, Sire?«

Der König runzelte die Stirn. »Wahrlich und wahrlich, Edmund, es ist schwierig, wenn dein Beichtvater gleichzeitig dein Lehrer ist. Vater Matthew ist über meine Fehltritte immer besser im Bilde als ich selbst, und wenn ich einen vergesse, stehe ich da wie ein Betrüger.«

»Ich würde sagen, wir besorgen dir einen anderen Beichtvater«, schlug Edmund vor. »Du bist schließlich der König und kannst ihn dir aussuchen.«

Henry betrachtete ihn mit einem versonnenen Lächeln. Auf diese einfache Lösung war er offenbar noch nicht gekommen.

Aber Tudor machte seine aufkeimende Hoffnung gleich wieder zunichte. »Ich glaube nicht, dass die Königin von der Idee viel halten wird.« Dann nickte er Edmund zu. »Lass uns nach deinem Gaul sehen, eh es im Stall so dunkel wird, dass ich nichts mehr erkenne.«

Sie entschuldigten sich bei Henry und schlenderten davon, die Köpfe zusammengesteckt. John hatte irgendwie Zweifel, dass sie über den Hornspalt redeten, welcher Edmunds Waringham-Rappen an der linken Vorderhand befallen hatte. Es sah eher so aus, als lästerten sie bereits wieder. Owen Tudor und Edmund Beaufort waren sehr gute Freunde. Tudor, der schicksalsergebener war als John, hatte Edmund einfach als Ersatz für dessen Bruder Somerset akzeptiert, der jetzt schon so viele Jahre in Gefangenschaft war. John war immer ein wenig verstimmt, wenn er das sah. Er hielt große Stücke auf Edmund, aber er wahrte eine gewisse Distanz, weil nichts und niemand ihm Somerset je würde ersetzen können. Juliana lobte Tudors Weisheit, weil er sich nicht gegen Gottes Ratschlüsse auflehne, und nannte seine Haltung vernünftig. John nannte sie treulos.

»Er hat nicht wirklich Spaß gemacht, oder?«, riss Henrys Stimme ihn aus seinen Gedanken.

»Hm?«

»Tudor. Er kann meinen Onkel Gloucester nicht ausstehen, stimmt's? Und der Kardinal und du auch nicht.«

John war erschrocken. »Nein, Henry, das ist nicht wahr«, entgegnete er entschieden. Es war nicht einmal wirklich gelogen. John hatte Gloucester nie sonderlich gemocht, aber er hatte mehr Verständnis für ihn als die meisten anderen Männer. Denn Humphrey of Gloucester war der Jüngste in einer Reihe ruhmreicher Brüder, genau wie John.

Henry hatte über seinen strengen Tonfall erschrocken die

Augen aufgerissen. »Entschuldige, John. Ich wollte dich nicht verärgern.«

»Das hast du nicht. Und in einer Hinsicht hast du durchaus Recht: Der Kardinal und der Duke of Gloucester haben seit vielen Jahren politische und persönliche Differenzen. Weil Edmund, Tudor und ich dem Kardinal nahe stehen, halten wir es bei diesen Differenzen eher mit ihm als mit Gloucester. Deswegen ist der aber kein schlechterer Mann.«

»Aber selbst meine Großtante Joan hat vor einigen Tagen eine hässliche Bemerkung über ihn gemacht. Mein Onkel Gloucester ist mein Freund. Es kränkt mich, wenn man hässlich von ihm spricht. Ich weiß nicht, was ich denken soll.«

Armes Kind, dachte John und unterdrückte ein Seufzen. Er konnte Henry nicht reinen Herzens dazu raten, Gloucester zu trauen, denn er wagte keine Prognose hinsichtlich der Frage, wie weit Gloucester für seinen persönlichen Ehrgeiz zu gehen bereit wäre. »Ich will versuchen, es dir zu erklären, Sire. Wollen wir uns da vorn in die Sonne setzen, was meinst du?«

Henry nickte und folgte ihm zu der steinernen Bank an der Westseite der Kapelle. »Was ist es denn, worüber meine Onkel, Gloucester und der Kardinal, immerzu streiten?«

»Englands Wohl und das deine, Henry. Als dein Vater wusste, dass er sterben würde, hat er ein Testament gemacht, dessen Sinn es sein sollte, dich und England zu behüten, bis du alt genug bist, um die Geschicke des Landes selbst in die Hand zu nehmen. Leider war dieses Testament nicht in allen Punkten ganz eindeutig, und von Anfang an haben deine beiden Onkel über die Auslegung – über die Verteilung der Macht während deiner Minderjährigkeit – gestritten, wobei beide immer nur deine Interessen im Auge hatten.« Jedenfalls wollen wir das hoffen, fügte er in Gedanken hinzu. »Dann heiratete der Duke of Gloucester Jaqueline von Hainault und ...«

»Aber seine Gemahlin heißt Eleanor«, unterbrach Henry verwirrt. »Lady Eleanor Cobham, ich weiß es genau. Ist Lady Jaqueline gestorben?«

John schüttelte den Kopf. »Jaqueline war die einzige Tochter des Grafen von Hainault und ist bis auf den heutigen Tag der Ansicht, dass sie die rechtmäßige Erbin ihres Vaters sei. Aber der Herzog von Burgund, der ja, wie du weißt, unser Verbündeter im Krieg ist, ist ihr Vetter und beansprucht Hainault für sich. Sie heiratete den Herzog von Brabant in der Hoffnung, er werde ihr helfen, ihre Ansprüche gegen Burgund durchzusetzen, doch ihr Gemahl erwies sich als schwach und unzuverlässig. Jaqueline floh nach England. Das war übrigens kurz vor deiner Geburt, und so kam es, dass sie eine deiner Patentanten wurde.«

»Wirklich?« Henry strahlte. »Wie kann es dann sein, dass ich sie überhaupt nicht kenne?«

»Weil sie schon lange wieder fort ist. Sie schickte eine Petition an den Papst, ihre Ehe mit Brabant zu annullieren, und noch ehe die Sache entschieden war, heiratete sie deinen Onkel Gloucester. Der hatte ganz und gar nichts dagegen, Graf von Hainault zu werden, denn Hainault ist reich und mächtig, und Gloucester ist nun einmal ein ehrgeiziger Mann. Gegen den ausdrücklichen Wunsch seines Bruders Bedford, der ja dein Regent in Frankreich ist, stellte Gloucester ein Heer auf und segelte mit seiner Jaqueline auf den Kontinent, um ihr Erbe dem Herzog von Burgund zu entreißen.«

Henry schüttelte langsam den Kopf. »Aber wie konnte er Burgund so gegen sich aufbringen? Unsere Sache in Frankreich ist aussichtslos ohne Burgunds Hilfe.«

»Hm, das sagten der Duke of Bedford und Kardinal Beaufort auch. Gloucester hörte nicht auf sie. Aber sein Feldzug scheiterte. Ziemlich kläglich, wenn du's genau wissen willst. Gloucester kehrte unverrichteter Dinge nach England zurück und ließ die arme Jaqueline allein in den Niederlanden, wo sie auf eigene Faust versuchte, den Konflikt mit Burgund weiterzuführen. Das war natürlich aussichtslos, und sie schickte Gloucester viele Briefe mit herzerweichenden Bitten, zurückzukommen und ihr zu helfen. Doch dein Onkel Gloucester hatte sich Jaquelines Hofdame zugewandt, Lady Eleanor Cobham. Er … na ja, man muss wohl der Ehrlichkeit halber sagen, er ließ Jaqueline im

Stich. Inzwischen hatte der Papst ihre Ehe mit Brabant ohnehin für rechtsgültig erklärt.«

Dessen ungeachtet waren die wackeren Handwerkers- und Krämersfrauen von London während des Parlaments im letzten Frühjahr nach Westminster gezogen und hatten vor den Lords lautstark gegen Gloucesters schändliches Verhalten protestiert. John erinnerte sich immer gern an ihren Aufmarsch; es war ein denkwürdiger Anblick gewesen. Wie könne der Lord Protector, der ruhmreiche Gloucester, seine junge Gemahlin nur so schändlich verraten und sie allein ihrem Schicksal überlassen, um sich mit einer Hure wie Eleanor Cobham zu vergnügen?, hatten die streitbaren Frauen zu wissen verlangt und den Übeltäter aufgefordert, sich auf der Stelle eines Besseren zu besinnen. Wie vom Donner gerührt hatten die Lords in Westminster Hall gesessen und den einfachen Frauen in ihren schlichten, blauverwaschenen Kleidern und mit den rotgearbeiteten Händen gelauscht. Gloucester war freilich unbeeindruckt geblieben und hatte Eleanor Cobham, eine junge Dame von großem Liebreiz, aber zweifelhaftem Ruf, geheiratet.

»Tja, Henry. Dein Onkel Gloucester hatte also einen beachtlichen Scherbenhaufen angerichtet: Er hat für seinen sinnlosen Feldzug Geld verschleudert, das wir in Frankreich dringend gebraucht hätten, und Burgund, unseren wichtigsten Verbündeten, verärgert. Das hat den Kronrat, vor allem den Kardinal, sehr verstimmt. Gerade Kardinal Beaufort bemüht sich seit Jahrzehnten um nichts anderes, als das Bündnis mit Burgund zu festigen und den Krieg zu beenden. Verständlicherweise war er zornig, als Gloucester diesem Ziel so leichtfertig zuwider handelte. Gloucester hingegen behauptet, er habe nur Graf von Hainault werden wollen, um den englischen Woll- und Tuchhandel vor der Konkurrenz aus den Niederlanden zu schützen, und er unterstellt dem Kardinal, dieser wolle dem Papst zu viel Macht in England einräumen.«

»Aber der Papst ist der Papst«, wandte der König ein. »Er ist unser oberster Hirte, und wir alle haben uns ihm unterzuordnen.«

»Auch in weltlichen Belangen?«

»Natürlich.«

John schüttelte den Kopf. »Ich glaube, nicht einmal der Kardinal würde dir uneingeschränkt Recht geben. Ein christlicher König muss natürlich der Kirche dienen und sie beschützen, aber er darf nicht zulassen, dass der Papst sich in seine inneren Angelegenheiten einmischt, indem er beispielsweise bestimmt, wer Bischof wird, und damit Einfluss auf die Zusammensetzung des Kronrats und unserer Parlamente nimmt.«

»Oh«, machte Henry nachdenklich. Ihm schien zu dämmern, dass diese Dinge in der Tat nicht so einfach waren, wie sie auf den ersten Blick erschienen.

»Tja, und so streiten Gloucester und der Kardinal also seit Jahren. Manchmal erbittert. Einmal wäre es zwischen ihren Anhängern auf der London Bridge beinah zur Schlacht gekommen, und dein Onkel Bedford musste in Frankreich alles stehen und liegen lassen, heimkommen und schlichten. Er war nicht erbaut. Aber er stellte sich gegen seinen Bruder Gloucester auf die Seite des Kardinals.«

»Woraus ich den Schluss ziehen soll, dass Gloucester im Unrecht war?«

»Welche Schlüsse du ziehst, kannst nur du entscheiden, Henry. Ich habe versucht, dir die Geschichte so unvoreingenommen wie möglich zu erzählen, gerade damit du dir selbst ein Bild machen kannst.«

Henry dachte eine Weile nach. John staunte immer darüber, wie lange der König sich mit Fragen der Politik oder Religion beschäftigte, die eigentlich noch zu schwierig für seinen jungen Verstand waren und ihn folglich langweilen mussten. Andere Kinder, die John kannte, allen voran seine Tochter Kate, verloren in Windeseile das Interesse an einer Sache, wenn sie sie schwierig zu verstehen fanden, und wechselten bei der ersten sich bietenden Gelegenheit das Thema. Der König schien im Laufe der letzten Monate hingegen einen erstaunlichen Reifeprozess vollzogen zu haben, und sein Geist war seinem zarten Alter weit voraus.

»Und warum also ist der Bischof nun Kardinal geworden?«, fragte er schließlich.

»Es gibt mehrere Gründe. Auch er ist nicht frei von persönlichem Ehrgeiz – ich glaube, keiner von euch Lancastern ist das. Gloucester behauptet, nur deshalb habe Beaufort die Kardinalswürde angenommen. Gloucester hat im Kronrat genügend Misstrauen gesät, dass der Kardinal sein Amt als dein Lord Chancellor niederlegen musste. Beaufort hat sich angreifbar gemacht, indem er Papst Martins Drängen nachgab und die Kardinalswürde akzeptierte, verstehst du. Doch er hat es vor allem getan, um den Papst an England zu binden und als Verbündeten nicht an den Dauphin zu verlieren.«

»Aber wie kommt es dann …« Henry unterbrach sich und wies lächelnd nach links. »Da ist Lady Juliana.«

John wandte den Kopf.

Juliana schlenderte auf sie zu und winkte mit ihren Blumen. »Hier, Sire«, sagte sie, als sie vor der Sitzbank angelangt war. »Vergissmeinnicht.«

»Danke, Madam«, erwiderte der Junge artig, nahm ihr den etwas unordentlichen Strauß behutsam ab und beugte den Kopf über die zarten blauen Blüten.

John hatte sich erhoben und nahm Julianas Hand. »Ist irgendwas?«, fragte er gedämpft.

Sie runzelte verwundert die Stirn. »Was soll denn sein?«

»Du … siehst nicht gut aus.«

»Oh, wärmsten Dank. Schmuddelig, meinst du wohl. Das ist beim Blumenpflücken passiert.«

»Ich meine blass. Bekümmert.«

Du kennst mich viel zu gut, dachte sie beunruhigt. »Es geht mir fabelhaft«, versicherte sie, setzte sich dann neben den König und erzählte ihm von seinem Großvater, welcher der erste Lancaster-König gewesen war und diese Blume zu seinem Emblem gewählt hatte, sodass sie neben der roten Rose ein Erkennungszeichen der Anhänger des Hauses Lancaster geworden war.

John stellte einen Fuß auf die Steinbank und betrachtete seine Frau. Juliana war dreiundzwanzig, doch manchmal erschien sie ihm immer noch mädchenhaft, vor allem in Augenblicken wie diesem, da es ihrer Erscheinung an damenhafter Makellosigkeit mangelte. In Wahrheit war sie jedoch eine erwachsene und, wie er oft dachte, eine zufriedene, selbstsichere junge Frau. Sie sagte gelegentlich, sie wisse überhaupt nicht, was alle Welt an der Jugend finde, sie jedenfalls sei glücklicher, je älter sie werde. Von ihrer Kindheit war ihr vor allem die Einsamkeit in Erinnerung geblieben, das Heranwachsen schien ihr aus heutiger Sicht ein langes Jammertal quälender Unsicherheit und beschämender Gefühle gewesen zu sein. All das lag nun hinter ihr. Obwohl sie ein Vagabundendasein führte und es sie morgen nach Waringham, übermorgen nach Westminster oder nächste Woche nach Leeds verschlagen mochte, hatte sie das Gefühl, sie war angekommen.

»Die Königin war schon wieder nicht beim Essen«, bemerkte John, als Juliana aus der kleinen Nebenkammer ihres Quartiers kam, wo sie Kate zu Bett gebracht hatte. Eigentlich gehörte das zu den Aufgaben der Amme, doch Kate fing neuerdings jeden Abend an zu weinen, wenn sie schlafen gehen sollte, und gebärdete sich so unmöglich, dass niemand außer ihrer Mutter mit ihr fertig wurde.

»Nein, ich hab's gesehen«, antwortete Juliana leise, um das Kind nicht zu stören.

»Denkst du, sie ist krank?«

»Unsere Kate?«, fragte Juliana erschrocken.

»Wir sprachen von der Königin«, erwiderte er halb amüsiert, halb ungeduldig.

»Oh. Nein, nein.« Juliana nahm ihm gegenüber in einem der bequemen, kleinen Sessel am Kamin Platz. »Sie wollte Gloucester nicht begegnen und hat deshalb heute Abend ihren Schatzmeister zu sich zitiert, um die Frühjahrsabrechnung mit ihm durchzugehen. Das dauert. Unsere Königin ist schließlich eine reiche Frau mit großen Ländereien.«

»Ihr Schatzmeister ist Richard Epping, und der war beim Essen«, gab John zurück.

»Tatsächlich?«, fragte Juliana zerstreut, hob den Kopf und

lauschte. Leises Weinen war aus dem Nachbarraum zu erahnen. Sie machte Anstalten, sich zu erheben.

»Bleib sitzen, Juliana.«

Sie warf ihrem Mann einen unglücklichen Blick zu. »Aber sie fürchtet sich im Dunkeln.«

»Das vergeht.«

»Wie kannst du nur so hartherzig sein?«

John wandte seufzend den Kopf ab. Er war nicht hartherzig, und Kate war sein Augenstern. Es mache einen Mann schwach, eine Tochter zu haben, die er liebt, hatte Beaufort einmal zu ihm gesagt. John wusste inzwischen, dass das stimmte. Es kostete ihn jedes Mal Mühe, streng mit Kate zu sein, so wie vorhin, als er ihr unwillkommene Folgen angedroht hatte, falls sie nicht augenblicklich gehorchte und artig zu Bett ging. »Wenn es nach dir ginge, würde ich ihr jeden Eigensinn durchgehen lassen und jeden Wunsch von den Augen ablesen. Aber was für ein Mensch soll dann aus ihr werden? Wie wir alle muss sie lernen, dass es Regeln gibt.«

»Sie ist erst sechs Jahre alt«, protestierte Juliana.

Er nickte. »Alt genug.«

Sie schnaubte angewidert, verschränkte die Arme vor der Brust und starrte in den kalten Kamin.

John wies auf den Kerzenstummel in dem schlichten Zinnleuchter auf dem Tisch. »Falls sie immer noch weint, wenn die Kerze erloschen ist, kannst du meinetwegen nach ihr sehen, aber ich wette mit dir, bis dahin ist sie längst eingeschlafen.«

Juliana antwortete nicht.

Es gab kein Thema, über welches sie so häufig stritten wie über ihre Tochter. John verstand, dass Juliana die kleine Kate um jeden Preis vor der bösen Welt beschützen wollte, weil sie ihr einziges Kind war und bleiben würde. Zwei neuerliche Fehlgeburten seit Kates Geburt hatten ihnen vor Augen geführt, dass ihre Tochter ein einmaliger Glücksfall war. Schon die bloße Vorstellung, Kate könne in irgendeiner Weise Schaden nehmen, reichte aus, um Juliana völlig aus der Fassung zu bringen.

John hing kaum weniger an seinem Kind, und es verging

kein Tag, da er Gott nicht dafür dankte, dass er ihm Kate im Austausch für Victor de Chinons Leben geschenkt hatte. Inzwischen hatte John längst erkannt, dass er einen großartigen Tausch gemacht hatte. Aber seine Empfindungen waren mit Julianas Mutterliebe nicht zu vergleichen, wusste er.

Das eisige Schweigen hielt an. Schließlich wurde es nebenan still – Kate hatte sich offenbar tatsächlich in den Schlaf geweint. Nur wenige Augenblicke später verlosch die Kerze.

»Du hattest wieder mal Recht, John of Waringham«, bemerkte Juliana verdrossen. »Glückwunsch.«

Er verkniff sich mit Mühe ein Grinsen. »Wirst du mir vergeben, bevor ich zur Nachtwache muss?«

»Schon wieder?«, fragte sie missfällig. »Wieso hast du ständig die Nachtwache?«

»Weil Tudor mich ein paar Mal gebeten hat, mit ihm zu tauschen, und er war auch entgegenkommend, als Kate letzten Winter die Masern hatte. Ich nehme an, er hat eine neue Liebschaft. Wie ich ihn kenne, hat sich die Sache in spätestens zwei Wochen erledigt – in Wahrheit verzehrt er sich ja doch nur nach der einen.«

Wie blind Männer sein können, wenn sie etwas nicht sehen wollen, dachte Juliana. Für gewöhnlich entging John nicht viel, aber mit einem Mal schien er unfähig, zwischen der auffallend häufigen Abwesenheit der Königin und Owen Tudors nächtlichen Umtrieben einen Zusammenhang herzustellen.

»Da, du machst schon wieder so ein bekümmertes Gesicht«, sagte er kritisch. »Ich habe doch vorhin schon gemerkt, dass dich etwas bedrückt. Was ist es, hm?«

Sie nahm sich zusammen. »Gar nichts. Das bildest du dir ein.«

Er legte den Kopf schräg und sah sie scharf an. In Momenten wie diesem fand sie das Blau seiner Augen fast unerträglich. Es leuchtete regelrecht. Aber sie konnte den Blick auch nicht abwenden.

»Ich hoffe, es hat nichts mit Arthur Scrope zu tun?«, bohrte John weiter.

Der Schreck fuhr ihr in alle Glieder, aber Juliana war die Tochter ihres Vaters und verstand es, sich nichts anmerken zu lassen. »Arthur Scrope? Wie kommst du darauf?«

»Er hat beim Essen in der Halle fortwährend zu dir herübergestarrt.«

So geflissentlich hatte sie es vermieden, Scrope anzuschauen, dass sie von seinen Blicken tatsächlich nichts bemerkt hatte. Sie unterdrückte ein Schaudern und musste feststellen, dass sie sich vor der einsamen Nacht ohne John fürchtete. Aber sie konnte ihm nicht sagen, was passiert war. Was um ein Haar passiert wäre. Auf der Stelle wäre er zu Scrope gegangen, um ihn zu fordern, hätte sich nicht darum geschert, wenn der Kronrat den Zweikampf verbot, und sich in Teufels Küche gebracht. Gloucester wartete nur auf so etwas.

Sie winkte ab. »Ach, Scrope.« Sie streckte die Hand aus und ergriff Johns Linke. »Wer könnte erraten, was in seinem verwirrten Kopf vorgeht? Aber das kann uns ja zum Glück gleich sein, nicht wahr? In ein, zwei Tagen ist er wieder verschwunden.«

»Ja, schön wär's«, gab John grimmig zurück. »Gloucester will ihn offenbar als Spion hier am Hof haben und hat ihn als Ersatz für Walter Cromwell in der Leibwache des Königs vorgeschlagen.«

»Aber … aber du bist Captain der Leibwache. *Du* entscheidest, wer ihr angehört.«

»Theoretisch, ja. Praktisch kann ich Gloucester die Bitte nicht abschlagen, ohne dass es wieder böses Blut gibt. Mein alter Herr hatte doch wirklich Recht: Politik ist ein Sumpf.« Er stand auf und streckte sich ausgiebig. »Und nun muss ich gehen.«

Juliana erhob sich ebenfalls, stellte sich auf die Zehenspitzen und legte die Arme um seinen Hals.

Lächelnd strich John ihr die Haare hinters Ohr. »Ah. Mir ist also verziehen.«

Sie nickte. »Vorläufig.«

Es war noch nicht spät, als John zur Nachtwache ging, aber da sich an diesem Hof alles um den jungen König drehte, leerte die Halle sich in der Regel früh, und man ging zeitig schlafen.

Juliana schlich auf Zehenspitzen in Kates Kammer und vergewisserte sich, dass ihre Tochter tatsächlich eingeschlummert war. Eine Weile stand sie an ihrem Bett und zerbrach sich den Kopf darüber, wie es nur kam, dass Kate neuerdings so von Ängsten geplagt wurde. Zögernd wandte sie sich ab, ging auf leisen Sohlen hinaus und begab sich zu dem Quartier, das der Kardinal bewohnte, wenn er gelegentlich in Windsor weilte.

Er selbst öffnete auf ihr Klopfen. »Welch seltener Besuch«, bemerkte er und hielt ihr die Tür auf.

Juliana rührte sich nicht. »Ist Mutter hier?«

»Noch nicht. Komm herein und warte auf sie, wenn du willst.«

Juliana trat über die Schwelle. »Ich wollte mit Euch sprechen, Mylord. Unter vier Augen, wenn möglich.«

Verwundert zog er eine Braue hoch, sagte aber lediglich: »Dann sollten wir uns beeilen. Sie wird jeden Moment hier sein. Setz dich.«

Wie immer war sie scheu und unsicher in seiner Gegenwart. Sie ließ sich auf den gepolsterten Fenstersitz sinken, den er ihr gewiesen hatte, und schaute sich kurz um. Goldfäden funkelten in den geschlossenen Brokatvorhängen an seinem Bett. Eine beinah verschwenderische Zahl an Kerzen in goldenen Leuchtern erhellte den großen Raum mit den kostbaren Tapisserien.

»Einem Kardinal angemessen, würde ich sagen«, bemerkte sie und war ein wenig erschrocken darüber, wie spitz es klang.

»Ich habe schon als Bischof von Lincoln hier gewohnt«, erwiderte Beaufort achselzuckend. »Es hat durchaus seine Vorzüge, der Bruder des Königs zu sein, weißt du.« Er setzte sich ihr gegenüber. Die Mauern von Windsor Castle waren so dick, dass die Fensternischen tief genug waren, um zwei Bänke unterzubringen, im rechten Winkel zum Fenster. »Also?«

Juliana faltete die Hände im Schoß und blickte darauf hinab.

»Ich weiß nicht genau, wie ich Euch sagen soll, was mich herführt. Es … beschämt mich so.«

»Was hast du angestellt?«

Ihr Kopf ruckte hoch. »Gar nichts.«

»Was beschämt dich dann?«

»Ich weiß nicht genau. In Eurer Gegenwart schäme ich mich immer leicht. Auf Verdacht, wenn mir kein Grund einfällt.«

Er musste lächeln und gestand dann unerwartet: »Darüber solltest du dir keine Gedanken machen, Juliana. Es liegt an mir. Ich beobachte immer wieder, dass es den jungen Priestern, die in meinen Haushalt kommen, ebenso ergeht. Es ist meine Art, mir die Welt auf Armeslänge vom Leibe zu halten. Aber ich bin dein Vater, und darum wünsche ich, dass du auf der Stelle aufhörst, verlegen zu sein.«

Sie sah ihn fassungslos an. Es war das erste Mal, dass er sich in ihrer Gegenwart ihr Vater genannt hatte. Und wie üblich erzielte er mit seinen Worten genau den gewünschten Effekt: Sie fasste Zutrauen und Mut. »Wie kommt es, dass ich dreiundzwanzig Jahre alt werden musste, um Euch das sagen zu hören?«

»Es schien mir bis heute nie nötig. Du wusstest es ja ohnehin.«

Sie musste lachen. Sie erinnerte sich nur zu gut an den Kummer über seine Unnahbarkeit, aber sie hatte jetzt keine Zeit, ihn mit bitteren Vorwürfen zu überschütten.

»Denkst du, du wirst jetzt bald zur Sache kommen?«, fragte er ein wenig unwirsch. »Du spannst mich auf die Folter. Das ist ungehörig. Ich hoffe inständig, was immer dich herführt, hat nichts mit John zu tun.«

Sie schüttelte den Kopf. »Nur indirekt. Es geht um Sir Arthur Scrope, Mylord. Er hat mir heute Nachmittag im Wald aufgelauert, um sich für die entgangenen ehelichen Freuden schadlos zu halten, wie er es ausdrückte.«

Wie gestochen sprang der Kardinal auf. »O heilige Jungfrau!«

»Genau das habe ich auch gedacht, und sie hat mir beigestanden, sodass ich ihn abwehren konnte.«

Beaufort sank wieder auf die gepolsterte Bank. »Warum hast du das nicht gleich gesagt?«, schalt er matt. »Es besteht kein Grund, es spannender als nötig zu machen.«

»Nun hab ich es ja gesagt«, gab sie gereizt zurück. *Was denkst du, wie ›spannend‹ es für mich war …*

Der Kardinal betrachtete sie kritisch, als wolle er ergründen, ob sie ihm auch wirklich die Wahrheit gesagt hatte. Ohne erkennbare Mühe hielt sie seinem Blick stand, und schließlich nickte er. »Und daraus, dass dieses … Subjekt noch lebt, darf ich wohl schließen, dass du John kein Wort davon erzählt hast?«

»So ist es.«

»Dann beglückwünsche ich dich zu deiner Klugheit.«

»Oh, vielen Dank, Mylord. Aber das hilft mir nicht weiter. John sagt, Gloucester will Scrope hier in die Wache einschleusen. Wenn es dazu kommt, wird er es wieder versuchen. Denn er wollte es tun, um John zu demütigen. Was soll ich machen? Ich kann doch nicht tagein, tagaus auf der Flucht sein. John käme mir auf die Schliche. Er durchschaut mich doch immer sofort.«

Beaufort ergriff ihre Hand und schüttelte den Kopf. »Nein, nein. Ich finde einen anderen Weg.«

Juliana war so erleichtert, dass ihr mit einem Mal Tränen in die Augen schossen, aber sie blinzelte sie energisch zurück. »Danke.« Es klang ein bisschen dünn.

Er stand auf und zog sie mit sich hoch. »Ich werde handeln, so schnell ich kann, aber es mag ein paar Tage dauern. Bis dahin will ich, dass du niemals irgendwo allein bist. Schwöre mir, dass du dafür sorgst.«

Sie nickte.

»Ich sagte, schwöre.«

Er hielt ihr seinen kostbaren Reliquienring hin, und Juliana legte die Rechte darauf und schwor.

»Besser, deine Mutter sieht dich hier nicht. Sie würde wissen wollen, was diese ungewöhnliche Unterredung zu bedeuten hat, und Scrope an die Gurgel gehen, wenn sie es erfährt«, sagte der

Kardinal, während er sie zur Tür geleitete. »John ist auf Wache, nehme ich an?«

»Ja, Mylord.«

Er nickte, öffnete die Tür und wies seine Ritter, die draußen wachten, an: »Seid so gut und folgt mir, Gentlemen.«

Persönlich geleitete er Juliana zu ihrer Tür zurück. Sie verabschiedeten sich förmlicher, als sie zuvor gesprochen hatten, weil sie nicht länger allein waren, doch der Kardinal zwinkerte ihr verschwörerisch zu, als er ihr eine gute Nacht wünschte. Juliana hatte ihn noch nie zwinkern sehen, hätte tatsächlich nie gedacht, dass er es konnte.

Beaufort wartete, bis die Tür sich geschlossen hatte und der Riegel rasselte.

»Bleibt hier, bis Waringham zurückkommt«, bat er seine Wachen und wandte sich ab.

»Aber Mylord, Gloucester ist hier«, zischte Andrew Talbot gedämpft. »Gerade heute Nacht sollte Eure Tür nicht unbewacht sein.«

»Das hab ich nicht gehört«, grollte Beaufort über die Schulter, tastete aber gleichzeitig nach dem Dolch unter seinem Gewand.

Waringham, Juli 1429

Hier stimmt doch irgendwas nicht«, brummte Raymond, als sie über den verlassenen Dorfplatz zur Brücke ritten. »Es ist zu still.«

Daniel nickte und spähte argwöhnisch zur Kirche hinüber. »Soll ich durchs Dorf reiten und mich mal umschauen?«

Doch Raymond schüttelte den Kopf. »Auf der Burg werden wir schon erfahren, was hier los ist.« Er war lange fort gewesen, und jetzt, da er endlich zurück war, konnte er keinen Moment länger darauf warten, den alten, hässlichen Kasten oben auf dem Burghügel und all seine Bewohner endlich wiederzusehen.

Daniel verstand das, ohne dass Raymond es aussprechen musste. Seit mehr als fünf Jahren kämpfte der junge Mann nun an der Seite seines Vaters auf den Schlachtfeldern Frankreichs, und sie kannten sich gut.

Anfangs war Daniel John an den Hof des kleinen Königs gefolgt, doch schon bald drohte er dort vor Langeweile einzugehen. Er hatte weder für Bücher noch für Beschaulichkeit viel übrig, und nichts anderes schien es dort zu geben. Ohne Johns Erlaubnis hatte er sich davongemacht und allein und ohne Geld nach Frankreich durchgeschlagen. Das hatte Raymond natürlich gefallen, geradezu imponiert, und bereitwillig hatte er den halb verhungerten Knappen in seinen Dienst genommen. Seither sah man den einen selten ohne den anderen. Es war kein vertrautes Vater-Sohn-Verhältnis, das sie verband, sondern eine Vielzahl von Gemeinsamkeiten. Daniel hatte von seinem Herrn alles über den Krieg und sein eher handfestes Verständnis von Rittertum gelernt, und Raymond hatte seine helle Freude daran, in dem ungestümen Knaben seine eigene Jugend wiederzuerleben.

Daniel folgte ihm nun über die Brücke und schnalzte seinem kostbaren Ross aufmunternd zu, sodass es ihn im leichten Galopp den Mönchskopf hinauftrug. Anlässlich seines Ritterschlages vor zwei Jahren hatte sein Vater ihm das Pferd geschenkt. Genau wie die Rüstung und die neuen Waffen. Und auch den Ritterschlag selbst hatte Raymond erkauft. Der sittenstrenge Earl of Warwick hatte ihm damals vorgeworfen, es sei schamlos, wie Raymond seinen Bastard begünstige. Aber selbst Warwick hatte auf Raymonds entrüstete Nachfrage hin einräumen müssen, dass Daniel die hohe Auszeichnung durchaus verdient hatte.

An der Zugbrücke saßen sie ab und führten die Pferde über den Graben und in das höhlengleiche Torhaus.

»Mylord!«, grüßten die Wachen erfreut. »Willkommen daheim.«

»Danke, Al. Piers. Was geht hier vor? Das Dorf ist wie ausgestorben.«

Al nickte Richtung Burghof. »Sie sind alle hier oben. Tut mir Leid, Euch gleich bei Eurer Heimkehr mit der schlechten Nachricht zu überfallen, aber Tristan Fitzalan ist gestorben. Fast das ganze Dorf ist zur Beerdigung gekommen.«

Raymond blinzelte ein paar Mal und sagte nichts. Tristan Fitzalan hatte im Dienst seines Vaters gestanden, solange er zurückdenken konnte, und war ein alter Mann gewesen. Dennoch schockierte es Raymond immer, wenn er erlebte, dass auch Menschen starben, die nicht im Krieg waren.

»Dann ist mein Bruder nach Hause gekommen, nehme ich an?«, fragte er schließlich.

Die Wache schüttelte den Kopf. »Wir haben ihm sofort einen Boten geschickt. Aber der hat ihn wohl nicht rechtzeitig erreicht. Wer kann wissen, wo der Hof sich gerade aufhält.«

»Hm«, machte Raymond, drückte Daniel die Zügel in die Hand und trat aus dem Torhaus in den sonnigen Hof. Jeder seiner Schritte wirbelte eine kleine Staubwolke auf, und das Gras war in der Sommerhitze braun geworden. Die einsame Birke, die den Sandplatz überschattete, wirkte schlaff und durstig.

Vor der Kapelle drängten sich viele Menschen, Edelleute und Bauern – Tristan Fitzalan war auf der Burg, im Dorf und im Gestüt gleichermaßen beliebt gewesen. Raymond trat zögernd näher, nickte jenen zu, die ihn grüßten, und stand schließlich vor der Witwe. »Elizabeth. Es tut mir Leid.«

Sie war eine Dame vom alten Schlage und zeigte sich gefasst. Dankbar nahm sie den Arm, den er ihr reichte, und so gingen sie vor dem Sarg zu dem kleinen Kirchhof hinter dem Gotteshaus.

Zu Raymonds Überraschung war es ein fremder Priester, der den Trauerzug anführte, ein hochgewachsener Kerl Anfang dreißig mit den eleganten Gewändern eines Hofgeistlichen und den geröteten Wangen eines Bauern. Raymond lauschte ihm aufmerksam. Er hatte fast alles vergessen, was er als Junge im Lateinunterricht gelernt hatte, doch aus den geschliffenen Formulierungen, die er hier und da verstand, schloss er, dass dieser Mann aus Oxford oder aus Cambridge kommen musste. Was hast du mir da ins Haus geholt, John?, überlegte er verdrießlich. Aber diese wie auch alle anderen Fragen mussten warten, bis der gute, alte Fitzalan anständig unter die Erde gebracht war. Also legte Raymond die Hand auf den sonnenwarmen Grabstein seines Vaters und fasste sich in Geduld.

Nachdem der Friedhof sich geleert hatte, war es der Geistliche selbst, der zu Raymond trat und sich verneigte. »Willkommen zu Hause, Mylord.«

»Kennen wir uns?«, fragte Raymond argwöhnisch.

»Zumindest kenne ich Euch. Mein Name ist Alexander Neville.«

Wenigstens ein Lancastrianer, fuhr es Raymond durch den Kopf. »Ihr seid mit dem Earl of Westmoreland verwandt?«, vergewisserte er sich.

Vater Alexander nickte. »Ich war der Beichtvater des Duke of Exeter, Sir.«

»Oh«, war alles, was Raymond dazu einfiel. Der wackere Exeter mit dem Rauschebart war vor zwei Jahren im Winter gestorben. Noch ein Freund, den Raymond schmerzlich vermisste. Es deprimierte ihn, dass ihre Zahl ständig zunahm, und erinnerte ihn daran, dass er selbst die Fünfzig bereits überschritten hatte.

»Was hat Euch ausgerechnet nach Waringham verschlagen? Nicht gerade ein steiler Aufstieg, oder?«

Der Priester hob gleichmütig die Schultern. »Ich wollte nicht zurück an die Universität, wo man heutzutage gar zu schnell ein Ketzer genannt wird, wenn man es wagt, den eigenen Kopf zu gebrauchen. So war ich dankbar, als Euer Bruder mir hier eine Stellung anbot, und ich habe meine Entscheidung noch keinen Tag bereut.«

»Wirklich nicht? Waringham muss Euch eintönig erscheinen.«

»Im Gegenteil, Mylord. Es ist ein guter, gottgefälliger Ort, und wenn mich gelegentlich die Gier nach einem gelehrten

Disput überkommt, gehe ich auf ein Bier ins Dorf zu Vater Egmund. Wir sind …« Er lächelte fast schelmisch, »Brüder im Geiste, wenn Ihr so wollt.«

Lollarden, alle beide, argwöhnte Raymond, oder zumindest nicht weit davon entfernt. Trotzdem war er erleichtert. John hatte gut gewählt, erkannte er. Nicht, dass ihn das wunderte. Er strich ein letztes Mal über den moosbewachsenen Grabstein und wandte sich dann ab. »Gegen ein Bier hätte ich gerade auch nichts. Staubig auf der Straße.«

Alexander schlenderte neben ihm her. »Hattet Ihr eine gute Überfahrt?«

Raymond verzog das Gesicht zu einer Grimasse des Widerwillens. »Erinnert mich bloß nicht. Ich werde seekrank, Vater. Je älter ich werde, desto schlimmer wird es. Dieses Mal musste ich eine Nacht in Dover in einem Gasthaus bleiben, weil ich nicht weiterreiten konnte.«

»Oh, das kenne ich«, rief Alexander mitfühlend aus. »Jedes Mal, wenn Exeter mich mit auf den Kontinent nahm, war ich sicher, mein letztes Stündlein hätte geschlagen.«

Der Mann wird immer besser, dachte Raymond. Sein Leben lang hatte er für seine Seekrankheit viel Spott ertragen müssen – nur von denen natürlich, die nicht darunter zu leiden hatten. Es war wohltuend, dass einmal jemand nachfühlen konnte, wie elend es ihm erging, sobald er den ersten Fuß auf eine Schiffsplanke setzte. Er grinste den Geistlichen verschwörerisch an, ehe er fragte: »Wo ist meine Gemahlin? Wieso war sie nicht bei Tristans Beerdigung?«

»Ich fürchte, Lady Eugénie fühlt sich heute nicht wohl, Mylord.«

»Hm«, brummte Raymond. »Ihr meint, sie ist besoffen?«

Alexander warf ihm einen überraschten Blick zu und nickte dann.

»Verfluchtes Weib«, schimpfte Raymond leise. »Sie hat mir *geschworen*, damit aufzuhören, als ich zuletzt hier war.«

»Das war vor über drei Jahren, Mylord«, erwiderte Alexander behutsam.

Raymond blieb wie vom Donner gerührt stehen. »Allmächtiger. Ist das wahr?«

»Ihr wisst nicht, wie lange Ihr fort wart?«, fragte der Priester amüsiert.

Der Earl zuckte die Schultern. »Im Krieg ist ein Tag wie der andere. Wie schlimm ist es mit ihr? Mit Eugénie?«

»Sie … versucht, gegen ihren Dämon anzukämpfen, aber …«

»Ich will die Wahrheit, Vater, keine salbungsvollen Worte.«

Alexander war nicht beleidigt. Er seufzte. »Na schön. Es steht nicht gut um sie, Mylord. Und seit die Königin sie über Weihnachten wieder nicht an den Hof gebeten hat, ist es noch ein wenig schlimmer geworden. Morgens fängt sie an, mittags ist sie betrunken, abends kann sie ihre Kammer meist nicht mehr verlassen.«

»Oh, Jesus …« Es klang eher verärgert als erschüttert. »Es ist weiß Gott kein Wunder, dass Katherine sie nicht mehr am Hof haben will.«

»Da habt Ihr gewiss Recht. Die Königin muss vor allem an ihren Sohn denken.«

»Ich wünschte, das täte Eugénie auch dann und wann. Es muss schrecklich für Robert sein. Ich weiß, wie es ist, keine Mutter zu haben, aber eine trunksüchtige Mutter ist bestimmt schlimmer.«

Alexander wandte den Blick ab und setzte sich wieder in Bewegung. »Nein, es ist alles andere als einfach für Robert.«

Raymond hob die Hände zu einer hilflosen Geste. »Ich wäre eher nach Hause gekommen, wenn ich gekonnt hätte, Vater, glaubt mir. Aber der Krieg erfreut sich bei den jungen englischen Rittern keiner großen Beliebtheit mehr, weil er seit Jahren auf der Stelle tritt. Uns fehlt der Nachwuchs. Der Duke of Bedford kann auf keinen verzichten, der noch gewillt ist, an seiner Seite auszuharren. Und das bin ich. Denn ich habe es seinem Bruder auf dem Sterbebett versprochen.«

»Wenn ich den Eindruck erweckt habe, als wolle ich Euch einen Vorwurf machen, dann bitte ich um Vergebung, Mylord«, sagte Alexander. »Das steht mir nicht an, und ich weiß, dass

Ihr nicht zu Eurem persönlichen Vergnügen so lange im Krieg wart.«

Da weißt du wiederum mehr als ich, Bübchen, dachte Raymond unbehaglich.

In der Halle war es voll, denn alle, die zur Beerdigung gekommen waren, waren zum Leichenschmaus geblieben. Raymond ließ den Blick über die Bänke schweifen, wo die Menschen dicht an dicht saßen. Eugénie war nicht darunter, und er entdeckte auch keinen siebenjährigen Knaben, der sein Sohn hätte sein können. Er begrüßte seinen Haushalt und verschiedene Leute aus dem Dorf, ehe er zu Conrad trat, der an einer der Säulen lehnte und leise mit Daniel sprach.

Raymond schloss den Stallmeister kurz in die Arme. »Du wirst grau, Vetter«, bemerkte er nicht ohne Schadenfreude.

Conrad winkte ab. »Das ist kein Wunder. Du hingegen siehst aus wie das blühende Leben. Wie üblich scheint der Krieg dir gut zu bekommen.«

Raymond ging nicht darauf ein. Der Krieg machte ihm im Moment zu viele Sorgen, als dass er jetzt darüber sprechen wollte. Stattdessen befragte er Conrad nach dem Gestüt, dem Verlauf der Auktion, der Anzahl der Hengstfohlen und so weiter. Was Conrad ihm berichtete, überstieg seine kühnsten Erwartungen.

»Du meine Güte, es tut meiner Baronie wahrhaftig gut, wenn ich ein paar Jahre fort bin«, bemerkte Raymond schließlich. »Wie kann es sein, dass wir auf einmal so reich sind? Wie kann ich dir das je vergelten, Conrad?«

Doch der Stallmeister hob abwehrend die Hand. »Dank deinem Bruder, nicht mir.«

»Bescheiden wie eh und je«, frotzelte Raymond. »Wann ist John denn je hier?«

»Oft genug«, gab sein Cousin zurück. »Vor allem zur Fohlzeit. Und er hat das gleiche Auge wie euer Vater: Er hat die beiden neuen Zuchthengste ausgewählt, und er weiß einfach, welche Stuten die richtigen für sie sind. Anfangs hab ich oft mit ihm gestritten, weil er nie das entscheidet, was die Erfahrung nahe legt. Inzwischen halt ich den Mund und tu genau das, was er vorschlägt. Du wirst deine Freude an den neuen Jahrgängen haben, Raymond.«

»Was stehen wir dann hier herum? Lass sie uns anschauen gehen«, schlug der Earl vor.

Conrad nickte, zögerte dann aber. »Meinst du nicht, du solltest …«

»Was?«, fragte Raymond und wandte sich zum Ausgang. »Meine Frau begrüßen? Nein, nein. Das schiebe ich lieber noch ein bisschen vor mir her. Mit etwas Glück ist sie schon besinnungslos, wenn ich nachher zu ihr gehe.«

Daniel hatte bei seiner Mutter vorbeigeschaut, ehe er Raymond und Conrad ins Gestüt folgte. Seit ihr Mann gestorben war, lebte Liz mit Daniels jüngeren Geschwistern wieder in ihrer Kate im Dorf, denn sie verstand sich nicht mit ihrem Stiefsohn, der nur fünf Jahre jünger als sie und jetzt der Schmied von Waringham war. Es ging ihr gut, hatte Daniel zufrieden festgestellt. Er hatte im Krieg ein wenig Glück gehabt, ein paar Juwelen und einträgliche Gefangene erbeutet, und er hatte ihr den Großteil seiner Reichtümer überlassen, damit sie, seine Schwestern und sein Bruder versorgt waren. Liz hatte einen zusätzlichen Raum an ihr Häuschen bauen lassen und eine Kuh gekauft.

Selig hatte sie ihren Ältesten in die Arme geschlossen, als er plötzlich auf der Schwelle stand, und ihn dann ausführlich nach seinem Vater befragt.

Daniel schlenderte am Tain entlang über die Südweide und sann über das merkwürdige Verhältnis seiner Eltern nach, aus dem er niemals klug wurde, als hinter einer Gruppe Haselsträucher ein Pferd wieherte. Er runzelte die Stirn und legte einen Schritt zu. Kein Zweifel, da war ein Tier in Not. Er hörte es und spürte es in den Knochen.

Wie jedes Kind in Waringham wusste auch Daniel, dass die Haselsträucher auf der Südweide in einem ungleichmäßigen Ring wuchsen und eine kleine Lichtung bildeten. Es war der perfekte Ort für all jene Dummheiten, die Erwachsene nicht sehen sollten, und er nahm an, er war nicht der Erste und nicht der Letzte, der hier seine Unschuld verloren hatte. Was er indessen sah, als er sich durch den schmalen, für nicht Eingeweihte unsichtbaren Durchlass zwängte, hätte er niemals erwartet. Der Schock traf ihn wie ein dumpfer Schlag in den Magen und strahlte dann als sengendes Kribbeln bis in die Fingerspitzen.

Ein hübsches, stämmiges New Forest Pony war mit dem Zügel so kurz an einen Strauch gebunden, dass es sich kaum bewegen konnte. Ein Dreikäsehoch stand daneben und drosch mit der Reitgerte auf seine Flanke ein, die bereits an mehreren Stellen blutig war.

Ohne einen klaren Gedanken fassen zu können, riss Daniel dem kleinen Tierquäler die Gerte aus der Hand, schickte ihn mit einer gewaltigen Ohrfeige zu Boden und zog ihm die Gerte drei- oder viermal über die Schultern, damit der Bengel lernte, wie sich anfühlte, was er dem Pferd zugedacht hatte. Erst als der Übeltäter sich auf die Seite wälzte und den Arm hob, um den nächsten Schlag abzuwehren, erkannte Daniel seinen Bruder. Sein Zorn verwandelte sich in neuerlichen Schrecken. »Robert!«

Der Junge ließ den Arm sinken und sah argwöhnisch zu ihm hoch. Er weinte nicht, und er hatte auch nicht geschrien. Zäher Bursche, dachte Daniel flüchtig. Er hatte hart zugeschlagen.

»Was fällt Euch ein?«, fragte der Kleine herausfordernd und sprang auf die Füße. »Wer seid Ihr überhaupt?«

»Was fällt dir ein, das ist wohl eher die Frage«, entgegnete Daniel. »Du solltest dich schämen, ein wehrloses Tier zu prügeln.« Es klang so wütend, dass Robert sicherheitshalber einen Schritt zurückwich.

Daniel wandte sich mit einem angewiderten Schnauben ab, band das Pony los und legte ihm beschwichtigend die Hand zwischen die Ohren. Das arme Pferd zitterte und schwitzte, war immer noch außer sich vor Furcht.

»Er zackelt und versucht ständig, mich abzuwerfen«, erklärte Robert verdrossen.

»Es ist kein Wunder, dass er zackelt. Ich würde auch davonzulaufen versuchen, wenn ich dein Gaul wäre. Du musst Geduld mit ihm haben und sein Vertrauen gewinnen. Ich habe allerdings Zweifel, dass das noch möglich ist. Es wird lange dauern, bis er vergessen hat, was du heute getan hast. Wenn überhaupt je.« Daniel führte das Pony aus dem Haseldickicht, nahm ihm Sattel und Trense ab und ließ es laufen. Es galoppierte über die Koppel davon, so weit und so schnell es konnte.

»Ihr habt kein Recht, das zu tun«, bekundete Robert, als Daniel zu ihm zurückkam.

»Ich denke doch.«

Der Junge schwieg trotzig. Er war ein hübscher Knabe mit blonden Locken und strahlend blauen Augen – seinem Vater wie aus dem Gesicht geschnitten. Das heißt vermutlich, dass wir uns ähnlich sehen, ging Daniel auf. Robert war jedoch blasser als irgendein Waringham, den Daniel je gesehen hatte, und zu mager für den Sohn eines Edelmanns. Daniels Mitgefühl, das bis gerade noch allein dem geprügelten Pony gegolten hatte, übertrug sich auf seinen Bruder. »Es tut mir Leid, dass unsere Bekanntschaft auf so scheußliche Weise begonnen hat, Robert. Aber ich habe eine großartige Neuigkeit für dich: Dein Vater ist nach Hause gekommen.«

Für einen winzigen Moment weiteten sich die Augen des Jungen, und ein Lächeln begann auf seinen Lippen, aber er scheuchte es gleich wieder fort, verwandelte es in einen bitteren Zug. »Das kümmert mich nicht.«

»Doch. Ich sehe, dass es das tut. Und das sollte es auch. Er ist ein berühmter Ritter und ein großer Mann. Du kannst stolz auf ihn sein.«

»Ich nehme an, er bezahlt Euch dafür, dass Ihr solche Dinge sagt, was?«

Daniel lachte in sich hinein. »Das braucht er nicht, ich sag es ganz freiwillig und kostenlos. Aber wenn du meinst, dass ich in seinem Dienst stehe, das ist richtig.«

Robert zeigte ein kleines Lächeln, das ihn unerwartet scheu wirken ließ.

Daniel setzte sich im Schneidersitz vor ihn. »Wer ist dein Lehrer?«

»Vater Alexander.«

»Ich meine, dein Waffenlehrer.«

»Sir Joseph Fitzalan.«

Sir Tristans Sohn, wusste Daniel. Eine gute Wahl. »Und hat er dir nicht beigebracht, dass ein Gentleman niemals einen Schwächeren schlägt?«

»Doch.«

»Diese Regel gilt auch für Tiere. Jedenfalls in Waringham. Das weißt du doch, oder?«

Robert sagte weder ja noch nein. »Ihr hattet kein Recht, ihn einfach laufen zu lassen«, wiederholte er bockig. »Es wird Stunden dauern, ihn wieder einzufangen.«

»Heute kriegst du ihn todsicher nicht mehr«, gab Daniel zurück und machte aus seiner Befriedigung ob dieser Tatsache keinen Hehl.

»Aber er gehört mir. Er hat mir gefälligst zu gehorchen!«

Daniel erinnerte sich daran, wie es sich anfühlte, wenn man noch so jung war und vom Schicksal gebeutelt und sich danach sehnte, wenigstens irgendetwas kontrollieren zu können. »Pferde sind in der Regel treue Geschöpfe. Ich bin sicher, das gilt auch für deinen … wie heißt er überhaupt?«

»Bill. Nach dem König, der die Ponys im New Forest unter seinen Schutz gestellt hat.«

»Für deinen Bill. Es ist nichts Niederträchtiges in ihm.«

»Woher wollt Ihr das wissen?«

Er hat die Gabe nicht, ging Daniel auf. »Es ist so, glaub mir. Sie lassen sich von uns zähmen und dienen uns willig, und dafür steht ihnen zu, dass wir sie gut behandeln.«

»Aber er dient mir nicht willig«, widersprach der Junge, es klang beinah ein bisschen verzweifelt. »Das hat er noch nie getan.«

»Vermutlich ist er schon falsch zugeritten worden. Ich weiß nicht, wie lange ich hier sein werde, aber wenn du willst, werde ich versuchen, ihm das Zackeln abzugewöhnen.«

»Das würdet Ihr tun?«, fragte Robert verwundert.

Daniel zuckte mit den Schultern. »Warum denn nicht. Aber dafür musst du mir schwören, dass du in Zukunft anständig zu ihm bist.«

Robert schwieg einen Moment und schlug sich leicht mit der Faust gegen den Oberschenkel. Es war eine rastlose Geste. »Wer seid Ihr, Sir?«, fragte er schließlich.

Der junge Ritter zögerte einen Moment. Dann sah er Robert in die Augen. »Man nennt mich Daniel Raymondson.«

Robert war ein aufgeweckter Knabe und verstand sofort, was dieser Name zu bedeuten hatte. Seine Miene, die gerade begonnen hatte, sich ein wenig aufzuhellen, wurde wieder feindselig. »Ich will, dass Ihr die Finger von meinem Pony lasst«, beschied er.

Daniel kam auf die Füße. »Robert, hör mir zu …«

»Und ich werde meinem Vater erzählen, was Ihr getan habt!«

»Das würde ich mir an deiner Stelle verdammt gut überlegen. Er hat für Pferdeschinder nichts übrig.«

Ohne ein weiteres Wort wandte der Junge sich ab, zwängte sich unter vernehmlichem Zweigeknacken durch die Haselsträucher und rannte davon.

Eugénies Anblick war ein herber Schlag. Raymond stand an der Bettkante und sah fassungslos auf sie hinab.

Seine Frau lag reglos auf dem Rücken und schnarchte wie eine Kompanie Bogenschützen. Die Hände ruhten, zu losen Fäusten geballt, links und rechts neben ihrem Kopf auf einem fleckigen Kissen, das Gesicht war ihm zugewandt. Es wirkte aufgedunsen, und die Haut hatte die Farbe von Brotteig. Eugénie trug nur ein kurzärmeliges Hemd, das einen deutlichen Grauschleier aufwies und vorn auf der Brust besudelt war. Die ganze Kammer stank nach ihrem ungewaschenen Leib und Erbrochenem.

Raymond überwand seinen Schrecken, packte sie an der Schulter und rüttelte sie ein wenig. »Eugénie! Wach auf.«

Sie rührte sich nicht.

Raymond rüttelte schon weniger zaghaft und hob die Stimme: »Komm zu dir, Eugénie, verflucht sollst du sein!«

Das Schnarchen verstummte, und langsam schlug sie die Lider auf. Als sie Raymond erkannte, stieß sie ein kleines, heiseres Lachen aus. »*Mon cher mari* …«

»Sprich Englisch«, knurrte er. »Und nimm dich zusammen. Sieh dich nur mal an. Das ist ja widerlich.«

Sie gab einen schwachen Laut von sich, der eine weinerliche, selbstmitleidige Note hatte, und wandte den Kopf ab. »Hast du den weiten Weg nach Hause gemacht, um mir das zu sagen?«

Raymond trat ans Fenster, das sein Vater für teures Geld hatte verglasen lassen, löste den Haken und stieß die beiden Flügel behutsam auf. Gierig atmete er ein paar Mal tief durch und sog die laue Abendluft ein, dann wandte er sich wieder um. »Wie kannst du dich nur so gehen lassen? Wenn dir gleich ist, was du dir selbst antust, dann denk wenigstens an unseren Sohn.«

Sie fing an zu lachen. Es begann als albernes Kichern, wurde allmählich lauter, und ehe es sich zu unkontrollierter Hysterie steigerte, war er wieder zu ihr getreten und hatte ihren Arm umklammert. Mit einem Ruck riss er sie vom Bett, und Eugénie landete unsanft am Boden. Aber sie tat sich nichts. Erstaunlich behände fing sie den Sturz ab, warf den Kopf in den Nacken und antwortete: »Aber gerade ihn will ich doch vergessen, mein teurer Gemahl. Du bist ja nie hier. Du kannst es ja nicht wissen: Dein Sohn, Monseigneur, ist ein Ungeheuer.«

Nur mit Mühe hielt Raymond sich davon ab, nach ihr zu treten, und weil er sich nicht trauen konnte, wich er einen Schritt zurück. Einen Augenblick starrte er noch auf sie hinab, dann ging er zur Tür und riss sie auf. »Rose? Rose! Komm her, auf der Stelle!«

Nach wenigen Augenblicken erschien die Magd und knickste keck. »Willkommen daheim, Mylord.«

Er zog sie über die Schwelle. »Sieh dir das an. Diese Kammer ist ein Schweinestall, und Lady Eugénie … braucht offensichtlich Hilfe. Wieso geschieht hier nichts? Wie konntest du es so weit kommen lassen?«

Rose riss erschrocken die Augen auf. »Sie … sie schließt sich tagelang ein, Mylord. Was soll ich da machen?«

»Sie schließt sich ein?«, wiederholte er ungläubig. »Ich bin sicher, dir war es recht so, das war ganz bequem, nicht wahr?«

»Mylord …«, begann sie empört, aber Raymond hob einen Zeigefinger und sah ihr in die Augen. »Ich will keine Ausflüchte hören.« Der Finger bebte.

Er wandte sich kurz ab, spähte hinter die Tür und zog sein Schwert. Rose stieß einen kleinen Schreckensschrei aus und wich zurück. Drei-, viermal ließ Raymond den Knauf seiner schweren Waffe auf den Eisenriegel niederfahren, bis der klirrend zu Boden fiel. »Damit hat sich das Einschließen erledigt«, knurrte er. »Und das hätte euch auch einfallen können.«

Sie ist die Herrin der Burg, lag Rose auf der Zunge, wer von uns hätte das wagen sollen? Aber sie schluckte es lieber herunter.

Raymond machte eine weit ausholende Geste, die seine Frau und den ganzen Raum umfasste. »Schaff hier Ordnung. Bereite Lady Eugénie ein Bad und hilf ihr.«

»Aber sie will nicht …«

»Nein? Nun, vielleicht überlegt sie es sich anders, wenn ich ein paar Wachen schicke, die sie in den Zuber setzen.« Er vergewisserte sich mit einem raschen Seitenblick, dass seine Frau diese fürchterliche Drohung gehört und verstanden hatte. Ihre weit aufgerissenen Augen deuteten darauf hin.

»Bring ihr saubere Kleider, und in einer Stunde will ich sie unten in der Halle sehen. Präsentabel, hast du verstanden? Und Rose, lass dich nie wieder dabei erwischen, dass du sie dermaßen vernachlässigst.«

»Aber Mylord, ich werd nicht mit ihr fertig«, jammerte die eingeschüchterte Magd. »Sie ist wie von Sinnen, wenn sie betrunken ist, und stärker als ich.«

»Dann wirst du in Zukunft …« Er brach ab und fuhr zu Eugénie herum. Sie hatte sich inzwischen aufgerichtet, saß am Boden und führte einen Becher an die Lippen, der offenbar neben dem Bett gestanden hatte. Mit zwei Schritten hatte Raymond sie erreicht, riss ihr den schweren Pokal aus den Fingern und schleuderte ihn aus dem Fenster. »Du hast deinen letzten Tropfen Wein getrunken, Lady Eugénie, ich schwör's bei Gott.«

Sie wich vor ihm zurück, schlug die Hände vors Gesicht und fing bitterlich an zu weinen. Er hörte, dass sie verzweifelt war und sich fürchtete. Aber er verschloss sich gegen sein Mitgefühl.

»In einer Stunde«, sagte er im Hinausgehen zu Rose.

Mit gesenktem Kopf eilte Raymond die Stufen hinab, immer noch völlig außer sich. Er verließ den Bergfried, wandte sich nach rechts, umrundete das beinah quadratische Gebäude und kam auf der Rückseite in den Rosengarten. Sofort fühlte er sich ein wenig besser. Die Ruhe und Schönheit dieses Ortes waren so mächtig, dass sie selbst auf ein Urgestein wie Raymond of Waringham ihre Wirkung nicht verfehlten. Allmählich verwandelte sein wütendes Stapfen sich in einen natürlicheren, leichten Schritt, während er zwischen den Büschen und kleinen Hecken über das kurz geschnittene Gras lief, und als er das Ende des Gartens an der Südmauer der Burg fast erreicht hatte, traf er seinen Sohn.

Der Junge saß auf einer der steinernen Bänke, hatte die Knie angezogen und die Arme darum geschlungen und schaute ein paar Schwalben bei der Jagd am wolkenlosen Himmel zu.

»Robert!«, rief Raymond aus und trat mit einem breiten Lächeln zu ihm.

Der kleine Kerl fuhr leicht zusammen, und als er ihn entdeckte, sprang er auf.

Was für ein blasser, magerer Hänfling, dachte Raymond beklommen. »Weißt du, wer ich bin?«

Robert legte den Kopf schräg. »Mein Vater?«

Raymond lachte. »So ist es.« Ihm ging auf, dass er keine Ahnung hatte, was ein Knabe in Roberts Alter von seinem Vater für eine Begrüßung erwartete. Gewiss war der Junge schon zu groß, um väterliche Umarmungen zu schätzen. Also fuhr er ihm über die blonden Locken – eine Spur zu rau vielleicht – und verbarg seine Unsicherheit hinter einem neuerlichen Lachen. »Erinnerst du dich überhaupt noch an mich?«

»Ich fürchte, nein, Mylord, wenn ich ehrlich sein soll.«

»Nun, das ist allein meine Schuld. Ich war zu lange fort.« Er setzte sich auf die Bank und zog Robert neben sich. »Es ist ein großer Krieg, den wir ausfechten, verstehst du. Das dauert seine Zeit.«

Robert schaute unverwandt zu ihm auf. »Und werdet Ihr nun hier bleiben?«

»Ein paar Wochen, schätze ich. Aber der Krieg ist noch nicht aus. Wenn du willst, erzähl ich dir davon.«

Robert hatte nicht das geringste Interesse an Geschichten über diesen endlosen, fernen Krieg, aber er wollte nicht unhöflich erscheinen. »Das wäre sehr freundlich, Mylord.«

Raymond legte ihm den Arm um die knochigen Schultern und zog ihn kurz an sich. »Sei nicht so förmlich, mein Junge. Ich weiß, ich bin ein Fremder für dich, aber ich bin trotzdem dein Vater. Wir werden uns schon kennen lernen, jetzt da ich hier bin, du wirst sehen. Reitest du gern zur Jagd?«

Robert dachte unbehaglich an sein Pony, das er notgedrungen auf der Südweide gelassen hatte, da es sich tatsächlich nicht hatte einfangen lassen, nickte aber wahrheitsgemäß. »O ja, Sir.«

»Gut! Dann lass uns morgen jagen. Sag mir, wer deine Freunde sind, und wir nehmen sie und ihre Väter mit und machen uns einen vergnüglichen Tag, nur unter Männern. Was hältst du davon?«

»Ich hab keine Freunde«, eröffnete Robert ihm.

Raymond runzelte verwundert die Stirn. Es gab eine Reihe Jungen in Roberts Alter auf der Burg, Söhne seiner Ritter, und im Dorf erst recht. »Wie ist das möglich?«

»Die anderen Jungen hänseln mich wegen meiner Mutter«, erwiderte Robert achselzuckend. »Ich bin lieber allein.«

Raymonds Brust zog sich zusammen. Er wusste, wie erbarmungslos Kinder zueinander sein konnten – sein Stiefbruder Mortimer und er hatten sich in dieser Kunst sehr hervorgetan, ehe sie Freunde wurden. »Ich kümmere mich um deine Mutter«, versprach er. »Du wirst sehen, die Dinge werden sich ändern.«

Aber Robert war skeptisch. »Das hat Onkel John auch gesagt, als er zuletzt hier war. Er hat ihr stundenlang ins Gewissen geredet und alle angewiesen, dafür zu sorgen, dass sie nichts mehr zu trinken bekommt. Mägde, Ritter, Damen – alle. Aber es nützt einfach nichts. Sie ist listig und findet immer einen Weg, sich Wein zu beschaffen.«

»Von heute an nicht mehr«, prophezeite Raymond grimmig. Notfalls würde er sie in ein Verlies sperren, bis sie ausgenüchtert war und zur Vernunft kam. Ihm war es gleich. Er würde tun, was nötig war.

Robert stellte verwundert fest, dass er ihm glaubte. Mit einem warmen Lächeln schaute er zu seinem Vater auf.

Eugénie erschien tatsächlich zum Essen in der Halle. Auf nicht ganz sicheren Beinen kam sie die Treppe herab, aber sie hielt den Kopf hoch und steuerte auf geradem Kurs den Sessel an der hohen Tafel an, den ein Page ihr zurückzog. An der kränklich fahlen Gesichtsfarbe hatte sich nichts geändert, aber ihre Erscheinung hatte sich binnen einer Stunde erstaunlich verbessert.

Raymond gab sich einen Ruck, beugte sich zu ihr hinüber und führte ihre eiskalte Hand an die Lippen. »Du siehst bezaubernd aus, Eugénie.«

Das war übertrieben. Sie war schon lange nicht mehr bezaubernd. Als junge Frau war sie rundlich gewesen, inzwischen ging sie aus dem Leim. Aber sie duftete nach irgendeiner parfümierten Seife, ihr Haar war gewaschen und das feine grüne Kleid sauber.

»Danke.« Sie sprach wie im Schlaf, und sie schaute ihn nicht an.

Der Page kam mit dem Weinkrug und wollte ihr einschenken, aber Raymond legte die flache Hand auf ihren Becher. Er sagte kein Wort, und das war auch nicht nötig. Beinah hastig riss der Junge den Krug zurück, umrundete den Herrn der Halle und füllte dessen Pokal.

Eugénie schloss einen Moment die blaugeäderten Lider.

Robert neigte sich ihr zu. Sein Blick war ernst – mitfühlend, hätte man meinen können. Doch was er seiner Mutter zuraunte, war: »Jetzt wirst du *bezahlen*, du versoffenes Miststück.«

Am nächsten Vormittag trafen John und Juliana in Waringham ein. Sie waren bekümmert, dass sie die Beerdigung des alten Fitzalan versäumt hatten, aber Raymonds unerwartete Heimkehr bedeutete eine freudige Überraschung. Je seltener John seinen Bruder sah, umso mehr liebte er ihn. Nach etwa einer Woche in seiner Gesellschaft fing er allmählich wieder an, sich über Raymond zu ärgern, nach zwei Wochen wünschte er ihm die Pest an den Hals. Doch an diesem Tag des Wiedersehens schloss er ihn in aufrichtiger Freude in die Arme. »Mylord! Du siehst blendend aus.«

»Das täuscht«, entgegnete Raymond mit einer ironischen Grimasse und küsste seiner Schwägerin galant die Hand. »Du hingegen bist ein wahrhaft erquicklicher Anblick, Juliana.«

»Oh, verausgab dich nur nicht, Schwager«, gab sie lachend zurück und schob ihre Tochter nach vorn, die sich hinter ihrem Rock versteckt hatte. »Hier. Deine Nichte Katherine. Du wirst sie kaum wiedererkennen.«

Raymond sah ein elfenhaft zierliches Kind mit blondem Haar, Sommersprossen auf der Nase und dunklen Lancaster-Augen. Auf der Stelle schmolz er dahin. Er hockte sich vor sie, nahm behutsam ihre winzige Linke in die Hand und führte sie ebenfalls an die Lippen. »Es ist mir eine Ehre«, beteuerte er lächelnd. Er gab sich Mühe, leise zu sprechen. Er wusste, dass seine dröhnende Stimme kleine Mädchen leicht erschreckte. So unbeholfen er bei dem Wiedersehen mit seinem Sohn gewesen war, wusste er hier plötzlich genau, was er zu tun hatte.

Kate, die Fremden gegenüber sonst meist reserviert blieb, strahlte ihn zutraulich an. »Bist du mein Onkel, der immerzu im Krieg ist?«

Er nickte. »Der bin ich.«

»Und hast du das Hirtenmädchen in der Rüstung gesehen?«, fragte sie weiter.

John und Juliana tauschten einen ungläubigen Blick. Sie hatten keine Ahnung, wo sie das aufgeschnappt hatte.

Raymond schaute stirnrunzelnd zu seinem Bruder auf, ehe er antwortete: »Ja, die hab ich gesehen. Und sie sieht vielleicht komisch aus, kann ich dir sagen. Fast so eine zierliche Fee wie du, und dann in einer Rüstung. Und sie hat sich das Haar geschoren. Kannst du dir das vorstellen?«

Kate kicherte. »Aber wie kann sie …« Sie brach ab, als ihr Cousin hinzutrat, wich einen Schritt zurück und schloss die Faust wieder um Julianas Rockfalten.

Raymond stand auf und legte Robert die Hand auf die Schulter. »Dies ist dein Cousin Robert. An ihn wirst du dich doch gewiss erinnern, ihr seid doch häufig hier.«

Der Junge legte artig die Hand auf die Brust und verneigte sich. »Onkel. Tante. Kate. Willkommen in Waringham.«

John lächelte auf ihn hinab. »Danke, mein Junge. Kate, was soll dieses Getue? Sag deinem Cousin guten Tag.«

Sie knickste hastig, murmelte Unverständliches und warf ihrem Vater einen flehenden Blick zu. Der seufzte ungeduldig, hob sie aber dennoch auf seinen Arm. Kate schlang die Arme um seinen Hals und vergrub das Gesicht an seiner Schulter. Manchmal schalt er sie, war nicht so grenzenlos nachgiebig wie ihre Mutter, aber wenn sie in ernsthafte Nöte geriet, dann war er ihre Fluchtburg.

»Lasst uns nach oben gehen«, schlug Raymond vor. »Es gibt viel zu bereden. Ich fürchte, unsere Jagd muss noch einen Tag warten, mein Junge«, schloss er an seinen Sohn gewandt.

Robert war enttäuscht, aber er hatte es schon geahnt, als er seinen Onkel die Halle betreten sah. »Natürlich, Vater«, murmelte er. Doch Raymond war bereits an der Tür.

John versuchte erst gar nicht, Kate abzusetzen und aufzufordern, mit ihrem Cousin zu spielen. Er hatte sehr wohl gemerkt, dass sie keine großen Stücke auf Robert hielt. Vermutlich waren dessen Jungenspiele ihr zu wild, nahm er an. Er trug sie die Treppe hinauf und drückte sie oben der ersten Magd in die Arme, der er begegnete. »Hüte sie ein Weilchen, Janet.«

Janet war entzückt. »Natürlich, Sir John. Lass uns nachschauen gehen, was wir in der Küche Gutes für dich finden, Engel …«

»Die Franzosen nennen sie ›die heilige Jungfrau von Orléans‹«, berichtete Raymond. »Bedford nennt sie eine Hexe und Teufelsbuhle. Ich kann euch nicht sagen, was stimmt. Ob es das Glück des Teufels oder die Führung der Engel ist, die sie besitzt. Aber eins von beidem hat sie todsicher. Und letzte Woche, ob ihr's glaubt oder nicht, hat sie den Dauphin nach Reims gebracht, wo er in der Kathedrale nach diesem komischen französischen Ritual zum König von Frankreich geweiht wurde.«

»*Was?*«, riefen John und Juliana wie aus einem Munde. »Das ist ein glatter Verstoß gegen den Vertrag von Troyes«, fügte John erbost hinzu.

Raymond hob die Schultern. »Den der Dauphin nie anerkannt hat.«

»Der Erzbischof von Reims hingegen wohl!«

Der ältere Bruder nahm mit einem dankbaren Nicken den gläsernen Weinpokal, den Juliana ihm reichte, und ließ sich auf den Fenstersitz sinken. Unten im Rosengarten schimpfte eine Amsel. »Ich kann dir auch nicht erklären, was plötzlich in ihn gefahren ist, John. Es liegt an ihr. Jeanne von Domrémy. Sobald sie irgendwo aufkreuzt, kriegen die Franzmänner glasige Augen und werden ungewohnt mutig. Und vor Orléans hat sie uns gewaltig ans Bein gepinkelt …« Raymond geriet ins Stocken, weil man so etwas von einer Frau nicht sagte. Es war schon verdammt verwirrend, wenn plötzlich ein Weibsbild eine Armee kommandierte.

»Wann hast du sie gesehen?«, fragte Juliana neugierig.

»Als sie St. Loup einnahm. Eine Festung nahe Orléans, wo ein Teil unserer Belagerungstruppen stand. Der Angriff kam so plötzlich, wir waren zahlenmäßig hoffnungslos unterlegen.« Er hob ratlos die freie Hand. »Es war einfach nicht zu halten. Ihr Ansturm kam wie eine Flutwelle. Das konnten die Franzosen noch nie. Aber wo immer Jeanne auftaucht, haben sie plötzlich Feuer unterm Hintern. Und ihr könnt euch nicht vorstellen, was für ein zierliches Persönchen sie ist. Blutjung – noch keine zwanzig. Winzig kleine Hände.« Er brach schon wieder ab. Sie war so schwierig zu beschreiben, ihr Zauber erst recht. Ihre neue Rüstung funkelte in der Sonne, in einer der kleinen Hände hielt sie ihr weißes Banner mit den goldenen Lilien und zwei Engeln, die Gott Vater flankierten. Und in der Rechten hielt sie ein Schwert. Ein richtiges Schwert. Wie so viele Frauen vom Land war sie viel kräftiger, als sie aussah. Ihre größte Schwachstelle war ihre Stimme, denn wenn sie versuchte, sich über den Schlachtenlärm Gehör zu verschaffen, klang sie doch eher wie ein keifendes Fischweib denn wie ein Feldherr. Die Engländer hatten darüber gefeixt. Aber auch wenn es komisch klang, ihre Befehle waren immer goldrichtig gewesen, und die englischen Belagerer waren aus St. Loup vertrieben, ehe sie so recht begriffen hatten, was eigentlich geschah. Und die ganze Zeit hatte Raymond auf der Brustwehr gestanden und immer wieder zu ihr hinabgeschaut, während er die eingedrungenen Franzosen zurückzuschlagen versuchte, weil er fürchtete, ihr könne in dem wilden Treiben etwas zustoßen.

»Anschließend zog sie nach Nordosten und versammelte alles um sich, was Beine hatte und französisch sprach, und nirgendwo konnten wir sie aufhalten. Nichts gelingt uns mehr, es ist wirklich wie verhext. Am achtzehnten Juni hat sie Talbot und Fastolf bei Patay eine wirklich bittere Schlappe beigebracht, allein Talbot hat fast vierhundert Mann verloren und geriet in Gefangenschaft. Danach hätte sie Paris nehmen können, wenn sie gewollt hätte. Stattdessen hat sie den Dauphin beim Händchen genommen und zu seiner Königsweihe geschleift. Jetzt nennt er sich Charles VII., König von Frankreich.« Raymond seufzte tief. »Wir müssen irgendwas tun, und zwar schnell. Aber ich will verdammt sein, wenn ich weiß, was.«

John verspürte Übelkeit bei der Vorstellung, dass der widerwärtige, x-beinige Dauphin mit geschwellter Brust einherstolzierte und sich König von Frankreich nannte.

»Und was macht Burgund?«, fragte er argwöhnisch. Sein Misstrauen gegen alle Franzosen übertrug sich immer leicht auf den mächtigen Herzog, der ihr wichtigster Verbündeter war.

»Oh, noch steht er und wankt nicht«, wusste Raymond zu berichten. »Er regt sich bei weitem nicht so auf wie Bedford. Burgund glaubt, dass dem Dauphin schlicht das Geld fehlt, um die Jungfrau noch lange mit Truppen zu versorgen. Aber Bedford ist ziemlich außer sich. Und das ist verständlich. Mit dem Dauphin als König ist seine Stellung als Regent natürlich in Frage gestellt. Gott allein weiß, wie Paris sich verhalten wird.«

»Und ausgerechnet jetzt führt Kardinal Beaufort ein Kreuzfahrerheer nach Böhmen«, sagte John beunruhigt. »Dabei bräuchte Bedford jeden verfügbaren englischen Soldaten in Frankreich.«

Raymond gab ihm Recht, wandte aber ein: »Dem Kardinal bleibt nichts anderes übrig. Er steht beim Papst im Wort. Und wenn Rom sich gegen uns wendet, können wir unsere Zelte auf dem Kontinent bald abbrechen.«

»Das musst du mir nicht erzählen«, gab sein Bruder hitzig zurück. »Aber Gloucester wird Kapital daraus schlagen und es für eine neue Attacke gegen Beaufort nutzen, sei versichert.«

Gloucester machte Raymond keine großen Sorgen. Vielleicht lag es daran, dass er den Herzog und Lord Protector schon gekannt hatte, als der noch in den Windeln lag, jedenfalls konnte er ihn nie so richtig ernst nehmen. Und seinem Onkel Kardinal Beaufort, glaubte Raymond, konnte Gloucester niemals das Wasser reichen.

»Apropos Gloucester: Was ist das für eine wilde Geschichte, die ich da gehört habe? Arthur Scrope ist Gloucesters Gemahlin an die Wäsche gegangen? Hat er jetzt endgültig den Verstand verloren?«

John lächelte. Er begriff die Hintergründe genauso wenig wie alle anderen, aber Arthur Scropes tiefer Sturz erfüllte ihn natürlich mit großer Befriedigung. Er bemühte sich erst gar nicht, aus seiner Schadenfreude einen Hehl zu machen.

»Viel Verstand hatte er ja nie«, behauptete er boshaft. »Ich kann dir auch nicht sagen, was genau passiert ist. Scrope kam mit seinem Bruder und Gloucester zusammen nach Windsor, irgendwann Mitte Mai. Sie waren ein Herz und eine Seele. Gloucester hatte John Scrope ein paar der konfiszierten Ländereien zurückgegeben und mir angedeutet, ich solle Arthur in die Leibwache aufnehmen, wenn ich mir nicht sein Missfallen zuziehen wolle. Gloucesters, meine ich, nicht Arthurs. Das hatte ich ja bereits. Tja, und was soll ich dir sagen, Raymond? Zwei Tage später erscheint Gloucester wutentbrannt in der Halle, seine in Tränen aufgelöste Gemahlin im Schlepptau, und bezichtigt Arthur Scrope vor dem versammelten Hof, er habe der schönen Lady Eleanor im Wald oberhalb des Flusses aufgelauert und sich ihr aufzuzwingen versucht. Scrope wurde ganz grün im Gesicht. Ich dachte, er fällt in Ohnmacht. Und er hat es so entrüstet geleugnet, dass ich fast geneigt war, ihm zu glauben. Aber dann erzählte Lady Eleanor ihre Version. Tränenreich. Sie hat alle überzeugt. Und Scrope wusste nichts mehr zu sagen. Da und dort ließ Gloucester ihn in Ketten legen. Am nächsten Morgen brachten sie ihn nach London und sperrten ihn in den Tower. Und da schmort er nun.«

Juliana zog unbehaglich die Schultern hoch. Im Gegensatz zu John erinnerte sie sich nur ungern an diese Szene. Während Lady Eleanor dem Hof ihre erfundenen Nöte schilderte, die verblüffende Ähnlichkeit mit dem hatten, was sie selbst tatsächlich erlebt hatte, hatte Scrope Juliana unverwandt angestarrt. Hasserfüllt, verständnislos und – das war das Schlimmste – gekränkt. Zum Glück hatte es niemand bemerkt, denn alle hingen an Lady Eleanors Lippen. Doch Juliana war sein unverwandter Blick unheimlich gewesen. Nicht so unheimlich allerdings wie ihr Vater. Würdevoll, über jeden Zweifel erhaben hatte er gewirkt in seinem Kardinalsrot und dem kurzen Hermelinumhang. Ein hoher Fürst der heiligen Mutter Kirche, Verteidiger ihres Glaubens und Bewahrer ihrer Tugenden. Mit verschränkten Armen und ausdrucksloser Diplomatenmiene hatte er an der hohen Tafel gesessen und der abscheulichen Geschichte gelauscht, als höre er sie zum ersten Mal. Nur einmal, als er Julianas Blick auf sich spürte, hatte er eine Braue hochgezogen, und seine Augen glommen kurz auf, ohne dass er seine Tochter auch nur ein einziges Mal anschaute. Und in dem Moment war ihr aufgegangen, wie mächtig und gefährlich er in Wahrheit war. Er hatte die Gemahlin seines erbitterten Widersachers irgendwie dazu bewogen, sich in eine schmachvolle Situation zu begeben und vor dem Hof Dinge zu sagen, über die eine Dame nicht sprach, und dabei legte er so große Gelassenheit an den Tag, dass niemand im Traum darauf gekommen wäre, er könnte mit der Geschichte irgendetwas zu tun haben.

»Habt Ihr sie erpresst?«, hatte Juliana ihren Vater rundheraus gefragt, als sie ihn während Johns nächster Nachtwache noch einmal aufsuchte.

»Wenn du es so nennen willst.«

»Aber … aber das war nicht recht, Mylord! Es war qualvoll für Lady Eleanor, und nun habe ich ein schlechtes Gewissen und …«

Er hatte die Hand an ihre Wange gelegt. Erschrocken war sie verstummt, denn es kam so selten vor, dass er sich ihr gegenüber väterliche Gesten gestattete.

»Gott segne dich. Aber das solltest du nicht, Juliana. Das ist nicht nötig. Wie du sicher weißt, bedarf es eines dunklen Geheimnisses, um jemanden zu erpressen. Eleanor Cobhams ist an Abscheulichkeit kaum zu überbieten. Und nun, da sie weiß, dass ich über ihr Geheimnis im Bilde bin, muss sie ihren … nun, sagen wir, sie muss ihren Lebenswandel ändern.«

Juliana konnte ihre Neugier nicht zügeln. »Was ist es, das Ihr über sie wisst?«

Er hatte lächelnd den Kopf geschüttelt.

»Und … wusstet Ihr es schon länger? Ja, nicht wahr? Aber

Ihr habt auf eine Gelegenheit wie diese gewartet, da Lady Eleanor Euch nützlich sein könnte. Weil sie Gloucesters Frau ist.«

»Das nennt man Politik. Im Übrigen besteht keine Veranlassung, dass du dich so entrüstest. Arthur Scrope hat bekommen, was er verdient, und wird vorläufig kaum in die königliche Leibwache eintreten. Somit habe ich der Krone einen Dienst erwiesen, dir ebenfalls und, wie es sich fügte, Lady Eleanor Cobhams Seelenheil und der heiligen Mutter Kirche auch.«

Wider Willen hatte Juliana lächeln müssen. »Mir scheint, das war selbst für einen Kardinal keine geringe Leistung, Mylord.«

Aber die ganze Affäre bereitete ihr immer noch mehr Unbehagen als Genugtuung, und so entschuldigte sie sich bald, um John und Raymond nicht länger zuhören zu müssen, die bei dem Thema einfach kein Ende fanden.

»Ich geh und schaue nach Eugénie. Ich habe sie noch gar nicht begrüßt.«

»Was immer sie dir vorjammert, gib ihr nichts zu trinken, Juliana«, warnte Raymond.

Sie nickte seufzend.

Die Familie und Daniel nahmen das Nachtmahl in dem Wohngemach über der Halle ein, nur Eugénie fehlte. Die Kinder waren still. Robert beäugte seinen großen Halbbruder, der so vertraut mit ihrem Vater umging, voller Argwohn. Selbst als er einigermaßen sicher war, dass Daniel den Vorfall mit dem Pony nicht erwähnen würde, entspannte er sich nicht. Kate saß zusammengekauert an ihrem Platz, als wolle sie sich kleiner machen, als sie ohnehin schon war, und aß so gut wie nichts. Die Erwachsenen schienen von alldem nichts zu bemerken, denn sie unterhielten sich angeregt über das Gestüt und die gerade begonnene Ernte.

Doch nachdem die Kinder im Bett waren und Juliana zurückkehrte, murmelte Raymond: »Was für ein stilles Bürschchen er ist. Robert, meine ich. Ich war ganz anders in seinem Alter. Wahrscheinlich ist seine Mutter daran schuld …«

»Raymond, hab ein bisschen Geduld mit Eugénie«, bat Juliana. »Und wenn du kannst, kümmere dich ein wenig um sie.«

»Das hab ich«, protestierte er. »Ich habe dafür gesorgt, dass sie aufhört zu saufen, und eines Tages wird sie mir dafür dankbar sein.«

»Aber du hast nichts getan, um ihr den Lebensmut zurückzugeben. Sie ist schwermütig.«

Er knurrte angewidert. »Es hat ihr hier niemals an irgendetwas gemangelt. Sie hat einen Sohn und einen großen Haushalt, um die sie sich kümmern sollte. Was will sie denn noch?«

»Es ist nicht so einfach, wie du annimmst«, entgegnete seine Schwägerin. »Robert … hat seine Mutter immer abgelehnt. Schon als ganz kleines Kind. Sobald er laufen konnte, war er ständig vor ihr auf der Flucht.«

»Ich kann's ihm nicht verübeln, armer Junge …«

»Aber sie hat sich wirklich um ihn bemüht. Du warst ja fast nie hier und kannst es nicht wissen, aber ich war dabei. Sie kam ja damals auch noch oft an den Hof und brachte Robert mit. Doch er hat sich geweigert, französisch zu lernen, und sie immer abgewiesen. Manche Kinder sind so, man kann nichts dagegen tun. Das ändert aber nichts daran, dass es bitter für sie ist und sie sich Vorwürfe macht.«

»Das trifft sich gut, denn die mach ich ihr auch.«

»Vielleicht, wenn ihr ein zweites Kind bekämet …«

Raymond stieß einen Laut des Abscheus aus. »Eher gehe ich ins Kloster …«

»Ja, siehst du denn nicht, dass du ihr irgendeinen Grund geben musst, wofür sie weiterleben soll? Wie wirst du dich fühlen, wenn sie sich aus dem Fenster stürzt?«

Die Unterhaltung wurde Raymond zu brenzlig. Polternd stellte er seinen Becher ab und stand auf. »Willst du eine ehrliche Antwort?«

»Nein, ich glaube, lieber nicht«, gab Juliana zurück.

Raymond war entzückt von dem wütenden Funkeln in ihren Lancaster-Augen, aber daraus machte er lieber einen Hehl. Mit einem verstohlenen Seufzer löste er den Schlüsselbund vom Gürtel. »Hier. Die hab ich ihr gestern abgenommen. Hüte du sie ein Weilchen, sei so gut.«

Juliana verschränkte die Arme. »Das könnte dir so passen.«

»Du bist die Frau meines Stewards, also wirst du sie nehmen!«

»Ich werde dir nicht dabei helfen, der Dame der Halle den letzten Rest ihrer Würde zu rauben, ganz gleich, wie laut du brüllst, Schwager.«

John schritt ein, ehe es zwischen seinem hitzköpfigen Bruder und seiner womöglich noch hitzköpfigeren Frau zu Handgreiflichkeiten kommen konnte. »Gib sie mir, Raymond. Und morgen überlegen wir, wem wir sie anvertrauen, wenn Juliana und ich an den Hof zurückkehren.« Er fing den schweren Ring auf, den sein Bruder ihm zuwarf.

Raymond ging zur Tür. »Ich brauche frische Luft.«

John, Juliana und Daniel fragten sich, wer die Auserwählte wohl sein mochte, zu der er jetzt ging. Die vergangene Nacht hatte Lord Waringham jedenfalls nicht auf seiner Burg verbracht.

»Daniel, mir wäre wohler, wenn deine Mutter sich Eugénie einmal anschauen würde«, bekannte Juliana.

»Ich sag's ihr«, erbot sich der junge Ritter. »Aber du solltest dir nicht zu viel davon erhoffen. Sie ist Kräuterfrau und Hebamme, keine Wunderheilerin.«

»Das würde ich nicht unbedingt sagen«, widersprach John. »Ich hab sie selbst das eine oder andere Wunder vollbringen sehen.«

Daniel seufzte. »Lady Eugénie ist ein zu schwerer Fall, fürchte ich.«

»Ich bin wirklich in Sorge um sie«, bekannte Juliana. »Sie war furchtbar elend, als ich zu ihr kam, zitterte und fror …«

»So geht es allen, die nicht vom Weinfass lassen können und dann plötzlich nüchtern werden. Es ist normal«, warf John ohne jedes Mitgefühl ein.

Juliana sah ihn kopfschüttelnd an. »Du bist nicht besser als dein Bruder. Du hast sie nie ausstehen können, weil sie Französin ist. Und nun verübelst du ihr, dass der Dauphin sich hat krönen lassen. Merkst du eigentlich nicht, wie ungerecht und blödsinnig das ist?«

John setzte sich entrüstet auf. »Damit hat es nicht das Geringste zu tun. Eugénie ist selbstmitleidig, schwach und selbstsüchtig, und das war sie immer schon. Von verrückt ganz zu schweigen. Obendrein ist sie eine miserable Mutter, die nie etwas anderes als Abscheulichkeiten über ihren Sohn zu sagen findet. Mein Bruder ist wirklich zu bedauern.«

Juliana schwieg. Sie wusste, die Wahrheit war, dass sowohl Raymond als auch John Eugénie nie wirklich eine Chance gegeben hatten.

»Gestattest du mir ein offenes Wort, Onkel?«, erkundigte sich Daniel. Er begegnete ihm immer höchst respektvoll, denn er wusste, John hatte ihm seine Flucht vom Hof nie ganz verziehen.

Doch statt des erwarteten Stirnrunzelns nickte John bereitwillig. »Natürlich.«

»Ich fürchte, es ist nicht alles gelogen, was Lady Eugénie über ihren Sohn sagt, Sir. Er ist manchmal ... ein ziemlicher Rabauke.«

»Und woher willst du das wissen?«, fragte John. »Du hast ihn seltener gesehen als ich.«

»Das ist wahr«, räumte Daniel ein. Nach kurzem Zögern entschied er sich dagegen, John von der Sache mit dem Pony zu erzählen, denn er wusste, sein kleiner Bruder hätte danach einen sehr schweren Stand bei ihrem Onkel gehabt. »Meine Mutter hat von ihm gesprochen. Sie sorgt sich um ihn. Und sie sorgt sich um Waringham.«

John horchte auf. »Inwiefern?«

»Weil Robert eines Tages Lord Waringham sein wird. Und die alten Gevattern im Dorf sagen, dann wird es werden wie zu Sir Mortimers Zeiten: Ein unbarmherziger Schinder wird die kleinen Leute von Waringham in den Staub treten.«

»Was die Bauern immer so reden«, bemerkte Juliana abschätzig. »Robert ist noch so jung, und er hat es wirklich nicht leicht. Es ist nicht recht, dass sie hässlich von ihm sprechen, statt ein wenig Mitgefühl zu zeigen.«

Daniel wusste nicht, wie er ihr erklären sollte, dass die Bauern ein unfehlbares Gespür für solche Dinge hatten, weil ihre Zukunft, gar ihr Leben davon abhängen konnte. Er zögerte noch einen Moment, dann erkundigte er sich: »Hast du dich nie gefragt, warum deine Tochter solch eine Todesangst vor ihrem Cousin hat?«

Sie winkte ab. »Sie fürchtet sich derzeit vor jedem Schatten. Das liegt an ihrem Alter, es wird vergehen.«

»Bist du sicher? Oder fürchtet sie sich vor jedem Schatten, seit Robert sie im Winter ein paar Stunden in eins der Verliese im Keller gesperrt hat, als die Masern in Waringham umgingen?«

John richtete sich auf. »Er hat *was* getan?«

Daniel nickte. »Er wollte ihr zeigen, wie es ist, wenn man blind wird. Und hat sie nicht kurz darauf die Masern bekommen?«

»Oh, Jesus«, murmelte Juliana erschüttert. »Mein armes Kind.« Sie konnte die Vorstellung, welche Ängste Kate ausgestanden hatte, kaum ertragen. »Sie hat mir kein Wort davon gesagt.«

»Nein, das will ich glauben. Robert hat ihr angedroht, er werde sie wieder im Dunkeln einsperren und nie wieder rauslassen, wenn sie euch etwas sagt.«

»Wie kommt es dann, dass du davon weißt?«, wollte John wissen.

Daniel hob kurz die Schultern. »Kate hat es ihrer Amme erzählt, die Amme der Köchin, die Köchin meiner Mutter und sie mir. Und bevor du fragst: Die Mägde haben euch nichts gesagt, weil sie sich vor Robert beinah so fürchten wie Kate.«

John sann immer noch über diese beunruhigende Geschichte nach, als er sich am nächsten Morgen Richtung Dover auf den Weg machte, um den Kardinal zu verabschieden, der dort mit seinen Truppen lagerte, um nun endlich auf seinen Kreuzzug zu gehen.

Das Zeltlager erstreckte sich über eine hügelige Wiese oberhalb des Hafens. Es war das erste Mal seit vielen Jahren, dass John eine Armee vor dem Aufbruch auf den Kontinent sah, und er stellte fest, dass der Lärm und Gestank in Wahrheit weit schlimmer waren als in seiner Erinnerung. Doch das Lager wirkte wohl geordnet, und er sah keine betrunkenen Soldaten. Beaufort, der selbst keine großen Erfahrungen als Feldherr besaß, hatte es wieder einmal verstanden, die richtigen Männer für diese Aufgabe zu wählen.

Sein geräumiges und prunkvolles Zelt stand ein wenig abseits auf der Kuppe eines Hügels.

Der Kardinal saß nicht mit seinen Kommandanten zusammen, wie John erwartet hatte, sondern kniete vor einem kleinen, aber sehr kostbar bemalten und vergoldeten Altar an der Ostseite des Zeltes und betete. Er hatte den Kopf gesenkt, die Augen geschlossen und wirkte vollkommen versunken.

John verharrte reglos am Eingang. Beaufort spürte seine Gegenwart dennoch, und nach wenigen Augenblicken bekreuzigte er sich, stand ohne erkennbare Mühe auf und wandte sich um. »Es ist schade, dass ich Euch nicht mitnehmen kann, wisst Ihr«, sagte er zur Begrüßung.

John verneigte sich. »Ich kann nicht behaupten, dass es mich je sonderlich gedrängt hat, das Kreuz zu nehmen, Mylord.«

»Nein.« Beaufort seufzte tief. »Mich auch nicht, mein Sohn, glaubt mir. Doch der Papst hat mir erklärt, das Rot meiner Kardinalswürde solle mich daran erinnern, dass ich bereit sein müsse, für die heilige Kirche mein Blut zu opfern.« Mit einer Geste lud er John ein, am Tisch Platz zu nehmen, und sein Schwiegersohn schenkte den Wein ein. Über die Jahre war es ein vertrautes Ritual geworden.

»Wann segelt Ihr?«, fragte John.

»In zwei oder drei Tagen. Es sind noch nicht alle nötigen Schiffe hier, weil ich sie noch nicht alle bezahlt habe. Dieses kleine Abenteuer verschlingt ein Vermögen, John.«

»Aber ich dachte, der Papst und die Medici bezahlen Euren Kreuzzug?«

»Hm«, machte der Kardinal unbestimmt und wechselte das Thema. »Ich habe beschlossen, dass der König einen neuen Lehrer braucht. Bruder Matthew war der Richtige, um ihn Schreiben und Lesen und Latein zu lehren, aber er fördert den Jungen nicht in ausreichendem Maße. Es wird Zeit, dass wir anfangen, einen Staatsmann aus ihm zu machen. Warwick hat einen Mann aus Cambridge vorgeschlagen, den er für geeignet hält, aber wie Ihr sicher wisst, traue ich der Universität in Cambridge nicht.«

»Was nur daran liegt, dass Ihr Kanzler in Oxford wart, Mylord«, warf John trocken ein. »In Wahrheit bringt die eine Schule so gute Gelehrte hervor wie die andere.«

»Mag sein. Wir werden sehen. Ich habe Warwicks Wahl vorläufig zugestimmt, weil er immer fürchtet, sein Einfluss auf den König sei geringer als der meine. Aber ich will, dass Ihr diesen Lehrer im Auge behaltet und Euch genau anschaut, wie er Henry bekommt. Schreibt mir, wenn Euch Zweifel kommen.«

»Das werde ich, Mylord«, versprach John.

»Und ich möchte, dass Ihr Henrys Waffenausbildung fortan persönlich übernehmt und systematisch plant. Sie ist bislang immer vernachlässigt worden, weil der König sich für dergleichen nicht interessiert. Aber darauf können wir jetzt keine Rücksicht mehr nehmen. Er muss vieles lernen, und zwar schnell.«

»Werdet Ihr mir verraten, was Ihr im Schilde führt?«

»Nicht nur ich. Der ganze Kronrat ist meiner Ansicht. Fast der ganze Kronrat«, fügte er einschränkend hinzu. »Henry muss so schnell wie möglich gekrönt werden, John. Erst hier, dann in Frankreich. Wir dürfen nicht länger warten. Das ist die einzige Möglichkeit, um dieses schamlose Bauernweib in der Rüstung aufzuhalten und zu verhindern, dass Paris und der burgundische Adel zum Dauphin überlaufen. Dessen Königsweihe hat einen Symbolwert, den wir nicht unterschätzen dürfen. Alle Franzosen, die ihm jetzt nicht folgen, hören in ihrem Innern eine Stimme, die ihnen Verrat vorwirft. Erst wenn mit Henry der rechtmäßige König von Frankreich gekrönt wird, werden sie wieder ruhig schlafen.«

John nickte. »Das war mein erster Gedanke, als Raymond mir von dieser unverschämten Königsweihe des Dauphin erzählte. Aber Gloucester wird nichts davon wissen wollen, Mylord. Und so bedauerlich es auch sei: Gloucesters Einfluss im Kronrat ist derzeit größer als der Eure.«

Der Kardinal lächelte geheimnisvoll. »Die Zeiten sind vorbei. Dafür habe ich gesorgt.«

»Aber er wird einfach alles tun, um diese Krönung zu verhindern«, wandte John skeptisch ein. An dem Tag, da Henry zum König gekrönt wurde, würde Gloucesters Protektorat enden. Darum wollte der ehrgeizige Herzog diesen Tag möglichst lange hinauszögern. »Und sobald Ihr in Böhmen auf dem Kreuzzug seid, wird er wieder alle Mitglieder des Kronrats umstimmen, die gestern noch auf Euch gehört haben.«

»Darum werde ich nicht auf meinen Kreuzzug gehen, John. Jedenfalls nicht jetzt. Der Zeitpunkt ist einfach zu unglücklich.«

John saß wie vom Donner gerührt. »Aber … was wird Papst Martin dazu sagen? Und was tut Ihr dann hier?«

»Ich werde nach Calais übersetzen, um meine Truppen nach Böhmen zu führen. Aber sobald wir gelandet sind, wird Bedford in seiner Eigenschaft als Henrys Regent in Frankreich ein Dekret erlassen, das allen englischen Truppen auf französischem Boden untersagt, das Land vor Jahresende zu verlassen.« Er breitete die Arme aus und schaute John betrübt an. »Ich werde vor einem Fait accompli stehen, John. Was kann ich tun?«

John starrte ihn fassungslos an. Als er merkte, dass sein Mund offen stand, klappte er ihn hastig zu, doch es dauerte noch ein paar Atemzüge, ehe er sich hinreichend gesammelt hatte, um zu sprechen. »Das … das habt Ihr seit Monaten geplant. Seit dieses Hirtenmädchen in Orléans einmarschiert ist.«

Das leugnete der Kardinal nicht. Er erhob sich und begann, in seinem großen Zelt auf und ab zu gehen. »Es ist eine geheime Absprache mit Bedford und einigen wenigen Mitgliedern des Kronrates. Ich vertraue auf Eure absolute Verschwiegenheit, John.«

Der bedachte seinen Schwiegervater mit einem vorwurfsvollen Blick. »Das zu sagen wäre nicht nötig gewesen.«

»Nein. Aber Ihr werdet mir nachsehen, dass ich ein wenig nervös bin, nicht wahr? Wenn Gloucester oder der Papst von diesem Kuhhandel erfahren …«

John nickte überzeugt. »Als ich einmal in Yorkshire war, habe ich in einem einsamen Hochmoor eine abgelegene kleine Franziskanerzelle entdeckt. Dort könntet Ihr vielleicht Unterschlupf finden.«

Beaufort lächelte gallig. »Ich hoffe nicht, dass es dazu kommt. Aber die Wahrheit ist, John, dass mir kaum etwas anderes übrig blieb. Meine Truppen sind Engländer. Ich glaube kaum, dass sie mir nach Böhmen folgen würden, jetzt da Bedford in Frankreich so schwer bedrängt ist. Er braucht sie. Als Gegenleistung für meine Armee und ein weiteres großzügiges Darlehen wird Bedford dem Papst versichern, dass er mich vor vollendete Tatsachen gestellt hat und mir keine andere Wahl blieb.«

»Und Ihr denkt, der Papst wird das glauben?«, fragte John zaghaft.

Beaufort zuckte mit den Schultern. »Vielleicht. Und natürlich werde ich ihm und den Medici ihr Geld zurückzahlen. Aber Papst Martin wird mir trotzdem nicht vergeben. Meine Zukunft in Rom und meine stillen Ambitionen auf den Heiligen Stuhl habe ich begraben, als ich dieses Abkommen mit Bedford traf.«

»Ein großes Opfer, Mylord. Ich hoffe für Euch, dass das, was Ihr dafür bekommt, diesen Preis wert ist.«

Der Kardinal setzte sich ihm wieder gegenüber und sah ihn an. »Das ist es. Ich musste eine Wahl treffen. Zwischen England und Rom. Zwischen Henry und Papst Martin. Ich musste mich entscheiden, ob ich in erster Linie ein Lancaster oder ein Diener der Kirche bin – eine Wahl, vor der ich mich lange gedrückt habe. Jetzt weiß ich es.«

John musste lächeln. »Warum habt Ihr mich nicht gefragt? Ich hätte es Euch sagen und Euch diese harte Probe ersparen können.«

Der Kardinal betrachtete ihn einen Moment versonnen. »Weiß Gott, vermutlich habt Ihr Recht.«

»Und was sonst bekommt Ihr von Bedford für diesen wahrlich hohen Preis?«

»Bedford ist wie Harry – er vergisst niemals, wer ihm einmal einen Dienst erwiesen hat. Er wird mich in Zukunft bei jeder Entscheidung unterstützen, im Zweifel auch gegen seinen Bruder Gloucester. Das ist ein wichtiger Schritt für Englands Wohl und für Henrys.«

John nickte. »Ich weiß, Mylord.«

»Also: Ich sorge dafür, dass der Junge so bald wie möglich gekrönt wird. Ihr sorgt dafür, dass er bereit ist.«

Darauf tranken sie.

London, November 1429

Willst du, dass wir alles noch einmal durchgehen, Henry?«, fragte John.

Der Junge hielt geduldig still, während der Schneider den langen, blauen Krönungsmantel um seine Schultern drapierte und für die allerletzten Änderungen absteckte. »Heute Abend findet im White Tower ein Bankett statt«, begann der König. »Anschließend werde ich den jungen Warwick, den Earl of Devon, den Sohn des Herzogs von Österreich und ein paar andere junge Männer, deren Namen mir entfallen sind, zum Ritter schlagen.«

»Es macht nichts, ich werde dir die Namen zuflüstern, wenn sie vor dir niederknien.«

»Morgen früh ziehen wir nach Westminster. Der Earl of Warwick reitet an meiner rechten, mein Cousin Pedro von Portugal an meiner linken Seite. Ich muss darauf achten, mit beiden gleich häufig zu sprechen. Am Portal der Kathedrale erwarten mich mein Onkel Kardinal Beaufort und die Erzbischöfe und Bischöfe …« Er verstummte, und John sah ihn schlucken.

»Seid Ihr fertig, Master Stokton?«, fragte er den Schneider.

Der nahm dem König den schweren Mantel ab und verneigte sich tief vor ihm. »Ja, Sir«, antwortete er John. »Ich mache mich sofort an die Arbeit und bringe den Mantel noch heute Abend zurück.«

Hoffentlich, dachte John. Aber er hatte es aufgegeben, sich darum zu sorgen, was alles schief gehen konnte, weil sonst die Gefahr bestand, dass er sich bis zum Krönungstag zu Tode grämte.

Der Schneider ging unter vielen Verbeugungen zur Tür. Als John allein mit dem König in dessen Gemach im Wakefield Tower war, bemerkte er: »Du hast überhaupt keinen Grund, dich vor dem zu fürchten, was morgen in der Abteikirche in Westminster passiert, Henry. Es kann gar nicht danebengehen. Du folgst dem Kardinal und den Bischöfen …«

»… die links und rechts des Altars Aufstellung nehmen werden, während Warwick mich zu meinem Krönungsstuhl geleitet, auf dem ich Platz nehme. Die Bischöfe halten das Hochamt, und dann wird mein Onkel, der Kardinal, mir die Krone aufs Haupt setzen.«

Da dieser der höchste Kirchenfürst in England war, hatte der Erzbischof von Canterbury ihm dieses Privileg abgetreten. Man hatte ihn nicht einmal darum bitten müssen. Der Erzbischof schien zu wissen, dass Beaufort für die Krönung seines Großneffen einen hohen Preis gezahlt hatte.

»Was ist, wenn sie mir auf die Augen rutscht? Sie ist viel zu groß!«, beklagte der König.

»Du weißt, dass das nicht passiert, wenn du den Kopf gerade hältst. Wir haben es oft genug probiert.«

Henry ließ sich auf einen Schemel vor dem Kamin sinken. Er

stützte das Kinn auf die Faust und starrte in die Flammen. »Es ist furchtbar, John«, bekannte er leise. »Jeder in dieser Kirche, der mich sieht, wird denken: Was für ein Unsinn. Ein Knabe mit einer zu großen Krone auf dem Kopf. Jeder wird auf einen Blick erkennen, dass ich der Aufgabe noch gar nicht gewachsen bin.«

John trat zu ihm und legte ihm die Hand auf die Schulter. »Du täuschst dich, Sire. Sie werden einen Lancaster sehen, der sein Erbe antritt. Alle werden erleichtert sein, endlich wieder einen gesalbten und gekrönten König zu haben. Und sie werden sehen, dass du zwar noch sehr jung, aber für diese hohe Würde geboren bist. König von Gottes Gnaden.«

Der Junge hob den Kopf und schaute mit furchtsam geweiteten Augen zu ihm hoch. »Woher willst du das wissen?«

John lächelte auf ihn hinab. »Weil *ich* es sehe.«

Und er behielt Recht.

Westminster Abbey war am nächsten Vormittag bis auf den letzten Platz mit Adligen, Rittern und den feinsten der Bürger von London und Westminster gefüllt, und sie alle verfolgten die feierliche Krönungszeremonie mit hoffnungsvollen Blicken. Diejenigen, die den König lange nicht oder sogar noch nie gesehen hatten, staunten, dass ein achtjähriger Knabe so hoch gewachsen sein und so ernst und feierlich wirken konnte.

John und Juliana standen seitlich des Altars im dichten Gedränge. Gelegentlich trat ihnen jemand auf die Zehen, doch es war ein guter Platz mit einem freien Blick auf den Thronsessel.

John beobachtete gebannt, wie Beaufort die schwere Krone feierlich hochhielt und dem kleinen König dabei verstohlen zuzwinkerte. Henry lächelte nicht, aber er entspannte sich sichtlich – vermutlich ohne es überhaupt zu merken. Dann senkte die schwere, mit kostbaren, großen Edelsteinen besetzte Goldkrone sich auf seinen gelockten Schopf hinab. John wusste, sie war mörderisch schwer. Doch der Kardinal setzte sie dem König in einem beinah verwegenen Winkel nach hinten geneigt auf, und Henry hielt den Kopf gerade und still. Es gab kein Malheur.

»Wie schön er aussieht«, murmelte Juliana und tat einen Seufzer, der beinah etwas Schmachtendes hatte, sodass sie von ihrem Mann einen verwunderten Blick erntete.

Doch als er den König wieder anschaute, musste er ihr Recht geben. »Wie ich zu ihm sagte«, raunte er. »Man sieht, dass er dafür geboren ist.«

Das anschließende Krönungsbankett in Westminster Hall war genauso prachtvoll wie das letzte. Dieses Mal servierten keine berittenen Diener, dafür waren die Speisen noch zahlreicher und erlesener. Die Pasteten waren von burgundischen Köchen kreiert, die sie als Nachbauten berühmter französischer Burgen geschaffen hatten. Und die französische Lilie war neben dem Löwen das vorherrschende Emblem der Tischdekoration. Niemand sollte vergessen, dass Henry der Herrscher zweier Nationen war.

Der junge König selbst saß während der langen Festlichkeiten ernst und mit feierlicher Miene an seinem Platz. John sah ihn kein einziges Mal lächeln. Und das ist kein Wunder, fuhr es ihm durch den Kopf, Henry hat Verstand genug, um zu wissen, welche Bürde wir ihm heute auferlegt haben. Doch der König unterhielt sich angeregt mit dem Kardinal zu seiner Rechten. Die Königin an seiner linken Seite schien hingegen abwesend. John glaubte zu beobachten, dass sie Henrys Versuche, ein Gespräch in Gang zu bringen, einsilbig beantwortete. Und das ärgerte ihn.

»Was ist los mit ihr?«, fragte er Juliana gedämpft.

Seine Frau hob ratlos die Schultern. »Vielleicht muss sie an ihre eigene Krönung hier denken. Und an Harry.«

»Hm«, knurrte John missfällig. »Sie könnte sich wenigstens ein bisschen Mühe geben, es für Henry leichter zu machen. Es ist ein schwerer Tag für ihn.«

Für sie auch, dachte Juliana, aber John hatte natürlich trotzdem Recht. Seit Wochen war sie in Sorge um Katherine, aber wann immer sie sie nach ihrem Befinden fragte, lächelte die Königin und behauptete, es gehe ihr fabelhaft. Juliana wusste, dass das nicht stimmte.

Am nächsten Tag begann das Parlament, und John hatte zum ersten Mal seit vielen, vielen Wochen Zeit. Der November, der am Vortag wohl aus Höflichkeit eine fahle Sonne auf den Krönungszug von London nach Westminster hatte scheinen lassen, zeigte jetzt sein wahres Gesicht: Es schüttete wie aus Kübeln, und ein eisiger Wind fegte durch die Korridore des Palastes. Trotzdem begab John sich in den Pferdestall, um nach Achilles und den kleinen, aber edlen Rössern des Königs zu sehen.

»Wieso kneifst du immer die Augen zusammen, wenn du diesen Stall betrittst?«, fragte plötzlich eine vertraute Stimme aus dem trüben Halbdunkel der ersten Box.

John wandte den Kopf und erahnte Tudors unverwechselbaren Rotschopf. »Tu ich das?«

»Jedes Mal.« Der Waliser tätschelte dem Grauschimmel in der Box das etwas ausladende Hinterteil, sodass der einen Schritt zur Seite machte und Tudor auf den Gang hinaustreten konnte. »So als hättest du plötzlich Zahnweh.«

Mit einem verlegenen Grinsen wies John auf die Boxenwand zur Linken. »Cambridge hat mich hier mal verprügelt. Wirklich fürchterlich. Und jedes verdammte Mal, wenn ich hier hereinkomme, muss ich daran denken.«

Tudor nickte. »Oh ja. Cambridge war ein großer Hurensohn vor dem Herrn, das steht fest.« Plötzlich grinste er. »Aber wir haben's ihm gezeigt, was?«

»Das kannst du laut sagen.«

Sie lachten. Es klang eher nostalgisch als triumphierend.

»Was treibst du hier?«, fragte John.

»Ich habe auf dich gewartet. Ich muss mit dir reden. Ungestört.«

»Ah ja?« John betrat Achilles' Box, begrüßte seinen vierbeinigen Gefährten, der allmählich in die Jahre kam, und schaute ihm ins Maul. »Was gibt es?«

Tudor räusperte sich und sagte nichts.

John hob Achilles' linken Vorderhuf an und betrachtete ihn von unten, während er wartete. »Was ist, Tudor? Bist du plötzlich tot umgefallen, oder warum hör ich nichts?«

»Ich … es geht um die Königin, John.«

Die Stimme klang seltsam. Fast ein wenig atemlos. John warf einen kurzen Blick über die Schulter und sah den Waliser vor der Box von einem Fuß auf den anderen treten wie ein kleiner Bengel, der dringend pinkeln musste und nicht wollte. John ließ Achilles' Huf los und kam wieder auf den Gang hinaus. Er hatte in vielen Schlachten Seite an Seite mit Owen Tudor gekämpft. Sie waren zusammen in manch brenzlige Situation geraten. Aber heute war das erste Mal, dass John seinen Freund nervös erlebte. Ihm schwante nichts Gutes. »Was ist mit der Königin? Ist sie krank?«

»Nein.«

»Warum ist sie dann so bleich und teilnahmslos und isst kaum noch etwas?«

»Weil ihr von morgens bis abends und von abends bis morgens speiübel ist. Sie ist schwanger.«

John starrte ihn einen Augenblick verständnislos an. »Schwanger …?«, wiederholte er dümmlich.

»Hm.«

»Von wem? Weißt du's?«

Für einen Lidschlag verzogen sich Tudors Mundwinkel nach oben, aber gleich darauf schlug er die Augen nieder und nickte betreten. »Von mir, John.«

John sah auf den gesenkten Rotschopf, beobachtete dann die staubige Stiefelspitze, die Tudor ins Stroh bohrte, und brachte keinen Ton heraus. Furcht kroch seine Beine hinauf und machte sie schwach, und er lehnte sich mit den Schultern gegen die Boxenwand. Mit verschränkten Armen starrte er einen Augenblick zu den niedrigen Deckenbalken auf, betrachtete die staubigen Spinnweben und Vogelnester und fragte sich, was in aller Welt aus ihm werden sollte, wenn er nach Somerset nun auch noch den zweiten seiner Freunde verlöre.

»Gott steh dir bei, Owen.«

Der Waliser hob den Kopf und nickte. »Ja, auf seine Hilfe können wir nicht verzichten. Aber ich hatte gehofft, ich könne auch auf die deine rechnen.«

John nahm sich zusammen. «Das kannst du«, versprach er. Es klang ruhiger, als ihm zumute war. »Was hast du vor? Ich nehme an, du willst nach Wales fliehen? Sag mir, was du brauchst, und ich besorge es dir. Du …«

»Ich habe nicht die Absicht zu fliehen, John.« Es klang scharf. »Wofür hältst du mich eigentlich? Glaubst du, ich würde Katherine in dieser Misere allein lassen?«

»Und was nützt du ihr, wenn du tot bist?«, gab John zurück. »Du weißt doch, dass sie dich töten werden, wenn das herauskommt, oder? Mach dir bloß nichts vor. Gloucester wird dafür sorgen.«

Wäre es Edmund Beaufort oder irgendein anderer Angehöriger des englischen Hochadels gewesen, der die Königin in Verlegenheit gebracht hatte, hätte sich eine Lösung finden lassen: eine saftige Geldbuße für den amourösen Übeltäter, eine stille Hochzeit, dann eine lang gezogene Pilgerfahrt nach Rom oder Santiago, ganz gleich wohin, Hauptsache, das Paar des Anstoßes verschwände aus England, sodass der Hof den Skandal vergessen konnte. Für einen walisischen Habenichts, der obendrein unverzeihlich aufrichtig war und Gloucester bei jeder Gelegenheit merken ließ, was er von ihm hielt, gab es einen solchen Ausweg indessen nicht.

»Das Risiko muss ich eingehen«, antwortete Tudor. »Ich weiß, es klingt albern, wenn ich dir sage, ich kann ohne Katherine nicht leben. Aber so ist es eben. Jetzt nicht mehr. Nicht, nachdem sie mich endlich erhört hat. Ich habe zehn Jahre auf sie gewartet. Ich wäre doch verrückt, wenn ich jetzt davonliefe.«

»Du wärst verrückt, wenn du es nicht tätest. Denn *mit* ihr leben wirst du todsicher nicht.«

»Vielleicht doch. Es gibt einen Weg. Wenn du uns hilfst.«

John argwöhnte, dass er sich in böse Schwierigkeiten bringen würde, wenn er tat, was Tudor wollte, ganz gleich, was es war. Er dachte einen Moment nach, denn er war nun einmal ein besonnener Mann, der lieber sehenden Auges als blind ins Verderben rannte. Dann traf er seine Entscheidung. »Also schön. Wie ich sagte: Du kannst auf mich rechnen.«

Tudor tat einen tiefen Seufzer der Erleichterung, der John verriet, dass sein Freund Zweifel am Ausgang dieser Unterredung gehabt hatte.

»Was habt ihr vor?«, fragte John.

»Die Königin wird Henry nicht zu seiner Krönung nach Frankreich begleiten.«

»Oh, das ist großartig«, gab John bissig zurück. »Sie ist das überzeugendste Symbol für die Gültigkeit des Vertrags von Troyes, und sie wird nicht mitkommen.«

»*Henry* ist das überzeugendste Symbol für den Bestand dieses Vertrages«, widersprach der Waliser. »Seine Krönung hier in England ändert viele Dinge. Auch sein Haushalt wird sich verändern, das weißt du. Die beschaulichen Jahre sind vorüber. Die Zahl und das politische Gewicht der Höflinge werden zunehmen. Und der König ist aus dem Alter heraus, wo ein Junge seine Mutter braucht.«

John gab ihm widerwillig Recht.

»Katherine wird sich in den nächsten Tagen vom Hof zurückziehen und ihre angeschlagene Gesundheit als Grund anführen. Jeder wird das glauben – du bist nicht der Einzige, dem aufgefallen ist, dass sie sich offenbar nicht wohl fühlt. Sie wird nur ihre engsten Vertrauten mitnehmen und auf eins ihrer Güter auf dem Land gehen. Aber vorher wollen wir heiraten. Sie will nicht, dass unser Kind als Bastard zur Welt kommt. Das ist meine erste Bitte, John: Such uns einen verschwiegenen, vertrauenswürdigen Priester, der uns traut. Ich kann nicht einfach in irgendeine Kirche mit ihr gehen und dem Dorfpfarrer ein Schweigegeld zahlen. Es wäre erniedrigend für die Königin, und die Gefahr, dass sie erkannt wird, ist einfach zu groß. Ganz gleich, was ich dem Pfaffen bezahlte, irgendwann würde die Versuchung zu groß, und er würde unser Geheimnis ausplaudern.«

John nickte. »Ich weiß jemanden, der es wahrscheinlich tun würde.«

»Ich hoffe, du denkst dabei nicht an deinen Schwiegervater?«, fragte Tudor.

»Oh nein. Ich schlage vor, wir halten ihn aus dieser Angelegenheit gänzlich heraus. Wenn wir ihn zum Mitwisser machen und die Sache fliegt auf, hätte Gloucester die Waffe gegen ihn in der Hand, die er seit Jahren sucht.«

Tudor nickte. »Obendrein glaubt Katherine, der Kardinal würde uns die Bitte schlichtweg abschlagen, weil unsere Heirat ein Affront gegen das Haus von Lancaster ist.«

Möglich, dachte John. »Und wie geht es dann weiter?«

»Wie ich sagte. Wir ziehen uns in irgendeinen entlegenen Winkel zurück. Bis der König von seiner Krönung in Frankreich wiederkehrt, ist unser Kind sicher schon längst geboren. Das heißt, die Königin kann zu offiziellen Anlässen an den Hof zurückkehren, und niemand wird Verdacht schöpfen.«

John sann eine Weile darüber nach und schüttelte schließlich den Kopf. »Dein Plan hat mehr Schwachstellen als eine französische Rüstung, Owen. Ihr werdet nicht mutterseelenallein leben können, oder? Ich kann mir kaum vorstellen, dass die Königin dir in einer Bauernkate das Essen kochen und die Kühe melken oder die Schweine füttern will.«

Diese Vorstellung amüsierte Tudor so sehr, dass er in lautes Gelächter ausbrach. »Das Vieh wäre zu bedauern und ich erst recht …«

»Ihr braucht Gesinde. Wachen. Pagen. Ein paar Damen. Irgendwer wird reden.«

»Katherine wird einige wenige ihrer Damen und Ritter einweihen, das ist nicht zu vermeiden. Nur diejenigen, auf die Verlass ist.«

»Franzosen«, knurrte John.

Tudor nickte. »Und wir werden nie lange an einem Ort bleiben. Eh das Gesinde herausgefunden hat, zu wem das Kind gehört, sind wir schon wieder fort.«

»Ihr werdet ewig auf der Flucht sein …«, bemerkte John beklommen.

Tudor zuckte die Schultern. »Aber zusammen.« Er grinste wie ein Trottel.

»Und was ist mit der Schwangerschaft und Niederkunft? Wie wollt ihr die vor der Dienerschaft verbergen?«

»Da kommen wir zu meinem zweiten Anliegen.«

John wandte den Blick wieder zur Decke. »Bitte, Gott, lass ihn nicht sagen, sie will ihr Kind in Waringham bekommen.«

»Nein. Du hast mir einmal von deiner Halbschwester erzählt, die irgendwo in einem entlegenen Winkel von Lancashire ein kleines Gut besitzt. Und du sagtest, wenn ich mich recht entsinne, sie sei ein bisschen verrückt, züchte Pferde und sei obendrein Hebamme. Richtig?«

»Anne, ja. Sie muss inzwischen steinalt sein.«

»Aber wenn sie gestorben wäre, hättest du es erfahren?«

John nickte. Joanna und Ed hätten in Burton davon gehört, denn ihre Burg war nicht weit vom Gut seiner Schwester entfernt, und Jo hätte ihm Nachricht geschickt.

»Glaubst du, deine Schwester würde die Königin und mich für die entscheidenden Monate aufnehmen und sie entbinden?«

»Ich kenne meine Schwester überhaupt nicht«, gestand John. »Ich habe sie ein einziges Mal gesehen, und da muss ich jünger gewesen sein als der König heute. Aber nach allem, was ich gehört habe, würde sie es vermutlich tun, ja.«

»Wirst du ihr schreiben und sie fragen? Du musst ihr ja nicht sagen, um wen es sich handelt.«

John grinste. »Sie wird es wissen. Und wahrscheinlich erwartet sie euch schon. Meine Schwester Anne hat hellsichtige Träume, Owen.« Er sagte es spöttisch, denn er hielt das für ein Märchen.

Tudor hingegen war Waliser und fand nichts Ungewöhnliches an Hellsichtigkeit. Augenblicklich fasste er Vertrauen zu der Unbekannten. »Dann sag mir nur, wo ich sie finde.«

»Es heißt Fernbrook Manor und liegt nicht weit von Burton.

Wenn dir ein glaubwürdiger Vorwand einfällt, kannst du meinen Schwager Ed Fitzroy nach dem Weg fragen. Er ist der Earl of Burton und sitzt folglich im Parlament.« Aber Jo hatte er zu Johns Enttäuschung nicht mitgebracht.

»Oh, das trifft sich gut. Mir fällt schon was ein.«

John lächelte. »Darauf wette ich.«

Es war einen Moment still. Es würde also doch passieren, ging John auf. Er würde den König auf den Kontinent begleiten, Tudor würde mit der Königin nach Norden gehen. Der Himmel allein mochte wissen, wann sie sich wiedersehen würden. Der Gedanke erfüllte John mit Wehmut, aber weil er sich dessen schämte, konnte er nur sagen: »Meine arme Juliana. Sie wird die Königin furchtbar vermissen.«

»Das bringt mich zu meiner dritten Bitte, John.«

Der verdrehte die Augen. »Süßer Jesus … wie viele noch?«

»Es ist die letzte«, versprach Tudor.

»Also?«

»Juliana wird nicht mit dir auf den Kontinent gehen, oder?«

John schüttelte den Kopf. Aller Voraussicht nach würde es keine gefährliche Reise, denn sie mussten natürlich Sorge tragen, dass ihr junger König immer in Sicherheit war. Aber Frankreich war ein vom Krieg gezeichnetes, unsicheres Land. Wo heute Ruhe herrschte, konnte morgen die Hölle losbrechen. Dem wollte er seine Frau nicht aussetzen.

»Würdest du ihr dann gestatten, die Königin zu begleiten? Bis das Kind da ist?«

»Natürlich. Wenn sie will.«

»Oh ja, sie will.«

John richtete sich auf. »Juliana weiß schon von dieser verdammten Sache?«

Tudor nickte. »Sie wusste von der Schwangerschaft eher als ich.«

John machte sich umgehend auf die Suche nach seiner Frau, um sie mit bitteren Vorwürfen zu überhäufen. Diese ganze Geschichte erfüllte ihn mit einem dumpfen Zorn. Tudor und die Königin machten ihn zum Komplizen eines Verbrechens, brachten ihn in eine prekäre Lage, und er wollte gar nicht daran denken, wie oft er seinen König würde belügen müssen, wann immer dieser in Zukunft nach seiner Mutter fragte. All das war John verhasst. Und das wusste Juliana ganz genau, hatte es aber nicht für nötig befunden, ihn einzuweihen und vorzuwarnen.

Die Wache vor den Gemächern der Königin teilte ihm mit, man habe Juliana heute noch nicht gesehen. In der Kapelle und in der wohlig warmen Kinderstube, wo Kate und die kleinen Töchter anderer Ritter und Höflinge unter Anleitung der Amme die Krönung vom Vortage nachspielten, fand er sie auch nicht. Weil nicht viele andere Möglichkeiten blieben, ging er schließlich zu ihrem Quartier und riss die Tür auf. »Juliana?«

Der Raum war klein, schmucklos und unbeheizt. Bei weitem nicht so bequem wie ihre Gemächer in Windsor. Es zog durch das unsauber verglaste Fenster, und eine klamme Kälte herrschte im Raum. Trotzdem nahm John den beunruhigenden, unverwechselbaren Blutgeruch wahr.

»Juliana …«

Er fand sie jenseits des großen Bettes. Sie lag gekrümmt auf dem strohbedeckten Boden, der blaue Rock nass von Blut, und sie war besinnungslos.

»Oh, Jesus Christus«, flüsterte John, »nicht schon wieder. Bitte nicht schon wieder …«

Behutsam hob er seine Frau auf, legte sie aufs Bett und deckte sie zu. Ihre Lider flackerten, sie wälzte sich stöhnend auf die Seite und krümmte sich. Die Bewusstlosigkeit war nicht tief, und John wusste, sie litt an furchtbaren, wehenartigen Krämpfen, wenn das hier passierte. Er nahm eine ihrer eiskalten Hände zwischen seine. Ihr Gesicht erschien ihm weißer als die Laken. »Ich hole Eileen. Es dauert nur einen Augenblick, ich bin sofort zurück. Hab keine Angst.«

Aber er brauchte noch einen Moment, ehe er sich überwinden konnte, ihre Hand loszulassen und hinauszugehen. Denn er war derjenige, der Angst hatte. Er musste sich zwingen, auf das besudelte Bodenstroh hinabzuschauen, und erkannte mit einem beinah schon geübten Blick, dass sie dieses Mal viel Blut verloren hatte. Und er hatte wenig Hoffnung, dass die Blutung bereits versiegt war.

»Geh nicht weg, Juliana.« Er küsste ihr die feuchte Stirn, ließ ihre Hand los und eilte hinaus.

Eileen war eine junge Magd aus Waringham und diente Juliana als Zofe, seit John seine Frau so häufig mit an den Hof nahm, dass sie eine eigene Dienerin brauchte. Und als Eileen erfahren hatte, dass ihre Herrin zu Fehlgeburten neigte, hatte sie sich von Liz Wheeler ausführlich erklären lassen, was in einem solchen Fall zu tun sei. Wie John erwartet hatte, fand er sie im warmen Küchenhaus.

Als Eileen sein Gesicht sah, sprang sie auf. »Sir John! O Gott, sagt nicht …«

»Schsch.« Er schüttelte warnend den Kopf. »Komm. Beeil dich.«

Die junge Frau nickte, füllte eine Schüssel mit heißem Wasser aus einem Kessel, der in dieser riesigen Küche den ganzen Tag über einer der großen Feuerstellen hing, und eilte an Johns Seite hinaus in den Hof. Die neugierigen Blicke der Küchenmägde folgten ihnen. John wusste, es war so gut wie aussichtslos, ein Vorkommnis wie eine Fehlgeburt hier geheim zu halten. Dabei verschlimmerte es Julianas Verzweiflung jedes Mal, wenn es herauskam. Sie sah in ihrer Unfähigkeit, Kinder auszutragen, einen schweren persönlichen Mangel. Eine göttliche Strafe für ihre Sünden oder die Sünden ihrer Eltern. Und das beschämte sie. Aber im Moment hatte John ganz andere Sorgen.

»Komm, lass mich das Wasser tragen.« Er nahm Eileen die schwere Schüssel ab und legte einen Schritt zu.

»Ist es schlimm?«, fragte sie.

Er nickte. »Es sieht jedenfalls schlimm aus.«

Doch sie dachten nicht daran, den Medicus zu holen. Keiner von beiden erwähnte es auch nur. Der Leibarzt des Königs war einer der zahlreichen Vertreter seiner Kunst, die die Auffassung vertraten, Schwangerschaften und alles, was damit einherging, seien Angelegenheiten der Hebammen und unter der Würde eines Gelehrten.

Als sie das Zimmer betraten, war Juliana aufgewacht. Sie lag auf dem Rücken, einen Arm auf den Unterleib gepresst. Tränen rannen aus den Augenwinkeln über ihre Schläfen und verschwanden im blonden Haar.

John kniete sich auf die Bettkante und fuhr ihr mit dem Finger über die Wange.

»Oh, John. Es ist so furchtbar.« Er erkannte ihre Stimme kaum. Sie klang schleppend und beinah tonlos.

Er nickte. Er suchte immer noch vergeblich nach den richtigen Worten für diese Situation.

Eileen war an die andere Seite des Bettes getreten, betrachtete ohne erkennbaren Schrecken die Blutspuren im Stroh, schlug dann die Decke zurück und begann, Julianas unteren Bauch in sicheren, kreisförmigen Bewegungen zu massieren. Juliana drehte den Kopf zur Seite und biss sich auf die Unterlippe.

»Ich weiß, Madam«, murmelte die junge Magd tröstend. Sie hatte selbst ein Kind verloren und wusste, wie wund und zerschunden Juliana sich fühlte, aber die Massage war der einzige Weg, die Blutung zu stillen. »Gleich bringe ich Euch einen guten Tee aus Nesseln und Melisse. Der lindert die Krämpfe und die Blutung, Ihr werdet sehen.« Und an John gewandt fuhr sie leise fort: »Es ist viel zu kalt hier drin, Sir John. Wir brauchen ein Kohlebecken. Und Wein.«

Er war dankbar für ihre Umsicht und Ruhe. »Ich gehe«, erwiderte er und machte sich auf den Weg.

Als die frühe Dunkelheit hereinbrach, war das Schlimmste überstanden. Die Blutung hatte fast gänzlich aufgehört, die Krämpfe hatten nachgelassen. Was blieb, waren Erschöpfung und Trauer.

John hatte einen Knappen zu Kardinal Beaufort geschickt

und gebeten, ihn und Juliana heute Abend beim König zu entschuldigen. Eileen hatte der Amme Bescheid gegeben, dass diese heute selbst zusehen müsse, wie sie Kate ins Bett bekam, und hatte Juliana dann eine Schale Hühnerbrühe gebracht. Beinah unberührt stand die Brühe nun auf der Fensterbank.

John hatte sich zu Juliana aufs Bett gesetzt, hielt ihre Hand und bemühte sich ohne große Hoffnung, ihr ein wenig Trost zu spenden.

»Mach dir keine Vorwürfe, Liebster«, sagte sie.

Er schüttelte den Kopf. »Das tue ich nicht. Im Gegensatz zu dir glaube ich nicht, dass Gott uns damit straft.«

»Nein, ich weiß. Aber du machst dir Vorwürfe, dass ich überhaupt wieder schwanger geworden bin. Du glaubst nicht daran, dass ein Wunder wie Kate sich wiederholt.«

Wie konnte er? Schließlich wusste er im Gegensatz zu ihr, warum Gott ihnen Kate geschenkt hatte. »Lass uns morgen darüber sprechen, Juliana. Versuch zu schlafen.«

»Morgen ist es zu spät. Ich habe den Verdacht, du wartest nur, bis ich eingeschlafen bin, schleichst dich dann in die Kapelle und tust es. Aber das will ich nicht.«

Manchmal war es ihm unheimlich, wie mühelos sie ihn durchschaute. »Ich sehe keinen anderen Ausweg. Es wird von Mal zu Mal schlimmer. Wer kann wissen, wie lange du heute bewusstlos auf der Erde gelegen hast, bevor ich dich fand? Jedes Mal verlierst du mehr Blut, bist kränker als beim Mal zuvor. Gott hat uns jetzt oft genug gewarnt.«

»Nein, John, bitte tu das nicht.« Ihre Stimme war immer noch kraftlos, aber er hörte und sah in ihren Augen, dass sie ihn anflehte. »Nicht über meinen Kopf hinweg, das … das kannst du nicht machen.«

»Nun, mir wäre auch wohler, wir täten es zusammen.«

»Nein. Ohne mich.«

Er wurde ärgerlich, aber er hielt die Stimme gesenkt. »Was ist so schrecklich an einem Keuschheitsgelübde? Andere Menschen tun es auch. Haben wir nicht genügend andere Dinge, die uns verbinden? Es ist doch nicht so furchtbar wichtig …«

»Hör dich doch nur an. Du glaubst ja selber kein Wort von dem, was du da sagst.«

Sie hatte Recht. Er konnte sich nicht wirklich vorstellen, wie es gehen sollte. Auch nach zehn Jahren führten sie immer noch das, was Juliana süffisant ein reges Eheleben nannte. Oft genug konnten sie schon morgens nicht voneinander lassen und mussten dann eine fadenscheinige Ausrede vorbringen, warum sie der Frühmesse ferngeblieben waren. John, der seinen Bruder früher gern wegen dessen übermäßiger Lüsternheit gescholten hatte, war heute süchtiger nach seiner Frau denn je. Manchmal reichte ein Blick, eine Geste, die Art, wie sie einen ihrer kleinen Seidenschuhe abstreifte, um ihn in Wallung zu bringen, und wenn er sie dann meist wortlos aufs Bett zog, war er ihr immer willkommen.

»Ich sage ja nicht, dass es kein Opfer wäre«, erwiderte er mit einem etwas kläglichen Lächeln. »Aber deine Gesundheit ist wichtiger.«

Sie befreite ihre Hand aus seiner. »Ehe ich dieses verdammte Gelübde ablege, gibt es in der Hölle eine Schneeballschlacht, John of Waringham.«

Kopfschüttelnd sah er auf sie hinab. »Da. Du kannst nicht mal richtig wütend werden, weil du so geschwächt bist. Was muss passieren, bevor du Vernunft annimmst? Ist dir eigentlich nicht klar, dass du dein Leben aufs Spiel setzt? Was soll dann aus Kate werden? Und aus mir?«

»Aber du hältst das nicht durch, John. Du wirst dein Gelübde brechen und dich mit anderen Frauen einlassen. Oh, du wärest sicher rücksichtsvoll und diskret und würdest es hinter meinem Rücken tun, aber ich bekäme es ja doch heraus. Das könnte ich nicht aushalten.«

»Ich bin nicht mein Bruder«, entgegnete er entrüstet.

»Trotzdem.« Wieder rannen Tränen über ihr Gesicht. Er wusste, es lag an der körperlichen Schwäche, dass sie jetzt weinte. Sie versuchte niemals, ihn mit Tränen zu erpressen, das war nicht ihre Art.

Dennoch fühlte er sich unter Druck gesetzt. »Die Wahrheit,

Lady Juliana, ist doch, dass du die Hoffnung auf weitere Kinder einfach nicht aufgeben kannst«, hielt er ihr vor. »Darum willst du das Gelübde nicht ablegen.«

»Die Wahrheit ist, Sir John, dass ich dich in meinem Bett haben will«, antwortete sie.

Sie schauten sich ratlos an.

Schließlich seufzte John. »Na ja. Vorläufig werden wir ohnehin wenig Gelegenheit haben, weitere Waringhams zu zeugen, nicht wahr? Wenn du mit Katherine und Tudor nach Lancashire gehst und ich mit dem König nach Frankreich.« Schwächling, höhnte eine innere Stimme. Dir graut vor diesem Gelübde, und du suchst Ausflüchte, um es aufzuschieben.

Juliana machte große Augen. »Tudor hat mit dir gesprochen und dir alles gesagt?«

Er nickte.

»Und du bist gar nicht wütend auf mich?«

»Doch, das war ich. Bis ich dich halb verblutet am Boden fand.« Er ergriff ihre Hand wieder und führte sie an die Lippen. Die Finger waren immer noch eisig. »Jetzt ist mir mein Zorn abhanden gekommen. Es nimmt mir immer den Wind aus den Segeln, wenn ich sehe, welch ein grausames Spiel Fortuna mit uns treibt. Du wünschst dir sehnlich ein Kind und bekommst keines. Aber ein Kind war sicher das Letzte, was Katherine wollte.«

»Oh, da wär ich nicht so sicher«, erwiderte Juliana.

John schnaubte. »Ausgerechnet Owen Tudor. Sie wird uns alle in Teufels Küche und ihn an den Galgen bringen.«

Juliana lächelte schläfrig, die Augen waren schon fast zugefallen. »Aber sie liebt ihn nun mal. Und du wirst schon dafür sorgen, dass alles gut geht.«

Oh, natürlich, dachte er verdrossen. Und morgen versuche ich mal, ob ich schon übers Wasser wandeln kann …

Waringham, Februar 1430

Vater Alexander entstammte einer adligen Familie und hatte sein ganzes Leben in den höchsten Kreisen verkehrt. Aber nichts hatte ihn auf diese Situation vorbereitet, und er war sichtlich nervös.

»Willst du … wollt Ihr, Katherine de Valois, diesen Mann zu Eurem angetrauten Gemahl nehmen, ihn lieben und ehren, in guten wie in schlechten Tagen, in Gesundheit und Krankheit, bis dass der Tod Euch scheidet?« Es klang ein wenig gepresst, und er sprach zu schnell.

»Ich will, Vater.« Die schönste Frau der Welt lächelte ihn an, und auf seiner Stirn bildete sich ein feiner Schweißfilm.

»Und wollt Ihr, Owen Tudor, diese Frau zu Eurem angetrauten Eheweib nehmen …«

»Ja doch.«

»… sie lieben und ehren, in guten wie in schlechten Tagen, in Gesundheit und Krankheit, bis dass der Tod Euch scheidet?«

»Ich will, ich will. So beeilt Euch doch, Vater.«

Alexander hob das Kinn. »Keine unwürdige Hast, mein Sohn. Ihr solltet nicht vergessen, dass es ein heiliges Sakrament ist, welches Ihr Euch hier ergaunert.«

Der gemaßregelte Bräutigam senkte scheinbar demütig das Haupt, aber John und Juliana sahen trotz des Halbdunkels seine Zähne in einem breiten Lächeln aufblitzen.

Sie standen in der kleinen Burgkapelle von Waringham, und es war nach Mitternacht. John hatte die Torwachen schon früh am Abend abgezogen. Als er einigermaßen sicher gewesen war, dass die ganze Burg schlief, war er mit einer Fackel auf die Zugbrücke hinausgegangen und hatte sie dreimal geschwenkt. Wenig später waren Tudor und die Königin ohne jede Begleitung aus der Dunkelheit aufgetaucht, und John hatte sie zur Kapelle gebracht, wo Vater Alexander und Juliana warteten. Bislang war alles reibungslos verlaufen. Aber sie fürchteten, dass im nächsten Moment eine Schar Bewaffneter die Kapelle erstürmen könnte, um diese unrechtmäßige Trauung zu vereiteln, sie alle in Ketten zu legen und für die nächsten hundert Jahre in ein Kellerverlies im Tower of London zu sperren. Sie wollten es hinter sich haben.

Darum nahm Vater Alexander auch lieber Abstand davon, die nicht vorhandene Allgemeinheit aufzufordern, mögliche Einwände gegen diese Eheschließung jetzt vorzubringen oder auf immerdar zu schweigen. Die bestehenden Einwände waren ihm ja hinlänglich bekannt.

»So erkläre ich Euch hiermit im Angesicht Gottes zu Mann und Frau«, verkündete er stattdessen und schlug feierlich das Kreuzeichen über ihnen.

Tudor und die Königin bekreuzigten sich ebenfalls. Dann schloss der Waliser seine Braut in die Arme und küsste sie.

»Ich dachte, Ihr seid in Eile«, knurrte der Priester unwirsch.

Tudor ließ sich nicht beirren. Als er endlich von Katherine abließ, war sie ein wenig außer Atem, und er antwortete Alexander mit einem unbekümmerten Achselzucken. »So viel Zeit muss sein, Vater.« Dann ergriff er dessen Rechte mit seiner Pranke und schüttelte sie. »Habt Dank. Das werden wir Euch nie vergessen.«

Der Priester nickte knapp, doch als sein Blick auf die strahlende Braut fiel, blieb ihm kaum etwas anderes übrig, als ihr auf der Stelle zu vergeben. »Gott segne Euch beide, Madame«, murmelte er auf Französisch.

»Danke, Vater.« Sie schenkte ihm noch ein Lächeln, und Vater Alexander fürchtete, seine Knie könnten nachgeben.

»Wir sollten aufbrechen«, drängte Tudor.

John nickte.

»Geht nur voraus«, sagte der Priester. »Ich lösche die Kerzen, ich finde auch im Dunkeln hinaus.«

Der Schnee im Burghof machte die Nacht hell. Mit eingezogenen Köpfen, als könne sie das vor Entdeckung retten, hasteten die vier in warme Mäntel gehüllten Gestalten zum Torhaus.

»Der verdammte Schnee liegt eine Elle hoch«, bemerkte Tudor besorgt.

»Es ist nicht weit«, erwiderte John. »Bist du sicher, dass du den Weg durch den Wald findest?«

Tudor verdrehte die Augen. »Hast du schon mal einen Winter in Wales erlebt, Waringham?«

John stöhnte und winkte ab. »Erspar mir den Rest.«

»Ich finde den Weg«, versicherte Tudor.

»Gut.« John verneigte sich vor der Königin. »Ich wünsche Euch Glück und Gottes Segen, Madame.«

»Danke, Jean.« Sie stellte sich auf die Zehenspitzen und küsste ihm die Wange. »Danke für alles.«

Ein wenig verlegen wich er einen Schritt zurück. Es gehörte sich nicht, dass die Königin den Ritter ihres Sohnes küsste, auch wenn sie gerade seinen besten Freund geheiratet hatte. »Übermorgen bringe ich Juliana und Kate nach Leeds«, versprach er.

Sie nickte, und als John die Hände ineinander verschränkte und ihr hinhielt, stellte sie den linken Fuß hinein und saß auf.

John und Tudor umarmten sich kurz. »Immer am Tain entlang, dann kann nichts schief gehen«, erinnerte John den Bräutigam.

Wenn man dem Flüsschen durch den Forst von Waringham folgte, kam man irgendwann unweigerlich zur Straße, die London mit Canterbury verband, aber das Gelände war unwegsam, denn entlang des Ufers gab es keinen Pfad. So lief das heimliche Paar nicht Gefahr, dort irgendwem zu begegnen. Vielleicht eine halbe Stunde von Burg und Dorf entfernt lag am Fluss jene Lichtung, die Raymond – und nicht nur er – früher gern zum Schauplatz seiner Rendezvous gemacht hatte. Dort hatte John für Tudor und Katherine ein Zelt aufgeschlagen. Warme Decken, Feuerholz, Brot, Käse und Wein lagen für sie bereit. Kein angemessenes Quartier für eine königliche Hochzeitsnacht, aber John glaubte ohnehin nicht, dass das junge Glück die Umgebung wahrnehmen würde.

Morgen früh sollte das Paar den Weg zur Straße fortsetzen und nach Leeds reiten, wo man glauben würde, sie kämen aus Westminster. Und John konnte zur Lichtung reiten und das Nachtquartier spurlos verschwinden lassen.

Tudor fand keine Worte, um John seine Dankbarkeit auszudrücken. Also drosch er ihm sprachlos die Schulter, schwang sich dann eilig in den Sattel und ritt mit seiner Braut über die Zugbrücke davon.

John schaute ihnen nach, bis sie hügelabwärts verschwunden waren. »Gott steh uns allen bei«, murmelte er.

Juliana legte den Arm um seine Hüften und schmiegte sich an ihn, um ein wenig von seiner Wärme zu erhaschen. »Das wird er gewiss. Du hast das Richtige getan, John.«

Er verzog den Mund zu einem spöttischen Lächeln. »Mir fallen eine Menge Leute ein, die etwas ganz anderes sagen würden.«

»Mach mir nichts vor. Du bist sehr zufrieden mit dir.«

John legte ihr den Arm um die Schultern, führte sie zum Bergfried zurück und überlegte, ob zufrieden das richtige Wort war. »Tudor ist mein Freund«, erklärte er schließlich. »Vermutlich bin ich zufrieden, weil er bekommen hat, was er sich so sehr wünschte.«

»Und weil du Gloucester bei der Gelegenheit ein Schnippchen schlagen konntest«, neckte sie.

Sorgsam verriegelte John die Tür von innen und führte seine Frau an der Hand die dunkle Treppe hinauf. »Solange der nichts davon weiß, ja.«

Vor der Halle hielt er an.

»Willst du nicht schlafen gehen?«, fragte Juliana verwundert.

John schüttelte den Kopf. »Ich komme gleich nach.« Jetzt, da die Anspannung des Abends gewichen war, fühlte er sich todmüde, aber er wollte erst zu Bett gehen, wenn Juliana schlief. Er hatte das angedrohte Gelübde noch nicht abgelegt, aber seit ihrer letzten Fehlgeburt hatte er sie nicht mehr angerührt. Das gefiel ihr nicht, und er wollte vermeiden, dass sie ihn umstimmte, wenn er sich zu ihr legte. Er fürchtete, dass das nicht besonders schwierig sein würde.

Juliana durchschaute seine Absichten natürlich. Seufzend küsste sie ihn auf die Wange und ging weiter nach oben.

John betrat die Halle. Die Feuer in den beiden großen Kaminen waren heruntergebrannt, und es war kalt. Aber wie er erwartet hatte, saß Vater Alexander beim Licht einer Öllampe an einem der Seitentische und hatte die Hände um einen Weinbecher gefaltet. John setzte sich ihm gegenüber.

Der Priester schob ihm einen Becher hinüber. »Ich dachte mir schon, dass du noch kommst.«

Sie kannten sich seit mehr als zehn Jahren, denn der Duke of Exeter hatte seinen jungen Beichtvater manches Mal mit nach Frankreich genommen, und sie legten beide keinen großen Wert auf Förmlichkeiten.

»Ich wollte dir noch einmal danken, Alexander.«

»Das hast du schon ein Dutzend Mal getan.«

»Ich kann es gar nicht oft genug wiederholen. Für dich könnten die Folgen schließlich auch unangenehm sein.«

Vater Alexander winkte ab. »Ich bin immer noch der Meinung, ihr hättet den Kardinal einweihen sollen, der seine mächtige Hand schützend über uns alle halten könnte. Aber diese Sache bereitet mir keine schlaflosen Nächte.«

»Sondern was?«, fragte John.

Der Geistliche antwortete nicht gleich. Er trank einen kleinen Schluck und stellte den Becher behutsam wieder ab. »Was schätzt du, wie lange du mit dem König in Frankreich sein wirst?«

»Ich habe keine Ahnung«, gestand John achselzuckend. »Warwick glaubt, in zwei Monaten sind wir zurück. Aber nach meiner Erfahrung dauert in Frankreich immer zwei Jahre, wofür man zwei Monate eingeplant hat. Weder der Weg nach Reims noch nach Paris ist im Moment sicher. Und ganz gleich, was wir tun, wir dürfen unseren König um keinen Preis in Gefahr bringen. Wenn die Dauphinisten ihn schnappen …«

Alexander nickte. »Dann ist alles aus.«

»Ja.« John schaute versonnen in seinen Becher. »Ich hoffe, dass ich zwischendurch einmal heimkommen kann, sollte es länger dauern, damit ich hier nach dem Rechten sehen kann. Aber alles ist ungewiss.«

»Und was ist mit deinem Bruder?«

»Kämpft an Bedfords Seite, um zurückzuerobern, was die kleine französische Jungfrau uns abgeknöpft hat. Den werden wir hier so bald nicht wiedersehen. Außerdem steht Raymond einer geordneten Gutsverwaltung nur im Wege«, schloss er trocken.

»Nun, du hast die Gutsverwaltung so genial organisiert und so gute Bailiffs ausgewählt, dass sie von ganz allein funktioniert. Es sind Lady Eugénie und der Junge, um die ich mir Gedanken mache.«

»Das ist Raymonds Angelegenheit«, wehrte John ab. Eugénie und Robert waren nicht sein Lieblingsthema.

»Aber er will davon so wenig wissen wie du«, entgegnete Alexander.

»Immerhin hat er Eugénie erfolgreich ausgenüchtert«, widersprach John. »Ein Wunder, das sowohl du als auch ich erfolglos zu vollbringen versucht haben.«

Das Gesinde und alle Bewohner der Halle befolgten Raymonds Wünsche strikt und sorgten dafür, dass dessen Gemahlin keinen Wein mehr bekam. Joseph Fitzalans Frau hütete die Schlüssel in Johns und Julianas Abwesenheit, und sie hütete sie sorgsam.

»Aber ihre Gemütslage hat sich nicht verbessert«, wandte Vater Alexander ein. »Ich wünschte, du hättest die Königin gebeten, sie mitzunehmen. Das war immer das Einzige, was Lady Eugénie wirklich wollte.«

John schüttelte seufzend den Kopf. »Ich habe es erwogen. Katherine ist mir weiß Gott einen Gefallen schuldig. Aber sobald Eugénie nicht mehr unter strenger Aufsicht steht, wird sie wieder anfangen zu trinken. Das ist zu gefährlich für Katherine und Tudor, die ihr Geheimnis um jeden Preis bewahren müssen.«

Unwillig gab Alexander ihm Recht. »Nun, ich werde mich weiter bemühen, sie aus der Finsternis zu führen. Aber was ich mit dem Jungen machen soll, weiß ich wirklich nicht. Ich habe alles versucht, ihn zur Vernunft zu bringen, aber nichts hilft.

Er drangsaliert die anderen Jungen hier auf der Burg und das Gesinde. Die Kinder im Dorf fürchten sich vor ihm.«

John erinnerte sich, dass Daniel einmal etwas Ähnliches zu ihm gesagt hatte, aber er winkte ab. »Er ist nur ein bisschen wild. Viele Knaben in dem Alter sind das. Es ist völlig normal und wird sich schon auswachsen.«

»Nein, John, es ist nicht völlig normal«, entgegnete Alexander mit unterdrückter Heftigkeit. »Dein Bruder und du, ihr verschließt beide die Augen davor, dass mit dem Jungen etwas nicht stimmt. Er ist ein Ungeheuer. Die Bauern sagen, er hat den Teufel im Leib.«

John war entrüstet. »Was fällt ihnen ein …«

»In meiner Ratlosigkeit habe ich Conrad gebeten, Robert für vier oder sechs Wochen zu sich zu nehmen und im Gestüt arbeiten zu lassen. Ich dachte, vielleicht täte das dem Jungen gut. Keine privilegierte Stellung und harte Arbeit. Aber Conrad will ihn nicht haben. Er sagt, Robert quält die Pferde, sobald man ihn aus den Augen lässt.«

John richtete sich auf. »Er tut *was*?«

Alexander betrachtete ihn kopfschüttelnd. »Was seid ihr Waringhams nur für seltsame Menschen. Sind euch eure Gäule wirklich kostbarer als eure Bauern?«

Ein wenig unbehaglich ließ John sich diese Frage durch den Kopf gehen. »Nein«, antwortete er dann zögernd. »Aber … vermutlich verstehen wir sie besser und lieben sie deswegen ein bisschen mehr. Außerdem sind Bauern im Gegensatz zu Pferden nicht wehrlos. In Waringham hat kein Bauer Grund, sich zu fürchten, wenn er eine begründete Klage vorzubringen hat.«

Alexander war nicht überzeugt. Er wusste so wenig wie John, wie das Leben aus dem Blickwinkel eines Leibeigenen wirklich aussah, aber er ahnte, dass Robert selbst in seinem zarten Alter schon Wege gefunden hatte, die Macht, die seine Stellung ihm verlieh, zu missbrauchen.

»Ich hatte gehofft …«, begann der Priester zaudernd. »Ich hatte gehofft, du könntest ihn vielleicht mitnehmen. Als Page in Henrys Gefolge. Wenn der König auch nur halb so ein Engel ist, wie du und Juliana immer behauptet, hätte er vielleicht einen guten Einfluss auf Robert. Und als Page würde er Pflichtgefühl und Verantwortung lernen.«

Doch John machte Alexanders Hoffnung umgehend zunichte. »Kardinal Beaufort und der Earl of Warwick kontrollieren jeden Knaben genauestens, der in Kontakt mit dem König kommt. Besteht auch nur der leiseste Zweifel am Charakter des Kandidaten, verweigern sie ihre Zustimmung. Zu Recht.«

»Hm.« Alexander seufzte. »Dann sehe ich nur noch eine Möglichkeit, John: Wir müssen Robert auf eine Klosterschule schicken.«

»Ach, herrje …«

»Es ist der einzige Weg, der mir einfällt, um ihn auf den rechten Pfad zurückzuführen und zu festigen. Hast du je von dem Internat in St. Thomas gehört? Es ist gar nicht weit von hier.«

»Um Himmels willen! Mein Vater war dort und fand es so grauenhaft, dass er ausgerissen ist. Daniel war ebenfalls dort und hat sich fast zu Tode gehungert, damit seine Mutter meinen Bruder beschwatzte, ihn dort wegzuholen.«

»Nun, ich war als Knabe auch dort und fand es alles andere als grauenhaft«, entgegnete Alexander. »Es ist wahr, manche tun sich schwer, sich an die strenge Klosterzucht zu gewöhnen, und mit den Schulmeistern ist nicht zu spaßen. Aber Robert ist ein heller Kopf. Er könnte dort so viel lernen. Vielleicht würde ihm das helfen, seinen Zorn und seine Dämonen zu vertreiben. Glaub mir, ich will nur das Beste für den Jungen.«

John hatte kein gutes Gefühl bei diesem Plan. Aber eine bessere Idee hatte er auch nicht. »Ich überlasse die Entscheidung dir«, sagte er schließlich.

»Dir ist klar, dass wir damit gegen die ausdrücklichen Wünsche deines Bruders verstoßen würden?«

John schnaubte belustigt. »Das mache ich schon mit ihm aus. Da seine Lordschaft sich hier nie blicken lässt, wird er sich mit dem abfinden müssen, was wir zum Wohle seines Erben beschließen.«

Alexander lächelte. »Dann ist es abgemacht.«

Es verwunderte John ein wenig, wie erleichtert der Geistliche schien. Einträchtig leerten sie ihre Becher und erhoben sich bald, um endlich schlafen zu gehen.

Keiner der beiden Männer sah oder hörte den kleinen Schatten, der vor ihnen die Treppe hinaufhuschte.

Westminster, April 1430

Ich fürchte mich so, Tante.« Die helle Kinderstimme klang tränenerstickt. »Ich hab solche Angst vor dem Meer und dem Krieg.«

Lady Joan Beaufort hob den König auf den Schoß und drückte seinen Kopf an ihren ausladenden Busen. »Schsch. Das ist nicht schlimm, Sire. Es ist Euer gutes Recht, Euch zu fürchten. Aber es wird Euch ganz bestimmt kein Leid geschehen dort drüben in Frankreich. Ihr seid doch der rechtmäßige König.«

»Aber die Franzosen wollen mich nicht«, jammerte Henry. »Sie haben einen anderen auf den Thron gesetzt, den grässlichen Dauphin. Und er trachtet mir nach dem Leben, ich weiß es genau!« Er weinte jetzt hemmungslos.

»Aber, aber. Wie kommt Ihr nur auf so eine Idee? Er ist Euer Onkel, Sire, der Bruder Eurer lieben Mutter. Es ist ganz und gar undenkbar, dass er Euch nach dem Leben trachtet.« Joan Beaufort konnte ebenso überzeugend lügen wie ihr Bruder, der Kardinal. »Und so viele tapfere Ritter werden an Eurer Seite sein und Euch beschützen: Euer Vormund, der Earl of Warwick. Eure Cousins, der Duke of York, der Earl of Salisbury und Edmund Beaufort. Euer treuester Freund John of Waringham … und was soll ich Euch sagen, mein König? Wenn man vom Teufel spricht.« Sie wies mit dem Kinn zur Tür.

Henrys Kopf fuhr herum. Als er John im Türrahmen lehnen sah, sprang er schuldbewusst vom Schoß seiner Großtante und fuhr sich mit dem Ärmel über die Augen. »John! Welch eine Freude, dich ... Euch zu sehen.«

Er hatte sich an die neuen Umgangsformen, die seine Krönung im November erforderlich gemacht hatte, noch nicht gewöhnt. Auch sie trugen zu seinem Gefühl von Verlassenheit bei.

John neigte höflich den Kopf vor dem König. »Zeit zum Schlafengehen, Sire. Morgen brechen wir beim ersten Tageslicht nach Dover auf.«

Joan Beaufort erhob sich aus dem bequemen Sessel am Feuer – erstaunlich graziös für eine so korpulente, nicht mehr junge Frau. »Dann wird es Zeit, dass wir uns verabschieden. Gute Nacht, mein König. Träumt süß. Und glückliche Reise. Ihr werdet sehen, die Zeit wird wie im Flug vergehen, bis wir uns wiedersehen, und dann werden wir zusammen über Euren heutigen Kummer lachen.«

Der König begann eine artige Verbeugung, dann schlang er plötzlich die Arme um ihre Hüften und vergrub den Kopf in den Rockfalten.

»Sire.« John sprach leise, aber sowohl der König als auch dessen Großtante hörten den Vorwurf in seiner Stimme.

Lady Joan strich dem Jungen noch ein letztes Mal über die weichen Locken, ehe sie sich behutsam löste. »Seid nicht so streng mit ihm, Sir John.«

»Nein, Madam.« Es klang sehr kühl.

Joan Beaufort seufzte verstohlen und segelte hinaus.

John rief die königlichen Kammerdiener herein und wünschte dem König eine angenehme Nachtruhe – bestrafte ihn mit formvollendeter Höflichkeit –, ehe er sich zurückzog. Auf dem zugigen Korridor sprach er kurz mit Cedric of Harley und dem jungen Ritter, der Tudors Platz in der Leibwache eingenommen hatte, und vergewisserte sich, dass trotz des großen Durcheinanders vor ihrem Aufbruch der Wachdienst für die nächsten zwölf Stunden geregelt war. Dann folgte er Lady Joan zu ihren luxuriösen Gemächern und klopfte vernehmlich an ihre Tür.

»Ja, kommt nur herein, Waringham, wenn es Euch erleichtert, mich mit Vorwürfen zu langweilen.« Es klang ziemlich schnippisch. Wie alle Lancaster glaubte offenbar auch Joan Beaufort, dass Angriff immer die beste Verteidigung sei.

Betont verhalten öffnete John die Tür und trat ein. »Ihr tut dem Jungen keinen Gefallen, Madam.«

Sie stand an der geschnitzten Kommode am Fenster und war offenbar gerade dabei, ihre Ringe abzuziehen. Zwei lagen bereits auf der polierten Holzplatte, und die großen Edelsteine funkelten im Kerzenschimmer. »Oh, aber Ihr tut ihm einen Gefallen, ja? Ihr verschleppt ihn nach Frankreich, wo ihm eine Welle von Feindseligkeit entgegenschlagen wird, und wollt ihm dort eine Krone aufs Haupt setzen, die ihm eine lebenslange Bürde sein wird. Und auch wenn er erst acht Jahre alt ist, weiß er doch schon ganz genau, was ihn erwartet. Was es bedeutet. Aber fürchten darf er sich nicht, nein?« Wütend klappte sie den Deckel der Truhe auf, und ihre Ringe rollten klimpernd davon. »Gott *verflucht*!«

John trat näher, kniete sich neben der Truhe auf die steinernen Bodenfliesen und steckte die Hand in den Spalt zwischen Rückwand und Mauer. »Er hat keinen Grund, sich zu fürchten. Es ist nur das Fremde, das ihm Angst macht. Wir werden schon dafür sorgen, dass ihm nichts geschieht.« Er schaute auf und sah Joan in die Augen, während seine Hand weiter vergeblich nach ihren Ringen suchte. »Ich sage nicht, dass sein Amt ein leichtes ist. Kein so junger Mensch sollte eine solche Last tragen müssen. Aber wir können sie ihm nicht abnehmen, Madam. Wir können ihm nur helfen, sie zu tragen. Und er wird sie nur tragen können, wenn er lernt, sich zu beherrschen. Es ist nicht recht, dass Ihr ihn ermuntert, sich gehen zu lassen und an Eurer Schulter auszuweinen.«

Sie schnaubte wie ein Walross. »Und was habt Ihr getan, als Ihr in seinem Alter wart, wenn Ihr Kummer hattet? Seid Ihr nicht zu Eurer Mutter gelaufen – Gott hab diese wundervolle Frau selig –, um Euch bei ihr auszuweinen?«

»Ich fürchte, Eure Ringe haben sich in Luft aufgelöst, Lady Joan …«

»Zur Hölle mit meinen Ringen! Gebt Antwort!«

John stand vom Boden auf. »Ich weiß es nicht mehr. Als ich so alt war wie Henry, hatte ich nichts als Pferde im Sinn. Ich glaube nicht, dass ich zu der Zeit oft Kummer hatte. Sobald mein Lehrer mich laufen ließ, war ich nur im Gestüt meines Vaters. Und wenn ich vom Pferd gefallen bin, was etwa ein Dutzend Mal am Tag geschah, und mir wehgetan hab, hab ich alles daran gesetzt, nicht zu heulen. Damit die Stallburschen mich nicht verspotten.« Er hob kurz die Schultern. »So ist das eben unter Knaben. So muss es sein, damit Männer aus ihnen werden, die hart genug sind, um für den König in den Krieg zu ziehen und seine Schlachten zu gewinnen. Aber Henry darf nicht aufwachsen wie ein normaler Junge, und er hat nie genügend gleichaltrige Gesellschaft gehabt. Ich habe immer gesagt, dass das ein Fehler ist.«

»Aber John«, wandte Lady Joan in versöhnlicherem Ton ein. »Er ist noch so klein.«

»Ja, nur nimmt leider niemand außer Euch Rücksicht darauf. Die Franzosen gewiss nicht. Und wenn wir nicht dafür sorgen, dass er lernt, sich zusammenzunehmen, dann läuft er ihnen ins offene Messer.« Und damit wandte er ihr den Rücken zu, stemmte beide Hände gegen die Truhe und versuchte, sie von der Wand wegzuschieben.

»Waringham hat Recht, Joan«, sagte der Kardinal leise von der Tür.

Seine Schwester fuhr zu ihm herum. »Oh, ich hätte gewettet, dass du so denkst! Wo du schon hier bist, tritt ein.«

Beaufort schloss die Tür und ließ sich in einen der Sessel am Kamin sinken. »Was in aller Welt tut Ihr da, John?«

John ließ von der Truhe ab und verneigte sich höflich, doch ehe er antworten konnte, bemerkte Lady Joan: »Keiner von euch scheint zu begreifen, wie es in dem Jungen aussieht. Ihr stellt viel zu hohe Ansprüche an ihn.«

Da ihr Bruder sich zu diesem Vorwurf nicht äußerte, entgegnete John: »Wir haben die Lage nicht gemacht, in der er steckt, Madam.«

»Nein?«, entgegnete sie scharf. »Wollt Ihr mir wirklich weismachen, dass Ihr mit dem plötzlichen Verschwinden seiner Mutter nichts zu tun habt?«

»Ah.« Der Kardinal schlug die Beine übereinander. »Jetzt wird es interessant.«

John fiel aus allen Wolken. »Was hat die Königin damit zu tun?«

Lady Joan verdrehte die Augen gen Himmel und rang die Hände. »Ist Euch denn noch nicht in den Sinn gekommen, dass das der eigentliche Grund für seine Furcht ist? Von heute auf morgen hat Katherine den Hof und damit auch den König verlassen. Er vermisst sie. Herrgott noch mal, sie ist seine Mutter und hat sich kaum von ihm verabschiedet. Kein Wort der Erklärung, keine Andeutung, wann sie wiederkommt. Henry ist verstört, Sir John!«

John winkte ab. »Die Gelehrten sind sich einig, dass ein Knabe, der älter ist als sieben, die Zuwendung einer Mutter nicht mehr braucht. Sie schadet nur, weil sie ihn verzärtelt. Ich habe es nachgelesen, Lady Joan.«

»Tatsächlich?«, erkundigte sie sich. »Aber meine Frage wollt Ihr nicht beantworten, nein?«

»Doch, wenn Ihr darauf besteht, das Offensichtliche zu hören: Die Königin war nicht wohl, wie wir alle bemerkt haben. Sie hat sich für eine Weile aufs Land zurückgezogen, um sich auszukurieren. Eine Reise nach Frankreich wäre im Moment zu strapaziös für sie.«

»Und Eure Frau hat sie begleitet?«, fragte der Kardinal.

»So ist es.«

»Dann könnt Ihr uns doch gewiss sagen, wo sie sich aufhalten.«

»Das kann ich nicht, Mylord«, antwortete John wahrheitsgemäß. Er war in arger Bedrängnis, aber noch gelang es ihm, gänzlich gelassen zu erscheinen.

Lady Joan seufzte ergeben. Ihr Bruder hingegen lächelte anerkennend, verschränkte die Finger ineinander und stützte das Kinn auf die Daumen. »Dann lasst mich meine Frage etwas anders formulieren: Wäret ihr bereit, auf die Bibel zu schwören, dass Ihr nicht wisst, wo die Königin sich derzeit aufhält?«

John stieß hörbar die Luft aus. Er war geschlagen. Als er Tudor seine Hilfe zusagte, hatte er gewusst, dass er würde lügen müssen. Dazu war er bereit gewesen. Ein Meineid auf die Bibel hingegen stand völlig außer Frage. Und Beaufort, dieser Fuchs, kannte ihn gut genug, um das genau zu wissen.

»Nein, Mylord.«

Der Kardinal tauschte einen Blick mit Lady Joan, ehe er weiter fragte: »Hat sie England verlassen?«

»Nein.«

»Hat ihr plötzliches Verschwinden irgendwelche politischen Gründe?«

»Es hing allein mit ihrer körperlichen Verfassung zusammen, Mylord.«

Beaufort studierte sein Gesicht eingehend, und John fürchtete einen Moment, die Antwort sei zu ungeschickt gewesen und der Kardinal werde sein plumpes Wortspiel sofort durchschauen. Doch welche Schlüsse dieser auch immer ziehen mochte, vorläufig ließ er John vom Haken. »Na schön. Aber es wäre wahrlich hilfreich für unser Vorhaben in Frankreich gewesen, wenn sie uns begleitet hätte, wisst ihr«, bemerkte er verdrossen.

John nickte grimmig. »Das habe ich ihr auch gesagt.« Um das leidige Thema zu beenden, sank er wieder auf die Knie, wandte sich der störrischen Truhe zu und warf sich mit der Schulter dagegen. Endlich rührte sie sich und rutschte mit einem quietschenden Protestlaut einen Spann nach vorn.

»Würdet Ihr mir jetzt endlich verraten, was Ihr da tut, Waringham?«, fragte der Kardinal.

»Mir sind zwei von Mutters Ringen hinter die Truhe gefallen, Henry«, erklärte seine Schwester.

Jetzt konnte John den Arm ein gutes Stück weiter hinter die Rückwand stecken, und fast sofort ertastete er eines der kostbaren Schmuckstücke. Triumphierend hielt er es hoch, wischte

Staub und Spinnweben an seinen Hosen ab und legte seine Trophäe auf die Fensterbank, ehe er seine Suche fortsetzte.

Der zweite Gegenstand, den er ans Licht förderte, war indessen kein Ring, sondern eine ovale Silberschatulle. Sie war etwa so groß wie ein Hühnerei, mit einem feinen Rankenmuster und eigentümlichen Symbolen verziert, die John nie zuvor gesehen hatte. Er befreite auch dieses Fundstück vom Staub und hielt es Lady Joan auf der ausgestreckten Linken hin. »Ihr habt offenbar noch mehr Kleinodien verloren, Madam.«

Neugierig nahm sie es in die Hand. »Nein, das gehört mir nicht. Was ist es? Ein Reliquiar?«

Sie reichte es ihrem Bruder, der es einen Augenblick mit undurchschaubarer Miene begutachtete. Dann ertastete er den beinah unsichtbaren Schließmechanismus und ließ es aufschnappen.

John hatte inzwischen auch den zweiten Ring gefunden. Er rückte die Truhe an ihren Platz zurück und trat dann zum Kamin. Über die Schulter des Kardinals betrachtete er den Inhalt der kleinen Schatulle.

»Eine Haarlocke?«, murmelte Lady Joan. »Wie romantisch …«

John schüttelte verständnislos den Kopf. »Aber das ist Henrys Haar.«

Der Kardinal schaute zu ihm hoch. »Seid Ihr sicher?«

»Was soll das heißen, bin ich sicher? Seht doch selbst. Es ist unverkennbar, oder?«

Der König hatte helleres Haar als sein Vater und die meisten übrigen Lancaster. Es war unterschiedlich schattiert, mal dunkelblond, mal hellbraun, als habe die Natur sich einfach nicht entscheiden können, ob er die Haarfarbe nun von Vater oder Mutter erben solle. Und obwohl die Strähne in der Schatulle höchstens halb so dick war wie Johns kleiner Finger, gab sie diese Zweifarbigkeit genau wieder.

»Was hat das zu bedeuten?«, fragte Lady Joan verwirrt. »Hat die Königin je diese Gemächer bewohnt? Wer außer Ihr könnte eine Haarlocke von Henry besitzen?«

Ihr Bruder schüttelte den Kopf. »Gloucester.«

»Was?«, fragten John und Lady Joan verständnislos im Chor.

»Dies war meist Gloucesters Quartier, wenn er in der Vergangenheit in Westminster weilte. Seines und das seiner schönen Gemahlin, Lady Eleanor Cobham.« Er sprach den Namen mit unverkennbarem Abscheu aus.

Das sieht ihm nicht ähnlich, fuhr es John durch den Kopf. Kardinal Beauforts Schwäche für Frauen erstreckte sich normalerweise auf jede Vertreterin dieses Geschlechts. »Und was sollte sie mit einer Haarlocke des Königs?«, fragte John.

»Ich glaube nicht, dass Ihr das wirklich wissen wollt.« Beaufort erhob sich, trat ans Feuer und warf die Haarsträhne hinein.

»Henry!«, rief seine Schwester erschrocken aus. Die Person des Königs war sakrosankt. Man durfte sein Haar nicht so ohne weiteres ins Feuer werfen.

»Glaub mir, es ist das Beste so, Joan.« Er wirkte mit einem Mal sehr grimmig. »Die Schatulle behalte ich, wenn du keine Einwände hast.«

»Aber ... aber was hast du damit vor?«, wollte sie wissen.

»Ich werde sie gut aufheben. Bis zu dem Tag, da sie mir und uns allen nützlich sein kann.«

»Ich habe wieder einmal keine Ahnung, wovon du eigentlich sprichst, Bruder«, gestand Lady Joan resigniert.

Wortlos hielt er ihr die geöffnete Schatulle hin. Erst jetzt erkannten Lady Joan und John, was unter der Haarlocke des Königs verborgen gewesen war: In die glatte Silberfläche war ein fünfzackiger Stern – ein Pentagramm – eingeprägt.

»Verstehst du mich jetzt?«

Lady Joan und John tauschten einen entsetzten Blick.

»Mylord ...«, begann John, aber der Kardinal schüttelte den Kopf und wandte sich zur Tür.

»Ich weiß, Ihr habt in den vergangenen sieben Jahren kaum etwas anderes getan, als den König zu hüten, John. Aber von nun an solltet Ihr Eure Anstrengungen verdoppeln.«

»Das wäre leichter, wenn Ihr offener zu mir wäret.«

Mit einem leisen Lachen öffnete Beaufort die Tür. »Ich bin so offen zu Euch wie Ihr zu mir, mein Sohn.« Er trat auf den Korridor hinaus und wäre um ein Haar mit Simon Neville zusammengestoßen, Somersets einstigem Knappen, der seit zwei Jahren zur königlichen Leibwache gehörte. »Nanu, Neville, so stürmisch?«

»Ich bitte um Vergebung, Eminenz. Könnt Ihr mir zufällig sagen, wo ich John of Waringham finde?«

John hörte an der Stimme, dass der junge Ritter keine Freudenbotschaft brachte. »Ich bin hier, Simon.«

Neville trat ein und verneigte sich artig vor Joan. »Gott zum Gruße, Tante. John, ich muss dich dringend sprechen.«

John kniff die Augen zusammen und versuchte, sich zu wappnen. »Ist dem König etwas zugestoßen?«

»Nein. Es geht um meinen Bruder Alexander, deinen Hauskaplan. Eben kam ein Bote aus Waringham. Er …« Neville schaute kurz zu Boden, dann nahm er sich zusammen und sah John wieder an. »Alexander ist auf der Treppe gestürzt und hat sich den Hals gebrochen.«

Calais, Mai 1430

Wahrlich und wahrlich, John, Ihr hört mir überhaupt nicht zu!«, beklagte der König.

John wandte den Blick vom Meer ab. »Ich bitte um Vergebung, Sire.«

»Und Ihr seid grässlicher Laune. Seit Wochen.«

John war erschrocken. »Ja, ich habe derzeit eine Menge Gründe, schlechter Laune zu sein, aber ich bedaure, dass man es mir anmerkt. Ich gelobe Besserung, mein König. Kommt. Wir wollten die Verteidigung der Burg studieren, richtig?«

Sie waren die steile Treppe zum Wehrgang hinaufgestiegen. Von hier oben hatte man einen herrlichen Blick auf die Stadt und die See.

Aber der König hatte nur mäßiges Interesse an Burgenarchitektur. Er lehnte sich an die sonnenwarmen Zinnen und strich sich das Haar zurück, welches die sanfte Maibrise ihm in die Augen geweht hatte. »Was ist es denn, das Euch bekümmert?«, fragte er.

John unterdrückte ein Lächeln. Wie ernst und teilnahmsvoll dieser kleine Kerl zu ihm hochschaute. Mitgefühl, wusste John, war eine von Henrys schönsten Gaben. Doch was konnte er ihm sagen? Er vermisste Juliana und Kate. Manchmal wachte er morgens allein in seinem Quartier auf und fühlte sich innerlich ganz ausgehöhlt vor Einsamkeit. In den vergangenen Jahren hatte das Schicksal ihn zu sehr verwöhnt, und er war fast ständig mit seiner Frau zusammen bei Hofe gewesen. Das war kaum einem Mann vergönnt, schon gar nicht in Kriegszeiten, und wenn er beim Rasieren in den Spiegel schaute, redete er sich ins Gewissen und riet sich selbst, dankbar für all die Zeit zu sein, die Gott ihnen gemeinsam zugedacht hatte, auf die Zukunft zu hoffen und sich gefälligst in Geduld zu fassen. Es nützte nur nicht viel. Aber all das konnte er Henry unmöglich gestehen, dem er Vorhaltungen machte, wenn der Junge gar zu offen zeigte, wie sehr seine Mutter ihm fehlte.

Außerdem sorgte John sich um die politische und militärische Lage hier in Frankreich. Die Jungfrau in der Rüstung verhinderte, dass die burgundischen Truppen Compiègne einnahmen, und ehe das nicht vollbracht war, konnten sie den König nicht nach Paris bringen. Philipp, der Herzog von Burgund, verlangte immer mehr Geld aus England zur Finanzierung seiner Truppen. Das Parlament daheim vertrat indessen die Auffassung, die eroberten Gebiete in der Normandie und anderen französischen Regionen müssten wohl genügend Einnahmen bringen, um den Krieg zu finanzieren. Die Menschen in England verstanden einfach nicht, wie schlimm die wirtschaftliche Lage in Frankreich nach den langen Kriegsjahren war. Burgund wurde ungeduldig und hatte mehrfach Boten des Dauphin empfangen, berichteten die Spione des Kardinals. Und Henrys Onkel Bedford war verbittert und müde. Bei Henrys

Ankunft in Calais hatte er sein Amt als Regent von Frankreich niedergelegt, da ja nun der rechtmäßige König eingetroffen war, und John fragte sich, welche Rolle der Herzog, der den Krieg seit dem Tod seines Bruders so unermüdlich fortgesetzt hatte, in Zukunft noch zu spielen bereit war. Aber auch diese Sorgen wollte John dem König nicht aufbürden, denn ihm war daran gelegen, dass Henry sich möglichst unbeschwert und vor allem sicher fühlte.

»John?«, fragte der König zaghaft. »Wollt Ihr nicht darüber sprechen? Ist es etwas, das ich nicht erfahren darf?«

»Nein, Sire. Es ist das Schicksal Eures Cousins, des Earl of Somerset, das mir aufs Gemüt drückt.«

»Wer ist das?«, fragte der Junge unsicher.

»Edmund Beauforts älterer Bruder. Ihr kennt ihn nicht, weil er ein paar Monate vor Eurer Geburt in Gefangenschaft geriet. Seine Mutter und Edmund und auch der Kardinal bemühen sich seit Jahren, ihn zurückzuholen. Wir hatten gehofft, ihn gegen den Grafen von Eu austauschen zu können, der seit Agincourt unser Gefangener ist. Aber … es hat nicht geklappt.«

Der König hatte aufmerksam gelauscht. »Warum bekümmert Euch das so? Ist er Euer Freund, dieser Earl of Somerset?«

»So ist es, Sire. Somerset ist einer der besten Männer, denen ich je begegnet bin. Er sollte an Eurer Seite sein. Er wäre so wertvoll für Euch. Stattdessen schmachtet er nun seit neun Jahren auf irgendeiner öden französischen Burg. Das ist eine furchtbare Verschwendung. Und außerdem …« John lächelte ein wenig beschämt, »vermisse ich ihn fürchterlich.«

Damit kannte Henry sich aus. Er nickte verständnisvoll. »Woran liegt es, dass der Austausch nicht stattfinden kann?«

John zögerte. Das war eine äußerst heikle Frage.

Henry lächelte untypisch verschmitzt. »Eine offene Antwort, Sir, wenn ich bitten darf. Wenn Ihr anderen vorwerft, sie behandelten mich wie ein rohes Ei, dann solltet Ihr diesen Fehler nicht selbst begehen.«

Langsam wird ein König aus ihm, fuhr es John durch den

Kopf. »Also schön. Nach dem Tod Eures Vaters verfügte der Kronrat, dass keine französischen Gefangenen freigelassen werden dürfen, ehe Ihr mündig werdet. Im Fall des Grafen von Eu wurde eine Ausnahme beschlossen, weil seine Unterstützung hier in Frankreich für uns wertvoll gewesen wäre. Doch nachdem die Jungfrau auftauchte und die Dinge hier schwieriger wurden, beharrte der Duke of Gloucester auf Einhaltung des Gesetzes.«

»Er kann die Beauforts nicht ausstehen«, erklärte der König nüchtern. »Weder den Kardinal noch meinen Cousin Edmund, nicht einmal Großtante Joan. Wahrscheinlich ist Gloucester ein Beaufort in französischer Gefangenschaft lieber als daheim, wo er die Politik des Kardinals gegen ihn unterstützen könnte, nicht wahr?«

»Sire … wer hat diese Dinge zu Euch gesagt?«, fragte John erschrocken.

»Niemand. Ich habe Augen und Ohren. Und Ihr habt mich gelehrt, hinter das zu blicken, was die Menschen sagen und tun, und ihre Beweggründe zu verstehen.«

»Das ist mir offenbar besser gelungen, als ich ahnte«, erwiderte John schwach.

Henry lächelte nicht. »Mir ist darüber hinaus noch nie aufgefallen, dass der Duke of Gloucester ein besonderes Interesse daran hätte, diesen Krieg zu beenden.«

Noch ein Volltreffer, dachte John. »Ich sage nicht, dass Eure Beobachtungen falsch sind, Sire. Aber ich bin überzeugt, der Duke of Gloucester handelt nach bestem Wissen und Gewissen. Er hat nur Euer Wohl und das Eures Reiches im Sinn.«

»Das ist gewiss so, Sir«, erwiderte der Junge. »Aber *ich* gedenke, diesen Krieg zu beenden, wenn ich groß bin.«

»Wirklich?«, fragte John interessiert. »Warum?«

»Weil er Gott nicht gefällig ist. Kein Krieg ist das. Und außerdem habe ich es meiner Mutter versprochen.«

Stolz legte der Captain der Leibwache dem jungen König die Hand auf die Schulter. »Das sind zwei sehr gute Gründe, scheint mir. Und wenn das wirklich Euer Entschluss ist, kann ich Euch nur empfehlen, auf die Ratschläge Eures Großonkels, des Kardinals, zu hören, mein König. Seit ich ihn kenne, hat er immer nur das Ziel verfolgt, diesen Krieg zu beenden. Deswegen hat er so für die Heirat Eurer Eltern gekämpft, deswegen hat er schier grenzenlose Geduld mit dem Herzog von Burgund, und deswegen hat er sich vom Papst drängen lassen, die Kardinalswürde anzunehmen, obwohl er genau wusste, dass er sich damit daheim in England angreifbar macht.«

»Das sagt Ihr mir, weil Ihr wisst, dass der Duke of Gloucester dem Kardinal immer nur böse Absichten und Machtgier unterstellt?«, fragte Henry stirnrunzelnd.

»Tut er das?«

»Oh ja. Manchmal kann ich kaum aushalten, was er zu mir sagt.«

Armes Kind, dachte John. »Ein jeder versucht Euch einzuflüstern, was seinen Absichten am besten dient, Sire. Weil Ihr noch so jung und formbar seid. Wahrscheinlich kann man sagen, dass ich gerade eben auch nichts anderes getan habe. Wem Ihr Glauben und Euer Vertrauen schenken wollt, könnt nur Ihr allein entscheiden. Dabei kann ich Euch leider nicht helfen.«

Der König lächelte ihn treuherzig an. »Oh, die Entscheidung fällt mir nicht schwer, Sir, denn ich weiß …« Er brach ab, als eine kleine Reitergruppe in den Burghof geprescht kam, die für einen erstaunlichen Wirbel sorgte. Ritter, Knappen und Stallknechte eilten herbei, um sie in Empfang zu nehmen.

»Du meine Güte … wer ist das?«, fragte der König verwundert.

John hatte sich schon zur Treppe gewandt. »Mein Bruder, Sire. Er kommt aus Compiègne. Lasst uns hören, welche Neuigkeiten er bringt.«

Sie hasteten die Stufen hinab und holten den Earl of Waringham am Eingang zum Hauptgebäude ein.

»Raymond!«, rief John.

Sein Bruder wandte sich um, machte große Augen und verneigte sich tief vor dem König. »Ja, ist das zu fassen … Ihr seid einen Kopf gewachsen seit Eurer Krönung, Sire!«

Henry strahlte. »Meint Ihr wirklich, Sir?«

»Mindestens!«, beteuerte Raymond. Er zwinkerte dem König zu, aber John merkte, dass sein Bruder bedrückt war.

Er schloss ihn kurz in die Arme. »Gut, dich zu sehen, Mylord.«

Der schaute sich missvergnügt um. »Ich sag dir ehrlich, ich wäre an jedem anderen Ort der Welt lieber«, raunte er. »Ich habe grässliche Erinnerungen an diese Burg.«

John nickte und bemühte sich um eine mitfühlende Miene. »Ich weiß.« Er kannte die Geschichte von Raymonds Gefangenschaft in Calais und deren Folgen zur Genüge, denn sein Bruder hatte sie ihm schätzungsweise hundert Mal erzählt, und John legte keinen Wert darauf, sie jetzt noch einmal zu hören. »Komm. Bedford und der Kardinal sitzen in der Halle und beraten.«

»Er meint, sie streiten«, warf der König unverblümt ein.

Raymond zog verwundert die Brauen hoch.

»Es kann jedenfalls nicht schaden, wenn du sie ablenkst«, erklärte John.

Er führte seinen Bruder und den König die Treppe hinauf in die schlichte Halle der Burg von Calais. Alle Tische bis auf einen waren beiseite geräumt worden. Dieser stand unter einem der Fenster, die auf die See hinaus zeigten, und um den Tisch versammelt saßen Kardinal Beaufort, der Earl of Warwick, der Duke of Bedford und dessen neue Kommandanten: Edmund Beaufort, Richard of York und Lady Joans ältester Sohn Richard Neville, welcher der neue Earl of Salisbury war. Man konnte den grimmigen Mienen ansehen, dass sie tatsächlich hitzig debattiert hatten, doch als John eintrat, war es still.

Er verneigte sich. »Der König und der Earl of Waringham, Mylords.«

Seite an Seite traten Raymond und Henry ein. Der König lächelte seinen Cousins, seinen beiden Onkeln und seinem Vormund unsicher zu und setzte sich auf seinen Platz: den thronartigen Sessel in der Mitte der Tafel, den niemand außer ihm einnehmen durfte.

Raymond legte dem Duke of Bedford kurz die Hand auf die Schulter. »John«, murmelte er. Vor dem Kardinal verneigte er sich. »Eminenz.« Den Earl of Warwick und die drei jungen Verwandten des Königs speiste er mit einem Nicken ab. Für den tugendhaften Warwick hatte er nie viel übrig gehabt, und der neuen Generation junger Kommandanten begegnete er mit Argwohn. John hatte den Verdacht, sein Bruder beneidete diese Männer um ihre Jugend und fürchtete ihre Konkurrenz.

Der Duke of Bedford konnte Raymonds Miene ebenso mühelos lesen wie John. »Du bringst schlechte Nachrichten aus Compiègne?«, fragte er. Es klingt ergeben, dachte John beunruhigt. Geradezu resigniert.

»Wie kommst du darauf?«, erwiderte Raymond verwundert. »Ganz im Gegenteil. Wir haben sie. Der Spuk ist vorüber, Gentlemen. Der Graf von Ligny hat die Jungfrau von Orléans gefangen genommen.«

»Gestern am späten Nachmittag unternahm sie mit rund fünfhundert Mann einen Ausfall«, berichtete Raymond, nachdem der Jubel verhallt war.

»An Christi Himmelfahrt?«, unterbrach Bedford ungläubig. Doch dann antwortete er sich selbst: »Warum wundert mich das eigentlich? Hat sie nicht Paris am Namensfest der Heiligen Jungfrau angegriffen? Wenn das nicht endgültig beweist, dass diese verfluchte Dauphinistenhure mit Satan im Bunde ist …«

»John«, murmelte der Kardinal. Mit einem vielsagenden Blick in Henrys Richtung ermahnte er seinen Neffen, sich zu mäßigen.

Bedford nickte reumütig und forderte den Earl of Waringham auf: »Sprich weiter, Raymond.«

»Vor den Toren Compiègnes ging seit Wochen gar nichts mehr. Wir konnten die Stadt nicht nehmen, die Verteidiger konnten uns nicht zurückschlagen. Ich nehme an, die Jungfrau erhoffte sich einen Überraschungsvorteil, weil natürlich niemand an einem Feiertag mit einem Ausfall rechnete. Und sie erwischte den Grafen von Ligny tatsächlich auf dem falschen Fuß: Seine Männer und er standen ungerüstet bei der Vesperandacht und waren vollkommen unvorbereitet. Aber Burgunds Männer und wir hörten den Schlachtenlärm, und als wir Ligny zu Hilfe kamen, waren wir in der Überzahl. Wir schlugen die Franzosen zurück. Die Jungfrau blieb die ganze Zeit hinten und versuchte, ihre Männer zu formieren und den Rückzug zu sichern. Als sie die Brücke schon fast erreicht hatte, fielen Lignys Bogenschützen in großer Zahl über sie her, und einer riss sie vom Pferd. Aber sie ist unverletzt. Der Graf hat sie unter scharfer Bewachung auf seine Burg in Beaurevoir geschickt. Tja, und da hockt sie nun im Turm.« Raymond breitete die Hände aus. »Es ist vorbei, Gentlemen. Sie war offenbar doch nicht unbezwingbar, wie unsere Männer fürchteten. Nur ein guter Soldat, weiter nichts.«

»Ein guter Soldat?«, fragte Richard of York. Es klang befremdet. »Wohl eher ein schamloses, liederliches Weibsbild mit dem Glück des Teufels.«

Raymond hob die Schultern. »Kann sein. Davon versteh ich nichts.«

Bedford rieb sich die Hände, und nach langer Zeit lag endlich wieder Zuversicht in seinem Blick. »Reite zu Burgund zurück, Raymond. Kauf sie ihm ab.«

»Ich dachte, dieser Ligny hat sie gefangen?«, warf Edmund Beaufort verwundert ein.

Der Duke of Bedford winkte ab. »Ligny gehört dem Haus Burgund mit Haut und Haar und wird tun, was Philipp ihm sagt.« Er wandte sich an den König. »Sire, wäret Ihr so gut, Burgund einen Brief zu schreiben und ihn höflich zu ersuchen, uns die Gefangene auszuliefern?«

Henry nickte bereitwillig. Es schmeichelte ihm, dass sein Onkel immer wie mit einem Erwachsenen mit ihm redete. »Natürlich, Sir. Diktiert den Brief einem Schreiber in meinem Namen, und ich werde ihn unterzeichnen.«

Bedford lächelte ihm dankbar zu, ehe er an Raymond gewandt fortfuhr: »Biete Burgund, was immer nötig ist. Der Preis spielt keine Rolle. Aber wir *müssen* sie haben.«

Raymond wollte nicht, das war unschwer zu erkennen. Aber nachdem er ein Weilchen mit sich gerungen hatte, fragte er lediglich: »Und dann?«

»Dann stellen wir sie vor Gericht und verurteilen sie.«

»Wofür?«, wollte Edmund wissen.

»Das ist doch völlig gleich«, gab Bedford ungeduldig zurück. »Von mir aus wegen bewaffneter Rebellion gegen den rechtmäßigen König von Frankreich. Hauptsache, sie wird hingerichtet und macht uns fortan keinen Ärger mehr.«

»Augenblick«, warf der Kardinal ein.

Alle hielten respektvoll inne und schauten ihn an, aber Beaufort sprach nicht sofort weiter. Er erhob sich von seinem Sessel, trat ans Fenster und blickte einen Moment hinaus. Die anderen schwiegen geduldig.

John beobachtete seinen Schwiegervater, sah, wie dieser den Kopf leicht zur Seite geneigt hielt und die Schultern hochgezogen hatte, und erkannte, dass dem Kardinal nicht wohl bei den Gedanken war, die er ausheckte.

Schließlich wandte Beaufort sich wieder um, stützte die Hände auf die Rückenlehne seines Sessels und sah ernst in die Runde. »Wir können sie nicht einfach hinrichten wie irgendeinen hergelaufenen Strolch. Sie ist weit mehr als das. Wenn wir diese Sache klug und mit Bedacht handhaben, kann diese angebliche Jungfrau die Waffe werden, mit der wir den Dauphin vernichten.«

Bedford hing an seinen Lippen. »Könntet Ihr uns das ein wenig genauer erklären, Onkel?«

Der Kardinal sah ihm in die Augen und nickte. »Wir müssen sie vor ein kirchliches Gericht stellen und wegen Ketzerei und Hexerei anklagen. Das wird nicht einmal schwierig. Mit ihrer Prahlerei von den Stimmen der Erzengel und Heiligen, die sie angeblich führen, hat sie sich für solch eine Anklage angreifbar gemacht, denn es werden sich gewiss Hinweise dafür finden lassen, dass diese Stimmen in Wahrheit Einflüsterungen des Satans sind. Auch die Schamlosigkeit ihrer äußeren Erscheinung spielt uns in die Hände. Mit einem guten Ankläger wird es ein Leichtes sein, sie als Teufelsbuhle und Ketzerin zu überführen. Und den Dauphin somit als ihren Komplizen zu entlarven, Gentlemen, als Zauberlehrling und Feind der Kirche. Und haben wir ihn als solchen bloßgestellt, wird der französische Klerus sich von ihm abwenden. Hat der Klerus sich von ihm abgewandt, wird der Adel nicht wagen, ihm länger beizustehen.« Er breitete die Hände aus. Fast wirkte es, als wolle er ihnen den Segen erteilen. »Der Dauphin wäre isoliert und ein für alle Mal erledigt und Henry der unangefochtene König von Frankreich.«

Die Männer am Tisch schwiegen. Bedford und Warwick tauschten ein zufriedenes, beinah seliges Lächeln.

»Das … das ist ein genialer Plan«, bekundete Letzterer.

»Ziemlich scheußlich, aber genial«, musste auch Edmund Beaufort einräumen. Genau wie der Kardinal verriet er sein Unbehagen, indem er den Kopf leicht zwischen die Schultern zog.

»Und … und wäret Ihr gewillt, dieser Ankläger zu sein, Eminenz?«, fragte Bedford hoffnungsvoll.

Doch Beaufort schüttelte den Kopf. »Ich bin nicht der Richtige dafür. Auch wenn ich gerade heute wenig Neigung verspüre, meinen Charakter zu loben, wage ich doch zu behaupten, dass ich noch ein paar Skrupel habe. Die wären bei dieser Aufgabe ausgesprochen hinderlich. Wir brauchen einen Ankläger, dessen persönlicher Groll gegen Jeanne von Domrémy groß genug ist, um jeden Funken Mitgefühl für sie im Keim zu ersticken. Je bigotter, selbstgerechter und widerwärtiger er ist, desto besser. Und natürlich muss er Franzose sein, damit die Welt nicht schon auf den ersten Blick sieht, dass dieser Prozess ein Nebenschauplatz unseres Krieges gegen den Dauphin ist.«

»Und wo wollt Ihr ein solches Muster an Charakterlosigkeit und Niedertracht unter dem französischen Klerus finden, Onkel?«, fragte Richard of York nicht ohne Hohn.

Sein eigener Plan hatte dem Kardinal so gründlich die Laune verdorben, dass er sich entgegen seiner Gewohnheit nun gestattete, seine Antipathie gegen York offen zu zeigen. »Niedertracht und Charakterlosigkeit gibt es überall, Richard, unter dem französischen Klerus ebenso wie unter dem englischen Adel«, entgegnete er scharf. Und ehe sein Neffe aufbrausen und sich nach dem genauen Sinn dieser Worte erkundigen konnte, fuhr er fort: »Der Mann, den wir brauchen, heißt Pierre Cauchon. Er ist der Bischof von Beauvais.«

»Cauchon?«, wiederholte Warwick skeptisch. »Aber er hat Beauvais an die Dauphinisten ausgeliefert.«

Der Kardinal nickte. »Ihm blieb nichts anderes übrig. Jeanne hat die Stadt belagert, und der Bischof konnte sie nicht halten. Dafür hasst er Jeanne von Domrémy leidenschaftlich. Er hasst übrigens alle Frauen, was ihn für unsere Zwecke nur noch geeigneter macht. Und er hat dem Dauphin bei erster Gelegenheit die Gefolgschaft aufgekündigt und ist auf die Seite des Herzogs von Burgund zurückgekehrt, wo seine wahre Loyalität liegt. Glaubt mir, er ist unser Mann. Er hat nur einen Makel.«

»Und zwar?«, fragte Bedford.

»Er ist ein erbärmlicher Gelehrter. Das theologische Fundament dieser Anklage wird er uns kaum liefern können.«

Das gefiel Warwick nicht. »Aber wer dann? Wäre es nicht das Sicherste, die ganze Anklage käme aus einem Guss?«

Der Kardinal winkte mit der beringten Rechten ab. »Entscheidend ist nur, dass sie hieb- und stichfest ist.« Er dachte einen Moment nach. Dann kam ihm ein Einfall, und er verzog einen Mundwinkel zu einem freudlosen Lächeln. »Wie wäre es mit der theologischen Fakultät der Sorbonne, Gentlemen? Ihre Autorität sollte selbst unsere erbittertsten Feinde einschüchtern.«

»Und Ihr glaubt, die Gelehrten wären dazu bereit?«, fragte Bedford. »Eine Ketzereianklage gegen die Dauphinistenhu… gegen Jeanne von Domrémy zusammenzuzimmern, die von halb Frankreich wie eine Heilige verehrt wird?« Er klang äußerst skeptisch.

Doch der Kardinal nickte. »An der Pariser Universität gibt es keine Liebe für den Dauphin. Sie ist dem Herzog von Burgund ebenso treu ergeben wie der Bischof von Beauvais.«

Sie berieten noch eine Weile, wie sie im Einzelnen vorgehen wollten, und beantworteten die klugen, wenn auch teilweise naiven Fragen des Königs, der Mühe hatte, die politische Tragweite dieser Situation zu begreifen. Sehr geschickt machte der Kardinal den Jungen glauben, dass Jeanne von Domrémy tatsächlich eine Zauberin und Teufelsanbeterin sei. Er erzählte ihm die Geschichten, die unter englischen Bogenschützen kursierten: von ihrem verzauberten Banner, das sie unverwundbar machte. Von ihrer Pfeilwunde, die binnen einer Stunde zugeheilt war. Und von dem toten französischen Säugling, den sie mit Hilfe des Satans wieder zum Leben erweckt hatte. Als Henry bemerkte, dass sein Onkel Bedford und auch sein weiser Vormund, der Earl of Warwick, all diese Geschichten kannten und glaubten, war er beruhigt.

Bald darauf löste die Versammlung sich auf. Bedford und Warwick schleppten Raymond of Waringham ab, um mit ihm auf seine großartigen Neuigkeiten anzustoßen. Edmund Beaufort und Richard of York strebten in entgegengesetzten Richtungen davon, als hätten sie es eilig, der Gesellschaft des anderen zu entkommen. Der junge Salisbury verließ die Halle mit langsamen Schritten, wie immer unschlüssig, welchem seiner beiden Freunde er folgen sollte.

»Auf ein Wort, Mylord«, bat John leise.

Der Kardinal, der wieder am Fenster stand und auf die See hinausblickte, wandte den Kopf. »Lieber nicht, John. Ich glaube, ich bin nicht in der Verfassung, Euren Vorhaltungen zu lauschen.«

John lächelte ein bisschen gequält. »Ich wollte Euch gar keine machen.«

Beaufort nickte abwesend.

»Tatsächlich wollte ich Euch eine Frage stellen«, eröffnete John seinem Schwiegervater.

Der seufzte verstohlen. »Sie muss Euch in der Tat quälen, da Ihr so geflissentlich ignoriert, dass ich gern ein Weilchen allein wäre.«

John nickte. »Ihr habt Recht. Die Antwort würde mich brennend interessieren.«

»Also?«

»Glaubt Ihr, dass Jeanne von Domrémy eine Ketzerin und mit dem Teufel im Bunde ist?«

Er bekam keine Antwort.

Aber John konnte äußerst hartnäckig sein, wenn eine Sache ihm wichtig erschien. »Mylord?«

Der Kardinal verschränkte die Arme und bedachte ihn mit einem finsteren Blick. »Eure Frage hat verdächtige Ähnlichkeit mit moralischen Vorhaltungen, mein Sohn. Was ich glaube oder nicht, ist eine Angelegenheit zwischen Gott und mir.«

»Zweifellos. Ich wollte nur wissen, ob Ihr den König angelogen oder ihm das gesagt habt, wovon Ihr tatsächlich überzeugt seid. Und wenn Ihr ihn angelogen habt, dann wüsste ich gerne, warum.«

»Das waren schon drei Fragen«, knurrte Beaufort. »Der König ist alt genug und hat ein Anrecht zu erfahren, was vorgeht. Doch er ist andererseits noch zu jung, als dass wir seinem Gewissen schon jetzt eine solche Bürde auferlegen dürften. Besser für ihn, er ist davon überzeugt, dass dieses Hirtenmädchen eine Hexe ist.«

»Und … und Ihr glaubt wirklich, es ist der einzige Weg?«, fragte John.

»Schon wieder eine Glaubensfrage«, spöttelte Beaufort. Er unterbrach sich kurz, schien einen Moment mit sich zu ringen, und dann schaute er John direkt an. »Na schön. Ich sage es Euch, John: Nein, ich glaube nicht, dass Jeanne von Domrémy eine Hexe ist. Ich glaube noch nicht einmal, dass sie Stimmen hört, weder von himmlischen noch von dunklen Mächten. Ich halte sie für eine Verrückte, die von einer Idee besessen ist. Und: Ja, ich glaube, dass die einzige Möglichkeit, diesen gottlosen Krieg zu beenden, darin besteht, sie als Hexe zu verurteilen und den Dauphin somit zu brandmarken. Mir ist bewusst, dass wir damit eine furchtbare Sünde begehen, aber es muss sein, zu Englands Wohl und zu Henrys. Doch ich will nicht, dass dies dem König bewusst wird. *Ich* treffe diese Entscheidung, also warum soll er sich damit quälen? Denn auf die Frage, die er mir zweifellos stellen würde – und die ja eigentlich auch die Eure ist –, ob der Zweck die Mittel heiligt, habe ich keine Antwort.«

John spürte sein Herz schwer werden. »Es wird … abscheulich«, murmelte er beklommen.

»Damit dürft Ihr getrost rechnen. Und ich neide Euch die Position als Henrys Vertrauter nicht. Er wird Euch viele Fragen stellen, und Ihr werdet ihn oft anlügen müssen. Falls Ihr wie ich der Ansicht seid, dass Ihr ihm damit einen größeren Dienst erweist als mit der Wahrheit.«

John nickte. »Ich schätze, das bin ich, Mylord. Und glücklicherweise hält sich mein Mitgefühl für das Hirtenmädchen aus Domrémy in Grenzen. Vielleicht habt Ihr es vergessen, aber ich habe für die Franzosen im Allgemeinen und für den Dauphin im Besonderen nichts übrig.«

»Ich habe es nicht vergessen.«

»Jeanne von Domrémy hat Truppen gegen England geführt und dem Dauphin zur Königsweihe verholfen, auf die er kein Anrecht hatte. Sie ist unser Feind, und auch wenn sie eine Frau ist, muss sie den Preis bezahlen. Ihr persönliches Schicksal berührt mich nicht.«

»Seid Ihr wirklich sicher, dass das stimmt?«, erkundigte sich der Kardinal interessiert.

»Das bin ich, Mylord. Ganz anders verhält es sich hingegen mit meinem Bruder. Wenn er Burgund das Hirtenmädchen für uns abkauft und sie dem ausliefert, was immer auf sie zukommen mag, dann wird ihn das quälen. Und wenn irgendetwas Raymond lange und heftig genug quält, gibt es früher oder später ein Unglück. Darum bitte ich Euch: Bewegt den Duke of Bedford dazu, einen anderen Unterhändler zu Burgund zu schicken. Raymond kann nicht einmal Französisch, er ist denkbar ungeeignet. Lasst ihn nach Compiègne zurückkehren. Da ist er in seinem Element. Aber zieht ihn nicht in diese widerwärtige Sache hinein.«

»Ihr habt Recht«, stimmte der Kardinal zu. »Vermutlich ist es tatsächlich klüger, wir halten ihn aus der Geschichte so weit wie möglich heraus. Im Grunde spielt es ja keine Rolle, wer zu

Burgund geht und sie ihm abkauft. Er will sie ebenso loswerden wie wir, aber ich kann mir nicht vorstellen, dass er sich die Finger schmutzig machen möchte. Das überlässt er uns gewiss gern. Und außerdem braucht er das Geld.«

Rouen, Oktober 1430

Doch wie alle Dinge in diesem Krieg gestaltete sich auch der Kauf der gefangenen Jungfrau weitaus schwieriger und langwieriger, als irgendwer vorhergesehen hatte.

Die Gelehrten der Universität machten sich sogleich mit großem Eifer daran, eine Anklage gegen Jeanne von Domrémy zu fabrizieren, und forderten den Herzog von Burgund auf, sie dem rechtmäßigen König Henry auszuliefern, auf dass die Gerechtigkeit ihren Lauf nehmen könne. Philipp von Burgund hatte grundsätzlich keine Einwände, aber er konnte die Entscheidung nicht treffen, ohne höflichkeitshalber den Grafen von Ligny um sein Einverständnis zu bitten, der die Jungfrau ja immerhin eingefangen hatte. Auch dem Grafen hätte es nicht den Schlaf geraubt, Jeanne den Engländern zu überlassen, und auch er konnte das Kopfgeld gut gebrauchen. Doch er hatte die Jungfrau nach Beaurevoir geschickt, damit sie so weit entfernt wie möglich vom Machtbereich des Dauphin gefangen gehalten wurde, und in Beaurevoir lag offenbar das Problem.

»Die Burgherrin von Beaurevoir ist Philippa, die Gräfin von St. Pol«, erklärte der Kardinal dem König und dessen Vertrauten. »Und sie hält ihre schützende Hand über die Gefangene. Sie lässt nichts unversucht, um die Auslieferung zu verzögern. Offenbar hat der Graf von Ligny eine Schwäche für die Gräfin, die seine Cousine ist, und tut sich schwer damit, ihre Wünsche zu missachten.«

»Weiber …«, knurrte der Duke of Bedford. Und auf den missfälligen Blick des Kardinals hob er abwehrend die Hände und erklärte: »Plötzlich tauchen reihenweise Frauen auf, die uns nichts als Ärger machen, Onkel! Erst die Bauernschlampe und jetzt diese Gräfin. Derweil ist der Sommer ins Land gegangen, die Einnahme von Compiègne ist gescheitert, und nirgendwo kommen wir auch nur einen Schritt vorwärts. Langsam bin ich's satt!«

»Ja, ich glaube, das ist niemandem hier entgangen«, gab Beaufort kühl zurück. Dann schien er sich darauf zu besinnen, dass Bedfords Frau schwer krank und der Herzog in großer Sorge um sie war, denn er fuhr geduldiger fort: »Du hast indessen zweifellos Recht: Die Zeit läuft uns davon. Compiègne hat ausgehalten, weil die Franzosen immer noch hoffen, der Dauphin werde die Jungfrau befreien. Und solange Compiègne nicht gefallen ist, können wir Euch nicht zu Eurer Krönung nach Reims bringen, Sire. Wir müssen versuchen, Gräfin Philippa umzustimmen. Würdet Ihr ihr einen Brief schreiben?«

Der junge König nickte bereitwillig. Er hatte inzwischen schon viele Briefe in dieser Angelegenheit unterzeichnet: an Burgund, an Ligny, die Universität zu Paris und verschiedene mehr. Auf Johns Anraten las er sie immer sorgfältig durch, ehe er Unterschrift und Siegel darunter setzte, aber er hatte bislang nie Einwände gegen den Inhalt erhoben.

Der Kardinal wandte sich an John. »Und würdet Ihr den Brief nach Beaurevoir bringen?«

»Ich?«, fragte John verwundert. Als Captain der königlichen Leibwache hatte er zu viele Pflichten und eine zu große Verantwortung, als dass man ihn für gewöhnlich mit Botengängen belästigte. Doch er sah an Beauforts Miene, dass dieser mit der Bitte eine bestimmte Absicht verfolgte, und willigte achselzuckend ein: »Na ja, wieso nicht. Es ist ja nicht weit.«

Tatsächlich waren es über hundert Meilen von Rouen, wo der Hof und Henrys französischer Kronrat derzeit weilten, bis nach Beaurevoir im Artois. John brach an einem regnerischen, stürmischen Oktobertag auf. Das Reisewetter hätte kaum scheußlicher sein können, aber sowohl er als auch sein treuer Achilles genossen es, nach langer Zeit wieder einmal ohne großes Gefolge unterwegs zu sein. Kardinal Beaufort hatte John geraten, eine Eskorte mitzunehmen, aber John hatte abgelehnt. Es war kein gefährlicher Ritt, denn er führte ihn nur durch englische oder burgundische Gebiete, und er wollte lieber allein sein und sich an die vielen Gelegenheiten erinnern, da er mit Tudor und Somerset als König Harrys Bote oder Kundschafter durch die Normandie gezogen war. In was für Geschichten sie manchmal geraten waren! Aber bis auf das eine Mal, als Victor de Chinon ihn erwischt hatte, war es immer irgendwie gut gegangen, und welch diebisches Vergnügen hatte es ihnen bereitet, den Dauphinisten wieder und wieder ein Schnippchen zu schlagen. Wie jung und unbeschwert sie gewesen waren …

Weil die Straßen in einem so erbärmlichen Zustand waren, brauchte John geschlagene drei Tage. Beaurevoir war eine einsam gelegene Festung, deren eherner Turm sich wie ein mahnender Finger aus dem hügeligen Weideland erhob. Bei Einbruch der frühen Dämmerung kam John ans Tor.

»Was wünscht Ihr?«, fragte der Wachsoldat. Der unablässige Regen rann ihm in Sturzbächen vom Helm, aber die Frage war höflich.

»Mein Name ist John of Waringham, ich bringe der Gräfin eine Nachricht des Königs.«

»Von welchem König?«, fragte der Wächter.

John glitt aus dem Sattel und trat ohne Eile auf ihn zu. »Ich weiß nur von einem rechtmäßigen König von Frankreich.«

Der Soldat nickte und erwiderte Johns finsteren Blick herausfordernd. »Ja. Ich auch.«

Gleichzeitig legten sie die Rechte ans Heft, aber John war schneller. Er hatte sein Schwert in der Hand, als der andere noch zog, setzte ihm die Spitze an die ungeschützte Kehle und forderte: »Dann sag mir seinen Namen.«

Der Torwächter rang einen Moment mit sich. John sah den ausgeprägten Adamsapfel auf- und abgleiten, als der Mann mühsam schluckte.

»Henri«, kam die kleinlaute Antwort. »Henri de Lancaster.«

Es klang wie »Longkastähr«, aber John wollte nicht kleinlich sein. Er nickte und steckte seine Waffe weg. »Dann sind wir uns ja einig.«

Scheinbar ungerührt führte er Achilles durchs Torhaus in den Innenhof der Burg, aber der kleine Vorfall beunruhigte ihn. Kardinal Beaufort warnte schon lange davor, dass die Loyalität unter den Burgundern für die englische Sache und den englischen König schwand.

»Und was in aller Welt hättest du getan, wenn er schneller gezogen hätte als du?«, fragte eine amüsierte Stimme zu seiner Linken.

Johns ließ Achilles' Zügel los und fuhr herum. Sein Gehör hatte ihn nicht getrogen. »Somerset!«

Einen Augenblick starrten die beiden Freunde einander fassungslos an, dann fielen sie sich lachend um den Hals. John wusste nicht, wie es Somerset erging, er jedenfalls lachte, damit er nicht anfing zu heulen. Der Mann, den er umarmte, war noch so knochig wie der halbwüchsige Knabe von einst, aber die Schultern waren breit geworden. Somerset war siebenundzwanzig Jahre alt.

»Gott zum Gruße, John«, murmelte er.

»Gott zum Gruße, John.« Ein wenig verlegen ließ der junge Waringham seinen Freund los und trat einen Schritt zurück, um ihn genauer anzuschauen. »Was … was für ein Wunder ist das?«

Somerset verzog spöttisch einen Mundwinkel. »Die Gräfin von Eu – meine Kerkermeisterin – ist für eine Weile an den burgundischen Hof gegangen. Wohin sie mich nicht mitnehmen wollte, um dem Herzog und mir und allen Beteiligten peinliche Begegnungen zu ersparen. Also hat sie mich ihrer Cousine, der liebreizenden Comtesse Philippa geschickt, auf dass ich ihr hier im entlegenen Beaurevoir die Zeit vertreibe.« Er sagte es mit Ironie, aber ohne erkennbare Bitterkeit.

»Oh, Somerset …« John legte ihm die Hand auf die Schulter und würgte immer noch an dem Kloß in seiner Kehle.

»Nun nimm dich mal ein bisschen zusammen, Waringham«,

schalt sein Freund, aber die Stimme kippte bei der letzten Silbe, und er wandte hastig den Kopf ab, um, so schien es, die schlichte Architektur des Torhauses zu bewundern. Als er sich wieder unter Kontrolle hatte, schaute er John ins Gesicht und fragte: »Kriege ich eine Antwort?«

»Worauf?«

»Was hättest du getan, wenn der wackere Maurice am Tor dir zuerst die Klinge an die Kehle gesetzt hätte?«

John hob kurz die Schultern. »Keine Ahnung. Vermutlich mit meinem letzten Atemzug das Recht meines jungen Königs verteidigt, wie ich es geschworen habe. Und dann wäre ich draufgegangen, ohne dich noch einmal wiederzusehen. Dabei habe ich Gott allerhand großartige Versprechungen gemacht, wenn genau das nicht geschieht.«

Somerset lachte leise. »Komm, lass uns Achilles in den Stall bringen, und dann gehen wir hinein. Kein Grund, dass wir uns zur Feier unseres Wiedersehens nass regnen lassen.«

Seite an Seite überquerten sie den Hof. »Weiß der Kardinal, dass du hier bist?«, fragte John.

»Geschieht in Frankreich oder England irgendetwas, wovon er nichts weiß?«, entgegnete Somerset.

»Du hast Recht.« Und John war seinem Schwiegervater dankbarer, als er vermutlich je mit Worten hätte ausdrücken können. Wie ähnlich es ihm sah, John als Boten herzuschicken und ihm mit keinem Wort anzudeuten, wen er hier antreffen würde.

John gab Achilles in die Obhut eines Stallburschen, vergewisserte sich, dass sein Pferd gut versorgt wurde, und folgte Somerset dann zu einem ländlich schlichten Wohnhaus, welches halb aus Stein und halb aus Fachwerk gebaut war.

»Ich weiß nicht, ob Philippa ihre Gemächer heute Abend verlässt oder Besucher empfangen wird«, bemerkte Somerset, als sie eine menschenleere, kleine Halle betraten. »Sie ist nicht wohl.«

John winkte ab, trat an den Kamin, in welchem ein ordentliches Feuer prasselte, und rieb sich die eiskalten Hände. »Ich hab keine Eile, glaub mir. Ich will, dass du mir alles erzählst.«

»Was berichtenswert war, habe ich dir geschrieben«, erwiderte Somerset und trat neben ihn. »Meine Gefangenschaft ist ausgesprochen erträglich, aber nicht gerade ereignisreich.«

»Das sagst du, während du mit der berüchtigtsten Frau Frankreichs unter einem Dach lebst?«

»Gräfin Philippa?«, fragte Somerset entgeistert. »*Berüchtigt*?«

»Ich spreche von dem Hirtenmädchen aus Domrémy.«

»Ach, Jeanne. Ich sehe sie nie. Während ich mich innerhalb der Mauern frei bewegen kann und gelegentlich auch mit der Gräfin und ihrem Gefolge zur Falkenjagd reite, ist das arme Bauernmädchen dort drüben in dem dicken Turm gleich an der Festungsmauer eingesperrt. Sie lassen sie nie raus.«

»Das beruhigt mich. Und sie ist kein ›armes Bauernmädchen‹, Somerset. Sie ist eine Bedrohung für England und seinen König.«

»Tja, mag sein. Da England und sein König mich vergessen haben, liegen ihre Interessen mir vielleicht nicht in dem Maße am Herzen, wie es der Fall sein sollte.«

John war beinah erleichtert, das zu hören. Es wäre ihm unnatürlich und höchst verdächtig vorgekommen, wenn sein Freund die lange unverdiente Gefangenschaft ohne jeden Groll hingenommen hätte. Doch er entgegnete: »Niemand hat dich vergessen. Der Kardinal, dein Bruder und viele andere bemühen sich unermüdlich, dich zurückzuholen. Aber leider hat auch der Duke of Gloucester dich nicht vergessen, und ihm bist du hier lieber als in England.«

»Mögest du elend verrecken und in der Hölle schmoren, Cousin Gloucester«, sagte Somerset liebenswürdig. Für einen Augenblick glomm der berühmte Lancaster-Zorn in seinen Augen.

John musste ihn immerzu anschauen. Bis auf die Tatsache, dass aus dem Jüngling ein Mann geworden war, schien Somerset ihm unverändert. Wie John selbst trug er das Haar kurz und das Kinn glattrasiert, was sowohl in Frankreich als auch in England die Mode war. Er wirkte gesund und athletisch, als verbringe er viel Zeit im Freien.

»Und?«, fragte der Jüngere mit einem verlegenen Lächeln. »Was vermisst du?«

John schüttelte langsam den Kopf. »Gar nichts. Ich dachte, die lange Zeit hätte dich entweder bitter oder vollkommen abgeklärt gemacht, aber du bist weder das eine noch das andere.«

»Ganz gewiss nicht abgeklärt.« Somerset setzte sich in einen der Sessel am Kamin und dachte einen Moment nach. »Es gibt Dinge an meinem Gefangenendasein, die ich genieße, John. Sowohl hier als auch am Hof der Gräfin von Eu gibt es viele Bücher. Ich habe endlich vernünftig Französisch gelernt, wie du immer wolltest, und werde allmählich ein Gelehrter. Das gefällt mir. Meine Tage sind beschaulich, meist angenehm. Die Menschen begegnen mir höflich, manche gar mit Freundlichkeit. Es mangelt mir an nichts. Aber ich bin einsam. Ich sehne mich nach England. Nach meinem Bruder und meinen Freunden. Manchmal hab ich mich sogar nach der Furie gesehnt, die meine Mutter war. Jetzt ist sie tot, und hättest du mir nicht geschrieben, wüsste ich es nicht einmal. Mein Bruder hat es nicht für nötig befunden, mich davon in Kenntnis zu setzen. Er ist überhaupt ein schreibfauler Hund, mehr als einen Brief im Jahr brauche ich von ihm nicht zu erhoffen.«

»Er steht im Feld, Somerset …«, versuchte John zu erklären, aber sein Freund unterbrach ihn ungewöhnlich scharf: »Das täte ich auch gern! Selbst wenn ich den Geschmack daran verloren habe, aber es ist eben das, was ein Kronvasall tut.«

Dann verschränkte er die Hände unter dem Kinn und sah ins Feuer. »Ich würde jetzt gern bald wieder ein normales Leben führen. Es wird Zeit, dass ich heirate und mich um meine Besitztümer kümmere. Aber wenn mir diese Normalität noch lange vorenthalten wird, bin ich nicht sicher, was aus mir wird. Manchmal …« Er hob den Kopf und sah seinem Freund in die Augen. »Es gibt Tage, da ich um meinen Verstand fürchte, John. Du siehst also, nein, ich bin nicht abgeklärt. Und jetzt besorge ich dir etwas zu trinken.« Er sprang auf, ehe John irgendetwas sagen konnte, rief einen Pagen herbei und gab heißen Wein, Brot und Käse in Auftrag.

Während sie darauf warteten, kam ein hoch gewachsener, magerer Mann mit grauen Schläfen in die Halle, entdeckte den fremden Engländer und streifte Somerset mit einem argwöhnischen Blick. Doch er begrüßte John höflich. »Willkommen in Beaurevoir, Monseigneur. Justin d'Arras, zu Euren Diensten.«

John nahm an, dass der Mann der Steward der Gräfin war. Er verneigte sich sparsam. »John of Waringham. Ich bringe der Comtesse eine Nachricht des Königs.«

»Ich bin nicht sicher, ob die Comtesse heute noch Besucher empfangen wird, Monseigneur.«

John deutete ein Schulterzucken an. »Wenn Ihr mir für die Nacht Obdach gewähren würdet, warte ich gern bis morgen.« Er wies mit einem Lächeln auf Somerset. »Ich habe einen lang entbehrten Freund wieder getroffen.«

Justin d'Arras versprach, John ein Quartier herrichten zu lassen.

Kaum hatte er kehrtgemacht, erhob sich vor der Halle ein Tumult. Eine Frau schrie, Stimmen riefen durcheinander, man hörte rennende Schritte im Morast.

John und Somerset tauschten einen Blick und folgten dem Steward neugierig in den Hof hinaus. Inzwischen war es dunkel geworden, aber die Fackeln im Torhaus spendeten ein wenig Licht.

»Sie ist gesprungen, Monseigneur«, rief eine heisere Männerstimme. »Einfach so gesprungen. Aus dem obersten Fenster!«

Justin d'Arras' Augen weiteten sich vor Schreck. »Die Jungfrau?«

John erkannte einen vierschrötigen Mann mittleren Alters in schlichter Kleidung, der vor dem Steward stand und wild mit den Armen ruderte. »Ja, Monseigneur. Ich wollte ihr gerade das Nachtmahl bringen. Als ich die Tür aufsperrte und eintrat, sah ich sie gerade noch durchs Fenster verschwinden. Mit den Füßen zuerst. Gesprungen, einfach so.«

»Gott steh uns bei«, murmelte d'Arras. »Das wird uns teuer

zu stehen kommen. Maurice, Albert«, wies er die Torwachen an. »Holt sie herein.«

»Aber sie muss tot sein, Monseigneur«, entgegnete der Torwächter, mit dem John sich um ein Haar geschlagen hätte. »Es sind wenigsten zwanzig Ellen von ihrem Fenster.«

»Wie dem auch sei, wir können sie nicht im Graben liegen lassen, nicht wahr?«, herrschte der Steward ihn an, und die Wachen machten sich schleunigst auf den Weg, um seinem Befehl Folge zu leisten.

»Marie«, wandte d'Arras sich an eine vielleicht fünfzehnjährige junge Dame. »Geht zur Gräfin und bringt es ihr schonend bei, seid so gut.«

Sie nickte mit weit aufgerissenen Augen und huschte ins Haus.

John und Somerset standen ein paar Schritte abseits im nachlassenden Regen und betrachteten das Spektakel.

Nach kurzer Zeit kamen die beiden Torwachen wieder in den Hof, ein Bauernjunge mit einer zischenden Fackel in der Faust lief neben ihnen her und beleuchtete ihnen den Weg. Sie trugen etwas an Armen und Beinen, das wie eine Kreuzung aus einem mageren Knaben und einer nassen Ratte aussah. John und Somerset traten neugierig näher.

Jeanne von Domrémy hatte ein zartes, ebenmäßiges Gesicht mit ausgeprägten Wangenknochen. Sie war sehr bleich, und aus einer Platzwunde an ihrer Stirn sprudelte Blut.

Somerset wies darauf. »Sie lebt.«

John nickte. »Ich weiß nicht, ob ich darüber froh sein soll oder nicht«, gestand er. Unverwandt schaute er die bewusstlose junge Frau an. Er hatte nicht damit gerechnet, wie zierlich und verletzlich sie wirkte. In seiner Vorstellung war sie eine Furcht einflößende Amazone gewesen. In Wahrheit war sie jedoch eher klein und hatte winzige Hände, genau wie Raymond sie beschrieben hatte. Die Männerkleider – ein Paar eng anliegender Hosen und ein formloser Kittel unbestimmbarer Farbe – ließen sie knabenhaft wirken. Was immer sie an Schuhwerk besessen haben mochte, hatte man ihr abgenommen. Ihr Haar, das die Farbe von Stroh hatte, war so kurz wie Johns. Es sah aus, als sei es mit Ungeduld und einer stumpfen Klinge abgesäbelt worden. Bei ihrem Sprung aus dem Turmfenster in den Festungsgraben hatte sie sich offenbar den linken Unterarm gebrochen, und als eine der Wachen sie ungeschickt packte, gab sie einen schwachen Laut des Jammers von sich, der John an Kate erinnerte. Genau so klang seine Tochter, wenn sie beim Reiten oder Spielen gestürzt war, sich das Knie aufgeschlagen hatte und versuchte, tapfer zu sein.

Das wurde ihm zu heikel. Er trat einen Schritt zurück und wollte sich abwenden, als eine elegante, aber gebrechlich wirkende Dame in den Hof hinaustrat. »Was geht hier vor?« Ihre Stimme klang energisch.

»Sie ist aus dem Fenster gesprungen, Madame«, erklärte der Steward ruhig. »Aber sie atmet noch. Sie gilt als ausgesprochen zäh, und das Wasser im Graben hat den Sturz gemildert. Vielleicht …«

Die Comtesse de St. Pol trat näher, nahm die schlaffe Hand der Jungfrau in ihre beiden und beugte sich über das bleiche Gesicht. »Jeanne? Jeanne, hört Ihr mich, mein Kind?«

Die Lider öffneten sich flackernd. Es dauerte einen Moment, ehe Jeanne sich orientieren konnte. Ihr Blick glitt unstet hin und her, bis er Johns traf. »Ein Engländer«, murmelte sie angstvoll. »Heiliger Michael, beschütze mich. Warum hast du mich verlassen? Warum sprichst du nicht mehr zu mir …« Es war ein undeutliches Murmeln – sie war nur halb bei Bewusstsein. Aber jeder hörte, in welcher Not sie sich befand.

»Sollen wir sie ins Haus tragen, Madame?«, fragte Maurice, dem die Last wohl langsam zu schwer wurde.

Die Gräfin dachte einen Augenblick nach, dann schüttelte sie den Kopf. »Bringt sie zurück in den Turm. Ich habe meinem Cousin geschworen, dass sie ihn nicht verlassen wird. Aber holt ihr ein Kohlebecken und Decken, und schickt nach Bruder Pierre. Er soll ihre Wunden versorgen.« Ehe die Männer die Verwundete forttragen konnten, legte die Gräfin dem jungen

Mädchen kurz die Hand auf die Wange. »Es hat den Anschein, als habe Gott noch Pläne mit Euch, mein armes Kind …«

Nachdem die Aufregung sich gelegt hatte, hatte John die Gelegenheit beim Schopfe ergriffen und der Gräfin seinen Brief überreicht. Beim Licht einer Kerze hatte sie das Schreiben in der Halle überflogen, den Boten mit einem abfälligen Blick bedacht und verkündet: »Solange ich atme, wird Euer König die Jungfrau nicht bekommen, Monseigneur, ich schwör's bei Gott.«

»Fragt sich nur, wie lange das noch sein wird«, bemerkte Somerset unverblümt, nachdem er John in sein Quartier im ersten Obergeschoss des Hauptgebäudes geführt hatte. Es war ein behaglicher, großzügiger Raum mit einem Kamin, und die Mägde hatten ihnen das Essen anstandslos hier oben serviert. »Es wird gemunkelt, die Gräfin habe die Schwindsucht.«

»Ich weiß nicht, ob wir es uns leisten können, zu warten, bis sie diese Welt verlassen hat«, erwiderte John. »Der Kardinal, der Duke of Bedford und der Earl of Warwick haben wenig Geduld in dieser Angelegenheit.«

Somerset hob leicht die Schultern. »Ihre Sorgen sind mir sehr fern, John. Das ist der größte Luxus an einem Gefangenendasein wie meinem.« Versonnen drehte er den Weinbecher zwischen den Händen, und zum ersten Mal erkannte John eine Ähnlichkeit zwischen Somerset und dessen Onkel, dem Kardinal.

»Was macht Tudor?«, fragte der Jüngere nach einem längeren Schweigen.

»Dummheiten, wie üblich.« Ohne zu zögern, erzählte John, was sich vor knapp einem Jahr zugetragen hatte.

Somerset starrte ihn mit leuchtenden Augen an. »Aber das … das ist wunderbar!«

»Findest du?«, fragte John verblüfft.

»Oh ja. Er hat bekommen, was er wollte, und nichts Geringeres hat er verdient. Wenn du ihn siehst, richte ihm und der Königin meine Segenswünsche aus.«

»Das werde ich«, versprach John. Er aß ein Stück des vorzüglichen Wildschweinbratens, der zwischen ihnen stand und dampfte, ehe er fortfuhr: »Auf jeden Fall waren sie ein glückliches Brautpaar, so viel steht fest. Mir ist nicht ganz wohl bei der Sache, denn ich weiß nicht, was der Kardinal ahnt, und ich fürchte um Tudors Leben, sollte Gloucester je von dieser Sache erfahren.«

Somerset winkte ab. »Du hast selbst geheiratet, ohne dich von den Folgen schrecken zu lassen.«

»Ja, das ist wahr.«

»Erzähl mir von Juliana und eurer Tochter, John. Von Henry und Gloucester. Erzähl mir von daheim.«

Also berichtete John. Aber nicht lange und nicht in allzu großer Ausführlichkeit. Lieber entlockte er Somerset ein paar Geschichten über die Gräfin von Eu und seine Erlebnisse während der vergangenen Jahre, und er fragte ihn nach den vielen Büchern, von denen er gesprochen hatte. Denn er wollte Somerset reden hören und gestikulieren sehen. Er hatte diesen Freund so schmerzlich vermisst, dass er in dieser einen Nacht am liebsten all die Zeit nachgeholt hätte, um welche das Schicksal sie betrogen hatte.

So kam es, dass John keinen Fuß in die eigens für ihn hergerichtete Kammer setzte. Als der Weinkrug geleert war, dürsteten sie, und als das Feuer ausging, froren sie, aber sie blieben die ganze Nacht am Tisch sitzen, schwelgten in Erinnerungen und vertrauten einander ihre Sorgen und Hoffnungen an. John ertappte sich gar dabei, dass er Somerset gestand, wie sehr er sich manchmal einen Sohn wünschte. Das war eine Tatsache, aus der er bislang immer ein wohl gehütetes Geheimnis gemacht hatte. Doch sie redeten auch über die Politik und den Krieg, und Somerset schien besonders interessiert daran, von seinem Bruder Edmund zu hören. John musste ihm keine schönen Lügen auftischen: Edmund Beaufort hatte sich bei der Rückeroberung der von der Jungfrau eingenommenen Städte schnell einen Namen gemacht, als Soldat ebenso wie als Kommandeur. Es hatte darum niemanden verwundert, als Bedford ihn zum

Constable – zum Oberbefehlshaber der in Frankreich stationierten Truppen – erhob. »Meinem Bruder hat das allerdings nicht sonderlich gefallen, und eurem Cousin York erst recht nicht.«

»Armer Richard«, murmelte Somerset scheinheilig.

»Vermutlich denkt er, dass Bedford deinen Bruder vorzieht, weil er ein Lancaster ist.«

Somerset zuckte mit den Schultern. »Vermutlich hat er sogar Recht. Aber sei's drum. In der Vergangenheit hat sich wieder und wieder erwiesen, dass das Haus Lancaster weitaus bessere Soldaten hervorbringt als das Haus York. Was rede ich. Bessere Männer.«

Viel zu früh kam die Sonne wieder. Schweigend sahen die beiden Freunde zu, wie das graue Herbstlicht durch die Ritzen des Fensterladens kroch.

Als es hell war, stand John schweren Herzens vom Tisch auf. »Tja. Lass uns zusehen, dass wir einen Bissen zu essen bekommen. Dann sollte ich mich erkundigen, wie es um die Jungfrau steht. Und dann …«

Somerset erhob sich ebenfalls. »Ja. In Rouen warten sie auf deine Neuigkeiten, und du solltest die Gastfreundschaft der streitbaren Philippa vermutlich nicht über Gebühr strapazieren.« Er lächelte. Man hätte meinen können, dieser Abschied falle ihm gar nicht schwer, doch dann fügte er hinzu: »Ich werde nicht mit in die Halle kommen, John. Ich …« Er seufzte leise. »Ich bin nicht hungrig.«

John nickte.

»Lass es uns kurz machen, ja?«, bat der Jüngere.

»Du hast Recht.« John schloss ihn in die Arme. »Leb wohl, Somerset.«

»Leb wohl, John.«

Mit gesenktem Kopf verließ John das geräumige Quartier, ohne sich noch einmal umzuschauen. Auf der Treppe wischte er sich die Tränen vom Gesicht, denn er wollte verdammt sein, ehe er sich vor all den Franzosen hier eine Blöße gab. Zum Heulen war auf dem langen Rückweg Zeit genug.

Waltham, Dezember 1430

Wer seid Ihr, und was wollt Ihr hier?«, fragte die junge Dame angriffslustig. Sie mochte fünfzehn Jahre alt sein, hatte herrliche braune Locken, ein hübsches Gesicht mit einer Stupsnase und großen, braunen Augen. Die Hände waren links und rechts in den Türrahmen gestemmt, als wolle sie den großen, bis an die Zähne bewaffneten Ritter notfalls mit Gewalt daran hindern, einzutreten.

»John of Waringham. Ich bin auf der Suche nach meiner Frau und meiner Tochter.«

»Ah ja? Und könnt Ihr das auch beweisen?«

Welch ein niedlicher Zerberus, dachte John. Neuerdings kommen offenbar nicht nur französische Feldherren, sondern auch englische Torwächter in Jungfrauengestalt daher. Er klopfte den festgepappten Schnee von seinem Mantel und förderte so das Wappen auf der linken Brust zum Vorschein. »Zufrieden?«

Sie entspannte sich sichtlich. »Vergebt mir, Sir John, aber wir können gar nicht vorsichtig genug sein. Tretet ein. Ich lasse gleich jemanden rufen, der Euer Pferd versorgt.«

»Habt Dank, Lady …?«

»Margaret. Margaret Beauchamp, Sir.« Als sie lächelte, zeigte sich zu Johns Verwirrung ein Grübchen in ihrem linken Mundwinkel.

Dann ging ihm ein Licht auf. »Ihr seid … Warwicks Tochter? Julianas Cousine?«

»Nein, Sir, der Earl of Warwick ist mein Onkel, nicht mein Vater. Aber Ihr seid nicht der Erste, der eine Familienähnlichkeit zwischen Eurer Gemahlin und mir erkennt. Kommt. Sie werden sich ja alle so freuen, Euch zu sehen.«

Sie führte John die Treppe hinauf in die Halle des großzügigen Gutshauses, wo der kleine Haushalt nah beim Feuer am Tisch beisammensaß.

Juliana und Owen Tudor entdeckten den Neuankömmling als Erste.

»John!«, riefen beide aus und sprangen auf, aber Juliana machte das Rennen. Mit dem so typischen Mangel an damenhafter Zurückhaltung fiel sie ihm jubelnd um den Hals.

John presste sie an sich und küsste sie schamlos auf den Mund – ihm war gleich, wer es sah. Mehr als ein Jahr war er von seiner Frau getrennt gewesen.

Schließlich lösten ihre Lippen sich voneinander, langsam, beinah unwillig, so schien es. Juliana verschränkte die Hände in Johns Nacken und schaute zu ihm hoch. »Geht es dir gut?«

Er nickte. »Dir? Und Kate?«

»Prächtig. Vor allem jetzt, da du gekommen bist.« Ihre Augen strahlten vor Freude, und John wurde innerlich ganz warm von diesem Blick. Er hatte gelegentlich den Verdacht, dass er die Liebe dieser Frau überhaupt nicht verdiente, aber sie war ohne Zweifel das Beste in seinem Leben.

Er ließ Juliana los, um die anderen zu begrüßen.

Tudor drosch ihm auf die Schulter. »Einen Tag zu spät, aber trotzdem eine großartige Weihnachtsüberraschung. Willkommen in Waltham, John.« Er hatte sich einen kurzen Bart stehen lassen – wahrscheinlich um der englischen Mode seine Geringschätzung zu bekunden – und trug ein dunkles Surkot, das bis zu den Knien reichte und ebenfalls gründlich überholt war. Owen Tudor wirkte mit einem Mal wie ein Landjunker: gesund, zufrieden und eine Spur behäbig.

Die Königin saß in einem schlichten, lindgrünen Kleid in dem Sessel, der dem Feuer am nächsten stand. John verneigte sich mit der Hand auf der Brust. »Madame …« *Schöner denn je*, fuhr es ihm durch den Kopf.

»Willkommen, Jean.«

»Ich hoffe, Ihr seid wohl, Madame?« Er konnte einfach nicht anders als höflich distanziert mit ihr sprechen.

Sie war daran gewöhnt und nahm es ihm nicht mehr übel. »Danke. Wir haben einen Sohn. Edmund. Er ist schon acht Monate alt, stellt Euch das vor. Aber sagt mir, wie geht es dem König?«

Auf ihre Geste hin nahm John ihr gegenüber Platz und

nickte den beiden französischen Damen und dem jungen Waliser grüßend zu, die den Haushalt vervollständigten. Er zog Juliana auf den Schemel an seiner Seite, und auch Tudor und die junge Margaret Beauchamp setzten sich.

»Er ist bei guter Gesundheit, Madame«, berichtete John der Königin. »Während der schwülen Wochen im Spätsommer hatte er ein Fieber; sein Vater und seine Beaufort-Cousins litten als Knaben ja auch an solchen Anfällen. Aber er hat es gut überstanden. Er wächst und entwickelt sich großartig. Es ist … eine Freude, ihm dabei zuzusehen. Aber er fühlt sich unwohl in Frankreich und sehnt sich danach, heimzukehren.«

Katherines Miene war bekümmert. »Er fühlt sich unwohl in Frankreich …«, wiederholte sie.

John nickte. »Das ist kein Wunder. Wir müssen ihn strikt abschirmen, weil wir nur so seine Sicherheit gewährleisten können. Er fühlt sich eingesperrt und gleichzeitig belagert auf der Burg in Rouen.«

»Ist er einsam?«, fragte sie.

John fing Tudors Blick auf, der zu drohen schien: *Wenn du ›ja‹ sagst, schlag ich dir die Zähne ein …* Aber die Warnung wäre gar nicht nötig gewesen. »Wie könnte er einsam sein?«, entgegnete er. »Henry ist von vertrauten Menschen umgeben. Nicht umsonst ist ja mehr als sein halber Hof mit nach Frankreich gereist.«

»Aber wem außer Euch steht er schon wirklich nahe?«, wandte Katherine besorgt ein.

»Edmund Beaufort, Richard of York, dem Earl of Salisbury …«, begann John aufzuzählen, doch sie fiel ihm ins Wort: »Die alle im Feld stehen und nicht an seiner Seite sein können.«

Er schüttelte den Kopf. »Die Zeit der Winterfeldzüge ist vorüber. Niemand hat es mehr eilig in diesem Krieg. Seid beruhigt. Henry befindet sich in den denkbar besten Händen und hat genügend Gesellschaft.«

Sie schien ein wenig getröstet, und John war froh, dass er ihr nicht die ganze Wahrheit gesagt hatte. In Wirklichkeit nämlich verdüsterte die Trauer des Duke of Bedford, der vor gut einem Monat verwitwet war, die Stimmung auf der Burg in Rouen. John erinnerte sich gut, dass alle Engländer in Harrys Gefolge Bedford damals bedauert hatten, als er die Schwester des Herzogs von Burgund heirateten musste: Sie war so fürchterlich hässlich, dass die einhellige Meinung besagte, der König verlange von seinem Bruder ein gar zu großes Opfer zum Wohle Englands. Doch jetzt war Bedford untröstlich. Mit einer unangenehmen Mischung aus Erleichterung und Gewissensbissen war John aus Rouen abgereist.

Eine Magd servierte heißen Cider und Bratäpfel, die mit Marzipan gefüllt und mit Zimt bestreut waren. Sie dufteten verführerisch.

Wie alle anderen langte auch John begierig zu, und zwischen zwei Bissen fragte er Juliana: »Wo steckt Kate?«

»Der Küchenjunge baut einen Schneemann mit ihr. Sie hat ihm keine Ruhe gelassen, bis er es ihr versprochen hat.«

»Wie hast du uns eigentlich gefunden?«, fragte Tudor mit vollem Mund.

»Ich habe fast eine Woche gesucht«, antwortete John. Es klang ein wenig verdrossen. Er fand, wenn er nach so langer Zeit heimkam, hatte er wohl das Recht, seine Frau zu sehen, ohne erst halb England nach ihr durchforsten zu müssen. »In Eltham hörte ich, die Königin und ihr Haushalt seien um den zweiten Advent herum dort gewesen, und einer der Stallknechte sagte, er habe bei ihrem Aufbruch etwas von Waltham Abbey gehört.«

»Ich hab jedem von ihnen einen Penny gegeben, damit sie den Mund halten«, grollte Tudor.

Juliana zuckte die Schultern. »Es gibt keinen Pferdenarren in Kent, der einem Waringham einen Gefallen verweigern würde, Owen«, erklärte sie.

Die Königin legte ihrem Mann kurz die Hand auf den Arm. »Wir haben immer gewusst, dass wir nie irgendwo völlig sicher sein würden, nicht wahr?«

Tudor brummte.

»Wie war Fernbrook?«, fragte John ihn neugierig. »Und wie war meine verrückte Schwester Anne?«

»Großartig«, antworteten Tudor und Katherine wie aus einem Munde und berichteten abwechselnd von dem schönen Gut in Lancashire, dem großen Gestüt, welches sich mit dem in Waringham durchaus messen konnte, und der warmherzigen, wenn auch in der Tat etwas sonderlichen Gutsherrin.

»Selbst wenn das ganze Haus voller Katzen ist und deine Schwester uns anwies, alle Gefäße im Haus mit Wasser zu füllen an dem Abend, bevor der Blitz in der Sattelkammer einschlug, ist sie auf jeden Fall eine hervorragende Hebamme«, schloss Tudor. »Unser Edmund hat es der Königin nicht gerade leicht gemacht, als er zur Welt kam. Ich weiß nicht … was ohne deine Schwester geworden wäre.«

John nickte zufrieden. Flüchtig überlegte er, warum Katherine und Tudor ihren Sohn ausgerechnet Edmund genannt hatten. Weder in seiner Familie noch in ihrer war der Name üblich. Es konnte wohl nur eine Erklärung geben: Sollte die Existenz des kleinen Edmund je bekannt werden, wollten dessen Eltern, dass die Welt Edmund Beaufort für den Vater hielt. Es war schließlich kein Geheimnis, dass Somersets Bruder sich vor zwei Jahren um die Königin bemüht hatte. John betrachtete seinen Freund und fragte sich, wie es wohl war, einen Sohn zu haben, dessen Vaterschaft man öffentlich niemals anerkennen konnte.

Tudor spürte seinen Blick und sah auf. »Hast du irgendwas von Somerset gehört?«, fragte er.

»Ich habe ihn gesehen, stell dir vor.«

»*Was?*«

John nickte und berichtete von der kurzen Begegnung mit ihrem gefangenen Freund vor zwei Monaten. Tudor lauschte mit gesenktem Kopf und sagte lange Zeit nichts.

»Was hat Euch ausgerechnet nach Beaurevoir verschlagen?«, fragte die Königin erstaunt. »Es ist mitten im Nirgendwo.«

»Das kann man wohl sagen«, stimmte John zu. »Jeanne von Domrémy wurde dort gefangen gehalten, deswegen war ich dort.«

Katherine war beinah unmerklich zusammengezuckt. »Die Jungfrau, die meinen widerwärtigen Bruder nach Reims geführt hat, um ihm die Krone aufzusetzen, die meinem Sohn gehört …«

John betrachtete sie. Dann nickte er. »Das kann alles nicht ganz leicht sein für Euch, Madame«, bemerkte er schließlich.

Sie verzog den Mund zu einem matten Lächeln. An Juliana gewandt sagte sie: »Er hat zehn Jahre gebraucht, um das zu begreifen.«

»Und wie steht es nun mit dieser Jungfrau?«, wollte Tudor wissen.

»Ihre Beschützerin in Beaurevoir, die Comtesse de St. Pol, starb im November. Damit stand einer Auslieferung nichts mehr im Wege, und Jeanne wurde in aller Heimlichkeit nach Rouen gebracht. Der Prozess beginnt in wenigen Wochen.«

»Hast du sie gesehen?«, fragte Juliana beklommen.

John nickte. Aber er erzählte nichts davon. Er wollte nicht, dass sie Jeanne bedauerten, so wie er es getan hatte. Stattdessen sagte er: »Sie ist ein wahrer Satansbraten. So oft hat sie zu fliehen versucht, dass der Earl of Warwick nun angeordnet hat, sie in Ketten zu legen und Tag und Nacht zu bewachen. Wenn ihr mich fragt: Sie ist nicht bei Verstand. Fortwährend faselt sie von ihren Stimmen, und sie weigert sich nach wie vor, ihre Männerkleider abzulegen.«

»Die armen Schwestern, die bei ihr wachen müssen, sind nicht zu beneiden«, bemerkte die Königin.

»Schwestern?« John warf ihr einen ungläubigen Blick zu. »Sie wird nicht von Nonnen bewacht, Madame. Die würden kaum mit ihr fertig. Drei von Warwicks Bogenschützen haben das zweifelhafte Vergnügen.«

»Mein Onkel lässt sie allein mit seinen Bogenschützen?«, fragte die junge Margaret Beauchamp fassungslos.

Die Frauen am Tisch wechselten besorgte Blicke.

»Es ist kein Wunder, dass sie ihre Männerkleider nicht hergeben will. Ein Paar Hosen sind gewiss ein unzureichender Schutz gegen Warwicks Halunken, aber besser als ein Rock«, behauptete Juliana.

»Es ist höchst unangemessen, so etwas zu sagen«, belehrte John sie. »Ich bin überzeugt, Warwicks Männern könnte kein Gedanke ferner liegen.«

»Ich fürchte, mit Denken hat es eher wenig zu tun …«, warf sie ein.

»Sie ist eine Hexe und eine Verrückte. Obendrein ist sie ein Feind und hat zahllose Engländer auf dem Gewissen. Die Wachen sind zu bemitleiden, nicht sie! Und wenn sie so großen Wert auf ihre angebliche Jungfräulichkeit legt, wie passt das dann mit der Tatsache zusammen, dass sie monatelang als einzige Frau unter Soldaten kampiert hat?«

»Ich glaube, du wirfst hier ein paar Dinge durcheinander, John …«, begann Juliana aufgebracht.

»Vater, Vater, du bist wieder da!« Eine Schneekugel mit Armen und Beinen kam in die Halle.

Lachend hob John sie auf seinen Schoß. »Kate!«

Behutsam legte er die Arme um sie und fuhr mit den Lippen über ihre Stirn. Ihre Haut war kalt und gerötet, aber ihr Körper strahlte eine herrliche Wärme ab, und sie duftete nach Milch und Schnee. Mit geschlossenen Augen atmete John tief durch. Für die Dauer eines Herzschlages musste er an Jeanne von Domrémys Vater denken. Hatte er seine Tochter auch so vergöttert und auf seinem Knie gewiegt, als sie klein war? Und falls er noch lebte, wie mochte es heute in ihm aussehen? Ob er wusste, dass sie tagein, tagaus mit drei ungehobelten Gesellen in einem Verlies eingesperrt war …

Er legte eine schützende Hand auf Kates weiche Locken und tauschte über ihren Scheitel hinweg einen Blick mit seiner Frau. Juliana nickte, als wolle sie sagen: *Da siehst du's.*

»Nun, ich bin überzeugt, der Earl of Warwick wird dafür sorgen, dass alles mit Anstand und Würde vonstatten geht«, bekundete Katherine und machte eine wedelnde Handbewegung, als wolle sie das ganze Thema verscheuchen. »Schließlich ist er ein Mann, dessen Moral über jeden Zweifel erhaben ist. Und Kardinal Beaufort ist auch dort.«

Aber John schüttelte den Kopf. »Wir sind zusammen von

Calais nach Dover übergesetzt, Madame. Der Kardinal wollte Weihnachten in Canterbury verbringen, und Anfang des Jahres will er am Parlament teilnehmen. Er hat den Vorsitz in Henrys französischem Kronrat inne. Und da er den Krieg gegen den Dauphin schlecht gänzlich aus der eigenen Schatulle bezahlen kann, muss er den Lords und den Commons hier neue Steuern abschwatzen. Denn wenn wir dem Herzog von Burgund weiterhin versprochene Zahlungen für den Sold seiner Soldaten schuldig bleiben, dann … weiß ich nicht, was er tut.«

»Der Herzog von Burgund wird sich niemals mit meinem Bruder gegen uns verbünden, Jean«, entgegnete die Königin. »Er hat dem Dauphin den Mord an seinem Vater nie verziehen.«

»Nein«, stimmte Tudor zu. »Aber er wird sich auf Dauer nicht auf einen Krieg einlassen, der seine Finanzen und damit seine Machtposition zerrüttet. Und seine Schwester war das stärkste Bindeglied zwischen ihm und Bedford. Es ist mehr als nur eine persönliche Tragödie, dass sie gestorben ist.«

Juliana winkte unbekümmert ab. »Mein Vater wird schon dafür sorgen, dass Burgund uns treu bleibt. Philipp frisst ihm seit jeher aus der Hand.«

»Dein Vertrauen ehrt mich, Juliana«, sagte plötzlich eine vertraute, tiefe Stimme von der Tür. »Aber ich habe Mühe, deine Zuversicht zu teilen.«

Sie fuhren herum.

Der Kardinal stand in seinen eleganten Seidengewändern auf der Schwelle, den purpurnen Hut verwegen in den Nacken geschoben. Auf dem Arm hielt er ein strampelndes, blond gelocktes Kleinkind. »Seht nur, was ich gefunden habe, Ladys und Gentlemen. Dieser junge Mann hat mich ganz allein an der Tür empfangen. Und wenngleich er noch nicht sprechen kann, hat er doch eine ganze Reihe von Fragen beantwortet, die mich seit mehr als einem Jahr beschäftigen …«

Alle starrten ihn an wie vom Donner gerührt.

Tudor erholte sich als Erster. Er erhob sich von seinem Platz, trat zur Tür und nahm dem Kardinal den strampelnden Jungen ab, der augenblicklich den Kopf an die Schulter seines Vaters bettete und lammfromm wurde. Dann sank der Waliser auf ein Knie, ergriff mit der freien Hand die Rechte des Kardinals und küsste dessen Ring.

»Sein Name ist Edmund«, erklärte er, während er wieder aufstand.

»Wie pikant.«

»Edmund Tudor«, stellte der Vater klar.

»Das ist weiß Gott nicht zu übersehen, mein Sohn. Er hat Eure Augen.«

»Meint Ihr wirklich?« Der junge Vater grinste stolz.

John lachte in sich hinein. Er und alle anderen waren inzwischen aufgestanden, um Beaufort zu begrüßen. »Wie habt Ihr hergefunden, Mylord?«, fragte er neugierig.

»Indem ich Euch folgen ließ. Das war nicht schwierig. Ihr solltet gelegentlich über die Schulter sehen, John. Das verlängert das Leben.«

Kate drängelte sich zwischen den Männerbeinen hindurch und zupfte den Kardinal am Mantel. »Großvater!« Dann schlug sie die Hand vor den Mund und murmelte vor sich hin: »Das darf ich nicht sagen. Das darf ich nicht sagen. Das darf ich nicht …«

Beaufort hob sie zu sich hoch, küsste ihr die Stirn und stellte sie wieder auf die Füße. »Hier macht es nichts, Katherine. Hier, so scheint mir, gibt es brisantere Geheimnisse als unseres.«

Sie verstand nicht so recht, was er da sagte, aber wie alle Lancaster hatte auch Kate ein unfehlbares Gespür dafür, wer ihre wahren Freunde waren. »Wir haben Bratäpfel mit Marzipan«, eröffnete sie ihm. »Wenn Ihr wollt, könnt Ihr die Hälfte von meinem haben.«

»Das ist ausgesprochen großzügig von dir. Aber vorher hätte ich gern ein Wort mit deinem Vater gesprochen.« Das klang nicht gut. »Und mit Euch ebenfalls, Tudor.«

Der Hausherr nickte gleichmütig, drückte seinen Sohn Margaret Beauchamp in die Arme und führte John und den

Kardinal aus der Halle, eine weitere Treppe hinauf und in ein schlichtes, aber beheiztes Schlafgemach.

Nachdem er die Tür geschlossen hatte, stellte er sich mit trotzig verschränkten Armen vor den Kardinal. »Ich verstehe, dass Ihr schockiert seid. Aber für Vorhaltungen ist es zu spät.«

»Schockiert, meint Ihr, ja?«

Tudor biss sich auf die Unterlippe und wandte kurz den Kopf ab. »Wir haben Euch nicht eingeweiht, um Euch nicht in Zwiespalt zu bringen. Ich wünschte, es wäre dabei geblieben. Das wäre für alle das Beste.«

»Mag sein. Aber dafür seid Ihr zu unvorsichtig. Und *das* ist es, was mich schockiert. Wenn ich Euch finden kann, kann Gloucester es auch. Und Ihr!« Er fuhr zu John herum. »Ihr habt mich so ahnungslos und unbekümmert hergeführt wie … wie ein Trüffelschwein!«

»Trüffelschwein …«, wiederholte John. Er war amüsiert, aber er wusste, es war klüger, das nicht zu zeigen.

»Ihr seid in beispielloser Weise verantwortungslos, alle beide.« Beaufort hob den Zeigefinger und tippte Tudor damit auf die Brust. »Es war schon verantwortungslos genug, Euch mit ihr einzulassen und ihr einen Bastard anzuhängen …«

»Wir haben fünf Monate vor Edmunds Geburt geheiratet«, unterbrach Tudor scharf.

»Das wird ja immer besser. Wo?«

»In Waringham«, antwortete John nach einem kleinen Zögern. »Alexander Neville hat sie getraut.«

»Ah ja?« Einen Moment schien es, als liebäugele der Kardinal damit, seinen Schwiegersohn zu ohrfeigen. Stattdessen sagte er: »Ihr seid Verräter, alle beide. Ist Euch das klar? Ihr habt gegen einen ausdrücklichen Beschluss des Kronrates gehandelt. Wenn Gloucester das erfährt, dann gnade Euch Gott.«

»Die Königin und ich haben reiflich überlegt, was wir tun sollten, Mylord«, sagte Tudor betont ruhig. »Uns war durchaus bewusst, dass, was immer wir entscheiden, gefährlich ist, weil es auf jeden Fall einen politischen Akt darstellt. Aber niemand hat Katherine je gefragt, ob sie Königin von England werden wollte. Niemand hat je irgendwelche Rücksichten auf ihre Wünsche genommen, und sie hat immer getan, was von ihr erwartet wurde. Aber damit ist jetzt Schluss. Selbst Katherine de Valois hat ein Anrecht auf ein bisschen privates Glück in ihrem Leben.«

»Nun, darüber ließe sich trefflich streiten, denn man kann die Königswürde nicht einfach so abstreifen wie einen unbequemen Schuh. Katherine wurde in Westminster gesalbt und gekrönt, und das bedeutet eine lebenslange Verpflichtung. Aber ich bin zu alt, um Zeit damit zu vergeuden, über verschüttete Milch zu jammern. Was geschehen ist, ist geschehen. Doch Ihr beide tragt die Verantwortung dafür, und ich verlange, dass Ihr die Königin und ihr Geheimnis besser hütet.«

John und Tudor tauschten einen Blick und nickten. Sie wussten, die Vorwürfe des Kardinals waren berechtigt.

»Ihr dürft niemals vergessen, dass Katherine vor allen anderen Dingen die Mutter des Königs ist, Gentlemen«, fuhr Beaufort eindringlich fort. »Ihn und seine Interessen zu schützen muss unser oberstes Anliegen sein. Er hat im Moment genug zu tragen. Ein Skandal um seine Mutter ist das Letzte, was Henry gebrauchen kann. Seid versichert: Ein solcher Skandal würde Wellen schlagen, die bis hin zum Heiligen Stuhl spürbar wären, und Katherines Verbannung in ein Kloster außerhalb Englands wäre der wahrscheinlichste Ausgang. Gloucester wird dafür sorgen.«

»Um Gloucester ist es ziemlich still geworden, seit er sein Protektorat aufgeben musste«, entgegnete Tudor unbeeindruckt.

»Still?« Beaufort lachte. »Gloucester ist so still wie ein Jagdhund, der jeden Muskel anspannt, um seine Beute anzuspringen. Er plant irgendetwas, ich weiß es genau. Ihr solltet nie den Fehler machen, ihn oder seine Tücke zu unterschätzen.«

Die beiden gescholtenen Freunde nickten.

»Wir werden Waltham kurz nach Neujahr verlassen«, sagte Tudor. »Wir sind nicht so unvorsichtig, wie Ihr vielleicht annehmt. Selten bleiben wir länger als einen Monat an einem Ort.«

»Aber ganz gleich, was Ihr tut, Ihr werdet niemals unauffindbar sein. Heuert ein paar zuverlässige Landsmänner an, Tudor, und lasst Eure Tür Tag und Nacht bewachen. Sodass Euch für den Fall eines unliebsamen Besuches Zeit bleibt, Euren Sohn zu verstecken und die Pose des ergebenen Ritters der Königin einzunehmen.«

»Es ist ein guter Rat, Mylord, und Ihr könnt versichert sein, dass ich ihn beherzigen werde«, versprach Tudor.

Der Kardinal atmete tief durch. »Gut. Dann würde ich jetzt gern auf Kates Angebot bezüglich des Bratapfels zurückkommen …«

»John?«

»Nein, Juliana.« Er saß auf der Bettkante und hatte die Hände sicherheitshalber zwischen die Oberschenkel geklemmt.

Juliana kniete hinter ihm und schlang die Arme um seine Brust. Sie war nackt und hatte das Haar gelöst; es kitzelte ihn an der Wange.

»John?«

»Nein.«

Sie machte sich an seiner Gürtelschnalle zu schaffen, und als er ihre Hände energisch wegschob, fing sie an, den Halsausschnitt seines Wamses aufzuschnüren. Sie ließ die schmale Linke hinein- und über seine Brust gleiten. Er legte eine Hand auf ihre, das fadenscheinige Wams dazwischen. »Juliana …«

Sie nahm sein Ohrläppchen zwischen die Zähne und rieb die Brüste an seinem Rücken. Die Lust verursachte John eine Gänsehaut auf Armen und Beinen, und sein Glied war so prall, dass es schmerzte.

Seine Frau nestelte mit der freien Hand an der Kordel seines Hosenlatzes, die unter dem Saum der kurzen Schecke hervorlugte, und wie zufällig strichen ihre Fingerspitzen dabei über die verräterische Wölbung. John biss sich auf die Zunge und kniff die Augen zusammen.

»John?«

»Nein …«

Sie ließ von ihm ab, stieg vom Bett und stellte sich vor ihn: eine schöne junge Frau, deren nackte Haut im Kerzenlicht matt schimmerte, nur unzureichend bedeckt von der hüftlangen, blonden Haarflut.

John wandte den Kopf ab und stand auf.

Aber Juliana erreichte die Tür vor ihm. Flink und mit katzenhafter Geschmeidigkeit glitt sie an ihm vorbei, versperrte ihm den Weg und lehnte sich mit den Schultern an die raue Holztür. Ohne ihren Mann aus den Augen zu lassen, hob sie langsam die Linke und fuhr mit dem Mittelfinger um die Spitze ihrer Brust.

»John …?«

»Oh … meinetwegen.« Es klang atemlos.

In größter Hast schnürte er seine Hosen auf, dann umfasste er Julianas schmale Hüften, hob sie hoch und ließ sie auf sich gleiten. Mit einem triumphierenden Lachen verschränkte sie die Finger in seinem Nacken und warf den Kopf zurück.

»Na warte, du schamloses kleines Luder …«

»Ja, ich warte. Seit über einem Jahr.«

John sparte seinen Atem. Er setzte sie auf der Truhe neben der Tür ab, die genau die richtige Höhe hatte, drückte ihre Schultern gegen die Wand, legte die schwieligen Hände auf ihre Brüste und stieß in sie hinein, hart und schnell, bis sie zu stöhnen begann. Bevor er selbst kam, wollte er sich zurückziehen, aber sie hatte ihn durchschaut, nahm ihn zwischen ihren Beinen gefangen und hielt ihn umklammert, sodass er sich unweigerlich in sie ergoss.

Keuchend stand er schließlich über ihr, mit weichen Knien, die Hände links und rechts neben ihrem Kopf an die Wand gestützt, und fuhr mit den Lippen über die weiche Haut ihres Halsansatzes. Sie war feucht und schmeckte salzig.

»Das hätten wir nicht tun dürfen«, murmelte er seufzend.

Juliana gluckste. »Wie scheinheilig du bist, John of Waringham.«

»Ich mach mir Sorgen um dich, das ist alles.«

Sie vergrub die Finger in den kurzen, schwarzen Locken in

seinem Nacken. »Ich hingegen werde erst anfangen, mir Sorgen zu machen, wenn es mir nicht mehr gelingt, deine Entschlossenheit ins Wanken zu bringen.«

Sie war sehr erfinderisch darin. Heute Abend etwa hatte alles damit begonnen, dass sie Eileen schickte, ihr eine Schüssel warmes Wasser zu bringen. Dann hatte sie gemächlich die Kleider abgelegt, scheinbar vollkommen selbstvergessen, so als wäre sie allein, und sich mit einem weichen Tuch von Kopf bis Fuß gewaschen. John hatte sie aus dem Augenwinkel beobachtet, bis ein Stechen in den Schläfen ihn warnte, dass die Augen der Menschen im Gegensatz zu denen der Pferde nicht dazu geschaffen waren, in einem fort zur Seite zu schauen.

»Da.« Sie zog ihn am Ohr. »Jetzt hast du ein schlechtes Gewissen. Weil du dich hast rumkriegen lassen oder weil du es immer mir überlässt, dich zu verführen, statt umgekehrt, wie es sein sollte?«

Verlegen löste er sich von ihr. »Keine Ahnung. Beides, schätze ich.«

Juliana glitt von der Truhe. »Oder weil du Trost in den Armen einer französischen Hure gesucht hast?«

»Nein.«

»Nein, du hast kein schlechtes Gewissen deswegen? Oder nein, du bist bei keiner Hure gewesen?«

»Was soll das werden, Juliana? Ein Verhör?«

In Calais und Rouen wimmelte es nur so von käuflichen Mädchen, denn beide Städte waren voller englischer Soldaten. Und auch wenn John immer noch kein reicher Mann war, hätte er sich heute doch etwas Besseres leisten können als die billigen, hässlichen Huren von einst. Aber es war ihm nie besonders schwer gefallen, abzulehnen, wenn Edmund Beaufort ihn mit in eines der übel beleumundeten Etablissements schleppen wollte. »Ich brauchte keinen Trost. Jedenfalls nicht von der Sorte. Wir wollen doch nicht vergessen, dass ich gewillt war, ein Keuschheitsgelübde abzulegen, Lady Juliana. Im Gegensatz zu dir. Also? Wie rein ist dein Gewissen, wenn du auf das letzte Jahr zurückblickst? Was ist beispielsweise mit dem hübschen jungen Waliser, der dich bei Tisch fortwährend angeschmachtet hat?«

Juliana schnappte entrüstet nach Luft. »Wie kannst du's wagen, du Schuft!« Sie stieß ihn mit beiden Händen vor die Brust. »Was fällt dir ein?«

John sah lachend in ihre dunklen Augen, in denen es unheilvoll funkelte, und musste feststellen, dass er seine Frau schon wieder wollte. »Ah, nun bist du gekränkt? Aber meine Frage willst du nicht beantworten, nein?«

»Rhys ap Rhodri ist ein Gentleman, der sich nie anders als vollkommen korrekt, bescheiden und zurückhaltend benimmt. Wir lesen hin und wieder gemeinsam ein Buch oder spielen Schach. Was er übrigens weitaus besser beherrscht als du!«

»Das heißt nicht viel«, gab John zurück. Er hatte den Mangel an Talent und Interesse fürs Schachspiel von seinem Vater geerbt. Dieser Mangel schien zu den Waringhams zu gehören wie ihr Wappen, und er hatte ihn nie als Schande empfunden. Die Lancaster waren indessen allesamt großartige Schachspieler, und Juliana bildete keine Ausnahme. Zu seinem Schrecken stellte John fest, dass er nun wirklich eifersüchtig wurde. »Es ist bedenklich genug, wenn ein Mann und eine Frau, die nicht verheiratet sind, miteinander Schach spielen. Es kommt oft genug vor, dass eins zum anderen führt, nicht wahr?«

Er sagte es spöttisch, aber Juliana kannte ihn gut. Sie hörte die Zwischentöne. Kopfschüttelnd nahm sie seine große Linke. »John. Was redest du denn da? Warum vergeuden wir unsere kostbare Zeit mit diesem Unsinn?«

»Keine Ahnung. Außerdem hast du damit angefangen.« Er setzte sich auf die Bettkante und streifte Schecke und Wams ab. Dann zog er Juliana neben sich. »Ein Jahr ist eine lange Zeit.«

»Das ist wahr. Du … bist mir nicht fremd geworden. Ich glaube nicht, dass das je geschehen könnte. Aber es ist nicht so einfach, das lose Ende zu finden, wo man anknüpfen kann.«

Er nickte, legte eine Hand in ihren Nacken und küsste sie.

»Nimm mich mit«, bat sie. »Nimm uns beide mit, wenn du auf den Kontinent zurückkehrst. Wenn der König wirklich so unglücklich ist in Frankreich, könnte ich ihm vielleicht helfen. Und Kate würde ihm gut tun. Er hat sie immer gern gehabt.«

»Es geht nicht. Nicht jetzt. Glaub mir, es wäre weder für dich noch für Kate gut.«

Juliana wollte widersprechen, aber John drückte sie behutsam in die Kissen und schob eine Hand zwischen ihre Beine, um sie abzulenken.

Sie verschränkte die Arme im Nacken und runzelte die Stirn. »Auf einmal so stürmisch? Was ist aus deinen ehrbaren Keuschheitsabsichten geworden?«

Er lachte leise und glitt zwischen ihre einladend geöffneten Schenkel. »Jetzt kommt es irgendwie nicht mehr drauf an, oder?«

Rouen, März 1431

John! Oh Gott, bin ich froh, dass du zurück bist, Bruder. Dieser Ort ist die Hölle geworden, ich sag's dir. Die Hölle.«

John betrachtete Raymond einen Augenblick. Der Ältere hatte Schatten unter den Augen, welche tiefer als gewöhnlich in den Höhlen zu liegen schienen. Mit einem Mal wirkte Raymond alt.

John nahm den Mantel ab, denn es war ein warmer Frühlingstag, hängte ihn sich über den Arm und schlenderte mit seinem Bruder und dessen Bastard zum Hauptgebäude der Burg hinüber. »Du sprichst von dem Prozess, nehme ich an?«

»Prozess …« Raymond spie das Wort aus wie ein Stück fauliges Fleisch.

John schaute fragend zu Daniel.

Der schüttelte ratlos den Kopf. »Vor zwei Wochen hat es angefangen. Aber es ist kein gewöhnliches Inquisitionsgericht. Jedenfalls habe ich von so etwas hier noch nie gehört. Es werden keine Zeugen befragt, sondern immer nur die Gefangene. Allein steht sie da vor wenigstens einem halben Dutzend

Anklägern, und wenn Cauchon müde wird, übernimmt einer seiner Beisitzer – das sind die gelehrten Magister von der Universität in Paris – die Befragung. Die Schreiber notieren nur diejenigen ihrer Antworten, die gegen sie sprechen. Und das tun sie so, dass es ihr nicht verborgen bleibt und …«

»Sie gönnen dem Mädchen keine Atempause«, fiel Raymond ihm aufgebracht ins Wort. »Und wenn du sehen würdest, wie sie sich hält! Es ist unglaublich, John. Sie ist ungebildet und von schlichtem Gemüt, trotzdem gibt sie Cauchon manchmal Antworten, die ihn regelrecht sprachlos machen.«

»Aber langsam wird sie mürbe«, setzte Daniel den Bericht fort. »Sie verweigern ihr die Sakramente. Gestern hat sie Cauchon weinend angefleht, sie beichten und die Kommunion nehmen zu lassen. Aber er sagt, er erlaubt es erst, wenn sie Reue und Gehorsam gegenüber der heiligen Mutter Kirche zeigt.«

John hob kurz die Hände. »Ich schätze, wenn ihr wirklich so viel daran läge, würde sie es tun, nicht wahr?«

Raymond schüttelte den Kopf. »Du müsstest sie sehen, John. Dann würdest du anders denken.«

»Ich *habe* sie gesehen«, entgegnete der Jüngere kühl. »Aber im Gegensatz zu dir habe ich keine Probleme damit, zu entscheiden, wo meine Loyalität liegt. Und jetzt musst du mich entschuldigen«, kam er dem entrüsteten Einwand seines Bruders zuvor. »Ich habe den König noch nicht begrüßt und würde das gern nachholen. Wir sehen uns in der Halle.«

»Oh, fahr zur Hölle, du selbstgerechter Pharisäer«, knurrte Raymond ihm nach, aber John tat, als hätte er es nicht gehört.

Der König strahlte, als John sein geräumiges Gemach betrat und vor ihm auf ein Knie niedersank. »John! Endlich seid Ihr wieder da.« Er vollführte eine elegante Geste. »Erhebt Euch. Und setzt Euch zu uns.«

»Danke, Sire. Ich bedaure, wenn ich Eure Unterredung gestört habe.«

Der Kardinal hatte sich einen Schemel in einen Fleck aus

Sonnenschein gerückt, der durchs Fenster fiel, ließ sich den ewig schmerzenden Rücken wärmen und strich Henrys bevorzugtem Jagdhund, der das Quartier des jungen Königs teilen durfte, abwesend über die spitzen Ohren. Der Hund hatte den Kopf in Beauforts Schoß gelegt und schnaufte glücklich. »Ich erklärte dem König gerade, dass der Papst wieder einmal beschlossen hat, einen Frieden zwischen uns und dem Dauphin zu vermitteln«, bemerkte der Kardinal.

John nickte, wartete, bis der König Platz genommen hatte, und setzte sich ihm dann gegenüber.

»Und wieso gefällt Euch das nicht, Onkel?«, fragte Henry. »Ich war der Meinung, dass auch Euch an einem Frieden mit Frankreich gelegen ist.«

»Das ist wahr, Sire. Aber solange Ihr noch nicht mündig seid, gibt es niemanden in England, der einen verbindlichen Frieden schließen könnte. Das weiß auch der Dauphin. Er hat der Initiative des Papstes nur zugestimmt, um Gelegenheit zu bekommen, dem Herzog von Burgund unwiderstehliche Angebote zu machen.«

»Oh.« Henry nickte und strich sich nachdenklich mit dem Zeigefinger über den Nasenflügel. »Aber Burgund hört auf Euch, nicht auf den Dauphin. Oder?«

Als Beaufort nicht gleich antwortete, sagte John: »Derzeit ja. Aber diese Verhandlungen werden seine Eminenz auf absehbare Zeit hier festhalten, obgleich er sich dringend um ... einige Dinge in England kümmern müsste.«

Bei diesen »Dingen« handelte es sich vornehmlich um Humphrey of Gloucester, der dem Kardinal im Parlament bei jeder Debatte unterlegen war und jede dieser Niederlagen mit einem boshaften Lächeln hingenommen hatte. Das verhieß nichts Gutes. Gloucester führte irgendetwas im Schilde, das war nicht zu übersehen.

Henry schüttelte betrübt den Kopf. »Ich wünschte, ich wäre älter. Es ist nicht recht, dass Ihr und Bedford und Gloucester die ganze Last der Regierung tragen müsst. Ich wachse, so schnell ich kann, Onkel, Ihr habt mein Wort.«

Beaufort neigte den Kopf. Weil er gerührt war, aber auch, um sein amüsiertes Lächeln zu verbergen. »Daran zweifle ich nicht, mein König. Und haben wir Euch erst einmal zum König von Frankreich gekrönt, werdet Ihr wieder ein Stück größer, der Dauphin hingegen ein merkliches Stück kleiner sein.«

Henry lächelte nervös und wandte sich an John. »Habt Ihr die Königin über Weihnachten auch besucht, Sir?«

John wechselte einen verstohlenen Blick mit dem Kardinal, der eine Braue in die Höhe zog und John zunickte, als wolle er sagen: *Da, nun sieh zu, wie du dich aus der Affäre ziehst.*

»Ja, Sire, ich habe die Königin besucht, denn Lady Juliana und Kate waren bei ihr. Eurer Mutter geht es schon wieder viel besser. Sie hat mir viele Stunden lang Fragen über Euch gestellt und gesagt, dass sie es kaum erwarten kann, Euch in England wiederzusehen.« Erst jetzt fiel ihm auf, dass Katherine tatsächlich nichts dergleichen gesagt hatte.

»Gut.« Der König seufzte zufrieden. »Ich wünschte nur, Bischof Cauchon würde sich mit dem Prozess ein bisschen beeilen. Je eher die Dauphinistenhure verurteilt ist, desto schneller können wir hier fertig werden.«

»Das … ist kein Wort, welches ein König in den Mund nehmen sollte, Sire«, mahnte John.

»Was?«, fragte der Junge verwirrt.

»Dauphinistenhure. Wir wissen nicht einmal, ob es stimmt.« Kurz nach der Auslieferung an die Engländer hatte Bedfords Gemahlin Jeanne von Domrémy durch ihre Damen untersuchen lassen, und das Ergebnis besagte, dass das Mädchen tatsächlich unberührt war. Bischof Cauchon, der Ankläger, hielt dies indessen für eine List des Teufels.

»Aber mein Onkel Bedford nennt sie immer so«, wandte Henry ein.

»Der Duke of Bedford ist ein großer Mann, mein König, aber was Wortwahl und höfische Manieren betrifft, solltet Ihr Euch lieber den Earl of Warwick zum Vorbild nehmen«, riet John.

»Oder John«, warf der Kardinal ein, und auf Johns argwöhnischen Blick hin zeigte er ein liebenswürdiges Spötterlächeln.

»Nun, wenn Ihr darauf besteht, werde ich sie nicht mehr so nennen«, versprach der König ein wenig unwillig. »Aber es fällt mir schwer, höfliche Worte für sie zu finden, wahrlich und wahrlich. Sie ist meine Feindin, eine Zauberin und Ketzerin. Ich hasse sie.«

»Eure Gefühle sind nur zu verständlich«, räumte der Kardinal ein. »Aber glaubt einem alten Mann mit viel Erfahrung: Man ist in der überlegenen Position, wenn man seine Feinde nach den Regeln von Recht und Gesetz besiegt und seine Gefühle vor ihnen verbirgt.«

»Ja, ich weiß, das ratet Ihr mir ständig, Onkel. Und John ebenso. Es sei weiser, sich zu beherrschen und sich in Gelassenheit zu hüllen wie in eine Rüstung, weil man seinen Feinden sonst Angriffsfläche bietet.«

»Ihr glaubt das nicht?«, fragte Beaufort.

»Ich weiß nicht.« Der König nagte an seiner Unterlippe. »Ist nicht Aufrichtigkeit das, was Gott gefällig ist?«

Der Kardinal hob die Hand. »Ich würde Euch niemals raten, unaufrichtig zu sein. Das ist eines Königs unwürdig.« Er betrachtete den Jungen einen Moment versonnen. Dann fasste er einen Entschluss. »Kommt morgen mit mir in die Burgkapelle, Sire. Schaut zu, was dort geschieht. Dann werdet Ihr verstehen, was ich meine.«

Henrys Augen leuchteten auf. »Ich darf mit zum Prozess?«

»Mylord …«, begann John unbehaglich.

Beaufort schnitt ihm mit einer Geste das Wort ab. »Der König ist alt genug, John. Ihr seid es doch, der das so gern sagt, nicht wahr?«

Ein Raunen erhob sich in der dicht besetzten Kapelle, als man Jeanne von Domrémy am nächsten Morgen hereinführte. Fast klang es wie ein Zischen. Viele der Mönche, Priester, Adligen, Ritter und Bürger von Rouen, die Plätze gefunden hatten, glaubten, dass dieser Anblick dem des leibhaftigen Satans gefährlich nahe kam, und nicht wenige machten das Zeichen gegen den bösen Blick und bekreuzigten sich.

Die zwölf Monate ihrer Gefangenschaft waren nicht spurlos an Jeanne vorübergegangen. Ihr Gesicht hatte jene kränkliche Blässe, die offenbar nur dunkle Verliese hervorbringen konnten. Das blonde Haar, inzwischen auf Kinnlänge gewachsen, war unsauber und strähnig. Sie hielt sich ein wenig gekrümmt, denn, so hatte John am vorherigen Abend in der Halle gehört, sie hatte sich von den Verletzungen, die sie sich bei ihrem wagemutigen Sprung in den Burggraben von Beaurevoir zugezogen hatte, noch nicht gänzlich erholt. Ihre Männerkleidung war inzwischen verschlissen und ausgefranst. Ein Ärmel ihres Wamses hatte einen langen Riss, der bei jeder Bewegung einen Blick auf ihren weißen Oberarm gewährte. Mancher Mann glaubte gar, das Schimmern ihrer Brust zu erhaschen.

»Nehmt ihr die Ketten ab«, befahl Pierre Cauchon, der Bischof von Beauvais. Er war ein großer, dicklicher Mann um die fünfzig mit flinken, wässrigblauen Augen und ausdrucksloser Miene. Er wartete, bis die englischen Wachen seinem Befehl Folge geleistet hatten, ehe er die Gefangene ansprach.

»Wie ich sehe, hast du deine Halsstarrigkeit nicht aufgegeben, Jeanne, und trittst wieder in diesem schamlosen Aufzug vor deine kirchlichen Richter.«

Jeanne hob den Kopf und schaute ihn an. »Ich habe Euch die Gründe schon ein Dutzend Mal erklärt, Monseigneur, aber ich tu's gern noch einmal, wenn Ihr wünscht.«

Das Blau ihrer Augen war weit strahlender als Cauchons, ihre Miene trotzig. Erschöpft, aber noch lange nicht gebrochen, schloss John. Er hoffte inständig, dass sie Vernunft annehmen und Reue zeigen würde, ehe das Kollegium die hochnotpeinliche Befragung anordnete. Der Gedanke, was die Folterknechte aus diesem zarten Mädchenkörper machen würden, war abscheulich.

»Kommen wir noch einmal auf deine Kindheit in Domrémy zu sprechen.« Cauchon faltete die Hände in den Ärmeln seines Gewandes und legte sie auf den fassrunden Bauch. Es war eine strenge Richterpose. »Wer hat dich gelehrt, die Burgunder zu hassen?«

»Die Burgunder, Monseigneur. Sie fielen in Domrémy ein, plünderten die Scheunen, schändeten und mordeten. Es war nicht schwer, sie zu hassen.«

»Aber das widerspricht Gottes Gebot, nicht wahr?«

»Was sie taten, widersprach Gottes Gebot!«

In dem entrüsteten Füßescharren, das darauf folgte, flüsterte Beaufort John zu: »Wo hat dieses Hirtenmädchen Rhetorik gelernt? Ich fange langsam an zu glauben, dass der Satan ihr die Worte eingibt.« Er trug einen schlichten schwarzen Mantel und eine Kapuze, die er tief ins Gesicht gezogen hatte. John verstand nicht so recht, warum der Kardinal unerkannt bleiben wollte. Möglicherweise, um die Ankläger mit seiner hohen Würde nicht nervös zu machen und aus dem Konzept zu bringen. Das erledigte die Gefangene ganz allein …

»Wer hat dich im Glauben unterwiesen, dass du so viel über Gott und seinen Willen zu wissen glaubst, Mädchen?«, fragte Cauchon schneidend.

»Meine Mutter.«

»Was hat sie dich gelehrt?«

»Gott zu lieben. In Demut zur Beichte und zur heiligen Messe zu gehen. Das *Pater Noster*, das *Ave Maria* und das *Credo*.«

»Und doch hast du mit deinen Gespielinnen im Wald um einen Baum getanzt, den ihr den Feenbaum nanntet, nicht wahr?«

Sie winkte ungeduldig ab. »Es war ein Spiel. Alle taten es.«

»So? Ein ganzes Dorf von Heiden und Ketzern? Habt ihr nicht Girlanden für die Feen gebunden, um sie herbeizulocken?«

»Ich bin eine treue Dienerin Gottes! Er ist es, der mich schickt!«, entgegnete sie aufgebracht.

»Dann kehre in den Schoß seiner Kirche zurück und gehorche ihren Priestern«, donnerte Cauchon. »Sprich das *Pater Noster* hier vor all diesen Zeugen und lege sittsame Frauenkleider an, dann können wir vielleicht glauben, dass du Gottes Dienerin bist!«

»Ich werde das *Pater Noster* sprechen, wenn Ihr mir zuvor die Beichte abnehmt, Vater.«

Cauchon betrachtete sie mit einem betrübten Kopfschütteln. »Womit du uns beweist, dass du eine Ketzerin und eine Hexe bist, nicht wahr? Denn nur Ketzer verweigern einem Bischof den Gehorsam, und Hexen weigern sich zu beten.«

Jeanne verlor die Fassung. »Wie könnt Ihr das sagen?«, schrie sie, und es klang in der Tat unangenehm schrill, wenn sie die Stimme erhob. »Würden seine Engel und Heiligen zu mir sprechen, wenn ich mit dem Satan im Bunde wäre?«

»Ah ja. Deine Stimmen.« Ein hämisches Lächeln kräuselte Cauchons Lippen. »Haben sie in letzter Zeit zu dir gesprochen?«

Sie nickte. »Heute früh in meinem Kerker.«

»Was haben sie gesagt?«

»Ich glaube nicht, dass das für Euch von Belang ist.«

»Das zu entscheiden wirst du gefälligst uns überlassen! Was haben Sie gesagt? Haben sie dir deine baldige Flucht versprochen?«

»Ich … konnte sie nicht deutlich verstehen«, antwortete sie ausweichend. Jeder hörte, dass es eine Lüge war, und wieder erhob sich ein Zischen in der geräumigen Kapelle. Engländer und Burgunder fürchteten gleichermaßen, dass der Dauphin selbst jetzt noch versuchen könnte, seine Jungfrau zu befreien.

»Aber in Beaurevoir haben sie dir versprochen, deine Flucht könne gelingen, ja?«

Sie schüttelte den Kopf. »Sie haben mir aufgetragen, duldsam hinzunehmen, was immer geschehen würde.«

»Warum bist du dann also aus dem Turmfenster gesprungen?«

»Weil Gott jenen hilft, die sich selbst helfen.«

»Tatsächlich? Willst du leugnen, dass du zu deinem Wächter gesagt hast, du wärest lieber tot als in der Hand der Engländer? War es nicht vielmehr so, dass du gesprungen bist, um deinem Leben ein Ende zu machen? Und damit eine der widerwärtigsten Sünden zu begehen, deren sich ein Mensch schuldig machen kann?«

Sie schüttelte wild den Kopf. »Ich wollte fliehen!«

»Hast du es gesagt, ja oder nein?«

»Mag sein, ich weiß es nicht mehr ...«

»Und was haben nun deine Stimmen heute früh zu dir gesagt?«, nahm einer der Beisitzer auf Cauchons fast unsichtbares Zeichen hin den Faden wieder auf.

»Das braucht Euch nicht zu kümmern.«

»Dann sag mir, Jeanne, waren sie bei dir in deiner Kammer, diese Stimmen?«

»Es ist keine Kammer, Monseigneur, es ist ein Verlies. Und ja, natürlich waren sie bei mir, wie hätte ich sie sonst hören können?«

»Sind sie jetzt noch dort?«

»Nein, ich glaube nicht.«

»Wo dann?«

»Irgendwo hier in der Burg.«

Der Gelehrte warf Cauchon einen triumphierenden Blick zu. »Sie räumt ein, dass die Erscheinungen körperlich anwesend sind. Da das bei Engeln und Heiligen nicht möglich ist, kann es sich nur um Dämonen handeln.«

»Nein, das ist nicht wahr ...«, rief das junge Mädchen erschrocken, wollte in ihrer Erregung einen Schritt auf die Ankläger zu machen und wurde von den Wachen sogleich roh zurückgerissen. »Ihr versteht nicht, Monseigneurs ...«

»Wir verstehen sehr wohl. Nur zu gut.« Cauchon beugte sich vor. »Kehr um, Jeanne. Bereue deine Sünden. Gestehe deine Taten. Beweise deine Einsicht und lege Frauenkleider an, dann darfst du zur Beichte ...«

So ging es viele Stunden. Einige Male verlor die Gefangene die Beherrschung, drohte ihren Anklägern und sagte unbedachte Dinge, aber immer, wenn John glaubte, jetzt sei sie bald so weit, jetzt werde sie zusammenbrechen, sah sie sich im Saal um und schöpfte von irgendwoher neue Kraft.

Als die Richter hungrig wurden, vertagten sie die Verhandlung auf den folgenden Vormittag. Jeanne wurde in Ketten gelegt und abgeführt.

»Verbirgt sich ein Dauphinist unter den Zuschauern?«, fragte der König, als er mit John, dem Kardinal und dem Earl of Warwick zur Halle der alten Burg zurückkehrte.

»Ihr habt eine gute Beobachtungsgabe, Sire«, lobte Warwick. »Aber ich glaube nicht, dass sich einer ihrer Freunde in die Kapelle geschlichen hat. Die Zuschauer sind handverlesen.«

»Es ist das Publikum als solches, welches ihr immer wieder neuen Antrieb verleiht«, erklärte der Kardinal. »Sie ist höchst eitel und liebt ihre großen Auftritte.«

»Und ich wette, in der Rolle der Märtyrerin gefällt sie sich besonders«, mutmaßte Warwick.

»Das war eine lange Sitzung«, bemerkte John. »Habt Ihr Euch nicht gelangweilt, mein König?«

»Gelangweilt?«, wiederholte der Junge ungläubig. »Wie könnte man sich in der Gegenwart des Satans langweilen? Ich habe mich ein wenig gefürchtet, das gebe ich zu. Aber ich habe auch gespürt, wie Gott mich wachsam machte.« Er tippte auf seine Brust. »Genau hier hab ich's gespürt, Sir.«

John legte ihm lächelnd die Hand auf die Schulter.

Henry wandte sich an den Kardinal. »Ich bin ja so froh, dass Ihr mir gestattet habt, dabei zu sein, Onkel.«

»Und wisst Ihr noch, warum ich es gestattet habe?«

»Ihr wolltet mir vor Augen führen, dass man Schwäche zeigt, wenn man die Beherrschung verliert. So wie es der Gefangenen andauernd passiert. Das war … eine sehr anschauliche Lektion«, räumte Henry ein.

»Gut.«

»Und darf ich auch zu ihrer Hinrichtung?«

Beaufort schüttelte den Kopf. »Ich hoffe nicht, dass es dazu kommt, Sire. Ich hoffe, Jeanne zeigt rechtzeitig Einsicht.«

»Warum?«, fragte der Junge verständnislos. »Sie ist eine Ketzerin und eine Hexe. Wäre die Welt nicht ein besserer Ort ohne sie?«

»Nicht, wenn sie sich von ihren Irrwegen abwendet«, widersprach der Kardinal. »Ihr solltet nicht vergessen, dass Christus uns Barmherzigkeit lehrt.«

Warwick warf ihm verstohlen einen halb vorwurfsvollen, halb amüsierten Blick zu. Er wusste schließlich, dass es Beauforts Idee gewesen war, Jeanne von Domrémy vor ein kirchliches Gericht zu stellen, und hielt sein Plädoyer für Barmherzigkeit wohl für Sarkasmus oder einen Anflug von sehr schwarzem Humor. Aber John kannte seinen Kardinal besser und war überzeugt, dass es Beaufort wirklich zu schaffen machen würde, wenn sie das Mädchen auf den Scheiterhaufen brachten. Denn es war ja der Dauphin, den er mit dieser Strategie vernichten wollte; Jeanne war nur das Werkzeug.

»Wie dem auch sei, es wird Zeit, dass wir zu einem Ende kommen«, setzte Beaufort hinzu.

Der Earl of Warwick nickte. »Cauchon muss den Prozess fortan unter Ausschluss der Öffentlichkeit fortführen. Wenn sie ihre Auftritte nicht mehr vor großem Publikum inszenieren kann, wird sie bald mürbe, darauf möchte ich wetten ...«

So verschwand Jeanne aus den Blicken, nicht aber aus den Gedanken der Menschen in Rouen. Jeden Tag suchten ihre Ankläger sie in ihrem Verlies auf, welches die Gefangene nun überhaupt nicht mehr verlassen durfte, und als es hieß, sie sei krank geworden, wunderte das niemanden.

Doch ihre Widerstandskraft, die viele für das Werk des Teufels hielten, verhalf ihr auch dieses Mal zur Genesung, sodass die Richter Anfang Mai zu ihr zurückkehrten, um die siebenundsechzig Anklagepunkte zu verlesen, die man gegen sie zusammengetragen hatte.

»Besitz und Gebrauch einer Alraunwurzel?«, fragte Raymond ungläubig, während er eine Abschrift, die in der Halle kursierte, überflog. »Feenzauber? Wenn das Verbrechen sind, müsste Bischof Cauchon nach England kommen und jede Bauersfrau in Waringham anklagen ...«

John hob die Schultern. »Cauchon ist gründlich. Er wollte eine vollständige Liste. Lies weiter unten. Da stehen die Dinge, um die es wirklich geht: Häresie. Das stimmt. Sie hat behauptet, Gott liebe den Dauphin und den Herzog von Orléans mehr als andere Menschen. Um nur eine ihrer Irrlehren zu nennen. Dämonenanbetung: Sie hat zugegeben, dass sie vor ihren Erscheinungen niedergekniet ist, aber die Gelehrten haben schlüssig bewiesen, dass es nicht Erzengel und Heilige, sondern Dämonen waren, die ihr erschienen sind. Falls ihr überhaupt irgendwer erschienen ist«, fügte er nach einem Moment hinzu. »Aber das Vergehen, welches sie ihr am schwersten anlasten, ist, dass sie sich dem Urteil der Kirche nicht unterwerfen will, sondern allein Gottes Richterspruch. Sie stellt die Autorität der Kirche in Frage. Das hat einen gefährlichen, schismatischen Beigeschmack, und das kann die Kirche sich in ihrer derzeitigen Lage nicht leisten.«

Raymond winkte angewidert ab. »Du glaubst nicht, wie egal mir das alles ist …«

Der jüngere Bruder seufzte verstohlen und leerte dann den Becher, den sie teilten, weil er das Gefühl hatte, sein Bruder habe wieder einmal mehr als genug getrunken. »Warum bist du eigentlich noch hier, Raymond? Wieso stehst du nicht im Feld, erschlägst ein paar Dauphinisten und vergisst die verdammte Jungfrau? Das wäre viel besser für dich.«

»Ich gehe nirgendwohin, solange John of Bedford hier bleibt«, knurrte Raymond. »Ich habe nicht das geringste Interesse daran, diesen Welpen York, Beaufort und Salisbury dabei zuzuschauen, wie sie Krieg spielen …«

John verzichtete darauf, Raymond daran zu erinnern, welch große Taten gerade diese drei in den letzten Monaten vollbracht hatten. Stattdessen erhob er sich. »Wie wär's dann, wenn du zu Hause mal nach dem Rechten schaust?«

»Im Sommer vielleicht.«

»Dann besuch Mortimer und Margery«, schlug John vor. »Egal, was du tust, nur verschwinde aus Rouen. Tu dir selbst den Gefallen.«

Der Ältere sah kopfschüttelnd zu ihm auf. »Dich lässt das Ganze völlig kalt, he? Ich *versteh* dich nicht, John.«

»Nein? Und ich dachte, du warst dabei, als sie sagte, sie würde eine Armee nach England führen, sobald ihre angeblichen Erzengel und Heiligen sie befreit hätten. Um den Herzog von Orléans aus dem Tower zu holen und uns Engländer zu lehren, ihren geliebten Dauphin fortan in Frieden zu lassen. Hast du das nicht gehört, Raymond?«

»Bestimmt. Aber ich versteh ja kaum ein Wort von dem, was sie redet. Und wie dem auch sei. Sie führt große Worte, damit niemand ihre Angst sieht. Sie hat Schneid, oder?«

John stützte die Hände auf die Tischplatte und beugte sich vor. »Sie ist gefährlich. Für die Kirche, für England und für seinen König. Zufällig obliegen mir die Sicherheit und das Wohlergehen dieses Königs. Und wenn ich deiner Jungfrau persönlich die Kehle durchschneiden müsste, um sie zu gewährleisten, dann würde ich keinen Moment zögern.«

Damit verließ er die Halle, nahm im Vorraum eine Fackel aus einer Wandhalterung und ging in den Burghof hinaus. Er ärgerte sich über Raymond, aber gleichzeitig war er in Sorge um seinen Bruder. Er kannte ihn, und er ahnte, dass Raymond innerlich gegen diesen Prozess rebellierte, denn er hatte mehr als nur eine kleine Schwäche für Jeanne von Domrémy. John wäre wesentlich wohler gewesen, seinen Bruder bei Prozessende weit fort von Rouen zu wissen.

Er ging zum Nordwestturm der Anlage, wo alle königlichen Leibwächter außer John ihr Quartier hatten, um mit seinen Männern den Wachdienst der nächsten Tage zu besprechen. Es war ein alter, dreistöckiger Turm, in dem es so fürchterlich zog, dass einem auf der Wendeltreppe regelmäßig die Fackel ausgeblasen wurde. Niemand war wild auf eine Unterkunft in diesem Gebäude. Im Erdgeschoss, wo die Wachquartiere lagen, war es noch erträglich. Weiter oben wurde es zugiger und finsterer, denn die Tür war neben ein paar schmalen Scharten die einzige Lichtquelle. Als John über die Schwelle trat, hörte er ein dumpfes Poltern und dann einen gedämpften Schrei.

Stirnrunzelnd schaute er nach links, wo sich eine schmale Wendeltreppe ins Dunkle emporschraubte. Er wusste natürlich genau, wer dort oben eingesperrt war und geschrien hatte.

Lass sie schreien, sagte eine kalte, scheinbar gelassene Stimme in seinem Kopf. Sicher haben die Engländer, die sie bei Les Tourelles abgeschlachtet hat, auch geschrien.

Aber seine Füße schienen plötzlich ein Eigenleben zu führen und trugen ihn die schmalen Stufen hinauf.

»Oh, heilige Jungfrau, steht mir bei!«, schrie Jeanne. Es klang so schrill, dass John angewidert den Mund verzog. Sie schien vollkommen hysterisch. »Jesus Christus, nein … nein …«

Die Tür zu ihrem Verlies stand offen. Mit eingezogenem Kopf, die Fackel in der Linken, trat John hindurch.

»Rys! Bernard! Talbot! Habt ihr den Verstand verloren?«

Die drei Wachen wandten die Köpfe. Jeanne lag zwischen ihnen auf dem strohbedeckten Boden. Einer der Männer hatte ihre Handketten gepackt und ihre Arme über dem Kopf ausgestreckt. Der zweite hatte ihr Obergewand und das Wams zerrissen und eine Pranke um ihre Brust gekrallt, der dritte kniete in eindeutiger Absicht zwischen ihren Beinen und hielt ihre Knie umklammert, um sie zu spreizen. Als sie Johns Stimme vernahm, hörte Jeanne auf, sich zu winden und zu wehren, drehte den Kopf zur Seite und schloss die Augen. Tränen rannen unter ihren Lidern hervor, und ihre Lippen bewegten sich, als bete sie.

Zum ersten Mal fiel John auf, wie lang und dicht ihre Wimpern waren.

William Talbot, der offenbar als Erster an die Reihe kommen sollte, stand vom Boden auf, trat auf John zu und machte einen linkischen Diener. »Tut mir Leid, Sir John, aber niemand darf sie sehen oder mit ihr reden. Anordnung seiner Lordschaft, des Earl of Warwick.«

»Willst du mich auf den Arm nehmen?«

Der Soldat schüttelte emsig den Kopf. »Ehrlich wahr, Sir, ich schwör's.«

John ließ ihn achtlos stehen und trat auf die kleine Gruppe

am Boden zu. »Nimm deine Hand da weg, John Rys, eh ich sie dir abschlage. Na los.«

Rys grinste dümmlich. Als sein Blick zur Seite glitt, riss John das Schwert aus der Scheide und fuhr herum. Keinen Herzschlag zu früh: William Talbot stand mit gezücktem Dolch keine zwei Schritte vor ihm. John schlug ihm mit der Fackel die Klinge aus der Hand. Talbot jaulte auf, führte die verbrannte Hand instinktiv zum Mund und fiel wie ein gefällter Baum, als John ihm die Füße wegtrat. Ehe er sich aufrichten konnte, setzte John ihm die Klinge an die Kehle. So, dass er Talbots Kumpane im Auge behalten konnte. »Und was genau hattest du vor, hm?«

Talbot machte einen langen Hals, um Johns kaltem Stahl zu entkommen. Ihm fiel nichts zu sagen ein.

»Wolltest du mich von hinten abschlachten?«

»Gott bewahre, Sir John, als ob ich je …«

»Doch, ich denke, genau das war deine Absicht«, unterbrach John. »Und dann hättet ihr mich spurlos verschwinden lassen und gesagt, die Gefangene habe mich verhext, sodass ich mich in Luft aufgelöst hätte, oder irgendeinen ähnlichen Blödsinn, ja?«

Talbot wagte nicht, das abzustreiten. Der Zorn in Johns blauen Augen jagte ihm Angst ein. So etwas waren die Männer in Rouen von dem vornehmen, sonst immer so ruhigen Captain der königlichen Wache nicht gewöhnt.

John packte ihn am Arm, zerrte ihn hoch und stieß ihn vor sich her auf die anderen zu. »Zieh die Schecke aus und gib sie ihr, Talbot.«

»Was? Ich hab nur die eine, Sir …«

»Sie auch. Na los, mach schon. Und ihr lasst sie los, ihr verfluchten Strolche, und nehmt ihr die Ketten ab, damit sie sich umziehen kann!«

Rys und Bernard, die wie erstarrt am Boden gehockt hatten, nahmen schleunigst die Hände von der Gefangenen, doch Rys wandte ein: »Sir, seine Lordschaft hat angeordnet, dass sie immer gefesselt …«

»Tu's lieber«, riet John.

Verlegen wandten sie die Blicke ab und befolgten seine Befehle. Jeanne stützte sich auf die Ellbogen, robbte rückwärts bis an ihre schmale Holzpritsche, kauerte sich dort zusammen und vergrub den Kopf in den Armen.

John riss Talbot das Obergewand aus den Fingern, trat zu ihr und hielt es ihr hin, ohne sie anzuschauen. »Hier, Mädchen. Nimm es. Und beruhige dich. Es ist ja nichts geschehen.«

Seine Stimme klang nicht freundlich, aber dennoch hob sie hoffnungsvoll den Kopf. »Ihr ... Ihr sprecht meine Sprache?«

John nickte knapp.

Sie streckte die Hand aus, nahm ihm das viel zu große Männergewand ab und streifte es dankbar über. »Wenn Ihr Barmherzigkeit kennt, dann beschafft mir Nadel und Faden«, bat sie. »Damit ich mein Wams ausbessern kann.«

Unbewegt schaute er auf sie hinab. »Ich könnte dir ein Kleid besorgen, das nicht zerrissen ist.«

Jeanne schloss erschöpft die Lider und lehnte den Kopf gegen die Mauer. »Das ist sehr gütig von Euch. Aber Nadel und Faden reichen vollkommen.«

Er zuckte die Achseln. »Wie du willst.«

Die drei Wachen belauerten ihn aus dem Augenwinkel, und John schaute sie der Reihe nach an. Ungeschlachte Bauern schienen sie ihm zu sein, roh und dumm und ungehobelt. Heute Abend obendrein betrunken, wenngleich ihnen das strikt verboten war. Also dies waren die Wachen, denen Warwick die Gefangene anvertraut hatte. In deren Gesellschaft Jeanne von Domrémy seit fast einem halben Jahr ihre Tage und Nächte verbringen musste.

»Rys, geh und besorg Nadel und Faden.«

»Aber Sir John, wir ...«

»Wenn ihr mich noch einmal zwingt, mich zu wiederholen, könnt ihr sicher sein, dass Warwick von diesem Vorfall erfährt. Und dann möchte ich wirklich nicht in eurer Haut stecken.«

Die Vorstellung bereitete den Wachen offenbar einiges Unbehagen. Sie wurden kleinlaut und zahm. Rys eilte davon,

Talbot und Bernard zogen sich in eine Ecke zurück und bedachten John mit gekränkten Blicken wie zu Unrecht geprügelte Hunde.

John war so angewidert, dass er nur mit Mühe den Impuls niederrang, nach ihnen zu treten. Mit verschränkten Armen wandte er sich an William Talbot, der so etwas wie der Anführer dieser Helden zu sein schien. »Ihr werdet sie nicht noch einmal anrühren, ist das klar? Glaub lieber nicht, ich würde es nicht erfahren, Talbot. In diesem Turm geschieht nichts, was meinen Männern entgeht. Und wenn ich auch nur Grund zu der Annahme habe, dass ihr eure Position hier ausnutzt und nicht mit Anstand und Würde ausübt, dann sorge ich dafür, dass nicht Warwicks Zorn über euch kommt, sondern der des Hauses Lancaster. Ein Wort in das Ohr des Kardinals, und euer Leben wird ein Jammertal.«

Talbot nickte wortlos und schlug die Augen nieder, aber nicht bevor John die nackte Angst darin gesehen hatte. Natürlich wussten die Wachen, welch hohes Ansehen die Waringhams bei der königlichen Familie genossen, wie eng das Band insbesondere zwischen dem Kardinal und John of Waringham war. Es ging gar ein Gerücht, Waringhams Frau sei Beauforts Bastard. Und wie die meisten einfachen Soldaten am Hof fürchteten sich die Wachen vor dem Kardinal, dessen Miene immer so undurchschaubar war, dessen Macht man nie sehen konnte und der dennoch den König, dessen Kronrat und Verbündete zu beherrschen schien wie kein Zweiter. Kardinal Beaufort war ihnen unheimlich.

John wandte sich ab, doch die Gefangene flehte: »Oh, geht nicht fort, Monseigneur. Bitte, bitte, bitte geht nicht gleich wieder fort.«

»Du hast von diesen Männern nichts mehr zu befürchten«, versicherte er ihr.

»Vielleicht nicht.« Sie hatte offenbar ihre Zweifel. »Aber Ihr seid seit Wochen der erste Mensch, den ich sehe, der meine Sprache spricht. Außer meinen Anklägern, meine ich. Der erste, der mir geholfen hat.«

John schüttelte langsam den Kopf. »Erwarte kein Mitgefühl von mir, Jeanne.«

»Warum nicht?«, fragte sie trotzig. »Was hätte ich Euch je getan?«

»Du hast gegen deinen König rebelliert, der zufällig auch der meine und mir teuer ist, Truppen gegen ihn geführt …«

»Ich habe *meinem* König die Krone aufgesetzt!«

»Der Mann, den du so nennst, ist ein Usurpator. Und eine widerwärtige Kreatur obendrein.«

»Wie wollt Ihr das wissen?« Es klang angriffslustig; sie hatte sich offenbar schnell von dem Schrecken erholt. »Ihr kennt ihn doch gar nicht!«

»Doch, Jeanne. Ich kenne ihn. Und die Tatsache, dass er seit deiner Gefangennahme keinen Finger gerührt hat, um dir zu helfen, sollte dir zu denken geben, meinst du nicht?«

Sie schüttelte wild den Kopf, so wie Kate es tat, wenn sie ein Vergehen leugnete, dessen sie längst überführt war. »Meine Stimmen haben mir gesagt, er ist der König, und Gott liebt ihn!«

John seufzte. »Natürlich. Deine Stimmen. Haben sie dir auch gesagt, du sollst das Pferd des Bischofs von Senlis stehlen?«

Jeanne schien erschrocken über den unvermittelten Themenwechsel, winkte dann aber ungeduldig ab. »Es taugte nichts.«

»Und dennoch war es seins, nicht wahr?« John stellte einen Stiefel auf einen Mauervorsprung, verschränkte die Arme auf dem Oberschenkel und beugte sich ein wenig vor. »Und haben deine Stimmen dir befohlen, deinem Gefangenen, Francquet d'Arras, erst das Leben zu versprechen, sein Lösegeld festzusetzen und ihn dann doch als Verräter hinrichten zu lassen? Haben sie dir richterliche Gewalt über Leben und Tod verliehen, Jeanne?«

Sie wich ganz an die Wand zurück und zog die Schultern hoch, als fühle sie sich von ihm bedrängt, entgegnete aber hitzig: »Ich habe nie etwas anderes als das Werk des Herrn getan!«

Sie hat Schneid, fuhr es John durch den Kopf, da hat Raymond wirklich Recht. Aber die Tatsache allein konnte seine Sympathie nicht wecken. »Das zu beurteilen, überlasse ich deinen kirchlichen Richtern. Und wenn du nur einen Funken Verstand hast, unterwirfst auch du dich ihrem Urteil, bevor sie die Geduld mit dir verlieren. Für mich, Jeanne von Domrémy, hast du dich des Verrats, des Diebstahls und des Mordes schuldig gemacht. Jeder gewöhnliche Mann würde schon für eines dieser Vergehen aufgeknüpft, in Frankreich ebenso wie in England. Aber du nicht. Das ist ungerecht. Und das ärgert mich. Gute Nacht.«

Er wandte sich brüsk ab und ging hinaus.

»Ich komme von Gott!«, schrie sie ihm nach. »Ich kenne seinen Willen besser als Ihr, besser als Bischof Cauchon, denn er hat sich mir offenbart. *Mir*! Und ganz gleich, was ihr mit mir tut, er wird euch aus Frankreich verjagen. Denn das ist sein Wille. Ich bin nur sein Werkzeug!«

»Fahr zur Hölle«, knurrte John und legte einen Schritt zu, um Jeannes unmelodischem Gezeter schnellstmöglich zu entkommen.

Doch es war nur noch ein letztes Aufbäumen.

Am neunzehnten Mai wurde Jeanne noch einmal in die Kapelle der Burg geführt, welche als Gerichtssaal diente, und in zwölf Anklagepunkten schuldig gesprochen. Pierre Maurice, einer der Pariser Gelehrten, verlas die Schrift und erklärte Jeanne deren Bedeutung. Er war ein junger, gut aussehender Mann mit feurigen schwarzen Augen und der erste der Ankläger, welcher wohlwollend und in Güte zu ihr zu sprechen schien:

»Dies ist deine letzte Gelegenheit, Tochter. Kehre um, rette deine Seele und komm heim in den schützenden Hafen der Kirche, die deine heilige Mutter ist. Das ist es, was wir dir befehlen, Jeanne, denn es ist Gottes Wille. Und überlege gut: Wäre ein Ritter an den Hof deines Königs gekommen und hätte sich geweigert, sich ihm zu unterwerfen, seine Befehle und die seiner Amtsträger zu befolgen, hättest du nicht gesagt, dieser Ritter tue unrecht und müsse verurteilt werden? Nicht anders verhält es sich mit dir und der Kirche. Gestehe und bereue deine Verfehlungen. Nur so kannst du deine Seele vor der Verdammnis und deinen Leib vor dem Feuer retten ...«

Danach ließen sie Jeanne noch einmal schmoren. In ihrem trostlosen Verlies, allein mit den widerwärtigen Wachen, die sie jetzt zwar zufrieden ließen, aber nie aufhörten, ihr zu drohen und sie zu verhöhnen, hatte sie reichlich Zeit, über das nachzudenken, was Maurice ihr in so eindringlichen Bildern beschrieben hatte: das Büßerhemd, den Pfahl, das Holz, das Feuer in dieser und in der nächsten Welt.

Nach fünf Tagen war ihr Kampfgeist gebrochen. Als man sie zur ausgeklügelten Zeremonie ihrer öffentlichen Exkommunizierung auf den Friedhof von St-Ouen führte, brach sie zusammen und bekannte sich in allen Anklagepunkten schuldig. Die dicht gedrängte Menge auf dem Friedhof begrüßte dieses tränenreiche Geständnis teilweise mit unzufriedenem Murren, teils mit Seufzern der Rührung. Pierre Maurice hatte offenbar auf diese Wendung gehofft und ließ Jeanne, die für alle Welt sichtbar auf eine erhöhte Plattform gestellt worden war, eine vorbereitete Urkunde reichen:

»Ich, Jeanne, genannt die Jungfrau, eine unwürdige Sünderin, habe nun erkannt, in welchen Abgrund des Irrtums ich gesunken bin. Durch die Gnade Gottes habe ich zu unserer heiligen Mutter Kirche zurückgefunden. Um zu beweisen, dass ich diese Umkehr nicht halbherzig, sondern aus voller Überzeugung und guten Willens unternehme, gestehe ich, dass ich schwer gesündigt habe, indem ich lügnerisch behauptete, Gott habe sich mir durch seine Engel und die Heiligen Katherina und Margarete offenbart. Ich widerrufe all meine Worte und Taten gegen die Kirche, denn in ihrer Gemeinschaft will ich bleiben und sie niemals verlassen.«

Ihre Hand bebte, als sie ihr Kreuz unter das Geständnis setzte, doch sie tat es, ohne zu zögern, beinah hastig, so schien es.

Bischof Cauchon sah aus, als habe er eine Wespe verschluckt.

Ihm schien das unerwartete Einlenken der Gefangenen ganz und gar nicht zu gefallen. Doch er erholte sich schnell von seinem Schrecken. »So höre dein Urteil, Jeanne von Domrémy«, hob er mit feierlicher Miene an. »Kraft des uns verliehenen Richteramtes verurteilen wir dich im Namen Gottes und seiner heiligen Kirche zu lebenslanger Haft. Dort sollst du das Brot des Jammers essen und das Wasser des Leides trinken, deine Sünden beweinen und fortan keine weiteren begehen.«

Jeannes Augen waren starr und geweitet, aber es war, als höre sie kaum, was er sagte. Sie erinnerte John an einen Mann, der nach einem Kampf schwer verwundet und orientierungslos auf dem Schlachtfeld umherirrte und seine Verletzungen nicht zu spüren schien. Sie stand unter Schock.

»Und darf ich jetzt beichten und die Messe hören?«, fragte sie Cauchon schließlich. Sie hielt sowohl den Blick als auch die Stimme gesenkt, als habe sie nun endlich begriffen, wie sie zu einem ehrwürdigen Bischof zu sprechen hatte.

Er nickte. »Sobald du deine schamlosen Männergewänder abgelegt hast.«

»Lebenslange Haft?«, fragte der Duke of Bedford aufgebracht. »Und das ist *alles*?«

»Es ist genug«, entgegnete der Kardinal, nahm den Hut ab und fächelte sich damit Luft zu. Es war ein ungewöhnlich warmer Abend für Ende Mai, und die Gerüche, die von der Seine und den feuchten Uferwiesen aufstiegen und durch die Fenster in die Halle geweht wurden, hatten schon die unangenehm faulige Note, die eher für den Hochsommer typisch war.

»Genug?«, wiederholte sein Neffe aufgebracht. »Was ist mit all den Engländern, die sie auf dem Gewissen hat? Sie schuldet ihr Leben! Hunderte Male.«

Beaufort war selbst nicht geneigt, die Jungfrau als Soldaten zu betrachten, denn das war sie eben nicht, sondern eine Frau. Also war es Mord, wenn sie jemanden tötete. Dennoch hob er ergeben die Schultern. »In Anbetracht ihres Geständnisses hatte Cauchon gar keine andere Wahl.«

»Davon habt Ihr kein Wort gesagt, als Ihr uns ein kirchliches Verfahren vorgeschlagen habt!«

Der Hut hielt mitten in der Fächelbewegung inne, und der Kardinal sah dem Herzog in die Augen. »Entschuldige, dass ich deine juristischen Kenntnisse überschätzt habe.« Und ehe Bedford aufbrausen konnte, fuhr er fort: »Ich verstehe deinen Zorn. Aber wenn wir sie hinrichten, machen wir eine Märtyrerin aus ihr. Wenn wir sie einsperren, wird sie vergessen. Versuch es aus politischer, nicht aus persönlicher Sicht zu betrachten. Und politisch ist dies der beste Ausgang, den wir uns wünschen konnten: Der Dauphin ist diskreditiert, die Jungfrau auf Nimmerwiedersehen verschwunden, und deine Kommandanten erobern zurück, was sie uns gestohlen hat. Bald können wir Henry nach Paris führen und krönen. War es nicht das, was wir wollten?«

Bedford nickte. Aber alle konnten sehen, dass er mit dem Ausgang der Ereignisse unzufrieden war.

Und Bedford war nicht der Einzige. Im Laufe der nächsten zwei Tage wurde heftig darüber debattiert, was nun weiter mit Jeanne geschehen sollte. Die beiden Dominikanerpater, die seit ihrer Verurteilung fast ständig bei ihr waren, um für ihr spirituelles Wohl zu sorgen, forderten, man solle die Jungfrau schnellstmöglich in ein kirchliches Gefängnis überstellen, wie es sich in einem solchen Fall gehörte.

Doch Cauchon lehnte ab. Als die Pater sich nach dem Grund erkundigten, erklärte er, er wolle die Engländer nicht verstimmen. Aber auch er selbst war noch nicht fertig mit der Jungfrau, die ihn gedemütigt, ihm seine Stadt gestohlen und ihn zum Narren gemacht hatte.

»Wir können sie nicht bis zum Sankt-Nimmerleins-Tag in Rouen verwahren, Mylord Bischof«, erklärte Bedford verdrossen, der mit Raymond of Waringham, dem Earl of Warwick und den beiden höchsten Anklägern in der Kapelle zusammenstand. »Wie sollen wir sichergehen, dass der Dauphin nicht doch eines Tages versucht, sie zu befreien?«

»Wenn er das vorhätte, hätten wir es längst gemerkt«, warf Raymond unbekümmert ein. »Er ist und bleibt ein jämmerlicher Feigling.«

»Vielleicht, aber nicht jeder seiner Adligen und Ritter ist ein Feigling«, gab Warwick zu bedenken. »Er mag die Jungfrau fallen gelassen haben, aber sie hat immer noch viele Freunde an seinem Hof.«

»Es ist ein verfluchtes Unglück, dass wir sie nicht einfach hinrichten und einen Schlussstrich unter diese leidige Geschichte ziehen können«, murmelte Bedford.

Bischof Cauchon hob kurz die Hände. »Nun, wenn Ihr das wirklich wollt, ist es ja noch nicht unbedingt zu spät, nicht wahr?«

Die drei Engländer und sein Amtskollege sahen ihn verwundert an.

»Würdet Ihr uns erklären, wie Ihr das meint?«, bat Warwick.

Cauchons Miene war unbewegt, aber seine wässrigblauen Augen funkelten. »Ein Geständnis kann widerrufen werden, Mylord. Und eine verurteilte Ketzerin, die rückfällig wird, gilt als unbelehrbar, wie Ihr sicher wisst. Die Kirche übergibt sie dem weltlichen Gesetz. Das seid Ihr.«

»Aber das weiß auch Jeanne«, wandte Bedford ein. »Sie mag sich in der Märtyrerrolle großartig vorkommen, aber sie hängt offensichtlich an ihrem erbärmlichen Leben. Sonst hätte sie nicht klein beigegeben. Also was sollte sie plötzlich veranlassen, es wegzuwerfen?«

»Tja.« Cauchon zuckte die Schultern, als sei er ratlos. Aber sie alle merkten, dass er einen Plan hatte. »Vielleicht könnte etwas geschehen, das sie umstimmt. Sie beispielsweise zu der Überzeugung bringt, dass ihre angebliche Tugend einfach nicht sicher ist, solange sie Frauenkleider trägt. Sollte sie morgen früh wieder ihre schamlosen Männergewänder anlegen – die, wie ich zufällig weiß, immer noch in ihrem Verlies liegen –, würde das als Beweis ihrer Rückkehr zur Sünde vollkommen ausreichen, nicht wahr?« Mit einem milden Lächeln sah er der

Reihe nach in die ungläubigen Gesichter. »Und nun wünsche ich Euch eine angenehme Nachtruhe, Mylords. Möge der Friede des Herrn alle Zeit mit Euch sein.«

Die drei Engländer blieben allein in der Kapelle zurück, und es war lange still.

»Ich weiß nicht«, murmelte der Duke of Bedford schließlich unbehaglich. »Gibt es keinen besseren Weg?«

Warwick hob die Schultern und nickte Raymond zu. »Was meint Ihr, Waringham? Euch müsste der Vorschlag des Bischofs doch zusagen. Wollt Ihr nicht gehen und der hübschen Jungfrau die Unschuld rauben? Ist es nicht das, was Ihr am besten könnt und am liebsten tut?«

Bedford schnalzte missbilligend. »Herrgott, Richard …«

Mit einem liebenswürdigen Lächeln trat Raymond einen Schritt auf Warwick zu, ballte die Faust und schlug sie ihm mitten ins Gesicht.

Warwick stieß einen Laut aus, der eher Verblüffung als Schmerz ausdrückte, taumelte zurück und sackte erstaunlich langsam zu Boden.

»Du verfluchter heuchlerischer Hurensohn«, knurrte Raymond und wollte sich auf ihn stürzen, als zwei kräftige Paar Hände ihn an den Armen packten und zurückrissen.

Raymond sah sich nicht um. Ihm war gleich, wer es war; er kämpfte wie ein wütender Bär, um sich loszureißen, stierte unverwandt auf Warwick hinab und verfluchte ihn in unregelmäßigen Abständen.

Die Earls of Warwick und Waringham waren niemals Freunde gewesen, und ihre Rivalität war Jahrzehnte alt. Bislang hatten sie trotzdem immer Frieden gehalten, weil ihnen bewusst war, dass sie eigentlich auf derselben Seite standen. Doch Raymonds widersprüchliche Empfindungen für die tapfere kleine Jungfrau, die langen Wochen des Prozesses, ihre Kapitulation vor zwei Tagen und der geballte Hass, den die mächtigen Männer in Rouen ihr entgegenbrachten, all das hatte an ihm gezehrt. Und selbst unter glücklicheren Umständen war Beherrschung nicht seine größte Stärke.

»Ich schlag dir die Zähne ein, du verdammtes Schwein. Ich brech dir das Genick!«

»Jetzt ist es genug, Sir!«, befahl eine helle, aber sehr energische Stimme.

Raymond hörte auf, sich gegen die Hände zu wehren, die ihn hielten, und schaute über die Schulter. Bei der Gelegenheit stellte er fest, dass es sein Bruder und der Kardinal waren, die versucht hatten, ihn zu bändigen. Einen Schritt hinter John stand König Henry mit verschränkten Armen und grimmiger Miene und ließ Raymond nicht aus den Augen.

»Was hat das zu bedeuten?«, verlangte der König zu wissen.

Wäre die Lage nicht so bitterernst gewesen, hätte John den strengen kleinen König vermutlich drollig gefunden.

»Kann ich dich loslassen?«, raunte er seinem Bruder ins Ohr.

Raymond senkte einen Moment den Blick und nickte. John trat beiseite, und auch Beaufort ließ von ihm ab. Raymond wandte sich zu Henry um und verneigte sich wortlos.

Warwick war längst auf die Füße gekommen. Nicht mit dem Ärmel, sondern mit einem kleinen Seidentuch, das er aus dem Beutel zog, wischte er sich über die blutige Nase, ehe auch er sich vor dem König verbeugte. Dann knurrte er in Raymonds Richtung: »Morgen früh nach der Messe.«

Raymond nickte. »Ich kann's kaum erwarten.« Und an den König gewandt fuhr er fort: »Sire, ich bedaure, dass Ihr das mit ansehen musstet. Ihr erlaubt, dass ich mich zurückziehe?« Er wandte sich ab.

»Nein.«

Raymond blieb verdattert stehen.

»Ihr schlagt meinen Vormund, den vornehmsten meiner Lords nieder, vor meinen Augen und noch dazu auf geweihtem Boden, und wollt Euch dann einfach davonmachen, Sir?«, fragte Henry erbost.

Raymond stieß hörbar die Luft aus. »Der vornehmste Eurer Lords hatte nichts anderes verdient. Nun hat er mich gefordert, und wir werden die Geschichte morgen früh aus der Welt schaffen. Im Übrigen kann ich Euch nur bitten, meine aufrichtige Entschuldigung zu akzeptieren.«

»Gentlemen, ich erlaube dieses Duell nicht«, teilte der König den beiden Earls mit.

Alle Anwesenden sahen ihn verblüfft an. Es war das erste Mal, dass Henry von seiner königlichen Autorität Gebrauch machte.

»Ähm, Sire …«, begann Bedford.

»Ist es mein Recht, ein solches Duell zu verbieten, ja oder nein?«, unterbrach der Junge.

»Das ist es«, bestätigte der Herzog. »Es ist nur … ungewöhnlich, das ohne triftigen Grund zu tun.«

»Dann werde ich Euch meine triftigen Gründe nennen, Onkel. Erstens: Wir stehen im Krieg, und es ist eine sinnlose Verschwendung, wenn ein Engländer einen anderen erschlägt. Zweitens ist kein Blutvergießen Gott je gefällig.« Er wandte sich wieder an Raymond. »Ihr habt Euch ungebührlich und ehrlos verhalten, Sir, wahrlich und wahrlich. Ich verlange, dass Ihr Euch bei Warwick entschuldigt, und wenn er akzeptiert, werde auch ich es tun.«

Raymond starrte ihn fassungslos an, die Lippen leicht geöffnet.

Der Kardinal räusperte sich. »Sire, so unglaublich es Euch erscheinen mag, aber ich bin sicher, der Earl of Waringham hatte einen Grund für das, was er getan hat.«

»Dann soll er ihn uns nennen«, verlangte Henry.

Raymond klappte den Mund zu und schwieg beharrlich. Es war einfach völlig undenkbar, vor dem König zu wiederholen, was Warwick ihm angetragen hatte.

»Nun, Sir?«, fragte Henry ungeduldig.

Raymond deutete eine Verbeugung an. »Ich bedaure, mein König.« Dann sah er zum Duke of Bedford und erkannte, dass er von dort keine Hilfe zu erwarten hatte. Und weil er in diesem Gesicht lesen konnte wie in einem Buch, sah er auch, dass Bedford ein schlechtes Gewissen quälte. Er als Einziger hätte dem König sagen können, was vorgefallen war, ohne seine Ehre zu verlieren. Aber das hätte bedeutet, dass der schöne Plan, die Jungfrau ein für alle Mal zu erledigen, vereitelt worden wäre. Und der Preis war ihm zu hoch.

»Gott steh dir bei, John of Bedford«, brachte Raymond heiser hervor.

Der Kardinal wandte sich an den König. »Sire, der Earl of Waringham ist beinah ein Fremder für Euch, aber ich bitte Euch, nicht zu vergessen, dass er der beste Freund und treueste Vasall Eures Vaters war und …«

»Bettelt nicht für mich«, fuhr Raymond ihn an. Dann schüttelte er langsam den Kopf. »Ich weiß Eure Mühe zu schätzen, Mylord. Aber ich will Eure Fürsprache nicht.«

»Ich fürchte nur, Ihr habt sie nötig«, entgegnete Beaufort unverblümt.

Raymond hatte in Gegenwart des Königs die Hand gegen einen gleichgestellten Mann erhoben, und das machte ihn streng genommen zum Verräter. Der König war noch minderjährig und konnte keine rechtskräftigen Urteile sprechen. Aber niemand konnte ihm verweigern, geltendes Recht anzuwenden, wenn es sein Wunsch war.

Der Frevler nickte dem kleinen König zu und machte eine auffordernde Geste. »Also? Ich harre, Sire.«

König Henry war noch keine zehn Jahre alt – zu jung, um den Schmerz in Raymonds Augen zu erkennen. Er hörte nur die respektlosen Worte und glaubte, Waringham mache sich über ihn lustig. Unbewusst richtete der König sich auf.

»Ihr und Euer Gefolge werdet Rouen noch heute Abend verlassen, Sir. Ihr seid von meinem Hof verbannt. Ich will Euch nie im Leben wiedersehen.«

Raymonds Mund zuckte, und seine Augen verengten sich für einen Moment. Man hätte meinen können, jemand habe ihm einen Dolch in den Rücken gestoßen.

Dann legte er die Hand auf die Brust und verneigte sich tief vor dem König. »So lebt denn wohl, Sire. Gott schütze Euch.«

Damit wandte er sich ab und verließ die Kapelle ohne Eile, aber mit langen Schritten.

Sobald diese verhallt waren, sagte der Kardinal eindringlich zu seinem Großneffen: »Ich bitte Euch, das zu überdenken, mein König.«

»Warum?«, fragte Henry trotzig.

»Weil es ein ungerechtes Urteil ist. Eurer nicht würdig.« Er drehte sich zu Warwick um. »Richard, würdet Ihr wohl endlich den Mund aufmachen?«

Warwick schüttelte den Kopf. »Auf mich könnt Ihr nicht rechnen, Eminenz, tut mir Leid. Ich werde Waringham nicht verteidigen und ihm auch keine Träne nachweinen.«

John und der Duke of Bedford sahen ihn ungläubig an. Dann wandte Letzterer sich an den König: »Aber ich. Und auch ich bitte Euch, Euer Urteil zurückzunehmen, mein König. Ihr beleidigt das Andenken Eures Vaters.«

»Inwiefern?«, fragte Henry. »Weil der Earl of Waringham sein Freund war?«

Bedford schüttelte den Kopf. »Nicht nur wegen ihrer persönlichen Freundschaft. Aber Euer Vater hat fest daran geglaubt, dass ein König nur dann stark und gut sein kann, wenn es ihm gelingt, die starken und guten Männer seines Reiches dauerhaft an sich zu binden. Deswegen hielt er Treue für die wichtigste aller Tugenden. Die Waringham waren uns immer treu, Sire. Schaut John an. Darum verdienen sie im Gegenzug *unsere* Treue. Unsere Wertschätzung und Verbundenheit. Wenn Ihr einen von ihnen einfach verbannt, zerschlagt Ihr, was Euer Vater und dessen Vater und Großvater vor ihm aufgebaut haben. Ihr zerstört einen Teil ihres Lebenswerks, versteht Ihr?«

Henry dachte einen Moment darüber nach. Aber nicht besonders wohlwollend. Und schließlich schüttelte er den Kopf. »Ich kann nicht so weit in die Vergangenheit blicken wie Ihr, Onkel, und vielleicht macht das meinen Blick klarer als Euren. Denn ich beurteile, was hier heute geschehen ist, ohne dass die Ereignisse vergangener Jahre meinen Blick trüben: Waringham hat sich nur selbst zuzuschreiben, was geschehen ist.« Er wandte sich zu John um, und seine Miene wurde mitfühlend. »Es tut mir Leid.«

John nickte, ohne Henrys Blick zu erwidern. »Ja, Sire, mir auch.«

Der König biss sich auf die Unterlippe, aber seine Entschlossenheit wankte nicht.

Bedford schüttelte bekümmert den Kopf. Offenbar hatte er Mühe zu begreifen, wie es so schnell so weit hatte kommen können. »Ich geh ihm nach«, murmelte er.

John verstellte ihm den Weg. »Lasst ihn in Ruhe!«

»Aber ich muss ihm sagen …«

»Das wird nicht nötig sein, Mylord.« Johns Stimme klang schneidend. »Vielen Dank. Aber das Haus Lancaster hat heute wirklich genug für uns getan.«

Ohne den König um Erlaubnis zu bitten, verließ er die Kapelle und folgte seinem Bruder.

Raymond of Waringham legte keinen Wert auf feines Gehabe oder Bequemlichkeit. Deswegen reiste er nicht mit persönlichen Dienern, Falknern und Pferdeknechten. Sein Gefolge bestand aus Daniel und zwei jungen Knappen. Letztere waren hinausgeschickt worden, um die Pferde zu satteln. Daniel lehnte an der Wand neben Raymonds Quartier und bewachte die Tür.

John hielt vor ihm an und legte dem jungen Ritter wortlos die Hand auf den Arm. Jenseits der Tür war es ruhig. Nur dann und wann drang ein Laut heraus, und es klang, als verende dort drinnen ein Tier. Qualvoll.

»Ich glaube … das wird ihn umbringen«, murmelte Daniel beklommen.

John nickte. »Gut möglich.«

»Was hat er getan?«

»Er hat Warwick die Nase blutig geschlagen.«

»Das hab ich lange kommen sehen. Warum?«

»Ich habe keine Ahnung, Daniel. Vermutlich war Warwick im Recht und Raymond im Unrecht, aber das ist keine Rechtfertigung für das, was der König getan hat.«

»Nein, Sir.«

John fuhr sich kurz mit der Hand über die Stirn. »Bring ihn nach Hause, sei so gut.«

»Ja. Da kann er dann mit seiner Gemahlin in einen edlen Wettstreit treten: Wer schafft es, sich als Erster zu Tode zu saufen …«

»Sperrt Eugénie in ein Kloster, wenn sie ihm zusetzt. Das kann er jetzt wirklich nicht gebrauchen. Aber wenn irgendetwas ihm Trost spenden kann, dann ist es Waringham. Das Gestüt. Sein Sohn. Und deine Mutter.«

»Meine Mutter ist keine hübsche junge Frau mehr, Onkel.«

»Ich glaube, das macht nichts. Denkst du, du wirst mit ihm fertig?«

Daniel nickte. Er wirkte bedrückt, aber das war alles. John hingegen hatte das Gefühl, als habe König Henry ihm mit einem plötzlichen Ruck den Boden unter den Füßen weggezogen, und er fiel immer noch. Wie mochte es Raymond erst ergehen?

Er wartete, bis es hinter der Tür vollkommen still geworden war, dann trat er ein.

»Raymond?«

Es war ein schlichtes Gemach ohne allen Komfort, aber mit einem herrlichen Blick auf die Seine und die Felder am jenseitigen Ufer. Raymond stand am Fenster und schaute hinaus. »Sieh dir den Mond an, John.«

Sein Bruder trat zu ihm, und als er den Vollmond über dem Fluss sah, fuhr er erschrocken zurück. Ein tiefroter Schleier hatte das silbrige Rund verhüllt. »Ein Blutmond …«

Raymond nickte. Dann wandte er sich zu ihm um. Seine Augen waren gerötet, aber er wirkte gefasst. Und entschlossen. »John, du musst zu der kleinen Jeanne gehen und sie beschützen.«

Der Jüngere wies aus dem Fenster. »Wie kommst du darauf, dass das etwas mit ihr zu tun hat?«

Raymond berichtete ihm von Bischof Cauchons abscheulichem Vorschlag und was danach in der Kapelle vorgefallen war. »Sie werden einen finden, der es tut. Jeder Mann auf dieser Burg ist scharf auf die Jungfrau.«

John nickte. »Ich weiß.« Er selbst war keine Ausnahme.

»Wirst du dafür sorgen, dass ihr heute Nacht keiner an die Wäsche geht?«, bat Raymond.

»Sicher.«

In Wahrheit hätte John ihr lieber den Hals umgedreht. Er konnte nicht fassen, dass ausgerechnet sie der Anlass dieses Zerwürfnisses zwischen seinem Bruder und dem König sein sollte. Das war sie nun wirklich nicht wert. Aber er spürte, dass dieses Versprechen das Einzige war, womit er Raymond im Moment helfen konnte.

»Und morgen, wenn ich fort bin, sprich mit Kardinal Beaufort. Sag ihm so viel von der Wahrheit, wie du für richtig hältst – du kennst ihn besser als ich. Aber ich weiß, er ist ein anständiger Kerl und wird nichts von Cauchons Plan halten. Darum wird er dafür sorgen, dass sie in ein Gefängnis der Kirche kommt, wo sie sicher ist.«

»In Ordnung.«

Dann standen sie da und sahen sich ratlos an, immer noch erschüttert.

»Ich muss los«, sagte Raymond schließlich. »Sonst lässt die kleine Kröte mich noch einsperren.«

Die kleine Kröte … »Er ist der König, Raymond. Und er ist Harrys Sohn. Ich bin überzeugt, er wird sich besinnen.«

»Das bist du nicht, ich seh's an deinem Gesicht. Er schlottert vor Warwick, und schon allein deswegen wird er sein Urteil nicht zurücknehmen. Sei's drum. Ich bin gar nicht sicher, ob ich noch gewillt wäre, meine Knochen für ihn aufs Schlachtfeld zu tragen. Ich werde alt, John. Zu alt, um mich den Launen eines altklugen, frömmelnden Bengels zu unterwerfen, der auch in zwanzig Jahren nicht halb so ein Mann sein wird wie sein Vater.«

Es waren der Zorn und die Kränkung, die aus Raymond sprachen, aber seine Worte drückten Johns heimliche schlimmste Befürchtung aus.

Seufzend klopfte der seinem Bruder die Schulter. »Reite nicht weiter als nötig unter diesem Mond, hörst du.«

»Nein. Wir werden die Nacht in der Stadt verbringen und morgen zur Küste aufbrechen.«

Die Brüder umarmten sich kurz.

Dann warf Raymond sich sein bescheidenes Bündel über die Schulter. »Leb wohl, John.«

»Leb wohl, Raymond.«

»Ein verdammter Rotzbengel mag er sein, aber pass trotzdem gut auf ihn auf.«

John nickte. Mit einem Mal hatte er einen dicken Kloß in der Kehle. Raymond bedachte ihn mit einem Schatten seines unbekümmerten Grinsens und trat auf den Gang hinaus.

John überquerte den Burghof auf dem Weg zum Nordwestturm mit eingezogenem Kopf. Der Blutmond schien jetzt genau über ihm zu lauern, und das steigerte seine Unruhe. Er legte einen Schritt zu.

Es war spät geworden, und das Erdgeschoss des dicken Turms war wie ausgestorben. Doch genau wie vor gut einer Woche hörte er Jeannes durchdringende, schrille Schreie die Treppe herabschallen. Dieses Gezeter klang immer so, als seien alle Teufel der Hölle los, aber John erkannte, dass das Mädchen heute Nacht schlimmere Angst und Not litt als beim letzten Mal. Dann fiel polternd eine schwere Tür zu, und ihre Stimme war wie abgeschnitten.

John wurde heiß, und seine Hände waren plötzlich feucht. Was, wenn er zu spät kam? Und was in aller Welt sollte er tun, wenn es der Earl of Warwick selbst wäre, den er bei ihr vorfand?

Entschlossener, als ihm zumute war, ging er auf die Treppe zu. Als er den Fuß auf die erste Stufe setzte, traf ihn ein mörderischer Schlag am Hinterkopf – hart genug, dass er glaubte, sein Schädel werde zerplatzen. Doch er war noch bei Bewusstsein, als er den Halt verlor und die Treppe zum Kellergewölbe hinabstürzte. Er überschlug sich einmal, zweimal, dann schien seine linke Schulter zu zerbersten, und sein Mund öffnete sich zu einem Schrei. Ein zweiter Schlag auf den Kopf erlöste ihn von seinen Qualen, und weiche Dunkelheit umfing ihn.

Nichts hatte sich gebessert, als er zu sich kam. Finsternis, die unverwechselbare Kälte eines Burgkellers, der Schmerz und der kalte Schweiß auf seiner Haut – für ein paar Herzschläge wähnte John sich in Jargeau und in den Händen von Victor de Chinon. Aber der Nebel um seinen Verstand, welchen die Panik hervorgerufen hatte, lichtete sich rasch, und er wusste wieder, was geschehen war, wo er war und warum.

Langsam und vorsichtig richtete er sich auf und wimmerte dennoch. Keuchend kniete er in der Dunkelheit, hielt den ausgekugelten linken Arm mit der rechten Hand umklammert und versuchte den Mut aufzubringen, um aufzustehen. Er tat es schließlich, weil er wusste, dass er Hilfe brauchte und niemand kommen würde, um sie ihm zu gewähren.

Als er stand, war er einen furchtbaren Moment lang überzeugt, dass er keinen Schritt weiter als bis hierher kommen würde, weil es einfach zu schlimm war. Jeder Muskel in seinem Körper schien plötzlich eine geheimnisvolle Verbindung direkt zu seiner linken Schulter zu haben. Der Schmerz flammte auf, wenn er nur einen Zeh bewegte. Er gönnte sich ein paar Atemzüge Pause, um neuen Mut zu sammeln, und sah sich derweil um. Es war fast völlig dunkel, aber eine Fackel am oberen Ende der Treppe warf einen schwachen Schimmer – genug, um ihm den Weg zu weisen. Tiefe Stille lag über dem Turm, und John hatte den Verdacht, dass er eine ganze Weile hier am Fuß der Kellertreppe gelegen hatte.

»Es tut mir Leid, Raymond«, flüsterte er. »Ich hab nicht verhindern können, was immer geschehen ist, denn irgendwer hat gewusst, dass du mich schicken würdest …«

Er stellte einen Fuß auf die unterste Stufe und stieß zischend die Luft aus. Dann biss er sich auf die Zunge. Leise, leise, schärfte er sich ein. Das Letzte, was er jetzt wollte, war eine Begegnung mit Talbot, Rys und Bernard. Die drei englischen Wachen der Jungfrau waren gewiss der Auffassung, dass sie mit John of Waringham noch ein Hühnchen zu rupfen hatten, und in seinem hilflosen Zustand wollte er ihnen lieber nicht in die Hände fallen.

Er hatte Glück. Die ersten Wachen, denen er an der Eingangstür des Turms in die Arme lief, waren zwei seiner eigenen Männer.

»Captain!«, rief der junge Fitzwalter erschrocken aus. »Was in aller Welt …«

John war schlecht. Es kam ihm vor, als habe er Stunden bis hierher gebraucht, und jetzt fürchtete er, dass er wie ein Backfisch in Ohnmacht fallen werde, ehe er die Lage erklären konnte.

Aber der andere der beiden Wächter, Cedric of Harley, bedurfte keiner Erklärung. Er wies auf die erste Tür zur Rechten. »Da ist mein Quartier, John. Es sind nur ein paar Schritte, das schaffst du. Dort drinnen kann ich dir helfen.«

John fragte ihn nicht, was er vorhatte. In seinem Zustand hätte er sich auch dem erstbesten Fremden anvertraut, der ihm ein zuversichtliches Lächeln schenkte. Cedric of Harley war alles andere als ein Fremder: Sein Vater war Robin of Waringhams ältester Freund gewesen. Cedric hatte in Raymonds Dienst gestanden, ehe er zu John in die königliche Leibwache gewechselt war.

William Fitzwalter öffnete ihnen die Tür, entzündete einen Kienspan an der Wandfackel auf dem Gang und trug ihn zu einem Öllicht, das auf einem verschrammten Tisch stand. »Und jetzt? Was hast du vor, Cedric? Woher willst du überhaupt wissen, was ihm fehlt? Sollen wir nicht lieber des Königs Leibarzt …«

»Nein, der macht es womöglich nur schlimmer.« Harley zog einen Schemel unter dem Tisch hervor und stellte ihn vor die Wand. »Setz dich, John. Vertrau mir. Meinem Bruder Jamie springt auch gelegentlich die Schulter aus dem Gelenk; ich weiß, was ich zu tun habe.«

John begann zu nicken, aber selbst das tat weh. Allmählich wurde er mürbe, und er hoffte, dass Cedric ihm Linderung verschaffen würde, ehe er anfing zu winseln.

»Stemm dich mit dem Rücken gegen die Wand. Es dauert ein Weilchen, und es ist kein Spaziergang, klar?«

Das klang nicht gut.

»Aber wenn es vorbei ist, wirst du dich fühlen, als sei nichts gewesen.«

Das klang besser. »Hör auf zu schwafeln, Harley.«

Cedric nickte. »Verschwinde, Will. Lass uns allein.«

»Sieh nach der Jungfrau«, bat John.

Fitzwalter schaute ihn ungläubig an. »Was?«

»Tu's einfach.«

Fitzwalter trollte sich folgsam, und Cedric begann, Johns linken Arm langsam und behutsam nach vorn und ein wenig zur Seite auszustrecken. Schon das nahm eine geraume Zeit in Anspruch.

»Jetzt kommt der haarige Teil, John. Ich drücke dein Handgelenk zurück und ziehe den Ellbogen über deine Brust. Ich weiß, es hört sich unmöglich an … Vertrau mir einfach.«

John hatte es längst die Sprache verschlagen, und er biss so hart die Zähne zusammen, dass er fürchtete, sie könnten zerbröckeln, wenn das hier noch lange dauerte, als er plötzlich eine große, kühle Hand auf der Stirn spürte und irgendeinen gerundeten Gegenstand an den Lippen. Ohne jeden bewussten Entschluss öffnete er den Mund und biss zu. Er schlug die Lider auf und war nicht überrascht, den Kardinal im unruhigen Lichtschein zu sehen. Er hatte ihn schon an seinem Schritt und dem Rascheln der kostbaren Seidensoutane erkannt. Aber er kniff die Augen gleich wieder zu. Cedric of Harley schien wild entschlossen, ihm den Arm ganz auszureißen.

Beaufort sah ihm voller Skepsis zu. »Ähm … Harley, seid Ihr wirklich sicher …«

»Ja, ja.« Cedric keuchte. Was er tat, war schwere Arbeit. »Gleich knirscht es ganz fürchterlich, und dann ist es vorbei.«

Es knirschte in der Tat Übelkeit erregend, und John spürte, wie der Knochen begann, ins Gelenk zurückzugleiten. Ohne Hast führte Cedric den Ellbogen zurück an Johns Seite, nahm die linke Hand und legte sie auf die rechte Schulter. Es knirschte noch zweimal, und der Schmerz riss einfach ab. So unvermittelt, wie es dunkel wurde, wenn man eine Kerze ausblies.

Verblüfft öffnete John die Augen. »Oh, Jesus …«, nuschelte er undeutlich und hob dann vorsichtig die rechte Hand, um Beauforts Dolchgriff aus dem Mund zu nehmen. Nichts Grässliches passierte. John stieß erleichtert die Luft aus. »Das ist … wie ein Wunder, Cedric. Danke.«

»Keine Ursache. Trag den Arm ein, zwei Tage in einer Schlinge.«

John nickte.

William Fitzwalter kam zurück. »Alles still und dunkel da oben«, berichtete er, ehe er den Kardinal entdeckte und sich erschrocken verneigte. »Eminenz!« So hohen Besuch waren die Ritter der königlichen Leibwache in ihrer bescheidenen Behausung nicht gewohnt.

John kam erst jetzt auf den Gedanken, sich zu fragen, was seinen Schwiegervater in diesen abgelegenen Winkel der Burg verschlagen hatte. »Fehlt jemand bei der Nachtwache?«, fragte er verwirrt.

»So wie ich Euch kenne, bestimmt nicht«, antwortete Beaufort. »Ich war auf der Suche nach Euch. Und da ich Euch nirgends fand, kam mir der Gedanke, Ihr wäret vielleicht hier bei Euren Männern.«

John stand auf. »Warum habt Ihr mich gesucht?«

»Weil es beinah Mitternacht ist und ich zu befürchten begann, Ihr hättet beschlossen, Euren Bruder zu begleiten. Gehen wir?«

»Mitternacht?«, wiederholte John fassungslos und wandte sich an Cedric of Harley. »Wo in aller Welt kamt Ihr um diese Stunde her?«

Der Ritter lächelte geheimnisvoll. »Rouen ist eine Stadt, die niemals schläft, Captain. Sei lieber dankbar für unsere Lasterhaftigkeit. Sonst hätten wir dich kaum gefunden.«

»Wohl wahr«, musste John einräumen.

Schweigend überquerten sie den nächtlich verlassenen Burghof, und erst jetzt begann John zu spüren, wie erbärmlich sein Kopf dröhnte. Er hob die Rechte, ertastete eine Beule, die ihm mindestens so groß wie ein Tennisball erschien, und dankte Gott für seinen harten Schädel.

Beaufort führte ihn in seine Gemächer, die gleich neben denen des Königs lagen. Das Fenster zeigte nach Westen, wo der blutrote Mond hoch am Himmel prangte. John wies darauf »Habt Ihr das gesehen?«

»Natürlich. Ich hatte einen äußerst gelehrten Kollegen in Oxford – ein Lollarde übrigens –, der behauptete, es gebe eine völlig harmlose, natürliche Erklärung dafür.« Der Kardinal drückte John einen gut gefüllten Becher in die Finger. »Trotzdem schaudert mich unter diesem Mond.«

»So geht es mir auch.«

»Trinkt, mein Sohn. Es ist ein Burgunder. Allein für diesen Wein hat Herzog Philipp unsere immerwährende Freundschaft verdient.«

John nahm einen tiefen Zug. Er war schrecklich durstig, und ihm war immer noch ein wenig schwindelig.

»Was ist mit Eurer Schulter passiert?«

»Ich bin die Treppe hinuntergefallen.«

»Tatsächlich?« Der Kardinal setzte sich an den Tisch und verschränkte die Hände auf der dunkel gebeizten Eichenplatte. »Wie unachtsam.«

»Nicht wahr?«

Scheinbar unvermittelt wechselte Beaufort das Thema. »John, ich weiß, dass Ihr ein großzügiger Mann seid. Seid Ihr großzügig genug, um dem König zu vergeben?«

John wandte sich vom Fenster ab und schaute ihn an. »Ich bin ehrlich nicht sicher.«

»Er ist noch sehr jung. Er konnte nicht wirklich überblicken, was er tat.«

»Und bedeutet das nicht, dass wir alle versagt haben? All jene, die ihn seit dem Tod seines Vaters begleitet haben? Wie kann es sein, dass wir versäumt haben, ihn so viel Verantwortungsgefühl zu lehren, dass er nur solche Entscheidungen trifft, die er auch überschauen kann?«

Beaufort schüttelte langsam den Kopf. »Das ist zu viel verlangt. Selbst erwachsene Männer erliegen der Versuchung der Macht. Wie soll man erwarten, dass ein Knabe ihr immer widersteht?«

John wusste es nicht. Er wusste nur, dass er das Gefühl hatte, er falle immer noch. Irgendetwas Furchtbares war in Gang gekommen, das nicht nur seinen Bruder betraf, sondern den König ebenso, das Haus Lancaster und England. Ihnen allen schien der Blutmond.

»Ich wünschte, Somerset wäre hier«, sagte er. »Ich wünschte, er wäre nicht all die Jahre in Gefangenschaft gewesen. Er hätte es besser verstanden, wäre ein besseres Vorbild für Henry gewesen als jeder von uns.«

»Ihr macht einen Heiligen aus ihm, seit er fort ist. Wenn er zurückkommt, werdet Ihr enttäuscht sein«, warnte Beaufort.

»Darüber kann ich mich immer noch grämen, wenn er zurückkommt. *Falls* er zurückkommt.« John stellte den leeren Becher auf dem Tisch ab. »Danke für den Wein, Mylord.«

»Oh, nun lauft nicht gleich davon.« Der Kardinal fuhr sich müde mit der Hand über die Augen. »Sagt mir lieber, was der Anlass für den Streit zwischen Warwick und Eurem Bruder war.«

»Was schon? Die Jungfrau.«

»Dieses unselige Bauernweib ...«, knurrte Beaufort. »Ich wünschte, Cauchon würde sie mit nach Beauvais nehmen und dort in ein Kirchengefängnis stecken.«

»Ich glaube nicht, dass das noch nötig sein wird.«

»Wie bitte?«

»Wartet's nur ab. Morgen früh wird Warwick erfahren, dass seine inbrünstigsten Gebete erhört worden sind. Falls er es nicht längst weiß.«

Der Kardinal neigte den Kopf zur Seite. »Ich sehe, dass Ihr verstört und verbittert seid, mein Sohn. Und Ihr habt jedes Recht dazu. Aber habe ich wirklich verdient, dass Ihr Euren

Zorn auf den König auf mich übertragt? Wollt Ihr mich in Sippenhaft nehmen?«

»Nein, Mylord.« John sah einen Moment in die schwarzen Augen, dann sank er auf den Stuhl, der dem Kardinal gegenüber stand. »Ihr habt Recht. Es tut mir Leid. Es war ... ein schwerer Schlag.«

»Ganz gewiss.«

Es blieb lange still.

Schließlich begann John zögernd: »Ich ... bin wirklich die Treppe hinuntergepurzelt.«

Beaufort seufzte vernehmlich.

»Aber nicht ohne fremde Hilfe.«

Der Kardinal beugte sich erwartungsvoll vor.

»Sie hat ihr Geständnis widerrufen!« Der Earl of Warwick schien außer sich vor Zorn über diese neuerliche Unverfrorenheit der Jungfrau. »Als die Pater heute Morgen zu ihr kamen, trug sie ihre schamlosen Männerkleider und ...«

»Wo in aller Welt hatte sie die nur her?«, unterbrach der Kardinal.

Warwick kam für einen Moment aus dem Konzept, denn er erkannte an der hochgezogenen Braue, dass Beaufort ihn verspottete. Doch der Earl fing sich sogleich wieder. »Wie es aussieht, sind sie nie aus ihrem Verlies entfernt worden, Eminenz. Sobald Bischof Cauchon von ihrem ... Rückfall erfuhr, ist er mit zwei weiteren Richtern zu ihr gegangen, um ihr nochmals ins Gewissen zu reden. Aber es war zwecklos.«

John, der hinter Henrys Sessel stand und auf die Beendigung des königlichen Frühstücks wartete, um seinen Schützling anschließend zum Unterricht zu geleiten, ließ den Earl nicht aus den Augen. Aber Warwick gab durch nichts zu erkennen, was er über die Ereignisse der vergangenen Nacht wusste.

»Und hat sie einen Grund für ihren Sinneswandel genannt?«, fragte der Duke of Bedford. Er machte keinen Hehl daraus, dass er von der Jungfrau und ihren Launen gründlich genug hatte.

»Mehrere, Mylord«, antwortete Warwick. »Cauchon hat sie

viermal gefragt, und viermal hat sie eine andere Antwort gegeben: Beim ersten Mal sagte sie, sie habe die Männergewänder wieder angelegt, weil sie ihr besser gefielen. Beim zweiten Mal hat sie erklärt, sie habe sie zum Schutz ihrer Tugend anlegen müssen, denn in der vergangenen Nacht sei ein englischer Lord zu ihr gekommen, habe versucht, ihr Gewalt anzutun, und sie habe ihn nur mit größter Mühe abwehren können.«

»Und was sagen Eure Wachen zu dieser Mär?«, wollte Beaufort wissen.

Warwick seufzte. »Wie es aussieht, waren sie nicht dort. Sie haben sie angekettet und sich dann davongemacht, um sich in der Stadt zu vergnügen. Aber Ihr könnt versichert sein, dass ich das nicht durchgehen lasse.«

»Sie war allein und angekettet und hat ihren Angreifer abgewehrt?«, murmelte John vor sich hin. »Wie … erstaunlich.«

Warwick warf ihm einen finsteren Blick zu. »Habt Ihr mir irgendetwas zu sagen, Waringham?«

John nickte. »Ich hätte Euch allerhand zu sagen, Mylord. Da ich aber auf meine Einkünfte als Captain der königlichen Leibwache angewiesen bin, kann ich mir das nicht leisten. Und so beschränke ich mich darauf, meine Verwunderung zum Ausdruck zu bringen.«

Beaufort lächelte verstohlen vor sich hin, bedachte seinen Schwiegersohn aber gleich darauf mit einem warnenden Stirnrunzeln.

Warwick sah John unverwandt an, und seine Miene war nicht wohlwollend. »Wieso tragt Ihr den Arm in der Schlinge?«

»Ein kleines Missgeschick auf der Treppe, Mylord.«

»Seid Ihr sicher, dass das alles ist?«

»Eure Besorgnis rührt mich, aber ich bin sicher.«

»Nun, ich habe Mühe, das zu glauben. Als meine Männer gegen Mitternacht von ihrem unerlaubten Ausflug zurückkamen, begegnete ihnen am Eingang zum Nordwestturm ein Mann – eine dunkle Gestalt mit Kapuze –, und Rys sagt, er glaube, Euer Wappen erkannt zu haben. Ihr wart nicht zufällig derjenige, der die kleine Hexe letzte Nacht überfallen hat?«

John betrachtete ihn fassungslos. Er hätte nie für möglich gehalten, dass dieser hoch geachtete Mann niederträchtig sein konnte.

»Ihr meint, sie hat mich trotz ihrer Ketten nicht nur abgewehrt, sondern mir nebenbei noch die Schulter aus dem Gelenk gedreht?«

»Das ist keine Antwort, Sir!«

»Es ist die einzige Antwort, die Eure widerliche Unterstellung verdient. Es hat den Anschein, Ihr habt Euch in den Kopf gesetzt, jeden Waringham zu ruinieren und in Verruf zu bringen, Mylord. Warum?«

»Was Euren Bruder betrifft, so hat er das ganz allein zustande gebracht!«

John schnaubte angewidert und sagte nichts mehr.

In die unbehagliche Stille hinein bemerkte der Kardinal: »Ich glaube nicht, dass irgendwer hier Anlass hat, an Johns Wort zu zweifeln. Abgesehen davon war er um Mitternacht zufällig mein Gast. Eure Wachen müssen sich getäuscht haben, Warwick.«

Für einen winzigen Moment verriet Warwicks Miene seine Enttäuschung. Dann nickte er knapp.

»Und was hat die kleine Schlampe nun beim dritten Mal geantwortet?«, fragte Bedford.

»Dass sie keine Veranlassung sehe, ihr Wort zu halten, da Cauchon das seine auch gebrochen habe«, berichtete Warwick. »Denn man habe ihr weder die Messe gelesen noch die Beichte abgenommen.«

»Und wieso nicht? Ich hatte das angeordnet«, warf Beaufort ungehalten ein.

Warwick hob kurz die Schultern. »Wie es aussieht, hat Cauchon es verboten.«

»Wer ist der Kardinal, er oder ich?«

»Eh Ihr Euch weiter echauffiert, erlaubt mir, Euch daran zu erinnern, dass *Ihr* Cauchon aus Eurem roten Hut gezaubert und mit diesem Prozess betraut habt, Onkel«, bemerkte Bedford trocken.

Beaufort fuhr nicht aus der Haut, wie John erwartet hatte. Stattdessen sah er Bedford einen Moment forschend an, als wolle er ergründen, was sein Neffe über die Ereignisse der vergangenen Nacht wusste. »Glaub nicht, das hätte ich vergessen«, antwortete er schließlich. »Ich bedaure lediglich, dass ich die Waffe meiner Wahl nicht besser kontrollieren konnte.«

Bedford nickte und zuckte gleichzeitig die Schultern. »Es ist Euch ja nicht neu, wenn ich sage, dass ich das weit weniger bedaure als Ihr. Und was hat sie beim letzten Mal geantwortet, Warwick?«

Der Earl lächelte siegesgewiss. »Dass die heilige Katharina und die heilige Margarete wieder zu ihr gesprochen und ihr Vorwürfe gemacht hätten, weil sie sie und ihren göttlichen Auftrag verleugnet habe.«

Bedford brummte ungeduldig. »Also wieder ganz die Alte. Ihr werdet zugeben müssen, Onkel, dass sie ein hoffnungsloser Fall ist.«

Ehe Beaufort antworten konnte, kamen Bischof Cauchon und ein rundes Dutzend der übrigen Richter in die Halle. Sie verneigten sich höflich vor der hohen Tafel, und dann wandte Cauchon sich an den Earl of Warwick. »Es ist vollbracht, mein Freund!« Seine hellblauen Augen strahlten triumphierend. »Alle Richter haben sie für schuldig befunden. Als unbelehrbare, rückfällige Ketzerin haben wir sie aus der Gemeinschaft der Kirche ausschließen müssen und übergeben sie nun Euch, der Ihr hier in Rouen der weltliche Arm des Gesetzes seid. Verfahrt mit ihr, wie Euer Recht es vorschreibt, und lasst ihr die Gnade angedeihen, die sie verdient.«

Warwick nickte. »Das werde ich.« Und an einen seiner Ritter gewandt, fügte er hinzu: »Schickt nach dem Bailiff. Er soll den Scheiterhaufen auf dem alten Markplatz errichten lassen, wie wir es besprochen haben.«

Der junge Ritter schluckte sichtlich. Offenbar gehörte er zu denjenigen, die eine romantische Schwärmerei für die Jungfrau entwickelt hatten. Doch er nickte folgsam. »Ja, Mylord.«

»Sagt ihm, er soll sich beeilen. Morgen früh wird sie brennen.«

»Ja, Mylord.«

Oh Raymond, wie gut, dass du nicht mehr hier bist, dachte John.

König Henry erhob sich von seinem Sessel. »Ich wäre gern dabei, Mylord of Warwick.«

Warwick zögerte einen Moment. Fast gegen seinen Willen, so schien es, tauschte er einen Blick mit dem Kardinal. Dann schüttelte er den Kopf. »Nein, Sire. Ich kann Eure Bitte leider nicht gewähren.« Man konnte hören, dass dies sein letztes Wort war, und Henry sank enttäuscht auf seinen Platz zurück.

Auch die restlichen Richter kamen nun nach und nach in die Halle, und bald herrschte ein wildes Durcheinander. Die Stimmung war ausgelassen.

Beaufort erhob sich ohne Eile und trat zu John. »Tut mir einen Gefallen, mein Sohn: Holt mir Isembart de la Pierre und bringt ihn in meine Gemächer. Unauffällig.«

John nickte, fragte aber: »Wer ist das?«

»Einer der beiden Dominikaner, die seit ihrem Geständnis bei ihr waren. Ich hörte, er sei ihrem Zauber gänzlich erlegen. Also wird er ihr vermutlich die Messe lesen und die Beichte abnehmen, wenn ich ihn darum bitte.«

»Aber Mylord … Cauchon hat sie exkommuniziert.«

Beaufort lächelte flüchtig. »Kraft meines Amtes verfüge ich hiermit, dass diese Exkommunizierung erst um Mitternacht in Kraft tritt. Falls Jeanne von Domrémy ausnahmsweise einmal ehrlich zu sich selber ist, wird sie feststellen, dass sie viele Sünden zu beichten hat. Aber die Zeit sollte reichen.«

»Seid Ihr zornig auf mich, Sir John?«, fragte der König zaghaft, als sie Seite an Seite die Treppe hinaufstiegen.

John sah ihn kurz von der Seite an. »Ja, Sire.«

»Das tut mir sehr Leid. Wirklich.« Es klang kleinlaut und verdächtig erstickt.

»Ich weiß. Das habt Ihr mir gestern Abend schon gesagt, mein König. Nur nützt es nichts, und Tränen nützen erst recht nichts. Also habt die Güte und erspart sie mir.«

Der Junge gab sich sichtliche Mühe, sich zusammenzunehmen. »Wenn ich nur wüsste, was ich hätte besser machen können.«

»Auf den Rat Eurer Onkel hören, zum Beispiel. Die Lords ihren Streit auf ihre Weise austragen lassen, die bewährt und ehrenhaft ist.«

»Aber ich verabscheue Blutvergießen, John.«

»Einen Mann fallen zu lassen, der vierzig Jahre seines Lebens im Dienst des Hauses Lancaster gestanden hat und beinah verblutet wäre, als er sich zwischen Euren Vater und den Dolch eines Verräters warf, das hingegen scheint Euch nicht abscheulich?«

»Das hat Euer Bruder getan?«, fragte Henry beklommen.

»Das wisst Ihr nicht? Raymond hat sein Leben lang praktisch nichts anderes getan. Der Vorfall, den ich meinte, war nur der erste. Euer Vater war kaum älter als Ihr heute.«

»Wie kommt es dann, dass *Ihr* davon wisst?«

»Oh, ich bin sehr bewandert in der Geschichte meiner Familie, Sire. Ich glaube, man kann nur begreifen, wer man ist, wenn man versteht, woher man kommt. Seit über hundert Jahren haben die Waringham über Leib und Leben Eurer Vorfahren gewacht. Und mein Bruder ist nicht der Erste, der zum Dank für seine Mühen Eure Stiefel zu spüren bekommt. Verglichen mit unserem Großvater kann er sich sogar noch glücklich schätzen.«

Henry blieb stehen. »John, Ihr macht mir Angst.«

John hielt ebenfalls an. »Es ist kein gutes Zeichen, wenn ein König sich vor der Wahrheit fürchtet.«

»Was … was geschah mit Eurem Großvater?«

»Er stand in König Edwards Dienst. Der war Euer …« John musste überlegen.

»Ururgroßvater«, wusste Henry.

»Richtig. Und später kämpfte mein Großvater mit dem

Schwarzen Prinzen hier in Frankreich. Doch er wurde dem Prinzen politisch unbequem, und da ließ der ihn ermorden.«

Henry senkte den Kopf und bekreuzigte sich. »Ich ... könnte es nicht glauben, wenn irgendjemand anders mir das erzählte.«

John war noch nicht fertig. »Der Prinz legte gefälschte Beweise vor, mein Großvater wurde posthum als Verräter verurteilt, sodass mein Vater alles verlor. Selbst das ist kein Grund zum Heulen, mein König, denn es ist schrecklich lange her, und der große Duke of Lancaster und Euer Großvater sorgten dafür, dass wir zurückbekamen, was man uns zu Unrecht weggenommen hatte: das Lehen, den Titel, vor allem die Ehre.«

Henry sah zu ihm hoch, und in den tränenfeuchten Augen lag ein flehentlicher Blick. »Ich mach es wieder gut, John. Ich nehme mein Urteil zurück, und dann ...« Er brach ratlos ab.

John hob kurz die Rechte. »Seht Ihr? Dafür ist es zu spät. Ich bin auch keineswegs sicher, dass Raymond zurückkommen würde. Es ist oft sehr schwierig, Dinge ungeschehen zu machen, die einmal passiert sind.«

»Aber was kann ich tun?«

»Etwas daraus lernen, Sire. Was König Edward damals bewogen hat, meinen Großvater zu verurteilen, war, dass er die Fakten nicht kannte. Er hat es sich zu leicht gemacht und einfach geglaubt, was er sah, trotz allem, was mein Großvater für ihn getan hatte. Vielleicht auch, weil das bequemer war, als das Wort eines Mannes anzuzweifeln, dem er um jeden Preis vertrauen wollte: seinem Sohn, dem Schwarzen Prinzen.«

Henry nickte nachdenklich. »Ihr habt Recht. Ich sehe, es reicht nicht, zu wissen, welche Schlachten meine Vorfahren geschlagen oder wie hoch sie die englischen Wollexporte besteuert haben. Das war es doch, was Ihr mir vor Augen führen wolltet, nicht wahr?«

»So ist es, Sire.«

»Denkt Ihr, auch ich könnte besser begreifen, wer ich bin, wenn ich verstehe, woher ich komme? Denn ich frage mich oft, wer ich eigentlich bin.«

»Es kann auf keinen Fall schaden. Und wenn es nur dazu

nützt, die Schwächen zu erkennen, die der Vater an den Sohn vererbt, sodass man wenigstens versuchen kann, sie zu meiden.«

Henry schaute immer noch zu ihm auf. »Was kann ich tun, damit Ihr mir vergebt?«

John lächelte wider Willen. »Wartet ein paar Tage, Sire.«

Sie waren vor der Tür zur Studierstube angekommen, wo ein gelehrter Doktor aus Cambridge den König mit seinen dicken, staubigen Büchern erwartete. Henry war ein hervorragender Schüler. Normalerweise fieberte er dem Unterricht entgegen und kam eher zu früh als zu spät.

Doch jetzt zögerte er mit der Hand auf dem Türriegel. »Und welche Schwäche haben die Waringham, die der Vater an den Sohn vererbt?«, wollte er noch wissen.

»Zum Beispiel die Neigung, sich um Kopf und Kragen zu reden.«

»Aber Ihr überlegt immer erst ewig lang, bevor Ihr etwas sagt«, widersprach Henry.

»Seht Ihr?«

Henry lächelte und nickte. »Ja, allerdings. Werdet Ihr mir mehr von meinem Vater und Großvater und Urgroßvater und so weiter erzählen, John? Morgen früh zum Beispiel? Ich wette, meine Wache und ich werden die einzigen Menschen auf dieser Burg sein.«

»Ich erzähle Euch, so viel ihr wollt, mein König«, versprach John.

Aber nicht morgen früh, fügte er in Gedanken hinzu.

»Ach, du meine Güte, Waringham, was in aller Welt macht Ihr hier?«, schalt Beaufort. »Warum wollt Ihr Euch das antun?«

»Aus dem gleichen Grund wie Ihr, Mylord.«

Der Kardinal zog eine Braue in die Höhe. »Ich bin hier als Vertreter der englischen und der französischen Regierung, der Krone und des Heiligen Stuhls.«

»Und weil Ihr versäumt habt, zu verhindern, dass es so weit kommt«, fügte John hinzu.

Beaufort schüttelte den Kopf. »Macht mich nicht besser, als ich bin. Ich habe immer einkalkuliert, dass das hier passieren könnte. Und es war mir gleich.«

John nickte. »Wie ich sagte, Mylord: ich bin aus dem gleichen Grund hier wie Ihr.«

Warwick, Bedford, die übrigen englischen Lords und die Richter standen auf einer eigens errichteten hohen Plattform. Kardinal Beaufort hingegen hatte es vorgezogen, einem Kaufmann, der hier am Marktplatz eine Villa besaß, ein Vermögen zu zahlen, damit der Krämer ihm Haus und Balkon für diesen Morgen überließ. John hatte seine liebe Mühe gehabt, Beauforts zuverlässige Ritter, die den Eingang bewachten, zu überreden, ihn einzulassen.

Der *Vieux Marché* von Rouen war an diesem herrlichen Frühsommermorgen voller als an jedem Markttag. Dicht gedrängt stand die Menge unter dem strahlend blauen Himmel, Männer, Frauen und Kinder jeder gesellschaftlichen Schicht. John versuchte anhand der Gesichter zu erraten, ob sie zu den vielen heimlichen Jeanne-Anhänger zählten, die es auch in Rouen gab, oder zu ihren Widersachern. Beide Seiten hielten sich ungefähr die Waage, schätzte er.

Der Earl of Warwick hatte mit der ihm eigenen Umsicht gehandelt: An die hundert Soldaten – allesamt bis an die Zähne bewaffnet – drängten die Schaulustigen zurück von der Tribüne und dem Scheiterhaufen, der schaurig und drohend aus der Platzmitte emporzuwachsen schien, und hielten eine Gasse frei, an deren Ende nun ein Dominikaner mit einer dicken brennenden Kerze erschien.

»Da kommt sie«, murmelte Beaufort.

Mindestens noch einmal zwanzig Soldaten bildeten Jeannes Eskorte, umringten sie wie ein Wall aus Panzern, Helmen und Lanzen, sodass man von der Gefangenen gar nichts sehen konnte. Erst als zwei ihrer Wächter sie die Treppe zur Tribüne hinaufschoben, entdeckten die Menschen auf dem Platz die schmächtige junge Frau im langen Büßerhemd. Ein Raunen erhob sich.

Barfüßig, mit gebundenen Händen und den blonden Kopf gesenkt, stand Jeanne von Domrémy vor ihren weltlichen und kirchlichen Richtern. John fragte sich, ob sie den geballten Hass, der ihr entgegenschlug, nicht körperlich spüren müsse. Selbst hier oben auf dem Balkon der Kaufmannsvilla verursachte diese Wand aus Feindseligkeit ihm einen Schauer.

Einer der Gelehrten hielt eine Predigt, die John endlos erschien und der er nicht folgen konnte. Dann trat Bischof Cauchon vor und verlas Jeanne das zweite Urteil binnen einer Woche:

»… und demnach beschließen wir, dass du wie ein brandiges Glied vom Leib der Kirche abgeschlagen werden musst, auf dass die widerliche, schwärende Krankheit der Ketzerei ihr gesundes Fleisch nicht befalle, und du dem weltlichen Gesetz übergeben wirst.«

Der Bailiff trat hinzu, legte Jeanne die Hand auf die magere Schulter und drehte sie rüde um. »Da. Sieh nur, was wir für dich haben, du kleine …«

Vielleicht schluckte er seine Beschimpfung herunter, weil all die heiligen Männer auf der Tribüne standen. Vielleicht ging sie auch in Jeannes Schrei unter. Es war ein schriller Schrei des Entsetzens, der durch Mark und Bein fuhr.

»Gott … hat es ihr niemand gesagt?«, murmelte John fassungslos.

»Wer weiß. Ich bin keineswegs sicher, dass sie alles hört oder begreift, was man ihr sagt«, erwiderte Beaufort. Er klang gelassen, aber als John ihm einen kurzen Seitenblick zuwarf, erkannte er, wie angespannt sein Gesicht war.

Jeanne war plötzlich auf die Knie gefallen, als sei alle Kraft aus ihren Beinen gewichen, legte den Kopf in den Nacken und schrie zum Himmel auf. »Aber ihr habt gesagt, dass das nicht geschieht …« Sie schluchzte. »Ihr habt es mir versprochen …«

Der Bailiff wollte sie an der Schulter packen, aber Cauchon hielt ihn mit einer Geste zurück. »Wer hat es dir versprochen, Mädchen?«

Wild schüttelte sie den Kopf, schluchzte und heulte und bot einen wahrhaft erbarmungswürdigen Anblick.

»Deine Stimmen, nicht wahr?«, bohrte der Bischof weiter. »Jetzt, da es zu spät ist, hast du endlich die Wahrheit erkannt, ist es nicht so? Satan war's, dessen Einflüsterungen du gehört hast, und Satan ist ein Verräter.«

In seinem Eifer, ihr den letzten Trost zu rauben, hatte er sich über sie gebeugt, und Jeanne schien sich immer weiter zusammenzukauern. Dann hörte sie plötzlich auf zu weinen. Das Geheul verstummte abrupt, wie abgeschnitten.

Jeanne hob den Kopf und kam ein wenig unsicher auf die Füße. Unwillkürlich wich Bischof Cauchon einen Schritt zurück.

»Ich muss sterben, weil Ihr es so wolltet«, sagte sie. Eine beinah unheimliche Ruhe war mit einem Mal über sie gekommen, und sie schrie nicht mehr.

Es war so still auf dem Marktplatz geworden, dass ihre Worte selbst auf dem Balkon der Kaufmannsvilla zu hören waren. »Hättet Ihr mich in ein kirchliches Gefängnis geschickt, statt mich meinen Feinden, den Engländern, zu überlassen, wäre es nie so weit gekommen. Wir werden ja sehen, wer von uns beiden in die Hölle muss. Ich trete heute reinen Gewissens vor meinen Schöpfer.«

Cauchon lief rot an, und sein zornig verzerrtes Gesicht war hässlich anzusehen. Der Bailiff fürchtete offenbar, der Bischof könnte sich zu irgendetwas hinreißen lassen, das seine Würde beschädigte, denn er nahm Jeanne beinah hastig am Arm, zerrte sie von der Tribüne und zum Scheiterhaufen hinüber, dessen Plattform ebenfalls gut sichtbar über den Köpfen der Menge angebracht war. Seine Männer banden Jeanne an den Pfahl, führten den Strick unter ihren Achseln hindurch, damit sie nicht zusammensacken und die Menge so um das erwartete Spektakel bringen konnte.

Jeannes Atem ging stoßweise, und sie warf gehetzte Blicke zu allen Seiten. »Mögen der Herr Jesus Christus … und die heilige Jungfrau mir beistehen …«, stammelte sie. Es klang, als habe sie kaum genug Luft zum Sprechen. »Mögen sie euch vergeben, so wie ich euch vergebe … Betet für mich …«

»Was ist denn nun, Massieu?«, brüllte John Rys, einer ihrer Wächter, dem Bailiff zu. »Sollen wir so lange warten, dass wir das Mittagessen versäumen?«

Der Bailiff warf einen finsteren Blick in die Richtung, aus welcher die Stimme gekommen war, nickte dann aber dem Henker zu, der mit der brennenden Fackel in der Hand wartete. »Tu deine Pflicht.«

Der Scharfrichter stieß seine Fackel ins ölgetränkte Holz, das sofort zu prasseln begann.

»Ein Kreuz! Lasst mich ein Kreuz sehen!«, bettelte Jeanne.

Isembart de la Pierre, der Dominikanerpater, der ihr die Messe gelesen und die Beichte abgenommen hatte, hastete in die nahe Kirche, kehrte in Windeseile mit einem Kruzifix zurück, stellte sich vor den Scheiterhaufen und hielt es mit beiden Händen hoch. John sah, dass Jeanne den Blick starr darauf richtete, die Augen weit aufgerissen, und dann hüllten die Flammen sie ein. Das Feuer verursachte ein großes Getöse, aber dennoch hörte er ihre Schreie. Es dauerte jedoch nicht lange, bis sie verstummten.

»Sie ist bewusstlos«, murmelte der Kardinal. »Gott sei gepriesen.«

John nickte wortlos. Ihm war speiübel, und er biss sicherheitshalber die Zähne zusammen.

Als er vor beinah zwanzig Jahren mit angesehen hatte, wie sie in Smithfield den Ketzer Edmund Tanner verbrannten, war er ein Knabe gewesen. Er hatte geglaubt, dass es ihn heute weit weniger erschüttern würde, denn der Krieg hatte ihm so viele grauenvolle Bilder beschert, dass er sich für abgehärtet hielt. Aber er hatte sich in gewisser Weise doch getäuscht. Er hatte nicht geahnt, wie viel schrecklicher es war, wenn sie eine Frau verbrannten.

Die Menge war ungewöhnlich still geworden. Nicht wenige der Gaffer, die Jeanne auf ihrem Weg zum Scheiterhaufen noch beschimpft, mit Dreckfladen beworfen und verhöhnt hatten, sanken nun weinend auf die Knie, rangen die Hände und flehten Gott um Vergebung an. Das Feuer prasselte unverdrossen weiter. Es hatte seinen Höhepunkt überschritten, und als die Flammen niedriger wurden, erahnte man durch den Rauch den erschlafften, verkohlten Leib, der offenbar nur zögerlich zu Asche zerfiel.

»William Talbot und John Rys haben ihre Meinung verdammt schnell geändert«, bemerkte John angewidert.

Beaufort folgte seinem Blick zu den beiden Soldaten, die Jeanne noch bis heute früh bewacht, bespitzelt und belästigt hatten und sich nun schluchzend in den Armen lagen. »Das ist das Privileg der Armen im Geiste«, erwiderte der Kardinal.

John sah ihn an. »Ich wünsche mir oft, ich könnte die Welt mit so großer Distanz betrachten wie ihr, Mylord«, gestand er.

Beaufort schüttelte den Kopf und unterzog seine Fingernägel einer eingehenden Inspektion. »Ihr täuscht Euch, John. Ich bin bedauerlicherweise außerstande, diese ganze unselige Angelegenheit mit Distanz zu betrachten. Aber im Gegensatz zu den beiden wackeren Wachen dort unten kann ich es mir nicht leisten, mir das anmerken zu lassen.«

John schaute wieder auf den Marktplatz hinab. »Warwick sollte die Menge lieber auseinander treiben lassen«, murmelte er. »Bevor sie alle das heulende Elend kriegen und eine Massenhysterie ausbricht.«

Beaufort trat von der Brüstung zurück. »Fitzhugh.«

Einer seiner Ritter erschien auf dem Balkon. »Mylord?«

»Nehmt zwei, drei Männer, die nicht zimperlich sind, und geht hinunter. Sammelt die Asche und was sonst von ihr übrig ist ein, und werft sie in den Fluss.«

Der junge Ritter riss entsetzt die Augen auf. »Aber wie …« Er brach unsicher ab.

»Ich schlage vor, in einem Eimer, mein Junge. Nun geht. Ihr müsst Euch sputen, damit Ihr fertig seid, ehe Warwick seine Männer abzieht. Wenn auch nur ein Ascheflöckchen, ein Knöchelchen der Jungfrau unters Volk kommt, dann beginnt am heutigen Tage ihre Heiligenverehrung, und spätestens morgen hören wir von den ersten Wundern, die ihre Reliquien bewirkt haben. Jeanne von Domrémy wäre tot eine größere Gefahr für den König als lebendig. Versteht Ihr?«

Fitzhugh straffte die Schultern. »Verlasst Euch auf mich, Mylord. Kein Flöckchen und kein Knöchelchen werden übrig bleiben.« Er neigte höflich den Kopf und eilte davon.

John beneidete ihn nicht um seinen Auftrag. »Es wird so oder so passieren«, sagte er bitter. »Warwick und Cauchon mussten es ja unbedingt so weit treiben. Nun haben sie eine Märtyrerin aus ihr gemacht, genau wie Ihr prophezeit habt, und die Menschen werden sie als Heilige verehren.«

»Dann bleibt uns nur zu hoffen, dass sie sich irren«, antwortete der Kardinal, »denn andernfalls wären wir alle verdammt.«

John nickte. *Alle außer Raymond,* dachte er.

Waringham, November 1431

Ich bin auf der Suche nach Lord Waringham«, bekundete der fein gewandete junge Ritter, der in Begleitung zweier berittener Soldaten im Gestüt erschienen war. Hochnäsig blickte er auf den Mann in den staubigen Stiefeln und den zerschlissenen Kleidern hinab, der mit einem Sattel und einer Trense über dem linken Arm von einer der Koppeln gekommen war. »Kannst du mir sagen, wo ich ihn finde?«

»Was wünscht Ihr denn von ihm?«

»Ich glaube kaum, dass dich das zu kümmern hat«, entgegnete der Ritter.

Der abgerissene Pferdeknecht fuhr sich kurz über den blonden Bart, und man hätte meinen können, er verstecke hinter der Geste ein Grinsen. »Nun, vielleicht versucht Ihr's mal oben auf der Burg, Sir. Nach meiner Erfahrung halten Edelleute sich in der Regel dort auf.«

Der junge Mann kniff argwöhnisch die Augen zusammen. »Dort ist er nicht.«

»Tja. So ein Pech.«

»Wie ist dein Name, Bursche?«

»Wer will das wissen?«

»Was fällt dir ein …« Der Ritter riss das Schwert aus der Scheide, glitt aus dem Sattel und setzte dem unverschämten Bauern die Klinge an die Kehle. »Dein Name! Wird's bald?«

Mit einer beiläufigen, fast graziösen Bewegung trat sein Gegenüber ihm die Füße weg, entwand ihm mit der freien Rechten die Waffe, während er fiel, und brachte die Spitze der Klinge über seinem Adamsapfel zur Ruhe. »Raymond of Waringham, Söhnchen. Und ich wüsste jetzt gern *Euren* Namen.«

»Mylord!«, rief der junge Heißsporn erschrocken. Die beiden Rabauken, die seine Begleitung bildeten, glotzten.

Raymond machte mit dem Schwert eine kleine, wedelnde Bewegung. »Also?«

»William Clifton, Mylord.«

»Guck an. Einer der Cliftons, die im Dienst des Duke of Gloucester stehen?«

Der junge Ritter stützte sich auf die Ellbogen und nickte.

Raymond trat einen Schritt zurück. »Ihr dürft aufstehen, Söhnchen.«

Clifton sprang erleichtert auf die Füße. »Vergebt mir, Mylord. Wenn ich geahnt hätte …«

Raymond gab ihm seine Waffe zurück. »Schon gut. Das konntet Ihr nicht.«

In der Welt von Sir William Clifton, die auch einmal Raymonds gewesen war, sah man immer auf den ersten Blick, welchen Standes ein Mann war. Man erkannte es an seiner Kleidung, seinen Waffen, seinem Gaul oder Wappen, an der Art, wie er sich bewegte und sprach. Seit Raymond nach Waringham zurückgekehrt war, hatte er sich ein Vergnügen daraus gemacht, sich all dieser Merkmale nach und nach zu entledigen.

Doch er erkannte, wie unendlich peinlich diese Situation seinem jungen Gast war, und zwinkerte ihm zu. »Lasst uns noch einmal von vorne anfangen, mein Junge. Ihr sucht mich, sagt

Ihr, und nun habt Ihr mich gefunden. Was ist es, das Gloucester von mir will? Ich schätze, ihm ist zu Ohren gekommen, dass ich mich ins Privatleben zurückgezogen habe?«

Clifton nickte verlegen. Niemand in England wusste, warum Lord Waringham dem Krieg, dem Duke of Bedford und dem König so plötzlich den Rücken gekehrt hatte, aber es verging selten ein Tag, ohne dass Gloucester ein paar gehässige Vermutungen anstellte. »Der Duke of Gloucester hat im Frühjahr eine Lollardenrevolte in der Gegend um Oxford niedergeschlagen, Mylord. Der Anführer der Ketzer war ein gewisser Jack Sharpe.«

»Ja, ich hab von ihm gehört. Sein Kopf zierte zu Pfingsten die London Bridge, wenn ich mich nicht irre?«

»So ist es. Aber Jack Sharpes Revolte hat dem Kronrat vor Augen geführt, dass die Gefahr, welche die Lollarden darstellen, mitnichten gebannt ist, und seit dem Sommer sind wir in ganz England unterwegs, um sie aufzuspüren und ihrer gerechten Strafe zuzuführen.« Er brach ab und sah unglücklich auf seine Stiefelspitzen hinab.

»Und?«, fragte Raymond aufmunternd.

»Vor einer Woche haben wir nachts in einer Kirche in Rochester ein ganzes Lollardennest ausgehoben. Aber zwei der Strolche sind uns entwischt. Und ihre Spur …«

Raymond ging ein Licht auf. »Führt nach Waringham?«

»Ich fürchte, so ist es, Mylord.«

Raymond schnalzte missbilligend mit der Zunge. »Verfluchtes Ketzerpack.« Dann breitete er einladend die Arme mitsamt Sattel und Trense aus. »Führt Eure Suche durch, Clifton. Je gründlicher Ihr vorgeht, desto beruhigter werde ich sein. Ich schlage vor, Ihr fangt auf der Burg und im Dorf an.«

Clifton nickte erleichtert, fragte aber: »Was ist mit dem Gestüt?«

»Der Grund und Boden gehört meinem Cousin. Ich wäre dankbar, wenn Ihr mit Eurer Suche bis zu seiner Rückkehr warten könntet. Er ist in Sevenelms, um Geschäfte zu erledigen, aber er wollte heute zur Abendfütterung zurück sein.«

Raymond sah zum grau verhangenen Himmel auf. »Das ist in zwei Stunden.«

»Wie Ihr wünscht, Mylord.«

»Also, gehen wir, Gentlemen.« Raymond wandte den Kopf ab und pfiff durch die Zähne. In Windeseile erschien einer der Stallburschen, streifte die schwer bewaffneten Fremden mit einem ausdruckslosen Blick und sah den Earl dann fragend an. »Mylord?«

Raymond drückte ihm den Sattel und das Zaumzeug in die Hände. »Ich begleite die Gentlemen ins Dorf, Andrew. Wenn der Stallmeister aus Sevenelms zurückkommt, richte ihm aus, er möge auf die Burg hinaufkommen.«

Andrew starrte ihn nicht an, als hätte Raymond plötzlich Arabisch gesprochen. Er sagte auch nicht, dass Conrad lediglich im Dorf in der Sattlerei und keineswegs in Sevenelms sei. Er hatte keine Ahnung, was diese seltsame Botschaft zu bedeuten hatte, aber er antwortete scheinbar gleichmütig: »Wie Ihr wünscht, Mylord.«

»Hast du in den letzten Tagen Fremde in Waringham gesehen, Junge?«, fragte William Clifton den Stallburschen.

»Nein, Sir.«

»So sicher bist du dir dessen? Solltest du nicht erst nachdenken, ehe du antwortest?«

»Es kommen so selten Fremde nach Waringham, dass ich mich todsicher erinnern würde, wenn ich einen gesehen hätte, Sir«, erklärte der Junge. Er war vielleicht fünfzehn oder sechzehn Jahre alt und unverkennbar bäuerlicher Herkunft, aber er sprach ohne Scheu.

Clifton runzelte unwillig die Stirn, sagte jedoch lediglich: »Du kannst gehen.«

Andrew nickte, machte einen nachlässigen kleinen Diener und verschwand in der Sattelkammer.

Unverrichteter Dinge und nicht ohne sich nochmals bei Raymond zu entschuldigen zog William Clifton am Abend wieder ab. Die wahrhaft gründliche Suche auf der Burg, im Dorf und in den Stallungen hatte die Menschen in Waringham aufgeschreckt und den Betrieb im Gestüt ziemlich durcheinander gebracht, sodass Raymond und Conrad ihre Runde bei den Pferden im Fackelschein absolvieren mussten. Mit Einbruch der Dunkelheit hatte der Wind merklich aufgefrischt. Er brachte Unheil verkündende Wolken, und die Fackel fauchte in der Zugluft.

»Wenn er nächste Woche immer noch lahmt, schicken wir einen der Jungen mit ihm an die See«, schlug Conrad vor, als er aus Narziss' Stall trat und die untere Türhälfte verschloss. »Meerwasser wirkt manchmal Wunder bei solchen Geschichten.«

»Hm«, machte Raymond. In der linken Hand hielt er die Fackel, in der rechten einen Apfel, in den er dann und wann übellaunig biss.

»Es wäre ein schwerer Schlag für John, wenn das Pferd lahm bleibt, Raymond. Er hat nur zwei Hengste in diesem Jahrgang.«

»Hm.«

»Dein Vater hat immer gesagt, Bewegung im seichten Wasser stärkt die Gelenke, ohne sie zu belasten.«

»Hm.«

»Wieso hörst du mir nicht zu? Ist dir gleich, was aus den Gäulen deines Bruders wird?«

Raymond ließ den Apfel sinken und warf ihn dann wütend ins Gras. »Wieso versteckst du Lollarden in Waringham? Ist dir gleich, wenn du mich in Teufels Küche bringst?«

Conrad antwortete nicht sofort. Schweigend gingen sie die Ställe der Jährlinge entlang, aus denen das friedliche Mahlen von Pferdezähnen auf Hafer zu vernehmen war, öffneten hier und da eine Tür und sahen nach dem Rechten. Erst als sie fertig waren und auf der Koppel zwischen Jährlings- und Stutenhof standen, sagte der Stallmeister: »Es kommt nicht oft vor, Raymond, ich schwör's. Nur wenn es gar nicht anders geht. Und ich verberge sie hier auf dem Gestüt. Also bin *ich* derjenige, der in Schwierigkeiten geraten könnte, nicht du.«

»Ich habe Zweifel, dass Gloucester diesen feinen Unterschied machen würde. Waringham ist Waringham, und ich bin dafür verantwortlich.«

Conrad nickte unwillig. »Ich weiß. Ich hätte es dir sagen müssen. Es tut mir Leid.«

»Oh, das ist großartig! Und was ist mit deiner Frau und deinen Kindern? Denkst du auch mal an sie?«

»Lilian weiß Bescheid.«

»Da hol mich doch der Teufel. Die fromme Lady Lilian …«

»Viele Lollarden sind äußerst fromme Menschen.«

»So wie du, ja?«

»Du solltest mich besser kennen. Ich bin weder ein Lollarde noch besonders fromm.«

»Warum zum Henker tust du's dann?«

Conrad schnaubte. Dann wandte er sich abrupt ab. »Komm mit, Raymond.«

»Wohin?«

»Komm schon.«

Raymond stapfte neben ihm her. »Wage bloß nicht, mich zu ihnen zu bringen. Ich will die Strolche nicht sehen, und ich will nichts von ihnen wissen.«

»Und doch hast du sie vor Clifton und seinen Schergen geschützt.«

»Du irrst dich. Mich selbst und dich hab ich zu schützen versucht. Und es war verflucht knapp, oder?«

Conrad nickte. »Es war ein Glück, dass Andrew mich sofort geholt hat. Mir blieb gerade noch Zeit, sie ins Dorf zu schaffen, ehe Clifton auf dem Gestüt aufkreuzte.«

»Ich will das nicht hören, Conrad.«

Ein paar Schritte gingen sie schweigend. Erst als sie die kahle Krone des Mönchskopfs erreicht hatten, fragte der Stallmeister: »Woher wusstest du, dass sie aus Sevenelms sind?«

»Ich weiß nur, dass Sevenelms das schlimmste Lollardennest in ganz Kent ist. Ich habe einfach gehofft, dass du die Botschaft verstehst.«

»Das war … sehr geistesgegenwärtig.«

»Oh ja«, stimmte Raymond höhnisch zu. »Geistesgegenwart ist die Gabe, die einen Mann im Krieg am Leben hält. Lange genug, um zu erleben, wie eine Hand voll junger Besserwisser das Kommando übernimmt und ein Rotzlümmel von einem König ihn schließlich mit einem Tritt in den Hintern aufs Altenteil schickt.«

Conrad wusste, nichts, was er sagen konnte, würde Raymonds Stimmung heben, denn der Earl wollte kein Mitgefühl und wurde immer noch wütend, wenn irgendjemand ein Wort der Kritik am Hause Lancaster äußerte. Irgendjemand außer ihm selbst.

Als Raymond im Frühling aus Frankreich heimgekehrt war, hatte Conrad genau wie Daniel befürchtet, sein Cousin werde alles daran setzen, sich zugrunde zu richten. Raymond selbst hatte das auch geglaubt. Doch er hatte sie alle überrascht. Statt sich voll laufen zu lassen oder durch die Hurenviertel von London und Canterbury zu ziehen, hatte er sich zum ersten Mal in seinem Leben mit Ernst und Hingabe der Aufgabe gewidmet, der Earl of Waringham zu sein.

Das änderte indessen nichts an seiner Verbitterung, wusste Conrad.

Trotz Raymonds Protest führte der Stallmeister ihn über die hölzerne Brücke und den Dorfplatz.

»Sag nicht, du hast sie in der Kirche versteckt.«

»Nein.«

Gleich neben dem bescheidenen Gotteshaus stand Vater Egmunds Kate inmitten des kleinen Gemüsegartens, der für seine kärglichen Erträge berüchtigt war.

»Oh, bei allen Knochen Christi«, grollte Raymond, ehe er das Haus des Priesters betrat. »Das glaub ich einfach nicht …«

Der Dorfpfarrer von Waringham saß beim Licht einer rußenden Talgkerze am Tisch und las leise aus einem dicken Buch vor. Raymond war nicht wirklich überrascht, als er hörte, dass es die Bergpredigt in englischer Sprache war. Bibelübersetzungen waren ebenso verboten und ebenso populär wie die Ketzerlehren der Lollarden. Schon der Besitz eines solchen

Buches reichte aus, um vor ein kirchliches Gericht gestellt zu werden. Doch Raymond sparte sich seine Vorwürfe für einen späteren Zeitpunkt.

Vater Egmund gegenüber saß ein sehr junger Mann mit einer Wolldecke um die Schultern. Er lauschte dem Priester mit andächtig gesenktem Kopf, aber Raymond sah dennoch, wie geschwollen und entstellt sein Gesicht war. Cliftons Männer hatten ihn geschlagen, schloss er, und zwar übel.

»Gott zum Gruße, Vater Egmund.«

Der junge Flüchtling fuhr erschrocken auf, als er Raymonds Stimme hörte, doch der Geistliche machte eine beschwichtigende Geste. »Es ist gut, mein Sohn. Keine Angst. Tretet ein, Mylord.«

Raymond bedachte ihn mit einem verstohlenen Kopfschütteln, kam der Aufforderung aber nach, und als er an den Tisch trat und die Kerze ihn nicht mehr blendete, entdeckte er, dass Vater Egmund noch weitere Besucher hatte. Auf dem schlichten Strohsack in der Nische hinter dem Herd lag eine junge Frau, deren Gesicht ebenso übel zugerichtet war wie das des Jünglings, und an ihrer Seite kniete Liz Wheeler und versuchte, ihr aus einem Becher einen ihrer widerlichen, heilsamen Tees einzuflößen.

»Lizzy …«, murmelte Raymond verdattert.

Sie sah nur einen Moment auf. »Mylord.«

»Was hast du mit dieser verdammten Geschichte zu tun?«

»Sieh sie dir doch an«, bekam er zur Antwort. »Was soll ich tun? Die Hände in den Schoß legen, weil sie vielleicht Ketzer sind?«

Raymond schüttelte ratlos den Kopf. »Keine Ahnung.«

Er wusste nicht mehr so recht, was er denken sollte. Das Mädchen war gewiss nicht älter als fünfzehn; eine Tuchmachertochter aus Sevenelms, tippte er, der man noch ansehen konnte, dass ihre Vorfahren vor rund hundert Jahren aus Flandern nach England gekommen waren. Cliftons Männer hatten sie sich genauso vorgenommen wie den Jungen am Tisch, vermutlich um Namen und Schlupfwinkel weiterer Lollarden aus ihr herauszubringen. Raymond konnte sich unschwer vorstellen, was sie mit ihr getrieben hatten, um sie mürbe zu machen.

»Und was soll nun aus ihnen werden?«, fragte er Conrad und Egmund.

»Wenn du es duldest, bleiben sie noch ein paar Tage hier«, antwortete sein Cousin. »Dann bringe ich sie nach Sandwich zu einem … Freund. Er besorgt ihnen eine Passage nach Flandern oder zu einem der Hansehäfen.«

Raymond nickte. Es hörte sich an, als seien Egmund und Conrad Teil eines gut organisierten Lollarden-Schmugglerrings, aber wenn es so war, wollte er nichts Genaueres darüber wissen. Er trat an den Tisch und überflog ein paar Zeilen der englischen Bibel. *Selig sind, die da Leid tragen, denn sie sollen getröstet werden … Selig sind die Sanftmütigen, denn sie sollen das Erdenreich besitzen.*

»Das klingt sehr hübsch«, musste er einräumen. »Wer hat das geschrieben?«

»Ich«, gestand Egmund nach einem fast unmerklichen Zögern und fügte mit einem Lächeln hinzu: »Das Wort ist von Gott, die Übersetzung von mir.«

Raymond nickte und las leise murmelnd weiter: »Selig sind die Friedfertigen, denn sie werden Gottes Kinder heißen.«

Der Priester wies mit einer verstohlenen Geste auf den jungen Mann am Tisch. »Sie *sind* friedfertig. Sie haben niemanden zur Rebellion gegen die Krone angestiftet.«

»Aber mit dem, was sie glauben und predigen, rebellieren sie gegen Kirche und Papst.«

»Das ist wahr, Mylord. Urteilt selbst, ob sie das, was sie dafür bekommen haben, verdienen.«

Raymonds Blick wanderte wieder zu dem geschundenen Mädchen, dann zu dem jungen Kerl in der Wolldecke. »Ist sie deine Schwester?«

Der Junge schüttelte langsam den Kopf, und Tränen rannen über sein geschwollenes Gesicht. »Wir wollten nächsten Monat heiraten.«

»Wenn du nur einen Funken Anstand hast, tust du's trotzdem«, entgegnete Raymond barsch. »Du hast sie nicht vor dem bewahrt, was ihr passiert ist, also trägst du die Schuld.«

Der Flüchtling stützte den Kopf in die Hand und schluchzte.

Liz Wheeler wandte sich einen Moment zum Tisch um und bemerkte: »Du nimmst den Mund ziemlich voll, Raymond of Waringham.«

Er kratzte sich am Kopf. »Tja … du hast wahrscheinlich Recht.« Einen Moment rang er noch mit sich. Dann wandte er sich Conrad und Egmund zu. »Ich habe nichts gehört und nichts gesehen. Für dieses Mal. Aber ich werde nicht zulassen, dass ihr ein Ketzerschlupfloch aus Waringham macht.«

Sie nickten.

»Ein Becher Wein, Mylord?«, bot der Priester an.

»Und ich dachte schon, Ihr würdet nie fragen.«

Egmund brachte ihm einen schlichten Zinnbecher, doch der Wein war weit besser, als Raymond erwartet hätte. Er leerte ihn gemächlich, an die Wand neben dem Herd gelehnt, und lauschte Egmunds Vortrag aus dem englischen Matthäus-Evangelium mit zunehmendem Interesse. Da seine Lateinkenntnisse hauptsächlich aus Lücken bestanden, war dies das erste Mal, dass er das Wort Gottes zusammenhängend verstehen konnte, und es berührte ihn. Sein Leben lang hatte er sich in der Kirche immer nur gelangweilt. Jetzt war mit einem Mal seine Neugier geweckt.

Als der Pfarrer sein Buch zuklappte, bekannte Raymond: »Ich glaube … ich würde irgendwann gern einmal einen Blick hineinwerfen, Vater.«

»Meine Tür steht Euch immer offen, Mylord.«

Wie aufs Stichwort wurde diese Tür plötzlich schwungvoll aufgestoßen, und ein groß gewachsener Ritter in Mantel und Kapuze trat über die Schwelle. »Die Luft ist rein«, berichtete er und streifte die Kapuze zurück. »Ich bin ihnen bis hinter Higham gefolgt. Sie reiten nach London zurück, kein Zweifel.«

»Daniel«, knurrte Raymond. »Das wird ja immer besser …«

Der junge Ritter schien nicht sonderlich schockiert, seinen Vater hier anzutreffen. Er zuckte vielsagend mit den Schultern.

»Du hast es gewusst und mir keinen Ton gesagt?«, fragte Raymond ungläubig.

»Ich war sicher, dass es dir viel lieber ist, von dieser Sache nichts zu wissen«, gab Daniel zurück.

Da Raymond eben noch genau das Gleiche gesagt hatte, konnte er nun schlecht widersprechen. »Ich muss dich nicht darauf hinweisen, dass es Verrat ist, was du hier treibst, oder?«

»Du siehst mir nicht so aus, als seiest du im Begriff, Clifton nachzureiten und ihn zurückzuholen«, konterte der junge Mann.

»Nein«, gestand Raymond. »Dieses eine Mal drücke ich ein Auge zu.«

Daniel nickte, als wolle er sagen: ›Worüber reden wir dann?‹, und wandte sich an den Priester. »Besser, ich bringe sie zurück aufs Gestüt. Bei dir können sie nicht bleiben.«

»Ich kann in der Kirche schlafen«, erbot sich Egmund.

Aber Daniel schüttelte den Kopf. »Wir sollten nicht riskieren, dass irgendwer im Dorf sie morgen früh sieht.«

»Nein, du hast Recht.«

Daniel hockte sich neben das Strohlager und beugte sich über das Mädchen. »Leg die Arme um meinen Hals«, sagte er, während er sie aufhob. Es klang freundlich und doch bestimmt, war offenbar genau der richtige Tonfall, um ihr Vertrauen zu wecken. Sie gehorchte, lehnte den Kopf an seine Schulter und schloss die Augen.

»Komm schon, Jack«, forderte Daniel den Jungen am Tisch auf. »Es sind nur ein paar Schritte.«

Conrad half dem Jungen auf die Füße, verabschiedete sich mit ein paar gemurmelten Worten und folgte Daniel in die unwirtliche Nacht hinaus.

Raymond brachte Liz nach Hause. Es hatte zu schütten begonnen, und Liz erhob keine Einwände, als er den Mantel abnahm und ihr um die Schultern hängte. Wolken und Regen machten die Nacht tintenschwarz, aber der kurze Weg die abschüssige

Gasse hinab war ihnen so vertraut, dass sie ihn auch mit verbundenen Augen gefunden hätten.

»Sei leise«, mahnte Liz, während sie eintraten. »Die Kinder schlafen.« Sie sagte es jedes Mal, wenn er sie besuchte.

Raymond wartete an der Tür, bis sie an der Herdglut einen Kienspan und damit die Öllampe entzündet hatte. Erst dann trat er über die Schwelle und schloss die Tür. »Deine Tochter will bald heiraten, erzählt Daniel.«

Liz schürte das Feuer auf und legte Holz nach. »Jim Granston, Conrads Vormann. Einen freien Mann, stell dir das vor. Ich hoffe, du hast keine Einwände.«

Nach dem Gesetz brauchten Leibeigene die Einwilligung ihres Herrn, um zu heiraten, und mussten die Erlaubnis mit einem Stück Vieh oder mit Geld erkaufen. Wie viele andere englische Landeigner hatte Raymonds Vater von diesem Recht nie Gebrauch gemacht; es galt als überholt. Abgeschafft worden war es jedoch nie, und sowohl Unfreie als auch Lords hatten nicht vergessen, dass es jederzeit wiederbelebt werden konnte.

»Woher denn«, murmelte der Earl abwesend, sank neben dem Feuer auf die Bank und genoss die Wärme im Rücken.

Liz nahm den viel zu langen Mantel ab, legte ihn auf den Tisch und setzte sich neben Raymond.

»Es ist nicht recht, dass ihr Daniel in diese verdammte Geschichte hineingezogen habt, Liz.«

»Niemand hat das getan«, widersprach sie. »Kurz vor Pfingsten, als die große Jagd auf die Lollarden wieder begann, hat Conrad schon einmal ein paar Flüchtlinge auf dem Gestüt versteckt. Daniel hat es irgendwie herausgefunden und seine Hilfe angeboten.«

»Aber es ist gefährlich.«

»Das hab ich ihm auch gesagt. Zur Belohnung hielt mein vornehmer Herr Sohn mir einen Vortrag über ritterlichen Anstand.«

Raymond schnaubte. »Das ist Johns Einfluss, nicht meiner, glaub mir.«

»Wie auch immer. Ich war stolz auf ihn. Und das bin ich noch. Aber ich sorge mich auch.«

»Zu Recht«, erwiderte Raymond. »Gloucester macht Jagd auf die Lollarden, um sich der Freundschaft der Bischöfe im Kronrat zu versichern, damit sie ihn im Zweifel gegen Kardinal Beaufort unterstützen. Waringham als Lollardennest zu enttarnen wäre genau die Sorte Skandal, die Gloucesters Kampagne Glaubwürdigkeit verleiht. Gloucester kann mich nicht ausstehen, und der König ... Na ja, du weißt ja, wie es ist. Ich habe keinerlei Einfluss mehr. Wenn sie Daniel und Conrad erwischen, werde ich wahrscheinlich nicht verhindern können, dass sie sie aufhängen.«

Liz zog erschrocken die Luft ein.

Raymond breitete die Hände aus. »So sieht es aus, Lizzy. Conrad *muss* damit aufhören. Ich weiß, dass er auf mich nicht hört. Aber vielleicht kannst du ihm Vernunft beibringen.«

»Ich werd's versuchen«, versprach sie.

Raymond ergriff ihre Hand, legte sie auf seinen Oberschenkel und bedeckte sie mit seiner Pranke, befühlte verstohlen ihre Finger. Dann wandte er den Kopf und betrachtete das Profil.

Liz befreite ihre Hand. »Was siehst du mich so an? Ich bin eine alte Frau, Raymond.«

Er schüttelte den Kopf. Das war sie nicht. Andere Bauersfrauen waren mit Anfang vierzig grau, zahnlos und welk, gekrümmt von zu viel Arbeit und ausgezehrt von zu vielen Schwangerschaften. Liz hatte indessen nur vier Kinder geboren. Vielleicht war das der Grund, warum die Jahre gnädig zu ihr gewesen waren. Womöglich kannte sie auch irgendein Kraut, welches das Altern verlangsamte und dessen wundersame Wirkung sie für sich behielt, um als Einzige in den Genuss zu kommen. Jedenfalls zogen sich nur hier und da graue Fäden durch das blonde Haar, bis auf ein paar Krähenfüße war ihr Gesicht faltenlos, und sie hatte noch alle Zähne. Liz alterte wie eine Dame, hatte Raymond verwundert festgestellt, und er fand sie nach wie vor anziehend.

»Es wird spät«, bemerkte sie.

»Dann lass uns ins Bett gehen.«

Sie schüttelte den Kopf. »Du weißt, dass du mir jederzeit willkommen bist, aber solange meine Kinder noch im Haus sind …«

»… willst du nicht, dass sie mich morgens hier antreffen.« Er seufzte vernehmlich. Natürlich hatte sie völlig Recht. Aber er dachte mit Wehmut an die Jahre zurück, als sie die verrufene junge Hebamme im Dorf und er nur der Sohn des Earl gewesen war, an dessen Verantwortungsgefühl niemand hohe Ansprüche stellte. »Komm schon, Lizzy, hab ein Herz. Bei dem Wetter würdest du keinen Hund vor die Tür jagen. Du hast mein Wort, dass ich vor dem ersten Hahnenschrei verschwinde.«

Sie verdrehte die Augen, musste aber unwillkürlich lachen. »Das heißt, ich muss wach bleiben, um dich rechtzeitig zu wecken.«

Er sah ihr tief in die Augen und legte die Hand auf ihr Bein. »Es ist nicht Schlaf, den ich in deinem Bett suche.«

Liz verzog spöttisch den Mund, aber sie war immer noch empfänglich für diesen Verführerblick. »Das trifft sich gut, Mylord …«

Erst nach dem zweiten Training am nächsten Vormittag kehrte Lord Waringham aus dem Gestüt auf seine Burg zurück. Manchmal ließ er sich dort tagelang nicht blicken. Seit seiner Verbannung vom Hof hatte er Waringham auf eine neue Weise schätzen gelernt, hatte erst jetzt erkannt, wie glücklich er sich preisen konnte, ein Heim zu besitzen, wo er verwurzelt war. Aber es waren das Gestüt, das Dorf mit den umliegenden Feldern, Weiden und Wäldern, die dieses Heim ausmachten, nicht der alte Kasten hinter der Ringmauer auf dem Burghügel.

Der Wind hatte auf Ost gedreht. Er war immer noch scharf, aber hatte die Wolken vom Himmel gefegt, und wie stets verlieh die Sonne der grimmigen Burg einen Anstrich von Freundlichkeit. Raymond überquerte den Innenhof, nickte den Mägden und Knechten zu, die ihm begegneten, und betrat den Wohnturm.

Rose hatte offenbar beschlossen, dass heute genau der richtige Tag war, um die große Halle einer Grundreinigung zu unterziehen. Mit der tatkräftigen Unterstützung einiger junger Dinger aus dem Dorf hatte sie das Bodenstroh zusammengefegt und in den beiden Kaminen der Halle verbrannt. Frische Strohballen türmten sich in der Mitte des Raums. »Bringt das Stroh gleichmäßig aus«, befahl Rose. Sie hatte sich auf einen Schemel gestellt und dirigierte ihre Hilfsmannschaft aus luftigen Höhen. Um das Geschehen zu überblicken, hätte man annehmen können, aber Raymond wusste es besser: Man konnte keine große Halle ausfegen, ohne ein paar Ratten aufzuscheuchen, und Rose hatte eine Todesangst vor diesen allgegenwärtigen Plagegeistern – genau wie Raymond.

»Und erst wenn der Staub sich gelegt hat, schrubbt ihr die Tische, ist das klar?« Energisch hatte sie die Hände in die Seiten gestemmt.

Grinsend wandte Raymond sich ab, um die nächste Treppe zu erklimmen, doch er kollidierte mit einem jungen Mädchen und war im nächsten Moment von der Brust bis zu den Schuhspitzen durchnässt. Die leere Wasserschüssel landete scheppernd am Boden.

Die junge Magd schlug die Hände vor den Mund. »O Jesus, Maria und Josef …« Ihre Augen waren weit aufgerissen vor Schreck, und sie wich zurück.

Raymond packte sie am Arm. »Vorsicht. Fall nicht die Treppe runter.« Er zog sie aus der Gefahrenzone und ließ sie wieder los.

»Was gibt es denn da vorne?«, rief Rose aus der Halle, stieg von ihrem Aussichtsposten herunter und kam zur Tür. Sie erfasste die Lage auf einen Blick und verpasste dem Mädchen eine schallende Ohrfeige. »Was fällt dir ein, seine Lordschaft zu begießen, du unglückseliges, nichtsnutziges Ding?«

Sie hob die Hand wieder, aber Raymond stellte sich ritterlich vor die weinende Magd. »Lass gut sein, Rose. Ich sollte vielleicht ohnehin mal wieder baden …« Er stahl ihr den Lappen aus der Hand und tupfte sich nachlässig ab. Dann drückte er ihn ihr wieder in die Finger. »Siehst du? Fast nichts passiert.«

»Wenn Ihr's sagt, Mylord …« Rose schüttelte grinsend den Kopf und wandte sich ab. Über die Schulter schnauzte sie: »Hör auf zu flennen und geh neues Wasser holen, Mädchen.«

»Ja, Rose.« Es klang erstickt.

Raymond zwinkerte der kleinen Magd verschwörerisch zu. »Mach dir nichts daraus. Aller Anfang ist schwer. Du bist doch neu hier, nicht wahr?«

Sie hielt den Kopf gesenkt und hob ihre Schüssel auf. »Ich arbeite normalerweise in der Küche, Mylord.«

»Ah. Wie ist dein Name?«

»Alys, Mylord.«

Er verschränkte die Arme und lehnte sich an den Türrahmen. »Das ist aber hübsch. Schau mich doch mal an, Alys. Kein Grund, so schüchtern zu sein. Ich beiße nicht, weißt du.«

Sie hob den Kopf. Immer noch schimmerten Tränen in ihren großen blauen Augen, hingen wie Tautropfen in den Wimpern, aber ein winziges Lächeln lauerte in den Mundwinkeln. Die Lippen waren von einem herrlichen Erdbeerrot und die Wangen so zart, dass Raymond untypisch poetische Gedanken von samtigen Rosenblättern und ähnlichem Unfug in den Sinn kamen.

»Wie alt bist du denn?«

»Zwölf, Mylord.«

Das war ihm eigentlich eine Spur zu jung. Ganz gleich, was seine Feinde behaupteten, Raymond of Waringham war ein Mann mit Prinzipien. Aber der zutrauliche Blick dieser blauen Augen war eine große Versuchung.

Mit Mühe riss er sich davon los. »Vermutlich besser, du machst dich wieder ans Werk, Alys, sonst kriegen wir beide Ärger mit Rose, hm?«

Das ließ Alys sich nicht zweimal sagen. Sie knickste hastig und lief leichtfüßig die Treppe hinab.

Mit einem verträumten Lächeln ging Raymond nach oben. Als er die oberste Stufe erreichte, sagte eine Stimme auf dem dunklen Korridor: »Und ich dachte, du könntest nicht mehr tiefer sinken. Wie dumm von mir.«

Raymond wandte der Stimme demonstrativ den Rücken zu. »Gott zum Gruße, liebste Gemahlin.« Damit betrat er das Wohngemach.

Eugénie folgte ihm dicht auf den Fersen. Sie schloss die Tür und lehnte sich dagegen. Die Tür ächzte. Eugénie war fett geworden. »Hast du sie schon gehabt, Raymond? Die niedliche kleine Alys?«

»Ich würde gerne mit dir darüber plaudern, wessen Abgrund der Hölle näher ist, deiner oder meiner, aber ich muss mich um die Bücher kümmern, Teuerste«, entgegnete er, ohne aufzuschauen. Er sah sie so selten wie möglich an. Ihm wurde übel von ihrem Anblick. Stattdessen nahm er eines der dicken Bücher aus der Truhe und trug es zum Tisch, wo Tintenhorn und Feder warteten.

Eugénie schnalzte ungeduldig. »Du bist so durchschaubar, *mon cher mari*. Du und ich wissen doch beide, dass du keine Ahnung von den Büchern hast.«

»Du würdest staunen, was man in einem halben Jahr alles lernen kann, wenn man sich ein bisschen Mühe gibt, Eugénie. Aber davon verstehst ja nun wiederum du nichts.«

»Oh, jetzt sei doch nicht so langweilig. Sag's mir, Raymond. Wie war sie, die unschuldige Küchenmagd? Du weißt doch, dass es mir nichts ausmacht. Mir wäre es auch gleich, wenn du's mit den Schafen treiben würdest. Ich bin nur neugierig.«

Für einen winzigen Moment hob er den Kopf. »Verschwinde.« Es klang gefährlich.

Eugénie frohlockte. Es gelang ihr nur noch höchst selten, ihn zu irgendeiner Gemütsregung zu bewegen. »Wo ist es passiert? Im Winter gehst du mit ihnen auf den Heuboden, richtig? Hat sie sich ins Heu gelegt und die Beine für dich breit gemacht? Oder hat sie sich vor dich gekniet und dein Prachtstück in ihren verführerischen roten Mund genommen?«

Raymond stand auf und trat langsam auf sie zu. »Was ist in dich gefahren, Frau?«, knurrte er. Sie war ihm unheimlich.

»Wahrscheinlich beschäftigst du dich mit solch unanständigen Phantastereien, weil dein eigenes Gärtchen schon zu lange unbeackert ist, nicht wahr? Aber es gibt Dinge, die man einfach keinem Mann zumuten kann.«

Sie schien ihn gar nicht zu hören. Mit strahlenden Augen sah sie ihn an, und sie lächelte. »Hat sie alles getan, was du wolltest, Mylord? Sag es mir. War sie gefügig, wie es sich für ein gehorsames Töchterchen gehört?«

Raymond blieb wie erstarrt stehen. »*Was*?«

»Komm, komm. Sag nicht, das hast du nicht gewusst.«

Er blinzelte, als habe er Staub in die Augen bekommen. »Was zum Henker redest du da?«

»Die Wahrheit, mein Gemahl. Würde ich dir je etwas anderes zu sagen wagen als die reine Wahrheit?«

»Wer … ist ihre Mutter?«

»Maud, die Köchin. Auf den ersten Blick sieht man es gar nicht, oder? Vermutlich, weil Alys mehr ihrem Vater nachschlägt.«

Raymond schüttelte den Kopf, machte ein paar schwerfällige Schritte rückwärts und ließ sich in einen der brokatgepolsterten Sessel am Tisch sinken. Von dort sah er zu seiner Frau hinüber. Eine feine Röte hatte Eugénies Wangen überzogen. Es war ein feistes Gesicht, das alle Reize eingebüßt hatte, doch das Glühen stand ihr, und der Triumph verlieh ihren Augen Lebhaftigkeit.

»Eugénie, Eugénie«, sagte Raymond leise. »Wenn das wirklich stimmt, dann hast du mich vor einer furchtbaren Sünde bewahrt. Ich weiß natürlich, dass das niemals deine Absicht war, aber du hast mir einen großen Gefallen erwiesen. Tut mir Leid, Teuerste.«

Sie schnaubte angewidert. »Erwartest du im Ernst, dass ich glaube, es sei nicht längst passiert?«

»Wie kommst du nur darauf, mich könnte interessieren, was du glaubst?«, gab er ebenso giftig zurück.

Sie sah ihn noch einen Moment an, und irgendetwas an seinem Ausdruck verriet ihr, dass er die Wahrheit sagte. Mit einem Laut, der Abscheu ebenso wie Enttäuschung ausdrückte, stürmte sie hinaus und knallte die Tür zu, dass die Butzenscheiben in ihren Bleifassungen klirrten.

»Miststück«, knurrte Raymond, aber er sagte es nicht mit der üblichen Überzeugung. Ihre Enthüllung hatte ihn erschüttert. Noch während ihres Schlagabtauschs hatte er zurückgerechnet und erkannt, dass er tatsächlich Alys' Vater sein musste. Die Erkenntnis war ein Schock. Raymond hatte sich nie etwas dabei gedacht, Waringham mit Bastarden zu bevölkern. Auch wenn sein Vater anderer Ansicht gewesen war, für Raymond war es vollkommen respektabel und natürlich, war eben das, was ein Mann seines Standes tat, ganz gleich wie die Pfaffen dagegen wetterten. Doch jetzt erkannte er, dass es Gefahren barg, an die er noch nie gedacht hatte. Ich werde ein bisschen besser aufpassen müssen, erkannte er.

Unter normalen Umständen konnte ein Streit mit Eugénie ihn nicht aus der Fassung bringen. Wann immer sie sich begegneten, stritten sie – er war daran gewöhnt. Es bereitete ihm meist sogar ein eigentümliches Vergnügen. Aber heute hatte sie einen Nerv getroffen, musste er einräumen. Sie war ständig auf der Suche nach etwas, womit sie ihn kränken konnte, und so wie das blinde Huhn das Korn hatte sie heute seine Schwachstelle gefunden. Die Gier nach dem Triumph hatte ihre Absichten durchkreuzt, denn hätte sie nur ein paar Wochen mit ihrer Enthüllung gewartet, wäre Raymond vermutlich in die Falle getappt, von deren Existenz er nichts geahnt hatte. Ihm wurde ganz flau bei der Vorstellung, was geschehen wäre, wenn er Alys mit ins Heu genommen hätte, was natürlich seine Absicht gewesen war. Wie war es nur möglich, dass er nichts gespürt, dass kein Gefühl ihn gewarnt hatte?

Rastlos erhob er sich und stiefelte in dem behaglichen, warmen Wohnraum auf und ab – die Bücher und alle guten Vorsätze vergessen. Plötzlich bedrückte ihn dieses alte Gemäuer, und er erwog, ein, zwei seiner Ritter ausfindig zu machen und zur Jagd zu reiten. Aber ihm fiel niemand ein, nach dessen Gesellschaft ihn gelüstete. Nur alte Männer lebten noch auf der Burg, die jungen Ritter waren alle im Krieg. Die vertrockneten Graubärte langweilten ihn, sie waren ihm zu ernst und tugendhaft. Er konnte Männer nicht ausstehen, die anfingen, moralische Predigten zu halten, wenn sie zu alt zum Sündigen wurden, und er wusste, er hätte Gott mindestens einmal täglich auf Knien danken sollen, dass wenigstens Daniel mit ihm nach Waringham zurückgekehrt war, der Einzige hier, der wirklich seine Sprache sprach …

Es klopfte.

»Was?«, fragte er barsch.

Ein schlaksiger Knappe kam herein und meldete Sir Mortimer Dermond. Noch während der Junge sprach, trat der Gast ein und sah sich in dem vertrauten und doch ungeliebten Raum um.

»Mortimer!« Raymond schloss seinen Stiefbruder mit untypischem Überschwang in die Arme. Zu dem Knappen sagte er: »Danke, mein Junge. Bring uns einen Krug vom Besten.«

»Ja, Mylord.«

Raymond und Mortimer setzten sich an den Tisch und betrachteten einander mit unverhohlener Neugier, wie Menschen es eben taten, die sich fast ihr ganzes Leben kannten, sich aber lange nicht gesehen hatten.

»Ich hoffe, es ist keine Katastrophe, die dich herführt«, sagte Raymond schließlich. Er wusste, sein Stiefbruder mied Waringham.

»Nein.« Mortimer schlug die langen Beine übereinander. »Ich komme aus Frankreich und bin auf dem Weg nach Hause. Aber da ich fast an deiner Tür vorbeikam, dachte ich, ich schaue herein und erzähle dir, was in der Welt draußen vorgeht.«

»John schickt dich«, brummte Raymond verdrossen. »Du sollst nachsehen, ob ich vor Selbstmitleid zerfließe und Dummheiten mache.«

Mortimer verzog amüsiert den Mund. »Nicht ganz. Er fragte lediglich, ob ich zufällig die Absicht habe, hier Halt zu machen.«

»Was auf das Gleiche hinausläuft, nicht wahr? Er ist schlüpfrig wie ein Diplomat und sagt immer auf Umwegen, was er will. Das kommt vermutlich davon, wenn man jahrelang mit einem Mann wie Henry Beaufort zusammensteckt.«

»Ich sehe jedenfalls, seine Sorgen – falls er sich welche macht – sind unbegründet.«

»Überrascht?«, fragte Raymond.

»Nein«, antwortete Mortimer wahrheitsgemäß. Er kannte Raymond vermutlich besser als irgendein anderer Mensch auf der Welt.

Der Knappe kam zurück und brachte den Wein. Die beiden Männer schwiegen, bis sie wieder allein waren und getrunken hatten.

Mortimer tat einen Seufzer des Wohlbehagens. »Ich wusste gar nicht, dass dein Keller solche Schätze birgt.«

»Die letzten Fässer meines Vaters.«

Mortimer verzog das Gesicht. »Trotzdem ein edler Tropfen.«

Raymond lächelte vor sich hin. Die Kluft zwischen seinem Vater und Mortimer war tief, der Groll oft bitter gewesen, und trotzdem dachte Raymond voller Nostalgie daran zurück. »Ich wünschte so sehr, wir wären wieder jung, Mortimer«, gestand er scheinbar unvermittelt.

Sein Gast zog die Stirn in Falten. »Ist das wirklich wahr? Ich wünsche mir das nie. Was würdest du denn anders machen?«

»Gar nichts«, erwiderte Raymond achselzuckend. »Aber ich möchte alles noch mal erleben.«

»Ich fürchte, John hatte doch nicht so Unrecht. Du versauerst, Raymond. Und wirst schwermütig. Tu irgendwas. Geh ein paar Monate nach London. Oder nach Norden. Besuch Joanna in Burton und zieh mit Ed gegen die Schotten.«

Raymond winkte ab. »Nein, ich denke, ich habe keine Lust mehr, mich zu schlagen.«

»Das kann ich wirklich nicht glauben.«

»Was ist so falsch daran, dass ich hier mal zur Ruhe komme und zur Abwechslung über ein paar ernsthafte Dinge nachdenke?«

»Du denkst nicht nach, du grübelst. Ich glaube nicht, dass dir das bekommt. Es ist nicht die Jugend, der du nachtrauerst, sondern die Vergangenheit. Und Harry natürlich. Aber da weder die Zeit noch der König zurückkommen können, ist es müßig und kann dir nur schaden.«

»Bist du jetzt bald mal fertig?«

Mortimer nickte und trank noch einen Schluck.

»Gut«, brummte Raymond. »Dann erzähl mir von unserem königlichen Rotzlümmel und unserem Brüderchen.«

»Die Dauphinisten sind aus der Champagne vertrieben. Vor allem der junge Edmund Beaufort hat das vollbracht. Er überstrahlt Richard of York sowohl im Feld als auch in den Augen des Königs, und wie du dir vorstellen kannst, ist York darüber alles andere als glücklich. Jedenfalls ist der Hof unterwegs nach Paris, und nächste Woche wird Kardinal Beaufort Henry in Notre Dame krönen.«

»In Notre Dame?«, wiederholte Raymond erstaunt. »Nicht in Reims?«

»Bedford sagt, wir setzen mit der neuen Krönungskirche ein Zeichen. Sie symbolisiere den Beginn einer neuen Dynastie auf dem französischen Thron. Aber die Wahrheit ist: Der Weg nach Reims ist immer noch nicht sicher, und langsam sind alle es satt, auf diese Krönung zu warten. Vor allem der König. Er will nach Hause, sagt er. Auch Frankreich sei sein Zuhause, hält Bedford ihm vor, aber Henry hat gelernt, seinen königlichen Willen mit Nachdruck kundzutun.«

»Ja, das musst du mir nicht erzählen …«, warf Raymond höhnisch ein.

Mortimer nickte. »Seine Mutter hat ihm übrigens einen äußerst scharfen Brief geschickt. Deinetwegen.«

»Und der König hat ihn zur Kenntnis genommen und kein Wort darüber verloren, nehme ich an.«

»Weder mir noch John gegenüber zumindest«, bestätigte Mortimer.

»Ich bin nicht überrascht. Es ist genau, wie ich gesagt habe: Er ist zu feige, Warwick die Stirn zu bieten.« Raymond biss die

Zähne zusammen. Auch wenn er nichts anderes erwartet hatte, war es doch, als hätte Mortimer an eine unverheilte Wunde gerührt.

»John ist äußerst kühl zu Warwick und Bedford. Immer ausgesucht höflich und trotzdem unverschämt, wie eben nur John es kann. Aber falls er dem König noch zürnt, lässt er es sich zumindest nicht anmerken. Henry hängt so furchtbar an ihm – wahrscheinlich bringt John es einfach nicht übers Herz, ihm die kalte Schulter zu zeigen.«

»Ich bin froh«, gestand Raymond. »Harry hätte nicht gewollt, dass die beiden sich entfremden.«

»Nein, bestimmt nicht.«

Es war einen Moment still.

»Also wenn sie den Jungen Anfang Dezember krönen, könnte John zu Weihnachten zu Hause sein«, bemerkte Raymond schließlich.

»Gut möglich.«

Raymonds Laune hob sich schlagartig. Er warf einen Blick zum Fenster. Wie geschmolzenes Messing leuchtete die Sonne durch die bernsteinfarbenen Butzenscheiben. »Reiten wir ein Stück?«, schlug er vor.

Mortimer stöhnte. »Ich bin gestern früh in Dover gelandet, Raymond, und habe seither praktisch ununterbrochen im Sattel gesessen.«

»Du brauchst eineinhalb Tage für vierzig Meilen? Mir scheint, du wirst tatsächlich alt.«

Mortimer verzichtete darauf, ihn an das schauderhafte Wetter des Vortages zu erinnern. »Also meinetwegen lass uns ins Gestüt gehen, und ich werde mir geduldig deine Prahlereien bezüglich deiner Gäule anhören, aber reiten will ich heute keinen Schritt mehr.«

»Da fällt mir ein, was macht Herkules?« Alle paar Jahre schenkte Raymond Mortimer eins seiner kostbaren, hervorragend geschulten Schlachtrösser. Mortimer nahm sie immer dankbar an. Er war kein wohlhabender Mann; es fiel ihm schwer, die Ausrüstung und den Knappen, die ein Ritter im

Krieg brauchte, zu finanzieren. Und weil er der Auffassung war, dass Raymonds Vater ihn um Waringham geprellt hatte, fand er, die Pferde waren wohl das Mindeste, was ihm zustand.

»Prächtig. Bei einem Scharmützel nahe Meaux hat er einen Pfeil in die Flanke bekommen und ließ niemanden an sich heran. Er war richtig gefährlich. Die Pferdeknechte hatten eine Heidenangst vor ihm, und am dritten Tag bekam er Fieber. In meiner Ratlosigkeit habe ich John einen Boten geschickt, und unser Brüderchen, wie du ihn zu nennen beliebst, hat sich durch die feindlichen Linien gemogelt, um meinen Gaul zu kurieren.«

Raymond lächelte stolz. Das war eine Rittergeschichte nach seinem Geschmack.

Sie verließen die Burg und schlenderten gemächlich zu den Stallungen hinab. Raymond wich Mortimers Fragen nach Eugénie und Robert aus, erkundigte sich aber ausführlich nach seiner Cousine Margery, die Mortimers Frau war, und ihrer Töchterschar. Mortimer gab bereitwillig Auskunft. Ganz anders als Raymond hatte er sich in der Rolle als Ehemann und Familienvater immer wohl gefühlt.

»Ich hoffe, es schockiert dich nicht gar zu sehr, wenn wir hier irgendwo über ein junges Liebespaar auf der Flucht stolpern«, bemerkte Raymond beiläufig, als sie ihren Rundgang bei den Zweijährigen begannen. »Conrad betätigt sich gelegentlich als Samariter für verfolgte Lollarden.«

Mortimer zog die Brauen hoch. »Es schockiert mich nicht. Aber denkst du, es ist klug, das zu dulden? In deiner derzeitigen Lage?«

»Bestimmt nicht.« Raymond ging weiter, liebkoste hier und da einen jungen Pferdekopf, der sich ihm neugierig und zutraulich entgegenreckte, und nahm eine Hand voll Äpfel aus der Fallobstkiste.

Das langgezogene Gebäude mit den beiden gegenüberliegenden Boxenreihen war selbst bei Sonnenschein ein wenig dämmrig, denn außer dem großen Tor an der Stirnwand hatte es keine Lichtquelle. Aber die jungen Hengste hatten es warm und trocken, und da sie mindestens einmal täglich zum Training an die frische Luft kamen, tat das Halbdunkel ihrem Wohlbefinden keinen Abbruch.

»Hier, Theseus, du Vogelscheuche«, murmelte Raymond und steckte seinem Liebling einen der harten, kleinen Äpfel zwischen die samtigen Lippen. »Ich hab weiß Gott noch nie einen so mageren Gaul wie dich gesehen. Alles Futter, das er bekommt, setzt er augenblicklich in Übermut um, darum nimmt er nie zu«, erklärte er seinem Stiefbruder.

»Wir sprachen über die Lollarden, Raymond«, erinnerte der ihn unbeirrt.

Raymond verdrehte die Augen. »Ich sorge schon dafür, dass keine Gewohnheit daraus wird. Aber in diesem Fall konnte ich nichts tun. Es war ein Mädchen dabei und …«

»Oh, verstehe.«

Der Spott ärgerte Raymond. »Du weißt genau, dass ich seit der Geschichte mit John Oldcastle damals für Lollarden keine Sympathie mehr hege, aber dieses junge Ding war keine gefährliche Verräterin, Mortimer. Und mein Vater hatte schon irgendwie ganz Recht: Es ist unsinnig, die Leute für das zu bestrafen, was sie glauben. Man kann doch nichts für das, was man glaubt, so wie man nichts dafür kann, wenn man seekrank wird. Und außerdem …« Er brach ab, weil sein Stiefbruder ihm plötzlich nicht mehr zuhörte.

Mortimer hatte die Augen zusammengekniffen und den Kopf zur Seite gedreht. Doch jetzt warf er Raymond einen kurzen Blick zu und forderte ihn mit einer Geste auf, fortzufahren.

»Ich weiß nicht, was richtig ist«, bekannte Raymond. »Aber was ist so schrecklich daran, wenn die Leute die Bibel auf Englisch lesen wollen? Ihre Bekenntnisse Gott direkt anvertrauen? Manchmal frage ich mich wirklich, ob es der Kirche nicht nur um Macht und Geld geht …« Er redete weiter, was ihm gerade in den Sinn kam, und beobachtete Mortimer aufmerksam.

Der schlich seitwärts auf den kleinen Verschlag zu, welcher etwa in der Mitte des Stalls lag und im Grunde nur eine freie

Box ohne Tür war, wo Striegelbürsten, Huffett und dergleichen aufbewahrt wurden. Ohne ein Geräusch zu verursachen, glitt er in den kleinen, dunklen Raum und kam im nächsten Moment mit einem blonden Jungen am Schlafittchen wieder zum Vorschein. »Ja, wen haben wir denn hier …?«

»Robert!« Raymond musste feststellen, dass er erschrocken war, und drängte die Erkenntnis hastig beiseite. »Was in aller Welt tust du hier?«

Der Neunjährige warf dem großen Ritter, der ihn am Kragen gepackt hielt, einen kurzen, nervösen Blick zu, ehe er seinem Vater antwortete: »Ich habe einen Hufkratzer gesucht.«

»Aber … aber wieso bist du nicht beim Unterricht?«

Robert hob die Schultern. »Vater Anselm ist krank.«

Anselm of Crowborough war Raymonds Hauskaplan, ein blasser, übernervöser Priester, der Alexanders Nachfolge angetreten hatte. Weder an Klugheit noch an Bildung oder Unterhaltungswert konnte er seinem Vorgänger das Wasser reichen, aber Raymond war er bequem, weil er ihm niemals irgendwelche Vorhaltungen machte, und Eugénie vergötterte Vater Anselm. Raymond konnte seine Gemahlin zwar nicht ausstehen, aber sogar er sah ein, dass auch Eugénie irgendeinen Trost im Leben brauchte. Die Frage war nur, wie lange dieser Trost im Priesterrock ihr noch vergönnt sein würde, denn Vater Anselm war eigentlich immer krank.

»Dann solltest du allein deine Bücher studieren, Junge. Jedenfalls hast du hier im Gestüt unbeaufsichtigt nichts verloren«, erklärte Raymond streng.

Der Junge senkte den Kopf. »Ja, Sir. Es tut mir Leid.«

Immer wenn Raymond feststellte, dass er dem Jungen Angst einjagte, bekam er ein schlechtes Gewissen. »Robert, das ist Sir Mortimer Dermond. Er ist so was Ähnliches wie dein Onkel. Mortimer, mein Sohn, Robert.«

Mortimer schüttelte dem kleinen Kerl feierlich die Hand. »Robert.«

»Eine Ehre, Sir«, murmelte der Knabe, sah ihm nur ganz kurz in die Augen und zog seine Rechte so schnell es ging zurück. Mit einer artigen Verbeugung wollte er sich abwenden, aber Raymond sagte: »Einen Augenblick noch.«

Seit er aus Frankreich heimgekehrt war, hatte er es vermieden, sich die Wahrheit über seinen Sohn einzugestehen. Sie schmerzte ihn zu sehr, und sie machte ihn ratlos und wütend. Aber ein Gefühl warnte ihn, dass er sich dieses Mal nicht blind stellen durfte. Es war einfach zu gefährlich. Für ihn selbst und ein halbes Dutzend Menschen in Waringham, die ihm am Herzen lagen. »Hast du gehört, worüber Sir Mortimer und ich gesprochen haben?« Er sah Robert unverwandt in die Augen. »Komm lieber nicht auf die Idee, mich anzulügen.«

»Über Großvater. Und über Lollarden.«

»Was hast du über die Lollarden gehört?«, hakte Raymond nach. Sein Herzschlag hatte sich beschleunigt. Er konnte nicht fassen, dass er sich plötzlich fürchtete.

Robert antwortete nicht sofort. Er schien genau abzuwägen, was er sagen sollte, und entschied sich für die Wahrheit. »Conrad versteckt sie hier. Ketzer, die vor dem Gesetz auf der Flucht sind.«

Raymond trat zwei Schritte auf ihn zu, schloss die Lücke zwischen ihnen und legte seinem Sohn eine Hand auf die Schulter. Er tat es behutsam, denn er hatte immer Angst, er könne ihm dabei das Schlüsselbein brechen. Der Junge war so zierlich. »Hör zu, mein Sohn: Was Conrad tut, ist nicht richtig. Ich kann es nicht billigen, schon allein weil es mir obliegt, in Waringham das Gesetz des Königs aufrechtzuerhalten. Das weißt du, oder?«

Robert nickte.

»Aber aus bestimmten Gründen habe ich beschlossen, dieses eine Mal Gesetz Gesetz sein zu lassen und nichts zu unternehmen. Wenn du einmal älter bist, wirst du es vielleicht verstehen. Bis zu dem Tag hast du meine Entscheidung hinzunehmen. Und ich lege dir absolutes Stillschweigen auf, Robert. Du hast etwas gehört, das nicht für deine Ohren bestimmt war – weil du gelauscht hast, sind wir doch mal ehrlich –, und wenn du es irgendwem erzählst, ganz gleich wem, können Dinge in Gang kommen, die du nicht überschauen kannst. Darum wirst du mir jetzt schwören, dass du den Mund hältst.«

Robert hatte ihm mit großen Augen zugehört, aber sein Blick war seltsam fern. Folgsam hob er die Rechte. »Ich schwöre.«

Sein Vater war nicht zufrieden gestellt. Trotzdem ließ er ihn los und trat einen Schritt zurück.

»Kann ich gehen, Sir?«

Raymond nickte. Doch als der Junge sich abwandte, rief er ihn zurück. »Robert …«

»Ja?«

»Wenn du dein Wort brichst, werd ich es erfahren. Und dann … wirst du nicht zu beneiden sein, glaub mir, mein Sohn.« Er sprach nicht einmal drohend, aber zum ersten Mal schien Robert wirklich wahrzunehmen, was sein Vater sagte. Es war diese kühle Gelassenheit, die Raymond nur an den Tag legen konnte, wenn eine Situation bitterernst war, die Robert einschüchterte, so wie sie einst walisische Aufrührer, englische Verräter und Franzosen auf dem Schlachtfeld eingeschüchtert hatte.

Mortimer hatte die Szene kommentarlos verfolgt. Er wartete, bis Robert durch das Tor ins Freie getreten war, ehe er fragte: »Was hat das zu bedeuten?«

Sein Stiefbruder wich seinem Blick aus und raufte sich die Haare. »Nichts weiter.«

»Aber … Raymond, entschuldige, wenn ich das sage, aber man könnte meinen, du misstraust deinem Sohn.«

Raymond ließ die Hand sinken und sagte eine Weile nichts. Er hatte sich lange vor der Erkenntnis gedrückt, dass er Robert nicht sonderlich mochte. Wenn Liz, Daniel oder Conrad gelegentlich behutsam versucht hatten, ihm die Augen zu öffnen, war er wütend geworden und davongelaufen. Aber mit Mortimer lagen die Dinge anders, und auf einmal war das Bedürfnis, ihm sein Herz auszuschütten, zu groß, um zu widerstehen. »Er … er ist hinterhältig. Ein Schnüffler und ein Feigling. Er spioniert Geheimnisse aus und erpresst die Leute damit. Und er lügt. Glattzüngiger als alle Hofschranzen in Westminster.«

»Alle Kinder lügen dann und wann«, entgegnete Mortimer beschwichtigend. »Es ist normal. Und Jungen sind nun mal Rabauken und tun hässliche Dinge, ohne die Folgen wirklich zu bedenken. Denk doch nur daran, was wir alles angestellt haben …«

»Nein«, unterbrach Raymond. Die Stimme klang belegt. »Das habe ich mir auch lange einzureden versucht, aber so ist es nicht. Robert ist verschlagen. Er schikaniert die Bauern und das Gesinde. Und immer nimmt er sich Schwächere vor, die Knappen auf der Burg meidet er. Er ist wie …« Raymond brach im letzten Moment ab.

Aber Mortimer wusste genau, was er hatte sagen wollen. »Mein Vater?«

Raymond nickte. »Das ist es, was die alten Leute in Waringham sagen. Wir … wir haben nie viel über deinen Vater gesprochen, Mortimer, und das war sicher besser so. Aber nicht einmal du warst gern in seiner Gesellschaft.«

»Nein, ich hatte Angst vor ihm. Als ich dachte, er sei gefallen, war ich erleichtert.«

»Und er endete als Verräter. Mich schaudert bei der Vorstellung, dass die Leute ihn in Robert wiedererkennen. In meinem Sohn. Und ich kann nicht einmal behaupten, es sei Eugénies Schuld, sie habe ihm das vererbt. Denn ganz gleich, was aus ihr geworden ist, sie war einmal ein nettes Mädchen. Ein anständiger Kerl. Und wer weiß, wenn sie nicht ausgerechnet mich hätte heiraten müssen, wär sie das vermutlich heute noch. Ich weiß nicht, woher der Junge das hat. Aber er ist …«

»Nein, sag es nicht, Raymond«, fiel Mortimer ihm ins Wort. Es klang eher eindringlich als scharf. »Du weißt ganz genau, dass der Junge, den du beschreibst, ebenso gut ich sein könnte. Aber kein Mensch wird niederträchtig und zornig und boshaft geboren. Und kein Mensch muss es sein Leben lang bleiben, wenn man ihm einen Ausweg zeigt. Jeder Knabe ist formbar. Robert kann sich ändern, wenn du ihm hilfst. Du warst nie hier, aber das ist jetzt anders. Widme dich deinem Sohn. Sei ihm ein Beispiel, bring ihm bei, … ein Waringham zu sein.«

Raymond verschränkte unbehaglich die Arme und nickte. »Du machst mir Mut«, räumte er ein, aber gleichzeitig fühlte er sich überfordert. Er wusste beim besten Willen nicht, wie er anstellen sollte, was Mortimer da von ihm verlangte. Und eine dünne, mutlose Stimme in seinem Innern raunte ihm zu, dass Mortimer sich irrte. Dass nichts und niemand Robert je würde ändern können.

Rouen, Januar 1432

John verließ das Hauptgebäude, um sich für ein Viertelstündchen in die Kapelle zurückzuziehen. Es war der Tag der Heiligen Drei Könige, welcher der Geburtstag seines Vaters gewesen war. John wollte ein bisschen Ruhe, um sich zu erinnern.

Von der Zugbrücke sah er zwei englische Wachen mit einem gebundenen Franzosen auf sich zukommen. Welch unheilige Angelegenheit am letzten Tag der Weihnachtsfeiern, dachte John sarkastisch und fragte die Soldaten: »Wen habt ihr denn da?«

»Einen Hühnermetzger, Sir John. Er hat zur Rebellion gegen den König aufgerufen. Im Wirtshaus im Schlachterviertel hat er große Reden geführt: Die Jungfrau sei dem Feuer entkommen und sammle ein neues Heer, um uns endgültig aus Frankreich zu jagen.«

Diese verfluchte Jungfrau ist tot beinah so ein Ärgernis wie lebendig, dachte John verdrossen. »Dann sorgt dafür, dass er in Ketten gelegt wird.« Er nickte dem Franzosen zu. »Du hast deine letzte Weihnachtsgans geschlachtet, Freundchen.«

Der Mann, der vielleicht Anfang zwanzig war und dessen Bart noch spärlich wuchs, riss angstvoll die Augen auf. »Aber ich hab nichts gemacht, Monseigneur. Nur erzählt, was ich in Caen gehört hab.«

John winkte ab. »Ja, ja. Das kannst du dem Richter erzählen. Wenn du Glück hast, lässt er dich nur aufhängen, du verräterischer Lump.«

Der junge Mann schluchzte, und der raue Wollstoff seiner Hosen verdunkelte sich im Schritt.

»Das ist typisch für euch Franzosen«, knurrte John. »Erst reißt ihr das Maul auf, und wenn ihr euch verantworten sollt, bepisst ihr euch. Schafft ihn weg«, befahl er den Wachen angewidert, und sie führten ihren weinenden Gefangenen ab.

John wandte sich nach rechts und wollte die Kapelle betreten, doch der Kardinal stand in der Tür und versperrte ihm den Weg.

»Wie grausam Ihr sein könnt, John«, bemerkte Beaufort im Plauderton. »Wenn ich es gelegentlich erlebe, überrascht es mich jedes Mal aufs Neue.«

»Ihr werdet Euch erinnern, dass die Franzosen keinen großen Platz in meinem Herzen einnehmen, Mylord, und die Ereignisse der letzten Wochen und Monate haben mir wenig Anlass gegeben, meine Meinung zu ändern.«

»Ich fürchte, da muss ich Euch Recht geben.«

Die Pariser hatten König Henry einen äußerst kühlen Empfang bereitet. Die Krönung in Notre Dame hatte in eisiger Atmosphäre stattgefunden. Beim anschließenden Bankett gab es keinen Wein, nur die schlichtesten Speisen und nicht einmal davon genug. Eine Panne, hatten die französischen Köche beteuert und Zerknirschung geheuchelt; die Fleisch- und Weinlieferungen aus der Champagne seien aufgrund der Kriegswirren einfach nicht rechtzeitig eingetroffen. Aber John hatte seine Zweifel. Der junge König hatte die Strapazen und Demütigungen dieses nasskalten Dezembertages mit zusammengebissenen Zähnen erduldet, dennoch fürchtete John allmählich um Henrys Gemütsverfassung und Gesundheit.

Doch das Schlimmste an der Krönung in Paris war gewesen, dass der Herzog von Burgund ihr ferngeblieben war.

»Darf ich eintreten, Mylord?«, bat John. »Unwirtlich hier draußen.«

Das war kaum der richtige Ausdruck. Ein eisiger Nordwind fegte über den Burghof und hatte dicke Wolken die Seine heraufgebracht. Seit dem frühen Morgen schneite es ohne Unterlass, als habe Gott die Absicht, Rouen unter einem weißen Leichentuch zu ersticken.

Beaufort trat von der Tür zurück. »Bitte. Hier drinnen ist es allerdings kaum wärmer.«

John trat über die Schwelle und schloss die Tür. Es war eine Wohltat, dem schneidenden Wind entronnen zu sein. »Wieso habe ich das Gefühl, dass Ihr hier auf mich gelauert habt?«

»Ich bin ein Kardinal der heiligen Mutter Kirche und pflege in einem Gotteshaus nicht zu lauern, Sir.«

John unterdrückte mit Mühe ein Grinsen. »Natürlich nicht, Eminenz …«

»Es ist indes ein glücklicher Zufall, dass wir uns hier treffen.«

»Ah ja?«

Beaufort nahm John beim Arm und zog ihn in den Schatten der Säulen. »John, ich muss Euch um einen Gefallen bitten.«

John fand, die Miene seines Schwiegervaters wirkte mit einem Mal sehr ernst. »Natürlich, Mylord.«

»Würdet Ihr für mich nach England reisen?«

John schwieg verblüfft. Der Kardinal wusste sehr wohl, dass der Captain der Leibwache nicht so ohne weiteres von des Königs Seite weichen konnte.

»Ziemlich beunruhigende Nachrichten haben mich aus England erreicht«, vertraute Beaufort ihm an. »Gloucester ist endlich aus der Deckung gekommen. Er will den Kronrat dazu bewegen, mir Winchester zu nehmen …«

»*Was?*«

»Das ist nichts Neues. Davon träumt er, seit ich Kardinal geworden bin. Und er will, dass ich sämtliche Einkünfte der letzten vier Jahre aus meiner Diözese zurückzahle.«

»Oh, ich verstehe. Gloucester geht es um Geld.« John war erleichtert. Er hatte eher damit gerechnet, dass der ehrgeizige, machthungrige Onkel des Königs den Kardinal vollends zu vernichten trachtete.

»Es geht nicht allein darum«, widersprach dieser. »Aber erst einmal will er mich ruinieren, damit ich der Krone als Geldgeber nicht mehr dienlich sein kann und somit einen guten Teil meines Einflusses und … sagen wir, meiner Immunität verliere. Versteht Ihr?«

John nickte.

»Ich kann jetzt unmöglich selbst nach England. Das ist es, was Gloucester will, darum hat er ausgerechnet diesen Zeitpunkt für seine Attacke gewählt. Aber wenn ich nicht sofort zu Philipp von Burgund gehe, ist unser Bündnis nicht mehr zu retten, fürchte ich. Ich muss ihn überzeugen, auf die verlockenden Angebote des Dauphin nicht einzugehen.«

»Vielleicht erinnert Ihr ihn daran, dass der Dauphin seinen Vater ermordet hat.«

»Ihr könnt sicher sein, dass ich das tue. Aber um der Krone in England und Frankreich weiterhin von Nutzen zu sein, muss ich handlungsfähig bleiben. Das heißt, ich muss mein bewegliches Vermögen aus England herausschaffen, ehe Gloucester es konfisziert. Holt es für mich, John. Es sind vier große Kisten mit goldenen Bechern, Kelchen, Platten und so weiter und eine weitere mit etwa zwanzigtausend Pfund in Goldmünzen. Ich habe Anweisung nach Winchester geschickt, diese fünf Kisten nach Sandwich zu schaffen. Würdet Ihr sie dort für mich abholen?«

»Sicher, Mylord. Wenn es Euch beruhigt. Ich kann nur nicht glauben, dass das wirklich nötig ist. Ganz gleich, welche Intrige Gloucester spinnt, um Euch zu diskreditieren, der Kronrat und der König werden seine Anschuldigungen doch niemals glauben.«

»Nein?«

John hob die Schultern. »Sie kennen Gloucester schließlich.«

»Ich wäre nicht verwundert, wenn der Kronrat bei meiner Heimkehr nach England mit einem Mal mit Gloucesters Freunden besetzt wäre. Und was den König angeht … Nachdem ich gesehen habe, wie er mit Eurem Bruder verfahren ist, möchte ich meinen Kopf lieber nicht auf Henrys unerschütterliche Loyalität verwetten. Besagter Kopf ist es nämlich, auf den Gloucester es abgesehen hat, sollte Euch das nicht klar sein.«

John spürte eine Gänsehaut auf den Armen. »Ich werde tun, was Ihr wünscht, Mylord.«

Beaufort lächelte. Er wirkte mit einem Mal so erleichtert, dass John sich fragte, ob sein Schwiegervater an seiner Hilfsbereitschaft gezweifelt hatte. »Ich sorge dafür, dass der König Euch beurlaubt«, versprach der Kardinal.

Kurz darauf zog der Hof nach Calais, um nach beinah zwei Jahren in Frankreich nun endlich nach England zurückzukehren. Der König konnte es kaum erwarten, nach Hause zu kommen, und auch wenn er es nicht zugab, wusste John doch, dass es vor allem das Wiedersehen mit seiner Mutter war, dem Henry entgegenfieberte.

Anfang Februar, unmittelbar bevor auch der König den Kanal überqueren sollte, erhielt John die erwartete Nachricht und setzte mit der *Mary of Winchelsea,* die dem Kardinal gehörte, nach Sandwich über. Alles verlief reibungslos. Die See war ruhig.

Am frühen Nachmittag erreichten sie die englische Küste, und bereits von der Reling aus entdeckte John Malcolm Lennox, jenen schottischen Dominikaner, der schon so viele Jahre im Dienst des Kardinals stand und inzwischen zu dessen engsten Vertrauten zählte.

Der Pater begrüßte John mit unverhohlener Erleichterung. »Waringham. Gott sei gepriesen!« Trotz der schneidenden Kälte hatte er Schweißperlen auf der Stirn.

John schüttelte ihm grinsend die Hand. »Es geht doch nichts über ein warmes Willkommen.«

Lennox lächelte gequält. »Ihr könnt Euch nicht vorstellen, wie froh ich sein werde, wenn ich Euch mitsamt Eurer Fracht am Horizont entschwinden sehe. Seit seine Eminenz mich mit diesem Auftrag beehrt hat, habe ich keine ruhige Minute mehr gehabt.«

»Aber, aber, Bruder Malcolm«, schalt John. »Es sollte unter

Eurer Würde sein, Euch von irdischen Gütern um den Schlaf bringen zu lassen.«

»Ja, spottet nur. Ihr werdet Eure Meinung ändern, wenn Ihr diese irdischen Güter seht.«

Er hatte Recht. Als er John in das unscheinbare Lagerhaus führte und ihm die fünf großen, mit schweren Vorhängeschlössern gesicherten Eichentruhen zeigte, wurde John selbst ein wenig mulmig. *Alles voller Gold,* dachte er fassungslos. Er hatte gewusst, dass Kardinal Beaufort der reichste Mann Englands war. Aber es zu wissen war etwas völlig anderes, als diesen Reichtum vor sich zu sehen.

Vier von Beauforts zuverlässigsten Rittern bewachten die Schatztruhen, aber zehnmal so viele wären John lieber gewesen.

Er räusperte sich. »Ich schlage vor, wir warten auf den Schutz der Dunkelheit, ehe wir unsere Fracht verladen.«

Der Nachtwind war eisig kalt, aber wenigstens schneite es nicht.

»Da entlang«, wies John die Hafenarbeiter an, die er in einer Spelunke angeheuert hatte. Er hielt eine Fackel in der Linken und ging voraus zur Anlegestelle der *Mary.* Die sechs kräftigen Kerle ächzten unter der Last der ersten Kiste, die etwa so groß wie ein Sarg war, aber wesentlich schwerer. Zwei der Wachen bildeten die Nachhut. Die anderen beiden warteten mit Bruder Malcolm bei den übrigen Kisten. Sie hatten beschlossen, erst alle fünf zum Kai hinunterzuschaffen und dann an Bord zu bringen.

Die Hafenarbeiter waren schwere Lasten gewöhnt. Sie hatten Nacken wie Ochsen und gewaltige Keulenarme. Trotzdem beschwerten sie sich über das Gewicht der Kisten und stöhnten so lange, bis John jedem einen Penny extra in Aussicht stellte. Sie brauchten fast eine Stunde, um die fünf Truhen zur Kaimauer hinunterzuschaffen.

John nickte erleichtert. »Großartig, Männer. Jetzt müsst ihr sie nur noch an Bord bringen …«

»Ich glaube, das wird nicht nötig sein«, sagte eine Stimme aus der Dunkelheit.

John stieß zischend die Luft aus und fuhr auf dem Absatz herum. Doch seine eigene Fackel blendete ihn, und ehe er die Lage erfassen konnte, landete ein Plattenhandschuh in seinem Magen. Die Fackel fiel ihm aus der Hand, und er krümmte sich, unfähig zu atmen.

Trotz des Rauschens in seinen Ohren hörte er, wie Beauforts Ritter die Klingen zogen.

Dann sprach die Stimme aus der Dunkelheit wieder: »Im Namen des Königs, lasst Eure Waffen fallen!«

John richtete sich mühsam wieder auf. »Arthur Scrope?«, brachte er ungläubig hervor.

Er bekam keine Antwort. Eilige Schritte erklangen, Rüstungen schepperten – im Handumdrehen waren sie von einem Dutzend schwer bewaffneter Soldaten umstellt.

Beauforts Männer zogen die Dolche zusätzlich zu ihren Schwertern und versuchten ohne großen Erfolg, einen Ring um die kostbare Fracht zu bilden.

»Halt«, befahl John. Er stand immer noch nicht ganz gerade. Scrope hatte ordentlich hingelangt – genau wie früher. »Es hat keinen Sinn, dass Ihr nur für einen Haufen Geld Euer Leben lasst, Gentlemen, egal, wie viel es ist. Ihr wisst doch sicher, dass der Kardinal das niemals gutheißen würde.«

»Hört lieber auf ihn«, riet Scrope.

Die Männer zögerten.

John wandte sich an den schottischen Mönch. »Bruder Malcolm?«

Malcolm Lennox erwachte aus seiner Schreckensstarre und nickte. »Waringham hat Recht. Ergebt Euch. Wenn diese Männer hier tatsächlich im Namen des Königs handeln, wird sich alles aufklären.«

Angewidert steckten die vier Ritter die Waffen ein.

John verschränkte die Arme, drückte sie unauffällig auf seinen schmerzenden Magen und wandte sich an seinen alten Widersacher. »Ja, das würde mich auch interessieren. Wie kommt

Ihr zu der Behauptung, im Namen des Königs zu handeln, der doch noch gar nicht wieder in England ist?« Und wie kann es überhaupt sein, dass du frei herumläufst, statt im Tower zu verfaulen?, fügte er in Gedanken hinzu.

Scrope reichte ihm mit einer spöttischen kleinen Verbeugung ein Schriftstück. Im flackernden Fackelschein erkannte John Gloucesters Unterschrift und Siegel.

»Warum bin ich nicht überrascht ...?«, murmelte er.

»Der Duke of Gloucester handelt mit Ermächtigung des Kronrats, mithin im Namen des Königs«, erklärte Arthur Scrope wichtig. »Darum beschlagnahme ich diese Truhen und verhafte Euch im Namen des Königs, Waringham.«

John wusste, es gab nicht das Geringste, was er dagegen tun konnte. Er nahm den Schwertgürtel ab und warf ihn Scrope mitsamt seinem Dolch vor die Füße. Es war eine bittere Niederlage, und er bedauerte, dass die Pläne des Kardinals durchkreuzt waren. Er fürchtete um die Zukunft seines Schwiegervaters in England, und er fürchtete nicht minder um seine eigene Zukunft. Aber er setzte alles daran, eine ausdruckslose Miene zu wahren, und er sagte nichts.

»Bindet ihm die Hände«, befahl Scrope seinen Männern. »Ihr könnt verschwinden«, fuhr er an Beauforts Ritter und Bruder Malcolm gewandt fort. »Kriecht von mir aus zu eurem verräterischen Kardinal zurück und erzählt ihm, dass er auf seine Schätze lange warten kann. Wenn er sie haben will, muss er kommen und sie holen. Falls er es wagt, noch einmal englischen Boden zu betreten.«

»Ich verbitte mir diesen Ton in aller Schärfe«, entgegnete Bruder Malcolm entrüstet. »Es ist ein Kardinal der Kirche und Onkel des Königs, über den Ihr hier redet, Sir, der darüber hinaus dem französischen Kronrat vorsitzt!«

Scrope schnaubte abfällig. »Dann sollte er vielleicht lieber in Frankreich bleiben.«

»Im Übrigen habt Ihr kein Recht, einen unbescholtenen Edelmann wie John of Waringham einfach so zu verhaften.«

Scrope seufzte. »Bruder, Ihr solltet verschwinden, ehe ich

mich entschließe, zu vergessen, dass Ihr ein Mann der Kirche seid, und Euch ebenso einsperre wie diesen ›unbescholtenen Edelmann‹.«

Malcolm Lennox richtete sich zu voller Größe auf und machte einen Schritt auf Scrope zu. »Sir, Ihr …«

»Bruder Malcolm«, unterbrach John. Mehr sagte er nicht. Aber der Mönch sah ihm einen Moment in die Augen und nickte dann. Irgendwer musste auf den Kontinent zurückkehren und Beaufort die schlechte Nachricht bringen. Besser es war ein Freund als ein schadenfroher Laufbursche des Herzogs von Gloucester.

Scrope wandte sich an die Hafenarbeiter, die die ganze Szene mit offenen Mündern verfolgt hatten. »Ihr bringt diese Fracht dorthin zurück, wo ihr sie hergeholt habt«, befahl er.

Die Arbeiter verständigten sich mit Blicken.

»Das kannst du dir aus dem Kopf schlagen«, brummte einer. Sie machten kehrt und verschmolzen mit der Dunkelheit, ehe Scropes Soldaten sie hindern konnten.

Sandwich war einer der *Cinque Ports* – jener fünf Hafenstädte an der Südostküste, die England vor Invasionen schützen sollten und dementsprechend angelegt und befestigt waren. Dicke, trutzige Türme sicherten den Hafen und die Tore der Stadtmauer, und einen dieser Türme hatte Arthur Scrope mit Hilfe von Gloucesters schriftlicher Vollmacht für seine Zwecke beschlagnahmt. Im Keller des Turms war es nass. Pfützen standen auf dem festgestampften Lehmboden und waren steinhart gefroren.

John kniete am Boden, eine Schulter gegen die gewölbte Mauer gelehnt, spürte, wie das Schmelzwasser allmählich seine Hosenbeine durchtränkte, und wartete. Die Fackel, die sein trostloses Verlies erhellte, war beinah ausgebrannt, als die Tür sich öffnete und Arthur Scrope eintrat.

»Jetzt hab ich endlich Zeit für dich.«

John stand auf.

Es gab wohl kaum etwas, das so viel Mut erforderte, wie mit gebundenen Händen einem Feind entgegenzutreten. Es war viel schlimmer, als mit dem Schwert in der Faust vor einer feindlichen Übermacht zu stehen. Auch das war ihm schon passiert und hatte ihm Angst gemacht, aber es hatte ihn auch mit einem wilden Stolz erfüllt. Kämpfend unterzugehen war ehrenhaft. Außerdem nahm der Kampf einen so in Anspruch, dass man die Furcht manchmal ganz abschütteln konnte.

Dies hier war anders. Es war persönlicher. Sie kannten sich und hassten sich und hatten beide gute Gründe. Dieser persönliche Hass machte die Wehrlosigkeit besonders entwürdigend. Was wird es sein?, fragte sich John. Wieder die Faust in den Magen? Ein Tritt in die Glocken? Ein Schlag ins Gesicht?

Er zwang ein kleines Lächeln auf seine Lippen und machte einen Schritt auf Scrope zu. Was sonst blieb einem übrig?

»Wie wundersam dein Schicksal sich gewendet hat, Scrope«, bemerkte er.

Scrope hielt ein Stück Schinken in der Hand und biss herzhaft ab. »So wie das deine«, antwortete er kauend.

John hob die Schultern. »Fortunas Launen.«

»Tja. Jetzt darfst du mal erleben, wie es ist, wenn man ganz unten in ihrem verfluchten Rad hängt.«

»Das kenne ich schon, weißt du.«

»Wirklich?« Scrope grinste. »Vielleicht wirst du feststellen, dass du noch nie *so* weit unten warst wie heute.«

»Vielleicht.«

Scrope vertilgte den Rest seines Schinkens und rieb sich die fettigen Finger an den Hosenbeinen ab. »Gloucester wird deinen famosen Kardinal des Verrats beschuldigen.«

»Ich beglückwünsche Gloucester zu seiner Fantasie und seinem Optimismus. Wirst du mir verraten, wieso er dich aus dem Tower gelassen und offensichtlich wieder ins Herz geschlossen hat? Obwohl du dich doch an seiner schönen Lady Eleanor vergehen wolltest?«

Ohne jede Vorwarnung schlug Scrope ihm die geballte Rechte ins Gesicht. Er war so schnell, dass John den Kopf nicht rechtzeitig wegdrehen konnte. Die Faust landete auf seinem Auge, und die Braue platzte auf.

»Ich hab Lady Eleanor niemals angerührt. Ich bin ja nicht wahnsinnig. Deine kleine Schlampe von Frau war's, mit der ich mich ein bisschen vergnügen wollte. Schließlich schuldete sie mir was, stimmt's nicht? Und geht sie zu ihrem Gemahl, um sich zu beschweren, auf dass er den Übeltäter fordert, wie es sich gehört? Nein. Anscheinend hat sie dir nicht zugetraut, dass du ihre Ehre – oder das, was in ihrem Fall als Ehre herhalten muss – verteidigen kannst. Sie ist zu ihrem Vater gerannt. Der wiederum wollte die Gefühle seines Töchterchens schonen. Oder deine? Jedenfalls hat er Lady Eleanor erpresst, diese Lügengeschichte zu erzählen.« Er packte John am Schopf und rammte seinen Kopf gegen die Mauer. »Jetzt staunst du, was?«

John hatte den Mund voller Blut und konnte nicht antworten. Sein Kopf dröhnte. Aber er staunte in der Tat. Und ein so unbezähmbarer Zorn überkam ihn, dass er alle Vernunft fahren ließ, Scrope die gefesselten Fäuste in die Weichteile hieb und ihm gleichzeitig die Stirn vors Kinn rammte.

Scrope taumelte zurück gegen die Tür und stützte sich an der Mauer ab, um einen Sturz zu verhindern. Er schüttelte den Kopf wie ein begossener Hund und schnitt eine abscheuliche Grimasse, die halb Schmerz, halb Belustigung ausdrückte.

»Tja, irgendwann hat die schöne Lady Eleanor ihre Furcht vor dem mächtigen Kardinal – der ja immerzu in Frankreich war – abgeschüttelt und Gloucester die Wahrheit gestanden. Der holte mich umgehend aus dem Tower und überschüttete mich mit Gunstbeweisen. Er hatte ein schlechtes Gewissen, wie du dir vorstellen kannst. Es waren immerhin fast zwei Jahre. Jetzt gibt es praktisch nichts, was er mir abschlägt. Nichts, was er mir nicht vergeben würde. Darum erwäge ich, deine hinreißende Lady Juliana nochmals aufzusuchen und endlich die Tat zu begehen, für die ich schon gebüßt habe.«

John wandte den Kopf ab und spuckte Blut aus. Augenblicklich begann es zu dampfen, ehe der eiskalte Boden es abkühlte und gefror. »Dazu müsstest du sie erst einmal finden«, entgegnete er scheinbar gelassen. Tatsächlich spürte er die Furcht um Juliana und Kate wie vergiftete Pfeilspitzen im Bauch.

»Ich brauche dich nur zu fragen, wo sie steckt. Früher oder später wirst du's mir sagen.«

»Wenn ich es wüsste, vielleicht.«

Scrope zeigte wieder sein abscheuliches, träges Grinsen. »Ja, das hätte ich an deiner Stelle jetzt auch gesagt …«

Eine Menge von Johns Blut gefror in dieser Nacht auf dem Kellerboden des Turms. Arthur Scrope war seit jeher ein brutaler Schläger gewesen, und er wusste, wie und wo man seine Fäuste wirksam einsetzte. Aber er war keine Bestie wie Victor de Chinon. Er brach John keine Knochen, und er versuchte auch nicht ernsthaft, ihm zu entlocken, wo Juliana sich aufhielt. Er wollte Genugtuung für alles, was John und die Seinen ihm angetan hatten, aber umbringen wollte er ihn nicht.

John war nicht verwirrt, als er zu sich kam. Er wusste genau, wo er sich befand und was geschehen war. Verstohlen öffnete er das unversehrte Auge einen Spaltbreit und stellte erleichtert fest, dass Scrope verschwunden war. Zweifellos mit den guten Nachrichten unterwegs nach Dover, wo Gloucester den König erwartete.

»Ich hoffe, du brichst dir unterwegs den Hals, Arthur Scrope«, murmelte John.

Er stützte die gefesselten Hände auf den Boden und war verwundert, eine dicke Strohschicht zu ertasten. Behutsam stemmte er sich hoch. Jeder Knochen tat ihm weh, und er stöhnte, weil ja niemand hier war, der es hören konnte, aber alles in allem ging es besser als erwartet. Als er sich in eine sitzende Position gehievt hatte, schaute er sich um. Das Stroh am Boden war nicht die einzige Veränderung: Irgendwer hatte ihm eine raue Wolldecke gebracht und über ihn gebreitet. Eine frische Fackel brannte in der Wandhalterung und beleuchtete einen Holzteller mit Brot und Käse, einen Becher. Gar ein Eimer stand neben der Tür.

John hängte sich die Decke um die Schultern und zog die Knie an. Appetit verspürte er nicht, aber er war furchtbar durstig. Er hob den Becher hoch und schnupperte. »Bier«, erkannte er fassungslos. »Glückwunsch, Waringham. Das hier ist mit Abstand das komfortabelste Verlies, in dem du je gelandet bist.«

Aber es war auch das feuchteste, vor allem das kälteste Verlies, das er je gesehen hatte. Als er das nächste Mal aufwachte, kündigte sich ein böser Schnupfen an. Es war das Knarren der Tür, welches ihn aus dunklen, wirren Träum riss. John fuhr erschrocken auf und nieste gleichzeitig.

»Wohlsein.«

Nicht Arthur Scrope trat mit eingezogenem Kopf durch die Tür, wie John befürchtet hatte, sondern ein rundlicher Mann mit schulterlangem grauen Haar, einem kurzen Bart und einem Kranz tiefer Lachfalten um die Augen. Er reichte John eine dampfende Schale. »Da. Hammeleintopf. Meine Frau hat ihn gekocht, und ich schwöre Euch, Ihr habt nie einen besseren gegessen.«

John war überwältigt. Was kommt als Nächstes?, fragte er sich. Daunendecken? »Habt vielen Dank, Master …?«

»Richard Tropnell. Ich bin der Torhüter. Und der großmäulige Fatzke, der Euch hergebracht hat, hat mir befohlen, Euch zu verwahren, bis ich anders lautende Order bekomme. Im Namen des Königs, wollt' er mir weismachen. Im Namen seiner hochwohlgeborenen Pissnelke, Lord Gloucester, das ist es, was ich glaube.«

Es geht doch nichts über klare Fronten, dachte John und unterdrückte ein Grinsen. »Da liegt Ihr bestimmt nicht falsch, Master Tropnell.«

Der Torhüter nickte zufrieden. »Wenn Ihr mir schwört, dass Ihr nicht wegzulaufen versucht, löse ich Euch die Fesseln.«

John wog Für und Wider ab. »Wie wär's, wenn ich Euch schwöre, dass ich nur weglaufe, wenn es möglich ist, ohne Euch in Schwierigkeiten zu bringen?«

»Wie sollte das gehen?«

»Wenn der großmäulige Fatzke zurückkommt, zum Beispiel.«

Tropnell grinste verschwörerisch, zückte ein scharfes Messer mit abgegriffenem Schaft und durchschnitt den Strick, der Johns Hände fesselte. »Er hat Euch ganz ordentlich zugerichtet, wie?«

John rieb sich erleichtert die Handgelenke. Es war ein himmlisches Gefühl, sich wieder frei bewegen zu können. »Ordentlich«, bestätigte er und nieste.

»Verflucht eisig hier unten«, bemerkte der Torhüter.

John nickte. »Ich will Eure Freundlichkeit nicht ungebührlich strapazieren, aber ich wäre wirklich dankbar für ein Kohlebecken.«

Tropnell schüttelte den Kopf. »Wir sind arme Leute. So was Vornehmes besitze ich nicht.«

John ärgerte sich über seine Taktlosigkeit. Er nahm sich vor, in seine Börse zu schauen, sobald er allein war, und festzustellen, ob Scrope ihm seine magere Barschaft gelassen hatte. Sollte das der Fall sein, wollte er einen diplomatischen Weg finden, Richard Tropnell zu bezahlen. Für Kost und Logis, sozusagen.

»Es geht auch so«, versicherte er lächelnd, nahm die Schale in die Linke und begann zu löffeln. Der Eintopf war in der Tat köstlich. »Hm. Mein Kompliment an die Dame des Hauses, Master Tropnell.«

Der schnaubte belustigt über den gestelzten Ausdruck. »Ich werd's bestellen, Sir John.«

»Ihr wisst, wer ich bin?«, fragte John zwischen zwei Löffeln. Er versuchte, nicht zu schlingen, aber mit einem Mal spürte er, wie ausgehungert er war.

Tropnell nickte. »Der Fatzke erwähnte Euren Namen, als er ging. Lord Waringham ist Euer Vater?«

»Mein Bruder. Woher kennt Ihr ihn?« John war neugierig. Raymond hatte keinerlei Verbindung nach Sandwich, soweit er wusste.

Der Torhüter strich sich den Bart. »Na ja. Ich kenne ihn überhaupt nicht. Aber seinen Stallmeister.«

»Conrad?« John lächelte unwillkürlich. Wie lange hatte er sie alle nicht gesehen. Mit einem Mal überkam ihn fürchterliches Heimweh. »Er ist mein Vetter.«

»Ist das wahr?« Richard Tropnell staunte. Dann dachte er einen Moment nach und verstand ein paar Dinge, über die er in letzter Zeit gelegentlich gerätselt hatte. »Euer Vetter erweist mir und meinen Freunden gelegentlich einen Gefallen, Sir John. Und es ist noch nicht so lange her, da hat auch Lord Waringham uns einen Gefallen getan.«

Das klang höchst konspirativ. John zog die Stirn in Falten. »Ich kann nicht behaupten, dass ich verstehe, was Ihr da sagt.«

Tropnell hob lächelnd die Schultern.

»Vermutlich muss ich das ja auch gar nicht«, fügte John hinzu.

»Nein, das ist wahr. Habt Ihr aufgegessen? Dann lasst mich die Schale mitnehmen.«

John rieb das hölzerne Gefäß mit einem Stück Brot sauber, eher er es dem Torhüter reichte. »Sagt Eurer Frau meinen Dank. Und auch Euch danke ich für Eure Freundlichkeit. Gott segne Euch.«

Tropnells Augen funkelten verschmitzt. »Das will ich doch hoffen. Gute Nacht, Sir John.«

Es hätte eine geruhsame, geradezu angenehme Gefangenschaft werden können, denn Tropnell und dessen Frau ließen nichts unversucht, um sie John erträglich zu machen. Ihr Sohn Morris – ihr einziges Kind – war bei dem furchtbaren Gemetzel von Baugé gefallen, und Mistress Tropnell ergoss ihre angestaute Mütterlichkeit förmlich über den bedauernswerten Fremden im Keller. Aber nach einer Woche bekam John Fieber. Der Torhüter war bald in Sorge um ihn und lieh bei Nachbarn eine zusätzliche Decke. Doch sie nützte nichts. Die feuchte Kälte nistete sich in Johns Lungen ein, und Ende Februar war er todkrank.

Richard Tropnell borgte sich den Sohn und den Esel der hilfsbereiten Nachbarn, Ersteren als Vertreter, Letzteren als Reittier, und machte sich auf den weiten Weg nach Waringham.

Er durchquerte die düstere Eingangshalle des Bergfrieds. Seine Schritte waren langsam und unwillig, denn er wusste genau, was er am Fuß der Treppe vorfinden würde. Aber er hatte keine Wahl. Es war, als habe sich eine kräftige Hand auf seinen Rücken gelegt, die ihn unerbittlich vorwärts schob. Ein heller Fleck schimmerte dort an der Treppe. Wie ein Klecks mattes Licht in der Düsternis. Ihr weißes Kleid, wusste John. Noch zwei Schritte. Noch einer. Dann blieb er stehen und sah auf den zerbrochenen Leib seiner Mutter hinab. Die kecke kleine Haube war ihr bei dem Sturz vom Kopf gefallen, die schwarzen Locken hatten sich wie ein Fächer ausgebreitet. Sie lag auf dem Rücken, die Hände in losen Fäusten links und rechts neben dem Gesicht, und diese Haltung ließ sie vollkommen schutzlos wirken, wie ein Kind. Ihre Augen, die schon allen Glanz verloren hatten, starrten an ihm vorbei, und ein dünner Blutfaden war aus ihrem linken Mundwinkel gelaufen. John wollte schreien. Aber er konnte nicht. Eine eigentümliche Schwäche lähmte ihn, die eher von seiner Seele als von den Gliedern auszugehen schien. Unverwandt starrte er auf den Blutfaden in ihrem Mundwinkel und stellte dann mit dem Mangel an Verwunderung, der Träumenden oft zu Eigen ist, fest, dass es nicht seine Mutter, sondern sein Neffe Robert war, der hier mit gebrochenem Genick zu seinen Füßen lag.

Erleichtert wandte er sich ab. Um Robert war es nicht schade. Jedenfalls nicht so schade wie um seine Mutter. Mit einem Gefühl von Dankbarkeit ging er in den Rosengarten hinaus, aber ein Gewitter war aufgezogen. Drohend türmten sich die schwarzen Wolken, und die ersten Sturmböen zerrten an den Rosenzweigen. Eine weiße und eine rote Blüte verfingen sich ineinander, schienen sich regelrecht zu umschlingen, verwelkten dann vor seinen Augen, und ihre Blätter fielen lautlos ins Gras, während ein Blitz aufflammte und der erste Donner krachte.

John fuhr keuchend aus dem Schlaf und riss die Augen auf. Der Blitz war immer noch da, stellte er fest, und er kniff die

Lider gleich wieder zu. Die Helligkeit schmerzte. Es hämmerte in seinen Schläfen.

»John! Oh, bei allen Knochen Christi …«

Raymond? Wohl kaum. Offenbar träumte er immer noch. Er wusste nicht mehr, wo er sich befand. Manchmal war ihm, als sei er eingesperrt, aber Victor de Chinon kam niemals.

Er spürte einen Becher an den Lippen. Endlich hat einmal jemand eine brauchbare Idee, dachte er. Er verging vor Durst. Er öffnete die aufgesprungenen Lippen und trank, legte die Hand auf jene, die den Becher hielt, damit der ja nicht zu früh abgesetzt wurde.

Dann konnte er nicht mehr schlucken, schob die Hand weg und schlug die Augen auf. »William Durham?« Das wurde immer verrückter. Durham war einst ein Ritter, später ein Vasall seines Vaters gewesen. Und inzwischen war er … Was war er doch gleich …

Johns Kopf dröhnte. »Sheriff von Kent«, nuschelte er, sehr zufrieden, dass es ihm wieder eingefallen war.

»Ganz recht, Sir John.« Durham tauschte einen erleichterten Blick mit Raymond. Eben hatte er für einen Moment gedacht, sie kämen zu spät. »Euer Bruder hat mich mit hergebracht, damit wir Euch ganz offiziell hier rausholen können. Denn *ich* vertrete im Namen des Königs das Gesetz in Kent und niemand sonst. Ganz bestimmt nicht Arthur Scrope, dieser verfluchte *Bastard …*«

John hatte keine Ahnung, wovon Durham sprach. Er driftete. Das Licht der Fackel verschwamm und wurde trüb. »Wo ist Somerset?«, fragte er.

Raymond musste heftig schlucken. Er kniete sich neben seinen Bruder ins Stroh und ergriff seine Linke. Die Hand glühte. »Ich bring dich nach Hause, John.«

Der Jüngere nickte. »Gut. Ich wollte immer in Waringham begraben werden.«

»Der Puls wird kräftiger«, sagte Liz.
»Oh, heiliger David, lass es wahr sein«, murmelte Tudor.
»Ich kann noch nichts versprechen«, entgegnete Liz auf ihre etwas brüske Art, die sie immer dann an den Tag legte, wenn sie es mit einem wirklich schweren Fall zu tun hatte. »Aber er ist auch nicht mehr so bleich wie heute früh. Die Haut nicht mehr so klamm. Hier, fühlt selbst.«
Tudor legte John die Hand auf die Stirn. »Du hast Recht.« Der Kranke hatte immer noch Fieber. Aber zum ersten Mal seit einer Woche sah er nicht todgeweiht aus. »Liz, du hast ein Wunder vollbracht.«
»Wunder überlasse ich Gott und seinen Heiligen«, gab sie entschieden zurück. »Ich beschränke mich auf die Dinge, auf die ich mich verstehe: harte Arbeit und Geduld.«
Johns heilkundige Tante Agnes hatte sie gelehrt, wie man dieses gefürchtete Winterfieber behandelte, das manche Heiler auch Lungenfieber nannten. Es war weiß Gott harte Arbeit: Man musste den Leib des Kranken mit feuchten Tüchern kühlen, wenn das Fieber brannte, und ihn warm halten, wenn der Schüttelfrost kam. Man musste ihm einen Umschlag aus Drudenmilch um die Brust legen und alle drei Stunden erneuern. Ein Kohlebecken musste beständig mit einem Sud aus Fichtennadel, Thymian und Wacholder übergossen werden, damit die Luft im Krankenzimmer warm und feucht blieb und die heilenden Dämpfe in die Atemwege des Kranken eindringen konnten. Nicht zuletzt musste man ihm unaufhörlich Tee aus kleiner Bibernelle, Brunnenkresse und Quecke einflößen. Mit alldem durfte man niemals nachlassen, weder Tag noch Nacht, solange es eben dauerte. Die meisten starben trotzdem, und die ganze Mühe war vergeblich.
»Ein Wunder ist höchstens, dass er bis heute durchgehalten hat«, bemerkte Liz nach einem kurzen Schweigen. »Das ist wohl das einzig Gute am Krieg: Er macht die Männer zäh.«
»Ihr Frauen schimpft immer auf den Krieg, aber wenn eure

Männer ausziehen, streut ihr Blumen auf die Straßen, und einen Helden voller Narben habt ihr alle gern«, neckte der Waliser.

»Das glaubt Ihr, Master Tudor. Aber ich habe meinen Bruder, meinen Sohn und dessen Vater viele Male in den Krieg ziehen sehen, und ich sage euch: Mir sind Männer lieber, die daheim bleiben und sich darum kümmern, dass ihre Kinder Brot auf dem Tisch haben.«

Tudor betrachtete sie mit einem anerkennenden Lächeln. »Ich merke, du bist eine weise Frau, Liz.«

Sie seufzte. »Wenn ich weise wäre, hätte ich viele Dinge in meinem Leben anders gemacht ...«

»Das glaube ich nicht. Wenn du ein Feigling wärst, vielleicht.«

Sie fragte sich verwirrt, was dieser Mann über sie wissen mochte, dass er so etwas sagte, aber sie ging nicht darauf ein, sondern bat: »Reicht mir den Becher noch mal, seid so gut.« Dann lachte sie plötzlich. »Nun seht Euch das an. Er hört jedes Wort, das wir sprechen.«

»Meinst du wirklich?« Es klang halb ungläubig, halb hoffnungsvoll. Seit Tudor Juliana hergebracht und abwechselnd mit ihr und Liz an Johns Krankenbett gewacht hatte, hatte er mehr als einmal geglaubt, er sehe seinen Freund sterben.

Mit dem Finger wies Liz auf Johns zusammengekniffene Lippen. Dann schob sie die Rechte in seinen Nacken und führte mit der Linken den Becher an seine Lippen. »Ihr könnt meinen Tee trinken oder dürsten, Sir John. Sucht es Euch aus.«

Johns Mundwinkel verzogen sich für einen winzigen Moment nach oben, und dann trank er.

Als Liz ihr widerwärtiges Gebräu endlich absetzte, schlug er die Augen auf. Die beiden vertrauten Gesichter, die sich über ihn beugten, erschienen ihm unwirklich. Die Konturen waren zu scharf. Er wusste, wer sie waren, aber er konnte sich keinen Reim auf ihre Anwesenheit machen.

»Owen.« Seine Lippen formten das Wort, aber er brachte keinen Laut hervor.

Tudor legte ihm für einen Moment die Hand auf die Schulter und drückte sie untypisch sanft. »Du kommst wieder auf die Beine, Waringham.«

John antwortete nicht, aber offenbar verriet seine Miene Skepsis.

»Nein, ich mein's ernst«, fuhr Tudor fort. »Gestern hätte ich noch keinen Farthing darauf gewettet, aber heute bist du über den Berg. Hier.« Er nahm Liz den Becher aus der Hand. »Trink noch einen Schluck.«

John drehte den Kopf zur Wand und schlief schleunigst wieder ein.

Als er das nächste Mal aufwachte, merkte er selbst, dass er auf dem Wege der Besserung war. Er blinzelte, verwirrt über die dramatische Veränderung seines Befindens, und stützte sich auf einen Ellbogen.

Tudor half ihm, sich ein wenig aufzurichten, und stopfte ihm ein Kissen in den Rücken.

»Danke.« Seine Stimme war rau, regelrecht eingerostet. »Was … tust du hier?«

»Ich habe deine Frau nach Hause gebracht. Dein Bruder schickte uns einen Boten, aber der hat uns nicht auf Anhieb gefunden. Wir fürchteten schon, deine Beerdigung zu verpassen.«

John grinste. Es sah geisterhaft aus, weil er so abgemagert war, aber es fühlte sich gut an. Er hatte selbst geglaubt, er werde sterben. Nie hätte er für möglich gehalten, dass man sich so schwach und elend fühlen und trotzdem weiterleben konnte. Er hatte bruchstückhafte, grässliche Erinnerungen an Schüttelfrost und wirre Fieberträume, quälenden Husten und Atemnot. Er fühlte sich immer noch schwach und fiebrig, aber die Erstickungsangst war verschwunden. Er hatte dem Tod – und Arthur Scrope – ein Schnippchen geschlagen.

»Wo ist Juliana?«, fragte er und räusperte sich.

»Du solltest besser noch nicht reden«, warnte sein Freund. »Sie hat sich ein paar Stunden hingelegt. Fünf Tage und Nächte hat sie praktisch ohne Pause bei dir gewacht.«

Es war John ein bisschen peinlich, dass er allen solche Umstände gemacht hatte. »Denkst du, du könntest mir einen Schluck Wasser besorgen?«

Tudor schüttelte grinsend den Kopf. »Tee.« John stöhnte, aber der Waliser blieb hart. »Wenigstens bis du kein Fieber mehr hast. Liz sagt, wenn du zu früh zu übermütig wirst, stirbst du uns doch noch, und ihre ganze Mühe war umsonst.«

Folgsam trank John den bitteren Tee. »Ist es Nacht?«

Tudor nickte. »Die erste richtige Frühlingsnacht. Sternenklar, aber nicht mehr eisig. Der Wind ist beinah mild. Euer Kent ist wahrhaftig ein von Gott gesegnetes Land.«

»Ja. Und es hat einen fabelhaften Sheriff.«

»Ich hab gesagt, du sollst nicht reden«, schalt Tudor.

»Dann mach endlich das Maul auf und erzähl mir, was passiert ist. Was macht Arthur Scrope? Wo ist der Kardinal? Und wo die Königin? Wer hat …«

»Katherine ist bei Hofe«, fiel Tudor ihm ins Wort.

Das war gut. John war erleichtert, dass die Königinmutter Henry ein wenig Zeit widmete. Er wusste, der König hatte sich vernachlässigt gefühlt und sie während seiner zweijährigen Abwesenheit schrecklich vermisst.

Tudor nahm einen Weinbecher vom Tisch, setzte sich in den Sessel am Bett, kreuzte die Füße auf der Bettkante und trank ungeniert – trotz der neidvollen Blicke, mit denen John jeden Schluck verfolgte. »Wir haben im Winter noch einen Sohn bekommen. Jasper.«

John brachte seine Glückwünsche mit einem Lächeln zum Ausdruck.

»Da meine Frau derzeit aber zufällig einmal nicht schwanger ist, fand sie, es sei ein günstiger Zeitpunkt, sich dem König zu widmen. Und ich schätze, das war ein guter Entschluss. Seit der Junge in Dover gelandet ist, träufelt Gloucester Tag und Nacht Gift in sein Ohr, um ihn gegen den Kardinal aufzubringen. Gegen die Beaufort überhaupt.«

»Und gegen mich?«

Tudor hob vielsagend die Schultern. »Ich habe Zweifel, dass

ihm das gelingen könnte, aber das heißt ja nicht, dass er es nicht versucht.«

»Hm.«

»Es ist unmöglich zu sagen, wie Katherines Besuch bei Hofe verlaufen wird. Ich schätze, der König hat sich in zwei Jahren verändert und ist ihrer Führung entwachsen. Aber sie wird nutzen, was sie noch an Einfluss besitzt.«

»Gott verflucht, Owen, ich müsste dort sein. Stattdessen liege ich hier rum und …«

»John, wenn du jetzt nicht das Maul hältst, werde ich aufstehen und gehen.«

»Einverstanden, aber lass mir den Becher hier.«

»Es hat keinen Sinn, dass du dich grämst. Das wird deine Genesung nur verzögern, und ehe du nicht vollständig wiederhergestellt bist, kannst du rein gar nichts machen. Der Kardinal ist in Gent und lässt es sich dort wohl ergehen. Er hat einen Boten geschickt. Natürlich wäre es ihm lieber gewesen, er hätte seine Schätze außer Landes schaffen können, aber er sagt, du sollst dich ›wegen dieses kleinen Missgeschicks nicht ungebührlich echauffieren‹.«

John musste lächeln.

»Er wird zu Beginn des Parlaments Anfang Mai nach England zurückkehren«, fuhr Tudor fort. »Ich persönlich denke, er ist närrisch, das auch nur zu erwägen, denn niemand kann vorhersagen, welche Klage Gloucester vor dem Parlament erhebt und was daraus wird, aber vermutlich weiß dein Schwiegervater schon, was er tut.«

Das traf in aller Regel zu, aber dennoch teilte John Tudors Besorgnis.

Er stellte allerdings schnell fest, dass er noch zu krank war, um sich mit solch schwierigen Problemen herumzuplagen. Ein warnendes Hämmern in den Schläfen setzte ein, und ihn schwindelte plötzlich.

Tudor schnalzte mit der Zunge und stand auf. »Ich muss verrückt sein, dich mit all diesem Unsinn zu behelligen. Schlaf lieber noch ein paar Stunden, John.«

Die Augen des Kranken fielen schon zu, aber er fragte noch: »Was ist mit Arthur Scrope?«

»Lass uns morgen über Scrope reden.«

»Jetzt.«

Tudor schüttelte den Kopf. »Das Einzige, was du mir heute Nacht noch entlocken kannst, ist ein Schlückchen von Liz' wunderbarem Tee.«

Juliana kam am nächsten Morgen und brachte ihm Frühstück. Tudor schlüpfte hinaus, während sie das Tablett auf den Tisch stellte. Sie verharrte dort einen Moment länger als nötig. Dann wandte sie sich zu ihrem Mann um und trat an sein Bett.

John hatte die Absicht gehabt, sie mit einem strengen Blick und bitteren Vorwürfen zu begrüßen. Er verwarf diesen Vorsatz nicht, als er sie nun sah, er vergaß ihn einfach. Länger als ein Jahr waren sie getrennt gewesen, und er hatte beinah vergessen, welchen Zauber Juliana auf ihn ausübte. Ihr Anblick erfüllte ihn mit einer stillen Euphorie, einem unkomplizierten Glücksgefühl, fast genauso wie damals, als sie ihm aus dem Baum buchstäblich in die Hände gefallen war. Er lächelte und streckte die Hand aus.

Mit zwei eiligen Schritten hatte Juliana ihn erreicht, ergriff seine Hand und setzte sich auf die Bettkante. »Oh, John. Ich hatte solche Angst um dich.«

Er schlang die Arme um ihre Taille und bettete den Kopf in ihren Schoß. Es war lange still. John wollte nichts anderes als ihre Nähe auskosten, ihren Duft in sich aufsaugen, ihre Hand auf seinem Kopf spüren.

»Maud hat dir eine gute Haferschleimsuppe gekocht«, sagte sie schließlich.

John schauderte. »Richte ihr aus, die soll sie schön selber essen.«

Juliana lachte leise. »Als ob ich's geahnt hätte. Ich hab dir ein bisschen Hühnerbrühe und Brot mitgebracht. Was sagst du dazu?«

»Hm.« Es war ein Laut des Wohlbehagens. »Wüsste ich es

nicht besser, würde ich sagen, ich habe einen Engel geheiratet.«

Zögernd ließ er sie los und wollte sich aufrichten, aber er war zu schwach, um es allein zu tun. »Herrgott noch mal …«, schimpfte er, während er unfreiwillig in die Kissen zurücksank.

Juliana half ihm, ignorierte seine Verlegenheit und seine Proteste und brachte ihm schließlich die Schale mit der Suppe. »Hier. Langsam und vorsichtig. Du warst sehr krank, John.«

»Ja, ich weiß. Und ich bin es satt, das zu hören.«

Sie führte einen Löffel mit Brühe an seine Lippen. »Du musst Geduld haben.«

Er verspürte den kindischen Impuls, die Suppe zu verweigern, weil es ihn beschämte, sich von ihr füttern zu lassen. Er wünschte, es wäre Liz und nicht seine Frau, die ihm die Suppe gebracht hätte. Aber dann musste er einsehen, wie albern das war. Und wie undankbar. Er hatte wahrhaftig allen Grund, zufrieden zu sein, da er sich eindeutig auf dem Wege der Besserung befand.

Er warf Juliana einen reumütigen Blick zu – den sie mit einem wissenden Lächeln erwiderte – und aß wie ein braver kleiner Junge.

Doch nach fünf oder sechs Löffeln musste er eine Pause einlegen. Er schüttelte den Kopf und lehnte den Kopf einen Moment zurück in die Kissen.

»Nicht gut?«, fragte sie besorgt.

»Wunderbar.« Er rang sich ein kleines Lächeln ab. »Aber erst einmal ist es genug.«

»Wie du willst.« Juliana stellte die Schale beiseite und legte ihm dann die Hand auf die Stirn. »Du fieberst immer noch.« Es klang ängstlich.

Er nahm die zierliche, weiße Hand in seine und betrachtete sie einen Moment. So zart. Langfingrig, aber schmal. Perfekt gepflegt, mit makellosen Nägeln.

»Wie hast du's geschafft, damit einen so bärenstarken Kerl wie Arthur Scrope abzuwehren?«

Juliana riss ihre Hand mit einem kleinen Schreckenslaut los.

John hob den Kopf. »Warum bist du nicht zu mir gekommen?«

»John, lass uns lieber …«

»Nein«, unterbrach er scharf. »Ich kann ohnehin an nichts anderes denken, also können wir ebenso gut darüber reden. Wieso hast du mir nicht die Wahrheit gesagt, Juliana?«

»Um dich zu schützen. Du wärest zu ihm gegangen und hättest ihn gefordert.«

»Und du fürchtetest, er könnte mich im Zweikampf besiegen und erschlagen?« Es klang bitter.

»Es soll vorkommen, dass nicht der bessere Mann oder der, der das Recht auf seiner Seite hat, einen Zweikampf gewinnt«, gab sie zurück und bemühte sich, nicht ungeduldig zu klingen. »Und selbst wenn nicht. Hättest du ihn erschlagen, hättest du dir seinen Bruder und Gloucester zum Feind gemacht.«

»Und wenn schon. Lord Scrope und der Duke of Gloucester gehören auch so nicht zu den Männern, die mich in ihre Gebete einschließen.«

»Aber das ist etwas anderes, als wenn du ihren Zorn auf dich gelenkt hättest, oder?«

»Juliana.« John rang mit seiner Schwäche, aber er ließ sich nicht unterbrechen. »Arthur Scrope hat dich bedroht und beleidigt. Der übliche, ehrenhafte Weg wäre gewesen, dass du mir davon erzählst, ich ihn fordere und die Sache somit aus der Welt schaffe. Stattdessen hast du deinen Vater veranlasst, eine Intrige zu spinnen und Lady Eleanor Cobham zu einer Lüge zu zwingen. Das war abscheulich von ihm. Was habt ihr euch nur dabei gedacht? Jetzt ist es herausgekommen, ich stehe da wie ein Trottel, und jeder kann mit Fug und Recht an meiner Ehre zweifeln, an deiner ebenso und an der deines Vaters. Und das ausgerechnet jetzt, da Gloucester alles daran setzt, den Kardinal zu entmachten und zu ruinieren. Ihr habt ihm in die Hände gespielt. Das habt ihr wirklich fabelhaft hingekriegt.«

Juliana hatte ihm mit gesenktem Kopf gelauscht. Nicht weil sie sich schämte, sondern weil sie sich nicht auf das konzentrieren konnte, was er sagte, wenn sie sah, wie bleich und ausgezehrt er aussah. »Ich wusste mir keinen anderen Rat«, erklärte sie ohne alle Anzeichen von Zerknirschung. »Du hättest darauf bestanden, Arthur Scrope zu fordern. Der Kronrat hätte das Duell auf Gloucesters Betreiben hin verboten, und du hättest es trotzdem getan und dich in Teufels Küche gebracht. Dies hier schien mir das geringere Übel.«

»Aber das war ein Irrtum. Und es wäre an mir gewesen, zu entscheiden, was der richtige Weg ist. Du hast mir diese Entscheidung vorenthalten und …«

»Er hat *mich* im Wald überfallen, nicht dich«, fiel sie ihm ins Wort. »Mich hat er angefasst, seine widerliche Zunge in meinen Mund gesteckt. Nein, John, ich glaube nicht, dass dir die Entscheidung oblag.«

»Du bist *meine* Frau, Juliana. Natürlich oblag sie mir. Du und dein Vater … ihr habt meine Integrität gestohlen. Und ich besitze weder Land noch Titel. Sie war alles, was ich hatte.« Seine Stimme wurde immer dünner, und auf seiner Stirn bildete sich Schweiß.

Juliana nahm ein Tuch aus der nahen Wasserschüssel, wrang es aus und wollte ihm die Stirn abtupfen, doch er bog den Kopf weg.

»Es tut mir Leid, Liebster«, sagte sie hilflos. »Ich habe das getan, was mir für dich das Beste zu sein schien. Aber ich mach es wieder gut, du wirst sehen …«

Seine Lider hatten sich geschlossen, aber ein kleines Lächeln spielte um seine Lippen. »Ich glaube, darum kümmere ich mich lieber selbst.«

»Aber John …«

»Was macht Kate?«

»Sie …« Juliana musste unwillkürlich lächeln. »Sie hat ihre Leidenschaft für den Stickrahmen entdeckt. Ihre Figürchen sehen noch aus wie Kobolde, aber ihre Ausdauer muss man bewundern. Sie wird eine richtige kleine Dame, John. Na ja, sie ist ja schon neun. In drei Jahren ist sie heiratsfähig. Nicht zu glauben, oder?«

Aber sie bekam keine Antwort. John war eingeschlafen.

Er erholte sich langsamer, als ihm lieb war, doch sein Zustand besserte sich von Tag zu Tag. Nach einer Woche konnte er das Bett verlassen und an Tudors Arm ein paar wacklige Schritte gehen. Sein walisischer Freund war der Einzige, vor dem er sich seiner elenden Schwäche nicht schämte, und als es ihm wieder gut genug ging, um irgendetwas genießen zu können, erfreute er sich an den beschaulichen Tagen, an Tudors Gesellschaft und vor allem an Juliana und Kate, die er so lange entbehrt hatte.

Der ungewöhnlich milde März wich einem typischen April mit reichlich Regen, aber auch klaren, sonnigen Nachmittagen. Sobald John kräftig genug war, ging er wieder täglich ins Gestüt und arbeitete ein bisschen, war aber durchaus damit zufrieden, die Vorbereitungen für die Auktion Conrad und Raymond zu überlassen. Er war froh zu sehen, dass sein Bruder mit diesem ungewohnt geruhsamen Leben gut zurechtkam.

»Besser, als ich je für möglich gehalten hätte«, gestand er Tudor, als sie von einem Ausritt durch die frühlingsgrünen Wälder rund um Waringham zurückkamen.

»Einem Mann, der hier nicht zufrieden ist, ist wirklich nicht zu helfen«, gab der Waliser zurück, der solchen Gefallen am Gestüt gefunden hatte, dass er immer nur schwer von dort wegzulocken war. »Es gibt Schlimmeres, als hier ein Leben fernab vom Hof zu führen.«

»Tja. Aber mit Eugénie und Robert zur Gesellschaft …«

Tudor hob kurz die Schultern. Lord Waringhams feiste Gemahlin fand er amüsant, weil sie meist geistreiche Gehässigkeiten von sich gab, wenn sie den Mund auftat, aber der Knabe war auch ihm ein bisschen unheimlich. Da Waringhams Familienangelegenheiten ihn aber nichts angingen, brauchte er sich darüber ja glücklicherweise nicht zu grämen. »Wann brechen wir auf, John? Du bist wieder gesund. Dein Bruder braucht derzeit keinen Steward. Du hast keine Ausrede, dem Hof länger fernzubleiben.«

John nickte. »Da hast du Recht. Und als Captain der königlichen Leibgarde wäre es meine Pflicht, zu dem großen Spektakel an St. Georg in Windsor zu sein, aber drei Tage später ist hier der Pferdemarkt. Da *wird* mein Bruder mich brauchen.« Er war Raymond sehr dankbar, dass er mitsamt Sheriff nach Sandwich geeilt war und ihn aus dem eisigen Loch befreit hatte, in dem er um ein Haar verreckt wäre. Er fand, er schuldete seinem Bruder einen Gefallen. »Aber unmittelbar danach will ich an den Hof zurück. Immer vorausgesetzt, dass du mir vorher sagst, wie es um mich steht und was Arthur Scrope im Schilde führt.«

Tudor wandte den Kopf und sah ihn wortlos an.

»Sobald ich seinen Namen erwähne, weichst du mir aus, Owen. Was soll das nützen? Sag mir, was du weißt. Lass mich nicht ins offene Messer laufen.«

Tudor antwortete nicht gleich. Erst als sie vor dem langen Stall der Zweijährigen abgesessen waren und ihre herrlichen, wenn auch übermütigen Reittiere der Obhut zweier Stallburschen anvertraut hatten, nahm er die Unterhaltung wieder auf. »Unser alter Kumpel Arthur Scrope sitzt fest im Sattel, so viel steht fest«, sagte er gedämpft. »Niemand hat ihn dafür zur Rechenschaft gezogen, dass er dich in Sandwich eingesperrt hat und krepieren lassen wollte. Als ich Gloucester höflich nach dem Grund fragte, sagte er mir, Scrope habe vollkommen richtig gehandelt. Du habest gegen das Gesetz verstoßen und gehörtest eingesperrt. Er habe den Sheriff von Kent nur gewähren lassen, weil du ein Waringham bist und deswegen nicht davonlaufen wirst, aber du wirst dich vor dem Parlament verantworten müssen.«

John fragte sich, ob dies hier vielleicht einer seiner bizarren Träume war. »Du willst mich auf den Arm nehmen.«

Tudor schüttelte den Kopf. »Es ist bitter ernst, Junge.«

»Und was für ein Vergehen soll das sein, dessen ich mich schuldig gemacht habe?«

»Du hast versucht, Kardinal Beauforts Vermögen außer Landes zu schaffen.«

»Aber auf seine Bitte.«

»Hm. Trotzdem ist es offenbar verboten, größere Mengen Edelmetalle ohne Erlaubnis der Krone auszuführen.«

John schnaubte verächtlich. »Der Kardinal wird doch mit seinem persönlichen Vermögen noch tun dürfen, was ihm beliebt.«

Tudor blieb stehen, nahm John beim Arm und drehte ihn zu sich um. »Das wird sich zeigen. Letzten Endes wird wohl der Recht bekommen, der in eurem Parlament mehr Macht besitzt oder klüger taktiert, nicht wahr? Gloucester sagt jedenfalls, der Schmuggel der Goldtruhen sei ein Akt des Verrats. Und du stehst und fällst mit dem Kardinal, John: Wenn das Parlament sich gegen ihn stellt, wirst du ebenfalls als Verräter angeklagt werden.«

Windsor, Mai 1432

Ein herrlicher Tag für die Jagd, Sire!«, rief der Duke of Gloucester ausgelassen. »Und Ihr seht so wundervoll und prächtig aus wie ein Jäger in einer französischen Tapisserie, wenn ich das sagen darf.«

Der König lachte verlegen, aber Gloucester sagte zweifellos die Wahrheit, fand John. Er war im Schatten neben dem Pferdestall stehen geblieben, um Onkel und Neffen einen Moment zu betrachten.

Humphrey of Gloucester hatte sich mit Anfang vierzig immer noch seinen etwas unbeholfenen Jungencharme bewahrt. Seine dunklen Lancaster-Augen waren scharfsichtig und voller Neugier. John wusste, Gloucester war ein Schöngeist; er sammelte Gedichte und philosophische Schriften. Diese Neigung schien so gar nicht zu seinem Hang zur Boshaftigkeit zu passen, erst recht nicht zu dem brennenden Ehrgeiz, der sein Handeln bestimmte und ihn so unberechenbar machte. Der Duke of Gloucester war ein Buch mit sieben Siegeln. Jetzt allerdings wirkte er ausnahmsweise einmal zufrieden und entspannt, und als er lachte, sah er seinem toten Bruder Harry plötzlich so ähnlich, dass John einen Stich spürte.

Der König schien ein gutes Stück gewachsen zu sein, seit John sich vor drei Monaten in Calais von ihm verabschiedet hatte. Er trug einen fein gefältelten blauen Samtumhang und einen passenden flachen Hut, hielt seinen Falken elegant auf dem linken Handgelenk und saß in perfekter Haltung im Sattel. Zumindest was das Reiten anbetrifft, schlägt der König seinem Vater nach, fuhr es John durch den Kopf. Oder möglicherweise auch seiner Mutter.

Doch plötzlich begann Henrys Grauschimmel nervös den Kopf zu schütteln und tänzelte einen Schritt zur Seite.

»Hoh«, machte der Junge beschwichtigend und bemühte sich, die Zügel mit der freien Hand kürzer zu nehmen. Er war ein wenig ungeschickt, und der Schimmel schnaubte missgelaunt und stieg plötzlich.

Henry stieß einen halb unterdrückten Schreckenslaut aus. »Onkel, würdet Ihr mir wohl den Vogel abnehmen?«, bat er.

Zwei Stallburschen, die in der Nähe standen, wollten hinzueilen, um den Schimmel zu beruhigen, aber Gloucester schüttelte den Kopf, trat zwei Schritte zurück, um sich in Sicherheit zu bringen, verschränkte die Arme und sagte: »Das ist gewiss nicht nötig, Sire. Ihr seid alt und erfahren genug, um Euer Pferd zur Räson zu bringen.«

Das war theoretisch richtig, wusste John, aber es war das erste Mal, dass er den König auf einem Großpferd sitzen sah, und die Beine des Zehnjährigen waren noch recht kurz. Henrys Miene wurde grimmig, und er strengte sich an, aber es gab nicht viel, das er mit nur einer Hand tun konnte. Er bewahrte die Ruhe, erkannte John stolz. Das Pferd wurde indessen immer wilder, stieg, tänzelte und bockte, als hinge sein Leben davon ab, sich des Reiters zu entledigen.

Als der junge König gefährlich zur Seite rutschte und

Gloucester immer noch keine Anstalten machte, ihm zu Hilfe zu kommen, trat John schleunigst aus dem Schatten, packte das scheuende Tier am Kinnriemen und legte ihm die Hand auf die Nüstern. Auf der Stelle wurde es ruhiger, aber es rollte immer noch die Augen.

»John!«, rief der König aus. Es klang ein bisschen atemlos und unendlich erleichtert.

Der Captain der Leibwache lächelte ihm zu. »Ich glaube, es wäre ratsam, Ihr sitzt ab, Sire.«

Das ließ sich der Junge nicht zweimal sagen. Er schwang das rechte Bein über den Widerrist und glitt zu Boden. Augenblicklich wurde der Schimmel lammfromm.

John ließ ihn los und sank vor Henry auf ein Knie. »Sire. Ich hoffe, Ihr vergebt mir meine lange Abwesenheit.«

Henry übergab seinen Vogel dem Falkner und forderte John dann mit einer Geste auf, sich zu erheben. »Mutter sagte, Ihr seiet krank. Habt Ihr Euch erholt? Ihr seid ganz blass und mager, Sir.«

Die großen, teilnahmsvollen Kinderaugen hatten etwas Rührendes, aber John lächelte nicht. »Oh, keine Bange, ich bin vollständig genesen. Ihr wisst ja selbst, wie es ist, wenn man Fieber hat.« Ein wenig verspätet verneigte er sich vor Gloucester. »Gott zum Gruße, Mylord.«

»Waringham.« Gloucester nickte frostig.

»Wir reiten zur Jagd, John«, berichtete Henry strahlend. »Wollt Ihr uns begleiten?«

Wo ist die Eskorte?, fragte sich John, aber er behielt sein Missfallen vorerst für sich. Es war ja nicht nötig, gleich jetzt mit Gloucester zu streiten. Dazu fand sich gewiss noch ausreichend Gelegenheit.

»Würdet Ihr mir vorher erlauben, mir Euer Pferd ein wenig genauer anzusehen, Sire?«

»Natürlich.«

Gloucester schnalzte ungeduldig. »Was soll schon mit ihm sein? Manche Gäule scheuen, wenn sie einen Falken sehen. Er wird sich wieder beruhigen.«

»Ich habe dieses Pferd ausgebildet, Mylord. Es scheut weder vor Feuer noch Lärm und ganz sicher vor keinem Vogel«, entgegnete John. Es gelang ihm nicht ganz, seinen Unwillen zu verbergen.

»Ich verstehe gar nicht, was mit ihm los ist«, warf der König ein. »Er war ruhig und freundlich wie immer, bis ich aufgesessen bin.«

John löste den Sattelgurt. »Seit wann reitet Ihr Ulysses, Sire?«

»Seit wir nach Windsor gekommen sind«, antwortete der Junge stolz. »Mein Onkel meinte, es sei an der Zeit, mich von den Ponys zu verabschieden. Ihr denkt doch nicht, es war noch zu früh, oder?«, fügte er besorgt hinzu, als fürchte er, John könne diesen denkwürdigen Schritt auf dem Weg zum Erwachsenwerden rückgängig machen.

»Nein«, antwortete John und tat, als bemerke er Gloucesters finsteren Blick nicht. Offenbar missfiel dem Herzog, wie viel Henry an Johns Meinung gelegen war. »Euer Onkel hat völlig Recht, mein König. Da er Euch zwei Jahre lang nicht gesehen hatte, konnte er Eure Kraft und Größe vielleicht klarer beurteilen als wir, die wir immer mit Euch zusammen sind und deswegen gar nicht merken, wie schnell Ihr Euch entwickelt.«

Er nahm Ulysses erst den Sattel, dann die Satteldecke ab und strich mit der Hand über den breiten Pferderücken. Er fand weder wundgescheuerte Haut noch Druckstellen. Dann drehte er die Satteldecke um und untersuchte ihre Unterseite. »Ah. Hier, seht Euch das an, Sire. Kein Wunder, dass er Euch abwerfen wollte.«

Ein Dorn steckte in den weichen Wollfasern der Decke. Er mochte von einer Rose oder einem Brombeerbusch stammen, jedenfalls war er dick und hart. Unter dem Gewicht des Königs hatte er sich gewiss tief in Ulysses' Fleisch gebohrt.

Gloucester trat näher. »Grundgütiger«, murmelte er ein wenig kleinlaut. »Das hätte gefährlich werden können.« Er führte die Hand zum Mund und begann, am linken Daumennagel zu kauen.

»Allerdings.« John pflückte den Dorn aus der Decke und befühlte ihn.

»Was für eine unverantwortliche Schlamperei«, schimpfte Gloucester »Master Picard!«

Des Königs Stallmeister erschien in Windeseile, begutachtete den Dorn mit besorgt gerunzelter Stirn und entschuldigte sich so zerknirscht bei Henry, dass der junge König beinah geneigt war, ihn zu trösten. Dann wandte Master Picard sich an die beiden Stallburschen, die immer noch in der Nähe am Gatter standen.

»Wer?«, fragte er drohend. »Wer von euch hat Ulysses gesattelt?«

Der Jüngere der beiden, ein vielleicht vierzehnjähriger Knabe mit braunen Locken, atmete hörbar aus, straffte dann die Schultern und trat einen Schritt vor. »Ich, Sir.«

Picard ohrfeigte ihn links und rechts. »Na warte, Bürschchen.« Er packte den Übeltäter am Arm und zog ihn zum Stall hinüber. »Ich werd dich lehren …«

John wusste, Julius Picard war ein guter Stallmeister und hervorragender Pferdekenner. Aber so liebevoll und behutsam er mit seinen Schützlingen umging, so hart und ungeduldig war er zu seinen Untergebenen. Der Stallbursche war gewiss nicht zu beneiden.

Mit gesenktem Kopf, aber willig ließ der Junge sich abführen, doch ehe Picard ihn durchs Stalltor zerren konnte, riss er sich los, lief zu Henry und fiel vor ihm auf die Knie. »Vergebt mir, Mylord. Ich kann mir nicht erklären, wie es passiert ist, aber es tut mir Leid. Vergebt mir.« Nur ganz kurz wagte er aufzuschauen und den König anzusehen. Er war blass, aber seine Augen waren trocken.

»Du hast Prügel verdient, du Lump«, knurrte Gloucester und spuckte ein Stückchen Daumennagel ins Gras. »Jetzt pack dich und …«

»Ich vergebe dir«, unterbrach der König. Er legte dem Jungen kurz die Hand auf den braunen Schopf.

Der Stallbursche stand auf, verneigte sich vor dem König

und wandte sich zum Stalltor, wo Picard wartete wie ein düsterer Racheengel.

John folgte dem Jungen. »Einen Augenblick noch, Tom«, bat er.

Der Bursche warf einen kurzen Blick zum Tor und erwiderte mit einem unfrohen Grinsen: »So viele Ihr wollt, Sir John. Glaubt mir, ich hab's nicht eilig.«

»Hast du die Satteldecke nicht überprüft, ehe du sie Ulysses aufgelegt hast?«

»Jeden Zoll, Sir. So wie den Sattel selbst. Und das Zaumzeug, Riemen für Riemen. Es klingt bestimmt albern, aber …« Er senkte verlegen den Blick. »Wenn ich für den König sattele, habe ich das Gefühl, ich halte Englands Schicksal in meinen Händen. Dämlich, ich weiß. Aber es kommt mir immer vor, als könnte ich gar nicht sorgfältig genug sein.«

»Es ist alles andere als dämlich, es ist wahr.« John lächelte ihm aufmunternd zu. Er mochte den Jungen, seine zwanglose Höflichkeit ebenso wie seine Gewissenhaftigkeit. Er begleitete ihn zum Stallmeister. »Ich glaube nicht, dass es Toms Schuld war, Master Picard. Und der König hat ihm vergeben. Drückt ein Auge zu, he? Nur heute ausnahmsweise.«

Picard brummte. Dann nickte er dem Stallburschen grimmig zu. »Besser, ich seh dich vor dem Füttern nicht wieder, du Halunke.«

Erleichterung erstrahlte auf dem pfiffigen Jungengesicht, und Tom stob so schnell davon, dass das Auge kaum folgen konnte.

John lachte in sich hinein und schloss sich Henry und dessen Onkel wieder an.

»Welch typische Waringham-Geste«, spöttelte Gloucester. »Immer ein Herz für die Unterdrückten und Schwachen, nicht wahr? Hat nicht Euer Vater gar mit aufständischen Bauern verkehrt?«

»Das hat er nicht, Mylord«, entgegnete John geduldig. Es geschah gelegentlich, dass irgendwer ihm die gar zu liberale Gesinnung seines Vaters vorhielt, aber John fühlte sich nie bemüßigt, Robin of Waringham mit flammenden Reden zu verteidigen. »Es war eine andere Zeit«, fügte er achselzuckend hinzu. »Viele Leute haben damals Dinge gedacht und gesagt, die wir heute als zu gewagt empfinden. Ich muss Euch sicher nicht daran erinnern, dass es Euer Großvater war, der den Ketzer John Wycliffe gegen die Bischöfe in Schutz genommen hat.«

Wie er gehofft hatte, nahm dieses Argument Gloucester den Wind aus den Segeln. Der Herzog brummte missgelaunt, ließ das Thema aber ruhen und wandte sich an seinen Neffen: »Wollen wir?«

»Es ist unverantwortlich, den König ohne Eskorte in den Wald reiten zu lassen, Mylord«, erklärte John, ehe Henry geantwortet hatte. »Als Captain der Leibwache muss ich darauf bestehen …«

»Oh, aber das seid Ihr nicht mehr, Waringham«, fiel Gloucester ihm ins Wort. »Bis die Vorfälle von Sandwich zur Gänze aufgeklärt sind und das Parlament über eine mögliche Anklage gegen Euch entschieden hat, seid Ihr Eures Amtes enthoben.«

John ließ ihn nicht aus den Augen und nickte langsam. »Verstehe. Und ich nehme an, Arthur Scrope nimmt es vorübergehend wahr, ja?«

Gloucester lächelte vergnügt. »Wie scharfsinnig Ihr das erraten habt.«

»John …«, begann der König zaghaft, brach aber sogleich wieder ab.

John wandte sich zu ihm um und schaute ihm in die Augen. »Ich würde diese Angelegenheit gern unter vier Augen mit Euch bereden, Sire, wenn die Bitte nicht zu vermessen ist.«

»Natürlich, Sir«, antwortete der Junge unglücklich.

»Dann seid so gut und schickt nach mir, sobald es Euch genehm ist. Wenn Ihr erlaubt, werde ich jetzt gehen.«

Wie immer flößte Johns eisige Höflichkeit dem Jungen Furcht ein. Er schluckte sichtlich und nickte.

Aber John konnte sich eine Warnung zum Abschied nicht

verkneifen. »Ich wünschte, Ihr nähmet eine Eskorte mit, mein König.«

Der Junge schüttelte den Kopf. »Ich denke, in der Gesellschaft meines Onkels bin ich absolut sicher.«

Und ich frage mich, wie der Dorn in deine Satteldecke gekommen ist, dachte John, aber es wäre Selbstmord gewesen, das zu sagen. Er spürte, dass die Loyalität des Königs wankte, dass der immer noch so leicht formbare Junge Gloucesters Schmeicheleien beinah erlegen war. Er durfte ihn dem Herzog nicht noch weiter in die Arme treiben. Es stand auch so schon schlecht genug um ihn und Kardinal Beaufort.

»Jean!« Katherine schlug die Hände zusammen und strahlte. »Wie wunderbar, Euch zu sehen, mein Freund.«

Er verneigte sich mit der Hand auf der Brust und dachte flüchtig, dass es doch immer ein erhebender Moment war, der schönsten Frau der Welt zu begegnen. Wenngleich sie ihm ein wenig bleich und dünn vorkam. Doch genau wie damals nach Harrys Tod verlieh diese Blässe ihr etwas Unirdisches, das ihren Anblick womöglich noch überwältigender machte. Und niemals schien die Königin einen Tag zu altern.

»Kommt und spielt mit uns«, forderte sie ihn auf.

Katherine und ihr Gefolge hatten sich auf dem blumengesäumten Rasen östlich der Motte versammelt und spielten Croquet. Ein höchst komplizierter Parcours von kleinen Toren aus biegsamen Weidenzweigen war im Gras aufgebaut worden, durch welchen die Spieler vermittels langstieliger Hammer einen Holzball manövrieren mussten.

John schüttelte den Kopf. »Ich bin furchtbar ungeschickt in dieser Kunst, Madame. Erlaubt mir, Euch zuzuschauen.«

Juliana stützte sich auf ihren Schläger und reichte John einen Becher. »Du willst nur nicht mitspielen, weil du nicht verlieren kannst«, neckte sie.

Er trank dankbar von dem kühlen Weißwein. »Du hast Recht«, gestand er lächelnd. »Ich setze einen Penny auf meine Frau, Tudor.«

Sein Freund saß im Schatten einer nahen Linde im Gras und spielte ebenfalls nicht mit. »Du wärest besser beraten, auf deine Tochter zu setzen«, meinte er, fügte aber hinzu: »Ich gebe dir zwei zu eins und setze auf die Königin.«

Die Stimmung auf der Wiese war heiter. Pagen kamen und brachten kleine Leckereien und neuen Wein. Katherines Damen und Ritter spielten mit mehr Eifer als Geschick. Niemand außer den Kindern nahm den Wettstreit sonderlich ernst, und es wurde viel gelacht.

In einer Spielpause ließ Katherine sich neben Tudor ins Gras fallen und fächelte sich Luft zu. »Gib mir deinen Becher, *chéri*«, bat sie, beugte sich zu ihm hinüber und küsste ihn verstohlen auf den Mundwinkel.

»Caitlin …«, schalt er leise. Kopfschüttelnd erklärte er John: »Sie ist unvernünftig. Ich habe nur mit größter Mühe verhindern können, dass sie unsere Söhne mit herbrachte.«

»Niemand weiß, dass es unsere sind«, warf die Königin achselzuckend ein.

»Owen hat trotzdem Recht, Madame«, entgegnete John. »Euer kleiner Edmund ist seinem Vater wie aus dem Gesicht geschnitten, es gäbe auf jeden Fall Gerede und Spekulationen. Nur weil Euer Geheimnis ein paar Jahre unentdeckt geblieben ist, ist die Gefahr nicht geringer geworden. Wenn Gloucester es herausfindet, wird er alles daran setzen, Euch zu vernichten, und Gloucesters Einfluss auf den König ist gewachsen.«

Katherine wurde schlagartig ernst. »Ja, das ist wahr. Ich habe versucht, Henri zu warnen, aber man muss sehr behutsam sein. Er nimmt Gloucester in Schutz, sobald man ein kritisches Wort sagt. Ich hoffe, dass er wenigstens auf Euch hören wird, Jean.«

Nachdem sie sich den Spielern wieder angeschlossen hatte, fragte John seinen Freund leise: »Ist alles in Ordnung mit ihr?«

Tudor sah zu seiner Frau hinüber. »Blass, he?«

»Ziemlich.«

Der Waliser verschränkte die Arme auf den angezogenen Knien. »Manchmal bekommt sie Kopfschmerzen. Ziemlich übel und immer ganz plötzlich, wie auf den Leib geschmissen. Manche Frauen haben das. Es hat nichts zu bedeuten, und man kann ohnehin nichts dagegen tun. Aber Katherine glaubt, mit den Kopfschmerzen gingen Erinnerungslücken einher. Ich weiß nicht, ob das stimmt oder ob sie es sich einbildet. Fest steht: Ihr Albtraum ist, sie könnte den Verstand verlieren wie ihr Vater.«

»Aber ein Medicus am Hof ihrer Mutter hat mir einmal erklärt, ihr Vater habe aus Angst den Verstand verloren«, wandte John ein. »Angst vor seinem Bruder, Angst vor unserem König Edward, was weiß ich. Einfach Angst.«

Tudor hob die Schultern. »Ich hoffe, Isabeaus Medicus hatte Recht. Und nicht nur um Katherines willen. Wenn der alte Charles seine Krankheit an sie weitergegeben hat, könnte es passieren …«

»Dass der König sie ebenfalls geerbt hat.« John schauderte. Es war ein furchtbarer Gedanke.

Sein Freund sah ihn an. »Und meine Söhne auch.«

Es war eine Weile still. Kates helles Lachen riss die beiden Männer schließlich aus ihren düsteren Gedanken. »Vater, Vater, ich hab gewonnen!« Sie kam angelaufen, rannte seinen Weinbecher über den Haufen und schlang die Arme um seinen Hals.

John küsste sie lieber auf die Wange, statt sie für ihr undamenhaftes Ungestüm zu schelten. »Das ist großartig, Kate. Gut gemacht. Tudor hat gleich gesagt, ich solle auf dich setzen.«

Sie machte einen anmutigen Knicks vor dem Waliser. »Danke, Owen.«

Er pflückte unsanft eine Hyazinthe aus dem Gras und überreichte sie ihr mit einem Lächeln. »Ich hab nur die Wahrheit gesagt, Liebes.«

John verspürte Eifersucht, als er sah, wie vertraut sein Freund und seine Tochter miteinander umgingen. Immerhin hatten sie die vergangenen zwei Jahre unter einem Dach gelebt, während John mit dem König in Frankreich gewesen war. »Ihr versteht euch, was?«, fragte er ein wenig grantig, nachdem Kate wieder davongehüpft war.

Tudor lachte in sich hinein. »Ich finde sie wundervoll. Ein Wildfang, sie reitet wie der Teufel – im Herrensitz, wenn keiner hinschaut –, und sie ist so herrlich undiplomatisch und aufrichtig. Aber keine Bange, Waringham. In Kates Augen kann kein Mann auf der Welt gegen ihren Vater bestehen. Sie vergöttert dich. Erfreu dich daran, solange es währt.«

John war getröstet. »Du hast Recht.« Dann kam er auf ihr ernstes Thema zurück. »Owen, ich mache mir mehr Sorgen um die Sicherheit des Königs als um seinen Geisteszustand«, vertraute er seinem Freund an. »Wusstest du, dass Gloucester Arthur Scrope mein Amt übertragen hat?«

Tudor nickte und schnitt eine missfällige Grimasse. »Das war pure Bosheit.«

»Und das ist es nicht allein«, fuhr John fort und berichtete Tudor von dem Dorn in der Satteldecke.

Doch der Waliser winkte beruhigend ab. »Nein, ich glaube, da siehst du Gespenster. Gloucester würde dem König niemals ein Leid zufügen.«

»Mach dir lieber nichts vor. Ich weiß ehrlich nicht, ob es irgendetwas gibt, wovor Humphrey of Gloucester zurückschreckt.«

»Ich mach mir nichts vor«, entgegnete Tudor. »Aber wenn Henry sich heute beim Reiten den Hals bricht, wird sein Onkel Bedford König von England. Bedford hat gerade wieder geheiratet und wird aller Wahrscheinlichkeit nach noch Söhne bekommen. Dann wäre Humphrey of Gloucester aus dem Rennen. Ich könnte mir vorstellen, dass er lieber abwartet. Bedford führt den Krieg gegen den Dauphin. Dass er das seit fast zwanzig Jahren unbeschadet tut, heißt nicht, dass er nicht morgen fallen könnte. Falls *das* passiert, müssen wir anfangen, nervös zu werden, wenn Henry mit seinem Onkel Gloucester – der dann sein Erbe wäre – allein zur Jagd reitet. Jetzt noch nicht.«

John nickte versonnen. Aber die Geschichte mit dem Dorn in der Satteldecke ging ihm nicht aus dem Kopf, und er schwor sich, über die Sicherheit des Königs zu wachen – befugt oder unbefugt.

Es dämmerte bereits, und die Croquetspieler gaben ihre Schläger den Pagen zurück, um bald hineinzugehen und sich fürs Abendessen zurechtzumachen.

»Schade«, sagte Tudor und sah auf einen Punkt hinter Johns Schulter. »Es war so hübsch und friedlich hier. Auf einmal liegt ein Pesthauch in der Frühlingsluft.«

John fuhr auf dem Absatz herum und fand sich Auge in Auge mit Arthur Scrope. Sie starrten sich einen Moment an, beide völlig reglos. Ein paar Szenen ihrer letzten Begegnung in Sandwich kamen John in den Sinn, zusammenhanglose Bilder, die Erinnerung an ein bohrendes Gefühl von Demütigung und Hilflosigkeit. Doch nichts davon war seinem Gesicht abzulesen.

Scropes hämisches Grinsen deutete darauf hin, dass er sich ebenfalls erinnerte. »Gentlemen«, grüßte er scheinbar höflich. »Der König wünscht Euch zu sehen, Waringham.«

John nickte, wandte sich ab, und als Scrope Anstalten machte, sich ihm anzuschließen, knurrte er: »Danke, aber ich finde den Weg allein.«

Scropes Augen funkelten vor Vergnügen. »Wie Ihr wünscht. Dann kann ich vielleicht so lange Eurer Gemahlin Gesellschaft leisten?«

Wie aus eigenem Antrieb ballten Johns Hände sich zu Fäusten, und er blieb stehen. Doch Juliana hatte sich mit Katherine und ihrer jungen Cousine Margaret Beauchamp schon einige Schritte entfernt und erweckte glaubhaft den Anschein, sie habe Scropes Anwesenheit gar nicht bemerkt. John hatte sie schwören lassen, niemals irgendwohin allein zu gehen, solange sie bei Hofe waren. Scrope niemals Gelegenheit zu geben, ihr noch einmal zu nahe zu kommen. Sie hatte es mit großer Feierlichkeit versprochen.

John zwang die Fäuste, sich zu öffnen, und rang darum, wenigstens den Anschein von Ruhe zu wahren. »Ich habe Zweifel, dass meine Frau Wert darauf legt, Sir.«

»Na, dann vielleicht ein andermal. Wenn ich es recht bedenke, begleite ich Euch doch lieber zu den Gemächern des

Königs. Schließlich bin ich ja jetzt für seine Sicherheit zuständig.«

»Nun, Ihr könnt gehen, wohin es Euch gefällt«, entgegnete John kühl, nickte Tudor einen Gruß zu und ging mit langen Schritten davon.

Arthur Scrope folgte ihm so dicht, dass er ihm fast in die Hacken trat, und vor der Tür zu Henrys Gemach befahl er der Wache: »Nehmt ihm die Waffen ab und untersucht ihn auf Messer im Stiefel und dergleichen.«

Simon Neville und Cedric of Harley tauschten einen ungläubigen Blick, brachen dann in Gelächter aus und schlossen John nacheinander in die Arme.

»Gut, dich zu sehen, Captain«, sagte Simon.

John war gerührt. »Danke.«

»Neville, ich sagte, Ihr sollt ihm die Waffen abnehmen.« Scropes Stimme klang gefährlich.

»Und ich sage, ich werde es nicht tun«, entgegnete der junge Edelmann. Er gab sich keinerlei Mühe, seinen Abscheu vor dem neuen Kommandanten der Leibgarde zu verhehlen.

Scrope trat einen Schritt auf ihn zu. »Ich weiß, Ihr meint, Ihr habt es nicht nötig, mir zu gehorchen, weil Ihr ein Neville seid und auf die Stellung in der Wache keineswegs angewiesen.«

»Da habt Ihr verdammt Recht. Um des Königs willen bin ich geblieben, aber meine Duldsamkeit hat Grenzen.«

»Wenn Ihr meine Befehle verweigert, werde ich Euch einsperren lassen, Söhnchen«, knurrte Scrope.

Simon machte eine einladende Geste. »Nur zu. Womöglich gehen dem König die Augen auf, wenn treue Lancastrianer in seinen Verliesen vermodern, während windige Schurken …«

»Schon gut, Simon«, unterbrach John. Er hatte diese kleine Meuterei, die ja nur ein Treuebeweis an ihn war, in vollen Zügen genossen, aber sie war nicht wert, dass die Wachen sich mit unbedachten Worten in Schwierigkeiten brachten. Er löste den Schwertgürtel und reichte ihn Cedric mitsamt seinem Dolch. »Gib gut darauf Acht.«

»Verlass dich drauf, Captain.«

Arthur Scrope klopfte an die Tür, trat ein und verkündete: »Waringham, Sire.«

»Danke, Sir Arthur. Lasst ihn eintreten, und dann seid so gut und lasst uns allein.«

»Mylord, denkt Ihr nicht, es wäre besser ...«

John hielt es nicht länger aus. Er trat über die Schwelle, fauchte: »Du hast ihn doch gehört!«, in Scropes Richtung und ließ sich vor Henry auf ein Knie sinken. Dort verharrte er, bis die Tür sich schloss. Dann stand er unaufgefordert auf. »Wie war die Jagd, Sire?«

»Aufregend und einträglich. Ich habe noch nie einen solchen Vogel besessen. Mein Onkel Gloucester hat ihn mir geschenkt.«

»Er ist ein großzügiger Mann. Das hat er mit Eurem Vater gemeinsam. Und mit Euch«, fügte John nach einem Augenblick lächelnd hinzu.

Henry setzte sich in den ausladenden Sessel, der neben einem aufgeräumten Tisch stand. Drei dicke Bücher lagen ordentlich übereinander gestapelt darauf, ein viertes, in dem der Junge offenbar gelesen hatte, lag aufgeschlagen auf der frisch gescheuerten Eichenplatte. Mit einer Geste wies Henry John den Fenstersitz. »Aber Ihr denkt, dass Gloucester mich mit seiner Großzügigkeit nur bestechen will, nicht wahr?« Es klang abweisend. »Mich auf seine Seite bringen will, gegen den Kardinal. Und gegen Euch.«

John setzte sich ihm gegenüber auf die Fensterbank und schlug die langen Beine übereinander. »Es fällt mir immer noch schwer, mich mit dem Gedanken anzufreunden, dass es innerhalb Eurer Familie gegnerische Seiten geben soll.«

»Und doch wisst Ihr genau, dass es so ist. Wollen wir nicht endlich einmal die Wahrheit sagen, Sir? Und sei es nur zur Abwechslung?«

»Wann hätte ich Euch je die Unwahrheit gesagt, mein König?«, entgegnete John eine Spur kühl.

Henry legte die Hände um die reich geschnitzten Armlehnen

seines Sessels und neigte sich leicht vor. »Wenn das Verschweigen von Wahrheiten dem Aussprechen von Lügen gleichzusetzen ist, dann oft. Seit meine beiden Onkel, Gloucester und der Kardinal, sich verfeindet haben, seid Ihr immer bemüht gewesen, mich zu Gunsten des Kardinals zu beeinflussen.«

»Das ist nicht wahr«, protestierte John. »Ich habe nur versucht, Euch die Fakten vor Augen zu führen. Nichts sonst.«

»Ja, aber nicht alle, wie ich sagte. Ihr habt mir ausführlich von Gloucesters fragwürdiger Ehe mit Jaqueline von Hainault und seinem unverantwortlichen Feldzug gegen den Herzog von Burgund erzählt, aber Ihr habt versäumt, mir zu erklären, welch ein lasterhaftes Leben der Kardinal führt. Dass Eure Frau seine Tochter ist, Sir! Eure Gemahlin und Ihr habt mir Eure Freundschaft vorgeheuchelt und doch in Wahrheit die ganze Zeit immer nur seine Interessen gewahrt!« Tränen der Enttäuschung und der Wut standen in Henrys Augen, doch als John etwas sagen wollte, hob er gebieterisch die Hand und fuhr fort: »Ihr habt darüber hinaus versäumt, mich davon in Kenntnis zu setzen, dass der Kardinal viele tausend Pfund Gold und Silber aus England fortschaffen wollte, obwohl es gegen das Gesetz verstößt. Vielmehr habt Ihr Euch zu seinem Instrument machen lassen und wolltet diese Tat für ihn begehen, nicht wahr?«

John hob beschwörend beide Hände. »Sire …«

»Und im Übrigen habt Ihr geduldet, dass der Kardinal und Eure Gemahlin eine abscheuliche Intrige spannen, die Lady Eleanor Cobham in eine demütigende Lage und einen unschuldigen Mann in den Tower gebracht hat. Nur weil Arthur Scrope seit Euren Jugendtagen Euer Feind ist, habt Ihr zugelassen, dass er zwei Jahre lang eingesperrt war. Das …« Seine Stimme drohte zu versagen, und er räusperte sich mühsam. »Das ist das Schlimmste von allem, John.« Er senkte den Kopf. »Das Schlimmste von allem.« Er hielt die Armlehnen so fest umklammert, dass seine Knöchel weiß hervortraten.

Es war lange still. John saß reglos, scheinbar gelassen auf der gepolsterten Bank, spürte die letzten Strahlen der Nachmittagssonne auf den Schultern und überlegte, was er sagen oder tun konnte. Er hatte damit gerechnet, dass Gloucester die Wochen mit dem König schamlos ausnutzen würde, um den Jungen zu manipulieren, zu vergiften und gegen den Kardinal aufzubringen. Was John hingegen erschütterte und hilflos machte, war, dass es keiner Lügen, sondern nur einiger Wahrheiten bedurft hatte, um das zu bewerkstelligen.

»Wollt Ihr Euch denn gar nicht äußern, Sir?«, fragte Henry. Es klang eher flehentlich als herausfordernd.

»Oh doch. Wenn ich darf.«

»Bitte.«

»Dann lasst mich mit dem Wichtigsten beginnen, Sire. Würdet Ihr mir wohl für einen Moment Euren Dolch leihen?«

»Wo habt Ihr Euren?«, fragte der König verwundert.

»Draußen bei der Wache, zusammen mit meinem Schwert. Scrope hat darauf bestanden.«

Henry schien zwar verwirrt, aber John war dankbar zu sehen, dass der König keinen Augenblick zögerte. Alles Vertrauen hatten Gloucester und Scrope offenbar doch noch nicht zerstören können. Bedenkenlos zückte der Junge den Dolch mit dem kostbaren Elfenbeingriff und reichte ihn John mit dem Heft voraus.

John stand auf, sank wieder vor Henry auf ein Knie und nahm die Waffe in die Linke. Dann schob er den rechten Ärmel hoch und zog die scharfe Klinge mit einer raschen Bewegung über den Unterarm, wo augenblicklich eine lange, dünne Wunde klaffte. Henry sog erschrocken die Luft ein und wich zurück.

John hob den Kopf und schaute ihm in die Augen. »Niemals habe ich Euch meine Freundschaft vorgeheuchelt, mein König. Sie war immer aufrichtig, jede Minute, vom Tag unserer ersten Begegnung bis heute. Das schwöre ich bei meinem Blut.« Er ballte die rechte Hand zur Faust, sodass die Wunde stärker blutete und mehrere große Tropfen ins Bodenstroh fielen. Dann streifte er achtlos den Wamsärmel herab.

»John …« Der König verstummte sogleich wieder.

John wischte die Klinge an seinem Hosenbein ab, gab dem Jungen seine Waffe zurück und stand auf. »Es war der Wunsch des Kardinals, dass ich Captain Eurer Leibwache wurde, das ist richtig. Aber es war der Wunsch Eures Vaters, dass wir Freunde wurden. Auf dem Sterbebett hat er mir das auferlegt.«

»Aber Freundschaft kann man nicht befehlen«, wandte der Junge mutlos ein.

»Das ist wahr. Sie kam ganz von allein. Ich … kann Euch nicht beschreiben, welche Freude es mir war, Euch aufwachsen zu sehen. Und ich war dankbar, dass Ihr kein Rabauke wurdet wie Euer Vater, dass es so viele Dinge gab, in denen wir uns glichen. Ich habe mir immer eingebildet, Euch besser zu verstehen als irgendjemand sonst, und das hat mich stolz gemacht. Zu den Wahrheiten, die ich Euch nie gesagt habe, gehört auch diese, Sire: Ihr seid der Grund, warum es mich nie sonderlich verbittert hat, keinen Sohn zu haben. Ich … brauchte keinen.« Er lächelte ein wenig verlegen.

Henry schluckte mühsam, aber es gelang ihm nicht ganz, Haltung zu wahren. Zwei Tränen rannen über sein Gesicht, und er wandte den Kopf ab. »Als ich klein war, habe ich mir manchmal vorgestellt, dein Sohn zu sein. Es hat mir ein ganz warmes Gefühl hier drin gegeben.« Er tippte kurz an seine Brust, und für einen Moment erahnte John Henrys Verlorenheit. Er begriff nicht so recht, wie ein Mensch verloren sein konnte, der ständig von so vielen Freunden umgeben war, und dennoch war es so. Der junge König stützte die Stirn in die Linke. »Vergib mir, dass ich an dir gezweifelt habe, John. Ich wollte dich nicht verletzen …«

»Schsch. Ich bin dir nicht böse, Henry.«

Der Junge schaute auf. »Wirklich nicht?«

John schüttelte den Kopf. »Deine Vorwürfe waren ja gar nicht unbegründet. Ich bin nicht immer völlig aufrichtig zu dir gewesen, aus den verschiedensten Gründen. Ich dachte, du seiest noch zu jung, um die delikaten Einzelheiten über die Herkunft meiner Frau zu erfahren. Wozu auch? Sie liebte dich nur umso mehr, weil sie deine Cousine ist. Es gab keinen Anlass, diese Dinge zur Sprache zu bringen. Denn wir alle – sie, ihr Vater und ich – wollten immer nur das Beste für dich, verstehst du?«

»Aber … aber er ist lasterhaft, John«, wandte Henry ein. »Ein Bischof, ein *Kardinal* der heiligen Kirche darf doch keine Geliebte haben und Kinder zeugen!«

John hob kurz die Schultern. »Und dennoch tun es nicht wenige von ihnen. Ich sage nicht, du solltest es billigen. Ich will auch nicht behaupten, Kardinal Beaufort tue immer das, was gut und richtig ist. Er ist nur ein Mensch – so wenig perfekt wie jeder von uns, Sire. Aber er hat dich weder betrogen noch verraten, das ist gewiss. Er hat Opfer gebracht, indem er Englands und deine Interessen über die seinen und die der Kirche gestellt hat. Und er hat mich gebeten, sein Vermögen auf den Kontinent zu schaffen, damit er es weiterhin in deinen Dienst stellen kann.«

Der Junge hatte offensichtlich Zweifel. »Und doch sagt Gloucester, der Kardinal habe gegen das *Statute of Praemi… Praemu…* – ach, ich weiß nicht, wie es heißt – verstoßen.«

»*Statute of Praemunire*. Es ist ein sehr altes Gesetz, welches besagt, es sei Verrat, wenn ein Bischof oder auch sonst irgendwer einer fremden Macht zu viel Einfluss auf innere englische Angelegenheiten gewährt. König Edward hat es sich ausgedacht, damit die Erzbischöfe von Canterbury die Interessen der Kirche und des Papstes nicht über die der Krone stellten.«

Henry nickte unglücklich. »Gloucester sagt, Beaufort habe dagegen verstoßen, weil er die Kardinalswürde angenommen, sich also in den direkten Dienst des Papstes gestellt hat, ohne sein Bischofsamt in Winchester niederzulegen. Und die Mehrzahl der Bischöfe teilt Gloucesters Ansicht.«

»Hm, das glaub ich gern«, gab John trocken zurück. »Jeder der ehrwürdigen Bischöfe sähe sich selbst gern als Bischof von Winchester. Es ist die reichste Diözese Englands, Henry. Sie hoffen alle, dass Kardinal Beaufort schuldig gesprochen und sein Bischofssitz frei wird.«

»Gloucester sagt auch, der Kardinal habe sein Vermögen aus England herausschaffen wollen, um es dem Papst zu bringen.«

»Das ist nicht wahr. Ich bedaure, wenn der Kardinal und ich gegen geltendes Gesetz verstoßen haben, indem wir das

Gold nach Flandern schaffen wollten, aber sei versichert, dass es nicht für den Papst bestimmt war. Im Übrigen ist es Beauforts Eigentum, und niemand hat das Recht, einem Mann sein Eigentum vorzuenthalten, auch die Krone nicht.«

»Nun, ich nehme an, darüber wird das Parlament befinden«, sagte der König unbehaglich.

»Du darfst dabei nur eines nicht vergessen, mein König: Im Parlament kocht ein jeder sein eigenes Süppchen. Die Bischöfe sind nicht die Einzigen, deren Begehrlichkeiten ihr Urteilsvermögen trüben könnten. Und viele gute Männer werden im Parlament fehlen, wie dein Onkel Bedford, deine Cousins Somerset und York, auch mein Bruder zählt dazu. Es kann gewiss nicht schaden, wenn du dir eine eigene Meinung gebildet hast, ehe dieser Jahrmarkt losgeht.«

»Du nennst das Parlament einen Jahrmarkt, John?«, fragte Henry erschrocken. Aber gleich darauf kicherte er. Es war das erste Anzeichen des wiedererwachenden Frohsinns, und John war erleichtert.

Er zwinkerte dem König zu. »Ich vertraue darauf, dass du es nicht weitererzählst. Und wo wir gerade bei Geheimnissen sind, komme ich zu Arthur Scrope und der Intrige gegen ihn, die dich so erzürnt hat. Zu Recht. Ich habe nichts davon gewusst, Henry. Das kann ich nicht beweisen, ich kann dir lediglich mein Wort darauf geben. Und ich war sehr wütend auf den Kardinal. Doch er hätte niemals einen unschuldigen Mann in den Tower gebracht. Du zweifelst an seiner Moral, seit du erfahren hast, dass er Julianas Vater ist, aber sein Sinn für Gerechtigkeit ist so fanatisch wie der deine oder der deines Vaters. Das liegt in eurer Familie. Arthur Scrope wurde nicht zu Unrecht eingesperrt.«

Der König runzelte die Stirn. »Was soll das heißen?«

John schüttelte den Kopf. »Ich bedaure, Sire. Ich weiß, es ist wieder nur die halbe Wahrheit, aber die Ehre verbietet mir, mehr zu sagen. Vielleicht … vielleicht verlangst du bei Gelegenheit vom neuen Captain deiner Leibwache einen Schwur auf die Bibel, dass er sich an jenem Tag vor knapp drei Jahren hier keiner Frau in unsittlicher Weise zu nähern versucht hat. Dann wirst du ja sehen, was passiert.«

Der König zog die Schultern hoch. Die Vorstellung dieser peinlichen Szene bereitete ihm offensichtlich Unbehagen. »Wer weiß, vielleicht werde ich es tun«, murmelte er.

John unterdrückte ein bitteres Lächeln. Er wusste, Arthur Scrope hatte nichts zu befürchten. Henry war kein Freund von Konfrontationen.

»Ich wünschte, du wärst wieder Captain der Wache, John«, vertraute der König ihm an. »Sir Arthur ist sehr zuvorkommend und all das, aber er ist nicht … du.«

Dieses schlichte, in kindlicher Ernsthaftigkeit vorgebrachte Eingeständnis versöhnte John auf einen Schlag mit allem, was an diesem abscheulichen Tag vorgefallen war. Er antwortete, womit er zuvor schon sich selbst getröstet hatte: »Ich werde nicht aufhören, über dich zu wachen, nur weil ich offiziell meines Amtes enthoben bin. Dafür ist die Gewohnheit viel zu tief verwurzelt. Wer weiß. Nach dem Parlament sieht die Welt vielleicht schon wieder ganz anders aus. Und ich schätze, allmählich sollten wir in die Halle hinuntergehen, mein König.«

»Aber John …«, wandte Henry flehentlich ein. »Wie soll ich entscheiden, wer von den Lords Recht hat, Gloucester oder der Kardinal? Wie bildet man sich eine eigene Meinung, wenn man König und zehn Jahre alt ist und jeder einen für seine Zwecke beeinflussen will?«

»Ich habe versucht, dir klar zu machen, dass ich genau das nicht tue, mein König.«

»Und doch ist der Kardinal … nun ja, ich nehme an, er ist so etwas wie dein Schwiegervater, nicht wahr? Und dein Freund. Gloucester und Scrope sind nicht deine Freunde. Du kannst nicht unvoreingenommen sein. Kein Mensch könnte das in dieser Lage.«

»Du hast Recht«, musste John einräumen.

»Also? Was soll ich tun?«

»Tja, Sire …« John schaute versonnen auf ihn hinab. »Wir müssen uns etwas einfallen lassen.«

Wenige Tage später kehrte Kardinal Beaufort nach England zurück. Mit großem Gefolge und einigem Pomp ritt er von Southampton nach Winchester, damit ihn auch ja niemand übersah oder annehmen konnte, er komme klammheimlich und furchtsam nach Hause geschlichen. Nachdem er die dringendsten Geschäfte erledigt hatte, zog er weiter nach Bishop's Waltham, dem prunkvollen Landsitz der Bischöfe von Winchester, wo eine Hand voll vertrauter Freunde ihn erwartete.

»Willkommen daheim, Mylord«, murmelte Lady Adela und wischte sich verstohlen eine Träne aus dem Augenwinkel, während sie seinen Ring küsste.

Beaufort nahm sie lächelnd bei den Schultern, hob sie auf und küsste ihr die Stirn. »Ich kann nicht so lange fort gewesen sein, wie es mir vorkommt, denn ich schwöre, Ihr seid keinen Tag älter geworden, Madam.«

»Welch schöne Lüge.« Aber sie strahlte, wie immer überwältigt von seiner Präsenz und seinem Charme.

Juliana, die ein wenig abseits in der lichten Eingangshalle stand und das Wiedersehen ihrer Eltern verfolgte, dachte bei sich, dass dem Kardinal die Jahre der Mühsal mit einem Mal deutlich anzusehen waren. Oder womöglich waren es die Rückschläge der vergangenen Monate. Sein Haar war grau geworden und das markante Gesicht zerfurchter, als sie es in Erinnerung hatte. Doch als er den Blick auf sie richtete und lächelte, war dieser Eindruck sogleich wieder verflogen, denn seine Augen waren nicht gealtert und ihr Ausdruck so spöttisch und lebhaft wie eh und je.

Er küsste auch sie auf die Stirn, erkundigte sich nach ihrem Befinden und nach Kate – schenkte ihr mehr Herzlichkeit, als sie sich früher je hätte träumen lassen.

»Kate geht es großartig, Mylord. Sie ist mit den Tudor-Jungen im Garten, aber sie freut sich schon sehr darauf, Euch wiederzusehen.«

»Du solltest diese Knaben nicht Tudor nennen, Juliana«, mahnte ihr Vater mit gesenkter Stimme.

»Aber nur Ihr, Mutter, Lady Joan und John hört es.«

Der Kardinal hob kurz die Schultern. »Es ist dieser Leichtsinn, der Gloucesters Spionen in die Hände spielt, mein Kind.«

»So wie den Euren, Mylord«, entgegnete sie lächelnd.

»Da hast du Recht. Das heißt, die Königin ist hier? Welche Ehre.«

Juliana nickte. »Sie wollte, dass die Welt sieht, auf wessen Seite sie in dieser Sache steht.«

Ein schwaches Lächeln huschte über sein Gesicht, während er seine voluminöse Schwester in die Arme schloss. »Gut von dir herzukommen, Joan.«

»Du hast doch wohl nicht im Ernst daran gezweifelt?«

»Nein. Ich gebe zu, in den vergangenen Wochen hatte ich manch finstere Stunde, während deren ich mich gefragt habe, ob ich in England noch einen einzigen Freund habe. Umso mehr wärmt es mein Herz, euch alle zu sehen. Selbst diejenigen meiner Freunde, die es offenbar vorziehen, sich im Schatten herumzudrücken, statt mich zu begrüßen.«

John trat aus dem dunklen Durchbruch, der rechter Hand zur Treppe führte, kniete vor dem Kardinal nieder, küsste den kostbaren Ring und brachte keinen Ton heraus.

»So sprachlos wie der Knabe von einst«, spöttelte Beaufort.

John stand auf und räusperte sich. »Ihr habt Recht, Mylord. Was sollen Worte nützen? Ich habe Gloucester Euer Vermögen in die Hände gespielt. Ich könnte sagen, dass ich das bedaure und dass es mich beschämt, so kläglich versagt zu haben. Ihr werdet antworten, dass Ihr mir vergebt, und wir werden uns beide noch genauso lausig fühlen wie jetzt. Also wozu die Mühe?«

Beaufort legte ihm für einen Moment die Hände auf die Schultern. »Womöglich würde ich auch antworten, dass es *mich* beschämt, Euch mit meinem unbedachten Auftrag um ein Haar in den Tod geschickt zu haben, mein Sohn.«

»Das wäre Euch glatt zuzutrauen, Mylord. Wie sagt Lady Adela doch so gern? Es gibt keine Situation im Leben, die man mit guten Manieren nicht meistern kann. Aber schöne Floskeln helfen uns nicht weiter.«

Beaufort ließ die Hände sinken. »Schluss jetzt mit dieser Trauermiene. Die Schlacht hat noch nicht einmal begonnen, John.«

»Aber Mylord …«

Beaufort hob abwehrend die Linke. »Später. Ich bin staubig und durstig und würde mich gern frisch machen. Wir werden noch reichlich Gelegenheit haben, die Lage zu erörtern und unser Vorgehen zu planen.«

John nickte unglücklich und schaute ihm nach, als der Kardinal mit langen, immer noch jugendlich federnden Schritten die Treppe emporstieg. Lady Adela verließ die kleine Gesellschaft kurz darauf unter einem fadenscheinigen Vorwand.

»Seit über zwei Stunden sind sie jetzt verschwunden«, sagte Tudor. »Das ist wirklich ein Skandal.« Er klang eher schläfrig als schockiert.

Es war ein herrlicher, frühsommerlicher Nachmittag, und sie saßen auf weinroten Samtdecken im Garten des Bischofspalastes von Bishop's Waltham.

»Owen, die Kinder«, zischte die Königin vorwurfsvoll.

Er hob die Schultern. »Sie sind zu jung, um zu verstehen, was ich meine. Stimmt's nicht, Söhnchen?« Er richtete sich auf, packte den kleinen Edmund mit seinen riesigen Händen um die Taille und setzte ihn sich auf die Schultern. Sein Sohn jauchzte.

»Ich bin *nicht* zu klein«, bekundete Kate.

»Nein, darauf wette ich«, erwiderte Tudor lächelnd. »Du bist schon ein richtiges Früchtchen, he, Caitlin?«

»Du sollst mich nicht so nennen«, wies sie ihn streng zurecht. »Der Name gehört nur der Königin.«

»Ah, aber ich erinnere mich, dass du einmal gesagt hast, du wolltest Königin werden, wenn du groß bist. Oder irre ich mich?«

Kate errötete und senkte den Blick. »Da war ich noch *winzig*! Und ich meinte ja nur, dass ich einmal so *schön* werden will wie die Königin.«

Er lachte und zog sie sanft an einem ihrer blonden Zöpfe. »Das wirst du. Ganz bestimmt. Schließlich ist dein Vater der bestaussehende Mann am Hof, den alle Damen und Mägde anschmachten, und du hast eine bemerkenswert schöne Mutter. Da kann nichts schief gehen.«

»Oh, heißen Dank, Owen«, sagte Juliana lachend.

John lag auf der Seite, den Kopf auf die Hand gestützt, und beobachtete seinen Freund und seine Tochter. Welch seltsame Überraschungen das Leben doch manchmal bereithielt. Nie hätte er für möglich gehalten, dass Owen Tudor – dieses walisische Raubein – ein Kindernarr werden könnte. Und dennoch war es so. Tudor war selig, wenn er sich inmitten einer Kinderschar fand, hatte immer die richtigen Worte für ihre Kümmernisse, erfand neue Spiele und ließ jeden Unfug durchgehen. So war es nicht verwunderlich, dass die Kleinen ihn ebenso vergötterten wie er sie.

Jetzt nahm die Königin ihm ihren Sohn ab, setzte ihn vor sich auf die weiche Decke und bedeckte seine kleinen, rundlichen Hände abwechselnd mit Küssen. John fragte sich flüchtig, warum sie diese einfachen mütterlichen Zärtlichkeiten Henry niemals geschenkt hatte. Weil sie Edmunds Vater inniger liebte, als sie Henrys geliebt hatte? Oder hatte sie einfach Scheu vor dem Sohn empfunden, der einmal König von England und Frankreich werden sollte?

Katherine spürte seinen Blick und sah auf. »Was hat der Kardinal über Burgund gesagt, Jean? Wird mein Cousin Philipp uns die Treue halten, oder geht er meinem widerwärtigen Bruder auf den Leim?«

John hob die Schultern. »Ich hatte noch keine Gelegenheit, mit dem Kardinal darüber zu sprechen, Madame.«

»Das glaub ich gern«, murmelte Tudor. »Er hat Lady Adela … wie lange? Achtzehn Monate nicht gesehen.«

John schnalzte ungeduldig. »Kannst du jetzt vielleicht mal aufhören? Du bist ja besessen von dem Thema.«

»Und du wirst genant, wenn man es erwähnt.«

»Weil *ich* weiß, was sich gehört und was nicht.«

»Weil du, wie dein Bruder früher gern so häufig anmerkte, bigott und prüde bist.«

»Seit jeher der Vorwurf der Schamlosen wider die Tugendhaften«, gab John unbeeindruckt zurück.

Tudor zog amüsiert die Brauen hoch. »Schamlos? Darauf trinke ich.« Er hob seinen kostbaren Weinpokal und stieß damit behutsam an Johns.

John ergriff seinen Becher ebenfalls, bewunderte einen Augenblick das Funkeln der Sonne auf dem tiefroten Wein und murmelte: »Auf Somerset«, ehe er trank.

Wann immer er und Tudor anstießen, tranken sie auf den Freund, der nicht bei ihnen sein konnte.

Tudor nickte. »Auf Somerset.«

Eine Art friedlicher Beschaulichkeit breitete sich in dem von Mauern geschützten Garten des Palastes aus, wie es sie nur an Sommernachmittagen gibt. Bienen umkreisten die ersten Rosen, Hummeln tauchten in die Kelche der hohen Fingerhüte, und ein Duft nach warmem Gras lag in der Luft. Kate brachte ihrer Mutter eine Kette aus Gänseblümchen.

»Es ist so schön, dass man heulen könnte«, brummte John ein wenig verdrossen. Er war nicht in idyllischer Stimmung. Ihn verlangte nach Betriebsamkeit und Entscheidungen. Die Zeit drängte, er spürte es genau, aber statt Pläne zu schmieden und Maßnahmen gegen Gloucesters Attacken zu ergreifen, benahmen sich plötzlich alle, als befänden sie sich in einer Szene des *Rosenromans*.

Er wandte sich an Tudor, um ihm vorzuschlagen, ein Stück zu reiten, doch die Worte kamen ihm nicht über die Lippen. Tudor lag lang ausgestreckt im Gras, hatte den Kopf auf den Oberschenkel der Königin gebettet und ihre Hand auf seine Brust gelegt. Die Augen geschlossen, ein kleines Lächeln in den Mundwinkeln, liebkoste er mit dem Daumen jeden ihrer schmalen Finger. Die beiden kleinen Söhne, Edmund und Jasper, hatten sich auf der Decke dicht bei ihrem Vater zusammengerollt und schlummerten selig. Katherine hatte die freie Hand auf Tudors Kopf gelegt und zerzauste ihm behutsam den roten

Schopf. Dabei schaute sie unverwandt auf sein Gesicht hinab, versonnen, verliebt – es war schwer zu deuten. Es hätte ein Bild des perfekten Familienglücks sein können, wäre nicht eine einzelne Träne über die Wange der Königin gelaufen. Einer der schrägen Sonnenstrahlen fing sich darin und ließ die Träne einen Augenblick funkeln.

Westminster, Mai 1432

Humphrey of Gloucester war schon seit vielen Jahren nicht mehr Lord Protector, dennoch spielte er sich zum Beschützer von Reich und Krone auf und verbat allen Lords, mit mehr als der üblichen Zahl von Begleitern nach Westminster zu kommen, als befürchte er Verrat und eine bewaffnete Revolte. So begann das Parlament in frostiger Atmosphäre. Im Gegensatz zu früheren Gelegenheiten hatte Gloucester die Attacke gegen Kardinal Beaufort dieses Mal minutiös geplant und dessen lange Abwesenheit ausgenutzt, um alle Machtpositionen in England mit Männern zu besetzen, die seine Freunde und Beauforts Feinde waren. John Kemp, der Erzbischof von York und standhafte Verbündete des Kardinals, verlor das Amt des Lord Chancellor, und der treue Lord Hungerford wurde als Treasurer durch keinen anderen als Lord Scrope ersetzt – Arthur Scropes älteren Bruder.

»Es sieht nicht gut aus«, sagte Ed Fitzroy mit besorgt gerunzelter Stirn. »Die Commons stehen auf Beauforts Seite, aber die Lords sind gespalten.«

»Sie sollten sich wirklich schämen«, erwiderte John mit mühsam unterdrückter Heftigkeit und stellte einen Becher Ale vor seinen Schwager auf den Tisch. Sie hatten sich in Johns Quartier getroffen, um die Lage zu erörtern. »Kardinal Beaufort hat mehr für England und den König getan als irgendein anderer, ganz sicher mehr als Humphrey of Gloucester.«

Fitzroy gab ihm Recht. »Aber viele Lords sehen in ihm den verlängerten Arm des Papstes, und das macht sie nervös.«

John trank versonnen einen Schluck, und als er den Becher abstellte, seufzte er. »Ich wünschte, der Duke of Bedford wäre hier. Und Raymond. Sie würden die Lords Vernunft lehren.«

Fitzroy hob beide Hände, als wolle er sagen, es sei müßig, sich so etwas zu wünschen. »Gewiss, niemand versteht es, Gloucester im Zaum zu halten wie sein Bruder Bedford. Aber Bedford kann Frankreich jetzt unmöglich verlassen – die Dauphinisten marschieren mal wieder auf Paris.«

»Ja, ich hab's gehört.«

»Du solltest dir überlegen, ob du dich nicht seinen Truppen anschließen willst, John.«

Der jüngere Mann richtete sich auf. »Was?«

Fitzroy nickte und senkte die Stimme, als fürchte er, Gloucesters Spione könnten sie durch die massive Eichentür belauschen. »Es wäre vielleicht besser, der Kardinal wäre in Frankreich geblieben. Und das gilt auch für dich.«

»Wieso soll ich ins Exil gehen, wenn ich nichts, nicht das Geringste verbrochen habe?«, fragte John entrüstet.

»Deine Unschuld nützt dir nichts, wenn du tot bist, oder?«

»Oh, Fitzroy, das ist lächerlich.«

»Und was ist, wenn sie dich und den Kardinal des Verrats beschuldigen? Als Mitglied der königlichen Familie und Kirchenmann hat Beaufort nichts Schlimmeres zu befürchten als den Verlust seines Vermögens und seiner Privilegien …«

»Eine Lappalie«, warf John höhnisch ein.

»Aber was ist mit dir, John?«

Der winkte ab. »Ich bin unschuldig und kann mir darüber hinaus der Freundschaft des Königs sicher sein. Nein, ich sehe keinen Anlass, mich um den Schlaf zu bringen.«

»Der König ist zehn Jahre alt.«

»Aber er ist der König.«

»Ich meinte, er ist leicht zu beeinflussen. Denk daran, was deinem Bruder passiert ist.«

»O ja, ich weiß, dass Henry dazu neigt, auf Einflüsterungen und Verleumdungen zu hören. Der arme Junge hat gar zu früh gelernt, misstrauisch zu sein. Aber womöglich wird dieses Parlament dazu führen, dass ihm die Augen aufgehen.«

Fitzroy beugte sich vor und faltete die Hände zwischen den Knien. »Du kannst nicht einfach hier rumsitzen und auf ein Wunder hoffen. Verflucht noch mal, John, sie könnten dich aufhängen!«

John schnitt eine kleine Grimasse und nickte nachdenklich. »Ja, ja. Aber ich habe nicht die Absicht, auf ein Wunder zu warten, Ed.«

Am 14. Mai, zwei Tage nach Eröffnung des Parlaments, stellte der Duke of Gloucester einen Antrag beim Gericht des Lord Treasurer, Beauforts Vermögen, welches er in Sandwich beschlagnahmt hatte, der Krone zu überschreiben, da der Kardinal versucht habe, es illegal außer Landes zu schmuggeln. Dem Antrag wurde stattgegeben. Das war keine große Überraschung, denn der neue Treasurer war ja kein anderer als Lord Scrope, doch der Kardinal kochte vor Zorn. Den ganzen Nachmittag über war er für niemanden zu sprechen, und nach der Vesper begab er sich in die große Abteikirche. Sein Freund, der Erzbischof von York, hatte ihm Nachricht geschickt und ihn zu einem diskreten Stelldichein ins Nordschiff der Kathedrale gebeten, weil er ihm etwas Wichtiges mitzuteilen habe.

Missmutig lehnte Beaufort an einer der schlanken Säulen, schaute zum Sanktuarium hinüber, wo er den Krönungen seines Bruders und seines Neffen beigewohnt und die seines Großneffen selbst vorgenommen hatte, und einen finsteren Moment lang fragte er sich, warum er sein ganzes Leben damit verschwendet hatte, anderen Männern den Weg zu ebnen. Es waren große Männer gewesen und ihr Weg voller Hindernisse – sie hatten ihn gebraucht. Doch manchmal wünschte er, er wäre in Oxford geblieben oder nach Rom gegangen. Dort hätte er der größte und mächtigste der Kardinäle werden können – ach was, er hätte Papst werden können. Stattdessen war er wieder und wieder nach England zurückgekehrt. Und zu welchem Ziel? Wie wurden ihm seine endlosen Mühen gedankt?

Er verschränkte die Arme und seufzte. »Die Wege des Herrn …«

»Sind in der Tat unergründlich«, vollendete eine spöttische Stimme den Ausspruch. »Was mag er wohl damit beabsichtigt haben, uns hier zusammenzuführen?«

Der Kardinal richtete sich so hastig auf, als habe ihn etwas gestochen. »Gloucester.«

»Liebster Onkel.«

»Ich weiß nicht, was Gottes Absicht gewesen sein mag, jedenfalls habe ich dir nichts zu sagen. Also, sei ein guter Junge und verpeste die Luft anderswo – ich erwarte jemanden.«

Gloucester zog amüsiert die Brauen in die Höhe. »Ausgerechnet im finsteren Nordschiff? Wie konspirativ.«

»Was mag es dann sein, das dich hierher verschlägt?«, konterte sein Onkel.

»Ich bin auf der Suche nach meiner Frau.«

»Deine Gemahlin wirst du in einer Kirche vergeblich suchen, Humphrey.«

»Und was bitte soll das heißen?« Gloucesters Stimme klang aufgebracht.

»Das weißt du ganz genau.«

Gloucester winkte scheinbar gelangweilt ab. »Deine Andeutungen und versteckten Drohungen beeindrucken niemanden mehr. Du bist erledigt. Du bist kaum mehr als ein Gespenst, Onkel: Du wandelst noch, doch du bist völlig machtlos. Und dieses Mal wird mein Bruder Bedford nicht nach England eilen, um dich zu retten. Ist dir nicht aufgefallen, wie verdächtig still er sich verhält? Er ist von deinem versuchten Goldschmuggel so angewidert wie jeder aufrechte Mann in England. Er hat dich fallen lassen.«

Der Kardinal schüttelte den Kopf, als habe er einen unbelehrbaren Toren vor sich. »Und wieder einmal verwechselst du deine Wunschträume mit der Wirklichkeit. Dein Bruder Bedford weiß besser als jeder andere, dass ich mein Vermögen immer in den Dienst der Krone gestellt habe. Spätestens seit ich ihm meine Truppen gebracht habe, statt sie gegen die Hussiten nach Böhmen zu führen, ist er sich über meine Prioritäten im Klaren. Und er käme gewiss her, wenn ich ihn darum bäte, aber das ist nicht nötig. Mit dir werde ich so gerade noch alleine fertig.«

Solche Verachtung lag in Beauforts Stimme, dass Gloucester vor Zorn rot anlief. Er machte einen Schritt auf den Kardinal zu, als wolle er ihm drohen. »Ich habe den Chancellor, den Treasurer, den Chamberlain und den Captain der königlichen Leibwache auf meiner Seite und beinah das gesamte Bischofskollegium. Bevor dieses Parlament vorüber ist, wirst du deiner Ämter enthoben und als Verräter in den Tower gesperrt. Und es wird ein Festtag für mich sein. Also sei klug, nimm deinen roten Hut und flieh nach Rom, solange du noch Gelegenheit hast!«

Beaufort lachte leise. »Das könnte dir so passen, nicht wahr? Du bist ein Narr, Humphrey. Hättest du nur meine Truhen den Kanal überqueren lassen, hätte ich uns den Herzog von Burgund zurückgekauft und wäre vermutlich noch auf Jahre auf dem Kontinent geblieben, um Henrys Reich in Frankreich zu ordnen und zusammenzuhalten. Ich wäre dir hier nicht in die Quere gekommen. Aber was tust du stattdessen? Du durchkreuzt meine Pläne, mit dem Erfolg, dass Burgund einen Waffenstillstand mit dem Dauphin geschlossen hat.«

»*Was*?« Für einen Augenblick war Gloucesters Schrecken größer als sein Hass auf den Kardinal. »Oh Jesus, steh meinem Bruder Bedford bei …« Er hob die Linke an die Lippen und biss nervös auf den Daumennagel.

Beaufort schnaubte. »Ja, dank deiner kurzsichtigen, selbstsüchtigen Politik ist göttlicher Beistand das Einzige, was unsere Sache in Frankreich jetzt noch retten kann.«

»Was soll das heißen?«

»Burgund war kreidebleich vor Zorn, als er sein Siegel unter das Waffenstillstandsabkommen setzte, denn der Dauphin ist der Mörder seines Vaters und Burgund verabscheut ihn, aber ihm blieb keine Wahl. Du und deine Fraktion im Parlament habt versäumt, die nötigen Steuermittel zur Verfügung zu stellen, mit welchen wir Burgunds Truppen hätten bezahlen können, und er ist zu klug, um einen Krieg weiterzuführen, der ihn ruiniert.«

Gloucester ließ die Hand sinken. »Ich war immer der Auffassung, der Krieg auf dem Kontinent müsse sich selbst tragen.« Sein Tonfall klang schulmeisterlich. »Die eroberten Territorien in der Normandie sollten reichliche Erträge dafür bringen und ...«

Der Kardinal wischte das mit einer ungeduldigen Geste beiseite. »Ja, Humphrey, das ist eine hübsche Theorie, die du immer wieder gern auftischst. Aber die Praxis sieht leider so aus, dass die eroberten Gebiete ausgeblutet sind und so gut wie nichts abwerfen. Einerseits tust du alles, um eine Beendigung dieses gottlosen Krieges zu verhindern, andererseits gibst du deinem Bruder nicht die nötigen Mittel, ihn weiterzuführen. Darum werden wir ihn verlieren und ...«

»Es ist Verrat, so etwas zu sagen!«

»Dies ist ein Haus Gottes, also mäßige dich und halte die Stimme gesenkt«, ermahnte ihn der Kardinal streng. »Es ist kein Verrat, die Wahrheit auszusprechen. Aber vielleicht ist es Verrat, die Augen vor dieser Wahrheit zu verschließen und einen jungen König über die tatsächliche Lage der Dinge zu täuschen.«

»Du und dein Laufbursche Waringham habt ihm lange genug eingeredet, er müsse alles daransetzen, diesen Krieg zu beenden. Es wird höchste Zeit, dass Männer mit Mut und Visionen ihm raten.«

Der Kardinal schüttelte langsam den Kopf. »Nun, dazu zählst du leider nicht. Du bist nicht besonders mutig, Humphrey. Das warst du nie. Und das, was du für deine Vision hältst, ist Selbstüberschätzung. Du hast ein unfehlbares Talent dafür, eine Situation falsch zu beurteilen, wie du gerade wieder einmal beweist.«

»Es hat dir seit jeher Vergnügen bereitet, mich zu beleidigen. Ergehe dich darin, solange du noch kannst.«

Beaufort lächelte. »Das wird länger sein, als du ahnst.«

Seine Arroganz machte Gloucester immer wütender, sodass er Mühe hatte, sich zu beherrschen. »Trügest du keinen Priesterrock, würde ich dich erschlagen!«

»Hm. Weil du aber die ewige Verdammnis fürchtest, hast du wieder einmal eine Intrige gegen mich gesponnen. Du bist besessen davon, mich zu vernichten, weil ich die Wahrheit über deine Frau kenne, aber du schaufelst dir nur dein eigenes Grab.«

»Was genau ist es, das du in Bezug auf meine Gemahlin andeuten willst? Eine Dame, die du in schäbigster Weise für deine dubiosen Absichten benutzt hast.«

Beaufort verschränkte die Arme und studierte einen Augenblick das Gesicht seines Neffen. Schließlich antwortete er ohne besonderen Nachdruck: »Sie treibt sich mit dubiosem Volk herum. Sie hat einen Hang zur schwarzen Magie. Mit einem Wort, Humphrey: Deine Gemahlin ist eine Hexe.«

»Wie *kannst* du es wagen …«

»Oh, erspar mir deine Entrüstung. Du weißt ganz genau, dass es die Wahrheit ist. Ich hatte einen Londoner Apotheker ausfindig gemacht, der sie schwer belastet hat. Und als ich sie damals in Windsor zum Schutz meiner Tochter um diese kleine Gefälligkeit bitten musste, war sie ganz erpicht darauf, mir zu helfen, wenn ich nur zu niemandem von diesem Apotheker spreche. Der nur einen Monat später unter rätselhaften Umständen ums Leben gekommen ist. Aber das Schicksal lieferte mir einen neuen Beweis. Ich bin im Besitz einer Schatulle, die deiner Gemahlin gehört. Ein kleines Silberkästchen, versehen mit allerhand magischen Zeichen, und es enthielt eine Haarlocke des Königs. Was sagst du nun?«

»Ich sage, du lügst!«

»Wie leicht dir Beschuldigungen und Verleumdungen über die Lippen gehen«, bemerkte Beaufort müde. »Es ist die Wahrheit.«

»Und ich nehme an, diese Haarlocke besitzt du noch, ja?«

Der Kardinal schüttelte den Kopf. »Gott allein mag wissen, welche Flüche darauf lagen. Er oder sein Widersacher. Ich habe sie verbrannt.«

Gloucester lächelte triumphierend. »Dann hast du keinerlei Beweis.«

»Das wird auch nicht nötig sein«, sagte eine helle Stimme hinter dem Vorhang des Beichtstuhls zu ihrer Rechten.

Die beiden Männer fuhren erschrocken herum und sahen mit gleichermaßen fassungslosen Mienen den König hinter dem Vorhang hervortreten.

»Sire … Was … was in aller Welt tut Ihr hier um diese Stunde?«, stammelte Gloucester.

Henry antwortete nicht. Auf der anderen Seite des Beichtstuhls ging eine kleine Tür auf, und John of Waringham trat heraus.

»*Ihr?*«, fragten Gloucester und Beaufort wie aus einem Munde.

Der Kardinal, der seinen Schwiegersohn besser kannte als die meisten, durchschaute die Lage als Erster. »Ihr habt Gloucester und mich unter einem Vorwand hierher gelockt?«, fragte er ungläubig.

John nickte und senkte einen Moment den Blick, schaute aber gleich wieder auf. »So ist es, Mylord.«

»Was seid Ihr doch für ein Flegel, John.«

»Ich hoffe, Ihr könnt mir noch einmal vergeben, Eminenz. Euch herzulocken und eine offene Konfrontation herbeizuführen schien mir der einzige Weg, dem König zu ermöglichen, sich selbst und unbeeinflusst ein Urteil zu bilden.«

»Und wie Recht Ihr hattet, John, wahrlich und wahrlich.« Der junge König war sehr bleich, aber seine Miene grimmig und untypisch entschlossen. Er verneigte sich vor dem Kardinal, ergriff dessen Hand und küsste den Ring. »Verzeiht mir, dass ich an Euch und der Aufrichtigkeit Eurer Freundschaft gezweifelt habe, Onkel.«

Beaufort lächelte auf ihn hinab. Es war ein ausgesprochen mildes Lächeln ohne jeden Hohn, wie man es nur höchst selten an ihm sah. »Es gibt nichts zu verzeihen, Sire.«

Henry wandte sich an Gloucester, und John staunte, wie perfekt der Junge das Stirnrunzeln königlichen Missfallens beherrschte. »Ihr werdet die Anklage gegen seine Eminenz zurückziehen.«

»Sire …«

»Und natürlich auch gegen John, der mit sofortiger Wirkung wieder Captain der Leibwache wird. Ihr werdet dafür sorgen, dass dem Kardinal sein Vermögen zurückgegeben wird, und zwar umgehend. Ihr werdet mir schwören, nie wieder zu versuchen, ihn um sein Bischofsamt in Winchester zu bringen, das er mit großer Würde und zum Wohle von Reich und Krone trägt. Habt Ihr verstanden?«

Der Herzog neigte das Haupt vor seinem Neffen. »Ich habe verstanden, Sire.«

»Und Ihr werdet Eure Gemahlin zur Räson bringen. Sollte je wieder der Verdacht aufkommen, dass sie sich schwarzer Magie bedient, wird sie vor ein kirchliches Gericht gestellt. Und dann werdet nicht einmal Ihr sie retten können.«

Gloucester schluckte sichtlich und nickte, hob jedoch zu einem zaghaften Einwand an: »Mein König, Ihr seid noch sehr jung und …«

»Aber das werde ich nicht ewig sein, Mylord of Gloucester. Es sind nur noch wenige kurze Jahre, bis ich die Geschicke meiner beiden Reiche selbst in die Hand nehme. Und dann wird der Tag kommen, da alle, die in meinem Namen regiert haben, ihren gerechten Lohn erhalten sollen.«

4. TEIL

1437 – 1442

Westminster, Januar 1437

Simon, wo in drei Teufels Namen steckt Daniel?«, fragte John. Er flüsterte, obwohl er wütend war, denn sie standen in der Kathedrale, und Kardinal Beaufort feierte das Neujahrshochamt.

»Keine Ahnung, Captain«, gestand Simon Neville ebenso gedämpft. »Der König hat ihn vor dem Kirchgang in seine Gemächer geschickt, um ihm den Mantel zu holen. Vermutlich ist er aufgehalten worden.«

John bedachte ihn mit einem Kopfschütteln. »Es ist rührend, dass du für deinen alten Freund immer noch das Blaue vom Himmel lügst, aber das war noch nie deine Stärke.«

»Wie bitte?« Simon machte große Unschuldsaugen.

John wies verstohlen auf den König, der nur zwei Schritte von ihnen entfernt auf einer kostbaren Bank kniete und wie üblich gänzlich in seine Gebete vertieft war. »Er trägt seinen Mantel.«

»Er wollte den anderen mit dem Pelzkragen.«

»Wer's glaubt …«

»Daniel hat seinen Dienst bisher mit großer Pflichterfüllung getan, Captain«, murmelte Simon mit Nachdruck. »Und wenn du meine Offenheit verzeihen willst: Du bist seit Beginn der Weihnachtsfeiern grässlicher Laune.«

John lag auf der Zunge, dass er dafür reichlich gute Gründe habe, aber in diesem Moment hob Henry den Kopf, schaute kurz über die Schulter und warf ihnen einen vorwurfsvollen Blick zu.

John seufzte verstohlen und richtete den Blick wieder auf

den breiten, immer noch kerzengeraden Rücken seines Schwiegervaters, der in seinem kostbaren Festtagsornat wahrhaft ehrwürdig aussah.

Es war voll in Westminster, wie zu dieser Jahreszeit üblich. In Palast und Kloster herrschten Durcheinander und Gedränge. Das erleichterte die Aufgabe der königlichen Leibgarde nicht gerade. John hatte Daniel wider besseres Wissen in die Wache aufgenommen, weil er dringend neue Männer brauchte und seinem Neffen daheim in Waringham die Decke auf den Kopf zu fallen drohte. Aber Daniel war ein Schürzenjäger und ein leichtsinniger Draufgänger ohne Verantwortungsgefühl, genau wie sein Vater, John hatte es von Anfang an gewusst. Der König hatte indessen großen Gefallen an dem stets gut gelaunten, verwegenen Ritter gefunden, sodass der Schritt sich kaum würde rückgängig machen lassen.

Doch das war nicht der eigentliche Grund für Johns Anspannung und Reizbarkeit. Auch der Duke of Gloucester, der dem Kronrat im Allgemeinen und dem Kardinal im Besonderen mit seiner ewigen Kriegstreiberei das Leben schwer machte, war ausnahmsweise nicht der Anlass seiner Sorgen. Juliana war schwanger. Zum ersten Mal seit Kate hatte sie das Kind nicht im Lauf der ersten drei Monate verloren, und inzwischen näherte sich der Tag ihrer Niederkunft. Mit jeder Woche, die ins Land gegangen war, ohne dass die Katastrophe eintrat, hatten sich Johns Hoffnungen und Ängste gesteigert. Vor der Ernte hatte er seine Frau nach Waringham gebracht, weil sie genau wie er der Ansicht war, dass sie bei Liz Wheeler in besseren Händen sei als bei jeder anderen Hebamme in England, aber es quälte ihn, nicht an ihrer Seite zu sein. Nicht zu wissen, was geschah. Er fürchtete, das Kind könnte selbst jetzt noch tot zur Welt kommen. Und mehr als alles andere fürchtete er, seine Frau werde im Kindbett sterben.

Als Beaufort der großen Gemeinde, die aus Mönchen, den Bürgern von Westminster und dem gesamten Hof bestand, den Schlusssegen erteilte, kehrte John aus düsteren Gefilden in die Gegenwart zurück und trat gemeinsam mit Simon Neville zum

König, um ihn vor dem Gedränge zu schützen und sicher zum Palast zurückzugeleiten.

»Ich würde so gerne noch ein Stündchen bleiben, wenn es hier still geworden ist«, bekannte der junge König.

John nickte. Er erinnerte Henry nicht daran, dass das Festmahl in einer halben Stunde beginnen würde und die Abordnung des deutschen Kaisers tödlich beleidigt wäre, wenn der englische König sich nicht blicken ließ. Abgesehen davon, dass es ihm nicht mehr zustand, den König zu rügen, da der Kronrat Henry im letzten Jahr für mündig erklärt hatte, war es auch niemals nötig, ihn an seine Pflichten zu erinnern.

Mit einem letzten sehnsüchtigen Blick auf den Altar wandte der König sich ab und ließ sich von seinen Leibwächtern zum Portal eskortieren. Die schaulustigen Bürgersleute von Westminster bildeten draußen eine Gasse, verneigten sich und knicksten vor ihrem König und jubelten ihm zu. Es kam von Herzen, das konnte man hören. Mit fünfzehn Jahren war Henry ein hoch gewachsener, gut aussehender junger Mann. Seine große Milde, die nicht nur John zunehmend Sorge bereitete, sprach aus den warmen braunen Augen, und die Züge seiner schönen Eltern vereinten sich in seinem Gesicht. Seine Untertanen liebten ihn und bauten ihre Hoffnungen auf ihn, denn es war kein Geheimnis in England, dass Henry den Krieg mit Frankreich beenden wollte.

Ein lebhaftes Feuer prasselte im Kamin, und der großzügige Hauptraum der königlichen Gemächer war angenehm warm. Der König trat näher, um sich einen Moment die Hände zu wärmen. John entging nicht, dass der dicke Mantel mit dem Hermelinkragen auf der Kleidertruhe lag, aber von Daniel war weit und breit nichts zu entdecken. *Na warte, du Lump …*

Henry schickte nach seinen Kammerdienern, die ihm behilflich waren, die feinen Gewänder für das Festmahl in Westminster Hall anzulegen: einen perlgrauen und einen blauen Seidenstrumpf – Letzterer mit winzigen eingestickten Lancaster-Rosen –, ein weißes Seidenwams mit Goldborte am

Hals und darüber ein Surkot, das bis zu den Knien reichte, wie die höfische Mode es seit einiger Zeit wieder vorschrieb. Dieses Obergewand hatte nur halblange Ärmel und bestand aus zwei verschiedenen Stoffen, die vorn und hinten in der Mitte zusammengesetzt waren: Die eine Hälfte zeigte die englischen Löwen auf Rot, die andere die französische Lilie auf Blau.

Der König sah missvergnügt an sich hinab. »Wahrlich und wahrlich, ich sehe aus wie ein Gaukler.«

Der junge Reginald de la Pole, der erst seit kurzer Zeit zu seinen Kammerdienern gehörte, lächelte spitzbübisch und antwortete achselzuckend: »Hunderte Pariser Schneider können sich nicht irren, Sire.«

»Hm«, brummte Henry. »Da wär ich nicht so sicher. Aber wie dem auch sei. Wir sollten lieber gehen. Ich habe mir sagen lassen, die Deutschen seien immer überpünktlich.«

Er nahm die Krone von dem Samtkissen, das ein anderer Kammerherr ihm ehrfürchtig hinhielt, und setzte sie so achtlos auf wie einen alten Hut. Als er ihr Gewicht spürte, kniff er einen Moment die Augen zusammen, gab aber keinen Kommentar ab.

De la Pole hielt ihm den ärmellosen Umhang hin, der die königliche Festtagsgarderobe vervollständigte, und der König schlüpfte hinein.

»Was für ein herrlicher Ring, Sire«, bemerkte der junge Ritter. Es sagte es aus Höflichkeit, aber in seiner Stimme lag echte Bewunderung.

Stirnrunzelnd blickte der König auf den Goldreif mit dem makellosen, rund geschliffenen Rubin, den er am zweiten Glied des linken Ringfingers trug. »Findet Ihr wirklich?« Er zog ihn ab und streckte ihn dem Kammerjunker entgegen. »Dann nehmt ihn.«

De la Pole riss die Augen auf und wich unwillkürlich einen Schritt zurück. »Aber Sire, das … das kann ich unmöglich annehmen«, stammelte er.

»Wieso nicht?« Der König zeigte sein hübsches Lächeln.

»Heute ist schließlich Neujahr. Da macht man Geschenke, oder nicht?«

De la Pole schaute hilflos zum Captain der Leibwache, der wie so oft mit dem Rücken vor der geschlossenen Tür stand. John nickte ihm knapp zu und bedeutete ihm mit einer kleinen Geste, dass ihm nichts anderes übrig blieb, als den Ring anzunehmen.

Immer noch verdattert sank der Jüngling vor dem König auf ein Knie. »Gott segne Euch für Eure wahrhaft königliche Großmut, Sire.«

Henry lächelte auf ihn hinab. Es wirkte eine Spur zerstreut, als erinnere er sich kaum noch daran, was er de la Pole geschenkt hatte. »Erhebt Euch, guter Reginald. Und Gott segne Euch für Eure Treue und die Eures Hauses zu dem meinen.« Er wandte sich an John. »Wie sehe ich aus?«

»Perfekt.«

»Dann lasst uns gehen.«

John öffnete ihm die Tür.

Wie an jedem Tag seit Weihnachten wurde auch das heutige Festmahl lang und prunkvoll. John hatte sich absichtlich für die Tagwache eingeteilt, sodass er hinter dem Thronsessel auf der Estrade stand, statt in der Halle zu sitzen und selber zu tafeln, weil er andernfalls nach den Feiertagen eine komplette neue Garderobe gebraucht hätte. Im vergangenen Oktober war er siebenunddreißig Jahre alt geworden, und er hatte feststellen müssen, dass man mit zunehmendem Alter dazu neigte, Fett anzusetzen.

Es war ein trüber Wintertag, und als der letzte der fünf Gänge aufgetragen wurde, begann es bereits zu dämmern. John bedeutete Cedric of Harley, der in der Nähe stand, ihn auf seinem Posten abzulösen, und verließ die wundervolle, festlich geschmückte Halle unbemerkt. Er hatte die Absicht, in sein Quartier zu gehen, sich aus der Küche ein paar Reste kommen zu lassen und sich später, wenn das Bankett vorüber war, auf einen Becher Wein bei Kardinal Beaufort einzuladen. Doch kaum hatte er den ersten der vielen Innenhöfe auch nur halb durchschritten, als Reginald de la Pole ihn atemlos einholte. »Sir John! Auf ein Wort, wenn Eure Zeit es erlaubt.« Er machte einen artigen Diener.

John blieb stehen. »Natürlich.« Es klang abweisender, als er beabsichtigt hatte.

De la Pole ließ unglücklich die Schultern hängen. »Ich bin untröstlich, Sir. Ich schwöre, ich habe im Traum nicht daran gedacht, dass er mir den Ring schenken würde.«

»Nein? Kennt Ihr ihn wirklich so schlecht? Dann lasst Euch sagen, mein Junge: Dem König liegt nichts an Juwelen, Geschmeide und anderen irdischen Reichtümern. Darum verschenkt er sie an den Erstbesten, der einen begehrlichen Blick darauf wirft. Leider begreift er nicht, dass er sich das nicht leisten kann.«

De la Pole nickte. »Das braucht Ihr mir nicht zu erzählen, Sir John, schließlich ist mein Onkel der Steward seines Haushaltes.«

William de la Pole, der Earl of Suffolk, war in der Tat des Königs Steward und kam selbst öfter als angemessen in den Genuss von Henrys übermäßiger Großzügigkeit. »Nun, wenn Ihr tatsächlich wisst, wie es um die Finanzen der Krone bestellt ist, dann haltet Euch in Zukunft mit solch plumpen Komplimenten zurück.«

De la Pole atmete tief durch und stieß dabei eine große, weiße Dampfwolke aus. »Ich kann verstehen, dass Ihr mir gram seid, Sir. Es *war* plump. Ich bin immer noch so aufgeregt in des Königs Gegenwart, dass ich froh bin, wenn ich nicht über die eigenen Füße stolpere, versteht Ihr?« Sein klägliches Lächeln war entwaffnend.

Plötzlich musste John an den Tag denken, als er selbst in König Harrys Dienst getreten war. Es war beinah ein Vierteljahrhundert her, darum hatte er fast vergessen, wie kopflos Nervosität und Ehrfurcht einen machen konnten. Unwillkürlich erwiderte er das Lächeln des jungen Mannes. »Ihr werdet Euch schon daran gewöhnen.«

»Das hoffe ich. Einstweilen sagt mir, was ich tun kann, um

den Ring zurückzugeben, ohne den König zu kränken. Ich will ihn nicht haben. Es käme mir vor, als nutzte ich seine Güte aus, und auch wenn Ihr vermutlich wie so viele Leute insgeheim glaubt, wir de la Pole seien so schamlos und gierig wie die Pfeffersäcke, die unsere Vorfahren waren, hat doch zumindest *meine* Raffgier Grenzen, Sir.«

John nickte anerkennend. Der junge Ritter hatte ihn durchschaut, musste er einräumen, und schleunigst revidierte er seine vorgefasste Meinung über den neuen Kammerdiener des Königs. »Gebt den Ring dem Lord Treasurer«, riet er. »Der legt ihn in eine seiner Truhen, wartet ein paar Wochen, bis der König Stein und Schliff vergessen hat, und gibt ihn ihm dann zurück, statt Geld für einen neuen zu verschleudern.«

»Wird der König mich nicht nach dem Ring fragen?«, fragte de la Pole besorgt.

»Nein. Wäre es ein frommes Buch, wüsste er vermutlich in zwanzig Jahren noch, wem er es an welchem Tag geschenkt hat. Aber den Ring hat er spätestens übermorgen vergessen.«

De la Pole schüttelte in ehrfürchtigem Erstaunen den Kopf. »Manchmal glaube ich, er ist ein Heiliger, Sir John.«

»Das wollen wir doch nicht hoffen«, entgegnete John. »Kein König kann sich leisten, ein Heiliger zu sein. Nicht in Zeiten wie diesen jedenfalls.«

Ehe dem jungen Ritter darauf eine Erwiderung einfiel, kam eine vermummte Gestalt durch den Torbogen und hastete auf sie zu.

John legte die Rechte an das Heft seines Schwertes, erkannte aber im selben Moment, dass die Gestalt Röcke trug, und ließ die Hand wieder sinken.

Die Unbekannte blieb in höflichem Abstand vor ihm stehen und streifte die Kapuze zurück. Einen verrückten Moment lang glaubte John, seine Frau stehe vor ihm. Dann erkannte er sie. Es war Julianas Cousine.

»Lady Margaret Beauchamp?«

»Gott zum Gruße, Sir John. Seid so gut und begleitet mich«, bat sie, ihre Miene tief bekümmert.

John spürte seine Hände klamm werden. »Würdet Ihr uns entschuldigen, de la Pole?« Ohne eine Antwort abzuwarten, folgte er Lady Margaret, die schon in den äußeren Hof zurückgeeilt war, und als er sie einholte, nahm er sie nicht gerade behutsam beim Ellbogen. »Ist es Juliana? Habt Ihr Nachricht aus Waringham bekommen?«

»Nein, nein. Es geht um die Königin. Ihr müsst mit mir nach Bermondsey kommen, Sir John. Jetzt gleich.«

»Bermondsey?«, wiederholte John verständnislos. »Wo ist das?«

»Nicht weit. Südlich der Themse gleich bei Southwark.«

John blieb stehen. »Ihr seid ohne Begleitung quer durch London geritten? Seid Ihr noch zu retten, Lady Margaret? Was hat das zu bedeuten? Die Stadttore werden schließen, lange bevor wir da sind und …«

»Ich habe die Torwächter bestochen. Sie lassen uns durch.« Plötzlich rang sie um Haltung. »Die Königinmutter wünscht Euch zu sehen, Sir John. Und wenn Ihr ihren Wunsch erfüllen wollt, dann müsst Ihr Euch beeilen.«

Bermondsey Abbey war eine reiche Benediktinerabtei, die schon immer die besondere Gunst der königlichen Familie genossen hatte. Sowohl das klösterliche Internat als auch die Heilkunst der gelehrten Brüder standen in hohem Ruf, und so war es nicht verwunderlich, dass Katherine sich an sie gewandt hatte, wenn sie, wie John aus Lady Margarets Andeutungen schloss, ernstlich krank geworden war.

Sie kamen tatsächlich ungehindert durch die Stadt, und die Klosterpforte öffnete sich ihnen, ehe John anklopfen konnte.

»Ich habe nach Euch Ausschau gehalten, Sir«, erklärte der Bruder Pförtner, ein junger Hüne, der mit dem Talglicht in der Linken auf ein Gebäude an der rechten Hofseite wies. »Da drüben ist es.«

»Sind wir zu spät?«, fragte Lady Margaret.

Er schüttelte den Kopf und bekreuzigte sich mit der freien Rechten.

John half Margaret Beauchamp vom Pferd, nahm ihren Arm und folgte dem Mönch, der mit dem Licht vorausging. Er wappnete sich, ohne zu wissen worauf.

Noch zehn Schritte vom Gästehaus entfernt, hörte er es schon. Gellende Schreie drangen trotz der dicken Mauern aus dem Gästehaus. John hatte nie zuvor solche Schreie gehört. So muss es sich anhören, wenn die Teufel die Seelen der Verdammten in der Hölle quälen, fuhr es ihm durch den Kopf, und als er trotz der Unmenschlichkeit dieser Laute die Stimme der Königin erkannte, wurde ihm mit einem Mal speiübel. Er ließ Lady Margaret los und wandte sich ab, bis er die Übelkeit niedergerungen hatte. Der kalte Nachtwind war ein eisiger Hauch auf seiner schweißfeuchten Stirn.

John bekreuzigte sich. »Jesus, erbarme dich«, murmelte er. »Was ist mit ihr?«

»Die kundigen Brüder glauben einhellig nicht, dass es körperliche Qualen sind, die die Königin leidet«, erklärte der Bruder Pförtner.

»Es hört sich aber verdammt danach an«, gab John zurück, zu verstört, um sich bei dem Mönch ob seiner Sprache zu entschuldigen.

Lady Margaret schüttelte langsam den Kopf. Sie hörte diese Schreie offensichtlich nicht zum ersten Mal, aber trotzdem stand Grauen in ihren Augen, und Tränen liefen über ihr Gesicht. »Sie hat den Verstand verloren, Sir John. Es ist genau das geschehen, was sie am meisten fürchtete: Sie hat den Verstand verloren wie ihr Vater. Und wie er findet sie ihn manchmal wieder, und dann ist sie sie selbst, so wie wir alle sie kennen. Aber immer seltener. Meist wandelt ihr armer Geist in der Finsternis, wohin keiner von uns ihr folgen kann. Und was immer sie dort sieht, macht ihr solche Angst, dass sie schreit. Das ist es, was die gelehrten Brüder sagen, und man muss ihr nur einmal in die Augen schauen, um zu wissen, dass sie Recht haben.«

Sie hatte langsam und gefasst gesprochen, doch jetzt weinte sie bitterlich. Ohne jeden bewussten Entschluss legte John die

Arme um sie und hielt sie. Es kam ihm nahe liegend vor, weil sie Juliana so ähnlich sah.

»Wo ist …« Das Entsetzen hatte ihm die Stimme verschlagen, er musste sich räuspern. »Wo ist Owen?«

»Was glaubt Ihr wohl?«, hörte er sie antworten, dumpf, weil sie das Gesicht in seinen dicken Mantel gepresst hatte. »Dort drin bei ihr. Er ist der Einzige, der sie überhaupt noch zurückholen kann.«

»Und die Kinder?«

»Bis heute früh waren sie hier. Die Brüder hatten sie mit der Amme in einem Haus hinter der Kirche untergebracht, damit sie ihre Mutter nicht hören mussten. Sie sind so gut, die Brüder hier, John. Doch heute Morgen haben sie Owen gesagt, dass es bald zu Ende gehen wird. Da hat er mich gebeten, jemanden zu holen, der die Kinder irgendwo hinbringt, wo sie sicher sind. Ihr wart der Erste, der mir in den Sinn kam. Also bin ich nach Westminster geritten.«

Die gepeinigten Schreie im Gästehaus wurden leiser, verklangen allmählich zu einem jammervollen Wimmern.

John kniff erleichtert die Augen zusammen. »Das war sehr mutig, aber sehr unvernünftig, Lady Margaret. Alles Mögliche hätte Euch geschehen können.«

Sie nickte und schniefte undamenhaft. »Ich weiß. Aber es war mir gleich. Klar zu denken ist nicht einfach, wenn man das hier ein paar Tage mitgemacht hat. Ungefähr der Erste, der mir in Westminster in die Arme lief, war Euer Neffe. Er sagte, dass ich Euch vermutlich erst nach dem Bankett erwischen würde, und ist sofort hergeritten, um die Kinder zu holen und nach Waringham zu bringen.«

John verzieh Daniel sein Pflichtversäumnis auf der Stelle. »Gott segne dich, du ausgekochter Lump«, murmelte er.

»Dann habe ich im Hof auf Euch gewartet.«

»Im Hof? Den ganzen Tag?«

Er fühlte ihr Nicken. »Mein Gemahl weilt bei Hofe. Ihm zu begegnen war das Letzte, was mir heute gefehlt hätte.«

John hatte keine Ahnung gehabt, dass sie verheiratet war.

»Kommt, Sir. Sie ist still geworden. Wenn Gott gnädig ist, schläft sie gleich ein. Aber eh sie Euch nicht gesehen hat, wird sie diese Welt nicht verlassen. Also lasst sie nicht warten, ich bitte Euch.«

John nickte, ließ sie los und ging zur Tür – sein Schritt entschlossener als sein Herz.

Bermondsey Abbey verfügte über mehrere Gästehäuser. Das, welches man der Königin und ihrem Gefolge zur Verfügung gestellt hatte, war natürlich das komfortabelste. Die Tür führte in einen behaglichen Wohnraum mit verglasten Fenstern. Niemand war dort, aber im Kamin brannte ein Feuer. John durchquerte den Raum und klopfte leise an die Tür zur hinteren Kammer, wartete einen Augenblick und trat dann unaufgefordert ein.

Owen Tudor saß auf dem breiten Bett, den Rücken an das prunkvoll geschnitzte Kopfteil gelehnt. Seine Frau lag halb aufgerichtet zwischen seinen angewinkelten Knien, entspannt jetzt, den Kopf mit geschlossenen Augen an seine Brust gebettet. Nur drei oder vier Kerzen auf einem Tisch an der Wand spendeten Licht, aber John sah genug, um zu erkennen, dass Katherine im Sterben lag. Sie war so abgemagert, dass sie ihn an die halb verhungerten Kinder erinnerte, die er früher nach einer langen Belagerung in den Städten der Normandie gesehen hatte. Ihr wundervolles Haar war stumpf und grau, das Gesicht von tiefen Furchen gezeichnet, die oft besungenen Lippen farblos und rissig, die makellosen Wangen eingefallen.

Tudor hob langsam den Kopf, als er den Luftzug von der Tür spürte, als sei er unwillig, irgendwen zu sehen.

John biss die Zähne zusammen, damit sein Gesicht nicht preisgab, was er empfand. Tudor sah ebenso todgeweiht aus wie Katherine.

Doch der Waliser lächelte, als er seinen Freund erkannte. »Gut von dir, John«, sagte er leise. »Danke.«

»Keine Ursache.« Wie lächerlich waren doch all diese Floskeln. »Schläft sie?« Er flüsterte. Ihm graute davor, sie zu wecken und womöglich einen neuen Anfall auszulösen.

»Ja. Hast du sie gehört?«

John nickte.

»Kein Mensch verdient es, so zu sterben, John.«

»Nein.«

»Sie glaubt, Gott habe sie verlassen. Ich schätze, sie hat Recht. Aber warum? Ich sitze hier und seh mir das an und frage mich, warum er ausgerechnet sie verlassen hat. Sie hat immer nach seinen Regeln gespielt. Ich war das einzig Verbotene, was sie sich je genommen hat. War das so unverzeihlich?«

Es waren die gleichen Fragen, die John sich jedes Mal gestellt hatte, wenn Juliana ein Kind verlor. Sie waren sinnlos, diese Fragen, machten die Verzweiflung nur schlimmer, weil man ja nie eine Antwort finden konnte, und doch hatte er sie jedes verfluchte Mal wieder gestellt. »Ich weiß es nicht, Owen.«

»Nein, ich auch nicht.« Der Waliser stierte einen Augenblick blinzelnd in die Kerze. »Und es hat keinen Sinn, die Fäuste gen Himmel zu schütteln und mit Gott zu hadern. Es ist nicht wahr, was sie uns immer weismachen wollen. Er ist nicht barmherzig. Wenn er auch nur einen Funken Barmherzigkeit besäße, würde er nicht zulassen, dass sie so leidet, oder?«

John wusste auf Tudors Fragen ebenso wenig eine Antwort wie auf seine eigenen. Er trat einen Schritt näher. »Owen, wann hast du zuletzt geschlafen?«

»Keine Ahnung. Ein Weilchen her, glaub ich. Ich will nicht schlafen, wenn sie schläft.« Liebevoll, unendlich behutsam legte er seiner Frau die Hand auf die linke Brust, bis er ihren Herzschlag ertastet hatte. »Es wird nicht mehr lange dauern, sagen die Brüder. Und ich will keinen Moment versäumen, den sie noch atmet.«

John nickte. »Und wenn sie aufhört, willst du mit ihr gehen.«

»So ist es. Aber das kann ich nicht. Meine Söhne sind noch zu klein.«

John war froh, dass Owen es selbst gesagt hatte. So blieb ihm erspart, den Freund an seine Verantwortung erinnern zu müssen. Sein Blick wanderte wieder zu dem ausgezehrten Gesicht der Kranken. »Was immer es sein mag, es ist nicht das, was ihr Vater hatte«, sagte er leise. »Das war vollkommen anders.«

»Nur in der Form«, widersprach Tudor. »Wahnsinn ist Wahnsinn, und er schlummert gewiss auch in meinen Söhnen. Und in Henry. Wozu sollen wir uns etwas vormachen, John?«

»Die Valois waren seit jeher ein schwaches, kränkliches Geschlecht«, gab John zu bedenken. »Aber in den Adern deiner Söhne fließt auch *dein* Blut, und das ist stark und gesund. Für den König gilt das Gleiche.«

Der Schatten seines verwegenen Grinsens huschte über Tudors Gesicht, und er schüttelte den Kopf. »Nicht mein Blut fließt in Henrys Adern. Was nicht daran gelegen hat, dass ich mich nicht schon damals bemüht hätte, seine Mutter zu erobern.«

Auch John musste lächeln, trotz allem. »Ja, ich erinnere mich.«

»Mir scheint, sie war das Einzige, was ich in meinem Leben je wirklich gewollt habe. Aber jetzt muss ich sie gehen lassen. Und je eher sie geht, desto besser.« Er küsste das strähnige, graue Haar. »Hörst du, Caitlin?«, flüsterte er. »Geh nur. Bleib nicht meinetwegen. Das brauchst du nicht.«

Johns Kehle wurde eng, und er verspürte den Drang zu fliehen. Er wollte seinen Freund so nicht länger sehen. Er hatte immer gewusst, dass Owen Tudor stärker war als er. Umso unerträglicher war es, dabei zuzusehen, wie er zerbrach. Doch noch ehe er einen Vorwand ersonnen hatte, um den Raum zu verlassen, schlug Katherine die Augen auf.

John biss die Zähne zusammen, aber die Königin fing nicht wieder an zu schreien. Ihr Blick war auch nicht irr, im Gegenteil. Aus unerwartet klaren Augen schaute sie ihn an. »Jean? Seid Ihr wirklich gekommen?«, fragte sie auf Französisch.

Er nickte und würgte entschlossen an dem dicken Brocken in seiner Kehle. »Habe ich je gezaudert, wenn Ihr mich gerufen habt, Madame? Welcher Mann würde das, wenn die schönste Frau der Welt nach ihm schickt?«

Er hatte das Gefühl, sich auf sehr dünnem Eis zu bewegen,

als er das sagte, doch sein Instinkt hatte ihn nicht getrogen. Katherine lächelte, und für einen flüchtigen Moment erahnte er in ihren von Krankheit entstellten Zügen tatsächlich die Schönheit von einst.

»Früher wart Ihr nie ein Schmeichler, Jean. Im Gegenteil. Niemand hat je gewagt, so abscheuliche Dinge zu mir zu sagen wie Ihr.«

Er grinste zerknirscht. »Aber Ihr habt so gut ausgeteilt, wie Ihr einstecken konntet, Madame.«

Sie nickte und streckte ihm die Hand entgegen. »Kommt. Setzt Euch zu mir. Ich kann Euch dort drüben so schlecht erkennen.«

Ohne zu zögern, folgte John der Aufforderung, ließ sich auf der Bettkante nieder und nahm ihre Hand. Sie war dürr und eiskalt.

»Sobald unsere Unterredung beendet ist, werde ich mein Testament diktieren«, bekundete die Königin. »Ich werde diese Welt sehr bald verlassen, Jean.« Sie war gefasst und voller Würde – eine Königin in der Tat.

»Wenn das stimmt, wird es eine ärmere Welt sein, die Ihr zurücklasst, Madame.«

Sie ging nicht darauf ein. »Ich wollte, dass Ihr mich seht, damit Ihr dem König erklären könnt, wieso ich ihn nicht zu mir gerufen habe, um mich zu verabschieden.«

John nickte, obwohl er genau wusste, dass nichts, was er sagen konnte, Henry darüber hinwegtrösten würde. Seit Katherine Owen Tudor geheiratet und sich vom Hof zurückgezogen hatte, hatte der König sich von seiner Mutter vernachlässigt, gar ungeliebt gefühlt. Aber John wusste, er durfte nicht riskieren, dass sein junger König miterleben musste, was er hier vorhin gehört hatte. Henry war empfindsam, alles andere als robust. Sein seelisches Gleichgewicht war einigermaßen gefestigt, solange nichts geschah, was seinen geregelten, von Gottesdienst und Gebet bestimmten Alltag durcheinander brachte. Ihn mit der erschütternden Krankheit seiner Mutter zu konfrontieren, hätte bedeutet, ihn in einen Abgrund zu stürzen.

»Erzählt mir von ihm, Jean«, bat Katherine wehmütig. »Er ist mir so fremd geworden, und das habe ich selbst verschuldet. Sagt mir, was für ein König er geworden ist. Gleicht er seinem Vater?«

Nein, wäre die ehrliche Antwort gewesen. Es gab nicht viel, was der junge König mit seinem kriegerischen, unkomplizierten und lebensfrohen Vater gemeinsam hatte. Doch John wählte seine Worte wie üblich mit Bedacht. »Er ist über jedes vernünftige Maß hinaus großmütig, genau wie Harry«, begann er. Bis heute war ihm nie in den Sinn gekommen, dass der König diese Eigenschaft, welche dem Lord Treasurer schlaflose Nächte bereitete, tatsächlich im Blut haben mochte. »Und ebenso wie er ist Henry ein unermüdlicher Beschützer der Kirche. Er tut alles, was in seiner Macht steht, um ein neuerliches Schisma zu verhindern, und hält Papst Eugenius unbeirrt die Treue. Aber sein größtes Anliegen ist ein dauerhafter Frieden mit Eurem Bruder, Madame.«

Sie blinzelte verwirrt. Offenbar hatte ihr gepeinigter Verstand die Erinnerung an den verhassten Bruder ausgelöscht.

»Henry ist der Krieg aus tiefstem Herzen zuwider«, fuhr John hastig fort. »Und er hat seinen Großonkel, Kardinal Beaufort, ersucht, eine neue Friedenskonferenz mit Frankreich und Burgund zu verabreden. Die Commons im Parlament und die kleinen Leute, die Bauern und armen Handwerker, die in den letzten Jahrzehnten für den Krieg haben bluten müssen, sie alle segnen ihn dafür. Das Volk liebt Euren Sohn, Madame. Er ist noch furchtbar jung, und die Bürde, die er trägt, eigentlich zu schwer. Aber er trägt sie mit Würde und erstaunlicher Weisheit. Er wird England ein guter, besonnener, kluger König sein, seid ganz beruhigt. Kein Krieger wie sein Vater. Ein Friedenskönig. Und England braucht Frieden so dringend wie Euer geliebtes Frankreich. Er weiß das. Henry ist der erste König seit hundert Jahren, der das wirklich versteht und dem Frankreichs Geschick nicht gleichgültig ist, ist er doch Frankreichs gekrönter König genauso wie Englands.«

Für einen Moment lag ein Schimmern in Katherines Augen,

doch gleich darauf schlossen sich ihre Lider wieder. »Danke, mein Freund. Dann kann ich also beruhigt gehen.« Sie atmete lang aus, ihr ganzer Körper entspannte sich, und beinah schlagartig schlief sie wieder ein.

»Danke, John«, sagte auch Tudor. Er flüsterte, um sie nicht wieder aufzuwecken. »Das hast du großartig gemacht. Es ist egal, wenn die Hälfte nicht stimmt. Du hast ein gutes Werk an ihr getan.«

John sah stirnrunzelnd auf. »Kein Wort war gelogen.«

»Nein.« Tudor verzog die Mundwinkel – es wirkte matt und höhnisch zugleich. »Die weniger schönen Details hast du einfach weggelassen. Dass der König seit Bedfords Tod wieder zunehmend unter Gloucesters Fuchtel geraten ist, zum Beispiel.«

»Da weißt du mehr als ich«, gab John kurz angebunden zurück.

»Gloucester ist jetzt sein Erbe, oder etwa nicht?«

Es stimmte. Und es war ein schwerer Schlag für England gewesen, als Henrys Onkel Bedford, der klügste und fähigste von Harrys Brüdern, vor zwei Jahren gestorben war, vollständig ausgebrannt nach all den fruchtlosen Mühen seines jahrzehntelangen Krieges. Als die Dauphinisten Paris genommen hatten, war er krank geworden, und als die große Friedenskonferenz von Arras scheiterte, war er gestorben. Beinah hätte man glauben können, Bedfords Wohlergehen sei auf magische Weise mit Englands Kriegsglück auf dem Kontinent verbunden.

So kam es, dass nun tatsächlich Humphrey of Gloucester der Erbe des englischen Throns war. »Aber Henry traut ihm nicht wirklich«, widersprach John. »Er hört ihm zu, weil er höflich ist und Gloucesters Erfahrung schätzt. Immerhin muss man dem Herzog lassen, dass er letzten Sommer Calais vor französischer Besatzung gerettet hat. Aber das bedeutet nicht, dass Henry Wachs in seinen Händen ist. Der Junge ist klüger geworden, als viele ihm zubilligen.«

»Tja, wer könnte das besser beurteilen als du«, räumte Tudor ein. Und seiner Stimme war anzuhören, dass es ihm im Grunde gleichgültig war.

»In ein paar Jahren wird Henry heiraten und Söhne zeugen«, prophezeite John.

»Falls er dafür nicht zu heilig ist«, entgegnete Tudor.

John hob die Schultern. »Als es hieß, er solle eine von Armagnacs Töchtern zur Frau nehmen, hat er Maler hingeschickt, die sie alle porträtieren sollten, damit er sich die hübscheste aussuchen konnte. Er ist nicht so weltfremd, wie du denkst. Und wenn er einen Sohn bekommt, kann Gloucester sich mitsamt seinem Ehrgeiz in der Themse ersäufen.«

Wenig später erwachte die Königin wieder, immer noch bei klarem Verstand, und schickte wie angekündigt nach ihrem Sekretär, um die letzten Verfügungen zu treffen.

John ging ihn holen, und er war kaum zurück, als Daniel das behagliche Gästehaus betrat. Es hatte angefangen zu schneien, und sein weißgepuderter Mantel fing nach wenigen Augenblicken an zu dampfen.

Daniel lächelte Lady Margaret aufmunternd zu und verneigte sich höflich vor seinem Onkel. »Captain.«

»Wie geht es meiner Frau?«

»Gut. Immer noch keinerlei Anzeichen, dass es bald losgeht, sagt sie, und sie hat sich beklagt, dass dieses Kind ihre Geduld auf eine gar zu harte Probe stellt. Aber ich glaube, in Wirklichkeit ist sie zuversichtlich und frohen Mutes.«

Wenn Daniel das glaubte, stimmte es vermutlich, wusste John. Daniel und Juliana waren ja vom Tag ihrer ersten Begegnung an Freunde gewesen, sodass sie John manches Mal eifersüchtig gemacht hatten. Er brummte. »Na schön. Wo hast du die Tudor-Kinder hingebracht?«

»Zu ihr, natürlich. Sie sind verstört und haben Angst, denn so klein sie auch sind, haben sie ja doch gemerkt, dass mit ihrer Mutter etwas nicht in Ordnung ist. Sie waren froh, ein vertrautes Gesicht zu sehen. So verloren waren die armen Würmchen, dass sogar Lady Eugénie freundlich zu ihnen war.«

»Ich hoffe doch sehr, du hast Eugénie nicht gesagt, wer sie sind?«, fragte John beunruhigt.

»Nein. Aber meinem Vater.«

John nickte. »Das war nur anständig.« Sie wussten beide, dass diese Kinder sie alle noch in Schwierigkeiten bringen konnten. »Gut gemacht, Daniel. Und aufgrund der besonderen Umstände bin ich gewillt, zu vergessen, dass du deine Wache versäumt hast.«

»Herrje, jetzt kommt eine Predigt …«, murmelte der jüngere Mann seufzend.

John stand ohne Hast auf und trat einen Schritt auf ihn zu. »Wie üblich unterschätzt du wieder einmal den Ernst der Lage. Es ist der König von England, dessen Sicherheit dir anvertraut wurde. Wenn du nicht in der Lage bist, diese Verantwortung wahrzunehmen, dann sag es mir lieber jetzt gleich. Denn wenn du deine Pflicht je wieder versäumst – ganz gleich unter welchen Umständen –, könnte ich in Versuchung geraten, dich ein paar Monate einsperren zu lassen. Damit du Muße hast, deine Dienstauffassung zu überdenken. Hast du mich verstanden?«

Daniel nickte. »Ich bin ja nicht taub.«

»Du erweckst nur manchmal glaubhaft den Anschein«, knurrte John. Aber er merkte selbst, dass er seinen Neffen zum Sündenbock für seinen Kummer machte, und fuhr umgänglicher fort: »Sobald es hell wird, reitest du zurück nach Westminster. Richte Simon Neville aus, dass ich ihm bis zu meiner Rückkehr das Kommando über die Wache übertrage. Ich weiß, er ist dein Freund, aber du darfst ihm trotzdem nicht sagen, was hier vorgeht, Daniel. Niemand darf das zum jetzigen Zeitpunkt erfahren, mit einer Ausnahme.«

»Der Kardinal.«

John nickte. »Geh zu ihm. Sag ihm, ich wäre dankbar, wenn er schnellstmöglich herkommen könnte. Aber sonst zu niemandem ein Wort.«

»In Ordnung.« Daniel wandte sich ab. »Versuch zur Abwechslung einfach mal, dich auf mich zu verlassen, Onkel.«

Den ganzen folgenden Tag befand sich die Königin in geistiger Umnachtung, aber es kam keiner der schrecklichen Anfälle. Womöglich war sie zu geschwächt dafür. Die meiste Zeit dämmerte sie einfach vor sich hin, sprach mit Menschen, die längst entschwunden waren, und erkannte niemanden, der tatsächlich anwesend war, auch ihren Mann nicht. Tudor wich nach wie vor nicht von ihrer Seite und antwortete ihr geduldig, wenn sie ihn gelegentlich fragte, wer er sei.

Kardinal Beaufort kam am frühen Nachmittag in großer Eile und mit kleiner Eskorte nach Bermondsey Abbey. Der hohe Besuch versetzte das Kloster, vor allem den Abt, in einige Aufregung, sodass es ein Weilchen dauerte, ehe Beaufort zum Gästehaus kommen konnte.

»Lady Margaret.«

»Eminenz.« Sie wollte vor ihm niederknien, aber er winkte die Geste beiseite.

»John.«

»Mylord.«

»Daniel sagt, sie stirbt? Ist es wahr?«

»Ich fürchte.« Beaufort wollte sich abwenden, aber weil John ihn gut kannte, sagte er warnend: »Sie … ist offenbar schon seit einigen Monaten krank. Ihr werdet sie sehr verändert finden. Und vermutlich wird sie Euch nicht erkennen.«

Der Kardinal nickte. »Armes Kind. Es war das, wovor ihr immer am meisten gegraut hat.«

»Ich weiß.« John musste unwillkürlich wieder an seine schwangere Frau denken und betete, Gott möge zu ihm gnädiger sein als zu Katherine und nicht auch ihm das antun, wovor ihm am meisten graute. Blinzelnd schaute er einen Moment zum Fenster, hinter welchem der frische Schnee so gleißend in der Sonne funkelte, dass er ihn selbst durch die bernsteinfarbenen Butzenscheiben noch blendete. Dann nahm er sich zusammen und sah seinen Schwiegervater wieder an. »Was soll jetzt nur aus Tudor werden, Mylord?«

Der Kardinal überlegte einen Moment. »Nun, offiziell ist er immer noch Katherines Steward für ihre walisischen Ländereien, nicht wahr? Es wird wohl das Klügste sein, er zieht sich erst einmal dorthin zurück. Das wird niemand verdächtig finden, und in Wales ist er vor Gloucester sicher.«

John verspürte Erleichterung. Es war eine gute Lösung.

Beaufort legte ihm im Vorbeigehen die Hand auf die Schulter und betrat dann die Kammer der Kranken. Katherine erkannte auch ihn nicht, berichtete Tudor John später, obwohl der Kardinal doch einer ihrer ältesten Freunde in diesem Land war. Falls ihr verändertes Aussehen ihn erschütterte, ließ er es sich zumindest nicht anmerken. Mit einem Mal war er nur noch Priester, als hätte er den Lebemann, den Diplomaten, den Politiker und den Ränkeschmied an der Tür zurückgelassen.

Er erkannte auf den ersten Blick, dass die Königin nicht beichten konnte, und erteilte ihr die Sterbesakramente. Öl, Hostie, Stola – alles, was er dazu brauchte, hatte er mitgebracht, denn Henry Beaufort war ein umsichtiger Mann. Seine tiefe, immer noch samtweiche Stimme schien der Sterbenden Frieden zu geben und tröstete sogar Tudor. Katherine schlief die ganze Nacht ruhig und tief, und irgendwann in den frühen Morgenstunden des dritten Januar blieb ihr Herz einfach stehen.

Waringham, Januar 1437

Sieh mal, was hältst du davon?« Kate reichte ihrer Tante einen Entwurf für eine Stickerei, den sie mit einem Kohlestift auf ein Stück Papier gezeichnet hatte.

Eugénie streckte die fette, beringte Hand danach aus. »Lass sehen.«

Sie sprachen Französisch. Da Kate den Großteil ihrer Kindheit im Haushalt der Königin verbracht hatte, beherrschte sie diese Sprache ebenso fließend wie Englisch, und auch in manch anderer Hinsicht hatte sie sich als Eugénies Retterin erwiesen. Die Leidenschaft für kunstvolle Tapisserien war ihnen gemein, wenngleich Eugénie dieses Interesse und ihre Fertigkeiten viele

Jahre hatte brachliegen lassen. Seit Kate vor zwei Jahren auf den Wunsch ihrer Eltern nach Waringham zurückgekehrt war, um dort bis zu ihrer Heirat zu leben, hatte die Burgherrin ihr vergessenes Talent wieder entdeckt, und es hörte niemals auf, Raymond zu verblüffen, wie gründlich dies seine Frau verändert hatte. Manchmal konnte man fast glauben, sie habe sich mit ihrem Schicksal ausgesöhnt. Als die Nachricht vom Tod der Königin nach Waringham gekommen war, hatte Eugénie sich ein paar Stunden in die eiskalte Burgkapelle verzogen, um Katherine zu beweinen, aber der Verlust hatte sie nicht wirklich in Schwermut gestürzt, wie er erwartet hatte.

Er saß seiner Frau am Tisch gegenüber, untätig und schläfrig nach einem üppigen Mittagsmahl, und betrachtete seine junge Nichte mit einem wohlwollenden Lächeln. Er war ihr dankbar, dass sie so etwas Ähnliches wie häuslichen Frieden in seine Familie gebracht hatte. Und sie war weiß Gott ein erquickender Anblick. »Wird es eine Krippenszene, Kate?«, tippte er.

Sie nickte. »Wenn ich meinem Vater das Geld abschwatzen kann, will ich die Heiligenscheine von Maria, Josef und dem Jesuskind mit echtem Goldfaden sticken. Es soll ein wirklich feiner Wandteppich werden«, erklärte die Vierzehnjährige ernst.

Eugénie saß blinzelnd über den Entwurf gebeugt. Sie war mit den Jahren kurzsichtig geworden, aber von Perspektive verstand sie weitaus mehr als ihre junge Nichte. »Mach diese Hügel kleiner«, riet sie und wies auf den rechten Bildrand. »Das lässt sie weiter entfernt wirken und gibt dem Bild Tiefe.«

»In Ordnung.« Kate befeuchtete ihren Zeigefinger und wischte über die Linien der hinteren Hügelkette. Es gab eine fürchterliche Schmiererei.

»Aber sag mir, Kate, warum willst du jetzt eine Krippenszene sticken?«, neckte Raymond. »Weihnachten ist gerade vorbei.«

»Es dauert, Onkel«, erklärte sie achselzuckend. »Der Teppich ist für nächstes Jahr. Und wenn er so gut wird, wie ich hoffe, schenke ich ihn Lady Isabella.«

»Wem?«, fragte er verwundert.

»Der Äbtissin von Havering, Raymond«, erklärte Eugénie spöttelnd. »Sie ist deine Schwester, weißt du.«

»Ach ja …« Er grinste – nicht sonderlich zerknirscht. »Aber sie hat deinen Wandteppich nicht verdient, Kate. Als deine Eltern geheiratet haben, hat sie deinem Vater geschrieben, er sei für sie gestorben.«

»Ich weiß«, gab das Mädchen unbekümmert zurück. »Aber als der Kardinal sie zu protegieren begann und sich abzeichnete, dass die Ehe meiner Eltern ihrer Karriere keinen dauerhaften Schaden zufügen würde, hat sie sich besonnen und Vater verziehen.« Sie hob kurz die Schultern. »Warum soll ich ihr gram sein? Ich an ihrer Stelle hätte vielleicht genauso reagiert.«

Raymond betrachtete sie mit einem wohlwollenden Lächeln. »Ich merke, du hast ein ebenso großes Herz wie deine Mutter. Wo steckt sie überhaupt?«

»Mit unseren kleinen Gästen im Gestüt, nehme ich an. Sie hatte Edmund versprochen, mit ihm zu den Zweijährigen zu gehen. Er wolle die Pferde sehen, die bald Schlachtrösser werden, hat er gesagt.«

»Es ist nicht klug, in ihrem Zustand bei Schneetreiben über den Mönchskopf zu spazieren«, murmelte Eugénie besorgt.

Zu diesem Schluss war Juliana inzwischen selbst gekommen. Der dreijährige Owen ging folgsam an ihrer Hand, aber es musste leichter sein, einen Sack Flöhe zu hüten als Edmund und Jasper Tudor. Mit knapp sechs und sieben Jahren waren sie im schlimmsten Rabaukenalter, und die Angst und Sorge um ihre Mutter machte sie nicht fügsamer.

»Komm da weg, Edmund«, mahnte Juliana. »Ich habe gesagt, du darfst sie anschauen. Es war nie die Rede davon, dass du die Boxen betreten und sie anfassen sollst.«

Der Kleine blieb, wo er war, stand auf den Zehenspitzen neben dem temperamentvollen Dädalus und reckte sich in dem fruchtlosen Bemühen, bis an die Mähne zu reichen. »Aber er steht doch ganz still«, entgegnete er.

Jasper, der sich von seinem großen Bruder zu jedem Unfug

anstiften ließ, trat ebenfalls durch die geöffnete Tür. »Lass mich auch mal, Edmund.«

»Nein, jetzt bin erst mal ich dran.« Er knuffte den Kleineren in die Seite. »Verschwinde.«

Jasper knuffte zurück. »Verschwinde du doch.«

Dädalus schnaubte missvergnügt. Er war respektlose Rangeleien und erhobene Stimmen in seiner Umgebung nicht gewöhnt.

»Schluss jetzt«, sagte Juliana streng. »Kommt heraus, alle beide, und schließt die Tür.«

Sie gaben vor, sie nicht zu hören. Edmund stieß seinen Bruder mit beiden Händen vor die Brust, und der Kleinere prallte krachend gegen die Boxenwand. Dädalus wieherte, schlug hinten aus und verfehlte Jaspers blond gelockten Kopf um weniger als einen halben Zoll.

Julianas erster Impuls war, zur Boxentür zu stürzen, aber sie war so unglaublich schwerfällig, dass daran nicht zu denken war. Also ging sie, so rasch sie konnte, schob das nervöse Pferd furchtlos beiseite und zog die beiden kleinen Raufbolde aus der Box, jeden an einem Ohr.

»Wenn ihr nicht hört, war heute das letzte Mal, dass ihr ins Gestüt durftet!«, schalt sie. Dann griff sie plötzlich Halt suchend nach einem Balken und hielt die Luft an, um ein Stöhnen zu unterdrücken.

»Lady Juliana?«, fragte Edmund kleinlaut. Als sie nicht gleich antwortete, fasste er sich ein Herz und ergriff ihre Hand. »Madam?«

Er gab sich Mühe, Ruhe zu bewahren, weil er der Älteste war, aber Panik schwang in seiner Stimme. Er hatte miterlebt, wie seine Mutter krank geworden war. Die Mönche von Bermondsey hatten sich jede erdenkliche Mühe gegeben, ihn und seine Brüder von allem abzuschirmen, aber Edmund war beinah sieben Jahre alt. Er hatte genau gemerkt, was vorging. Weder der Wahnsinn seiner Mutter noch die Verzweiflung seines Vaters waren ihm verborgen geblieben, selbst wenn er beide nicht mit Worten hätte benennen können. Nun hatte man sie hierher geschickt, und er ahnte, was das zu bedeuten hatte. Juliana war die einzige Erwachsene an diesem fremden Ort, die ihm vertraut war. Wenn nun auch sie noch krank wurde, dann war er endgültig verloren.

»Schon gut, Edmund«, zwang sie sich zu sagen. Sie wusste ganz genau, wie es in ihm aussah. »Schließ die Stalltür, Jasper.«

Der Junge folgte wortlos.

»Hier, nimm deinen kleinen Bruder an der Hand. Lasst uns zurückgehen.«

Edmund trat zu ihr und nahm Owen. Auch der kleinste der Brüder – der einzige Rotschopf – schaute mit großen, bangen Augen zu Juliana auf.

Noch ehe sie das Tor des lang gezogenen Stallgebäudes erreicht hatten, setzte die nächste Wehe ein, und dieses Mal gelang es Juliana nicht ganz, einen Laut zu unterdrücken, obwohl sie sich auf die Zunge biss. *Oh Gott,* dachte sie erschrocken. *War es bei Kate auch so?* Sie konnte sich einfach nicht erinnern. Es war zu lange her. Und ebenso wie John wurde sie von der Angst gepeinigt, dass diese Schwangerschaft im letzten Moment noch schief gehen könnte wie so viele in der Vergangenheit. Genau genommen fürchtete Juliana sich mehr als je zuvor in ihrem Leben.

Sie blieb stehen und stützte sich einen Moment auf Edmunds Schulter.

Immer einen Fuß vor den anderen, betete sie sich vor. *Es ist nicht wirklich weit …*

Doch sie hatten die Koppel vor dem Stall noch nicht überquert, als sie sich eingestehen musste, dass sie den Weg zur Burg niemals ohne Hilfe zurücklegen würde. Ein grauer Schleier schien sich über ihre Augen gelegt zu haben, und von einem Moment zum nächsten war sie in kalten Schweiß gebadet. Sie zitterte in der kalten Winterbrise, stützte sich mit beiden Händen aufs Gatter und setzte alles daran, auf den Füßen zu bleiben. Gerade als ihre Knie einknickten, spürte sie zwei starke Arme, die sie auffingen.

Sie schlug die Augen auf. »Conrad …«

Der Stallmeister lächelte ihr zu, doch sein Blick war besorgt. »Was in aller Welt treibst du denn hier, Juliana«, fragte er mit leisem Vorwurf. Ehe sie antworten konnte, wandte er den Kopf ab und pfiff durch die Zähne. Juliana kniff die Augen zu. Es war ein durchdringender Pfiff, wie ihn offenbar nur Stallarbeiter beherrschten, und er gellte ihr in den Ohren.

Aber er brachte das gewünschte Ergebnis: In Windeseile lockte er zwei Knechte herbei.

»George, lauf ins Dorf zu Liz Wheeler und bring sie zu meinem Haus. Patrick, du begleitest die Jungen zurück auf die Burg und gibst seiner Lordschaft Bescheid.«

Die Burschen nickten und stoben davon.

Juliana lehnte den Kopf an Conrads Schulter. »Wenn es ein Sohn wird, sollte er auf der Burg zur Welt kommen«, murmelte sie und spürte das Fruchtwasser ihre Beine hinabrinnen.

»Mach dir darüber keine Sorgen.« Conrad hob sie auf. »Ganz gleich ob Sohn oder Tochter, es wird auf alle Fälle ein Pferdenarr, der vermutlich stolz darauf sein wird, im Gestüt geboren worden zu sein.«

Die anstehende Niederkunft hatte den Haushalt in Aufruhr versetzt. Raymond und Eugénie waren ins Gestüt geeilt, obwohl sie natürlich wussten, dass es Stunden dauern mochte und dass sie rein gar nichts tun konnten.

Edmund, Jasper und der kleine Owen Tudor waren im Wohngemach der Familie gestrandet. Dort war es wenigstens warm, aber sie waren allein, und sie fürchteten sich. Als es dunkel wurde, rollte Owen sich auf dem Bodenstroh zusammen, steckte den Daumen in den Mund und schlief ein, aber Edmund und Jasper saßen hellwach am Tisch und malten mit dem Kohlestift auf Kates Entwurf herum, als die Tür sich öffnete.

»Nanu? Ganz allein hier, ihr drei Helden?«

»Sir Robert!«, rief Edmund aus. Er war erleichtert. Robert of Waringham war sechzehn Jahre alt und zumindest in Edmunds Augen ein Erwachsener.

Er trat mit einem breiten Lächeln näher und legte dem Jungen kurz die Hand auf die Schulter. »Ist irgendwas passiert?«

»Ich bin nicht sicher. Lady Juliana …« Er wusste nicht weiter. Er hatte keine Ahnung, was es war, das ihr fehlte.

Aber Robert ging ein Licht auf. »Ah, verstehe. Wo ist sie? Ich hör ja gar nichts.«

»Im Gestüt.« Es war Jasper, der antwortete, und es klang mürrisch. Ganz anders als Edmund hielt Jasper keine großen Stücke auf Sir Robert. »Im Haus des Stallmeisters.«

»Nun, das passt«, murmelte Robert vor sich hin. »Der wackere Conrad hätte ihr das Balg ja liebend gern selbst gemacht.«

Edmund ging darüber hinweg, wie er es immer tat, wenn er etwas nicht verstand. »Könnt Ihr uns nicht noch eine Geschichte erzählen, Sir Robert? Von der großen Burg im Norden?«

Raymond hatte seinen Sohn und Erben vor zwei Jahren dem Earl of Westmoreland geschickt, welcher der Stiefsohn von Lady Joan Beaufort war, um ihn dort zum Ritter ausbilden zu lassen. Insgeheim hatte Raymond gehofft, dass Robert in der Atmosphäre eines Lancaster-Haushaltes erlernen könnte, was er selbst ihm nicht hatte beibringen können: Anstand, Großmut und Rechtschaffenheit. Die alten Rittertugenden, die das Haus Lancaster zu dem gemacht hatten, was es war.

Robert war über die Feiertage für ein Weilchen nach Hause gekommen und freudig überrascht gewesen, als er feststellte, welch geheimnisvolle Dinge dort vorgingen. Er setzte sich zu den beiden Brüdern an den Tisch. »Gewiss. Aber wenn ihr wollt, kann ich euch auch das Schachspiel beibringen.«

Edmunds Augen leuchteten auf, und selbst Jasper schien Mühe zu haben, seine Reserviertheit aufrechtzuerhalten.

Robert wies auf die Truhe am Fenster. »Hol das Brett, Edmund.«

Der Kleine sprang auf, eilte zum Fenster und kehrte gleich darauf mit Brett und Figuren zurück. So eifrig war er, dieses höfische Spiel zu erlernen, dass seine Zungenspitze zwischen den roten Lippen hervorlugte, als er sich wieder hinsetzte.

»Also, ich nehme Schwarz, ihr Weiß«, begann der junge

Waringham. »Es sei denn, ihr habt ein schwarzes Wappentier, so wie wir, dann müssen wir es auslosen.«

Edmund und Jasper wechselten einen ratlosen Blick. »Wir … haben kein Wappen, Sir«, antwortete der ältere Bruder kopfschüttelnd. Offenbar war er beschämt.

»Was?« Robert lachte verblüfft. »Das kann nicht sein. Ihr müsst eines haben. Jedes Rittergeschlecht, jede Adelsfamilie hat eins.«

Jasper zuckte mit den Schultern. »Vater hat's uns nie gezeigt. Er … macht immer ein Geheimnis daraus, wer wir sind.«

Was du nicht sagst, du kleiner Schwachkopf, dachte Robert und bemühte sich, seine große Neugierde zu verbergen. »Aber warum sollte er so etwas tun?«

Die Brüder tauschten wieder einen verstohlenen Blick.

Das Leben, das sie bislang geführt hatten, kam ihnen nicht seltsam vor, denn es war ja das einzige, welches sie kannten. Ein Vagabundendasein und überstürzte Reisen von einem Ort zum nächsten schienen ihnen völlig normal. Doch nachdem ihre Mutter krank geworden war und sie in das Kloster unweit von London gekommen waren, hatte ihnen so manches Rätsel aufgegeben. Die Heimlichkeit, mit welcher ihr Vater Besucher empfing, zum Beispiel. Die Tatsache, dass man ihnen ausgerechnet einen taubstummen Mönch als Betreuer ausgewählt hatte.

Robert rückte die Figuren auf dem Brett zurecht und sah die Brüder nicht an. »Vielleicht kann ich sagen, was euer Wappentier ist, wenn ihr mir verratet, wie ihr heißt.«

»Edmund, Jasper und Owen«, antwortete der Älteste der Brüder verdutzt.

Robert verkniff sich ein Grinsen. »Ich meinte euren Nachnamen.«

»Nachnamen?«, wiederholte Jasper verständnislos.

Robert nickte und widerstand mit Mühe dem Impuls, dem Bengel den Arm zu verdrehen, um ihm auf die Sprünge zu helfen. Er war fast am Ziel. Kaum auszuhalten, dass sie ihn mit ihrer Dummheit weiter auf die Folter spannten. »Euer Vater hat doch gewiss einen Namen?« hakte er nach. »Angenommen, er heißt ebenfalls Edmund. Und wie weiter?« Ihm kam ein ungeheuerlicher Gedanke. »Edmund Beaufort, zum Beispiel?«

»Nein, nein«, entgegnete Jasper kichernd. »Sein Name ist …«

»Wieso seid ihr zu dieser späten Stunde noch auf?«, fragte plötzlich eine Stimme von der Tür. Sie klang so scharf, dass sie allesamt zusammenfuhren.

Robert erhob sich höflich. »Ah, liebste Cousine. Wie immer kommst du im denkbar unpassendsten Moment.« Er schenkte ihr ein charmantes Lächeln, als wolle er seinen Worten damit die Schärfe nehmen.

Kate fiel nicht darauf herein. Sie war noch nie auf Robert hereingefallen. Ohne ihn zu beachten, fragte sie die Tudor-Jungen auf Französisch: »Sollte es möglich sein, dass ihr gerade das Versprechen brechen wolltet, welches ihr eurem Vater gegeben habt?«

Die kleinen Brüder schauten betreten zu Boden. »Aber Caitlin, wir haben doch nur mit deinem Cousin …«

»Ich habe dir schon tausend Mal gesagt, du sollst mich in der Öffentlichkeit nicht so nennen, Edmund.«

Plötzlich musste der Kleine mit den Tränen kämpfen. »Aber es ist doch nur dein Cousin.«

Sie schluckte ihren Ärger herunter, den nur ihr Schrecken verursacht hatte, trat zu ihren kleinen Freunden und strich ihnen über die blonden Locken. »Ich weiß. Aber ein Schwur ist ein Schwur, Edmund. Es ist nicht recht, dass du ihn so leichtfertig über Bord wirfst und …«

»Sprich doch Englisch, Kate«, fiel Robert ihr ins Wort. »Erweise mir ein Mindestmaß an Höflichkeit, was denkst du?« Er sagte es liebenswürdig, doch sie sah das verräterische Funkeln in seinen Augen. Es ärgerte ihn, von der Unterhaltung ausgeschlossen zu sein. Dabei hatte er sich das nur selbst zuzuschreiben. Seine Mutter hatte nichts unversucht gelassen, um ihn für die schöne französische Sprache zu gewinnen.

»Entschuldige, Cousin«, erwiderte sie mit einem Knicks, der

ebenso unecht war wie seine Liebenswürdigkeit. »Es war nur eine alte Gewohntheit. Edmund, Jasper, es wird höchste Zeit für euch.« Sie trat an die Tür und rief nach einer Magd. »Ah, da bist du ja, Alys. Bring unsere kleinen Gäste zu Bett, sei so gut.«

Die junge Frau hob den schlafenden Owen aus dem Stroh auf und führte dessen Brüder hinaus.

Kaum hatte die Tür sich geschlossen, fielen die Masken. Robert packte seine Cousine an den Haaren und zerrte daran. »Du verdammtes Miststück.«

Kate umklammerte seine Hand mit ihrer, weil sie befürchtete, er werde ihr die Haare büschelweise ausreißen, und trat ihn vors Scheinbein. »Lass mich los, du Ungeheuer!«

Sie hatte gut getroffen, und Robert zog scharf die Luft ein. Er ließ von ihr ab, scheinbar um sein Bein auf Abschürfungen zu untersuchen, aber im nächsten Moment packte er seine Cousine wieder, ohrfeigte sie so hart, dass ihr der Kopf schwirrte, und drückte ihr dann von hinten mit dem linken Unterarm die Luft ab. »Dann hol ich es eben aus dir raus«, knurrte er. »Wer sind die Bälger? Los, komm schon, sag es mir.« Er rüttelte sie.

Kate krallte die Nägel in den Arm, der sie würgte, und verschaffte sich so ein wenig Luft. »Was kümmert es dich? Sie sind Gäste deines Vaters, was sonst musst du wissen?«, brachte sie mühsam hervor.

»Ich will es nur wissen, weil es ein Geheimnis ist«, bekannte er. Er klang amüsiert. »Würdet ihr kein solches Gewese um sie machen, hätten sie meine Neugier nie geweckt. Aber Geheimnisse finde ich unwiderstehlich.«

»Du hoffst, jemanden damit erpressen und es zu Geld machen zu können, wie üblich«, mutmaßte sie.

»Möglich«, räumte er achselzuckend ein. »Was ich damit anfange, werde ich entscheiden, wenn ich es weiß. Und du wirst es mir jetzt sagen, Kate.« Plötzlich nahm er den Arm von ihrer Kehle, zerrte sie zum Kamin und zwang sie auf die Knie. »Sonst halte ich deine Hand ins Feuer.« Er packte ihr zierliches Handgelenk mit der schwieligen Rechten.

Kate hob den Kopf und sah ihn an. Ihre Lancaster-Augen verdunkelten sich vor Zorn. »Nur zu, Cousin. Aber so leicht wirst du es nicht aus mir rausholen, glaub mir.«

»Nein?« Er sah ihr tief in die Augen. Die seinen sprühten vor unterdrückter Heiterkeit. »Das werden wir ja sehen. Niemand wird dich hören, wenn du schreist, weißt du. Es ist niemand hier.«

»Das ist wahr. Aber mein Vater wird nach Hause kommen, sobald das Kind da ist und der Bote ihn erreicht. Morgen, denke ich. Ich werde es ihm erzählen, Robert. Ich werde ihm die Hand zeigen. Und dann gnade dir Gott.«

Er schaute einen Moment auf den strohbedeckten Boden. Sie hatte Recht, musste er angewidert erkennen, das durfte er nicht riskieren. Seinen Vater konnte er einwickeln, denn sein Vater war immer so verzweifelt bemüht, einen anständigen Kerl in ihm zu sehen. Mit seinem Onkel John verhielt es sich anders. Und Robert wollte alles in allem lieber nicht herausfinden, was sein besonnener, scheinbar so friedfertiger Onkel John mit dem Mann anstellte, der seiner geliebten Tochter ein Haar krümmte.

Er stand auf und stieß sie wütend von sich. Kate fiel ins Stroh.

»Verflucht sollst du sein«, knurrte er.

Sie stützte sich auf die Hände. »Danke gleichfalls, du Monstrum.«

»Ich bete, dein bettelarmer Vater möge endlich die Mitgift zusammenkratzen, um dir einen Ritter zu kaufen. Einen steinalten, trunksüchtigen und prügelwütigen Gemahl wünsche ich dir. Hauptsache, du verschwindest endlich aus Waringham.«

»Aber du verschwindest vor mir, so viel steht fest. Nächste Woche geht es zurück gen Norden, stimmt's nicht, Cousin?« Sie wusste genau, wie sehr er das Dasein als Westmorelands Knappe hasste.

Mit einem gut platzierten Tritt beförderte er sie wieder ins Stroh und wandte sich ab. »Verflucht sollst du sein, Kate«, wiederholte er. »Möge deine Mutter eine zweiköpfige Missgeburt zur Welt bringen.«

Und damit ging er hinaus.

Kate verharrte reglos, so als habe sein Fluch sie zur Salzsäule erstarren lassen. Sie hegte seit jeher den Verdacht, dass Robert einen Pakt mit dem Satan eingegangen war. Darum fürchtete sie, seine Flüche könnten machtvoll sein. Sie wartete, bis sie einigermaßen sicher sein konnte, ihm auf der Treppe nicht zu begegnen, dann holte sie den Mantel aus ihrer Kammer und lief durch die eisige Dunkelheit ins Gestüt hinunter.

Juliana kämpfte zwölf Stunden lang wie eine Löwin, aber dann schwanden ihre Kräfte allmählich, und Liz fing an, sich zu sorgen.

»Ihr müsst pressen, Lady Juliana. Es hilft alles nichts. Wenn Ihr nicht presst, hört es nicht auf.«

Juliana nickte mit zugekniffenen Augen.

»Gut so. Ich seh den Kopf …«

Die Wöchnerin holte das Letzte aus sich heraus, und mit der übernächsten Presswehe endlich war es vollbracht.

Liz, die mit hochgekrempelten Ärmeln zwischen ihren Beinen kniete, half dem Kind auf die Welt, wischte ihm mit einem reinen, feuchten Leinentuch behutsam über Nase und Mund und durchtrennte dann die Nabelschnur. Noch ehe sie dem Neugeborenen den Klaps versetzen konnte, um seine Atmung in Gang zu bringen, stimmte es ein höchst kräftiges Geschrei an.

Liz lächelte befreit – dies war immer der Moment, den sie am meisten fürchtete. Sie reichte das Kind an Julianas Magd Eileen, die ihr bei der Entbindung zur Hand ging.

»Ist es ein Junge?« Juliana hatte den Kopf gehoben und versuchte, sich ein wenig aufzurichten.

Liz schüttelte den Kopf und drückte sie zurück in die Kissen. »Ein wunderschönes Mädchen, Madam.« In Wahrheit sah sie natürlich, dass es kleiner war als die meisten anderen Neugeborenen.

»Gib sie mir. Ich will … Oh, Jesus!«, keuchte Juliana erschrocken. »Was ist das?«

Liz strich ihr tröstend über den Bauch. »Es ist, wie ich schon geahnt habe: Es kommt noch eins.«

Juliana starrte sie fassungslos an. »Noch eins?«, wiederholte sie. »Aber …« Sie brach ab und sprach lieber nicht aus, was ihr auf der Zunge gelegen hatte.

Doch Liz erriet, was sie meinte. »Ich weiß, ich weiß. Aber Ihr irrt Euch. Ihr könnt noch, glaubt mir. Euer Körper hat seine Kräfte schon so eingeteilt, dass für das zweite Kind noch genügend übrig ist. Das ist eins der vielen göttlichen Wunder, Lady Juliana.«

»Ja«, murmelte diese bissig. »Ein erbaulicher Vortrag ist genau das, was ich jetzt gebrauchen kann.«

»Es wird nicht lange dauern«, versprach die Hebamme. »Ihr werdet sehen, es kommt im Handumdrehen.«

Liz hatte nicht zu viel versprochen. Kaum eine Viertelstunde nach dem ersten Zwilling kam ein ebenso kleiner, aber ebenso gesunder Junge zur Welt, und als Juliana wenig später in jedem Arm eins ihrer Kinder hielt, war sie so überwältigt vor Glück, dass sie nur blinzelnd auf diese beiden winzigen Wunder hinabstarren und dabei unablässig weinen konnte.

Kate, die geduldig mit Conrad in dessen Halle ausgeharrt hatte, lange nachdem Raymond und Eugénie heimgegangen waren, durfte nun endlich hereinkommen.

Vor dem Bett blieb sie stehen, sah mit strahlenden Augen auf ihre Geschwister hinab und verdeckte mit den schmalen Händen Mund und Nase, um ihr nervöses Kichern zu dämpfen. »Oh, Mutter. Zwillinge!« Sie wollte nicht, doch sie musste an Roberts Fluch denken. Keine Missgeburt, Cousin, dachte sie, aber dennoch zweiköpfig. Dann biss sie sich auf die Lippen, weil ihr Kichern hysterisch zu werden drohte.

Julianas Gesicht wirkte abgekämpft und verquollen, aber ihre Augen hatten den warmen Widerschein puren Glücks. »Sind sie nicht wunderbar?«

Ihre Tochter zog die zierliche Nase kraus. »Na ja. Ich schätze, sie werden noch. Wie sollen sie heißen?«

»Ich weiß nicht«, murmelte Juliana schläfrig. »Dein Vater wollte um jeden Preis, dass wir dieses Kind nach mir benennen, ganz gleich, was es wird. Aber wir können sie unmöglich Julian und Juliana taufen. Das wäre zu albern.«

»Dann lass uns meine Schwester nach seiner Mutter benennen: Blanche«, schlug Kate vor.

»Ja. Das ist ein hübscher Name«, stimmte Juliana zu und fuhr ihrer schlafenden, winzigen Tochter mit dem kleinen Finger sacht über die Wange. »Schick nach Vater Egmund, Kate, sei so gut.« Sie musste darum kämpfen, die Lider offen zu halten.

Kate legte ihrer Mutter kurz die Hand auf den Arm. »Ja. Und ich schicke Vater einen Boten. Sei unbesorgt, ich kümmere mich um alles.«

Kate hielt Wort. Sie kümmerte sich um die Taufe, welche am nächsten Morgen stattfand. Seit der ewig kränkelnde Vater Anselm im Winter vor drei Jahren gestorben war, gab es auf der Burg keinen Hauskaplan mehr. Raymond beschäftigte lieber einen weltlichen Schreiber als Hilfskraft für die Verwaltung. Er hatte seit jeher ein distanziertes Verhältnis zur Amtskirche gehabt – genau wie sein Vater –, und seit er wusste, dass gelegentlich Lollarden in Waringham unterschlüpften, hielt er es für klüger, keinen übereifrigen Vertreter der *Una Ecclesia Sancta* im Haus zu haben.

So kam Vater Egmund am frühen Morgen über den Mönchskopf gestiefelt und nahm die beiden jüngsten Waringhams in die Gemeinschaft der Kirche auf. Raymond und Eugénie standen Pate, und die kleine Feier rührte sie genug, dass sie über den Taufstein hinweg ein einvernehmliches Lächeln tauschten.

John kam am späten Abend, und sein ausdauernder Ägeus – der Grauschimmel, den er seit zwei Jahren ritt – hatte Schaum vor dem Maul und keuchte ausgepumpt, als er in den Stall auf der Burg geführt wurde. Der mächtige Hengst schien ebenso verwirrt wie indigniert. So rüde getrieben zu werden, war er von John nicht gewöhnt.

Dieser erstürmte den Bergfried, missachtete seine eigenen Vorsichtsregeln und nahm auf der steilen, ausgetretenen Treppe immer zwei Stufen auf einmal. Ohne anzuklopfen, betrat er seine Kammer.

»Juliana?« Er war außer Atem.

Sie saß im Bett und sah ihm lächelnd entgegen. »Was lungerst du da an der Tür herum, John of Waringham? Komm her und schau sie dir an.«

Auf leisen Sohlen trat er näher und beugte sich über die Wiege, in welcher die Babys friedlich schlummerten. Sprachlos blickte John auf sie hinab. Eines der Kinder hatte dichten schwarzen Flaum, das andere blondes Haar, so zart wie Spinnweben und vorn in der Stirn zu einer Locke gedreht, die ihm etwas putzig Verwegenes gab. Und sie waren unvorstellbar winzig.

John wusste, es war unklug, aber anschauen war nicht genug. Behutsam hob er das blonde Kind auf und küsste ihm die Stirn. Es wachte nicht auf. »Wer ist das?«, flüsterte er.

»Julian«, antwortete die Mutter. »Bring ihn nur her. Der Hunger wird sie so oder so bald aufwecken.«

John begutachtete seinen Sohn noch einmal eingehend, legte ihn seiner Frau dann in die Arme und hob auch seine Tochter aus der Wiege.

»Blanche«, stellte Juliana vor. »Ich hoffe, du bist einverstanden.«

»Und was, wenn nicht?«, gab er grinsend zurück. »Natürlich bin ich einverstanden.« Mit Blanche auf dem Arm setzte er sich auf die Bettkante und betrachtete seine Frau. »Und wie geht es dir, hm?«

»Na ja. Wie soll es einer Frau gehen, deren sehnlichster Wunsch in Erfüllung gegangen ist? Ich könnte von früh bis spät jubilieren.«

»Und war's sehr schrecklich?«

Sie kräuselte die Nase, genau wie Kate es gern tat. »Darüber redet man mit Männern nicht.«

»Ich nehme an, das heißt ja.«

Sie deutete ein Schulterzucken an. »Ich fühle mich großartig. Nicht zittrig und krank wie nach den Fehlgeburten. Ich habe kein Fieber. Liz sagt, alles ist normal und gut verlaufen. Warum sich über das bekümmern, was gestern war?«

Er nickte und sprach eine Weile nicht. Juliana hatte Recht. Aber er hatte so große Mühe, dem Glück zu trauen. Unwillkürlich musste er an seine beiden Freunde denken: Der eine seit sechzehn Jahren in französischer Gefangenschaft, der andere hatte gerade verloren, was ihm das Liebste auf der Welt gewesen war. Warum sollte ausgerechnet er – John – so vom Schicksal verwöhnt werden? Fortuna war wankelmütig und voller Tücke, das wusste er. Hatte sie ihm dieses Glück vielleicht nur beschert, damit sein Schmerz umso größer war, wenn sie es ihm wieder nahm? Aber er ahnte, dass seine Frau ihn ob seines mangelnden Gottvertrauens gescholten hätte, wenn er ihr seine Ängste anvertraute, also sagte er nichts.

Stattdessen strich er behutsam mit seinem kräftigen, von Hornhaut rauen kleinen Finger über die zarte Wange seiner Tochter. Blanche wachte auf, schien ihren Vater aus ihren tiefblauen Augen unvermittelt anzustarren und fing dann an zu krähen. Julian ließ sich nicht lange bitten. Von seiner Schwester aus dem Schlaf gerissen, stimmte er aus voller Kehle ein.

»Es wird wohl besser sein, du schickst nach der Amme, John.« Juliana musste die Stimme erheben, denn ihre Kinder hatten kräftige Lungen.

John legte den schreienden Säugling neben ihr auf das breite Bett, ging zur Tür und schickte Alys, die Amme zu holen.

»Wer ist sie?«, fragte er, als er zu Juliana zurückkam.

»Liz Wheelers älteste Tochter, Berit.«

»Nicht meine Nichte, will ich hoffen«, brummte John.

Juliana schüttelte lachend den Kopf. »Nein, nein. Berit ist dem alten Schmied wie aus dem Gesicht geschnitten, du wirst sehen. Sie ist mit Conrads Vormann verheiratet, aber vor zwei Wochen ist ihre kleine Tochter gestorben. Liz hat sie mir empfohlen.«

John nickte. »Bestimmt eine gute Wahl.«

Er fand diese Vermutung bestätigt, als die junge Frau wenig später hereinkam. Berit strahlte die gleiche Ruhe und Umsicht aus wie ihre Mutter. Die Trauer um ihr totes Kind war ihren Augen noch anzusehen, aber sie war liebevoll und aufmerksam, als sie die Zwillinge aufhob und zum Stillen und Wickeln hinaustrug.

In die wiedergekehrte Stille sagte John: »Sieh zu, dass Raymond die Finger von ihr lässt.«

»Sei unbesorgt. Dein Bruder ist noch so verrückt nach Liz Wheeler wie eh und je. Er verbringt mehr Zeit bei ihr als hier. Niemals würde er riskieren, sie zu verstimmen.«

John nahm ihre Hand zwischen seine beiden und wechselte das Thema. »Der König sendet dir Grüße und herzliche Glückwünsche. Ich war bei ihm, als der Bote kam. Es ist eine von Henrys schönsten Gaben, wie er Anteil an der Freude oder auch dem Leid anderer Menschen nehmen kann.«

Juliana fand sich von den Glückwünschen des Königs seltsam gerührt. Ihr einstiger Schützling hatte immer noch einen großen Platz in ihrem Herzen. »Wie geht es ihm?«

John hob vielsagend die Schultern. »Natürlich trauert er um seine Mutter. Und es ist genau, wie ich befürchtet habe: Es quält ihn, dass sie nicht nach ihm geschickt hat. Ich habe versucht, ihm die Gründe zu erklären, aber … ich hab wieder mal nicht die richtigen Worte gefunden. Nur dein Vater kann das. Er spendet Henry wirklich Trost, und sie waren viele Stunden zusammen in der Kapelle.«

»Und was macht Owen?«

John zögerte. »Er … Na ja, du kennst ihn ja. Nach außen ist er vollkommen gefasst. Er hat Katherines Leichnam zum Begräbnis nach Westminster gebracht. Das hat niemanden verwundert, schließlich stand er in ihrem Dienst, und niemand konnte ihm anmerken, wie es in ihm aussah. Nachts hat er sich in die Kathedrale geschlichen und an ihrer Gruft gewacht. Vorgestern ist er nach Wales aufgebrochen, weil ich ihm keine Ruhe gelassen habe. Seine Gemütsverfassung war mir unheimlich, verstehst du, ich dachte, jeden Moment tut er irgendetwas Unüberlegtes. Aber wir sollten Edmund, Jasper und Owen bald zu ihm schicken, sonst geht er vor die Hunde. Ihre Kinder sind wohl das Einzige, was ihm Halt geben wird.«

»Sieh an, sieh an«, flüsterte Robert of Waringham. Er stand mit gesenktem Kopf vor der Tür zur Kammer seines Onkels, das Ohr dicht am Spalt. Welch glückliche Fügung, dass die Amme es versäumt hatte, die Tür im Hinausgehen fest zu schließen. »Und ich weiß auch schon genau, wer sich für diese interessanten Neuigkeiten brennend interessieren wird …«

Lady Eleanor Cobham, die Gemahlin des Duke of Gloucester, besaß ein Haus in Bishopsgate, einem nicht sehr wohlhabenden Viertel im Norden Londons. Von außen war es unauffällig – ein gewöhnliches Kaufmannshaus mittlerer Größe –, und niemand wäre auf den Gedanken gekommen, es eines zweiten Blickes zu würdigen. Genau so wollte die Dame des Hauses es haben.

Die Innenausstattung war im Gegensatz zur unscheinbaren Fassade vornehm und äußerst kostbar: Feinste Stickereien, Gemälde aus Italien und Flandern zierten die Wände des großzügigen, lichtdurchfluteten Raums, in welchem sie ihren Besucher empfing. Dicke Teppiche bedeckten die Bodendielen und dämpften seine Schritte.

Robert verneigte sich tief, die Hand auf der Brust. »Mylady.«

Eleanor Cobham war auf betont sinnliche Weise schön. Die kleine, durchschimmernde Haube tat den Erfordernissen des Anstands nur gerade eben Genüge und konnte die Flut zimtfarbener Locken, die bis auf die breiten Hüften fielen, nicht bändigen. Das elegante Kleid war so geschnitten, dass es ihre üppigen Rundungen zur Geltung brachte, und es schien, als wollten die vollen Brüste aus dem Ausschnitt purzeln, wenn sie sich auch nur einen Zoll vorbeugte. Undamenhaft hatte sie Seidenschuhe und -strümpfe abgestreift und die nackten Füße auf die Kaminbank gelegt.

Einen Augenblick starrte sie ihren Gast ausdruckslos an. Es war ein entnervender Moment, so als weile sie in einer ihrer finsteren Visionen. Doch auf einmal kehrte Leben in ihre schwarzen Augen zurück, die Robert immer an Brunnenschächte erinnerten, und ihr roter, etwas zu breiter Mund verzog sich zu einem Lächeln. »Robert of Waringham! Nehmt Platz, mein junger Freund. Ein Schluck Wein?«

Er setzte sich ihr gegenüber. »Danke, nein, Madam.« Seit er erfahren hatte, dass Lady Eleanor zumindest drei von Julianas Fehlgeburten verursacht hatte, indem sie seiner Tante bei Hofe ihre Zaubertränke und geheimnisvollen Pulver untergeschoben hatte, war Robert fest entschlossen, niemals etwas aus ihrer Hand anzunehmen.

Sie durchschaute seine Bedenken und lächelte wissend. »Also, was ist es geworden? Ein Mädchen, will ich hoffen?«

Er nickte. »Und ein Knabe. Zwillinge.«

Sie schlug mit der Faust auf die Sessellehne, sodass eine kleine Staubwolke aus dem safrangelben Damast aufstob. »Verflucht soll er sein! Das wird den Herzog nicht erfreuen.«

Robert winkte gleichgültig ab. »Ich bin sicher, er sorgt sich grundlos. Die Frau meines Onkels ist nur ein Bastard des Kardinals – ihr Sohn kann Eurem Gemahl in der Thronfolge niemals gefährlich werden.«

»Ach, Ihr habt ja keine Ahnung, Bübchen. Ihr Sohn hat Lancaster-Blut, nur das zählt.« Lady Eleanor hatte die Stirn gerunzelt, die Brauen, welche zu schmalen Strichen gezupft und mit Kohle geschwärzt waren, formten zwei perfekte Bögen. »Das sind keine erfreulichen Neuigkeiten, Robert.« Es klang vorwurfsvoll.

»Ich bin noch nicht ganz fertig, Madam«, entgegnete er mit einem geheimnisvollen Lächeln.

Sie schätzte es nicht sonderlich, wenn ihre Spione keck wurden, doch sie ließ es durchgehen. Robert of Waringham war so ein niedliches Knäblein, dass sie gewillt war, ein Auge zuzudrücken. »Ich bin ganz Ohr.«

Er fuhr sich mit der Zunge über die Lippen und berichtete, was er am Abend zuvor in der Kammer seines Onkels belauscht hatte.

Eleanor Cobham richtete sich kerzengerade auf und umklammerte ihre Sessellehnen. »Ist das *sicher*?«

»Ich habe genau gehört, wie mein Onkel die Jungen ihre Kinder nannte. Und der kleinste ist ein Feuerkopf. Und sein Name ist Owen. Es gibt keinen Zweifel, Madam.«

»Katherine de Valois und der walisische Habenichts«, murmelte sie ungläubig. »Ich habe immer gewusst, dass sich hinter der sittsamen Fassade dieser angeblichen französischen Unschuld ein läufiges Luder verbirgt, aber dass sie etwas so Unverzeihliches tun konnte, überrascht mich doch. Das muss ich zugeben.«

»Hm«, machte Robert weltmännisch.

»Und wo sind ihre Bälger jetzt?«

»In Waringham. Aber Ihr müsst Euch sputen. Mein Onkel sagte, er wolle sie bald nach Wales schaffen.«

Eleanor Cobham lehnte sich mit geschlossenen Augen in ihrem Sessel zurück und lächelte. »Welch faszinierende Wendung, Robert.«

Mit Mühe unterdrückte er ein stolzes Lächeln, denn er wusste, es würde ihn wie einen Trottel aussehen lassen. Stattdessen erwiderte er gelassen: »Wenn Euer Gemahl es richtig anstellt, wird er das Vertrauen des Königs in meinen Onkel mit dieser Geschichte endgültig vernichten können.«

Sie gab ihm insgeheim Recht, maßregelte ihn jedoch: »Ihr werdet es gefälligst uns überlassen, was wir mit diesem Wissen anfangen.«

»Gewiss, Madam«, murmelte er kleinlaut.

Sie musste wieder lächeln. »Macht kein solches Gesicht, Robert. Ihr habt mir einen hervorragenden Dienst erwiesen. Einen, der Belohnung verdient.«

Robert wurde heiß und kalt.

Gebannt starrte er sie an, als sie sich aufrichtete und ohne jede Scham ihr Kleid aufschnürte. Sie betrachtete einen Moment amüsiert sein Gesicht. Dann beugte sie sich zu ihm herüber, und es geschah tatsächlich: Die schweren Brüste rutschten aus dem Dekolleté und pendelten keinen Spann von seiner Nase entfernt. Er beugte den Kopf und nahm eine der herrlich rosa Knospen zwischen die Zähne, während ihre kühle Hand sich in seinen Hosenbund schob und sein Glied so hart packte, dass er aufstöhnte. »Oh Gott …«

Eleanor riss ihn unsanft an den Haaren. »Nenn seinen Namen nicht in meinem Haus, hast du gehört?«

»Vergebt mir«, keuchte der Junge atemlos.

Sie kletterte auf seinen Schoß, raffte die Röcke, dirigierte ihn in sich hinein und ließ die nackten Füße über die Armlehnen des Sessels baumeln.

Robert wusste, es war kein Opfer für Eleanor. Sie war immer feucht und offen, wenn sie ihn in dieser Weise belohnte, bestrafte oder gefügig machte, und sie kam immer schnell. Sie mochte hübsche Knaben, hatte sie ihm einmal erklärt, denn die seien willig und gelehrig. Und das war Robert in der Tat. Rasch hatte er zum Beispiel gelernt, niemals etwas zu tun, was sie ihm nicht ausdrücklich gestattet hatte, und vor allem niemals vor ihr zu kommen, denn wenn er ihr Missfallen erregte, tat sie ihm weh. Sie wusste, wie. Sie kannte Dinge, von deren Existenz er zuvor nicht die leiseste Ahnung gehabt hatte, und er war überzeugt, sie kannte jede Sünde, die je ersonnen worden war.

Robert fürchtete sich vor ihr. Und er betete sie an.

Waringham, April 1437

Es wird Zeit, dass wir darüber reden, Kate«, sagte John ernst. »Wir können das Thema ja nicht ewig aufschieben.«

Anlässlich des Pferdemarkts war er für einige Tage nach Waringham gekommen, um Raymond und Conrad bei der Abwicklung der Auktion zu helfen, vor allem jedoch, um seine Frau und seine Kinder zu sehen.

Jetzt saß er in seinem Sessel am Kamin, und Kate kniete vor ihm im Stroh und hatte die Hände in seine gelegt. »Ich soll heiraten?«, fragte sie unsicher.

»Ja.«

»Wann?«

Er musste lachen. »Wäre nicht die näher liegende Frage: Wen?«

Sie dachte einen Augenblick darüber nach und hob dann mit einem kleinen Lächeln die Schultern. »Vermutlich, ja.« Ihr Lächeln täuschte ihn nicht. Und sie bestätigte seinen Verdacht, als sie hinzufügte: »Ganz gleich, wer mein Bräutigam ist, es wird das Ende meines Lebens sein, wie ich es bisher kannte, und das macht mir Angst. Ich will nicht von hier fort. Und ich will nicht, dass die Dinge sich ändern.«

»Das kann ich verstehen, Kate. Aber das Leben besteht nun einmal aus Veränderungen. Vor allem, wenn man jung ist. Wir können meistens gar nichts dagegen tun, sondern unser Schicksal nur vertrauensvoll in Gottes Hand legen.«

»Was auch nicht immer unbedingt deine Stärke ist, John of Waringham«, warf Juliana spöttisch ein. Sie saß auf dem Fenstersitz in ihrer Kammer, und sie hatte den rechten Fensterflügel geöffnet, denn die Aprilsonne zeigte schon Kraft. Die Harfe stand vor ihr, doch Juliana hatte aufgehört zu spielen, als Kate hereingekommen war, und lauschte stattdessen dem Gespräch zwischen Vater und Tochter.

John sah stirnrunzelnd in ihre Richtung. »Fällst du mir in den Rücken?«

»Ich stelle eine Tatsache fest«, antwortete sie und lächelte ihm zu. Das altvertraute Grübchen erschien in ihrem Mundwinkel, und John war augenblicklich versöhnt. Er hatte so eine Ahnung, dass sie viel zu gut wusste, wie sie ihn manipulieren konnte.

Juliana stand von ihrem Platz auf, trat zu ihnen und legte Kate die Hand auf den Kopf. »Dein Vater hat dir den besten Mann ausgesucht, den du dir nur wünschen kannst, glaub mir. Sir Simon Neville.«

Kate überlegte. »Kenne ich ihn?«

»Nein«, antwortete John. »Er ist des Königs Leibwächter so wie ich und meine rechte Hand. Und der älteste Freund deines Cousins Daniel, übrigens.«

Kates Herz sank. »Das klingt, als wäre er steinalt.«

John musste ein Lächeln unterdrücken. Simon Neville war Anfang dreißig. »Das ist er nicht, sei unbesorgt.«

»Wie sieht er aus?«, fragte seine Tochter neugierig.

»Ähm … keine Ahnung.« John wandte sich hilfesuchend an seine Frau.

»Gut«, war die knappe Antwort, und irgendetwas am Blick ihrer Mutter trieb Kate das Blut in die Wangen.

»Dein Vater bringt es wieder einmal nicht fertig, dir zu sagen, was er wirklich für dich getan hat, Kate«, fuhr Juliana fort und ignorierte seine Geste, die sie zum Schweigen bringen wollte. »Die Nevilles sind eine der vornehmsten und mächtigsten Familien des Landes. Nicht nur der Earl of Westmoreland trägt diesen Namen, sondern dank der Fruchtbarkeit meiner Tante Joan Beaufort inzwischen auch die Earls of Salisbury und Kent und der Bischof von Durham. Selbst der Duke of York, der die Beauforts nicht ausstehen kann, hat Tante Joans Tochter Cecily, mithin eine Neville, geheiratet. Die Mitgift, die dein Vater aufbringt …«

»Nein, Juliana«, unterbrach John entschieden. Es stimmte, er hatte Simon mehr bieten müssen, als er sich leisten konnte, und entgegen seiner Gewohnheit Schulden gemacht und seine Pferde beliehen. Aber er fand es ungerecht, Kate dieses Wissen aufzubürden, denn die Entscheidung war ja die seine gewesen. »Was deine Mutter sagen will, ist, dass Simon Neville eine äußerst gute Partie ist. Damit hat sie Recht. Außerdem ist er einer der besten Männer, die ich kenne. Er besitzt jede Eigenschaft, die du schätzt, Kate.«

»Aber … aber wenn er so ein feiner Gentleman ist, wird er niemals zufrieden mit mir sein, Vater«, wandte sie besorgt ein. »Du weißt doch, wie ich bin. Ständig mach ich mir den Rocksaum oder die Hände schmutzig und treib mich im Gestüt rum und …«

Er zog sie lachend an sich und küsste ihr die Stirn. »Zu seinen vielen Tugenden zählt auch Nachsicht«, versicherte er.

Kate wartete vergeblich darauf, ihren Vater sagen zu hören,

dass sie diesen Mann nicht heiraten müsse, wenn sie nicht wollte. Es war beschlossene Sache. John war sich durchaus bewusst, dass er und Juliana für sich das Recht in Anspruch genommen hatten, eine eigene Entscheidung zu treffen, aber das waren außergewöhnliche Umstände gewesen, fand er. Er hatte handeln müssen, weil Beaufort seiner Tochter einen schlechten Mann ausgesucht hatte. John wusste, er selbst hatte es besser gemacht. Also bestand keine Veranlassung, gegen Sitten und Gebräuche zu verstoßen und einem unerfahrenen, jungen Ding wie Kate eine so wichtige Entscheidung zu überlassen. Was geschehen konnte, wenn ein Vater seine Fürsorgepflicht vernachlässigte, zeigte das Beispiel der Jungfrau von Orléans. Je älter John wurde, je älter vor allem seine Tochter wurde, desto milder war sein Urteil über die unglückselige Jeanne von Domrémy geworden. Heute dachte er oft, ihr Vater hätte verhindern müssen, dass sie ihrem Wahn folgte und ihre eigene Zerstörung betrieb.

Er stand auf und zog Kate mit sich hoch. »Komm. Wir wollen den armen Kerl nicht länger schmoren lassen.«

Kate glaubte einen Moment, ihr bliebe das Herz stehen. »Er ist *hier*?«

Ihr Vater nickte. »Vor einer Stunde eingetroffen. Seitdem wartet er in der Halle auf dich.«

Sie fühlte sich wie betäubt, während sie an der Seite ihrer Mutter dem Vater die Treppe hinab folgte. Ihre Füße schienen den Boden gar nicht zu berühren. Ihre Eltern hatten sie überrumpelt, damit sie sich nicht mit langen Grübeleien quälte, erkannte sie. Trotzdem kam sie sich ein wenig betrogen vor.

Simon Neville war mindestens so nervös wie Kate. Als er John die Halle betreten sah, ließ er den Weinpokal los, an dem er sich festgehalten hatte, und sprang wie gestochen von der Bank auf. »Captain. Lady Juliana.« Er verneigte sich formvollendet.

Juliana schob ihre Tochter nach vorn. »Seid willkommen in Waringham, Sir Simon. Das ist Katherine.«

Das Mädchen sank in einen tiefen, höfischen Knicks und verlor um ein Haar das Gleichgewicht.

Simon lächelte, aber ohne Hohn. »*Enchanté,* Lady Katherine.«

Für einen Lidschlag hob sie den Blick, und er sah sie lächeln. »Willkommen, Sir.«

»Danke.«

Danach fanden sie nichts weiter zu sagen, und ein Schweigen, das zäh wie Hafergrütze schien, senkte sich auf sie herab.

Juliana wusste Rat. »Kate, es ist so herrliches Wetter, wieso zeigst du Sir Simon nicht den Garten? Es ist zu früh für die Rosen, aber das macht ja nichts. Alys wird euch begleiten.« Sie winkte die Dienstmagd herbei, die gerade mit einem Stapel Zinnteller in die Halle kam.

Kate wurde sterbenselend bei der Vorstellung, diesen Fremden in den Garten führen und womöglich mit geistreicher Plauderei unterhalten zu müssen, aber sie wusste, was sich gehörte. »Natürlich, Mutter. Wollt Ihr mich begleiten, Sir?«

»Mit Vergnügen.« Sein großer Adamsapfel vollführte wahre Sprünge.

John und Juliana sahen ihnen amüsiert nach.

»Wer ist wohl nervöser?«, fragte er.

»Keine Ahnung«, antwortete sie. »Ich hoffe, wenigstens einer von beiden findet die Sprache wieder.«

Wortlos schlenderten Simon und Kate die von niedrigen Rosenhecken gesäumten Wege entlang, und Alys folgte zehn Schritte hinter ihnen. So wurde der Anstand gewahrt, ohne dass die Magd das junge Paar belauschen konnte.

Schließlich nahm Simon seinen Mut zusammen, wandte den Kopf und sagte das Erste, was ihm in den Sinn kam, nur um das unangenehme Schweigen endlich zu brechen. »Meistens binden meine Pflichten mich an den Hof, aber ich besitze ein paar Güter in Lancashire und Suffolk.«

Sie warf ihm einen raschen Seitenblick zu. »Sagt Ihr das, um mich zu beeindrucken?« Und sofort schlug sie die Hand vor den Mund. »Vergebt mir«, kam es undeutlich dahinter hervor. Dann ließ sie die Hand sinken, blieb stehen und wandte sich ihm zu. »Das wollte ich nicht sagen. Es ist einfach so herausgerutscht. Aber das geschieht oft, wisst Ihr.«

Er legte den Kopf schräg und lächelte. »Es ist nobel, dass Ihr mich vorwarnt, Lady Katherine.«

»Schlagt es lieber nicht in den Wind. Ich wette, mein Vater hat mich besser gemacht als ich bin.«

»Wollt Ihr mich abschrecken?« Es schien eine ernst gemeinte Frage zu sein.

Sie überlegte einen Moment. »Ich weiß nicht. Nein, ich glaube nicht. Ich will Euch nur reinen Wein einschenken.«

»Das weiß ich zu schätzen. Und nein, ich wollte Euch mit meinen Ländereien nicht beeindrucken. Was ich meinte, war, wenn Ihr das Leben auf dem Land vorzieht, dann lässt es sich einrichten.«

Sie war verblüfft. Es schien ihr bemerkenswert, dass er an so etwas dachte. »Ich bin das Leben auf dem Land und bei Hofe gewöhnt, Sir. Ich bin überall da zufrieden, wo es ein paar Pferde gibt.«

»Eine Waringham durch und durch«, bemerkte er.

»Ja, ich schätze, dass kann man sagen. Aber mit einem Lancaster-Temperament, sagt mein Vater. Er meint damit, dass ich schnell wütend werde, Sir.«

Er nickte. »An die Lancaster und ihre Zornesausbrüche bin ich hinreichend gewöhnt. Mein Leben lang. Nur mein erster Dienstherr war anders, aber der ist seit Ewigkeiten in Gefangenschaft.«

»Vaters Freund? Der Earl of Somerset? Ihr kennt ihn?«

Simon nickte. »Euer Vater hat Euch von ihm erzählt?«

»Oft, ja. Er vermisst ihn schrecklich.«

»Ich auch.« Sein trauriges Lächeln ging ihr nah. Und zum ersten Mal fiel ihr auf, wie schön sein Mund war: energisch, aber wohl geformt.

»Mein Groß... Seine Eminenz, Kardinal Beaufort, glaubt, dass der Earl of Somerset freigelassen wird, wenn der Kronrat sich entschließen könnte, als Zeichen unserer aufrichtigen Friedensabsichten den Herzog von Orléans aus der Gefangenschaft zu entlassen. Der Ärmste ist seit der Schlacht von Agincourt im Tower, Sir.«

Simon verzog das Gesicht zu einer schmerzlichen Grimasse. »Euer großväterlicher Kardinal ist ein weiser Mann, aber manchmal auch ein Träumer, Lady Katherine.«

Sie kicherte, weil er so unverfroren auf die skandalöse Verwandtschaft anspielte. »Nennt mich Kate, Sir. Das tun alle. Wieso glaubt Ihr, er sei ein Träumer?«

»Weil der Duke of Gloucester sich bis zu seinem letzten Atemzug bemühen wird, Orléans' Freilassung zu verhindern.«

Kates Miene verfinsterte sich. »Gloucester …«, murmelte sie abfällig.

Simon Neville ergriff ihre Hand und führte sie kurz an die Lippen. »Ich merke, wir haben eine Menge Dinge gemeinsam.«

Sie lachten. Es klang verschwörerisch. Die Anspannung war verflogen.

»Aber sagt mir, Sir …«, begann Kate, als helle Kinderstimmen sie unterbrachen.

»Kate, Kate, sieh nur, wir haben Sauerampfer gefunden!« Der kleine Edmund Tudor kam auf sie zugerannt, dicht gefolgt von seinen Brüdern, und streckte ihr in einer nur mäßig sauberen Faust einen Zweig entgegen, der schon ein wenig welk und mitgenommen aussah.

»Wirklich?« Ernst beugte sie sich über seine Ausbeute und betrachtete sie. »Tatsächlich. Lass mich kosten.« Sie pflückte ein Blatt ab, steckte es in den Mund und kaute konzentriert.

»Lady Kate, was tut Ihr da?«, fragte Neville ein wenig beunruhigt. »Seid Ihr sicher, dass es genießbar ist?«

Sie lachte ihn aus. »Ihr kennt keinen Sauerampfer?«

Er schüttelte den Kopf.

»Lass Sir Simon auch einmal probieren, Edmund«, forderte sie den Kleinen auf.

Mit einem artigen Diener reichte Edmund dem Fremden ein Blatt. Der steckte es ein wenig zögerlich in den Mund, kaute und verzog dann das Gesicht. »Er trägt seinen Namen zu Recht«, bekundete er.

Kate nickte. »Aber die armen Leute schätzen ihn sehr, denn er gehört zu den ersten essbaren Pflanzen, die im Frühjahr wachsen. Man darf allerdings nicht zu viel davon ungekocht essen, sonst …« Sie brach ab und schaute zum Bergfried hinüber. »Wer ist das?«

Simon wandte sich um und folgte ihrem Blick. »Oh nein …«, murmelte er.

Ein Ritter war in Begleitung zweier bewaffneter Soldaten im Scheunentorformat um die Ecke des Burgturms gebogen und kam mit entschlossenen Schritten auf sie zu. Kate wusste, sie hatte ihn schon einmal gesehen, aber sie konnte ihn nicht einordnen. Ehe sie ihren Verlobten noch einmal fragen konnte, um wen es sich handelte, hatte der Ankömmling sie erreicht.

Er hielt sich nicht mit Höflichkeitsfloskeln auf. »Ah, ich sehe, hier bin ich richtig«, sagte er und nickte befriedigt. Mit dem Finger wies er auf Edmund und seine Brüder. »Du, du und du. Ihr kommt mit mir.«

»Was hat das zu bedeuten, Scrope?«, fragte Simon.

Arthur Scrope streifte ihn nur mit einem desinteressierten Blick. »Kommt mir nicht in die Quere, Neville. Ich bin im Auftrag des Duke of Gloucester hier.«

»Wie üblich, Sir, nicht wahr?« Simon lockerte das Schwert in der Scheide und stellte sich vor Kate.

Scrope und einer seiner Begleiter zogen die Waffen und griffen Neville an. Der dritte packte Edmund Tudor, der sich heftig wehrte, kräftig in die Hand biss, die ihn gepackt hielt, und eine schallende Ohrfeige erntete. Doch sie machte ihn nicht gefügig.

Kate wandte sich zum Burgturm um, steckte zwei Finger in den Mund und pfiff wie ein Stallknecht. Fast augenblicklich erschienen zwei Köpfe an den Fenstern: ihr Onkel Raymond in der Halle, ihr Vater ein Stockwerk höher. Beide Köpfe verschwanden sogleich wieder.

Kate schaute zu Simon. Er war in arger Bedrängnis. Arthur Scrope war ein hervorragender Schwertkämpfer, und sein hünengleicher Gefolgsmann griff unfein von der Seite an, sodass Simon mit dem Schwert den einen, mit dem Dolch den anderen abwehren musste. Weil er nur ein Augenpaar hatte, ging es nicht lange gut. Der feige Angreifer zu seiner Linken schlitzte ihm den Arm auf. Der Dolch fiel Simon aus der Hand, und er taumelte zurück.

»Oh nein …«, stieß Kate verzweifelt hervor. Dann bückte sie sich und hob den Dolch auf.

Der dritte Kerl hatte Edmund inzwischen an der Kehle gepackt und rüttelte ihn. »Wenn du keine Ruhe gibst, dreh ich dir die Gurgel um, du kleiner Bastard«, drohte er und schlug erbarmungslos auf den Jungen ein.

Kate rammte ihm den Dolch in den fleischigen Oberarm. Er ließ Edmund los, fuhr knurrend zu ihr herum und schickte sie mit einem Fausthieb zu Boden.

Danach entglitten Kate die Ereignisse für ein paar Augenblicke. Als sie wieder klar sehen konnte, waren ihr Vater und ihr Onkel im Garten angelangt, und gemeinsam mit Simon Neville drängten sie die Angreifer zurück und entwaffneten sie.

Während der Earl of Waringham Arthur Scrope mit gezückter Klinge in Schach hielt, wollte John zu seiner Tochter eilen, aber sie kam auf die Füße, ehe er sie erreichte, und wandte sich an Neville. »Ist es schlimm, Sir Simon?«

»Nur ein Kratzer.« Sein Lächeln wirkte ein wenig mühsam. Aber es durchrieselte sie wohlig, als sie ihn ansah. So vollkommen erfüllte er ihr kindlich naives Ritterideal, dass sie das Gefühl hatte, sie brauchte überhaupt nicht mehr über ihn zu erfahren. Hätte ihr Vater sie jetzt, in diesem Moment, zum Kirchenportal geführt, hätte sie Simon Neville vom Fleck weg geheiratet.

Sie wandte sich sittsam ab, riss einen Streifen aus ihrem Unterrock und verband ihrem Liebsten den Arm.

Nevilles Wangen röteten sich, aber er ließ sie gewähren. Er schaute auf ihre schmalen, geschickten Hände und fragte leise: »Habt Ihr vorhin wirklich gepfiffen, Kate?«

Sie nickte, und nach einem Moment hob sie den Kopf und lächelte. Es war ein kleines Lächeln, aber schelmisch.

Simon Neville war hingerissen. »Das müsst Ihr mir unbedingt beibringen.«

»Abgemacht.«

»Nun, Scrope?«, fragte Raymond. »Wir sind gespannt. Was mag es sein, das Euch herführt?«

Arthur Scrope war von der blanken Klinge auf seiner Brust wenig beeindruckt. Mit einer knappen Geste wies er auf die drei Knaben, die sich jetzt furchtsam um die Magd Alys scharten und das Geschehen mit ernsten Mienen und großen Augen verfolgten.

»Ich bin angewiesen, sie nach Westminster zu bringen.«

»Warum?«, wollte John wissen. »Und auf wessen Befehl?«

»Gloucesters.«

»Was mag er glauben, wer diese Knaben sind, dass er sie mit seiner Aufmerksamkeit beehrt?«, erkundigte sich der Earl.

Scrope winkte angewidert ab. »Sparen wir uns das Geplänkel doch, Waringham. Gloucester will sie haben, also werd ich sie ihm bringen.«

Er hat keine Ahnung, wer sie sind, erkannte John erleichtert. Gloucester hingegen wusste offenbar Bescheid. Woher?

»Ihr werdet ihm überhaupt nichts bringen, Scrope«, entgegnete Raymond. »Und wenn Ihr nicht augenblicklich von meiner Burg verschwindet, schicke ich ihm Euren Kadaver.«

»Seid doch vernünftig, Mann. Wenn Ihr sie mir nicht gebt, schickt er morgen eine Armee.«

Raymond ruckte das Kinn Richtung Bergfried. »Darüber werde ich mir morgen den Kopf zerbrechen. Und jetzt packt Euch, Söhnchen.«

Wie einst seinen Bruder, entnervte auch Arthur Scrope Raymonds Gelassenheit. Er zögerte nur noch einen Moment. Dann nickte er seinen geschundenen Begleitern zu, und sie trollten sich.

John wartete, bis sie hinter dem Gebäude verschwunden waren, dann nahm er Kates Gesicht in beide Hände und begutachtete den Bluterguss auf ihrem Jochbein. »Jesus … Es tut mir Leid, Kate.« Er wünschte, Raymond hätte Scrope nicht so einfach gehen lassen.

Kate befreite ihren Kopf höflich, aber energisch. »Es ist nichts, Vater.« Sie ging zu den drei Tudor-Jungen zurück, kniete sich vor ihnen ins Gras und lenkte die Aufmerksamkeit der Kinder wieder auf den Sauerampfer, damit sie ihren Schrecken vergaßen.

John schaute versonnen zu ihnen hinüber. »Wir müssen die Jungen in Sicherheit bringen, Raymond«, sagte er leise. »Der weite Weg nach Wales ist jetzt zu gefährlich.«

Der Earl nickte. »Aber wohin?«

Simon Neville trat zu ihnen. »Kann ich irgendwie behilflich sein?«

Die Waringham-Brüder betrachteten ihn nachdenklich. Beide zögerten. Raymond, weil er Neville nicht gut kannte, John, weil er seinen zukünftigen Schwiegersohn nicht in Konflikt mit seinem Gewissen bringen wollte.

»Seid beruhigt, Gentlemen«, sagte Simon. »Ich kann mir schon denken, wer sie sind. Alle drei haben Tudors Augen.«

»Aber du kämst in deinen wildesten Albträumen nicht darauf, wer ihre Mutter war«, entgegnete John bissig. Hatte er nicht von Anfang an gewusst, dass diese Geschichte ihn noch in Schwierigkeiten bringen würde? Hatte er es Tudor nicht gleich gesagt?

»Doch, Captain, ich denke schon.« Simon hob kurz die Schultern. »Ich bin am Tag vor der Krönung über Tudor und die Königin gestolpert. Im Tower. Sie …« Er räusperte sich diskret. »Na ja, wie auch immer. Was ich sah, ließ nicht viele Fragen offen, und ein paar Wochen später verschwanden beide vom Hof.«

»Er hat mir nie ein Wort davon gesagt, dass du es wusstest«, erwiderte John verblüfft.

»Sie haben mich nicht bemerkt. Sie …«

»… waren beschäftigt«, beendete John den Satz seufzend.

Simon Neville nickte. »Ich habe den Mund gehalten, weil

ich mir dachte, je weniger darüber gesprochen wird, desto besser für alle.«

John legte ihm dankbar die Hand auf den Arm. »Das sieht dir ähnlich. Aber nun ist es offenbar doch herausgekommen, und ich fürchte um das Leben dieser Jungen. Wir müssen sie irgendwohin bringen, wo sie vor Gloucester sicher sind. Jetzt, in dieser Stunde.«

»Kirchenasyl«, schlug Raymond vor. »Das zu missachten wird nicht einmal Gloucester wagen.«

John nickte. »Ein Kloster wäre der beste Ort für sie. Damit sie zur Ruhe kommen können. Wie wär's mit Havering?« Und an Simon gewandt fügte er erklärend hinzu: »Die Äbtissin ist unsere Schwester.«

»Aber weder auf dich noch auf mich gut zu sprechen«, gab Raymond zu bedenken. »Außerdem ist sie eine frömmelnde Ziege und wird ihre bigotte Nase über diese armen Knäblein rümpfen.«

»Raymond …«, mahnte John seufzend.

Simon musste sich ein Grinsen verkneifen. »Vielleicht Barking? Es ist ein schönes, komfortables Kloster, und die Äbtissin ist Catherine de la Pole, Suffolks Schwester. Ich kenne sie, sie ist großartig. Sie wird sich ihrer annehmen, egal, wer sie sind. Und sie hat keine Angst vor Gloucester.«

Raymond und John verständigten sich mit einem Blick, dann nickten beide.

»Wer bringt sie hin?«, fragte Raymond.

»Das machst du, Simon«, beschied John.

Der nickte bereitwillig.

»Ich könnte Euch begleiten«, schlug Kate eifrig vor, die unbemerkt hinzugetreten war. »Damit die Kleinen sich in der neuen Umgebung nicht so einsam fühlen«, fügte sie hastig hinzu, aber ihr Vater erkannte ohne Mühe, dass sie an der Seite ihres Bräutigams sein wollte.

»Das ist kein dummer Gedanke, Captain«, befand auch dieser.

John durchschaute ihn ebenso mühelos. Doch er war erleichtert, wie schnell das junge Paar offenbar Sympathie füreinander entwickelt hatte.

»Sie bekommen eine Eskorte und Aimhursts Töchterchen als Anstandsdame«, bot Raymond an.

»Einverstanden«, sagte John. Und an Kate und Simon gewandt fuhr er fort: »Ihr müsst in einer Stunde aufbrechen. Liefere sie sicher in Barking ab und dann komm zurück nach Westminster, Simon«, bat er.

»Du reitest jetzt hin?«, fragte Neville.

John nickte. »Um dem König die Wahrheit zu sagen. Ich hoffe, dieses eine Mal kommt Gloucester mir nicht zuvor. Aber es ist schwer zu sagen, wie Henry reagiert. Möglicherweise …« Er grinste unfroh. »Unter Umständen wirst du das Kommando der Wache für eine Weile übernehmen müssen.«

»John! Da seid Ihr endlich wieder.« Der König zeigte sein schönes Lächeln und vollführte eine auffordernde Geste. »Erhebt Euch, Sir.«

John stand auf, beugte aber gleich darauf nochmals das Knie, dieses Mal vor seinem Schwiegervater, und küsste dessen Ring. »Eminenz.«

»Willkommen, mein Sohn.« Der Kardinal betrachtete ihn eingehend und ohne zu lächeln. Offenbar erkannte er wieder einmal auf einen Blick, dass es eine Krise gab. Doch er stellte keine Fragen.

»Ihr wünscht mich zu sprechen, Sir John?«, fragte der König, und als der Captain seiner Leibwache nickte, versprach er: »Ich bin gleich fertig. Also, Sir Richard, was haben wir noch?«

Der Sekretär seines Chamberlain war wie fast jeden Tag mit einem Stapel Petitionen zum König gekommen. Früher hatten – je nach Wichtigkeit – der Lord Chamberlain selbst oder der Kronrat darüber entschieden, inzwischen kümmerte Henry sich selber darum.

Sir Richard Beton legte ihm eine Urkunde vor. »Euer Onkel Gloucester beantragt den alleinigen Nießbrauch sämtlicher Pachteinnahmen seiner königlichen Lehen, der Inseln Jersey und Guernsey, zur Deckung der Aufwendungen für seinen Calais-Feldzug letztes Jahr.«

»Hm, für die heilige nationale Sache, sozusagen«, murmelte Beaufort vor sich hin.

John warf ihm einen missfälligen Blick zu. Er fand es nicht richtig, dass der Kardinal seine Antipathie für Gloucester dem König gegenüber so offen zeigte. Doch Henry ließ sich nicht anmerken, ob er die gehässige Bemerkung gehört hatte. Er tauchte seine Feder ins Tintenhorn, notierte sein Einverständnis am unteren Rand des Dokuments – *Nous avouns graunte* – und unterschrieb. Anders als sein Vater beherrschte er das Französische ebenso wie das Englische und war zu der alten Sitte, Französisch als Amtssprache des Hofes zu gebrauchen, zurückgekehrt.

»Was noch?«, fragte er den Sekretär.

»Zwei Gnadengesuche, mein König. Ein in Not geratener Ritter aus Dorset hat einen Londoner Tuchhändler bestohlen und soll morgen gehängt werden.«

»Wer ist der Dieb?«

»Sir Tybalt Berkley. Ein Agincourt-Veteran, Sire.« Wie jeder Mann in England sprach Sir Richard den Namen der berühmten Schlacht mit Ehrfurcht aus.

»Hm«, brummte Henry. »Dennoch ist Diebstahl eine schwere Sünde und ein Verstoß gegen Gottes Gebot.«

Sir Richard nickte betrübt.

»Meinetwegen. Er kommt bis auf weiteres in Festungshaft. Legt mir seinen Fall nach einem Jahr und einem Tag nochmals vor.«

Der Sekretär strahlte, als der König ihm die Urkunde mit der Begnadigung reichte.

»Und dann haben wir noch einen reuigen Lollarden, Sire. Er hat vor fünf Jahren an der Seite von Jack Sharpe gekämpft, aber nun hat er seinen Irrglauben eingesehen und abgeschworen.«

Henrys sonst so voller Mund war zu einem schmalen Strich zusammengepresst. »Jack Sharpes Revolte richtete sich gegen die Kirche und das Haus Lancaster, Sir Richard.«

»Ich weiß, mein König.«

»Da der Mann Reue gezeigt hat, wird er nicht verbrannt, sondern aufgehängt, richtig?«

»So ist es.«

Henry nickte knapp. »Dann soll er hängen.«

Richard Beton verneigte sich und trug seine Dokumente hinaus.

Der junge König rieb sich kurz über die Oberarme, als sei ihm kalt, aber dann schüttelte er den Gedanken an den Lollarden und seine späte Reue ab. Er hatte sich daran gewöhnt, über Leben und Tod zu entscheiden. Er machte sich diese Aufgabe niemals leicht, wusste John, aber er belastete sich auch nicht ungebührlich damit.

»Denkt nur, John«, sagte er mit einem breiten Lächeln. »Ich habe seine Eminenz heute zum ersten Mal geschlagen.« Er wies auf das Schachbrett, welches auf dem kleinen Tisch neben dem Kardinal stand.

»Ihr seht mich zutiefst erschüttert«, behauptete dieser.

John nickte Henry anerkennend zu. »Glückwunsch, Sire. Das ist mir noch nie gelungen.«

»Nein, Ihr seid ein miserabler Schachspieler wie Euer Vater«, bemerkte Beaufort mit einem wehmütigen Lächeln.

»So ist es, Mylord«, räumte John ein.

»Zwischen unserer Partie und der täglichen Heimsuchung durch Sir Richard Beton haben der König und ich über Wahrsagerei disputiert, John«, fuhr Beaufort fort. »Wie denkt Ihr darüber?«

John winkte ungeduldig ab. »Alles Humbug. Sire, wenn Ihr erlaubt, ich würde gern etwas mit Euch …«

»Seht Ihr, mein König?«, fiel der Kardinal ihm triumphierend ins Wort. »Und habt Ihr nicht immer gesagt, auf Johns Urteil sei Verlass, weil er mehr gesunden Menschenverstand besitze als alle Lancaster zusammen?«

Henry geriet ins Wanken. »Aber was, wenn doch etwas Wahres daran ist? Ich kann nicht auf Euch verzichten, Onkel.«

Der Kardinal deutete eine Verbeugung an. »Ich bin erfreut,

das zu hören. Aber Eure Sorge ist unbegründet.« An John gewandt erklärte er: »Ich müsste dringend nach Rom reisen; der Papst erbittet meinen Beistand und Rat. Aber ein Seher hat offenbar geweissagt, dass ich auf der Reise ums Leben komme, und nun will der König mich nicht ziehen lassen.«

»Wer soll dieser Seher sein?«, fragte John.

»Roger Bolingbroke«, antwortete der Kardinal und hatte offensichtlich Mühe, eine gleichmütige Miene zu wahren.

Als ob ich's geahnt hätte, dachte John unbehaglich. Roger Bolingbroke war ein Londoner Astrologe und Alchimist von zweifelhaftem Ruf, der regelmäßig am Hof des Duke of Gloucester in Greenwich verkehrte. Gloucesters Gemahlin scharte nach wie vor gern solches Gelichter um sich. Und wenn ein so genannter Wahrsager aus Gloucesters Umgebung eine Prophezeiung tat, um die Reise des Kardinals auf den Kontinent zu verhindern, durfte man getrost davon ausgehen, dass Gloucester wieder einmal eine Intrige zwischen Beaufort und der Kurie gegen seine persönlichen Machtinteressen dies- und jenseits des Kanals witterte.

Dieses Mal hatte Gloucester es allerdings schlau eingefädelt. Statt gegen Beaufort zu hetzen, womit er den König verstimmt hätte, hatte er sich die Leichtgläubigkeit und die Ängste des Fünfzehnjährigen zunutze gemacht. Es stimmte: Der König konnte auf den Kardinal nicht verzichten. Und ohne die königliche Erlaubnis konnte der Kardinal seine Reise nicht antreten.

Doch es war schwierig, Henry über Gloucesters Motive aufzuklären. Denn der friedliebende junge König verabscheute die anhaltende Fehde zwischen dem Duke of Gloucester – seinem Erben – und Kardinal Beaufort – ihrer beider Onkel. Wann immer der eine sich abfällig über den anderen äußerte, verschloss Henry beide Ohren und runzelte die königliche Stirn.

»Unsere Sache auf dem Kontinent steht nicht gut, Sire«, begann John behutsam. »Ihr solltet seine Eminenz ziehen lassen und nichts auf diesen Unfug geben. Alle Wahrsager sind Scharlatane, glaubt mir.«

»Und doch erzählte mir meine Mutter einmal von einer

Seherin aus dem Norden, die die erstaunlichsten Dinge vorhersagen konnte. Und Mutter sagte, diese Frau sei *Eure* Schwester, John.«

John winkte verlegen ab. »Ich kenne diese Gerüchte. Aber ich halte nichts davon. Wo wir gerade von Eurer Mutter sprechen, Sire …«

»Ja?« Henry hob den Kopf und sah ihn erwartungsvoll an. Ohne es zu merken, verschränkte er die Finger ineinander. Es war eine nervöse Geste, und sie lenkte Johns Blick auf die schlaksigen Gliedmaßen des Königs. So jung, dachte John mit sinkendem Herzen. So verwundbar …

Er wechselte einen verstohlenen Blick mit dem Kardinal, dann gab er sich einen Ruck. »Sire, vor einigen Jahren habt Ihr mir einmal vorgeworfen, ich hätte Euch zu viele Dinge verschwiegen, wisst Ihr noch?«

Henry nickte. »Gewiss.«

»Ich habe mir an jenem Tag geschworen, Euch fortan in allen Dingen immer reinen Wein einzuschenken. Und das habe ich getan, soweit Ihr es zugelassen habt.«

Der König legte den Kopf schräg. »Ich bin nicht sicher, dass ich das verstehe.«

»Ich hingegen glaube, Ihr versteht mich ganz genau«, gab John unverblümt zurück. »Nur in einer Angelegenheit band mich ein Versprechen, das älter war als mein Eid an Euch. Es gibt immer noch eine Sache, die ich Euch verschwiegen habe, und Sie betrifft Eure Mutter.«

Der Kardinal saß vollkommen reglos. »John, seid Ihr sicher, dass Ihr wisst, was Ihr da tut?«, fragte er leise.

John warf ihm einen kurzen Blick zu, blieb die Antwort aber schuldig.

»Ich weiß nicht, ob Euch bekannt ist, Sire, dass der Duke of … der Kronrat nach dem Tod Eures Vaters verfügte, Eure Mutter dürfe nicht wieder heiraten, ehe Ihr mündig seid und Euer Einverständnis geben könntet?«

Henry schüttelte langsam den Kopf. »Nein, das wusste ich nicht.«

»Man befürchtete offenbar, da Eure Mutter die gekrönte Königin Englands war, dass mögliche Kinder aus einer solchen zweiten Ehe Ansprüche auf die Krone erheben könnten.«

»Was für ein Unsinn«, warf der König kopfschüttelnd ein.

John gestattete sich ein kleines Lächeln, obwohl er einen Knoten im Bauch spürte. »Ich habe diese Sorge auch immer für unbegründet gehalten. Eure Mutter hätte niemals irgendetwas zu Eurem Schaden getan. Aber …« Er geriet ins Stocken.

Der König machte eine freundliche, ermunternde Geste. »Aber?«

John sah wieder zu Beaufort. Der Kardinal zog eine Braue in die Höhe und deutete ein Kopfschütteln an. John wusste, was das hieß: Du hast es begonnen, jetzt sieh zu, wie du es zu Ende bringst.

»Aber die Angelegenheiten des Herzens lassen sich selten von politischen Erwägungen und Notwendigkeiten lenken. Tatsache ist: Eure Mutter erwählte einen Mann, als Euer Vater bereits viele Jahre tot war. Es war niemand mit Macht und Einfluss, und da sie Repressalien von Seiten des Kronrats fürchten mussten, heirateten sie heimlich und zogen sich vom Hofleben zurück.«

Henry ließ sich in die Sesselpolster sinken, streckte die langen Beine aus und starrte eine Weile auf seine Füße. »Verstehe«, sagte er schließlich. Sein Tonfall war schwer zu deuten. Er klang nicht bitter oder zornig. Eher so, als verstehe er nun tatsächlich allerhand, was ihm früher Rätsel aufgegeben hatte.

Als er den Kopf hob, war seine Miene ernst. »Und wer war dieser Mann, Sir John?«

»Owen Tudor, mein König.«

Für einen winzigen Moment verzogen Henrys Mundwinkel sich unwillkürlich nach oben. »Oh, ich erinnere mich. Er war mein Leibwächter wie Ihr, als ich klein war. Wir haben Fußball gespielt …« Sein Ausdruck wurde unsicher. »Aber er ist ein Niemand. Waliser obendrein.«

John nickte. »Wie ich sagte, Sire: Es hatte nichts mit politischem Kalkül zu tun. Tudor hat Eure Mutter … zutiefst verehrt von dem Tag an, als er ihr zum ersten Mal begegnet ist. Er hat viele, viele Jahre auf sie warten müssen. Als sie ihn schließlich erhörte, baten sie mich um Hilfe und um meine Verschwiegenheit.« Er breitete die Hände aus. »Owen Tudor ist einer meiner ältesten Freunde. Wir waren Kriegskameraden, und ich schulde ihm mehr, als ich je gutmachen kann. Und der Treueid, den ich Eurem Vater einmal geleistet habe, band mich natürlich auch der Königin gegenüber. Ich konnte nichts Schlechtes darin sehen. Keine Gefahr für Euch oder für England. Urteilt selbst, ob ich falsch oder richtig gehandelt habe, indem ich ihr Geheimnis bewahrte, Sire. Ich werde Euer Urteil hinnehmen, ganz gleich, wie es ausfällt. Ich bin nicht gekommen, um für mich zu bitten, sondern für jemand anderen.«

»Für wen?«, fragte Henry verwirrt. »Tudor?«

John schüttelte den Kopf. »Für ihre drei Söhne.«

Der König sprang auf. »*Söhne*?«

»Ja, mein König. Seit dem Tod der Königin habe ich sie in Waringham versteckt, aber es ist herausgekommen. Gestern kamen finstere Gesellen auf die Burg meines Bruders, um diese Knaben zu entführen. Um sie zu töten, ich bin sicher, und …«

»Wo sind sie jetzt?«, unterbrach Henry.

»In der Obhut der Äbtissin von Barking. Sie sind noch sehr jung. Der Älteste ist noch keine sieben. Sire, wie immer Ihr über die heimliche Verbindung Eurer Mutter mit Owen Tudor denken mögt, diese Jungen tragen keine Schuld daran. Darum bitte ich für sie. Gewährt ihnen Euren Schutz. Als ihr König und … als ihr Bruder.«

»Als ihr Bruder …«, wiederholte Henry leise.

John nickte. Er hatte nichts weiter zu sagen, und selbst wenn ihm noch etwas eingefallen wäre, war seine Kehle zu trocken, um es auszusprechen.

Mit einem plötzlichen Satz sprang der König auf ihn zu. Es kam so ganz und gar unerwartet, dass John sich nur mit Mühe davon abhielt, zurückzuweichen. Im nächsten Moment hatte Henry die Arme um seinen Hals geschlungen. »Oh, John, ist das wahr? Ist das wirklich wahr? Ich habe *drei Brüder*?«

Über die Schulter des Jungen hinweg tauschte John ein Lächeln mit dem Kardinal. »So ist es, Sire. Drei lebhafte kleine Kobolde.«

Henry ließ ihn los, klatschte in die Hände, lachte und weinte zugleich. »Gott sei gepriesen, wahrlich und wahrlich. Und Ihr ebenfalls, Sir, für die frohe Kunde. Ich habe Brüder. Ich bin nicht länger ganz allein auf der Welt …«

»Großartig, John«, lobte der Kardinal, als sie kurz darauf in seinem Gemach zusammensaßen und einen Becher umbrischen Rotwein tranken. »Wäret nicht ausgerechnet Ihr es gewesen, hätte ich gesagt, der König ist selten so schamlos manipuliert worden wie heute. Aber dergleichen würde Euch ja im Traum nicht einfallen, nicht wahr?« Die schwarzen Augen funkelten boshaft.

John hob die Schultern. »Ich habe nicht geahnt, dass er es so aufnimmt. Tatsächlich habe ich befürchtet, dass er mir wegen dieser Sache ernstlich gram sein würde. Er ist … noch so unerfahren in vielen Dingen des Lebens.«

»Hm«, machte Beaufort. »Und das wird er auch bleiben. Letzte Woche erst hat Gloucester versucht, dem König eine seiner Londoner Huren ins Bett zu legen. Das ist wohl seine Art, einen Mann aus ihm zu machen. Es gab ein königliches Donnerwetter erster Güte, John. Ihr hättet Gloucesters Gesicht sehen sollen – es war höchst erbaulich. Der König hat unmissverständlich erklärt, dass er seine Unschuld für die französische Dame aufsparen will, die er eines Tages heiratet, wer immer sie auch sei.«

John war nicht verwundert. »Auf die Art und Weise wird es im Hochzeitsbett wenigstens *eine* Jungfrau geben«, murmelte er.

Der Kardinal lachte.

»Mir wäre wohler, wenn der König nicht ganz so tugendhaft wäre«, gestand John.

»Ich weiß. Ich kenne Eure Sorgen. Aber dieser amüsante kleine Zwischenfall hat zumindest bewiesen, dass er willensstark und diszipliniert ist – es war ein wirklich schönes Mädchen, wisst Ihr. Und gerade an Disziplin hat es vielen englischen Königen der Vergangenheit gemangelt.«

»Das ist wahr«, musste John einräumen. »Wird er Euch nach Rom ziehen lassen, Mylord?«

Beaufort schüttelte den Kopf. »Nicht dieses Frühjahr. Aber ich habe keine Eile. Im Herbst kann ich ebenso gut reisen, und Gloucester wird schwerlich noch einmal den gleichen Vorwand benutzen können, um mich aufzuhalten.«

John nickte, wollte etwas sagen und tat es dann doch nicht.

Der Kardinal sah ihn scharf an. »Nur raus damit.«

»Nun, ich dachte, Ihr wolltet vor allem aus dem Grund auf den Kontinent, um Euch nochmals um Somersets Freilassung zu bemühen.«

Der ältere Mann hob beschwichtigend die Linke. »Das erledigt Edmund. Er hat inzwischen genug Erfahrung und Fingerspitzengefühl dafür.«

»Das habt Ihr beim letzten Mal auch gesagt, und dennoch ist er ohne seinen Bruder heimgekommen.«

»Es besteht keine Veranlassung, Euch zu echauffieren, mein Sohn«, entgegnete der Kardinal streng. »Dieses Mal liegen die Dinge völlig anders: Edmund wird den Grafen von Eu mitnehmen.«

»*Was?*«

»Hat der König Euch nichts gesagt? Er ist einverstanden mit einem Austausch der Gefangenen. Seht Ihr, John, unsere Chancen haben sich deutlich gebessert, seit Henry solche Entscheidungen selbst trifft. Er hat Gloucesters Gegenargumente höflich angehört und dann verkündet, dass Edmund sich um den Austausch bemühen soll. Dieses Mal dürfen wir wirklich hoffen.«

John sagte nichts. Er hatte schon so oft gehofft. So viele Jahre lang.

»Der König weiß, es wird Zeit, dass wir mit dem Dauphin und Burgund ernsthaft über einen Waffenstillstand verhandeln.«

»Ja. Solange wir noch irgendetwas besitzen, worüber wir verhandeln können«, erwiderte John bissig.

Die Nachrichten aus Frankreich waren schlecht: Die Burgunder und die Dauphinisten hatten englische Gebiete in der Normandie belagert und teilweise erobert. Die Zahl der Städte, die von englischen Truppen kontrolliert wurden, schmolz.

»Wohl wahr«, stimmte der Kardinal zu. »Richard of York war keine gute Wahl als Ersatz für den armen Bedford. Er ist zu jung, ich habe es gleich gesagt.«

Wie so oft sah John sich genötigt, den Duke of York in Schutz zu nehmen. »Auch junge Männer können große Taten vollbringen, Mylord, denkt an Harry. Aber Yorks Aufgabe ist aussichtslos. Er kann nicht an zwei Fronten gleichzeitig kämpfen.«

»Nein. Und er will auch nicht mehr. Abgesehen von den fruchtlosen Mühen wird es ihm zu teuer. Seit er gemerkt hat, dass die Krone den Sold seiner Männer nicht zahlen kann, hat er den Geschmack an seinem Kommando verloren. Der König hat ihm angeboten, das Amt als Oberbefehlshaber um ein Jahr zu verlängern, aber York hat höflich dankend abgelehnt.« Er beugte sich ein wenig vor und hob den beringten Zeigefinger. »Er ist einer der reichsten Männer Englands, John. Kein Adliger hält so viel Land wie er. Aber er befindet es nicht für nötig, etwas von seinem Reichtum für die Interessen seines Königs zu opfern. Wer solche Vasallen hat, braucht keine Feinde mehr.«

»Mylord …«

»Und was macht Gloucester? Er stärkt ihm den Rücken. Um Yorks politisches Gewicht auf seine Seite zu bringen.«

John nickte. »Gegen Euch.«

»So ist es.« Er nahm einen ordentlichen Zug aus seinem Becher.

»Und wer wird für York nach Frankreich geschickt?«, fragte John neugierig. Es war eine undankbare Aufgabe geworden, und der Hochadel hatte schon lange den Geschmack am Krieg verloren.

»Der einzige Mann, der dem König die Bitte nicht abschlagen wird: Richard Beauchamp, der Earl of Warwick.«

»Das ist gut!«, befand John. »Ein hervorragender Soldat mit großer Erfahrung.«

Beaufort grinste wissend. »Und weil Ihr ihn nicht ausstehen könnt, ist er Euch in Frankreich lieber als in England. Aber ich sag Euch eines, John …« Er unterbrach sich, weil nach einem kurzen Anklopfen die Tür geöffnet wurde. Lady Adela trat ein, und in ihrer Begleitung war ihre Nichte, Margaret Beauchamp.

Die Männer erhoben sich. John begrüßte seine Schwiegermutter, beantwortete ihre vielen Fragen nach Juliana, Kate und den kleinen Zwillingen, und wandte sich dann Margaret Beauchamp zu. Sie war ganz in Schwarz gekleidet.

»Lady Margaret … Ihr seid in Trauer?«

Sie nickte. »Zumindest *trage* ich Trauer, Sir John«, erwiderte sie. Ihre Miene war ernst, aber das Grübchen im Mundwinkel verriet sie. »Mein Gemahl ist vor einem Monat gestorben.«

»Unbetrauert«, fügte der Kardinal überflüssigerweise hinzu.

Margaret hob die schmalen Schultern, aber für einen Moment stahl sich ein Ausdruck von Bitterkeit in ihr Gesicht. »Väter verlangen zu viel von ihren Töchtern, Eminenz, wenn sie erwarten, dass wir nicht nur ihrem Willen gehorchen, sondern auch noch heucheln, es wäre der unsere. Ich habe Oliver St. John geheiratet, weil es der Wunsch meines Vaters war, und mich nie beklagt, weil das für meinen Vater peinlich gewesen wäre. Aber nun hat mein eheliches Jammertal ein Ende, und ich sage Euch ehrlich: Ich bin lieber St. Johns Witwe als seine Frau, und eine Witwe will ich auch bleiben. Also wofür Ihr mich auch herbestellt habt - wenn es mit einem Mann zu tun hat, dann könnt Ihr es Euch gleich wieder aus dem Kopf schlagen. Und Ihr solltet Euch schämen, nicht einmal mein Trauerjahr abzuwarten.«

Der Kardinal lächelte anerkennend. Zu John sagte er: »Sie sieht Juliana nicht nur ähnlich wie eine Schwester, sie hat auch das gleiche Temperament, oder?«

John zog sich mit einem höflichen Lächeln aus der Affäre

und dachte, welch eine glückliche Fügung es war, dass seiner Tochter die Wahl, die er für sie getroffen hatte, so offensichtlich zusagte.

Mit einer Geste lud Beaufort die Damen ein, Platz zu nehmen, und fuhr dann fort: »Ich habe nach Euch geschickt, weil ich Euch um eine Gefälligkeit bitten möchte, mein Kind.«

Margaret lächelte, offenbar erleichtert. »Wenn es in meiner Macht steht, gewiss, Eminenz.«

»John hat dem König heute die Wahrheit über Katherine und Tudor gesagt.«

Die beiden Damen zogen scharf die Luft ein.

»Der König ist überglücklich, drei Brüder zu haben. Er will nächste Woche aufbrechen, um sie in Barking zu besuchen …«

»Was machen die Jungen in Barking?«, fragte Margaret verwundert.

»Dazu kommen wir gleich. Der König will sie besuchen, um sie kennen zu lernen, doch er ist der Meinung, dass sie dort bleiben sollen, bis sie ein wenig älter sind. Das heißt, wir können sie nicht zu ihrem Vater nach Wales schicken, denn das ist nicht der Wunsch des Königs. John wird Tudor einen Boten senden, um ihn von den neuen Entwicklungen in Kenntnis zu setzen, und Tudor wird nach England zurückkehren, um in der Nähe seiner Söhne zu sein.«

»Verrückt genug wär er dafür«, stimmte Lady Margaret zu. »Ich kenne keinen anderen Mann, der so an seinen Kindern hängt.«

»Ihr verwaltet die Ländereien Eures Gemahls, bis Euer Sohn mündig wird, Lady Margaret?«

»Natürlich.«

»Darunter ist ein Gut, das an das Kloster von Barking angrenzt.«

»Wirklich? Das wusste ich nicht.«

»Nun, das macht nichts, ich weiß es ja«, entgegnete Beaufort. »Würdet Ihr es Tudor zur Verfügung stellen, und zwar so, dass Gloucester nichts davon erfährt?«

Sie nickte ohne das geringste Zögern. »Natürlich, Mylord.«

Er lächelte ihr zu. »Gutes Kind.«

»Aber sagt uns, John, warum habt Ihr das getan?«, fragte Lady Adela. »Dem König von seiner Mutter und Tudor berichtet? Seine Reaktion hätte auch ganz anders ausfallen können.«

»Das ist wahr, Madam. Aber mir blieb keine Wahl. Denn irgendwie hat Gloucester die Wahrheit herausgefunden. Er hat Arthur Scrope nach Waringham geschickt, um die Tudor-Söhne zu holen und Gott weiß was mit ihnen zu tun. Wir konnten verhindern, dass sie die Kinder in die Hände bekamen, aber ich hatte das Gefühl, dass die Knaben nur unter dem Schutz des Königs wirklich sicher sind.«

»Woher in aller Welt konnte Gloucester wissen, dass die Kinder bei Euch waren?«, fragte Lady Margaret. »Nicht einmal ich wusste davon.«

John hob ratlos die Schultern.

Der Kardinal sah ihn ernst an. »Es ist eine Frage, über die Ihr dringend einmal nachdenken solltet, mein Sohn«, riet er. »Es spricht alles dafür, dass Gloucester einen Spion in Waringham hat.«

Westminster, Juni 1437

Der Duke of Gloucester war erwartungsgemäß zornig darüber, dass die Tudor-Söhne ihm durch die Finger geschlüpft waren, und ließ abscheuliche Gerüchte über Katherine und Tudor verbreiten. Dass sie nie geheiratet hätten und ihre Kinder Bastarde seien, war noch das harmloseste, nebenbei das durchschaubarste. Er nutzte seinen Einfluss im Kronrat, um Klage gegen Owen Tudor zu erheben und ihn nach Westminster vorzuladen.

Im Juni schließlich kehrte Tudor nach England zurück. Nicht weil die Vorladung des Kronrats ihn auch nur im Mindesten beeindruckt hätte, sondern weil er es nicht länger aushielt, seinen Söhnen so fern zu sein. Und um ihretwillen ließ er Vorsicht walten: Als er in Westminster eintraf, begab er sich nicht in den Palast, sondern auf kürzestem Wege in die Kathedrale und bat um Kirchenasyl. Der Abt gewährte es, ohne Fragen zu stellen, denn er fürchtete Gloucesters Zorn nicht. Dieses Recht war weit älter und ehrwürdiger als alle, die Englands weltliche Herrscher je eingeführt hatten.

John erfuhr erst von Tudors Rückkehr, als er drei Tage später mit dem König von Windsor nach Westminster kam. Sobald er sich freimachen konnte, ging er zu der großen Klosterkirche hinüber. Die Vesper war vorüber. Warmes Sommerabendlicht fiel durch die zahlreichen hohen Glasfenster auf den hellen Sandsteinboden. Goldene Staubkörnchen tanzten darin, und in der Stille konnte man meinen, Gottes Gegenwart zu spüren.

Wie John erwartet hatte, fand er seinen Freund in der wundervollen kleinen Votivkapelle, die König Harry einst hatte bauen lassen und wo er selbst und seine Königin nun ruhten.

»Sieht ihr ähnlich, oder?« John wies auf die Statue der Königin auf dem steinernen Deckel der Gruft.

Tudor schaute auf und nickte. »Wer immer dieses Gesicht gemeißelt hat, muss sie geschätzt haben, denn er hat die Spuren der Krankheit ausgelöscht und zeigt der Nachwelt die Katherine, die sie vorher war.« Er war schmaler geworden. Die Augen lagen tief in den Höhlen, und ein paar graue Fäden durchzogen die roten Locken und den Bart. »Wusstest du, dass wir eine Tochter hatten?«

John schüttelte verwundert den Kopf.

»Hm. Sie hieß Caitlin wie ihre Mutter und war ihr Abbild. Aber sie ist nur vier Monate alt geworden. Danach kam unser Owen und war uns ein Trost, aber ich weiß, die Königin hat sich immer danach gesehnt, eine Tochter zu haben.« Er hob kurz die Schultern. »Es sollte nicht sein.«

»Seltsam, dass sie nicht einmal Juliana davon erzählt hat. Das ist ein Kummer, in dem meine Frau wahrhaftig Expertin ist.«

»Katherine hat niemals darüber gesprochen. Auch zu mir

nicht. Sie hat den Tod des Kindes wie eine gerechte Strafe hingenommen und kein Wort mehr darüber verloren. Es war … der Anfang vom Ende, denke ich.«

John fröstelte.

»Meinen Söhnen geht es gut?«, fragte Tudor.

»Prächtig. Catherine de la Pole, die Äbtissin von Barking, ist eine großartige Frau. Sie vergöttert ihre kleinen Gäste, aber sie lässt sich nicht auf der Nase herumtanzen. Du kannst beruhigt sein.«

»Ich reite hin, sobald der König mich entlässt.«

»Ich habe ihnen gesagt, dass du bald kommst. Sie waren außer Rand und Band vor Freude.« John unterbrach sich kurz, dann fuhr er fort: »Sie vermissen ihre Mutter, keine Frage. Aber sie sind zähe kleine Burschen, alle drei. Fröhlich, wagemutig und meistens voller Übermut. So, wie ich mir unseren Julian einmal wünsche. Du kannst stolz auf sie sein.«

Plötzlich lächelte Tudor. Es verwandelte ihn auf einen Schlag zurück in den Flegel von einst. »Du hast mir nicht zufällig was zu essen mitgebracht, Waringham?«

»Doch.« John streckte ihm einen ledernen Beutel hin. »Und deinen Gaul versorgt.«

Tudor setzte sich im Schneidersitz auf die kalten Steinfliesen und packte Brot, Wurst, Weinschlauch und Becher aus. »Ha. Ein wahrer Freund.«

Er schenkte ein, und sie teilten den Becher wie Hunderte zuvor.

»Ich bringe dir noch etwas Besseres«, bemerkte John und reichte Tudor eine zusammengerollte Urkunde, die das Große Siegel trug.

Der Waliser biss herzhaft von der fetten Rindswurst ab und überflog die wenigen Zeilen. »Der König sichert mir freies Geleit zu?«, fragte er kauend.

John nickte. »Und der Kronrat ebenfalls. Das heißt, nicht einmal Gloucester kann es wagen, hinter Henrys Rücken Hand an dich zu legen. Du brauchst nicht länger hier zu kampieren, Owen.«

Tudor schaute zu Katherines Ruhestätte hoch. »Schade. Ich glaube nicht, dass ich mich schon losreißen will.«

John ging nicht darauf ein. Er konnte keinen Sinn darin erkennen, tagelang an einer Gruft zu verweilen, denn ganz gleich, was man sagte, dachte oder tat, die Seele kehrte nicht zurück, und das Gesicht der Statue blieb kalt und reglos. Da Gott ihm im Gegensatz zu seinem Freund jedoch bislang so gnädig gewesen war, ihm seine Frau zu lassen, hatte er nicht das Gefühl, sich ein Urteil erlauben zu können.

»Der König wünscht dich zu sehen«, begann er behutsam. »Natürlich ist diese ganze Sache nicht leicht für ihn …«

»Vermutlich will er mir persönlich den Kopf abschlagen und hat Gloucester deswegen zurückgepfiffen, was?«

Bei der Vorstellung musste John unwillkürlich lächeln. Er hatte Henry noch nie im Zorn eine Waffe erheben sehen. »Tu dir selbst den Gefallen und lass ihn nicht allzu lange warten.«

Der Sternensaal im Palast zu Westminster war ein großer, prunkvoll ausgestatteter Raum mit verschwenderisch großen Glasfenstern, einer mit Sternenkonstellationen bemalten Decke, die ihm seinen Namen gab, und einem langen Tisch, an welchem der Kronrat tagte.

Tudor verharrte einen kurzen Moment an der Tür, um sich umzuschauen. Wenn der prächtige Saal und die Anwesenheit der vielen mächtigen Lords ihn einschüchterten, so war es ihm zumindest nicht anzumerken. Mit festem Schritt ging er auf den König zu und kniete vor ihm nieder. »Gott segne Euch, *Majesté*«, sagte er auf Französisch.

»Sprecht Englisch, Ihr unverfrorener walisischer Schurke!«, schnauzte Gloucester, dessen Französisch so miserabel war wie einst das seines Bruders Harry. »Ihr könnt Euch die Mühe sparen, uns den Edelmann vorzuspielen. Niemand fällt darauf herein.«

»Euch hingegen könnte es nicht schaden, Euch auf die Manieren eines Edelmannes zu besinnen, Mylord of Gloucester«, entgegnete Tudor auf Englisch – scheinbar ungerührt.

Kardinal Beaufort lachte leise vor sich hin, und einige der Lords stimmten ein. Gloucester errötete wie ein wütender Bengel, dann wurde sein Ausdruck finster.

»Mit Verlaub, Onkel«, sagte der König höflich, aber bestimmt zu ihm. »*Ich* habe Master Tudor herbestellt.« Er nickte dem Waliser zu, ohne zu lächeln. »Ihr dürft Euch erheben, Sir.«

Tudor stand auf und trat zwei Schritte zurück, damit er den Raum im Blick hatte.

»Ist es richtig, dass Ihr während der letzten Jahre der … Gefährte der Königinmutter wart, Sir?«, fragte Henry.

»Ihr Gefährte, ihr Freund und ihr Gemahl, Sire.«

Gloucester schnaubte unüberhörbar. »Das hätte sie niemals gewagt.«

»Wie Ihr seht, gibt es Zweifel, Master Tudor.« Die Miene des Königs war bekümmert. Tudor hatte von John genug über Henry erfahren, um zu verstehen, dass der König vor allem um das Seelenheil seiner Mutter besorgt war.

»Eure Mutter und ich wurden am Tag nach Mariä Lichtmess vor sieben Jahren im Angesicht Gottes ordentlich getraut.«

»Von wem?«, fragte Henry.

»Vater Alexander Neville, Sire. Er war der Beichtvater Eures Großonkels Exeter und der Bruder Eures Leibwächters Simon Neville.«

Das Gesicht des Königs hellte sich merklich auf.

»Aber dummerweise brach er sich wenig später den Hals«, warf Gloucester ein. »Wie seltsam, dass Ihr ausgerechnet den Namen eines Priesters anführt, den wir nicht mehr befragen können.«

Tudor sah ihn an, als wolle er ihm die Kehle durchschneiden, aber er hielt seine Stimme im Zaum. »Es gab Zeugen, Mylord.«

Gloucester verschränkte die Arme. »Jetzt sind wir gespannt. Wen?«

Da der Waliser einen Moment zögerte, antwortete John, der nicht zufällig an der Tür auf Wache stand. »Meine Frau und ich, Mylord of Gloucester.«

Gloucester stieß einen Laut aus, als habe er einen ordentlichen Schluck Milch getrunken und dann festgestellt, dass sie sauer war. »*Ihr*? Wieso bin ich eigentlich überrascht …«

»Sieh dich vor, Humphrey«, murmelte der Kardinal drohend. »Überleg dir lieber gut, ob du John of Waringhams Wort in Zweifel ziehen willst.«

»Ich bin gerne bereit, jeden Eid darauf zu schwören«, fügte John an den König gewandt hinzu.

Henry schüttelte den Kopf. »Das wird nicht nötig sein, Sir. Seid nur so gut und erklärt mir, wieso ausgerechnet Ihr und Lady Juliana dieser fragwürdigen Trauung beigewohnt habt.«

»Weil Alexander Neville unser Hauskaplan in Waringham war. Ich habe ihn überredet, es zu tun.«

»Wahrlich und wahrlich, das Ausmaß Eurer Rolle in dieser unseligen Angelegenheit habt Ihr mir bislang verschwiegen, Sir John«, bemerkte der König streng.

Der Captain der Leibwache bekam allmählich das unangenehme Gefühl, dass der kollektive Unmut des Kronrats sich von dem eigentlichen Übeltäter – nämlich Tudor – auf ihn selbst übertrug. »Ich dachte nicht, dass die Einzelheiten so wichtig seien, Sire.«

Der König bedachte diese schwache Ausrede mit dem Schnauben, das sie verdiente. »Warum habt Ihr das getan, Sir?«

»Weil die Königin und Owen Tudor mich darum gebeten hatten, mein König.« Er verschwieg, dass Katherine zu dem Zeitpunkt schon guter Hoffnung gewesen war. Gloucester hätte Kapital daraus geschlagen, und es hätte den König befremdet, der Zukunft des kleinen Edmund womöglich geschadet.

Der König entließ ihn aus seinem strengen Blick, den er nun wieder auf den Mann richtete, der vor Gott sein Stiefvater war. »Der Kronrat hatte eine neuerliche Eheschließung der Königinmutter untersagt, Master Tudor. Der Duke of Gloucester ist daher der Auffassung, dass Ihr ein Verräter seid.«

»Da unsere Heirat weder Euch noch England Schaden zugefügt hat, habe ich Mühe, dem Duke of Gloucester zu folgen, Sire.«

Gloucester beugte sich vor und hob anklagend einen Zeigefinger. »Wollt Ihr uns weismachen, dass Ihr nie mit dem Gedanken gespielt habt, den König eines Tages zu entmachten und durch einen Eurer Söhne zu ersetzen, Tudor?«

Der nickte. »Ja, allerdings, Mylord, das will ich Euch weismachen. Das Geburtsrecht des Königs leitet sich von dessen Vater her, den ich, nebenbei bemerkt, sehr verehrt habe und zu dem meine Söhne keinerlei verwandtschaftliche Beziehung haben.« Er ballte für einen Moment die Fäuste. John sah, dass es seinem Freund immer schwerer fiel, sich zu beherrschen. »Was ich an Eurer Unterstellung besonders widerwärtig finde, Gloucester, ist, dass Ihr indirekt die Königin bezichtigt, gegen ihren Sohn intrigiert zu haben. Zu solch einem monströsen Vorwurf gibt es keinerlei Veranlassung. Obendrein ist die Königin tot und kann sich nicht rechtfertigen. Wie tief wollt Ihr noch sinken?«

»Ihr verfluchter …«

Der König hob langsam die Hand. »Das ist genug.«

Augenblicklich verstummte der Herzog.

Henry wartete, bis Füßescharren und Raunen sich gelegt hatten. »Es bleibt die Tatsache, Master Tudor, dass Ihr wissentlich gegen eine Verfügung des Kronrats verstoßen habt. Rechtlich betrachtet also gegen den Willen Eures Königs.«

Tudor zeigte ein kleines Lächeln. »Ich bin kein Rechtsgelehrter, Sire, aber wenn ich mich richtig entsinne, macht mich das nach Euren englischen Gesetzen zum Verbrecher, nicht zum Verräter.«

Der junge König hatte Mühe, seine strenge Miene zu wahren. »Und diese Erkenntnis findet Ihr erheiternd, Sir?«

Tudor hob kurz die Schultern. »Es ist zumindest ein tröstlicher Gedanke, dass es mir aller Voraussicht nach erspart bleiben wird, in Tyburn zur Belustigung der Menge ausgeschlachtet und gevierteilt zu werden.«

»Und was sollen wir Eurer Meinung nach stattdessen mit Euch tun?«

»Ich denke, ich möchte Euch lieber keine Vorschläge unterbreiten, die mir später Leid tun könnten, mein König.«

Die Mehrheit der Lords schmunzelte. Kardinal Beaufort war nicht der Einzige, der Tudors Vergehen für eine lässliche Sünde hielt.

Plötzlich trat Tudor wieder einen Schritt näher auf den König zu, sah dem jungen Mann einen Moment länger in die Augen, als sich gehörte, und sank dann vor ihm auf ein Knie. »Wie immer Euer Urteil lauten mag, Sire, ich werde niemals bereuen, Eure Mutter geheiratet zu haben. Das kann ich nicht. Sie war eine wundervolle Frau und hat mir die besten Jahre meines Lebens geschenkt. Aber es stimmt, ich habe gegen Eure Gesetze verstoßen, also muss ich vermutlich dafür büßen. Ich bitte Euch nur um eins: Denkt nicht schlecht von Eurer Mutter. Das hat sie nicht verdient. Auch wenn die Umstände sie oft von Euch fern gehalten haben, galten ihr erster Gedanke, ihre Sorge und ihre Gebete immer Euch und Eurem Wohlergehen. Sie hat Euch geliebt, und sie war so stolz auf Euch. Sie … sie hätte sich eher die Kehle durchgeschnitten, als ein Haar auf Eurem Haupt zu krümmen, Sire.«

Das bartlose Gesicht des Königs war rot geworden, und seine Augen strahlten. Es kostete ihn offenkundig Mühe, die Tränen zurückzudrängen und Haltung zu bewahren – aber es gelang.

Henry räusperte sich. »Erhebt Euch, Master Tudor. Wir können keine ernstliche Schuld in Euren Handlungen erkennen, und darum seid Ihr frei zu gehen, wohin es Euch beliebt. Die einzige Bedingung, die Wir stellen, ist, dass Ihr Unsere Brüder an Unseren Hof kommen lasst, wenn sie ein wenig älter geworden sind. Solltet Ihr dann den Wunsch haben, sie zu begleiten, werdet Ihr Uns immer willkommen sein.« Er wandte den Kopf und sah seinem Onkel Gloucester in die Augen. »Wir bekunden hiermit öffentlich und geben zu Protokoll, dass Owen Tudor alle mutmaßlichen Vergehen gegen die Krone vergeben und Wir von seiner unverbrüchlichen Treue und Freundschaft überzeugt sind.«

Er hob Tudor auf und umarmte ihn. Dann setzte er sich wieder in seinen Sessel und vollführte eine etwas ungeduldige, wedelnde Bewegung. »Habt vielen Dank, Mylords. Das war für heute alles.«

Owen Tudor besuchte seine Söhne in Barking, und genau wie John war er äußerst angetan von der Äbtissin. Catherine de la Pole war eine lebhafte, für das Amt erstaunlich junge Frau, die überzeugt war, auch dann das Werk des Herrn zu tun, wenn sie mit ihren kleinen Gästen Blindekuh spielte.

Die drei Tudor-Jungen waren selig, ihren Vater endlich wiederzusehen, doch Tudor blieb nicht lange, und er lehnte das nahe gelegene Landgut ab, das Margaret Beauchamp ihm so großzügig angeboten hatte. Er wusste, es war zu gefährlich, in England zu bleiben, denn er bezweifelte, dass Gloucester die Weisung des Königs befolgen oder der Urkunde, die dem Waliser freies Geleit zusicherte, Beachtung schenken würde.

Er hatte sich nicht getäuscht. Auf der Rückreise nach Wales überfielen ihn Arthur Scrope und seine Hünen in einem Wald in Berkshire aus dem Hinterhalt, knüppelten ihn nieder und schafften ihn zu Lady Eleanor Cobhams Haus in London.

»Und was machen wir nun mit ihm?«, fragte die Dame des Hauses und schaute lächelnd in die schwarzen Augen des Mannes, der blutend, gefesselt und geknebelt zu ihren Füßen lag. Owen Tudor erkannte auf einen Blick, was er vor sich hatte. Da seine Hände gefesselt waren, war es ihm nicht möglich, das Zeichen gegen den bösen Blick zu machen, und so schloss er einfach die Augen und bat den heiligen David um Schutz vor dieser Dienerin der finsteren Mächte.

»Wieso habt Ihr ihn überhaupt hier angeschleppt, statt ihn gleich zu töten, Scrope?«, fügte Lady Eleanor ungehalten hinzu.

»Weil ich es befohlen habe«, antwortete Gloucester. Auch er sah auf Tudor hinab, doch er lächelte nicht. Er hasste diesen verfluchten Waliser, der ihn mit seinem losen Mundwerk früher so oft vor seinem Bruder, dem König, bloßgestellt hatte, der seit jeher mit den verfluchten Beauforts unter einer Decke steckte und der – das war das Schlimmste – die schönste Frau der Welt besessen hatte, nach der Gloucester sich immer vergeblich verzehrt hatte. Und dabei war er ein *Niemand*. »Ich will nicht, dass er einfach nur stirbt. Das reicht nicht. Wir sperren ihn ein.«

»Soll ich ihn zum Tower schaffen?«, fragte Arthur Scrope.

»Zum Tower?«, wiederholte Gloucester und lachte. Mit dem schweren Stiefel trat er dem Waliser in den Magen, und Tudor rollte sich zusammen und hustete erstickt in seinen Knebel. Dennoch hörte er Gloucesters Stimme über sich: »In den Tower kommen Edelleute, Sir Arthur. Für solches Gesindel hier haben wir etwas Besseres.«

Und am nächsten Tag war Owen Tudor spurlos verschwunden.

Waringham, November 1437

John fand die ganze Familie im Wohngemach über der Halle versammelt: Eugénie und Kate hatten ihren Stickrahmen ans Fenster gerückt, um das wenige trübe Licht zu nutzen, das hereinfiel, und arbeiteten gemeinsam an der Krippenszene für die Abtei von Havering. Raymond und Robert saßen am Tisch und spielten lustlos eine Partie Schach. Juliana kniete am Boden und entzückte Julian und Blanche mit einem wunderbar geschnitzten Schiff auf Rollen. Sie hatte die Binsen beiseite gefegt, sodass es auf den glatten Steinfliesen ungehindert fahren konnte. Krähend krabbelten die Zwillinge hinterher und griffen mit ihren rundlichen, ungeschickten Händchen nach dem kostbaren Spielzeug, das ihre Mutter jedoch immer außer Reichweite hielt.

Plötzlich hob sie den Kopf und entdeckte ihren Mann an der Tür. »John!« Leichtfüßig wie ein junges Mädchen sprang sie auf, trat zu ihm und legte die Arme um seine Taille. Ihre Wangen waren gerötet, denn es war warm in dem behaglichen Gemach, und sie duftete verführerisch nach Rosenöl und Mandeln.

John zog sie an sich und küsste sie – wegen der versammelten Zuschauer nur sittsam auf die Stirn. »Da bin ich.«

Lächelnd schaute sie zu ihm hoch. Die Wärme ihrer dunklen Lancaster-Augen schien die klamme Herbstkälte auf einen Schlag aus seinen Gliedern zu vertreiben.

»Gott sei gepriesen«, murmelte sie.

»Vater!« Kate ließ die Nadel achtlos fallen, was ihr ein ungeduldiges »Tse!« ihrer Tante eintrug, und lief zu ihm. »Hast du Simon mitgebracht?«

Alle lachten, sodass Kate errötete, aber sie hielt den Kopf hoch.

John küsste auch ihr die Stirn. »Dieses Mal leider nicht, Engel. Du weißt ja, er ist mein Stellvertreter, und einer von uns muss immer beim König sein. Wir müssen uns für eure Hochzeit etwas einfallen lassen. Am besten heiratet ihr bei Hofe.«

Sie winkte erschrocken ab. »Bloß nicht …«

John klopfte seinem Bruder im Vorbeigehen die Schulter. »Mylord.« Dann hockte er sich zu den Zwillingen, die sich erwartungsgemäß daran gemacht hatten, das Schiff in seine Einzelteile zu zerlegen. John nahm jedes der Kinder auf einen Arm und begrüßte sie trotz ihres lautstarken Protests. Dann hatte er ein Einsehen, ließ sie weiter spielen und betrachtete sie hingerissen. Mit zehn Monaten waren ihre Züge ausgeprägt genug, um zu erkennen, welche Familienähnlichkeiten sich abzeichneten. Julian war ein waschechter Waringham: blond gelockt, kornblumenblaue Augen und ein paar Sommersprossen links und rechts der Stupsnase. Nicht aus der Art geschlagen wie dein Vater, dachte John lächelnd. Blanche hatte hingegen so schwarzes Haar wie ihr Vater und ihre Großmutter, nach der sie benannt war, aber Julianas Augen. Eine Lancaster. Und als er das dachte, verspürte er einen Stich, denn er ahnte, dass Gloucesters Eifersucht und Hass sich auch gegen seine winzige Tochter richten würden. Behutsam fuhr er ihr mit einem Finger über den schwarzen Schopf und schwor sich, dass Gloucester sie niemals zu Gesicht bekommen sollte.

»Wie lang kannst du bleiben?«, fragte der Earl und lud seinen

Bruder mit einem Wink ein, am Tisch Platz nehmen. »Robert, schick nach Wein«, wies er seinen Sohn an.

Der Junge stand wortlos auf und ging zur Tür.

»Bis Weihnachten«, antwortete John. »Einen ganzen Monat. Es wird höchste Zeit, dass der Steward sich endlich wieder einmal um die Geschäfte von Waringham kümmert, nicht wahr?«

Raymond winkte ab. »Du weißt ja, inzwischen habe ich selbst begriffen, wie man die Bücher führt.«

Aber du lässt dir vom Reeve auf der Nase herumtanzen, dachte John. Seit einiger Zeit hatte er sogar den Verdacht, dass der Mann, der eigentlich nur zu überwachen hatte, dass die Anordnungen der Gutsverwaltung befolgt wurden, Raymond bestahl. Doch das würde er mit seinem Bruder erörtern, wenn sie einmal unter sich waren.

»Wie kommt es, dass Robert zu Hause ist?«, fragte er stattdessen. Er gab sich keine große Mühe, Freude zu heucheln.

Raymond hob mit einem resignierten Seufzen die Schultern. »Westmoreland hat ihn mit einer seiner Mägde erwischt und in Schimpf und Schande heimgeschickt.« Aber es klang nachsichtig. Das war ein Vergehen, das Raymond für verzeihlich hielt, wusste John.

Juliana gesellte sich zu ihnen und nahm neben ihrem Mann Platz. Sie ergriff seine Hand und bemerkte: »Ich wünschte, du könntest einmal über Weihnachten zu Hause sein.«

»Du weißt, es ist müßig, darüber zu reden«, antwortete er. Zu Weihnachten hielt der König traditionell Hof, und dann ging immer alles drunter und drüber. Das war keine Zeit, zu welcher der Captain der königlichen Leibwache sich absentieren konnte. »Aber wenn du willst, nehme ich dich mit«, schlug er vor.

Julianas Blick wanderte zu den Zwillingen am Boden, und sie antwortete nicht sofort. Die Kinder waren noch zu klein, um sie mit an den Hof zu nehmen, und der Gedanke, von ihnen getrennt zu sein, war schmerzlich. Doch es war ihr ebenso unerträglich, John oft wochenlang nicht zu sehen. »Wir reden noch darüber«, sagte sie schließlich.

Sie meinte: Wenn wir allein sind, wusste John. Und das

war auf dieser Burg leider selten der Fall, meist nur dann zu bewerkstelligen, wenn sie sich abends in ihre Kammer zurückzogen. John hatte schon oft davon geträumt, auf der anderen Seite des Burghofs für sich und die Seinen einen weiteren kleinen Wohnturm zu bauen. Aber das würde ein Traum bleiben. Für solcherlei Luxus fehlte ihm das Geld.

Robert kam zurück und setzte sich schweigend an seinen Platz. Er strahlte Verdrossenheit aus. Mochte sein Vater seinen Verweis von Westmorelands Hof auch auf die leichte Schulter nehmen, Robert selbst war offenbar zornig darüber. Doch genau wie Eugénie, schenkte John auch Robert keine weitere Beachtung und hatte sie beide nur mit einem kühlen Nicken begrüßt.

»Tja, jetzt ist es offiziell«, berichtete er seinem Bruder und Juliana. »Gestern haben der König und der Kronrat in einer feierlichen Zeremonie die zukünftigen Machtverhältnisse niedergelegt. In allen wichtigen Fragen entscheidet der König. In Routineangelegenheiten muss der Kronrat ihn konsultieren, wenn nicht mindestens eine Mehrheit von zwei Dritteln zustande kommt. Tatsache ist: Von heute an regiert Henry England allein.«

Raymond brummte. »Wurde auch Zeit. Nächsten Monat wird der König sechzehn. In dem Alter war sein Vater schon drei Jahre Soldat.«

»Und der Schwarze Prinz hat mit sechzehn bei Crécy schon die Blüte des französischen Adels niedergemetzelt«, warf Robert ein.

Sein Vater bedachte ihn mit einem warnenden Blick. »Nimm dich in Acht, Söhnchen.«

Roberts Augen funkelten mutwillig. Er wusste ganz genau, dass in Waringham niemand den Schwarzen Prinzen erwähnte, wenn es nicht unumgänglich war. Der Prinz hatte Raymonds und Johns Großvater verraten und ermorden lassen. Er war ein Feind derer von Waringham gewesen, und darum nahm man seinen Namen hier nicht in den Mund.

Ehe Vater und Sohn eines ihrer häufigen Wortgefechte

beginnen konnten, kam Rose herein und stellte einen dampfenden Krug Würzwein auf den Tisch. »Hier, Mylord. Lasst ihn Euch schmecken.«

Raymond dankte ihr mit seinem Verführerlächeln, das Rose immer noch zum Lachen bringen konnte.

»Wo steckt Alys?«, fragte der Earl zerstreut.

»Das wüsste ich auch gern«, erwiderte die Magd gallig, füllte vier Becher und ging hinaus.

Raymond nahm das Gespräch mit John wieder auf. »Gloucester und Kardinal Beaufort haben den König lange genug gegängelt. Das Beste wäre, er ginge für ein halbes Jahr mit Warwick auf den Kontinent. Schließlich ist er auch der König von Frankreich, oder? Ein paar Monate Krieg würden schon einen Mann aus ihm machen.«

John verdrehte die Augen zur Decke. Das hörte er weiß Gott nicht zum ersten Mal. Er konnte verstehen, dass Raymond nicht gut auf den König zu sprechen war, denn Henry hatte sich nie die Mühe gemacht, ihr Zerwürfnis aus den lange vergangenen Tagen von Rouen auszuräumen. Nur er konnte den ersten Schritt tun, aber Raymond wartete immer noch vergeblich darauf. Diese Tatsache war auch für John schmerzlich und unverständlich, aber sie trübte seinen Blick nicht: »Er wird niemals so werden wie sein Vater, Raymond …«

»Das hab ich ja immer gesagt.«

»… aber deswegen kann er trotzdem ein guter König sein. Und das wird er, glaub mir.«

»Ach, John, du willst mir doch nicht weismachen …« Raymond brach ab, weil es an der Tür klopfte. »Immer herein, nur keine Scheu!«, rief er.

Patrick Fitzalan, einer seiner jüngeren Ritter, steckte den Kopf durch die Tür. »Sir John, ein komischer Kauz ist am Tor und wünscht Euch zu sprechen.«

»Und hat er einen Namen?«

»Falls ja, wollte er ihn mir nicht verraten. Soll ich ihn davonjagen? Er sieht abgerissen aus, fast wie ein Bettler, aber er hat nach Euch persönlich gefragt.«

John stand ohne große Lust auf. In Waringham war es nicht Sitte, Bettler zu verjagen, doch ebenso unüblich war es, dass sie nach dem Steward verlangten. »Ich seh ihn mir mal an.«

Er folgte dem jungen Fitzalan die Treppe hinab und über den Burghof. Ein eisiger Wind pfiff über die Hügel von Kent und verfing sich heulend im Torhaus. Die Wachen waren dementsprechend schlecht gelaunt und warfen dem Mann im zerlumpten Mantel und seinem altersschwachen Klepper finstere Blicke zu.

John trat auf ihn zu. »Ihr wünscht mich zu sprechen? Ich bin John of Waringham.«

Die Kapuze nickte. »Ich weiß, Sir John. Vermutlich werdet Ihr Euch kaum an mich erinnern. Mein Name ist Richard Tropnell.«

Johns Verwirrung dauerte nur einen Herzschlag, dann entsann er sich des Torhüters von Sandwich. »Den Mann, der mir das Leben gerettet hat, werde ich schwerlich vergessen, Master Tropnell.« Er schüttelte ihm die Hand. »Kommt, lasst uns nicht in der Kälte herumstehen.« Er wandte sich an eine der Torwachen. »Bring das Maultier in den Stall, Paul. Sieh zu, dass es ordentlich versorgt wird, es hat einen weiten Weg hinter sich.«

»Ja, Sir«, antwortete Paul ohne große Begeisterung.

John sah ihn scharf an. »Ich meine ordentlich, wenn ich ordentlich sage. Und noch heute, wenn's geht.«

Paul nahm das Maultier am Zügel und brachte es weg.

»Bitte, Sir John, ich will keine Umstände machen …«, sagte Tropnell verlegen.

John nahm seinen Arm und führte ihn über den Hof zum Bergfried. »Unsinn. Ihr müsst Euch aufwärmen, und was Ihr mir auch zu sagen habt, höre ich lieber im Trockenen als hier draußen im kalten Nieselregen.« Was immer es sein mochte, John ahnte, dass es keine Freudenbotschaft war.

Er brachte seinen unwilligen Gast zu seiner Kammer. Rose kam ihnen auf dem zugigen Korridor entgegen.

»Ah, das trifft sich gut. Bring uns einen Krug heißen Wein

und irgendwas Gutes zu essen für meinen Gast, Rose, sei so gut«, bat John.

Rose machte kehrt und ging in die Küche hinunter.

John wies Tropnell den bequemen Sessel am Kamin. Während der Torhüter seinen zu dünnen Mantel ablegte, schürte John das Feuer auf und legte zwei Scheite nach. »Hier, wärmt Euch, mein Freund.«

Tropnell nahm dankbar Platz und streckte die Hände den prasselnden Flammen entgegen. »Man wird nicht jünger, Sir John …«

Ehe John eine angemessene Erwiderung eingefallen war, öffnete sich ohne Vorankündigung die Tür, und Juliana kam mit einem Tablett herein. Sie stellte es auf dem Tisch ab und wandte sich lächelnd an den Fremden. »Ich will nicht stören, Gentlemen, aber ich war neugierig.«

»Juliana, das ist Master Tropnell aus Sandwich.«

Sie wusste sofort, wer der Mann war. »Master Tropnell!«, rief sie aus. »Das ist wahrhaftig eine große Freude.«

»Zu gütig, Madam«, murmelte der einfache Mann, der sich in dem feinen Gemach und in Gesellschaft der Dame sichtlich unbehaglich fühlte und sehnsüchtig darauf wartete, wieder mit John allein zu sein.

Juliana tat, als bemerke sie davon nichts, und setzte sich auf die Fensterbank. »Ich hoffe, Eure Frau ist wohl, Master Tropnell? Seit John Euer … Gast war, kann die Köchin hier ihn mit ihrem Hammeleintopf nicht mehr erfreuen.«

Die Augen unter den buschigen Brauen glommen kurz auf, und Tropnell fasste Zutrauen. »Es geht ihr prächtig, Madam.«

John schenkte Wein ein, dachte wohl zum tausendsten Mal, wie ähnlich Juliana in vieler Hinsicht ihrem Vater war, und wies einladend auf Brot und Fleisch. Dann lehnte er sich mit verschränkten Armen an den Tisch. »Vor meiner Frau könnt Ihr offen sprechen. Mir … ist inzwischen klar geworden, dass Ihr und Eure Freunde Lollarden seid. Ich billige weder Eure Bestrebungen noch das, was mein Bruder und mein Cousin hier tun. Aber ich bin Euch dankbar für das, was Ihr damals für mich getan habt, und weiß, dass ich Euch eine Gefälligkeit schulde.«

Beinah erschrocken legte der Gast die Bratenscheibe zurück, von der er abgebissen hatte, und erwiderte kopfschüttelnd: »Deswegen bin ich nicht gekommen, Sir John. Womöglich ist es eher umgekehrt, ich weiß es nicht.« Behutsam trank er von dem heißen Wein. Dann fuhr er fort: »Seht Ihr, es ist so: Einer unserer Londoner Freunde hat einen Sohn, der mit dem Gesetz in Konflikt kam und eine Weile eingesperrt war. Nicht wegen Häresie, sonst wäre er wohl kaum wieder rausgekommen. Weswegen spielt auch gar keine Rolle. Der Junge hat im Gefängnis die Hölle erlebt. Es ist für jeden die Hölle, aber für einen hübschen, jungen Kerl …« Sein Blick flackerte in Julianas Richtung, und er brach ab.

John nickte, aber seine Miene blieb unbewegt. Er konnte sich nicht vorstellen, worauf das hier hinauslaufen sollte, und war auf der Hut.

»Er hatte einen Mitgefangenen, der versucht hat, ihm zu helfen. Ein mutiger Mann, der offenbar lange im Krieg und nicht so leicht einzuschüchtern war. Aber die Wachen hatten wohl Anweisung, diesen Mann Stück für Stück umzubringen. Sie gaben ihm nichts zu essen. Und sie …« Wieder unterbrach er sich, als sein Blick zu Juliana wanderte. Dann setzte er neu an. »Als unser junger Freund entlassen wurde, fragte er seinen Beschützer, ob es denn niemanden gäbe, der ihm helfen könnte. Und der Mann nannte Euren Namen, Sir John.«

John fuhr auf. »Was? Wer ist es?«

Tropnell schüttelte den Kopf. »Der Junge hat seinen Namen nie erfahren. Nur dass es der Duke of Gloucester war, der ihm das eingebrockt hatte. Deswegen machte die Geschichte bei uns Lollarden die Runde, Sir. Wie Ihr vielleicht wisst, ist keine Liebe zwischen Gloucester und den Lollarden und …«

»Wie sah er aus?«, unterbrach John. »Irgendetwas müsst Ihr mir doch sagen können.«

»Er war Waliser und hatte feuerrotes Haar.«

Juliana stieß einen kleinen Schrei des Jammers aus und sprang auf. »O Gott, bitte nicht …«

John zog sie an sich, legte die Arme um sie und schaute über ihren gesenkten Kopf hinweg zu Tropnell. »Wo ist er?«

»Im Newgate.«

Oh, Jesus Christus, steh uns bei, dachte John. Und keine Stunde später brach er auf.

»Bitte den Earl of Suffolk um Hilfe oder den Lord Chamberlain«, hatte Juliana vorgeschlagen.

»Nein. Es sind gute Männer, aber sie werden keinen Finger für Owen rühren, wenn sie es dafür mit Gloucester aufnehmen müssen.«

»Dann geh zu meinem Vater.«

»Er hat sich heute früh nach Calais eingeschifft, Juliana.« Kardinal Beaufort wäre in der Tat der einzige Mann gewesen, der ihnen hätte helfen können. »Aber es geht auch so.«

»John, du kannst dich nicht ohne Rückendeckung mit Gloucester anlegen«, hatte sie ihn beschworen. »Du wirst nur erreichen, dass du Owen Gesellschaft leistest!«

Er schauderte.

Juliana hatte noch eine Idee. »William Durham! Der Sheriff von Kent war den Waringhams immer wohlgesinnt. Er hat Verwandte in London, die mächtige Kaufleute sind. Sie könnten dich mit einem der Sheriffs von London bekannt machen und …«

John verschloss die Schnalle seines Schwertgürtels, dann nahm er seine Frau bei den Schultern. »Gloucester ist kein Dummkopf, Juliana. Du kannst sicher sein, dass er irgendwelche fadenscheinigen Beschuldigungen und gefälschten Beweise fabriziert hat, um Tudor in das schlimmste der Londoner Gefängnisse zu bringen, denn dort landet niemand ohne Grund. Also sollten wir die Gesetzesvertreter lieber aus dem Spiel lassen.«

»Aber was willst du tun?«, hatte sie verzagt gefragt.

Er hatte sie angelächelt. Zuversichtlicher, als ihm zu Mute war. »Ich hol ihn raus.«

»Gott sei mit dir, und tu nichts Unüberlegtes«, hatte sie hilflos gesagt, als sie ihn im Hof verabschiedete und er sich in den Sattel schwang.

»Sei unbesorgt. Und Juliana …«

»Ich weiß. Zu niemandem ein Wort. Verlass dich auf mich.«

Er nickte. Er hatte Beauforts Warnung nicht vergessen. Und falls es stimmte und Gloucester tatsächlich einen Spion in Waringham hatte, war gerade jetzt Vorsicht ratsam.

John verabscheute London. Sein knappes Entkommen aus den Händen der jungen Halunken, die Verbrennung des bedauernswerten Edmund Tanner, der unselige Ausflug ins Hurenviertel mit den Earls of Cambridge und March und Arthur Scrope – London hatte John immer nur Unglück gebracht, und seit seiner Jugend hatte er die Stadt gemieden, wann immer es ging.

Sie hatte nichts von ihrem Schrecken und ihrer Hässlichkeit eingebüßt, fand er, als er im ersten trüben Tageslicht über die Brücke ritt. Es war Ebbe. Der graue Schlamm an beiden Ufern war voller Unrat und Tierkadaver, und er stank zum Himmel. Die Wachen am Tor und die Menschen, die zu dieser frühen Stunde schon zahlreich durch den Nieselregen über die Bridge Street hasteten, wirkten verfroren, missgelaunt und verschlagen.

Doch seit Johns erstem Besuch in der großen Stadt war beinah ein Vierteljahrhundert vergangen, und auch wenn die Stadt die gleiche geblieben war, hatte er sich doch verändert. Menschengewimmel und Lärm konnten ihm keine Angst mehr machen, und vor jugendlichen Straßenräubern brauchte er sich heute auch nicht mehr zu fürchten, denn dergleichen Gesindel suchte sich Opfer, die schwach und einfältig waren. Er wusste, er war beides auch heute noch oft, nur konnte man es ihm nicht mehr so deutlich ansehen …

Im Gegensatz zu seiner ersten Durchquerung von London gelang es ihm dieses Mal, die St.-Pauls-Kathedrale und das südlichere der beiden Westtore zu finden, und die Glocken der großen Kirche läuteten gerade erst die dritte Stunde des Tages ein, als er durch das Ludgate ritt und die Stadt bereits wieder verließ. Das Newgate wollte er meiden, solange er noch für alle Welt sichtbar das Wappen seiner Familie auf dem Mantel trug. Niemand sollte in der Nähe des berüchtigten Gefängnisses einen Waringham sehen, ehe John seine Vorbereitungen getroffen hatte.

Raymond hatte von ihrem Vater ein Haus in Farringdon Without geerbt. Der eigentümliche Name des Stadtteils rührte daher, dass das Viertel außerhalb der Stadtmauer lag.

»Kann ich das Haus in Farringdon ein paar Tage haben?«, hatte John seinen Bruder vor seinem überstürzten Aufbruch am Vortag gefragt.

»Wofür in aller Welt?«, hatte der Earl verdattert erwidert.

»Raymond, kann ich es haben, ja oder nein?«

Verwundert über die untypische Ungeduld seines Stewards hatte Raymond einen angerosteten Schlüssel aus der Truhe am Fenster gekramt. »Hier. Aber versprich deiner Geliebten nicht zu viel, hörst du. Es steht seit Jahren leer. Außer Ratten und Mäusen wird es wenig zu bieten haben.«

John riss ihm den Schlüssel fast aus den Fingern. »Wo finde ich es?«

»Reite Richtung Westminster, die Fleet Street entlang. Kurz hinter dem Fluss liegt linkerhand St. Bride. An der Kirche biegst du rechts ab in die Shoe Lane. Es ist das vierte oder fünfte Haus auf der linken Seite. Du kannst es nicht verfehlen, es ist das größte Haus in ganz Farringdon.«

John steckte den Schlüssel in seinen Beutel. »Danke.«

»Verrat mir, wer sie ist, he?«

»*Sie* ist ein Kerl, Raymond.«

»*Was?*«

Trotz seiner großen Sorge um Tudor konnte John sich ein Grinsen über Raymonds Schreckensmiene nicht verkneifen. »Nicht das, was du denkst. Ich erklär's dir später …«

Raymond hatte nicht übertrieben; das Haus an der Shoe Lane war nicht zu verfehlen. Vor dem breiten Tor saß John ab, und kaum hatte er den Schlüssel ins Schloss gesteckt, zeterte eine Stimme: »He da! Das ist Lord Waringhams Haus!«

Und ich dachte, in London kümmert sich kein Mensch um den anderen, dachte John erstaunt. Er wandte sich um und entdeckte ein altes Mütterchen, das gegenüber in der Tür einer windschiefen Hornschnitzerwerkstatt stand und streitlustig die Arme vor der Brust verschränkt hatte.

»Ich bin sein Bruder, Mistress.«

»Blödsinn! Er muss älter sein als ich!«

Seufzend überquerte John die Straße und zeigte ihr sein Wappen. »Der Lord Waringham, von dem Ihr sprecht, war mein Vater.«

Sie würdigte das Wappen keines Blickes, sondern schaute ihm in die Augen. Dann nickte sie. »Hm. Ich seh's. Nichts für ungut, Mylord. Ist er tot?«

»Ja. Über zwanzig Jahre.«

Sie bekreuzigte sich. »Gott hab ihn selig. Das war ein feiner Gentleman, Mylord.«

John lächelte. »Das war er.«

»Und Ihr seid gekommen, um das schöne alte Haus endlich wieder mit Leben zu füllen?«

»Ich will es mir erst einmal anschauen.«

Sie nickte. »Tut das. Gewiss ist es ziemlich heruntergekommen. Wenn Ihr irgendwas braucht, scheut Euch nicht, herüberzukommen.«

Er verneigte sich leicht. »Habt vielen Dank, Mistress.«

Sie winkte ab. »Wozu hat man Nachbarn?« Und damit schlurfte sie zurück ins Haus.

John war keineswegs glücklich darüber, dass er hier schon jemandem aufgefallen war, aber es ließ sich nun nicht mehr ändern. Er kehrte zu Ägeus zurück, der geduldig am Tor wartete, fuhr ihm über die Mähne und raunte ihm zu: »Wir müssen äußerst diskret sein, mein Guter.«

Dann sperrte er auf und führte seinen Schimmel in einen kleinen, verwahrlosten Hof, nahm ihm Sattel und Trense ab und schlang sich die Satteltaschen über die Schulter. Mit einer einladenden Geste wies er auf die Erde. »Da. Gras genug für dich, was meinst du? Wenn ich irgendwo einen Eimer finden kann, geh ich zum Brunnen und hol dir Wasser. Wenn nicht, musst du darben.«

Das Haus selbst war unverschlossen. Die Fenster waren nicht verglast, die einstigen Pergamentbespannungen flatterten zerrissen im Novemberwind, und die Läden hingen schief in den Angeln oder waren ganz verschwunden. Es war ein trostloser Anblick. John war dankbar, dass er nicht wirklich hergekommen war, um hier zu leben. Es war kein anheimelnder Ort, und die Vergangenheit schien in jedem Winkel zu lauern wie ein Gespenst.

Es gab nicht viele Mäuse und Ratten im Innern des großen Hauses, denn eine Katzenschar hatte die Halle bezogen. Mindestens ein halbes Dutzend thronte auf den angeschimmelten Polstersesseln, die um einen Tisch mit einer fingerdicken Staubschicht standen.

John schüttelte missbilligend den Kopf. »Wie konntest du das hier so verkommen lassen, Raymond? Was für einen Nichtsnutz von Steward hast du nur, der sich nie um dieses Haus gekümmert hat?«

Doch für seine Zwecke war es ausreichend.

Sein Plan war noch vage. Er hatte erwogen, sich als Mönch oder Wachsoldat zu verkleiden, um sich Zugang zum Gefängnis zu ergaunern. Das war sozusagen ein altes Familienrezept für Fälle dieser Art. Aber ein Gefühl warnte ihn, dass die Kontrollen im Newgate besonders scharf waren. Vermutlich würde er einen anderen, einen schwereren Weg wählen müssen.

Bei seinem Erkundungsgang im Obergeschoss des Hauses fand er neben der Halle ein Schlafgemach. Das Bett war breit und hatte staubige, mottenzerfressene Vorhänge. Er nahm die Satteltasche von der Schulter, packte das Werkzeug aus, das er mitgebracht hatte, und machte sich an die Arbeit. Nach kaum einer halben Stunde war alles getan.

Dann zog er seine feinen Kleider aus, stieg in die waidblauen Hosen und streifte den Bauernkittel über, in dem sich sowohl sein Dolch als auch sein Beutel mühelos verbergen ließen. Nur seine guten Stiefel zog er wieder an und hüllte sich schließlich in einen knielangen Umhang, dessen große Kapuze sein Gesicht und seinen kurzen Schopf, der ihn als Edelmann auswies, verhüllte. So wurde er John, der Pferdeknecht. Ungezählte Male hatte er sich, in dieser Weise getarnt, in eine normannische Stadt geschlichen, um sie für König Harry auszukundschaften. Meist mit Somerset als Bettelmönch und Tudor als Schafhirte. Sie hatten sich einen Spaß daraus gemacht, ihre Kostüme zu vervollkommnen und die anderen mit ihrer Fantasie auszustechen. Als ginge es um einen Mummenschanz, nicht um ihr Leben. Wie leichtsinnig sie gewesen waren, dachte er heute oft. So als wären sie unsterblich …

Weniger unbeschwert als damals, aber nicht weniger wagemutig verließ John das Haus und machte sich zu Fuß auf den Weg zum Newgate-Gefängnis.

Er hätte nichts gegen besseres Wetter gehabt, denn im kalten Nieselregen waren nur die Menschen unterwegs, die dringende Geschäfte zu erledigen hatten. Vollere Straßen hätten ihm das Leben leichter gemacht. Aber es ging auch so. Ein stetiger Strom von Fuhrwerken und Karren zog in beiden Richtungen durchs Tor, sodass John den gewaltigen, schwarzen Komplex von einer Straßenecke aus unbemerkt beobachten konnte. Zur Mittagsstunde fand eine Wachablösung statt. Etwa zwei Dutzend schwer bewaffneter Männer kamen in einer ordentlichen Schar und angeführt von einem Sergeant anmarschiert, betraten das Gefängnis durch eine Seitenpforte, und wenig später kam eine ähnliche Gruppe durch dieselbe Tür heraus. Nur nicht so geordnet. Die Männer standen in kleinen Gruppen beieinander und redeten, gähnten, reckten sich und spuckten auf die Straße, ehe sie sich auf den Heimweg begaben. John nahm an, dass die Wachen in zwei Schichten arbeiteten und diese Männer seit Mitternacht Dienst getan hatten.

Er wusste, dass die Verwaltung der Londoner Gefängnisse dem Stadtrat oblag. Dieser unterstellte jedes Gefängnis einem bezahlten Kerkermeister – meist ein ehemaliger Handwerker oder Kriegveteran –, der dafür zu sorgen hatte, dass seine Schäfchen nicht entwischten und nicht in gar zu großer Zahl während der Haft verreckten. Hin und wieder schaute einer der beiden Londoner Sheriffs vorbei und sah nach dem Rechten. Aber wenn es keine Klagen von einflussreicher Stelle gab, kümmerten sie sich oft jahrelang nicht um diese lästige Pflicht. Es interessierte sie nicht, was die Kerkermeister mit den ihnen anvertrauten Strolchen anstellten, und wenn sie ihren kärglichen Lohn aufbesserten, indem sie besagten Strolchen zu überhöhten Preisen schlechtes Essen und verwanzte Decken verkauften, dann war es ihnen auch gleich. Niemand, so wussten die Sheriffs von London, landete unverdient in einem ihrer Gefängnisse.

Und nur die schlimmsten Halunken landeten im Newgate.

John folgte drei der dienstfreien Wachen in ein nahes Wirtshaus, setzte sich mit dem Rücken zu ihnen an einen Tisch, bestellte einen Krug Bier und eine Schale Eintopf, der erstaunlich gut war, und aß, trank und lauschte. Als die Wachen sich nach einem ähnlichen Mahl auf den Heimweg machten, schlich John ihnen nach, wartete, bis sie sich trennten, und folgte dem, den er sich ausgesucht hatte. Er hatte Glück: Der Kerl wohnte offenbar in einer stillen Gasse unweit der Dean's Lane, und ehe er in einem der bescheidenen Holzhäuschen verschwinden konnte, schloss John lautlos zu ihm auf, packte den Mann von hinten und zerrte ihn in eine dunkle Toreinfahrt.

»Ein Laut, und du bist tot«, zischte er und setzte dem Wachsoldaten den Dolch an die Kehle.

Seinem Opfer stockte der Atem. »Ich hab nicht viel, aber du kriegst es. Töte mich nicht, bitte …«

John lächelte zufrieden. Er hatte gewusst, dass der Kerl ein Feigling war. Er hatte es an der unterschwelligen Verachtung, mit welcher seine Kameraden ihn behandelten, gemerkt. »Behalt deine Pennys. Ich will nur eine Auskunft.«

»Was?«, fragte der Mann verdattert. »Aber …«

John stieß ihm ein Knie in die Nieren. »Sei still.«

Der Gefängniswärter schwieg folgsam.

»Eben in der Schänke habt ihr von einem Kerl gesprochen, den ihr den ›Alten‹ genannt habt. Ist das der Kerkermeister vom Newgate?«

»Ja, Sir.«

»Und du und alle Wachen, ihr zittert vor ihm, ja?«

»So ist es, Sir.«

»Hm.« Nun, John hatte nicht erwartet, dass der Mann, der den schlimmsten Londoner Abschaum zu verwahren hatte, ein Engel der Barmherzigkeit sein würde. »Wie ist sein Name?«

»William Talbot.«

Dieses Mal war John derjenige, dem der Atem stockte. Er kannte einen Mann dieses Namens. Und er hatte keine guten Erinnerungen an ihn.

»Wo wohnt er?«

»Ich hab keine Ahnung, Sir, ehrlich …«

John ritzte ihm die Haut unterhalb des Kinns ein, gar nicht weit von der Schlagader entfernt.

Der Mann wimmerte angstvoll. »Holborn Street!«

»Brüll nicht so laut«, fuhr John ihn scharf an. »Die Holborn Street ist lang.«

»Zweites Haus hinter der ersten Kirche hinter dem Newgate.«

»Wenn du mich anlügst, Freundchen, werd ich dich finden, und dann schneid ich dir die Eier ab und seh zu, wie du verblutest.«

Der arme Wicht fing an zu heulen. »Es ist die Wahrheit, ich schwör's …«

»Na schön.« John glaubte ihm und beförderte ihn mit einem Tritt Richtung Straße. »Verschwinde. Und dreh dich ja nicht um.«

Der Kerl rannte wie ein Hase.

John schaute ihm mit verengten Augen nach. Er verabscheute Feiglinge, aber es bereitete ihm kein Vergnügen, einen Menschen in solche Angst zu versetzen. Er musste feststellen, dass die Jahre als Henrys Leibwächter ihn verweichlicht hatten, und riet sich schleunigst, sich zu stählen. Denn was er als

Nächstes tun musste, war weit schlimmer, als einem Hasenfuß ein paar Auskünfte abzupressen.

Handwerker und kleine Kaufleute teilten sich die Gegend um die Holborn Street, und allmählich durchschaute John, dass das Leben in London nicht so grundlegend anders war als in Waringham, wie er immer angenommen hatte. Die Menschen eines Viertels bildeten auch hier eine Gemeinschaft, so wie in einem Dorf, besuchten dieselbe Pfarrkirche, hatten denselben Bäcker, kauften ihr Schuhwerk beim selben Schumacher. Sie kannten sich und wussten alles übereinander. So fand er mit einem Besuch im Wirtshaus und einem längeren Aufenthalt am öffentlichen Brunnen heraus, dass William Talbot ein Agincourt-Veteran, bei seinen Nachbarn aber dennoch ebenso schlecht gelitten war wie bei seinen Untergebenen und dass er sich jeden Sonnabend voll laufen ließ und Frau und Kinder verprügelte, wenn er heimkam.

John hatte alles erfahren, was er wissen musste.

Er kehrte nach Farringdon zurück, tauschte seine Stallknechtmontur gegen seine guten Kleider und ritt auf Ägeus wieder zur Holborn Street. Die Leute starrten ihm nach – ein so edles Ross bekam man in dieser Gegend nicht häufig zu sehen. John ignorierte den Gruß der Passanten mit adligem Hochmut. Da er den Mantel auf links trug, rätselten sie vergeblich, wer der feine Gentleman wohl sei.

In der frühen Dämmerung kam er zu Talbots Heim. Es war ein solide gebautes Fachwerkhaus mit frischen Strohschindeln auf dem Dach, auch die Fensterläden waren vor nicht gar zu langer Zeit gestrichen worden. Es wirkte ordentlich und strahlte einen bescheidenen Wohlstand aus. Neben dem Haus, ein paar Yards zurück von der Straße, lag der Viehstall, und hinter Haus und Stall, mutmaßte John, gab es gewiss einen Garten, wo Mistress Talbot für sich und ihre Familie Kohl und Bohnen anbaute.

John saß ab, warf einen verstohlenen Blick zum Haus hinüber und ging dann zum Stall. Er hatte Glück: Ein vielleicht sechsjähriger Junge stand über den Pferch gebeugt und fütterte ein fettes Schwein aus einem Holzeimer.

»Eine schöne Sau hast du da, Junge«, begrüßte John ihn.

Der Knabe hob den Kopf. Seine Miene war wachsam – vermutlich fürchtete er, der Fremde wolle das Schwein stehlen. Doch als er erkannte, dass er einen Edelmann vor sich hatte, verwandelte sein Argwohn sich in Verwunderung. »Ihr könnt sie kaufen, Mylord«, bot er an. »Vater wollte sie vor Martinus schlachten, aber da hatte sie Fieber. Jetzt ist sie wieder munter und gesund, und Mutter sagt, wir können sie nicht durch den Winter füttern.«

John lächelte auf ihn hinab. Mit gütigem Wohlwollen, so hoffte er. Seine Hände waren feucht. Ihm wurde ganz elend bei dem Gedanken an sein Vorhaben. Juliana würde ihm das niemals verzeihen, wenn sie davon erfuhr. Tudor würde nie wieder ein Wort mit ihm sprechen. Und er war keineswegs sicher, ob er sich selbst vergeben konnte. Also versuchte er, so wenig wie möglich nachzudenken.

»Ist dein Name William Talbot?« Natürlich war es geraten. Eine der vielen Schwachstellen in seinem Plan. Aber das Risiko war überschaubar gewesen, und wie er gehofft hatte, nickte der Junge.

»Alle nennen mich Will.«

»Gut, dass ich dich gefunden habe. Komm mit mir, Will. Dein Vater schickt nach dir.«

Der Knirps war ein waschechter Londoner – misstrauisch und nicht so leicht hinters Licht zu führen. »Mein Vater? Ihr kennt ihn?«

John nickte. »Wir waren zusammen im Krieg.«

»Ach so.« Das war offenbar eine einleuchtende Erklärung dafür, dass der Vater einen so vornehmen Mann mit solch einem Pferd kannte. Trotzdem fragte Will verständnislos: »Und wieso schickt er nach mir? Das tut er nie.«

John hob die Brauen. »Das wird er dir selbst erklären. Willst du wirklich, dass ich unverrichteter Dinge zu ihm zurückkehren und ihm sagen muss, dass du nicht gehorchen wolltest?«

Will war ein heller Kopf und hatte gut entwickelte, gesunde Instinkte. Doch er war noch zu klein, um dem strengen Blick dieses Fremden und dem drohenden Zorn seines Vaters die Stirn zu bieten. »Nein, lieber nicht, Sir«, erwiderte er kleinlaut, kippte das restliche Schweinefutter in den Trog und folgte John in die Dämmerung hinaus.

Ohne sich zum Haus umzuwenden und ohne verdächtige Hast saß John auf, beugte sich dann zu Will hinunter und packte ihn beim Oberarm. »Sitz auf, mein Junge.« Er zog ihn hoch und setzte ihn vor sich in den Sattel. »Bist du je auf solch einem Pferd geritten, Will?«

»Nein, Mylord.« Es klang unruhig.

John legte einen Arm um den Jungen, damit er nicht herunterpurzeln oder fliehen konnte, nahm die Zügel in die Rechte und schnalzte Ägeus zu, der fast aus dem Stand angaloppierte und John und seine kleine Geisel in Windeseile die Straße entlang trug.

»Das ist der falsche Weg«, sagte Will über die Schulter, als sie noch keine zehn Längen weit geritten waren.

John antwortete nicht.

»Sir? Ihr müsst wenden!«

»Ich weiß schon, wo es lang geht.«

»Aber das Newgate liegt da hinten runter!« Es klang erstickt. Will hatte längst erkannt, dass er einen verhängnisvollen Fehler gemacht hatte, als er zu dem Fremden aufs Pferd stieg. »Sir …«

»Sei still, Junge«, raunte John ihm ins Ohr. Sie bogen von Norden in die Shoe Lane. »Wir reiten nicht zum Newgate. Aber hab keine Angst. Dir geschieht nichts, du hast mein Wort.«

»Vater hat Euch gar nicht geschickt.« Es war keine Frage, sondern eine Erkenntnis.

»Nein.«

Der kleine Kerl fing an zu schluchzen, krallte die Hände in Johns Ärmel und versuchte vergeblich, sich zu befreien.

»Sei still, hab ich gesagt«, wiederholte John barsch. »Du hast keinen Grund, dich zu fürchten. Ich werd dir nichts tun. Aber wenn du jetzt nicht auf der Stelle den Mund hältst, muss ich dich knebeln, hast du verstanden?«

Es wirkte. Das verängstigte Kind verstummte und presste den Unterarm vor den Mund, um sein Schluchzen zu ersticken. John fühlte sich lausig. Gott, vergib mir, dachte er mutlos, aber mir ist einfach kein anderer Weg eingefallen. Er war erleichtert gewesen, dass das erste von Talbots Kindern, das ihm in die Hände fiel, ein Knabe gewesen war. Er hatte sich eingebildet, mit einem Jungen sei es leichter. Doch er hatte sich getäuscht.

Es war indessen zu spät, um jetzt noch umzukehren. Im Schutz der zunehmenden Dunkelheit ritten sie in den Hof, und John glitt eilig aus dem Sattel und verschloss das Tor. Dann hob er den Jungen vom Pferd.

»Hör mir zu, Will. Du musst ein paar Stunden hier bleiben, das ist alles. Ich weiß, dass du dich fürchtest, aber dazu besteht kein Grund. Versuch dich ein bisschen zusammenzunehmen. Sei ein Kerl, Junge. Mach deinen Vater stolz.«

Will hatte ihm mit gesenktem Kopf gelauscht. Jetzt schaute er auf, und zwei dicke Tränen rannen seine rundlichen Wangen hinab. Aber er nickte.

John lächelte ihm zu, legte ihm die Hand auf die Schulter und führte ihn ins Haus. An der Schwelle blieb der Junge wie angewurzelt stehen und zog scharf die Luft ein. »Ein Spukhaus …«

»Nein, nein. Es war nur ein paar Jahre unbewohnt.«

Da Will keine Anstalten machte, von allein weiterzugehen, hob John ihn auf den Arm und trug ihn die Treppe hinauf ins Schlafgemach. Dort war es stockfinster, denn er hatte das Fenster mit Brettern vernagelt. Er tastete sich zum Bett vor und setzte Will auf der nackten Matratze ab. Sie war von Stockflecken übersät, aber davon war jetzt nichts zu erkennen. Gut so.

John ging zur Tür. »Ich muss dich hier einsperren, Will, es geht nicht anders. Aber ich verspreche dir, es dauert nicht lange. Ich komme wieder, und dann bringe ich dich nach Hause. Hast du mich verstanden, Junge?«

Will begann bitterlich zu weinen. »Bitte, Sir … Bitte nicht. Lasst mich nicht allein im Dunkeln im Spukhaus. Bitte nicht, ich tu auch alles, was Ihr sagt …«

John zog die Tür zu, schob den Riegel vor, den er von außen angebracht hatte, und verschloss sein Herz. Stell dich nicht so an, verfluchter Bengel, dachte er. Mein Bruder war wochenlang im Tower eingekerkert, als er so alt war wie du. *Das* war schlimm. Dies hier ist gar nichts.

Aber Raymond war nicht allein eingesperrt, antwortete eine hartnäckige innere Stimme. Und sie sagte John auch, was er gar nicht hören wollte: Das kannst du nicht machen.

Mit gesenktem Kopf stand er vor der Tür und lauschte. Wills Schluchzen verschlimmerte sich. Er verschluckte sich, wimmerte, heulte – er war vollkommen außer sich vor Furcht. Plötzlich musste John an den alten König von Frankreich denken, der vor Furcht den Verstand verloren hatte.

Mit einem unterdrückten Fluch zog er den Riegel wieder zurück. »Na schön, Söhnchen …« Er trat ans Bett, tastete, bekam den Jungen zu fassen und hob ihn wieder hoch. »Hör auf zu flennen. Es ist ja gut.«

Obwohl er nicht besonders freundlich sprach, schlang Will die Arme um seinen Hals und klammerte sich an ihn. »Bittebittebitte, Sir …«

»Ja, ja«, knurrte John und trug ihn zur Tür. »Jetzt halt endlich die Klappe.«

Er brachte Will aus dem Haus, durch den Hof und über die Straße und klopfte an die Tür der Hornschnitzerwerkstatt. Mit Mühe entzifferte er im Zwielicht den Namen auf dem bemalten Holzschild: Thomas Odyham.

Ein Mann in Raymonds Alter öffnete ihm. Er hielt seine Öllampe hoch, betrachtete verwundert den Edelmann mit dem abgerissenen, schniefenden Jungen im Arm und fragte: »Was gibt's?«

»Master Odyham? Mein Name ist John of Waringham, und ich hätte gern die alte Mistress gesprochen. Wir haben uns heute Vormittag kennen gelernt.«

Der Hornschnitzer nickte und hielt ihm die Tür auf. »Das hat sie mir erzählt. Sie ist meine Mutter. Kommt rein, Sir.«

John folgte ihm durch die Werkstatt in eine geräumige Küche, wo die alte Frau am Herd vor einem Spinnrad saß. Es war ein behaglicher Raum: Ein Kessel hing über dem Feuer und verbreitete Kohlgeruch, der intensiv, aber nicht unangenehm war. Auf dem Tisch standen ein Bierkrug, Becher und ein Binsenlicht.

Will sah sich mit großen, unruhigen Augen um, aber das nackte Entsetzen war aus seinem Blick gewichen.

John stellte ihn auf die Füße, legte ihm die Hand auf die Schulter und deutete vor der alten Frau eine Verbeugung an. »Ihr sagtet vorhin, ich dürfe zu Euch kommen, wenn ich etwas brauche, Mistress.«

Sie sah ihn an, ohne dass ihr Fuß oder ihre Hände in ihren Verrichtungen innehielten. »Und was mag es sein, das Ihr braucht, Sir John?«

»Nun, vor allem Euer Vertrauen. Und Eure Verschwiegenheit …«

Eine halbe Stunde später kam John zum zweiten Mal an diesem langen, langen Tag zum Newgate, dieses Mal unverkleidet und hoch zu Ross. Vor dem Haupteingang des Gefängnisses saß er ab und warf dem linken der beiden Wachsoldaten die Zügel zu.

Instinktiv fing der Mann sie auf, fragte aber abweisend: »Ihr wünscht, Sir?«

»William Talbot«, antwortete John knapp.

»Und Euer Name?«, fragte der Wächter auf der rechten Seite der Tür.

John sah ihm in die Augen. »Den sag ich ihm selbst. Wirst du mich jetzt zu ihm bringen, oder muss ich mit dem Sheriff wiederkommen?«

Es hat doch vielerlei Vorzüge, von vornehmer Geburt zu sein, dachte John nicht zum ersten Mal. Es gab eine bestimmte Art von Autorität, die nur Angehörige seiner Klasse ausstrahlen konnten, und sie verfehlte ihre Wirkung auf die einfachen

Leute selten. Mit grimmiger Belustigung beobachtete er den unsicheren Blick, den die Wachen tauschten.

Dann verbeugte der Mann zur Rechten sich. »Folgt mir, Mylord.«

John nickte dem anderen hochnäsig zu. »Stell meinen Gaul irgendwo unter, wo es trocken ist, und du bekommst einen Penny.«

»Natürlich, Sir.«

Die Londoner sagten, wer durch das Newgate gehe, betrete die schönste Stadt der Welt, aber wer *in* das Newgate gehe, betrete die Hölle.

John war der Wache noch keine zehn Schritte in das finstere Gemäuer gefolgt, als er ihnen Recht geben musste. Das Erste, was ihn ansprang wie eine wilde Bestie, war der Gestank. Die Luft im Newgate war feuchtkalt und doch geschwängert mit den üblen Gerüchen von Fäulnis, menschlichen Ausscheidungen und Angstschweiß. John hatte geglaubt, dass es nach all den Jahren im Krieg keine bösen Überraschungen für seine Nase mehr geben könnte, aber er hatte sich getäuscht.

Der Wachsoldat nahm eine Fackel aus einem Ring an der Wand, warf ihm über die Schulter einen Blick zu und konnte sich ein Grinsen nicht ganz verbeißen. »Ihr werdet's nicht glauben, aber man gewöhnt sich dran.«

»Du hast Recht. Das glaube ich nicht.«

Im flackernden Fackelschein folgte er dem Mann durch eine dunkle, niedrige Vorhalle zur Treppe. Ein Dutzend schmaler, ausgetretener Steinstufen brachte sie ins erste Obergeschoss. Zu beiden Seiten erstreckte sich ein von Fackeln spärlich erhellter Gang, hin und wieder unterbrach eine eisenbewehrte Tür die gemauerten Wände. Es war so still wie in einem Beinhaus.

»Hört sich an, als wären sie alle tot«, bemerkte John und bemühte sich, das Unbehagen aus seiner Stimme zu halten.

Der Wachsoldat schnaubte. »Nein, nein. Das wünschen sie sich höchstens. Hier ist es, Mylord.« Er hielt vor einer Tür an der Stirnseite des Flurs. »Wartet einen Moment.« Er klopfte, und auf eine brummige Aufforderung von drinnen steckte er den Kopf durch die Tür. »Ein Gentleman, der Euch zu sprechen wünscht, Master Talbot.«

»Wer ist es? Ich bin beschäftigt.«

John stieß den Wachmann beiseite und trat ungebeten näher. »Ich nehme doch nicht an, dass du mich vergessen hast, William Talbot?« Er hatte Warwicks einstigen Bogenschützen schon an der Stimme wiedererkannt. Und er war alles andere als überrascht. »Hat die Rolle als Kerkermeister dir so gut gefallen, dass du dich gar nicht mehr davon trennen konntest? Sag mir, ist das Londoner Gesindel genauso schwer zu bändigen wie die kleine Jungfrau?«

Talbot starrte ihn entgeistert an. »Sir John …«

»So ist es.« John sah sich kurz um. Es war ein großer Raum mit einem der winzigen Fenster, die das Newgate von außen so abweisend wirken ließen. Weder Pergament noch Holzladen hielten die feuchte Novemberkälte fern – vermutlich weil hier jede Frischluftquelle willkommen war. Offenbar handelte es sich um eine Art Wachkammer. Unter dem Fenster standen ein Tisch und ein paar Schemel, ein angebissenes Stück Brot lag neben einer dicken Scheibe Wurst auf der Tischplatte. An der Mauer hinter dem Tisch hingen Ketten und Schellen unterschiedlicher Größe und eigentümliche Instrumente, über deren Zweck John überhaupt nichts Näheres wissen wollte. Unfreiwillig fiel sein Blick auf eine Daumenschraube, und er spürte sein Gesicht kalt werden vor Entsetzen. Es war lange her. Aber er hatte nichts vergessen.

John befahl dem Wachmann, der unsicher an der Tür stand: »Lass uns allein und warte draußen.«

Der Mann sah fragend zum Kerkermeister, der ihm wortlos zunickte.

Talbot wartete, bis die Tür sich geschlossen hatte. »Also? Ich bin wirklich neugierig.« Es klang feindselig. Nachdem er sein Erstaunen über den unerwarteten Besucher überwunden hatte, war ihm anscheinend wieder eingefallen, dass er noch eine Rechnung mit John of Waringham offen hatte.

Der kam ohne Umschweife zur Sache. »Ich will Owen Tudor. Ich nehme ihn mit, und zwar jetzt.«

»Ich habe keine Ahnung, von wem Ihr sprecht.«

John winkte angewidert ab. »Du weißt ganz genau, von wem ich spreche. Er ist seit Juni verschwunden, und im Juni bist du aus einer armseligen Holzhütte in ein nagelneues Haus an der Holborn Street gezogen, hab ich von deinen Nachbarn gehört. Eine Sau und eine Kuh stehen in deinem Stall. Welch seltsamer Zufall, Talbot. Was würden die Sheriffs wohl sagen, wenn sie wüssten, dass einer ihrer Kerkermeister sich von Gloucester hat kaufen lassen, um einen unschuldigen Mann hier einzusperren?«

Talbot änderte die Strategie und leugnete nicht länger. Mit einem Achselzucken brummte er: »Sie wären weniger schockiert, als Ihr vielleicht annehmt. Und jetzt seht zu, dass Ihr wegkommt, wenn Ihr Eurem walisischen Kumpel nicht ein paar Tage Gesellschaft leisten wollt.«

John lächelte humorlos. »Ich glaube, dass solltest du dir noch mal gut überlegen.« Scheinbar zufällig rutschte sein Mantel über die Schulter zurück und entblößte das Heft seines Schwertes.

William Talbot hatte keine guten Erinnerungen an dieses Schwert, aber er sagte lediglich: »Ihr verkennt die Lage der Dinge, Sir John. Ich bin, wenn Ihr so wollt, der König von Newgate. Es ist nur ein kleines Reich, aber ich beherrsche es vollkommen. Hier geschieht nichts ohne meinen Befehl, aber hier geschieht alles, was ich befehle. Und was immer das ist, kein Wort darüber verlässt diese Mauern. Also seid klug und verschwindet, denn Ihr könnt mir keine Angst einjagen.«

»Deinem Sohn Angst einzujagen ist hingegen nicht besonders schwierig«, entgegnete John im Plauderton.

Talbot stand für einen Moment stockstill. Dann machte er einen Schritt auf ihn zu. »Mein Sohn?«

John ließ ihn nicht aus den Augen. Er wusste, dies war der entscheidende Moment. »Will. Netter Junge.«

»Was habt Ihr mit ihm …«

»Du bleibst, wo du bist«, fuhr John ihn an und legte die Rechte ans Heft. »Ich hab ihn mir geschnappt, Talbot. Er ist eingesperrt, wie deine Schäfchen hier, allein im Dunkeln und ohne einen Krümel Brot. Er hat geheult wie ein Besessener, als ich ging.« Tatsächlich hatte Will fröhlich und fidel mit einer Schale Kohlsuppe bei Mistress Odyham in der Küche gesessen, als John ihn verließ, aber es konnte keinesfalls schaden, wenn Talbot das Gefühl bekam, Eile täte Not. »Du kannst ihn zurückbekommen. Das ist das Geschäft, das ich dir anbiete: Ich bekomme Tudor – jetzt gleich –, und du bekommst deinen Sohn. Doch wenn du meine Forderung nicht erfüllst oder auf die Idee verfällst, mich hier festzuhalten, wird der Bengel elend verhungern und verdursten. Ganz allein im Dunkeln.« Er verschränkte die Arme. »Such es dir aus.«

John, der nie so recht begriff, was in den Herzen und Köpfen der einfachen Leute vorging, war nicht sicher gewesen, ob Talbot seinen kleinen Sohn – den er ja bekanntlich jeden Sonnabend verdrosch – genug liebte, um ein Opfer für ihn zu bringen. So fiel er aus allen Wolken, als er nun beobachtete, wie Talbot einknickte. Der vierschrötige, derbe Kerl, der keine Bedenken gehabt hatte, eine gefesselte französische Jungfrau zu schänden, sank auf den Schemel, als sei alle Kraft aus seinen Gliedern gewichen, und vergrub das Gesicht in den Händen. »O Gott … Tut ihm nichts, Sir John. Ich flehe Euch an, tut ihm nichts.«

John schnipste ein Stäubchen von seinem Mantel. »Es liegt allein bei dir.«

Eine kleine Weile war nichts zu hören als Talbots schnaufender Atem. Dann erhob sich der Kerkermeister schwerfällig, warf John einen flackernden, unterwürfigen Blick zu und ging zur Tür. »Kendall, geh und hol Tudor«, befahl er der Wache auf dem Korridor.

»Welcher ist das, Master Talbot?«

»Rothaariger Waliser. Untergeschoss.«

»Ach, der. Aber der kann schon seit Wochen nicht mehr laufen, Sir.«

John schloss einen Moment die Augen. Dann trat er durch die Tür. »Bring mich zu ihm.«

Kendall sah ratsuchend zu seinem Vorgesetzten.

Talbot nickte. Er nahm einen gewaltigen Schlüsselbund vom Tisch und hängte ihn sich an den Gürtel. »Ich geh voraus, Sir John.«

Draußen auf dem Korridor – abgeschnitten von dem kleinen Fenster der Wachkammer – war der widerwärtige Gestank wieder so schlimm, dass Johns Kehle sich zu schließen drohte. Er folgte Talbot und Kendall, der die Fackel trug, und widerstand mit Mühe dem Drang, einen Ärmel vor Mund und Nase zu pressen.

Durch den stillen Korridor ging es wieder, die Treppe hinab, dann unten einen ähnlichen Gang entlang. Hinter einer der Türen war ein Heulen zu vernehmen, das dem des kleinen Will Talbot nicht unähnlich war. Ein paar Schritte weiter drangen dumpfe Schläge und jammervolle Schreie durch die Tür. Die Londoner haben Recht, fuhr es John durch den Kopf. Das hier ist wie ein Vorgeschmack auf die Hölle.

Aber im Kellergeschoss wurde es schlimmer. Die Decke war niedriger, die Dunkelheit erdrückender, der Gestank noch würgender, die Kälte eisiger. Grünlichweiß leuchtete der Schimmel an den Wänden im Fackelschein auf.

»Süßer Jesus«, murmelte John. »Wie kannst du das aushalten, Talbot? Tagein, tagaus?«

»Es bringt Brot auf den Tisch«, erwiderte der Kerkermeister achselzuckend.

Das tut anständige Arbeit auch, lag John auf der Zunge, aber er sagte es nicht. Er wusste, dies hier *war* eine anständige Arbeit oder konnte es jedenfalls sein. Irgendwer musste es schließlich tun. Er wünschte nur, die Londoner Stadtväter hätten einen Mann ausgewählt, der an seiner Aufgabe weniger Vergnügen fand.

Die Türen im Keller lagen dichter beieinander. Kleine Verliese, mutmaßte John, wo die Gefangenen in Einzelhaft verwahrt wurden, nicht zu Dutzenden zusammengepfercht wie oben.

»Hier unten landen die, die ihr euch in Ruhe und unbeobachtet vornehmen wollt, wie?«, fragte er. Es klang ironisch, aber er verspürte Bitterkeit und Angst.

Kendall hielt vor einer der Türen an. »Nur die, die anders nicht zu bändigen sind, Sir. Euer Waliser hier, zum Beispiel, ist seit zwei Wochen hier unten, und jetzt haben wir ihn endlich handzahm …«

»Halt's Maul, Kendall«, fuhr Talbot ihn an, trat vor und zog den Riegel zurück. Er klemmte. Es sah nicht so aus, als würde diese Tür regelmäßig geöffnet.

John wappnete sich und trat hinter Talbot und Kendall über die Schwelle. Die Fackel erhellte einen niedrigen Raum, der vielleicht vier Schritte breit und fünf tief war. Zwei große Ratten flohen vor der plötzlichen Helligkeit ins dreckige Stroh.

Tudor lag reglos auf dem Rücken, die Lider geschlossen. Er war so abgemagert, dass sich jede Rippe deutlich unter der hellen Haut abmalte und sein Gesicht wie ein bärtiger Totenschädel aussah. Ein Lumpen, der einmal eine Hose gewesen sein mochte, bedeckte notdürftig seine Scham, ansonsten war er nackt – bis auf die dicken Schellen der Ketten an Hand- und Fußgelenken.

John schaute einen Moment auf ihn hinab. Als er sich zum Kerkermeister umwandte, war seine Miene ausdruckslos. »Ganze Arbeit, William Talbot.«

Der rang die Hände. »Ich hab nur getan, was mir befohlen wurde, Sir John.«

»Oh ja. Genau wie damals in Rouen, nicht wahr?«

Mit einem Blick bettelte Talbot um das Leben seines Sohnes. Dann befahl er Kendall. »Stell fest, ob er noch atmet.«

Doch als der Wachsoldat sich über die reglose, geschundene Gestalt am Boden beugen wollte, legte Johns Hand sich wie eine Eisenzwinge um seinen Arm und riss ihn zurück. »Finger weg.« Er kniete sich neben Tudor ins Stroh und legte ihm die flache Hand auf die Brust. Er fand einen langsamen, aber kräftigen Herzschlag. Atme weiter, Owen, flehte er in Gedanken. Dann sagte er zu Talbot: »Er hatte ein Silberkreuz um den Hals. Ich will es zurück. Es ist ihm teuer.«

Wortlos fasste der Kerkermeister sich in den Nacken und zog die Lederschnur mit dem silbernen Kreuz unter der Kleidung hervor und über den Kopf. Ohne jedes Anzeichen von Scham reichte er es John.

Der steckte es in den Beutel am Gürtel und legte seinem Freund kurz die Hand auf die Schulter. »Jetzt schaff ich dich hier raus, Tudor.«

Und dann krachte ein Knüppel auf seine Schultern nieder. »Wenn du dich da nur nicht täuschst, du *Drecksack*!«

John war quer über Tudor gefallen, stützte sich hastig auf, um seinem Freund nicht den Rest zu geben, und wollte herumfahren, als ein zweiter Schlag ihn am Kopf traf. Für einen Moment wurde es dunkelgrau vor seinen Augen, und wie aus weiter Ferne hörte er Talbots Stimme: »Greif ihn dir, Kendall!«

John schüttelte den Kopf, um den Nebel zu vertreiben, aber er war zu langsam. Eine der dicken Ketten, die hier allgegenwärtig zu sein schienen, wurde zweimal um seinen Oberkörper geschlungen und zwängte seine Arme ein. Dann stemmte sich ein schwerer Stiefel in sein Kreuz, und nichts ging mehr. Die Wachen im Newgate wussten, wie man einen Mann zur Bewegungslosigkeit verurteilte.

John hob den Kopf und sah Talbot in die Augen. »Überleg dir gut, was du tust. Denk an dein Söhnchen.«

Talbot stand keuchend über ihm. »Du wirst mir jetzt sagen, wo er ist.«

John lächelte. »Nein.«

Talbot trat ihm mit Macht in die Rippen. »Sag es mir! Ich bring dich um, du Schwein, sag es mir!«

»Er ist jetzt seit zwei Stunden allein im Dunkeln, Talbot. Ich schätze, langsam kriegt er Hunger.«

Talbot nickte Kendall zu. »Streck seine Hand aus.«

Kendall verstand sein Geschäft. Er hielt die Kette gespannt und drückte den Stiefel unverändert in Johns Rücken, fand aber dennoch eine freie Hand und genügend Gleichgewicht, um Johns Unterarm zu packen und vom Körper wegzudrehen. Es war der linke Arm, und John spürte ein warnendes Knirschen in der Schulter.

Talbot hielt die Fackel unter Johns Hand – noch weit genug weg, dass John nur die warnende Hitze spürte. »Sag es mir.«

»Ich kann nicht.«

»Du wirst kreischen wie eine abgestochene Sau, Waringham.«

»Mag sein. Aber da dein Junge das Einzige ist, was zwischen mir und einem unerfreulichen Ende in diesem Drecksloch steht, werde ich es dir nicht sagen, egal, was du tust.«

»Das werden wir ja sehen.« Talbot hob die Fackel.

John ballte die Linke zur Faust und spürte die Haare auf seinem Handrücken Feuer fangen. Es war grauenhaft. Es war mehr, als irgendein Mensch freiwillig auf sich nehmen konnte. Er hatte die Augen zugekniffen, sah Edmund Tanner und Jeanne von Domrémy in gleißende Flammen gehüllt und versuchte mit aller Macht, seinen Arm loszureißen. Doch es war zwecklos. Die Kette drückte seinen Ellbogen gegen die Rippen, und im Unterarm allein hatte er nicht genügend Kraft. Er öffnete den Mund, vielleicht um zu sagen, was Talbot hören wollte, aber nur ein heiserer Schrei kam heraus.

Dann verschwand die Flamme plötzlich, und John verstummte. Er riss die Augen auf, um gewappnet zu sein, wenn Talbot ihm wieder zu Leibe rückte.

Er konnte nicht so recht glauben, was er sah.

Owen Tudor stand hinter William Talbot, hatte dem vierschrötigen Kerkermeister die Kette seiner Handfesseln offenbar über den Kopf geworfen und drückte ihm jetzt damit die Luft ab. Talbot ruderte mit den Armen und taumelte.

John sah jedoch auch, dass Tudor nicht mehr Kraft als eine Strohpuppe hatte und jeden Moment vornüberkippen würde, und er reagierte ohne jeden bewussten Entschluss, stemmte sich mit Macht gegen Kendalls Fuß in seinem Rücken und trat Talbot unfein zwischen die Beine.

Der Kerkermeister brach jaulend in die Knie, und Kendall ließ John los, um die Fackel aufzufangen, die Talbot aus der

Hand fiel. John spürte sofort, dass der Zug der Kette sich gelockert hatte, sprang auf die Füße und trat den winselnden Talbot noch einmal ungehemmt in die Nieren, während er mit der unversehrten Rechten das Schwert zog.

Er setzte Kendall die Klinge auf die Brust. »Wie steht es? Lässt du uns gehen, oder muss ich dich abstechen?«

Kendall schüttelte den Kopf. Er wirkte wenig erschüttert. »Geht mit Gott, Sir. Und nichts für ungut.«

John wies auf Tudor, der hinter Talbot auf die Knie gesunken war und mit geschlossenen Augen keuchend an der Wand lehnte. »Dann nimm ihm die Ketten ab. Los, beeil dich.«

Kendall löste den dicken Schlüsselbund von Talbots Gürtel, fand ohne Mühe die richtige Größe und schloss die Schellen auf. Mit einem dumpfen Laut fielen die schweren Ketten ins Stroh. Tudor lehnte immer noch an der Wand und starrte dumpf darauf hinab.

John fragte sich, wo sein Freund die Kraft gefunden hatte, um auf die Füße zu kommen und Talbot anzugreifen. Wie unbezähmbar sein Lebenswille sein musste …

Tudor hob den Kopf und schenkte ihm ein mattes Totenschädelgrinsen. »Das wurde auch Zeit, Waringham.«

»Kannst du laufen?«

»Sicher.« Er hangelte sich an der Wand hoch, machte einen Schritt und fiel dann wie ein gefällter Baum.

John fluchte leise.

»Mein Sohn …«, jammerte Talbot. »Waringham, um der Liebe Christi willen …«

John wollte Kendall die Fackel aus der Hand reißen und Talbot ins Gesicht drücken. Seine linke Hand fühlte sich an, als stecke sie immer noch im Feuer. Er wollte Rache – für sich selbst und für Tudor. Aber er wusste, dass sie dafür keine Zeit hatten, und beherrschte sich.

»Du bekommst deinen Sohn wieder, wie ich gesagt habe. Wenn du uns jetzt ungehindert ziehen lässt.«

Talbot stemmte sich mühsam in eine sitzende Haltung. »Aber woher weiß ich, dass Ihr Wort haltet?«

John musterte ihn einen Augenblick. »Weil ich ein Waringham bin. Kein Ungeziefer wie du.« Mit der Schwertspitze wies er auf Tudor und nickte Kendall zu. »Du wirst ihn tragen.«

Kendall sah zu Talbot: »Sir?«

Der Kerkermeister nickte resigniert. »Tu, was er sagt.«

Nicht gerade sanft packte Kendall den Waliser an den Armen und warf sich den abgemagerten Leib über die Schulter wie einen Mehlsack. Tudor stöhnte.

»Vorsichtig«, herrschte John den Wachsoldaten an. »Habt ihr ihm die Rippen gebrochen?«

Kendall ging durch die niedrige Tür auf den finsteren Gang hinaus. »Das würde mich nicht wundern, Sir. Er ist ein verdammt sturer Bastard. Nicht so leicht kleinzukriegen.«

Ohne erkennbare Mühe trug er seine Last bis zum Haupttor, und seinen Kameraden dort sagte er, der verdammte Waliser sei endlich krepiert. Mit unverhohlener Erleichterung schauten die Wachen zu, wie John den »Leichnam« auf seinen Gaul lud – den er zuvor wie versprochen gegen einen Penny ausgelöst hatte – und sich stadtauswärts auf den Weg machte. Nach wenigen Schritten hatten die Nacht und der Regen den großen Mann im dunklen Mantel verschluckt, nur das Fell des Pferdes sahen sie noch einen Augenblick länger silbrig schimmern.

»Da kann ich nichts machen, Sir John«, verkündete Mistress Odyham entschieden. »Dieser Mann braucht einen Arzt.«

John schüttelte müde den Kopf. Er hatte fast kein Geld mehr, und Ärzte waren teuer. Falls Tudor am Leben blieb, musste er ihn ein paar Tage hier in London verstecken und etwas zu essen kaufen. Besorgt sah er auf seinen Freund hinab, der reglos und bleich auf der ekligen Matratze lag. Tudor brauchte dringender etwas zu essen als einen Arzt, glaubte er, und als er den kleinen Will Talbot zurück zur Holborn Street gebracht und in Sichtweise seines Zuhauses abgesetzt hatte, hatte er auf dem Rückweg an einer Garküche angehalten und einen Krug Suppe und ein Stück einfaches, dunkles Brot gekauft. Er konnte nicht fassen, wie teuer selbst die schlichtesten Dinge des täglichen Bedarfs in dieser verfluchten Stadt waren.

»Es muss so gehen, Mistress Odyham.« Er deckte Tudor wieder mit seinem Mantel zu. »Er ist ein zäher Bursche. Er … wird's schon schaffen.« Hast du gehört, Tudor?

»Was ist mit Eurer Hand passiert?«, fragte die Alte und wies missfällig auf seine Linke.

»Kleines Missgeschick mit einer Fackel. Es ist nicht so schlimm.« Das war es wirklich nicht. Es brannte höllisch und sah scheußlich aus, aber die Hand war nicht lange genug im Feuer gewesen, um ernstlich Schaden zu nehmen. John war zuversichtlich, dass Liz' wundersame Salbe ihm wiederum Linderung verschaffen würde, wenn er nur erst zu Hause war.

»Na schön.« Die alte Frau krempelte die Ärmel auf. »Ihr seid darüber im Bilde, dass es auf Mitternacht geht?«

Das war John allerdings. Er hatte die letzte Nacht im Sattel verbracht und einen ereignisreichen Tag hinter sich. Er konnte sich nicht entsinnen, seit seiner Rückkehr aus dem Krieg je so müde gewesen zu sein. »Ihr habt Recht, Mistress, vergebt mir. Geht nur heim. Und wenn Ihr morgen früh …«

»Unsinn, Sir John«, unterbrach sie. »Aber es ist eine gefährliche Stunde. Viele Kranke sterben um Mitternacht. Wir müssen zusehen, dass Euer Freund hier dem Diesseits verbunden bleibt.«

»Aber wie?«, fragte John ratlos.

»Macht Feuer. Ein Feuer ist immer ein guter Anfang.«

John riss die Bretter herunter, die er nachmittags vors Fenster genagelt hatte, die nutzlosen Fensterläden gleich mit. Er konnte die Linke zu nichts gebrauchen, aber es ging auch so. Er zertrat das Holz zu kleinen Stücken, schichtete es im Kamin auf, entzündete einen Kienspan an Mistress Odyhams Lampe und brachte sein Feuer in Gang. Glücklicherweise war das Holz morsch und trocken und brannte gut. Es begann anheimelnd zu prasseln, und sofort sah der staubige, verlassene Raum besser aus.

»Beschafft mehr Holz«, befahl die alte Frau. »Wir wollen es ihm schön warm machen.«

Also streifte John mit einem Kerzenstummel durchs Haus, zertrümmerte einen Tisch und ein paar Schemel, die er in der Küche fand, und entdeckte einige weitere höchst willkommene Schätze: ein paar Weinfässer im Keller, brauchbare Kleider für Tudor und sogar eine saubere Decke in einer Truhe, die in einem zweiten Schlafgemach stand. Er fragte sich flüchtig, wem diese Sachen wohl gehört hatten. Seinem Vater? Raymond? Einem der Ritter?

Mit der Decke und einem Krug Wein kehrte er zurück und stellte fest, dass auch Mistress Odyham nicht untätig gewesen war: Sie hatte Leinen gefunden und es irgendwie bewerkstelligt, ein Laken unter dem Bewusstlosen auszubreiten, ein zweites hatte sie in Streifen gerissen. Mit dem Wasser, das sie über dem Feuer erwärmt hatte, wusch sie die Wunden aus, ehe sie die schlimmsten verband.

John legte die gute Wolldecke ans Fußende des Bettes, und erst jetzt entdeckte er die fette Katze, die an Tudors Hüfte geschmiegt lag und schläfrig blinzelte.

»Ähm … eine Katze?«, fragte er skeptisch.

Die alte Frau hob die Schultern. »Sie ist ein lebendiges Wesen und wird ihm Trost spenden. Außerdem hält sie ihn warm.«

»Na schön. Können wir seine Rippen bandagieren? Mindestens eine ist gebrochen.«

Sie nickte. »Sie haben ihn übel zugerichtet im Newgate, he?«

John seufzte ergeben. »Ich merke, der kleine Will hat geplaudert.« Er hatte nichts anderes erwartet. Und jetzt war es im Grunde auch gleich.

Ein Lächeln huschte über ihr zerfurchtes Gesicht. »Goldiges Kerlchen.« Dann wurde sie wieder ernst und wies auf Tudor. »So was hab ich noch nie gesehen. Die Welt geht vor die Hunde, Sir John. Die Menschen sind Bestien geworden.«

In England genauso wie in Frankreich, fuhr es ihm durch den Kopf. Es war nicht wirklich eine neue Erkenntnis, aber es in so drastischer Weise demonstriert zu sehen konnte einen doch ins Grübeln bringen. »Ich widerspreche Euch nicht, Mistress.«

»Mein Sohn war auch einmal ein paar Wochen im Newgate

eingesperrt. Er hatte einen Zunftbruder verprügelt. Aber so sah er nicht aus, als er nach Hause kam.«

»Es ist kein Verbrecher, dem Ihr Eure Hilfe angedeihen lasst, falls Ihr das denkt. Nur ein gewöhnlicher Sünder. Mit mächtigen Feinden in Westminster.«

Beruhigt setzte sie ihre Arbeit fort, und als alles getan war und diese Perle nachbarschaftlicher Hilfsbereitschaft sich verabschiedet hatte, breitete John die Wolldecke über seinen Freund, rollte sich in seinen Mantel und legte sich zum Schlafen auf den Dielenboden. Bei aller Freundschaft verspürte er kein Bedürfnis, das Bett und damit die Plage der Läuse und Flöhe mit Tudor zu teilen.

Als er sich am nächsten Morgen besorgt über das Bett beugte, blickten ihm zwei klare, schwarze Augen entgegen. John lächelte erleichtert, half seinem Freund ungeschickt, sich aufzurichten, und brachte ihm die inzwischen kalte Suppe vom Vorabend. »Langsam«, riet er.

Tudor vertilgte die Suppe mit wenigen großen Schlucken und das inzwischen harte Brot mit ein paar Bissen. Den Weinbecher, den John ihm reichte, ergriff er mit beiden Händen, trank und setzte erst ab, als er zur Neige geleert war. Dann ließ er die Hände sinken, keuchte, wandte den Kopf ab und schloss die Augen.

John stand von der Bettkante auf und trat ans Fenster, um seinem Freund Gelegenheit zu geben, sich wieder zu fangen.

»Ich war nicht sicher, ob du kommst«, sagte Tudor nach einer geraumen Zeit in seinem Rücken. Die Stimme klang ein wenig heiser, wie eingerostet.

John drehte sich um. »Und warum nicht?«

»Weil ich dich im Stich gelassen habe, damals als Victor de Chinon dich geschnappt hat.«

Johns Augen verengten sich. Es fühlte sich immer noch an wie ein Fausthieb in den Magen, wenn dieser Name unerwartet fiel. »Ach, diese uralte Geschichte … Du hattest die Nachricht für Burgund. Du konntest nichts anderes tun.«

»Ich habe mich oft gefragt, ob das wirklich der Grund war, warum ich nicht umgekehrt bin. Hatte ich vielleicht einfach nur Angst? Oder bin ich gar weiter geritten, weil du ein verfluchter Engländer warst und somit verdient hattest, was immer sie mit dir tun würden?«

Im ersten Moment war John so gekränkt über diese Worte, dass er den Drang verspürte, zu gehen und Tudor niemals wiederzusehen. Aber wie üblich dachte er einen Moment nach, bevor er irgendetwas tat oder sagte. Schließlich entgegnete er kopfschüttelnd: »Letzteres kann es kaum gewesen sein. Ritter behandeln ihre Gefangenen normalerweise mit Respekt und Anstand. Sogar französische Ritter. Das wusstest du ganz genau. Du konntest gar nicht ahnen, was mir passieren würde.«

Tudor hob kurz die Linke – es war eine untypisch lustlose Geste. »Kann schon sein.«

John stieß sich von der Fensterbank ab und kam näher. »Außerdem wärst du eines so schäbigen Gedankens niemals fähig gewesen, Owen. Du hattest auch keine Angst. Du bist nur schlecht auf dich zu sprechen, das ist alles. Was du in den letzten Monaten erlebt hast, bringt einen Mann an seine Grenzen. Es ist erschütternd, sie zu entdecken, ich weiß. Man ist auf einmal nicht mehr der, für den man sich sein Leben lang gehalten hat. Aber du wirst dich schon wiederfinden, wart's ab. Mehr Wein?«

Tudor nickte.

John füllte den Becher wieder auf und gab ihn ihm. »Soll ich dich rasieren?«

»Denkst du, du kannst das, ohne ein Blutbad anzurichten?« Es klang grantig.

John hob grinsend die Schultern. »Keine Ahnung. Lass es uns probieren, he?«

Es ging besser als erwartet, obwohl er die bandagierte Linke kaum gebrauchen konnte, und das kleine Abenteuer lenkte Tudor von seinen düsteren Gedanken ab, wie John gehofft hatte. Nachdem die Rasur ein glückliches Ende gefunden hatte, hockte er sich hinter seinen Freund ans Kopfende und lauste ihn.

»Gott … Das ist eine Armee, Owen.«

»Erzähl mir doch zur Abwechslung mal etwas, das ich noch nicht weiß. Was ist mit meinen Söhnen, zum Beispiel?«

»Sei unbesorgt, es geht ihnen prächtig.« John fand eine besonders wohl genährte Laus und zerquetschte sie zwischen Daumen und Zeigefinger. »Ich habe sie zwei-, dreimal besucht.«

»Gott segne dich, Waringham.«

»Natürlich fragen sie immerzu nach dir. Du solltest dir überlegen, auf Margaret Beauchamps Angebot einzugehen und Verwalter auf ihrem kleinen Gut in Barking zu werden. Ich denke nicht, dass du jetzt noch Grund hast, dich in Wales zu verstecken. Gloucester hatte seine Chance, dich zu töten, und hat sie vertan. Wie so viele Chancen in seinem Leben. Er wird kein zweites Mal wagen, gegen den ausdrücklichen Willen des Königs zu verstoßen.« Dafür würde er sorgen.

Tudor wechselte das Thema. »Wo sind wir hier?«

»Im Londoner Haus meines Vaters. Raymond hat es nie benutzt. Es ist runtergekommen, aber ein Dach über dem Kopf.«

»Denkst du nicht, dass sie schnell darauf kommen werden, hier nach uns zu suchen?«

Tudor sprach gelassen, aber John spürte, wie die Schultern sich anspannten. Er konnte sich unschwer vorstellen, welche Ängste sein Freund ausstand. »Niemand wird nach uns suchen, Owen. Wie ich Talbot kenne, wird er Gloucester überhaupt nicht sagen, dass du verschwunden bist. Er ist ein elender Feigling und wird darauf hoffen, dass du nach Wales verschwindest und Gloucester glaubt, du seiest im Newgate verreckt.«

»Und wenn du dich irrst?«

»Reitet der Hornschnitzer von gegenüber nach Windsor und übergibt Simon Neville einen versiegelten Brief. Aber ich glaube nicht, dass es dazu kommt. Du bist hier in Sicherheit. Ruh dich aus. Je eher du wieder zu Kräften kommst, umso schneller kann ich dich nach Waringham schaffen.«

»Ich hab immer noch fürchterlichen Hunger, John.« Die schwarzen Augen in dem abgemagerten Gesicht wirkten riesig und unruhig. »Sie lassen sich allerhand einfallen, um einen mürbe zu machen. Aber der Hunger war das Schlimmste. Als Junge in Aberystwyth hab ich manchmal gehungert. Aber nie … so.«

John klopfte ihm behutsam die Schulter und stand auf. »Da du dein Frühstück wider Erwarten bei dir behalten hast, werd ich mich auf die Jagd begeben. Ich hab ohnehin die Nase voll von deinen Läusen.« Er wusch sich die rechte Hand in Mistress Odyhams Wasserschüssel. »Das ist ein Fall für Liz Wheeler. Wahrscheinlich muss sie dir den Schädel rasieren.«

Er war schon an der Tür, als Tudor ihn zurückrief. »John, ich kann mich nicht an alles erinnern, was letzte Nacht passiert ist. Aber ist es möglich, dass du … ein Kind entführt hast, um mich freizupressen?«

John lachte in sich hinein und wandte sich um. »Will Talbot. Netter kleiner Bengel. Ich hab mich gefragt, wann du mich deswegen mit Vorwürfen überschütten würdest. Aber sei beruhigt. Die Nachbarin hat ihn gehütet und gefüttert. Zuerst wollte ich ihn hier einsperren, aber ich konnte nicht. Er erinnerte mich an Henry in dem Alter.«

Eltham, Januar 1438

Der Hof hatte das Weihnachtsfest auf dem Land verbracht, denn der König zog die familiäre Atmosphäre von Eltham dem Prunk und Gewimmel von Westminster vor. Pünktlich zum Heiligen Abend hatte es angefangen zu schneien, was den Glanz kindlicher Freude in Henrys Augen gezaubert hatte, und sie hatten unbeschwerte Tage verlebt. Mit dem Pferdeschlitten waren sie in die verschneiten Hügel von Kent gefahren, und am Tag der unschuldigen Kindlein, der ganz im Zeichen des Schabernacks stand, hatten der König und Kate und das übrige

Jungvolk im Garten einen Schneemann gebaut und ihm Henrys schwere Krone aufgesetzt.

Ehe es dunkelte, hatte der umsichtige Simon Neville das kostbare Stück wieder hereingeholt. Barhäuptig stand der Schneemann nun seit einer Woche im Garten, und die Krone saß auf dem Kopf, auf den sie gehörte.

»Nun sieh dir Richard of York an«, raunte Lady Eleanor Cobham ihrem Gemahl zu. So nah war sie ihm, dass ihre Lippen unauffällig sein Ohr liebkosen konnten, und Gloucester legte ihr verstohlen eine Hand auf das rundliche Hinterteil.

»Was soll mit ihm sein?«, fragte er. »Er sieht großartig aus. Das Jahr im Feld hat ihm Selbstvertrauen beschert. Der Henker mag wissen, wieso, denn erreicht hat er nichts.«

»Ich meine, wie er den König anstiert. Man kann förmlich hören, was er denkt: *Es ist* meine *Krone.* Ich *sollte sie tragen. Nicht dieses frömmelnde Bübchen.*«

»Ich glaube, deine Fantasie geht mit dir durch, meine Liebe«, entgegnete Gloucester trocken. »Richard of York hat uns noch nie Anlass gegeben, an seiner Ergebenheit zu zweifeln.«

»Nein. Er ist ein kluger Kopf. Er wartet auf den richtigen Moment.«

Gloucester schob den Daumennagel zwischen die Zähne und betrachtete seinen jungen Cousin mit verengten Augen. Dann sagte er achselzuckend. »Nun, da du bislang zu verhindern gewusst hast, dass seine kleine Cecily ihm einen Erben schenkt, brauchen wir uns keine Sorgen zu machen.«

»Auf ein Wort, Mylord«, murmelte plötzlich eine Stimme hinter seiner Schulter, und Gloucester fuhr herum.

»John of Waringham, sieh an.« Er lächelte frostig. Fieberhaft überlegte er, was genau er als Letztes gesagt hatte und was Waringham gehört haben mochte, aber er war Politiker genug, um seine Verunsicherung für sich zu behalten. »Sagt nicht, Ihr habt dienstfrei. Ich dachte, das gäbe es beim treuesten der königlichen Leibwächter gar nicht. Könnt Ihr überhaupt noch existieren, ohne dieselbe Luft zu atmen wie der König?«

John betrachtete erst ihn, dann Lady Eleanor geruhsam von

Kopf bis Fuß. »Als Captain der Leibwache gehört es zu meinen Pflichten, alles zu hören und alles zu sehen, Mylord. Viele Dinge, die anderen verborgen bleiben«, fügte er ominös hinzu. »Darum habe ich leider immer Anlass, um die Sicherheit des Königs zu fürchten, und nur selten Muße, mir ein paar freie Stunden zu gönnen.«

Einen Moment herrschte ein unheilschwangeres Schweigen. Dann hob Gloucester das Kinn. »War es das, was Ihr auf dem Herzen hattet? Ich bin sicher, Arthur Scrope wäre gerne bereit, Euch wieder einmal im Amt abzulösen, wenn es Euch über den Kopf wächst.«

»Wenn ich sechs Fuß unter der Erde liege, nicht einen Tag eher«, gab John grimmig zurück. »Aber eigentlich wollte ich mit Euch über Owen Tudor sprechen, Mylord.«

Gloucester verzog angewidert das Gesicht. »Was soll mit ihm sein? Ich nehme an, er schimmelt irgendwo im walisischen Ödland vor sich hin.«

»Nein. Ihr wisst ganz genau, wo er das letzte halbe Jahr vor sich hingeschimmelt hat. Und ich weiß es auch, Mylord. Das war es, was ich Euch sagen wollte.« Er sah von Gloucester zu Lady Eleanor und wieder zurück, ehe er leise fortfuhr: »Ich habe ihn herausgeholt und in Sicherheit gebracht.«

Nach drei Tagen war Tudor weit genug wiederhergestellt gewesen, dass John ihn nach Waringham hatte bringen können. Wie gehofft, hatte Liz den Waliser bald wieder auf den Beinen, und noch vor Beginn der Adventszeit hatte John ihn nach Barking zu seinen Söhnen begleitet.

»Ich habe keine Ahnung, wovon Ihr sprecht, Waringham«, behauptete Gloucester stirnrunzelnd. »Und ich wäre dankbar, wenn Ihr uns nun in Ruhe ließet, denn Ihr verderbt mir die Festtagslaune.«

»Ich bin untröstlich. Je eher Ihr aufhört zu heucheln, desto schneller werde ich Euch verschonen. Ich *weiß*, dass Ihr dahinter steckt, denn Talbot hat es eingestanden.«

»Na und?«, zischte Lady Eleanor. »Tudor hatte nichts Besseres verdient. Wofür haltet Ihr Euch eigentlich, Waringham, dass Ihr uns hier mit irgendwelchen Vorhaltungen langweilt? Owen Tudor ist ein Nichts, ein Niemand, genau wie Ihr, und nicht wert, dass Ihr unsere Zeit mit ihm verschwendet. Und jetzt schert Euch weg.«

John kräuselte angewidert die Lippen. Ohne sie auch nur noch eines Blickes zu würdigen, fuhr er an ihren Mann gewandt fort: »Ihr habt einer königlichen Urkunde zuwider gehandelt, Mylord. Henry hatte Tudor auf freies Geleit Brief und Siegel gegeben, Ihr habt das missachtet. Und damit des Königs Ehre verletzt, die ihm sehr kostbar ist, wie Ihr sicher wisst.«

Gloucester seufzte vernehmlich. »Ihr Waringhams müsst immerzu von Ehre faseln, das macht einen ganz krank. Also, was kostet mich Eure Diskretion in dieser lächerlichen Angelegenheit? Wie ich höre, habt Ihr Eurem Töchterchen gerade einen Neville gekauft. Ich wette, der war teuer. Wie viel wollt Ihr?«

John lachte leise. »Eure Beleidigungen waren schon ausgefallener, Mylord.« Dann wurde seine Miene wieder finster. »Ihr könnt meiner Diskretion gewiss sein, solange Owen Tudor und seine Söhne in Frieden gelassen werden. Pfeift Arthur Scrope, Euren getreuen Bluthund, zurück. Wenn einem der Tudors je wieder ein Haar gekrümmt wird, bring ich ihn an den Galgen und Euch in Schwierigkeiten. Ist das klar?« Er sah Gloucester in die Augen und nickte dann. »Gut.« Vor Lady Eleanor verneigte er sich galant. »Es war wie immer abscheulich, Euch zu treffen, Madam. *Bonne soirée*.«

Ohne Eile schlenderte er davon und schloss sich seiner Frau an, die mit ihrer Mutter und ihrer Tante Lady Joan Beaufort zusammenstand. Letztere erzählte mit gesenkter Stimme eine ihrer saftigen Klatschgeschichten, und es dauerte nicht lange, bis John und die Damen in Gelächter ausbrachen, das einen Hauch von Schadenfreude zu enthalten schien.

Da Gloucester immer argwöhnte, das bevorzugte Opfer der Spötter bei Hofe zu sein, fragte er sich unwillkürlich, ob er vielleicht Gegenstand der Geschichte gewesen war.

»Dieser Waringham wird gefährlich, Humphrey«, sagte

Lady Eleanor ihrem Gemahl, und sie sagte es nicht zum ersten Mal.

»Unsinn«, brummte Gloucester.

»Es stimmt, was er behauptet: Er hört alles, und er sieht alles. Er weiß zu viel. Solange er da ist, wird unser Plan niemals gelingen. Und wir haben nicht mehr ewig Zeit. Der verfluchte Kardinal spricht ständig davon, dass Henry sich in absehbarer Zeit für eine Braut entscheiden muss. Es würde mich gar nicht wundern, wenn er einen Namen aus Frankreich mitbringt. Er kann es ja nicht erwarten, dem König eine Braut ins Bett zu legen. Notfalls würde er sie wahrscheinlich selbst schwängern. Hauptsache, sie bekommt einen Prinzen und Humphrey of Gloucester verliert sein Erbe. Den Thron, der ihm zusteht.«

Gloucesters Wangenmuskeln spannten sich an, und der Blick, mit dem er John verfolgte, war feindselig. »Aber was können wir tun?«

Sie lächelte, nahm sein Ohrläppchen zwischen die Zähne und flüsterte: »Ich lasse mir etwas einfallen, Mylord.«

Waringham, April 1438

Wie so oft war der Frühling zeitig nach Kent gekommen, brachte milde Seewinde und reichlich Regen. Eine Woche nach der Pferdeauktion strahlte die Sonne indessen vom blassblauen Himmel und ließ die saftigen Wiesen auf den Hügeln leuchten. Doch John behauptete, das Strahlen der Sonne verblasse neben dem seiner Tochter, als er sie zur Burgkapelle führte und an der Pforte ihre Hand in die ihres Bräutigams legte.

Vater Egmund traute das Paar und führte es anschließend für die Messe in das kleine Gotteshaus, aber es waren so viele Gäste zur Hochzeit gekommen, dass nicht alle in der Kapelle Platz fanden: Neben den Menschen von der Burg, dem Gestüt und aus dem Dorf hatten sich auch Daniel, Cedric of Harley und William Fitzwalter von der königlichen Leibwache eingefunden, Julianas Cousine Margaret Beauchamp, ihre Mutter Lady Adela und selbst der Kardinal, Owen Tudor und seine drei Söhne.

Robert of Waringham stand mit verschränkten Armen im Schatten des Eingangs zum Bergfried und betrachtete das bunte Treiben und das offensichtliche Glück seiner Cousine mit Desinteresse. Wie er ihr einmal unumwunden gesagt hatte, hätte er es lieber gesehen, ihr Vater hätte sie mit irgendeinem widerwärtigen Rohling verheiratet, aber im Grunde war ihm gleich, was aus ihr wurde. Hauptsache, sie verschwand endlich aus Waringham und aus seinem Leben. Immerhin bot sich ihm anlässlich ihrer Hochzeit, die fast alle Bewohner aus dem Hauptgebäude der Burg gelockt hatte, endlich eine Gelegenheit, auf die er schon des Längeren gewartet hatte.

Als er Alys mit zwei großen, leeren Weinkrügen die Kellertreppe hinabgehen sah, schlich er ihr nach und zog die Tür des Weinkellers hinter sich zu. Er hatte den Schlüssel. Seine Mutter hatte ihm den Ring überlassen, nachdem er sich erboten hatte, während der Trauung das Gesinde bei den Vorbereitungen zum Festmahl zu beaufsichtigen.

Er wartete, bis Alys den Hahn geöffnet hatte und der tiefrote Burgunder schäumend in den Krug plätscherte. Dann pirschte er sich von hinten an und schlang die kräftigen Arme um ihren Leib. »Hab ich dich …«

Ihr spitzer Schrei hallte in dem großen Gewölbekeller, und Robert lachte leise vor sich hin. »Schsch«, flüsterte er ihr ins Ohr. »Ich bin es nur. Kein Grund für solch ein Getöse.«

»Sir Robert …« Ihre Stimme klang dünn und mutlos. Sie versuchte sich aufzurichten, aber er hatte sich über sie gebeugt und strich mit den Lippen über ihren Nacken.

Alys kniff die Augen einen Moment zu. Dann schloss sie den Hahn und stellte den Krug auf den nackten Lehmboden. »Bitte, Mylord, lasst mich los.« Sie sprach so fest, wie sie konnte.

»Nein.« Er schob ihren Rock hoch und die Linke zwischen ihre Schenkel.

Alys entfuhr ein klägliches Wimmern.

»Ich habe doch so lange auf dich gewartet, Alys. Du kannst vernünftig sein, dich folgsam auf den Rücken legen und die Beine für mich breit machen, oder ich bespringe dich hier, wo wir stehen, wie ein Hengst die Stuten. Mir ist es gleich.«

Alys begann zu weinen. »Oh, bitte, Mylord, das dürft Ihr nicht tun. Wisst Ihr denn nicht, wer ich bin?«

»Alys, die Küchenmagd?« tippte er amüsiert. Für Robert war es ein Spiel, und ihre Furcht steigerte seine Erregung, denn es war ein berauschendes Gefühl, so viel Macht zu haben.

»Ich bin Eure Schwester, Sir Robert«, es klang erstickt, ging fast in ihrem verzweifelten Schluchzen unter. Von Raymond of Waringhams vielen Bastarden hatten Alys und ihre Geschwister es immer am schwersten gehabt, denn ihre Mutter, die Köchin, war im Dorf nach wie vor schlecht gelitten. Alys hatte immer das Gefühl gehabt, für Sünden bestraft zu werden, die nicht ihre eigenen waren.

»Du hast Recht«, erwiderte Robert. »Es wäre irgendwie unpassend, wenn wir es machen wie anständige Christenmenschen, nicht wahr?«

Ohne die geringste Mühe zwang er sie auf alle viere hinab, kniete sich hinter sie und drang mit einem gewaltigen Stoß in sie hinein. Alys fing an zu schreien. Es waren unartikulierte, wortlose Schreie des Entsetzens, die die nackten Steinwände zurückwarfen, dass es sich schließlich anhörte, als heulten ein Dutzend verlorener Seelen. Die Magd versuchte, sich loszureißen und wegzukriechen, aber Robert hielt ihre Schultern umklammert, und er war trotz seiner siebzehn Jahre schon bärenstark.

Gebannt lauschte er den Lauten ihres Jammers, und kurz bevor er so weit war, legte er die Hände um ihren schmalen Hals und drückte zu. Nur ein bisschen. Aber genug, um sie in Todesangst zu versetzen, und als sie zu röcheln begann, ergoss er sich in sie.

Sofort zog er sich zurück, wischte sein Glied an ihrem Rock ab, stand auf und schnürte seine Hosen zu.

Alys hatte sich auf die Seite fallen lassen, weinte, rang nach Luft und hatte den Kopf in den Armen vergraben.

Robert schaute auf sie hinab. Sein Mund lächelte, seine Augen strahlten – es war ein schönes Jünglingsgesicht. »Hör jetzt auf zu flennen«, befahl er, seine Stimme vollkommen ruhig, nicht einmal unfreundlich. »Na komm schon, tu nicht so, als wäre es das Ende der Welt. Füll deine Krüge und bring sie nach oben, ehe irgendwer dich vermisst.«

Sie richtete sich langsam auf, kam auf die Füße und starrte ihn an. »Was … was wird, wenn ich ein Kind von Euch kriege?«

Er gluckste und hob die Schultern. »Was glaubst du wohl, was mich das kümmert? Erzähl deinem Jim – oder wie er auch heißt –, es sei von ihm. Dein wackerer, rotwangiger Bauernbursche besorgt es dir doch bestimmt sowieso jede Nacht ein Dutzend Mal, oder? Somit wüsstest du gar nicht, ob's von mir ist oder von deinem Gemahl. Aber wenn es von mir ist, wäre es nicht nur dein Sohn oder dein Töchterchen, sondern gleichzeitig dein Neffe, beziehungsweise deine Nichte. Ist das nicht ein interessanter Gedanke?«

Alys schüttelte den Kopf. Was genau sie verneinte, die Möglichkeit, ihrem Halbbruder einen Bastard zu gebären, oder dieses ganze grauenvolle Erlebnis, war nicht auszumachen. Sie weinte immer noch, aber das Schluchzen hatte nachgelassen, und Robert erkannte etwas in ihrem Blick, das man für Zorn oder gar Rachedurst hätte halten können. Ihr Kampfgeist gefiel ihm. Er liebte Herausforderungen. Er würde sie sich wieder holen, ging ihm in diesem Moment auf. Und zwar bald. Doch was er sagte, war: »Komm ja nicht auf die Idee, deinem Mann von uns zu erzählen, Schwesterherz. Er ist mit der Pacht im Rückstand. Und wenn er mit irgendwelchen Klagen zu meinem Vater oder Onkel kommt, dann sorge ich dafür, dass ihr euer Vieh verliert, ist das klar? Und Alys …« Er packte ihren Unterarm und zog sie so nah heran, dass sie seinen Atem auf dem Gesicht spüren konnte. »Wenn du auf die Idee verfallen solltest, zu meinem … entschuldige, zu unserem alten Herrn zu gehen und ihm etwas vorzujammern, dann bring ich dich um. Glaub mir lieber.«

Sie sah ihm in die Augen, wie ein gebanntes Kaninchen die Schlange anstarrt, und nickte.

Robert zeigte sein schönes Jungenlächeln, ließ sie los und füllte sich einen Zinnbecher aus dem Burgunderfass. Dann lehnte er sich an einen steinernen Pfeiler, kreuzte die Knöchel und trank genüsslich.

»Hm! Gut.« Er hielt ihr den Becher hin. »Mal probieren?«

Sie machte sich keine Mühe, ihren Abscheu vor ihm zu verbergen. »Dafür werdet Ihr in die Hölle kommen, Sir Robert.«

»Ach ja.« Er seufzte tief. »Doch ihre wahren Diener haben keinen Grund, sie zu fürchten, mein Täubchen.«

Als er ihre schreckgeweiteten Augen sah, warf er den Kopf zurück und lachte. Es war ein hübsches Lachen, ausgelassen und voller Frohsinn, und auch seine Stimme warf das Gewölbe echogleich zurück.

Nach der Messe gab es im Innenhof der Burg ein großes Durcheinander, denn alle drängelten sich um das Brautpaar, um zu gratulieren.

Tudor küsste der Braut die Stirn und drosch dem Bräutigam auf die Schulter. »Caitlin, Simon. Gott segne euch. Ich habe gute Erinnerungen an dieses Kirchlein. Möge euch so viel Glück beschieden sein wie der Königin und mir, aber ein paar Jahre länger.« Ein übermütiger Glanz lag in seinen Augen, den John lange nicht gesehen hatte.

Kate stellte sich auf die Zehenspitzen und küsste Tudor die Wange. »Danke, Owen.« Sie war eine schöne Braut in ihrem honigfarbenen Kleid, das ihr blondes Haar ebenso betonte wie ihre dunklen Augen.

John stand ein wenig abseits, betrachtete die frohe Szene und konnte ein wehmütiges Seufzen nicht unterdrücken. Als ein schlanker Arm sich um seine Taille legte, bemerkte er: »Sie sieht aus wie meine Braut.«

»So schön war ich?«, fragte Juliana ungläubig.

Er schaute sie an. »Und bist es noch.«

Sie verzog spöttisch einen Mundwinkel. »Heißen Dank für dieses originelle Kompliment. Aber ich sehe ein, dass ich dir kaum eine andere Wahl gelassen habe, als es aus dem Hut zu ziehen …«

Lachend küsste er ihren Schwanenhals. »Aber es ist wahr.« Das war es wirklich. Juliana war erst zweiunddreißig, ihre Figur nur eine Spur fraulicher als die des Mädchens, das er vor achtzehn Jahren entführt hatte, ihr Gesicht frisch und faltenlos. Es hatte gelebt, dieses Gesicht, war kein unbeschriebenes Blatt wie Kates, und John wurde es nie überdrüssig, darin zu lesen.

»Vermutlich ist es albern, rührselig zu werden, wenn man sein Kind weggibt«, murmelte er.

Sie strich ihm mit der freien Linken über die Wange. »Das ist wahr. Zumal du in Zukunft mehr von ihr sehen wirst als früher, wenn Simon sie mit an den Hof nimmt.«

John nickte. Es war ein schwacher Trost. »Komm. Lass uns hineingehen und sehen, ob alles fürs Festmahl gerichtet ist.«

Arm in Arm wandten sie sich ab, als eine vertraute Stimme in seinem Rücken sagte: »Gott zum Gruße, John.«

John fuhr so heftig herum, dass er seine Frau um ein Haar ins Gras geschleudert hätte. Dann ließ er sie los, legte die rechte Hand über den Mund und flüsterte undeutlich: »Süßer Jesus …«

»Nein, nein, ich bin's nur«, gab der Besucher trocken zurück und streifte die Kapuze ab.

Mit einem Laut, der halb wie ein Stöhnen und halb wie Jubel klang, schloss John ihn in die Arme. »Gott zum Gruße, John.«

Juliana sah den Fremden die Augen zukneifen, und zwei Tränen stahlen sich unter den langen Wimpern hervor. Dann schlug er die Lider wieder auf und lächelte ihr über Johns Schulter hinweg zu. Es war ein hageres, bartloses Gesicht mit ausgeprägten Wangenknochen und dunklen, melancholischen Augen.

Juliana hatte diesen Mann nie zuvor gesehen, aber sie erkannte ihn sofort. »Willkommen daheim, Mylord of Somerset.«

Er löste sich von John – der immer noch um Haltung rang und sich mehrmals mit dem Ärmel über die Augen fuhr –, verneigte sich mit der Hand auf der Brust, legte ihr dann die Hände auf die Schultern und küsste ihr die Wange. »Danke, Madam. Oder soll ich dich ›Cousinchen‹ nennen, wie mein respektloser Bruder Edmund?«

Sie nickte. »Nur zu. Umso leichter wird es uns allen fallen, zu vergessen, wie lange du fort warst.«

Wie schon so oft in der Vergangenheit beneidete John seine Frau um die Gabe, in schwierigen Lagen die richtigen Worte zu finden, während er selbst tumb und sprachlos daneben stand.

Er nahm sich zusammen und legte seinem lang entbehrten Freund kurz die Hand auf den Arm. »Es tut mir Leid, dass du hier in solch einen Trubel geraten bist. Das kann kaum das Richtige sein so kurz nach deiner Heimkehr.«

Somerset spähte zur Kapelle hinüber. »Sind es etwa mein Knappe und euer Töchterchen, die da heiraten?«

John nickte.

Sie sahen sich an, ohne zu lächeln. John schämte sich für all die guten Jahre, die er in England hatte verbringen dürfen, während Somerset in Frankreich gefangen gewesen war. Und Somerset, wusste John, war ratlos, wie und wo er anknüpfen sollte.

»Seit wann bist du zurück?«, fragte er unbeholfen.

»Gestern in Dover gelandet«, antwortete Somerset. »Auf der Burg traf ich den Sheriff, der mir sagte, dass ich hier heute vermutlich alle Menschen treffen würde, die mir teuer sind …« Er ließ den Blick wieder über die vielen Hochzeitsgäste schweifen, suchte nach einem vertrauten Gesicht.

Owen Tudor löste sich aus dem Menschenknäuel und kam auf sie zu. Erst gemessenen Schrittes. Dann rannte er. Ohne ein Wort drückte er Somerset an die Brust, als sei er wild entschlossen, ihm sämtliche Rippen zu brechen. »Oh, Junge. Ich glaub's einfach nicht«, murmelte er.

»Nein.« Somerset grinste flüchtig. »So geht's mir auch. Gut, dich zu sehen, Tudor.«

Der Waliser legte ihm die Rechte auf die Schulter. »Und dich erst.«

John fasste sich allmählich. »Meine Tochter hat geheiratet, ich fürchte, ich muss mich in der Halle blicken lassen. Wie wär's, wenn ihr beide euch die Treppe hinaufmogelt? Gleich über der Halle liegt ein stiller, behaglicher Raum, wo jetzt keine Menschenseele ist. Ich schicke Euch Wein und etwas Gutes von der Tafel, und sobald ich kann, stoße ich zu euch.«

Somerset nickte erleichtert, und auch Tudor willigte ein. »Sorg dafür, dass irgendwer meine Brut hütet, sonst ist die Burg deines Bruder heute Abend geschleift.« Und damit führte er Somerset um die ganze Hochzeitsgesellschaft herum zum Eingang des Bergfrieds.

John sah ihnen nach. Somersets breite Schultern betonten nur, wie dünn er war, und er ging ein klein wenig gebeugt, so als fürchte er, jeden Moment mit dem Kopf an einen Türsturz zu stoßen. Das modisch kurz geschnittene Haar war fast völlig grau.

»Siebzehn Jahre«, murmelte John und schüttelte den Kopf. »Gott verfluche Humphrey of Gloucester. Ohne ihn hätte Somerset nach drei Jahren wieder hier sein können.«

»Ich weiß, Liebster.« Juliana nahm seine Hand. »Und jetzt komm. Lass Kate nicht merken, wie es in dir aussieht.«

Dank Tudors Hilfe hatte Somerset die Erschütterung über seine Heimkehr und das plötzliche Zusammentreffen mit lang entbehrten, einst vertrauten Menschen schneller überwunden, als er für möglich gehalten hätte. Sein walisischer Freund, wusste Somerset, begegnete den Wechselfällen des Schicksals wie eine Birke dem Wind: Er beugte sich, und wenn der Sturm sich gelegt hatte, richtete er sich wieder auf und stand fester denn je. Auf seine nüchterne Art erzählte er Somerset vom Tod der Königin und den Monaten im Newgate, und ehe der jüngere Mann es sich versah, redete er sich seinerseits die Einsamkeit, den Zorn und die Verzweiflung von der Seele, die mit jedem Jahr schlimmer geworden waren, da er von einer französischen

Burg zur nächsten verfrachtet wurde wie eine herrenlose Reisetruhe, bis sich niemand mehr so recht zu erinnern schien, wer ihn wann und warum gefangen genommen hatte oder wer genau er eigentlich war. Er vertraute Tudor an, dass er vor vier Jahren im Winter einmal versucht hatte, sich am Dachstuhl des dicken Turms in Beaurevoir zu erhängen, sein Strick aber gerissen war und er sich bei dem Sturz den Knöchel gebrochen hatte. Als Tudor daraufhin in dröhnendes Gelächter ausbrach, war er erst schockiert, dann gekränkt, dann stimmte er mit ein. Und es war in diesem Moment, dass er sich zum ersten Mal frei fühlte, erlöst, entfesselt.

Dann kamen sie. Einer nach dem anderen kam aus der Halle herauf, um ihn zu begrüßen und ihm zu sagen, wie froh sie über seine Heimkehr waren: sein Onkel Kardinal Beaufort, sein einstiger Knappe Simon Neville, Raymond of Waringham, dessen Sohn Daniel und ein paar andere. Somerset war ihnen dankbar, doch bald wurde ihm der Trubel zu viel. Da die Sonne unverändert schien, befolgte er Tudors Rat und schlich sich hinaus in den Rosengarten, um ein Weilchen allein zu sein.

Er streifte die gepflegten Wege entlang, befühlte die zarten, ledrigen Blätter der Rosensträucher und suchte erfolglos nach den ersten Knospen. Schließlich setzte er sich auf eine der Bänke, schloss die Augen, hielt das Gesicht in die Sonne und lauschte den Vögeln.

Als ein Schatten auf ihn fiel, öffnete er die Lider – langsam und unwillig. Wer nun schon wieder, fragte er sich, und dann sprang er eilig auf die Füße und verneigte sich. »Vergebt mir, Madam.«

Vor ihm stand eine Elfe, so schien es im ersten Moment. Ein so zierliches Wesen, dass man meinen konnte, es sei aus Spinngewebe und werde mit dem nächsten Windhauch davongeweht.

»Nein, ich muss mich entschuldigen«, antwortete die Elfe. »Ich bin hergekommen, um ein paar Augenblicke der Stille zu finden, aber das hat gewiss auch Euch hergeführt. Ich wollte Euch nicht stören. Setzt Euch einfach wieder hin und macht die Augen zu, Sir. Der Garten ist groß genug für uns beide.« Als sie lächelte, hatte sie plötzlich Ähnlichkeit mit seiner Cousine Juliana, und doch war sie ganz anders. Sie wirkte kühl und fast ein wenig erhaben in ihrem schwarzen Kleid.

»Geht noch nicht«, hörte er sich sagen. Er hätte nie gedacht, dass er fähig wäre, so etwas zu einer Frau zu sagen. Es war forsch, fast unverschämt. Nicht seine Art.

Sie zog die Brauen hoch und neigte den Kopf zur Seite.

Er legte die Hand auf die Brust und verbeugte sich nochmals. »John Beaufort, Madam, zu Euren Diensten.«

»Jesus … Ihr seid der verschwundene Earl of Somerset.«

»Ganz recht. Aber seid so gut und erspart mir Eure Betroffenheit. Ich habe heute mehr davon gesehen, als ich verkraften kann.«

»Margaret Beauchamp, Mylord.«

»Ah. Warwicks Tochter?«

Sie schüttelte den Kopf. »Nichte. Nicht einmal ersten Grades.«

»Und doch seht ihr Eurer Cousine Juliana ähnlich, Madam. Die übrigens auch meine Cousine ist.«

»Aber wir sind nicht verwandt, Ihr und ich. Seltsam.«

Er nickte und fragte mit einer Geste auf Ihr Kleid: »Ihr seid in Trauer? Ich hoffe, ich trete Euch nicht zu nahe mit meinem eitlen Geplauder, Lady Margaret.«

»Im Gegenteil. Ich bin die Witwe von Sir Oliver St. John. Aber seid so gut und erspart mir Eure Betroffenheit, Sir, denn auch ich habe mehr davon gesehen, als ich verkraften kann.«

»*Touché*.« Sein Lächeln war das schönste und das traurigste, das sie je gesehen hatte. »Ich muss einräumen, dass Schwarz Euch hervorragend steht«, fügte er hinzu.

Sie erwiderte sein Lächeln, doch ihre Stimme klang eine Spur abweisend, als sie antwortete: »Das trifft sich gut, denn ich habe vor, es bis an mein Lebensende zu tragen. St. John hat mir gereicht. Ich werde nie wieder heiraten, wisst Ihr.«

Somerset seufzte. »Da könnt Ihr sehen, welch ein Unglücksrabe ich bin, Lady Margaret. Wäret Ihr vielleicht dennoch gewillt, Euch ein Weilchen zu mir zu setzen? Wir brauchen nicht zu reden. Wir können die Augen schließen und die Stille genießen.«

Und das taten sie, Seite an Seite.

Windsor, Mai 1438

Sire, es wird Zeit, dass wir den Burgundern ein Angebot machen«, sagte der Kardinal. Wie üblich klang die Stimme angenehm, aber der Ton war drängend. »Flandern und Burgund dürsten nach englischer Wolle, und wir sind auf die Zolleinnahmen angewiesen, der Wollhandel muss schnellstmöglich wieder beginnen. Aber wenn wir nicht Bewegung in die Verhandlungen bringen, dann werden sie auf der Stelle treten. Es wäre zumindest eine Überlegung wert, den Thronanspruch des Dauphin für die Territorien anzuerkennen, die er ohnehin schon beherrscht.«

»*Was?*«, fragte der König entsetzt.

»Das fasse ich nicht!«, rief Gloucester im selben Moment. »Es ist Verrat, was Ihr da redet, Eminenz.«

Beaufort streifte ihn mit einem kurzen abfälligen Blick. »Wie gern du mit diesem Vorwurf um dich wirfst, Humphrey. Aber im Gegensatz zu dir verschließe ich nicht die Augen vor den Tatsachen, sondern versuche zu retten, was eben noch zu retten ist. Unsere Kriegskassen sind leer, unsere Stellung in Frankreich wackelt. Wenn wir nicht bald einen Frieden aushandeln, werden wir diesen Krieg verlieren, ob du es nun hören willst oder nicht.«

Gloucester und der König schnappten beide nach Luft.

»Aber ihm einen Anspruch auf die Krone zuzubilligen, hieße, dass ich auf meinen verzichten müsste, Onkel«, wandte Henry ein. »Alles, was mein Vater erfochten hat, alles, worum wir seit seinem Tod gekämpft haben, wäre dahin. Wie könnt Ihr so etwas auch nur erwägen?« Es klang eher verständnislos als entrüstet.

»Es ist keine Rede davon, dass Ihr auf Eure französische Krone und Eure Territorien verzichten sollt, Sire«, widersprach der Kardinal.

»Das ist doch lächerlich«, warf Gloucester ein. »Es kann nur ein König auf Frankreichs Thron sitzen. Alles andere ist Augenwischerei. Und Verrat, ich bleibe dabei.«

»Und doch wäre es nicht das erste Mal in der Geschichte Frankreichs, dass es mehr als einen König hat«, sagte eine Stimme von der Tür.

Der König wandte den Kopf. John of Waringham stand mit einem ihm unbekannten Mann am Eingang. Und ehe Henry sich noch erkundigen konnte, was diese ungehörige Störung seiner Unterredung mit seinen beiden wichtigsten Beratern zu bedeuten habe, trat der Fremde auf ihn zu und kniete vor ihm nieder. »Mein König.« Die Stimme bebte ein wenig.

Henry sah vor sich einen hageren Mann mit breiten Schultern und grauem Haar, und obwohl dieses Gesicht ihm unbekannt war, hatte es doch auf unbestimmte Weise etwas Vertrautes. »Wer seid Ihr, Sir?«, fragte er.

»John Beaufort, Mylord.«

Henry riss die Augen auf. »Mein Cousin Somerset?«

Der lächelte. »So ist es.« Er ergriff die Hand des Königs mit seinen beiden und sah ihm in die Augen. »Es tut mir Leid, dass ich all die Jahre Eurer Jugend nicht an Eurer Seite sein konnte. Kein Tag ist vergangen, ohne dass ich an Euch gedacht und für Euer Wohlergehen gebetet habe. Und nun bin ich wieder hier – und gekommen, um Euch endlich meinen Lehnseid zu schwören und Euch meine Dienste und mein Schwert anzubieten.«

Der junge König stand auf, zog Somerset auf die Füße und umarmte ihn innig. »Die ich mit Freuden annehme, Cousin. Gott sei gepriesen, dass Ihr endlich zurück seid, wahrlich und wahrlich. John, Euer Bruder, seine Eminenz und viele andere hier haben Euch so schmerzlich vermisst. Und ich ebenfalls, Sir, obwohl wir uns noch nie begegnet waren.«

Sie sahen sich einen Moment in die Augen, und beide lächelten.

»Willkommen in England, Somerset«, knurrte der Herzog.

»Oh, wärmsten Dank, Gloucester. Ich weiß, es kommt von Herzen«, erwiderte der jüngere Mann eher amüsiert als verbittert.

»Ich bin sicher, der König brennt darauf, Euch Euren Eid abzunehmen, aber wenn Ihr uns noch ein Weilchen entschuldigen wollt, wir haben wichtige Entscheidungen …«

Henry unterbrach ihn mit einem Wink, als verscheuche er eine lästige Stechmücke. »Nehmt Platz, Cousin. Und erklärt mir, was Ihr meintet, als Ihr gesagt habt, Frankreich habe schon einmal mehr als einen König gehabt.«

Somerset setzte sich auf den angebotenen Sessel, legte die Hände auf die Knie und erwiderte: »Nun, ich bin sicher, Ihr kennt die Geschichte Karls des Großen, nicht wahr? Seine Enkel teilten das fränkische Reich untereinander auf und herrschten gleichberechtigt, ohne dass der eine dem anderen lehnspflichtig war. Sie sind kein sehr glückliches Beispiel«, schränkte er grinsend ein, »da sie sich immerfort gegenseitig bekriegt haben, aber das Prinzip der Machtaufteilung ist in Frankreich nicht unbekannt. Es gibt andere Beispiele. Unser König William etwa teilte sich die Macht in Frankreich mit seinem Cousin, König Philipp. Zwei gekrönte Häupter. Darum hat seine Eminenz meines Erachtens Recht, man könnte über einen solchen Vorschlag nachdenken. Er bedeutet keinen Gesichts- oder Machtverlust.«

»Was fällt Euch eigentlich ein, Somerset?«, grollte Gloucester. »Nach zwanzig Jahren taucht Ihr aus der Versenkung auf und wollt hier den Ratgeber spielen, obwohl Ihr doch gar keine Ahnung habt, wie die Lage auf dem Kontinent sich darstellt? Das ist absurd.«

»Es waren nur siebzehn Jahre«, widersprach Somerset geduldig. »Und ich kenne die Lage besser als Ihr, Gloucester, denn ich war dort.«

»Aber Ihr …«

»Wir werden ihn anhören«, fiel Henry seinem Onkel ins Wort. Die neue Autorität, die er besaß, seit die Regierung offiziell in seine Hände gelegt worden war, schwang in seiner Stimme, und Gloucester fügte sich, wenn auch unwillig.

Der Kardinal lehnte mit verschränkten Armen an der Wand, sagte überhaupt nichts mehr, sondern beschränkte sich darauf, zufrieden vor sich hin zu lächeln. Er tauschte einen verstohlenen Blick mit John und zwinkerte ihm zu.

John stand ein paar Schritte entfernt an der Tür, offiziell auf Wache, in Wahrheit aber, weil er diese erste Begegnung zwischen Henry und Somerset um keinen Preis versäumen wollte. So viele Male hatte er sich in der Vergangenheit gewünscht, Somerset wäre hier, um seinen Cousin durch dessen schwierige Jugend zu geleiten, ihm ein Vorbild, Freund und Ratgeber zu sein. Und nun wurde er Zeuge, wie Somerset binnen weniger Minuten jede dieser Rollen übernahm, mit einer Selbstverständlichkeit, als streife er alte, vertraute Kleidungsstücke über.

Somerset hatte die Jahre der Gefangenschaft in Abgeschiedenheit und mit dem Studium unzähliger Bücher verbracht, und sie hatten ihn ein wenig weltfremd gemacht. Gepaart mit seinem asketischen Äußeren verlieh diese Eigenschaft ihm eine Ausstrahlung von Weisheit, beinah von Heiligkeit. Wie John insgeheim gehofft hatte, dauerte es keine Stunde, bis der junge König diesem Zauber rettungslos verfallen war. Henry schätzte Rittertum und Kampfesmut, aber sie waren seiner eigenen Natur fremd. Sein Cousin Somerset hingegen verkörperte mit seiner bedächtigen Sprechweise, seiner Nachdenklichkeit und seiner ungeheuren Bildung das Ideal des frommen Gelehrten, welches der König immer angestrebt hatte. Mit leuchtenden Augen schaute Henry zu seinem Cousin auf, hing förmlich an seinen Lippen, und Gloucester merkte sehr bald, dass alles, was er sagte, auf taube Ohren fiel.

Als die Sonne sich allmählich dem westlichen Horizont zuneigte, ritten John und Somerset durch die Wälder von Windsor, denn das Frühlingswetter war unverändert mild, und Somerset fühlte sich hinter Burgmauern schnell eingesperrt.

»Ich schätze, mit der Zeit wird es vergehen«, mutmaßte er. »Aber daheim habe ich es keine zwei Tage ausgehalten.« Somersets Zuhause war in Corfe. John war niemals dort gewesen, aber Edmund Beaufort hatte ihm erzählt, welch eine alte, finstere Burg es war. »Man müsste ein paar hundert Pfund aufbringen, um es wirklich wieder bewohnbar zu machen.«

John hob kurz die Schultern. »Das sollte dir nicht schwer fallen.«

Somerset schnaubte. »Das glaubst du. Ich bin arm wie eine Kirchenmaus, John.« Und auf den verständnislosen Blick seines Freundes hin erklärte er: »Ich habe dem Dauphin vierundzwanzigtausend Pfund für meine Freilassung bezahlt. Genauer gesagt, hat Edmund es getan, aber es war mein Geld. Mehr oder minder jeder Penny, den ich besaß.«

»Süßer Jesus«, murmelte John erschüttert. »Und ich dachte, sie hätten dich gegen den Grafen von Eu ausgetauscht.«

»Hm, auch. Der Dauphin wollte beides, und da mir all mein schönes Geld in der Gefangenschaft ja nichts nutzte, habe ich es ihm gegeben.«

»Der Dauphin«, knurrte John angewidert. Noch heute empfand er Abscheu, wenn er an den x-beinigen Charles mit dem schwachen Kinn und dem unheimlichen Blick dachte. »Ich finde die Vorstellung, dass Henry sich Frankreich mit ihm teilen soll, genauso abstoßend wie Gloucester«, gestand er.

»Aber im Gegensatz zu Gloucester siehst du die Notwendigkeit ein.«

John dachte einen Moment nach und nickte dann zögernd. »Ich sehe vor allem die Notwendigkeit ein, den Krieg zu beenden. Denn ohne einen Kriegerkönig werden wir ihn niemals gewinnen. Und Henry ist alles andere.«

»Was hältst du von dem Jungen?«, fragte Somerset.

»Das weißt du doch. Habe ich dir nicht seitenlange Episteln über ihn geschickt? Viel interessanter wäre, was *du* von ihm hältst, denn du hast ihn heute erst kennen gelernt.«

»Ich habe lediglich einen Eindruck gewonnen«, widersprach Somerset. »Aber du *kennst* ihn. Und jetzt sag mir das, was du keinem Pergamentbogen anvertrauen wolltest. Ich weiß, dass du ihn liebst, aber du zweifelst auch an ihm, nicht wahr?«

»Wie kommst du darauf?«, fragte John erschrocken.

Somerset nahm die Linke vom Zügel und vollführte eine unbestimmte Geste. »Etwas an der Art, wie du ihn ansiehst.«

John antwortete nicht gleich. Sie kamen aus dem Wald in das hübsche Dorf Eton, wo der König, so hatte er John vor einigen Tagen anvertraut, demnächst eine Schule errichten lassen wollte. Es gebe viel zu wenige Schulen in England, und dem wolle er abhelfen. In seiner neuen Schule sollten Knaben egal welchen Standes auf seine Kosten eine gute Schulbildung erhalten. Es war eine schöne, lobenswerte Idee, musste John einräumen, aber eigentlich hatten sie derzeit ganz andere Sorgen …

Er schwieg, während sie die schmale, staubige Dorfstraße entlangritten. Die Bäuerinnen und Bauern grüßten die beiden feinen Gentlemen auf den kostbaren Rössern ehrerbietig, aber ohne Scheu. Da ihr Dorf so nah an Windsor lag, waren sie diesen Anblick gewöhnt.

Erst als die beiden Reiter die letzten der kleinen, aber nicht ärmlichen Katen hinter sich gelassen hatten, antwortete John. »Er hat kein leichtes Leben, nie gehabt. Er konnte kaum laufen, da fingen Gloucester, York und Suffolk und ein paar andere Lords an, um seine Gunst zu buhlen. Sie haben nichts unversucht gelassen, um einander auszustechen – jeder wollte der Einzige sein, auf den der König hört. Der Kardinal war so schlimm wie alle anderen, nur waren seine Absichten besser. So kam es, dass der König leicht beeinflussbar wurde, und das ist er heute noch. Ich habe getan, was ich konnte, um ihm beizubringen, sich mehr auf sein eigenes Urteil als die Einflüsterungen seiner Höflinge zu verlassen, aber es hat nicht gereicht. Er hat eigene Vorstellungen, kein Zweifel, aber in den wirklich wichtigen politischen Fragen kannst du nie sicher sein, dass er morgen noch das Gleiche sagt wie heute.« Er brach ab.

»Er ist noch jung«, gab Somerset zu bedenken.

John schüttelte den Kopf. »Das sagen wir alle seit Jahren.

Immer dann, wenn diese … Schwäche sich zeigt. Aber Tatsache ist, der König wird bald siebzehn Jahre alt, Somerset. Dir muss ich nicht erzählen, wie sein Vater in dem Alter war.«

»Wie bitter es für ihn sein muss, ständig an seinem Vater gemessen zu werden.«

John wusste, das stimmte, aber er ging nicht darauf ein. »Versteh mich nicht falsch. Er ist gutartig, milde, ehrenhaft und fromm. Das sind alles gute Eigenschaften für einen König.« Er winkte seufzend ab. »Möglicherweise ist nichts von dem, was mir Sorgen macht, seine Schuld. Vielleicht sind wir einfach alle verflucht, seit wir die Jungfrau hingerichtet haben.«

Somerset warf ihm einen ungläubigen Seitenblick zu. »Und ich dachte, niemand war so felsenfest von ihrer Schuld überzeugt wie du.«

»Als Aufrührerin, Diebin und Mörderin, ja. Sie schuldete ihr Leben. Aber nicht so, Somerset. Wir haben sie schäbig behandelt und unseren politischen Absichten geopfert. Der Einzige, der in der ganzen Sache einen Funken Anstand gezeigt hat, war mein Bruder Raymond. Und ausgerechnet ihn hat der König zwei Tage vor ihrer Hinrichtung vom Hof verbannt. In der Nacht schien ein Blutmond über Rouen, und schon damals hatte ich das Gefühl, er schien uns allen. Und seither ist alles schief gelaufen: Unser Kriegsglück hat uns verlassen, Bedford ist gestorben, Burgund hat uns den Rücken gekehrt, die Lords sind untereinander zerstritten und verfolgen hinter dem Rücken des Königs ihre eigenen Ziele, statt in den Krieg zu ziehen, Gloucesters Einfluss auf Henry hat wieder zugenommen. Gute Männer wie mein Bruder werden verdrängt. Und ich sage dir, wenn unser König nicht bald aufwacht und die Macht fest in beide Hände nimmt, dann wird es noch viel schlimmer. Aber ich habe die Befürchtung, dass er das nicht tut. Meine größte Angst ist, Somerset, dass er zu viel dünnes Valois-Blut in den Adern hat.« Er stieß hörbar die Luft aus. »Gott, das habe ich noch niemals zu jemandem gesagt.«

»Ich bin geehrt«, antwortete sein Freund lächelnd, aber seine Miene zeigte Besorgnis.

»Das Einzige, was mir Hoffnung macht, ist die Tatsache, dass er dich zurückgeholt hat, sobald er die Macht dazu hatte. Natürlich war es der Einfluss des Kardinals, der Henry bewogen hat, den Grafen von Eu endlich auszutauschen. Aber der König hat es gegen Gloucesters Widerstand durchgesetzt. Einmal hat er endlich das getan, was richtig war, nicht das, was am bequemsten schien und ihm Konfrontationen ersparte.«

»Und dafür werde ich ihm ewig dankbar sein.« Somerset spottete nicht.

John nickte. »Dann hilf ihm. Du bist … unsere letzte Hoffnung, Somerset. Ich habe immer gewusst, dass der König sich dir öffnen würde, wenn du nur hier wärest, und jetzt ist es schneller geschehen, als ich mir je hätte träumen lassen. Nutze deinen Einfluss. Steh ihm zur Seite, damit er lernt, ein starker König zu sein und die richtigen Entscheidungen zu treffen. Hilf ihm und hilf England.«

Somerset hob abwehrend die Hand. »Was willst du mir da aufbürden, John? Ich habe mehr als genug damit zu tun, die Scherben meines eigenen Lebens wieder zusammenzusetzen – ich kann nicht die Bürde des Königs schultern. Ich will auch nicht die Macht hinter seinem Thron sein, vielen Dank, die Rolle überlasse ich meinem Onkel, dem Kardinal. Er geht darin auf, und er ist ein besserer Politiker, als ich je werden könnte.«

»Das ist es ja gerade«, wandte John ein. »Niemand darf die Macht hinter seinem Thron sein. Du sollst ihn lehren, ein König zu sein. Ein Lancaster. Und dafür brauchst du nichts anderes zu tun, als in seiner Nähe zu sein, glaub mir.«

»Aber ich will nicht bei Hofe leben. Die Intrigen und Machtspiele, das Geflüster in dunklen Korridoren, ich will mit alldem nichts zu tun haben.«

»Schade.« John seufzte tief und schaute über Ägeus' Ohren hinweg in die Ferne. »Dann wirst du kaum Gelegenheit haben, Lady Margaret Beauchamp zu sehen, denn deine Tante, Lady Joan Beaufort, hat sie gebeten, an den Hof zu kommen und ihr Gesellschaft zu leisten.«

»Ah ja?« Somerset tat, als interessiere ihn das nur mäßig, aber das Leuchten der dunklen Augen sagte etwas ganz anderes.

John lachte in sich hinein und galoppierte an.

Waringham, Juli 1441

John wachte davon auf, dass der warme, samtige Leib seiner Frau sich in seinen Armen regte. Er schlug die Augen auf. Das erste Licht des neuen Sommertages war wie ein tiefblauer Schimmer, und ein Heer von Vogelstimmen drang durchs offene Fenster, sodass er sich fragte, wie in aller Welt er bei diesem Radau hatte schlafen können.

Dann schaute er auf seine Frau hinab. Mit einem unwillkürlichen Lächeln strich er über die aufgelöste, blonde Lockenpracht. Sie schmiegte sich enger an ihn, legte den Kopf auf seine Schulter und ein angewinkeltes Bein über seine lang ausgestreckten. »John?« Es klang schlaftrunken.

Er drückte die Lippen auf ihre Schläfe. »Ich hoffe, dass mein letzter Tag auf Erden einmal so beginnt wie dieser«, murmelte er.

»Warum sagst du etwas so Trauriges?«

Ihre Lider waren immer noch geschlossen, und er fuhr behutsam mit der Fingerspitze über die langen, fein gebogenen Wimpern. »Keine Ahnung. Es kam mir gerade so in den Sinn.«

Sie gab einen hinreißenden kleinen Laut der Missbilligung von sich, ertastete seine Hand und legte sie auf ihre Brust. »Dann sollte ich dich auf andere Gedanken bringen.«

»Au ja.«

Ihre Hände strichen über vertraute Formen und Flächen, und ihre Körper fanden mühelos zueinander. Aber nichts an ihrer Lust war angestaubt. Gierig umschlangen sie einander, rollten übermütig im Bett umher, bis die feinen Laken und Decken allesamt am Boden lagen, und zu guter Letzt endete John unter seiner Frau, die rittlings auf ihm saß, legte die schwieligen Hände um ihre Brüste und überließ sich ihrem Rhythmus.

Verschwitzt und außer Atem lagen sie schließlich wieder Seite an Seite, Julianas Kopf auf Johns Schulter, und er seufzte zufrieden, murmelte jedoch gleich darauf: »Eigentlich ist es viel zu heiß für dergleichen.«

Sie nickte. »Wie so oft kommt dir die weise Einsicht, wenn es zu spät ist, mein Gemahl.«

Er lachte leise. »Wohl wahr.« Mit den Fingerspitzen fuhr er ihre Wirbelsäule entlang und ergötzte sich daran zu sehen, wie sie sich vor Wonne wand.

»Ich weiß wie üblich nicht so recht, wie ich wieder wochenlang auf dich und deine ehelichen Zuwendungen verzichten soll, John of Waringham.«

»Oh, die Enthaltsamkeit ist gewiss gut für dein Seelenheil. Außerdem komme ich zu Michaelis ja schon wieder.«

»Das sind drei Monate«, entgegnete sie ungehalten.

»Ich weiß.« Aber er bot ihr dieses Mal nicht an, sie mit an den Hof zu nehmen, obwohl ihre Mutter und ihre Cousine Margaret jetzt fast ständig dort lebten. Die Stimmung am Hof war äußerst angespannt. Somerset hatte, genau wie John gehofft hatte, alle anderen Ratgeber des Königs ihres Einflusses beraubt. Alle außer Kardinal Beaufort, natürlich, mit dem Somerset sich fast täglich zu langen Unterredungen traf. Sie verfolgten die gleichen Ziele, stimmten ihr Vorgehen perfekt aufeinander ab und hatten so bislang jede Attacke ihrer Widersacher abwehren können. York und vor allem Gloucester hatten an politischem Gewicht verloren. John hatte in den letzten Monaten so manches Mal gedacht, dass Henry es vermutlich gar nicht merken würde, wenn einer der beiden sich vor Gram über die verlorene königliche Aufmerksamkeit in die Themse gestürzt hätte, denn er hatte nur noch Augen und Ohren für Somerset.

Der diese ungewohnte, neue Macht natürlich nutzte, ohne sie zu missbrauchen. Anders als Gloucester, York, Suffolk und viele andere hatte er dem König keine zusätzlichen Lehen, Jahrespensionen oder Zolleinkünfte abgeschwatzt, obwohl seine finanzielle Lage durch das immense Lösegeld doch so angespannt war. Somerset schien nur daran interessiert, den König an seinen weitreichenden Kenntnissen über die französische Politik, die französische Seele und den französischen Adel teilhaben zu lassen, um endlich das zu erreichen, was Henrys größter Herzenswunsch war: Frieden.

Aber die verdrängten Lords beobachteten all dies mit Argwohn und Missgunst, und wenn Somerset ihnen den Rücken zuwandte, schauderte John manchmal bei den Blicken, mit welchen sie seinen sanftmütigen Freund erdolchten.

Juliana strich mit dem Finger über die Sorgenfalte oberhalb seiner Nasenwurzel. »Da. Du grübelst schon wieder über Gloucester und York nach, obwohl du noch gar nicht zurück in Windsor bist.«

Er regte sich unruhig und steckte eine Hand unter den Nacken. »Gloucester ist verdächtig ruhig. Ich fürchte, er führt irgendwas im Schilde. Und je eher ich wieder dort bin, um Somerset den Rücken zu decken, desto beruhigter werde ich sein.«

»Ja, ich weiß, Liebster. Also geh nur. Aber vergiss nicht, du bist nicht der Einzige, der über den König und Somerset wacht. Simon, Daniel, Cedric – du hast so viele vertrauenswürdige Männer.«

»Hm, das ist wahr.«

»Wie steht es mit Somerset und meiner Cousine Margaret?«

John schüttelte ratlos den Kopf. »Sie sind förmlich verrückt nacheinander. Sie verbringen jede freie Minute zusammen, und wenn sie sich anschauen, leuchten ihre Augen. Aber sie trägt weiterhin Trauer und verkündet in regelmäßigen Abständen ihre Entschlossenheit, unverheiratet zu bleiben. Und Somerset wagt es nicht, sich zu erklären. Dabei würde ein Wort von ihm reichen, um sie umzustimmen.«

Juliana war nicht so sicher. »Sie hat allerhand durchgemacht mit St. John. Nachdem Katherine Owen geheiratet hatte, hat sie sie an ihren kleinen Hof geholt, um ihr eine Zuflucht zu bieten, aber hin und wieder befahl er sie zu sich. Er war ein Scheusal und hat sie geschlagen und gedemütigt. Ich weiß ehrlich nicht, ob sie je genug Vertrauen zu einem Mann haben könnte, um ihn zu heiraten, wenn sie nicht muss.«

»Na ja … Der König könnte es befehlen. Vielleicht sollte ich ihm mal einen kleinen Wink geben, he? Womöglich muss man die beiden zu ihrem Glück zwingen.«

Juliana legte ihm eine warnende Hand auf den Arm. »Warte noch ein paar Monate ab.«

»Hm.« John brummte missvergnügt. Dann berichtete er: »Es sieht übrigens so aus, als werde Henry Marguerite d'Anjou heiraten. Und zwar bald.«

»Ah ja? Gut. Das wird ihm mehr Selbstvertrauen geben. Wie ist sie? Hat irgendwer sie schon mal gesehen?«

»Dein Vater, natürlich. Ich hab ihn gefragt. Doch er war untypisch zugeknöpft und hat lediglich angemerkt, der König werde mit seiner Braut alle Hände voll zu tun haben.«

»Oh.« Es klang beunruhigt. »Ich hoffe, sie ist nicht gar zu temperamentvoll für unseren frommen, gutmütigen König.«

»Ich vertraue darauf, dass dein Vater ihm schon die Richtige ausgesucht hat, von allen politischen Notwendigkeiten einmal abgesehen. Vielleicht denkt er wie ich, es werde höchste Zeit, dass jemand unserem Henry einmal Feuer unter dem königlichen Hintern macht.«

»John«, schalt Juliana und schnalzte mit der Zunge. »Du hörst dich beinah an wie dein Bruder.«

John winkte ab. »Ich wünschte, es wäre schon so weit und es gäbe schon einen Prinzen. Oder Somerset oder sein Bruder würden endlich heiraten und einen Erben zeugen. Denn ehe das nicht passiert, wird Gloucester in unserem Julian immer eine Gefahr für seine Position sehen. Und das raubt mir den Schlaf, Juliana.«

Arthur Scrope und seine berüchtigten Hünen lauerten John unweit von Windsor in dem gleichen Waldstück auf, wo sie einst auch Owen Tudor überfallen hatten.

Es war ein perfekter, sehr heißer Sommertag, und das flirrende Licht- und Schattenspiel der Sonne auf dem Laubdach spielte dem Auge Streiche, schlug John beinah mit Blindheit. Er hatte keine Chance, das Seil zu sehen, welches sie zwischen zwei Stämme gespannt hatten – hoch oben, sodass es den Reiter aus dem Sattel riss, ohne das Pferd zu gefährden.

John landete hart auf dem Rücken, und der unerwartete und scheinbar grundlose Sturz presste ihm die Luft aus den Lungen. Das Letzte, was er sah, war ein Schattenriss im Hünenformat. Er schaffte es noch, den Dolch aus der Scheide zu reißen, ehe ein Tritt an die Schläfe ihn ins Land der Träume schickte.

Und es waren schwere Träume.

Manchmal hörte er Stimmen, die vertraut schienen, die er aber dennoch nicht zuordnen konnte. Mal tuschelten sie, mal erhoben sie sich in einem eigentümlichen, leisen Singsang. Dann war ihm, als flöße irgendwer ihm einen Trank ein – halb bitter, halb süß –, und danach sah er grelle Bilder in schneller Abfolge, und er hörte nichts mehr.

Zum ersten Mal kam er wieder richtig zu sich, als er einen mörderischen Schmerz in der linken Hand spürte. Entsetzt riss er die Augen auf, aber alles, was er erkennen konnte, war ein kleines, lebhaftes Feuer, welches ein paar Schritte vor ihm brannte und ihn blendete. Blinzelnd wandte er den Kopf und konnte einfach nicht glauben, was er sah: Zwei haarige Männerhände waren dabei, seine Linke mit einem schweren Hammer an einen Holzbalken zu nageln. Warmes Blut rann über seinen Handteller und tropfte ins schwarze Nichts. Johns Handgelenk war mit einem Strick an den Balken gefesselt, der waagerecht etwa auf der Höhe seiner Schultern verlief. Die linke knirschte gefährlich, und John wollte sagen: Pass auf meine Schulter auf, sie springt aus dem Gelenk! Aber weder öffnete sich sein Mund, noch konnte er die Zunge bewegen. Im Übrigen glaubte er kaum, dass die Warnung auf großes Interesse gestoßen wäre.

Er wandte den Kopf nach rechts: Dort war das Handgelenk

ebenfalls angebunden, und noch während er hinschaute, kam der Mann mit dem Hammer und einem Nagel, wie die Bauern in Waringham sie in die Scheunenwände einschlugen, um ihre Dreschflegel und sonstigen Gerätschaften daran zu hängen.

John schloss die Augen. Der erste Schlag trieb den Nagel durch seine Handfläche bis ins Holz. Der Schock und der Schmerz machten Johns Knie weich, aber er spreizte die Füße ein wenig weiter, um stehen zu bleiben. Er wusste, wenn er einknickte, war es um seine Schulter geschehen, und das wollte er nun wirklich nicht.

Zwei gut platzierte Hammerschläge waren noch nötig, um den Nagel so weit ins Holz zu treiben, wie der Mann für angemessen hielt. Jedes Mal fühlte sich an, als stecke jemand einen brennenden Pfeil in Johns Hand. Als die Zimmermannsarbeit vollbracht war, spürte er ein schmerzendes Pochen in beiden Händen. Es war furchtbar, aber John hatte schon Schlimmeres erlebt. Was ihn schockierte, ihn mit einem kläglichen Entsetzen erfüllte, war nicht so sehr der Schmerz, sondern die Blasphemie dieser Handlung.

Sie kreuzigen mich. Heiliger Georg, steh mir bei, sie kreuzigen mich …

Unwillkürlich schaute er zu seinen Füßen hinab und stellte bei der Gelegenheit fest, dass er unbekleidet war. Der senkrechte Balken seines Kreuzes hatte am unteren Ende einen Ring, an welchen seine Füße gekettet waren. Sie hatten sogar ein wenig Spiel, und es sah nicht so aus, als wolle man auch sie annageln.

Warum nicht?, fragte John sich verwirrt, aber er schien nicht in der Lage, einen Gedanken festzuhalten oder zusammenhängend zu verfolgen. Was immer sie ihm eingeflößt hatten, hatte Besitz von seinem Geist ergriffen und war noch nicht gänzlich verflogen. Vielleicht war das der Grund, warum er sich seiner Blöße nicht genierte. Sie machte ihn verwundbarer, und er fürchtete sich, aber Scham empfand er nicht.

Erst als er Schweiß auf seiner Brust glänzen sah, wurde er gewahr, wie heiß es war. Mit Mühe und eigentümlich langsam hob er den Blick. Allmählich, viel langsamer als gewöhnlich stellten seine Augen sich auf den Feuerschein ein, und als er die ersten Konturen erkannte, glaubte er einen Moment lang, er befinde sich in einer Kirche. Eine Krypta womöglich, denn es war dunkel, seine nackten Füße standen auf festgestampftem Lehm, und die Luft war feucht und dumpfig.

Jenseits des Feuers, das in einer Mulde am Boden brannte, stand ein eigentümlich niedriger Altar, der einem Mann allenfalls bis ans Knie reichte, darauf ein Kelch. John konnte nicht erkennen, woraus er gemacht war, aber er funkelte nicht im Flammenschein.

Hinter sich vernahm er ein Rascheln und wandte unwillkürlich den Kopf. Er erhaschte einen Blick auf einen großen Schädel in einer Kapuze und roch einen ungewaschenen Männerleib. Die haarigen Hände, die die Nägel in seine Handflächen geschlagen hatten, schlangen ein Seil um seinen Brustkorb, die Enden einmal um den Querbalken, und knoteten es fest. John spürte, wie seine Füße und Schultern von einem Teil seines Gewichts entlastet wurden.

Er schluckte und bewegte das dicke, pelzige Ungetüm, welches seine Zunge war. »Wärmsten Dank auch«, brachte er hervor. Es klang, als wäre er sternhagelvoll.

Der Mann stieß ein heiseres, irgendwie schauriges Lachen aus. »Keine Ursache, Sir John. Ihr sollt es in der letzten Stunde Eures Lebens so bequem haben, wie die Umstände erlauben. Und wenn Ihr ohnmächtig werdet, sollt Ihr uns nicht zusammensacken.«

Zusammensacken? Mit *angenagelten* Händen? Wohl kaum. Aber das sagte er nicht, konzentrierte sich lieber auf die Stimme. Er wusste genau, dass er sie schon einmal gehört hatte, aber benebelt, wie sein Verstand war, konnte er sie nicht zuordnen. Nicht unkultiviert, aber dennoch von einem unüberhörbaren Akzent gefärbt. Östliche Midlands, tippte John. Und ohne jeden erkennbaren Zusammenhang musste er an den alten König Henry denken, den Bruder des Kardinals, der an dem Tag gekrönt worden war, als John das Licht der Welt erblickt hatte. Was hat der alte König mit dieser verdammten Sache zu tun?, überlegte er verwundert, und schon war der Gedanke wieder entschwunden.

»Und wo mag ich sie verbringen, die letzte Stunde meines Lebens?«, fragte er.

»Das braucht Euch alles nicht mehr zu kümmern. Hier, trinkt noch ein Schlückchen.« Der Mann kam um das Kreuz herum, stand zwischen John und dem Feuer. Die Kapuze war bis auf die Nasenspitze herabgezogen – John hätte keine Chance gehabt, das Gesicht zu erkennen, selbst wenn sein Blick schärfer gewesen wäre.

Eine haarige Hand setzte einen Becher an seine Lippen. John nahm einen kräftigen Zug, wartete, bis der Becher abgesetzt wurde, zielte auf die Nasenspitze und spuckte.

Mit einem wütenden Knurren sprang der Mann zurück und schlug John die knochige Faust ins Gesicht. Johns Kopf flog zur Seite, und ein Ruck lief durch seinen Arm. Das Reißen an der Hand war furchtbar. John biss sich auf die geschwollene Zunge, um still zu bleiben. Wenigstens war der Kerl Linkshänder, sodass er John rechts am Jochbein getroffen hatte, der Ruck also durch den rechten Arm gegangen war, weswegen sich die linke Schulter immer noch an Ort und Stelle befand. Linkshänder. Linkshänder wie Arthur Scropes verräterischer Bruder.

Arthur Scrope …

»Wo ist Scrope?«, fragte er. »Er war's, der mir im Wald aufgelauert hat, nicht wahr? Also steckt Gloucester hinter dieser Sache?«

»Ich habe keine Ahnung, wovon Ihr sprecht«, knurrte der Kapuzenmann grantig. »Und jetzt tut Euch selbst den Gefallen und trinkt.«

John schüttelte den Kopf. Nur ganz behutsam, denn jede noch so kleine Regung verschlimmerte den Schmerz in den Händen.

Der Kapuzenmann schien noch etwas sagen zu wollen, aber plötzlich erklang eine dumpfe Trommel. Sie spielte den Rhythmus eines langsamen Herzschlages, und das Geräusch schien von oben zu kommen.

Der Kapuzenmann verschwand aus Johns Blickfeld, kehrte gleich darauf zurück, warf eine Hand voll irgendeiner Substanz ins Feuer, die die Flammen grünlich färbte und eintrübte. Dann hielt er einen Kienspan in die Flammen, ging umher und entzündete ein Dutzend großer schwarzer Kerzen, die im Kreis um den seltsamen Altar standen. John fragte sich, wie man wohl schwarze Kerzen herstellte, ob man das Wachs mit Ruß färbte. Dann fragte er sich, wieso in aller Welt er sich in der letzten Stunde seines Lebens mit solchen Belanglosigkeiten befasste.

Zu dem leisen Trommelschlag gesellte sich eine helle Schelle, die einen schrillen, mehrtönigen Missklang von sich gab, fast wie das Zischen einer Schlange, das Fauchen einer Katze, und dann wieder verstummte. Die Trommel blieb.

Zwei Frauengestalten tauchten hinter dem Feuer aus der Dunkelheit auf. Nebeneinander und gemessenen Schrittes traten sie zwischen den hohen Kerzen hindurch an den Altar, beide in lange, schwarze Umhänge gehüllt. Gleichzeitig hoben sie die Hände und streiften die schwarzen Kapuzen zurück. Die Kleinere war Lady Eleanor Cobham, die Duchess of Gloucester.

John war nicht besonders überrascht.

Das Gesicht der zweiten Frau war schaurig bemalt: Magische Zeichen, eigentümliche, wie Buchstaben anmutende Formen waren mit einer Farbe, die im grünlichen Feuerschein rotbraun wirkte, auf Wangen, Stirn und Kinn gezeichnet und verliehen ihrem Gesicht etwas Unmenschliches, Fratzenhaftes. John schauderte.

Der Kapuzenmann warf noch etwas von seinem grün brennenden Pulver aufs Feuer, trat dann auf der anderen Seite des Altars zu den Frauen, und die drei schwarzen Gestalten nahmen sich bei den Händen, legten die Köpfe zurück und stimmten einen schaurigen Singsang an. Es waren keine englischen, lateinischen oder französischen Worte, die sie sangen, sondern eine fremdländische Sprache, die irgendwie abstoßend klang. Und unheilvoll. John verstand nichts bis auf die Namen Luzifer, Astaroth und Asmodi.

Der Rhythmus der Trommel beschleunigte sich ein wenig, war wie ein Echo seines Herzschlags. Mit einer Mischung aus Faszination und Abscheu starrte John die drei Gestalten an, die sich sacht im Takt der Trommel vor und zurück wiegten, lauschte ihrer Beschwörungsformel und fürchtete sich wie selten zuvor. Er hatte oft genug Grund gehabt, um sein Leben zu bangen. Seltener um seine Seele. Er wollte den Blick abwenden, die Augen vor diesem lästerlichen Treiben verschließen, aber er war außerstande. Also betete er.

Die drei Teufelsbeschwörer ließen sich los. Eleanor Cobham ergriff den Kelch mit beiden Händen und trat langsam auf John zu. Jetzt erkannte er, dass das Gefäß aus irgendeinem glänzenden, schwarzen Stein gemeißelt war, Obsidian vielleicht.

Der Kapuzenmann, der sein Gesicht immer noch nicht enthüllt hatte, folgte ihr, und in seiner linken Hand lag eine kurze Lanze.

John ahnte, was kommen würde, und er täuschte sich nicht: Der Mann stieß ihm die Lanze unterhalb der Rippen in die linke Seite, und kaum hatte John den scharfen Schmerz wahrgenommen, wurde dieser von einer eisigen Kälte gleich wieder betäubt. Verständnislos schaute er an sich hinab. Eleanor hatte den steinernen Kelch gegen sein Fleisch gedrückt und fing das Blut auf, das munter aus der Wunde sprudelte. Mit einem strahlenden Lächeln sah sie John in die Augen, hob ihren Kelch an die Lippen und trank von seinem Blut.

Johns Magen hob sich gefährlich, aber er wandte den Blick nicht ab. Nackt, an ein Kreuz geschlagen und blutend stand er hier vor seiner Feindin – es war nicht ganz leicht, seine Würde zu wahren. Aber wenigstens den Triumph, ihr seine Furcht zu zeigen, wollte er ihr versagen.

»Und ich dachte immer, es seien unschuldige Kinder, die ihr bei euren widerwärtigen Satansriten schlachtet und deren Blut ihr trinkt«, bemerkte er. Es war ein kleiner Trost, dass er so viel gelassener klang, als er sich fühlte.

Eleanor Cobham hob die schmalen Schultern. »Sie haben den Vorteil, dass sie preiswert zu bekommen sind. In manchen

Stadtvierteln von London verkaufen die Mütter sie für einen Shilling. Aber heute wollten wir Waringham-Blut. Am liebsten hätte ich mir dein Söhnchen geholt – aus den verschiedensten Gründen, wie du dir denken kannst –, aber unglücklicherweise war es hinter euren Burgmauern unerreichbar.« Sie lächelte wieder und fügte im Verschwörerton hinzu: »Noch.«

John war sprachlos, und die Furcht um Julian, seine Töchter und seine Frau bohrte sich mit pfeilspitzen Krallen in seine Eingeweide.

Eleanor und der Kapuzenmann kehrten zum Altar zurück. Das Fauchen der Schellen erklang wieder, als sie den Kelch der zweiten Teufelsbuhle reichte. Diese war inzwischen auf den Altar geklettert, kniete auf der steinernen Platte, hob den Kelch mit beiden Händen hoch über den Kopf und verharrte so eine geraume Weile, während die Trommel das Tempo weiter anzog, die Schellen tönten und sie eine neuerliche Beschwörungsformel murmelte. Endlich trank auch sie, gab den Becher an den Kapuzenmann weiter und warf dann ihr Gewand ab. Sie enthüllte einen straffen, jungen Körper, der ebenso abscheulich bemalt war wie ihr Gesicht. Und als sie sich auf Hände und Knie niederließ, erkannte John ein großes Pentagramm mit einer Teufelfratze in der Mitte, das sich über ihren unteren Rücken und die Gesäßbacken zog.

Wieder wurde etwas ins Feuer geworfen, und ein dicker, bräunlicher Qualm stieg auf. Eine Zeit lang nahm er John die Sicht, so wie der schwefelige Gestank ihm den Atem nahm, und er hörte nur das zunehmend drängende Gemurmel der Stimmen. Die Trommel fing an zu rasen, und das Fauchen der Schelle verstummte nicht mehr.

Als der dicke Qualm sich verzog, war der Satan erschienen.

»Oh, Jesus Christus, erbarme dich und steh mir bei«, stieß John hervor. In seiner Panik wollte er an seinen Fesseln zerren, und der plötzlich aufs Neue erweckte Schmerz in den Händen, das Gefühl seines eigenen heißen Blutes, das ihm über die Handflächen rann, brachte ihn wieder zu Verstand.

Dieser Teufel hatte weder Schwanz noch Hufe, erkannte er

jetzt. Dafür haarige, ziemlich dürre Beine, unter einem zottigen schwarzen Fellumhang. Keine Krallen, sondern rundliche Hände, und am linken kleinen Finger fehlte ein Glied. Nur ein Mann, erkannte John. Ein halbnackter Kerl mit einer abscheulichen Teufelsmaske: Sie war schwarz, hatte glutrote Augen, riesige, eingedrehte schwarze Hörner wie ein Widder und gefletschte, spitze Zähne, zwischen denen eine rote Zunge hervorschaute.

Lächerlich, versuchte John sich einzureden. Aber er hatte trotz der Hitze eine Gänsehaut, sein Herz raste ebenso wie die Trommel, und er hörte nicht auf zu beten.

Der Teufel riss dem Kapuzenmann den Kelch aus den Händen, legte den Kopf in den Nacken und trank.

John schloss die Augen.

Er riss sie wieder auf, als die Lanze ein zweites Mal in dieselbe Wunde gebohrt wurde, damit der Blutstrom nicht versiegte. Dieses Mal war es der Kapuzenmann, der den Kelch füllte. Er mied Johns Blick und hastete mit dem Opferblut zurück zum Altar, wo Eleanor Cobham inzwischen ein Säckchen von rötlichem Pulver auf dem Rücken der zweiten Hexe geleert hatte. Aus dem Kelch träufelte sie ein wenig von Johns Blut darauf und knetete Pulver und Blut zu einer lehmartigen Masse, aus welcher sie mit raschen, geschickten Bewegungen eine Puppe formte. Der Satan stand vollkommen reglos, der Kapuzenmann und die Hexe, die jetzt als Altar diente, setzten ihre unheimlichen Gesänge fort.

Im Licht der schwarzen Kerzen beobachtete John, wie Eleanor ihre Lehmpuppe in ein kleines Gewand mit drei englischen Löwen und drei französischen Lilien wickelte, dann öffnete sie ein weiteres schwarzes Säckchen, entnahm ihm ein paar gelockte Haare und drückte sie behutsam in den weichen Lehmkopf.

John erinnerte sich nur zu gut an die seltsame Schatulle, die er einmal in Westminster hinter einer Kommode gefunden hatte, und er wusste ganz genau, wessen Haar das war, wen diese Puppe darstellen sollte.

»Dafür wirst du brennen, Eleanor Cobham«, prophezeite er ihr. »In dieser und in der nächsten Welt.«

Sie gab nicht zu erkennen, ob sie ihn gehört hatte. Ihre Miene wirkte entrückt, als sie die fertige Puppe auf den ausgestreckten Händen dem Satan hinhielt. Der zog einen schmalen Dolch unter dem Fellumhang hervor und stieß ihn mit feierlicher Langsamkeit von oben in den Kopf der kleinen, kruden Königsfigur.

»Nein!«, protestierte John, vollkommen außer sich. »Jesus Christus, behüte deinen auserwählten König vor den Mächten der Finsternis, und halte deine schützende Hand über ihn …«

Er verstummte. Das Gebet blieb ihm einfach im Halse stecken, als Eleanor die geschändete Königsfigur auf den vor sich ausgestreckten Händen zum Feuer trug und unter dem rasenden Herzschlag der Trommel und dem schrillen Missklang der Schellen in die Flammen warf. Dann hob sie beide Arme, legte den Kopf in den Nacken und rief beschwörende Worte in ihrer seltsamen Teufelsprache. John wusste nicht wieso, aber plötzlich erkannte er, dass es Lateinisch war, nur rückwärts gesprochen.

Der Kerl in der Satansmaske warf seinen Fellumhang ab, packte die nackte Teufelsbuhle bei den Hüften und stieß von hinten in sie hinein.

John war schlecht.

Nicht lange, und die Hexe begann sich zu winden und Laute auszustoßen, wie John sie nie zuvor gehört hatte. Lust- und qualvoll zugleich. Sie waren erbärmlich anzuhören, aber dem Kerl in der Satansmaske schienen sie zu gefallen. Er verfiel in Raserei, derweil der Kapuzenmann ein schwarzes Huhn unter dem Altar zum Vorschein brachte und ihm mit einem raschen Griff den Kopf abriss. Die Flügel flatterten weiter in panischer Hast. Blut schoss in einem Schwall aus dem durchtrennten Hühnerhals, und der Kapuzenmann ließ es über das wild zuckende Paar auf den schwarzen Altar träufeln.

Eleanor Cobham trat an das Kreuz, stand mit einem Mal so nah vor John, dass er ihren süßlichen, nach fremden Kräutern riechenden Atem auf dem Gesicht spüren konnte. Sie presste den Kelch wieder in seine Seite, um das Opferblut aufzufangen, schaute ihm aber unverwandt in die Augen.

»Nun, John?«, flüsterte sie. »Gefällt dir, was du siehst?« Ihr Lächeln sollte ihm Übermut vorgaukeln, aber er wusste, es war Rachgier und eiskalte Berechnung, die in ihren Augen funkelten.

Er würdigte sie keiner Antwort. Sie hatte seinen König mit einem Bildzauber verflucht, und er gedachte nicht, je wieder ein Wort zu ihr zu sprechen. Sein Blick schien jedoch Antwort genug.

»Wirklich nicht?« Ihr roter Verführermund lächelte, ehe sie den Becher an die Lippen setzte und keinen Spann von seinem Gesicht entfernt sein Blut trank. Plötzlich schloss sich ihre freie Linke um sein Glied, im selben Moment setzte sie den Becher ab und presste die Lippen auf Johns, schob ihre Zunge tief in seinen Mund.

Niemals zuvor war John etwas derart Widerwärtiges passiert. Ihre kleine, flinke Zunge und der Geschmack seines eigenen Blutes verursachten ihm einen beinah unbezähmbaren Würgereiz. Ihre schmale Hand machte sich mit einigem Geschick ans Werk, und das blieb nicht ohne Folgen. Trotz seines Ekels spürte John, wie er hart wurde. Er fühlte sich geschändet, und seit er Victor de Chinon ausgeliefert gewesen war, hatte er keine solche Entwürdigung erlitten. In seinem Zorn und seiner Hilflosigkeit bediente er sich der einzigen Waffe, die ihm geblieben war: Er biss Eleanor hart in die Unterlippe.

Mit einem kleinen Schreckenslaut wich sie zurück und strich mit der Hand über ihre Lippe, wo sein Blut sich jetzt mit dem ihren mischte. Langsam, genießerisch fuhr sie mit der Zunge darüber, warf dann den Kopf zurück und stieß ein schrilles, irres Lachen aus.

Und das, dachte John schaudernd, ist die erste Dame des Reiches. Dieses Monstrum könnte die nächste Königin von England werden. Und es sah verdammt danach aus, als sollte er keine Gelegenheit mehr bekommen, es zu verhindern.

Er wandte den Blick ab und stellte fest, dass das Gesicht der Teufelsbuhle auf dem Altar inzwischen in den Gewändern des Kapuzenmannes verschwunden war, der reglos vor ihr stand, den verhüllten Kopf wie in Demut gesenkt.

Eleanor kehrte zu der unglaublichen Szene zurück und gab dem Satan aus dem Kelch zu trinken. Johns Blut lief ihm übers Kinn.

John spürte Schwindel seine Beine hinaufkriechen. Er schaute an sich hinab und stellte fest, dass die Wunde in seiner Seite stetig weiterblutete, aber es war kein wirkliches Sprudeln. Er glaubte nicht, dass er schon eine bedenkliche Menge seines Lebenssafts verloren hatte. Aber es war ein gewaltiger Unterschied, stellte er fest, ob man ihn aus einer ehrlich erworbenen Wunde auf dem Schlachtfeld vergoss oder als Opferlamm einer Satansmesse. Es waren vor allem sein Ekel und die Angst vor dem Bösen, die ihn schwach machten.

Wie aus einem wabernden Nebel sah er Eleanor wieder mit der Lanze und dem Kelch vor sich auftauchen. Eigentlich wollte er nichts mehr sehen, nichts mehr hören, und dennoch folgte sein Blick jeder ihrer Bewegungen. Wieder stieß sie die gerundete Klinge in die Wunde, tiefer dieses Mal, und ließ sie stecken, während sie sein Blut auffing.

»Das ist alles, John«, flüsterte sie. »Mehr brauchen wir nicht von dir. Was denkst du, soll ich sie tiefer hineinstoßen und dich von deinem Elend erlösen? Oder soll ich dich langsam verbluten lassen?«

»Weder noch, Herzblatt«, sagte eine tiefe Stimme hinter ihr, und eine Pranke mit einem Siegelring am Zeigefinger fiel auf ihre Schulter.

Eleanor Cobham zuckte erschrocken zusammen, und sowohl der Kelch als auch die Lanze fielen ihr aus den Händen. Das lästerliche Gefäß zerbarst mit einem dumpfen Klirren.

John blinzelte verwirrt. »Raymond?« Er sah nur noch verschwommen, aber er hatte die vertraute Stimme erkannt.

»Oh, bei allen Knochen Christi, John …«, hörte er diese Stimme nun sagen, sie klang zutiefst erschüttert.

Und bevor John irgendetwas erwidern konnte, vernahm er Daniel: »Verflucht, hier ist noch eine Tür! Sie entwischen uns!«

»Dann schlage ich vor, du folgst ihnen, mein Junge«, knurrte Raymond über die Schulter, ehe er Eleanor Cobham scheinbar galant, aber mit eisernem Griff am Ellbogen packte. »Dich haben wir jedenfalls. Ich hab doch immer gewusst, dass du ein durchtriebenes Luder bist.«

»Lasst mich los«, befahl sie. »Ich glaube, Ihr vergesst, wer ich bin, Sir!«

Er sah ihr in die Augen und schüttelte langsam den Kopf. »Das wird dich nicht retten, Herzblatt. Dieses Mal bist du einfach zu weit gegangen.«

John wachte mit schmerzenden, bandagierten Händen in einem breiten Bett mit strahlend weißen Laken auf, und im ersten Moment wähnte er sich in Troyes. Dann entsann er sich, dass seit jenen fernen Tagen mehr als zwanzig Jahre vergangen waren, und er murmelte verwirrt: »Wo bin ich?«

»In meinem Haus in London«, antwortete der Kardinal.

John richtete sich auf, spürte einen stechenden Schmerz in der linken Seite, und alles fiel ihm wieder ein.

Beaufort half ihm, sich aufzusetzen, und stopfte ihm ein Kissen in den Rücken. »Alles in Ordnung?«

John nickte. »Ihr habt ein Haus in London?«

»Der Bischof von Winchester hat einen ansehnlichen Palast in London, mein Sohn«, spöttelte Beaufort. »In bedenklicher Nähe zu dem großen Hurenviertel am Südufer der Themse, das ihm ebenfalls gehört und ihm ein Vermögen an Pachteinnahmen einbringt.«

»Ich hoffe, Ihr erwartet nicht, dass ich schockiert bin. Wie komme ich hierher?«

»Euer Bruder hat Euch hergebracht.«

»Wieso ist …«

»Raymond wird Euch alles erzählen. Aber ich brauche dringend ein paar Antworten, John. Der König ist letzte Nacht plötzlich erkrankt. Er leidet unerträgliche Kopfschmerzen, und er brennt vor Fieber. Denkt Ihr, das könnte in irgendeinem Zusammenhang mit diesem … teuflischen Ritual stehen?«

»Oh mein Gott …« John fuhr sich mit dem Unterarm über die Augen. Dann schaute er seinem Schwiegervater ins Gesicht. »Ja, Mylord. Ich glaube schon.« Und er beschrieb den schaurigen Bildzauber, den Eleanor Cobham und ihre Satanistenfreunde gewirkt hatten.

Das Gesicht des Kardinals wurde weiß vor Zorn, die Lippen ganz schmal. »Das wird sie büßen«, knurrte er. »Dieses Mal kommt sie nicht davon. Ich lege ihr das Handwerk, und wenn es das Letzte ist, was ich tue.«

»Wie schlimm steht es um den König?«, fragte John angstvoll.

Beaufort legte ihm die Hand auf die Schulter. »Jetzt, da wir wissen, was die Ursache ist, bin ich sicher, dass wir ihn kurieren können. Ich schicke sofort einen Boten nach Westminster und reite später selber hin. Aber zuvor sagt mir noch dies: Bedauerlicherweise sind alle Beteiligten außer Eleanor entwischt. Raymond war nur mit Daniel gekommen, und es gab offenbar einen geheimen Fluchtweg aus dem Keller. Was könnt Ihr mir über diese Leute sagen? Wir müssen sie suchen und dingfest machen, ehe sie sich Gott weiß wo verkriechen, versteht Ihr.«

John runzelte die Stirn und versuchte, die wirren Bilder wieder auferstehen zu lassen. Es war schwierig. »Ich weiß nicht, Mylord … Meine Erinnerung ist verzerrt. Bruchstückhaft. Sie hatten mir irgendein Zeug eingeflößt, das meinen Verstand vernebelte. Da war ein Mann in einer Kapuze. Linkshänder. Seine Stimme kam mir bekannt vor. Sie brachte mir Euren Bruder, König Henry, in den Sinn, aber ich weiß nicht, warum. Ich habe den König doch gar nicht gekannt und …«

»Bolingbroke?«, unterbrach der Kardinal plötzlich.

»Bitte?«

»Mein Bruder kam in Bolingbroke in Lincolnshire zur Welt und hieß deshalb Henry of Bolingbroke. Gloucesters Astrologe ist ein Mann namens Roger Bolingbroke.«

»Natürlich!«, ging John auf. »Er war's, Mylord, kein Zweifel. Ich kannte ihn, weil Gloucester ihn früher gelegentlich mit an den Hof brachte, um dem König die angeblichen Prophezeiungen seines Astrologen zu verkünden.«

»Es wird schon lange gemunkelt, dass er sich in schwarzer Magie versucht. Weiter, John. Wer noch?«

John schüttelte den Kopf. »Der andere Kerl trug eine Teufelsmaske.« Es klang albern hier und jetzt im sommerhellen Tageslicht. Aber letzte Nacht war ihm beim Anblick dieser Maske fast das Herz stehen geblieben, und bei der Erinnerung richteten sich die Haare auf seinen Armen und Beinen auf. »Am kleinen Finger der linken Hand fehlte ein Glied. Das ist alles, was ich Euch sagen kann.«

»Ha«, machte der Kardinal mit grimmiger Zufriedenheit. »Und das ist genug. John Home. Eleanors Sekretär und Kaplan.«

»Er ist ein *Priester*?«

Der Kardinal nickte. »Sie nehmen gern Geistliche für ihre teuflischen Riten – es macht sie umso lästerlicher.«

John schwieg schockiert.

»Wer noch?«

»Eine Frau. Jung. Hübsch. Schwarzhaarig. Mehr weiß ich nicht.«

»Würdet Ihr sie wiedererkennen? Hat sie ihr Gesicht enthüllt?«

»Nicht nur das, Mylord«, entfuhr es John. Dann nickte er. »Ich würde sie wiedererkennen.«

»Wahrscheinlich ist es Margery Jourdemain.«

»Wer ist das?«

»Man nennt sie die Hexe von Eye. Sie gilt als die mächtigste Zauberin Englands. Ich weiß, dass Eleanor Cobham Umgang mit ihr pflegt. Sie hat gehofft, die Hexe von Eye könne einen Zauber gegen ihre Unfruchtbarkeit wirken. Oh, der Bischof von London wird entzückt sein, endlich einen guten Grund zu haben, Margery Jourdemain auf den Scheiterhaufen zu bringen.«

John spürte einen eisigen Schauer. »Damit wollte ich eigentlich nie wieder im Leben etwas zu schaffen haben«, sagte er beklommen.

»Ich weiß«, antwortete der Kardinal ernst. »Ich weiß auch, warum. Aber dieses Mal ist es wahrhaftig zum Wohle Englands und seines Königs, John.«

John dachte wieder an den Bildzauber und nickte. »Reitet zum König, Mylord«, bat er. »Das Wichtigste ist jetzt, dass er wieder gesund wird.«

Beaufort erhob sich. »Ihr habt Recht. Ich lasse Bolingbroke, Home und diese Frau verhaften. Um alles Weitere kümmern wir uns später.«

»Und Arthur Scrope ebenfalls, wenn Ihr einmal dabei seid«, rief John ihm nach. »Er hat mir aufgelauert und mich in ihr Haus geschafft, genau wie Tudor damals.«

Im Hinausgehen nickte der Kardinal. »Die Räumlichkeiten des Tower sind Sir Arthur Scrope ja bereits hinlänglich vertraut …«

Raymond und Daniel kamen mit Wein und knusprig gebratenen Taubenbrüstchen.

»Du bist uns in Ohnmacht gefallen, als ich den ersten Nagel rausgezogen hab, John«, eröffnete sein Bruder ihm frotzelnd.

John nickte und erwiderte kauend: »Klug von mir.«

»Tja. Da hast du wahrscheinlich Recht. Gott verflucht, Junge, du kannst dir nicht vorstellen, wie du ausgesehen hast. Was zum Henker ist da unten in diesem Keller passiert?«

»Ich glaube, nicht einmal du in deiner grenzenlosen Lasterhaftigkeit hättest daran Freude gehabt. Es war widerlich. Aber ich werd dir alles erzählen, was du wissen willst, sobald du mir gesagt hast, was euch dorthin verschlagen hat.«

Raymond nickte zu seinem Bastard hinüber. »Du bist nicht am vereinbarten Tag an den Hof zurückgekommen. Das hat Daniel beunruhigt, und er ist nach Hause gekommen und hat Robert befragt, ob der vielleicht zufällig etwas über deinen Verbleib wisse.«

»*Robert*?«, rief John ungläubig, und dann fragte er Daniel kritisch: »Bist du etwa schon wieder unbeurlaubt vom Hof verschwunden?«

Sein Neffe war nicht beleidigt. Mit einem kleinen, spöttischen Lächeln schüttelte er den Kopf. »Du könntest mir ein bisschen dankbarer sein, Onkel.«

»Oh, das bin ich. Aber du weißt ja …«

»Dienst ist Dienst«, vollendete Daniel den Satz für ihn. »Ich habe Simon gesagt, dass ich mir Sorgen mache, weil es dir einfach nicht ähnlich sieht, dich zu verspäten. Und ich hatte schon länger den Verdacht, dass Robert Gloucesters Spion in Waringham war. Oder genauer gesagt, Lady Eleanors Spion.«

»Wie in aller Welt bist du darauf gekommen?«

Alys, die Küchenmagd, die ja Daniels Schwester ebenso wie Roberts war, hatte sich ihm anvertraut. In ihrer Not hatte sie sich an den einzigen Menschen gewandt, dem sie erzählen konnte, was passiert war, ohne vor Scham zu sterben, und der Robert vielleicht Einhalt gebieten konnte. Und sie hatte Daniel alles erzählt, auch von Roberts eigenartiger Bemerkung über die wahren Diener der Hölle. Doch nichts davon durfte Daniel hier wiederholen, denn Alys hatte ihn Stillschweigen schwören lassen.

»Ich muss dich bitten, mir die Antwort zu erlassen, Onkel.«

»Mir wollte er's auch nicht sagen, John«, warf Raymond ein. »Ich nehme an, er weiß irgendetwas Widerwärtiges über meinen famosen Sohn und Erben, das er uns nicht aufbürden will.« Er sagte es grimmig, aber John sah den Kummer in Raymonds Augen. Wie bitter musste es sein, so schlecht von seinem eigenen Sohn denken zu müssen. John bat Gott, er möge den kleinen Julian segnen und verhindern, dass ein Ungeheuer wie Robert aus ihm würde.

»Simon und Kate teilten meine Besorgnis, und Simon beurlaubte mich«, fuhr Daniel fort. »Du siehst, Onkel, ich habe ausnahmsweise mal alles nach Vorschrift gemacht. Dann bin ich nach Hause geritten und habe mir meinen Bruder vorgenommen, bis er mir verraten hat, wo Lady Eleanors Haus in London ist und was sie dort im Keller treiben.« Er sah weder seinem Vater noch seinem Onkel in die Augen, als er das sagte. Es war ihm nicht leicht gefallen, es aus seinem Bruder herauszuprügeln, denn er hatte schnell gemerkt, dass Robert sich vor Lady Eleanor und den Schrecken ihres Kellers fürchtete. Wäre Daniel wegen Alys nicht so schlecht auf seinen jungen Bruder zu sprechen gewesen, hätte er es vielleicht nicht fertig gebracht, so weit zu gehen, wie nötig gewesen war, um die Wahrheit aus ihm herauszuholen. Und nun, wusste er, würde er in Waringham kein Zuhause mehr haben, wenn ihr Vater eines Tages starb und Robert Earl of Waringham wurde …

»Wir haben uns überlegt, es lieber in der Familie zu halten, da Robert irgendwie in die Geschichte verwickelt ist«, setzte Raymond den Bericht fort. »Also sind Daniel und ich sofort nach London aufgebrochen, fanden das Haus und dich im Keller, wie üblich wieder mal in einer kolossalen Klemme.«

John nickte friedfertig. »Und ihr seid nicht eine Minute zu früh gekommen«, bemerkte er.

Daniel verschränkte die Arme und seufzte. »Es tut mir nur Leid, dass uns die anderen Strolche durch die Finger geschlüpft sind.«

»Oh, kein Grund, den Kopf hängen zu lassen. Kardinal Beaufort weiß, wer sie sind«, entgegnete John. »Und vorausgesetzt, der König wird wieder gesund, kann ich dieser ganzen abscheulichen Geschichte doch allerhand abgewinnen.« Er lächelte hämisch auf seine bandagierten Hände hinab.

Raymond nickte. »Gloucester ist erledigt. Ein für alle Mal. Er kann sich ebenso gut in der Themse ersäufen. Das würde ihm zumindest ersparen, seine niedliche Eleanor brennen zu sehen.«

Windsor, April 1442

Die Hochzeit des Earl of Somerset mit Lady Margaret Beauchamp fand im Rahmen der St.-Georgs-Feierlichkeiten in Windsor statt. Das sei ausgesprochen passend, hatte

Somerset seinen Freunden erklärt, denn es sei gewiss nur der Fürsprache des Schutzheiligen aller englischen Ritter zu verdanken, dass die schöne Lady Margaret ihrem Witwenstand letztlich doch noch abgeschworen und ihn erhört hatte.

»Nun sieh ihn dir an – er grinst wie ein Trottel«, brummte Tudor, der mit John in einer dicht gedrängten Schar adliger Gratulanten vor der St.-Georgs-Kapelle stand, als das Brautpaar herauskam.

»Und warum auch nicht«, gab John zurück. »Er hat es weiß Gott verdient, glücklich zu sein.«

»Na ja, da hast du Recht«, musste der Waliser einräumen, und fast zerstreut fügte er hinzu: »Edmund, wenn du glaubst, ich hätte nicht gesehen, dass du deinem kleinen Bruder die Schuhbänder verknotet hast, dann muss ich dir leider kundtun, dass du dich täuschst.«

Mit einer verstohlenen, frechen Grimasse kniete der Lausebengel sich vor dem kleinen Owen ins Gras und entwirrte schleunigst dessen Schuhriemen.

Tudor sah kopfschüttelnd auf seine Söhne hinab. »Wie können sie nur solche Flegel sein? Von wem haben sie das? Ich glaube ehrlich nicht, dass ich so war, John.«

Der erinnerte sich nur zu lebhaft an den schlaksigen, höchst flegelhaften Hitzkopf, der Tudor einst gewesen war, doch er erwiderte: »Nun, du weißt, ich habe die Mutter deiner Söhne sehr geschätzt, aber sie war nicht gerade ein Lämmchen.«

Tudor seufzte wehmütig. »Und Gott sei Dank dafür …«

Kardinal Beaufort, der seinen Neffen und dessen Braut getraut hatte, folgte dem strahlenden Paar aus der Kirche, Seite an Seite mit dem König.

Ehe sein Vater ihn aufhalten konnte, sprang Edmund Tudor auf die Füße und rannte zum König hinüber. »Sire!«

Henry blieb stehen und legte seinem jungen Bruder die Hände auf die Schultern. »Nanu, Edmund! Das ist eine unerwartete Freude.« Er lächelte auf ihn hinab.

Edmund erwiderte den Blick, und in seinen Augen stand eine so grenzenlose Verehrung, wie nur ein halbwüchsiger

Knabe sie empfinden kann. »Ob ich wohl irgendwann heute ein paar Worte mit Euch sprechen dürfte, mein König?«

Tudor trat hinzu, packte den Jungen mit einem finsteren Blick an der Schulter und riss ihn zurück. »Ich bitte um Vergebung für die Ungehörigkeit meines Sohnes, Mylord.«

Aber Henry winkte ab. »Schon gut. Wir sind doch in Windsor und unter uns, da wollen wir es nicht zu genau mit der Etikette nehmen. Was ist denn dein Anliegen, Bruder?«, fragte er den Jungen.

Der lief ob der vertraulichen Anrede feuerrot an. »Ich … ich wollte fragen, ob ich nicht groß genug bin, um an Euren Hof zu kommen, mein König«, stieß er atemlos hervor. »Ich bin doch schon fast dreizehn.«

»Du bist gerade zwölf geworden, Edmund«, verbesserte sein Vater trocken.

Der König schaute einen Augenblick versonnen auf den Knaben hinab. Dann nickte er. »Bald, Edmund. Du hast mein Wort.«

John und Juliana hatten gewartet, bis die große Schar der Gratulanten sich verlaufen hatte, ehe sie zu Somerset und Margaret traten. John schloss seinen Freund in die Arme, Juliana ihre Cousine.

»Glückwunsch und Gottes Segen, Somerset.«

»Danke, John.« Lachend legte Somerset seiner Braut einen Arm um die Schultern und küsste sie auf die Schläfe. »Ich bete, dass Gott uns seinen Segen nicht vorenthält, obwohl ich mich so schamlos verstellt und mich viel besser gemacht habe, als ich in Wirklichkeit bin, damit sie mich endlich nimmt.«

Lady Margaret seufzte tief. »Und nun werde ich Gelegenheit haben, herauszufinden, dass du ein Scheusal bist wie alle Männer, und meinen Entschluss bis ans Ende meiner Tage bereuen. Möge meine Reue lang sein.« Sie schlang den Arm um seine Taille und sah ihrem Bräutigam in die Augen – verliebt wie ein Backfisch.

Auch Raymond trat hinzu, um dem Paar Glück zu wünschen.

»Lord Waringham!«, rief Somerset erfreut aus. »Euch haben wir ja Ewigkeiten nicht gesehen!«

»Hm«, machte Raymond. »Es hat zehn Jahre gedauert, bis der König sich entschlossen hat, meine Verbannung aufzuheben, und in der Zeit hatte ich selten Gelegenheit, nach Windsor zu kommen, wisst Ihr.« Er sah sich um und atmete tief durch. »Gott, ich hab gar nicht gemerkt, wie der alte Kasten mir gefehlt hat.«

John und sein Bruder hatten lange und fruchtlos darüber gestritten, was den König letztendlich bewogen hatte, sein Willkürurteil aufzuheben. John war überzeugt, es war Henrys Dankbarkeit für die Aufdeckung der teuflischen Verschwörung um Lady Eleanor, die ihn zu dem Schritt veranlasst hatte. Raymond hingegen hatte gefeixt, jetzt, da der Earl of Warwick tot sei, brauche der König keine Auseinandersetzung mehr zu fürchten, wenn er Raymond an seinen Hof zurückholte. Vermutlich, hatte John freilich nur sich selbst eingestanden, war der eine Grund so ausschlaggebend gewesen wie der andere. Jedenfalls war er dankbar, dass sein Bruder, mittlerweile ein alter Mann von vierundsechzig Jahren, seine Tage nicht als Verbannter beschließen musste.

Der König, der Kardinal und die Tudors schlossen sich ihnen an, Simon Neville und Kate fanden sich ein, Daniel und Cedric of Harley bildeten des Königs Eskorte. Sie standen zusammen in der lauen Frühlingsluft, und die Sonne ließ das Haar des Königs heller schimmern, als es in Wirklichkeit war.

»Woran denkst du?«, fragte Juliana leise.

John hob den Kopf. Wann immer sein Blick auf Henrys Haar fiel, musste er unwillkürlich an den schrecklichen Bildzauber denken – es war einfach unvermeidlich. Und an alles, was jener Nacht gefolgt war.

Es waren abscheuliche Wochen gewesen, während deren im vergangenen November die Prozesse stattgefunden hatten und die Urteile vollstreckt worden waren. Die Teufelsanbeter waren der Häresie, Hexerei und des Hochverrats beschuldigt worden und hatten sich hemmungslos gegenseitig bezichtigt, um die

Schuld von sich auf ihre Mitverschwörer abzuwälzen. Es hatte keinem von ihnen genützt. Roger Bolingbroke, der Kapuzenmann, war gehängt worden. John Home und die Hexe von Eye waren beide der Hexerei überführt und verbrannt worden. Das gleiche Schicksal hätte wohl auch Eleanor Cobham erlitten, wäre sie nicht eine Dame von solch hohem Stand gewesen. So hatte das Gericht, das aus Kardinal Beaufort, dem Erzbischof von Canterbury und drei weiteren Bischöfen bestand, sie verurteilt, drei Tage hintereinander barfuß und im Hemd mit einer Kerze in der Hand in London öffentlich Buße zu tun – eine Strafe, die normalerweise lasterhaften Bürgersfrauen und Huren vorbehalten war. Es war ein großes Spektakel auf den Straßen gewesen. Die Londoner hegten einen bitteren Hass für die adlige Teufelsbuhle, die ihren geliebten jungen König hatte töten wollen, und hatten die einst so vornehme erste Dame des Reiches mit allem beworfen, was sie in die Finger bekamen. Eleanor hatte jeden ihrer Bußgänge unter Strömen von Tränen absolviert.

John hatte keinen einzigen versäumt.

Anschließend hatten die kirchlichen Richter ihre Ehe mit Humphrey Duke of Gloucester geschieden und sie zu lebenslanger Haft verurteilt. Jetzt hockte Eleanor Cobham im finsteren Peel Castle auf der Isle of Man, und es hieß, ihre Wachen hatten ihre liebe Müh, sie zu hindern, sich das Leben zu nehmen.

Der König aber hatte sich schaudernd von seinem Onkel und einstigen Ratgeber abgewandt. Gloucester war, wie Raymond prophezeit hatte, erledigt. Und Arthur Scrope – seines mächtigen Beschützers beraubt – vermoderte im Tower.

John hatte von dieser ganzen abscheulichen Episode eine verkrüppelte linke Hand zurückbehalten. Der Mittel- und der Ringfinger waren gekrümmt und steif. Dennoch war er ausgesprochen zufrieden mit dem Ausgang der Ereignisse, wenngleich seine eigene Rachgier ihm wie üblich Unbehagen bereitete.

»Ich denke an die nächste Hochzeit, die wir hier feiern werden«, log John mit einem vielsagenden Blick auf den König.

Der Zwanzigjährige grinste und errötete bis in die Haarwurzeln. »Das wird noch ein Weilchen dauern, denke ich«, sagte er ein wenig zu hastig.

Alle lachten über seine offenkundige Verlegenheit.

»Wie ich schon Eurem Vater vor vielen Jahren sagte, Sire: Ein König muss bereit sein, für das Wohl seines Landes Opfer zu bringen«, betonte der Kardinal mit erhobenem Zeigefinger und einem übermütigen Funkeln in den schwarzen Augen. »Aber genau wie damals Eurem Vater sage ich heute auch zu Euch: Eure Braut wird keine großen Ansprüche an Eure Opferbereitschaft stellen. Marguerite d'Anjou ist ein sehr schönes Mädchen.«

»Nur kostet sie uns das Maine, wenn wir sie nehmen«, warf Somerset kritisch ein.

»Das ist mir gleich«, entgegnete Henry kategorisch. »Wenn das der Preis für den Frieden ist, so sei es. Und wenn meine Braut wirklich so schön ist, wie Ihr sagt, Onkel, ist sie doch wohl den Preis einer französischen Grafschaft wert, oder?« Dann vollführte er eine wedelnde Handbewegung. »Im Übrigen will ich heute überhaupt nichts von Politik hören.« Er hielt jeder der Damen einen Arm hin. »Mesdames? Gehen wir zu Tisch?«

Juliana und Lady Margaret hakten sich bei ihm ein, die beiden Leibwächter folgten ihm wie Schatten, und die anderen schlossen sich ihnen an. Gemächlich überquerten sie die frühlingshelle Wiese, auf welcher hier und da Narzissen in dichten, leuchtend gelben Büscheln standen.

»Denkst du, der Krieg ist bald aus, Kate?«, fragte Edmund Tudor seine älteste Freundin.

Unwillkürlich schaute sie zum König hinüber. Dann antwortete sie: »Ja, ich glaube wirklich, dass der Krieg bald vorüber sein wird.«

»Was ist mit ihr?«, raunte John seinem Schwiegersohn zu. »Sie kommt mir blass vor.«

»Was soll schon sein?«, entgegnete Simon Neville und zuckte grinsend die Schultern. »Sie ist schwanger.«

»Oh, süßer Jesus … Ich werde Großvater«, stellte John erschüttert fest.

»Mein Sohn, wie oft muss ich Euch daran erinnern, dass Ihr den Namen des Herrn nicht eitel führen sollt?«, rügte Beaufort. »Im Übrigen habt *Ihr* nun wirklich keinen Grund, Euch zu beklagen.«

»Da hat er Recht, John«, befand Somerset. »Immerhin wird er Urgroßvater.«

»Und das in seiner Position«, warf Tudor seufzend ein.

»Keine geringe Leistung«, stimmte Beaufort mit der ihm eigenen Bescheidenheit zu, »selbst für den Kardinal von England.«

ENDE

Nachbemerkung und Dank

Der Kardinal von England, Henry Beaufort, erreichte ein für seine Zeit gesegnetes Alter von dreiundsiebzig Jahren. Nachdem er 1445 die Eheschließung des Königs mit Marguerite d'Anjou eingefädelt hatte – ein Schritt, von dem er sich den endgültigen Durchbruch bei den Friedensverhandlungen versprach –, zog er sich allmählich aus der Politik zurück. Er beschloss seine Tage keineswegs in »schwarzer Verzweiflung«, wie Shakespeare uns weismachen wollte, sondern beschaulich und friedvoll im Wolvesey Palace zu Winchester. In der dortigen Kathedrale liegt er begraben.

Wie bei fast allen großen und schillernden Gestalten der Geschichte ist das Urteil der Nachwelt auch in seinem Fall widersprüchlich. Raffgierig, intrigant, machthungrig und genusssüchtig, sagen die Kritiker. Sie haben nicht Unrecht. Niemand wird so märchenhaft reich, dem nichts am Geld liegt. Aber zumindest hat er sein Vermögen immer in den Dienst seines Landes bzw. seiner königlichen Verwandtschaft gestellt, und nach seinem Tod floss ein Großteil davon an wohltätige Zwecke. Es ist auch sicher richtig, dass Politik und das Spiel um die Macht ihn fasziniert haben, vielleicht gar sein Lebenselixier waren. Das war (und ist) für einen Kardinal aber keine ungewöhnliche Eigenschaft, und seine politischen Ziele – die Sicherung der Macht des Hauses Lancaster als Garant für innere Stabilität, eine sanfte Reform der Kirche und eine Beendigung des Krieges – waren richtig. Hätte er langfristig mehr Erfolg gehabt, wäre England, Frankreich und ganz Europa allerhand erspart geblieben. Und genusssüchtig? Mag sein. Wie so viele

Geistliche, die dem Hochadel entstammten, war Henry Beaufort ein weltlicher Mann. Juliana und ihre Mutter habe ich erfunden, aber seine Liaison mit Alice Fitzalan ist belegt. Die beiden hatten eine Tochter, Joan, die einen Ritter aus Glamorgan heiratete und die der Kardinal in seinem Testament bedachte. Ich habe seinen Vater, den manche von Ihnen vielleicht noch als den großen Duke of Lancaster aus *Das Lächeln der Fortuna* in Erinnerung haben, ständig in ihm wiederentdeckt, und darum wundert es mich überhaupt nicht, dass Lady Alice alle Konventionen ihrer Zeit über Bord geworfen und die teilweise sicher bitteren Konsequenzen auf sich genommen hat, um ihren Kardinal zu bekommen. Die Geschichte, wie er zu seinem kostbaren Reliquienring gekommen ist, ist übrigens ebenso eine historische Tatsache wie sein chronisches Ischiasleiden.

Sein Neffe John Beaufort, den ich hier Somerset genannt habe, und Margaret Beauchamp bekamen eine Tochter, die ebenfalls auf den Namen Margaret getauft wurde. Sie heiratete Edmund Tudor. Was daraus wurde, wissen die meisten von Ihnen sicherlich. Falls nicht, gedulden Sie sich ein paar Jahre, dann erzähl ich es Ihnen.

1443 wurde Somerset zum Duke of Somerset erhoben und zum Oberbefehlshaber der englischen Truppen in Frankreich ernannt. Aber das Leben hat es nie besonders gut mit ihm gemeint. Sein Feldzug scheiterte. Richard of York verdrängte ihn als Ratgeber des Königs ebenso wie als Kommandanten, und nach einem Streit mit ihm und seiner Fraktion wurde Somerset vom Hof verbannt. Er starb 1444 mit nur einundvierzig Jahren – von eigener Hand, sagen manche. Sein Bruder Edmund folgte ihm als Duke of Somerset und erbitterter Widersacher des Hauses York. Eine Anekdote berichtet, dass Edmund Beaufort und Richard of York sich 1454 einmal unerwartet in einem Rosengarten in London über den Weg liefen. Nachdem sie sich ein paar Beleidigungen an den Kopf geworfen hatten, pflückte Edmund Beaufort eine rote Rose und rief: »Lasset all jene, die treu zu Lancaster stehen, eine rote Rose tragen!« Daraufhin riss York eine weiße Rose ab – die Wappenblume seines Hauses – und rief seinerseits: »Und alle, die dem Hause York ergeben sind, eine weiße!«

Auch was daraus wurde, wissen vermutlich die meisten von Ihnen, und falls nicht – siehe oben.

Humphrey of Gloucesters politische Macht endete tatsächlich mit der Verurteilung seiner Frau. Er war aber nach wie vor der Erbe des Throns, und der König begann zunehmend zu fürchten, dass sein Onkel ihm nach dem Leben trachtete. Im Februar 1447 wurde Gloucester verhaftet, als er zum Parlament in Bury St. Edmund's anreiste, und nach wenigen Tagen starb er in Haft unter etwas mysteriösen Umständen. Es ist wahrscheinlich, aber nicht erwiesen, dass er ermordet wurde.

Ob seine Gemahlin, Lady Eleanor Cobham, wirklich eine Satanistin oder Opfer einer von Kardinal Beaufort initiierten Intrige war, ist nicht sicher. Einen historischen Roman zu schreiben bedeutet immer, dass man Entscheidungen treffen und Stellung beziehen muss, was vergangene Ereignisse betrifft. Das, was ich zu diesem Fall hier erzählt habe, spiegelt wieder, was ich nach Abwägung der mir bekannten Fakten glaube. Die beschriebenen satanistischen Rituale hat es jedenfalls alle gegeben, inklusive der schwarzen Hühner und der »Bildzauber« genannten Praxis, einem Menschen zu schaden, indem man stellvertretend eine ihm nachgebildete Puppe verletzt. Woher unsere Vorfahren Riten kannten, die wir heute eher mit dem afrikanischen Kontinent oder mit Voodoo in Zusammenhang bringen, überlasse ich Ihrer Spekulation.

Gesichert ist, dass Eleanor Cobham den Rest ihres Lebens in Unfreiheit verbrachte, und es heißt, noch heute höre man in Peel Castle auf der Isle of Man ihre schweren Schritte auf der Treppe und ihr Stöhnen, sobald es Mitternacht geschlagen hat. Das ist besonders deswegen erstaunlich, weil inzwischen bewiesen wurde, dass sie gar nicht in Peel, sondern in Beaumaris in Wales starb.

Apropos Wales: Owen Tudor war es beschieden, ein hohes Alter zu erreichen, und wie Sie sich denken können, starb er nicht im Bett. Von allen historischen Figuren dieses Romans hat er es mir am leichtesten gemacht, weil so wenig über ihn bekannt ist. Mehr Legenden als Fakten ranken sich um ihn und die schöne Königin von England. Eine dieser Geschichten ist zum Beispiel jene, dass sie ihn beim Bad in der Themse heimlich beobachtet habe und ihre Liebe so ihren Anfang nahm. Ich fand sie zu schön, um sie nicht zu erzählen. Sicher ist, dass Gloucester ihn nach Katherines Tod gegen den ausdrücklichen Willen des Königs im Newgate einsperren ließ, von wo er unter nicht ganz geklärten Umständen floh. Wann genau er nach England und an den Hof gekommen ist, ist ungewiss, aber mit großer Wahrscheinlichkeit hat er am Agincourt-Feldzug teilgenommen.

Der Krieg dauerte noch elf Jahre, während deren den Engländern mehr und mehr die Felle schwimmen gingen. In der letzten großen Schlacht am 17. Juli 1453 bei Castillon bewiesen die Franzosen, dass sie das ultimative Mittel gegen die gefürchteten englischen Bogenschützen endlich gefunden hatten: Die überlegene französische Artillerie entschied die Schlacht und beendete den Hundertjährigen Krieg (der de facto 116 Jahre gedauert hatte). Bis auf Calais hatte England sämtliche Territorien in Frankreich verloren. Die Nachricht löste Henrys ersten mentalen Zusammenbruch aus. Der bedauernswerte König hatte die Krankheit seines französischen Großvaters, die wir heute periodischen Wahnsinn nennen, geerbt. Was hingegen das Leiden seiner Mutter war, deren Krankheitsbild sich völlig anders darstellte, wissen wir nicht. Ebenso ungewiss ist, woran sein Vater, König Harry, starb. Eine unzureichend auskurierte Ruhr gilt als wahrscheinlich.

Apropos Harry: Auch was ich über ihn hier erzählt habe, ist zum größten Teil in den Chroniken belegt. So hat er tatsächlich einmal eine Ketzerverbrennung unterbrochen, den armen Sünder aus seinem schwelenden Fass geholt und versucht, ihn zu bekehren. Als er feststellen musste, dass der Mann selbst vor seinem König keine Einsicht zeigte, ließ er die Hinrichtung fortsetzen und schaute zu. Das trug sich 1409 zu, und der »Ketzer« war ein Londoner Schneider namens John Badby.

Da mein Roman erst 1413 beginnt und ich dieses Ereignis aber unbedingt verwenden wollte, um den König einzuführen, habe ich mir erlaubt, einen passenden Ketzer zu erfinden. Harry war sicherlich ein außergewöhnlicher Mensch und entsprach dem Königsideal seiner Zeit. Man braucht keine wagemutigen Ruhmestaten zu erfinden, um diesen Heldenkönig erstrahlen zu lassen – er hat sie tatsächlich vollbracht. Sein militärisches Genie und sein ritterlicher Mut auf dem Schlachtfeld waren legendär. Aber ebenso wahr ist, dass er in seinem Eifer sehr grausam sein konnte. Wir neigen oft dazu, die Menschen vergangener Zeiten nach heutigen Moralvorstellungen zu beurteilen und vergessen gern, dass beispielsweise die Genfer Konvention im Mittelalter noch nicht ersonnen war. Aber die Ermordung der französischen Gefangenen bei Agincourt hat selbst Harrys Zeitgenossen schockiert. Übrigens war es tatsächlich eine stillende Mutter mit abgeschlagenem Kopf, die ihn veranlasst hat, das Massaker an der Zivilbevölkerung bei der Einnahme von Caen zu beenden.

Die schwierigste Figur dieses Romans war für mich Jeanne von Domrémy. Da ich ihre Geschichte aus englischer Perspektive erzählen wollte, habe ich mich ihr ganz bewusst mit Vorsicht und Distanz genähert. Die Erkenntnis, dass ich sie nicht mochte, hat mir trotzdem ziemlich zu schaffen gemacht. Erst als mir klar wurde, dass ihr Fanatismus und ihre brutale Rücksichtslosigkeit Ausdruck einer psychotischen Persönlichkeit waren, konnte ich ihr das Mitgefühl entgegenbringen, das sie zweifellos verdient. Der genaue Prozessverlauf ist nicht ganz leicht zu rekonstruieren, da die Protokolle zu Jeannes Ungunsten gefälscht wurden und die Erinnerungen der Zeugen bei ihrem Rehabilitationsprozess zwanzig Jahre später schon vom Heiligenkult verklärt waren. Aber fest steht, dass ihre Vernichtung aus englischer Sicht eine politische Notwenigkeit, damit von vornherein beschlossene Sache war. Die Verantwortung für die besondere Abscheulichkeit ihrer Verhandlung, Gefangenschaft und Hinrichtung trugen allen voran ihr Ankläger Pierre Cauchon und Richard Beauchamp, der Earl of Warwick.

Ob Jeanne während der Haft von ihren drei Wächtern oder dem geheimnisvollen »englischen Lord«, dessen Identität nie geklärt wurde, vergewaltigt worden ist, wissen wir nicht. Sie selbst hat das bis zuletzt vehement bestritten – sie hatte die Kunst der selektiven Wahrnehmung und Verdrängung allerdings auch perfektioniert. Alle Wahrscheinlichkeit spricht gegen ihre Darstellung, aber wenn sie selbst daran geglaubt hat, umso besser. Welche Rolle Kardinal Beaufort im Einzelnen in dieser traurigen Episode gespielt hat, ist auch nicht ganz klar. Tatsache ist jedenfalls, dass er bei ihrer Hinrichtung zugegen war und angeordnet hat, ihre Asche in die Seine zu streuen.

Nehmen Sie's ihm nicht gar zu übel.

Es war eben eine ganz andere, in vieler Hinsicht unbegreifliche und doch faszinierende Zeit. Das ist wohl der Grund, warum ich diesen Roman geschrieben habe und Sie ihn gelesen haben.

»Nicht das kreative Ego allein erschafft ein Buch, sondern viele Menschen sind daran beteiligt«, sagte die Kollegin Louise Welsh kürzlich anlässlich einer Preisverleihung. Das ist schon allein deswegen keine Binsenweisheit, weil es gar zu gern vergessen und viel zu selten ausgesprochen wird. Darum möchte ich allen Mitarbeitern der Verlagsgruppe Lübbe danken, die mit ihrem Know-how, ihrer Kreativität und Arbeit dazu beigetragen haben, dass aus meiner Idee ein Buch wurde und die Welt von der Existenz dieses Buches erfahren hat (was längst nicht allen der rund 100 000 jährlichen Neuerscheinungen auf dem deutschen Buchmarkt beschieden ist). Danken möchte ich auch meinem Agenten Michael Meller für inzwischen schon viele Jahre konstruktiver Zusammenarbeit und wunderbarer Betreuung. Wie immer meiner Schwester Dr. Sabine Rose für medizinischen Rat und die ungebrochene Lust, meine Manuskripte im unausgegorenen Frühstadium zu lesen, meiner Schwester Regina Hütter und meinen Eltern Hildegard und Wolfgang Krane für den Zugang zu ihren Büchern und ihrem Wissen, sowie der »next generation«: Dennis, Sissy und Philipp, die mir so vieles über das Kindsein und die Mühen des Großwerdens in Erinnerung gebracht haben, was ich vergessen hatte.

Danken möchte ich auch einigen Kolleginnen und Kollegen: Dick Francis, von dem ich nicht nur viel über Pferde und deren Aufzucht gelernt habe, sondern auch, wie man über sie schreibt. Und wie man eine ausgekugelte Schulter zurück an Ort und Stelle befördert. Als ehemaliger National Hunt Jockey weiß er auch das aus persönlicher Erfahrung, worüber er urkomisch zu erzählen versteht. Wieder einmal Kevin Baker für den nunmehr fünf Jahre währenden Gedankenaustausch über Historie und Fiktion, seiner Frau Ellen Abrams für eine gewisse Postkarte und Gisbert Haefs für ein klärendes Gespräch über William Shakespeare.

Mein ganz besonderer Dank gilt Peter Molden.

R.G., Mai 2003 – November 2004

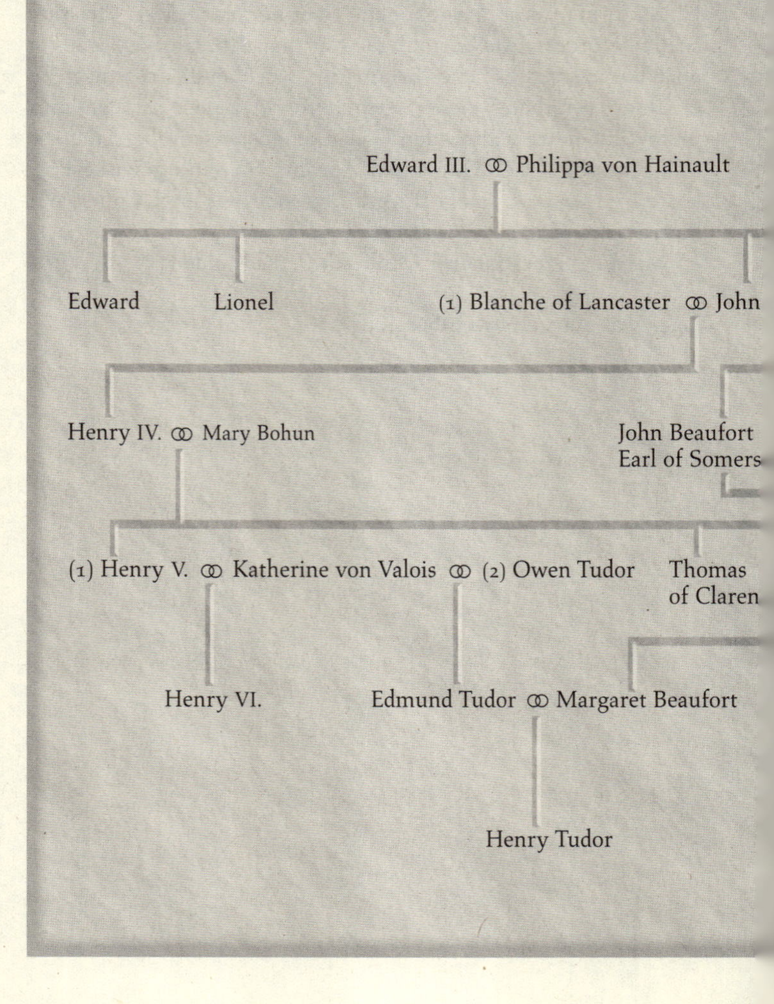

Edward III. ⚭ Philippa von Hainault
Edward
Lionel
(1) Blanche of Lancaster ⚭ John
Henry IV. ⚭ Mary Bohun
John Beaufort
Earl of Somers
(1) Henry V. ⚭ Katherine von Valois ⚭ (2) Owen Tudor
Thomas
of Claren
Henry VI.
Edmund Tudor ⚭ Margaret Beaufort
Henry Tudor

Das Haus Lancaster

unt ⚭ (3) Katherine Swynford   Edmund   Thomas

enry Beaufort   Thomas Beaufort   Joan Beaufort
schof von Winchester   Duke of Exeter   Countess of Westmoreland

n   Humphrey   John Beaufort ⚭ Margaret Beauchamp
Bedford   of Gloucester   Duke of Somerset

»Ein großartiger Mittelalter-Roman, in dem Rebecca Gablé Fakten und Fiktion zu einer mitreißenden Geschichte fügt.« BRIGITTE

Rebecca Gablé
HIOBS BRÜDER
Historischer Roman
912 Seiten
ISBN 978-3-404-16069-3

Er weiß nicht, wer er ist, und so nennen sie ihn Losian. Mit einer Handvoll anderer Jungen und Männer lebt er eingesperrt in einer verfallenen Inselfestung vor der Küste Yorkshires. Als eine Laune der Natur ihnen den Weg in die Freiheit öffnet, wagen sie die Flucht zurück aufs Festland. Ein Abenteuer beginnt und eine Suche – und Losian muss fürchten, dass er den grauenvollen Krieg verschuldet hat, unter dem ganz England leidet ...

Bastei Lübbe Taschenbuch

»Ein großartiger Roman über Liebe und Loyalität, Intrige und Verrat.«

BRIGITTE

Rebecca Gablé
DAS SPIEL DER KÖNIGE
Historischer Roman
1.200 Seiten
mit zahlreichen
Abbildungen
ISBN 978-3-404-16307-6

England 1455: Der Bruderkrieg zwischen Lancaster und York um den englischen Thron macht den achtzehnjährigen Julian unverhofft zum Earl of Waringham. Als mit Edward IV. der erste König des Hauses York die Krone erringt, brechen für Julian schwere Zeiten an. Obwohl er ahnt, dass Edward seinem Land ein guter König sein könnte, schließt er sich dem lancastrianischen Widerstand unter der entthronten Königin Marguerite an, denn sie hat ihre ganz eigenen Methoden, sich seiner Vasallentreue zu versichern. Und die Tatsache, dass seine Zwillingsschwester eine gesuchte Verbrecherin ist, macht Julian verwundbar …

Bastei Lübbe Taschenbuch

Kann Geschichte süchtig machen? Katia Fox zeigt einmal mehr, wie es geht ...

Katia Fox
DER GOLDENE THRON
Historischer Roman
768 Seiten
ISBN 978-3-404-16440-0

»Fünf gekrönte Häupter und einen goldenen Thron sehe ich hier.« Die Alte ließ Guillaumes Finger los und lächelte geheimnisvoll. »Das Schicksal Englands liegt in Eurer Hand.«

England, 12. Jahrhundert: Der junge Guillaume, vierter Sohn eines Barons, träumt davon, Ritter des Königs zu werden. Als es ihm gelingt, die Königin vor Rebellen zu retten, und sie ihn zum Fechtmeister des Prinzen ernennt, wird Guillaume zu einem der einflussreichsten Männer Englands. Doch mit dem Ruhm wächst die Zahl seiner Neider, und schon bald droht eine hinterhältige Intrige ihn zu Fall zu bringen ...

Bastei Lübbe Taschenbuch

Opulentes Mittelalter - und eine Frau, die ihren Traum erfüllt

Katia Fox
DAS KUPFERNE ZEICHEN
Roman
640 Seiten
ISBN 978-3-404-15700-6

England 1161. Die zwölfjährige Ellenweore, Tochter eines Schwertschmieds, möchte nur eines: ebenfalls Schwertschmiedin werden. Doch das ist für ein Mädchen undenkbar. Als sie nach einer ungeheuerlichen Entdeckung von zu Hause fliehen muss, verkleidet Ellen sich als Junge und nutzt die Chance: Sie begleitet einen berühmten Schwertschmied in die Normandie und erlernt dort als Schmiedejunge Alan das Handwerk. Doch die Lüge, auf der sie ihr Leben aufgebaut hat, wird ihr zum Verhängnis, als sie sich in einen jungen Ritter verliebt, denn sie darf ihre Identität nicht preisgeben. Zu spät erkennt sie, wem sie vertrauen darf – und dass sie bei Hofe einen Feind hat, der zu allem bereit ist …

Bastei Lübbe Taschenbuch